Helmut Brackert

Das große deutsche Märchenbuch

Das große deutsche Märchenbuch

Herausgegeben von Helmut Brackert

Artemis & Winkler

Für Gesine

Bibliografische Information der Deutschen Nationalbibliothek
Die Deutsche Nationalbibliothek verzeichnet diese Publikation
in der Deutschen Nationalbibliografie; detaillierte bibliografische Daten
sind im Internet über http://dnb.d-nb.de abrufbar.

Bibliographisches Institut GmbH
Mecklenburgische Straße 53, 14197 Berlin

Umschlaggestaltung: Büroecco, Augsburg
Titelillustration: Lucia Götz
Druck und Bindung: Beltz Bad Langensalza GmbH,
Am Fliegerhorst 8, 99947 Bad Langensalza
Printed in Germany
ISBN 978-3-411-16046-4
www.artemisundwinkler.de

Inhalt

ANHANG

Vorwort

»Es war einmal...« Seit unseren Kindertagen liegt uns dieser Anfang im Ohr, ist er uns lieb und vertraut, setzt er in uns Schwingungen frei, die zu frühen Glücksgefühlen hinüberreichen. Aber was ist es, was diesem alten Märcheneingang solchen Zauber verleiht? Weshalb rührt er uns an, auch wenn wir lange schon die Verbindung mit der Märchenwelt verloren, vielleicht schon ein distanziertes oder gar ablehnendes Verhältnis dazu gewonnen haben?

Es gibt sicherlich keine einhellige Antwort auf diese Frage; denn jede mögliche müßte der Vielfalt der Empfindungen gerecht werden, die durch dieses »Es war einmal...« hervorgerufen werden. Und doch dürften alle Antworten letztlich darauf hinauslaufen, daß uns dieser Erzählanfang in ein Reich zu führen verspricht, in dem wir als Kinder noch lebten und das wir verlassen mußten, als wir heranwuchsen und die »Realität« des Lebens ihr Recht forderte: in das Reich der Phantasie, in der das Wunderbare noch Teil der Welt war, in der alles mit allem in einer geheimen und geheimnisvollen Beziehung zu stehen schien, in der alles noch beseelt war und nicht die Zwecke entscheidend waren, sondern die Mittel. So wird die Sehnsucht, die sich mit dem Wort »Märchen« verbindet, im Grunde auf die Ahnung zurückgehen, daß wir gegenüber der reichen Welt unseres Kinderlandes unbewußt oder bewußt eine Verarmung spüren, eine Sehnsucht nach größerer Erfüllung, nach Erweiterung unserer Empfindungs- und Handlungsmöglichkeiten, nach Aufhebung eines Gefühls von Unbehaustheit und Fremde.

Die Gestalten, die vor unserem inneren Auge erscheinen, wenn wir dieses »Es war einmal...« hören, sind allemal dieselben, sind die geliebten und oft auch gefürchteten Gestalten der früh vernommenen Geschichten: *Hänsel und Gretel, Aschenputtel, Rotkäppchen, Dornröschen, Schneewittchen, Der Wolf und die sieben Geißlein* und wie sie alle heißen. Diese Gestalten hoffen wir im Märchenland zu treffen, und eine Anthologie mit dem Titel »Das große deutsche Märchenbuch« wird vor allem die Märchen wiedergeben müssen, auf die sich solche unmittelbaren Erwartungen der Leser beziehen, und durchaus nicht nur die Grimmschen Kinder- und Hausmärchen wie *Frau Holle, Der Froschkönig, Das tapfere Schneiderlein, Die Sieben Raben, Die Bremer Stadtmusikanten, Tischleindeckdich, Hans im Glück, Sterntaler* oder *Die Gänsemagd*, sondern auch alle anderen, seit früher Kindheit unserem Bewußtsein eingeprägten Volksmärchen wie Runges *Van den Fischer un siine Fru*, Bechsteins *Mann im Mond* und *Schlaraffenland*, das Volksmärchen vom *Dicken fetten Pfannkuchen* oder den *Wettlauf zwischen Hase und Igel*. Aber auch Kunstmärchen mit einem ähnlichen Grad von Vertrautheit wären hier zu nennen wie Hauffs *Geschichte von Kalif Storch*, vom *Kleinen Muck*, von *Zwerg Nase* oder Storms *Kleiner Häwelmann*.

Nicht ohne Grund ist bisher vor allem von den Volksmärchen die Rede gewesen, die nach allgemeiner Auffassung als die »eigentlichen« Märchen gelten und unseren Begriff vom »Märchen«, ob er nun wissenschaftlich oder populär bestimmt ist, weitgehend und entscheidend geprägt haben. Vergleicht man es mit anderen einfachen literarischen Formen, so wird man wohl als wichtigstes Merkmal ansehen dürfen, daß es sich durch ein bestimmtes Verhältnis zum Wunderbaren auszeichnet: Das Wunderbare ist hier selbstverständlicher Teil der Welt, die Übergänge zwischen Wirklichkeit und Wunderbarem sind fließend, beide stehen nicht im Gegensatz zueinander, sondern sind noch identisch. So ließe sich denn, freilich recht allgemein, das Märchen bezeichnen als eine kleine einfache Erzählung wunderbaren Inhalts.

Nun ist dies sicherlich nicht das einzige, was man zur genaueren Charakterisierung der Volksmärchen sagen kann. Man wird hinzunehmen müssen, daß diese meist kürzeren Erzählungen mündlich und anonym überliefert sind und daß in ihnen eine überschaubare, einfache Welt dargestellt wird, die Welt eines Irgendwo und eines Irgendwann, wie die Brüder Grimm sie in der Vorrede zu den »Kinder- und Hausmärchen« auf ihre unnachahmliche Weise beschrieben haben: »Der ganze Umkreis dieser Welt ist bestimmt abgeschlossen. Könige, Prinzen, treue Diener und ehrliche Handwerker, vor allem Fischer, Müller, Köhler und Hirten, die der Natur am nächsten geblieben, erscheinen darin; das andere ist ihr fremd und unbekannt. Auch, wie in den Mythen, die von der goldenen Zeit reden, ist die ganze Natur belebt, Sonne, Mond und Sterne sind zugänglich, geben Geschenke, oder lassen sich wohl gar in Kleider weben, in den Bergen arbeiten die Zwerge nach dem Metall, in dem Wasser schlafen die Nixen, die Vögel (Tauben sind die geliebtesten und hülfreichsten), Pflanzen, Steine reden und wissen ihr Mitgefühl auszudrücken ... Alles Schöne ist golden und mit Perlen bestreut, selbst goldene Menschen leben hier, das Unglück aber eine finstere Gewalt, ein ungeheurer menschenfressender Riese, der doch wieder besiegt wird, da eine gute Frau zur Seite steht, welche die Not glücklich abzuwenden weiß ...«

Der Überschaubarkeit der Welt entspricht der einfache, einsträngige, gradlinige Erzählverlauf, der keine Nebenhandlungen, sondern nur die eine Haupthandlung kennt und meist nach ein und demselben Grundschema gefügt ist: Der Märchenheld, ob Frau oder Mann, zieht aus, um eine Aufgabe zu lösen; böse Mächte stellen sich der Lösung hindernd in den Weg; gute aber helfen mit Zauber- und Gegenmitteln; durch sie gelangt der Held schließlich trotz allerstärkster Gefährdung an Leib und Leben ans Ziel und gewinnt seinen Lohn: ein Reich, einen Königssohn oder eine Königstochter, die Brüder, einen Schatz, und dies alles geschieht nicht so sehr im Namen einer moralisch gegründeten Weltordnung, es geht vielmehr vor allem um die Sinnfälligkeit, mit der das Gute wieder in sein Recht gesetzt wird. Wichtig ist dem Märchen in seiner einfachen Ästhetik offenbar, daß zum Schluß ein harmonischer Zustand erreicht ist, der für die Folgezeit Glück und Zufriedenheit verspricht: »Und wenn sie nicht gestorben sind, so leben sie noch heute.«

Der Gradlinigkeit des Aufbaus entspricht die Eindimensionalität der Gestalten. Der Held ist hier nichts anderes als ein Träger der Handlung, geht ganz in ihrer Gegenwart auf, ist auf das beschränkt, was für die Handlung nötig ist. Was er sonst noch denkt oder wünscht, bleibt beiseite. So kennt die Märchenfigur denn auch kein Zögern, kein Schwanken, keine Entscheidungsschwäche; ihre körperlichen Empfindungen werden selten benannt. Sie kann mitten entzweigerissen werden oder sich selbst ein Stück Körper abschneiden, als ob sie ohne Gefühl wäre; wir sehen kein Blut fließen, hören weder Schmerzensschreie noch Seufzer, aber genauso schmerzlos ist kurz darauf alles wieder im rechten Lot.

Freilich, die idealtypische Beschreibung, wie sie hier versucht wird, trifft im wesentlichen nur auf die große Gruppe der Zaubermärchen, der »eigentlichen« Märchen voll zu, also in der vorliegenden Anthologie auf die meisten der Grimmschen und Bechsteinschen Märchen sowie auf viele der regionalen Volksmärchen, etwa dem Märchen von der *Verwünschten Prinzessin*, der *Verwunschenen Prinzenbraut*, dem *Vogel Greif* oder der *Wasserlisse*.

Sollte die Sammlung nicht einseitig werden, durfte sie sich indessen nicht auf den einen Grundtypus beschränken; daher kommen auch Märchen hinzu, die den beschriebenen generellen Merkmalen nicht oder nicht voll entsprechen: Die ganz auf Wortwitz und sprachliches Spiel abgestimmten Märchen wie *Läuschen und Flöhchen* (Grimm) und vom *Dicken fetten Pfannkuchen* oder das mit wenigen sprachlichen Wiederholungen spielende *Klein Kinder Mährchen* (Grimm). Daneben waren auch die Tiermärchen zu repräsentieren, die, wie etwa *Katz und Maus in Gesellschaft* oder *Der Zaunkönig und der Bär*, *Die Geschichte vom Hühnle un vom Gökerle* oder vom *Mauserl und Würschterl* oder der *Wettlauf zwischen Hase und Igel* im ganzen viel härtere, realere Konturen aufweisen als die oben charakterisierten Zaubermärchen. Auch die legendenhaften Märchen und die Teufelsmärchen, die oftmals in den Schwank hinüberspielen, mußten ihren Platz finden, desgleichen die Lügenmärchen (*De drei Süon; Der Meisterlügner*), die ja geradezu als Formen einer übertreibenden Kritik am Märchen gelesen werden können; schließlich vor allem auch die Schwankmärchen wie *Das Tapfere Schneiderlein* oder *Vom Schaladaus*, jene Übergangsformen zwischen Schwank und Märchen, die gattungsgeschichtlich den vielleicht ältesten und greifbaren Typus der Märchen überhaupt repräsentieren.

Den größeren Teil der Sammlung bilden Märchen, die man aufgrund ihrer Zuordnung zu individuellen Verfassern als »Kunstmärchen« zu bezeichnen pflegt, wobei das quantitative Übergewicht auch dadurch entsteht, daß diese Märchen gegenüber den meist kürzeren Volksmärchen oft zu gewaltigem Umfang anwachsen wie z. B. Goethes *Märchen*, Kellers *Spiegel das Kätzchen* oder gar Fouqués *Undine*. Allen Kunstmärchen aber ist eigen, daß sie sich als Gattung überhaupt erst vor der Folie des Volksmärchens konstituieren, und dies gilt zumal für alle Kunstmärchen, die nach dem Erscheinen der Grimmschen Sammlung von 1812 verfaßt sind.

Bevor die Gattungsgeschichte unter den normativen Einfluß der Grimmschen Sammlung gerät, ist das Volksmärchen nur in wenigen Beispielen bekannt und geschätzt, gibt es noch keine systematische Aufbereitung des traditionellen Bestandes. Aber die vor allem von Herder ausgehenden Impulse wirken, und es besteht, zumal in den Tagen der Romantik, ein zunehmendes Interesse am Sammeln und poetischen Aneignen von Volkspoesie. Diese historische Neuorientierung wird in unserer Anthologie durch einige wichtige Volksmärchenbeispiele aus der Zeit vor Grimm dokumentiert. Doch auch manche der abgedruckten Kunstmärchen von den Anfängen bis hin zu den Romantikern, wiewohl man sie kaum als Volksmärchen bezeichnen wird, wurzeln im lebendigen Humus der Volkspoesietradition.

Dominant ist in der Zeit jedoch der aus Frankreich herüberwirkende Einfluß der modischen Gattung »Feenmärchen«, der in unserer Sammlung durch die eher naiven Beispiele Funkes vom *Schneeweißen Kätzchen* und vom *König Frudibald* wie durch die ironisch-verspielte, rokokohafte Geschichte *Himmelblau und Lupine* aus Wielands *Dschinnistan* dokumentiert wird. Daneben stoßen vor allem die morgenländischen Märchen à la *Tausendundeine Nacht* – einen Beleg dafür bietet das Märchen *Abu* von Anton Wall – auf ein breiteres Leserinteresse. Auch die aufklärerische Tradition wirkt nachhaltig weiter, etwa in der rationalistisch-psychologisierenden, freilich auch durchaus undoktrinären Art, wie etwa Musäus heimische Geschichten nacherzählt.

So finden Goethe und dann vor allem die Romantiker bereits eine vielfältig gespeiste Tradition des literarischen Märchens vor, eine Tradition, in der das heimische Volksmärchen nur eine und keineswegs die entscheidende Komponente darstellt. Wenn Goethe die orientalischen Märchen – und sein Urteil gilt zugleich auch für die französischen Feenmärchen – als »Spiele einer leichtfertigen Einbildungskraft« charakterisiert, die »keinen sittlichen Zweck haben und daher den Menschen nicht auf sich selbst zurück, sondern außer sich hinaus ins unbedingte Freie führen und tragen«, dann hat er bei dieser Charakteristik nicht nur die Märchen des Rokoko vor Augen, sondern offenbar auch seine eigenen und die der Romantiker.

Doch die heitere Untertriebenheit dieses Urteils darf nicht übersehen lassen, daß gerade hier neue Formen und Bereiche der Darstellung erschlossen wurden: eine ästhetisch abgedichtete und zugleich politische Symbolik wie in Goethes *Märchen* hatte es, wenigstens in der deutschen Sprache, in dieser Gattung bis dahin nicht gegeben. Vielfach verschlüsselt stellten sich im Bild und Gegenbild des guten und wirkungslosen Herrschers und in der Konzeption des »gegenseitigen Hilfeleistens der Kräfte« (Schiller) Goethes Gegenvorstellungen zu den Ideen der Französischen Revolution dar, ohne daß doch die ästhetische Ebene verlassen, d. h. ohne daß das irreale, nach phantastischen Gesetzen abrollende, traumhafte Geschehen zur bloßen Allegorie politischer Zustände gemacht würde.

Dies war *eine* Art, die Märchenform aus der spielerischen Unverbindlichkeit des Rokoko herauszuführen. Die andere lag darin, das Märchen, wie Novalis schrieb, zum »Kanon der Poesie« schlechthin zu machen, zu einer literarischen Form, in der die Entzweiung der Welt aufgehoben und, in der Unschuld einer ins Ideale verklärten Märchenwelt, nicht entfremdete Weltverhältnisse wiederhergestellt waren. So liegt dem Märchen des Novalis und anderer Romantiker die Vorstellung zugrunde, daß in einer Verbindung von Chaos und Vernunft die einstige Harmonie von Natur- und Geisterwelt prophetisch vorweggenommen wird, also eine Verbindung von Ur- und Endzeit bereits im Gegenwärtigen erscheint, die von der Notwendigkeit kündet, daß sich mit der Zeit alle Geschichte in Märchen verwandelt.

In Tiecks Märchen dagegen – und auch dies gewann dem Märchen eine neue Qualität ab – bricht das Wunderbare als bedrohliche Macht in das Alltagsleben ein. Im Wahn des Helden sind die Bereiche ineinandergerückt, er vermag sie nicht mehr zu trennen, vermag daher auch nicht ins Alltagsleben zurückzufinden. Die Natur erscheint dämonisiert, die Verfallenheit des Helden an diese dämonisierte Natur als Versündigung, als

Verirrung des Ichs. Erst in den *Elfen* ist das Märchenreich, ohne daß die Menschen der Alltagswelt dies durchschauen, als phantastisch schöne Gegenwelt Grundlage des allgemeinen Wohlstandes; die allgemeine Prosperität erscheint als geheimnisvolles Wirken unsichtbarer, untergründiger Mächte, erweist aber gerade dadurch deren reale Bedeutung. Bei Tieck – und darin liegt das Neue – wird am frühesten der Märchenbereich zur Metapher für das geheimnisvolle Wirken des menschlichen Unbewußten: in den Schreckensmomenten, in den Wahngestalten, in den dämonischen Angstgebärden, mit denen die Gestalten auf das Einbrechen des Wunderbaren in ihre Welt reagieren.

Anders bei Fouqué. Seine Hauptfigur, die Wassernixe Undine, ist alles andere als eine wahnhafte Projektion, gewinnt vielmehr in der Fiktion des Märchens leibhaftige sinnliche Präsenz und wirkt nach Gesetzen, die mit denen der Menschen unvereinbar sind, auf wunderbare Weise in deren Leben hinein, vermag aber auch durch ihre Liebe nicht, das problematische Verhältnis von beseelter und seelenloser Welt aufzuheben. Die ungleichen Welten, so zeigt der Schluß, lassen sich überhaupt nur metaphorisch versöhnen: Der treulose Geliebte wird vom Quell, in den sich Undine verwandelt, noch im Tode umarmt.

Nehmen wir schließlich noch Brentano und Chamisso. Gewiß, die Nähe der Brentanoschen Märchen zum Volksmärchen mag größer sein als die der anderen romantischen Dichter. Aber schon Jacob Grimm sah hier mehr das Gemachte, das Subjektive, das artifiziell Verkindlichte, weniger das »Selbstgewordene« der Volksmärchen und erfaßte damit die spezifischen Neuerungen Brentanos: die Ironie der Sprache, den durchgehaltenen kühlen Witz, die Auflösung der Handlung in Wortspiel und Lautmalerei.

Chamissos frühe autobiographische Märchenfabel, die in vielen Einzelzügen den Märchen Goethes, Novalis' und Tiecks verpflichtet ist und philosophisches Gedankengut der Antike verarbeitet, thematisiert den Gegensatz von Freiheit und Notwendigkeit, freier Selbstbestimmung und Schicksal, in den der Mensch sich durch eine Tathandlung einzufügen hat, und markiert mit seiner grüblerischen Allegorik die entschiedenste Distanz zur Naivität der Volksmärchen.

An allen aufgeführten Beispielen zeigt sich, daß die Gattung »Märchen« in den Kunstmärchen bereits eine reiche Ausbildung erfahren hatte, als die Grimms mit den »Kinder- und Hausmärchen« von 1812 den Märchentypus formten, der von da an im allgemeinen Bewußtsein die Gattung repräsentierte und der fortan stärker auf die Kunstmärchen zurückwirkte, als die wenigen vor Grimm bekannten Volksmärchen es vermocht hatten. Und in der Tat, sie übernahmen ihn nicht nur in seiner überlieferten Gestalt, sie formten ihn auch. Tatsächlich hatten die Brüder Grimm, wie die erst im 20. Jahrhundert aufgefundenen Urfassungen einzelner Märchen erkennen lassen, seit der ersten Ausgabe von 1812 die Märchen im Sinne ihrer Auffassung von Natur- und Volkspoesie einer zunehmenden Stilisierung unterzogen und das geschaffen, was dann später als »alter deutscher Märchenton« der weiteren Geschichte des Märchens ausgeprägten Reiz und Lebendigkeit verschafft hat. Um dieses Verfahren am Beispiel vorzuführen, habe ich bei einigen Grimmschen Märchen, zum Vergleich mit den späteren Fassungen, die sogenannten Urfassungen mitaufgenommen.

Wie weit sich die Kunstmärchen durch ihre raffinierte Ästhetik bereits von den Volksmärchen entfernt hatten, zeigt sich vielleicht nirgendwo deutlicher als an den kurz nach den Grimmschen Märchen veröffentlichten Kunstmärchen E. T. A. Hoffmanns, in denen die bürgerliche Welt an sich selber irre gemacht wird, indem ständig die Wirklichkeitserfahrung selbst in Zweifel steht. Jederzeit kann sich das für wirklich Gehaltene ins Groteske und Phantastische auflösen: Der Erzähler Drosselmeyer ist als Hof-»Geheimrat« zugleich auch Teil der von ihm selbst erzählten Märchenwelt; er baut die eben noch lebendige Prinzessin wie eine mechanische Gliederpuppe auseinander und wieder zusammen; die Märchennuß Krakatuk wird überall in phantastischen Märchenländern gesucht, aber gefunden wird sie schließlich im heimischen Nürnberg.

In der Folgezeit, vor allem seit der zweiten Hälfte des 19. Jahrhunderts, rückt das Märchen aus dem Zentrum der literarischen Produktion heraus. Gewiß, es werden noch viele Märchen geschrieben. Doch die emphatische Bedeutung, die diese literarische Ausdrucksform als utopisches Modell in der Zeit nationaler Bewegungen und Aufbruchshoffnungen zu Beginn des Jahrhunderts erlangt hatte, konnte es nicht bewahren. Schon bei Hauff, bei dem doch die Rückbindung an die Romantik noch allenthalben erkennbar ist, setzt sich eine rationalere Behandlung des Wunderbaren durch, die scheinbar wieder auf aufklärerische Muster zurücklenkt, in Wahrheit aber einer neuen Zeitstimmung entspringt und auch die Resignation des Kleinbürgers in der Zeit der Restauration widerspiegeln dürfte. Die Verstrickung des Helden in die Welt des Märchenhaft-Wunderbaren und der anfängliche Aufschwung zum Glück führen bei Hauff immer wieder sehr schnell zur ernüchterten Rückkehr in die Alltagswelt; doch das wird spannend, mit ausgesprochener Unterhaltungsabsicht, erzählt, wobei aller metaphysische Tiefsinn, alle dunklen Rätsel der Menschheit, wie die Romantiker sie liebten, freilich auch alle utopischen Impulse beiseite bleiben.

Man wird Mörike, Hebbel, Keller und vor allem auch Büchner mit seinem abgründig-resignativen Kindermärchen aus dem *Woyzeck* hier anzusiedeln haben. Bei ihnen kommen, wie bei Hauff, neue Bewegungsabläufe in die Märchenform. Gerade bei einem Autor wie Keller wird das deutlich: So läuft das heiter-hintergründige Märchen von *Spiegel dem Kätzchen* auf die materialistische Lehre hinaus, daß ein Lebewesen ist, was es *ißt* oder, wie man dieses Wort von Lukács abgewandelt hat: daß die menschliche Kost die Grundlage der menschlichen Bildung sei. Dieser Kater ist nicht wie die romantischen Kater mit tiefgründigen Menschheitsproblemen beschäftigt, ihm geht es ums bloße Überleben. Und dennoch ist die Geschichte im höchsten Grade märchenhaft. Nicht nur darin, daß hier ein Tier handelt, redet, Gefühle äußert und sich wie ein Mensch verhält, sondern vor allem darin, daß dies mit höchster psychologischer Subtilität als möglich vorgestellt wird, mithin die Grenze zwischen dem Vorstellbar-Möglichen und dem Tatsächlich-Realen in ironischer Heiterkeit aufgehoben erscheint.

Aber dies bleibt ein Glücksfall der Gattung. Im ganzen wird man sagen müssen, daß die Zeit des Realismus für die Erzählform »Märchen« nicht eben günstig gewesen ist. Denn die Zielsetzung der realen Beglaubigung alles Erzählten stieß sich mit den vielfältigen Freiheiten, die das Wunderbare, Phantastische, Utopische für sich forderte. Es ist hier nicht der Ort, auf die sozialgeschichtliche oder politische Basis des Realismus einzugehen. Sicherlich aber deutet die Tatsache, daß um diese Zeit zum erstenmal eine Maschine als Handlungsträger in ein Märchen einbezogen wird (Anzengruber), daß andererseits das Wunderbare mehr und mehr in die unverbindliche Form des Harmlosen oder oft sogar Trivialen abgedrängt erscheint (Putlitz, *Prinz Haarbüschel*), auf veränderte Lebens- und Verhaltensformen des bürgerlichen Publikums hin: In einem zunehmend von wirtschaftlich-technischen Fortschrittsimpulsen beherrschten Zeitalter läßt sich das Wunderbare entweder spielerisch auf die Gegenstände der neuen Welt ausdehnen oder, wie in der Regel der Fall, zur bloßen literarischen Floskel entleeren, die allenfalls noch in der Welt der Kinder eine schon nicht mehr ganz ernst genommene Bedeutung behält. Kein Wunder, daß das Märchen dieser Zeit nur mehr unterhalten oder zerstreuen, nicht aber, wie in den Tagen der Romantik, wichtige Lebensfragen beantworten soll. Selbst eine so weiträumig und überlegt konzipierte Geschichte wie die von Paul Heyse (*Das Märchen vom Herzblut*) mit ihrer Fin-de-siècle-Künstlerproblematik oder Raabes *Omar und Dilaram* mit ihrem Rückgriff auf die Welt der Scheherazade leiden an solcher Auszehrung.

Erst nach der Jahrhundertwende wird die Märchenpalette wieder reicher, allerdings wird es jetzt auch schwieriger zu klassifizieren, da die Märchen meist individuelle einzelne Gestaltungen bieten. Am besten lassen sich noch die Märchen des Expressionismus als Gruppe zusammenfassen – also die

Märchen von Scheerbart, Meyrinck, Ehrenstein, Heym, Schwitters, Klabund, Tucholsky, Graf, in denen viele der traditionellen Märchenrequisiten und Märchenformen aufgegriffen werden: das Wunderbare in der Form des Zaubers, der Verwandlung, der Magie des Wortes und der Namen. Doch diese treten nicht wie im Volksmärchen als selbstverständliche Gegebenheiten der Welt auf, sondern werden als Erfindungen, als Einfälle, als phantastische Spekulationen eingeführt. Auf diese Weise macht sich der Verfasser selbst sichtbar. Die Märchen, und d. h. zumeist die Märchengrotesken, sind in die Märchenform gestülpte Probleme des Ichs und der Zeit: Sie spiegeln die Gefährdung durch die moderne Naturwissenschaft, durch die Erfahrung einer psychopathologischen Bedrohtheit der menschlichen Existenz, durch den Krieg und das Militär, durch die Spießigkeit der bürgerlichen Gesinnungen, durch die technische Maschinenwelt und vieles andere mehr. Diese Märchen sollen nicht wie die der Romantik über die Reflexion den Zugang zum verlorenen Paradies erschließen, im Gegenteil: sie sollen durch ihre Übertreibungen, ihre Zynismen, ihre Paradoxien, ihre schockhaften Darstellungen und irrealen Handlungsräume das gegenwärtige Zerrbild des verschlossenen Paradieses vor Augen führen.

So wird an den Märchen der Zeit – und dies gilt nicht nur für die der Expressionisten – deutlich, wie sich die traditionelle Form für neue Erfahrungen öffnet, wie ganz neue Requisiten und Handlungsträger eingeführt werden. Bei Schönlank z. B. wird der Großstadtbereich mit seinen spezifischen Lebensbedingungen zum Schauplatz, ja geradezu zum Helden der Geschichte; bei Döblin wird der technische Apparat in Gestalt eines Radios zum Vermittler des Wunderbaren, allerdings eines dem technischen Medium eher fremden sentimentalen Geschehens: Das Wunder bedient sich hier zwar des technischen Instruments, aber es wird noch nicht Teil der Märchenwelt und nur sehr äußerlich in das wunderhafte Geschehen einbezogen.

Die Erzählungen Kafkas mit ihren märchenhaften Erfindungen und ihrer generellen Ungeschiedenheit von Phantasie- und Wirklichkeitsbereich, erkennbar etwa an den sprechenden Tieren, an den vielfältigen Verwandlungen oder an der Aufhebung naturgesetzlicher Zusammenhänge, lassen sich an die der Expressionisten anschließen. Aber, im Unterschied zu den expressionistischen Märchen, stellt sich bei Kafka an keiner Stelle die Vorstellung ein, ein Gegenglück sei erreichbar oder auch nur wünschbar. Legt das Dargestellte vom Formalen her möglicherweise noch Märchenerwartung nahe, so dient die Erzählung selbst zu deren nachhaltiger Aufhebung und Zerstörung.

Als Sprachexperimentator mag Schwitters hier noch erwähnt sein, der in vielem an Brentano erinnert, sich aber nicht wie jener in der sicheren ironischen Distanz zum Gegenstand hält, sondern ihn demontiert durch

Aushöhlung der Begriffe und traditionellen Formen, wobei er im Erzählen wiederum die Willkür des Konstruierten enthüllt. Aus dem »Es war einmal« wird so ein »Es könnte so sein, aber es könnte auch anders sein«.

Im strikten Gegensatz zu solcher ästhetischen Offenheit nutzen die engagierten Märchen eine andere Möglichkeit der Gattung aus: die der Verschlüsselung, der Allegorik, der Symbolik, sei es, daß das Märchen zum Transportmittel einer ganz bestimmten politischen Lehrmeinung wird, wie etwa in den sozialistischen Märchen von Hermynia Zur Mühlen, sei es, daß politische Ereignisse und Entwicklungen in Form des Märchens kritisiert, glossiert oder ironisiert werden wie bei Hoernle die Zeit nach dem Ersten Weltkrieg, wie bei Hasenclever die Jahre der Weimarer Republik und das Heraufkommen des Nationalsozialismus oder wie schließlich bei Scharang die abstrakte Lehre von der systematischen und permanenten feudalen Rechtsbeugung einerseits, vom legitimen Widerstand und Sieg des Volkes andererseits.

Gegenmuster zu Grimmschen Märchen wie Hasenclevers *Froschkönig* sind in jüngster Zeit häufiger auf den Markt gekommen. War es früher eher die Regel, nach dem Vorbild der Volksmärchen selbständige Kunstmärchen zu verfassen, d. h. in schöpferischer Aneignung Märchenton und Märchenform nachzubilden, dies aber durchaus im Dienste eigener mehr oder weniger phantasievoller Erfindung – hier wären die in dieser Anthologie vertretenen und nach Charakter wie Qualität unterschiedlichen Märchen von Gotthelf, Mörike, Storm, Volkmann-Leander, Busch, Dehmel oder Marie Luise Kaschnitz zu nennen –, so setzen sich neuerdings stärker die Neufassungen Grimmscher Vorbilder durch: kritisch verfremdet bei Fetscher, in bewußt naiver Ausmalung der Details bei Lampe oder in witziger Beschreibung eines zeitgenössischen Gegenmodells zum alten *Hans im Glück*, bei Heckmann. Sicherlich gehen diese oft künstlich wirkenden Wiederaufnahmen nicht nur auf die Herausforderung des jeweiligen Verfassers zum literarischen Wettstreit mit der alten Form zurück. Gewiß spielen auch Marktorientierungen eine nicht unerhebliche Rolle. Und hier stoßen wir auf eine Schwierigkeit der gattungsgeschichtlichen Situation heute.

Seit dem frühen 19. Jahrhundert ist das Märchen zunehmend zur Domäne der Kinder- und Jugendliteratur geworden. Mit einem wirklich *breiten* Lesepublikum können heute nur noch die Märchenproduktionen rechnen, die für Kinder geschrieben sind, und d. h. konkret: die sich sehr stark an die alten bewährten Märchenmodelle anlehnen. Das gilt etwa für die Märchen von Fuchs, Hohler, Kuhnert, Hacks, Born, Maar. Sie versuchen möglichst spannend und abwechslungsreich von wunderbaren Ereignissen zu erzählen, so daß Kinder und Jugendliche gefesselt und interessiert werden. Aber die Geschichten haben zumeist, und in der Regel scheint dies sogar gewollt, ein eher flaches Profil. Auf sie trifft das Bettelheimsche Wort »Kinder brauchen Märchen« nicht im vollen Wortsinn zu; denn diese Märchen reichen substantiell an die Grimmschen nicht heran. Nur selten sind sie so gewichtig, daß sie dem Kind die Möglichkeit geben, die inneren Konflikte, die es in den verschiedenen Phasen seiner Entwicklung erlebt, intuitiv im literarischen Muster zu erfassen, in der Phantasie auszulegen und dadurch zu lösen.

Auf der anderen Seite stehen ernstzunehmende Experimente moderner Autoren mit der Märchenform, die vermutlich nur ein *kleines* Lesepublikum erreichen: H. C. Artmann schreibt einen kurzen, mit traditionellen Märchenmitteln arbeitenden, zum Schluß durch seine gegenläufige Märchenpointe überraschenden Text; Konrad Bayer löst ein Märchen in ein Sprachexperiment wundersamer verbaler Verwandlungen auf; Thomas Bernhard erfindet eine skurrile Geschichte von einer seltsamen Begegnung im Walde, die gerade durch das Ineinander von ins Absurde umschlagenden wunderbaren und banalsten Alltäglichkeiten ihre suggestive Wirkung erzielt.

Wie diese Anthologie die Geschichte der Gattung nicht lückenlos vor Augen führen kann, so kann auch ein Vorwort die Entwicklung des Märchens von den Anfängen bis in die Gegenwart allenfalls skizzieren. Mir ging es an dieser Stelle um einen kurzen geschichtlichen Überblick über das in diese Anthologie aufgenommene Material, zugleich aber auch um eine Begründung: Die Auswahl dieser Anthologie, so zeigt sich, beruht nicht auf einer festen Märchendefinition. Fast könnte man sagen: im Gegenteil. Sie versucht zu beschreiben, was in unterschiedlichen Zeiten als Märchen in die literarische Erscheinung getreten ist bzw. von einem Autor als Märchen vorgestellt wurde. Ein solches Vorgehen sieht durchaus nicht an der Tatsache vorbei, daß sich wichtige Grundmerkmale des Märchens festhalten lassen, so das »Es war einmal« des Eingangs, die magischen Requisiten und Gestalten, die zauberhaften Verwandlungen, kurz: die Dimension des Wunderbaren, um den allgemeinsten kleinsten Nenner zugrunde zu legen. Aber wie dieses Wunderbare in die Gestaltung tritt, mit welchen Inhalten, Formen und Erzählabsichten es von Gestaltung zu Gestaltung wechselt, dies darzustellen, scheint mir wichtiger. Die Anthologie sollte daher auch nicht in irgendeiner Form von vorgegebenen Mustern ausgehen, sondern gerade den deutschen Märchenschatz in der Fülle seiner historischen Vielfalt zusammenführen.

Dennoch stellt sich zum Schluß die Frage, was denn einer solchen Sammlung den inneren Zusammenhalt gibt. Ist es nur die Tatsache, daß ein Autor seinen Text mit dem Kennwort »Märchen« versehen hat? Ich glaube nicht. Nehmen wir so extreme Beispiele wie einerseits die Grimmschen Volksmärchen und andererseits die Märchen des Expressionismus, in deren oft groteskem oder satirischem schwarzen Humor die Märchenwelt zur bloßen Kulisse zu werden scheint und pointiert auf anderes verweist: auf Kritik und Verspottung des Bestehenden. Beiden bleibt gemeinsam: die Vorstellung einer besseren Welt, der Traum, daß das Leben auch anders sein könnte; beiden liegt ein Wunsch, eine Sehnsucht, vielleicht sogar eine Hoffnung zugrunde. Daß hier Gefahren liegen, Gefahren einer scheinhaften Befriedigung von Wünschen im literarischen Doppelleben, Gefahren auch einer allzu bereitwilligen und problemlosen Einebnung der verborgenen oder handgreiflichen Grausamkeit, ja Brutalität von Märchen, ist nicht zu bestreiten. Wichtiger scheint mir jedoch, daß hier Möglichkeiten der Phantasietätigkeit auftauchen, die keine andere literarische Form in dieser Weise und in diesem Ausmaß zu bieten vermag.

»Es war einmal«: Dieser Erzähleingang des Volksmärchens signalisiert, wie Ernst Bloch es beschrieben hat, ein bunteres, leichteres Anderswo: Zum Schluß gelangt der Märchenheld über alle Hindernisse und Schwierigkeiten hinweg zum Glück, wird die Welt für ihn ganz golden. Der Held, und der Held ist hier oft der Arme oder der Dümmling, kommt dorthin, wo das Leben wieder gut und harmonisch ist. Feen und andere wohltätige Mächte bringen ihm das Gewünschte, versehen ihn mit dem Nötigen, mühelos gelingt ihm jetzt das Schwere, alle Ferne wird nah, alle Zeit erscheint aufgehoben im Jetzt und Immer einer goldenen Welt.

Überblickt man die Fülle der Märchen, wie sie in dieser Anthologie ausgebreitet werden, so wird man zweifellos nicht sagen können, daß sie alle nach Ton und Gehalt dem Muster der Volksmärchen entsprechen; nicht einmal die Volksmärchen bilden hier eine Einheit. Dennoch wird man als ein Gemeinsames festhalten können, daß auch im Kunstmärchen, und sei es noch so entzaubert und wirklichkeitsnah, noch so ironisch oder grotesk, etwas lebendig ist von der Sehnsucht nach einer besseren Welt, von dem spielerischen Entwurf einer Wunscherfüllung, von der Freiheit gegenüber den Gegebenheiten der Alltagswelt. »Es könnte auch anders sein« wird im Märchen zum »Es war einmal« und hebt so die Gesetze der Erfahrungswirklichkeit im phantastischen Schein auf: »So leben sie noch heute.« Materielles Glück erhält eine feste Form; Versöhnung, Harmonisierung der Welt scheint möglich, mehr noch: scheint am Schluß von unaufhörlicher Dauer.

Nur dadurch läßt sich das Überleben der Gattung »Märchen« bis heute begreifen, daß hier eine grundsätzliche menschliche Möglichkeit immer wieder ihren dichterischen Ausdruck findet: eine Freiheit wird beschworen, die nicht die Wirklichkeit *ist*, die sie aber sein *könnte*. Wenn in Novalis' Märchen *Hyazinth und Rosenblütchen* der unstete Wanderer am Schluß das

Bild der Göttin Isis enthüllt und in ihm die Geliebte wiederfindet, so kommt darin sinnbildlich zum Ausdruck, daß Märchen immer auch, in der Form der spielerischen Phantasie, Rückkehr ist, Rückkehr ins Vertraute, in die Kinderwelt, ins Paradies. Märchen rühren uns an mit dem Versprechen: Du bist da, du bist zu Hause.

Zum Aufbau und zur Einrichtung dieser Sammlung sei zum Schluß noch dies kurz vermerkt. Sie geht zwar auf die Anthologie zurück, die ich 1979 unter demselben Titel herausgab, ist aber nach äußerer Anlage, innerem Aufbau und Auswahl grundlegend verändert.

Sie ist jetzt in zwei große Teile gegliedert, in *Volksmärchen* und *Kunstmärchen*. Den Volksmärchen werden hier, außer den allbekannten Texten der beliebten Märchensammlungen von Grimm und Bechstein, auch die seltener gelesenen Volksmärchen aus den heute unbekannteren Anthologien von Musäus, Albert Ludwig Grimm und Büsching zugeordnet sowie die in größere literarische Werke eingelegten (z. B. Montanus, Grimmelshausen oder Jung-Stilling) oder als selbständige Texte verfaßten Volksmärchen namentlich genannter Autoren oder Sammler (z. B. Runge, Bettine von Arnim, Arndt) und schließlich auch die deutschsprachigen regionalen Volksmärchen. Die hier aufgeführten Textgruppen erfüllen entweder an sich schon die Kriterien, die wir an Volksmärchen stellen (sind also ursprünglich anonym und mündlich überlieferte, einfach strukturierte kurze Texte mit bestimmtem Personal, Requisitenbestand und Handlungsablauf) oder greifen, wenn ihre Verfasser auch namentlich bekannt sind, erkennbar auf ältere Volksmärchen zurück, um sie als solche wiederzuerzählen.

Demgegenüber steht bei den Kunstmärchen, wenngleich sie sich als Gattung überhaupt erst vor dem Hintergrund der Volksmärchen ausbilden, die individuell-persönliche Gestaltung im Vordergrund, und deshalb werden hier, neben den eigentlichen Kunstmärchen von der Aufklärung bis ins 20. Jahrhundert, auch die Nachgestaltungen alter Volksmärchen eingeordnet, die vornehmlich in neuerer Zeit häufig anzutreffen sind.

Ganz strikt lassen sich die beiden Gruppen allerdings nicht gegeneinander abgrenzen: Einerseits sind die Volksmärchen, was im besonderen Maße an den Texten von Musäus oder Bechstein, ja sogar an denen der Brüder Grimm zu sehen ist, immer auch von der Individualität ihrer Erzähler oder Sammler geprägt, und andererseits nehmen die Kunstmärchen an Ton, Gestus, Motiven, Handlungszügen, Personal und Requisiten vieles aus der Volksmärchentradition auf. Immer werden Grenzfälle bleiben. So ließen sich durchaus Gründe dafür geltend machen, etwa Musäus' *Chronica* zu den Kunstmärchen, Kerners *Goldener* zu den Volksmärchen zu stellen.

Soweit feststellbar, werden die Märchen in dieser Sammlung nach ihren Entstehungs- bzw. Erscheinungsdaten angeordnet, so daß schon äußerlich erkennbar wird, welche Märchen oder Märchensammlungen literarisch aufeinander eingewirkt haben können. Nur die regionalen Volksmärchen sind aufgrund ihres unterschiedlichen und nicht feststellbaren Alters von dieser Regelung ausgenommen. Sie stehen, nach Landschaften geordnet, am Ende der *Volksmärchen*.

Über die Vorlagen, nach denen gedruckt worden ist, gibt das Verzeichnis am Anfang des Bandes genauere Auskunft.

Die Erklärungen am Schluß des Bandes sind unterteilt in Wort- und Begriffserklärungen. Das erwies sich als sinnvoll, um die Begriffserklärungen von den vielen Wort-zu-Wort-Entsprechungen zu entlasten, durch die vor allem die mundartlichen Wendungen in einzelnen Märchen oder Fremdwörter dem Leser verständlich gemacht werden sollen.

Rückblickend hoffe ich, daß die Sammlung an Fülle, an konzeptioneller Klarheit sowie an literarischer Qualität gewonnen hat, und mit dieser Hoffnung verbindet sich der Wunsch, den Leser um so umfassender und um so anregender in die faszinierende Phantasielandschaft der deutschen Märchen einführen und entführen zu können.

Allen Verlagen und Autoren, die die Genehmigung für den Abdruck »ihrer Märchen« erteilt und dadurch das Zustandekommen dieses Bandes ermöglicht haben, sei an dieser Stelle herzlich gedankt. Zu guter Letzt möchte ich die Gelegenheit nutzen, auch dem Verlag, seinen Mitarbeiterinnen und Mitarbeitern, für die Mühe und Sorgfalt zu danken, die diesem Buch in so eindrücklicher Weise zuteil wurde.

Frankfurt, im März 1994 *Helmut Brackert*

Verzeichnis der Märchen

Volksmärchen

Jacob Grimm
geb. 1785 in Hanau
gest. 1863 in Berlin

Wilh. Grimm
geb. 1786 in Hanau
gest. 1859 in Berlin

Nach: 1. Die älteste Märchensammlung der Brüder Grimm. Synopse der handschriftlichen Urfassung von 1810 und der Erstdrucke von 1812. Hrsg. und erläutert von Heinz Rölleke. Cologny – Genève. Fondation M. Bodmer. 1975. – 2. Die Kinder- und Hausmärchen der Brüder Grimm. Vollständige Ausgabe in der Urfassung. Hrsg. von F. Panzer. Emil Vollmer Verlag, Wiesbaden o. J. (1912), Fassung von 1812. 3. Kinder und Hausmärchen. Gesammelt durch die Brüder Grimm. Winkler Verlag, München ^{14}1993 (Fassung von 1819). – 4. Märchen aus dem Nachlaß der Brüder Grimm. Hrsg. und kommentiert von H. Rölleke. Bouvier Verlag Herbert Grundmann, Bonn 1977.

Ernst Moritz Arndt
geb. 1769 in Schoritz auf Rügen
gest. 1860 in Bonn

Nach: Arndts Werke. Auswahl in zwölf Teilen. Hrsg. von A. Leffson und W. Steffens. Dritter und vierter Teil. Hrsg. von A. Leffson. Berlin/Leipzig/Wien/Stuttgart o. J.

Kunstmärchen

580 Der Zwerg Nase (aus: Der Scheikh von Alessandria und seine Sclaven, erschienen 1827)

Nach: Werke nach den Originaldrucken und Handschriften. Band 1. Winkler Verlag, München [4]1988.

AUGUST GRAF VON PLATEN

geb. 1796 in Ansbach (Hallermünde)
gest. 1835 Syrakus/Sizilien

603 Rosensohn (1826)

Nach: Sämtliche Werke in 12 Bänden. Hrsg. von M. Koch und E. Petzet. Band 11.: Prosaische Schriften. Leipzig o.J. (1910. – Nachdruck G. Olms Verlag, Hildesheim 1969).

GEORG BÜCHNER

geb. 1813 in Goddelau bei Darmstadt
gest. 1837 in Zürich

616 Märchen vom armen Kind (aus: Woyzeck, postum)

Nach: Werke und Briefe. Hrsg. v. K. Pörnbacher, H. Simms, E. Ziegler. Carl Hanser Verlag, München 1988.

FRIEDRICH HEBBEL

geb. 1813 in Wesselburen/Holstein
gest. 1863 in Wien

617 Der Rubin (1837)

Nach: Werke in fünf Bänden. Hrsg. v. G. Fricke, W. Keller, K. Pörnbacher. Band 3. Carl Hanser Verlag, München 1966.

EDUARD MÖRIKE

geb. 1804 in Ludwigsburg
gest. 1875 in Stuttgart

624 Der Bauer und sein Sohn (1839)

630 Die Hand der Jezerte (1853)

Nach: Sämtliche Werke in zwei Bänden. Band 1. Winkler Verlag, München [4]1979.

JEREMIAS GOTTHELF (ALBERT BITZIUS)

geb. 1797 in Murten (Schweiz)
gest. 1854 in Lützelflüh (Kanton Bern)

637 Die Rabeneltern (1841)

Nach: Sämtliche Werke in 24 Bänden. Hrsg. von R. Hunziker und K. Bloesch. Bd. 23: Kalendergeschichten. Eugen Rentsch Verlag, Erlenbach-Zürich 1943.

THEODOR STORM

geb. 1817 in Husum/Schleswig
gest. 1888 in Hademarschen/Holstein

641 Der kleine Häwelmann (1849)

Nach: Gesammelte Werke in sechs Bänden. Band 1. Hrsg. v. G. Honnefelder. Insel Verlag, Frankfurt am Main 1975.

GUSTAV ZU PUTLITZ

geb. 1821 auf Retzin bei Perleberg
gest. 1890 ebd.

644 Die Mohnblume (1850)

Nach: Was sich der Wald erzählt. Berlin [16]1853.

GOTTFRIED KELLER

geb. 1819 in Zürich
gest. 1890 in Zürich

649 Spiegel, das Kätzchen (erschienen 1858)

Nach: Werke in drei Bänden. Band 3. Winkler Verlag, München [4]1978.

WILHELM RAABE

geb. 1831 in Eschershausen bei Braunschweig
gest. 1910 in Braunschweig

678 Das Märchen von Omar und Dilaram (aus: Ein Frühling, 1858)

Nach: Sämtliche Werke. Hrsg. v. K. Hoppe. Band 1. Vandenhoek und Ruprecht, Göttingen 1965.

WILHELM BUSCH

geb. 1832 in Wiedensahl bei Hannover
gest. 1908 in Mechtshausen/Harz

685 Königin Isabelle

Nach: Aus alter Zeit. Märchen und Sagen. Hrsg. v. G. Ueding. Deutsche Verlags-Anstalt, Stuttgart 1982.

Georg Kaiser

geb. 1878 in Magdeburg
gest. 1945 in Ascona

817 Das Märchen des Königs (1943)

Nach: Werke. Hrsg. von W. Huder. Band 4. Filme Romane Erzählungen Aufsätze Gedichte. Propyläen Verlag, Frankfurt/Berlin/Wien 1971.

Erich Kästner

geb. 1899 in Dresden
gest. 1974 in München

818 Das Märchen vom Glück (1947)

821 Das Märchen von der Vernunft (1948)

Aus: Der tägliche Kram. Chansons und Prosa 1945–1948. Deutscher Taschenbuch Verlag, München 1989, © Atrium Verlag, Zürich 1948.

Ingeborg Bachmann

geb. 1926 in Klagenfurt
gest. 1973 in Rom

823 Das Lächeln der Sphinx (1949)

Aus: Gesammelte Werke, Band 2: Erzählungen. © Piper Verlag GmbH, München [4]1978.

H. C. Artmann

geb. 1921 in Wien

826 Märchen vom Prinzen

Aus: Das im Walde verlorene Totem. Prosadichtungen 1949–1953. © Residenz Verlag, Salzburg 1970.

Wolfgang Hildesheimer

geb. 1916 in Hamburg
gest. 1991 in Poschiavo (Schweiz)

827 Der Riese

Aus: Lieblose Legenden. © Suhrkamp Verlag, Frankfurt am Main 1983.

Michael Scharang

geb. 1941 in Kapfenberg

828 Das Märchen vom Recht, das nicht nur vom Volk ausging, sondern auch wieder zu ihm zurückkehrte

Nach: Das Einhorn sagt zum Zweihorn. Schriftsteller schreiben für Kinder. Gesammelt und hrsg. von G. Middelhauve und G. Loschütz. © Middelhauve Verlags GmbH, München 1966 und 1974.

Thomas Bernhard

geb. 1931 in Kloster bei Heerlen (Niederlande)
gest. 1989 in Gmunden (Oberösterreich)

835 Viktor Halbnarr. Ein Wintermärchen

Aus: Dichter erzählen Kindern. Hrsg. von G. Middelhauve. © Middelhauve Verlags GmbH, München 1966 und 1991.

Konrad Bayer

geb. 1932 in Wien
gest. 1964 auf Schloß Hagenberg (Niederösterreich)

838 Das märchen von den bildern

Aus: Sämtliche Werke. © ÖBV-Klett-Cotta, Wien 1985, 1996.

Paul Maar

geb. 1937 in Schweinfurt

839 Die Geschichte vom bösen Hänsel, der bösen Gretel und der Hexe

Nach: Der tätowierte Hund. Verlag Friedrich Oetinger, Hamburg 1968.

Gerhard Rühm

geb. 1930 in Wien

842 das mädchen und die blume

843 die werbung

843 die uhr

Nach: Knochenspielzeug. Verlag Eremiten-Presse, Stierstadt im Taunus 1970.

VOLKSMÄRCHEN

MARTINUS MONTANUS

GEB. NACH 1530, GEST. NACH 1566

Das Erdkühlein

Ein guter armer Mann hatte eine Frau und von ihr zwei Töchterlein, und ehe dieselbigen Kindlein, von denen das kleinere Margaretlein und das größere Annelein hieß, erwachsen waren, starb ihm die Frau, und deshalb nahm er eine andere. Nun warf die Frau ihren Haß auf das Margaretlein und hätte gerne gewollt, daß es tot wäre gewesen, doch es selbst umzubringen däucht sie nicht gut, und so zog sie mit Listen das ältere Maidlein an sich, daß es ihr hold und der Schwester feind ward.

Und einmal begab sich, daß die Mutter und die ältere Tochter beieinander saßen und beratschlagten, wie sie es anstellen wollten, daß sie das Maidlein loswürden, und beschlossen endlich, daß sie miteinander in den Wald gehen und das Maidlein mitnehmen, und in dem Wald wollten sie das Maidlein in die Irre schicken, daß es nicht mehr zu ihnen kommen könnte.

Nun stand das Maidlein vor der Stubentür und hörte alle die Wort, die Mutter und Schwester wider es redeten und Ursach zu seinem Tod suchten; da war es sehr betrübt, ohn alle Ursach so jämmerlich zu sterben und von den Wölfen zerrissen zu werden. Und also betrübt ging es zu seiner Dotten oder Göttel, die es aus der Tauf gehoben hatte, und klagte ihr die große Untreu und tödliche, mörderische Urteil, die über sie von der Schwester und der Mutter geschehen. »Nun wohlan«, sprach die gute Frau, »mein liebes Kind, dieweil dein Sach eine solche Gestalt hat, so geh hin und nimm Sägmehl und, wenn du deiner Mutter nachgehst, streue es vor dir hin! Laufen sie hernach schon von dir, so geh du der selbigen Spur nach, so kommst du wieder heim.«

Die gute Tochter tat, wie ihr die alte Frau befohlen hatte. Und wie sie hinaus in den Wald kam, setzte sich ihre Mutter nieder und sagte zum ältern Maidlein: »Komm her, Annelein, und such mir eine Laus! So geht dieweil das Gretlein hin und klaubt uns drei Bürden Holz; so wollen wir an diesem Ort auf sie warten, danach gehn wir miteinander heim.«

Nun zog das gute arme Töchterlein hin und streute das Sägmehl (denn es wohl wußt, wie es ihm gehn würde) und sammelte drei Bürden Holz. Und als es die gesammelt, nahm sie es auf den Kopf und trug sie dorthin, wo es sein Stiefmutter und Schwester gelassen hatte. Als es aber dorthin kam, fand es sie nicht; behielt doch seine drei Büschlein auf dem Kopf, zog seinem gemachten Weg nach wieder heim und warf die drei Büschlein ab.

Und als es die Mutter sah, sprach sie zum Maidlein: »Annelein, unsre Tochter ist wieder kommen, und all unsre Kunst ist fehlgeschlagen. Darum wollen wir morgen an einen andern Ort gehen und das Maidlein von uns schicken; so wird es nicht mehr mögen heim kommen, so sind wir es hernach los.«

Nun hatte das gute Margaretlein diese Wort abermals gehört, lief wieder zu seiner Göttel und zeigt ihr die Handlung an. »Wohlan«, sprach die Frau, »ich sehe wohl, daß sie dir nach deinem Leben stellen und nicht Ruhe haben werden, bis sie dich umbringen. Darum so geh jetzt hin und nimm Spreu und streu die abermals vor dir hin, wie du mit dem Sägmehl getan hast! So kannst du wieder heim kommen.«

Als nun das Maidlein wieder heim kam, sagt sein Mutter: »Kommet her, Gretlein und Annelein! Wir wollen gehn in den Wald.« Das ältere Maidlein, als das um alle Sach gar wohl wußt, auch Hilf und Rat dazu getan hatte, zog ganz fröhlich, Gretlein hingegen ganz traurig hinaus. Und als sie in den Wald kamen, setzte sich die böse, arglistige, zerstörerische Frau nieder und sagte zum Annelein: »Komm her, Annelein, und fange mir eine Laus! So geht das Gretlein hin und suchet dieweil jeglichem eine Bürde Holz; darnach gehn wir wieder heim.«

Das arme Gretlein ging hin und suchte Holz, und ehe es wieder kam, war seine Mutter und Schwester weg. Nun ging das gute Gretlein mit seinem Holz der Spreu nach, bis es wieder heim kam. Und als es von seiner Mutter gesehen ward, sagt sie zum Annelein: »Unser elend Maidlein kommt wieder. Nun wollen wir sehen, wie wir es loswerden, und sollt es uns etwas Großes kosten. Und wir wollen morgen wieder in den Wald; da wollen wir sehen, daß es dahinten bleibt.«

Solche Rede hatte das Maidlein abermals gehört und ging zum drittenmal zu seiner Basen, fraget die, was es tun sollte. »Nun wohlan, liebes Kind«, sagte die Frau, »so geh hin und nimm Hanfsamen, säe den vor dir hin, danach geh dem selbigen nach wieder heim!«

Das gute Maidlein zog abermals mit seiner Mutter und Schwester in den Wald und säet den Hanfsamen vor hin. Nun sagt die Mutter abermals, wie sie vor zweimal gesagt hatte: »Annelein, such mir eine Laus! So muß das Gretlein Holz suchen.«

Das arme Gretlein zog hin und suchte Holz, dachte bei sich: »Bin ich vor zweimal wieder heim kommen, so will ich das drittmal auch wieder heimkommen.« Und als es das Holz gesucht und wieder an den Ort kam, da es seine Mutter gelassen, waren sie wieder fort. Und als das arme Maidlein seinen Weg wollte heim gehn, da hatten die Vögel den Samen aufgefressen. Ach Gott, wer war trauriger als das arme Maidlein! Den ganzen Tag im Wald lief sie umher zu weinen und schreien und Gott sein Leid zu klagen, konnt keinen Weg finden, auf dem es möchte aus dem Wald kommen, war auch in den Wald so tief hinein kommen, wo ohne Zweifel nie kein Mensch gewesen. Als nun der Abend kam und das arme verlassene Maidlein an aller Hilfe verzweifelt war, stieg es auf einen sehr hohen Baum zu sehen, ob es doch irgendeine Stadt, Dorf oder Haus sehen möcht, darin es ginge, damit es nicht so jämmerlich den wilden Tieren zur Speise gegeben würde. In solchem Umsehen begab sich, daß es ein kleines Räuchlein sah; stieg behend herab vom Baum und ging demselbigen Rauch zu und kam in wenig Stunden an den Ort, von dem der Rauch ausging. Das war ein kleines Häuslein, darin niemand wohnte als nur ein Erdkühlein.

Das Maidlein kam vors Türlein und klopfet an, begehrte, man sollte es einlassen. Das Erdkühlein antwortete: »Ich laß dich wahrlich nicht herein, du verheißest mir denn, dein Lebtag bei mir zu bleiben und mich nimmermehr zu hintergehen und zu verraten!« Das gelobt ihm das Maidlein, und alsbald ward es von dem Erdkühlein eingelassen. Und das Erdkühlein sagte: »Wohlan, du darfst nichts tun, als mich des Abends und Morgens zu melken. Danach issest du die Milch von mir, so will ich dir Seiden und Samt genug zutragen: davon mach dir schöne Kleider, wie du sie begehrst! Gedenk aber und siehe, daß du mich nicht hintergehst! Wann schon deine eigne Schwester zu dir kommt, so laß sie nicht herein, damit ich nicht verraten werd, daß ich an diesem Ende sei! Sonst hätte ich das Leben verloren!« – Ging nach solchen Worten an seine Weide und brachte dem Maidlein des Abends, wann es heim kam, Seiden und Samte, davon sich das gute Gretlein so schön kleidete, daß es sich wohl einer Fürstin hätt vergleichen mögen.

Als sie nun bis an das ander Jahr also beieinander gewesen waren, begab sich, daß dem größern Maidlein, das daheim blieben war und das junge Gretlein, sein Schwesterlein, ohne alle Schuld hatte helfen in das Elend verjagen, in Gedanken kam und dachte, wie es doch zu seinem Schwesterlein gehen möchte, das sie hatte helfen ins Elend verjagen, kläglich anhob zu weinen und die große Untreu zu bedenken, die sie ihr ohne alle Schuld bewiesen hatte, in Summa in eine solche Reue kam, daß sie nicht mehr bleiben konnte oder mochte, sondern sehen wollte, ob sie doch irgendein Beinlein von ihrem Schwesterlein finden möchte, damit sie das selbige heim trüge und es in Ehren hielte.

Und eins Tags ging sie morgens früh hinaus in den Wald und suchte und trieb solch Suchen mit kläglichem Weinen so lang, bis sie sich im Wald ganz und gar vergangen und verirrt hatte und nun die finstere Nacht ihr auf dem

Hals lag. Wer war da trauriger als das Annelein? Da dachte es, daß es solches wohl an seiner Schwester verdient hatte, kläglich weinte, Gott um Gnade und Verzeihung anruft und bat. Doch war da nicht lang zu warten oder zu klagen, sondern stieg zunächst auf einen sehr hohen Baum zu besichtigen, ob es doch irgendein Haus sehen möchte, darin es über Nacht blieb, damit es nicht also jämmerlich von den wilden Tieren zerrissen würde. Und in solchem Umsehen ersah es ein Rauch aus dem Häuslein gehn, darin sein Schwester war; dem Haus näherte sie sich sogleich und meinte, daß es eines Hirten oder Waldbruders Häuslein wäre.

Und als es zu dem Haus kam, klopfte es an; da es bald von seiner Schwester gefragt ward, wer da wäre. »Ei«, sprach das Annelein, »ich bin ein armes Maidlein und in dem Wald verirret und bitte, daß man mich durch Gottes Willen über Nacht behalte.« Das Gretlein sah durch ein Spältlein hinaus und erkannte, daß es seine untreue Schwester war, bald hob es an und sprach: »Wahrlich, liebes Maidlein, ich darf dich nicht herein lassen; denn es ist mir verboten. Wann sonst mein Herr käm und ich jemand Fremdes hätte einher gelassen, so würd er mich schlagen. Darum ziehe fort!« Das arm Maidlein wollt sich nicht lassen abweisen noch vertreiben, sondern mit Bitten seinem unerkannten Schwesterlein anlag, daß es ihm die Tür auftäte und es hinein ließ.

Und als es hinein kam, erkannte es seine Schwester, fing an heiß zu weinen und Gott zu loben, daß es sie noch lebendig gefunden hatte, nieder auf seine Knie fiel und sie bat, daß sie ihm verzeihen sollt alles das, so es wider sie getan. Danach sie freundlich bat, daß sie ihr doch sagen wollte, wer bei ihr wär, daß die so schön und wohl gekleidet ginge. Das gute Gretlein, dem verboten war zu sagen, bei wem es wäre, mancherlei Ausred erfand und hervor zog; denn einmal sagte es, es wär bei einem Wolf, das andermal, bei einem Bären. Welches alles das Annelein nicht glauben wollt, dem Gretlein, seinem Schwesterlein, süß zuredete, ihr die Wahrheit zu sagen. Und das Maidlein auch (wie denn aller Weiber Brauch und Gewohnheit ist, daß sie mehr schwätzen, als ihnen befohlen ist) sehr redselig war und zu seinem Schwesterlein sagt: »Ich bin bei einem Erdkühlein. Aber verrat mich nicht!«

Als solches das Annelein hörte, welches seiner Untreu an der Schwester noch kein Genügen getan hatte, bald sagte: »Wohlan, führ mich wieder auf den rechten Weg, damit ich heim komme!« Das tat das Gretlein bald. Und da mein guts Annelein heim kam, sagte es seiner Mutter, wie sie ihre Schwester bei einem Erdkühlein gefunden hätte und wie die so köstlich gekleidet ginge. »Wohlan«, sprach die Mutter, »so wollen wir das Kühlein schlachten und essen.«

Alles das wußte das Erdkühlein wohl, und als es des Abends spät heimkam, sagte es weinend zum Maidlein: »Ach, ach, mein allerliebstes Gretlein, was hast du getan, daß du die falsche Schwester hast eingelassen und ihr gesagt, bei wem du bist? Und nun sieh, deine böse Mutter und Schwester werden die zukünftige Woche heraus kommen und mich und dich heim führen. Mich werden sie schlachten und essen, dich aber bei ihnen behalten, da du übler gehalten werden wirst denn vorher.«

Nach solchen Reden stellte sich das Erdkühlein so kläglich, daß das arme Maidlein anfing zu weinen und vor Traurigkeit vermeint zu sterben, sehr reuevoll war, daß es seine Schwester hatte eingelassen. Doch tröstete es das Erdkühlein und sprach: »Nun wohlan, liebes Maidlein, dieweil es ja geschehen ist, so kann es nicht wieder zurück getrieben werden. Darum tu ihm also: Wenn mich der Metzger geschlachtet hat, so steh und weine! Wenn er dich dann fragt, was du willst, so sprich: »Ich wollt gern meins Kühleins Schwanz.« Den wird er dir geben. Wenn du den hast, so fange wieder an zu weinen und begehr das eine Horn von mir! Wann du das auch hast, so weine wieder! Wenn man dich dann fragt, was du willst, so sprich: »Ich wollt gern meins Kühleins Schühlein.« Wenn du das hast, so geh hin und setz den Schwanz in die Erden, auf den Schwanz das Horn, und auf das Horn setz das Schühlein und geh nicht darzu bis an den dritten Tag! Und am dritten Tag wird ein Baum daraus geworden sein; der wird Sommer und Winter die schönsten Äpfel tragen, die ein Mensch je gesehen hat. Und niemand wird sie können abbrechen denn du allein, und durch den Baum wirst du zu einer großen mächtigen Frau werden.«

Als man nun das Kühlein schlachtete, stand das Margaretlein und begehrte die Dinge alle, wie ihm sein Kühlein befohlen hatte, und die wurden ihm auch gegeben. Und es ging hin, steckte es in die Erden, und am dritten Tag war ein schöner Baum daraus gewachsen.

Nun begab sich, daß ein gewaltiger Herr vorbei ritt; der führte seinen Sohn mit sich, der das Fieber oder kalt Wehe hatte. Und als der Sohn die schönen Äpfel sah, sprach er: »Mein Herr Vater, lasset mir Äpfel bringen von diesem Baum; mir ist, ich würde gesund davon werden.« Von Stund an rufet der Herr, man sollt ihm Äpfel bringen, er wollt sie teuer bezahlen.

Die ältere Tochter ging zunächst zum Baum und wollte Äpfel davon brechen. Da zogen sich die Äst allesammen in die Höhe, also daß sie keinen erlangen mocht. Da ruft sie die Mutter und sprach, sie wollte Äpfel abbrechen und sie dem Herrn geben; als aber die arge Frau Äpfel abbrechen wollt, zogen sich die Äst noch viel höher auf. Der Herr hatte das alles wohl gesehen und verwunderte sich heftig.

Und zuletzt kam das Margaretlein zum Baum, Äpfel zu brechen, zu dem sich die Äst neigten und es willig Äpfel abbrechen ließen; das verwunderte den Herrn noch viel mehr, und er meinte, sie wäre vielleicht eine heilige Frau, ruft sie und fragt sie nach dem Wunder. Ihm sagte die gute Tochter die ganze Handlung, was sich ihrer Mutter, Schwester und des Erdkühleins halber zugetragen hatte, von Anfang bis zum Ende.

Der Herr, als er die Sach vernommen hatte, fragte die Jungfrau, ob sie mit ihm davon wollt. Darüber war die gut Tochter wohl zufrieden, grub ihren Baum aus und setzt sich samt ihrem Vater auf den Wagen zu dem Herren; von dem wurden sie freundlich und ehrlich empfangen, fuhren hin und ließen ihre boshafte Mutter und Schwester sitzen.

HANS JAKOB CHRISTOFFEL VON GRIMMELSHAUSEN

1621/22–1676

Bärnhäuter

Im Jahr 1396, als Sigismundus, damaliger ungarischer König, von dem türkischen Kaiser Celapino geschlagen worden, ist ein deutscher Landsknecht aus der Schlacht in einen Wald entronnen und darin verirret. Weil er nun noch dazu keinen Herren, keinen Krieg, kein Geld und auch kein Hantierung oder sonst einige Mittel wußte, sich inskünftig zu ernähren, hatte er allerhand schwermütige Gedanken. Da erschien ihm ohngefähr und ehe er sichs versah ein abscheuliches Gespenst oder Geist, weiß nicht, obs der böse Feind selber gewesen oder nicht, und sagte, wenn er ihm dienen wollte, so wollte er ihm Gelds genug geben, und ihn endlich gar zu einem Herrn machen. »O ja!« antwortete der Landsknecht, »aber mit dem Geding, daß mir solche Dienste an meiner Seligkeit nicht schädlich seien.« »Ich muß aber auch zuvor sehen«, sagte der Geist, »was du kannst und was du für eine Courage habest, damit ich mein Geld nicht umsonst ausgebe.« Indem er solches redete, kam ein großer ungeheurer Bär dahergelaufen. »Diesen«, sagte der Geist, »schieße vor den Kopf.« Der Landsknecht war nicht unbehend, sondern traf den Bären auf die Nase, daß er über und über purzelte.

Da solches geschehen war, fing das Gespenst oder der Geist an, mit ihm zu kapitulieren, und sagte: »Wenn du mir dienen willst, so mußt du mir sieben

Jahr zu dienen versprechen, und in denselbigen alle Nacht eine Stund Schildwacht um Mitternacht stehen; deine Haar und Bart weder kämpeln, noch selbige wie auch die Nägel nicht abschneiden, die Nase nicht schneuzen, deine Händ und das Angesicht nicht waschen, den Hintern nicht wischen, diese Bärnhaut anstatt deines Mantels und Bettes brauchen, und niemals kein Vaterunser beten. Hingegen will ich dich mit Kommiß, Bier, Tabak und Branntewein versehen, daß du kein Mangel haben sollst, und nach den sieben Jahren einen solchen Kerl aus dir machen, daß du dich über dich selbst verwundern wirst müssen.« Der Landsknecht ging alles ein und sagte zum Geist: »Alles, was du mir zu unterlassen geboten hast, habe ich von Natur mein Tage niemals gern getan: Ich wasch mich nicht gern, ich bete nicht gern, &c.«

Nach geschlossenem Akkord begehrte der Geist seinen Namen zu wissen, um ihn in seine Rolle, die er bei sich hatt, zu schreiben. Als er aber eines Heiligen Namen nannte, sprach der Geist: »Dieser taugt mir nicht; du sollst Bärnhäuter heißen wegen der Bärnhaut, damit du heut begabt bist worden.« Darauf zog er dem Bärn die Haut ab und machte seinem Neugeworbenen einen Mantel daraus und führte ihn mitsamt derselben Haut und aller seiner übrigen Bagage durch die Wolken auf sein Lusthaus dahin, welches öde Schloß von dieser wunderbaren Fahrt seinen Namen bekommen haben soll.

Daselbst versah der Landsknecht seine siebenjährigen Dienste und wurde in solcher Zeit von Haut, Haar, Bart und Nägeln ein solcher abscheulicher Unflat, daß er dem Geist selbst ähnlicher sah als einem vernünftigen Menschen, der nach Gottes herrlichem Ebenbild erschaffen worden, sonderlich wenn er anstatt eines ehrbarn Mantels seine liebliche Bärnhaut um sich hatte. Denn seine Haar wurden lauter Höllenzöpf, die ihm um die Achseln herum hingen wie indianische Schafschwänze; sein Bart war s. h. von Rotz, Geifer und andrer Unlust ineinandergepicht wie ein grober Filzhut; seine Nägel hatten eine Gestalt wie Adlersklauen, und sein Angesicht lag so voller mistigem Unflat, daß man dem gemeinen Sprichwort nach gar wohl hätte Rübsamen hineinsäen können.

Nachdem er aber die sieben Jahr beinah überstanden hatte, kam der Geist von sich selbst und deutete ihm an, daß es nunmehr Zeit wär, einmal mit ihm abzurechnen, und ihn der Gebühr nach auszuzahlen. Doch steckte er ihm zuvor seine Hosensäcke voller Dukaten und Pistolen und befahl ihm, sich lustig zu machen und kein Geld zu sparen, sondern zu tun und zu lassen, was seinem Herzen beliebte und dem Geld wehe tät; aber dergestalt, daß er aus den Schranken des getroffenen Akkords und seiner bisherigen Gewohnheit nicht schreiten sollte, weil seine sieben Jahr noch nicht vollkommlich verflossen waren, in denen sie sich zusammen verbunden. Der Landsknecht gehorsamte. Da ihn aber wegen seiner greulichen Abscheulichkeit niemand aufnehmen wollte, wurde er traurig. Nachdem er aber auch von einem Wirt, deren Profession ist, dem Fremden um die Gebühr Kost und Herberg mitzuteilen, abgewiesen wurde, zeigte er ihm aus dem einen Hosensack eine Handvoll Dukaten und aus dem andern eine Handvoll Dublonen und wurde darauf dessen willkommener Gast.

Der Wirt logierte ihn in ein besonder Zimmer, in welchem er ihn auch absonderlich traktierte, damit andere Gäste ob seiner häßlichen Gestalt kein Abscheuens haben, noch ihm seinetwegen die Herberg in kein bös Geschrei bringen sollten. In demselben mästete sich der Bärenhäuter von des Geistes Geld aus, bis der Geist einen edlen Herren vom Lande auf der Reis begriffen zu sein wußte, der in selbiger Herberg einkehren würde. Da kam er bei Nacht und malete in selbigem Zimmer, alle Contrafet nach dem Leben der berühmtesten Personen, so seit Erschaffung der Welt gelebt hatten, als des Kains, Lamechs, Nimrods, Nini, Zoroastris, der Helenae, der trojanischen und griechischen Fürsten, nicht weniger Sesostris, Nabuchodonosoris, Cyri, Alexandri Magni, Julii Caesaris, Neronis, Caligulae, des Mahomets, &c.; ja sogar auch deren Bildnis, so noch in die Welt kommen sollen, als der Widerchristen und anderer, &c., worüber sich der Wirt nicht unbillig verwunderte, vornehmlich als der Bärnhäuter ausgab, er hätte diese Gemälde selbst verfertigt.

Als nun angeregter edle Herr gegen Abend seine Herberg dort nahm und seinen Wirt, der ihm bekannt war, fragte: »Was Neues?« erzählte er ihm alles, was er von seinem seltsamen Gast wußte und nicht wußte, als seinen wunderlichen Aufzug, seine große Kunst in der Malerei, und daß er Gelds vollauf hätte. Der Herr antwortete: »Ich muß dies ohngewöhnlich Wunder morgen auch sehen, sonst werde ich Euch, was Ihr mir gesagt, schwerlich glauben.«

Wie er des Morgens frühe selber sah, was er gehöret hatte, befand sich zwischen ihm und dem Wirt kein anderer Unterschied, als daß er die Kunst der Malerei besser als jener verstand, und sich dannenher auch beides über die kunstreiche Hand und die Arbeit selbst mehrers wunderte, denn ihre Perfektion war ohnvergleichlich, und indem er sah, daß sich viel Contrafet mit den künstlichen Antiquitäten verglichen, die er allbereits anderwärtlich gesehen, glaubte er, daß die übrigen auch denjenigen gleichsahen, deren Bildnis sie repräsentieren, und die er bisher noch nicht gesehen. Er fragte den Bärnhäuter, ob er solche Arbeit gemacht hätte? Derselbe aber fragte hinwiederum: »Wer sonst?« Der Herr sagte hierauf: »So mußt du viel wissen, wenn du auch die Gestalten der künftigen Menschen zu entwerfen weißt!« »Allzeit!« antwortete der Bärnhäuter, »weiß ich mehr weder mancher vermeint.«

Der Herr fragte: »Wer bist du?« Jener antwortete: »Ich bin der Oberst Bärnhäuter, ein Soldat von Fortun, und hab mich neulich im Krieg wider den Türken brauchen lassen.« Weil nun dieses ein neuer und noch kein schändlicher Namen war, fragte ihm der Herr auch nicht weiter nach, sondern sagte: »Ich hab drei Töchter von gleicher schöner Gestalt, welche auch ihre Mutter ihrer Ähnlichkeit wegen oft selbst voreinander nicht kennet; ich will dich solche sehen lassen; wirst du nun wissen, welches die älteste, die mittler und die jüngste sei, so will ich dir eine davon zum Weib geben, welche du unter ihnen haben willst, wo nicht, so sollst du samt deinem Vermögen mir zum Eigentum verfallen sein.« Da der Bärnhäuter dessen zufrieden, nahm ihn der edle Herr mit heim, ihn seine Töchter zu solchem Ende sehen zu lassen.

Der Geist aber erschien ihm wieder und sagte zum Bärnhäuter: »Wisse, dieser Herr pflegt auf solche Fäll die Jüngste in die Mitte und die Älteste auf der linken, die Mittlere aber auf ihre rechte Seite zu stellen.« Als er nun auf solchen Unterricht sagen konnte, welches die erst, die ander und die dritte war, zumal die Jüngste zum Weib begehrte, schwor der Herr alsobald, er wollte seine Paroln halten, wie es einem ehrlichen Kavalier gebühre, Gott geb, was die Mutter dazu sagte, und wie sich sein Kind dazu bequemte. Er wollte auch die Hochzeit gleich vor sich gehen lassen, ehe ein ander Gewirr dreinkäme; aber der Bärnhäuter wollte nicht, sondern wendete andere Geschäfte vor, doch mit Versprechen, bald wiederzukommen; und da er einen kostbaren Ring, der hierzu gemacht war, voneinander geschraubt und ein Teil davon seiner Braut gegeben hatte, ging er seines Wegs. Die Jungfrau Hochzeiterin aber kleidete sich vor Traurigkeit schwarz und wünschte vergeblich, lieber allein zu leben als sich mit dem abscheulichen Bärnhäuter zu verehelichen. Aber was halfs? Ihr Herr Vater wollts also haben. Ihre Schwestern gönneten ihr diese Heirat; sie vexierten sie täglich mit ihrem schönen Hochzeiter und erneuerten damit stündlich und täglich die Wunden ihres ohnedas traurigen Herzens, welches sie doch alles mit Geduld überwand.

Der Geist kam hingegen wieder und führte den Bärnhäuter in den Rhein ins Bad; er richtete ihm seine Haar und beschor selbige samt dem garstigen Bart auf die neue Mode und zierete ihn dergestalt auf durch besondern Anstrich, daß er dem schönsten Kavalier verglich. »Jetzt gehe hin nach N. (sagte er zu ihm) und montiere dich wie ein rechter ehrlicher Obrister und lebe wie ein Herr. Ich will meine Schätze auftun, die ich hierum vergraben habe, und dir Gelds genug hierzu geben.«

Weil nun dem Bärnhäuter kein erwünschterer Befehl hätt kommen können, war er desto gehorsamer. Er hielt sich mit schönen Pferden, herrlichen Kutschen, köstlichen Kleidern und vielen Dienern Livree wie ein Großwesir, und da es dem Geist Zeit sein deuchte, stellte er sich wieder ein und sagte zu ihm: »Jetzt fahr hin und vollführe deine Heirat!« und damit er desto reicher erscheinen konnte, füllete er ihm beide Kutschenkisten voller Geld, welches er ihm beides zur Beschuldigung und zum Heiratgut mitgab.

Also machte er sich auf die Reis und schickte einen Trompeter voran, seinem künftigen Schwäher neben Vermeldung seines Diensts und Grußes anzuzeigen, daß ein stattlicher Kavalier auf dem Weg begriffen wäre, ihm zuzusprechen und seinem Frauenzimmer gebührend aufzuwarten, mit einem Wort, eine aus seinen Töchtern zum Gemahl zu begehren, wofern er anders gelitten werden möchte und keine Ungelegenheiten machte. Als er nun die höfliche Antwort bekam, daß er ein lieber Gast sein würde, ist er mit seiner Suite prächtig eingezogen und wohl empfangen, auch zu Bezeugung mehrerer Willfährigkeit oben an die Tafel zwischen die beiden ältesten Töchter gesetzt worden, welche sich auch ihm zu gefallen, weil ihn jede zu bekommen verhoffte, trefflich geschmückt hatten. Die Jüngste aber behalf sich unten an der Tafel wie ein Turteltäublein, das seinen Gemahl verlorn, sintemal sie als eine Versprochene keine Hoffnung schöpfen durfte, diesen ansehnlichen Herrn zu bekommen, wessentwegen ihr die Schwestern mit den Augen manchen höhnischen Blick und mit Worten manchen empfindlichen und verächtlichen Stich gaben, welches ihr tief ins Herz geschnitten.

Als nun der Bärnhäuter nach Vorweisung seines vielen Golds das Jawort, und unter den Töchtern von Vater und Mutter die Wahl bekam, zumal noch jede von den ältesten Schwestern ihn zu bekommen festiglich verhoffte, offenbarte er sich der jüngsten durch ein Stück des voneinander geschraubten Rings, davon er ihr hiebevor ein Teil zugestellt. So hoch nun diese hierdurch erfreuet wurde, so sehr erschraken hingegen jene beiden, als sie sich ihrer Hoffnung so jähling beraubt sahen; sie wurden so bestürzt, daß sie nicht mehr wußten, was sie taten, und ihre Eltern wurden so erfreut über der einen Tochter Glück, daß sie der anderen beiden Anliegen nicht wahrnahmen, welche zugleich von Schamhaftigkeit und dem Neid gegen ihre Schwester angefochten wurden, also daß sich die eine selbst erhängte, die ander aber in einen Brunnen stürzte. »Also«, sagte der Geist, der dem Bärnhäuter ganz fröhlich erschien, »nun haben wir miteinander ausgefischt; du hast eine und ich zwo von den Töchtern bekommen, die hiebevor ihr Vater manchem ehrlichen Kavalier versagt.«

JOHANN HEINRICH JUNG
(genannt STILLING)

1740–1817

Joringel und Jorinde

Es war einmal ein altes Schloß mitten in einem großen dicken Wald; darinnen wohnte eine alte Frau ganz allein, das war eine Erzzauberin. Am Tage machte sie sich bald zur Katze, oder zum Hasen, oder zur Nachteule; des Abends aber wurde sie ordentlich wieder wie ein Mensch gestaltet. Sie konnte das Wild und die Vögel herbeilocken, und dann schlachtete sie's, kochte und bratete es. Wenn jemand auf hundert Schritte nah beis Schloß kam, so mußte er stille stehen und konnte sich nicht von der Stelle bewegen, bis sie ihn lossprach; wenn aber eine reine keusche Jungfer in diesen Kreis kam, so verwandelte sie dieselbe in einen Vogel und sperrte sie den in einen Korb ein, in die Kammern des Schlosses. Sie hatte wohl siebentausend solcher Körbe mit so raren Vögeln im Schlosse.

Nun war einmal eine Jungfer, die hieß Jorinde; sie war schöner als alle andere Mädchens, die, und dann ein gar schöner Jüngling, namens Joringel, hatten sich zusammen versprochen. Sie waren in den Brauttagen, und hatten ihr größtes Vergnügen eins am andern. Damit sie nun einsmalen vertraut zusammen reden könnten, gingen sie in den Wald spazieren. »Hüte dich«, sagte Joringel, »daß du nicht zu nah an das Schloß kommst!« Es war ein schöner Abend, die Sonne schien zwischen den Stämmen der Bäume hell ins dunkle Grün des Walds, und die Turteltaube sang kläglich auf den alten Maibuchen. Jorinde weinte zuweilen, setzte sich hin in Sonnenschein und klagte. Joringel klagte auch; sie waren so bestürzt, als wenn sie hätten sterben sollen; sie sahen sich um, waren irre und wußten nicht, wohin sie nach Hause gehen sollten. Noch halb stund die Sonne über dem Berg und halb war sie unter. Joringel sah durchs Gebüsch und sah die alte Mauer des Schlosses nah bei sich, erschrak und wurde totbang, Jorinde sang:

Mein Vögelein mit dem Ringelein rot,
Singt Leide Leide Leide;
Es singt dem Täubelein seinen Tod,
Singt Leide Lei – Zicküth Zicküth Zicküth.

Joringel sah nach Jorinde. Jorinde war in eine Nachtigall verwandelt, die sang Zicküth Zicküth. Eine Nachteule mit glühenden Augen flog dreimal um sie herum und schrie dreimal Schuh – hu – hu – hu. Joringel konnte sich nicht regen; er stand da wie ein Stein, konnte nicht weinen, nicht reden, nicht Hand noch Fuß regen. Nun war die Sonne unter; die Eule flog in einen Strauch, und gleich darauf kam eine alte krumme Frau aus diesem Strauch hervor, gelb und mager, große rote Augen, krumme Nase, die mit der Spitze ans Kinn reichte. Sie murmelte und fing die Nachtigall, trug sie auf der Hand fort. Joringel konnte nichts sagen, nicht von der Stelle kommen; die Nachtigall war fort; endlich kam das Weib wieder und sagte mit dumpfer Stimme: »Grüß dich Zachiel! Wenn's Möndel ins Körbel scheint, bind los Zachiel zu guter Stund!« Da wurd Joringel los; er fiel vor dem Weib auf die Knie, und bat, sie möchte ihm seine Jorinde wiedergeben; aber sie sagte, er sollte sie nie wiederhaben und ging fort. Er rief, er weinte, er jammerte, aber alles umsonst. Nu! was soll mir geschehn? Joringel ging fort und kam endlich in ein fremdes Dorf; da hütete er die Schafe lange Zeit. Oft ging er rund um das Schloß herum, aber nicht zu nahe dabei; endlich träumte er einmal des Nachts, er fänd eine blutrote Blume, in deren Mitte eine schöne große Perle war; die Blume bräch er ab, ging damit zum Schlosse; alles was er mit der Blume berührte, ward von der Zauberei frei; auch träumte er, er hätte seine Jorinde dadurch wiederbekommen. Des Morgens als er erwachte, fing er an durch Berg und Tal zu suchen, ob er eine solche Blume fände; er suchte bis an den neunten Tag, da fand er die blutrote Blume am Morgen früh. In der Mitte war ein großer Tautropfe, so groß wie die schönste Perle. Diese Blume trug er Tag und Nacht bis zum Schloß. Nu! es war mir gut! Wie er auf hundert Schritt nahe beis Schloß kam, da wurd er nicht fest, sondern ging fort, bis ans Tor. Joringel freute sich hoch, berührte die Pforte mit der Blume und sie sprang auf; er ging hinein, durch den Hof, horchte wo er die vielen Vögel vernähm. Endlich hörte er's; er ging und fand den Saal; darauf war die Zauberin, fütterte die Vögel in den siebentausend Körben. Wie sie den Joringel sah, ward sie bös, sehr bös, schalt, spie Gift und Galle gegen ihn aus, aber sie konnt auf zwei Schritte nicht an ihn kommen. Er kehrte sich nicht an sie, und ging, besah die Körbe mit den Vögeln; da waren aber viel hundert Nachtigallen; wie sollte er nun seine Jorinde wiederfinden? Indem er so zusah, merkte er, daß die Alte heimlich ein Körbchen mit einem Vogel nimmt und damit nach der Türe geht. Flugs sprang er hinzu, berührte das Körbchen mit der Blume, und auch das alte Weib; nun konnte sie nichts mehr zaubern; und Jorinde stund da, hatte ihn um den Hals gefaßt, so schön als sie ehemals war. Da machte er auch all die andern Vögel wieder zu Jungfern, und da ging er mit seiner Jorinde nach Hause, und lebten lange vergnügt zusammen.

JOHANN CARL AUGUST MUSÄUS

1735–1787

Die Bücher der Chronica der drei Schwestern

ERSTES BUCH

Ein reicher, reicher Graf vergeudete sein Gut und Habe. Er lebte königlich, hielt alle Tage offne Tafel; wer bei ihm einsprach, Ritter oder Knappe, dem gab er drei Tage lang ein herrliches Bankett, und alle Gäste taumelten mit frohem Mut von ihm hinweg. Er liebte Brettspiel und Würfel; sein Hof wimmelte von goldgelockten Edelknaben, Läufern und Heidukken, in prächtiger Livree, und seine Ställe nährten unzählige Pferde und Jagdhunde. Durch diesen Aufwand zerrannen seine Schätze. Er verpfändete eine Stadt nach der andern, verkaufte seine Juwelen und Silbergeschirr, entließ die Bedienten und erschoß die Hunde; von seinem ganzen Eigentum blieb ihm nichts übrig, als ein altes Waldschloß, eine tugendsame Gemahlin und drei wunderschöne Töchter. In diesem Schlosse hauste er von aller Welt verlassen, die Gräfin versah mit ihren Töchtern selbst die Küche, und weil sie allerseits der Kochkunst nicht kundig waren, wußten sie nichts als Kartoffeln zu sieden. Diese frugalen Mahlzeiten behagten dem Papa so wenig, daß er grämlich und mißmütig wurde und in dem weiten leeren Hause so lärmte und fluchte, daß die kahlen Wände seinen Unmut widerhallten. An einem schönen Sommermorgen ergriff er aus Spleen seinen Jagdspieß, zog zu Walde, ein Stück Wild zu fällen, um sich eine leckerhafte Mahlzeit davon bereiten zu lassen.

Von diesem Walde ging die Rede, daß es darin nicht geheuer sei; manchen Wandrer hatte es schon irre geführt, und mancher war nie daraus zurückgekehrt, weil ihn entweder böse Gnomen erdrosselt oder wilde Tiere zerrissen hatten. Der Graf glaubte nichts und fürchtete nichts von unsichtbaren Mächten, er stieg rüstig über Berg und Tal, und kroch durch Busch und Dickicht, ohne eine Beute zu erhaschen. Ermüdet setzte er sich unter einen hohen Eichbaum, nahm einige gesottne Kartoffeln und ein wenig Salz aus der Jagdtasche, um hier sein Mittagsmahl zu halten. Von ungefähr hub er seine Augen auf, siehe da! ein grausam wilder Bär schritt auf ihn zu. Der arme Graf erbebte über diesen Anblick, entfliehen konnt er nicht, und zu einer Bärenjagd war er nicht ausgerüstet. Zur Notwehr nahm er den Jägerspieß in die Hand, sich damit zu verteidigen, so gut er könnte. Das Ungetüm kam nah heran; auf einmal stund's und brummte ihm vernehmlich diese Worte entgegen: »Räuber, plünderst du meinen Honigbaum? Den Frevel sollst du mit dem Leben büßen!« »Ach«, bat der Graf, »ach, freßt mich nicht, Herr Bär, mich lüstet nicht nach Eurem Honig, ich bin ein biedrer Rittersmann. Seid Ihr bei Appetit, so nehmt mit Hausmannskost vorlieb und seid mein Gast.« Hierauf tischt er dem Bären alle Kartoffeln in seinem Jagdhute auf. Dieser aber verschmähte des Grafen Tafel und brummte unwillig fort: »Unglücklicher, um diesen Preis lösest du dein Leben nicht; verheiß mir deine große Tochter Wulfild augenblicks zur Frau, wo nicht, so freß ich dich!« In der Angst hätte der Graf dem verarmorten Bären wohl alle drei Töchter verheißen und seine Gemahlin obendrein, wenn er sie verlangt hätte; denn Not kennt kein Gesetz. »Sie soll die Eure sein, Herr Bär«, sprach der Graf, der anfing, sich wieder zu erholen; doch setzte er trüglich hinzu, »unter dem Beding, daß Ihr nach Landes Brauch die Braut löset und selber kommt, sie heimzuführen.« »Topp«, murmelte der Bär, »schlag ein«, und reichte ihm die rauhe Tatze hin, »in sieben Tagen lös ich sie mit einem Zentner Gold und führ mein Liebchen heim.« »Topp«, sprach der Graf, »ein Wort ein Mann!« Drauf schieden sie in Frieden auseinander, der Bär trabte seiner Höhle zu, der Graf säumte nicht, aus dem furchtbaren Walde zu kommen, und gelangte bei Sternenschimmer kraftlos und ermattet in seinem Waldschloß an.

Zu wissen ist, daß ein Bär, der wie ein Mensch vernünftig reden und handeln kann, niemals ein natürlicher, sondern ein bezauberter Bär sei. Das merkte der Graf wohl, darum dachte er, den zottigen Eidam durch List zu hintergehen, und sich in seiner festen Burg so zu verpallisidieren, daß es dem Bär unmöglich war, hineinzukommen, wenn er auf den bestimmten Termin die Braut abholen würde. Wenngleich einem Zauberbär, dacht er bei sich, die Gabe der Vernunft und Sprache verliehen ist, so ist er doch gleichwohl ein Bär, und hat übrigens alle Eigenschaften eines natürlichen Bären. Er wird also doch wohl nicht fliegen können, wie ein Vogel; oder durchs Schlüsselloch in ein verschlossenes Zimmer eingehen, wie ein Nachtgespenst; oder durch ein Nadelöhr schlüpfen. Den folgenden Tag berichtete er seiner Gemahlin und den Fräuleins das Abenteuer im Walde. Fräulein Wulfild fiel vor Entsetzen in Ohnmacht, als sie hörte, daß sie an einen scheußlichen Bär vermählt werden sollte, die Mutter rang und wand die Hände und jammerte laut, und die Schwestern bebten und bangten vor Wehmut und Entsetzen. Papa aber ging hinaus, beschauete die Mauern und Graben ums Schloß her, untersuchte, ob das eiserne Tor schloß- und riegelfest sei, zog die Zugbrücke auf und verwahrte alle Zugänge wohl, stieg darauf auf die Warte, und fand da ein Kämmerlein hochgebaut unter der Zinne und wohlvermauert, darin verschloß er das Fräulein, die ihr seidenes Flachshaar zerraufte und schier die himmelblauen Augen ausweinte.

Sechs Tage waren verflossen und der siebente dämmerte heran, da erhob sich vom Walde her groß Getöse, als sei das wilde Heer im Anzuge. Peitschen knallten, Posthörner schallten, Pferde trappelten, Räder rasselten. Eine prächtige Staatskarosse mit Reitern umringt rollte übers Blachfeld daher ans Schloßtor. Alle Riegel schoben sich, das Tor rauschte auf, die Zugbrücke fiel, ein junger Prinz stieg aus der Karosse, schön wie der Tag, angetan mit Samt und Silberstück, um seinen Hals hatte er eine goldne Kette dreimal geschlungen, in der ein Mann aufrechts stehen konnte, um seinen Hut lief eine Schnur von Perlen und Diamanten, welche die Augen verblendete, und um die Agraffe, welche die Straußfeder trug, wär ein Herzogtum feil gewesen. Rasch, wie Sturm und Wirbelwind, flog er die Schneckentreppe im Turm hinauf, und einen Augenblick nachher bebte in seinem Arm die erschrockne Braut herab.

Über dem Getöse erwachte der Graf aus seinem Morgenschlummer, schob das Fenster im Schlafgemach auf, und als er Roß und Wagen, und Ritter und Reisige im Hofe erblickte, und seine Tochter im Arm eines fremden Mannes, der sie in den Brautwagen hob, und nun der Zug zum Schloßtor hinausging, fuhr's ihm durchs Herz, und er erhob groß Klaggeschrei: »Ade, mein Töchterlein! Fahr hin, du Bärenbraut!« Wulfild vernahm die Stimme ihres Vaters, ließ ihr Schweißtüchlein zum Wagen herauswehen und gab damit das Zeichen des Abschieds.

Die Eltern waren bestürzt über den Verlust ihrer Tochter und sahen einander stumm und staunend an. Mama traute gleichwohl ihren Augen nicht und hielt die Entführung für Blendwerk und Teufelsspuk, ergriff ein Bund Schlüssel und lief auf die Warte, öffnete die Klause, fand aber ihre Tochter nimmer, auch nichts von ihrer Gerätschaft; doch lag auf dem Tischlein ein silberner Schlüssel, den sie zu sich nahm, und als sie von ungefähr durch die Luke blickte, sah sie in der Ferne eine Staubwolke gegen Sonnenaufgang emporwirbeln, hörte Getümmel und Jauchzen des Brautzugs bis zum Eingang des Waldes. Betrübt stieg sie vom Turm herab, legte Trauerkleider an, bestreute ihr Haupt mit Asche, weinte drei Tage lang, und Gemahl und Töchter halfen ihr wehklagen. Am vierten Tage verließ der Graf das Trauergemach, um frische Luft zu schöpfen, wie er über den Hof ging, stand da eine feine dichte Kiste von Ebenholz, wohlverwahrt und schwer zu heben. Er ahnte leicht, was drinnen sei, die Gräfin gab ihm den Schlüssel, er schloß auf und fand einen Zentner Goldes eitel Dublonen, eines Schlags. Erfreut über diesen Fund vergaß er all sein Herzeleid, kaufte Pferde und Falken, auch schöne Kleider für seine Gemahlin und die holden Fräulein, nahm Diener in Sold, hob von neuem an zu prassen und zu schwelgen, bis die letzte Dublone aus dem Kasten flog. Dann machte er Schulden, und die Gläubiger kamen scharenweis, plünderten das Schloß rein aus und ließen ihm nichts als einen alten Falken. Die Gräfin bestellte wieder mit ihren Töchtern die Küche, und er durchstreifte tagtäglich das Feld mit seinem Federspiel aus Verdruß und Langeweile.

Eines Tages ließ er den Falken steigen, der hob sich hoch in die Lüfte und wollte nicht auf die Hand seines Herrn zurückkehren, ob er ihn gleich lockte. Der Graf folgte seinem Flug, so gut er konnte, über die weite Ebne. Der Vogel schwebte dem grausenvollen Walde zu, welchen zu betreten der Graf nicht mehr waghalsen wollte, und sein liebes Federspiel verloren gab. Plötzlich stieg ein rüstiger Adler über dem Walde auf und verfolgte den Falken, welcher den überlegenen Feind nicht sobald ansichtig wurde, als er pfeilgeschwind zu seinem Herrn zurückkehrte, um bei ihm Schutz zu suchen. Der Adler aber schoß aus den Lüften herab, schlug einen seiner mächtigen Fänge in des Grafen Schulter und zerdrückte mit dem andern den getreuen Falken. Der bestürzte Graf versuchte mit dem Speer von dem gefiederten Ungeheuer sich zu befreien, schlug und stach nach seinem Feinde. Der Adler ergriff den Jagdspieß, zerbrach ihn wie ein leichtes Schilfrohr und kreischte ihm mit lauter Stimme diese Worte in die Ohren: »Verwegner, warum beunruhigest du mein Luftrevier mit deinem Federspiel? Den Frevel sollst du mit deinem Leben büßen.« Aus dieser Vogelsprache merkte der Graf bald, was für ein Abenteuer er zu bestehen habe. Er faßte Mut und sprach: »Gemach, Herr Adler, gemach! Was hab ich Euch getan? Mein Falke hat seine Schuld ja abgebüßt, den laß ich Euch, stillt Euren Appetit.« »Nein«, fuhr der Adler fort, »mich lüstet eben heut nach Menschenfleisch, und du scheinst mir ein fetter Fraß.« »Pardon, Herr Adler«, schrie der Graf in Todesangst, »heischt was Ihr wollt von mir, ich geb es Euch: nur schont meines Lebens.« »Wohl gut«, versetzte der mörderische Vogel, »ich halte dich beim Wort; du hast zwo schöne Töchter, und ich bedarf ein Weib. Verheiß mir deine Adelheid zur Frau, so laß ich dich mit Frieden ziehen und löse sie von dir mit zwo Stufen Gold, jede einen Zentner schwer. In sieben Wochen führ ich mein Liebchen heim.« Hierauf schwang sich das Ungetüm hoch empor und verschwand in den Wolken.

In der Not ist einem alles feil. Da der Vater sah, daß der Handel mit den Töchtern so gut vonstatten ging, gab er sich über ihren Verlust zufrieden. Er kam diesmal ganz wohlgemut nach Hause und verhehlte sorgfältig sein Abenteuer; teils den Vorwürfen, die er von der Gräfin fürchtete, auszuweichen; teils der lieben Tochter das Herz vor der Zeit nicht schwer zu machen.

Zum Schein klagte er nur über den verlornen Falken, von welchem er vorgab, er habe sich verflogen. Fräulein Adelheid war eine Spinnerin, als keine im Lande. Sie war auch eine geschickte Weberin und schnitt eben damals ein Stück köstlicher Leinwand vom Weberstuhle, so fein wie Battist, welche sie unfern der Burg auf einem frischen Rasenplatze bleichte. Sechs Wochen und sechs Tage vergingen, ohne daß die schöne Spinnerin ihr Schicksal ahnte: obgleich der Vater, der doch etwas schwermütig wurde, als der Termin der Heimsuchung nahete, ihr unter der Hand manchen Wink davon gab, bald einen bedenklichen Traum erzählte, bald die Wulfild wieder in Andenken brachte, die längst vergessen war. Adelheid war frohen und leichten Sinnes, wähnte, das schwere Herzblut des Vaters erzeuge hypochondrische Grillen. Sie hüpfte sorgenlos bei Anbruch des bestimmten Tages hinaus auf den Bleichrasen, breitete ihre Leinwand aus, damit sie vom Morgentau getränkt würde. Wie sie ihre Bleiche beschickt hatte und nun ein wenig umherschauete, sah sie einen herrlichen Zug Ritter und Knappen herantraben. Sie hatte ihre Toilette noch nicht gemacht, darum verbarg sie sich hinter einen wilden Rosenbusch, der eben in voller Blüte stand, und glostete hervor, die prächtige Kavalkade zu schauen. Der schönste Ritter aus dem Haufen, ein junger schlanker Mann in offnem Helm, sprengte an den Busch und sprach mit sanfter Stimme: »Ich sehe dich, ich suche dich, fein Liebchen, ach verbirg dich nicht; rasch schwing dich hinter mich aufs Roß, du schöne Adlerbraut!« Adelheid wußte nicht wie ihr geschah, da sie diesen Spruch hörte; der liebliche Ritter gefiel ihr baß; aber der Beisatz, Adlerbraut, machte das Blut in ihren Adern erstarren; sie sank ins Gras, ihre Sinnen umnebelten sich, und beim Erwachen befand sie sich in den Armen des holden Ritters, auf dem Weg nach dem Walde.

Mama bereitete indes das Frühstück; und als Adelheid dabei fehlte, schickte sie die jüngste Tochter hinaus, zu sehen, wo sie bliebe. Sie ging und kam nicht wieder. Die Mutter ahnte nichts Gutes, wollte sehen, was ihre Töchter so lange weilten. Sie ging und kam nicht wieder. Papa merkte, was vorgegangen sei, das Herz schlug laut in seiner Brust, er schlich sich auch nach dem Rasenplatze, wo Mutter und Tochter noch immer nach der Adelheid suchten und ängstlich sie beim Namen riefen, er ließ seine Stimme gleichfalls weidlich erschallen, wiewohl er wußte, daß alles Rufen und Umsuchen vergeblich war. Sein Weg führte ihn vor dem Rosenbusche vorüber, da sah er was blinken, und wie er's genau betrachtete, waren's zwo goldene Eier, jedes einen Zentner schwer. Nun konnt er nicht länger anstehn, seiner Gemahlin das Abenteuer der Tochter zu offenbaren. »Schandbarer Seelverkäufer«, rief sie aus, »o Vater! o Mörder! Opferst du um schändlichen Gewinstes willen also dein Fleisch und Blut dem Moloch auf?« Der Graf, sonst wenig beredsam, machte jetzt seine Apologie aufs beste, und entschuldigte sich mit der dringenden Gefahr seines Lebens. Aber die trostlose Mutter hörte nicht auf, ihm die bittersten Vorwürfe zu machen. Er wählte also das souveräne Mittel, allem Wortstreit ein Ende zu machen, er schwieg und ließ seine Dame reden, solange sie wollte, brachte indessen die goldnen Eier in Sicherheit und wälzte sie gemachsam vor sich her, legte darauf Wohlstands halber drei Tage lang Familientrauer an und dachte nur darauf, seine vorige Lebensart wieder zu beginnen.

In kurzer Zeit war das Schloß wieder die Wohnung der Freunde, das Elysium gefräßiger Schranzen. Ball, Turnier und prächtige Feten wechselten täglich ab. Fräulein Bertha glänzte am Hofe ihres Vaters den stattlichen Rittern in die Augen, wie der Silbermond den empfindsamen Waldlern in einer heitern Sommernacht. Sie pflegte bei den Ritterspielen den Preis auszuteilen und tanzte jeden Abend mit dem siegenden Ritter den Vorreihen. Die Gastfreigebigkeit des Grafen und die Schönheit der Tochter zog von den entlegensten Örtern die edelsten Ritter herbei. Viele buhlten um das Herz der reichen Erbin, aber unter so vielen Freiwerbern hielt die Wahl schwer, denn einer übertraf den andern immer an Adel und Wohlgestalt. Die schöne Bertha kürte und wählte so lang, bis die goldnen Eier, bei welchen der Graf die Feile nicht gespart hatte, auf die Größe der Haselnüsse reduziert waren. Die gräflichen Finanzen gerieten wieder in den vorigen Verfall, die Turniere wurden eingestellt, Ritter und Knappen verschwanden allgemach, das Schloß nahm wieder die Gestalt einer Eremitage an, und die gräfliche Familie kehrte zu den frugalen Kartoffelmahlzeiten zurück. Der Graf durchstrich mißmütig die Felder, wünschte ein neues Abenteuer und fand keins, weil er den Zauberwald scheute.

Eines Tages verfolgte er ein Volk Rebhühner so weit, daß er dem schauervollen Walde nahe kam, und ob er gleich sich nicht hineinwagte, so ging er doch eine Strecke an der Brahne hin und erblickte da einen großen Fischweiher, der ihm noch nie zu Gesichte gekommen war, in dessen silberhellen Gewässer er unzählige Forellen schwimmen sah. Dieser Entdeckung freuete er sich sehr. Der Teich hatte ein unverdächtiges Ansehen, daher eilte er nach Hause, strickte sich ein Netz und den folgenden Morgen stand er bei guter Zeit am Gestade, um solches auszuwerfen. Glücklicherweise fand er einen kleinen Nachen mit einem Ruder im Schilfe, er sprang hinein, ruderte lustig auf dem Teich herum, warf das Netz aus, fing mit einem Zuge mehr Fohren als er tragen konnte und ruderte vergnügt über diese Beute dem Strande zu. Ungefähr einen Steinwurf vom Gestade stand der Nachen in vollem Lauf fest und unbeweglich, als säß er auf dem Grunde. Der Graf glaubte das auch und arbeitete aus allen Kräften, ihn wieder flott zu machen, wiewohl vergebens.

Das Wasser verrann rings umher, das Fahrzeug schien auf einer Klippe zu hangen und hob sich hoch über die Oberfläche empor. Dem unerfahrnen Fischer war dabei nicht wohl zu Mute; obgleich der Nachen wie angenagelt stand, so schien sich doch von allen Seiten das Gestade zu entfernen, der Weiher dehnte sich zu einer großen See aus, die Wogen schwollen auf, die Wellen rauschten und schäumten, und mit Entsetzen wurde er inne, daß ein ungeheurer Fisch ihn und seinen Nachen auf dem Rücken trug. Er ergab sich in sein Schicksal, ängstlich harrend, welchen Ausgang es nehmen würde. Urplötzlich tauchte der Fisch unter, der Nachen war wieder flott, doch einen Augenblick nachher war das Meerwunder über Wasser, sperrte einen abscheulichen Rachen gleich der Höllenpforte auf, und aus dem finstern Schlunde schallten, wie aus einem unterirdischen Gewölbe, vernehmlich diese Worte hervor: »Kühner Fischer, was beginnst du hier? Du mordest meine Untertanen? Den Frevel sollst du mit dem Leben büßen!« Der Graf hatte nun bereits so viel Routine in den Abenteuern erlangt, daß er wußte, wie er sich bei dergleichen Gelegenheiten zu nehmen hatte. Er erholte sich bald von seiner ersten Bestürzung, da er merkte, daß der Fisch doch ein vernünftig Wort mit sich reden ließ, und sprach ganz dreist: »Herr Behemot, verletzt das Gastrecht nicht, vergönnt mir ein Gericht Fisch aus eurem Weiher, sprächt Ihr bei mir ein, so stünd Euch Küch und Keller gleichfalls offen.« »So traute Freunde sind wir nicht«, versetzte das Ungeheuer, »kennst du noch nicht des Stärkern Recht, daß der den Schwächern frißt? Du stahlst mir meine Untertanen, sie zu verschlingen, und ich verschlinge dich!« Hier riß der grimmige Fisch den Rachen noch weiter auf, als wollt er Schiff mit Mann und Maus verschlingen. »Ach schonet, schont mein Leben«, schrie der Graf, »Ihr seht, ich bin ein mageres Morgenbrot für Euren Walfischbauch!« Der große Fisch schien sich etwas zu bedenken: »Wohlan«, sprach er, »ich weiß, du hast eine schöne Tochter, verheiß mir die zum Weibe, und nimm dein Leben zum Gewinn.« Als der Graf hörte, daß der Fisch aus diesem Tone zu reden anfing, verschwand ihm alle Furcht. »Sie stehet zu Befehl«, sprach er. »Ihr seid ein wackrer Eidam, dem kein biedrer Vater sein Kind versagen wird. Doch, womit löset Ihr die Braut nach Landes Brauch?« »Ich habe«, erwiderte der Fisch, »weder Gold noch Silber; aber im Grunde dieser See liegt ein großer Schatz von Perlenmuscheln, du darfst nur fordern.« »Nun«, sagte der Graf, »drei Himten Zahlperlen sind wohl nicht zu viel für eine schöne Braut.« »Sie sind dein«, beschloß der Fisch, »und mein die Braut, in sieben Monden führ ich mein Liebchen heim.« Hierauf stürmte er lustig mit dem Schwanze und trieb den Nachen bald an den Strand.

Der Graf brachte seine Forellen heim, ließ sie sieden und sich diese

Karthäusermahlzeit nebst der Gräfin und der schönen Bertha wohl schmekken, und die letztere ahndete nicht, daß ihr dies Mahl teuer würde zu stehen kommen. Unterdessen nahm der Mond sechsmal ab und zu, und der Graf hatte sein Abenteuer beinahe vergessen; als aber der Silbermond zum siebentenmal sich zu runden begann, dacht er an die bevorstehende Katastrophe, und um kein Augenzeuge davon zu sein, drückte er sich ab und unternahm eine kleine Reise ins Land. In der schwülen Mittagsstunde, am Tage des Vollmonds, sprengte ein stattlich Geschwader Reiter ans Schloß; die Gräfin, bestürzt über so vielen fremden Besuch, wußte nicht, ob sie die Pforte öffnen sollte oder nicht. Als sich aber ein wohlbekannter Ritter anmeldete, ward ihm aufgetan. Er hatte gar oft zur Zeit des Wohlstandes und Überflusses in der Burg den Turnieren beigewohnt und zu Schimpf und Ernst gestochen, auch manchen Ritterdank von der schönen Bertha Hand empfangen und mit ihr den Vorreihen getanzt; doch seit der Glücksveränderung des Grafen, war er gleich den übrigen Rittern verschwunden. Die gute Gräfin schämte sich vor dem edlen Ritter und seinem Gefolge ihrer großen Armut, daß sie nichts hatte, ihm aufzutischen. Er aber trat sie freundlich an und bat nur um einen Trunk frisch Wasser aus dem kühlen Felsbrunnen des Schlosses, wie er auch sonst zu tun gewohnt war, denn er pflegte nie Wein zu trinken, daher nannte man ihn scherzweise nur den Wasserritter. Die schöne Bertha eilte auf Geheiß der Mutter zum Brunnen, füllte einen Henkelkrug und kredenzte dem Ritter eine kristallene Schale, er empfing solche aus ihrer niedlichen Hand, setzte sie da an den Mund, wo ihre Purpurlippen die Schale berührt hatten, und tat ihr mit innigem Entzücken Bescheid. Die Gräfin befand sich indessen in großer Verlegenheit, daß sie nicht vermögend war, ihrem Gaste etwas zum Imbiß aufzutragen; doch besann sie sich, daß im Schloßgarten eben eine saftige Wassermelone reifte. Augenblicklich drehte sie sich nach der Tür, brach die Melone ab, legte sie auf einen irdenen Teller, viel Weinlaub drunter und die schönsten wohlriechenden Blumen ringsumher, um sie dem Gaste aufzutragen. Wie sie aus dem Garten trat, war der Schloßhof leer und öde, sie sah weder Pferde noch Reisige mehr, im Zimmer war kein Ritter, kein Knappe; sie rief ihre Tochter Bertha, suchte sie im ganzen Hause und fand sie nicht. Im Vorhause aber waren drei Säcke von neuer Leinwand hingestellt, die sie in der ersten Bestürzung nicht bemerkt hatte, und die von außen anzufühlen waren, als wären sie mit Erbsen gefüllt, genauer sie zu untersuchen, ließ ihre Betrübnis nicht zu. Sie überließ sich ganz ihrem Schmerz und weinte laut bis an den Abend, wo ihr Gemahl heimkehrte, der sie in großem Jammer fand. Sie konnte ihm die Begebenheit des Tages nicht verhehlen, so gern sie es getan hätte, denn sie befürchtete von ihm große Vorwürfe, daß sie einen fremden Ritter in die Burg gelassen, der die liebe Tochter entführt hätte. Aber der Graf tröstete sie liebreich und fragte nur nach den Erbssäcken, von welchen sie ihm gesagt hatte, ging hinaus, sie zu beschauen und öffnete einen in ihrer Gegenwart. Wie groß war das Erstaunen der betrübten Gattin, als eitel Perlen herausrollten, so groß, wie die großen Gartenerbsen, vollkommen gerundet, fein gebohrt, und von dem reinsten Wasser. Sie sah wohl, daß der Entführer ihrer Tochter jede mütterliche Zähre mit einer Zahlperl bezahlt hatte, bekam von seinem Reichtum und Stande eine gute Meinung und tröstete sich damit, daß dieser Eidam kein Ungeheuer, sondern ein stattlicher Ritter sei, welche Meinung ihr der Graf auch nicht benahm.

Nun gingen die Eltern zwar aller schönen Töchter verlustig; aber sie besaßen einen unermeßlichen Schatz. Der Graf machte bald einen Teil davon zu Gelde. Vom Morgen bis zum Abend war ein Gewühl von Kaufleuten und Juden im Schlosse, um die köstlichen Zahlperlen zu handeln. Der Graf löste seine Städte ein, tat das Waldschloß an einen Lehnsmann aus, bezog seine vormalige Residenz, richtete den Hofstaat wieder an und lebte nicht mehr als ein Verschwender, sondern als ein guter Wirt, denn er hatte nun keine Tochter mehr zu verhandeln. Das edle Paar befand sich in großer Behäglichkeit, nur die Gräfin konnte sich über den Verlust ihrer Fräuleins nicht beruhigen, sie trug beständig Trauerkleider und wurde nimmer froh. Eine Zeitlang hoffte sie, ihre Bertha mit dem reichen Perlenritter wieder zu sehen, und wenn ein Fremder bei Hofe gemeldet wurde, ahnte sie den wiederkehrenden Eidam. Der Graf vermocht es endlich nicht länger über sich, sie mit leerer Hoffnung hinzuhalten; in der traulichen Bettkammer, welche so manchem Männergeheimnis Luft macht, eröffnete er ihr, daß dieser herrliche Eidam ein scheußlicher Fisch sei. »Ach«, erseufzte die Gräfin, »ach, ich unglückliche Mutter! Hab ich darum Kinder geboren, daß sie ein Raub grausender Ungeheuer werden sollten? Was ist alles Erdenglück, was sind alle Schätze für eine kinderlose Mutter!« »Liebes Weib«, antwortete der Graf, »beruhiget Euch, es ist nun einmal nicht anders, wenn's von mir abhing, sollt es Euch an Kindersegen nicht gebrechen.« Die Gräfin nahm diese Worte zu Herzen, meinte, ihr Gemahl mache ihr Vorwürfe, daß sie altere und die Unfruchtbare im Hause sei, denn er war noch ein feiner rüstiger Mann. Darüber betrübte sie sich so sehr, daß sie in große Schwermut fiel, und Freund Hein wär ihr wohl ein willkommner Gast gewesen, wenn er bei ihr eingesprochen hätte.

ZWEITES BUCH

Alle Jungfrauen und Dirnen am Hofe nahmen großen Teil an den Leiden ihrer guten Frau, jammerten und weinten mit ihr, und suchten sie zu Zeiten auch durch Sang und Saitenspiel aufzuheitern; aber ihr Herz war der Freuden nicht mehr empfänglich. Jede Hofdame gab weisen Rat, wie der Geist des Trübsinns weggebannt werden möchte, gleichwohl war nichts zu erdenken, den Kummer der Gräfin zu mindern. Die Jungfrau, welche ihr das Handwasser reichte, war vor allen andern Dirnen klug und sittsam und bei ihrer Gebieterin wohlgelitten, sie hatte ein empfindsames Herz, und der Schmerz ihrer Herrschaft lockte ihr manche Träne ins Auge. Um nicht vorlaut zu scheinen, hatte sie immer geschwiegen, endlich konnte sie dem innern Drang nicht widerstehen, auch ihren guten Rat zu erteilen. »Edle Frau«, sagte sie, »wenn Ihr mich hören wolltet, so wüßt ich Euch wohl ein Mittel zu sagen, die Wunden Eures Herzens zu heilen.« Die Gräfin sprach: »Rede!« »Unfern von Eurer Residenz«, fuhr die Jungfrau fort, »wohnt ein frommer Einsiedler in einer schauervollen Grotte, zu welchem viele Pilger in mancherlei Not ihre Zuflucht nehmen, wie wär's, wenn Ihr von dem heiligen Manne Trost und Hilfe begehrtet? Wenigstens würde sein Gebet Euch die Ruhe Eures Herzens wiedergeben.« Der Gräfin gefiel dieser Vorschlag, sie hüllte sich in ein Pilgerkleid, wallfahrtete zu dem frommen Eremiten, eröffnete ihm ihr Anliegen, beschenkte ihn mit einem Rosenkranze von Zahlperlen und bat um seinen Segen, welcher so kräftig war, daß, eh ein Jahr verging, die Gräfin ihrer Traurigkeit quitt und ledig ward und eines jungen Sohns genas.

Groß war die Freude der Eltern über den holden Spätling, die ganze Grafschaft verwandelte sich in einen Schauplatz der Wonne, des Jubels und der Feierlichkeiten bei der Geburt des jungen Stammerben. Der Vater nannte ihn Reinald das Wunderkind. Der Knabe war schön, wie der Amor selbst, und seine Erziehung wurde mit solcher Sorgfalt betrieben, als wenn die Morgenröte der philanthropistischen Methode damals schon wär angebrochen gewesen. Er wuchs lustig heran, war die Freude des Vaters und der Mutter Trost, die ihn wie ihren Augapfel wahrte. Ob er nun wohl der Liebling ihres Herzens war, so verlosch doch das Andenken an ihre drei Töchter nicht in ihrem Gedächtnis. Oft, wenn sie den kleinen lachenden Reinald in die Arme schloß, träufelte eine Zähre auf seine Wangen, und als der liebe Knabe etwas heranwuchs, frug er oft wehmütig: »Gute Mutter, was weinest du?« Die Gräfin verhehlte ihm aber mit Vorbedacht die Ursache ihres geheimen Kummers: denn außer dem Gemahl wußte niemand, wo die drei jungen Gräfinnen hingeschwunden waren. Manche spekulative Köpfe wollten wissen, sie wären von irrenden Reitern entführt worden, welches damals nichts Ungewöhnliches war; andere behaupteten, sie lebten in einem Kloster versteckt; noch andere wollten sie im Gefolge der Königin von Burgund oder der Gräfin von Flandern gesehen haben. Durch tausend Schmeicheleien lockte Reinald der zärtlichen Mutter dennoch das Geheimnis ab, sie erzählte ihm die Abenteuer der drei Schwestern nach allen Umständen, und er verlor kein Wort von diesen Wundergeschichten aus seinem Herzen. Er hatte keinen andern Wunsch als den, wehrhaft zu sein, um auf das Abenteuer auszugehen, seine Schwestern im Zauberwalde aufzusuchen und ihren Zauber zu lösen. Sobald er zum Ritter geschlagen war, begehrte er vom Vater Urlaub, einen Heereszug, wie er vorgab, nach Flandern zu tun. Der Graf freute sich des ritterlichen Mutes seines Sohnes, gab ihm Pferde und Waffen, auch Schildknappen und Troßbuben, und ließ ihn mit Segen von sich, so ungern auch die sorgsame Mutter in den Abschied willigte.

Kaum hatte der junge Ritter seine Vaterstadt im Rücken, so verließ er die Heerstraße und trabte mit romantischem Mute auf das Waldschloß zu, begehrte von dem Lehnsmann Herberge, der ihn ehrlich empfing und wohlhielt. Am frühen Morgen, da im Schloß noch alles in süßen Schlummer lag, sattelte er sein Roß, ließ sein Gefolge zurück und jagte voll Mut und Jugendfeuer nach dem verzauberten Walde hin. Je weiter er hineinkam, je dichter wurde das Gebüsch, und vom Huf seines Pferdes schallten die schroffen Felsen wider. Alles um ihn her war einsam und öde, und die dichtverwachsenen Bäume schienen dem jungen Waghals den weitern Eingang mitleidig zu versperren. Er stieg vom Pferde, ließ es grasen und machte sich mit seinem Schwert einen Weg durch den Busch, klimmte an steilen Felsen hinan und gleitete in Abgründe hinab. Nach langer Mühe gelangte er in ein gekrümmtes Tal, durch welches sich ein klarer Bach schlängelte. Er folgte den Krümmungen desselben, in der Ferne öffnete eine Felsengrotte ihren unterirdischen Schlund, vor welcher etwas, das einer menschlichen Figur ähnlich war, sich zu regen schien. Der kecke Jüngling verdoppelte seine Schritte, nahm den Weg zwischen den Bäumen hin, blickte der Grotte gegenüber hinter den hohen Eichen durch, und sah eine junge Dame im Grase sitzen, die einen kleinen ungestalten Bär auf dem Schoße liebkoste, indes noch ein größerer um sie schäkerte, bald ein Männchen machte, bald einen possierlichen Purzelbaum schlug, welches Spiel die Dame sehr zu amüsieren schien. Reinald erkannte nach der mütterlichen Erzählung die Dame für seine Schwester Wulfild, sprang hastig aus seinem Hinterhalt hervor, sich ihr zu entdecken. Sobald sie aber den jungen Mann erblickte, tat sie einen lauten Schrei, warf den kleinen Bär ins Gras, sprang auf, dem Kommenden entgegen, und redete ihn mit wehmütiger Stimme und ängstlicher Gebärde also an: »O Jüngling, welcher Unglücksstern führt dich in diesen Wald? Hier wohnt ein wilder Bär, der frißt all Menschenkind, die seiner Wohnung nahen, flieh und errette dich!« Er neigte sich züchtiglich gegen die bildschöne Dame und antwortete: »Fürchtet nichts, holde Gebieterin, ich kenne diesen Wald und seine Abenteuer und komme, den Zauber zu lösen, der Euch hier gefangen hält.« »Tor!« sprach sie, »wer bist du, daß du es wagen darfst, diesen mächtigen Zauber zu lösen, und wie vermagst du das?« Er: »Mit diesem Arm und durch dies Schwert! Ich bin Reinald das Wunderkind genannt, des Grafen Sohn, dem dieser Zauberwald drei schöne Töchter raubte. Bist du nicht Wulfild, seine Erstgeborne?« Ob dieser Rede entsetzte sich die Dame noch mehr und staunte den Jüngling mit stummer Verwunderung an. Er nutzte diese Pause und legitimierte sich durch so viel Familiennachrichten, daß sie nicht zweifeln konnte, Reinald sei ihr Bruder. Sie umhalste ihn zärtlich, aber ihre Kniee wankten vor Furcht wegen der augenscheinlichen Gefahr, worin sein Leben schwebte.

Sie führte hierauf ihren lieben Gast in die Höhle, um da einen Winkel auszuspähen, ihn zu beherbergen. In diesem weiten düstern Gewölbe lag ein Haufen Moos, welches dem Bär und seinen Jungen zum Lager diente; gegenüber aber stand ein prächtiges Bett, mit rotem Damast behangen und mit goldnen Tressen besetzt, für die Dame. Reinald mußte sich bequemen, eiligst unter der Bettlade Platz zu suchen und da sein Schicksal zu erwarten. Jeder Laut und alles Geräusch war ihm bei Leib und Leben untersagt, besonders prägte ihm die angstvolle Schwester wohl ein, weder zu husten, noch zu niesen. Kaum war der junge Waghals an seinem Zufluchtsorte, so brummte der fürchterliche Bär zur Höhle herein, schnupperte mit blutiger Schnauze allenthalben umher; er hatte den edlen Falben des Ritters im Walde ausgespürt und ihn zerrissen. Wulfild saß auf dem Thronbette wie auf Kohlen, ihr Herz war eingepreßt und beklommen, denn sie sah bald, daß der Herr Gemahl seine Bärenlaune hatte, weil er vermutlich den fremden Gast in der Höhle merkte. Sie unterließ deshalb nicht, ihn zärtlich zu liebkosen, streichelte ihn sanft mit ihrer samtweichen Hand den Rücken herab, kraulte ihm die Ohren; aber das grämliche Vieh schien wenig auf diese Liebkosungen zu achten. »Ich wittere Menschenfleisch«, murmelte der Fresser aus seiner weiten Kehle. »Herzensbär«, sagte die Dame, »du irrst dich, wie käm ein Mensch in diese traurige Einöde?« »Ich wittere Menschenfleisch«, wiederholte er und spionierte um das seidene Bette seiner Gemahlin herum. Dem Ritter ward dabei nicht wohl zu Mute. Ungeachtet seiner Herzhaftigkeit, trat ihm ein kalter Schweiß vor die Stirne; indessen machte die äußerste Verlegenheit die Dame herzhaft und entschlossen: »Freund Bär«, sprach sie, »bald treibst du mir's zu bunt, fort hier von meiner Lagerstatt, sonst fürchte meinen Zorn.« Der Schnauzbär kümmerte sich wenig um diese Drohung, er hörte nicht auf, um den Bettumhang herum zu tosen. Allein so sehr er auch Bär war, so stund er gleichwohl unter dem Pantoffel seiner Dame; wie er Miene machte, seinen Dickkopf unter die Bettlade zu zwängen, faßte sich Wulfild ein Herz, und versetzte ihm einen so nachdrücklichen Fußtritt in die Lenden, daß er ganz demütig auf seine Streu kroch, sich niedertat, brummend an den Tatzen sog und seine Jungen leckte. Bald darauf schlief er ein und schnarchte wie ein Bär. Hierauf erquickte die traute Schwester ihren Bruder mit einem Glase Sekt und etwas Zwieback, ermahnte ihn, gutes Muts zu sein, nun sei die Gefahr größtenteils vorüber. Reinald war von seinem Abenteuer so ermüdet, daß er bald darauf in tiefen Schlaf fiel und mit dem Schwager Bär um die Wette schnarchte.

Beim Erwachen befand er sich in einem herrlichen Prunkbette, in einem Zimmer mit seidenen Tapeten, die Morgensonne blickte freundlich zwischen den aufgezogenen Gardinen herein, neben dem Bette lagen auf einigen mit Samt bekleideten Taburetts seine Kleider und die ritterliche Waffenrüstung, auch stand ein silbernes Glöcklein dabei, den Dienern zu schellen. Reinald begriff nicht, wie er aus der schaudervollen Höhle in einen prächtigen Palast sei versetzt worden, und war zweifelhaft, ob er jetzt träume, oder vorhin das Abenteuer im Walde geträumt habe. Aus dieser Ungewißheit zu kommen, zog er die Glocke. Ein zierlich gekleideter Kammerdiener trat herein, fragte nach seinen Befehlen, und meldete, daß seine Schwester Wulfild und ihr Gemahl Albert der Bär seiner mit Verlangen warteten. Der junge Graf konnte sich von seinem Erstaunen nicht erholen. Ob ihm gleich bei Erwähnung des Bären der kalte Schweiß an die Stirn trat, so ließ er sich doch rasch ankleiden, trat ins Vorgemach hinaus, wo er aufwartende Edelknaben, Läufer und Heiducken antraf, und mit diesem Gefolge gelangte er durch eine Menge Prachtgemächer und Vorsäle zum Audienzzimmer, wo ihn seine Schwester mit dem Anstande einer Fürstin empfing. Neben sich hatte sie zwei allerliebste Kinder, einen Prinzen von sieben Jahren und ein zartes Fräulein, das noch am Gängelbande geleitet wurde. Einen Augenblick hernach trat Albrecht der Bär herein, der jetzt sein grausendes Ansehen und alle Eigenschaften eines Bären abgelegt hatte, und als der liebenswürdigste Prinz erschien. Wulfild präsentierte ihren Bruder an ihn, und Albert umhalste seinen Schwager mit aller Wärme der Freundschaft und Bruderliebe.

Der Prinz war mit all seinem Hofgesinde durch einen feindseligen Zauber auf Tage verzaubert. Das heißt, er genoß die Vergünstigung, alle sieben Tage von einer Morgenröte bis zur andern des Zaubers entlediget zu werden. Sobald aber die silbernen Sternlein am Himmel erbleichten, fiel der eherne Zauber wieder mit dem Morgentau aufs Land; das Schloß verwandelte sich in einen schroffen unersteiglichen Felsen, der reizende Park ringsumher in eine traurige Einöde, die Springbrunnen und Kaskaden in stehende trübe Sümpfe, der Inhaber des Schlosses wurde ein Zottenbär, die Ritter und Knappen Dächse und Marder; Hofdamen und Zofen wandelten sich in Eulen und Fledermäuse um, die Tag und Nacht girrten und wehklagten. An einem solchen Tage der Entzauberung war es, wo Albrecht seine Braut heimführte. Die schöne Wulfild, die sechs Tage geweint hatte, daß sie an einen zottigen Bär vermählt werden sollte, ließ ihren Trübsinn schwinden, als sie sah, daß sie sich in den Armen eines jungen wohlgemachten Ritters befand, der so inniglich sie umfaßte und sie in einen herrlichen Palast einführte, wo ein glänzendes Brautgepränge ihrer wartete. Sie wurde von schönen Dirnen in Myrtenkränzen mit Gesang und Saitenspiel umfangen, ihrer ländlichen Kleidung entledigt und mit königlichem Brautschmuck angetan. Ob sie gleich nicht eitel war, so konnte sie doch das geheime Entzücken über ihre Wohlgestalt nicht verhehlen, da ihr die kristallenen Spiegel von allen Wänden des Brautgemachs tausend Schmeicheleien sagten. Ein splendides Gastmahl folgte auf die Vermählungszeremonie, und ein glänzender Ball Paré beschloß die Feierlichkeit des festlichen Tages. Die reizende Braut atmete Wonne und Seligkeit in den Gefühlen der Liebe, die an ihrem Brauttage nach der Sitte der keuschen Vorwelt sich zum erstenmal in ihrem jungfräulichen Herzen regten, und das widernde Bärenideal war ganz aus ihrer Phantasie verdrungen. In der Mitternachtstunde wurde sie von ihrem Gemahl mit Pomp in die Brautkammer eingeführt, wo alle Liebesgötter im Plafond von Freude belebt ihre goldenen Flügel zu regen schienen, da das liebende Paar hineintrat. – Der süßeste Morgentraum schwand eben dahin, als die Neuvermählte erwachte und ihren Gemahl mit einem liebevollen Kuß gleichfalls aus dem Schlafe zu wecken vorhatte; wie groß war ihr Erstaunen, da sie ihn nicht an ihrer Seite fand, und den seidenen Vorhang aufhebend, sich in ein düster Kellergewölbe versetzt sah, wo das gebrochene Tageslicht durch den Eingang hineinfiel und nur so viel Hellung gab, daß sie einen furchterweckenden Bär wahrnehmen konnte, der aus einem Winkel hervor trübsinnig nach ihr hinblickte.

Sie sank auf ihr Lager zurück und starb vor Entsetzen hin. Nach einer langen Pause kam sie erst wieder zu sich und sammelte so viel Kräfte, eine laute Klage anzuheben, welche die krächzenden Stimmen von hundert Eulen außerhalb der Höhle beantworteten. Der empfindsame Bär konnt's nicht aushalten, diese Jammerszene mit anzusehen, er mußte hinaus unter Gottes freien Himmel, den Schmerz und Unwillen über sein hartes Schicksal auszukeuchen. Schwerfällig hob er sich vom Lager und zottete brummend in den Wald, aus welchem er nicht eher als am siebenten Tage kurz vor der

Verwandlung zurückkehrte. Die sechs traurigen Tage wurden der untröstbaren Dame zu Jahren. Über der hochzeitlichen Freude hatte man aus der Acht gelassen, die Bettlade der Braut mit einigen Lebensmitteln und Erfrischungen zu versehen, denn über alle leblosen Dinge, welche die schöne Wulfild unmittelbar berührte, hatte der Zauber keine Macht; aber ihr Gemahl würde auch selbst in ihren Umarmungen in der Stunde der Verwandlung zum Bären geworden sein. In der Beklommenheit ihres Herzens schmachtete die Unglückliche zwei Tage dahin, ohne an Nahrungsmittel zu gedenken, endlich aber forderte die Natur die Mittel ihrer Erhaltung mit großem Ungestüm und erregte einen wilden Heißhunger, der sie aus der Höhle trieb, einige Nahrung zu suchen. Sie schöpfte mit der hohlen Hand ein wenig Wasser aus dem vorüberrieselnden Bächlein und erquickte damit ihre heißen trocknen Lippen, pflückte einige Hambutten und Brombeere, und verschlang in wilder Betäubung eine Handvoll Eicheln, die sie gierig auflas, und noch eine Schürze voll aus mechanischen Instinkt mit in die Höhle zurücknahm, denn um ihr Leben war sie wenig bekümmert: sie wünschte nichts sehnlicher als den Tod.

Mit diesem Wunsche schlief sie am Abend des sechsten Tages ein, und erwachte am frühen Morgen in eben dem Gemache wieder, in welches sie als Braut eingetreten war, sie fand da alles noch in der nämlichen Ordnung, wie sie es verlassen hatte, und den schönsten zärtlichsten Gemahl an ihrer Seite, der in den rührendsten Ausdrücken ihr sein Mitleid über den traurigen Zustand bezeigte, in welchen seine unwiderstehliche Liebe zu ihr, sie gebracht hätte, und sie mit Tränen in den Augen um Verzeihung bat; er erklärte ihr die Beschaffenheit des Zaubers, daß jeder siebente Tag solchen unwirksam mache, und alles in seiner natürlichen Gestalt darstelle. Wulfild wurde durch die Zärtlichkeit ihres Gemahls gerührt; sie bedachte, daß eine Ehe noch gut genug wäre, wo der siebente Tag immer heiter sei, und daß nur die glücklichsten der Ehen sich dieser Prärogative rühmen könnten; sie fand sich in ihr Schicksal, vergalt Liebe mit Liebe und machte ihren Albert zum glücklichsten Bär unter der Sonne. Um nicht wieder in den Fall zu kommen, in der Waldhöhle zu darben, legte sie jederzeit, wenn sie zur Tafel ging, ein Paar weite Poschen an, diese belastete sie mit Konfekt, süßen Orangen und andern köstlichen Obst. Auch den gewöhnlichen Nachttrunk ihres Herrn, der ins Schlafgemach gestellt wurde, verbarg sie sorgfältig in ihrer Bettlade, und so war ihre Küche und Keller immer für die Zeit der Metamorphose zureichend bestellt. Einundzwanzig Jahr hatte sie bereits im Zauberwalde verlebt, und diese lange Zeit hatte keinen ihrer jugendlichen Reize verdrungen; auch war die wechselseitige Liebe des edlen Paares noch Gefühl des ersten mächtigen Instinkts. Die Mutter Natur behauptet aller anscheinenden

Störungen ungeachtet allenthalben ihre Rechte, auch in der Zauberwelt wacht sie mit großer Sorgfalt und Strenge dafür, und wehret allem Fortschritt und den allmählichen Veränderungen der Zeit ab, solange durch die heterogenen Eingriffe der Zauberei die Dinge dieser Unterwelt ihrer Botmäßigkeit entzogen sind. Laut Zeugnis der heiligen Legende stiegen die frommen Siebenschläfer, nachdem sie ihren hundertjährigen Schlaf ausgeschlafen hatten, so munter und rüstig aus den römischen Katakomben hervor, wie sie hineingegangen waren, und hatten nur um eine einzige Nacht gealtert. Die schöne Wulfild hatte nach der Komputation der guten Mutter Natur, in den einundzwanzig Jahren nur drei Jahre verlebt, und befand sich noch in der vollen Blüte des weiblichen Alters. Eben diese Beschaffenheit hatte es auch mit ihren Gemahl und dem ganzen verzauberten Hofstaat.

Alles das eröffnete das edle Paar dem holden Ritter auf einer Promenade im Park, unter einer Laube, woran sich wilder Jasmin und Hills kletterndes Geißblatt zusammen verflochten. Der glückliche Tag schwand unter dem Gepränge einer bunten Hofgala und wechselseitigen Freundschaftsbezeugungen nur zu bald dahin. Man nahm das Mittagsmahl ein, nachher war Appartement und Spiel, ein Teil der Höflinge lustwandelten mit den Damen im Park, trieben Scherz und Minnespiel, bis man zur Abendtafel trompetete, wo in einer Spiegelgalerie unter Beleuchtung unzähliger Wachskerzen gespeist wurde. Man aß, trank und war fröhlich bis zur Mitternachtsstunde, Wulfild versorgte nach Gewohnheit ihre Poschen und riet ihrem Bruder, seine Taschen auch nicht zu vergessen. Als abgetragen war, schien Albert unruhig zu werden, flüsterte seiner Gemahlin etwas ins Ohr, sie nahm darauf ihren Bruder beiseite und sprach wehmütig also: »Geliebter Bruder, wir müssen uns scheiden, die Stunde der Verwandlung ist nicht mehr fern, wo alle Freuden dieses Palastes hinschwinden; Albert ist um dich bekümmert, er fürchtet für dein Leben; er würde dem tierischen Instinkt nicht widerstehen können, dich zu zerreißen, wenn du die bevorstehende Katastrophe hier abwarten wolltest, verlaß diesen unglücklichen Wald und kehre nie wieder zu uns zurück.« »Ach«, erwiderte Reinhald, »es begegne mir, was das Verhängnis über mich beschlossen hat, scheiden kann ich mich nicht von euch, ihr Lieben! Dich, o Schwester, aufzusuchen, war mein Beginnen, und da ich dich gefunden habe, verlaß ich diesen Wald nicht ohne dich. Sag, wie ich den mächtigen Zauber lösen kann?« »Ach«, sprach sie, »den vermag kein Sterblicher zu lösen!« Hier mischte sich Albert ins Gespräch, und wie er den kühnen Entschluß des jungen Ritters vernahm, mahnte er ihn mit liebreichen Worten von seinem Vorhaben so kräftig ab, daß dieser endlich dem Verlangen des Schwagers und den Bitten und Tränen der zärtlichen Schwester nachgeben, und zum Abschied sich bequemen mußte.

Signor Albert umarmte den wackern Jüngling brüderlich, und nachdem dieser seine Schwester umhalst hatte und nun scheiden wollte, zog Albert seine Brieftasche hervor und nahm daraus drei Bärenhaare, rollte sie in ein Papier und reichte sie dem Ritter gleichsam scherzweise als ein Wahrzeichen, sich dabei des Abenteuers im Zauberwalde zu erinnern. »Doch«, setzte er ernsthaft hinzu, »verachtet nicht diese Kleinigkeit, sollt Euch irgend einmal Hilfe not tun, so reibt diese drei Haare zwischen den Händen und erwartet den Erfolg.« Im Schloßhofe stand ein prächtiger Phaethon mit sechs Rappen bespannt, nebst vielen Reitern und Dienern. Reinald stieg hinein: »Ade, mein Bruder!« rief Albert der Bär am Schlage; »ade, mein Bruder!« antwortete Reinald das Wunderkind, und der Wagen donnerte über die Zugbrücke dahin, auf und davon. Die goldnen Sterne funkelten noch hell am nächtlichen Himmel, der Zug ging über Stock und Stein, Berg auf Berg ab, durch Wüsten und Wälder, über Stoppen und Felder, sonder Ruh noch Rast, in vollem Trab. Nach einer guten Stunde begann der Himmel zu grauen; urplötzlich verloschen alle Windlichter, Reinald fand sich unsanft auf die Erde gesetzt, wußte nicht, wie ihm geschah; der Phaethon mit Roß und Wagen war verschwunden, aber bei dem Schimmer der Morgenröte sah er sechs schwarze Ameisen zwischen seinen Füßen hingaloppieren, die eine Nußschale fortzogen. Der mannliche Ritter wußte sich das Abenteuer nun leicht zu erklären, er hütete sich sorgfältig, eine Ameise etwa unversehens zu zertreten, erwartete ganz geruhig der Aufgang der Sonne, und weil er sich noch innerhalb der Grenzen des Waldes befand, beschloß er seine beiden jüngern Schwestern gleichfalls aufzusuchen, und wenn es ihm nicht gelingen sollte, sie zu entzaubern, ihnen wenigstens einen Besuch zu machen.

Drei Tage irrte er vergebens im Wald umher, ohne daß ihm ein Abenteuer aufstieß. Eben hatte er die letzten Überbleibsel eines Milchbrotes von Schwager Albert des Bären Tafel aufgezehrt, als er hoch über sich in der Luft etwas rauschen hörte, wie wenn ein Schiff in vollem Segeln die Wellen durchschneidet; er schaute auf und erblickte einen mächtigen Adler, der sich aus der Luft herab aufs Nest tat, das er auf dem Baume hatte. Reinald war über diese Entdeckung hocherfreut, verbarg sich im Unterwuchs der Holzung und lauerte, bis der Adler wieder auffliegen würde. Nach sieben Stunden hob er sich vom Neste, alsbald trat der lauschende Jüngling hervor ins Freie und rief mit lauter Stimme: »Adelheid, geliebte Schwester, wenn du auf dieser hohen Eiche hausest, so antworte meiner Stimme, ich bin Reinald das Wunderkind genannt, dein Bruder, der dich suchet, und die Banden des mächtigen Zaubers zu zerstören strebt, die dich fesseln.« Sobald er aufgehört hatte zu reden, antwortete eine sanfte weibliche Stimme von oben, wie aus den Wolken: »Bist du Reinald das Wunderkind, so sei willkommen deiner

Schwester Adelheid, säume nicht, zu ihr heraufzuklimmen, die Trostlose zu umarmen.« Entzückt über diese frohe Botschaft wagte der Ritter freudig den Versuch, den hohen Baum hinaufzuklettern, aber vergebens. Dreimal lief er rund um den Stamm, aber der war zu dick, ihn zu umklaftern, und die nächsten Äste viel zu hoch, sie zu erfassen. Indem er begierig auf Mittel sann, seinen Zweck zu erreichen, fiel eine seidene Strickleiter herab, durch deren Beihilfe er bald bis in den Gipfel des Baums zu dem Adlerneste gelangte, es war so geräumig und so feste gebauet, wie ein Altan auf einer Linde. Er fand seine Schwester unter einem Thronhimmel sitzend, von außen gegen die Witterung mit Wachstaffet bekleidet, inwendig mit rosenfarbnen Atlas ausgeschlagen, auf ihrem Schoße lag ein Adlerei, welches auszubrüten sie beschäftigt war. Der Empfang war auf beiden Seiten sehr zärtlich, Adelheid hatte genaue Kundschaft von ihres Vaters Hause und wußte, daß Reinald ihr nachgeborner Bruder war. Edgar der Aar, ihr Gemahl, war auf Wochen verwünscht, alle sieben Wochen war eine von der Bezauberung frei, in dieser Zwischenzeit hatte er seiner Gemahlin zuliebe, unerkannterweise oft das Hoflager seines Schwiegervaters besucht und sagte ihr von Zeit zu Zeit an, wie es in ihres Vaters Hause stand. Adelheid lud ihren Bruder ein, die nächste Verwandlung bei ihr abzuwarten, obgleich der Termin erst in sechs Wochen bevorstand, so willigte er doch gern ein. Sie versteckte ihn in einem hohlen Baum und beköstigte ihn täglich aus dem Magazin unter ihrem Sofa, das mit Schiffsprovision, das heißt, solchen Eßwaren, die sich konservierten, auf sechs Wochen reichlich versehen war. Sie entließ ihn mit der wohlmeinenden Vermahnung: »So lieb dir das Leben ist, hüte dich für Edgars Adlerblick, sieht er dich in seinem Gehege, so ist's um dich geschehen; er hackt dir die Augen aus und frißt dir das Herz ab, wie er nur erst gestern dreien deiner Knappen tat, die dich hier im Walde suchten.« Reinald schauderte über das Schicksal seiner Knappen zurück, versprach seiner wohl zu wahren und harrete in dem Pathmus des hohlen Baumes sechs langweilige Wochen aus; doch genoß er das Vergnügen, mit seiner Schwester zu kosen, wenn der Adler vom Neste flog. Aber für diese Prüfung seiner Geduld wurde er nachher durch sieben freudenvolle Tage sattsam entschädiget.

Die Aufnahme beim Schwager Aar war nicht minder freundschaftlich als beim Schwager Bär; sein Schloß, seine Hofstatt, alles war hier so wie dort, jeder Tag war ein Freudenfest, und die Zeit der fatalen Verwandlung rückte nur zu geschwind herbei. Am Abend des siebenten Tages entließ Edgar seinen Gast mit den zärtlichsten Umarmungen, doch warnte er ihn, sein Gehege nicht wieder zu betreten. »Soll ich mich«, sprach Reinald wehmütig, »ewig von euch scheiden, ihr Geliebten? Ist's nicht möglich, den unglücklichen Zauber zu lösen, der euch hier gefangen hält? Hätt ich hundert Leben zu verlieren, ich wagte sie alle, euch zu erlösen.« Edgar drückte ihm herzig die Hand: »Dank, edler junger Mann, für Eure Lieb und Freundschaft; aber laßt das kecke Unterfangen schwinden. Es ist möglich, unsern Zauber zu lösen; aber Ihr sollt's, ihr dürft's nicht. Wer's beginnt, wenn's mißlingt, dem kostet es das Leben, und Ihr sollt nicht das Opfer für uns werden.« Durch diese Rede wurde Reinalds Heldenmut nur mehr angefeuert, das Abenteuer zu bestehen. Seine Augen funkelten vor Verlangen, und die Wangen rötete ein Strahl von Hoffnung, seinen Zweck zu erreichen; er drang den Schwäher Edgar, ihm das Geheimnis mitzuteilen, wie der Zauber des Waldes aufzulösen sei; doch dieser wollt ihm nichts enträtseln, aus Sorge, das Leben des kühnen Jünglings in Gefahr zu setzen. »Alles was ich Euch sagen kann, lieber Kompan«, sprach er, »ist, daß Ihr den Schlüssel der Bezauberungen finden müßt, wenn es Euch gelingen soll, uns zu erlösen. Seid Ihr vom Schicksal bestimmt, unser Befreier zu sein, so werden Euch die Sterne Weg und Bahn anzeigen, wo Ihr ihn zu suchen habt; wo nicht, so ist Torheit all Euer Beginnen.« Hierauf zog er seine Brieftasche hervor und nahm daraus drei Adlerfedern, die er dem Ritter darreichte, sich seiner dabei zu erinnern. Wenn ihm einst Hilfe not tät, sollt er sie zwischen den Händen reiben und den Erfolg erwarten. Drauf schieden sie freundlich auseinander. Edgars Hofmarschall und das Hofgesinde begleiteten den lieben Fremdling durch einen langen Gang, mit emporstrebenden Weymouths, Kiefern und Eibenbäumen bepflanzt, bis zum Ausgang des Geheges, und als er außerhalb dessen war, schlossen sie das Gattertor zu und kehrten eilig zurück, denn die Zeit der Verwandlung stand bevor. Reinald setzte sich unter eine Linde, das Wunder mit anzusehen, der Vollmond leuchtete hell und klar, er sah das Schloß noch gar deutlich über die Gipfel der hohen Bäume hervorragen; doch in der Morgendämmerung war um ihn ein dicker Nebel, und wie diesen die aufgehende Sonne niederdrückte, war Schloß und Park und Gattertor verschwunden, er befand sich in einer traurigen Einöde, oben auf einer Felsenwand neben einem unermeßlichen Abgrunde.

Der junge Abenteurer blickte rings umher, einen Weg hinab ins Tal zu finden, da wurde er in der Ferne einen See gewahr, dessen Spiegelfläche der Abglanz der Sonnenstrahlen versilberte. Mit großer Mühe arbeitete er sich den ganzen Tag durch den dichtverwachsenen Wald, sein Dichten und Trachten war nun auf den See gerichtet, wo er seine dritte Schwester Bertha vermutete; aber je weiter er in den wilden Busch hineinkam, je undurchdringlicher wurde er, der See verlor sich aus seinen Augen und auch die Hoffnung, ihn wieder zu erblicken. Doch gegen Sonnenuntergang sah er die Wasserfläche wieder zwischen den Bäumen durchschimmern, als der Wald lichter wurde, dennoch erreichte er das Ufer nicht eher als mit hereinbrechender Nacht. Ermüdet schlug er sein Lager unter einem Feldbaum auf und erwachte nicht eher, bis die Sonne schon hoch am Himmel stand. Durch den Schlaf fand er sich gestärkt und seine Glieder rüstig und wacker; er sprang rasch auf und wandelte längst dem Ufer hin voller Gedanken und Anschläge, wie er zu seiner Schwester im Weiher gelangen möchte. Vergebens ließ er seinen Spruch und Gruß erschallen: »Bertha, geliebte Schwester, hausest du in diesem Weiher, so gib Antwort auf meine Rede, ich bin Reinald das Wunderkind genannt, dein Bruder, der dich aufsucht, deinen Zauber zu lösen und dich aus diesem nassen Gefängnis herauszuführen.« Doch ihm antwortete nichts als das vielstimmige Echo vom Walde her. »O ihr lieben Fische«, fuhr er fort, als ganze Scharen rotgesprengter Fohren ans Ufer schwammen und den jungen Fremdling anzugaffen schienen, »ihr lieben Fische, sagt's eurer Gebieterin an, daß ihr Bruder hier am Ufer harret, ihr zu begegnen.« Er zerpflückte alle Brotfragmente, die er noch in seinen Taschen fand, und warf sie in den Teich, die Fische damit zu bestechen, ob sie seiner Schwester von ihm Botschaft bringen möchten; allein die Fohren schnappten die Semmelbrocken gierig auf, ohne sich um ihren Wohltäter weiter zu bekümmern. Reinald sah wohl, daß mit seiner Fischpredigt nichts ausgerichtet war, deshalb versuchte er auf eine andre Manier sein Unterfangen auszuführen. Als ein flinker Ritter war er in allen Leibesübungen wohlgeübt, und schwimmen konnt er, wie eine Wassermaus, darum resolvierte er sich kurz, entkleidete sich von seiner Rüstung, nahm von den Waffen nichts als das blanke Schwert in die Hand und sprang im Waffenkleide von feuerfarbenem Satin, weil er keines Nachen ansichtig wurde wie weiland sein Vater, beherzt in die Fluten, um den Schwager Behemot aufzusuchen. Er wird, dacht er, mich nicht gleich verschlingen und schon ein vernünftiges Wort mit sich reden lassen, wie er bei meinem Vater tat. Drauf plätscherte er geflissentlich in den Wellen, das Meerwunder herbeizulocken, und schaukelte auf den blauen Wogen mitten in den Weiher hinein.

Solang es seine Kräfte erlaubten, verfolgte er den nassen Pfad getrost, ohne daß ihm ein Abenteuer aufstieß; wie er aber anfing zu ermatten, schauete er nach dem Gestade um und sah unfern einen dünnen Nebel aufsteigen, der hinter einer emporstehenden Eisscholle hervorzukommen schien. Er ruderte aus allen Kräften, das Phänomen näher zu betrachten, und fand eine kurze Säule von Bergkristall aus dem Wasser hervorragen, die hohl zu sein schien, denn aus dieser stieg ein herzerquickender Wohlgeruch in kleinen Dampfwolken in die Höhe, welche der Windstrom spielend auf das Wasser warf. Der kühne Schwimmer vermutete, daß das wohl der Schlot zu der unterirdischen Wohnung seiner Schwester sein könnte, er wagte es also, darinnen hinabzuschlüpfen, und diese Vermutung täuschte ihn auch nicht. Der Rauchfang führte unmittelbar in den Kamin des Schlafgemachs der schönen Bertha, welche eben beschäftigt war, im reizenden Morgennegligé ihre Schokelate bei einem kleinen Feuer von roten Sandelholz zu bereiten. Wie die Dame das Geräusch im Schlote vernahm und urplötzlich zwei Menschenfüße den Kamin herabzappeln sah, wurden ihre Lebensgeister von dieser unerwarteten Visite so sehr überrascht, daß sie vor Schrecken den Schokelatentopf umstieß, und rücklings auf ihren Armstuhl in Ohnmacht sank. Reinald rüttelte sie so lange, bis sie wieder zu sich selbst kam, und sobald sie sich ein wenig erholt hatte, sprach sie mit matter Stimme: »Unglücklicher, wer du auch seist, wie darfst du es wagen, diese unterirdische Wohnung zu betreten? Weißt du nicht, daß diese Vermessenheit dir den unvermeidlichen Tod bringt?« »Fürchte nichts, meine Liebe«, sprach der wackre Ritter, »ich bin dein Bruder Reinald das Wunderkind genannt, scheue nicht Gefahr noch Tod, meine geliebten Schwestern aufzusuchen und die Banden des mächtigen Zaubers aufzulösen, der sie fesselt.« Bertha umarmte ihren Bruder zärtlich; aber ihr schlanker Leib zitterte vor Furcht.

Ufo der Delphin, ihr Gemahl, hatte den Hof seines Schwiegervaters gleichfalls zuweilen im strengen Inkognito besucht und unlängst in Erfahrung gebracht, daß Reinald ausgezogen sei, seine Schwestern aufzusuchen. Dies kühne Vorhaben des Jünglings hatte er oft beklagt: »Wenn ihn«, sprach er, »Schwager Bär nicht frißt, noch Schwager Aar die Augen aushackt, so wird ihn doch Schwager Hai verschlingen; ich fürchte in der Anwandlung tierischer Wut dem Triebe nicht widerstehen zu können, ihn hinunterzuschlurfen, und wenn du ihn mit deinen zarten Armen umfaßtest, du Liebe, ihn zu schützen: so würd ich deine kristallne Wohnung zertrümmern, daß dich die hereinströmenden Fluten ersäuften, und ihn würd ich in meinem Walfischbauch begraben; denn zur Zeit der Verwandlung, weißt du, ist unsre Wohnung jedem Fremdling unzugänglich.« Alles das verhehlte die schöne Bertha ihrem Bruder nicht; er aber antwortete: »Kannst du mich nicht für den Augen des Meerwunders verbergen, wie deine Schwestern taten, daß ich hier weile, bis der Zauber schwindet?« »Ach«, versetzte sie, »wie könnt ich dich verbergen? Siehst du nicht, daß diese Wohnung von Kristall ist, und daß alle Wände so durchsichtig sind, wie der Eishimmel*?« »Es wird doch irgendein undurchschaubarer Winkel im Hause sein«, gegenredete Reinald; »oder bist du die einzige deutsche Frau, welche die Augen ihres Mannes nicht zu täuschen vermag?« Die schöne Bertha war in dieser

* Sonder Zweifel ist das prächtige Eisgewölbe, womit Dr. Berger die Erde umgibt. Entweder hat er seine Theorie aus einem Volksmärchen genommen, oder als Volksmärchen erfunden.

Kunst ganz unerfahren, sie sann und sann, endlich fiel ihr noch zum Glück die Holzkammer ein, wohin sie ihren Bruder bergen könnte. Er akzeptierte den Vorschlag ohne Einwendung, verschränkte das Holz in der durchsichtigen Kammer so kunstreich, wie ein Biber seinen unterirdischen Bau, und verbarg sich darin aufs beste. Die Dame eilte darauf an ihre Toilette, setzte sich so reizend auf als möglich, legte eins der schönsten Kleider an, das ihren schlanken Wuchs begünstigte, ging ins Audienzgemach, harrend auf den Besuch ihres Gemahls, des Delphins, und stand da so minniglich, wie eine der drei Grazien in der Einbildungskraft eines Dichters. Ufo der Delphin konnte des Umganges seiner liebenswerten Gemahlin während der Zeitperioden der Verzauberung nicht anders genießen, als daß er ihr täglich einen Besuch machte, sie von außen durch das gläserne Haus sah und sich an dem Anblick ihrer Schönheit weidete.

Kaum hatte die holde Bertha ihr Sprachzimmer betreten, so kam der ungeheure Fisch herangeschwommen, das Wasser fing schon von weitem an zu rauschen, die Fluten kräuselten sich in Wirbeln rings um den kristallenen Palast. Das Meerwunder stund von außen vor dem Gemach, atmete Ströme von Wasser ein und stürzte sie wieder aus seinem weiten Schlunde hervor, gaffte dabei mit glotzenden meergrünen Augen die schöne Frau stumm und staunend an. So sehr sich auch die gute Dame angelegen sein ließ, ein unbefangenes Air zu affektieren, so wenig war das in ihrer Gewalt: alle Schälkelei und Verstellung war ihr ganz fremd, das Herz bebte und bangte ihr, der Busen hob sich hoch und schnell, ihre Wangen und Lippen glühten und erbleichten plötzlich wieder. Der Delphin hatte ungeachtet seiner dämischen Fischnatur dennoch so viel physiognomisches Gefühl, daß er aus diesen Signalelementen Unrat merkte, scheußliche Grimassen machte und pfeilgeschwind fortschoß. Er umkreiste den Palast in unzähligen Schraubengängen und trieb solchen Unfug in den Wogen, daß die kristallene Wohnung davon erbebte, und die erschrockene Bertha nichts anders glaubte, er würde solchen Augenblicks zerschellen. Der spähende Delphin konnte indessen bei dieser strengen Haussuchung nichts wahrnehmen, was seinen Verdacht zu bestärken schien, daher wurd er allgemach ruhiger, und zum Glück hatte er durch sein Toben das Wasser so getrübt, daß er nicht sehen konnte, in welchem Zustand die bängliche Bertha sich befand. Er schwamm fort, die Dame erholte sich wieder von ihrem Schrecken, Reinald verhielt sich still und ruhig in der Holzkammer, bis die Zeit der Verwandlung herankam; und obgleich allem Ansehen nach Schwager Walfisch nicht allen Verdacht schwinden ließ, denn er vergaß nie bei seinem täglichen Besuch, dreimal die Runde ums Haus zu schwimmen und alle Winkel des kristallenen Palastes zu durchspähen, so gebärdete er sich doch nicht so wütig dabei als das erstemal.

Die Stunde der Verwandlung befreiete endlich den duldsamen Gefangenen aus der einsamen Holzkammer.

Als er eines Tages erwachte, befand er sich in einem königlichen Palast auf einer kleinen Insel. Gebäude, Lustgärten, Marktplätze, alles schien auf dem Wasser zu schwimmen, hundert Gondeln schwankten auf den Kanälen auf und ab, und alles lebte und webte auf den offenen Plätzen in fröhlicher Geschäftigkeit; kurz das Schloß des Schwager Delphins war ein kleines Venedig. Der Empfang des jungen Ritters war hier ebenso herzig und freundschaftsvoll als an den Höfen der beiden andern Schwäger. Ufo der Delphin war auf Monden verwünscht, der siebente war jedesmal der Rastmonat der Verzauberung: von einem Vollmond bis zum andern gedieh alles in seinen natürlichen Zustand. Weil Reinalds Aufenthalt hier länger dauerte, so wurde er mit dem Schwäher Ufo auch bekannter und lebte mit ihm vertrauter als mit den andern. Seine Neugierde peinigte ihn schon lange, zu erfahren, durch welches Schicksal die drei Prinzen in den unnatürlichen Zustand der Verzauberung wären versetzt worden, er forschte fleißig deshalb an der Schwester Bertha, aber die konnt ihm keine Auskunft geben, und Ufo beobachtete über diesen Punkt ein geheimnisvolles Stillschweigen. Reinald erfuhr also nicht, was er wünschte. Unterdessen eilten die Tage der Freude auf den Fittichen der Winde dahin, der Mond verlor seine Silberhörner und rundete seine Gestalt mehr mit jedem Tage. Bei einer empfindsamen Abendpromenade verständigte Ufo seinen Schwäher Reinald, daß die Zeit der Trennung in wenig Stunden bevorstehe, und mahnte ihn an, zu seinen Eltern zurückzukehren, die seinethalben in großer Sorge lebten; die Mutter sei untröstlich, seitdem es am Hofe kund worden, daß er nicht nach Flandern, sondern in den Zauberwald auf Abenteuer ausgegangen sei. Reinald frug, ob der Wald noch viele enthalte, und vernahm, es sei nur noch eins übrig, davon er bereits Kundschaft habe: um den Minnesold den Schlüssel der Bezauberungen zu suchen und den kräftigen Talisman zu zerstören; so lange dieser wirke, sei für die Prinzen keine Erledigung zu hoffen. »Aber«, fügte Ufo der Delphin freundschaftlich hinzu, »folgt gutem Rate, junger Mann, dankt den translunarischen Mächten und der Protektion der Damen, Eurer Schwestern, daß Ihr nicht das Opfer Eures kühnen Unterfangens worden seid, den Zauberwald zu durchstreifen. Laßt Euch gnügen an dem Ruhm, den Ihr erworben habt, ziehet hin und gebt Euren Eltern Bericht von alledem, was Ihr gesehen und gehört habt, und führt durch Eure Rückkehr die gute Mutter vom Rande des Grabes zurück, wohin sie Harm und Gram um Euch gebracht hat.« Reinald versprach, was Schwäher Ufo verlangte, mit Vorbehalt, zu tun, was er wollte; denn die Herren Söhne, wenn sie mütterlicher Zucht entwachsen, groß und bengelhaft worden sind, und sich auf den tollen Rappen schwingen, kümmern sich wenig um die treuen Mutterzähren. Ufo merkte bald, worauf des Jünglings Sinn gestellt war, deshalb zog er seine Brieftasche hervor und nahm daraus drei Fischschuppen, reichte sie ihm zum Geschenk dar und sprach: »Wenn Euch einst Hilfe not tut, so reibt sie zwischen den Händen, daß sie flugs erwarmen, und erwartet den Erfolg.«

Reinald bestieg eine schön vergoldete Gondel und ließ sich durch zwei Gondelierer ans feste Land rudern. Kaum war er am Gestade, so verschwand die Gondel, das Schloß, die Gärten, die Marktplätze, und es blieb von all der Herrlichkeit nichts übrig als ein Fischteich mit hohem Schilf bewachsen, welches ein kühles Morgenlüftgen durchsäuselte. Der Ritter befand sich wieder an dem Platze, wo er vor drei Monden kühnlich ins Wasser sprang, sein Schild und Harnisch lag noch auf der Stelle und der Speer stand daneben gepflanzt, wie er seine Waffen verlassen hatte. Er aber gelobte sich nicht eher zu rasten, bis der Schlüssel der Bezauberungen in seiner Hand wär.

DRITTES BUCH

Wer sagt mir an den geraden Weg, und wer leitet meinen Fuß auf die rechte Bahn, die zu dem wunderbarsten Abenteuer führt in diesem grenzenlosen Walde. O ihr translunarischen Mächte, blickt freundlich auf mich herab, und wenn ein Erdensohn diesen mächtigen Zauber lösen soll, so laßt mich diesen glücklichen Sterblichen sein. So sprach Reinald ganz in sich gekehrt und ging fürbaß seine unwegsame Straße waldeinwärts. Er durchstrich sieben Tage lang sonder Furcht noch Grausen die endlose Wildnis und schlief sieben Nächte lang unter freiem Himmel, daß seine Waffen vom nächtlichen Tau rosteten. Am achten Tage erstieg er eine Felsenzinne, von der er wie vom Sankt Gotthards Berge in unwirtbare Tiefen hinabblickte. Von der Seite öffnete sich ein Tal mit grüner Vinca überzogen, von hohen Granitfelsen umschlossen, welche Schierlingstannen und traurige Zypressen überragten. In der Ferne kam's ihm vor, als säh er da ein Monument aufgerichtet. Zwo giganteske Marmorsäulen mit ehernen Knäufen und Füßen trugen ein dorisches Gebälke, welches an eine Felsenwand gelehnt war und ein stählernes Tor überschattete, mit starken Bändern und Riegeln versehen; auch lag noch zum Überfluß ein Anwurf davor, von der Größe eines Scheffels. Unfern des Portals weidete ein schwarzer Stier im Grase, mit funkelnden umherschauenden Augen, als wenn er den Eingang zu bewachen schien.

Reinald zweifelte nicht, daß er das Abenteuer gefunden habe, von dem ihm Schwäher Ufo der Delphin Erwähnung getan hatte, alsbald beschloß er, solches zu begehen und schlüpfte von der Felsenzinne gemachsam hinab ins

Tal. Er nahte dem Stier auf einen Bogenschuß, eh ihn dieser zu bemerken schien; aber nun sprang er rasch auf, lief wütig hin und her, als rüste er sich zum Kampfe gegen den Ritter wie ein andalusischer, schnaubte gegen den Erdboden, daß sich Staubwolken emporhoben, stampfte mit den Füßen, daß der Grund erbebte, und schlug mit den Hörnern gegen die Felsen, daß sie in Stücken sprangen. Der Ritter setzte sich in eine angreifende Stellung, und wie der Stier auf ihn anlief, vermied er das gewaltsame Horn durch eine geschickte Wendung, und führte einen so kräftigen Schwertstrich nach dem Halse des Ungetüms, daß er vermeinte, das Haupt vom Rumpfe zu sondern, wie der tapfre Skanderbeg. O Jammer! Der Hals des Stiers war für Stahl und Eisen unverwundbar: das Schwert zerbrach in Stücken, und der Ritter behielt nur das Heft in der Hand. Er hatte nichts zu seiner Verteidigung übrig als eine Lanze von Ahornholz mit einer zweischneidigen Spitze von Stahl; aber auch die zerknickte beim zweiten Angriff wie ein schwacher Strohhalm. Der stößige Ochs erfaßte den wehrlosen Jüngling mit den Hörnern und schleuderte ihn wie einen leichten Federball hoch in die Luft, auflaurend, ihn aufzufangen, oder mit den Füßen zu zertreten. Glücklicherweise geriet er im Fallen zwischen die ausgebreiteten Äste eines wilden Birnbaums, die ihn wohltätig umfaßten. Ob ihm gleich alle Rippen im Leibe krachten, so blieb ihm doch so viel Besinnungskraft, daß er sich fest an den Baum anklammerte, denn der wütige Ochs stieß mit seiner ehernen Stirn so gewaltsam gegen den Stamm, daß dieser sich aus der Wurzel hob und zum Fall neigte.

In der Zwischenzeit als der mörderische Stier sich wendete, einen Anlauf zu nehmen, den gewaltsamen Stoß zu wiederholen, dachte Reinald an die Geschenke seiner Schwäher. Der Zufall führte ihm das Papier mit den drei Bärenhaaren zuerst in die Hand, er rieb sie aus allen Kräften und in dem Augenblicke kam ein grimmiger Bär dahergetrabet, der einen harten Kampf mit dem Stier begann; der Bär ward seiner bald mächtig, würgte ihn nieder und zerriß ihn in Stücken. Wie sich der hohle Bauch öffnete, flog heraus ein scheuer Entvogel, der mit großem Geschrei davonflog. Reinald ahnte, daß dieser Zauber des Sieges, welchen der Bär erkämpft hatte, spottete und den Gewinn desselben davontrage; er griff deshalb flugs nach den drei Federn und rieb sie zwischen den Händen. Darauf erschien ein mächtiger Adler hoch in der Luft, für welchen der furchtsame Entvogel sich nieder ins Gebüsch drückte; der Adler schwebte in unermeßlicher Höhe über ihm. Wie der Ritter das bemerkte, scheuchte er den Entrich auf und verfolgte ihn, bis der Wald lichter wurde, und weil er sich nicht mehr bergen konnte, flog er auf und nahm seinen Flug gerade nach dem Weiher zu. Der Adler aber schoß aus den Wolken herab, ergriff und zerfleischte ihn mit seinen mächtigen Fängen. Indem er starb, ließ er ein goldnes Ei in den Weiher fallen. Der aufmerksame Reinald wußte auch dieser neuen Täuschung zu begegnen, er rieb flugs die Fischschuppen zwischen den Händen, da hob sich ein Walfisch aus dem Wasser, der das Ei in seinem weiten Rachen auffing und es ans Land spie. Des war der Ritter froh in seinem Herzen, schlug das goldne Ei mit einem Stein voneinander, da fiel ein kleiner Schlüssel heraus, den er triumphierend für den Schlüssel der Bezauberungen erkannte.

Schnellfüßig eilte er nun zu dem stählernen Portal zurück. Der Zwergschlüssel schien für das riesenmäßige Vorlegeschloß nicht gemacht zu sein, inzwischen wollt er doch einen Versuch damit machen; aber kaum berührte der Schlüssel das Schloß, so sprang es auf, die schweren eisernen Riegel schoben sich von selbst zurück und die stählerne Pforte tat sich auf. Frohen Mutes stieg er in die düstere Grotte hinab, in welcher sieben Türen in sieben verschiedene unterirdische Zimmer führten, allesamt prächtig aufgeputzt und herrlich mit Walratlichtern erleuchtet. Reinald durchwandelte alle nach der Reihe und trat aus dem letztern in ein Kloset, wo er eine junge Dame ansichtig wurde, die auf einem Sofa in einem unerwecklichen magischen Schlummer ruhte. Bei diesem herzanfassenden Anblick erwachte in seiner Brust das Gefühl der Liebe; still und staunend stand er da und verwandte kein Auge von ihr, ein Beweis seiner großen Unerfahrenheit! Unser erleuchtetes Jahrhundert weiß dergleichen glückliche Situationen ganz anders zu nutzen. Nachdem Ritter Reinald sich von seinem Erstaunen erholt hatte, blickte er ein wenig im Zimmer umher und sah der schlafenden Dame gegenüber eine alabasterne Tafel voll wunderbarer Charaktere. Er vermutete, daß darauf der Talisman eingegraben sei, der alle Zaubereien des Waldes in ihrer Kraft erhielt. Aus gerechtem Unwillen ballte er seine Faust, mit dem eisernen Handschuh bewaffnet, und schlug mit Mannskraft dagegen. Sogleich fuhr die schöne Schläferin schreckhaft zusammen, erwachte, tat einen scheuen Blick nach der Tafel und sank in ihren betäubenden Schlummer zurück. Reinald wiederholte den Schlag und es erfolgte alles so wie vorher. Nun war er darauf bedacht, den Talisman zu zerstören; aber er hatte weder Schwert noch Speer, nichts als zwei rüstige Arme, mit diesen erfaßte er die magische Tafel und stürzte sie vom hohen Postament auf das Marmorpflaster herab, daß sie in Stücken zerfiel. Augenblicks erwachte die junge Dame wieder aus ihrem Totenschlummer und bemerkte nun erst beim dritten Erwachen die Gegenwart eines Ritters, der sich gar tugendlich und ehrlich auf ein Knie vor ihr niederließ. Doch eh er zu reden anhub, verhüllte sie ihr holdseliges Angesicht mit ihrem Schleier und sprach gar zornmütig: »Hinweg von mir, schändlicher Unhold! Auch in der Gestalt des schönsten Jünglings sollst du weder meine Augen täuschen, noch mein Herz betrügen. Du kennst meine Gesinnung, laß mir meinen Totenschlaf, worein mich deine

Zauberei versetzt hat.« Reinald begriff den Irrtum der Dame, darum ließ er sich diese Sprache nicht befremden und gegenredete also: »Holdes Fräulein, zürnet nicht! Ich bin nicht der gefürchtete Unhold, der Euch hier gefangen hält, ich bin Graf Reinald das Wunderkind genannt, sehet hier den Zauber zerstört, der Eure Sinnen umnebelt hatte.« Das Fräulein glostete ein wenig unter dem Schleier hervor, und als sie die alabasterne Tafel zertrümmert sah, wunderte sie sich baß über die kühne Tat des jungen Abenteurers, blickte ihn holdselig an und er gefiel ihren Augen. Sie hob ihn freundlich auf, indem sie ihm die Hand reichte und sprach: »Ist's so, wie Ihr saget, edler Ritter, so vollendet Euer Werk und führet mich aus dieser grausenvollen Höhle, daß ich Gottes Sonne glänzen sehe, wenn's draußen taget, oder die güldnen Sternlein am nächtlichen Himmel.«

Reinald bot ihr den Arm, sie durch die sieben Prunkzimmer zu führen, durch welche er eingetreten war. Er eröffnete die Tür; aber draußen war's ägyptische Finsternis, daß man das Dunkel greifen konnte, wie im Anfang der Schöpfung, eh der elektrische Strahl des Lichtes angezündet war. Alle Kerzen waren erloschen, und die kristallenen Kronleuchter gossen nicht mehr ihren sanften Schimmer aus den hohen Kuppeln der Basaltgewölbe herab. Das edle Paar tappte lang im Dunkel, eh sie sich aus diesen labyrinthischen Gängen herausfanden und des Tages Schimmer durch den fernen Eingang einer unförmlichen Felsenhöhle hereindämmern sahen. Die Entzauberte empfand die herzerquickende balsamische Kraft der allbelebenden Natur und atmete mit Entzücken den Blumenduft, den ihr der laue Zephir über die blühenden Auen entgegenwehete. Sie setzte sich mit dem schlanken Ritter ins Gras, und er entbrannte gegen sie in heißer Liebe, denn sie war schön wie das Meisterstück der Schöpfung, das erste Weib aus Adams Rippe geformt. Doch quälte ihn eine andre Leidenschaft schier noch mehr, das war die Begierde zu erfahren, wer die schöne Unbekannte sei, und wie sie in diesen Wald wär verzaubert worden. Er bat sie züchtiglich, ihm davon Bescheid zu geben, und das Fräulein tat ihren Rosenmund auf und sprach:

»Ich bin Hildegard, die Tochter Radbods, des Fürsten von Pommerland. Zornebock, der Sorbenfürst, begehrte mich von meinem Vater zur Gemahlin, weil er aber ein scheußlicher Riese und ein Heide war, auch in dem Ruf stund, daß er ein großer Schwarzkünstler sei, ward er unter dem Vorwand meiner zarten Jugend abgewiesen; worüber der Heide so sehr ergrimmte, daß er meinen guten Vater befehdete, ihn in einem Treffen erlegte und sich seiner Länder bemächtigte. Ich war zu meiner Tante, der Gräfin von Vohburg, geflohen, und meine drei Brüder, allesamt stattliche Ritter, waren der Zeit außer Landes auf ihren Ritterzügen. Dem Zauberer konnte mein Aufenthalt nicht verborgen bleiben; sobald er meines Vaters Land in Besitz genommen hatte, kam ihm ein, mich zu entführen, und vermöge seiner magischen Künste war ihm das ein leichtes. Mein Oheim, der Graf, war ein Liebhaber von der Jagd, ich pflegte ihn oft dahin zu begleiten, und alle Ritter seines Hofes wetteiferten bei dieser Gelegenheit, mir immer das bestgerüstete Pferd anzubieten. Eines Tages drängte sich ein unbekannter Stallmeister mit einem herrlichen Apfelschimmel zu mir heran, bat mich im Namen seines Herrn, dieses Pferd zu besteigen und es zu würdigen, als mein Eigentum aufzunehmen. Ich fragte nach dem Namen seines Herrn, er entschuldigte sich diese Frage [nicht] eher zu beantworten, bis ich den Gaul erprobt und nach der Rückkehr von der Jagd mich würde erklärt haben, daß ich das Geschenk nicht verschmähe. Ich konnte dieses Anerbieten nicht wohl ausschlagen, überdas war das Pferd so prächtig gerüstet, daß es die Augen des ganzen Hofes auf sich zog. Gold und Edelsteine und prächtige Stickerei war an der purpurfarbnen Satteldecke verschwendet. Ein roter seidner Zaum lief vom Gebiß am Halse hinauf, Stangen und Bügel waren von gediegnem Golde dicht mit Rubinen besetzt. Ich schwang mich in den Sattel und hatte die Eitelkeit, bei dieser Kavalkade mir selbst zu gefallen. Der Gang des edlen Rosses war so leicht und so gemachsam, daß es mit dem Huf die Erde kaum zu berühren schien. Leichtfüßig setzte es über Graben und Hecken, und die kühnsten Reiter vermochten nicht, ihm zu folgen. Ein weißer Hirsch, der mir bei der Jagd aufstieß, und dem ich nacheilte, zog mich tief in den Wald und trennte mich von dem Gefolge der Jäger. Um mich nicht zu verirren, verließ ich den Hirsch, zum Sammelplatz der Jagd zurückzukehren; aber das Pferd sträubte sich, mir zu gehorchen, bäumte sich auf, schüttelte die Mähne und wurde wild. Ich versucht es zu begütigen; aber in dem Augenblick nahm ich mit Entsetzen wahr, daß sich der Apfelschimmel unter mir in ein gefiedertes Ungetüm verwandelte: die Vorderfüße breiteten sich in ein Paar Flügel aus, der Hals verlängte sich, an dem Kopf streckte sich ein breiter Schnabel hervor, ich sah einen hochbeinigen Hippogryphen unter mir, der einen Anlauf nahm, sich mit mir in die Luft schwang und in weniger als einer Stunde in diesen Wald versetzte, wo er sich vor der stählernen Pforte eines antiken Schlosses niederließ.

Mein erstes Schrecken, von dem ich mich noch nicht erholt hatte, vermehrte sich, als ich den Stallmeister erblickte, der mir den Morgen den Apfelschimmel vorgeführet hatte, und sich jetzt ehrerbietig nahete, mir aus dem Sattel zu helfen. Betäubt von Schrecken und Unmut ließ ich mich schweigend durch eine Menge Prachtgemächer zu einer Gesellschaft in Gala gekleideter Damen begleiten, die mich als ihre Gebieterin empfingen und meine Befehle erwarteten. Alle beeiferten sich, mich aufs beste zu bedienen, aber niemand wollte mir sagen, wo und in wessen Gewalt ich mich befänd. Ich überließ mich einer stummen Traurigkeit, welche Zornebock der Zauberer auf einige Augenblicke unterbrach, der in der Gestalt eines gelben Zigeuners zu meinen Füßen lag und um meine Liebe bat. Ich begegnete ihm so, wie mir mein Herz eingab, dem Mörder meines Vaters zu begegnen. Des Wütrichs Sitten waren wild, seine Leidenschaften stürmten in seiner Brust, er wurde leicht aufgebracht; ich rang mit der Verzweiflung, trotzte seiner Wut und forderte ihn auf, seine Drohungen zu erfüllen, den Palast zu zertrümmern und mich unter den Ruinen zu begraben; aber schnell verließ mich der Unhold und gab mir Frist, mich zu bedenken.

Nach sieben Tagen erneuerte er seinen verhaßten Antrag, ich wies ihn mit Verachtung von mir, und er stürzte wütend aus dem Zimmer. Kurz nachher erbebte die Erde unter meinen Füßen, das Schloß schien in den Abgrund hinabzurollen. Ich sank auf meinen Sofa und meine Sinnen schwanden dahin. Aus diesem Todesschlummer erweckte mich des Zauberers furchtbare Stimme: ›Erwache‹, sprach er, ›liebe Schläferin, aus deinem siebenjährigen Schlummer, und sage mir an, ob die wohltätige Zeit den Haß gegen deinen getreuen Paladin gemildert hat. Erfreue mein Herz mit dem kleinsten Strahl von Hoffnung, und diese traurige Grotte soll sich in den Tempel der Freude verwandeln.‹ Ich würdigte den schändlichen Zauberer keiner Gegenrede noch eines Anblicks, verhüllte mit meinem Schleier mein Angesicht und weinte. Mein Trübsinn schien ihn zu rühren, er bat, er flehete, er jammerte laut und wand sich wie ein Wurm zu meinen Füßen. Endlich ermüdete seine Geduld, er sprang rasch auf und sprach: ›Wohlan, es sei drum, in sieben Jahren sprechen wir uns wieder!‹ Drauf hob er die alabasterne Tafel aufs Postament, sogleich fiel ein unwiderstehlicher Schlaf auf meine Augenlider, bis der Grausame meine Ruhe von neuem unterbrach. ›Unempfindliche‹, redete er mich an, ›wenn du noch gegen mich grausam bist, so sei es wenigstens nicht gegen deine drei Brüder. Mein untreuer Stallmeister hat ihnen dein Schicksal entdeckt, aber er ist bestraft, der Verräter. Sie sind gekommen diese Unglücklichen mit Heereskraft, dich aus meiner Hand zu reißen: aber diese Hand war ihnen zu schwer, und sie beseufzen ihre Unbesonnenheit unter mancherlei Gestalten in diesem Walde.‹ Eine so armselige Lüge, zu welcher der Unhold seine Zuflucht nahm, meine Standhaftigkeit zu überwinden, erbitterte mein Herz nur noch mehr gegen ihn. Hohn saß auf meinen Lippen und bitterste Verachtung. ›Unglückliche‹, fuhr der tobende Heide auf, ›dein Schicksal ist entschieden! Schlaf so lang als die unsichtbaren Mächte diesem Talisman gehorchen!‹ Flugs schob er die alabasterne Tafel zurecht und der magische Taumel raubte mir Leben und Empfindung. Ihr habt mich, edler Ritter, durch Zerstörung des Zaubers derselben aus diesem Totenschlafe erweckt. Aber ich begreif's nicht, durch welche Macht Ihr diese Tat habt ausrichten mögen, und was den Zauberer abhalten mag, Euch zu widerstehen. Zornebock muß nicht mehr am Leben sein, Ihr würdet sonst an seinem Talisman ungestraft Euch nicht haben vergreifen dürfen.«

Die reizvolle Hildegard urteilte ganz recht: der Unhold war mit seinen Sorben ins Böhmerland eingefallen, wo damals die Fürstin Libussa aus dem Feiengeschlecht regierte, und hatte an ihr, wie der mächtige Cyrus an der Skythen Königin Tomyris, seine Meisterin gefunden. Zornebock war gegen die berühmte Böhmer Königin in der Zauberkunst nur ein Lehrling, sie hatte ihn mit ihren Künsten überholt, daß er das Schlachtfeld räumen und den Streichen eines handfesten Ritters unterliegen mußte, dem sie magische Waffen gab, welchen die Passauer Kunst nicht widerstund.

Als die schöne Hildegard schwieg, nahm Reinald das Wort und erzählte ihr seine Abenteuer. Wie er ihr Meldung tat von den drei verwünschten Prinzen im Walde, die seine Schwäher waren, nahm sie das groß Wunder, denn sie vermerkte nun, daß Zornebocks Novelle keine Lüge, sondern Wahrheit gewesen sei. Der Ritter war eben im Begriff, seine Geschichte zu enden, da erhob sich im Gebirge groß Triumphieren und Freudengeschrei, bald darauf brachen drei Geschwader Reiter aus dem Wald hervor, an deren Spitze Hildegard ihre Brüder und Reinald seine Schwestern erkannte. Der Zauber des Waldes war gelöset. Nach wechselseitigen Umarmungen und Freudensbezeugungen verließ die Karawane der Entzauberten die schauervolle Einöde und begab sich in das alte Waldschloß. Reitende Boten flogen nach der Residenz des Grafen, die frohe Botschaft von der Ankunft seiner Kinder zu verkünden. Der Hof befand sich eben in tiefer Trauer über den Verlust des jungen Grafen, den man als einen Toten beweinte; die Eltern glaubten, daß ihn der Zauberwald auf ewig verschlungen habe. Die traurende Mutter hatte auf Erden keinen Trost mehr und fühlte kein Vergnügen als das, für ihre Kinder Totengepränge anzustellen. Eben war man im Begriff, Reinalds Exequien zu feiern; aber schneller konnte weiland der täuschende Nicolini seinen pantomimischen Schauplatz nicht wandeln, als in der Residenz des Grafen bei dieser frohen Botschaft alle Dinge eine andere Gestalt annahmen: alles atmete nun wieder Leben und Freude. In wenig Tagen empfand das ehrwürdige Elternpaar die Wonne, ihre Kinder und Enkel zu umarmen. Adelheid hatte seit dem Besuch ihres Bruders aus dem Ei ein liebesvolles Fräulein gebrütet, das von der mütterlichen Brust seine kleinen Arme dem Großpapa lächelnd entgegenstreckte, und ihm beim Empfang die silberfarbenen Locken zauste. Unter allen Feierlichkeiten dieser glücklichen Wiederkehr zeichnete sich Reinalds Beilager mit der schönen Hildegard besonders aus. Ein ganzes Jahr verging unter mancherlei Abwechslungen von Freude und Ergötzlichkeiten.

Endlich bedachten die Prinzen, daß ein allzulanger Genuß des Vergnügens den männlichen Mut und die Tatkraft ihrer Ritter und Knappen erschlaffen möchte; auch war die Residenz des Grafen zu eng, so viel Hofhaltungen bequem zu fassen, die drei Eidame rüsteten sich also mit ihren Damen zum Abzug. Reinald der Stammerbe verließ seine grauen Eltern nimmer und drückte ihnen als ein frommer Sohn die Augen zu. Albert der Bär kaufte die Herrschaft Askanien und gründete die Stadt Bernburg, Edgar der Aar zog in der Helvetier Land unter den Schatten der hohen Alpen und bauete Aarburg an einem Fluß ohne Namen, der aber von der Stadt, an welcher er hingleitet, nachher ist benennet worden; Ufo der Delphin tat einen Heereszug nach Burgund, bemächtigte sich eines Teils dieses Reichs und nennte die eroberte Provinz das Delphinat. Und wie die drei Prinzen bei den Namen ihrer Städte und Dynastien auf das Andenken ihrer Bezauberungen anspielten, so nahmen sie auch ihre Tiergestalten aus der Zauberepoche zum Symbol ihrer Wappen an, daher kommt es, daß Bernburg einen goldgekrönten Bär, Aarburg einen Adler und das Delphinat einen Meerfisch im Wappen führen bis auf diesen Tag. Die köstlichen Zahlperlen aber, welche an Galatagen den Olympus der sämtlichen Erdengöttinnen unsers Weltteils verherrlichen und schmücken, und für orientalische geachtet werden, sind die Ausbeute des Weihers im Zauberwald und befanden sich ehemals in den drei leinwandnen Säcken.

PHILIPP OTTO RUNGE

1777–1810

Van den Machandelboom

Dat is nu lang her, woll twee dusent Joor, do was daar een riik Mann, der hadde eene schöne frame Fru, un se hadden sick beede seer leef, hadden averst kene Kinner, se wünschten sick averst seer welke, und de Fru bedt' so veel dorum Dag un Nacht, man se kregen keen un kregen keen.

Vör eeren Huse was een Hoff, darup stund een Machandelboom, ünner den stund de Fru eens in'n Winter, un schellt sick eenen Appel, un as se sick den Appel so schellt, so sneet se sick in'n Finger, un dat Blood feel in den

Snee – »ach!« sed de Fru, un süft so recht hoch up, un sach dat Blood för sick an, un was so recht wehmödig, »hadd ick doch een Kind so rood as Blood un so witt as Snee« – un as se dat sed, so wurd eer so recht frölich to Moode, eer was recht, as sull dat wat warden; daar ging se to den Huse un ging een Maand hen, de Snee vörging, un twee Mand, daar was dat grön, un dree Maand, daar kemen de Blömer ut de Eerde, un veer Maand, daar drungen sick alle Bömer in dat Holt, un de grönen Twige weeren all in een anner wussen; daar sungen de Vägelkens, dat dat ganze Holt schallt, un de Bleujten felen van de Bömer, daar was de fyfte Maand weg, un se stund ünner den Machandelboom, de rook so schön; do sprung eer dat Hart vör Freuden, un se feel up eere Knee un kunde sick nich laten, un as de söste Maand vörbi was, daar wurden de Früchte dick un stark, do wurd se ganz still, un de söwende Maand, do greep se na de Machandelbeeren un att se so nidsch, so wurd se trurig un krank; daar ging de achte Maand hen, un se reep eeren Mann, un weende un sed: »wenn ick starve, so begrave my ünner den Machandelboom!« do wurde se ganz getrost un freute sick, bett de neegte Maand vörby was, daar kreeg se een Kind, so witt as Snee un so rood as Blood; un as se dat sach, so freute se sick so, dat se sturv.

Daar begroof eer Mann se ünner den Machandelboom, un he fung an to weenen so seer; eene Tyd lang do wurd dat wat sachter, un daar he noch wat weend hadd, do heel he up, un noch eene Tyd, do nam he sick wedder eene Fru. Mit de tweete Fru kreeg he eene Dochter, dat Kind averst van de eerste Fru was een lüttje Sön, un was so rood als Blood un so witt als Snee. Wenn de Fru eere Dochter so ansach, so had se se so leef, averst denn sach se den lüttjen Jung an, un dat ging eer so dorch't Hart, un eer dücht, as stund he eer allerwegen in'n Weg, un dacht denn man ümmer, so se eer Dochter all dat Vörmögent towenden wull, un de Böse gav eer dat in, dat se den lüttjen Jung ganz gram wurd, un stöd em herüm van een Ek in de anner, un buft em hier und knuft em daar, so dat dat arme Kind ümmer in Angst was; wenn he denn ut de School kam, so hadd he keene ruhige Stede.

Eens was de Fru up de Kamer gaan, do kamm de lüttje Dochter ook herup un sed: »Moder giv my eenen Appel!« »Ja myn Kin«, sed de Fru, un gav eer eenen schönen Appel uut de Kist, de Kist averst had eenen grooten swaaren Deckel mit een groot schaarp ysern Slott. »Moder«, sed de lüttje Dochter, »schall Broder nich ook eenen hebben?« Dat vördrot de Fru, do sed se: »ja, wenn he ut de School kümmt«; un as se ut dat Finster gewaar wurde, dat he kamm, so was dat recht, as wenn de Böse över eer kamm, un se grapst to, un nam eerer Dochter den Appel wedder weg und sed: »du sast nich eer eenen hebben, as Broder.« Daar smeet se den Appel in de Kist un maakt de Kist to; daar kamm de lüttje Jung in de Dör, daar gav eer de Böse in, dat se früntlich to em sed: »myn Sön, wist du eenen Appel hebben?« un sach em so hastig an. »Moder«, sed de lüttje Jung, »wat sühst du gresig ut, ja giv my eenen Appel!« Daar was eer, as sull se em toreden: »kumm mit my«, sed se, un maakt den Dekkel up, »haal dy eenen Appel herut«, un as sick de lütt Jung henin bückt, so reet eer de Böse, bratsch – sloog se den Deckel to, dat de Kop af floog un ünner de rooden Appel feel. Daar äverleep eer dat in de Angst, un dacht: »kund ick dat van my bringen.« Daar ging se baben na eere Stuve na eeren Draagkasten un haalt ut de bävelste Schuuflade eenen witten Dook, un sett den Kopp wedder up den Hals und bund den Halsdook so um, dat man niks seen kund, und sett em vör de Dör up eenen Stool un gav em den Appel in de Hand.

Daar kamm daarna Marleenken to eere Moder in de Köke, de stund by den Füür un had eenen Pott mit heet Water för sick, den rüürt se ümmer um: »Moder«, sed Marleenken, »Broder sitt vör de Döör un süüt ganz witt ut, un hedd eenen Appel in de Hand, ick hev em beden, he sull my den Appel geven, averst he antwoord my nich, da wurd my ganz gruulig.« »Ga nochmal hen«, sed de Moder, »un wenn he dy nich antwoorden will, so giv em eens an de Ooren!« Daar ging Marleenken hen un sed: »Broder giv my den Appel!« averst he sweeg still, daar gav se em eens up de Ooren, daar feel de Kop herünn, daräver varschrak se sick, un fung an to weenen un to raaren, un leep to eere Moder un sed: »ach, Moder, ick hebb minen Broder den Kopp affslagen!« un weend un weend un wull sick nich tofreden geven; »Marleenken«, sed de Moder, »wat hest du daan – averst swig man still, dat et keen Minsch markt, dat is nu doch nich to ännern; wi willen em in suur kaaken.« Daar nam de Moder den lüttjen Jungen un hackt em in Stükken, ded de in den Pott un kaakt em in suur; Marleenken averst stund daarby un weend un weend un de Traanen feelen all in den Pott, un se bruukten gar keen Solt.

Daar kamm de Vader to Huus un sett sick to Disch, un sed: »wo is denn min Sön?« Dar drog de Moder eene groote, groote Schöttel op mit swart Suur, un Marleenken weend und kund sick nich hollen. Da sed de Vater wedder: »wo ist denn min Sön?« »Ach, sed de Moder, he is över Land gaan, na Mütten eer groot Oem, he wull daar wat bliven.« »Wat deit he denn darr? un hed my nich mal Adjüs segd?« »O he wuld geern hen, un bed my, ob he daar woll sös Weken bliven kun, he is jo woll daar uphaben.« »Ach«, sed de Mann, »my is so recht trurig, dat is doch nich recht, he had my doch Adjüs seggen schullt.« Mit des fung he an to eeten und sed: »Marleenken, wat weenst du? Broder ward woll wedder kamen.« »Ach Fru, sed he do, wat smeckt my dat Eten schön, giv my meer!« un je meer he at, je meer wuld he hebben, und sed: »gevt my meer, gy sölt niks daaraf hebben, dat is as wenn dat all myn weer«, un he att un att, un de Knaken smeet he all unner den Disch, bett he alles up had. Marleenken averst ging hen na eere Commode un namm uut de unnerste Schuuf eeren besten syden Dook, un haalt all de Beenken un Knaken ünner den Disch herut, un bund se in den syden Dook, un drog se vör de Döör, un weente eere blödigen Traanen; daar legd se se unner den Machandelboom in dat gröne Gras, un as se se daar henlegd hadd, so was eer mit eenmal so recht licht, un weente nich meer, do fung de Machandelboom an sich to bewegen, un de Twyge deden sich ümmer so recht van eenanner, un denn wedder tohop, so recht, as wenn sick eener so recht fröit un mit de Hände so deit. Mit des, so ging daar so'n Newel van den Boom, un recht in den Newel da brennt dat as Füür, un ut dat Füür daar flog so'n schönen Vagel herut, de sung so herlich un flog hoch in de Luft, un as he weg was, do was de Machandelboom, as he vörheer west was, un de Dook mit de Knaken was weg. – Marleenken averst was so recht licht un vergnögt, recht as wenn de Broder noch leeft, daar ging se wedder ganz lustig in dat Huus by Disch un att.

De Vagel averst floog weg, un sett' sick up eenen Goldsmitt siin Hus un fung an to singen:

»Min Moder de mi slacht't,
min Vade de mi att,
min Swester de Marleeniken
söcht alle mine Beeniken,
un bindt se in een siden Dook,
legts unner den Machandelboom;
kywitt, kywitt! ach watt een schön Vagel bin ick!«

De Goldsmitt satt in sine Warkstede un maakt eene goldne Kede, daar hörd he den Vagel, de up sin Dack satt un sung, un dat dünkt em so schön; daar stund he up, un as he äver den Süll ging, so vörloor he eenen Tüffel; he ging aver so recht midden up de Strate, eenen Tüffel un een Sock an, sin Schortfell had he vor, un in de een Hand had he de golden Kede, un in de anner de Tang, un de Sünn schiint so hell up de Strate, daar ging he recht so staan un sach den Vagel an: »Vagel«, segd he do, »wo schön kanst du singen, sing my dat Stük nochmal.« – »Nee«, segd de Vagel, »tweemal sing ick nich umsünst, giv mi de golden Kede, so will ick di et nochmal singen.« »Da«, segd de Goldsmitt, »hest du de golden Kede, nu sing mi dat nochmal.« Daar kam de Vagel un nam de golden Ked so in de rechte Krall, un ging vör den Goldsmitt sitten un sung:

»Min Moder de mi slacht't,
min Vader de mi att,
min Swester de Marleeniken

söcht alle mine Beeniken
un bindt se in een siden Dook
legts unner den Machandelboom,
kywitt, kywitt! ach watt een schön Vagel bin ick.«

Daar flog de Vagel weg na eenen Schooster un sett sick up den siin Dack un sung:

»Min Moder de mi slacht't,
min Vader de mi att,
min Swester de Marleeniken
söcht alle mine Beeniken
un bindt se in een siden Dook,
legts unner den Machandelboom,
kywitt, kywitt! ach watt een schön Vagel bin ick!«

De Schooster hörd dat, un leep vör sin Döör, in Hemdsarmel, un sach na siin Dack, un must de Hand vör de Oogen holln, dat de Sünn em nich blendt: »Vagel«, segd he, »wat kanst du schön singen!« Da reep he in siin Döör herin: »Fru, kumm mal herut, daar is een Vagel, sü mal den Vagel de kann mal schön singen«, da reep he siien Dochter un Kinner un Gesellen, Jung un Magd, un keemen all up de Straat, un segen den Vagel an, wo schön he was, un he hadd so recht roode, un gröne Feddern, un um den Hals was dat as luter Gold, un de Oogen blinkten em in Kopp, as Steern. »Vagel«, sed de Schoster, nu sing mit dat Stük nochmal.« »Nee«, segd de Vagel, »twee mal sing ick nich umsünst, du möst my wat schenken.« »Fru«, sed de Mann, »ga na den Dönböhn up den bövelsten Boord, da staan een paar roode Scho, de bring herunn«; daar ging de Fru hen un haalt de Scho. »Da Vagel«, sed de Mann, »nu sing mi dat Stük noch mal«, daar kamm de Vagel un namm de Scho in de linke Klau, un flog wedder up dat Dack un sung:

»Min Moder de mi slacht't,
min Vader de mi att,
min Swester de Marleeniken
söcht alle mine Beeniken
un bindt se in een siden Dook,
legts unner den Machandelboom,
kywitt, kywitt! ach watt een schön Vagel bin ick!«

Un as he utsungen hadd, so floog he weg, de Kede hadd he in de rechte un de Scho in de linke Klau, un he floog wyt weg na eene Mähl, un de Mähl ging klippe klappe, – klippe klappe – klippe klappe – un in de Mähl daar seten twintig Mählenburschen, de haugten eenen Steen un hackten hick hack – hick hack – hick hack, un de Mähl ging klippe klappe, klippe, klappe, klippe klappe. Daar ging de Vagel up eenen Lindenboom sitten, de vör de Mähl stund un sung:

»Min Moder de mi slacht't«

do hörte een up,

»min Vader de mi att«

do hörten noch twee up, un hörten dat:

»min Swester de Marleeniken«

do hörten wedder veer up,

»söcht alle mine Beeniken

un bindt se in een siden Dook«

nu hackten noch man acht

»legts unner«

nu noch man fyve

»den Machandelboom«

nu noch man een

»kywitt, kywitt! ach wat een schön Vagel bin ick«

daar heel de lezte ook up, un hadd dat lezte noch hörd. »Vagel«, segt he, »wat singst du schön, laat my dat ook hören, sing dat noch mal!« »Nee«, segd de Vagel, »twee mal sing ick nich umsünst, giv my den Mählensteen, so will ick dat noch mal singen.« »Ja«, segd he, »wenn he mi alleen hörd, so sust du em hebben«, »ja«, seden de annern, »wenn he nochmal singt, so sall he em hebben«; dar kamm de Vagel herün, un de Möllers faat'n all twintig mit Bööm an, un böörten den Steen up, hu uh up, hu uh up! – hu uuh up! daar stack de Vagel den Hals döör dat Lock, un nam em üm as eenen Kragen un floog wedder up den Boom, un sung:

»Min Moder de mi slacht't,
min Vader de mi att,
min Swester de Marleeniken
söcht alle mine Beeniken
un bindt se in een siden Dook,

legts unner den Machandelboom,
kywitt, kywitt! ach wat een schön Vagel bin ick!«

un as he dat utsungen hadd, da ded he de Flünk van eenanner, un had in de rechte Klau de Kede un in de linke de Scho un üm den Hals den Mählensteen un floog wiit weg na sines Vaders Huse. –

In de Stuve satt de Vader, de Moder un Marleenken by Disch, un de Vader sed: »ach wat waart mi licht, mi is recht so good to Mode« – »nee!« sed de Moder, »my is so angst, so recht, as wenn een swaar Gewitter kümmt.« Marleenken averst satt un weend un weend, daar kamm de Vagel anflegen, un as he sick up dat Dack sett – »ach«, segd de Vader, »mi is so recht freudig un de Sünn schiint buten so schön, my is recht als süll ick eenen ollen Bekannten wedderseen«, – »nee«, sed de Fru, »my is so Angst, de Teene klappern mi un dat is mi as Füür in de Adern«, un se reet sick eer Liifken up un so meer; averst Marleenken satt in een Eck un weende un had eeren Platen vor de Oogen, un weende den Platen gans messnatt; daar sett sick de Vagel up den Machandelboom un sung:

»Min Moder de mi slacht't«

daar heel de Moder de Ooren to, un kneep de Oogen to, un wold nich seen un hören, aver dat bruuste eer in de Ooren, as de allerstarkst Storm, un de Oogen brennten eer un zackten as Bliz:

»min Vader de mi att«,

»ach Moder«, segd de Mann, »daar is een schön Vagel, de singt so herrlich, de Sünn schiint so warm, un dat rückt as luter Zinnemamen«:

»min Swester de Marleeniken«,

darr led Marleenken den Kopp up de Knee un weende in eens weg, de Mann averst sed: »ick ga herut, ick mut den Vagel dicht by sehn«; – »ach, ga nich«, sed de Fru, »my is as bevt dat ganze Hus, un stünn in Flammen«; aver de Mann ging herut un sach den Vagel an:

»söcht alle mine Beeniken
un bindt se in een siden Dook,
legts unner den Machandelboom,
kywitt, kywitt! ach wat een schön Vagel bin ick!«

mit des leet de Vagel de golden Kede fallen, un se feel den Mann jüst um den Hals, so recht hier herüm, dat se recht so schön past; daar ging he herin un sed: »sü wat is dat vör een schön Vagel, hett mi so ne schöne goldne Kede schenkt, un süht so schöne ut«; de Fru aver was so Angst un feel langs in de Stuve hen, un de Mütz feel eer van den Kopp – daar sung de Vagel wedder:

»Min Moder de mi slacht't«,

»ach dat ick dusend Fuder unner de Eerde weer, dat ick dat nich hören sull!«

»min Vader de mi att«,

daar feel de Fru vör dood nedder,

»min Swester de Marleeniken«,

»ach«, sed Marleenken, »ick wil ook herut gan un seen op de Vagel mi wat schenkt«, daar ging se herut,

»söcht alle mine Beeniken
un bindt se in een siden Dook«,

dar smeet he eer de Scho herun,

»legts unner den Machandelboom,
kywitt, kywitt! ach wat een schön Vagel bin ick!«

Daar was eer so licht un frölich, daar truck se de nien rooden Scho an, un danst un sprüng herinn; »ach«, sed se, »ick was so trurig as ick herut ging, un nu is mi so licht, dat is mal een herlichen Vagel, het mi een Paar roode Scho schenkt!« »Nee«, sed de Fru, un sprung up, un de Har stunnen eer to Barge as Füürsflammen, »mi is as sull de Werld unner gahn, ick wil ook herut, op mi lichter warden sull«, un as se ut de Döör kamm – bratsch! – smeet eer de Vagel den Mählensteen up de Kopp, dat se ganz tomatscht; de Vader un Marleenken hörden dat un gingen herut, dar ging een Damp un Flam un Füür up van de Steed, un as dat vorby was, da stund de lüttje Broder, un he namm sinen Vader un Marleenken bi de Hand, un weeren alldree so recht vergnögt un gingen in dat Huus by Disch un eeten.

Van den Fischer un siine Fru

Daar was mal eens een Fischer un siine Fru, de waanten tosamen in'n Pispott, dicht an de See – un de Fischer ging alle Dage hen un angelt, un ging he hen lange Tid.

Daar satt he eens an de See bi de Angel un sach in dat blanke Water, un he sach ümmer na de Angel – daar ging de Angel to Grun'n, deep unner, un as he se heruttreckt so haalt he eenen groten Butt herut – de Butt sed' to em: »ick bidd di, dat du mi lewen lettst, ick bin keen rechte Butt, ick bin een verwünscht' Prins, sett mi wedder in dat Water un laat mi swemmen« – »Nu«, sed' de Mann, »du bruukst nich so veele Woord' to maken, eenen Butt, de spreken kan, hadd ick doch wol swemmen laten.« Daar sett't he en wedder in dat Water, un de Butt ging fuurts weg to Grun'n un leet eenen langen Stripen Bloot hinne sich.

De Mann averst ging to siine Fru in'n Pispott un vertellt eer, dat he eenen Butt fangen hadd, de hadd to em segt, he weer een verwünscht' Prins, doon hadd he em wedder swemmen laten. »Hest du di denn nix wünschd?« sed' de Fru. – »Nee!« sed de Mann, »wat sull ick mi wünschen?« – »Ach!« sed' de Fru, »dat ist doch övel, ümmer in'n Pispott to wanen, dat is so stinkig un dreckig hier, ga du noch hen un wünsch uns ne lütte Hütt!« Den Mann was dat nich so recht, doch ging he hen na de See, un as he hen kamm, so was de See gans geel un grön, da ging he an dat Water staan, un sed:

»Mandje! Mandje! Timpe Te!
Buttje! Buttje in de See!
Mine Fru, de Ilsebill,
Will nich so, as ick wol will.«

Daar kam de Butt answemmen un sed': »na wat will se denn?« – »Ach!« sed' de Mann, »ick hev di doch fangen hätt, nu sed' mine Fru, ick hadd mi doch wat wünschen sullt, se mag nich meer in Pispott wanen, se wull geern ne Hütt hebben.« – »Ga man hen«, sed de Butt, »se is all daar in.« –

Daar ging de Mann hen, und siine Fru stund in eene Hütt in de Döör, un sed to em: »kumm man herin; sü, nu is dat doch veel beter!« Un daar was eene Stuwe un Kamer un eene Köck daar in, un da achter was een lütte Gaarn mit allerhand Grönigkeiten un een Hoff, da weeren Höner und Aanten. »Ach«, sed de Mann, »nu willn wi vergnögt lewen« – »Ja«, sed de Fru, »wie willnt versöken.«

So ging dat nu wol een acht oder veertein Daag, daar sed' de Fru: »Mann! de Hütt wart mi to eng, de Hoff un Gaarn is to lütt, ick will in een grot steenern Slott wanen; ga hen tum Butt, he sall uns een Slott schaffen.« – »Ach Fru«, sed de Mann, »de Butt hett uns eerst de Hütt gewen, ick mag nu nich all wedder kamen, den Butt mügt et verdreeten.« – »I watt«, sed de Fru, »he kann dat recht good, un deet dat geern, ga du man hen!« Daar ging de Mann hen un siin Hart was em so swar; as he awerst bi de See kam, was dat Water gans vigelett un grag un dunkelblag, doch was't noch still, dar ging he staan und sed:

»Mandje! Mandje! Timpe Te!
Buttje! Buttje in de See!
Mine Fru, de Ilsebill,
Will nich so, as ick wol will.«

»Na! wat will se denn?« sed de Butt. – »Ach«, sed de Mann gans bedrövd, »mine Fru will in een steenern Slott wanen.« – »Ga man hen, se steit vör de Döör« sed de Butt.

Daar ging de Mann hen un siine Fru stund vör eenen groten Pallast. »Sü Mann«, sed se, »wat is dat nu schön!« Mit des gingen se tosamen herin, daar weeren so veel Bedeenters, un de Wände weeren all blank, un goldne Stööl un Dische weeren in de Stuw, un achter dat Slott was een Gaarn un Holt, woll eene halve Miil lang, daar in weeren Hirsche, Reeh un Hasen, un up den Hoff Köh- un Peerdställ. »Ach!« sed de Mann, »nu willn wi ook in dat schöne Slott bliwen, un tofreden sin!« – »Dat willn wi uns bedenken«, sed de Fru, »un willn't beschlapen.« Mit des gingen se to Bed.

Den annern Morgen waakt de Fru up, dat was all Dag: da stödd' se den Mann mit den Ellbagen in de Siid, un sed: »Mann stah up, wi möten König warden över all dat Land.« – »Ach! Fru«, sed de Mann, »wat wulln wi König warden, ick mag nich König sin«; »na denn will ick König sin.« – »Ach! Fru«, sed de Mann, »wo kannst du König sin, de Butt mügt dat nich doon« – »Mann«, sed de Fru, »ga stracks hen, ick möt König sin.« Daar ging de Mann un was gans bedrövd, dat siin Fru König warden wull. Un as he an de See kamm, was se all gans swartgrag und dat Water geert so van unner up. Daar ging he staan un sed:

»Mandje! Mandje! Timpe Te!
Buttje! Buttje in de See!
Mine Fru, de Ilsebill,
Will nich so, as ick wol will.«

»Na wat will se denn?« sed de Butt. – »Ach!« sed de Mann, »mine Fru will König warden« – »Ga man hen, se is't all«, sed de Butt.

Daar ging de Mann hen, un as he na den Pallast kamm, da weeren daar so veele Soldaten un Pauken un Trumpeten, un siine Fru satt up eenen hogen Troon van Gold un Demant un had eene grote goldne Kroon up un up beiden Siiden bi eer daar stunden sös Jumfern, ümmer eene eenen Kops lüttjer as de annre. »Ach«, sed de Mann, »bist du nu König?« – »Ja«, sed se, »ick bin König.« Un as he eer so ne Wile anseen had, so sed he: »ach Fru! wat lett dat schön, wenn du König bist, nu willn wi ook nich meer wünschen.« – »Nee Mann«, sed se, »mi duurt dat all to lang, ick kan dat nich meer uthollen, König bin ick, nu möt ick ook Kaiser warden!« – »Ach! Fru«, sed de Mann, »wat wullst du Kaiser warden.« – »Mann«, sed se, »ga tum Butt, ick wull Kaiser sin.« – »Ach Fru«, sed de Mann, »Kaiser kan he nich maken, ick mag den Butt dat nich seggen.« – »Ick bin König«, sed de Fru, »un du bist min Mann, ga gliik hen!« Da ging de Mann weg, un as he so ging, dacht he: »dit geit un geit nich good, Kaiser is to utverschamt, de Butt ward am Ende möde.« Mit des kamm he an de See, dat Water was gans swart un dick, un et ging so een Keekwind äver hen, dat dat sik so köret; daar ging he staan un sed:

»Mandje! Mandje! Timpe Te!
Buttje! Buttje in de See!
Mine Fru, de Ilsebill,
Will nich so, as ick wol will.«

»Na wat will se denn?« sed de Butt. – »Ach«, sed he, »min Fru will Kaiser warden.« – »Ga man hen«, sed de Butt, »se is't all.«

Daar ging de Mann hen, un as he daarkamm, so satt siine Fru up eenen seer hogen Troon, de was van een Stück Gold, un had eene grote Kroon up, de was wol twee Ellen hoch, bi eer up de Siiden dar stunnen de Trabanten, ümmer een lüttjer as de anner, von den allergrötsten Risen, bett to den lüttsten Dwark, de was man so lang, as miin lüttje Finger. Vor eer dar stunden so veele Fürsten un Graven, da ging de Mann unner staan, un sed: »Fru! bist du nu Kaiser?« – »Ja«, sed se, »ick bin Kaiser.« – »Ach!« sed de Mann, un sach se so recht an, »Fru wat lett dat schön, wenn du Kaiser bist.« – »Mann«, sed se, »wat steist du daar, ick bin nu Kaiser, nu will ick äwerst ook Pabst warden.« – »Ach! Fru«, sed de Mann, »wat wist du Pabst warden, Pabst is man eenmal in de Christenheit.« – »Mann«, sed se, »ick möt hüüt noch Pabst warden.« – »Ne Fru«, sed he, »to Pabst kan de Butt nich maaken, dat geit nich good.« – »Mann, wat Snack, kan he Kaiser maken, kan he ook Pabst maken, ga fuurts hen!« Daar ging de Mann hen, un em was gans flau, dee Knee un de Waden slakkerten em, un buten ging de Wind, un dat Water was, as kaakt dat, de Schep schoten in de Noot un dansten un sprungen up de Bülgen, doch was de Himmel in de Midde noch so'n beeten blag, awerst an de Siden, daar toog dat so recht rood up as een swaar Gewitter. Dar ging he recht vörzufft staan un sed:

»Mandje! Mandje! Timpe Te!
Buttje! Buttje in de See!
Mine Fru, de Ilsebill,
Will nich so, as ick wol will.«

»Na, wat will se denn?« sed de Butt. – »Ach!« sed de Mann, »miin Fru will Pabst warden.« – »Ga man hen«, sed de Butt, »se is't all.«

Daar ging he hen, un as he daar kamm, satt sine Fru up eenen Tron, de was twe Mil' hoch, un had dree groote Kroonen up, un um eer da was so veel van geistlike Staat, un up de Siiden bi eer, daar stunden twee Reegen Lichter, dat grötste so dick un groot as de allergrötste Torm, bet to dat lüttste Köken-Licht. »Fru«, sed de Mann, un sach se so recht an, »bist du nu Pabst?« – »Ja«, sed se, »ick bin Pabst!« – »Ach! Fru«, sed de Mann, »wat lett dat schön, wenn du Pabst bist; Fru, nu wes tofreden, nu du Pabst bist, kannst du nix meer warden.« – »Dat will ick mi bedenken«, sed de Fru, daar gingen see beede to Bed, awerst se was nich tofreden un de Girigkeit leet eer nich slapen, se dacht ümmer, wat se noch wol warden wull. Mit des ging de Sünn up; ha, dacht se, as se se ut den Finster so herup kamen sach, kann ick nich ook de Sünn upgaan laten? daar wurd se recht so grimmig, un stödd eeren Mann an: »Mann ga hen tum Butt, ick will warden, as de lewe Gott!« De Mann was noch meist im Slaap, averst he verschrack sich so, dat he ut den Bed feel. »Ach! Fru«, sed he, »gaa in di un bliew Pabst.« – »Ne«, sed de Fru, un reet sich dat Liivken up, »ick bin nich ruhig, un kan dat nich uthollen, wenn ick de Sünn un de Maan upgaan see, un kan se nich ook upgaan laten, ick möt warden, as de lewe Gott!« – »Ach Fru«, sed de Mann, »dat kan de Butt nich, Kaiser un Pabst kann he maken, averst dat kan he nich.« – »Mann«, sed se, un sach so recht gräsig ut, »ick will warden as de lewe Gott, gaa gliik hen to'm Butt.«

Dat fuur den Mann so dörch de Gleder, dat he bewt vör Angst; buten awer ging de Storm, dat alle Böme un Felsen umweigten und de Himmel was gans swart, un dat dunnert un blitzt; daar sach man in de See so swarte hoge Bülgen as Barg' un hadden baben all eene witte Kroon van Schuum up, da sed he:

»Mandje! Mandje! Timpe Te!
Buttje! Buttje in de See!
Mine Fru, de Ilsebill,
Will nich so, as ick wol will.«

»Na wat will se denn?« sed de Butt. – »Ach!« sed he, »se will warden as de leve Gott.« – »Gah man hen, se sit all wedder in'n Pißpott.« Daar sitten se noch hüt un dissen Dag.

BETTINE VON ARNIM

1785–1859

Hans ohne Bart

Es war eine arme Frau, die hatt' einen Sohn, den konnte sie wegen ihrer Armut nicht mit Speis' ernähren, mußt' ihm also die Brust reichen, bis er sieben Jahr' alt war. Da sagt' sie ihm: »Geh hinaus in den Wald und rüttel' einen Baum; wenn du ihn kannst ausreißen, so mußt du fort in die Welt, denn ich bin arm und kann dir nichts zu essen geben.« Der Sohn ging in Wald und wollt' einen Baum rütteln, konnt' aber nicht, ging daher wieder heim und sagt' seiner Mutter: »Ich kann den Baum nicht rütteln.« Da reicht' ihm die Mutter wieder ihre Burst, bis sieben Jahr' um waren, und schickt' ihn wieder in Wald und sagt: »Nehm' den Baum bei seinen Ästen und schüttel' recht mit Gewalt; wenn du den Baum kannst ausreißen, so mach' dich fort und bring' dein Leben durch, denn ich bin arm und kann dich nicht ernähren.« Da geht der Sohn in Wald, wie ihm die Mutter gesagt hat, kommt auch wieder heim und schleppt einen großen Ast mit sich und sagt: »Mutter, ich kann den Baum nicht umreißen, aber wohl einen Ast, den hab' ich abgerissen.« Da gibt ihm die Frau wieder zu trinken, bis sieben Jahr' um waren, und schickt ihn in Wald, er soll sehen, ob er einen Baum kann ausreißen, und soll weitergehen in die Welt, sein Brot verdienen. »Pack' ihn bei der Wurzel und zieh recht kräftig«, sagt sie ihm. Der Sohn tut, wie ihm die Mutter gesagt hat, und reißt einen starken Baum mit seiner Wurzel aus der Erden; da geht er nun weiter und kommt nimmer heim.

In demselben Wald war eine Mühl', da war's nicht sicher, also daß kein Mühlknecht da bleiben wollt', und die blieben, die sind umkommen. Der Hans find't dieselbige Mühl', darin war eine Witfrau, denn ihr Mann war auch umkommen; zu dieser Frau spricht er, daß er will Mühlknecht bei ihr werden, ohne Lohn, nur für das Essen. Darüber war die Frau recht froh und sagt Ja, aber der Hans will nicht anders, als daß ihm die Frau verspricht, daß keiner von beiden darf dem andern den Dienst aufsagen, und welcher ihn zuerst aufsagt, den darf der andre schlagen, so viel er Lust hat. Das war die Frau zufrieden, denn sie meint, er würd' leichtlich fort wollen, wenn er die Gespenster merkt. Sie kocht ihm auch gleich eine Suppe zu essen, der Hans schütt' aber die Suppe ins Feuer und sagt, er wollt' sich selber eine kochen, stellte sich ein groß Butt mit Wasser auf den Herd, holte sich alles Brot, was da ist, und brockt's hinein, und da es gar war, holt er sich den Fleischharken statt einem Löffel und frißt's all hinein. Der Frau stehn die Haar' zu Berg, wie sie das sieht, und hat gar Angst, er würd' sie arm fressen, wenn er beim Leben blieb'. Sie schickt ihn daher abends in die Mühl', er sollte mahlen, und hoffte, die Gespenster würden ihn umbringen.

Als es gegen Mitternacht war, so kommen drei Irrwisch' in die Mühl' und wollen ihn erwürgen. Da erwischt er eins und wirft es unter den Mühlstein und mahlt ihm die Nas' ab und ein Stück vom Bauch und schickt es wieder heim. Als es nun Morgen war, da verwundert sich die Müllerin, daß er noch lebt, sie schickt ihn am Abend wieder in die Mühl' und meint, er soll umkommen. Da es aber Mitternacht war und die Irrwisch' kamen, da erwischt er zwei und wirft sie unter den Mühlstein, mahlt dem einen den Schenkel ab und dem anderen den Backen. Am Morgen sagt er zur Müllerin: »Hat Ihr nichts mehr zu tun? Ich hab' das Korn all gemahlen.« Die Frau schickt ihn in den Wald, weil es Holztag ist, er solle Holz holen. Da spannt er die vier schöne Hengst von der Frau an den Wagen und fährt in Wald. Er war aber der erst im Weg, so daß die andern Bauern mußten warten. Er gab sich auch kein' Müh', die Bäume abzuhauen, sondern reißt sie mitsamt der Wurzel aus. Der Wagen war aber zu schwer, die Pferd' konnten ihn nicht ziehen, er schlug eins nach dem andern tot und warf es auf den Wagen zum Holz. Wie er sie all' totgeschlagen hatte, ging er hinter den Wagen und macht' einen großen Berg, da konnten die Bauern nicht durch und konnten kein Holz holen, er zog aber seinen Wagen allein nach Haus. Da ihn die Frau kommen sah mit den vier toten Hengsten, fürcht' sie sich und machte ihr Tor zu, er warf aber den Wagen über die Mauer mit den Bäumen und den Pferden, und schmiß ihr das Haus ein. Da hat die Müllerin Angst und schickt ihn in eine Höhle, wo sie wußte, daß der Teufel war, er soll ihr da ein Kraut holen; – nun weiß es die Frau *Lehnhart* nicht weiter, sie meint, es endigt sich mit einer Schatzgräbergeschichte, daß der Teufel ihm viel Geld gibt, und er geht damit zur Frau Müllerin und entschädigt sie für seine Unarten. Mir gefällt am besten, daß er die *Irrwische* immer *erwischt.*

ALBERT LUDWIG GRIMM

1786–1872

Die drei Königssöhne

Vor uralten Zeiten lebte im Morgenlande ein König; der hatte drei Söhne. Die zwei ältern waren schon in ihrer Kindheit gar ausgelassen und mutwillig, aber klug; der jüngste hingegen war folgsam und gut, aber nicht so klug als seine Brüder.

Als nun der älteste von den drei Königssöhnen achtzehn Jahre alt war, gab ihm der Vater ein Pferd und ein Ritterkleid und ein Schwert und ließ ihn ausziehen, die Welt zu sehen und sich ritterlich zu erzeigen in fremden Landen. Und er ritt fort und ritt weit und breit umher und lebte ausschweifend und unordentlich und kam nimmer heim, vergaß seinen Vater und schickte nicht Nachricht von sich, wie es ihm ergangen sei.

Und der zweite von den Königssöhnen ward auch achtzehn Jahre alt, und sein Vater gab ihm auch ein Pferd, ein ritterliches Kleid und ein Schwert und ließ ihn auch ausreiten in die Welt, um fremde Lande zu sehen und sich ritterlich darin zu erweisen und nach seinem ältern Bruder zu forschen. Und er ritt fort und triebs wie sein Bruder und kam nimmer heim und schickte nicht Nachricht, wie es ihm ergangen sei.

Da ward der König traurig und meinte, seine Söhne seien beide tot, und härmte sich ab und beklagte ihren Verlust. Aber als der dritte Sohn auch achtzehn Jahre alt war, da ging er eines Tages zu seinem Vater und bat ihn, er möge doch ihm auch ein Pferd und Schwert geben und ihn reiten lassen in die Welt, wie seine Brüder getan hätten.

Da weinte aber der alte König, umarmte seinen Sohn und sprach: »Willst du mich auch verlassen und mir verloren gehen, wie deine Brüder mir verloren sind? Nein, mein einzig Kind, du mußt meine Stütze sein in meinem Alter.« Und sein jüngster Sohn stand ab von seinem Bitten, obgleich ers ungern tat.

Es stand aber an etliche Tage, da hatte der alte König einen wunderbaren Traum: Er stand in seinem Garten, so wars ihm, da wüchsen zwei Ölbäume auf. Und sie waren im Anfange schön und schienen gesund, aber bald fingen sie an zu trauern, und die Früchte fielen ab, und die Blätter wurden gelb, und die Zweige schienen dürr; da wuchs schnell zwischen ihnen auf ein Palmbaum und schoß hoch auf und beschattete die kranken Ölbäume und goß seinen Tau auf sie, und auch sie wurden wieder gesund und frisch.

Da ließ der König morgens seine Traumdeuter und Weisen kommen, daß sie ihm den Traum auslegten und die Traumdeuter sagten: »Die zwei Ölbäume sind deine zwei ältern Söhne, und der Palmbaum ist dein jüngster Sohn. Die zwei Ölbäume wurden bald dürr, so werden deine zwei ältern Söhne bald zu Grunde gehen; aber den Palmbaum, deinen jüngsten Sohn, mußt zu ziehen lassen, daß er seinen Brüdern beistehe, sonst sind sie für dich verloren.«

Als der König das hörte, gab er seinem jüngsten Sohn ein Pferd und Schwert und ließ ihn mit Tränen von sich.

Aber der jüngste Königssohn zog aus in die Welt und ritt weit umher, und ihm war es wohl im Freien, und er sah viel Land und erwies sich überall, wo er herbergte, als ein braver Rittersmann und kam so weit fort in ferne, ferne Länder. Es geschah aber eines Abends, da kam er in einen dichten Wald und fand keinen Ausgang. Wie er so ritt, siehe, da standen zwei Männer am Wege, und wie er sie fragte, wo der Weg hingehe aus dem Walde, da erkannte er seine ältern Brüder und freute sich über sie. Sie aber fingen an zu schelten und sagten: »Können wir, die wir klüger sind, kaum durch die Welt uns schlagen, wie willst du durchkommen, der du einfältig bist?« Denn die ältern Königssöhne waren klüger für die Welt, dem jüngern aber fehlte die Weltklugheit.

Jetzt ward es Abend; nur selten fiel am Abhange des Bergwaldes ein Strahl der scheidenden Sonne durch die Fichtenstämme. Da berieten die drei Königssöhne, welchen Weg sie einschlagen wollten, daß sie eine Herberge fänden. Und sie wendeten sich nach der Höhe des Berges, ob sie von oben nicht ein Haus oder nur ein freies Feld erblickten. Da kamen sie vorbei an einem Ameisenhaufen. Den wollten die ältern Brüder zerwühlen, daß sie sehen könnten, wie die Tierlein ihre Eier herumschleppten, aber der jüngste stieg von seinem Pferd und wehrte ihnen, daß sies nicht täten. Und als sie vorbeigingen, da redete ihn der Ameisenkönig an und sprach: »Wer du auch sein magst, Fremdling, ich danke dir, daß du deinen Reisegefährten wehrtest und so großes Unglück von uns armen Tierlein abwendetest. Wenn ich dir nützen kann, so komm, und du sollst sehen, daß ich dir alles mit Freuden tue.«

Und sie gingen weiter und kamen an einen See, der war bedeckt mit einem ganzen Schwarm Enten. Da wollten die ältern Brüder drüber her und sich einige erlegen, daß sie ein Abendessen hätten; da wehrte aber der jüngste Bruder ab und sagte: »Laßt die armen Tiere; wir werden doch diesen Abend etwas zu essen haben.« Und sie ließen die Enten in Ruhe. Als sie aber vorbei gingen, schwamm der König der Enten herzu und dankte dem jüngsten Königssohn und sagte: »Wenn ich dir in etwas dienen kann, so solls mit Freuden geschehen.«

Darauf gingen sie weiter und kamen an einen Eichbaum, darin die Bienen ihre Zellen hatten; und es war soviel Honig drinnen, daß er am Stamm herunter troff. Als die zwei ältern Königssöhne das sahen, wollten sie Feuer in die Baumhöhle machen, daß die Bienen umkämen und daß sie den Honig fassen könnten; da wehrte aber der jüngste wieder ab und sagte: »Laßt die armen Tierlein! Bringt sie nicht um des bißchen Honigs willen um.« Und sie wollten weiterziehen, da flog die Bienenkönigin heraus, dankte ihm und sprach: »Kann ich dir mit etwas dienen, so befiehl nur, ich wills mit Freuden tun.«

So gingen sie weiter, und kamen in ein altes Schloß und wollten da herbergen. Das Schloß war aber ganz wundersam gebaut und nichts Lebendiges war drinnen. Sie gingen ein durch das Tor, und der jüngste führte sein Pferd in einen Stall; da standen lauter steinerne Pferde. Sie gingen die Stufen hinauf, da kamen sie in einen Vorplatz, der war mit Marmor geplattet, und hohe Säulen bildeten die drei Eingänge: Den einen bildeten silberne Säulen, den anderen bildeten goldene Säulen, und den dritten Eingang bildeten gar diamantene Säulen. Und sie gingen ein durch den ersten Eingang und kamen in eine Reihe von Zimmer, darin alles, Wände und Gerätschaften, von getriebenem Silber war. Aber sie gingen durch alle Zimmer und fanden am Ende eine Türe, die verschlossen war durch drei Schlösser; aber durch ein Lädlein konnte man hinein sehen in das Gemach. Und drinnen am Tische saß ein alt eisgrau Männlein, dem der Bart ging bis auf die Füße. Diesem riefen sie zu, aber es hörte nicht. Sie riefen ihn zum zweitenmal, aber es hörte nicht; und sie riefen ihn zum drittenmal, da stand es auf und kam heraus und empfing sie freundlich und bewirtete sie den Abend aufs allerbeste und wies ihnen weiche Betten mit seidenen Vorhängen zu Schlafstätten an. Aber er sprach kein Wort und antwortete auf keine ihrer Fragen. Doch die drei Königssöhne hatten sichs wohl behagen lassen, daß sie in eine so gute Herberge gekommen waren.

Als sie aber am andern Morgen erwachten, lag jeder zwar in einem schönen Zimmer, aber alles war so verschlossen, daß keiner von ihnen herauskommen konnte; und bei dem ältesten stand das eisgraue Männlein mit dem langen Barte und winkte ihm, daß er ihm folgte. Dieser folgte ihm, aber ganz ängstlich, und sie gingen ein durch den goldenen Eingang und kamen in einen großen, geräumigen Saal, darin alles von getriebenem Golde gearbeitet war. Und der Alte wies mit seinem schwarzen Stab über die Türe; da standen die Worte:

»Jeder Fremdling, der die Schwelle dieses Schlosses betritt, muß es versuchen, drei Arbeiten zu vollbringen. Wenn er diese glücklich ausführt, so ist sein Glück auf immer gegründet; vollbringt er sie nicht, so mag er als Stein bis zur Stunde der Erlösung harren auf dem Flecken, wo ihn der letzte Strahl der Abendsonne bescheint.«

Als der älteste Königssohn diese Worte gelesen, begehrte er die erste der Arbeiten zu wissen und stand zwischen Furcht und Hoffnung, ob er sie wohl vollbringen könnte.

Da berührte das Männlein mit seinem Stabe die Wand, und es sprang eine Türe auf, und der Königssohn sah ein Gemälde, das stellte die Gegend dar, wo der Ameisenkönig seinen jüngeren Bruder angeredet hatte. Und darunter standen die Worte:

»Dreitausend Perlen, der Hauptschmuck der Prinzessin Pyrola und ihrer drei Schwestern, liegen hier im Moose zerstreut. Diese hast du zu sammeln, daß auch die letzte nicht fehlet.«

Aber der Königssohn erkannte die Gegend und eilte hinaus und sammelte eifrig. Aber Mittag kam, und er hatte nicht hundert beisammen, die Sonne ging unter, da hatte er noch nicht dreihundert gesammelt und der letzte Sonnenstrahl traf ihn, da sank er nieder und war Stein.

Den andern Morgen stand das graue Männlein beim zweiten Königssohn und winkte ihm mit seinem schwarzen Stab, daß er ihm folgte, und er folgte ihm. Und das Männlein zeigte ihm auch die Überschrift über der Türe im goldenen Saal und zeigte ihm das Gemälde. Da eilte der zweite Bruder auch hinaus und sammelte emsig und sammelte bis an den Abend aber er hatte keine dreihundert der kleinen Perlen beisammen, da ging die Sonne unter, und er sank nieder und war ein Stein wie sein Bruder.

Nun kam der dritte Morgen. Da stand das eisgraue Männlein bei dem jüngsten Königssohn und führte auch ihn in den Saal und ließ ihn die Schrift lesen über der Türe und zeigte ihm das Gemälde und winkte ihm, hinaus zu gehen, weil er traurig da stand. Da ging der dritte Königssohn hinaus, und sah die kleinen, kleinen Perlen so weit zerstreut und im Moose versteckt, und als er das sah und merkte, daß es unmöglich sei, sie zu sammeln bis auf die letzte, da setzte er sich hin und weinte bitterlich und beklagte seinen armen Vater, der jetzt alle seine Kinder verloren habe. Und wie er so weinte und wehklagte, da hörte er eine Stimme ihm rufen: »Warum weinst du, lieber Fremdling?« Da sah er auf und erblickte den Ameisenkönig und klagte dem seine Not.

Der Ameisenkönig aber sprach: »Ist es weiter nichts? O, dann sei nur ruhig, dann soll dir bald geholfen sein.« Als er dies gesagt, ging er in den Ameisenhaufen und kam bald mit mehr denn fünftausend Ameisen hervor, und alle sammelten an den Perlen und zählten sie dem Königssohn in den Hut; und als er sie alle hatte bis auf die letzte, da sprach der Ameisenkönig: »Gehe hin, du hast sie alle! Und danke mir nur gar nicht, denn du hast noch mehr verdient als diesen kleinen Gefallen.«

Da lief der jüngste Königssohn hinein in das Schloß und brachte dem Männlein die Perlen. Und das eisgraue Männlein erstaunte darüber und führte ihn wieder in den goldenen Saal und berührte eine andere Wand. Diese tat sich wieder auf, und es stellte sich ein Gemälde dar, das den See bedeutete worauf der Entenscharm sich aufhielt, und darunter standen die Worte:

> »In der Tiefe des Sees liegt der Schlüssel zu dem Schlafgemach der Prinzessin Pyrola und ihrer zwei älteren Schwestern. Du mußt ihn gefunden haben, ehe die Sonne niedergeht.«

Und der Königssohn erkannte den See und eilte hinaus und kleidete sich aus, um hinein zu baden und den Schlüssel zu suchen. Doch wie er hineinsteigen wollte, da schwamm der König der Enten zu ihm her und fragte: »Was begehrst du, lieber Fremdling?« Da sagte der Königssohn, was er in dem See suchen wollte. Aber der Entenkönig antwortete: »Der See ist für dich zu tief; laß mich für den verlorenen Schlüssel sorgen.« Und er befahl allen Enten unterzutauchen und den Schlüssel zu suchen, und sie tauchten unter, und gleich brachte eine den verlorenen goldenen Schlüssel in ihrem Schnabel herzu, und der Entenkönig überreichte ihn dem Königssohn und sprach: »Nimm ihn hin und danke nicht, du hast noch mehr um uns verdient als diesen kleinen Gefallen.«

Er eilte sich aber und brachte den Schlüssel dem eisgrauen Männlein, und kaum hatte es den Schlüssel in den Händen, da bekam es seine Sprache wieder und dankte dem Königssohn mit Freudentränen und sprach: »Schon zweitausend Jahre muß ich hier lebendig, aber stumm sitzen in diesem Schlosse und auf Erlösung harren. Nun hast du, glücklicher Fremdling, nur noch ein Geschäft, aber das schwerste; dann ist dein Glück gegründet.«

Da fragte der jüngste Königssohn, was das sei. »Drei Töchter habe ich«, sprach das graue Männlein; »ich bin der König von diesem verzauberten Schloß und Lande. Diese drei Töchter sind mir von ihrer eignen Mutter, die eine böse Fee war, verzaubert und liegen nun seit zweitausend Jahren in einem totenähnlichen Schlafe. Die älteste, Rubia genannt, verzauberte sie durch ein Stück Zucker, die zweite, Briza genannt, durch einen Sirup, aber meine jüngste Tochter Pyrola, durch einen Löffel voll Honig. Eine meiner Töchter sieht der andern völlig gleich, und alle scheinen von gleichem Alter; aber Pyrola, meine jüngste Tochter, ist mir besonders lieb. Und gerade an ihr muß die Erlösung geschehen; an ihrem Hauche muß man erkennen, welche von den dreien den Honig gegessen, obgleich seitdem zweitausend Jahre verstrichen sind.«

Als er dieses gesagt, führte der unglückliche König den Königssohn heraus und schloß die dritte Säulenpforte auf. Da waren alle Zimmer mit edlen Steinen von allen Farben geziert, Wohlgerüche und sanfte Töne schwebten aus dem Hintergrunde hervor, Kühlung wehte ihnen entgegen; und in einer Bettstätte, die mit Laubwerk von grünen und farbigen Edelsteinen umgeben war, lagen in dem höchsten mittelsten Saale, wie tote Marmorbilder, Rubia, Briza und Pyrola, alle drei von ausnehmender, aber gleicher Schönheit. Die Pracht des Saales und die Schönheit der Prinzessinnen, die Musik und die Wohlgerüche betäubten ihn ganz, daß er nicht mehr wußte, was er da tun sollte, bis ihn der König des Schlosses daran erinnerte und sprach: »Die Sonne steht im Mittage. Wenn sie niedergeht, und du hast noch nicht erkannt, welche die jüngste ist, so trifft dich gleiches Schicksal wie deine Brüder, und ich muß wieder stumm sitzen, wie vorher, bis sich wieder ein anderer Fremdling hierher verirrt. Erkennst du aber, ohne zu raten, meine Tochter Pyrola, so ist sie deine Gemahlin, und du erbst mein Reich.«

Der jüngste Königssohn aber eilte hinaus und jammerte und weinte, und der Wald hallte wider von seinen Klagen. Und wie er so klagte und jammerte, hörte er eine Stimme ihn rufen und zu ihm sagen: »Was klagst du, lieber Fremdling?« Da sah er auf und erkannte die Bienenkönigin auf dem Baumstamm sitzen. »Ach!« sagte er, »wie kann ich das erkennen, welche von drei Prinzessinnen vor zweitausend Jahren Honig gegessen hat?«

»Was?« fragte die Bienenkönigin, »ist es weiter nichts? Wie magst du darum doch so klagen? Ich will dir eine Biene mitgeben, die soll um alle herumfliegen, aber die ist es, der sie sich auf die Lippen setzt.« Darauf ging die Königin hinein in die Höhle, und eine Biene flog heraus und setzte sich ihm auf die Schulter, und er trug sie in den Saal zu den schlafenden Königstöchtern. Da flog sie zu allen und schwärmte herüber und hinüber und setzte sich endlich auf den Mund der mittelsten.

Da sprach der Königssohn zu dem eisgrauen Könige: »Die mittelste ist Pyrola, deine jüngste Tochter.« Und kaum hatte er das gesagt, da krachte und donnerte und blitzte es, als wollte die Erde zusammenstürzen, und alles war verändert: Das kleine graue Männlein stand da als ein würdevoller, majestätischer alter König, die Prinzessinnen standen in blühender Schönheit da und umarmten ihren Vater, und die jüngste, Pyrola, kam herzu und dankte ihrem Erretter, dem jungen Königssohne, und der junge Königssohn umarmte sie und nannte sie seine Braut. Diener gingen aus und ein, im Schloßhofe war ein Pferdegetrappel, sie gingen ans Fenster, da war um sie nicht mehr die alte Wildnis: Eine prächtige Stadt stand da, und weiterhin sah man auch fruchtbare Felder und viele glückliche Fluren und Dörfer, und in den Straßen war ein Gewühl, und alles ging so ordentlich, als wäre da kein Wunder geschehen, als wäre alles beim alten: Niemand schien davon etwas zu wissen.

Auch in den Saal kamen einige Diener. Da ließ der König den Königssohn nehmen und seine Tochter Pyrola und ließ sie setzen in eine prächtige offene Kutsche, vor die er zwölf Schimmel spannen ließ, und vierundzwanzig Männer, in Purpur und Gold gekleidet, ließ er vorausreiten mit Posaunen und ließ den Königssohn und seine Tochter Pyrola ausrufen als König und Königin des Landes. Darauf wurde ein köstlich Gastmahl gehalten, wobei es an nichts fehlte, was den Tag verherrlichen konnte. Und wie sie so da saßen im großen Jubel, ließen sich zwei fremde Ritter melden. Man ließ sie ein, und, siehe da, es waren des jungen Königs Brüder. Und abermals wurde ein Fremdling gemeldet, und als er hervortrat, da sprangen die drei Königssöhne von ihren Sitzen und bewillkommten ihn mit Freudengeschrei: Es war ihr Vater; er hatte sich aufgemacht, seine verlorenen Söhne zu suchen, und war eben in dieser Stadt angekommen.

Drei Monate blieb der Vater der Königssöhne da, und so lang er da war, dauerten die Feste, wovon immer eines das andere an Pracht übertraf. Dann zog er mit seinen zwei ältern Söhnen heim. Sie sollen sich von ihren ehemaligen Fehlern gebessert und in des alten Königs Reich geteilt haben; auch soll der ältere die Prinzessin Rubia, der zweite die Prinzessin Briza zur Gemahlin genommen und beide sollen lange und glücklich regiert haben.

Der jüngste aber und Pyrola wurden noch über hundert Jahre alt und beglückten ihre Untertanen. Ein fremder König regierte nach ihm auf seinem Throne, und durch ihn wurden die Menschen wieder so verschlimmert, daß eine große Sündflut über das Land kam. Und seitdem ist jenes Land, das Land der Märchen, versunken, und nur noch diese Sage ist von ihm übrig geblieben.

JOHANN GUSTAV GOTTLIEB BÜSCHING

1783–1829

Das Märchen von der Padde

Es war einmal ein König, der hatte drei Söhne. Es lebte aber damals eine alte Frau, die hatte nur ein Töchterlein, welches Petersilie hieß. Der König schickte seine Söhne aus, um sich in der Welt umzusehen, seine und fremde Lande kennen zu lernen, um so weise genug zu werden, dereinst ihr Erbteil beherrschen zu können. Die alte Frau aber lebte stille und eingezogen mit ihrem Töchterlein, das den Namen davon hatte, daß es Petersilie lieber als alle andere Speise aß, ja einen rechten Heißhunger danach hatte. Die arme Mutter hatte nicht Geld genug, immer und immerfort Petersilie für die Tochter zu kaufen, und es blieb ihr daher nichts übrig, da das Töchterlein gar zu schön war und sie auf keine Weise ihrer Schönheit nachteilig sein wollte, als nächtlich aus dem Garten des gegenüberliegenden Jungfrauenklosters die schönsten Petersilienwurzeln zu entwenden und das Töchterchen damit zu füttern. Das Gelüst der schönen Petersilie war nicht unbekannt, ebensowenig blieb der Diebstahl verborgen, und die Äbtissin war über ihre schöne Nachbarin nicht wenig erzürnt.

Die drei Prinzen kamen auf ihrer Wanderung auch in das Städtlein, wo Petersilie mit ihrer Mutter wohnte und gingen gerade durch die Straße, als das schöne Mägdlein am Fenster stand und ihre langen, wunderprächtigen Haare kämmte und flocht. Entzündet von Liebe, stieg in einem jeden der Wunsch auf, die Schöne zu besitzen, und kaum war der Wunsch über die Lippen gekommen, als auch ein jeglicher, in blinder Eifersucht, seinen Säbel zog und auf seinen brüderlichen Mitbewerber losging. Der Kampf ward nicht wenig heftig, auch die Äbtissin trat an die Pforte, und kaum hatte die fromme Frau gehört, daß ihre Nachbarin die Ursache sei, als aller Grimm, früher und späterer, sich in ihr zu der Verwünschung sammelte: Sie wünschte, daß Petersilie in einen häßlichen Frosch verwandelt würde und unter einer Brücke am entferntesten Ende der Erde säße. Kaum ausgesprochen, ward Petersilie ein Frosch und war verschwunden. Die Prinzen, die nun keinen Gegenstand des Kampfes hatten, steckten ihre Degen ein, umarmten sich wieder brüderlich und zogen heim zu ihrem Vater.

Der alte Herr merkte indessen, daß er stumpf und schwach in den Regierungsgeschäften ward, und wollte daher das Reich abtreten, aber wem? Dazu konnte sich sein väterliches Herz nicht entschließen, unter den drei

Söhnen zu wählen. Das Schicksal sollte es bestimmen und er ließ sie daher vor sich kommen. »Meine lieben Kinder«, sprach er, »ich werde alt und schwach und will meine Regierung niederlegen, kann mich aber nicht entschließen, einen von euch zu wählen, da ich euch alle drei gleich zärtlich liebe und denn doch auch dem Besten und Klügsten von euch mein Volk übergeben wollte. Ihr sollt mir daher drei Aufgaben lösen und wer sie mir löst, der soll mein Erbe sein. Das erste ist: ihr müßt mir ein Stück Leinewand von hundert Ellen bringen, das man durch einen goldnen Ring ziehen kann.« Die Söhne verneigten sich, versprachen ihr möglichstes zu tun und machten sich auf die Reise.

Die beiden ältesten Brüder nahmen viel Gefolge und viele Wagen mit, um alle die schöne Leinewand, die sie finden würden, aufzuladen, der Jüngste ging ganz allein. Bald kamen drei Wege, zwei lustig und trocken, der dritte düster, feucht und schmutzig. Die beiden älteren Brüder nahmen die beiden ersten Wege, der Jüngste nahm Abschied von ihnen und schlenderte den düstern Weg entlang. Wo nur schöne Leinwand war, besahen sie die älteren Brüder und erstanden sie, ihre Wagen krachten unter der Last, und wo nur irgend der Ruf sie hinwies, dahin eilten sie auch und kauften. Sie kehrten reich versehen zurück. Der Jüngste dagegen ging mehrere Tagesreisen auf seinem unwirtlichen Wege fort, nirgend wollte ihm ein Ort erscheinen, in dem er auch nur eine erträglich feine Leinewand gefunden und so reiste er lange und ward immer mißmutiger.

Einst kam er an eine Brücke, setzte sich an dem Rande nieder und seufzte recht tief über sein böses Schicksal. Da kroch eine mißgestaltete Padde aus dem Sumpf hervor, stellte sich vor ihn und fragte, mit nicht ganz übeltönender Stimme: Was ihm denn fehle? Der Prinz, unwillig, antwortete: »Frosch, du wirst mir nicht helfen.« – »Und doch«, erwiderte der Frosch, »sagt mir nur eure Leiden.« Nach mehreren Weigerungen erklärte endlich der Prinz die Ursache, warum ihn sein Vater ausgesendet habe. »Dir soll geholfen werden«, sagte die Padde, kroch in ihren Sumpf zurück und zerrte bald ein Läppchen Leinewand, nicht größer als eine Hand und nicht eben zum saubersten aussehend, hervor, das sie vor den Prinzen niederlegte und ihm andeutete, das solle er nur nehmen. Der Prinz hatte gar keine Lust, ein so übel scheinendes Läppchen anzunehmen, doch lag etwas in den Zuredungen der Padde, das ihn bereitwillig machte, und er dachte: Etwas ist doch besser, als gar nichts, steckte daher sein Läppchen ein und empfahl sich dem Frosche, der mühsam sich wieder in das Wasser schob.

Je weiter er ging, je mehr merkte er zu seiner Freude, daß ihm die Tasche, in welche er das Läppchen gesteckt hatte, immer schwerer ward und er wanderte daher mutvoll auf den Hof seines Vaters zu, den er auch in kurzem erreichte, als eben auch seine Brüder mit ihren Frachtwagen wieder anlangten. Der Vater war erfreut, seine drei Kinder wieder zu sehen, zog sogleich seinen Ring vom Finger und die Probe begann. Auf allen den Frachtwagen war auch nicht ein Stück, das nur zum zehnten Teile durch den Ring gegangen wäre, und die beiden ältern Brüder, die erst ziemlich spöttisch auf ihren Bruder, der ganz ohne alle großen Vorräte gekommen war, sahen, wurden ziemlich kleinlaut. Wie ward ihnen zu Mute, als er aus seiner Tasche ein Gespinst zog, das an Zartheit, Feinheit und Weiße alles übertraf, was man je gesehen hatte. Es wallte in glänzenden Lagen und ging nicht allein höchst bequem durch den Ring durch, man hätte wohl noch ein Stück zu gleicher Zeit durch den Ring ziehen können, und dennoch gab das Maß richtige hundert Ellen.

Der Vater umarmte den glücklichen Sohn, befahl die unbrauchbare Leinwand ins Wasser zu werfen, und sagte dann zu seinen Kindern: »Nun, ihr lieben Prinzen, müßt ihr die zweite Forderung erfüllen, ihr müßt mir ein Hündlein bringen, das in eine Nußschale paßt.« Die Söhne waren über eine so wunderbare Aufgabe nicht wenig erschrocken, aber der Reiz der Krone war zu groß, sie versprachen auch dies zu erfüllen zu suchen, und wanderten nach wenig Tagen Ruhe wieder aus.

Am Scheidewege trennten sie sich; der Jüngste ging seinen feuchten, unscheinbaren Weg, er hatte schon bei weitem mehr Mut. Kaum hatte er einige Zeit an der Brücke gesessen und wieder geseufzt, so kroch auch die Padde wieder hervor, setzte sich ihm, wie das erstemal, gegenüber, öffnete den weiten Mund und fragte: Was ihm denn fehle? Der Prinz setzte diesmal keinen Zweifel in die Macht der Padde, sondern gestand ihr gleich sein Bedürfnis: »Dir soll geholfen werden«, sagte wiederum die Padde, kroch in den Sumpf und brachte ein Haselnüßlein hervor, legte sie ihm vor die Füße, sagte ihm, er solle sie nur mitnehmen und seinen Herrn Vater bitten, die Nuß sauber aufzuknacken, das andere würde er schon sehen. Der Prinz ging vergnügt fort und die Padde schob sich wieder mühsam in das Wasser hinab.

Daheim waren die Brüder auch schon zu gleicher Zeit angekommen und hatten eine große Menge sehr zierlicher Hündlein mitgebracht. Der alte Vater hatte eine beträchtlich große Wallnußschale bereit und schob jedes Hündlein hinein, aber die hingen bald mit den Vorderfüßen, bald mit dem Kopf, bald mit den Hinterfüßen, bald ganz über die Wallnußschale fort, so daß gar nicht daran zu denken war, daß ein Hündlein hineingepaßt hätte. Als nun kein Hund mehr zu proben übrig war, überreichte der Jüngste mit einer zärtlichen Verbeugung dem Vater seine Haselnuß und bat, sie auf das behutsamste aufzuknacken. Kaum hatte der alte König es getan, als aus der Haselnuß ein wunderkleines und niedliches Hündlein sprang, das gleich auf der Hand des Königs umherlief, mit dem Schwänzlein wedelte, ihm schmeichelte und gegen die andern auf das zierlichste bellte.

Die Freude des Hofes war allgemein, der Vater umarmte wieder den glücklichen Sohn, befahl abermals, die andern Hunde in das Wasser zu werfen und zu ersäufen, und sagte dann zu seinen Söhnen: »Liebe Kinder, die beiden schwierigsten Bedingnisse sind nun erfüllt. Hört nun mein drittes Verlangen: Wer die schönste Frau mir bringt, der soll mein Erbe und Nachfolger sein.« Die Bedingung war zu nahe, der Preis zu reizend, als daß die Prinzen nicht sogleich, jeder auf seinem gewohnten Wege, wieder hätten aufbrechen sollen.

Dem Jüngsten war diesmal gar nicht wohl zu Mute. Er dachte: Alles andere hat der alte Frosch wohl erfüllen können, aber nun wirds vorbei sein, wo wird er mir ein schönes Mädchen und noch dazu das schönste herschaffen können? Seine Sümpfe sind fern und breit menschenleer und nur Kröten, Unken und anderes Ungeziefer wohnt dort. Er ging indessen doch fort und seufzte diesmal aus schwerem Herzen, als er wieder an der Brücke saß. Nicht lange danach stand die Padde wieder vor ihm und fragte: Was ihm fehle? »Ach, Padde, diesmal kannst du mir nicht helfen, das übersteigt deine Kräfte.« – »Und doch«, erwiderte der Frosch, »sagt mir nur euer Leiden.« Der Prinz entdeckte ihm endlich seine neuen Leiden. »Dir soll geholfen werden«, sagte wieder der Frosch, »gehe du nur voran, die Schöne wird dir schon folgen, aber du mußt über das, was du sehen wirst, nicht lachen.« Darauf sprang er, wider seine Gewohnheit, mit einem herzhaften Sprunge weit in das Wasser hinein und verschwand.

Der Prinz seufzte wiederum recht tief, stand auf und ging fort; denn er erwartete nicht viel von dem Versprechen. Kaum hatte er einige Schritte gemacht, so hörte er hinter sich ein Geräusch; er blickte sich um und sah sechs große Wasserratten, die, in vollem Trabe, einen Wagen von Kartenpappe gemacht hinter sich herzogen. Auf dem Bocke saß eine übergroße Kröte als Kutscher, hinten auf standen zwei kleinere Kröten als Bediente und zwei bedeutend große Mäuse, mit stattlichen Schnurrbärten, als Heiducken, im Wagen selbst aber saß die ihm wohlbekannte dicke Padde, die, im Vorbeifahren, etwas ungeschickt, aber doch möglichst zierlich, ihm eine Verbeugung machte.

Viel zu sehr in Betrachtungen vertieft von der Nähe seines Glückes, und wie ferne er nun sei, da er die schönste Schöne nicht finden würde, betrachtete der Prinz kaum diesen lächerlichen Aufzug, noch weniger hatte er gar Lust zu lachen. Der Wagen fuhr eine Weile vor ihm her und bog dann um eine Ecke. Wie ward ihm aber, als bald darauf um dieselbe Ecke ein herrlicher Wagen rollte, gezogen von sechs mächtigen, schwarzen Pferden, regiert von einem wohlgekleideten Kutscher und in dem Wagen die schönste Frau, die er je gesehen und in der er sogleich die reizende Petersilie erkannte, für die sein Herz schon früher entbrannt war. Der Wagen hielt bei ihm stille, Bediente und Heiducken, aus der Tiergestalt entzaubert, öffneten ihm den Wagen und er säumte nicht, sich zu der schönen Prinzessin zu setzen.

Bald kam er in der Hauptstadt seines Vaters an, mit ihm seine Brüder, die eine große Menge der schönsten Frauen mit sich führten, aber als sie vor den König traten, erkannte sogleich der ganze Hof der schönen Petersilie den Kranz der Schönheit zu, der entzückte Vater umarmte seinen Sohn, als Nachfolger, und seine neue Schwiegertochter, die anderen Frauen wurden aber alle, wie der Leinewand und den Hündleinen geschehen war, ins Wasser geworfen und ersäuft. Der Prinz heiratete die Prinzessin Petersilie, regierte lange und glücklich mit ihr, und wenn sie nicht gestorben sind, so leben sie noch.

JACOB GRIMM

1785–1863

WILHELM GRIMM

1786–1859

Die drei Königssöhne

Ein König hatte drei Söhne, und jeder von ihnen sollte in die Welt gehn, und welcher ihm das feinste Linnen bringen würde, der sollte nach ihm regieren. Er stellte sich vor seinen Palast und blies drei Federn in die Luft, nach welchen Gegenden sie flögen, dahin sollten sie ziehen. Eine flog nach Westen, der folgte der älteste Sohn, eine nach Osten, der folgte der zweite, die dritte aber fiel auf einen Stein, nicht weit vom Palast, da lachten die beiden ältesten Prinzen den Däumling aus, daß er dableiben und das Linnen bei dem Stein suchen müßte. Der Däumling setzte sich auf den Stein und weinte, und indem er so hin und her wankt, schiebt sich der Stein fort und darunter liegt eine Marmorplatte mit einem Ring, die hebt er auf. Und einige Stufen führen hinab, denen er folgt, und er kommt in ein schönes Gewölbe, wo ein junges Mädchen sitzt, das eifrig spinnt. Er klagt ihm sein Leid, da spinnt es ihm vom allerfeinsten Linnen und heißt ihn hinaufgehen und seinem Vater bringen.

Als er hinauf kommt, sind seine Brüder auch schon da mit ihrem Linnen, aber seins wird am feinsten gefunden. Doch wollen die Brüder sich nicht zufrieden geben, und der König bläst aufs neue drei Federn in die Luft und verlangt den schönsten Teppich. Die zwei ältesten Brüder ziehen wieder nach Westen und Osten, Däumlings Feder fällt wieder auf einen Stein. Er säumt nicht hinunter zu steigen, wo er das junge Mädchen beschäftigt sieht, einen wunderbaren Teppich zu wirken. Den bringt er hinauf und er ist schöner als die seiner Brüder. Aufs neue werden Federn in die Luft geblasen, jeder soll sehen, die schönste Frau zu erhalten. Wie Däumling hinunter kommt, sagt ihm das Mädchen, er solle nur weiter in das Gewölbe gehen, in das goldene Gemach, da werde er die schönste Dame finden. Er eilt hin und öffnet ein Gemach, das von Gold und Edelsteinen blitzt, aber drinnen sitzt keine Dame, sondern ein entsetzlich häßlicher Frosch. Doch faßt er Mut und trägt ihn herauf zu einem nahen Teich, wo er ihn hinabwirft, kaum aber berührt der Frosch das Wasser, so verwandelt er sich in die schönste Dame, die je gelebt hat. Und nachdem der König schon für sie entschieden hat, wollen sich doch die andern Prinzen mit ihren Gemahlinnen nicht zufrieden geben und verlangen, diejenige solle den Vorzug haben, welche springen könne bis zu einem Ring, der mitten in dem Saal hoch befestigt ist. Der König willigt endlich ein, und nun versuchen sie alle drei hinaufzugelangen. Aber die beiden andern kommen nicht hoch genug und fallen sich tot, nur die Dame aus der Höhe gelangt gleich zum erstenmal hin und wiegt sich an dem Ring, den sie mit beiden Händen gefaßt hat. Darauf wird Däumling König und sie Königin.

Die Königstochter und der verzauberte Prinz

FROSCHKÖNIG

Die jüngste Tochter des Königs ging hinaus in den Wald und setzte sich an einen kühlen Brunnen. Darauf nahm sie eine goldene Kugel und spielte damit, als diese plötzlich in den Brunnen hinabrollte. Sie sah, wie sie in die Tiefe fiel und stand an dem Brunnen und war sehr traurig. Auf einmal streckte ein Frosch seinen Kopf aus dem Wasser und sprach: »Warum klagst du so sehr?« »Ach! du garstiger Frosch«, antwortete sie, »du kannst mir doch nicht helfen, meine goldene Kugel ist mir in den Brunnen gefallen.« Da sagte der Frosch: »Wenn du mich mit nach Haus nehmen willst, so will ich dir deine goldene Kugel wieder holen.« Und als sie es versprochen, tauchte er unter und kam bald, die Kugel im Maul, wieder in die Höhe und warf sie ans Land. Da nahm die Königstochter eilig ihre Kugel wieder und lief eilig fort und hörte nicht auf den Frosch, der ihr nachrief, sie solle ihn mitnehmen, wie sie ihm versprochen. Und als sie nach Hause kam, setzte sie sich an die Tafel zu ihrem Vater, und wie sie eben essen wollte, klopfte es an die Türe und rief: »Königstochter jüngste, mach mir auf!« Und sie eilte hin und sah, wer es war, da war es der häßliche Frosch, und sie warf eilig die Türe wieder zu. Ihr Vater aber fragte, wer da sei, und sie erzählte ihm alles. Da rief es wieder:

»Königstochter jüngste
mach mir auf!
Weißt du nicht, was gestern
du zu mir gesagt,
bei dem kühlen Brunnenwasser?
Königstochter jüngste,
mach mir auf!«

Und der König befahl ihr, dem Frosch aufzumachen, und er hüpfte herein. Dann sprach er zu ihr: »Setz mich zu dir an den Tisch, ich will mit dir essen.« Sie wollte es aber nicht tun, bis daß es der König auch befahl. Und der Frosch saß an der Seite der Königstochter und aß mit. Und als er satt war, sprach er zu ihr: »Bring mich in dein Bettlein, ich will bei dir schlafen.« Das wollte sie aber durchaus nicht, denn sie fürchtete sich sehr vor dem kalten Frosch. Aber der König befahl es wiederum, da nahm sie den Frosch und trug ihn in ihre Kammer und voll Zorn faßte sie ihn und warf ihn mit aller Gewalt wider die Wand in ihrem Bett. Wie er aber an die Wand kam, so fiel er herunter in das Bett und lag darin als ein junger schöner Prinz, da legte sich die Königstochter zu ihm.

Und am Morgen kam ein schöner Wagen mit dem treuen Diener des Prinzen, der hatte ein solch großes Leid über die Verwandlung desselben gehabt, daß er drei eiserne Bande um sein Herz legen mußte. Und der Prinz und die Königstochter setzten sich in den Wagen, und der treue Diener stellte sich hinten auf, und sie wollten in sein Reich fahren. Und wie sie ein Stück Wegs gefahren sind, hört der Prinz hinter sich ein lautes Krachen. Da ruft er:

»Heinerich der Wagen bricht!«
»Nein Herr, der Wagen nicht.
Es ist ein Band von meinem Herzen,
das da lag in großen Schmerzen
als ihr an dem Brunnen saßt,
als ihr eine Fretsche wart.«

Prinzessin Mäusehaut

Es war einmal ein König, der hatte drei Töchter, der wollte wissen, welche ihn am meisten liebte. Da sagte die älteste, sie habe ihn lieber als das ganze Königreich, die zweite hielt ihn höher als alle Edelgesteine und Perlen in der Welt, die dritte sprach, sie liebe ihn mehr als das Salz. Da ward der König erzürnt, daß sie ihre Liebe mit einer so geringfügigen Sache vergleiche und übergab sie einem Diener, der sollte sie in den Wald führen und töten. Aber der Diener wollte eine so schöne Prinzessin nicht ermorden, und sie bat ihn, er möge ihr nur ein Kleid von Mäusehaut verschaffen, so wolle sie sich schon retten. Das brachte ihr der Diener auch hinaus, und sie wickelt sich hinein und verkleidet sich in einen Mann. So geht sie zum benachbarten König und wird Diener bei ihm. Alle Abend muß sie ihm die Stiefel ausziehn, die wirft er ihr um den Kopf. Einmal fragt er, woher sie sei, da antwortet sie: »Aus dem Lande, wo man die Stiefel nicht um den Kopf wirft...«

...Da fragt der König, woher der Ring gekommen sei. Und Mäusehaut wird vor ihn gebracht, da wickelt sie ihr Kleid von sich, ihre goldenen Haare quellen hervor, und ihre große Schönheit blendet den König. Und er tritt zu ihr und setzt ihr die Krone aufs Haupt und sie wird seine Gemahlin. Am Hochzeitstag wird ihr Vater gebeten, der aber seine Tochter nicht erkennt. An der Tafel sind alle Speisen, die ihm vorgesetzt werden, ungesalzen, so daß er unwillig wird und spricht, er wolle lieber nicht leben, als solche Speise essen. Da tritt die Königin auf, entdeckt sich ihm und erinnert ihn an ihre Worte.

Rumpenstünzchen

Es war einmal ein kleines Mädchen, dem war ein Flachsknoten gegeben, Flachs daraus zu spinnen, was es aber spann, war immer Goldfaden, und kein Flachs konnte herauskommen. Es ward traurig und setzte sich auf das Dach und fing an zu spinnen, und spann drei Tage, aber immer nichts als Gold. Da trat ein kleines Männchen herzu, das sprach: »Ich will dir helfen aus all deiner Not, dein junger Prinz wird vorbeikommen, der wird dich heiraten und dich wegführen, aber du mußt mir versprechen, daß dein erstes Kind mein sein soll. Das kleine Mädchen versprach ihm alles. Bald darauf kam ein schöner junger Prinz vorbei, der nahm es mit sich und machte es zu seiner Gemahlin. Nach einem Jahr gebar sie einen schönen Knaben; da trat das kleine Männchen an das Bett und verlangte ihn. Sie bot ihm alles dafür, er nahm nichts an und gab ihr nur drei Tage Zeit, wenn sie am letzten nicht seinen Namen wisse, so müsse sie ihm das Kind geben. Die Prinzessin sann lange, schon zwei Tage hatte sie gesonnen und den Namen doch nicht gefunden. Am dritten befiehlt sie einer getreuen Dienerin hinaus in den Wald zu gehen, aus welchem das kleine Männchen gekommen sei. Diese geht nachts hinaus, da sieht sie es, wie es auf einem Kochlöffel um ein großes Feuer herum reitet und ausruft: »Wenn die Prinzessin wüßte, daß ich Rumpenstünzchen hieß! Wenn die Prinzessin wüßte, daß ich Rumpenstünzchen hieß!« Die Dienerin bringt eilig der Prinzessin diese Nachricht, die darüber sehr erfreut wird. Um Mitternacht kommt das kleine Männchen und spricht: »Weißt du nun meinen Namen, oder ich nehme das Kind mit?« Da nennt sie allerlei Namen, endlich sagt sie: »Solltest du wohl Rumpenstünzchen heißen?« Wie das Männchen das hört, erschrickt es und spricht: »Das muß dir der Teufel gesagt haben« und fliegt auf dem Kochlöffel zum Fenster hinaus.

Vom Kätzchen und Mäuschen

Ein Kätzchen und ein Mäuschen, die hatten Wirtschaft zusammen, und hatten sich ein Töpfchen mit Fett gekauft für den Winter und hatten es unter den Altar in der Kirche gestellt. Bald darauf sagt das Kätzchen zum Mäuschen, erlaub' mir doch auszugehn, ich muß Gevatter stehn; und das Mäuschen erlaubte es. Aber das Kätzchen ging in die Kirche und aß die Haut von dem Fettöpfchen ab. Das Mäuschen fragte es, wie es wieder nach Haus kam, wie das Kindlein geheißen. »Hautab« sagte das Kätzchen. Und bald hernach sagte das Kätzchen, es müsse wieder Gevatter stehn und ging hin und aß das Fettöpfchen halb aus. Und das Mäuschen fragte, wie das Kindlein geheißen, so sagte das Kätzchen: »Halbaus.« Endlich ging es noch einmal zu Gevatter, ob es gleich das Mäuschen nicht haben wollte und sehr nachdenklich war und sagte: »Hautab, Halbaus, das sind ja kuriose Namen.« Und das Kätzchen fraß das Fettöpfchen ganz aus und sagte: »Das Kindlein hat Ganzaus geheißen.« Da schüttelte das Mäuschen gar sehr den Kopf: »Ganzaus! Ei das ist ein bedenklicher Name.« Bald war es Winter, da gingen sie beide in die Kirche zu dem Fettöpfchen unter dem Altar, aber sie fanden es leer. Da sagte das Mäuschen: »Das hast du gewiß getan, wie du zu Gevatter standest.« Da sagte das Kätzchen: »Schweig still oder ich freß dich auf!«, und als eben das Mäuschen den Mund wieder auftun wollte, sprang das Kätzchen auf es hin und fraß es auf.

Von dem Strohhälmchen, dem Köhlchen und dem Böhnchen

Das Strohhälmchen, das Köhlchen und das Böhnchen, die lebten zusammen in Gesellschaft und wollten einmal eine Reise machen. Als sie nun schon weit gegangen waren, kamen sie an einen Fluß und wußten nicht wie sie hinüber gelangten. Da beschlossen sie, das Strohhälmchen sollte sich drüber legen und dann das Köhlchen vorangehen und das Böhnchen ihm folgen. Das Strohhälmchen legte sich quer über und das Köhlchen ging langsam darauf und das Böhnchen trippelte ihm nach. Wie aber das Köhlchen mitten auf das Strohhälmchen kam, fing es an zu brennen und brannte das Strohhälmchen durch und fiel ins Wasser und starb, und das Böhnchen fiel auch hinein, schwamm aber oben, mußte aber endlich zerplatzen von dem vielen Wasser, das es getrunken. Da trieb es der Fluß ans Ufer, da saß ein Schneider, der nähte es wieder zusammen. Seit der Zeit haben alle Bohnen eine Naht.

Dümmling

Es war einmal ein Hans, der war so unerhört dumm, daß ihn sein Vater in die weite Welt jagte. Er rennt vor sich hin, bis er ans Meeresufer kommt, da setzt er sich hin und hungert. Da kommt eine häßliche Kröte auf ihn zu und quackt: »Umschling mich und versenk dich!« So kommt sie zweimal, er weigert sich, wie sie aber zum drittenmal kommt, folgt er ihr. Er sinkt unter und kommt in ein schönes Schloß unter dem Meer. Hier dient er der Kröte. Endlich heißt sie ihn mit ihr zu ringen, und er ringt, und die häßliche Kröte wird zu einem schönen Mädchen, und das Schloß mit all seinen Gärten steht auf der Erde. Hans wird gescheit, geht zu seinem Vater und erbt sein Reich.

Rapunzel

Es war einmal ein Mann und eine Frau, die hatten sich schon lange ein Kind gewünscht und nie eins bekommen, endlich aber war die Frau guter Hoffnung. Diese Leute hatten in ihrem Hinterhaus ein kleines Fenster, daraus konnten sie in den Garten einer Fee sehen, der voll von Blumen und Kräutern stand, allerlei Art, keiner aber durfte es wagen, in den Garten hineinzugehen. Eines Tages stand die Frau an diesem Fenster und sah hinab, da erblickte sie wunderschöne Rapunzeln auf einem Beet und wurde so lüstern danach, und wußte doch, daß sie keine davon bekommen konnte, daß sie ganz abfiel und elend wurde. Ihr Mann erschrak endlich und fragte nach der Ursache: »Ach wenn ich keine von den Rapunzeln aus dem Garten hinter unserm Haus zu essen kriege, so muß ich sterben.« Der Mann, welcher sie gar lieb hatte, dachte, es mag kosten was es will, so willst du ihr doch welche schaffen, stieg eines Abends über die hohe Mauer und stach in aller Eile eine Hand voll Rapunzeln aus, die er seiner Frau brachte. Die Frau machte sich sogleich Salat daraus, und aß sie in vollem Heißhunger auf. Sie hatten ihr aber so gut, so gut geschmeckt, daß sie den andern Tag noch dreimal soviel Lust bekam. Der Mann sah wohl, daß keine Ruh wäre, also stieg er noch einmal in den Garten, allein er erschrak gewaltig, als die Fee darin stand und ihn heftig schalt, daß er es wage, in ihren Garten zu kommen und daraus zu stehlen. Er entschuldigte sich, so gut er konnte, mit der Schwangerschaft seiner Frau, und wie gefährlich es sei, ihr dann etwas abzuschlagen, endlich sprach die Fee: »Ich will mich zufrieden geben und dir selbst gestatten, Rapunzeln mitzunehmen, soviel du willst, wofern du mir das Kind geben wirst, womit deine Frau jetzt geht.«

In der Angst sagte der Mann alles zu, und als die Frau in die Wochen kam, erschien die Fee sogleich, nannte das kleine Mädchen *Rapunzel* und nahm es mit sich fort.

Dieses Rapunzel wurde das schönste Kind unter der Sonne, wie es aber zwölf Jahre alt war, so schloß es die Fee in einen hohen Turm, der hatte weder Tür noch Treppe, nur bloß ganz oben war ein kleines Fensterchen. Wenn nun die Fee hinein wollte, so stand sie unten und rief:

»Rapunzel, Rapunzel!
laß mir dein Haar herunter.«

Rapunzel hatte aber prächtige Haare, fein wie gesponnen Gold, und wenn die Fee so rief, so band sie sie los, wickelte sie oben um einen Fensterhaken und dann fielen die Haare zwanzig Ellen tief hinunter und die Fee stieg daran hinauf.

Eines Tages kam nun ein junger Königssohn durch den Wald, wo der Turm stand, sah das schöne Rapunzel oben am Fenster stehen und hörte sie mit so süßer Stimme singen, daß er sich ganz in sie verliebte. Da aber keine Türe im Turm war und keine Leiter so hoch reichen konnte, so geriet er in Verzweiflung, doch ging er alle Tage in den Wald hin, bis er einstmals die Fee kommen sah, die sprach:

»Rapunzel, Rapunzel!
laß dein Haar herunter.«

Darauf sah er wohl, auf welcher Leiter man in den Turm kommen konnte. Er hatte sich aber die Worte wohl gemerkt, die man sprechen mußte, und des andern Tages, als es dunkel war, ging er an den Turm und sprach hinauf:

»Rapunzel, Rapunzel!
laß dein Haar herunter!«

Da ließ sie die Haare los, und wie sie unten waren, machte er sich daran fest und wurde hinaufgezogen.

Rapunzel erschrak nun anfangs, bald aber gefiel ihr der junge König so gut, daß sie mit ihm verabredete, er solle alle Tage kommen und hinaufgezogen werden. So lebten sie lustig und in Freuden eine geraume Zeit, und die Fee kam nicht dahinter, bis eines Tages das Rapunzel anfing und zu ihr sagte: »Sag sie mir doch Frau Gothel, meine Kleiderchen werden mir so eng und wollen nicht mehr passen.« »Ach du gottloses Kind«, sprach die Fee, »was muß ich von dir hören«, und sie merkte gleich, wie sie betrogen wäre, und war ganz aufgebracht. Da nahm sie die schönen Haare Rapunzels, schlug sie ein paar Mal um ihre linke Hand, griff eine Schere mit der rechten und ritsch, ritsch, waren sie abgeschnitten. Darauf verwies sie Rapunzel in eine Wüstenei, wo es ihr sehr kümmerlich erging und sie nach Verlauf einiger Zeit Zwillinge, einen Knaben und ein Mädchen gebar.

Denselben Tag aber, wo sie Rapunzel verstoßen hatte, machte die Fee abends die abgeschnittenen Haare oben am Haken fest, und als der Königssohn kam:

»Rapunzel, Rapunzel!
laß dein Haar herunter!«

so ließ sie zwar die Haare nieder, allein wie erstaunte der Prinz, als er statt seines geliebten Rapunzels die Fee oben fand. »Weißt du was«, sprach die erzürnte Fee, »Rapunzel ist für dich Bösewicht auf immer verloren.«

Da wurde der Königssohn ganz verzweifelt und stürzte sich gleich den Turm hinab, das Leben brachte er davon, aber die beiden Augen hatte er sich ausgefallen, traurig irrte er im Wald herum, aß nichts als Gras und Wurzeln und tat nichts als weinen. Einige Jahre nachher gerät er in jene Wüstenei, wo Rapunzel kümmerlich mit ihren Kindern lebte, ihre Stimme deuchte ihm so bekannt, in demselben Augenblick erkannte sie ihn auch und fällt ihm um den Hals. Zwei von ihren Tränen fallen in seine Augen, da werden sie wieder klar, und er kann damit sehen wie sonst.

Frau Holle

Eine Witwe hatte zwei Töchter, davon war die eine schön und fleißig, die andere häßlich und faul. Sie hatte aber die häßliche und faule viel lieber, und die andere mußte alle Arbeit tun und war recht der Aschenputtel im Haus. Einmal war das Mädchen hingegangen, Wasser zu holen, und wie es sich bückte den Eimer aus dem Brunnen zu ziehen, bückte es sich zu tief und fiel hinein. Und als es erwachte und wieder zu sich selber kam, war es auf einer schönen Wiese, da schien die Sonne und waren viel tausend Blumen. Auf der Wiese ging es fort und kam zu einem Backofen, der war voller Brot; das Brot aber rief: »Ach! Zieh mich 'raus, zieh mich 'raus, sonst verbrenn' ich, ich bin schon längst ausgebacken!« Da trat es fleißig herzu und holte alles heraus. Danach ging es weiter und kam zu einem Baum, der hing voll Äpfel und rief ihm zu: »Ach! Schüttel mich! Schüttel mich! Wir Äpfel sind alle miteinander reif!« Da schüttelte es den Baum, daß die Äpfel fielen, als regneten sie, solang bis keiner mehr oben war, danach ging es wieder fort. Endlich kam es zu einem kleinen Haus, daraus guckte eine alte Frau, weil sie aber so große Zähne hatte, ward ihm Angst und es wollte fortlaufen. Die alte Frau aber rief ihm nach: »Fürcht dich nicht, liebes Kind, bleib bei mir, wenn du alle Arbeit im Haus ordentlich tun willst, so soll dirs gut gehn: Nur mußt du recht darauf Acht geben, daß du mein Bett gut machst und es fleißig aufschüttelst, daß die Federn fliegen, dann schneit es in der Welt; ich bin die Frau Holle.« Weil die Alte so gut sprach, willigte das Mädchen ein und begab sich in ihren Dienst. Es besorgte auch alles nach ihrer Zufriedenheit und schüttelte ihr das Bett immer gewaltig auf, dafür hatte es auch ein gut Leben bei ihr, kein böses Wort und alle Tage Gesottenes und Gebratenes. Nun war es eine Zeitlang bei der Frau Holle, da ward es traurig in seinem Herzen und ob es hier gleich viel tausendmal besser war, als zu Haus, so hatte es doch ein Verlangen dahin; endlich sagte es zu ihr: »Ich habe den Jammer nach Haus gekriegt, und wenn es mir auch noch so gut hier geht, so kann ich doch nicht länger bleiben.« Die Frau Holle sagte: »Du hast recht, und weil du mir so treu gedient hast, so will ich dich selbst wieder hinaufbringen.« Sie nahm es darauf bei der Hand und führte es vor ein großes Tor. Das ward aufgetan und wie das Mädchen darunter stand, fiel ein gewaltiger Goldregen, und alles Gold blieb an ihm hängen, so daß es über und über davon bedeckt war. »Das sollst du haben, weil du so fleißig gewesen bist«, sprach die Frau Holle. Darauf ward das Tor verschlossen und war oben auf der Welt, da ging es heim zu seiner Mutter und weil es so mit Gold bedeckt ankam, ward es gut aufgenommen.

Als die Mutter hörte, wie es zu dem Reichtum gekommen, wollte sie der andern häßlichen und faulen Tochter gern dasselbe Glück verschaffen, und sie mußte sich auch in den Brunnen stürzen. Sie erwachte wie die andere auf der schönen Wiese und ging auf demselben Pfad weiter. Als sie zu dem Backofen gelangte, schrie das Brot wieder: »Ach! Zieh mich 'raus, zieh mich 'raus, sonst verbrenn ich, ich bin schon längst ausgebacken!« Die Faule aber antwortete: »Da hätt' ich Lust, mich schmutzig zu machen!« und ging fort. Bald kam sie zu dem Apfelbaum, der rief: »Ach! Schüttel mich! Schüttel mich! Wir Äpfel sind alle miteinander reif«; sie antwortete aber: »Du kommst mir recht, es könnt mir einer auf den Kopf fallen!« ging damit weiter. Als sie vor der Frau Holle Haus kam, fürchtete sie sich nicht, weil sie von ihren großen Zähne schon gehört hatte, und verdingte sich gleich zu ihr. Am ersten Tag tat sie sich Gewalt an und war fleißig und folgte der Frau Holle, wenn sie ihr etwas sagte, denn sie gedachte an das viele Gold, das sie ihr schenken würde; am zweiten Tag aber fing sie schon an zu faulenzen, am dritten noch mehr, da wollte sie morgens gar nicht aufstehen, sie machte auch der Frau Holle das Bett schlecht und schüttelte es nicht recht, daß die Federn aufflogen. Das ward die Frau Holle bald müde und sagte der Faulen den Dienst auf. Die war es wohl zufrieden und meinte, nun werde der Goldregen kommen, die Frau Holle führte sie auch hin zu dem Tor, als sie aber darunter stand, ward statt des Golds ein großer Kessel voll Pech ausgeschüttet. »Das ist zur Belohnung deiner Dienste«, sagte die Frau Holle und schloß das Tor zu. Da kam die Faule heim, ganz mit Pech bedeckt, und das hat ihr Lebtag nicht wieder abgehen wollen.

Mädchen ohne Hände

Ein Müller, der so arm war, daß er nichts weiter hatte, als seine Mühle und einen großen Apfelbaum dahinter, ging in den Wald Holz holen. Da trat ihn ein alter Mann an, der sprach: »Was quälst du dich so sehr, ich will dich reich machen, verschreib mir dafür, was hinter deiner Mühle steht, in drei Jahren will ichs abholen.« Der Müller denkt: Das ist mein Apfelbaum, sagte ja, und verschriebs dem Manne. Wie er nach Hause kommt, sagt seine Frau zu ihm: »Müller, woher kommt der große Reichtum, der auf einmal Kisten und Kasten in unserem Haus angefüllt hat?« – »Das kommt von einem alten Mann aus dem Wald, ich hab ihm dafür verschrieben, was hinter der Mühle steht.« – »Ach Mann«, sprach die Frau erschrocken, »das wird schlimm werden, der alte Mann war der Teufel und er hat unsere Tochter damit gemeint, die hat gerad hinter der Mühle gestanden und den Hof gekehrt.«

Die Müllerstochter war aber gar schön und fromm, und nach drei Jahren kam der Teufel ganz früh und wollte sie holen, aber sie hatte mit Kreide einen Kranz um sich gemacht und sich rein gewaschen. Da konnte der Teufel nicht zu ihr kommen, zornig sprach er zu dem Müller: »Tu ihr alles Waschwasser weg, daß sie sich nicht mehr waschen kann, und ich Gewalt über sie habe.« Der Müller fürchtete sich und tat es. Am andern Tag kam der Teufel wieder, aber sie hatte auf ihre Hände geweint und sich mit ihren Tränen gewaschen, und war ganz rein; da konnte ihr der Teufel abermals nicht nahen, ärgerte sich sehr und befahl dem Müller: »Hau ihr die Hände ab, daß ich ihr was anhaben kann.« Der Müller aber entsetzte sich und antwortete: »Wie könnte ich meinem lieben Kind die Hände abhauen, nein, das tu ich nicht.« »Weißt du was, so hol ich dich selber, wenn dus nicht tust!« Da fürchtete sich der Müller gewaltig und versprach ihm in der Angst, zu tun, was er befohlen hätte. Ging zu seiner Tochter und sprach: »Mein Kind, der Teufel wird mich holen, wenn ich dir nicht beide Hände abhaue, und da habe ich es ihm versprochen, ich bitte dich um Verzeihung.« »Vater«, sagte sie, »macht mit mir was ihr wollt«, legte ihre beiden Hände hin und ließ sie abhauen. Zum drittenmal kam der Teufel, allein sie hatte so lang und viel auf ihre Stümpfe geweint, daß sie doch ganz rein wurde, da hatte der Teufel alles Recht an ihr verloren.

Der Müller, weil er so großes Gut durch sie gewonnen hatte, versprach ihr nun, er wolle sie Zeitlebens aufs köstlichste halten, allein sie mochte nicht mehr dableiben: »Ich will fort von hier, mitleidige Menschen werden mir schon soviel geben, als ich zum Leben brauche.« Die beiden abgehauenen Hände ließ sie sich auf den Rücken binden; mit Sonnenaufgang zog sie fort und ging und ging den ganzen Tag, bis es Abend wurde, da kam sie zu des Königs Garten. In der Gartenhecke war eine Lücke, durch die ging sie hinein, fand einen Obstbaum, den schüttelte sie mit ihrem Leib, und wie die Äpfel zur Erde fielen, bückte sie sich nieder und hob sie mit ihren Zähnen auf und aß sie. Zwei Tage lebte sie so, am dritten aber kamen die Wächter des Gartens, die sahen sie, nahmen sie gefangen und warfen sie ins Gefangenenhaus, des andern Morgens wurde sie vor den König geführt, und sollte Landes verwiesen werden. »Ei«, sprach der Königssohn, »sie kann ja lieber die Hühner auf dem Hof hüten!«

So blieb sie eine Zeitlang da und hütete die Hühner, der Königssohn aber sah sie oft und gewann sie von Herzen lieb; mittlerweile kam nun die Zeit, daß er sich vermählen sollte. Da wurde ausgeschickt in alle weite Welt, um ihm eine schöne Gemahlin auszusuchen. »Ihr braucht nicht weit zu suchen und zu senden«, sprach er, »ich weiß mir eine ganz in der Nähe.« Der alte König besann sich hin und her und es war ihm keine Jungfrau im Land bekannt, die schön und reich wäre: »Du wirst doch nicht etwa gar die da wollen heiraten, die die Hühner im Hofe hütet?« Der Sohn aber erklärte, er würde nimmermehr eine andere nehmen, da mußte es endlich der König zugeben, und bald darauf starb er; der Königssohn folgte ihm im Reich nach, und lebte in soweit glücklich mit seiner Gemahlin.

Nun mußte aber einmal der König in den Krieg ziehen und während seiner Abwesenheit gebar sie ein schönes Kind, und sandte einen Boten mit einem Brief ab, worin sie ihrem Gemahl die frohe Nachricht meldete. Der Bote ruhte unterwegs an einem Bache und schlief ein, da kam der Teufel, der ihr immer zu schaden trachtete, und vertauschte den Brief mit einem andern, worin stand, daß die Königin einen Wechselbalg zur Welt gebracht hätte. Der König, als er den Brief las, betrübte sich sehr, doch schrieb er zur Antwort: Man solle die Königin und das Kind wohl halten, bis zu seiner Rückkunft. Der Bote ging mit dem Brief zurück und als er am nämlichen Platz ruhte und eingeschlafen war, nahte sich der böse Teufel wieder, und schob einen andern Brief unter, worin der König befahl, Königin und Kind aus dem Land zu jagen. Dies mußte nun so geschehen, so sehr auch alle Leute vor Traurigkeit weinten: »Ich bin nicht hierher gekommen, um Königin zu werden, ich habe kein Glück und verlange auch keins, bindet mir mein Kind und die Hände auf den Rücken, so will ich in die Welt ziehen.«

Abends kam sie in einen dicken Wald zu einem Brunnen, wobei ein guter alter Mann saß. »Seid doch so barmherzig«, sprach sie, »und haltet mir mein Kind an die Brust, so lange bis ich ihm zu trinken gegeben habe«, welches der Mann tat, und darauf sagte er zu ihr: »Dort steht ein dicker Baum, zu dem geh hin und schlinge deine abgestumpften Arme dreimal um ihn!« Und als sie es getan, wuchsen ihr die Hände wieder an. Darauf zeigte er ihr ein Haus: »Darin wohne und geh nicht heraus und mache niemand die Tür auf, der nicht dreimal um Gotteswillen darum bittet.«

Indessen war der König nach Haus gekommen und sah ein, wie er betrogen worden war. In der Begleitung eines einzigen Dieners machte er sich auf, nach einer langen Reise verirrte er sich endlich gerade in der Nacht in demselben Walde, wo die Königin wohnte, er wußte aber nicht, daß sie ihm so nah war. »Dort hinten«, sprach der Diener, »glimmt ein Lichtchen in einem Haus, gottlob, da können wir ruhen.« – »Ach nein«, sprach der König, »ich will nicht so lange rasten und weiter nach meiner geliebten Frau suchen, eher habe ich doch keine Ruhe.« Allein der Diener bat so viel und klagte so über Müdigkeit, daß der König aus Mitleid einwilligte. Wie sie zu dem Haus kamen, schien der Mond und sie sahen die Königin am Fenster stehen.

»Ach, das muß unsere Königin sein, so gleicht sie ihr«, sagte der Diener, »aber ich sehe doch, daß sie es nicht ist, denn diese da hat Hände.« Der Diener sprach sie nun um Herberg an, aber sie sagte ab, weil er nicht um Gotteswillen gebeten hatte. Er wollte weiter gehen und einen andern Platz zum Nachtlager suchen; da trat der König selbst hinzu: »Lasset mich ein, um Gotteswillen!« – »Nicht eher darf ich euch einlassen, bis ihr mich dreimal um Gotteswillen gebeten habt«, und wie der König noch zweimal gebeten hatte, machte sie auf, da kam sein Söhnlein herausgesprungen, führte ihn zur Mutter hin, und er erkannte sie alsobald für seine geliebte Frau. Den andern Morgen reisten sie alle miteinander in ihr Land, und wie sie zum Haus heraus waren, war es hinter ihnen verschwunden.

Der gestiefelte Kater

Ein Müller hatte drei Söhne, seine Mühle, einen Esel und einen Kater; die Söhne mußten mahlen, der Esel Getreide holen und Mehl forttragen und die Katze die Mäuse wegfangen. Als der Müller starb, teilten sich die drei Söhne in die Erbschaft, der älteste bekam die Mühle, der zweite den Esel, der dritte den Kater, weiter blieb nichts für ihn übrig. Da war er traurig und sprach zu sich selbst: »Ich habe es doch am allerschlimmsten gekriegt, mein ältester Bruder kann mahlen, mein zweiter kann auf seinem Esel reiten, was kann ich mit dem Kater anfangen? Laß ich mir ein paar Pelzhandschuhe aus seinem Fell machen, so ists vorbei.« »Hör«, fing der Kater an, der alles verstanden hatte, was er gesagt, »du brauchst mich nicht zu töten, um ein paar schlechte Handschuhe aus meinem Pelz zu kriegen, laß mir nur ein paar Stiefel machen, daß ich ausgehen kann und mich unter den Leuten sehen lassen, dann soll dir bald geholfen sein.« Der Müllerssohn verwunderte sich, daß der Kater so sprach, weil aber eben der Schuster vorbeiging, rief er ihn herein und ließ ihm ein paar Stiefel anmessen. Als sie fertig waren, zog sie der Kater an, nahm einen Sack, machte den Boden desselben voll Korn, oben aber eine Schnur daran, womit man ihn zuziehen konnte, dann warf er ihn über den Rücken und ging auf zwei Beinen, wie ein Mensch, zur Tür hinaus.

Dazumal regierte ein König in dem Land, der aß die Rebhühner so gern; es war aber eine Not, daß keine zu kriegen waren. Der ganze Wald war voll, aber sie waren so scheu, daß kein Jäger sie erreichen konnte. Das wußte der Kater und gedachte seine Sache besser zu machen; als er in den Wald kam, tat er den Sack auf, breitete das Korn auseinander, die Schnur aber legte er ins Gras und leitete sie hinter eine Hecke. Da versteckte er sich selber, schlich herum und lauerte. Die Rebhühner kamen bald gelaufen, fanden das Korn und eins nach dem andern hüpfte in den Sack hinein. Als eine gute Anzahl darin war, zog der Kater den Strick zu, lief herzu und drehte ihnen den Hals um; dann warf er den Sack auf den Rücken und ging geradewegs nach des Königs Schloß. Die Wache rief: »Halt! Wohin.« – »Zu dem König«, antwortete der Kater kurzweg. – »Bist du toll, ein Kater zum König?« – »Laß ihn nur gehen«, sagte ein anderer, »der König hat doch oft lange Weil, vielleicht macht ihm der Kater mit seinem Brummen und Spinnen Vergnügen.« Als der Kater vor den König kam, machte er eine Reverenz und sagte: »Mein Herr, der Graf«, dabei nannte er einen langen und vornehmen Namen, »läßt sich dem Herrn König empfehlen und schickt ihm hier Rebhühner, die er eben in Schlingen gefangen hat.« Der König erstaunte über die schönen fetten Rebhühner, wußte sich vor Freude nicht zu lassen, und befahl, dem Kater so viel Gold aus der Schatzkammer in den Sack zu tun, als er tragen könne: »Das bring deinem Herrn und dank ihm noch vielmal für sein Geschenk.«

Der arme Müllerssohn aber saß zu Haus am Fenster, stützte den Kopf auf die Hand und dachte, daß er nun sein letztes für die Stiefeln des Katers weggegeben, und was werde ihm der großes dafür bringen können. Da trat der Kater herein, warf den Sack vom Rücken, schnürte ihn auf und schüttete das Gold vor den Müller hin: »Da hast du etwas für die Stiefel, der König läßt dich auch grüßen und dir viel Dank sagen.« Der Müller war froh über den Reichtum, ohne daß er noch recht begreifen konnte, wie es zugegangen war. Der Kater aber, während er seine Stiefel auszog, erzählte ihm alles, dann sagte er: »Du hast zwar jetzt Geld genug, aber dabei soll es nicht bleiben, morgen zieh ich meine Stiefel wieder an, du sollst noch reicher werden, dem König hab ich auch gesagt, daß du ein Graf bist.« Am andern Tag ging der Kater, wie er gesagt hatte, wohl gestiefelt, wieder auf die Jagd, und brachte dem König einen reichen Fang. So ging es alle Tage, und der Kater brachte alle Tage Gold heim, und ward so beliebt wie einer bei dem König, daß er aus- und eingehen durfte und im Schloß herumstreichen, wo er wollte. Einmal stand der Kater in der Küche des Königs beim Herd und wärmte sich, da kam der Kutscher und fluchte: »Ich wünsche der König mit der Prinzessin wär beim Henker! Ich wollt ins Wirtshaus gehen und einmal trinken und Karten spielen, da soll ich sie spazieren fahren an den See.« Wie der Kater das hörte, schlich er nach Haus und sagte zu seinem Herrn: »Wenn du willst ein Graf und reich werden, so komm mit mir hinaus an den See und bad dich darin.« Der Müller wußte nicht, was er dazu sagen sollte, doch folgte er dem

Kater, ging mit ihm, zog sich splitternackt aus und sprang ins Wasser. Der Kater aber nahm seine Kleider, trug sie fort und versteckte sie. Kaum war er damit fertig, da kam der König dahergefahren; der Kater fing sogleich an, erbärmlich zu lamentieren: »Ach! allergnädigster König! Mein Herr, der hat sich hier im See gebadet, da ist ein Dieb gekommen und hat ihm die Kleider gestohlen, die am Ufer lagen, nun ist der Herr Graf im Wasser und kann nicht heraus, und wenn er länger darin bleibt, wird er sich erkälten und sterben.« Wie der König das hörte, ließ er Halt machen und einer von seinen Leuten mußte zurückjagen und von des Königs Kleidern holen. Der Herr Graf zog die prächtigsten Kleider an, und weil ihm ohnehin der König wegen der Rebhühner, die er meinte von ihm empfangen zu haben, gewogen war, so mußte er sich zu ihm in die Kutsche setzen. Die Prinzessin war auch nicht bös darüber, denn der Graf war jung und schön, und er gefiel ihr recht gut.

Der Kater aber war vorausgegangen und zu einer großen Wiese gekommen, wo über hundert Leute waren und Heu machten. »Wem ist die Wiese, ihr Leute?« fragte der Kater. – »Dem großen Zauberer.« – »Hört, jetzt wird der König bald vorbeifahren, wenn der fragt, wem die Wiese gehört, so antwortet: dem Grafen; und wenn ihr das nicht tut, so werdet ihr alle totgeschlagen.« – Darauf ging der Kater weiter und kam an ein Kornfeld, so groß, daß es niemand übersehen konnte, da standen mehr als zweihundert Leute und schnitten das Korn. »Wem ist das Feld, ihr Leute? – »Dem Zauberer.« – »Hört, jetzt wird der König vorbeifahren, wenn er fragt, wem das Korn gehört, so antwortet: dem Grafen; und wenn ihr das nicht tut, so werdet ihr alle totgeschlagen.« – Endlich kam der Kater an einen prächtigen Wald, da standen mehr als dreihundert Leute, fällten die großen Eichen und machten Holz. – »Wem ist der Wald, ihr Leute?« – »Dem Zauberer.« – »Hört, jetzt wird der König vorbeifahren, wenn er fragt, wem der Wald gehört, so antwortet: dem Grafen; und wenn ihr das nicht tut, so werdet ihr alle umgebracht.« Der Kater ging noch weiter, die Leute sahen ihm alle nach und weil er so wunderlich aussah und wie ein Mensch in Stiefeln daherging, fürchteten sie sich vor ihm. Er kam bald an des Zauberers Schloß, trat kecklich hinein und vor ihn hin. Der Zauberer sah ihn verächtlich an und fragte ihn, was er wolle. Der Kater machte eine Reverenz und sagte: »Ich habe gehört, daß du in jedes Tier nach deinem Gefallen dich verwandeln könntest; was einen Hund, Fuchs oder auch Wolf betrifft, da will ich es wohl glauben, aber von einem Elefant, das scheint mir ganz unmöglich, und deshalb bin ich gekommen, um mich selbst zu überzeugen.« Der Zauberer sagte stolz: »Das ist mir eine Kleinigkeit«, und war in dem Augenblick in einen Elefant verwandelt; »das ist viel, aber auch in einen Löwen?« – »Das ist auch nichts«, sagte der Zauberer und stand als ein Löwe vor dem Kater. Der Kater stellte sich erschrocken und rief: »Das ist unglaublich und unerhört, dergleichen hätt' ich mir nicht im Traume in die Gedanken kommen lassen; aber noch mehr, als alles andere, wäre es, wenn du dich auch in ein so kleines Tier, wie eine Maus ist, verwandeln könntest, du kannst gewiß mehr, als irgend ein Zauberer auf der Welt, aber das wird dir doch zu hoch sein.« Der Zauberer ward ganz freundlich von den süßen Worten und sagte: »O ja, liebes Kätzchen, das kann ich auch« und sprang als eine Maus im Zimmer herum. Der Kater war hinter ihm her, fing die Maus mit einem Sprung und fraß sie auf.

Der König aber war mit dem Grafen und der Prinzessin weiter spazieren gefahren und kam zu der großen Wiese. »Wem gehört das Heu?« fragte der König. »Dem Herrn Grafen« – riefen alle, wie der Kater ihnen befohlen hatte. – »Ihr habt da ein schön Stück Land, Herr Graf«, sagte er. Danach kamen sie an das große Kornfeld. »Wem gehört das Korn, ihr Leute?« – »Dem Herrn Grafen.« – »Ei! Herr Graf! Große, schöne Ländereien!« – Darauf zu dem Wald: »Wem gehört das Holz, ihr Leute?« – »Dem Herrn Grafen.« – Der König verwunderte sich noch mehr und sagte: »Ihr müßt ein reicher Mann sein, Herr Graf, ich glaube nicht, daß ich einen so prächtigen Wald habe.« Endlich kamen sie an das Schloß, der Kater stand oben an der Treppe, und als der Wagen unten hielt, sprang er herab, machte die Türe auf und sagte: »Herr König, Ihr gelangt hier in das Schloß meines Herrn, des Herrn Grafen, den diese Ehre für sein Lebtag glücklich machen wird.« Der König stieg aus und verwunderte sich über das prächtige Gebäude, das fast größer und schöner war, als sein Schloß; der Graf aber führte die Prinzessin die Treppe hinauf in den Saal, der ganz von Gold und Edelsteinen flimmerte. Da ward die Prinzessin mit dem Grafen versprochen, und als der König starb, ward er König, der gestiefelte Kater aber erster Minister.

Von der Serviette, dem Tornister, dem Kanonenhütlein und dem Horn

Es waren drei Brüder aus dem Schwarzenfelsischen, von Haus sehr arm, die reisten nach Spanien, da kamen sie an einen Berg, der ganz von Silber umgeben war. Der älteste Bruder machte sich bezahlt, nahm so viel er nur tragen konnte, und ging mit seiner Beute nach Haus. Die andern zwei reisten weiter fort und kamen zu einem Berg, wo nichts als Gold zu sehen war. Nun sprach der eine zu dem andern: »Wie sollen wir es machen?« und der zweite nahm sich auch soviel Gold als er nur tragen konnte und ging nach Haus; der dritte aber wollte sein Glück noch besser versuchen und ging weiter fort. Nach drei Tagen kam er in einen ungeheuren Wald, da hatte er sich müd gegangen, Hunger und Durst plagten ihn, und er konnte nicht aus dem Wald heraus. Da stieg er auf einen hohen Baum und wollte sehen, ob er Waldes Ende finden möge, er sah aber nichts als Baumspitzen; da wünschte er nur noch einmal seinen Leib zu sättigen und begab sich, von dem Baum herunter zu steigen. Als er herunter kam, erblickte er unter dem Baum einen Tisch mit vielerlei Speise besetzt, da ward er vergnügt, nahte sich dem Tisch und aß sich satt. Und als er fertig gegessen hatte, nahm er die Serviette mit sich und ging weiter, und wenn ihn wieder Hunger und Durst ankam, so deckte er die Serviette auf und was er wünschte, das stand darauf. Nach einer Tagreise kam er zu einem Köhler, der brannte Kohlen und kochte Kartoffeln. Der Köhler bat ihn zu Gast, er sagte aber: »Ich will nicht bei dir essen, aber ich will dich zu Gast bitten«, der Köhler fragte: »Wie ist das möglich, ich sehe ja nicht, daß du etwas bei dir hast.« – »Das tut nichts, setz' dich nur her« damit deckte er seine Serviette auf, da stand alles, was zu wünschen war. Der Köhler ließ sichs gut schmecken und hatte großen Gefallen an der Serviette und als sie abgegessen hatten, sagte er: »Tausch mit mir, ich geb dir für die Serviette einen alten Soldatentornister, wenn du mit der Hand darauf klopfst, kommt jedesmal ein Gefreiter und sechs Mann Soldaten mit Ober- und Untergewehr heraus, die können mir im Wald nichts helfen, aber die Serviette wär mir lieb.« Der Tausch ging vor sich, der Köhler behielt die Serviette, der Schwarzenfelser nahm den Tornister mit. Kaum war er aber ein Stück Wegs gegangen, so schlug er darauf, da kamen die Kriegshelden heraus: »Was verlangt mein Herr?« – »Ihr marschiert hin und holt bei dem Köhler meine Serviette, die ich dort gelassen.« Also gingen sie zurück und brachten ihm die Serviette wieder. Abends kam er zu einem andern Kohlenbrenner, der lud ihn wiederum zum Abendessen ein und hatte desgleichen Kartoffeln ohne Fett. Der Schwarzenfelser aber deckte seine Serviette auf und bat ihn zu Gast, da war alles nach Wunsch. Als die Mahlzeit vorbei war, hielt auch dieser Köhler um den Tausch an, er gab für die Serviette einen Hut, drehte man den auf dem Kopf herum, so gingen die Kanonen, als stünd eine Batterie auf dem Flecken. Als der Schwarzenfelser ein Stück Wegs fort war, klopfte er wieder auf seinen alten Ranzen, und der Gefreite mit sechs Mann mußte ihm die Serviette holen. Nun ging es weiter fort in dem nämlichen Wald und er kam abends zu dem dritten Köhler, der lud ihn, wie die andern, auf ungeschmälzte Kartoffeln, erhielt aber von ihm ein Traktament und vertauschte ihm die Serviette für ein Hörnchen, wenn man darauf blies, fielen alle Städte und Dorfschaften, wie auch alle Festungswerke übern Haufen. Der Köhler behielt aber die Serviette nicht länger als die andern, denn der

Gefreite mit sechs Mann kam bald und holte sie ab. Wie nun der Schwarzenfelser alles beisammen hatte, kehrte er um nach Haus, und wollt seine beiden Brüder besuchen. Diese waren reich von ihrem vielen Gold und Silber, und wie er nun kam, einen alten zerrissenen Rock anhabend, da wollten sie ihn nicht für ihren Bruder erkennen. Alsbald schlug er auf seinen Tornister und ließ 150 Mann aufmarschieren, die mußten seinen Brüdern die Hucke recht vollschlagen. Das ganze Dorf kam zu Hilfe, aber sie richteten wenig aus bei der Sache; da ward es dem König gemeldet, der schickte ein militärisch Kommando ab, diese Soldaten gefangen zu nehmen; aber der Schwarzenfelser schlug in einem hin auf seinen Ranzen und ließ Infanterie und Kavallerie aufmarschieren, die schlugen das militärische Kommando wieder zurück an seinen Ort. Am andern Tag ließ der König noch viel mehr Volk ausmarschieren, um den alten Kerl in Ruh zu setzen. Der aber schlug auf seinen Ranzen so lang, bis eine ganze Armee herausgekommen, dazu drehte er seinen Hut ein paar mal, da gingen die Kanonen und der Feind ward geschlagen und in die Flucht gejagt. Da ward Friede geschlossen und er zum Vizekönig gemacht, wie auch die Prinzessin ihm zur Gemahlin gegeben.

Der Prinzessin aber lag es beständig im Sinn, daß sie so einen alten Kerl zum Gemahl nehmen müsse und wünschte nichts mehr, als daß sie ihn wieder los werden könnte. Sie forschte täglich, in welchen Vorteilen seine Macht bestehe, er war auch so treu und entdeckte ihr alles. Da schwätzte sie ihm seinen Ranzen ab und verstieß ihn, und als darauf Soldaten gegen ihn marschierten, war sein Volk verloren, aber noch hatte er sein Hütchen, da griff er daran und ließ die Kanonen gehen, so schlug er den Feind und ward wieder Friede gemacht. Danach aber ließ er sich wieder betrügen und die Prinzessin schwätzte ihm sein Hörnchen ab. Und als nun der Feind auf ihn eindrang, hatte er nichts als sein Hütchen, da blies er darauf, alsbald fielen Dörfer, Städte und alle Festungswerke übern Haufen. Da war er König allein und blies, bis er gestorben ist.

Fitchers Vogel

Es war einmal ein Hexenmeister, der war ein Dieb und ging in der Gestalt eines armen Mannes vor die Häuser und bettelte. Da kam ein Mädchen vor die Türe und brachte ihm ein Stück Brot; er rührte das Mädchen nur an, da mußte es in seine Kötze springen. Dann trug er es fort und brachte es in sein Haus, da war alles prächtig, und er gab ihm alles, was es wünschte. Danach sprach er einmal: »Ich habe auswärts zu tun, und muß notwendig verreisen, da hast du ein Ei, das heb sorgfältig auf und trag es beständig bei dir, und da hast du auch einen Schlüssel, aber geh nicht in die Stube, die er aufschließt, bei Lebensstrafe.« Wie er aber fort war, ging sie doch hin und schloß die Stube auf, und wie sie hineintrat, sah sie in der Mitte ein großes Becken stehen, darin lagen tote und zerhauene Menschen. Sie erschrak so gewaltig, daß das Ei, das sie in der Hand hielt, hineinplumpste; sie nahm es zwar geschwind wieder heraus und wischte das Blut ab, das kam aber den Augenblick wieder zum Vorschein, und sie konnte es nicht herunterkriegen, so viel sie auch wischte und schabte. Als der Mann wieder kam, verlangte er das Ei und den Schlüssel, sah beide an, und da sah er, daß sie in der Blutkammer gewesen war. »Hast du auf meine Worte nicht geachtet«, sagte er zornig, »so sollst du nun gegen deinen Willen in die Kammer kommen«; damit ergriff er sie, führte sie hin und zerhackte sie und warf sie zu den andern ins Becken. Nach einiger Zeit ging der Mann wieder betteln und fing die zweite Tochter aus dem Haus; der geschah wie der ersten, sie schloß auch die verbotene Türe auf, ließ das Ei ins Blut fallen und ward zerhackt und zu ihr in das Becken geworfen. Da wollte der Hexenmeister auch die dritte Tochter haben, fängt sie auch in seiner Kötze, trägt sie heim, und gibt ihr bei seiner Abreise das Ei und den Schlüssel. Die dritte Schwester aber war klug und listig; sie schloß das Ei erst ein und ging dann in die heimliche Kammer, und wie sie ihre Schwestern in dem Blutbecken findet, sucht sie und sucht alles zusammen und legts zurecht, Kopf, Leib, Arm und Bein; da fangen die Glieder an sich zu regen und schließen sich aneinander und die zwei werden wieder lebendig. Da führte sie beide heraus und versteckte sie, und als der Mann heim kam und das Ei ohne Blut fand, bat er sie, sie möchte seine Braut werden. Sie sagte ja, aber er müßte erst einen Korb voll Gold ihren Eltern auf dem Rücken hintragen, dieweil wollte sie die Hochzeit bestellen. Danach sagte sie zu ihren Schwestern, sie sollten ihr nur Hilfe von daheim kommen lassen, setzte sie in einen Korb und deckte ihn ganz mit Gold zu: »Den trag nun fort, aber untersteh dich nicht unterwegs zu ruhen, denn ich sehs hier durch mein Brettchen, wenn dus tust.« Er nahm den Korb auf den Rücken und ging fort, der ward ihm aber so schwer, daß er ihn fast tot drückte, da wollte er ein wenig ruhen, aber gleich rief eine im Korb: »Ich seh durch mein Brettchen, daß du ruhst, willst du gleich weiter!« Da meinte er, seine Braut rief, machte sich wieder auf, und so oft er ruhen wollte, rief es wieder, und da mußte er weiter. Die Braut aber daheim nahm einen Totenkopf, tat ihm einen Schmuck auf, und setzte ihn oben vors Bodenloch; dann lud sie die Freunde des Hexenmeisters zu der Hochzeit ein, und wie das geschehen war, steckte sie sich in ein Faß mit Honig, schnitt das Bett auf und wälzte sich in den Federn, daß sie niemand erkennen konnte, so wunderlich sah sie aus und damit ging sie hinaus auf den Weg. Bald begegnete ihr ein Teil der Gäste, die fragten sie:

»Du Fitchers Vogel! Wo kommst du her?« –
»Ich kommt von Fitze Fitchers Hause her.« –
»Was macht denn da die junge Braut?« –
»Sie hat gekehrt von unten bis oben das Haus
und guckt zum Bodenloch heraus.«

Darauf begegnete ihr auch der Bräutigam, der zurückkam:

»Du Fitchers Vogel! Wo kommst du her?« –
»Ich komme von Fitze Fitchers Hause her.« –
»Was macht denn da meine junge Braut?« –
»Sie hat gekehrt von unten bis oben das Haus
und guckt zum Bodenloch heraus.«

Der Bräutigam sah hinauf, und als er den geputzten Totenkopf oben sitzen sah, meinte er, es wäre seine Braut und grüßte sie. Wie er aber im Haus war, und alle seine Freunde auch, da kam die Hilfe, die die Schwestern geschickt hatten; und sie schlossen das Haus zu und steckten es an, und da keiner heraus konnte, mußten sie alle verbrennen.

König Drosselbart

Ein König hatte eine Tochter, die war wunderschön, aber so stolz und übermütig, daß sie aus Eigensinn einen Freier nach dem andern abwies und Spott mit ihnen trieb. Der König ließ einmal ein großes Fest anstellen und lud dazu alle heiratslustigen Männer ein, die wurden in eine Reihe, nach ihrem Rang und Stand geordnet, erst kamen die Könige, dann die Herzöge, Fürsten, Grafen und Barone, zuletzt die Edelleute, da wurde die Königstochter durch die Reihen geführt, aber an jedem hatte sie immer etwas auszusetzen. Besonders machte sie sich über einen guten König lustig, der ganz oben stand und dem das Kinn krumm gewachsen war, da sagte sie: »Ei, der hat ein Kinn, wie die Drossel einen Schnabel«, und seit der Zeit bekam er den Namen *Drosselbart*. Als nun der alte König sah, daß seine Tochter nichts tat, als über die Leute spotten, erzürnte er so, daß er schwur, sie sollte den ersten besten Bettler nehmen, der vor die Tür käme.

Eines Tages fing ein Spielmann an zu singen unter ihrem Fenster, den hieß der König gleich hereinkommen, und so schmutzig er war, mußte sie ihn für ihren Bräutigam anerkennen, ein Pfarrer wurde alsbald gerufen und die Trauung ging vor sich. Wie die Trauung vollzogen war, sprach der König zu seiner Tochter: »Es schickt sich nun nicht weiter, daß du hier im Schloß bleibst, du kannst nur mit deinem Mann fortziehen.«

Da zog der Bettelmann mit der Königstochter fort, unterwegs kamen sie durch einen großen Wald, und sie fragte den Bettelmann:

»Ach, wem gehört der schöne Wald?« –
»Der gehört dem König Drosselbart,
hättst du'n genommen, so wär er dein!« –
»Ich arme Jungfer zart,
ach hätt' ich doch genommen den König Drosselbart!«

Darauf kamen sie durch eine Wiese:

»Wem gehört wohl die schöne grüne Wiese?« –
»Sie gehört dem König Drosselbart,
hättst du'n genommen, so wär sie dein!« –
»Ich arme Jungfer zart,
ach hätt' ich doch genommen den König Drosselbart!«

Endlich kamen sie durch eine Stadt:

»Wem gehört wohl die schöne große Stadt?«
»Sie gehört dem König Drosselbart,
hättst du'n genommen, so wär sie dein!« –
»Ich arme Jungfer zart,
ach hätt' ich doch genommen den König Drosselbart!«

Der Spielmann wurde ganz mürrisch, daß sie sich immer einen andern Mann wünschte und sich gar nichts aus ihm machte; endlich so kamen sie an ein kleines Häuschen:

»Ach Gott, was für ein Häuselein,
Wem mag das elende, winzige Häuschen sein?«

Der Bettelmann sagte: »Das Haus ist unser Haus, wo wir wohnen, mach nur gleich Feuer an und stell Wasser auf, daß du mir mein Essen kochst, ich bin ganz müd.« Die Königstochter aber verstand nichts vom Kochen, und der Mann mußte ihr nur mit helfen, so ging es noch so leidlich, und wie sie gegessen hatten, legten sie sich ins Bett schlafen. Des Morgens aber mußte sie ganz früh aufstehen und arbeiten, und so wars ein paar Tage schlecht genug, bis der Mann endlich sagte: »Frau, so gehts nicht länger, daß wir hier zehren und nichts verdienen, du sollst Körbe flechten.« Da ging er aus und schnitt

Weiden, sie aber mußte anfangen Körbe zu flechten, die harten Weiden stachen ihr aber die Hände wund. »Ich sehe, du kannst das nicht«, sagte der Mann, »so spinn lieber, das wird wohl besser gehen.« Da saß sie und spann, aber ihre Finger waren so zart, daß der harte Faden ihr bald tief hineinschnitt und das Blut daran herunterlief. »Du taugst zu keiner Arbeit recht«, sagte der Mann verdrießlich, »ich will einen Topfhandel anfangen, und du sollst auf dem Markte die Ware feilhalten und verkaufen.« Das erstemal gings gut, die Leute kauften der schönen Frau gern Töpfe ab und bezahlten, was sie forderte, ja viele bezahlten und ließen ihr die Töpfe noch dazu. Wie nun alles verkauft war, handelte der Mann eine Menge neu Geschirr ein, und sie saß wieder damit auf dem Markt, und hoffte guten Gewinn, da kam ein betrunkener Husar daher geritten, mitten in die Töpfe hinein, so daß sie in tausend Scherben sprangen. Da fürchtete sich die Frau, und getraute sich den ganzen Tag nicht heimzugehen, und als sie nun endlich nach Haus ging, war der Bettelmann auf und davon.

So lebte sie einige Zeit ganz armselig und in großer Dürftigkeit, da kam ein Mann und lud sie zu einer Hochzeit. Sie wollte sich allerlei von dem Überfluß mitbringen und eine Zeitlang davon leben, sie tat also ihr Mäntelchen um und nahm einen Topf darunter und steckte eine große lederne Tasche an. Auf der Hochzeit aber war alles prächtig und vollauf, ihren Topf füllte sie mit Suppe und ihre Tasche mit Brocken. Sie wollte nun damit fortgehen, aber einer von den Gästen verlangte, sie solle mit ihm tanzen, sie sträubte sich aus allen Kräften, das half aber nichts, er faßte sie an und sie mußte mit fort. Da fiel nun gleich der Topf, daß die Suppe auf die Erde floß, und die vielen Brocken sprangen aus der Tasche. Als das die Gäste sahen, entstand ein allgemeines Gelächter und Spotten; sie war so beschämt, daß sie sich lieber tausend Klafter unter die Erde gewünscht hätte, und sprang zur Türe und wollte entfliehen. Auf der Treppe aber holte sie ein Mann ein und führte sie zurück, und wie sie ihn ansah, da war das der König Drosselbart, der sprach: »Ich und der Bettelmann sind eins, und ich bin auch der Husar gewesen, der dir die Töpfe entzwei geritten hat; und das alles ist nur dir zur Besserung und zur Strafe geschehen, weil du mich ehedem verspottet hast, jetzt aber soll unsere Hochzeit gefeiert werden.« Da kam auch ihr Vater und der ganze Hof, und sie ward prächtig geputzt nach ihrem Stand, und das Fest war ihre Vermählung mit dem König Drosselbart.

Blaubart

In einem Walde lebte ein Mann, der hatte drei Söhne und eine schöne Tochter. Einmal kam ein goldener Wagen mit sechs Pferden und einer Menge Bedienten angefahren, hielt vor dem Haus still, und ein König stieg aus und bat den Mann, er möchte ihm seine Tochter zur Gemahlin geben. Der Mann war froh, daß seiner Tochter ein solches Glück widerfuhr, und sagte gleich ja; es war auch an dem Freier gar nichts auszusetzen, als daß er einen ganz blauen Bart hatte, so daß man einen kleinen Schrecken kriegte, so oft man ihn ansah. Das Mädchen erschrak auch anfangs davor und scheute sich, ihn zu heiraten, aber auf Zureden ihres Vaters willigte es endlich ein. Doch weil es so eine Angst fühlte, ging es erst zu seinen drei Brüdern, nahm sie allein und sagte: »Liebe Brüder, wenn Ihr mich schreien hört, wo ihr auch seid, so laßt alles stehen und liegen und kommt mir zu Hilfe.« Das versprachen ihm die Brüder und küßten es: »Leb wohl, liebe Schwester, wenn wir deine Stimme hören, springen wir auf unsere Pferde und sind bald bei dir.« Darauf setzte es sich in den Wagen zu dem Blaubart und fuhr mit ihm fort. Wie es in sein Schloß kam, war alles prächtig, und was die Königin nur wünschte, das geschah, und sie wären recht glücklich gewesen, wenn sie sich nur an den blauen Bart des Königs hätte gewöhnen können, aber immer, wenn sie den sah, erschrak sie innerlich davor. Nachdem das einige Zeit gewährt, sprach er: »Ich muß eine große Reise machen, da hast du die Schlüssel zu dem ganzen Schloß, du kannst überall aufschließen und alles besehen, nur die Kammer, wozu dieser kleine goldene Schlüssel gehört, verbiet' ich dir; schließt du die auf, so ist dein Leben verfallen.« Sie nahm die Schlüssel, versprach ihm zu gehorchen, und als er fort war, schloß sie nach einander die Türen auf und sah so viel Reichtümer und Herrlichkeiten, daß sie meinte, aus der ganzen Welt wären sie hier zusammen gebracht. Es war nun nichts mehr übrig als die verbotene Kammer, der Schlüssel war von Gold, da gedachte sie, in dieser ist vielleicht das allerkostbarste verschlossen; die Neugierde fing an sie zu plagen, und sie hätte lieber all das andere nicht gesehen, wenn sie nur gewußt, was in dieser wäre. Eine Zeitlang widerstand sie der Begierde, zuletzt aber ward diese so mächtig, daß sie den Schlüssel nahm und zu der Kammer hinging: »Wer wird es sehen, daß ich sie öffne«, sagte sie zu sich selbst, »ich will auch nur einen Blick hineintun.« Da schloß sie auf, und wie die Türe aufging, schwamm ihr ein Strom Blut entgegen, und an den Wänden herum sah sie tote Weiber hängen, und von einigen waren nur die Gerippe noch übrig. Sie erschrak so heftig, daß sie die Türe gleich wieder zuschlug, aber der Schlüssel sprang dabei heraus und fiel in das Blut.

Geschwind hob sie ihn auf und wollte das Blut abwischen, aber es war umsonst, wenn sie es auf der einen Seite abgewischt, kam es auf der andern wieder zum Vorschein; sie setzte sich den ganzen Tag hin und rieb daran und versuchte alles Mögliche, aber es half nichts, die Blutflecken waren nicht herabzubringen; endlich am Abend legte sie ihn ins Heu, das sollte in der Nacht das Blut ausziehen. Am andern Tag kam der Blaubart zurück, und das erste war, daß er die Schlüssel von ihr forderte; ihr Herz schlug, sie brachte die andern und hoffte, er werde es nicht bemerken, daß der goldene fehlte. Er aber zählte sie alle, und wie er fertig war, sagte er: »Wo ist der zu der heimlichen Kammer?« Dabei sah er ihr in das Gesicht. Sie ward blutrot und antwortete: »Er liegt oben, ich habe ihn verlegt, morgen will ich ihn suchen.« – »Geh lieber gleich, liebe Frau, ich werde ihn noch heute brauchen.« – »Ach, ich will dirs nur sagen, ich habe ihn im Heu verloren, da muß ich erst suchen.« – »Du hast ihn nicht verloren«, sagte der Blaubart zornig, »du hast ihn dahin gesteckt, damit die Blutflecken herausziehen sollen, denn du hast mein Gebot übertreten, und bist in der Kammer gewesen, aber jetzt sollst du hinein, wenn du auch nicht willst.« Da mußte sie den Schlüssel holen, der war noch voller Blutflecken: »Nun bereite dich zum Tode, du sollst noch heute sterben«, sagte der Blaubart, holte sein großes Messer und führte sie auf den Hausehrn. »Laß mich nur noch vor meinem Tod mein Gebet tun«, sagte sie; – »So geh, aber eil dich, denn ich habe keine Zeit, lang zu warten.« Da lief sie die Treppe hinauf, und rief so laut sie konnte zum Fenster hinaus: »Brüder, meine lieben Brüder, kommt, helft mir!« Die Brüder saßen im Wald beim kühlen Wein, da sprach der jüngste: »Mir ist als hätt' ich unserer Schwester Stimme gehört; auf! Wir müssen ihr zu Hilfe eilen!« Da sprangen sie auf ihre Pferde und ritten, als wären sie der Sturmwind. Ihre Schwester aber lag in Angst auf den Knieen; da rief der Blaubart unten: »Nun, bist du bald fertig?« Dabei hörte sie, wie er auf der untersten Stufe sein Messer wetzte; sie sah hinaus, aber sie sah nichts, als von Ferne einen Staub, als käme eine Herde gezogen. Da schrie sie noch einmal: »Brüder, meine lieben Brüder! Kommt, helft mir!« Und ihre Angst ward immer größer. Der Blaubart aber rief: »Wenn du nicht bald kommst, so hol ich dich, mein Messer ist gewetzt!« Da sah sie wieder hinaus, und sah ihre drei Brüder durch das Feld reiten, als flögen sie wie Vögel in der Luft, da schrie sie zum drittenmal in der höchsten Not und aus allen Kräften: »Brüder, meine lieben Brüder! Kommt, helft mir!« Und der jüngste war schon so nah, daß sie seine Stimme hörte: »Tröste dich, liebe Schwester, noch einen Augenblick, so sind wir bei dir!« Der Blaubart aber rief: »Nun ists genug gebetet, ich will nicht länger warten, kommst du nicht, so hol ich dich!« »Ach! Nur noch für meine drei lieben Brüder laß mich beten.« – Er hörte aber nicht, kam die Treppe heraufgegangen und zog sie hinunter, und eben hatte er sie an den Haaren gefaßt und wollte ihr das Messer in das Herz stoßen, da schlugen die drei Brüder an die Haustüre, drangen herein und rissen sie ihm aus der Hand, dann zogen sie ihre Säbel und hieben ihn nieder. Da ward er in die Blutkammer aufgehängt zu den andern Weibern, die er getötet, die Brüder aber nahmen ihre liebste Schwester mit nach Haus, und alle Reichtümer des Blaubarts gehörten ihr.

Allerlei-Rauh

Es war einmal ein König, der hatte eine Frau, die war die schönste auf der Welt, und hatte Haare von purem Gold; sie hatten auch eine Tochter mit einander, die war so schön wie ihre Mutter, und ihre Haare waren eben so golden. Einmal ward die Königin krank, und als sie fühlte, daß sie sterben müsse, rief sie den König und bat ihn, er möge nach ihrem Tod doch niemand heiraten, der nicht eben so schön wäre wie sie, und eben so goldne Haare hätte; und nachdem ihr der König das versprochen hatte, starb sie. Der König war lange Zeit so betrübt, daß er gar an keine zweite Frau dachte, endlich aber ermahnten ihn seine Räte, sich wieder zu vermählen: Da wurden Botschafter abgeschickt an alle Prinzessinnen, aber keine war so schön wie die verstorbene Königin, so goldenes Haar war auch gar nicht mehr zu finden auf der Welt. Da warf der König einmal die Augen auf seine Tochter, und wie er so sah, daß sie ganz ihrer Mutter glich und auch so goldenes Haar hatte, so dachte er, du kannst doch auf der Welt niemand so schön finden, du mußt deine Tochter heiraten, und fühlte in dem Augenblick eine so große Liebe zu ihr, daß er gleich den Räten und der Prinzessin seinen Willen kund tat. Die Räte wollten es ihm ausreden, aber das war umsonst. Die Prinzessin erschrak von Herzen über dies gottlose Vorhaben, weil sie aber klug war, sagte sie dem König, er solle ihr erst drei Kleider schaffen, eins so golden wie die Sonne, eins so weiß wie der Mond, und eins so glänzend wie die Sterne, dann aber einen Mantel von tausenderlei Pelz zusammengesetzt, und alle Tiere im Reich müßten ein Stück von ihrer Haut dazu geben. Der König war so heftig in seiner Begierde, daß er im ganzen Reich daran arbeiten ließ, seine Jäger alle Tiere auffangen und ihnen die Haut abziehen mußten, daraus ward der Mantel gemacht, und es dauerte nicht lang, so brachte er der Prinzessin, was sie verlangt hatte. Die Prinzessin sagte nun, sie wolle sich morgen mit ihm trauen lassen, in der Nacht aber suchte sie die Geschenke, die sie von ihrem Bräutigam hatte, zusammen, das war ein goldener Ring, ein golden Spinnrädchen und ein goldenes Häspelchen, die drei Kleider aber tat sie in eine Nuß, dann machte sie sich Gesicht und Hände mit Ruß schwarz, zog den Mantel von allerlei Pelz an und ging fort. Sie ging die ganze Nacht, bis sie in einen großen Wald kam, da war sie sicher, und weil sie so müd war, setzte sie sich in einen hohlen Baum und schlief ein.

Sie schlief noch am hohen Tag, da jagte gerade der König, ihr Bräutigam, in dem Wald, seine Hunde aber liefen um den Baum und schnupperten daran. Der König schickte seine Jäger hin, die sollten sehen, was für ein Tier in dem Baum steckte, die kamen wieder und sagten, es liege ein so wunderliches Tier darin, wie sie ihr Lebtag noch keins gesehen, Rauhwerk allerlei Art sei an seiner Haut, es liege aber und schlafe. Da befahl der König, sie sollten es fangen und hinten auf den Wagen binden. Das taten die Jäger, und wie sie es hervorzogen, sahen sie, daß es ein Mädchen war, da banden sie es hinten auf und fuhren mit ihm heim. »*Allerlei-Rauh*«, sagten sie, »du bist gut für die Küche, du kannst Holz und Wasser tragen und die Asche zusammenkehren«, dann gaben sie ihm ein kleines Ställchen unter der Treppe, wohin kein Tageslicht kam: »Da kannst du wohnen und schlafen.« Nun mußte es in die Küche, da half es dem Koch, rupfte die Hühner, schürte das Feuer, belas das Gemüse und tat alle schlechte Arbeit. Weil es alles so ordentlich machte, war ihm der Koch gut und rief manchmal Allerlei-Rauh abends und gab ihm etwas von den Überbleibseln zu essen. Ehe der König aber zu Bett ging, mußte es hinauf und ihm die Stiefel ausziehen, und wenn es einen ausgezogen hatte, warf er ihn allemal ihm an den Kopf.

So lebte Allerlei-Rauh lange Zeit recht armselig: Ach, du schöne Jungfrau, wie solls mit dir noch werden? Da war ein Ball in dem Schloß, Allerlei-Rauh dachte, nun könnt' ich einmal wieder meinen lieben Bräutigam recht sehen, ging zum Koch und bat ihn, er möge ihr doch erlauben, nur ein wenig hinaufzugehen, um vor der Türe die Pracht mit anzusehen. »Geh hin«, sagte der Koch, »aber länger als eine halbe Stunde darfst du nicht ausbleiben, du mußt noch die Asche heut abend zusammenkehren.« Da nahm Allerlei-Rauh sein Öllämpchen und ging in sein Ställchen und wusch sich den Ruß ab, da kam seine Schönheit hervor, recht wie die Blumen im Frühjahr; dann tat es den Pelzmantel ab, machte die Nuß auf und holte das Kleid heraus, das wie die Sonne glänzte. Und wie es damit geputzt war, ging es hinauf, und jedermann machte ihm Platz und meinte nicht anders, als eine vornehme Prinzessin käme in den Saal gegangen. Der König reichte ihr gleich seine Hand zum Tanz, und wie er mit ihr tanzte, dachte er, wie gleicht diese unbekannte schöne Prinzessin meiner lieben Braut, und je länger er sie ansah, desto mehr glich sie ihr, daß er es fast gewiß glaubte, und wenn der Tanz zu Ende wär, wollte er sie fragen. Wie sie aber ausgetanzt hatte, verneigte sie sich und war verschwunden, ehe sich der König besinnen konnte. Da ließ er die Wächter fragen, aber keiner hatte die Prinzessin aus dem Hause gehen sehen. Sie war geschwind in ihr Ställchen gelaufen, hatte ihr Kleid ausgezogen, Gesicht und Hände schwarz gemacht, und wieder den Pelzmantel umgetan. Dann ging sie in die Küche und wollte die Asche zusammenkehren, der Koch aber sagte: »Laß das sein bis morgen, ich will auch ein wenig hinaufgehen und den Tanz mit ansehen, koch derweil dem König seine Suppe, aber laß keine Haare hineinfallen, sonst kriegst du nichts mehr zu essen.« Allerlei-Rauh kochte dem König da eine Brotsuppe, und zuletzt legte sie den goldenen Ring hinein, den der König ihr geschenkt hatte. Wie nun der Ball zu Ende war, ließ sich der König seine Brotsuppe bringen, die schmeckte ihm so gut, daß er meinte, er hätte noch nie eine so gute gegessen, wie er aber fertig war, fand er den Ring auf dem Grund liegen, und wie er ihn genau ansah, da war es sein Treuring. Da verwunderte er sich, konnte nicht begreifen, wie der Ring dahin kam, und ließ den Koch rufen; der Koch ward bös über Allerlei-Rauh: »Du hast gewiß ein Haar hineinfallen lassen, wenn das wahr ist, so kriegst du Schläge.« Wie aber der Koch hinauf kam, fragte der König, wer die Suppe gekocht habe, die wär besser als sonst gewesen, da mußte er gestehen, daß es Allerlei-Rauh getan, und da hieß ihn der König Allerlei-Rauh heraufschicken. Wie es kam, sagte der König: »Wer bist du und was machst du in meinem Schloß, woher hast du den Ring, der in der Suppe lag?« Es antwortete aber: »Ich bin nichts als ein armes Kind, dem Vater und Mutter gestorben sind, habe nichts und bin zu gar nichts gut, als daß die Stiefel mir um den Kopf geworfen werden, und von dem Ring weiß ich auch nichts«, damit lief es fort.

Danach war wieder ein Ball; da bat Allerlei-Rauh den Koch wieder, er solle es hinaufgehen lassen. Der Koch erlaubte es auch nur auf eine halbe Stunde, dann solle es da sei und dem König die Brotsuppe kochen. Allerlei-Rauh ging in sein Ställchen, wusch sich rein und nahm das Mondkleid heraus, noch reiner und glänzender als der gefallene Schnee, und wie es hinauf kam, ging eben der Tanz an, da reichte ihm der König die Hand und tanzte mit ihm, und zweifelte nicht mehr, daß das seine Braut sei, denn niemand auf der Welt hatte außer ihr noch so goldene Haare; wie aber der Tanz zu Ende war, war auch die Prinzessin schon wieder draußen, und alle Mühe umsonst, der König konnte sie nicht finden, und hatte auch kein einzig Wort mit ihr sprechen können. Sie war aber wieder Allerlei-Rauh, schwarz im Gesicht und an den Händen, stand in der Küche und kochte dem König die Brotsuppe, und der Koch war hinaufgegangen und guckte zu. Und als die Suppe fertig war, tat sie das goldne Spinnrad hinein. Der König aß die Suppe, und sie deuchte ihm noch besser, und als er zuletzt das goldene Spinnrad fand, erstaunte er noch mehr, denn das hatte er einmal seinerzeit seiner Braut geschenkt. Der Koch ward gerufen, und dann Allerlei-Rauh, aber die gab wieder zur Antwort, sie wisse nichts davon, und sei nur dazu da, daß ihr die Stiefel um den Kopf geworfen würden.

Der König stellte zum drittenmal einen Ball an, und hoffte seine Braut sollte wieder kommen, und da wollte er sie gewiß festhalten. Allerlei-Rauh bat auch wieder den Koch, ob sie nicht dürfe hinaufgehen, der schalt aber und sagte: »Du bist eine Hexe, du tust immer etwas in die Suppe, und kannst sie besser kochen als ich«; doch weil es so bat und versprach, ordentlich zu sein, so ließ er es wieder auf eine halbe Stunde hineingehen. Da zog es sein Sternenkleid an, das funkelte wie die Sterne in der Nacht, ging hinauf und tanzte mit dem König; der meinte, so schön hätte er es noch niemals gesehen. Bei dem Tanz aber steckte er ihm einen Ring an den Finger, und hatte befohlen, daß der Tanz recht lang währen sollte. Doch aber konnte er es nicht festhalten, auch kein Wort mit ihm sprechen, denn als der Tanz aus war, sprang es so geschwind unter die Leute, daß es verschwunden war, ehe er sich umdrehte. Es lief in sein Ställchen, und weils länger als eine halbe Stunde weggewesen war, zog es sich geschwind aus und machte sich in der Eile nicht ganz schwarz, sondern ein Finger blieb weiß, und wie es in die Küche kam, war der Koch schon fort, da kochte es geschwind die Brotsuppe und legte den goldenen Haspel hinein. Der König fand ihn, wie den Ring und das goldne Spinnrad, und nun wußte er gewiß, daß seine Braut in der Nähe war, denn niemand anders konnte die Geschenke sonst haben. Allerlei-Rauh ward gerufen, wollte sich wieder durchhelfen und fortspringen, aber indem es fortsprang, erblickte der König einen weißen Finger an seiner Hand, und hielt es fest daran; da fand er den Ring, den er ihm angesteckt, und riß den Rauchmantel ab, da kamen die goldenen Haare heraus geflossen, und es war seine allerliebste Braut, und der Koch ward reichlich belohnt, und dann hielt er Hochzeit, und sie lebten vergnügt bis an ihren Tod.

Der Froschkönig oder der eiserne Heinrich

In den alten Zeiten, wo das Wünschen noch geholfen hat, lebte ein König, dessen Töchter waren alle schön, aber die jüngste war so schön, daß die Sonne selber, die doch so vieles gesehen hat, sich verwunderte, sooft sie ihr ins Gesicht schien. Nahe bei dem Schlosse des Königs lag ein großer dunkler Wald, und in dem Walde unter einer alten Linde war ein Brunnen: Wenn nun der Tag sehr heiß war, so ging das Königskind hinaus in den Wald und setzte sich an den Rand des kühlen Brunnens: Und wenn sie Langeweile hatte, so nahm sie eine goldene Kugel, warf sie in die Höhe und fing sie wieder; und das war ihr liebstes Spielwerk.

Nun trug es sich einmal zu, daß die goldene Kugel der Königstochter nicht in ihr Händchen fiel, das sie in die Höhe gehalten hatte, sondern vorbei auf die Erde schlug und geradezu ins Wasser hineinrollte. Die Königstochter folgte ihr mit den Augen nach, aber die Kugel verschwand, und der Brunnen war tief, so tief, daß man keinen Grund sah. Da fing sie an zu weinen und weinte immer lauter und konnte sich gar nicht trösten. Und wie sie so klagte, rief ihr jemand zu: »Was hast du vor, Königstochter, du schreist ja, daß sich ein Stein erbarmen möchte.« Sie sah sich um, woher die Stimme käme, da erblickte sie einen Frosch, der seinen dicken häßlichen Kopf aus dem Wasser streckte. »Ach, du bists, alter Wasserpatscher«, sagte sie, »ich weine über meine goldene Kugel, die mir in den Brunnen hinabgefallen ist.« »Sei still und weine nicht«, antwortete der Frosch, »ich kann wohl Rat schaffen, aber was gibst du mir, wenn ich dein Spielwerk wieder heraufhole?« »Was du haben willst, lieber Frosch«, sagte sie, »meine Kleider, meine Perlen und Edelsteine, auch noch die goldene Krone, die ich trage.« Der Frosch antwortete: »Deine Kleider, deine Perlen und Edelsteine und deine goldene Krone, die mag ich nicht: Aber wenn du mich lieb haben willst, und ich soll dein Geselle und Spielkamerad sein, an deinem Tischlein neben dir sitzen, von deinem goldenen Tellerlein essen, aus deinem Becherlein trinken, in deinem Bettlein schlafen: Wenn du mir das versprichst, so will ich hinuntersteigen und dir die goldene Kugel wieder heraufholen.« »Ach«, sagte sie, »ich verspreche dir alles, was du willst, wenn du mir nur die Kugel wiederbringst.« Sie dachte aber: »Was der einfältige Frosch schwätzt, der sitzt im Wasser bei seinesgleichen und quakt, und kann keines Menschen Geselle sein.«

Der Frosch, als er die Zusage erhalten hatte, tauchte seinen Kopf unter, sank hinab, und über ein Weilchen kam er wieder heraufgerudert; hatte die Kugel im Maul und warf sie ins Gras. Die Königstochter war voll Freude, als sie ihr schönes Spielwerk wieder erblickte, hob es auf und sprang damit fort. »Warte, warte«, rief der Frosch, »nimm mich mit, ich kann nicht so laufen wie du.« Aber was half ihm, daß er ihr sein quak quak so laut nachschrie, als er konnte! Sie hörte nicht darauf, eilte nach Haus und hatte bald den armen Frosch vergessen, der wieder in seinen Brunnen hinabsteigen mußte.

Am andern Tage, als sie mit dem König und allen Hofleuten sich zur Tafel gesetzt hatte und von ihrem goldenen Tellerlein aß, da kam, plitsch platsch, plitsch platsch, etwas die Marmortreppe heraufgekrochen, und als es oben angelangt war, klopfte es an der Tür und rief: »Königstochter, jüngste, mach mir auf.« Sie lief und wollte sehen, wer draußen wäre, als sie aber aufmachte, so saß der Frosch davor. Da warf sie die Tür hastig zu, setzte sich wieder an den Tisch, und war ihr ganz angst. Der König sah wohl, daß ihr das Herz gewaltig klopfte, und sprach: »Mein Kind, was fürchtest du dich, steht etwa ein Riese vor der Tür und will dich holen?« »Ach nein«, antwortete sie, »es ist kein Riese, sondern ein garstiger Frosch.« »Was will der Frosch von dir?« »Ach lieber Vater, als ich gestern im Wald bei dem Brunnen saß und spielte, da fiel meine goldene Kugel ins Wasser. Und weil ich so weinte, hat sie der Frosch wieder heraufgeholt, und weil er es durchaus verlangte, so versprach ich ihm, er sollte mein Geselle werden, ich dachte aber nimmermehr, daß er aus seinem Wasser heraus könnte. Nun ist er draußen und will zu mir herein.« Indem klopfte es zum zweitenmal und rief

»Königstochter, jüngste,
mach mir auf,
weißt du nicht, was gestern
du zu mir gesagt
bei dem kühlen Brunnenwasser?
Königstochter, jüngste,
mach mir auf.«

Da sagte der König: »Was du versprochen hast, das mußt du auch halten; geh nur und mach ihm auf.« Sie ging und öffnete die Türe, da hüpfte der Frosch herein, ihr immer auf dem Fuße nach, bis zu ihrem Stuhl. Da saß er und rief: »Heb mich herauf zu dir.« Sie zauderte, bis es endlich der König befahl. Als der Frosch erst auf dem Stuhl war, wollte er auf den Tisch, und als er da saß, sprach er: »Nun schieb mir dein goldenes Tellerlein näher, damit wir zusammen essen.« Das tat sie zwar, aber man sah wohl, daß sies nicht gerne tat. Der Frosch ließ sichs gut schmecken, aber ihr blieb fast jedes Bißlein im Halse. Endlich sprach er: »Ich habe mich satt gegessen und bin müde, nun trag mich in dein Kämmerlein und mach dein seiden Bettlein zurecht, da wollen wir uns schlafen legen.« Die Königstochter fing an zu weinen und fürchtete sich vor dem kalten Frosch, den sie nicht anzurühren getraute, und der nun in ihrem schönen reinen Bettlein schlafen sollte. Der König aber ward zornig und sprach: »Wer dir geholfen hat, als du in der Not warst, den sollst du hernach nicht verachten.« Da packte sie ihn mit zwei Fingern, trug ihn hinauf und setzte ihn in eine Ecke. Als sie aber im Bette lag, kam er gekrochen und sprach: »Ich bin müde, ich will schlafen so gut wie du: Heb mich herauf, oder ich sags deinem Vater.« Da ward sie erst bitterböse, holte ihn herauf und warf ihn aus allen Kräften wider die Wand: »Nun wirst du Ruhe haben, du garstiger Frosch.«

Als er aber herabfiel, war er kein Frosch, sondern ein Königssohn mit schönen freundlichen Augen. Der war nun nach ihres Vaters Willen ihr lieber Geselle und Gemahl. Da erzählte er ihr, er wäre von einer bösen Hexe verwünscht worden, und niemand hätte ihn aus dem Brunnen erlösen können als sie allein, und morgen wollten sie zusammen in sein Reich gehen. Dann schliefen sie ein, und am andern Morgen, als die Sonne sie aufweckte, kam ein Wagen herangefahren mit acht weißen Pferden bespannt, die hatten weiße Straußfedern auf dem Kopf und gingen in goldenen Ketten, und hinten stand der Diener des jungen Königs, das war der treue Heinrich. Der treue Heinrich hatte sich so betrübt, als sein Herr war in einen Frosch verwandelt worden, daß er drei eiserne Bande hatte um sein Herz legen lassen, damit es ihm nicht vor Weh und Traurigkeit zerspränge. Der Wagen aber sollte den jungen König in sein Reich abholen; der treue Heinrich hob beide hinein, stellte sich wieder hinten auf und war voller Freude über die Erlösung. Und als sie ein Stück Wegs gefahren waren, hörte der Königssohn, daß es hinter ihm krachte, als wäre etwas zerbrochen. Da drehte er sich um und rief:

»Heinrich, der Wagen bricht.«
»Nein, Herr, der Wagen nicht,
es ist ein Band von meinem Herzen,
das da lag in großen Schmerzen,
als Ihr in dem Brunnen saßt,
als Ihr eine Fretsche wast.«

Noch einmal und noch einmal krachte es auf dem Weg, und der Königssohn meinte immer, der Wagen bräche, und es waren doch nur die Bande, die vom Herzen des treuen Heinrich absprangen, weil sein Herr erlöst und glücklich war.

Katze und Maus in Gesellschaft

Eine Katze hatte Bekanntschaft mit einer Maus gemacht und ihr so viel von der großen Liebe und Freundschaft vorgesagt, die sie zu ihr trüge, daß die Maus endlich einwilligte, mit ihr zusammen in einem Hause zu wohnen und gemeinschaftliche Wirtschaft zu führen. »Aber für den Winter müssen wir Vorsorge tragen, sonst leiden wir Hunger«, sagte die Katze, »du, Mäuschen, kannst dich nicht überall hinwagen und gerätst mir am Ende in eine Falle.« Der gute Rat ward also befolgt und ein Töpfchen mit Fett angekauft. Sie wußten gar nicht, wo sie es hinstellen sollten, endlich nach langer Überlegung sprach die Katze: »Ich weiß keinen Ort, wo es besser aufgehoben wäre, als die Kirche, da getraut sich niemand, etwas wegzunehmen: Wir stellen es unter den Altar und rühren es nicht eher an, als bis wir es nötig haben.« Das Töpfchen ward also in Sicherheit gebracht, aber es dauerte nicht lange, so trug die Katze Gelüsten danach und sprach zur Maus: »Was ich dir sagen wollte, Mäuschen, ich bin von meiner Base zu Gevatter gebeten: Sie hat ein Söhnchen zur Welt gebracht, weiß mit braunen Flecken, das soll ich über die Taufe halten. Laß mich heute ausgehen und besorge du das Haus allein. »Ja, ja«, antwortete die Maus, »geh in Gottes Namen, wenn du was Gutes issest, so denk an mich: Von dem süßen roten Kindbetterwein tränk ich auch gerne ein Tröpfchen.« Es war aber alles nicht wahr, die Katze hatte keine Base, und war nicht zu Gevatter gebeten. Sie ging geradewegs nach der Kirche, schlich zu dem Fettöpfchen, fing an zu lecken und leckte die fette Haut ab. Dann machte sie einen Spaziergang auf den Dächern der Stadt, besah sich die Gelegenheit, streckte sich hernach in der Sonne aus und wischte sich den Bart, sooft sie an das Fettnäpfchen dachte. Erst als es Abend war, kam sie wieder nach Haus. »Nun, da bist du ja wieder«, sagte die Maus, »du hast gewiß einen lustigen Tag gehabt«. »Es ging wohl an«, antwortete die Katze. »Was hat denn das Kind für einen Namen bekommen?« fragte die Maus. *»Hautab«*, sagte die Katze ganz trocken. »Hautab«, rief die Maus, »das ist ja ein wunderlicher und seltsamer Name, ist der in eurer Familie gebräuchlich!« »Was ist da weiter«, sagte die Katze, »er ist nicht schlechter als Bröseldieb, wie deine Paten heißen.«

Nicht lange danach überkam die Katze wieder ein Gelüsten. Sie sprach zur Maus: »Du mußt mir den Gefallen tun und nochmals das Hauswesen allein besorgen, ich bin zum zweitenmal zu Gevatter gebeten, und da das Kind einen weißen Ring um den Hals hat, so kann ichs nicht absagen.« Die gute Maus willigte ein, die Katze aber schlich hinter der Stadtmauer zu der Kirche und fraß den Fettopf halb aus. »Es schmeckt nichts besser«, sagte sie, »als was man selber ißt«, und war mit ihrem Tagewerk ganz zufrieden. Als sie heim kam, fragte die Maus: »Wie ist denn dieses Kind getauft worden?« *»Halbaus«*, antwortete die Katze. »Halbaus! Was du sagst! Den Namen habe ich mein Lebtag noch nicht gehört, ich wette, der steht nicht in dem Kalender.«

Der Katze wässerte das Maul bald wieder nach dem Leckerwerk. »Aller guten Dinge sind drei«, sprach sie zu der Maus, »da soll ich wieder Gevatter stehen, das Kind ist ganz schwarz und hat bloß weiße Pfoten, sonst kein weißes Haar am ganzen Leib, das trifft sich alle paar Jahr nur einmal: Du lässest mich doch ausgehen?« »Hautab! Halbaus!« antwortete die Maus, »es sind so kuriose Namen, die machen mich so nachdenksam.« »Da sitzest du daheim in deinem dunkelgrauen Flausrock und deinem langen Haarzopf«, sprach die Katze, »und fängst Grillen: Das kommt davon, wenn man bei Tage nicht ausgeht.« Die Maus räumte während der Abwesenheit der Katze auf und brachte das Haus in Ordnung, die naschhafte Katze aber fraß den Fettopf rein aus. »Wenn erst alles aufgezehrt ist, so hat man Ruhe«, sagte sie zu sich selbst und kam satt und dick erst in der Nacht nach Haus. Die Maus fragte gleich nach dem Namen, den das dritte Kind bekommen hätte. »Er wird dir wohl auch nicht gefallen«, sagte die Katze, »er heißt *Ganzaus.*« »Ganzaus!« rief die Maus, »das ist der allerbedenklichste Namen, gedruckt ist er mir noch nicht vorgekommen. Ganzaus! Was soll das bedeuten?« Sie schüttelte den Kopf, rollte sich zusammen und legte sich schlafen.

Von nun an wollte niemand mehr die Katze zu Gevatter bitten, als aber der Winter herangekommen und draußen nichts mehr zu finden war, gedachte die Maus ihres Vorrats und sprach: »Komm, Katze, wir wollen zu unserm Fettopfe gehen, den wir uns aufgespart haben, der wird uns schmecken.« »Jawohl«, antwortete die Katze, »der wird dir schmecken als wenn du deine feine Zunge zum Fenster hinausstreckst.« Sie machten sich auf den Weg, und als sie anlangten, stand zwar der Fettopf noch an seinem Platz, er war aber leer. »Ach«, sagte die Maus, »jetzt merke ich, was geschehen ist, jetzt kommts an den Tag, du bist mir die wahre Freundin! Aufgefressen hast du alles, wie du zu Gevatter gestanden hast: Erst Haut ab, dann halb aus, dann...« »Willst du schweigen«, rief die Katze, »noch ein Wort, und ich fresse dich auf.« »Ganz aus« hatte die arme Maus schon auf der Zunge, kaum war es heraus, so tat die Katze einen Satz nach ihr, packte sie und schluckte sie hinunter. Siehst du, so gehts in der Welt.

Märchen von einem, der auszog, das Fürchten zu lernen

Ein Vater hatte zwei Söhne, davon war der älteste klug und gescheit, und wußte sich in alles wohl zu schicken, der jüngste aber war dumm, konnte nichts begreifen und lernen: Und wenn ihn die Leute sahen, sprachen sie: »Mit dem wird der Vater noch seine Last haben!« Wenn nun etwas zu tun war, so mußte es der älteste allzeit ausrichten: Hieß ihn aber der Vater noch spät oder gar in der Nacht etwas holen, und der Weg ging dabei über den Kirchhof oder sonst einen schaurigen Ort, so antwortete er wohl: »Ach nein, Vater, ich gehe nicht dahin, es gruselt mir!« denn er fürchtete sich. Oder, wenn abends beim Feuer Geschichten erzählt wurden, wobei einem die Haut schaudert, so sprachen die Zuhörer manchmal: »Ach, es gruselt mir!« Der jüngste saß in einer Ecke und hörte das mit an, und konnte nicht begreifen, was es heißen sollte. »Immer sagen sie: es gruselt mir! Es gruselt mir! Mir gruselts nicht: Das wird wohl eine Kunst sein, von der ich auch nichts verstehe.«

Nun geschah es, daß der Vater einmal zu ihm sprach: »Hör du, in der Ecke dort, du wirst groß und stark, du mußt auch etwas lernen, womit du dein Brot verdienst. Siehst du, wie dein Bruder sich Mühe gibt, aber an dir ist Hopfen und Malz verloren.« »Ei, Vater«, antwortete er, »ich will gerne was lernen; ja, wenns anginge, so möchte ich lernen, daß mirs gruselte; davon verstehe ich noch gar nichts.« Der älteste lachte, als er das hörte, und dachte bei sich: »Du lieber Gott, was ist mein Bruder ein Dummbart, aus dem wird sein Lebtag nichts: Was ein Häkchen werden will, muß sich beizeiten krümmen.« Der Vater seufzte und antwortete ihm: »Das Gruseln, das sollst du schon lernen, aber dein Brot wirst du damit nicht verdienen.«

Bald danach kam der Küster zum Besuch ins Haus, da klagte ihm der Vater seine Not und erzählte, wie sein jüngster Sohn in allen Dingen so schlecht beschlagen wäre, er wüßte nichts und lernte nichts. »Denkt Euch, als ich ihn fragte, womit er sein Brot verdienen wollte, hat er gar verlangt, das Gruseln zu lernen.« »Wenns weiter nichts ist«, antwortete der Küster, »das kann er bei mir lernen; tut ihn nur zu mir, ich werde ihn schon abhobeln.« Der Vater war es zufrieden, weil er dachte: »Der Junge wird doch ein wenig zugestutzt.« Der Küster nahm ihn also ins Haus, und er mußte die Glocke läuten. Nach ein paar Tagen weckte er ihn um Mitternacht, hieß ihn aufstehen, in den Kirchturm steigen und läuten. »Du sollst schon lernen, was Gruseln ist«, dachte er, ging heimlich voraus, und als der Junge oben war, und sich umdrehte und das Glockenseil fassen wollte, so sah er auf der Treppe, dem Schalloch gegenüber, eine weiße Gestalt stehen. »Wer da?« rief er, aber die Gestalt gab keine Antwort, regte und bewegte sich nicht. »Gib Antwort«, rief der Junge, »oder mache, daß du fortkommst, du hast hier in der Nacht nichts zu schaffen.« Der Küster aber blieb unbeweglich stehen, damit der Junge glauben sollte, es wäre ein Gespenst. Der Junge rief zum zweitenmal: »Was willst du hier? Sprich, wenn du ein ehrlicher Kerl bist, oder ich werfe dich die Treppe hinab.« Der Küster dachte: »Das wird so schlimm nicht gemeint sein«, gab keinen Laut von sich und stand, als wenn er von Stein wäre. Da rief ihn der Junge zum drittenmal an, und als das auch vergeblich war, nahm er einen Anlauf und stieß das Gespenst die Treppe hinab, daß es zehn Stufen hinabfiel und in einer Ecke liegen blieb. Darauf läutete er die Glocke, ging heim, legte sich, ohne ein Wort zu sagen, ins Bett und schlief fort. Die Küsterfrau wartete lange Zeit auf ihren Mann, aber er wollte nicht wiederkommen. Da ward ihr endlich Angst, sie weckte den Jungen und fragte: »Weißt du nicht, wo mein Mann geblieben ist? Er ist vor dir auf den Turm gestiegen.« »Nein«, antwortete der Junge, »aber da hat einer dem Schalloch gegenüber auf der Treppe gestanden, und weil er keine Antwort geben und auch nicht weggehen wollte, so habe ich ihn für einen Spitzbuben gehalten und hinuntergestoßen. Geht nur hin, so werdet Ihr sehen ob ers gewesen ist, es sollte mir leid tun.« Die Frau sprang fort und fand ihren Mann, der in der Ecke lag und jammerte und ein Bein gebrochen hatte.

Sie trug ihn herab und eilte dann mit lautem Geschrei zu dem Vater des Jungen. »Euer Junge«, rief sie, »hat ein großes Unglück angerichtet, meinen Mann hat er die Treppe hinabgeworfen, daß er ein Bein gebrochen hat: Schafft den Taugenichts aus unserm Haus.« Der Vater erschrak, kam herbeigelaufen und schalt den Jungen aus. »Was sind das für gottlose Streiche, die muß dir der Böse eingegeben haben.« »Vater«, antwortete er, »hört nur an, ich bin ganz unschuldig: Er stand da in der Nacht wie einer, der Böses im Sinne hat. Ich wußte nicht,wers war, und hab ihn dreimal ermahnt, zu reden oder wegzugehen.« »Ach«, sprach der Vater, »mit dir erleb ich nur Unglück, geh mir aus den Augen, ich will dich nicht mehr ansehen.« »Ja, Vater, recht gerne, wartet nur, bis Tag ist, da will ich ausgehen und das Gruseln lernen, so versteh ich doch eine Kunst, die mich ernähren kann.« »Lerne, was du willst«, sprach der Vater, »mir ist alles einerlei. Da hast du fünfzig Taler, damit geh in die weite Welt und sage keinem Menschen, wo du her bist und wer dein Vater ist, denn ich muß mich deiner schämen.« »Ja, Vater, wie Ihr haben wollt, wenn Ihr nicht mehr verlangt, das kann ich leicht in acht behalten.«

Als nun der Tag anbrach, steckte der Junge seine fünfzig Taler in die Tasche, ging hinaus auf die große Landstraße und sprach immer vor sich hin: »Wenn mirs nur gruselte! Wenn mirs nur gruselte!« Da kam ein Mann heran, der hörte das Gespräch, das der Junge mit sich selber führte, und als sie ein Stück weiter waren, daß man den Galgen sehen konnte, sagte der Mann zu ihm: »Siehst du, dort ist der Baum, wo siebene mit des Seilers Tochter Hochzeit gehalten haben und jetzt das Fliegen lernen: Setz dich darunter und warte, bis die Nacht kommt, so wirst du schon das Gruseln lernen.« »Wenn weiter nichts dazu gehört«, antwortete der Junge, »das ist leicht getan; lerne ich aber so geschwind das Gruseln, so sollst du meine fünfzig Taler haben, komm nur morgen früh wieder zu mir.« Da ging der Junge zu dem Galgen, setzte sich darunter und wartete, bis der Abend kam. Und weil ihn fror, machte er sich ein Feuer an: Aber um Mitternacht ging der Wind so kalt, daß er trotz des Feuers nicht warm werden wollte. Und als der Wind die Gehenkten gegeneinander stieß, daß sie sich hin- und herbewegten, so dachte er: »Du frierst unten bei dem Feuer, was mögen die da oben erst frieren und zappeln.«

Und weil er mitleidig war, legte er die Leiter an, stieg hinauf, knüpfte einen nach dem andern los, und holte sie alle siebene herab. Darauf schürte er das Feuer, blies es an und setzte sie ringsherum, daß sie sich wärmen sollten. Aber sie saßen da und regten sich nicht, und das Feuer ergriff ihre Kleider. Da sprach er: »Nehmt euch in acht, sonst häng ich euch wieder hinauf.« Die Toten aber hörten nicht, schwiegen und ließen ihre Lumpen fortbrennen. Da ward er bös und sprach: »Wenn ihr nicht achtgeben wollt, so kann ich euch nicht helfen, ich will nicht mit euch verbrennen«, und hing sie nach der Reihe wieder hinauf. Nun setzte er sich zu seinem Feuer und schlief ein, und am andern Morgen, da kam der Mann zu ihm, wollte die fünfzig Taler haben und sprach: »Nun weißt du, was Gruseln ist?« »Nein«, antwortete er, »woher sollte ichs wissen? Die da droben haben das Maul nicht aufgetan und waren so dumm, daß sie die paar alten Lappen, die sie am Leibe haben, brennen ließen.« Da sah der Mann, daß er die fünfzig Taler heute nicht davontragen würde, ging fort und sprach: »So einer ist mir noch nicht vorgekommen.«

Der Junge ging auch seines Wegs und fing an, vor sich hin zu reden: »Ach, wenn mirs nur gruselte! Ach, wenn mirs nur gruselte!« Das hörte ein Fuhrmann, der hinter ihm herschritt, und fragte: »Wer bist du?« »Ich weiß nicht«, antwortete der Junge. Der Fuhrmann fragte weiter: »Wo bist du her?« »Ich weiß nicht.« »Wer ist dein Vater.« »Das darf ich nicht sagen.« »Was brummst du beständig in den Bart hinein?« »Ei«, antwortete der Junge, »ich wollte, daß mirs gruselte, aber niemand kann michs lehren.« »Laß dein dummes Geschwätz«, sprach der Fuhrmann, »komm, geh mit mir, ich will sehen, daß ich dich unterbringe.« Der Junge ging mit dem Fuhrmann, und abends gelangten sie zu einem Wirtshaus, wo sie übernachten wollten. Da sprach er beim Eintritt in die Stube wieder ganz laut: »Wenn mirs nur gruselte! Wenn mirs nur gruselte!« Der Wirt, der das hörte, lachte und sprach: »Wenn dich danach lüstet, dazu sollte hier wohl Gelegenheit sein.« »Ach schweig stille«, sprach die Wirtsfrau, »so mancher Vorwitzige hat schon sein Leben eingebüßt, es wäre Jammer und Schade um die schönen Augen, wenn die das Tageslicht nicht wieder sehen sollten.« Der Junge aber sagte: »Wenns noch so schwer wäre, ich wills einmal lernen, deshalb bin ich ja ausgezogen.« Er ließ dem Wirt auch keine Ruhe, bis dieser erzählte, nicht weit davon stände ein verwünschtes Schloß, wo einer wohl lernen könnte, was Gruseln wäre, wenn er nur drei Nächte darin wachen wollte. Der König hätte dem, ders wagen sollte, seine Tochter zur Frau versprochen, und die wäre die schönste Jungfrau, welche die Sonne beschien: In dem Schlosse steckten auch große Schätze, von bösen Geistern bewacht, die würden dann frei und könnten einen Armen reich genug machen. Schon viele wären wohl hinein-, aber noch keiner wieder herausgekommen. Da ging der Junge am andern Morgen vor den König und sprach: »Wenns erlaubt wäre, so wollte ich wohl drei Nächte in dem verwünschten Schlosse wachen.« Der König sah ihn an, und weil er ihm gefiel, sprach er: »Du darfst dir noch dreierlei ausbitten, aber es müssen leblose Dinge sein, und das darfst du mit ins Schloß nehmen.« Da antwortete er: »So bitt ich um ein Feuer, eine Drehbank und eine Schnitzbank mit dem Messer.«

Der König ließ ihm das alles bei Tage in das Schloß tragen. Als es Nacht werden wollte, ging der Junge hinauf, machte sich in einer Kammer ein helles Feuer an, stellte die Schnitzbank mit dem Messer daneben und setzte sich auf die Drehbank. »Ach, wenn mirs nur gruselte!« sprach er, »aber hier werde ichs auch nicht lernen.« Gegen Mitternacht wollte er sich sein Feuer einmal aufschüren: Wie er so hineinblies, da schrie es plötzlich aus einer Ecke: »Ach, miau! Was uns friert!« »Ihr Narren«, rief er, »was schreit ihr? Wenn euch friert, kommt, setzt euch ans Feuer und wärmt euch!« Und wie er das gesagt hatte, kamen zwei große schwarze Katzen in einem gewaltigen Sprunge herbei, setzten sich ihm zu beiden Seiten und sahen ihn mit ihren feurigen Augen ganz wild an. Über ein Weilchen, als sie sich gewärmt hatten, sprachen sie: »Kamerad, wollen wir eins in der Karte spielen?« »Warum nicht?« antwortete er, »aber zeigt einmal eure Pfoten her.« Damit packte er sie beim Kragen, hob sie auf die Schnitzbank und schraubte ihnen die Pfoten fest. »Euch habe ich auf die Finger gesehen«, sprach er, »da vergeht mir die Lust zum Kartenspiel«, schlug sie tot und warf sie hinaus ins Wasser. Als er aber die zwei zur Ruhe gebracht hatte und sich wieder zu seinem Feuer setzen wollte, da kamen aus allen Ecken und Enden schwarze Katzen und schwarze Hunde an glühenden Ketten, immer mehr und mehr, daß er sich nicht mehr bergen konnte: Die schrieen greulich, traten ihm auf sein Feuer, zerrten es auseinander und wollten es ausmachen. Das sah er ein Weilchen ruhig mit an, als es ihm aber zu arg ward, faßte er sein Schnitzmesser und rief: »Fort mit dir, du Gesindel«, und haute auf sie los. Ein Teil sprang weg, die andern schlug er tot und warf sie hinaus in den Teich. Als er wiedergekommen war, blies er aus den Funken sein Feuer frisch an und wärmte sich. Und als er so saß, wollten ihm die Augen nicht länger offen bleiben, und er bekam Lust zu schlafen. Da blickte er um sich und sah in der Ecke ein großes Bett: »Das ist mir eben recht«, sprach er und legte sich hinein. Als er aber die Augen zutun wollte, so fing das Bett von selbst an zu fahren, und fuhr im ganzen Schloß herum. »Recht so«, sprach er, »nur besser zu.« Da rollte das Bett fort, als wären sechs Pferde vorgespannt, über Schwellen und Treppen auf und ab: Auf einmal hopp hopp! warf es um, das unterste zu oberst, daß es wie ein Berg auf ihm lag. Aber er schleuderte Decken und Kissen in die Höhe, stieg heraus und sagte: »Nun mag fahren, wer Lust hat«, legte sich an sein Feuer und schlief, bis es Tag war. Am Morgen kam der König, und als er ihn da auf der Erde liegen sah, meinte er, die Gespenster hätten ihn umgebracht, und er wäre tot. Da sprach er: »Es ist doch schade um den schönen Menschen.« Das hörte der Junge, richtete sich auf und sprach: »So weit ists noch nicht!« Da wunderte sich der König, freute sich aber und fragte, wie es ihm gegangen wäre. »Recht gut«, antwortete er, »eine Nacht wäre herum, die zwei andern werden auch herumgehen.« Als er zum Wirt kam, da machte der große Augen. »Ich dachte nicht«, sprach er, »daß ich dich wieder lebendig sehen würde; hast du nun gelernt, was Gruseln ist?« »Nein«, sagte er, »es ist alles vergeblich: wenn mirs nur einer sagen könnte!«

Die zweite Nacht ging er abermals hinauf ins alte Schloß, setzte sich zum Feuer und fing sein altes Lied wieder an: »Wenn mirs nur gruselte!« Wie Mitternacht herankam, ließ sich ein Lärm und Gepolter hören, erst sachte, dann immer stärker, dann wars ein bißchen still, endlich kam mit lautem Geschrei ein halber Mensch den Schornstein herab und fiel vor ihm hin. »Heda!« rief er, »noch ein halber gehört dazu, das ist zu wenig.« Da ging der Lärm von frischem an, es tobte und heulte, und fiel die andere Hälfte auch herab. »Wart«, sprach er, »ich will dir erst das Feuer ein wenig anblasen.« Wie er das getan hatte und sich wieder umsah, da waren die beiden Stücke zusammengefahren, und saß da ein greulicher Mann auf seinem Platz. »So haben wir nicht gewettet«, sprach der Junge, »die Bank ist mein.« Der Mann wollte ihn wegdrängen, aber der Junge ließ sichs nicht gefallen, schob ihn mit Gewalt weg und setzte sich wieder auf seinen Platz. Da fielen noch mehr Männer herab, einer nach dem andern, die holten neun Totenbeine und zwei Totenköpfe, setzten auf und spielten Kegel. Der Junge bekam auch Lust und fragte: »Hört ihr, kann ich mit sein?« »Ja, wenn du Geld hast.« »Geld genug«, antwortete er, »aber eure Kugeln sind nicht recht rund.« Da nahm er die Totenköpfe, setzte sie in die Drehbank und drehte sie rund. »So, jetzt werden sie besser schüppeln«, sprach er, »heida! Nun gehts lustig!« Er spielte mit und verlor etwas von seinem Geld, als es aber zwölf schlug, war alles vor seinen Augen verschwunden. Er legte sich nieder und schlief ruhig ein. Am andern Morgen kam der König und wollte sich erkundigen. »Wie ist dirs diesmal ergangen?« fragte er. »Ich habe gekegelt«, antwortete er, »und ein paar Heller verloren.« »Hat dir denn nicht gegruselt?« »Ei was«, sprach er, »lustig hab ich mich gemacht. Wenn ich nur wüßte, was Gruseln wäre!«

In der dritten Nacht setzte er sich wieder auf seine Bank und sprach ganz verdrießlich: »Wenn es mir nur gruselte!« Als es spät ward, kamen sechs große Männer und brachten eine Totenlade hereingetragen. Da sprach er:

»Ha ha, das ist gewiß mein Vetterchen, das erst vor ein paar Tagen gestorben ist«, winkte mit dem Finger und rief: »Komm Vetterchen, komm!« Sie stellten den Sarg auf die Erde, er aber ging hinzu und nahm den Deckel ab: Da lag ein toter Mann darin. Er fühlte ihm ans Gesicht, aber es war kalt wie Eis. »Wart«, sprach er, »ich will dich ein bißchen wärmen«, ging ans Feuer, wärmte seine Hand und legte sie ihm aufs Gesicht, aber der Tote blieb kalt. Nun nahm er ihn heraus, setzte sich ans Feuer und legte ihn auf seinen Schoß und rieb ihm die Arme, damit das Blut wieder in Bewegung kommen sollte. Als auch das nichts helfen wollte, fiel ihm ein: »Wenn zwei zusammen im Bett liegen, so wärmen sie sich«, brachte ihn ins Bett, deckte ihn zu und legte sich neben ihn. Über ein Weilchen ward auch der Tote warm und fing an sich zu regen. Da sprach der Junge: »Siehst du, Vetterchen, hätt ich dich nicht gewärmt!« Der Tote aber hub an und rief: »Jetzt will ich dich erwürgen.« »Was«, sagte er, »ist das mein Dank? Gleich sollst du wieder in deinen Sarg«, hub ihn auf, warf ihn hinein und machte den Deckel zu; da kamen die sechs Männer und trugen ihn wieder fort. »Es will mir nicht gruseln«, sagte er, »hier lerne ichs mein Lebtag nicht.«

Da trat ein Mann herein, der war größer als alle anderen, und sah fürchterlich aus; er war aber alt und hatte einen langen Bart. »O du Wicht«, rief er, »nun sollst du bald lernen, was Gruseln ist, denn du sollst sterben.« »Nicht so schnell«, antwortete der Junge, »soll ich sterben, so muß ich auch dabei sein.« »Dich will ich schon packen«, sprach der Unhold. »Sachte, sachte, mach dich nicht so breit; so stark wie du bin ich auch, und wohl noch stärker.« »Das wollen wir sehn«, sprach der Alte, »bist du stärker als ich, so will ich dich gehn lassen; komm, wir wollens versuchen.« Da führte er ihn durch dunkle Gänge zu einem Schmiedefeuer, nahm eine Axt und schlug den einen Amboß mit einem Schlag in die Erde. »Das kann ich noch besser«, sprach der Junge und ging zu dem andern Amboß: Der Alte stellte sich neben hin und wollte zusehen, sein weißer Bart hing herab. Da faßte der Junge die Axt, spaltete den Amboß auf einen Hieb und klemmte den Bart des Alten mit hinein. »Nun hab ich dich«, sprach der Junge, »jetzt ist das Sterben an dir.« Dann faßte er eine Eisenstange und schlug auf den Alten los, bis er wimmerte und bat, er möchte aufhören, er wollte ihm große Reichtümer geben. Der Junge zog die Axt raus, und ließ ihn los. Der Alte führte ihn wieder ins Schloß zurück und zeigte ihm in einem Keller drei Kasten voll Gold. »Davon«, sprach er, »ist ein Teil den Armen, der andere dem König, der dritte dein.« Indem schlug es zwölfe, und der Geist verschwand, also daß der Junge im Finstern stand. »Ich werde mir doch heraushelfen können«, sprach er, tappte herum, fand den Weg in die Kammer und schlief dort bei seinem Feuer ein. Am andern Morgen kam der König und sagte: »Nun wirst du gelernt haben, was Gruseln ist? »Nein«, antwortete er, »was ists nur? Mein toter Vetter war da, und ein bärtiger Mann ist gekommen, der hat mir da unten viel Geld gezeigt, aber was Gruseln ist, hat mir keiner gesagt.« Da sprach der König: »Du hast das Schloß erlöst und sollst meine Tochter heiraten.« »Das ist all recht gut«, antwortete er, »aber ich weiß noch immer nicht, was Gruseln ist.«

Da ward das Gold heraufgebracht und die Hochzeit gefeiert, aber der junge König, so lieb er seine Gemahlin hatte und so vergnügt er war, sagte doch immer: »Wenn mir nur gruselte, wenn mir nur gruselte.« Das verdroß sie endlich. Ihr Kammermädchen sprach: »Ich will Hilfe schaffen, das Gruseln soll er schon lernen.« Sie ging hinaus zum Bach, der durch den Garten floß, und ließ sich einen ganzen Eimer voll Gründlinge holen. Nachts, als der junge König schlief, mußte seine Gemahlin ihm die Decke wegziehen und den Eimer voll kalt Wasser mit den Gründlingen über ihn herschütten, daß die kleinen Fische um ihn herumzappelten. Da wachte er auf und rief: »Ach, was gruselt mir, was gruselt mir, liebe Frau! Ja, nun weiß ich, was Gruseln ist.«

Der Wolf und die sieben jungen Geißlein

Es war einmal eine alte Geiß, die hatte sieben junge Geißlein, und hatte sie lieb, wie eine Mutter ihre Kinder lieb hat. Eines Tages wollte sie in den Wald gehen und Futter holen, da rief sie alle sieben herbei und sprach: »Liebe Kinder, ich will hinaus in den Wald, seid auf eurer Hut vor dem Wolf, wenn er hereinkommt, so frißt er euch alle mit Haut und Haar. Der Bösewicht verstellt sich oft, aber an seiner rauhen Stimme und an seinen schwarzen Füßen werdet ihr ihn gleich erkennen.« Die Geißlein sagten: »Liebe Mutter, wir wollen uns schon in acht nehmen, Ihr könnt ohne Sorge fortgehen.« Da meckerte die Alte und machte sich getrost auf den Weg.

Es dauerte nicht lange, so klopfte jemand an die Haustür und rief: »Macht auf, ihr lieben Kinder, eure Mutter ist da und hat jedem von euch was mitgebracht.« Aber die Geißerchen hörten an der rauhen Stimme, daß es der Wolf war. »Wir machen nicht auf«, riefen sie, »du bist unsere Mutter nicht, die hat eine feine und liebliche Stimme, aber deine Stimme ist rauh; du bist der Wolf.« Da ging der Wolf fort zu einem Krämer und kaufte sich ein großes Stück Kreide: Die aß er und machte damit seine Stimme fein. Dann kam er zurück, klopfte an die Haustür und rief: »Macht auf, ihr lieben Kinder, eure Mutter ist da und hat jedem von euch etwas mitgebracht.« Aber der Wolf hatte seine schwarze Pfote in das Fenster gelegt, das sahen die Kinder und riefen: »Wir machen nicht auf, unsere Mutter hat keinen schwarzen Fuß wie du: Du bist der Wolf.« Da lief der Wolf zu einem Bäcker und sprach: »Ich habe mich an den Fuß gestoßen, streich mir Teig darüber.« Und als ihm der Bäcker die Pfote bestrichen hatte, so lief er zum Müller und sprach: »Streu mir weißes Mehl auf meine Pfote.« Der Müller dachte: »Der Wolf will einen betrügen«, und weigerte sich, aber der Wolf sprach. »Wenn du es nicht tust, so fresse ich dich.« Da fürchtete sich der Müller und machte ihm die Pfote weiß. Ja, so sind die Menschen.

Nun ging der Bösewicht zum drittenmal zu der Haustüre, klopfte an und sprach: »Macht mir auf, Kinder, euer liebes Mütterchen ist heimgekommen und hat jedem von euch etwas aus dem Walde mitgebracht.« Die Geißerchen riefen: »Zeig uns erst deine Pfote, damit wir wissen, daß du unser liebes Mütterchen bist.«

Da legte er die Pfote ins Fenster, und als sie sahen, daß sie weiß war, so glaubten sie, es wäre alles wahr, was er sagte, und machten die Türe auf. Wer aber hereinkam, das war der Wolf. Sie erschraken und wollten sich verstecken. Das eine sprang unter den Tisch, das zweite ins Bett, das dritte in den Ofen, das vierte in die Küche, das fünfte in den Schrank, das sechste unter die Waschschüssel, das siebente in den Kasten der Wanduhr. Aber der Wolf fand sie alle und machte nicht langes Federlesen: Eins nach dem andern schluckte er in seinen Rachen; nur das jüngste in dem Uhrkasten, das fand er nicht. Als der Wolf seine Lust gebüßt hatte, trollte er sich fort, legte sich draußen auf der grünen Wiese unter einen Baum und fing an zu schlafen.

Nicht lange danach kam die alte Geiß aus dem Wald wieder heim. Ach, was mußte sie da erblicken! Die Haustüre stand sperrweit auf: Tisch, Stühle und Bänke waren umgeworfen, die Waschschüssel lag in Scherben, Decke und Kissen waren aus dem Bett gezogen. Sie suchte ihre Kinder, aber nirgend waren sie zu finden. Sie rief sie nacheinander beim Namen, aber niemand antwortete. Endlich, als sie an das jüngste kam, da rief eine feine Stimme: »Liebe Mutter, ich stecke im Uhrkasten.« Sie holte es heraus, und es erzählte ihr, daß der Wolf gekommen wäre und die andern alle gefressen hätte. Da könnt ihr denken, wie sie über ihre armen Kinder geweint hat.

Endlich ging sie in ihrem Jammer hinaus, und das jüngste Geißlein lief mit. Als sie auf die Wiese kam, so lag da der Wolf an dem Baum und schnarchte, daß die Äste zitterten. Sie betrachtete ihn von allen Seiten und sah, daß in seinem angefüllten Bauch sich etwas regte und zappelte. »Ach Gott«, dachte sie, »sollten meine armen Kinder, die er zum Abendessen hinuntergewürgt hat, noch am Leben sein?« Da mußte das Geißlein nach Haus laufen und Schere, Nadel und Zwirn holen. Dann schnitt sie dem

Ungetüm den Wanst auf, und kaum hatte sie einen Schnitt getan, so streckte schon ein Geißlein den Kopf heraus, und als sie weiter schnitt, so sprangen nacheinander alle sechse heraus und waren noch alle am Leben und hatten nicht einmal Schaden gelitten, denn das Ungetüm hatte sie in der Gier ganz hinuntergeschluckt. Das war eine Freude! Da herzten sie ihre liebe Mutter und hüpften wie ein Schneider, der Hochzeit hält. Die Alte aber sagte: »Jetzt geht und sucht Wackersteine, damit wollen wir dem gottlosen Tier den Bauch füllen, solange es noch im Schlafe liegt.« Da schleppten die sieben Geißerchen in aller Eile die Steine herbei und steckten sie ihm in den Bauch, so viel sie hineinbringen konnten. Dann nähte ihn die Alte in aller Geschwindigkeit wieder zu, daß er nichts merkte und sich nicht einmal regte.

Als der Wolf endlich ausgeschlafen hatte, machte er sich auf die Beine, und weil ihm die Steine im Magen so großen Durst erregten, so wollte er zu einem Brunnen gehen und trinken. Als er aber anfing zu gehen und sich hin und her zu bewegen, so stießen die Steine in seinem Bauch aneinander und rappelten. Da rief er:

»Was rumpelt und pumpelt
in meinem Bauch herum?
Ich meinte, es wären sechs Geißlein,
so sinds lauter Wackerstein.«

Und als er an den Brunnen kam und sich über das Wasser bückte und trinken wollte, da zogen ihn die schweren Steine hinein und er mußte jämmerlich ersaufen. Als die sieben Geißlein das sahen, da kamen sie herbeigelaufen, riefen laut: »Der Wolf ist tot! Der Wolf ist tot!« und tanzten mit ihrer Mutter vor Freude um den Brunnen herum.

Brüderchen und Schwesterchen

Brüderchen nahm sein Schwesterchen an der Hand und sprach: »Seit die Mutter tot ist, haben wir keine gute Stunde mehr; die Stiefmutter schlägt uns alle Tage, und wenn wir zu ihr kommen, stößt sie uns mit den Füßen fort. Die harten Brotkrusten, die übrig bleiben, sind unsere Speise, und dem Hündlein unter dem Tisch gehts besser: dem wirft sie doch manchmal einen guten Bissen zu. Daß Gott erbarm, wenn das unsere Mutter wüßte! Komm, wir wollen miteinander in die weite Welt gehen.« Sie gingen den ganzen Tag über Wiesen, Felder und Steine, und wenn es regnete, sprach das Schwesterchen: »Gott und unsere Herzen, die weinen zusammen!« Abends kamen sie an einen großen Wald und waren so müde von Jammer,

Hunger und dem langen Weg, daß sie sich in einem hohlen Baum setzten und einschliefen.

Am andern Morgen, als sie aufwachten, stand die Sonne schon hoch am Himmel und schien heiß in den Baum hinein. Da sprach das Brüderchen: »Schwesterchen, mich dürstet, wenn ich ein Brünnlein wüßte, ich ging und tränk einmal; ich mein, ich hört eins rauschen.« Brüderchen stand auf, nahm Schwesterchen an der Hand, und sie wollten das Brünnlein suchen. Die böse Stiefmutter aber war eine Hexe und hatte wohl gesehen, wie die beiden Kinder fortgegangen waren, war ihnen nachgeschlichen, heimlich, wie die Hexen schleichen, und hatte alle Brunnen im Walde verwünscht. Als sie nun ein Brünnlein fanden, das so glitzerig über die Steine sprang, wollte das Brüderchen daraus trinken: Aber das Schwesterchen hörte, wie es im Rauschen sprach: »Wer aus mir trinkt, wird ein Tiger, wer aus mir trinkt, wird ein Tiger.« Da rief das Schwesterchen: »Ich bitte dich, Brüderchen, trink nicht, sonst wirst du ein wildes Tier und zerreißest mich.« Das Brüderchen trank nicht, ob es gleich so großen Durst hatte, und sprach: »Ich will warten bis zur nächsten Quelle.« Als sie zum zweiten Brünnlein kamen, hörte das Schwesterchen, wie auch dieses sprach: »Wer aus mir trinkt, wird ein Wolf, wer aus mir trinkt, wird ein Wolf!« Da rief das Schwesterchen: »Brüderchen, ich bitte dich, trink nicht, sonst wirst du ein Wolf und frissest mich.« Das Brüderchen trank nicht, und sprach: »Ich will warten, bis wir zur nächsten Quelle kommen, aber dann muß ich trinken, du magst sagen, was du willst: mein Durst ist gar zu groß.« Und als sie zum dritten Brünnlein kamen, hörte das Schwesterlein, wie es im Rauschen sprach: »Wer aus mir trinkt, wird ein Reh, wer aus mir trinkt, wird ein Reh.« Das Schwesterchen sprach: »Ach Brüderchen, ich bitte dich, trink nicht, sonst wirst du ein Reh und läufst mir fort.« Aber das Brüderchen hatte sich gleich beim Brünnlein niedergekniet, hinabgebeugt und von dem Wasser getrunken, und wie die ersten Tropfen auf seine Lippen gekommen waren, lag es da als ein Rehkälbchen.

Nun weinte das Schwesterchen über das arme verwünschte Brüderchen, und das Rehchen weinte auch und saß so traurig neben ihm. Da sprach das Mädchen endlich: »Sei still, liebes Rehchen, ich will dich ja nimmermehr verlassen.« Dann band es sein goldenes Strumpfband ab und tat es dem Rehchen um den Hals, und rupfte Binsen und flocht ein weiches Seil daraus. Daran band es das Tierchen und führte es weiter, und ging immer tiefer in den Wald hinein. Und als sie lange lange gegangen waren, kamen sie endlich an ein kleines Haus, und das Mädchen schaute hinein, und weil es leer war, dachte es: »Hier können wir bleiben und wohnen.« Da suchte es dem Rehchen Laub und Moos zu einem weichen Lager, und jeden Morgen ging es aus und sammelte sich Wurzeln, Beeren und Nüsse, und für das Rehchen brachte es zartes Grün mit, das fraß es ihm aus der Hand, war vergnügt und spielte vor ihm herum. Abends, wenn Schwesterchen müde war und sein Gebet gesagt hatte, legte es seinen Kopf auf den Rücken des Rehkälbchens, das war sein Kissen, darauf es sanft einschlief. Und hätte das Brüderchen nur seine menschliche Gestalt gehabt, es wäre ein herrliches Leben gewesen.

Das dauerte eine Zeitlang, daß sie so allein in der Wildnis waren. Es trug sich aber zu, daß der König des Landes eine große Jagd in dem Wald hielt. Da schallte das Hörnerblasen, Hundegebell und das lustige Geschrei der Jäger durch die Bäume, und das Rehlein hörte es und wäre gar zu gerne dabei gewesen. »Ach«, sprach es zum Schwesterlein, »laß mich hinaus in die Jagd, ich kanns nicht länger mehr aushalten«, und bat so lange, bis es einwilligte. »Aber«, sprach es zu ihm, »komm mir ja abends wieder, vor den wilden Jägern schließ ich mein Türlein; und damit ich dich kenne, so klopf und sprich: Mein Schwesterlein, laß mich herein; und wenn du nicht so sprichst, so schließ ich mein Türlein nicht auf.« Nun sprang das Rehchen hinaus, und war ihm so wohl und war so lustig in freier Luft. Der König und seine Jäger sahen das schöne Tier und setzten ihm nach, aber sie konnten es nicht einholen, und wenn sie meinten, sie hätten es gewiß, da sprang es über das Gebüsch weg und war verschwunden. Als es dunkel ward, lief es zu dem Häuschen, klopfte und sprach: »Mein Schwesterlein, laß mich herein.« Da ward ihm die kleine Tür aufgetan, und es sprang hinein und ruhte sich die ganze Nacht auf seinem weichen Lager aus.

Am andern Morgen ging die Jagd von neuem an, und als das Rehlein wieder das Hifthorn hörte und das ho, ho! der Jäger, da hatte es keine Ruhe und sprach: »Schwesterchen, mach mir auf, ich muß hinaus.« Das Schwesterchen öffnete ihm die Türe und sprach: »Aber zu Abend mußt du wieder da sein und dein Sprüchlein sagen.« Als der König und seine Jäger das Rehlein mit dem goldenen Halsband wieder sahen, jagten sie ihm alle nach, aber es war ihnen zu schnell und behend. Das währte den ganzen Tag, endlich aber hatten es die Jäger abends umzingelt, und einer verwundete es ein wenig am Fuß, so daß es hinken mußte und langsam fortlief. Da schlich ihm ein Jäger nach bis zu dem Häuschen und hörte, wie es rief: Mein Schwesterlein, laß mich herein«, und sah, daß die Tür ihm aufgetan und alsbald wieder zugeschlossen ward. Der Jäger behielt das alles wohl im Sinn, ging zum König und erzählte ihm, was er gesehen und gehört hatte. Da sprach der König: »Morgen soll noch einmal gejagt werden.«

Das Schwesterchen aber erschrak gewaltig, als es sah, daß sein Rehkälbchen verwundet war. Es wusch ihm das Blut ab, legte Kräuter auf und sprach: »Geh auf dein Lager, lieb Rehchen, daß du wieder heil wirst.« Die Wunde war aber so gering, daß das Rehchen am Morgen nichts mehr davon spürte. Und als es die Jagdlust wieder draußen hörte, sprach es: »Ich kanns nicht aushalten, ich muß dabei sein; so bald soll mich keiner kriegen.« Das Schwesterchen weinte und sprach: »Nun werden sie dich töten, und ich bin hier allein im Wald und bin verlassen von aller Welt: Ich laß dich nicht hinaus.« »So sterb ich dir hier vor Betrübnis«, antwortete das Rehchen, »wenn ich das Hifthorn höre, so mein ich, ich müßt aus den Schuhen springen!« Da konnte das Schwesterchen nicht anders und schloß ihm mit schwerem Herzen die Tür auf, und das Rehchen sprang gesund und fröhlich in den Wald. Als es der König erblickte, sprach er zu seinen Jägern: »Nun jagt ihm nach den ganzen Tag bis in die Nacht, aber daß ihm keiner etwas zuleide tut.« Sobald die Sonne untergegangen war, sprach der König zum Jäger: »Nun komm und zeige mir das Waldhäuschen.« Und als er vor dem Türlein war, klopfte er an und rief: »Lieb Schwesterchen, laß mich herein.« Da ging die Tür auf, und der König trat herein, und da stand ein Mädchen, das war so schön, wie er noch keins gesehen hatte. Das Mädchen erschrak, als es sah, daß nicht das Rehlein, sondern ein Mann hereinkam, der eine goldene Krone auf dem Haupte hatte. Aber der König sah es freundlich an, reichte ihm die Hand und sprach: »Willst du mit mir gehen auf mein Schloß und meine liebe Frau sein?« »Ach ja«, antwortete das Mädchen, »aber das Rehchen muß auch mit, das verlaß ich nicht.« Sprach der König: »Es soll bei dir bleiben, so lange du lebst, und soll ihm an nichts fehlen.« Indem kam es herbeigesprungen, da band es das Schwesterchen wieder an das Binsenseil, nahm es selbst in die Hand und ging mit ihm aus dem Waldhäuschen fort.

Der König nahm das schöne Mädchen auf sein Pferd und führte es in sein Schloß, wo die Hochzeit mit großer Pracht gefeiert wurde, und war es nun die Frau Königin, und lebten sie lange Zeit vergnügt zusammen; das Rehlein ward gehegt und gepflegt und sprang in dem Schloßgarten herum. Die böse Stiefmutter aber, um derentwillen die Kinder in die Welt hineingegangen waren, die meinte nicht anders, als Schwesterchen wäre von den wilden Tieren im Walde zerrissen worden und Brüderchen als ein Rehkalb von den Jägern totgeschossen. Als sie nun hörte, daß sie so glücklich waren und es ihnen so wohl ging, da wurden Neid und Mißgunst in ihrem Herzen rege und ließen ihr keine Ruhe, und sie hatte keinen andern Gedanken, als wie sie die beiden doch noch ins Unglück bringen könnte. Ihre rechte Tochter, die häßlich war wie die Nacht und nur ein Auge hatte, die machte ihr Vorwürfe und sprach: »Eine Königin zu werden, das Glück hätte mir gebührt.« »Sei nur still«, sagte die Alte und sprach sie zufrieden, »wenns Zeit ist, will ich schon bei der Hand sein.« Als nun die Zeit herangerückt war, und die Königin ein schönes Knäblein zur Welt gebracht hatte, und der König gerade auf der Jagd war, nahm die alte Hexe die Gestalt der Kammerfrau an, trat in die

Stube, wo die Königin lag, und sprach zu der Kranken: »Kommt, das Bad ist fertig, das wird Euch wohltun und frische Kräfte geben: geschwind, eh es kalt wird.« Ihre Tochter war auch bei der Hand, sie trugen die schwache Königin in die Badstube und legten sie in die Wanne: dann schlossen sie die Tür ab und liefen davon. In der Badstube aber hatten sie ein rechtes Höllenfeuer angemacht, daß die schöne junge Königin bald ersticken mußte.

Als das vollbracht war, nahm die Alte ihre Tochter, setzte ihr eine Haube auf, und legte sie ins Bett an der Königin Stelle. Sie gab ihr auch die Gestalt und das Aussehen der Königin, nur das verlorene Auge konnte sie ihr nicht wiedergeben. Damit es aber der König nicht merkte, mußte sie sich auf die Seite legen, wo sie kein Auge hatte. Am Abend, als er heimkam und hörte, daß ihm ein Söhnlein geboren war, freute er sich herzlich, und wollte ans Bett seiner lieben Frau gehen und sehen, was sie machte. Da rief die Alte geschwind: »Beileibe, laßt die Vorhänge zu, die Königin darf noch nicht ins Licht sehen und muß Ruhe haben.« Der König ging zurück und wußte nicht, daß eine falsche Königin im Bette lag.

Als es aber Mitternacht war und alles schlief, da sah die Kinderfrau, die in der Kinderstube neben der Wiege saß und allein noch wachte, wie die Türe aufging, und die rechte Königin hereintrat. Sie nahm das Kind aus der Wiege, legte es in ihren Arm und gab ihm zu trinken. Dann schüttelte sie ihm sein Kißchen, legte es wieder hinein und deckte es mit dem Deckbettchen zu. Sie vergaß aber auch das Rehchen nicht, ging in die Ecke, wo es lag, und streichelte ihm über den Rücken. Darauf ging sie ganz stillschweigend wieder zur Türe hinaus, und die Kinderfrau fragte am anderen Morgen die Wächter, ob jemand während der Nacht ins Schloß gegangen wäre, aber sie antworteten: »Nein, wir haben niemand gesehen.« So kam sie viele Nächte und sprach niemals ein Wort dabei; die Kinderfrau sah sie immer, aber sie getraute sich nicht, jemand etwas davon zu sagen.

Als nun so eine Zeit verflossen war, da hub die Königin in der Nacht an zu reden und sprach:

»Was macht mein Kind? Was macht mein Reh?
Nun komm ich noch zweimal und dann nimmermehr.«

Die Kinderfrau antwortete ihr nicht, aber als sie wieder verschwunden war, ging sie zum König und erzählte ihm alles. Sprach der König: »Ach Gott, was ist das! Ich will in der nächsten Nacht bei dem Kinde wachen.« Abends ging er in die Kinderstube, aber um Mitternacht erschien die Königin wieder und sprach:

»Was macht mein Kind? Was macht mein Reh?
Nun komm ich noch einmal und dann nimmermehr.«

Und pflegte dann des Kindes, wie sie gewöhnlich tat, ehe sie verschwand. Der König getraute sich nicht, sie anzureden, aber er wachte auch in der folgenden Nacht. Sie sprach abermals:

»Was macht mein Kind? Was macht mein Reh?
Nun komm ich noch diesmal und dann nimmermehr.«

Da konnte sich der König nicht zurückhalten, sprang zu ihr und sprach: »Du kannst niemand anders sein als meine liebe Frau.« Da antwortete sie: »Ja, ich bin deine liebe Frau«, und hatte in dem Augenblick durch Gottes Gnade das Leben wiedererhalten, war frisch, rot und gesund. Darauf erzählte sie dem König den Frevel, den die böse Hexe und ihre Tochter an ihr verübt hatten. Der König ließ beide vor Gericht führen, und es ward ihnen das Urteil gesprochen. Die Tochter ward in den Wald geführt, wo sie die wilden Tiere zerrissen, die Hexe aber ward ins Feuer gelegt und mußte jammervoll verbrennen. Und wie sie zu Asche verbrannt war, verwandelte sich das Rehkälbchen und erhielt seine menschliche Gestalt wieder; Schwesterchen und Brüderchen aber lebten glücklich zusammen bis an ihr Ende.

Hänsel und Gretel

Vor einem großen Walde wohnte ein armer Holzhacker mit seiner Frau und seinen zwei Kindern: das Bübchen hieß Hänsel und das Mädchen Gretel. Er hatte wenig zu beißen und zu brechen und einmal, als große Teuerung ins Land kam, konnte er auch das tägliche Brot nicht mehr schaffen. Wie er sich nun abends im Bette Gedanken machte und sich vor Sorgen herumwälzte, seufzte er und sprach zu seiner Frau: »Was soll aus uns werden? Wie können wir unsere armen Kinder ernähren, da wir für uns selbst nichts mehr haben?« »Weiß du was, Mann«, antwortete die Frau, »wir wollen morgen in aller Frühe die Kinder hinaus in den Wald führen, wo er am dicksten ist: da machen wir ihnen ein Feuer an und geben jedem noch ein Stückchen Brot, dann gehen wir an unsere Arbeit und lassen sie allein. Sie finden den Weg nicht wieder nach Haus und wir sind sie los.« »Nein, Frau«, sagte der Mann, »das tue ich nicht; wie sollt ichs übers Herz bringen, meine Kinder im Walde allein zu lassen, die wilden Tiere würden bald kommen und sie zerreißen.« »O du Narr«, sagte sie, »dann müssen wir alle viere Hungers sterben, du kannst nur die Bretter für die Särge hobeln«, und ließ ihm keine Ruhe, bis er einwilligte. »Aber die armen Kinder dauern mich doch«, sagte der Mann.

Die zwei Kinder hatten vor Hunger auch nicht einschlafen können und hatten gehört, was die Stiefmutter zum Vater gesagt hatte. Gretel weinte bittere Tränen und sprach zu Hänsel: »Nun ists um uns geschehen.« »Still, Gretel«, sprach Hänsel, »gräme dich nicht, ich will uns schon helfen.« Und als die Alten eingeschlafen waren, stand er auf, zog sein Röcklein an, machte die Untertüre auf und schlich sich hinaus. Da schien der Mond ganz helle, und die weißen Kieselsteine, die vor dem Haus lagen, glänzten wie lauter Batzen, Hänsel bückte sich und steckte so viel in sein Rocktäschlein, als nur hinein wollten. Dann ging er wieder zurück, sprach zu Gretel: »Sei getrost, liebes Schwesterchen, und schlaf nur ruhig ein, Gott wird uns nicht verlassen«, und legte sich wieder in sein Bett.

Als der Tag anbrach, noch ehe die Sonne aufgegangen war, kam schon die Frau und weckte die beiden Kinder: »Steht auf, ihr Faulenzer, wir wollen in den Wald gehen und Holz holen.« Dann gab sie jedem ein Stückchen Brot und sprach: »Da habt ihr etwas für den Mittag, aber eßts nicht vorher auf, weiter kriegt ihr nichts.« Gretel nahm das Brot unter die Schürze, weil Hänsel die Steine in der Tasche hatte. Danach machten sie sich alle zusammen auf den Weg nach dem Wald. Als sie ein Weilchen gegangen waren, stand Hänsel still und guckte nach dem Haus zurück und tat das wieder und immer wieder. Der Vater sprach: »Hänsel, was guckst du da und bleibst zurück, hab acht und vergiß deine Beine nicht.« »Ach, Vater«, sagte Hänsel, »ich sehe nach meinem weißen Kätzchen, das sitzt oben auf dem Dach und will mir Ade sagen.« Die Frau sprach: »Narr, das ist dein Kätzchen nicht, das ist die Morgensonne, die auf den Schornstein scheint.« Hänsel aber hatte nicht nach dem Kätzchen gesehen, sondern immer einen von den blanken Kieselsteinen aus seiner Tasche auf den Weg geworfen.

Als sie mitten in den Wald gekommen waren, sprach der Vater: »Nun sammelt Holz, ihr Kinder, ich will ein Feuer anmachen, damit ihr nicht friert.« Hänsel und Gretel trugen Reisig zusammen, einen kleinen Berg hoch. Das Reisig ward angezündet, und als die Flamme recht hoch brannte, sagte die Frau: »Nun legt euch ans Feuer, ihr Kinder, und ruht euch aus, wir gehen in den Wald und hauen Holz. Wenn wir fertig sind, kommen wir wieder und holen euch ab.«

Hänsel und Gretel saßen am Feuer, und als der Mittag kam, aß jedes sein Stücklein Brot. Und weil sie die Schläge der Holzaxt hörten, so glaubten sie, ihr Vater wäre in der Nähe. Es war aber nicht die Holzaxt, es war ein Ast, den er an einen dürren Baum gebunden hatte, und den der Wind hin- und herschlug. Und als sie so lange gesessen hatten, fielen ihnen die Augen vor Müdigkeit zu, und sie schliefen fest ein. Als sie endlich erwachten, war es schon finstere Nacht. Gretel fing an zu weinen und sprach: »Wie sollen wir nun aus dem Wald kommen!« Hänsel aber tröstete sie: »Wart nur ein Weilchen, bis der Mond aufgegangen ist, dann wollen wir den Weg schon finden.« Und als der volle Mond aufgestiegen war, so nahm Hänsel sein Schwesterchen an der Hand und ging den Kieselsteinen nach, die schimmerten wie neu geschlagene Batzen und zeigten ihnen den Weg. Sie gingen die ganze Nacht hindurch und kamen bei anbrechendem Tag wieder zu ihres Vaters Haus. Sie klopften an die Tür, und als die Frau aufmachte und sah, daß es Hänsel und Gretel war, sprach sie: »Ihr bösen Kinder, was habt ihr so lange im Walde geschlafen, wir haben geglaubt, ihr wolltet gar nicht wiederkommen.« Der Vater aber freute sich, denn es war ihm zu Herzen gegangen, daß er sie so allein zurückgelassen hatte.

Nicht lange danach war wieder Not in allen Ecken, und die Kinder hörten, wie die Mutter nachts im Bette zu dem Vater sprach: »Alles ist wieder aufgezehrt, wir haben noch einen halben Laib Brot, hernach hat das Lied ein Ende. Die Kinder müssen fort, wir wollen sie tiefer in den Wald hineinführen, damit sie den Weg nicht wieder herausfinden; es ist sonst keine Rettung für uns.« Dem Mann fiels schwer aufs Herz und er dachte: »Es wäre besser, daß du den letzten Bissen mit den Kindern teiltest.« Aber die Frau hörte auf nichts, was er sagte, schalt ihn und machte ihm Vorwürfe. Wer A sagt, muß auch B sagen, und weil er das erstemal nachgegeben hatte, so mußte er es auch zum zweitenmal.

Die Kinder waren aber noch wach gewesen und hatten das Gespräch mit angehört. Als die Alten schliefen, stand Hänsel wieder auf, wollte hinaus und Kieselsteine auflesen wie das vorigemal, aber die Frau hatte die Tür verschlossen, und Hänsel konnte nicht heraus. Aber er tröstete sein Schwesterchen und sprach: »Weine nicht, Gretel, und schlaf nur ruhig, der liebe Gott wird uns schon helfen.«

Am frühen Morgen kam die Frau und holte die Kinder aus dem Bette. Sie erhielten ihr Stückchen Brot, das war aber noch kleiner als das vorigemal. Auf dem Wege nach dem Wald bröckelte es Hänsel in der Tasche, stand oft still und warf ein Bröcklein auf die Erde. »Hänsel, was stehst du und guckst um dich«, sagte der Vater, »geh deiner Wege.« »Ich sehe nach meinem Täubchen, das sitzt auf dem Dache und will mir Ade sagen«, antwortete Hänsel. »Narr«, sagte die Frau, »das ist dein Täubchen nicht, das ist die Morgensonne, die auf den Schornstein oben scheint.« Hänsel aber warf nach und nach alle Bröcklein auf den Weg.

Die Frau führte die Kinder noch tiefer in den Wald, wo sie ihr Lebtag noch nicht gewesen waren. Da ward wieder ein großes Feuer angemacht, und die Mutter sagte: »Bleibt nur da sitzen, ihr Kinder, und wenn ihr müde seid, könnt ihr ein wenig schlafen: Wir gehen in den Wald und hauen Holz, und abends, wenn wir fertig sind, kommen wir und holen euch ab.« Als es Mittag war, teilte Gretel ihr Brot mit Hänsel, der sein Stück auf den Weg gestreut hatte. Dann schliefen sie ein, und der Abend verging, aber niemand kam zu den armen Kindern. Sie erwachten erst in der finsteren Nacht, und Hänsel tröstete sein Schwesterchen und sagte: »Wart nur, Gretel, bis der Mond aufgeht, dann werden wir die Brotbröcklein sehen, die ich ausgestreut habe, die zeigen uns den Weg nach Haus.« Als der Mond kam, machten sie sich auf, aber sie fanden kein Bröcklein mehr, denn die viel tausend Vögel, die im Walde und im Felde umherfliegen, die hatten sie weggepickt. Hänsel sagte zu Gretel: »Wir werden den Weg schon finden«, aber sie fanden ihn nicht. Sie gingen die ganze Nacht und noch einen Tag von Morgen bis Abend, aber sie kamen aus dem Wald nicht heraus, und waren so hungrig, denn sie hatten nichts als die paar Beeren, die auf der Erde standen. Und weil sie so müde waren, daß die Beine sie nicht mehr tragen wollten, so legten sie sich unter einen Baum und schliefen ein.

Nun wars schon der dritte Morgen, daß sie ihres Vaters Haus verlassen hatten. Sie fingen wieder an zu gehen, aber sie gerieten immer tiefer in den Wald, und wenn nicht bald Hilfe kam, so mußten sie verschmachten. Als es Mittag war, sahen sie ein schönes schneeweißes Vöglein auf einem Ast sitzen, das sang so schön, daß sie stehen blieben und ihm zuhörten. Und als es fertig war, schwang es seine Flügel und flog vor ihnen her, und sie gingen ihm nach, bis sie zu einem Häuschen gelangten, auf dessen Dach es sich setzte, und als sie ganz nah herankamen, so sahen sie, daß das Häuslein aus Brot gebaut war und mit Kuchen gedeckt; aber die Fenster waren von hellem Zucker. »Da wollen wir uns dran machen«, sprach Hänsel, »und eine gesegnete Mahlzeit halten. Ich will ein Stück vom Dach essen, Gretel, du kannst vom Fenster essen, das schmeckt süß.« Hänsel reichte in die Höhe und brach sich ein wenig vom Dach ab, um zu versuchen, wie es schmeckte, und Gretel stellte sich an die Scheiben und knuperte daran. Da rief eine feine Stimme aus der Stube heraus:

»Knuper, knuper, kneischen,
wer knupert an meinem Häuschen?«

Die Kinder antworteten:

»Der Wind, der Wind,
das himmlische Kind«,

und aßen weiter, ohne sich irre machen zu lassen. Hänsel, dem das Dach sehr gut schmeckte, riß sich ein großes Stück davon herunter, und Gretel stieß eine ganze runde Fensterscheibe heraus, setzte sich nieder und tat sich wohl damit. Da ging auf einmal die Türe auf, und eine steinalte Frau, die sich auf eine Krücke stützte, kam herausgeschlichen. Hänsel und Gretel erschraken so gewaltig, daß sie fallen ließen, was sie in den Händen hielten. Die Alte aber wackelte mit dem Kopfe und sprach: »Ei, ihr lieben Kinder, wer hat euch hierher gebracht? Kommt nur herein und bleibt bei mir, es geschieht euch kein Leid.« Sie faßte beide an der Hand und führte sie in ihr Häuschen. Da ward gutes Essen aufgetragen, Milch und Pfannekuchen mit Zucker, Äpfel und Nüsse. Hernach wurden zwei schöne Bettlein weiß gedeckt, und Hänsel und Gretel legten sich hinein und meinten, sie wären im Himmel.

Die Alte hatte sich nur so freundlich angestellt, sie war aber eine böse Hexe, die den Kindern auflauerte, und hatte das Brothäuslein bloß gebaut, um sie herbeizulocken. Wenn eins in ihre Gewalt kam, so machte sie es tot, kochte es und aß es, und das war ihr ein Festtag. Die Hexen haben rote Augen und können nicht weit sehen, aber sie haben eine feine Witterung, wie die Tiere, und merkens, wenn Menschen herankommen. Als Hänsel und Gretel in ihre Nähe kamen, da lachte sie boshaft und sprach höhnisch: »Die habe ich, die sollen mir nicht wieder entwischen.« Frühmorgens, ehe die Kinder erwacht waren, stand sie schon auf, und als sie beide so lieblich ruhen sah, mit den vollen roten Backen, so murmelte sie vor sich hin: »Das wird ein guter Bissen werden.« Da packte sie Hänsel mit ihrer dürren Hand und trug ihn in einen kleinen Stall und sperrte ihn mit einer Gittertüre ein: Er mochte schreien, wie er wollte, es half ihm nichts. Dann ging sie zur Gretel, rüttelte sie wach und rief: »Steh auf, Faulenzerin, trag Wasser und koch deinem Bruder etwas Gutes, der sitzt draußen im Stall und soll fett werden. Wenn er fett ist, so will ich ihn essen.« Gretel fing an bitterlich zu weinen, aber es war alles vergeblich, sie mußte tun, was die böse Hexe verlangte.

Nun ward dem armen Hänsel das beste Essen gekocht, aber Gretel bekam nichts als Krebsschalen. Jeden Morgen schlich die Alte zu dem Ställchen und rief: »Hänsel, streck deine Finger heraus, damit ich fühle, ob du bald fett bist.« Hänsel streckte ihr aber ein Knöchlein heraus, und die Alte, die trübe Augen hatte, konnte es nicht sehen, und meinte, es wären Hänsels Finger, und verwunderte sich, daß er gar nicht fett werden wollte. Als vier Wochen herum waren und Hänsel immer mager blieb, da überkam sie die Ungeduld, und sie wollte nicht länger warten. »Heda, Gretel«, rief sie dem Mädchen zu, »sei flink und trag Wasser: Hänsel mag fett oder mager sein, morgen will ich ihn schlachten und kochen.« Ach, wie jammerte das arme Schwesterchen, als es das Wasser tragen mußte, und wie flossen ihm die Tränen über die Backen herunter! »Lieber Gott, hilf uns doch«, rief sie aus, »hätten uns nur die wilden Tiere im Wald gefressen, so wären wir doch zusammen gestorben.« »Spar nur dein Geblärre«, sagte die Alte, »es hilft dir alles nichts.«

Frühmorgens mußte Gretel heraus, den Kessel mit Wasser aufhängen und Feuer anzünden. »Erst wollen wir backen«, sagte die Alte, »ich habe den Backofen schon eingeheizt und den Teig geknetet!« Sie stieß das arme Gretel hinaus zu dem Backofen, aus dem die Feuerflammen schon herausschlugen. »Kriech hinein«, sagte die Hexe, »und sieh zu, ob recht eingeheizt ist, damit wir das Brot hineinschießen können.« Und wenn Gretel darin war, wollte sie den Ofen zumachen, und Gretel sollte darin braten, und dann wollte sies auch aufessen. Aber Gretel merkte, was sie im Sinn hatte, und sprach: »Ich weiß nicht, wie ichs machen soll; wie komm ich da hinein?« »Dumme Gans«, sagte die Alte, »die Öffnung ist groß genug, siehst du wohl, ich könnte selbst hinein«, krabbelte heran und steckte den Kopf in den Backofen. Da gab ihr Gretel einen Stoß, daß sie weit hineinfuhr, machte die eiserne Tür zu und schob den Riegel vor. Hu! Da fing sie an zu heulen, ganz grauselig; aber Gretel lief fort, und die gottlose Hexe mußte elendiglich verbrennen.

Gretel aber lief schnurstracks zu Hänsel, öffnete sein Ställchen und rief: »Hänsel, wir sind erlöst, die alte Hexe ist tot!« Da sprang Hänsel heraus wie ein Vogel aus dem Käfig, wenn ihm die Türe aufgemacht wird. Wie haben sie sich gefreut, sind sich um den Hals gefallen, sind herumgesprungen und haben sich geküßt! Und weil sie sich nicht mehr zu fürchten brauchten, so gingen sie in das Haus der Hexe hinein, da standen in allen Ecken Kasten mit Perlen und Edelsteinen. »Die sind noch besser als Kieselsteine«, sagte Hänsel und steckte in seine Taschen, was hinein wollte, und Gretel sagte: »Ich will auch etwas mit nach Haus bringen«, und füllte sich sein Schürzchen voll. »Aber jetzt wollen wir fort«, sagte Hänsel, »damit wir aus dem Hexenwald herauskommen.«

Als sie aber ein paar Stunden gegangen waren, gelangten sie an ein großes Wasser. »Wir können nicht hinüber«, sprach Hänsel, »ich seh keinen Steg und keine Brücke.« »Hier fährt auch kein Schiffchen«, antwortete Gretel, »aber da schwimmt eine weiße Ente, wenn ich die bitte, so hilft sie uns hinüber.« Da rief sie:

»Entchen, Entchen,
da steht Gretel und Hänsel.
Kein Steg und keine Brücke,
nimm uns auf deinen weißen Rücken.«

Das Entchen kam auch heran, und Hänsel setzte sich auf und bat sein Schwesterchen, sich zu ihm zu setzen. »Nein«, antwortete Gretel, »es wird dem Entchen zu schwer, es soll uns nacheinander hinüberbringen.« Das tat das gute Tierchen, und als sie glücklich drüben waren und ein Weilchen fortgingen, da kam ihnen der Wald immer bekannter und immer bekannter vor, und endlich erblickten sie von weitem ihres Vaters Haus. Da fingen sie an zu laufen, stürzten in die Stube hinein und fielen ihrem Vater um den Hals. Der Mann hatte keine frohe Stunde gehabt, seitdem er die Kinder im Walde gelassen hatte, die Frau aber war gestorben. Gretel schüttete sein Schürzchen aus, daß die Perlen und Edelsteine in der Stube herumsprangen, und Hänsel warf eine Handvoll nach der anderen aus seiner Tasche dazu. Da hatten alle Sorgen ein Ende, und sie lebten in lauter Freude zusammen. Mein Märchen ist aus, dort läuft eine Maus, wer sie fängt, darf sich eine große große Pelzkappe daraus machen.

Das tapfere Schneiderlein

An einem Sommermorgen saß ein Schneiderlein auf seinem Tisch am Fenster, war guter Dinge und nähte aus Leibeskräften. Da kam eine Bauersfrau die Straße herab und rief: »Gut Mus feil! Gut Mus feil!« Das klang dem Schneiderchen lieblich in die Ohren, er steckte sein zartes Haupt zum Fenster hinaus und rief: »Hier herauf, liebe Frau, hier wird sie ihre Ware los.« Die Frau stieg die drei Treppen mit ihrem schweren Korbe zu dem Schneider herauf und mußte die Töpfe sämtlich vor ihm auspacken. Er besah sie alle, hob sie in die Höhe, hielt die Nase dran und sagte endlich: »Das Mus scheint mir gut, wieg sie mir doch vier Lot ab, liebe Frau, wenns auch ein Viertelpfund ist, kommt es mir nicht darauf an.« Die Frau, welche gehofft hatte, einen guten Absatz zu finden, gab ihm, was er verlangte, ging aber ganz ärgerlich und brummig fort. »Nun, das Mus soll mir Gott gesegnen«, rief das Schneiderlein, »und soll mir Kraft und Stärke geben«, holte das Brot aus dem Schrank, schnitt sich ein Stück über den ganzen Laib und strich das Mus darüber. »Das wird nicht bitter schmecken«, sprach er, »aber erst will ich den Wams fertig machen, eh ich anbeiße.« Er legte das Brot neben sich, nähte weiter und machte vor Freude immer größere Stiche. Indes stieg der Geruch von dem süßen Mus hinauf an die Wand, wo die Fliegen in großer Menge saßen, so daß sie herangelockt wurden und sich scharenweis darauf niederließen. »Ei, wer hat euch eingeladen?« sprach das Schneiderlein und jagte die ungebetenen Gäste fort. Die Fliegen aber, die kein Deutsch verstanden, ließen sich nicht abweisen, sondern kamen in immer größerer Gesellschaft wieder. Da lief dem Schneiderlein endlich, wie man sagt, die Laus über die Leber, es langte aus seiner Hölle nach einem Tuchlappen, und: »Wart, ich will es euch geben!« schlug es unbarmherzig drauf. Als es abzog und zählte, so lagen nicht weniger als sieben vor ihm tot und streckten die Beine. »Bist du so ein Kerl?« sprach er und mußte selbst seine Tapferkeit bewundern, »das soll die ganze Stadt erfahren.« Und in der Hast schnitt sich das Schneiderlein einen Gürtel, nähte ihn und stickte mit großen Buchstaben darauf: »Siebene auf einen Streich!« »Ei was Stadt!« sprach er weiter, »die ganze Welt solls erfahren!« und sein Herz wackelte ihm vor Freude wie ein Lämmerschwänzchen.

Der Schneider band sich den Gürtel um den Leib und wollte in die Welt hinaus, weil er meinte, die Werkstätte sei zu klein für seine Tapferkeit. Eh er abzog, suchte er im Haus herum, ob nichts da wäre, was er mitnehmen könnte, er fand aber nichts als einen alten Käs, den steckte er ein. Vor dem Tore bemerkte er einen Vogel, der sich im Gesträuch gefangen hatte, der mußte zu dem Käse in die Tasche. Nun nahm er den Weg tapfer zwischen die Beine, und weil er leicht und behend war, fühlte er keine Müdigkeit. Der Weg führte ihn auf einen Berg, und als er den höchsten Gipfel erreicht hatte, so saß da ein gewaltiger Riese und schaute sich ganz gemächlich um. Das Schneiderlein ging beherzt auf ihn zu, redete ihn an und sprach: »Guten Tag, Kamerad, gelt, du sitzest da und besiehst dir die weitläufige Welt? Ich bin eben auf dem Wege dahin und will mich versuchen. Hast du Lust mitzugehen?« Der Riese sah den Schneider verächtlich an und sprach: »Du Lump! Du miserabler Kerl!« »Das wäre!« antwortete das Schneiderlein, knöpfte den Rock auf und zeigte dem Riesen den Gürtel, »da kannst du lesen, was ich für ein Mann bin.« Der Riese las: »Siebene auf einen Streich«, meinte, das wären Menschen gewesen, die der Schneider erschlagen hätte, und kriegte ein wenig Respekt vor dem kleinen Kerl. Doch wollte er ihn erst prüfen, nahm einen Stein in die Hand und drückte ihn zusammen, daß das Wasser heraustropfte. »Das mach mir nach«, sprach der Riese, »wenn du Stärke hast.« »Ists weiter nichts?« sagte das Schneiderlein, »das ist bei unsereinem Spielwerk«, griff in die Tasche, holte den weichen Käs und drückte ihn, daß der Saft herauslief. »Gelt«, sprach er, »das war ein wenig besser?« Der Riese wußte nicht, was er sagen sollte, und konnte es von dem Männlein nicht glauben. Da hob der Riese einen Stein auf und warf ihn so hoch, daß man ihn mit Augen kaum noch sehen konnte: »Nun, du Erpelmännchen, das tu mir nach.« »Gut geworfen«, sagte der Schneider, »aber der Stein hat doch wieder zur Erde herabfallen müssen, ich will dir einen werfen, der soll gar nicht wiederkommen«; griff in die Tasche, nahm den Vogel und warf ihn in die Luft. Der

Vogel, froh über seine Freiheit, stieg auf, flog fort und kam nicht wieder. »Wie gefällt dir das Stückchen, Kamerad?« fragte der Schneider. »Werfen kannst du wohl«, sagte der Riese, »aber nun wollen wir sehen, ob du imstande bist, etwas Ordentliches zu tragen.« Er führte das Schneiderlein zu einem mächtigen Eichbaum, der da gefällt auf dem Boden lag, und sagte: »Wenn du stark genug bist, so hilf mir den Baum aus dem Walde herauszutragen.« »Gerne«, antwortete der kleine Mann, »nimm du nur den Stamm auf deine Schulter, ich will die Äste mit dem Gezweig aufheben und tragen, das ist doch das Schwerste.« Der Riese nahm den Stamm auf die Schulter, der Schneider aber setzte sich auf einen Ast, und der Riese, der sich nicht umsehen konnte, mußte den ganzen Baum und das Schneiderlein noch obendrein forttragen. Es war da hinten ganz lustig und guter Dinge, pfiff das Liedchen: »Es ritten drei Schneider zum Tore hinaus«, als wär das Baumtragen ein Kinderspiel. Der Riese, nachdem er ein Stück Wegs die schwere Last fortgeschleppt hatte, konnte nicht weiter und rief: »Hör, ich muß den Baum fallen lassen.« Der Schneider sprang behendiglich herab, faßte den Baum mit beiden Armen, als wenn er ihn getragen hätte, und sprach zum Riesen: »Du bist ein so großer Kerl und kannst den Baum nicht einmal tragen.«

Sie gingen zusammen weiter, und als sie an einem Kirschbaum vorbeikamen, faßte der Riese die Krone des Baums, wo die zeitigsten Früchte hingen, bog sie herab, gab sie dem Schneider in die Hand und hieß ihn essen. Das Schneiderlein aber war viel zu schwach, um den Baum zu halten, und als der Riese losließ, fuhr der Baum in die Höhe, und der Schneider ward mit in die Luft geschnellt. Als er wieder ohne Schaden herabgefallen war, sprach der Riese: »Was ist das, hast du nicht Kraft, die schwache Gerte zu halten?« »An der Kraft fehlt es nicht«, antwortete das Schneiderlein, »meinst du, das wäre etwas für einen, der siebene mit einem Streich getroffen hat? Ich bin über den Baum gesprungen, weil die Jäger da unten in das Gebüsch schießen. Spring nach, wenn dus vermagst.« Der Riese machte den Versuch, konnte aber nicht über den Baum kommen, sondern blieb in den Ästen hängen, also daß das Schneiderlein auch hier die Oberhand behielt.

Der Riese sprach: »Wenn du ein so tapferer Kerl bist, so komm mit in unsere Höhle und übernachte bei uns.« Das Schneiderlein war bereit und folgte ihm. Als sie in der Höhle anlangten, saßen da noch andere Riesen beim Feuer, und jeder hatte ein gebratenes Schaf in der Hand und aß davon. Das Schneiderlein sah sich um und dachte: »Es ist doch hier viel weitläufiger als in meiner Werkstatt.« Der Riese wies ihm ein Bett an und sagte, er sollte sich hineinlegen und ausschlafen. Dem Schneiderlein war aber das Bett zu groß, er legte sich nicht hinein, sondern kroch in eine Ecke. Als es Mitternacht war und der Riese meinte, das Schneiderlein läge in tiefem Schlafe, so stand er auf, nahm eine große Eisenstange und schlug das Bett mit einem Schlage durch und meinte, er hätte dem Grashüpfer den Garaus gemacht. Mit dem frühsten Morgen gingen die Riesen in den Wald und hatten das Schneiderlein ganz vergessen, da kam es auf einmal ganz lustig und verwegen dahergeschritten. Die Riesen erschraken, fürchteten, er schlüge sie alle tot, und liefen in einer Hast fort.

Das Schneiderlein zog weiter, immer seiner spitzen Nase nach. Nachdem es lange gewandert war, kam es in den Hof eines königlichen Palastes, und da es Müdigkeit empfand, so legte es sich ins Gras und schlief ein. Während es da lag, kamen die Leute, betrachteten es von allen Seiten und lasen auf dem Gürtel: »Siebene auf einen Streich.« »Ach«, sprachen sie, »was will der große Kriegsheld hier mitten im Frieden? Das muß ein mächtiger Herr sein.« Sie gingen und meldeten es dem König, und meinten, wenn Krieg ausbrechen sollte, wäre das ein wichtiger und nützlicher Mann, den man um keinen Preis fortlassen dürfte. Dem König gefiel der Rat, und er schickte einen von seinen Hofleuten an das Schneiderlein ab, der sollte ihm, wenn es aufgewacht wäre, Kriegsdienste anbieten. Der Abgesandte blieb bei dem Schläfer stehen, wartete, bis er seine Glieder streckte und die Augen aufschlug, und brachte dann seinen Antrag vor. »Eben deshalb bin ich hierher gekommen«, antwortete er, »ich bin bereit, in des Königs Dienste zu treten.« Also ward er ehrenvoll empfangen und ihm eine besondere Wohnung angewiesen.

Die Kriegsleute aber waren dem Schneiderlein aufgesessen und wünschten, es wäre tausend Meilen weit weg. »Was soll daraus werden?« sprachen sie untereinander, »wenn wir Zank mit ihm kriegen und er haut zu, so fallen auf jeden Streich siebene. Da kann unsereiner nicht bestehen.« Also faßten sie einen Entschluß, begaben sich allesamt zum König und baten um ihren Abschied. »Wir sind nicht gemacht«, sprachen sie, »neben einem Mann auszuhalten, der siebene auf einen Streich schlägt.« Der König war traurig, daß er um des einen willen alle seine treuen Diener verlieren sollte, wünschte, daß seine Augen ihn nie gesehen hätten, und wäre ihn gerne wieder los geworden. Aber er getraute sich nicht, ihm den Abschied zu geben, weil er fürchtete, er möchte ihn samt seinem Volke totschlagen und sich auf den königlichen Thron setzen. Er sann lange hin und her, endlich fand er einen Rat. Er schickte zu dem Schneiderlein und ließ ihm sagen, weil er ein so großer Kriegsheld wäre, so wollte er ihm ein Anerbieten machen. In einem Walde seines Landes hausten zwei Riesen, die mit Rauben, Morden, Sengen und Brennen großen Schaden stifteten, niemand dürfte sich ihnen nahen, ohne sich in Lebensgefahr zu setzen. Wenn er diese beiden Riesen überwände und tötete, so wollte er ihm seine einzige Tochter zur Gemahlin geben und das halbe Königreich zur Ehesteuer; auch sollten hundert Reiter mitziehen und ihm Beistand leisten. »Das wäre so etwas für einen Mann, wie du bist«, dachte das Schneiderlein, »eine schöne Königstochter und ein halbes Königreich wird einem nicht alle Tage angeboten.« »O ja«, gab er zur Antwort, »die Riesen will ich schon bändigen, und habe die hundert Reiter dabei nicht nötig: wer siebene auf einen Streich trifft, braucht sich vor zweien nicht zu fürchten.«

Das Schneiderlein zog aus, und die hundert Reiter folgten ihm. Als er zu dem Rand des Waldes kam, sprach er zu seinen Begleitern: »Bleibt hier nur halten, ich will schon allein mit den Riesen fertig werden.« Dann sprang er in den Wald hinein und schaute sich rechts und links um. Über ein Weilchen erblickte er beide Riesen: sie lagen unter einem Baume und schliefen und schnarchten dabei, daß sich die Äste auf- und niederbogen. Das Schneiderlein, nicht faul, las beide Taschen voll Steine und stieg damit auf den Baum. Als es in der Mitte war, rutschte es auf einen Ast, bis es gerade über die Schläfer zu sitzen kam, und ließ dem einen Riesen einen Stein nach dem andern auf die Brust fallen. Der Riese spürte lange nichts, doch endlich wachte er auf, stieß seinen Gesellen an und sprach: »Was schlägst du mich?« »Du träumst«, sagte der andere, »ich schlage dich nicht.« Sie legten sich wieder zum Schlaf, da warf der Schneider auf den zweiten einen Stein herab. »Was soll das?« rief der andere, »warum wirfst du mich?« »Ich werfe dich nicht«, antwortete der erste und brummte. Sie zankten sich eine Weile herum, doch weil sie müde waren, ließen sies gut sein, und die Augen fielen ihnen wieder zu. Das Schneiderlein fing sein Spiel von neuem an, suchte den dicksten Stein aus und warf ihn dem ersten Riesen mit aller Gewalt auf die Brust. »Das ist zu arg!« schrie er, sprang wie ein Unsinniger auf und stieß seinen Gesellen wider den Baum, daß dieser zitterte. Der andere zahlte mit gleicher Münze, und sie gerieten in solche Wut, daß sie Bäume ausrissen, aufeinander losschlugen, so lang, bis sie endlich beide zugleich tot auf die Erde fielen. Nun sprang das Schneiderlein herab. »Ein Glück nur«, sprach es, »daß sie den Baum, auf dem ich saß, nicht ausgerissen haben, sonst hätte ich wie ein Eichhörnchen auf einen andern springen müssen: Doch unsereiner ist flüchtig!« Es zog sein Schwert und versetzte jedem ein paar tüchtige Hiebe in die Brust, dann ging es hinaus zu den Reitern und sprach: »Die Arbeit ist getan, ich habe beiden den Garaus gemacht: Aber hart ist es hergegangen, sie haben in der Not Bäume ausgerissen und sich gewehrt, doch das hilft alles nichts, wenn einer kommt wie ich, der siebene auf einen Streich schlägt.« »Seid Ihr denn nicht verwundet?« fragten die Reiter. »Das hat gute Wege«, antwortete der Schneider, »kein Haar haben sie mir gekrümmt.« Die Reiter wollten ihm keinen Glauben beimessen und ritten in den Wald hinein: Da fanden sie die Riesen in ihrem Blute schwimmend, und ringsherum lagen die ausgerissenen Bäume.

Das Schneiderlein verlangte von dem König die versprochene Belohnung, den aber reute sein Versprechen und er sann aufs neue, wie er sich den Helden vom Halse schaffen könnte. »Ehe du meine Tochter und das halbe Reich erhältst«, sprach er zu ihm, »mußt du noch eine Heldentat vollbringen. In dem Walde läuft ein Einhorn, das großen Schaden anrichtet, das mußt du erst einfangen.« »Vor einem Einhorne fürchte ich mich noch weniger als vor zwei Riesen; siebene auf einen Streich, das ist meine Sache.« Er nahm sich einen Strick und eine Axt mit, ging hinaus in den Wald, und hieß abermals die, welche ihm zugeordnet waren, außen warten. Er brauchte nicht lange zu suchen, das Einhorn kam bald daher und sprang geradezu auf den Schneider los, als wollte es ihn ohne Umstände aufspießen. »Sachte, sachte«, sprach er, »so geschwind geht das nicht«, blieb stehen und wartete, bis das Tier ganz nahe war, dann sprang er behendiglich hinter den Baum. Das Einhorn rannte mit aller Kraft gegen den Baum und spießte sein Horn so fest in den Stamm, daß es nicht Kraft genug hatte, es wieder herauszuziehen, und so war es gefangen. »Jetzt hab ich das Vöglein«, sagte der Schneider, kam hinter dem Baum hervor, legte dem Einhorn den Strick erst um den Hals, dann hieb er mit der Axt das Horn aus dem Baum, und als alles in Ordnung war, führte er das Tier ab und brachte es dem König.

Der König wollte ihm den verheißenen Lohn noch nicht gewähren und machte eine dritte Forderung. Der Schneider sollte ihm vor der Hochzeit erst ein Wildschwein fangen, das in dem Wald großen Schaden tat; die Jäger sollten ihm Beistand leisten. »Gerne«, sprach der Schneider, »das ist ein Kinderspiel.« Die Jäger nahm er nicht mit in den Wald, und sie warens wohl zufrieden, denn das Wildschwein hatte sie schon mehrmals so empfangen, daß sie keine Lust hatten, ihm nachzustellen. Als das Schwein den Schneider erblickte, lief es mit schäumendem Munde und wetzenden Zähnen auf ihn zu und wollte ihn zur Erde werfen: Der flüchtige Held aber sprang in eine Kapelle, die in der Nähe war, und gleich oben zum Fenster in einem Satze wieder hinaus. Das Schwein war hinter ihm hergelaufen, er aber hüpfte außen herum und schlug die Türe hinter ihm zu; da war das wütende Tier gefangen, das viel zu schwer und unbehilflich war, um zu dem Fenster hinauszuspringen. Das Schneiderlein rief die Jäger herbei, die mußten den Gefangenen mit eigenen Augen sehen: Der Held aber begab sich zum Könige, der nun, er mochte wollen oder nicht, sein Versprechen halten mußte und ihm seine Tochter und das halbe Königreich übergab. Hätte er gewußt, daß kein Kriegsheld, sondern ein Schneiderlein vor ihm stand, es wäre ihm noch mehr zu Herzen gegangen. Die Hochzeit ward also mit großer Pracht und kleiner Freude gehalten, und aus einem Schneider ein König gemacht.

Nach einiger Zeit hörte die junge Königin in der Nacht, wie ihr Gemahl im Traume sprach: »Junge, mach mir den Wams und flick mir die Hosen, oder ich will dir die Elle über die Ohren schlagen.« Da merkte sie, in welcher Gasse der junge Herr geboren war, klagte am andern Morgen ihrem Vater ihr Leid und bat, er möchte ihr von dem Manne helfen, der nichts anders als ein Schneider wäre. Der König sprach ihr Trost zu und sagte: »Laß in der nächsten Nacht deine Schlafkammer offen, meine Diener sollen außen stehen und, wenn er eingeschlafen ist, hineingehen, ihn binden und auf ein Schiff tragen, das ihn in die weite Welt führt.« Die Frau war damit zufrieden, des Königs Waffenträger aber, der alles mit angehört hatte, war dem jungen Herrn gewogen und hinterbrachte ihm den ganzen Anschlag. »Dem Ding will ich einen Riegel vorschieben«, sagte das Schneiderlein. Abends legte es sich zu gewöhnlicher Zeit mit seiner Frau zu Bett: Als sie glaubte, er sei eingeschlafen, stand sie auf, öffnete die Tür und legte sich wieder. Das Schneiderlein, das sich nur stellte, als wenn es schlief, fing an mit heller Stimme zu rufen: »Junge, mach den Wams und flick mir die Hosen, oder ich will dir die Elle über die Ohren schlagen! Ich habe siebene mit einem Streiche getroffen, zwei Riesen getötet, ein Einhorn fortgeführt und ein Wildschwein gefangen, und sollte mich vor denen fürchten, die draußen vor der Kammer stehen!« Als diese den Schneider so sprechen hörten, überkam sie eine große Furcht, sie liefen, als wenn das wilde Heer hinter ihnen wäre, und keiner wollte sich mehr an ihn wagen. Also war und blieb das Schneiderlein sein Lebtag König.

Aschenputtel

Einem reichen Manne, dem wurde seine Frau krank, und als sie fühlte, daß ihr Ende herankam, rief sie ihr einziges Töchterlein zu sich ans Bett und sprach: »Liebes Kind, bleibe fromm und gut, so wird dir der liebe Gott immer beistehen, und ich will vom Himmel auf dich herabblicken, und will um dich sein.« Darauf tat sie die Augen zu und verschied. Das Mädchen ging jeden Tag hinaus zu dem Grabe der Mutter und weinte, und blieb fromm und gut. Als der Winter kam, deckte der Schnee ein weißes Tüchlein auf das Grab, und als die Sonne im Frühjahr es wieder herabgezogen hatte, nahm sich der Mann eine andere Frau.

Die Frau hatte zwei Töchter mit ins Haus gebracht, die schön und weiß von Angesicht waren, aber garstig und schwarz von Herzen. Da ging eine schlimme Zeit für das arme Stiefkind an. »Soll die dumme Gans bei uns in der Stube sitzen!« sprachen sie, »wer Brot essen will, muß es verdienen: hinaus mit der Küchenmagd.« Sie nahmen ihm seine schönen Kleider weg, zogen ihm einen grauen alten Kittel an und gaben ihm hölzerne Schuhe. »Seht einmal die stolze Prinzessin, wie sie geputzt ist!« riefen sie, lachten und führten es in die Küche. Da mußte es von Morgen bis Abend schwere Arbeit tun, früh vor Tag aufstehn, Wasser tragen, Feuer anmachen, kochen und waschen. Obendrein taten ihm die Schwestern alles ersinnliche Herzeleid an, verspotteten es und schütteten ihm die Erbsen und Linsen in die Asche, so daß es sitzen und sie wieder auslesen mußte. Abends, wenn es sich müde gearbeitet hatte, kam es in kein Bett, sondern mußte sich neben den Herd in die Asche legen. Und weil es darum immer staubig und schmutzig aussah, nannten sie es *Aschenputtel*.

Es trug sich zu, daß der Vater einmal in die Messe ziehen wollte, da fragte er die beiden Stieftöchter, was er ihnen mitbringen sollte. »Schöne Kleider«, sagte die eine, »Perlen und Edelsteine«, die zweite. »Aber du, Aschenputtel«, sprach er, »was willst du haben?« »Vater, das erste Reis, das Euch auf Eurem Heimweg an den Hut stößt, das brecht für mich ab.« Er kaufte nun für die beiden Stiefschwestern schöne Kleider, Perlen und Edelsteine, und auf dem Rückweg, als er durch einen grünen Busch ritt, streifte ihn ein Haselreis und stieß ihm den Hut ab. Da brach er das Reis ab und nahm es mit. Als er nach Hause kam, gab er den Stieftöchtern, was sie sich gewünscht hatten, und dem Aschenputtel gab er das Reis von dem Haselbusch. Aschenputtel dankte ihm, ging zu seiner Mutter Grab und pflanzte das Reis darauf, und weinte so sehr, daß die Tränen darauf niederfielen und es begossen. Es wuchs aber, und ward ein schöner Baum. Aschenputtel ging alle Tage dreimal darunter, weinte und betete, und allemal kam ein weißes Vöglein auf den Baum, und wenn es einen Wunsch aussprach, so warf ihm das Vögelein herab, was es sich gewünscht hatte.

Es begab sich aber, daß der König ein Fest anstellte, das drei Tage dauern sollte, und wozu alle schönen Jungfrauen im Lande eingeladen wurden, damit sich sein Sohn eine Braut aussuchen möchte. Die zwei Stiefschwestern, als sie hörten, daß sie auch dabei erscheinen sollten, waren guter Dinge, riefen Aschenputtel und sprachen: »Kämm uns die Haare, bürste uns die Schuhe und mache uns die Schnallen fest, wir gehen zur Hochzeit auf des Königs Schloß.« Aschenputtel gehorchte, weinte aber, weil es auch gern zum Tanz mitgegangen wäre, und bat die Stiefmutter, sie möchte es ihm erlauben. »Du Aschenputtel«, sprach sie, »bist voll Staub und Schmutz, und willst zur Hochzeit? Du hast keine Kleider und Schuhe, und willst tanzen!« Als es aber mit Bitten anhielt, sprach sie endlich: »Da habe ich dir eine Schüssel Linsen in die Asche geschüttet, wenn du die Linsen in zwei Stunden wieder ausgelesen hast, so sollst du mitgehen.« Das Mädchen ging durch die Hintertür nach dem Garten und rief: »Ihr zahmen Täubchen, ihr Turteltäubchen, all ihr Vöglein unter dem Himmel, kommt und helft mir lesen,

die guten ins Töpfchen,
die schlechten ins Kröpfchen.«

Da kamen zum Küchenfenster zwei weiße Täubchen herein und danach die Turteltäubchen, und endlich schwirrten und schwärmten alle Vöglein unter dem Himmel herein und ließen sich um die Asche nieder. Und die Täubchen nickten mit den Köpfchen und fingen an pick, pick, pick, pick, und da fingen die übrigen auch an pick, pick, pick, pick, und lasen alle guten Körnlein in die Schüssel. Kaum war eine Stunde herum, so waren sie schon fertig und flogen alle wieder hinaus. Da brachte das Mädchen die Schüssel der Stiefmutter, freute sich und glaubte, es dürfte nun mit auf die Hochzeit gehen. Aber sie sprach: »Nein, Aschenputtel, du hast keine Kleider und kannst nicht tanzen: du wirst nur ausgelacht.« Als es nun weinte, sprach sie: »Wenn du mir zwei Schüsseln voll Linsen in einer Stunde aus der Asche rein lesen kannst, so sollst du mitgehen«, und dachte: »Das kann es ja nimmermehr.« Als sie die zwei Schüsseln Linsen in die Asche geschüttet hatte, ging das Mädchen durch die Hintertür nach dem Garten und rief: »Ihr zahmen Täubchen, ihr Turteltäubchen, all ihr Vöglein unter dem Himmel, kommt und helft mir lesen,

die guten ins Töpfchen,
die schlechten ins Kröpfchen.«

Da kamen zum Küchenfenster zwei weiße Täubchen herein und danach die Turteltäubchen, und endlich schwirrten und schwärmten alle Vögel unter dem Himmel herein und ließen sich um die Asche nieder. Und die Täubchen nickten mit ihren Köpfchen und fingen an pick, pick, pick, pick, und da fingen die übrigen auch an pick, pick, pick, pick, und lasen alle guten Körner in die Schüsseln. Und ehe eine halbe Stunde herum war, waren sie schon fertig und flogen alle wieder hinaus. Da trug das Mädchen die Schüssel zu der Stiefmutter, freute sich und glaubte, nun dürfte es mit auf die Hochzeit gehen. Aber sie sprach: »Es hilft dir alles nichts: Du kommst nicht mit, denn du hast keine Kleider und kannst nicht tanzen; wir müßten uns deiner schämen.« Darauf kehrte sie ihm den Rücken zu und eilte mit ihren zwei stolzen Töchtern fort.

Als nun niemand mehr daheim war, ging Aschenputtel zu seiner Mutter Grab unter den Haselbaum und rief:

»Bäumchen, rüttel dich und schüttel dich,
wirf Gold und Silber über mich.«

Da warf ihm der Vogel ein golden und silbern Kleid herunter und mit Seide und Silber ausgestickte Pantoffeln. In aller Eile zog es das Kleid an und ging zur Hochzeit. Seine Schwestern aber und die Stiefmutter kannten es nicht und meinten, es müsse eine fremde Königstochter sein, so schön sah es in dem goldenen Kleide aus. An Aschenputtel dachten sie gar nicht und dachten, es säße daheim im Schmutz und suchte die Linsen aus der Asche. Der Königssohn kam ihm entgegen, nahm es bei der Hand und tanzte mit ihm. Er wollte auch sonst mit niemand tanzen, also daß er ihm die Hand nicht losließ, und wenn ein anderer kam, es aufzufordern, sprach er: »Das ist meine Tänzerin.«

Es tanzte, bis es Abend war, da wollte es nach Haus gehen. Der Königssohn aber sprach: »Ich gehe mit und begleite dich«, denn er wollte sehen, wem das schöne Mädchen angehörte. Sie entwischte ihm aber und sprang in das Taubenhaus. Nun wartete der Königssohn, bis der Vater kam, und sagte ihm, das fremde Mädchen wär in das Taubenhaus gesprungen. Der Alte dachte: »Sollte es Aschenputtel sein?« und sie mußten ihm Axt und Hacken bringen, damit er das Taubenhaus entzweischlagen konnte: Aber es war niemand darin. Und als sie ins Haus kamen, lag Aschenputtel in seinen schmutzigen Kleidern in der Asche, und ein trübes Öllämpchen brannte im Schornstein; denn Aschenputtel war geschwind aus dem Taubenhaus hinten herabgesprungen, und war zu dem Haselbäumchen gelaufen: Da hatte es die schönen Kleider abgezogen und aufs Grab gelegt, und der Vogel hatte sie wieder weggenommen, und dann hatte es sich in seinem grauen Kittelchen in die Küche zur Asche gesetzt.

Am andern Tag, als das Fest von neuem anhub, und die Eltern und Stiefschwestern wieder fort waren, ging Aschenputtel zu dem Haselbaum und sprach:

»Bäumchen, rüttel dich und schüttel dich,
wirf Gold und Silber über mich.«

Da warf der Vogel ein noch viel stolzeres Kleid herab als am vorigen Tag. Und als es mit diesem Kleide auf der Hochzeit erschien, erstaunte jedermann über seine Schönheit. Der Königssohn aber hatte gewartet, bis es kam, nahm es gleich bei der Hand und tanzte nur allein mit ihm. Wenn die andern kamen und es aufforderten, sprach er: »Das ist meine Tänzerin.« Als es nun Abend war, wollte es fort, und der Königssohn ging ihm nach und wollte sehen, in welches Haus es ging: Aber es sprang ihm fort und in den Garten hinter dem

Haus. Darin stand ein schöner großer Baum, an dem die herrlichsten Birnen hingen, es kletterte so behend wie ein Eichhörnchen zwischen die Äste, und der Königssohn wußte nicht, wo es hingekommen war. Er wartete aber, bis der Vater kam, und sprach zu ihm: »Das fremde Mädchen ist mir entwischt, und ich glaube, es ist auf den Birnbaum gesprungen.« Der Vater dachte: »Sollte es Aschenputtel sein?« ließ sich die Axt holen und hieb den Baum um, aber es war niemand darauf. Und als sie in die Küche kamen, lag Aschenputtel da in der Asche, wie sonst auch, denn es war auf der andern Seite vom Baum herabgesprungen, hatte dem Vogel auf dem Haselbäumchen die schönen Kleider wiedergebracht und sein graues Kittelchen angezogen.

Am dritten Tag, als die Eltern und Schwestern fort waren, ging Aschenputtel wieder zu seiner Mutter Grab und sprach zu dem Bäumchen:

»Bäumchen, rüttel dich und schüttel dich,
wirf Gold und Silber über mich.«

Nun warf ihm der Vogel ein Kleid herab, das war so prächtig und glänzend, wie es noch keins gehabt hatte, und die Pantoffeln waren ganz golden. Als es in dem Kleid zu der Hochzeit kam, wußten sie alle nicht, was sie vor Verwunderung sagen sollten. Der Königssohn tanzte ganz allein mit ihm, und wenn es einer aufforderte, sprach er: »Das ist meine Tänzerin.«

Als es nun Abend war, wollte Aschenputtel fort, und der Königssohn wollte es begleiten, aber es entsprang ihm so geschwind, daß er nicht folgen konnte. Der Königssohn hatte aber eine List gebraucht und hatte die ganze Treppe mit Pech bestreichen lassen: Da war, als es hinabsprang, der linke Pantoffel des Mädchens hängen geblieben. Der Königssohn hob ihn auf, und er war klein und zierlich und ganz golden. Am nächsten Morgen ging er damit zu dem Mann und sagte zu ihm: »Keine andere soll meine Gemahlin werden als die, an deren Fuß dieser goldne Schuh paßt.« Da freuten sich die beiden Schwestern, denn sie hatten schöne Füße. Die älteste ging mit dem Schuh in die Kammer und wollte ihn anprobieren, und die Mutter stand dabei. Aber sie konnte mit der großen Zehe nicht hineinkommen, und der Schuh war ihr zu klein, da reichte ihr die Mutter ein Messer und sprach: »Hau die Zehe ab: wann du Königin bist, so brauchst du nicht mehr zu Fuß gehen.« Das Mädchen hieb die Zehe ab, zwängte den Fuß in den Schuh, verbiß den Schmerz und ging heraus zum Königssohn. Da nahm er sie als seine Braut aufs Pferd und ritt mit ihm fort. Sie mußten aber an dem Grabe vorbei, da saßen die zwei Täubchen auf dem Haselbäumchen und riefen:

»Rucke di guck, rucke di guck,
Blut ist im Schuck:

Der Schuck ist zu klein,
die rechte Braut sitzt noch daheim.«

Da blickte er auf ihren Fuß und sah, wie das Blut herausquoll. Er wendete sein Pferd um, brachte die falsche Braut wieder nach Hause und sagte, das wäre nicht die rechte, die andere Schwester solle den Schuh anziehen. Da ging diese in die Kammer und kam mit den Zehen glücklich in den Schuh, aber die Ferse war zu groß. Da reichte ihr die Mutter ein Messer und sprach: »Hau ein Stück von der Ferse ab: wann du Königin bist, brauchst du nicht mehr zu Fuß zu gehen.« Das Mädchen hieb ein Stück von der Ferse ab, zwängte den Fuß in den Schuh, verbiß den Schmerz und ging heraus zum Königssohn. Da nahm er sie als seine Braut aufs Pferd und ritt mit ihr fort. Als sie an dem Haselbäumchen vorbeikamen, saßen die zwei Täubchen darauf und riefen:

»Rucke di guck, rucke di guck,
Blut ist im Schuck:
Der Schuck ist zu klein,
die rechte Braut sitzt noch daheim.«

Er blickte nieder auf ihren Fuß und sah, wie das Blut aus dem Schuh quoll und an den weißen Strümpfen ganz rot heraufgestiegen war. Da wendete er sein Pferd und brachte die falsche Braut wieder nach Haus. »Das ist auch nicht die rechte«, sprach er, »habt ihr keine andere Tochter?« »Nein«, sagte der Mann, »nur von meiner verstorbenen Frau ist noch ein kleines verbuttetes Aschenputtel da: das kann unmöglich die Braut sein.« Der Königssohn sprach, er sollte es heraufschicken, die Mutter aber antwortete: »Ach nein, das ist viel zu schmutzig, das darf sich nicht sehen lassen.« Er wollte es aber durchaus haben, und Aschenputtel mußte gerufen werden. Da wusch es sich erst Hände und Angesicht rein, ging dann hin und neigte sich vor dem Königssohn, der ihm den goldenen Schuh reichte. Dann setzte es sich auf einen Schemel, zog den Fuß aus dem schweren Holzschuh und steckte ihn in den Pantoffel, der war wie angegossen. Und als es sich in die Höhe richtete und der König ihm ins Gesicht sah, so erkannte er das schöne Mädchen, das mit ihm getanzt hatte, und rief: »Das ist die rechte Braut.« Die Stiefmutter und die beiden Schwestern erschraken und wurden bleich vor Ärger: Er aber nahm Aschenputtel aufs Pferd und ritt mit ihm fort. Als sie an dem Haselbäumchen vorbeikamen, riefen die zwei weißen Täubchen.«

»Rucke di guck, rucke di guck,
kein Blut im Schuck:
Der Schuck ist nicht zu klein,
die rechte Braut, die führt er heim.«

Und als sie das gerufen hatten, kamen die beiden herabgeflogen und setzten sich dem Aschenputtel auf die Schultern, eine rechts, die andere links, und blieben da sitzen.

Als die Hochzeit mit dem Königssohn sollte gehalten werden, kamen die falschen Schwestern, wollten sich einschmeicheln und teil an seinem Glück nehmen. Als die Brautleute nun zur Kirche gingen, war die älteste zur rechten, die jüngste zur linken Seite: Da pickten die Tauben einer jeden das eine Auge aus. Hernach, als sie herausgingen, war die älteste zur linken und die jüngste zur rechten: Da pickten die Tauben einer jeden das andere Auge aus. Und waren sie also für ihre Bosheit und Falschheit mit Blindheit auf ihr Lebtag gestraft.

Die sieben Raben

Ein Mann hatte sieben Söhne und immer noch kein Töchterchen, so sehr er sichs auch wünschte; endlich gab ihm seine Frau wieder gute Hoffnung zu einem Kinde, und wies zur Welt kam, war es auch ein Mädchen. Die Freude war groß, aber das Kind war schmächtig und klein und sollte wegen seiner Schwachheit die Nottaufe haben. Der Vater schickte einen der Knaben eilends zur Quelle, Taufwasser zu holen: Die andern sechs liefen mit, und weil jeder der erste beim Schöpfen sein wollte, so fiel ihnen der Krug in den Brunnen. Da standen sie und wußten nicht, was sie tun sollten, und keiner getraute sich heim. Als sie immer nicht zurückkamen, wurde der Vater ungeduldig und sprach: »Gewiß haben sies wieder über ein Spiel vergessen, die gottlosen Jungen.« Es ward ihm angst, das Mädchen müßte ungetauft verscheiden, und im Ärger rief er: »Ich wollte, daß die Jungen alle zu Raben würden.« Kaum war das Wort ausgeredet, so hörte er ein Geschwirr über seinem Haupt in der Luft, blickte in die Höhe und sah sieben kohlschwarze Raben auf- und davonfliegen.

Die Eltern konnten die Verwünschung nicht mehr zurücknehmen, und so traurig sie über den Verlust ihrer sieben Söhne waren, trösteten sie sich doch einigermaßen durch ihr liebes Töchterchen, das bald zu Kräften kam, und mit jedem Tage schöner wurde. Es wußte lange Zeit nicht einmal, daß es Geschwister gehabt hatte, denn die Eltern hüteten sich, ihrer zu erwähnen, bis es eines Tages von ungefähr die Leute von sich sprechen hörte, das Mädchen wäre wohl schön, aber doch eigentlich schuld an dem Unglück seiner lieben Brüder. Da wurde es ganz betrübt, ging zu Vater und Mutter und fragte, ob es denn Brüder gehabt hätte, und wo sie hingeraten wären.

Nun durften die Eltern das Geheimnis nicht länger verschweigen, sagten jedoch, es sei so des Himmels Verhängnis und seine Geburt nur der unschuldige Anlaß gewesen. Allein das Mädchen machte sich täglich ein Gewissen daraus und glaubte, es müßte seine Geschwister wieder erlösen. Es hatte nicht Ruhe und Rast, bis es sich heimlich aufmachte und in die weite Welt ging, seine Brüder irgendwo aufzuspüren und zu befreien, es möchte kosten, was es wollte. Es nahm nichts mit sich als ein Ringlein von seinen Eltern zum Andenken, einen Laib Brot für den Hunger, ein Krüglein Wasser für den Durst und ein Stühlchen für die Müdigkeit. Nun ging es immerzu, weit weg, bis an der Welt Ende. Da kam es zur Sonne, aber die war zu heiß und fürchterlich, und fraß die kleinen Kinder. Eilig lief es weg und lief hin zu dem Mond, aber der war gar zu kalt und auch grausig und bös, und als er das Kind merkte, sprach er: »Ich rieche rieche Menschenfleisch.« Da machte es sich geschwind fort und kam zu den Sternen, die waren ihm freundlich und gut, und jeder saß auf seinem besondern Stühlchen. Der Morgenstern aber stand auf, gab ihm ein Hinkelbeinchen und sprach: »Wenn du das Beinchen nicht hast, kannst du den Glasberg nicht aufschließen, und in dem Glasberg, da sind deine Brüder.«

Das Mädchen nahm das Beinchen, wickelte es wohl in ein Tüchlein, und ging wieder fort, so lange, bis es an den Glasberg kam. Das Tor war verschlossen und es wollte das Beinchen hervorholen, aber wie es das Tüchlein aufmachte, so war es leer, und es hatte das Geschenk der guten Sterne verloren. Was sollte es nun anfangen? Seine Brüder wollte es erretten und hatte keinen Schlüssel zum Glasberg. Das gute Schwesterchen nahm ein Messer, schnitt sich ein kleines Fingerchen ab, steckte es in das Tor und schloß glücklich auf. Als es eingegangen war, kam ihm ein Zwerglein entgegen, das sprach: »Mein Kind, was suchst du?« »Ich suche meine Brüder, die sieben Raben«, antwortete es. Der Zwerg sprach: »Die Herren Raben sind nicht zu Haus, aber willst du hier so lang warten, bis sie kommen, so tritt ein.« Darauf trug das Zwerglein die Speise der Raben herein auf sieben Tellerchen und in sieben Becherchen, und von jedem Tellerchen aß das Schwesterchen ein Bröckchen, und aus jedem Becherchen trank es ein Schlückchen; in das letzte Becherchen aber ließ es das Ringlein fallen, das es mitgenommen hatte.

Auf einmal hörte es in der Luft ein Geschwirr und ein Geweh, da sprach das Zwerglein: »Jetzt kommen die Herren Raben heim geflogen.« Da kamen sie, wollten essen und trinken und suchten ihre Tellerchen und Becherchen. Da sprach einer nach dem andern: »Wer hat von meinem Tellerchen gegessen? Wer hat aus meinem Becherchen getrunken? Das ist eines Menschen Mund gewesen.« Und wie der siebente auf den Grund des Bechers kam, rollte ihm das Ringlein entgegen. Da sah er es an und erkannte, daß es ein Ring von Vater und Mutter war, und sprach: »Gott gebe, unser Schwesterlein wäre da, so wären wir erlöst.« Wie das Mädchen, das hinter der Türe stand und lauschte, den Wunsch hörte, so trat es hervor, und da bekamen alle die Raben ihre menschliche Gestalt wieder. Und sie herzten und küßten einander und zogen fröhlich heim.

Rotkäppchen

Es war einmal eine kleine süße Dirne, die hatte jedermann lieb, der sie nur ansah, am allerliebsten aber ihre Großmutter, die wußte gar nicht, was sie alles dem Kinde geben sollte. Einmal schenkte sie ihm ein Käppchen von rotem Samt, und weil ihm das so wohl stand und es nichts anders mehr tragen wollte, hieß es nur das Rotkäppchen. Eines Tages sprach seine Mutter zu ihm: »Komm, Rotkäppchen, da hast du ein Stück Kuchen und eine Flasche Wein, bring das der Großmutter hinaus; sie ist krank und schwach und wird sich daran laben. Mach dich auf, bevor es heiß wird, und wenn du hinauskommst, so geh hübsch sittsam und lauf nicht vom Weg ab, sonst fällst du und zerbrichst das Glas, und die Großmutter hat nichts. Und wenn du in ihre Stube kommst, so vergiß nicht, guten Morgen zu sagen, und guck nicht erst in alle Ecken herum.«

»Ich will schon alles gut machen«, sagte Rotkäppchen zur Mutter und gab ihr die Hand darauf. Die Großmutter aber wohnte draußen im Wald, eine halbe Stunde vom Dorf. Wie nun Rotkäppchen in den Wald kam, begegnete ihm der Wolf. Rotkäppchen aber wußte nicht, was das für ein böses Tier war, und fürchtete sich nicht vor ihm. »Guten Tag, Rotkäppchen«, sprach er. »Schönen Dank, Wolf.« »Wo hinaus so früh, Rotkäppchen?« »Zur Großmutter.« »Was trägst du unter der Schürze?« »Kuchen und Wein: gestern haben wir gebacken, da soll sich die kranke und schwache Großmutter etwas zugut tun und sich damit stärken.« »Rotkäppchen, wo wohnt deine Großmutter?« »Noch eine gute Viertelstunde weiter im Wald, unter den drei großen Eichbäumen, da steht ihr Haus, unten sind die Nußhecken, das wirst du ja wissen«, sagte Rotkäppchen. Der Wolf dachte bei sich: »Das junge zarte Ding, das ist ein fetter Bissen, der wird noch besser schmecken als die Alte: Du mußt es listig anfangen, damit du beide erschnappst.« Da ging er ein Weilchen neben Rotkäppchen her, dann sprach er: »Rotkäppchen, sieh einmal die schönen Blumen, die ringsumher stehen, warum guckst du dich nicht um? Ich glaube, du hörst gar nicht, wie die Vöglein so lieblich singen?

Du gehst ja für dich hin, als wenn du zur Schule gingst, und ist so lustig haußen in dem Wald.«

Rotkäppchen schlug die Augen auf, und als es sah, wie die Sonnenstrahlen durch die Bäume hin- und hertanzten und alles voll schöner Blumen stand, dachte es: »Wenn ich der Großmutter einen frischen Strauß mitbringe, der wird ihr auch Freude machen; es ist so früh am Tag, daß ich doch zu rechter Zeit ankomme«, lief vom Wege ab in den Wald hinein und suchte Blumen. Und wenn es eine gebrochen hatte, meinte es, weiter hinaus stände eine schönere, und lief danach und geriet immer tiefer in den Wald hinein. Der Wolf aber ging geradewegs nach dem Haus der Großmutter und klopfte an die Türe. »Wer ist draußen?« »Rotkäppchen, das bringt Kuchen und Wein, mach auf.« »Drück nur auf die Klinke«, rief die Großmutter, »ich bin zu schwach und kann nicht aufstehen.« Der Wolf drückte auf die Klinke, die Türe sprang auf und er ging, ohne ein Wort zu sprechen, gerade zum Bett der Großmutter und verschluckte sie. Dann tat er ihre Kleider an, setzte ihre Haube auf, legte sich in ihr Bett und zog die Vorhänge vor.

Rotkäppchen aber war nach den Blumen herumgelaufen, und als es so viel zusammen hatte, daß es keine mehr tragen konnte, fiel ihm die Großmutter wieder ein, und es machte sich auf den Weg zu ihr. Es wunderte sich, daß die Türe aufstand, und wie es in die Stube trat, so kam es ihm so seltsam darin vor, daß es dachte: »Ei, du mein Gott, wie ängstlich wird mirs heute zumut, ich bin sonst so gerne bei der Großmutter!« Es rief: »Guten Morgen«, bekam aber keine Antwort. Darauf ging es ums Bett und zog die Vorhänge zurück; da lag die Großmutter und hatte die Haube tief ins Gesicht gesetzt und sah so wunderlich aus. »Ei, Großmutter, was hast du für große Ohren!« »Daß ich dich besser hören kann.« »Ei, Großmutter, was hast du für große Augen!« »Daß ich dich besser sehen kann.« »Ei, Großmutter, was hast du für große Hände!« »Daß ich dich besser packen kann.« »Aber, Großmutter, was hast du für ein entsetzlich großes Maul!« »Daß ich dich besser fressen kann.« Kaum hatte der Wolf das gesagt, so tat er einen Satz aus dem Bette und verschlang das arme Rotkäppchen.

Wie der Wolf sein Gelüsten gestillt hatte, legte er sich wieder ins Bett, schlief ein und fing an, überlaut zu schnarchen. Der Jäger ging eben an dem Haus vorbei und dachte: »Wie die alte Frau schnarcht, du mußt doch sehen, ob ihr etwas fehlt.« Da trat er in die Stube, und wie er vor das Bette kam, so sah er, daß der Wolf darin lag. »Finde ich dich hier, du alter Sünder«, sagte er, »ich habe dich lange gesucht.« Nun wollte er seine Büchse anlegen, da fiel ihm ein, der Wolf könnte die Großmutter gefressen haben, und sie wäre noch zu retten: schoß nicht, sondern nahm eine Schere und fing an, dem schlafenden Wolf den Bauch aufzuschneiden. Wie er ein paar Schnitte getan hatte, da sah er das rote Käppchen leuchten, und noch ein paar Schnitte, da sprang das Mädchen heraus und rief: »Ach wie war ich erschrocken, wie wars so dunkel in dem Wolf seinem Leib!« Und dann kam die alte Großmutter auch noch lebendig heraus und konnte kaum atmen. Rotkäppchen aber holte geschwind große Steine, damit füllten sie dem Wolf den Leib, und wie er aufwachte, wollte er fortspringen, aber die Steine waren so schwer, daß er gleich niedersank und sich totfiel.

Da waren alle drei vergnügt; der Jäger zog dem Wolf den Pelz ab und ging damit heim, die Großmutter aß den Kuchen und trank den Wein, den Rotkäppchen gebracht hatte, und erholte sich wieder, Rotkäppchen aber dachte: »Du willst dein Lebtag nicht wieder allein vom Wege ab in den Wald laufen, wenn dirs die Mutter verboten hat.«

Die Bremer Stadtmusikanten

Es hatte ein Mann einen Esel, der schon lange Jahre die Säcke unverdrossen zur Mühle getragen hatte, dessen Kräfte aber nun zu Ende gingen, so daß er zur Arbeit immer untauglicher ward. Da dachte der Herr daran, ihn aus dem Futter zu schaffen, aber der Esel merkte, daß kein guter Wind wehte, lief fort und machte sich auf den Weg nach Bremen: Dort, meinte er, könnte er ja Stadtmusikant werden. Als er ein Weilchen fortgegangen war, fand er einen Jagdhund auf dem Wege liegen, der jappte wie einer, der sich müde gelaufen hat. »Nun, was jappst du so, Packan?« fragte der Esel. »Ach«, sagte der Hund, »weil ich alt bin und jeden Tag schwächer werde, auch auf der Jagd nicht mehr fort kann, hat mich mein Herr wollen totschlagen, da hab ich Reißaus genommen; aber womit soll ich nun mein Brot verdienen?« »Weißt du was«, sprach der Esel, »ich gehe nach Bremen und werde dort Stadtmusikant, geh mit und laß dich auch bei der Musik annehmen. Ich spiele die Laute, und du schlägst die Pauken.« Der Hund wars zufrieden, und sie gingen weiter. Es dauerte nicht lange, so saß da eine Katze an dem Weg und machte ein Gesicht wie drei Tage Regenwetter. »Nun, was ist dir in die Quere gekommen, alter Bartputzer?« sprach der Esel. »Wer kann da lustig sein, wenns einem an den Kragen geht«, antwortete die Katze, »weil ich nun zu Jahren komme, meine Zähne stumpf werden, und ich lieber hinter dem Ofen sitze und spinne, als nach Mäusen herumjage, hat mich meine Frau ersäufen wollen; ich habe mich zwar noch fortgemacht, aber nun ist guter Rat teuer: Wo soll ich hin?« »Geh mit uns nach Bremen, du verstehst dich doch auf die Nachtmusik, da kannst du ein Stadtmusikant werden.« Die

Katze hielt das für gut und ging mit. Darauf kamen die drei Landesflüchtigen an einem Hof vorbei, da saß auf dem Tor der Haushahn und schrie aus Leibeskräften. »Du schreist einem durch Mark und Bein«, sprach der Esel, »was hast du vor?« »Da hab ich gut Wetter prophezeit«, sprach der Hahn, »weil unserer lieben Frauen Tag ist, wo sie dem Christkindlein die Hemdchen gewaschen hat und sie trocknen will; aber weil morgen zum Sonntag Gäste kommen, so hat die Hausfrau doch kein Erbarmen und hat der Köchin gesagt, sie wollte mich morgen in der Suppe essen, und da soll ich mir heute abend den Kopf abschneiden lassen. Nun schrei ich aus vollem Hals, solang ich noch kann.« »Ei was, du Rotkopf«, sagte der Esel, »zieh lieber mit uns fort, wir gehen nach Bremen, etwas Besseres als den Tod findest du überall; du hast eine gute Stimme, und wenn wir zusammen musizieren, so muß es eine Art haben.« Der Hahn ließ sich den Vorschlag gefallen, und sie gingen alle viere zusammen fort.

Sie konnten aber die Stadt Bremen in einem Tag nicht erreichen und kamen abends in einen Wald, wo sie übernachten wollten. Der Esel und der Hund legten sich unter einen großen Baum, die Katze und der Hahn machten sich in die Äste, der Hahn aber flog bis in die Spitze, wo es am sichersten für ihn war. Ehe er einschlief, sah er sich noch einmal nach allen vier Winden um, da deuchte ihm, er sähe in der Ferne ein Fünkchen brennen, und rief seinen Gesellen zu, es müßte nicht gar weit ein Haus sein, denn es scheine ein Licht. Sprach der Esel: »So müssen wir uns aufmachen und noch hingehen, denn hier ist die Herberge schlecht.« Der Hund meinte, ein paar Knochen und etwas Fleisch dran täten ihm auch gut. Also machten sie sich auf den Weg nach der Gegend, wo das Licht war, und sahen es bald heller schimmern, und es ward immer größer, bis sie vor ein hell erleuchtetes Räuberhaus kamen. Der Esel, als der größte, näherte sich dem Fenster und schaute hinein. »Was siehst du, Grauschimmel?« fragte der Hahn. »Was ich sehe?« antwortete der Esel, »einen gedeckten Tisch mit schönem Essen und Trinken, und Räuber sitzen daran und lassens sich wohl sein.« »Das wäre was für uns«, sprach der Hahn. »Ja, ja, ach, wären wir da!« sagte der Esel. Da ratschlagten die Tiere, wie sie es anfangen müßten, um die Räuber hinauszujagen, und fanden endlich ein Mittel. Der Esel mußte sich mit den Vorderfüßen auf das Fenster stellen, der Hund auf des Esels Rücken springen, die Katze auf den Hund klettern, und endlich flog der Hahn hinauf und setzte sich der Katze auf den Kopf. Wie das geschehen war, fingen sie auf ein Zeichen insgesamt an, ihre Musik zu machen: der Esel schrie, der Hund bellte, die Katze miaute und der Hahn krähte; dann stürzten sie durch das Fenster in die Stube hinein, daß die Scherben klirrten. Die Räuber fuhren bei dem entsetzlichen Geschrei in die Höhe, meinten nicht anders, als ein Gespenst käme herein, und flohen in größter Furcht in den Wald hinaus. Nun setzten sich die vier Gesellen an den Tisch, nahmen mit dem vorlieb, was übrig geblieben war, und aßen, als wenn sie vier Wochen hungern sollten.

Wie die vier Spielleute fertig waren, löschten sie das Licht aus und suchten sich eine Schlafstätte, jeder nach seiner Natur und Bequemlichkeit. Der Esel legte sich auf den Mist, der Hund hinter die Türe, die Katze auf den Herd bei die warme Asche, und der Hahn setzte sich auf den Hahnenbalken: und weil sie müde waren von ihrem langen Weg, schliefen sie auch bald ein. Als Mitternacht vorbei war und die Räuber von weitem sahen, daß kein Licht mehr im Haus brannte, auch alles ruhig schien, sprach der Hauptmann: »Wir hätten uns doch nicht sollen ins Bockshorn jagen lassen«, und hieß einen hingehen und das Haus untersuchen. Der Abgeschickte fand alles still, ging in die Küche, ein Licht anzuzünden, und weil er die glühenden, feurigen Augen der Katze für lebendige Kohlen ansah, hielt er ein Schwefelhölzchen daran, daß es Feuer fangen sollte. Aber die Katze verstand keinen Spaß, sprang ihm ins Gesicht, spie und kratzte. Da erschrak er gewaltig, lief und wollte zur Hintertür hinaus, aber der Hund, der da lag, sprang auf und biß ihn ins Bein: und als er über den Hof an dem Miste vorbeirannte, gab ihm der Esel noch einen tüchtigen Schlag mit dem Hinterfuß; der Hahn aber, der vom Lärmen aus dem Schlaf geweckt und munter geworden war, rief vom Balken herab. »Kikeriki!« Da lief der Räuber, was er konnte, zu seinem Hauptmann zurück und sprach: »Ach, in dem Haus sitzt eine greuliche Hexe, die hat mich angehaucht und mit ihren langen Fingern mir das Gesicht zerkratzt; und vor der Türe steht ein Mann mit einem Messer, der hat mich ins Bein gestochen; und auf dem Hof liegt ein schwarzes Ungetüm, das hat mit einer Holzkeule auf mich losgeschlagen; und oben auf dem Dache, da sitzt der Richter, der rief: Bringt mir den Schelm her. Da machte ich, daß ich fortkam.« Von nun an getrauten sich die Räuber nicht weiter in das Haus, den vier Bremer Musikanten gefiels aber so wohl darin, daß sie nicht wieder heraus wollten. Und der das zuletzt erzählt hat, dem ist der Mund noch warm.

Läuschen und Flöhchen

Ein Läuschen und ein Flöhchen, die lebten zusammen in einem Haushalte und brauten das Bier in einer Eierschale. Da fiel das Läuschen hinein und verbrannte sich. Darüber fing das Flöhchen an laut zu schreien. Da sprach die kleine Stubentüre: »Was schreist du, Flöhchen?« »Weil

Läuschen sich verbrannt hat.« Da fing das Türchen an zu knarren. Da sprach ein Besenchen in der Ecke: »Was knarrst du, Türchen?« »Soll ich nicht knarren?

Läuschen hat sich verbrannt,
Flöhchen weint.«

Da fing das Besenchen an entsetzlich zu kehren. Da kam ein Wägelchen vorbei und sprach: »Was kehrst du, Besenchen?« »Soll ich nicht kehren?

Läuschen hat sich verbrannt,
Flöhchen weint,
Türchen knarrt.«

Da sprach das Wägelchen: »So will ich rennen«, und fing an entsetzlich zu rennen. Da sprach das Mistchen, an dem es vorbeirannte: »Was rennst du Wägelchen?« »Soll ich nicht rennen?

Läuschen hat sich verbrannt,
Flöhchen weint,
Türchen knarrt,
Besenchen kehrt.«

Da sprach das Mistchen: »So will ich entsetzlich brennen«, und fing an, in hellem Feuer zu brennen. Da stand ein Bäumchen neben dem Mistchen, das sprach: »Mistchen, warum brennst du?« »Soll ich nicht brennen?

Läuschen hat sich verbrannt,
Flöhchen weint,
Türchen knarrt,
Besenchen kehrt,
Wägelchen rennt.«

Da sprach das Bäumchen: »So will ich mich schütteln«, und fing an zu schütteln, daß all seine Blätter abfielen. Das sah ein Mädchen, das mit seinem Wasserkrügelchen herankam und sprach: »Bäumchen, was schüttelst du dich?« »Soll ich mich nicht schütteln?

Läuschen hat sich verbrannt,
Flöhchen weint,
Türchen knarrt,
Besenchen kehrt,
Wägelchen rennt,
Mistchen brennt.«

Da sprach das Mädchen: »So will ich mein Wasserkrügelchen zerbrechen«, und zerbrach das Wasserkrügelchen. Da sprach das Brünnlein, aus dem das Wasser quoll: »Mädchen, was zerbrichst du dein Wasserkrügelchen?« »Soll ich mein Wasserkrügelchen nicht zerbrechen?

Läuschen hat sich verbrannt,
Flöhchen weint,
Türchen knarrt,
Besenchen kehrt,
Wägelchen rennt,
Mistchen brennt,
Bäumchen schüttelt sich.«

»Ei«, sagte das Brünnchen, »so will ich anfangen zu fließen«, und fing an entsetzlich zu fließen. Und in dem Wasser ist alles ertrunken, das Mädchen, das Bäumchen, das Mistchen, das Wägelchen, das Besenchen, das Türchen, das Flöhchen, das Läuschen, alles miteinander.

Tischchen deck dich, Goldesel und Knüppel aus dem Sack

Vor Zeiten war ein Schneider, der drei Söhne hatte und nur eine einzige Ziege. Aber die Ziege, weil sie alle zusammen mit ihrer Milch ernährte, mußte ihr gutes Futter haben und täglich hinaus auf die Weide geführt werden. Die Söhne taten das auch nach der Reihe. Einmal brachte sie der älteste auf den Kirchhof, wo die schönsten Kräuter standen, ließ sie da fressen und herumspringen. Abends, als es Zeit war heimzugehen, fragte er: »Ziege, bist du satt?« Die Ziege antwortete:

»Ich bin so satt,
ich mag kein Blatt: meh! meh!«

»So komm nach Haus«, sprach der Junge, faßte sie am Strickchen, führte sie in den Stall und band sie fest. »Nun«, sagte der alte Schneider, »hat die Ziege ihr gehöriges Futter?« »O«, antwortete der Sohn, »die ist so satt, sie mag kein Blatt.« Der Vater aber wollte sich selbst überzeugen, ging hinab und in den Stall, streichelte das liebe Tier und fragte: »Ziege, bist du auch satt?« Die Ziege antwortete:

»Wovon sollt ich satt sein?
Ich sprang nur über Gräbelein,
und fand kein einzig Blättelein: meh! meh!«

»Was muß ich hören!« rief der Schneider, lief hinaus und sprach zu dem Jungen: »Ei, du Lügner, sagst, die Ziege wäre satt, und hast sie hungern lassen?« Und in seinem Zorne nahm er die Elle von der Wand und jagte ihn mit Schlägen hinaus.

Am andern Tag war die Reihe am zweiten Sohn, der suchte an der Gartenhecke einen Platz aus, wo lauter gute Kräuter standen, und die Ziege fraß sie rein ab. Abends, als er heim wollte, fragte er: »Ziege, bist du satt?« Die Ziege antwortete:

»Ich bin so satt,
Ich mag kein Blatt: meh! meh!«

»So komm nach Haus«, sprach der Junge, zog sie heim und band sie im Stall fest. »Nun«, sagte der alte Schneider, »hat die Ziege ihr gehöriges Futter?« »O«, antwortete der Sohn, »die ist so satt, sie mag kein Blatt.« Der Schneider wollte sich darauf nicht verlassen, ging hinab in den Stall und fragte: »Ziege, bist du auch satt?« Die Ziege antwortete:

»Wovon sollt ich satt sein?
Ich sprang nur über Gräbelein,
und fand kein einzig Blättelein: meh! meh!«

»Der gottlose Bösewicht!« schrie der Schneider, »so ein frommes Tier hungern lassen!« lief hinauf und schlug mit der Elle den Jungen zur Haustüre hinaus.

Die Reihe kam jetzt an den dritten Sohn, der wollte seine Sache gut machen, suchte Buschwerk mit dem schönsten Laube aus, und ließ die Ziege daran fressen. Abends, als er heim wollte, fragte er: »Ziege, bist du auch satt?« Die Ziege antwortete:

»Ich bin so satt,
ich mag kein Blatt: meh! meh!«

»So komm nach Haus«, sagte der Junge, führte sie in den Stall und band sie fest. »Nun«, sagte der alte Schneider, »hat die Ziege ihr gehöriges Futter?« »O«, antwortete der Sohn, »die ist so satt, sie mag kein Blatt.« Der Schneider traute nicht, ging hinab und fragte: »Ziege, bist du auch satt?« Das boshafte Tier antwortete:

»Wovon sollt ich satt sein?
Ich sprang nur über Gräbelein,
und fand kein einzig Blättelein: meh! meh!«

»O die Lügenbrut!« rief der Schneider, »einer so gottlos und pflichtvergessen wie der andere! Ihr sollt mich nicht länger zum Narren haben!« Und vor Zorn ganz außer sich sprang er hinauf und gerbte dem armen Jungen mit der Elle den Rücken so gewaltig, daß er zum Haus hinaussprang.

Der alte Schneider war nun mit seiner Ziege allein. Am andern Morgen ging er hinab in den Stall, liebkoste die Ziege und sprach: »Komm, mein liebes Tierlein, ich will dich selbst zur Weide führen.« Er nahm sie am Strick und brachte sie zu grünen Hecken und unter Schafrippe, und was sonst die Ziegen gerne fressen. »Da kannst du dich einmal nach Herzenslust sättigen«, sprach er zu ihr, und ließ sie weiden bis zum Abend. Da fragte er: »Ziege, bist du satt?« Sie antwortete:

»Ich bin so satt,
ich mag kein Blatt: meh! meh!«

»So komm nach Haus«, sagte der Schneider, führte sie in den Stall und band sie fest. Als er wegging, kehrte er sich noch einmal um und sagte: »Nun bist du doch einmal satt!« Aber die Ziege machte es ihm nicht besser und rief:

»Wovon sollt ich satt sein?
Ich sprang nur über Gräbelein,
und fand kein einzig Blättelein: meh! meh!«

Als der Schneider das hörte, stutzte er und sah wohl, daß er seine drei Söhne ohne Ursache verstoßen hatte. »Wart«, rief er, »du undankbares Geschöpf, dich fortzujagen ist noch zu wenig, ich will dich zeichnen, daß du dich unter ehrbaren Schneidern nicht mehr darfst sehen lassen.« In einer Hast sprang er hinauf, holte sein Bartmesser, seifte der Ziege den Kopf ein, und schor sie so glatt wie seine flache Hand. Und weil die Elle zu ehrenvoll gewesen wäre, holte er die Peitsche und versetzte ihr solche Hiebe, daß sie in gewaltigen Sprüngen davon lief. Der Schneider, als er so ganz einsam in seinem Hause saß, verfiel in so große Traurigkeit und hätte seine Söhne gerne wiedergehabt, aber niemand wußte, wo sie hingeraten waren. Der älteste war zu einem Schreiner in die Lehre gegangen, da lernte er fleißig und unverdrossen, und als seine Zeit herum war, daß er wandern sollte, schenkte ihm der Meister ein Tischchen, das gar kein besonderes Ansehen hatte und von gewöhnlichem Holz war: aber es hatte eine gute Eigenschaft. Wenn man es hinstellte und sprach: »Tischchen, deck dich«, so war das gute Tischchen auf einmal mit einem saubern Tüchlein bedeckt, und stand da ein Teller, und Messer und Gabel daneben, und Schüsseln mit Gesottenem und Gebratenem, so viel Platz hatten, und ein großes Glas mit rotem Wein leuchtete, daß einem das Herz lachte. Der junge Gesell dachte: »Damit hast du genug für dein Lebtag«, zog guter Dinge in der Welt umher und bekümmerte sich gar nicht darum, ob ein Wirtshaus gut oder schlecht und ob etwas darin zu finden war oder nicht. Wenn es ihm gefiel, so kehrte er gar nicht ein, sondern im Felde, im Wald, auf einer Wiese, wo er Lust hatte, nahm er sein Tischchen vom Rücken, stellte es vor sich und sprach: »Deck dich«, so war alles da, was sein Herz begehrte. Endlich kam es ihm in den Sinn, er wollte zu seinem Vater zurückkehren, sein Zorn würde sich gelegt haben, und mit dem Tischchen deck dich würde er ihn gerne wieder aufnehmen. Es trug sich zu, daß er auf dem Heimweg abends in ein Wirtshaus kam, das mit Gästen angefüllt war: sie hießen ihn willkommen und luden ihn ein, sich zu ihnen zu setzen und mit ihnen zu essen, sonst würde er schwerlich noch etwas bekommen. »Nein«, antwortete der Schreiner, »die paar Bissen will ich euch nicht vor dem Munde nehmen, lieber sollt ihr meine Gäste sein.« Sie lachten und meinten, er triebe seinen Spaß mit ihnen. Er aber stellte sein hölzernes Tischchen mitten in die Stube und sprach: »Tischchen, deck dich.« Augenblicklich war es mit Speisen besetzt, so gut, wie sie der Wirt nicht hätte herbeischaffen können, und wovon der Geruch den Gästen lieblich in die Nase stieg. »Zugegriffen, liebe Freunde«, sprach der Schreiner, und die Gäste, als sie sahen, wie es gemeint war, ließen sich nicht zweimal bitten, rückten heran, zogen ihre Messer und griffen tapfer zu. Und was sie am meisten verwunderte, wenn eine Schüssel leer geworden war, so stellte sich gleich von selbst eine volle an ihren Platz. Der Wirt stand in einer Ecke und sah dem Dinge zu; er wußte gar nicht, was er sagen sollte, dachte aber: »Einen solchen Koch könntest du in deiner Wirtschaft wohl brauchen.« Der Schreiner und seine Gesellschaft waren lustig bis in die späte Nacht, endlich legten sie sich schlafen, und der junge Gesell ging auch zu Bett und stellte sein Wünschtischchen an die Wand. Dem Wirte aber ließen seine Gedanken keine Ruhe, es fiel ihm ein, daß in seiner Rumpelkammer ein altes Tischchen stände, das gerade so aussähe: das holte er ganz sachte herbei und vertauschte es mit dem Wünschtischchen. Am andern Morgen zahlte der Schreiner sein Schlafgeld, packte sein Tischchen auf, dachte gar nicht daran, daß er ein falsches hätte, und ging seiner Wege. Zu Mittag kam er bei seinem Vater an, der ihn mit großer Freude empfing. »Nun, mein lieber Sohn, was hast du gelernt?« sagte er zu ihm. »Vater, ich bin Schreiner geworden.« »Ein gutes Handwerk«, erwiderte der Alte, »aber was hast du von deiner Wanderschaft mitgebracht?« »Vater, das Beste, was ich mitgebracht habe, ist das Tischchen.« Der Schneider betrachtete es von allen Seiten und sagte: »Daran hast du kein Meisterstück gemacht, das ist ein altes und schlechtes Tischchen.« »Aber es ist ein Tischchen deck dich«, antwortete der Sohn, »wenn ich es hinstelle und sage ihm, es solle sich decken, so stehen gleich die schönsten Gerichte darauf und ein Wein dabei, der das Herz erfreut. Ladet nur alle Verwandte und Freunde ein, sie sollen sich einmal laben und erquicken, denn das Tischchen macht sie alle satt.« Als die Gesellschaft beisammen war, stellte er sein Tischchen mitten in die Stube und sprach: »Tischchen, deck dich.« Aber das Tischchen regte sich nicht und blieb so leer wie ein anderer Tisch, der die Sprache nicht versteht. Da merkte der arme Geselle, daß ihm das Tischchen vertauscht war, und schämte sich, daß er wie ein Lügner dastand. Die Verwandten aber lachten ihn aus und mußten ungetrunken und ungegessen wieder heim wandern. Der Vater holte seine Lappen wieder herbei und schneiderte fort, der Sohn aber ging bei einem Meister in die Arbeit.

Der zweite Sohn war zu einem Müller gekommen und bei ihm in die Lehre gegangen. Als er seine Jahre herum hatte, sprach der Meister: »Weil du dich so wohl gehalten hast, so schenke ich dir einen Esel von einer besonderen Art, er zieht nicht am Wagen und trägt auch keine Säcke.« »Wozu ist er denn nütze?« fragte der junge Geselle. »Er speit Gold«, antwortete der Müller, »wenn du ihn auf ein Tuch stellst und sprichst: ›Bricklebrit‹, so speit dir das gute Tier Goldstücke aus, hinten und vorn.« »Das ist eine schöne Sache«, sprach der Geselle, dankte dem Meister und zog in die Welt. Wenn er Gold nötig hatte, brauchte er nur zu seinem Esel: »Bricklebrit« zu sagen, so regnete es Goldstücke, und er hatte weiter keine Mühe, als sie von der Erde aufzuheben. Wo er hinkam, war ihm das Beste gut genug, und je teurer je lieber, denn er hatte immer einen vollen Beutel. Als er sich eine Zeitlang in der Welt umgesehen hatte, dachte er: »Du mußt deinen Vater aufsuchen, wenn du mit dem Goldesel kommst, so wird er seinen Zorn vergessen und dich gut aufnehmen.« Es trug sich zu, daß er in dasselbe Wirtshaus geriet, in welchem seinem Bruder das Tischchen vertauscht war. Er führte seinen Esel an der Hand, und der Wirt wollte ihm das Tier abnehmen und anbinden, der junge Geselle aber sprach: »Gebt Euch keine Mühe, meinen Grauschimmel führe ich selbst in den Stall und binde ihn auch selbst an, denn ich muß wissen, wo er steht.« Dem Wirt kam es wunderlich vor und meinte, einer, der seinen Esel selbst besorgen müßte, hätte nicht viel zu verzehren: Als aber der Fremde in die Tasche griff, zwei Goldstücke herausholte und sagte, er sollte nur etwas Gutes für ihn einkaufen, so machte er große Augen, lief und suchte das Beste, das er auftreiben konnte. Nach der Mahlzeit fragte der Gast, was er schuldig wäre, der Wirt wollte die doppelte Kreide nicht sparen und sagte, noch ein paar Goldstücke müßte er zulegen. Der Geselle griff in die Tasche, aber sein Gold war eben zu Ende. »Wartet einen Augenblick, Herr Wirt«, sprach er, »ich will nur gehen und Gold holen«; nahm aber das Tischtuch mit. Der Wirt wußte nicht, was das heißen sollte, war neugierig, schlich ihm nach, und da der Gast die Stalltüre zuriegelte, so guckte er durch ein Astloch. Der Fremde breitete unter dem Esel das Tuch aus, rief: »Bricklebrit«, und augenblicklich fing das Tier an, Gold zu speien von hinten und vorn, daß es ordentlich auf die Erde herabregnete. »Ei der tausend«, sagte der Wirt, »da sind die Dukaten bald geprägt! So ein Geldbeutel ist nicht übel!« Der Gast bezahlte seine Zeche und legte sich schlafen, der Wirt aber schlich in der Nacht herab in den Stall, führte den Münzmeister weg und band einen anderen Esel an seine Stelle. Den folgenden Morgen in der Frühe zog der Geselle mit seinem Esel ab und meinte, er hätte seinen Goldesel. Mittags kam er bei seinem Vater an, der sich freute, als er ihn wiedersah, und ihn gerne aufnahm. »Was ist aus dir geworden, mein Sohn?« fragte der Alte. »Ein Müller, lieber Vater«, antwortete er. »Was hast du denn von deiner Wanderschaft mitgebracht?« »Weiter nichts als einen Esel.« »Esel gibts hier genug«, sagte der Vater, »da wäre mir doch eine gute Ziege lieber gewesen.« »Ja«, antwortete der Sohn, »aber es ist kein gemeiner Esel, sondern ein Goldesel: wenn ich sage: ›Bricklebrit‹, so speit Euch das gute Tier ein ganzes Tuch voll Goldstücke. Laßt nur alle Verwandten herbeirufen, ich mache sie alle zu reichen Leuten.« »Das laß ich mir gefallen«, sagte der Schneider, »dann brauch ich mich mit der Nadel nicht weiter zu quälen«, sprang selbst fort und rief die Verwandten herbei. Sobald sie beisammen waren, hieß sie der Müller Platz machen, breitete sein Tuch aus und brachte den Esel in die Stube. »Jetzt gebt acht«, sagte er und rief: »Bricklebrit«, aber es waren keine Goldstücke, was herabfiel, und es zeigte sich, daß das Tier nichts von der Kunst verstand, denn es bringts nicht jeder Esel so weit. Da machte der arme Müller ein langes Gesicht, sah, daß er betrogen war, und bat die Verwandten um Verzeihung, die so arm heimgingen, als sie gekommen waren. Es blieb nichts übrig, der Alte mußte wieder nach der Nadel greifen, und der Junge sich bei einem Müller verdingen.

Der dritte Bruder war zu einem Drechsler in die Lehre gegangen, und weil es ein kunstreiches Handwerk ist, mußte er am längsten lernen. Seine Brüder aber meldeten ihm in einem Briefe, wie schlimm es ihnen ergangen wäre, und wie sie der Wirt noch am letzten Abende um ihre schönen Wünschdinge gebracht hätte. Als der Drechsler nun ausgelernt hatte und wandern sollte, so schenkte ihm sein Meister, weil er sich so wohl gehalten, einen Sack und sagte: »Es liegt ein Knüppel darin.« »Den Sack kann ich umhängen, und er kann mir gute Dienste leisten, aber was soll der Knüppel darin? Der macht ihn nur schwer.« »Das will ich dir sagen«, antwortete der Meister, »hat dir jemand etwas zuleide getan, so sprich nur: ›Knüppel aus dem Sack‹, so springt dir der Knüppel heraus unter die Leute und tanzt ihnen so lustig auf dem Rücken herum, daß sie sich acht Tage lang nicht regen und bewegen können; und eher läßt er nicht ab, als bis du sagst: ›Knüppel, in den Sack.‹ Der Gesell dankte ihm, hing den Sack um, und wenn ihm jemand zu nahe kam und auf den Leib wollte, so sprach er: »Knüppel aus dem Sack«, alsbald sprang der Knüppel heraus und klopfte einem nach dem andern den Rock oder Wams gleich auf dem Rücken aus und wartete nicht erst, bis er ihn ausgezogen hatte; und das ging so geschwind, daß, eh sichs einer versah, die Reihe schon an ihm war. Der junge Drechsler langte zur Abendzeit in dem Wirtshaus an, wo seine Brüder waren betrogen worden. Er legte seinen Ranzen vor sich auf den Tisch und fing an zu erzählen, was er alles Merkwürdiges in der Welt gesehen habe. »Ja«, sagte er, »man findet wohl ein Tischchen deck dich, einen Goldesel und dergleichen: lauter gute Dinge, die ich nicht verachte, aber das ist alles nichts gegen den Schatz, den ich mir erworben habe und mit mir da in meinem Sack führe.« Der Wirt spitzte die Ohren. »Was in aller Welt mag das sein?« dachte er, »der Sack ist wohl mit lauter Edelsteinen angefüllt; den sollte ich billig auch noch haben, denn aller guten Dinge sind drei.« Als Schlafenszeit war, streckte sich der Gast auf die Bank und legte seinen Sack als Kopfkissen unter. Der Wirt, als er meinte, der Gast läge in tiefem Schlaf, ging herbei, rückte und zog ganz sachte und vorsichtig an dem Sack, ob er ihn vielleicht wegziehen und einen andern unterlegen könnte. Der Drechsler aber hatte schon lange darauf gewartet, wie nun der Wirt eben einen herzhaften Ruck tun wollte, rief er: »Knüppel, aus dem Sack.« Alsbald fuhr das Knüppelchen heraus, dem Wirt auf den Leib, und rieb ihm die Nähte, daß es eine Art hatte. Der Wirt schrie zum Erbarmen, aber je lauter er schrie, desto kräftiger schlug der Knüppel ihm den Takt dazu auf dem Rücken, bis er endlich erschöpft zur Erde fiel. Da sprach der Drechsler: »Wo du das Tischchen deck dich und den Goldesel nicht wieder herausgibst, so soll der Tanz von neuem angehen.« »Ach nein«, rief der Wirt ganz kleinlaut, »ich gebe alles gerne wieder heraus, laßt nur den verwünschten Kobold wieder in den Sack kriechen.« Da sprach der Geselle: »Ich will Gnade für Recht ergehen lassen, aber hüte dich vor Schaden!« Dann rief er: »Knüppel, in den Sack!« und ließ ihn ruhen.

Der Drechsler zog am andern Morgen mit dem Tischchen deck dich und dem Goldesel heim zu seinem Vater. Der Schneider freute sich, als er ihn wiedersah, und fragte auch ihn, was er in der Fremde gelernt hätte. »Lieber Vater«, antwortete er, »ich bin ein Drechsler geworden.« »Ein kunstreiches Handwerk«, sagte der Vater, »was hast du von der Wanderschaft mitgebracht?« »Ein kostbares Stück, lieber Vater«, antwortete der Sohn, »einen Knüppel in dem Sack.« »Was!« rief der Vater, »einen Knüppel! Das ist der Mühe wert! Den kannst du dir von jedem Baume abhauen.« »Aber einen solchen nicht, lieber Vater: sage ich: ›Knüppel, aus dem Sack‹, so springt der Knüppel heraus und macht mit dem, der es nicht gut mit mir meint, einen schlimmen Tanz, und läßt nicht eher nach, als bis er auf der Erde liegt und um gut Wetter bittet. Seht Ihr, mit diesem Knüppel habe ich das Tischchen deck dich und den Goldesel wieder herbeigeschafft, die der diebische Wirt meinen Brüdern abgenommen hatte. Jetzt laßt sie beide rufen und ladet alle Verwandten ein, ich will sie speisen und tränken und will ihnen die Taschen noch mit Geld füllen.« Der alte Schneider wollte nicht recht trauen, brachte aber doch die Verwandten zusammen. Da deckte der Drechsler ein Tuch in die Stube, führte den Goldesel herbei und sagte zu seinem Bruder: »Nun, lieber Bruder, sprich mit ihm.« Der Müller sagte: »Bricklebrit«, und augenblicklich sprangen die Goldstücke auf das Tuch herab als käme ein Platzregen, und der Esel hörte nicht eher auf, als bis alle so viel hatten, daß sie nicht mehr tragen konnten. (Ich sehe dirs an, du wärst auch gerne dabei gewesen.) Dann holte der Drechsler das Tischchen und sagte: »Lieber Bruder, nun sprich mit ihm.« Und kaum hatte der Schreiner: »Tischchen, deck dich« gesagt, so war es gedeckt und mit den schönsten Schüsseln reichlich besetzt. Da ward eine Mahlzeit gehalten, wie der gute Schneider noch keine in seinem Hause erlebt hatte, und die ganze Verwandtschaft blieb zusammen bis in die Nacht, und waren alle lustig und vergnügt. Der Schneider verschloß Nadel und Zwirn, Elle und Bügeleisen in einen Schrank und lebte mit seinen drei Söhnen in Freude und Herrlichkeit.

Wo ist aber die Ziege hingekommen, die schuld war, daß der Schneider seine drei Söhne fortjagte? Das will ich dir sagen. Sie schämte sich, daß sie einen kahlen Kopf hatte, lief in eine Fuchshöhle und verkroch sich hinein. Als der Fuchs nach Hause kam, funkelten ihm ein paar große Augen aus der Dunkelheit entgegen, da er erschrak und wieder zurücklief. Der Bär begegnete ihm, und da der Fuchs ganz verstört aussah, so sprach er. »Was ist dir, Bruder Fuchs, was machst du für ein Gesicht?« »Ach«, antwortete der Rote, »ein grimmig Tier sitzt in meiner Höhle und hat mich mit feurigen Augen angeglotzt.« »Das wollen wir bald austreiben«, sprach der Bär, ging mit zu der Höhle und schaute hinein; als er aber die feurigen Augen erblickte, wandelte ihn ebenfalls Furcht an: Er wollte mit dem grimmigen Tiere nichts zu tun haben und nahm Reißaus. Die Biene begegnete ihm, und da sie merkte, daß es ihm in seiner Haut nicht wohl zumute war, sprach sie: »Bär, du machst ja ein gewaltig verdrießlich Gesicht, wo ist deine Lustigkeit geblieben?« »Du hast gut reden«, antwortete der Bär, »es sitzt ein grimmiges

Tier mit Glotzaugen in dem Hause des Roten, und wir können es nicht herausjagen.« Die Biene sprach: »Du dauerst mich, Bär, ich bin ein armes schwaches Geschöpf, das ihr im Wege nicht anguckt, aber ich glaube doch, daß ich euch helfen kann.« Sie flog in die Fuchshöhle, setzte sich der Ziege auf den glatten geschorenen Kopf und stach sie so gewaltig, daß sie aufsprang: »Meh! meh!« schrie, und wie toll in die Welt hineinlief; und weiß niemand auf diese Stunde, wo sie hingelaufen ist.

Daumesdick

Es war ein armer Bauersmann, der saß abends beim Herd und schürte das Feuer, und die Frau saß und spann. Da sprach er: »Wie ists so traurig, daß wir keine Kinder haben! Es ist so still bei uns, und in den andern Häusern ists so laut und lustig.« »Ja«, antwortete die Frau und seufzte, »wenns nur ein einziges wäre, und wenns auch ganz klein wäre, nur Daumens groß, so wollte ich schon zufrieden sein; wir hättens doch von Herzen lieb.« Nun geschah es, daß die Frau kränklich ward und nach sieben Monaten ein Kind gebar, das zwar an allen Gliedern vollkommen, aber nicht länger als ein Daumen war. Da sprachen sie: »Es ist, wie wir es gewünscht haben, und es soll unser liebes Kind sein«, und nannten es nach seiner Gestalt *Daumesdick*. Sie ließens nicht an Nahrung fehlen, aber das Kind ward nicht größer, sondern blieb, wie es in der ersten Stunde gewesen war; doch schaute es verständig aus den Augen und zeigte sich bald als ein kluges und behendes Ding, dem alles glückte, was es anfing.

Der Bauer machte sich eines Tages fertig, in den Wald zu gehen und Holz zu fällen, da sprach er so vor sich hin: »Nun wollt ich, daß einer da wäre, der mir den Wagen nachbrächte.« »O Vater«, rief Daumesdick, »den Wagen will ich schon bringen, verlaßt Euch drauf, er soll zur bestimmten Zeit im Walde sein.« Da lachte der Mann und sprach: »Wie sollte das zugehen, du bis viel zu klein, um das Pferd mit dem Zügel zu leiten.« »Das tut nichts, Vater, wenn nur die Mutter anspannen will, ich setze mich dem Pferd ins Ohr und rufe ihm zu, wie es gehen soll.« »Nun«, antwortete der Vater, »einmal wollen wirs versuchen.« Als die Stunde kam, spannte die Mutter an und setzte Daumesdick ins Ohr des Pferdes, und dann rief der Kleine, wie das Pferd gehen sollte: »Jüh und joh! Hott und har!« Da ging es ganz ordentlich als wie bei einem Meister, und der Wagen fuhr den rechten Weg nach dem Walde. Es trug sich zu, als er eben um eine Ecke bog und der Kleine: »Har, har!« rief, daß zwei fremde Männer daherkamen. »Mein«, sprach der eine, »was ist das?« Da fährt ein Wagen, und ein Fuhrmann ruft dem Pferde zu und ist doch nicht zu sehen.« »Das geht nicht mit rechten Dingen zu«, sagte der andere, »wir wollen dem Karren folgen und sehen, wo er anhält.« Der Wagen fuhr aber vollends in den Wald hinein und richtig zu dem Platze, wo das Holz gehauen ward. Als Daumesdick seinen Vater erblickte, rief er ihm zu: »Siehst du, Vater, da bin ich mit dem Wagen, nun hol mich herunter.« Der Vater faßte das Pferd mit der Linken und holte mit der Rechten sein Söhnlein aus dem Ohr, das sich ganz lustig auf einen Strohhalm niedersetzte. Als die beiden fremden Männer den Daumesdick erblickten, wußten sie nicht, was sie vor Verwunderung sagen sollten. Da nahm der eine den andern beiseit und sprach: »Hör, der kleine Kerl könnte unser Glück machen, wenn wir ihn in einer großen Stadt für Geld sehen ließen: wir wollen ihn kaufen.« Sie gingen zu dem Bauer und sprachen: »Verkauft uns den kleinen Mann, er solls gut bei uns haben.« »Nein«, antwortete der Vater, »es ist mein Herzblatt und ist mir für alles Gold in der Welt nicht feil!« Daumesdick aber, als er von dem Handel gehört, war an den Rockfalten seines Vaters hinaufgekrochen, stellte sich ihm auf die Schulter und wisperte ihm ins Ohr »Vater, gib mich nur hin, ich will schon wieder zurückkommen.« Da gab ihn der Vater für ein schönes Stück Geld den beiden Männern hin. »Wo willst du sitzen?« sprachen sie zu ihm. »Ach, setzt mich nur auf den Rand von eurem Hut, da kann ich auf und ab spazieren und die Gegend betrachten und falle doch nicht herunter.« Sie taten ihm den Willen, und als Daumesdick Abschied von seinem Vater genommen hatte, machten sie sich mit ihm fort. So gingen sie, bis es dämmrig ward, da sprach der Kleine: »Hebt mich einmal herunter, es ist nötig.« »Bleib nur droben«, sprach der Mann, auf dessen Kopf er saß, »ich will mir nichts draus machen, die Vögel lassen mir auch manchmal was drauf fallen.« »Nein«, sprach Daumesdick, »ich weiß auch, was sich schickt: hebt mich nur geschwind herab.« Der Mann nahm den Hut ab und setzte den Kleinen auf einen Acker am Weg, da sprang und kroch er ein wenig zwischen den Schollen hin und her, dann schlüpfte er plötzlich in ein Mausloch, das er sich ausgesucht hatte. »Guten Abend, ihr Herren, geht nur ohne mich heim«, rief er ihnen zu, und lachte sie aus. Sie liefen herbei und stachen mit Stöcken in das Mausloch, aber das war vergebliche Mühe: Daumesdick kroch immer weiter zurück, und da es bald ganz dunkel ward, so mußten sie mit Ärger und mit leerem Beutel wieder heim wandern.

Als Daumesdick merkte, daß sie fort waren, kroch er aus dem unterirdischen Gang wieder hervor. »Es ist auf dem Acker in der Finsternis so gefährlich gehen«, sprach er, »wie leicht bricht einer Hals und Bein.« Zum Glück stieß er an ein leeres Schneckenhaus. »Gottlob«, sagte er, »da kann ich die Nacht sicher zubringen«, und setzte sich hinein. Nicht lang, als er eben einschlafen wollte, so hörte er zwei Männer vorübergehen, davon sprach der eine: »Wie wirs nur anfangen, um dem reichen Pfarrer sein Geld und sein Silber zu holen?« »Das könnt ich dir sagen«, rief Daumesdick dazwischen. »Was war das?« sprach der eine Dieb erschrocken, »ich hörte jemand sprechen.« Sie blieben stehen und horchten, da sprach Daumesdick wieder: »Nehmt mich mit, so will ich euch helfen.« »Wo bist du denn?« »Sucht nur auf der Erde und merkt, wo die Stimme herkommt«, antwortete er. Da fanden ihn endlich die Diebe und hoben ihn in die Höhe. »Du kleiner Wicht, was willst du uns helfen!« sprachen sie. »Seht«, antwortete er, »ich krieche zwischen den Eisenstäben in die Kammer des Pfarrers und reiche euch heraus, was ihr haben wollt.« »Wohlan«, sagten sie, »wir wollen sehen, was du kannst.« Als sie zu dem Pfarrhaus kamen, kroch Daumesdick in die Kammer, schrie aber gleich aus Leibeskräften: »Wollt ihr alles haben, was hier ist?« Die Diebe erschraken und sagten: »So sprich doch leise, damit niemand aufwacht.« Aber Daumesdick tat, als hätte er sie nicht verstanden, und schrie von neuem: »Was wollt ihr? Wollt ihr alles haben, was hier ist?« Das hörte die Köchin, die in der Stube daran schlief, richtete sich im Bett auf und horchte. Die Diebe aber waren vor Schrecken ein Stück Wegs zurückgelaufen, endlich faßten sie wieder Mut und dachten: »Der kleine Kerl will uns necken.« Sie kamen zurück und flüsterten ihm zu: »Nun mach Ernst und reich uns etwas heraus.« Da schrie Daumesdick noch einmal, so laut er konnte: »Ich will euch ja alles geben, reicht nur die Hände herein.« Das hörte die horchende Magd ganz deutlich, sprang aus dem Bett und stolperte zur Tür herein. Die Diebe liefen fort und rannten, als wäre der wilde Jäger hinter ihnen; die Magd aber, als sie nichts bemerken konnte, ging ein Licht anzünden. Wie sie damit herbeikam, machte sich Daumesdick, ohne daß er gesehen wurde, hinaus in die Scheune: Die Magd aber, nachdem sie alle Winkel durchgesucht und nichts gefunden hatte, legte sich endlich wieder zu Bett und glaubte, sie hätte mit offenen Augen und Ohren doch nur geträumt.

Daumesdick war in den Heuhälmchen herumgeklettert und hatte einen schönen Platz zum Schlafen gefunden: da wollte er sich ausruhen, bis es Tag wäre, und dann zu seinen Eltern wieder heimgehen. Aber er mußte andere Dinge erfahren! Ja, es gibt viel Trübsal und Not auf der Welt! Die Magd stieg, als der Tag graute, schon aus dem Bett, um das Vieh zu füttern. Ihr erster Gang war in die Scheune, wo sie einen Arm voll Heu packte, und gerade dasjenige, worin der arme Daumesdick lag und schlief. Er schlief aber so fest, daß er nichts gewahr ward, und nicht eher aufwachte, als bis er in dem Maul der Kuh war, die ihn mit dem Heu aufgerafft hatte. »Ach Gott«, rief er, »wie bin ich in die Walkmühle geraten!« merkte aber bald, wo er war. Da hieß es aufpassen, daß er nicht zwischen die Zähne kam und zermalmt ward, und hernach mußte er doch mit in den Magen hinabrutschen. »In dem Stübchen sind die Fenster vergessen«, sprach er, »und scheint keine Sonne hinein: ein Licht wird auch nicht gebracht.« Überhaupt gefiel ihm das Quartier schlecht, und was das Schlimmste war, es kam immer mehr neues Heu zur Türe herein, und der Platz ward immer enger. Da rief er endlich in der Angst, so laut er konnte: »Bringt mir kein frisch Futter mehr, bringt mir kein frisch Futter mehr.« Die Magd melkte gerade die Kuh, und als sie sprechen hörte, ohne jemand zu sehen, und es dieselbe Stimme war, die sie auch in der Nacht gehört hatte, erschrak sie so, daß sie von ihrem Stühlchen herabglitschte und die Milch verschüttete. Sie lief in der größten Hast zu ihrem Herrn und rief: »Ach Gott, Herr Pfarrer, die Kuh hat geredet.« »Du bist verrückt«, antwortete der Pfarrer, ging aber doch selbst in den Stall und wollte nachsehen, was es da gäbe. Kaum aber hatte er den Fuß hineingesetzt, so rief Daumesdick aufs neue: »Bringt mir kein frisch Futter mehr, bringt mir kein frisch Futter mehr.« Da erschrak der Pfarrer selbst, meinte, es wäre ein böser Geist in die Kuh gefahren, und hieß sie töten. Sie ward geschlachtet, der Magen aber, worin Daumesdick steckte, auf den Mist geworfen. Daumesdick hatte große Mühe, sich hindurchzuarbeiten, und hatte große Mühe damit, doch brachte ers so weit, daß er Platz bekam, aber als er eben sein Haupt herausstrecken wollte, kam ein neues Unglück. Ein hungriger Wolf lief heran und verschlang den ganzen Magen mit einem Schluck. Daumesdick verlor den Mut nicht: »Vielleicht«, dachte er, »läßt der Wolf mit sich reden«, und rief ihm aus dem Wanste zu: »Lieber Wolf, ich weiß dir einen herrlichen Fraß.« »Wo ist der zu holen?« sprach der Wolf. »In dem und dem Haus, da mußt du durch die Gosse hineinkriechen, und wirst Kuchen, Speck und Wurst finden, soviel du essen willst«, und beschrieb ihm genau seines Vaters Haus. Der Wolf ließ sich das nicht zweimal sagen, drängte sich in der Nacht zur Gosse hinein und fraß in der Vorratskammer nach Herzenslust. Als er sich gesättigt hatte, wollte er wieder fort, aber er war so dick geworden, daß er denselben Weg nicht wieder hinaus konnte. Darauf hatte Daumesdick gerechnet und fing nun an, in dem Leib des Wolfes einen gewaltigen Lärmen zu machen, tobte und schrie, was er konnte. »Willst du stille sein«, sprach der Wolf, »du weckst die Leute auf.« »Ei was«, antwortete der Kleine, »du hast dich satt gefressen, ich will mich auch lustig machen«, und fing von neuem an, aus allen Kräften zu schreien. Davon erwachte endlich sein Vater und seine Mutter, liefen an die Kammer und schauten durch die Spalte hinein. Wie sie sahen, daß ein Wolf darin hauste, liefen sie davon, und der Mann holte die Axt, und die Frau die Sense. »Bleib dahinten«, sprach der Mann, als sie in die Kammer traten, »wenn ich ihm einen Schlag gebe, und er davon noch nicht tot ist, so mußt du auf ihn einhauen, und ihm den Leib zerschneiden.« Da hörte Daumesdick die Stimme seines Vaters und rief: »Lieber Vater, ich bin hier, ich stecke im Leib des Wolfs.« Sprach der Vater voll Freuden: »Gottlob, unser liebes Kind hat sich wiedergefunden«, und hieß die Frau die Sense wegtun, damit Daumesdick nicht beschädigt würde. Danach holte er aus, und schlug dem Wolf einen Schlag auf den Kopf, daß er tot niederstürzte, dann suchten sie Messer und Schere, schnitten ihm den Leib auf und zogen den Kleinen wieder hervor. »Ach«, sprach der Vater, »was haben wir für Sorge um dich ausgestanden!« »Ja, Vater, ich bin viel in der Welt herumgekommen; gottlob, daß ich wieder frische Luft schöpfe!« »Wo bist du denn all gewesen?« »Ach, Vater, ich war in einem Mauseloch, in einer Kuh Bauch und in eines Wolfes Wanst: nun bleib ich bei euch.« »Und wir verkaufen dich um alle Reichtümer der Welt nicht wieder«, sprachen die Eltern, herzten und küßten ihren lieben Daumesdick. Sie gaben ihm zu essen und trinken und ließen ihm neue Kleider machen, denn die seinen waren ihm auf der Reise verdorben.

Herr Korbes

Es war einmal ein Hühnchen und ein Hähnchen, die wollten zusammen eine Reise machen. Da baute das Hähnchen einen schönen Wagen, der vier rote Räder hatte, und spannte vier Mäuschen davor. Das Hühnchen setzte sich mit dem Hähnchen auf, und sie fuhren miteinander fort. Nicht lange, so begegnete ihnen eine Katze, die sprach: »Wo wollt ihr hin?« Hähnchen antwortete:

»als hinaus
nach des Herrn Korbes seinem Haus.«

»Nehmt mich mit«, sprach die Katze. Hähnchen antwortete: »Recht gerne, setz dich hinten auf, daß du vornen nicht herabfällst.

Nehmt euch wohl in acht,
daß ihr meine roten Räderchen nicht schmutzig macht.
Ihr Räderchen, schweift,
ihr Mäuschen, pfeift,
als hinaus
nach des Herrn Korbes seinem Haus.«

Danach kam ein Mühlstein, dann ein Ei, dann eine Ente, dann eine Stecknadel, und zuletzt eine Nähnadel, die setzten sich auch alle auf den Wagen und fuhren mit. Wie sie aber zu des Herrn Korbes Haus kamen, so war der Herr Korbes nicht da. Die Mäuschen fuhren den Wagen in die Scheune, das Hühnchen flog mit dem Hähnchen auf eine Stange, die Katze setzte sich ins Kamin, die Ente in die Bornstange, das Ei wickelte sich ins Handtuch, die Stecknadel steckte sich ins Stuhlkissen, die Nähnadel sprang aufs Bett mitten ins Kopfkissen, und der Mühlstein legte sich über die Türe. Da kam der Herr Korbes nach Haus, ging ans Kamin und wollte Feuer anmachen, da warf ihm die Katze das Gesicht voll Asche. Er lief geschwind in die Küche und wollte sich abwaschen, da spritzte ihm die Ente Wasser ins Gesicht. Er wollte sich an dem Handtuch abtrocknen, aber das Ei rollte ihm entgegen, zerbrach und klebte ihm die Augen zu. Er wollte sich ruhen und setzte sich auf den Stuhl, da stach ihn die Stecknadel. Er geriet in Zorn, und warf sich aufs Bett, wie er aber den Kopf aufs Kissen niederlegte, stach ihn die Nähnadel, so daß er aufschrie und ganz wütend in die weite Welt laufen wollte. Wie er aber an die Haustür kam, sprang der Mühlstein herunter und schlug ihn tot. Der Herr Korbes muß ein recht böser Mann gewesen sein.

Dornröschen

Vor Zeiten war ein König und eine Königin, die sprachen jeden Tag: »Ach, wenn wir doch ein Kind hätten!« und kriegten immer keins. Da trug sich zu, als die Königin einmal im Bade saß, daß ein Frosch aus dem Wasser ans Land kroch und zu ihr sprach: »Dein Wunsch wird erfüllt werden, ehe ein Jahr vergeht, wirst du eine Tochter zur Welt bringen.« Was der Frosch gesagt hatte, das geschah, und die Königin gebar ein Mädchen, das war so schön, daß der König vor Freude sich nicht zu lassen wußte und ein großes Fest anstellte. Er ladete nicht bloß seine Verwandte, Freunde und Bekannte, sondern auch die weisen Frauen dazu ein, damit sie dem Kind hold und gewogen wären. Es waren ihrer dreizehn in seinem Reiche, weil er aber nur zwölf goldene Teller hatte, von welchen sie essen sollten, so mußte eine von ihnen daheim bleiben. Das Fest ward mit aller Pracht gefeiert, und als es zu Ende war, beschenkten die weisen Frauen das Kind mit ihren Wundergaben: die eine mit Tugend, die andere mit Schönheit, die dritte mit Reichtum, und so mit allem, was auf der Welt zu wünschen ist. Als elfe ihre Sprüche eben getan hatten, trat plötzlich die dreizehnte herein. Sie wollte sich dafür rächen, daß sie nicht eingeladen war, und ohne jemand zu grüßen oder nur anzusehen, rief sie mit lauter Stimme: »Die Königstochter soll sich in ihrem fünfzehnten Jahr an einer Spindel stechen und tot hinfallen.« Und ohne ein Wort weiter zu sprechen, kehrte sie sich um und verließ den Saal. Alle waren erschrocken, da trat die zwölfte hervor, die ihren Wunsch noch übrig hatte, und weil sie den bösen Spruch nicht aufheben, sondern nur ihn mildern konnte, so sagte sie: »Es soll aber kein Tod sein, sondern ein hundertjähriger tiefer Schlaf, in welchen die Königstochter fällt.«

Der König, der sein liebes Kind vor dem Unglück gern bewahren wollte, ließ den Befehl ausgehen, daß alle Spindeln im ganzen Königreiche sollten verbrannt werden. An dem Mädchen aber wurden die Gaben der weisen Frauen sämtlich erfüllt, denn es war so schön, sittsam, freundlich und verständig, daß es jedermann, der es ansah, lieb haben mußte. Es geschah, daß an dem Tage, wo es gerade fünfzehn Jahre alt ward, der König und die Königin nicht zu Haus waren, und das Mädchen ganz allein im Schloß zurückblieb. Da ging es allerorten herum, besah Stuben und Kammern, wie es Lust hatte, und kam endlich auch an einen alten Turm. Es stieg die enge Wendeltreppe hinauf und gelangte zu einer kleinen Türe. In dem Schloß steckte ein verrosteter Schlüssel, und als es umdrehte, sprang die Türe auf, und saß da in einem kleinen Stübchen eine alte Frau mit einer Spindel und spann emsig ihren Flachs. »Guten Tag, du altes Mütterchen«, sprach die Königstochter, »was machst du da?« »Ich spinne«, sagte die Alte und nickte mit dem Kopf. »Was ist das für ein Ding, das so lustig herumspringt?« sprach das Mädchen, nahm die Spindel und wollte auch spinnen. Kaum hatte sie aber die Spindel angerührt, so ging der Zauberspruch in Erfüllung, und sie stach sich damit in den Finger.

In dem Augenblick aber, wo sie den Stich empfand, fiel sie auf das Bett nieder, das da stand, und lag in einem tiefen Schlaf. Und dieser Schlaf verbreitete sich über das ganze Schloß: der König und die Königin, die eben heim gekommen waren und in den Saal getreten waren, fingen an einzuschlafen, und der ganze Hofstaat mit ihnen. Da schliefen auch die Pferde im Stall, die Hunde im Hofe, die Tauben auf dem Dache, die Fliegen an der Wand, ja, das Feuer, das auf dem Herde flackerte, ward still und schlief ein, und der Braten hörte auf zu brutzeln, und der Koch, der den Küchenjungen, weil er etwas versehen hatte, in den Haaren ziehen wollte, ließ ihn los und schlief. Und der Wind legte sich, und auf den Bäumen vor dem Schloß regte sich kein Blättchen mehr.

Rings um das Schloß aber begann eine Dornenhecke zu wachsen, die jedes Jahr höher ward, und endlich das ganze Schloß umzog und darüber hinauswuchs, daß gar nichts mehr davon zu sehen war, selbst nicht die Fahne auf dem Dach. Es ging aber die Sage in dem Land von dem schönen schlafenden Dornröschen, denn so ward die Königstochter genannt, also daß von Zeit zu Zeit Königssöhne kamen und durch die Hecke in das Schloß dringen wollten. Es war ihnen aber nicht möglich, denn die Dornen, als hätten sie Hände, hielten fest zusammen, und die Jünglinge blieben darin hängen, konnten sich nicht wieder losmachen und starben eines jämmerlichen Todes. Nach langen Jahren kam wieder einmal ein Königssohn in das Land, und hörte, wie ein alter Mann von der Dornhecke erzählte, es sollte ein Schloß dahinter stehen, in welchem eine wunderschöne Königstochter, Dornröschen genannt, schon seit hundert Jahren schliefe, und mit ihr schliefe der König und die Königin und der ganze Hofstaat. Er wußte auch von seinem Großvater, daß schon viele Königssöhne gekommen wären und versucht hätten, durch die Dornenhecke zu dringen, aber sie wären darin hängen geblieben und eines traurigen Todes gestorben. Da sprach der Jüngling: »Ich fürchte mich nicht, ich will hinaus und das schöne Dornröschen sehen.« Der gute Alte mochte ihm abraten, wie er wollte, er hörte nicht auf seine Worte.

Nun waren aber gerade die hundert Jahre verflossen, und der Tag war gekommen, wo Dornröschen wieder erwachen sollte. Als der Königssohn sich der Dornenhecke näherte, waren es lauter große schöne Blumen, die taten sich von selbst auseinander und ließen ihn unbeschädigt hindurch, und hinter ihm taten sie sich als eine Hecke zusammen. Im Schloßhof sah er die Pferde und scheckigen Jagdhunde liegen und schlafen, auf dem Dache saßen die Tauben und hatten das Köpfchen unter den Flügel gesteckt. Und als er ins Haus kam, schliefen die Fliegen an der Wand, der Koch in der Küche hielt noch die Hand, als wollte er den Jungen anpacken, und die Magd saß vor dem schwarzen Huhn, das sollte gerupft werden. Da ging er noch weiter, und alles war so still, daß einer seinen Atem hören konnte, und endlich kam er zu dem Turm und öffnete die Türe zu der kleinen Stube, in welcher Dornröschen schlief. Da lag es und war so schön, daß er die Augen nicht abwenden konnte, und er bückte sich und gab ihm einen Kuß. Wie er es mit dem Kuß berührt hatte, schlug Dornröschen die Augen auf, erwachte und blickte ihn ganz freundlich an. Da gingen sie zusammen herab, und der König erwachte und die Königin und der ganze Hofstaat, und sahen einander mit großen Augen an. Und die Pferde im Hof standen auf und rüttelten sich: die Jagdhunde sprangen und wedelten: die Tauben auf dem Dache zogen das Köpfchen unterm Flügel hervor, sahen umher und flogen ins Feld: die Fliegen an den Wänden krochen weiter: das Feuer in der Küche erhob sich, flackerte und kochte das Essen: der Braten fing wieder an zu brutzeln: und der Koch gab dem Jungen eine Ohrfeige, daß er schrie: und die Magd rupfte das Huhn fertig. Und da wurde die Hochzeit des Königssohn mit dem Dornröschen in aller Pracht gefeiert, und sie lebten vergnügt bis an ihr Ende.

Fundevogel

Es war einmal ein Förster, der ging in den Wald auf die Jagd, und wie er in den Wald kam, hörte er schreien, als obs ein kleines Kind wäre. Er ging dem Schreien nach und kam endlich zu einem hohen Baum, und oben darauf saß ein kleines Kind. Es war aber die Mutter mit dem Kinde unter dem Baum eingeschlafen, und ein Raubvogel hatte das Kind in ihrem Schoße gesehen: da war er hinzugeflogen, hatte es mit seinem Schnabel weggenommen und auf den hohen Baum gesetzt.

Der Förster stieg hinauf, holte das Kind herunter und dachte: »Du willst das Kind mit nach Haus nehmen und mit deinem Lenchen zusammen aufziehn.« Er brachte es also heim, und die zwei Kinder wuchsen miteinander auf. Das aber, das auf dem Baum gefunden worden war, und weil es ein Vogel weggetragen hatte, wurde *Fundevogel* geheißen. Fundevogel und Lenchen hatten sich so lieb, nein so lieb, daß, wenn eins das andere nicht sah, ward es traurig.

Der Förster hatte aber eine alte Köchin, die nahm eines Abends zwei Eimer und fing an Wasser zu schleppen und ging nicht einmal, sondern vielemal hinaus an den Brunnen. Lenchen sah es und sprach: »Hör einmal, alte Sanne, was trägst du denn so viel Wasser zu?« »Wenn dus keinem Menschen wiedersagen willst, so will ich dirs wohl sagen.« Da sagte Lenchen, nein, sie wollte es keinem Menschen wiedersagen, so sprach die Köchin: »Morgen früh, wenn der Förster auf die Jagd ist, da koche ich das Wasser, und wenns im Kessel siedet, werfe ich den Fundevogel hinein, und will ihn darin kochen.«

Des andern Morgens in aller Frühe stieg der Förster auf und ging auf die Jagd, und als er weg war, lagen die Kinder noch im Bett. Da sprach Lenchen zum Fundevogel: »Verläßt du mich nicht, so verlaß ich dich auch nicht«; so sprach der Fundevogel: »Nun und nimmermehr.« Da sprach Lenchen: »Ich will es dir nur sagen, die alte Sanne schleppte gestern abend so viel Eimer Wasser ins Haus, da fragte ich sie, warum sie das täte, so sagte sie, wenn ich es keinem Menschen sagen wollte, so wollte sie es mir wohl sagen: sprach ich, ich wollte es gewiß keinem Menschen sagen: da sagte sie, morgen früh, wenn der Vater auf die Jagd wäre, wollte sie den Kessel voll Wasser sieden, dich hineinwerfen und kochen. Wir wollen aber geschwind aufstehen, uns anziehen und zusammen fortgehen.«

Also standen die beiden Kinder auf, zogen sich geschwind an und gingen fort. Wie nun das Wasser im Kessel kochte, ging die Köchin in die Schlafkammer, wollte den Fundevogel holen und ihn hineinwerfen. Aber als sie hineinkam und zu den Betten trat, waren die Kinder alle beide fort: da wurde ihr grausam angst, und sie sprach vor sich: »Was will ich nun sagen, wenn der Förster heim kommt und sieht, daß die Kinder weg sind? Geschwind hintennach, daß wir sie wiederkriegen.«

Da schickte die Köchin drei Knechte nach, die sollten laufen und die Kinder einlangen. Die Kinder aber saßen vor dem Wald, und als sie die drei Knechte von weitem laufen sahen, sprach Lenchen zum Fundevogel: »Verläßt du mich nicht, so verlaß ich dich auch nicht.« So sprach Fundevogel: »Nun und nimmermehr.« Da sagte Lenchen: »Werde du zum Rosenstöckchen, und ich zum Röschen darauf.« Wie nun die drei Knechte vor den Wald kamen, so war nichts da als ein Rosenstrauch und ein Röschen oben drauf, die Kinder aber nirgend. Da sprachen sie: »Hier ist nichts zu machen« und gingen heim und sagten der Köchin, sie hätten nichts in der Welt gesehen als nur ein Rosenstöckchen und ein Röschen oben darauf. Da schalt die alte Köchin: »Ihr Einfaltspinsel, ihr hättet das Rosenstöckchen sollen entzweischneiden und das Röschen abbrechen und mit nach Haus bringen, geschwind und tuts.« Sie mußten also zum zweitenmal hinaus und suchen. Die Kinder sahen sie aber von weitem kommen, da sprach Lenchen: »Fundevogel, verläßt du mich nicht, so verlaß ich dich auch nicht.« Fundevogel sagte: »Nun und nimmermehr.« Sprach Lenchen: »So werde du eine Kirche und ich die Krone darin.« Wie nun die drei Knechte dahinkamen, war nichts da als eine Kirche und eine Krone darin. Sie sprachen also zueinander: »Was sollen wir hier machen, laßt uns nach Hause gehen.« Wie sie nach Haus kamen, fragte die Köchin, ob sie nichts gefunden hätten: so sagten sie nein, sie hätten nichts gefunden als eine Kirche, da wäre eine Krone darin gewesen. »Ihr Narren«, schalt die Köchin, »warum habt ihr nicht die Kirche zerbrochen und die Krone mit heim gebracht?« Nun machte sich die alte Köchin selbst auf die Beine und ging mit den drei Knechten den Kindern nach. Die Kinder sahen aber die drei Knechte von weitem kommen, und die Köchin wackelte hintennach. Da sprach Lenchen: »Fundevogel, verläßt du mich nicht, so verlaß ich dich auch nicht.« Da sprach der Fundevogel: »Nun und nimmermehr.« Sprach Lenchen: »Werde zum Teich und ich die Ente drauf.« Die Köchin aber kam herzu, und als sie den Teich sah, legte sie sich drüberhin und wollte ihn aussaufen. Aber die Ente kam schnell geschwommen, faßte sie mit ihrem Schnabel beim Kopf und zog sie ins Wasser hinein:

da mußte die alte Hexe ertrinken. Da gingen die Kinder zusammen nach Haus und waren herzlich froh; und wenn sie nicht gestorben sind, leben sie noch.

Sneewittchen

Es war einmal mitten im Winter, und die Schneeflocken fielen wie Federn vom Himmel herab, da saß eine Königin an einem Fenster, das einen Rahmen von schwarzem Ebenholz hatte, und nähte. Und wie sie so nähte und nach dem Schnee aufblickte, stach sie sich mit der Nadel in den Finger, und es fielen drei Tropfen Blut in den Schnee. Und weil das Rote im weißen Schnee so schön aussah, dachte sie bei sich: »Hätt ich ein Kind so weiß wie Schnee, so rot wie Blut und so schwarz wie das Holz an dem Rahmen.« Bald darauf bekam sie ein Töchterlein, das war so weiß wie Schnee, so rot wie Blut und so schwarzhaarig wie Ebenholz und ward darum das Sneewittchen genannt. Und wie das Kind geboren war, starb die Königin.

Über ein Jahr nahm sich der König eine andere Gemahlin. Es war eine schöne Frau, aber sie war stolz und übermütig und konnte nicht leiden, daß sie an Schönheit von jemand sollte übertroffen werden. Sie hatte einen wunderbaren Spiegel, wenn sie vor den trat und sich darin beschaute, sprach sie:

»Spieglein, Spieglein an der Wand,
Wer ist die Schönste im ganzen Land?«

so antwortete der Spiegel:

»Frau Königin, Ihr seid die Schönste im Land.«

Da war sie zufrieden, denn sie wußte, daß der Spiegel die Wahrheit sagte.

Sneewittchen aber wuchs heran und wurde immer schöner, und als es sieben Jahre alt war, war es so schön wie der klare Tag und schöner als die Königin selbst. Als diese einmal ihren Spiegel fragte:

»Spieglein, Spieglein an der Wand,
wer ist die Schönste im ganzen Land?«

so antwortete er:

»Frau Königin, Ihr seid die Schönste hier,
aber Sneewittchen ist tausendmal schöner als Ihr.«

Da erschrak die Königin und ward gelb und grün vor Neid. Von Stund an, wenn sie Sneewittchen erblickte, kehrte sich ihr das Herz im Leibe herum, so haßte sie das Mädchen. Und der Neid und Hochmut wuchsen wie ein Unkraut in ihrem Herzen immer höher, daß sie Tag und Nacht keine Ruhe mehr hatte. Da rief sie einen Jäger und sprach: »Bring das Kind hinaus in den Wald, ich wills nicht mehr vor meinen Augen sehen. Du sollst es töten und mir Lunge und Leber zum Wahrzeichen mitbringen.« Der Jäger gehorchte und führte es hinaus, und als er den Hirschfänger gezogen hatte und Sneewittchens unschuldiges Herz durchbohren wollte, fing es an zu weinen und sprach: »Ach, lieber Jäger, laß mir mein Leben; ich will in den wilden Wald laufen und nimmermehr wieder heim kommen.« Und weil es so schön war, hatte der Jäger Mitleid und sprach: »So lauf hin, du armes Kind.« »Die wilden Tiere werden dich bald gefressen haben«, dachte er, und doch wars ihm, als wär ein Stein von seinem Herzen gewälzt, weil er es nicht zu töten brauchte. Und als gerade ein junger Frischling dahergesprungen kam, stach er ihn ab, nahm Lunge und Leber heraus und brachte sie als Wahrzeichen der Königin mit. Der Koch mußte sie in Salz kochen, und das boshafte Weib aß sie auf und meinte, sie hätte Sneewittchens Lunge und Leber gegessen.

Nun war das arme Kind in dem großen Wald mutterseelig allein, und ward ihm so angst, daß es alle Blätter an den Bäumen ansah und nicht wußte, wie es sich helfen sollte. Da fing es an zu laufen und lief über die spitzen Steine und durch die Dornen, und die wilden Tiere sprangen an ihm vorbei, aber sie taten ihm nichts. Es lief, solange nur die Füße noch fort konnten, bis es bald Abend werden wollte, da sah es ein kleines Häuschen und ging hinein, sich zu ruhen. In dem Häuschen war alles klein, aber so zierlich und reinlich, daß es nicht zu sagen ist. Da stand ein weißgedecktes Tischlein mit sieben kleinen Tellern, jedes Tellerlein mit seinem Löffelein, ferner sieben Messerlein und Gäblein und sieben Becherlein. An der Wand waren sieben Bettlein nebeneinander aufgestellt und schneeweiße Laken darüber gedeckt. Sneewittchen, weil es so hungrig und durstig war, aß von jedem Tellerlein ein wenig Gemüs und Brot und trank aus jedem Becherlein einen Tropfen Wein; denn es wollte nicht einem allein alles wegnehmen. Hernach, weil es so müde war, legte es sich in ein Bettchen, aber keins paßte; das eine war zu lang, das andere zu kurz, bis endlich das siebente recht war: und darin blieb es liegen, befahl sich Gott und schlief ein.

Als es ganz dunkel geworden war, kamen die Herren von dem Häuslein, das waren die sieben Zwerge, die in den Bergen nach Erz hackten und gruben. Sie zündeten ihre sieben Lichtlein an, und wie es nun hell im Häuslein ward, sahen sie, daß jemand darin gewesen war, denn es stand nicht alles so in der Ordnung, wie sie es verlassen hatten. Der erste sprach: »Wer hat auf meinem Stühlchen gesessen?« Der zweite: »Wer hat von meinem Tellerchen gegessen?« Der dritte: »Wer hat von meinem Brötchen genommen?« Der vierte: »Wer hat von meinem Gemüschen gegessen?« Der fünfte: »Wer hat mit meinem Gäbelchen gestochen?« Der sechste: »Wer hat mit meinem Messerchen geschnitten?« Der siebente: »Wer hat aus meinem Becherlein getrunken?« Dann sah sich der erste um und sah, daß auf seinem Bett eine kleine Delle war, da sprach er: »Wer hat in mein Bettchen getreten?« Die andern kamen gelaufen und riefen: »In meinem hat auch jemand gelegen.« Der siebente aber, als er in sein Bett sah, erblickte Sneewittchen, das lag darin und schlief. Nun rief er die andern, die kamen herbeigelaufen und schrien vor Verwunderung, holten ihre sieben Lichtlein und beleuchteten Sneewittchen. »Ei, du mein Gott! ei, du mein Gott!« riefen sie, »was ist das Kind so schön!« und hatten so große Freude, daß sie es nicht aufweckten, sondern im Bettlein fortschlafen ließen. Der siebente Zwerg aber schlief bei seinen Gesellen, bei jedem eine Stunde, da war die Nacht herum.

Als es Morgen war, erwachte Sneewittchen, und wie es die sieben Zwerge sah, erschrak es. Sie waren aber freundlich und fragten: »Wie heißt du?« »Ich heiße Sneewittchen«, antwortete es. »Wie bist du in unser Haus gekommen?« sprachen weiter die Zwerge. Da erzählte es ihnen, daß seine Stiefmutter es hätte wollen umbringen lassen, der Jäger hätte ihm aber das Leben geschenkt, und da wär es gelaufen den ganzen Tag, bis es endlich ihr Häuslein gefunden hätte. Die Zwerge sprachen: »Willst du unsern Haushalt versehen, kochen, betten, waschen, nähen und stricken und willst du alles ordentlich und reinlich halten, so kannst du bei uns bleiben, und es soll dir an nichts fehlen.« »Ja«, sagte Sneewittchen, »von Herzen gern«, und blieb bei ihnen. Es hielt ihnen das Haus in Ordnung: morgens gingen sie in die Berge und suchten Erz und Gold, abends kamen sie wieder, und da mußte ihr Essen bereit sein. Den Tag über war das Mädchen allein, da warnten es die guten Zwerglein und sprachen: »Hüte dich vor deiner Stiefmutter, die wird bald wissen, daß du hier bist; laß ja niemand herein.«

Die Königin aber, nachdem sie Sneewittchens Lunge und Leber glaubte gegessen zu haben, dachte nicht anders, als sie wäre wieder die erste und Allerschönste, trat vor ihren Spiegel und sprach:

»Spieglein, Spieglein an der Wand,
wer ist die Schönste im ganzen Land?«

Da antwortete der Spiegel:

»Frau Königin, Ihr seid die Schönste hier,
aber Sneewittchen über den Bergen
bei den sieben Zwergen
ist noch tausendmal schöner als Ihr.«

Da erschrak sie, denn sie wußte, daß der Spiegel keine Unwahrheit sprach, und merkte, daß der Jäger sie betrogen hatte und Sneewittchen noch am Leben war. Und da sann und sann sie aufs neue, wie sie es umbringen wollte; denn solange sie nicht die Schönste war im ganzen Land, ließ ihr der Neid keine Ruhe. Und als sie sich endlich etwas ausgedacht hatte, färbte sie sich das Gesicht und kleidete sich wie eine alte Krämerin und war ganz unkenntlich. In dieser Gestalt ging sie über die sieben Berge zu den sieben Zwergen, klopfte an die Türe und rief: »Schöne Ware feil! feil!« Sneewittchen guckte zum Fenster heraus und rief: »Guten Tag, liebe Frau, was habt Ihr zu verkaufen?« »Gute Ware, schöne Ware«, antwortete sie, »Schnürriemen von allen Farben«, und holte einen hervor, der aus bunter Seide geflochten war. »Die ehrliche Frau kann ich hereinlassen«, dachte Sneewittchen, riegelte die Türe auf und kaufte sich den hübschen Schnürriemen. »Kind«, sprach die Alte, »wie du aussiehst! Komm, ich will dich einmal ordentlich schnüren.« Sneewittchen hatte kein Arg, stellte sich vor sie und ließ sich mit dem neuen Schnürriemen schnüren: aber die Alte schnürte geschwind und schnürte so fest, daß dem Sneewittchen der Atem verging, und es für tot hinfiel. »Nun bist du die Schönste gewesen«, sprach sie und eilte hinaus.

Nicht lange darauf, zur Abendzeit, kamen die sieben Zwerge nach Haus, aber wie erschraken sie, als sie ihr liebes Sneewittchen auf der Erde liegen sahen; und es regte und bewegte sich nicht, als wäre es tot. Sie hoben es in die Höhe, und weil sie sahen, daß es zu fest geschnürt war, schnitten sie den Schnürriemen entzwei: da fing es an ein wenig zu atmen und ward nach und nach wieder lebendig. Als die Zwerge hörten, was geschehen war, sprachen sie: »Die alte Krämerfrau war niemand als die gottlose Königin: hüte dich und laß keinen Menschen herein, wenn wir nicht bei dir sind.«

Das böse Weib aber, als es nach Hause gekommen war, ging vor den Spiegel und fragte:

»Spieglein, Spieglein an der Wand,
wer ist die Schönste im ganzen Land?«

Da antwortete er wie sonst:

»Frau Königin, Ihr seid die Schönste hier,
aber Sneewittchen über den Bergen
bei den sieben Zwergen
ist noch tausendmal schöner als Ihr.«

Als sie das hörte, lief ihr alles Blut zum Herzen, so erschrak sie; denn sie sah wohl, daß Sneewittchen wieder lebendig geworden war. »Nun aber«, sprach sie, »will ich etwas aussinnen, das dich zugrunde richten soll«, und mit Hexenkünsten, die sie verstand, machte sie einen giftigen Kamm. Dann verkleidete sie sich und nahm die Gestalt eines andern alten Weibes an. So ging sie hin über die sieben Berge zu den sieben Zwergen, klopfte an die Türe und rief: »Gute Waren feil! feil!« Sneewittchen schaute heraus und sprach: »Geht nur weiter, ich darf niemand hereinlassen.« »Das Ansehen wird dir doch erlaubt sein«, sprach die Alte, zog den giftigen Kamm heraus und hielt ihn in die Höhe. Da gefiel er dem Kinde so gut, daß es sich betören ließ und die Türe öffnete. Als sie des Kaufs einig waren, sprach die Alte: »Nun will ich dich einmal ordentlich kämmen.« Das arme Sneewittchen dachte an nichts und ließ die Alte gewähren, aber kaum hatte sie den Kamm in die Haare gesteckt, als das Gift darin wirkte, und das Mädchen ohne Besinnung niederfiel. »Du Ausbund von Schönheit«, sprach das boshafte Weib, »jetzt ists um dich geschehen« und ging fort. Zum Glück aber war es bald Abend, wo die sieben Zwerglein nach Hause kamen. Als sie Sneewittchen wie tot auf der Erde liegen sahen, hatten sie gleich die Stiefmutter in Verdacht, suchten nach und fanden den giftigen Kamm, und kaum hatten sie ihn herausgezogen, so kam Sneewittchen wieder zu sich und erzählte, was vorgegangen war. Da warnten sie es noch einmal, auf seiner Hut zu sein und niemand die Türe zu öffnen.

Die Königin stellte sich daheim vor den Spiegel und sprach:

»Spieglein, Spieglein an der Wand,
wer ist die Schönste im ganzen Land?«

Da antwortete er wie vorher:

»Frau Königin, Ihr seid die Schönste hier,
aber Sneewittchen über den Bergen
bei den sieben Zwergen
ist noch tausendmal schöner als Ihr.«

Als sie den Spiegel so reden hörte, zitterte und bebte sie vor Zorn. »Sneewittchen soll sterben«, rief sie, »und wenn es mein eignes Leben kostet.« Darauf ging sie in eine ganz verborgene einsame Kammer, wo niemand hinkam, und machte da einen giftigen giftigen Apfel. Äußerlich sah er schön aus, weiß mit roten Backen, daß jeder, der ihn erblickte, Lust danach bekam, aber wer ein Stückchen davon aß, der mußte sterben. Als der Apfel fertig war, färbte sie sich das Gesicht und verkleidete sich in eine Bauersfrau, und so ging sie über die sieben Berge zu den sieben Zwergen. Sie klopfte an, Sneewittchen streckte den Kopf zum Fenster heraus und sprach: »Ich darf keinen Menschen einlassen, die sieben Zwerge haben mirs verboten.« »Mir auch recht«, antwortete die Bäuerin, »meine Äpfel will ich schon los werden. Da, einen will ich dir schenken.« »Nein«, sprach Sneewittchen, »ich darf nichts annehmen.« »Fürchtest du dich vor Gift?« sprach die Alte, »siehst du, da schneide ich den Apfel in zwei Teile; den roten Backen iß du, den weißen will ich essen.« Der Apfel war aber so künstlich gemacht, daß der rote Backen allein vergiftet war. Sneewittchen lusterte den schönen Apfel an, und als es sah, daß die Bäuerin davon aß, so konnte es nicht länger widerstehen, steckte die Hand hinaus und nahm die giftige Hälfte. Kaum aber hatte es einen Bissen davon im Mund, so fiel es tot zur Erde nieder. Da betrachtete es die Königin mit grausigen Blicken und lachte überlaut und sprach: »Weiß wie Schnee, rot wie Blut, schwarz wie Ebenholz! Diesmal können dich die Zwerge nicht wieder erwecken.« Und als sie daheim den Spiegel befragte:

»Spieglein, Spieglein an der Wand,
wer ist die Schönste im ganzen Land?«

so antwortete er endlich:

»Frau Königin, Ihr seid die Schönste im Land.«

Da hatte ihr neidisches Herz Ruhe, so gut ein neidisches Herz Ruhe haben kann.

Die Zwerglein, wie sie abends nach Hause kamen, fanden Sneewittchen auf der Erde liegen, und es ging kein Atem mehr aus seinem Mund, und es war tot. Sie hoben es auf, suchten, ob sie was Giftiges fänden, schnürten es auf, kämmten ihm die Haare, wuschen es mit Wasser und Wein, aber es half alles nichts; das liebe Kind war tot und blieb tot. Sie legten es auf eine Bahre und setzten sich alle siebene daran und beweinten es und weinten drei Tage lang. Da wollten sie es begraben, aber es sah noch so frisch aus wie ein lebender Mensch und hatte noch seine schönen roten Backen. Sie sprachen: »Das können wir nicht in die schwarze Erde versenken«, und ließen einen durchsichtigen Sarg von Glas machen, daß man es von allen Seiten sehen konnte, legten es hinein, und schrieben mit goldenen Buchstaben seinen Namen darauf, und daß es eine Königstochter wäre. Dann setzten sie den Sarg hinaus auf den Berg, und einer von ihnen blieb immer dabei und bewachte ihn. Und die Tiere kamen auch und beweinten Sneewittchen, erst eine Eule, dann ein Rabe, zuletzt ein Täubchen.

Nun lag Sneewittchen lange lange Zeit in dem Sarg und verweste nicht, sondern sah aus, als wenn es schliefe, denn es war noch so weiß als Schnee, so rot als Blut und so schwarzhaarig wie Ebenholz. Es geschah aber, daß ein

Königssohn in den Wald geriet und zu dem Zwergenhaus kam, da zu übernachten. Er sah auf dem Berg den Sarg und das schöne Sneewittchen darin und las, was mit goldenen Buchstaben darauf geschrieben war. Da sprach er zu den Zwergen: »Laßt mir den Sarg, ich will euch geben, was ihr dafür haben wollt.« Aber die Zwerge antworteten: »Wir geben ihn nicht um alles Gold in der Welt.« Da sprach er: »So schenkt mir ihn, denn ich kann nicht leben, ohne Sneewittchen zu sehen, ich will es ehren und hochachten wie mein Liebstes.« Wie er so sprach, empfanden die guten Zwerglein Mitleiden mit ihm und gaben ihm den Sarg. Der Königssohn ließ ihn nun von seinen Dienern auf den Schultern forttragen. Da geschah es, daß sie über einen Strauch stolperten, und von dem Schüttern fuhr der giftige Apfelgrütz, den Sneewittchen abgebissen hatte, aus dem Hals. Und nicht lange, so öffnete es die Augen, hob den Deckel vom Sarg in die Höhe und richtete sich auf und war wieder lebendig. »Ach Gott, wo bin ich?« rief es. Der Königssohn sagte voll Freude: »Du bist bei mir« und erzählte, was sich zugetragen hatte, und sprach: »Ich habe dich lieber als alles auf der Welt; komm mit mir in meines Vaters Schloß, du sollst meine Gemahlin werden.« Da war ihm Sneewittchen gut und ging mit ihm, und ihre Hochzeit ward mit großer Pracht und Herrlichkeit angeordnet.

Zu dem Fest wurde aber auch Sneewittchens gottlose Stiefmutter eingeladen. Wie sie sich nun mit schönen Kleidern angetan hatte, trat sie vor den Spiegel und sprach:

»Spieglein, Spieglein an der Wand,
wer ist die Schönste im ganzen Land?«

Der Spiegel antwortete:

»Frau Königin, Ihr seid die Schönste hier,
aber die junge Königin ist tausendmal schöner als Ihr.«

Da stieß das böse Weib einen Fluch aus, und ward ihr so angst, so angst, daß sie sich nicht zu lassen wußte. Sie wollte zuerst gar nicht auf die Hochzeit kommen: doch ließ es ihr keine Ruhe, sie mußte fort und die junge Königin sehen. Und wie sie hineintrat, erkannte sie Sneewittchen und vor Angst und Schrecken stand sie da und konnte sich nicht regen. Aber es waren schon eiserne Pantoffel über Kohlenfeuer gestellt und wurden mit Zangen hereingetragen und vor sie hingestellt. Da mußte sie in die rotglühenden Schuhe treten und so lange tanzen, bis sie tot zur Erde fiel.

Rumpelstilzchen

Es war einmal ein Müller, der war arm, aber er hatte eine schöne Tochter. Nun traf es sich, daß er mit dem König zu sprechen kam, und um sich ein Ansehen zu geben, sagte er zu ihm: »Ich habe eine Tochter, die kann Stroh zu Gold spinnen.« Der König sprach zum Müller: »Das ist eine Kunst, die mir wohl gefällt, wenn deine Tochter so geschickt ist, wie du sagst, so bring sie morgen in mein Schloß, da will ich sie auf die Probe stellen.« Als nun das Mädchen zu ihm gebracht ward, führte er es in eine Kammer, die ganz voll Stroh lag, gab ihr Rad und Haspel und sprach: »Jetzt mache dich an die Arbeit, und wenn du diese Nacht durch bis morgen früh dieses Stroh nicht zu Gold versponnen hast, so mußt du sterben.« Darauf schloß er die Kammer selbst zu, und sie blieb allein darin.

Da saß nun die arme Müllerstochter und wußte um ihr Leben keinen Rat: sie verstand gar nichts davon, wie man Stroh zu Gold spinnen konnte, und ihre Angst ward immer größer, daß sie endlich zu weinen anfing. Da ging auf einmal die Türe auf, und trat ein kleines Männchen herein und sprach: »Guten Abend, Jungfer Müllerin, warum weint sie so sehr?« »Ach«, antwortete das Mädchen, »ich soll Stroh zu Gold spinnen und verstehe das nicht.« Sprach das Männchen: »Was gibst du mir, wenn ich dirs spinne?« »Mein Halsband«, sagte das Mädchen. Das Männchen nahm das Halsband, setzte sich vor das Rädchen, und schnurr, schnurr, schnurr, dreimal gezogen, war die Spule voll. Dann steckte es eine andere auf, und schnurr, schnurr, schnurr, dreimal gezogen, war auch die zweite voll: und so gings fort bis zum Morgen, da war alles Stroh versponnen, und alle Spulen waren voll Gold. Bei Sonnenaufgang kam schon der König, und als er das Gold erblickte, erstaunte er und freute sich, aber sein Herz ward nur noch goldgieriger. Er ließ die Müllerstochter in eine andere Kammer voll Stroh bringen, die noch viel größer war, und befahl ihr, das auch in einer Nacht zu spinnen, wenn ihr das Leben lieb wäre. Das Mädchen wußte sich nicht zu helfen und weinte, da ging abermals die Türe auf, und das kleine Männchen erschien und sprach: »Was gibst du mir, wenn ich dir das Stroh zu Gold spinne?« »Meinen Ring von dem Finger«, antwortete das Mädchen. Das Männchen nahm den Ring, fing wieder an zu schnurren mit dem Rade und hatte bis zum Morgen alles Stroh zu glänzendem Gold gesponnen. Der König freute sich über die Maßen bei dem Anblick, war aber noch immer nicht Goldes satt, sondern ließ die Müllerstochter in eine noch größere Kammer voll Stroh bringen und sprach: »Die mußt du noch in dieser Nacht verspinnen: gelingt dirs aber, so sollst du meine Gemahlin werden.« »Wenns auch eine Müllerstochter ist«, dachte er, »eine reichere Frau finde ich in der ganzen Welt nicht.« Als das Mädchen allein war, kam das Männlein zum drittenmal wieder und sprach: »Was gibst du mir, wenn ich dir noch diesmal das Stroh spinne?« »Ich habe nichts mehr, das ich geben könnte«, antwortete das Mädchen. »So versprich mir, wenn du Königin wirst, dein erstes Kind.« »Wer weiß, wie das noch geht«, dachte die Müllerstochter und wußte sich auch in der Not nicht anders zu helfen; sie versprach also dem Männchen, was es verlangte, und das Männchen spann dafür noch einmal das Stroh zu Gold. Und als am Morgen der König kam und alles fand, wie er gewünscht hatte, so hielt er Hochzeit mit ihr, und die schöne Müllerstochter ward eine Königin.

Über ein Jahr brachte sie ein schönes Kind zur Welt und dachte gar nicht mehr an das Männchen: da trat es plötzlich in ihre Kammer und sprach: »Nun gib mir, was du versprochen hast.« Die Königin erschrak und bot dem Männchen alle Reichtümer des Königreichs an, wenn es ihr das Kind lassen wollte: aber das Männchen sprach: »Nein, etwas Lebendes ist mir lieber als alle Schätze der Welt.« Da fing die Königin so an zu jammern und zu weinen, daß das Männchen Mitleiden mit ihr hatte: »drei Tage will ich dir Zeit lassen«, sprach er, »wenn du bis dahin meinen Namen weißt, so sollst du dein Kind behalten.«

Nun besann sich die Königin die ganze Nacht über auf alle Namen, die sie jemals gehört hatte, und schickte einen Boten über Land, der sollte sich erkundigen weit und breit, was es sonst noch für Namen gäbe. Als am anderen Tag das Männchen kam, fing sie an mit Kaspar, Melchior, Balzer, und sagte alle Namen, die sie wußte, nach der Reihe her, aber bei jedem sprach das Männlein: »So heiß ich nicht.« Den zweiten Tag ließ sie in der Nachbarschaft herumfragen, wie die Leute da genannt würden, und sagte dem Männlein die ungewöhnlichsten und seltsamsten Namen vor: »Heißt du vielleicht Rippenbiest oder Hammelswade oder Schnürbein?«, aber es antwortete immer: »So heiß ich nicht.« Den dritten Tag kam der Bote wieder zurück und erzählte: »Neue Namen habe ich keinen einzigen finden können, aber wie ich an einen hohen Berg um die Waldecke kam, wo Fuchs und Has sich gute Nacht sagen, so sah ich da ein kleines Haus, und vor dem Haus brannte ein Feuer, und um das Feuer sprang ein gar zu lächerliches Männchen, hüpfte auf einem Bein und schrie:

»Heute back ich, morgen brau ich,
übermorgen hol ich der Königin ihr Kind;
ach, wie gut ist, daß niemand weiß,
daß ich Rumpelstilzchen heiß!«

Da könnt ihr denken, wie die Königin froh war, als sie den Namen hörte, und als bald hernach das Männlein hereintrat und fragte: »Nun, Frau Königin, wie heiß ich?« fragte sie erst: »Heißest du Kunz?« »Nein.« »Heißest du Heinz?« »Nein.«

»Heißt du etwa Rumpelstilzchen?«

»Das hat dir der Teufel gesagt, das hat dir der Teufel gesagt«, schrie das Männlein und stieß mit dem rechten Fuß vor Zorn so tief in die Erde, daß es bis an den Leib hineinfuhr, dann packte es in seiner Wut den linken Fuß mit beiden Händen und riß sich selbst mitten entzwei.

Hans im Glück

Hans hatte sieben Jahre bei seinem Herrn gedient, da sprach er zu ihm: »Herr, meine Zeit ist herum, nun wollte ich gerne wieder heim zu meiner Mutter, gebt mir meinen Lohn.« Der Herr antwortete: »Du hast mir treu und ehrlich gedient, wie der Dienst war, so soll der Lohn sein«, und gab ihm ein Stück Gold, das so groß als Hansens Kopf war. Hans zog ein Tüchlein aus der Tasche, wickelte den Klumpen hinein, setzte ihn auf die Schulter und machte sich auf den Weg nach Haus. Wie er so dahinging und immer ein Bein vor das andere setzte, kam ihm ein Reiter in die Augen, der frisch und fröhlich auf einem muntern Pferd vorbeitrabte. »Ach«, sprach Hans ganz laut, »was ist das Reiten ein schönes Ding! Da sitzt einer wie auf einem Stuhl, stößt sich an keinen Stein, spart die Schuh, und kommt fort, er weiß nicht wie.« Der Reiter, der das gehört hatte, hielt an und rief: »Ei, Hans, warum laufst du auch zu Fuß?« »Ich muß ja wohl«, antwortete er, »da habe ich einen Klumpen heim zu tragen: es ist zwar Gold, aber ich kann den Kopf dabei nicht gerad halten, auch drückt mirs auf die Schulter.« »Weißt du was«, sagte der Reiter, »wir wollen tauschen: ich gebe dir mein Pferd, und du gibst mir deinen Klumpen.« »Von Herzen gern«, sprach Hans, »aber ich sage Euch, Ihr müßt Euch damit schleppen.« Der Reiter stieg ab, nahm das Gold und half dem Hans hinauf, gab ihm die Zügel fest in die Hand und sprach: »Wenns nun recht geschwind soll gehen, so mußt du mit der Zunge schnalzen und hopp hopp rufen.«

Hans war seelenfroh, als er auf dem Pferde saß und so frank und frei dahinritt. Über ein Weilchen fiels ihm ein, es sollte noch schneller gehen, und fing an mit der Zunge zu schnalzen und hopp hopp zu rufen. Das Pferd setzte sich in starken Trab, und ehe sichs Hans versah, war er abgeworfen und lag in einem Graben, der die Äcker von der Landstraße trennte. Das Pferd war auch durchgegangen, wenn es nicht ein Bauer aufgehalten hätte, der des Weges kam und eine Kuh vor sich hertrieb. Hans suchte seine Glieder zusammen und machte sich wieder auf die Beine. Er war aber verdrießlich und sprach zu dem Bauer: »Es ist ein schlechter Spaß, das Reiten, zumal, wenn man auf so eine Mähre gerät, wie diese, die stößt und einen herabwirft, daß man den Hals brechen kann; ich setze mich nun und nimmermehr wieder auf. Da lob ich mir Eure Kuh, da kann einer mit Gemächlichkeit hinterhergehen, und hat obendrein seine Milch, Butter und Käse jeden Tag gewiß. Was gäb ich darum, wenn ich so eine Kuh hätte!« »Nun«, sprach der Bauer, »geschieht Euch so ein großer Gefallen, so will ich Euch wohl die Kuh für das Pferd vertauschen.« Hans willigte mit tausend Freuden ein: der Bauer schwang sich aufs Pferd und ritt eilig davon.

Hans trieb seine Kuh ruhig vor sich her und bedachte den glücklichen Handel. »Hab ich nur ein Stück Brot, und daran wird mirs noch nicht fehlen, so kann ich, sooft mirs beliebt, Butter und Käse dazu essen; hab ich Durst, so melk ich meine Kuh und trinke Milch. Herz, was verlangst du mehr?« Als er zu einem Wirtshaus kam, machte er halt, aß in der großen Freude alles, was er bei sich hatte, sein Mittags- und Abendbrot, rein auf, und ließ sich für seine letzten paar Heller ein halbes Glas Bier einschenken. Dann trieb er seine Kuh weiter, immer nach dem Dorfe seiner Mutter zu. Die Hitze ward drückender, je näher der Mittag kam, und Hans befand sich in einer Heide, die wohl noch eine Stunde dauerte. Da ward es ihm ganz heiß, so daß ihm vor Durst die Zunge am Gaumen klebte. »Dem Ding ist zu helfen«, dachte Hans, »jetzt will ich meine Kuh melken und mich an der Milch laben.« Er band sie an einen dürren Baum, und da er keinen Eimer hatte, so stellte er seine Ledermütze unter, aber wie er sich auch bemühte, es kam kein Tropfen zum Vorschein. Und weil er sich ungeschickt dabei anstellte, so gab ihm das ungeduldige Tier endlich mit einem der Hinterfüße einen solchen Schlag vor den Kopf, daß er zu Boden taumelte und eine Zeitlang sich gar nicht besinnen konnte, wo er war. Glücklicherweise kam gerade ein Metzger des Weges, der auf einem Schubkarren ein junges Schwein liegen hatte. »Was sind das für Streiche!« rief er und half dem guten Hans auf. Hans erzählte, was vorgefallen war. Der Metzger reichte ihm seine Flasche und sprach: »Da trinkt einmal und erholt Euch. Die Kuh will wohl keine Milch geben, das ist ein altes Tier, das höchstens noch zum Ziehen taugt oder zum Schlachten.« »Ei, ei«, sprach Hans und strich sich die Haare über den Kopf, »wer hätte das gedacht! Es ist freilich gut, wenn man so ein Tier ins Haus abschlachten kann, was gibts für Fleisch! Aber ich mache mir aus dem Kuhfleisch nicht viel, es ist mir nicht saftig genug. Ja, wer so ein junges Schwein hätte! Das schmeckt anders, dabei noch die Würste.« »Hört, Hans«, sprach der Metzger, »Euch zuliebe will ich tauschen und will Euch das Schwein für die Kuh lassen.« »Gott lohn Euch Eure Freundschaft«, sprach Hans, übergab ihm die Kuh, ließ sich das Schweinchen vom Karren losmachen und den Strick, woran es gebunden war, in die Hand geben.

Hans zog weiter und überdachte, wie ihm doch alles nach Wunsch ginge, begegnete ihm je eine Verdrießlichkeit, so würde sie doch gleich wieder gutgemacht. Es gesellte sich danach ein Bursch zu ihm, der trug eine schöne weiße Gans unter dem Arm. Sie boten einander die Zeit, und Hans fing an, von seinem Glück zu erzählen, und wie er immer so vorteilhaft getauscht hätte. Der Bursch erzählte ihm, daß er die Gans zu einem Kindstaufschmaus brächte. »Hebt einmal«, fuhr er fort und packte sie bei den Flügeln, »wie schwer sie ist, die ist aber auch acht Wochen lang genudelt worden. Wer in den Braten beißt, muß sich das Fett von beiden Seiten abwischen.« »Ja«, sprach Hans, und wog sie mit der einen Hand, »die hat ihr Gewicht, aber mein Schwein ist auch keine Sau.« Indessen sah sich der Bursch nach allen Seiten ganz bedenklich um, schüttelte auch wohl mit dem Kopf. »Hört«, fing er darauf an, »mit Eurem Schweine mags nicht ganz richtig sein. In dem Dorfe, durch das ich gekommen bin, ist eben dem Schulzen eins aus dem Stall gestohlen worden. Ich fürchte, ich fürchte, Ihr habts da in der Hand. Sie haben Leute ausgeschickt, und es wäre ein schlimmer Handel, wenn sie Euch mit dem Schwein erwischten: das Geringste ist, daß Ihr ins finstere Loch gesteckt werdet.« Dem guten Hans ward bang: »Ach Gott«, sprach er, »helft mir aus der Not, Ihr wißt hier herum bessern Bescheid, nehmt mein Schwein da und laßt mir Eure Gans.« »Ich muß schon etwas aufs Spiel setzen«, antwortete der Bursche, »aber ich will doch nicht schuld sein, daß Ihr ins Unglück geratet.« Er nahm also das Seil in die Hand und trieb das Schwein schnell auf einen Seitenweg fort: der gute Hans aber ging, seiner Sorgen entledigt, mit der Gans unter dem Arme der Heimat zu. »Wenn ichs recht überlege«, sprach er mit sich selbst, »habe ich noch Vorteil bei dem Tausch, erstlich den guten Braten, hernach die Menge von Fett, die heraustraufeln wird, das gibt Gänsefettbrot auf ein Vierteljahr, und endlich die schönen weißen Federn, die laß ich mir in mein Kopfkissen stopfen, und darauf will ich wohl ungewiegt einschlafen. Was wird meine Mutter eine Freude haben!«

Als er durch das letze Dorf gekommen war, stand da ein Scherenschleifer mit seinem Karren, sein Rad schnurrte, und er sang dazu:

»Ich schleife die Schere und drehe geschwind,
und hänge mein Mäntelchen nach dem Wind.«

Hans blieb stehen und sah ihm zu; endlich redete er ihn an und sprach: »Euch gehts wohl, weil Ihr so lustig bei Eurem Schleifen seid.« »Ja«, antwortete der Scherenschleifer, »das Handwerk hat einen güldenen Boden. Ein rechter Schleifer ist ein Mann, der, sooft er in die Tasche greift, auch Geld darin findet. Aber wo habt Ihr die schöne Gans gekauft?« »Die hab ich nicht gekauft, sondern für mein Schwein eingetauscht.« »Und das Schwein?« »Das hab ich für eine Kuh gekriegt.« »Und die Kuh?« »Die hab ich für ein Pferd bekommen.« »Und das Pferd?« »Dafür hab ich einen Klumpen Gold, so groß als mein Kopf, gegeben.« »Und das Gold?« »Ei, das war mein Lohn für sieben Jahre Dienst.« »Ihr habt Euch jederzeit zu helfen gewußt«, sprach der Schleifer, »könnt Ihrs nun dahin bringen, daß Ihr das Geld in der Taschen springen hört, wenn ihr aufsteht, so habt Ihr Euer Glück gemacht.« »Wie soll ich das anfangen?« sprach Hans. »Ihr müßt ein Schleifer werden wie ich; dazu gehört eigentlich nichts als ein Wetzstein, das andere findet sich schon von selbst. Da hab ich einen, der ist zwar ein wenig schadhaft, dafür sollt Ihr mir aber auch weiter nichts als Eure Gans geben; wollt Ihr das?« »Wie könnt Ihr noch fragen«, antwortete Hans, »ich werde ja zum glücklichsten Menschen auf Erden; habe ich Geld, sooft ich in die Tasche greife, was brauche ich da länger zu sorgen?« reichte ihm die Gans hin und nahm den Wetzstein in Empfang. »Nun«, sprach der Schleifer und hob einen gewöhnlichen schweren Feldstein, der neben ihm lag, auf, »da habt ihr noch einen tüchtigen Stein dazu, auf dem sichs gut schlagen läßt und Ihr Eure alten Nägel gerade klopfen könnt. Nehmt ihn und hebt ihn ordentlich auf.«

Hans lud den Stein auf und ging mit vergnügtem Herzen weiter; seine Augen leuchteten vor Freude: »Ich muß in einer Glückshaut geboren sein«, rief er aus, »alles, was ich wünsche, trifft mir ein, wie einem Sonntagskind.« Indessen, weil er seit Tagesanbruch auf den Beinen gewesen war, begann er müde zu werden; auch plagte ihn der Hunger, da er allen Vorrat auf einmal in der Freude über die erhandelte Kuh aufgezehrt hatte. Er konnte endlich nur mit Mühe weitergehen und mußte jeden Augenblick halt machen; dabei drückten ihn die Steine ganz erbärmlich. Da konnte er sich des Gedankens nicht erwehren, wie gut es wäre, wenn er sie gerade jetzt nicht zu tragen brauchte. Wie eine Schnecke kam er zu einem Feldbrunnen geschlichen, wollte da ruhen und sich mit einem frischen Trunk laben: damit er aber die Steine im Niedersitzen nicht beschädigte, legte er sie bedächtig neben sich auf den Rand des Brunnens. Darauf setzte er sich nieder und wollte sich zum Trinken bücken, da versah ers, stieß ein klein wenig an, und beide Steine plumpten hinab. Hans, als er sie mit seinen Augen in die Tiefe hatte versinken sehen, sprang vor Freuden auf, kniete dann nieder und dankte Gott mit Tränen in den Augen, daß er ihm auch diese Gnade noch erwiesen und ihn auf eine so gute Art und ohne daß er sich einen Vorwurf zu machen brauchte, von den schweren Steinen befreit hätte, die ihm allein noch hinderlich gewesen wären. »So glücklich wie ich«, rief er aus, »gibt es keinen Menschen unter der Sonne.« Mit leichtem Herzen und frei von aller Last sprang er nun fort, bis er daheim bei seiner Mutter war.

Das singende springende Löweneckerchen

Es war einmal ein Mann, der hatte eine große Reise vor, und beim Abschied fragte er seine drei Töchter, was er ihnen mitbringen sollte. Da wollte die älteste Perlen, die zweite wollte Diamanten, die dritte aber sprach: »Lieber Vater, ich wünsche mir ein singendes springendes Löwenekkerchen.« Der Vater sagte: »Ja, wenn ich es kriegen kann, sollst du es haben«, küßte alle drei und zog fort. Als nun die Zeit kam, daß er wieder auf dem Heimweg war, so hatte er Perlen und Diamanten für die zwei ältesten gekauft, aber das singende springende Löweneckerchen für die jüngste hatte er umsonst allerorten gesucht, und das tat ihm leid, denn sie war sein liebstes Kind. Da führte ihn der Weg durch einen Wald, und mitten darin war ein prächtiges Schloß, und nah am Schloß stand ein Baum, ganz oben auf der Spitze des Baumes aber sah er ein Löweneckerchen singen und springen. »Ei, du kommst mir gerade recht«, sagte er ganz vergnügt und rief seinen Diener, er sollte hinaufsteigen und das Tierchen fangen. Wie er aber zu dem Baum trat, sprang ein Löwe darunter auf, schüttelte sich und brüllte, daß das Laub an den Bäumen zitterte. »Wer mir mein singendes springendes Löweneckerchen stehlen will«, rief er, »den fresse ich auf.« Da sagte der Mann: »Ich habe nicht gewußt, daß der Vogel dir gehört: ich will mein Unrecht wieder gutmachen und mich mit schwerem Golde loskaufen, laß mir nur das Leben.« Der Löwe sprach: »Dich kann nichts retten, als wenn du mir zu eigen versprichst, was dir daheim zuerst begegnet; willst du das aber tun, so schenke ich dir das Leben und den Vogel für deine Tochter obendrein.« Der Mann aber weigerte sich und sprach: »Das könnte meine jüngste Tochter sein, die hat mich am liebsten und läuft mir immer entgegen, wenn ich nach Hause komme.« Dem Diener aber war angst und er sagte: »Muß Euch denn gerade Eure Tochter begegnen, es könnte ja auch eine Katze oder ein Hund sein.« Da ließ sich der Mann überreden, nahm das singende springende Löweneckerchen und versprach dem Löwen zu eigen, was ihm daheim zuerst begegnen würde.

Wie er daheim anlangte und in sein Haus trat, war das erste, was ihm begegnete, niemand anders als seine jüngste, liebste Tochter; die kam gelaufen, küßte und herzte ihn, und als sie sah, daß er ein singendes springendes Löweneckerchen mitgebracht hatte, war sie außer sich vor Freude. Der Vater aber konnte sich nicht freuen, sondern fing an zu weinen und sagte: »Mein liebstes Kind, den kleinen Vogel habe ich teuer gekauft, ich habe dich dafür einem wilden Löwen versprechen müssen, und wenn er dich hat, wird er dich zerreißen und fressen«, und erzählte ihr da alles, wie es zugegangen war, und bat sie, nicht hinzugehen, es möchte auch kommen, was da wollte. Sie tröstete ihn aber und sprach: »Liebster Vater, was Ihr versprochen habt, muß auch gehalten werden: ich will hingehen und will den Löwen schon besänftigen, daß ich wieder gesund zu Euch komme.« Am andern Morgen ließ sie sich den Weg zeigen, nahm Abschied und ging getrost in den Wald hinein. Der Löwe aber war ein verzauberter Königssohn, und war bei Tag ein Löwe, und mit ihm wurden alle seine Leute Löwen, in der Nacht aber hatten sie ihre natürliche menschliche Gestalt. Bei ihrer Ankunft ward sie freundlich empfangen und in das Schloß geführt. Als die Nacht kam, war er ein schöner Mann, und die Hochzeit ward mit Pracht gefeiert. Sie lebten vergnügt miteinander, wachten in der Nacht und schliefen am Tag. Zu einer Zeit kam er und sagte: »Morgen ist ein Fest in deines Vaters Haus, weil deine älteste Schwester sich verheiratet, und wenn du Lust hast hinzugehen, so sollen dich meine Löwen hinführen.« Da sagte sie ja, sie möchte gern ihren Vater wiedersehen, fuhr hin und ward von den Löwen begleitet. Da war große Freude, als sie ankam, denn sie hatten alle geglaubt, sie wäre von dem Löwen zerrissen worden und schon lange nicht mehr am Leben. Sie erzählte aber, was sie für einen schönen Mann hätte und wie gut es ihr ginge, und blieb bei ihnen solang die Hochzeit dauerte, dann fuhr sie wieder zurück in den Wald. Wie die zweite Tochter heiratete und sie wieder zur Hochzeit eingeladen war, sprach sie zum Löwen: »Diesmal will ich nicht allein sein, du mußt mitgehen.« Der Löwe aber sagte, das wäre zu gefährlich für ihn, denn wenn dort der Strahl eines brennenden Lichts ihn berührte, so würde er in eine Taube verwandelt und müßte sieben Jahre lang mit den Tauben fliegen. »Ach«, sagte sie, »geh nur mit mir: ich will dich schon hüten und vor allem Licht bewahren.« Also zogen sie zusammen und nahmen auch ihr kleines Kind mit. Sie ließ dort einen Saal mauern, so stark und dick, daß kein Strahl durchdringen konnte, darin sollt er sitzen, wann die Hochzeitslichter angesteckt würden. Die Tür aber war von frischem Holz gemacht, das sprang und bekam einen kleinen Ritz, den kein Mensch bemerkte. Nun ward die Hochzeit mit Pracht gefeiert, wie aber der Zug aus der Kirche zurückkam mit den vielen Fackeln und Lichtern an dem Saal vorbei, da fiel ein haarbreiter Strahl auf den Königssohn, und wie dieser Strahl ihn berührt hatte, in dem Augenblick war er auch verwandelt, und als sie hineinkam und ihn suchte, sah sie ihn nicht, aber es saß da eine weiße Taube. Die Taube sprach zu ihr: »Sieben Jahr muß ich in die Welt fortfliegen: alle sieben Schritte aber will ich einen roten Blutstropfen und eine weiße Feder fallen lassen, die sollen dir den Weg zeigen, und wenn du der Spur folgst, kannst du mich erlösen.«

Da flog die Taube zur Tür hinaus, und sie folgte ihr nach, und alle sieben Schritte fiel ein rotes Blutströpfchen und ein weißes Federchen herab und zeigte ihr den Weg. So ging sie immerzu in die weite Welt hinein und schaute nicht um sich und ruhte sich nicht, und waren fast die sieben Jahre herum: da freute sie sich und meinte, sie wären bald erlöst, und war noch so weit davon. Einmal, als sie so fortging, fiel kein Federchen mehr und auch kein rotes Blutströpfchen, und als sie die Augen aufschlug, so war die Taube verschwunden. Und weil sie dachte: »Menschen können dir da nicht helfen«, so stieg sie zur Sonne hinauf und sagte zu ihr: »Du scheinst in alle Ritzen und über alle Spitzen, hast du keine weiße Taube fliegen sehen?« »Nein«, sagte die Sonne, »ich habe keine gesehen, aber da schenk ich dir ein Kästchen, das mach auf, wenn du in großer Not bist.« Da dankte sie der Sonne und ging weiter, bis es Abend war und der Mond schien, da fragte sie ihn: »Du scheinst ja die ganze Nacht und durch alle Felder und Wälder, hast du keine weiße Taube fliegen sehen?« »Nein«, sagte der Mond, »ich habe keine gesehen, aber da schenk ich dir ein Ei, das zerbrich, wenn du in großer Not bist.« Da dankte sie dem Mond und ging weiter, bis der Nachtwind herankam und sie anblies: Da sprach sie zu ihm: »Du wehst ja über alle Bäume und unter allen Blättern weg, hast du keine weiße Taube fliegen sehen?« »Nein«, sagte der Nachtwind, »ich habe keine gesehen, aber ich will die drei andern Winde fragen, die haben sie vielleicht gesehen.« Der Ostwind und der Westwind kamen und hatten nichts gesehen, der Südwind aber sprach: »Die weiße Taube habe ich gesehen, sie ist zum Roten Meer geflogen, da ist sie wieder ein Löwe geworden, denn die sieben Jahre sind herum, und der Löwe steht dort im Kampf mit einem Lindwurm, der Lindwurm ist aber eine verzauberte Königstochter.« Da sagte der Nachtwind zu ihr: »Ich will dir einen Rat geben, geh zum Roten Meer, am rechten Ufer, da stehen große Ruten, die zähle, und die elfte schneide dir ab und schlag den Lindwurm damit, dann kann ihn der Löwe bezwingen, und beide bekommen auch ihren menschlichen Leib wieder. Hernach schau dich um, und du wirst den Vogel Greif sehen, der am roten Meer sitzt, schwing dich mit deinem Liebsten auf seinen Rücken: Der Vogel wird euch übers Meer nach Haus tragen. Da hast du auch eine Nuß, und wenn du mitten über dem Meere bist, laß sie herabfallen, alsbald wird sie aufgehen, und ein großer Nußbaum wird aus dem Wasser hervorwachsen, auf dem sich der Greif ausruht: Und könnte er nicht ruhen, so wäre er nicht stark genug, euch hinüberzutragen: Und wenn du vergißt, die Nuß herabzuwerfen, so läßt er euch ins Meer fallen.«

Da ging sie hin und fand alles, wie der Nachtwind gesagt hatte. Sie zählte die Ruten am Meer und schnitt die elfte ab, damit schlug sie den Lindwurm, und der Löwe bezwang ihn: Alsbald hatten beide ihren menschlichen Leib wieder. Aber wie die Königstochter, die vorher ein Lindwurm gewesen war, vom Zauber frei war, nahm sie den Jüngling in den Arm, setzte sich auf den Vogel Greif und führte ihn mit sich fort. Da stand die arme Weitgewanderte und war wieder verlassen und setzte sich nieder und weinte. Endlich aber ermutigte sie sich und sprach: »Ich will noch so weit gehen, als der Wind weht, und so lange, als der Hahn kräht, bis ich ihn finde.« Und ging fort, lange lange Wege, bis sie endlich zu dem Schloß kam, wo beide zusammen lebten: Da hörte sie, daß bald ein Fest wäre, wo sie Hochzeit miteinander machen wollten. Sie sprach aber: »Gott hilft mir noch«, und öffnete das Kästchen, das ihr die Sonne gegeben hatte, da lag ein Kleid darin, so glänzend wie die Sonne selber. Da nahm sie es heraus und zog es an und ging hinauf in das Schloß, und alle Leute und die Braut selber sahen sie mit Verwunderung an; und das Kleid gefiel der Braut so gut, daß sie dachte, es könnte ihr Hochzeitskleid geben, und fragte, ob es nicht feil wäre? »Nicht für Geld und Gut«, antwortete sie, »aber für Fleisch und Blut.« Die Braut fragte, was sie damit meinte. Da sagte sie: »Laßt mich eine Nacht in der Kammer schlafen, wo der Bräutigam schläft.« Die Braut wollte nicht, und wollte doch gerne das Kleid haben, endlich willigte sie ein, aber der Kammerdiener mußte dem Königssohn einen Schlaftrunk geben. Als es nun Nacht war und der Jüngling schon schlief, ward sie in die Kammer geführt. Da setzte sie sich ans Bett und sagte: »Ich bin dir nachgefolgt sieben Jahre, bin bei Sonne und Mond und bei den vier Winden gewesen und habe nach dir gefragt und habe dir geholfen gegen den Lindwurm, willst du mich denn ganz vergessen?« Der Königssohn aber schlief so hart, daß es ihm nur vorkam, als rauschte der Wind draußen in den Tannenbäumen. Wie nun der Morgen anbrach, da ward sie wieder hinausgeführt und mußte das goldene Kleid hingeben. Und als auch das nichts geholfen hatte, ward sie traurig, ging hinaus auf eine Wiese, setzte sich da hin und weinte. Und wie sie so saß, da fiel ihr das Ei noch ein, das ihr der Mond gegeben hatte: Sie schlug es auf, da kam eine Glucke heraus mit zwölf Küchlein ganz von Gold, die liefen herum und piepten und krochen der Alten wieder unter die Flügel, so daß nichts Schöneres auf der Welt zu sehen war. Da stand sie auf, trieb sie auf der Wiese vor sich her, so lange, bis die Braut aus dem Fenster sah, und da gefielen ihr die kleinen Küchlein so gut, daß sie gleich herabkam und fragte, ob sie nicht feil wären. »Nicht für Geld und Gut, aber für Fleisch und Blut; laßt mich noch eine Nacht in der Kammer schlafen, wo der Bräutigam schläft.« Die Braut sagte: »Ja« und wollte sie betrügen wie am vorigen Abend. Als aber der Königssohn zu Bett ging, fragte er seinen Kammerdiener, was das Murmeln und Rauschen in der Nacht gewesen sei. Da erzählte der Kammerdiener alles, daß er ihm einen Schlaftrunk hätte geben müssen, weil ein armes Mädchen heimlich in der Kammer geschlafen hätte, und heute nacht sollte er ihm wieder einen geben. Sagte der Königssohn: »Gieß den Trank neben das Bett aus.« Zur Nacht wurde sie wieder hereingeführt, und als sie anfing zu erzählen, wie es ihr traurig ergangen wäre, da erkannte er gleich an der Stimme seine liebe Gemahlin, sprang auf und rief: »Jetzt bin ich erst recht erlöst, mir ist gewesen wie in einem Traum, denn die fremde Königstochter hatte mich bezaubert, daß ich dich vergessen mußte, aber Gott hat noch zu rechter Stunde die Betörung von mir genommen.« Da gingen sie beide in der Nacht heimlich aus dem Schloß, denn sie fürchteten sich vor dem Vater der Königstochter, der ein Zauberer war, und setzten sich auf den Vogel Greif, der trug sie über das Rote Meer, und als sie in der Mitte waren, ließ sie die Nuß fallen. Alsbald wuchs ein großer Nußbaum, darauf ruhte sich der Vogel, und dann führte er sie nach Haus, wo sie ihr Kind fanden, das war groß und schön geworden, und sie lebten von nun an vergnügt bis an ihr Ende.

Die Gänsemagd

Es lebte einmal eine alte Königin, der war ihr Gemahl schon lange Jahre gestorben, und sie hatte eine schöne Tochter. Wie die erwuchs, wurde sie weit über Feld an einen Königssohn versprochen. Als nun die Zeit kam, wo sie vermählt werden sollten und das Kind in das fremde Reich abreisen mußte, packte ihr die Alte gar viel köstliches Gerät und Geschmeide ein, Gold und Silber, Becher und Kleinode, kurz alles, was nur zu einem königlichen Brautschatz gehörte, denn sie hatte ihr Kind von Herzen lieb. Auch gab sie ihr eine Kammerjungfer bei, welche mitreiten und die Braut in die Hände des Bräutigams überliefern sollte, und jede bekam ein Pferd zur Reise, aber das Pferd der Königstochter hieß *Falada* und konnte sprechen. Wie nun die Abschiedsstunde da war, begab sich die alte Mutter in ihre Schlafkammer, nahm ein Messerlein und schnitt damit in ihre Finger, daß sie bluteten; darauf hielt sie ein weißes Läppchen unter und ließ drei Tropfen

Blut hineinfallen, gab sie der Tochter und sprach: »Liebes Kind, verwahre sie wohl, sie werden dir unterwegs not tun.«

Also nahmen beide voneinander betrübten Abschied: Das Läppchen steckte die Königstochter in ihren Busen vor sich, setzte sich aufs Pferd und zog nun fort zu ihrem Bräutigam. Da sie eine Stunde geritten waren, empfand sie heißen Durst und sprach zu ihrer Kammerjungfer: »Steig ab, und schöpfe mir mit meinem Becher, den du für mich mitgenommen hast, Wasser aus dem Bache, ich möchte gern einmal trinken.« »Wenn Ihr Durst habt«, sprach die Kammerjungfer, »so steigt selber ab, legt Euch ans Wasser und trinkt, ich mag Eure Magd nicht sein.« Da stieg die Königstochter vor großem Durst herunter, neigte sich über das Wasser im Bach und trank und durfte nicht aus dem goldenen Becher trinken. Da sprach sie: »Ach Gott!« Da antworteten die drei Blutstropfen: »Wenn das deine Mutter wüßte, das Herz im Leibe tät ihr zerspringen.« Aber die Königsbraut war demütig, sagte nichts und stieg wieder zu Pferde. So ritten sie etliche Meilen weiter fort, aber der Tag war warm, die Sonne stach, und sie durstete bald von neuem. Da sie nun an einen Wasserfluß kamen, rief sie noch einmal ihrer Kammerjungfer: »Steig ab und gib mir aus meinem Goldbecher zu trinken«, denn sie hatte aller bösen Worte längst vergessen. Die Kammerjungfer sprach aber noch hochmütiger: »Wollt Ihr trinken, so trinkt allein, ich mag nicht Eure Magd sein.« Da stieg die Königstochter hernieder vor großem Durst, legte sich über das fließende Wasser, weinte und sprach: »Ach Gott!« und die Blutstropfen antworteten wiederum: »Wenn das deine Mutter wüßte, das Herz im Leibe tät ihr zerspringen.« Und wie sie so trank und sich recht überlehnte, fiel ihr das Läppchen, worin die drei Tropfen waren, aus dem Busen und floß mit dem Wasser fort, ohne daß sie es in ihrer großen Angst merkte. Die Kammerjungfer hatte aber zugesehen und freute sich, daß sie Gewalt über die Braut bekäme: Denn damit, daß diese die Blutstropfen verloren hatte, war sie schwach und machtlos geworden. Als sie nun wieder auf ihr Pferd steigen wollte, das da hieß Falada, sagte die Kammerfrau: »Auf Falada gehör ich, und auf meinen Gaul gehörst du«; und das mußte sie sich gefallen lassen. Dann befahl ihr die Kammerfrau mit harten Worten, die königlichen Kleider auszuziehen und ihre schlechten anzulegen, und endlich mußte sie sich unter freiem Himmel verschwören, daß sie am königlichen Hof keinem Menschen etwas davon sprechen wollte; und wenn sie diesen Eid nicht abgelegt hätte, wäre sie auf der Stelle umgebracht worden. Aber Falada sah das alles und nahms wohl in acht.

Die Kammerfrau stieg nun auf Falada und die wahre Braut auf das schlechte Roß, und so zogen sie weiter, bis sie endlich in dem königlichen Schloß eintrafen. Da war große Freude über ihre Ankunft, und der Königssohn sprang ihnen entgegen, hob die Kammerfrau vom Pferde und meinte, sie wäre seine Gemahlin: Sie ward die Treppe hinaufgeführt, die wahre Königstochter aber mußte unten stehen bleiben. Da schaute der alte König am Fenster und sah sie im Hof halten und sah, wie fein sie war, zart und gar schön: ging alsbald hin ins königliche Gemach und fragte die Braut nach der, die sie bei sich hätte und da unten im Hof stände, und wer sie wäre. »Die hab ich mir unterwegs mitgenommen zur Gesellschaft; gebt der Magd was zu arbeiten, daß sie nicht müßig steht.« Aber der alte König hatte keine Arbeit für sie und wußte nichts, als daß er sagte: »Da hab ich so einen kleinen Jungen, der hütet die Gänse, dem mag sie helfen.« Der Junge hieß *Kürdchen*, dem mußte die wahre Braut helfen Gänse hüten.

Bald aber sprach die falsche Braut zu dem jungen König: »Liebster Gemahl, ich bitte Euch, tut mir einen Gefallen.« Er antwortete: »Das will ich gerne tun.« »Nun so laßt den Schinder rufen und da dem Pferde, worauf ich hergeritten bin, den Hals abhauen, weil es mich unterwegs geärgert hat.« Eigentlich aber fürchtete sie, daß das Pferd sprechen möchte, wie sie mit der Königstochter umgegangen war. Nun war das so weit geraten, daß es geschehen und der treue Falada sterben sollte, da kam es auch der rechten Königstochter zu Ohr, und sie versprach dem Schinder heimlich ein Stück Geld, das sie ihm bezahlen wollte, wenn er ihr einen kleinen Dienst erweise. In der Stadt war ein großes finsteres Tor, wo sie abends und morgens mit den Gänsen durch mußte, unter das finstere Tor möchte er dem Falada seinen Kopf hinnageln, daß sie ihn doch noch mehr als einmal sehen könnte. Also versprach das der Schindersknecht zu tun, hieb den Kopf ab und nagelte ihn unter das finstere Tor fest.

Morgens früh, da sie und Kürdchen unterm Tor hinaustrieben, sprach sie im Vorbeigehen:

»O du Falada, da du hangest«,

da anwortete der Kopf:

»O du Jungfer Königin, da du gangest,
wenn das deine Mutter wüßte,
ihr Herz tät ihr zerspringen.«

Da zog sie still weiter zur Stadt hinaus, und sie trieben die Gänse aufs Feld. Und wenn sie auf der Wiese angekommen war, saß sie nieder und machte ihre Haare auf, die waren eitel Gold, und Kürdchen sah sie und freute sich, wie sie glänzten, und wollte ihr ein paar ausraufen. Da sprach sie:

»Weh, weh, Windchen,
nimm Kürdchen sein Hütchen,

und laß'n sich mit jagen,
bis ich mich geflochten und geschnatzt
und wieder aufgesatzt.«

Und da kam ein so starker Wind, daß er dem Kürdchen sein Hütchen wegwehte über alle Land, und es mußte ihm nachlaufen. Bis es wiederkam, war sie mit dem Kämmen und Aufsetzen fertig, und er konnte keine Haare kriegen. Da war Kürdchen bös und sprach nicht mit ihr; und so hüteten sie die Gänse, bis daß es Abend ward, dann gingen sie nach Haus.

Den andern Morgen, wie sie unter dem finstern Tor hinaustrieben, sprach die Jungfrau:

»O du Falada, der du hangest«,

Falada antwortete:

»O du Jungfer Königin, da du gangest,
wenn das deine Mutter wüßte,
das Herz tät ihr zerspringen.«

Und in dem Feld setzte sie sich wieder auf die Wiese und fing ihr Haar an auszukämmen, und Kürdchen lief und wollte danach greifen, da sprach sie schnell:

»Weh, weh, Windchen,
nimm Kürdchen sein Hütchen,
und laß'n sich mit jagen,
bis ich mich geflochten und geschnatzt
und wieder aufgesatzt.«

Da wehte der Wind und wehte ihm das Hütchen vom Kopf weit weg, daß Kürdchen nachlaufen mußte; und als es wiederkam, hatte sie längst ihr Haar zurecht, und es konnte keins davon erwischen; und so hüteten sie die Gänse, bis es Abend ward.

Abends aber, nachdem sie heimgekommen waren, ging Kürdchen vor den alten König und sagte: »Mit dem Mädchen will ich nicht länger Gänse hüten.« »Warum denn?« fragte der alte König. »Ei, das ärgert mich den ganzen Tag.« Da befahl ihm der alte König zu erzählen, wies ihm denn mit ihr ginge. Da sagte Kürdchen: »Morgens, wenn wir unter dem finsteren Tor mit der Herde durchkommen, so ist da ein Gaulskopf an der Wand, zu dem redet sie:

»Falada, da du hangest«,

da antwortet der Kopf:

»O du Königsjungfer, da du gangest,
wenn das deine Mutter wüßte,
das Herz tät ihr zerspringen.«

Und so erzählte Kürdchen weiter, was auf der Gänsewiese geschähe, und wie es da dem Hut im Winde nachlaufen müßte.

Der alte König befahl ihm, den nächsten Tag hinauszutreiben, und er selbst, wie es Morgen war, setzte sich hinter das finstere Tor und hörte da, wie sie mit dem Haupt des Falada sprach: Und dann ging er ihr auch nach in das Feld und barg sich in einem Busch auf der Wiese. Da sah er nun bald mit seinen eigenen Augen, wie die Gänsemagd und der Gänsejunge die Herde getrieben brachte, und wie nach einer Weile sie sich setzte und ihre Haare losflocht, die strahlten von Glanz. Gleich sprach sie wieder:

»Weh, weh, Windchen,
faß Kürdchen sein Hütchen,
und laß'n sich mit jagen,
bis ich mich geflochten und geschnatzt
und wieder aufgesatzt.«

Da kam ein Windstoß und fuhr mit Kürdchens Hut weg, daß es weit zu laufen hatte, und die Magd kämmte und flocht ihre Locken still fort, welches der alte König alles beobachtete. Darauf ging er unbemerkt zurück, und als abends die Gänsemagd heim kam, rief er sie beiseite und fragte, warum sie dem allem so täte. »Das darf ich Euch nicht sagen, und darf auch keinem Menschen mein Leid klagen, denn so hab ich mich unter freiem Himmel verschworen, weil ich sonst um mein Leben gekommen wäre.« Er drang in sie und ließ ihr keinen Frieden, aber er konnte nichts aus ihr herausbringen. Da sprach er: »Wenn du mirs nicht sagen willst, so klag dem Eisenofen da dein Leid«, und ging fort. Da kroch sie in den Eisenofen, fing an zu jammern und zu weinen, schüttete ihr Herz aus und sprach: »Da sitze ich nun von aller Welt verlassen und bin doch eine Königstochter, und eine falsche Kammerjungfer hat mich mit Gewalt dahingebracht, daß ich meine königlichen Kleider habe ablegen müssen und hat meinen Platz bei meinem Bräutigam eingenommen, und ich muß als Gänsemagd gemeine Dienste tun. Wenn das meine Mutter wüßte, das Herz im Leib tät ihr zerspringen.« Der alte König stand aber außen an der Ofenröhre, lauerte ihr zu und hörte, was sie sprach. Da kam er wieder herein und hieß sie aus dem Ofen gehen. Da wurden ihr königliche Kleider angetan, und es schien ein Wunder, wie sie so schön war. Der alte König rief seinen Sohn und offenbarte ihm, daß er die falsche Braut hätte: Die wäre bloß ein Kammermädchen, die wahre aber stände hier als die gewesene Gänsemagd. Der junge König war herzensfroh, als er ihre Schönheit und Tugend erblickte, und ein großes Mahl wurde angestellt, zu dem alle Leute und guten Freunde gebeten wurden. Obenan saß der Bräutigam, die Königstochter zur einen Seite und die Kammerjungfer zur andern, aber die Kammerjungfer war verblendet und erkannte jene nicht mehr in dem glänzenden Schmuck. Als sie nun gegessen und getrunken hatten und guten Muts waren, gab der alte König der Kammerfrau ein Rätsel auf, was eine solche wert wäre, die den Herrn so und so betrogen hätte, erzählte damit den ganzen Verlauf und fragte: »Welches Urteil ist diese würdig?« Da sprach die falsche Braut: »Die ist nichts Besseres wert, als daß sie splitternackt ausgezogen und in ein Faß gesteckt wird, das inwendig mit spitzen Nägeln beschlagen ist: Und zwei weiße Pferde müssen vorgespannt werden, die sie die Gasse auf, Gasse ab zu Tode schleifen.« »Das bist du«, sprach der alte König, »und hast dein eigen Urteil gefunden, und danach soll dir widerfahren.« Und als das Urteil vollzogen war, vermählte sich der junge König mit seiner rechten Gemahlin, und beide beherrschten ihr Reich in Frieden und Seligkeit.

Der Zaunkönig und der Bär

Zur Sommerszeit gingen einmal der Bär und der Wolf im Wald spazieren, da hörte der Bär so schönen Gesang von einem Vogel und sprach: »Bruder Wolf, was ist das für ein Vogel, der so schön singt?« »Das ist der König der Vögel«, sagte der Wolf, »vor dem müssen wir uns neigen«; es war aber der Zaunkönig. »Wenn das ist«, sagte der Bär, »so möcht ich auch gerne seinen königlichen Palast sehen, komm und führe mich hin.« »Das geht nicht so, wie du meinst«, sprach der Wolf, »du wußt warten, bis die Frau Königin kommt.« Bald darauf kam die Frau Königin und hatte Futter im Schnabel, und der Herr König auch, und wollten ihre Jungen ätzen. Der Bär wäre gerne nun gleich hinterdrein gegangen, aber der Wolf hielt ihn am Ärmel und sagte: »Nein, du mußt warten, bis Herr und Frau Königin wieder fort sind.« Also nahmen sie das Loch in acht, wo das Nest stand, und trabten wieder ab. Der Bär aber hatte keine Ruhe, wollte den königlichen Palast sehen und ging nach einer kurzen Weile wieder vor. Da waren König und Königin richtig ausgeflogen: Er guckte hinein und sah fünf oder sechs Junge, die lagen darin. »Ist das der königliche Palast!« rief der Bär. »Das ist ein erbärmlicher Palast! Ihr seid auch keine Königskinder, ihr seid unehrliche Kinder.« Wie das die jungen Zaunkönige hörten, wurden sie gewaltig bös und schrien: »Nein, das sind wir nicht, unsere Eltern sind ehrliche Leute; Bär, das soll ausgemacht werden mit dir.« Dem Bär und dem Wolf ward angst, sie kehrten um und setzten sich in ihre Höhlen. Die jungen Zaunkönige aber schrien und lärmten fort, und als ihre Eltern wieder Futter brachten, sagten sie: »Wir rühren kein Fliegenbeinchen an und sollten wir verhungern, bis ihr erst ausgemacht habt, ob wir ehrliche Kinder sind oder nicht: Der Bär ist da gewesen und hat uns gescholten.« Da sagte der alte König: »Seid nur ruhig, das soll ausgemacht werden.« Flog darauf mit der Frau Königin dem Bären vor seine Höhle und rief hinein: »Alter Brummbär, warum hast du meine Kinder gescholten? Das soll dir übel bekommen, das wollen wir in einem blutigen Krieg ausmachen.« Also war dem Bären der Krieg angekündigt, und ward alles vierfüßige Getier berufen, Ochs, Esel, Rind, Hirsch, Reh, und was die Erde sonst alles trägt. Der Zaunkönig aber berief alles, was in der Luft fliegt; nicht allein die Vögel groß und klein, sondern auch die Mücken, Hornissen, Bienen und Fliegen mußten herbei.

Als nun die Zeit kam, wo der Krieg angehen sollte, da schickte der Zaunkönig Kundschafter aus, wer der kommandierende General des Feindes wäre. Die Mücke war die Listigste von allen, schwärmte im Wald, wo der Feind sich versammelte, und setzte sich endlich unter ein Blatt auf den Baum, wo die Parole ausgegeben wurde. Da stand der Bär, rief den Fuchs vor sich und sprach: »Fuchs, du bist der Schlauste unter allem Getier, du sollst General sein und uns anführen.« »Gut«, sagte der Fuchs, »aber was für Zeichen wollen wir verabreden?« Niemand wußte es. Da sprach der Fuchs: »Ich habe einen schönen langen buschigen Schwanz, der sieht aus fast wie ein roter Federbusch; wenn ich den Schwanz in die Höhe halte, so geht die Sache gut, und ihr müßt darauflos marschieren: laß ich ihn aber herunterhängen, so lauft, was ihr könnt.« Als die Mücke das gehört hatte, flog sie wieder heim und verriet dem Zaunkönig alles haarklein.

Als der Tag anbrach, wo die Schlacht sollte gefeiert werden, hu, da kam das vierfüßige Getier dahergerennt mit Gebraus, daß die Erde zitterte; Zaunkönig mit seiner Armee kam auch durch die Luft daher, die schnurrte, schrie und schwärmte, daß einem angst und bange ward; und gingen sie da von beiden Seiten aneinander. Der Zaunkönig aber schickte die Hornisse hinab, sie sollte sich dem Fuchs unter den Schwanz setzen und aus Leibeskräften stechen. Wie nun der Fuchs den ersten Stich bekam, zuckte er, daß er das eine Bein aufhob, doch ertrug ers und hielt den Schwanz noch in der Höhe: beim zweiten Stich mußte er ihn einen Augenblick herunterlassen: beim dritten aber konnte er sich nicht mehr halten, schrie und nahm den Schwanz zwischen die Beine. Wie das die Tiere sahen, meinten sie, alles wäre verloren, und fingen an zu laufen, jeder in seine Höhle: und hatten die Vögel die Schlacht gewonnen.

Da flog der Herr König und die Frau Königin heim zu ihren Kindern und riefen: »Kinder, seid fröhlich, eßt und trinkt nach Herzenslust, wir haben den Krieg gewonnen.« Die jungen Zaunkönige aber sagten: »Noch essen wir nicht, der Bär soll erst vors Nest kommen und Abbitte tun und soll sagen, daß wir ehrliche Kinder sind.« Da flog der Zaunkönig vor das Loch des Bären und rief: »Brummbär, du sollst vor das Nest zu meinen Kindern gehen und Abbitte tun und sagen, daß sie ehrliche Kinder sind, sonst sollen dir die Rippen im Leib zertreten werden.« Da kroch der Bär in der größten Angst hin und tat Abbitte. Jetzt waren die jungen Zaunkönige erst zufrieden, setzten sich zusammen, aßen und tranken und machten sich lustig bis in die späte Nacht hinein.

Der süße Brei

Es war einmal ein frommes Mädchen, das lebte mit seiner Mutter allein, und sie hatten nichts mehr zu essen. Da ging das Kind hinaus in den Wald, und begegnete ihm da eine alte Frau, die wußte seinen Jammer schon und schenkte ihm ein Töpfchen, zu dem sollt es sagen: »Töpfchen, koche«, so kochte es guten süßen Hirsenbrei, und wenn es sagte: »Töpfchen, steh«, so hörte es wieder auf zu kochen. Das Mädchen brachte den Topf seiner Mutter heim, und nun waren sie ihrer Armut und ihres Hungers ledig und aßen süßen Brei, sooft sie wollten. Auf eine Zeit war das Mädchen ausgegangen, da sprach die Mutter: »Töpfchen, koche«, da kocht es, und sie ißt sich satt; nun will sie, daß das Töpfchen wieder aufhören soll, aber sie weiß das Wort nicht. Also kocht es fort, und der Brei steigt über den Rand hinaus und kocht immerzu, die Küche und das ganze Haus voll, und das zweite Haus und dann die Straße, als wollts die ganze Welt satt machen, und ist die größte Not, und kein Mensch weiß sich da zu helfen. Endlich, wie nur noch ein einziges Haus übrig ist, da kommt das Kind heim, und spricht nur: »Töpfchen, steh«, da steht es und hört auf zu kochen; und wer wieder in die Stadt wollte, der mußte sich durchessen.

Der Eisenhans

Es war einmal ein König, der hatte einen großen Wald bei seinem Schloß, darin lief Wild aller Art herum. Zu einer Zeit schickte er einen Jäger hinaus, der sollte ein Reh schießen, aber er kam nicht wieder. »Vielleicht ist ihm ein Unglück zugestoßen«, sagte der König, und schickte den folgenden Tag zwei andere Jäger hinaus, die sollten ihn aufsuchen, aber die blieben auch weg. Da ließ er am dritten Tag alle seine Jäger kommen und sprach: »Streift durch den ganzen Wald und laßt nicht ab, bis ihr sie alle drei gefunden habt.« Aber auch von diesen kam keiner wieder heim, und von der Meute Hunde, die sie mitgenommen hatten, ließ sich keiner wieder sehen. Von der Zeit an wollte sich niemand mehr in den Wald wagen, und er lag da in tiefer Stille und Einsamkeit, und man sah nur zuweilen einen Adler oder Habicht darüber hinfliegen. Das dauerte viele Jahre, da meldete sich ein fremder Jäger bei dem König, suchte eine Versorgung und erbot sich, in den gefährlichen Wald zu gehen. Der König aber wollte seine Einwilligung nicht geben und sprach: »Es ist nicht geheuer darin, ich fürchte, es geht dir nicht besser als den andern, und du kommst nicht wieder heraus.« Der Jäger antwortete: »Herr, ich wills auf meine Gefahr wagen: Von Furcht weiß ich nichts.«

Der Jäger begab sich also mit seinem Hund in den Wald. Es dauerte nicht lange, so geriet der Hund einem Wild auf die Fährte und wollte hinter ihm her: Kaum war er ein paar Schritte gelaufen, so stand er vor einem tiefen Pfuhl, konnte nicht weiter, und ein nackter Arm streckte sich aus dem Wasser, packte ihn und zog ihn hinab. Als der Jäger das sah, ging er zurück und holte drei Männer, die mußten mit Eimern kommen und das Wasser ausschöpfen. Als sie auf den Grund sehen konnten, so lag da ein wilder Mann, der braun am Leib war wie rostiges Eisen, und dem die Haare über das Gesicht bis zu den Knien herabhingen. Sie banden ihn mit Stricken und führten ihn fort in das Schloß. Da war große Verwunderung über den wilden Mann, der König aber ließ ihn in einen eisernen Käfig auf seinen Hof setzen und verbot bei Lebensstrafe, die Türe des Käfigs zu öffnen, und die Königin mußte den Schlüssel selbst in Verwahrung nehmen. Von nun an konnte ein jeder wieder mit Sicherheit in den Wald gehen.

Der König hatte einen Sohn von acht Jahren, der spielte einmal auf dem Hof, und bei dem Spiel fiel ihm sein goldener Ball in den Käfig. Der Knabe lief hin und sprach: »Gib mir meinen Ball heraus.« »Nicht eher«, antwortete der Mann, »als bis du mir die Türe aufgemacht hast.« »Nein«, sagte der Knabe, »das tue ich nicht, das hat der König verboten«, und lief fort. Am andern Tag kam er wieder und forderte seinen Ball: Der wilde Mann sagte:

»Öffne meine Türe«, aber der Knabe wollte nicht. Am dritten Tag war der König auf die Jagd geritten, da kam der Knabe nochmals und sagte: »Wenn ich auch wollte, ich kann die Türe nicht öffnen, ich habe den Schlüssel nicht.« Da sprach der wilde Mann: »Er liegt unter dem Kopfkissen deiner Mutter, da kannst du ihn holen.« Der Knabe, der seinen Ball wiederhaben wollte, schlug alles Bedenken in den Wind und brachte den Schlüssel herbei. Die Türe ging schwer auf, und der Knabe klemmte sich den Finger. Als sie offen war, trat der wilde Mann heraus, gab ihm den goldenen Ball und eilte hinweg. Dem Knaben war angst geworden, er schrie und rief ihm nach: »Ach, wilder Mann, geh nicht fort, sonst bekomme ich Schläge.« Der wilde Mann kehrte um, hob ihn auf, setzte ihn auf seinen Nacken und ging mit schnellen Schritten in den Wald hinein. Als der König heim kam, bemerkte er den leeren Käfig und fragte die Königin, wie das zugegangen wäre. Sie wußte nichts davon, suchte den Schlüssel, aber er war weg. Sie rief den Knaben, aber niemand antwortete. Der König schickte Leute aus, die ihn auf dem Felde suchen sollten, aber sie fanden ihn nicht. Da konnte er leicht erraten, was geschehen war, und es herrschte große Trauer am königlichen Hof.

Als der wilde Mann wieder in dem finstern Wald angelangt war, so setzte er den Knaben von den Schultern herab und sprach zu ihm: »Vater und Mutter siehst du nicht wieder, aber ich will dich bei mir behalten, denn du hast mich befreit, und ich habe Mitleid mit dir. Wenn du alles tust, was ich dir sage, so sollst dus gut haben. Schätze und Gold habe ich genug und mehr als jemand in der Welt.« Er machte dem Knaben ein Lager von Moos, auf dem er einschlief, und am andern Morgen führte ihn der Mann zu einem Brunnen und sprach: »Siehst du, der Goldbrunnen ist hell und klar wie Kristall: Du sollst dabeisitzen und acht haben, daß nichts hineinfällt, sonst ist er verunehrt. Jeden Abend komme ich und sehe, ob du mein Gebot befolgt hast.« Der Knabe setzte sich an den Rand des Brunnens, sah, wie manchmal ein goldner Fisch, manchmal eine goldne Schlange sich darin zeigte, und hatte acht, daß nichts hineinfiel. Als er so saß, schmerzte ihn einmal der Finger so heftig, daß er ihn unwillkürlich in das Wasser steckte. Er zog ihn schnell wieder heraus, sah aber, daß er ganz vergoldet war, und wie große Mühe er sich gab, das Gold wieder abzuwischen, es war alles vergeblich. Abends kam der Eisenhans zurück, sah den Knaben an und sprach: »Was ist mit dem Brunnen geschehen?« »Nichts, nichts«, antwortete er und hielt den Finger auf den Rücken, daß er ihn nicht sehen sollte. Aber der Mann sagte: »Du hast den Finger in das Wasser getaucht: Diesmal mags hingehen, aber hüte dich, daß du nicht wieder etwas hineinfallen läßt.« Am frühsten Morgen saß er schon bei dem Brunnen und bewachte ihn. Der Finger tat ihm wieder weh, und er fuhr damit über seinen Kopf, da fiel unglücklicherweise ein Haar herab in den Brunnen. Er nahm es schnell heraus, aber es war schon ganz vergoldet. Der Eisenhans kam und wußte schon, was geschehen war. »Du hast ein Haar in den Brunnen fallen lassen«, sagte er, »ich will dirs noch einmal nachsehen, aber wenns zum drittenmal geschieht, so ist der Brunnen entehrt, und du kannst nicht länger bei mir bleiben.« Am dritten Tag saß der Knabe am Brunnen und bewegte den Finger nicht, wenn er ihm noch so weh tat. Aber die Zeit ward ihm lang, und er betrachtete sein Angesicht, das auf dem Wasserspiegel stand. Und als er sich dabei immer mehr beugte und sich recht in die Augen sehen wollte, so fielen ihm seine langen Haare von den Schultern herab in das Wasser. Er richtete sich schnell in die Höhe, aber das ganze Haupthaar war schon vergoldet und glänzte wie eine Sonne. Ihr könnt denken, wie der arme Knabe erschrak. Er nahm sein Taschentuch und band es um den Kopf, damit es der Mann nicht sehen sollte. Als er kam, wußte er schon alles und sprach: »Binde das Tuch auf.« Da quollen die goldenen Haare hervor, und der Knabe mochte sich entschuldigen, wie er wollte, es half ihm nichts. »Du hast die Probe nicht bestanden und kannst nicht länger hier bleiben. Geh hinaus in die Welt, da wirst du erfahren, wie die Armut tut. Aber weil du kein böses Herz hast und ichs gut mit dir meine, so will ich dir eins erlauben: Wenn du in Not gerätst, so geh zu dem Wald und rufe: ›Eisenhans‹, dann will ich kommen und dir helfen. Meine Macht ist groß, größer als du denkst, und Gold und Silber habe ich im Überfluß.«

Da verließ der Königssohn den Wald und ging über gebahnte und ungebahnte Wege immerzu, bis er zuletzt in eine große Stadt kam. Er suchte da Arbeit, aber er konnte keine finden und hatte auch nichts erlernt, womit er sich hätte forthelfen können. Endlich ging er in das Schloß und fragte, ob sie ihn behalten wollten. Die Hofleute wußten nicht, wozu sie ihn brauchen sollten, aber sie hatten Wohlgefallen an ihm und hießen ihn bleiben. Zuletzt nahm ihn der Koch in Dienst und sagte, er könnte Holz und Wasser tragen und die Asche zusammenkehren. Einmal, als gerade kein anderer zur Hand war, hieß ihn der Koch die Speisen zur königlichen Tafel tragen, da er aber seine goldenen Haare nicht wollte sehen lassen, so behielt er sein Hütchen auf. Dem König war so etwas noch nicht vorgekommen, und er sprach: »Wenn du zur königlichen Tafel kommst, mußt du deinen Hut abziehen.« »Ach Herr«, antwortete er, »ich kann nicht, ich habe einen bösen Grind auf dem Kopf.« Da ließ der König den Koch herbeirufen, schalt ihn und fragte, wie er einen solchen Jungen hätte in seinen Dienst nehmen können, er sollte ihn gleich fortjagen. Der Koch aber hatte Mitleiden mit ihm und vertauschte ihn mit dem Gärtnerjungen.

Nun mußte der Junge im Garten pflanzen und begießen, hacken und graben und Wind und böses Wetter über sich ergehen lassen. Einmal im

Sommer, als er allein im Garten arbeitete, war der Tag so heiß, daß er sein Hütchen abnahm und die Luft ihn kühlen sollte. Wie die Sonne auf das Haar schien, glitzte und blitzte es, daß die Strahlen in das Schlafzimmer der Königstochter fielen und sie aufsprang um zu sehen, was das wäre. Da erblickte sie den Jungen und rief ihn an: »Junge, bring mir einen Blumenstrauß.« Er setzte in aller Eile sein Hütchen auf, brach wilde Feldblumen ab und band sie zusammen. Als er damit die Treppe hinaufstieg, begegnete ihm der Gärtner und sprach: »Wie kannst du der Königstochter einen Strauß von schlechten Blumen bringen? Geschwind hole andere, und suche die schönsten und seltensten aus.« »Ach nein«, antwortete der Junge, »die wilden riechen kräftiger und werden ihr besser gefallen.« Als er in ihr Zimmer kam, sprach die Königstochter: »Nimm dein Hütchen ab, es ziemt sich nicht, daß du ihn vor mir aufbehältst.« Er antwortete wieder: »Ich darf nicht ich habe einen grindigen Kopf.« Sie griff aber nach dem Hütchen und zog es ab, da rollten seine goldenen Haare auf die Schultern herab, daß es prächtig anzusehen war. Er wollte fortspringen, aber sie hielt ihn am Arm und gab ihm eine Handvoll Dukaten. Er ging damit fort, achtete aber des Goldes nicht, sondern er brachte es dem Gärtner und sprach: »Ich schenke es deinen Kindern, die können damit spielen.« Den andern Tag rief ihm die Königstochter abermals zu, er sollte ihr einen Strauß Feldblumen bringen, und als er damit eintrat, grapste sie gleich nach seinem Hütchen und wollte es ihm wegnehmen, aber er hielt es mit beiden Händen fest. Sie gab ihm wieder eine Handvoll Dukaten, aber er wollte sie nicht behalten und gab sie dem Gärtner zum Spielwerk für seine Kinder. Den dritten Tag gings nicht anders, sie konnte ihm sein Hütchen nicht wegnehmen, und er wollte ihr Gold nicht.

Nicht lange danach ward das Land mit Krieg überzogen. Der König sammelte sein Volk und wußte nicht, ob er dem Feind, der übermächtig war und ein großes Heer hatte, Widerstand leisten könnte. Da sagte der Gärtnerjunge: »Ich bin herangewachsen und will mit in den Krieg ziehen, gebt mir nur ein Pferd.« Die andern lachten und sprachen: »Wenn wir fort sind, so suche dir eins: Wir wollen dir eins im Stall zurücklassen.« Als sie ausgezogen waren, ging er in den Stall und zog das Pferd heraus; es war an einem Fuß lahm und hickelte hunkepuus, hunkepuus. Dennoch setzte er sich auf und ritt fort nach dem dunklen Wald. Als er an den Rand desselben gekommen war, rief er dreimal: »Eisenhans« so laut, daß es durch die Bäume schallte. Gleich darauf erschien der wilde Mann und sprach: »Was verlangst du?« »Ich verlange ein starkes Roß, denn ich will in den Krieg ziehen.« »Das sollst du haben und noch mehr, als du verlangst.« Dann ging der wilde Mann in den Wald zurück, und es dauerte nicht lange, so kam ein Stallknecht aus dem Wald und führte ein Roß herbei, das schnaubte aus den Nüstern und war kaum zu bändigen. Und hinterher folgte eine große Schar Kriegsvolk, ganz in Eisen gerüstet, und ihre Schwerter blitzten in der Sonne. Der Jüngling übergab dem Stallknecht sein dreibeiniges Pferd, bestieg das andere und ritt vor der Schar her. Als er sich dem Schlachtfeld näherte, war schon ein großer Teil von des Königs Leuten gefallen, und es fehlte nicht viel, so mußten die übrigen weichen. Da jagte der Jüngling mit seiner eisernen Schar heran, fuhr wie ein Wetter über die Feinde und schlug alles nieder, was sich ihm widersetzte. Sie wollten fliehen, aber der Jüngling saß ihnen auf dem Nacken und ließ nicht ab, bis kein Mann mehr übrig war. Statt aber zu dem König zurückzukehren, führte er seine Schar auf Umwegen wieder zu dem Wald und rief den Eisenhans heraus. »Was verlangst du?« fragte der wilde Mann. »Nimm dein Roß und deine Schar zurück und gib mir mein dreibeiniges Pferd wieder.« Es geschah alles, was er verlangte, und er ritt auf seinem dreibeinigen Pferd heim. Als der König wieder in sein Schloß kam, ging ihm seine Tochter entgegen und wünschte ihm Glück zu seinem Sieg. »Ich bin es nicht, der den Sieg davongetragen hat«, sprach er, »sondern ein fremder Ritter, der mir mit seiner Schar zu Hilfe kam.« Die Tochter wollte wissen, wer der fremde Ritter wäre, aber der König wußte es nicht und sagte: »Er hat die Feinde verfolgt, und ich habe ihn nicht wieder gesehen.« Sie erkundigte sich bei dem Gärtner nach seinem Jungen: Der lachte aber und sprach: »Eben ist er auf seinem dreibeinigen Pferd heimgekommen, und die andern haben gespottet und gerufen: ›Da kommt unser Hunkepuus wieder an.‹ Sie fragten auch: ›Hinter welcher Hecke hast du derweil gelegen und geschlafen?‹ Er sprach aber: ›Ich habe das Beste getan, und ohne mich wäre es schlecht gegangen.› Da ward er noch mehr ausgelacht.«

Der König sprach zu seiner Tochter: »Ich will ein großes Fest ansagen lassen, das drei Tage währen soll, und du sollst einen goldenen Apfel werfen: Vielleicht kommt der Unbekannte herbei.« Als das Fest verkündet war, ging der Jüngling hinaus zu dem Wald und rief den Eisenhans. »Was verlangst du?« fragte er. »Daß ich den goldenen Apfel der Königstochter fange.« »Es ist so gut, als hättest du ihn schon«, sagte Eisenhans, »du sollst auch eine rote Rüstung dazu haben und auf einem stolzen Fuchs reiten.« Als der Tag kam, sprengte der Jüngling heran, stellte sich unter die Ritter und ward von niemand erkannt. Die Königstochter trat hervor und warf den Rittern einen goldenen Apfel zu, aber keiner fing ihn als er allein, aber sobald er ihn hatte, jagte er davon. Am zweiten Tag hatte ihn Eisenhans als weißen Ritter ausgerüstet und ihm einen Schimmel gegeben. Abermals fing er allein den Apfel, verweilte aber keinen Augenblick, sondern jagte damit fort. Der König ward bös und sprach: »Das ist nicht erlaubt, er muß vor mir erscheinen und seinen Namen nennen.« Er gab den Befehl, wenn der Ritter, der den Apfel gefangen habe, sich wieder davonmachte, so sollte man ihm nachsetzen, und wenn er nicht gutwillig zurückkehrte, auf ihn hauen und stechen. Am dritten Tag erhielt er vom Eisenhans eine schwarze Rüstung und einen Rappen und fing auch wieder den Apfel. Als er aber damit fortjagte, verfolgten ihn die Leute des Königs, und einer kam ihm so nahe, daß er mit der Spitze des Schwertes ihm das Bein verwundete. Er entkam ihnen jedoch, aber sein Pferd sprang so gewaltig, daß der Helm ihm vom Kopf fiel, und sie konnten sehen, daß er goldene Haare hatte. Sie ritten zurück und meldeten dem König alles.

Am andern Tag fragte die Königstochter den Gärtner nach seinem Jungen. »Er arbeitet im Garten: Der wunderliche Kauz ist auch bei dem Fest gewesen und er ist gestern abend wiedergekommen: Er hat auch meinen Kindern drei goldene Äpfel gezeigt, die er gewonnen hat.« Der König ließ ihn vor sich fordern, und er erschien und hatte wieder sein Hütchen auf dem Kopf. Aber die Königstochter ging auf ihn zu und nahm es ihm ab, und da fielen seine goldenen Haare über die Schultern, und es war so schön, daß alle erstaunten. »Bist du der Ritter gewesen, der jeden Tag zu dem Fest gekommen ist, immer in einer anderen Farbe, und der die drei goldenen Äpfel gefangen hat?« fragte der König. »Ja«, antwortete er, »und da sind die Äpfel«, holte sie aus der Tasche und reichte sie dem König. »Wenn Ihr noch mehr Beweise verlangt, so könnt ihr die Wunde sehen, die mir Eure Leute geschlagen haben, als sie mich verfolgten. Aber ich bin auch der Ritter, der Euch zum Sieg über die Feinde geholfen hat.« »Wenn du solche Taten verrichten kannst, so bist du kein Gärtnerjunge: Sage mir, wer ist dein Vater?« »Mein Vater ist ein mächtiger König und Goldes habe ich die Fülle und soviel ich nur verlange.« »Ich sehe wohl«, sprach der König, »ich bin dir Dank schuldig, kann ich dir etwas zu Gefallen tun?« »Ja«, antwortete er, »das könnt Ihr wohl, gebt mir Eure Tochter zur Frau.« Da lachte die Jungfrau und sprach: »Der macht keine Umstände, aber ich habe schon an seinen goldenen Haaren gesehen, daß er kein Gärtnerjunge ist«: ging dann hin und küßte ihn. Zu der Vermählung kam sein Vater und seine Mutter und waren in großer Freude, denn sie hatten schon alle Hoffnung aufgegeben, ihren lieben Sohn wiederzusehen. Und als sie an der Hochzeitstafel saßen, da schwieg auf einmal die Musik, die Türen gingen auf und ein stolzer König trat herein mit großem Gefolge. Er ging auf den Jüngling zu, umarmte ihn und sprach: »Ich bin der Eisenhans und war in einen wilden Mann verwünscht, aber du hast mich erlöst. Alle Schätze, die ich besitze, die sollen dein Eigentum sein.«

Die Sterntaler

Es war einmal ein kleines Mädchen, dem war Vater und Mutter gestorben, und es war so arm, daß es kein Kämmerchen mehr hatte, darin zu wohnen, und kein Bettchen mehr, darin zu schlafen und endlich gar nichts mehr als die Kleider auf dem Leib und ein Stückchen Brot in der Hand, das ihm ein mitleidiges Herz geschenkt hatte. Es war aber gut und fromm. Und weil es von aller Welt verlassen war, ging es im Vertrauen auf den lieben Gott hinaus ins Feld. Da begegnete ihm ein armer Mann, der sprach: »Ach, gib mir etwas zu essen, ich bin so hungrig.« Es reichte ihm das ganze Stückchen Brot und sagte: »Gott segne dirs«, und ging weiter. Da kam ein Kind, das jammerte und sprach: »Es friert mich so an meinem Kopfe, schenk mir etwas, womit ich ihn bedecken kann.« Da tat es seine Mütze ab und gab sie ihm. Und als es noch eine Weile gegangen war, kam wieder ein Kind und hatte kein Leibchen an und fror: Da gab es ihm seins; und noch weiter, da bat eins um ein Röcklein, das gab es auch von sich hin. Endlich gelangte es in einen Wald, und es war schon dunkel geworden, da kam noch eins und bat um ein Hemdlein, und das fromme Mädchen dachte: »Es ist dunkle Nacht, da sieht dich niemand, du kannst wohl dein Hemd weggeben«, und zog das Hemd ab und gab es auch noch hin. Und wie es so stand und gar nichts mehr hatte, fielen auf einmal die Sterne vom Himmel und waren lauter harte blanke Taler: Und ob es gleich sein Hemdlein weggegeben, so hatte es ein neues an, und das war vom allerfeinsten Linnen. Da sammelte es sich die Taler hinein und war reich für sein Lebtag.

Der Bauer und der Teufel

Es war einmal ein kluges und verschmitztes Bäuerlein, von dessen Streichen viel zu erzählen wäre: Die schönste Geschichte ist aber doch, wie er den Teufel einmal dran gekriegt und zum Narren gehabt hat.

Das Bäuerlein hatte eines Tages seinen Acker bestellt und rüstete sich zur Heimfahrt, als die Dämmerung schon eingetreten war. Da erblickte er mitten auf seinem Acker einen Haufen feuriger Kohlen, und als er voll Verwunderung hinzuging, so saß oben auf der Glut ein kleiner schwarzer Teufel. »Du sitzest wohl auf einem Schatz?« sprach das Bäuerlein. »Jawohl«, antwortete der Teufel, »auf einem Schatz, der mehr Gold und Silber enthält, als du dein Lebtag gesehen hast.« »Der Schatz liegt auf meinem Feld und gehört mir«, sprach das Bäuerlein. »Er ist dein«, antwortete der Teufel, »wenn du mir zwei Jahre lang die Hälfte von dem gibst, was dein Acker hervorbringt: Geld habe ich genug, aber ich trage Verlangen nach den Früchten der Erde.« Das Bäuerlein ging auf den Handel ein. »Damit aber kein Streit bei der Teilung entsteht«, sprach es, »so soll dir gehören, was über der Erde ist, und mir, was unter der Erde ist.« Dem Teufel gefiel das wohl, aber das listige Bäuerlein hatte Rüben gesät. Als nun die Zeit der Ernte kam, so erschien der Teufel und wollte seine Frucht holen, er fand aber nichts als die gelben welken Blätter, und das Bäuerlein, ganz vergnügt, grub seine Rüben aus. »Einmal hast du den Vorteil gehabt«, sprach der Teufel, »aber für das nächstemal soll das nicht gelten. Dein ist, was über der Erde wächst, und mein, was darunter ist.« »Mir auch recht«, antwortete das Bäuerlein. Als aber die Zeit zur Aussaat kam, säte das Bäuerlein nicht wieder Rüben, sondern Weizen. Die Frucht ward reif, das Bäuerlein ging auf den Acker und schnitt die vollen Halme bis zur Erde ab. Als der Teufel kam, fand er nichts als die Stoppeln und fuhr wütend in eine Felsenschlucht hinab. »So muß man die Füchse prellen«, sprach das Bäuerlein, ging hin und holte sich den Schatz.

Klein Kinder Mährchen

Es war einmal ein klimperwinzig klimperwinzig kleines Fräubichen, die hatte ein klimperwinzig klimperwinzig kleines Häuschen, mit einem klimperwinzig klimperwinzig kleinen Ställgen und darin ein klimperwinzig klimperwinzig kleines Muhkübichen, da nahm das klimperwinzig klimperwinzig kleine Fräubichen ein klimperwinzig klimperwinzig kleines Stühlchen und ein klimperwinzig klimperwinzig kleines Melkstützchen, ging in das klimperwinzig klimperwinzig kleine Ställgen, setzte sich bei das klimperwinzig klimperwinzig kleine Muhkübichen auf das klimperwinzig klimperwinzig kleine Stühlchen, um das klimperwinzig klimperwinzig kleine Muhkübichen zu melken, da bekam das klimperwinzig klimperwinzig kleine Fräubichen ein klimperwinzig klimperwinzig klein bißchen Milch, nun stellte das klimperwinzig klimperwinzig kleine Fräubichen das klimperwinzig klimperwinzig kleine Melkstützchen ins klimperwinzig klimperwinzig kleine Häuschen und ging in ihr klimperwinzig klimperwinzig kleines Stübchen, nun kam ihr klimperwinzig klimperwinzig kleines Miezekätzgen und soff das klimperwinzig klimperwinzig kleine bißchen Milch aus, da nun das klimperwinzig klimperwinzig kleine Fräubichen heraus kam und es sah, wurde das klimperwinzig klimperwinzig kleine Fräubichen ein klimperwinzig klimperwinzig kleinbißchen böse und nahm das klimperwinzig klimperwinzig kleine Melkstützgen und schlugs dem klimperwinzig klimperwinzig kleinen Miauzekätzgen aufs klimperwinzig klimperwinzig kleine Köpfgen, da schrie das klimperwinzig klimperwinzig kleine Miauzekätzgen: »Miau.«

Wäre es ein klimperwinzig klimperwinzig kleines Männchen gewesen, der hätte gewiß gleich das klimperwinzig klimperwinzig kleine Kätzgen ein klimperwinzig klimperwinzig klein bißchen Mausdreckelchen totgeschlagen – – –

ERNST MORITZ ARNDT

1769–1860

Rotkehlchen und Kohlmeischen

Rotkehlchen und Kohlmeischen waren einst ein paar hübsche Dirnen, Töchter einer alten, frommen Witwe, die sich vom Spinnen, Nähen und Waschen und von anderer Arbeit knapp, aber doch ehrlich ernährte. Sie hatte nur diese beiden Kinder, von welchen die älteste Gretchen und die jüngste Kathrinchen hieß. Sie hielt, wie sauer es ihr auch ward, die Kinder immer nett und reinlich in Kleidung und schickte sie fleißig zu Kirche und Schule, und als sie größer wurden, unterwies sie sie in allerlei künstlicher Arbeit mit der Schere und Nadel und hielt sie still in ihrem Kämmerlein in aller Ehrbarkeit und Tugend. Und Gretchen und Kathrinchen gediehen, daß es eine Freude war, und wurden ebenso hübsch und fein, als sie fleißig und ehrbar waren, so daß alle Menschen ihre Lust an ihnen hatten und die Nachbarn sie ihren Töchtern als rechte Muster zeigten und lobten. Die Witwe starb, und die beiden Schwestern blieben in ihrem Häuschen und lebten, wie sie mit der Mutter bisher getan, von ihrer Hände Arbeit. Aber es blieb nicht lange mehr so still in dem Häuschen, als es sonst gewesen war. Die Falken und Habichte, welche auf schönes, junges Blut lauern, merkten, daß die Hüterin weg war, welche die Täubchen sonst bewacht hatte, und es fanden sich häufig lose, junge Gesellen ein, welche die Mädchen zu Tänzen und Gelagen und zu Spaziergängen auf die Dörfer verlocken wollten. Die beiden Schwestern wehrten sich einige Wochen tapfer, aber endlich ließen sie sich bewegen und gingen mit und dachten, es kann doch wohl keine Sünde sein, was so viele Frauen und Mädchen tun, die niemand unehrlich nennt. Zuerst kam es ihnen bei diesen Tänzen doch zu wild vor, und sie sahen nicht einmal lange zu, sondern gingen früh weg und waren vor Sonnenuntergang wieder zu Hause und ließen sich nicht bis in die Nacht hinein halten, wieviel die, welche sie mitgenommen hatten, auch locken mochten. Das zweite und dritte Mal tanzten sie schon mit, gingen aber bei Tage heim und mit etwas schwerem Herzen und nahmen sich deswegen vor, den nächsten Sonntag zu Hause zu bleiben. Aber das Worthalten war schwer, denn die jungen Gesellen kamen immer wieder und baten zu schön. Das vierte und fünfte Mal blieben sie schon bis nach Sonnenuntergang und das sechste und siebente Mal hatte die Glocke zwölf geschlagen, als sie heim kamen, und sie mußten ihre Wirtin herauspochen, daß sie ihnen die Türe aufschlösse, und als die alte Frau sie ermahnte und sie ihrer seligen Mutter erinnerte, lachten sie schon und sprachen: »Ach! Die Mutter und Ihr! Wann die Mäuse keine Zähne mehr haben, schelten sie auf die Nußknacker; Ihr werdet auch getanzt haben, als Ihr jung waret.«

Die Mädchen waren zu Hause noch immer sehr fleißig, auch hatten sie noch nichts Unehrenhaftes getan noch gelitten; aber die Türe zum Bösen war geöffnet, und Leichtsinn und Leichtfertigkeit nahmen von Tage zu Tage zu, und nun ward auch schon mancher kostbare Wochentag mit Nichtstun und Herumprangen vertändelt und verquändelt, den sie sonst auf nützliche Arbeit verwendet hatten. Auch in ihrem Kämmerchen mußte alles anders werden; die Vögel waren lustig und bunt geworden, es mußte alles blankere und zierlichere Federn anziehen: neue Tische, neue Stühle, neue Vorhänge, feinere Kleider und Schuhe. Aber mit dem alten Hausrat schien auch der mütterliche Segen, der bisher sichtbar auf den Kindern geruht hatte, aus dem Hause gezogen zu sein. So schlich sich das Unglück mit dem Leichtsinn ein; erst hielt sie der Böse nur an einem dünnen, seidenen Fädchen, zuletzt hat er sie mit einem dicken Kabeltau der Sünde umflochten, und sie haben die Schwere und den Schmutz desselben gar nicht mehr gefühlt.

Gretchen und Kathrinchen hatten immer viele schöne Arbeit und kostbare Zeuge unter Händen, woraus sie Schmuck und Kleider stickten und näheten. Sie gebrauchten jetzt mehr Geld als sonst; sie fingen allmählich an zu mausen; ach! sie stahlen zuletzt. Einmal hatten sie einen bunten, seidenen Rock gestohlen, der in einem Nachbarhause am Fenster hing, und an einen herumziehenden Juden verkauft. Ein armer Schneidergesell, bei welchem man viele bunte Lappen und Streifen Zeug gefunden, die er auch wohl gemaust haben mochte, war darüber angeklagt, gerichtet und gehängt worden. Er hing und baumelte an dem lichten Galgen. Eines Abends spät kamen die beiden Dirnen mit andern Gesellen und Gesellinnen von einem Dorftanze zurück, und der Weg ging an dem Galgen vorbei. Da rief einer aus der Schar, ein leichtfertiger Gesell: »Fritz Schneiderlein! Fritz Schneiderlein! wie teuer wird dir dein bunter Rock!« Kaum aber hatte er das Wort gesprochen, so schlug die Sünde wie ein Blitz in die beiden Dirnen, die schuld waren an des armen Schneiders Tod. Sie stürzten beide wie tot zur Erde hin, und die andern, die es sahen, liefen voll Schrecken weg, als hätten ihnen alle Galgenvögel schon in dem Nacken gesessen. Sie haben die Geschichte in der Stadt erzählt, und die Leute sind hingegangen; aber die beiden Dirnen haben sie nimmer gefunden.

Und wie hätten sie sie finden sollen? Sie waren in Vögel verwandelt und müssen nun in der weiten Welt herumfliegen. Gretchen ist ein Rotkehlchen geworden und Kathrinchen ein Kohlmeischen: denn Gretchen trug immer ein rotes, seidenes Tuch um den Hals und Kathrinchen ein gelbes. So müssen sie nun als kleine Vögel in den Wäldern rundfliegen und Hunger und Durst leiden, Hitze und Kälte aushalten und vor Sperbern und Falken, vor Schlangen und Ottern, vor Jägern und wilden Buben zittern. Das hatte ihre Mutter wohl nicht gedacht, als sie so sittig und fein mit ihr in dem Kämmerlein saßen und stickten und webten und näheten und abends und morgens bei dem Zubettgehen und Aufstehen mit heller Stimme geistliche Lieder sangen. Aber die armen Kinder sind zuerst verlockt, dann verführt und so endlich in schwere Sünden gefallen und haben kaum gewußt, wie sie dazu gekommen sind: so leise und sanft hat der Leichtsinn sie seinen Schlangenblumenweg geführt. Daß diese kleinen Vögel einst Menschen gewesen, ist ganz natürlich, und man kann es auch daraus sehen, daß sie immer um die Häuser der Menschen fliegen, auch oft durch die offenen Fenster in die Zimmer kommen und sich da fangen lassen, auch daß sie im Walde, sowie sich nur Menschen da sehen lassen, sogleich um sie herumflattern und herumzwitschern. Sie haben auch die alte Unart im Vogelkleide noch nicht abgelegt und können das Mausen nicht lassen, sondern sind noch immer Erzdiebe, und wo nur etwa Buntes und Neues und Schimmerndes ausgehängt wird, da fliegen und schnappen sie darnach und werden daher keine Vögel leichter in Fallen und Schlingen gefangen als diese beiden, und müssen Gretchens und Kathrinchens gefiederte Urenkel es noch entgelten, daß sie einst zuviel auf Kirmisse und Tänze gegangen und den bunten Rock gestohlen haben, worum der Schneider hangen mußte. Die Menschen jammert es sehr, wann sie Rotkehlchen und Kohlmeischen in den Schlingen hangen sehen, und sie rufen wohl: »Ach! die armen, niedlichen Vögelein!« Denn sie sind wirklich sehr niedlich und hübsch und waren einst auch niedliche, hübsche Dirnen, ehe sie von bösen Buben verführt wurden, und lebten als fromme, einfältige Kinder und meinten und wußten nichts Arges.

Aus dieser Geschichte lernt man, daß es wohl wahr ist, was weise Leute sagen, daß mancher einen bunten Rock trägt, wozu sie nicht gut gekommen sind.

LUDWIG BECHSTEIN

1801–1860

Vom Schwaben, der das Leberlein gefressen

Als unser lieber Herr und Heiland noch auf Erden wandelte von einer Stadt zur andern, das Evangelium predigte und viele Zeichen tat, kam zu ihm auf eine Zeit ein guter einfältiger Schwab und fragte ihn: »Mein Leiden-Gesell, wo willst du hin?« Da antwortete ihm unser Herrgott: »Ich ziehe um und mache die Leute selig.« So sagte der Schwab: »Willst du mich mit dir lassen?« – »Ja«, antwortete unser Herrgott, »wenn du fromm sein willst und weidlich beten.« Das sagte der Schwab zu. Als sie nun mit einander gingen, kamen sie zwischen zwei Dörfer, darinnen läutete man. Der Schwab, der gern schwätzte, fragte unsern Herrgott: »Mein Leiden-Gesell, was läutet man da?« Unser Heiland, dem alle Dinge wissend waren, antwortete: »In dem einen Dorfe läutet man zu einer Hochzeit, in dem andern zum Begängnis eines Toten.« – »Gang du zum Toten!« sprach der Schwab, »so will ich zur Hochzeit gehn.«

Darauf ging unser Herrgott in das Dorf und machte den Toten wieder lebendig, da schenkte man ihm hundert Gulden. Der Schwab tät sich auf der Hochzeit um, half einschenken, einem Gast um den andern und auch sich selbst, und als die Hochzeit zu Ende war, da schenkte man ihm einen Kreuzer. Das war der Schwab wohl zufrieden, machte sich auf den Weg und kam wieder zu unserm Herrgott. Alsbald, wie der Schwab diesen von weitem sah, hub er sein Kreuzerlein in die Höhe und schrie: »Lug, mein Leiden-Gesell! Ich hab Geld; was hast denn du?« trieb also viel Prahlens mit seinem Kreuzerlein. Unser Herrgott lachet seiner und sprach: »Ach, ich hab wohl mehr als du!« tät den Sack auf und ließ den Schwaben die hundert Gulden sehen. Der aber war nicht unbehend, warf geschwind sein armes Kreuzerlein unter die hundert Gulden und rief: »Gemein, gemein! Wir wollen alles gemein mit einander haben!« Das ließ unser Herrgott gut sein.

Nun als sie weiter mit einander gingen, begab es sich, daß sie zu einer Herde Schafe kamen, da sagte unser Herrgott zum Schwaben: »Gehe, Schwab, zu dem Hirten, heiße ihm uns ein Lämmlein zu geben und koche uns das Gehänge oder Geräusch zu einem Mahle.« – »Ja!« sagte der Schwab, tat, wie ihm der Herr geheißen, ging zum Hirten, ließ sich ein Lämmlein geben, zog's ab und bereitete das Gehänge zum Essen. Und im Sieden da schwamm das Leberlein stets empor; der Schwab drückt's mit dem Löffel unter, aber es wollte nicht unten bleiben, das verdroß den Schwaben über alle Maßen. Nahm deshalb ein Messer, schnitt das Leberlein, dieweil es gar war, von einander und aß es. Und als nun das Essen auf den Tisch kam, da fragte unser Herrgott, wo denn das Leberlein hingekommen wär? Der Schwab aber war gleich mit der Antwort bei der Hand, das Lämmlein habe keines gehabt. »Ei!« sagte unser Herrgott, »wie wollte es denn gelebt haben, ohne ein Leberlein?« Da verschwur sich der Schwab hoch und teuer: »Es hat bei Gott und allen Gottes-Heiligen keines gehabt!« Was wollte unser Herrgott tun? Wollte er haben, daß der Schwab still schwieg, mußt er wohl zufrieden sein.

Nun begab es sich, daß sie wiederum miteinander spazierten, und da läutete es abermals in zwei Dörfern. Der Schwab fragte: »Lieber, was läutet man da?« – »In dem Dorf läutet man zu einem Toten, in dem andern zur Hochzeit«, sagte unser Herrgott. »Wohl!« sprach der Schwab. »Jetzt gang du zur Hochzeit, so will ich zum Toten!« (vermeinte, er wolle auch hundert Gulden verdienen). Fragte den Herrn weiter: »Lieber, wie hast du getan, daß du den Toten auferwecket hast?« – »Ja«, antwortete der Herr, »ich sprach zu ihm, steh auf im Namen des Vaters, Sohnes und Heiligen Geistes! Da stand er auf.« – »Schon gut, schon gut!« rief der Schwab, »nun weiß ich's wohl zu tun!« und zog zum Dorfe, wo man ihm den Toten entgegentrug. Als der Schwab das sah, rief er mit heller Stimme: »Halt da! Halt da! Ich will ihn lebendig machen, und wenn ich ihn nit lebendig mache, so henkt mich ohne Urteil und Recht.«

Die guten Leute waren froh, verhießen dem Schwaben hundert Gulden und setzten die Bahre, darauf der Tote lag, nieder. Der Schwab tät den Sarg auf und fing an zu sprechen: »Steh auf im Namen der Heiligen Dreifaltigkeit!« Der Tote aber wollte nicht aufstehen. Dem Schwaben ward angst, er sprach seinen Segen zum andern und zum dritten Mal, als aber jener Tote sich nicht erhob, so rief er voll Zorn: »Ei, so bleib liegen in tausend Teufel Namen!« Als die Leute diese gottlose Rede hörten und sahen, daß sie von dem Gecken betrogen waren, ließen sie den Sarg stehen, faßten den Schwaben und eilten demnächst mit ihm dem Galgen zu, warfen die Leiter an und führten den Schwaben hinauf.

Unser Herrgott zog fein gemachsam seine Straße heran, da er wohl wußte, wie es dem Schwaben ergehen werde, wollte doch sehen, wie er sich stellen würde, kam nun zum Gericht und rief: »O guter Gesell, was hast du doch getan? In welcher Gestalt erblick ich dich?« Der Schwab war blitzwild und begann zu schelten, der Herr hätte ihm den Segen nicht recht gelehrt. »Ich habe dich recht belehrt«, sprach der Herr. »Du aber hast es nicht recht gelernt und getan, doch dem sei, wie ihm wolle. Willst du mir sagen, wo das Leberlein hinkommen ist, so will ich dich erledigen!« – »Ach!« sagte der

Schwab, »das Lämmlein hat wahrlich kein Leberlein gehabt! Wes zeihest du mich?« – »Ei du willst's nur nicht sagen!« sprach der Herr. »Wohlan, bekenn es, so will ich den Toten lebendig machen!« Der Schwab aber fing an zu schreien: »Henket mich, henket mich! So komm ich der Marter ab. Der will mich zwingen mit dem Leberlein, und hört doch wohl, daß das Lämmlein kein Leberlein gehabt hat! Henket mich nur stracks und flugs!«

Wie solches unser Herrgott hörte, daß sich der Schwab eher wollt henken lassen, als die Wahrheit gestehen, befahl er, ihn herab zu lassen, und machte nun selbst den Toten lebendig.

Als sie nun miteinander von dannen zogen, sprach unser Herrgott zum Schwaben: »Komm her, wir wollen miteinander das gewonnene Geld teilen und dann voneinander scheiden, denn wenn ich dich allewege und überall sollte vom Galgen erledigen, würde mir das zu viel.« Nahm also die zweihundert Gulden und teilte sie in drei Teile. Als solches der Schwab sah, fragte er: »Ei Lieber, warum machst du drei Teile, so doch unsrer nur zween sind?« – »Ja«, antwortete unser lieber Herrgott, »der eine Teil, der ist mein; der andere Teil, der ist dein, und der dritte Teil, der ist dessen, der das Leberlein gefressen hat!« Als der Schwab solches hörte, rief er fröhlich aus: »So hab ich's bei Gott und allen lieben Gottes-Heiligen doch gefressen!« Sprach's und strich auch den dritten Teil ein, und nahm also Urlaub von unserm lieben Herrgott.

Die Goldmaria und die Pechmaria

Es war einmal eine Witwe, die hatte zwei Töchter, eine rechte Tochter und eine Stieftochter; beide hießen Maria. Die rechte Tochter war nicht gut und fromm, dagegen war die Stieftochter ein bescheidenes, sittiges Mädchen, das aber gar viele Kränkungen und Zurücksetzungen von Mutter und Schwester erdulden mußte. Doch sie war stets freundlich, tat die Küchenarbeiten unverdrossen und weinte nur manchmal heimlich in ihrem Schlafkämmerlein, wenn sie von Mutter und Schwester so viel Unbilliges zu leiden hatte. Aber bald war sie dann allemal wieder heiter und frischen Mutes und sprach zu sich selbst: »Sei ruhig, der liebe Gott wird dir schon helfen.« Dann tat sie fleißig ihre Arbeit und machte alles nett und sauber. Ihrer Mutter arbeitete sie immer nicht genug; eines Tages sagte diese sogar: »Maria, ich kann dich nicht länger zu Hause behalten, du arbeitest wenig und issest viel, und deine Mutter hat dir kein Vermögen hinterlassen, auch dein Vater nicht, es ist alles mein, und ich kann und mag dich nicht länger ernähren, daher du ausgehen mußt, dir einen Dienst bei einer Herrschaft zu suchen.« Und sie buk von Asche und Milch einen Kuchen, füllte ein Krüglein mit Wasser, gab beides der armen Maria und schickte sie aus dem Hause.

Maria war sehr betrübt ob dieser Härte; doch schritt sie mutig durch die Felder und Wiesen, und dachte: Es wird dich schon jemand als Magd aufnehmen, und vielleicht sind fremde Menschen gütiger als die eigene Mutter. Als sie Hunger fühlte, setzte sie sich in's Gras nieder, zog ihren Aschenkuchen hervor und trank aus ihrem Krüglein, und viele Vöglein flatterten herbei, pickten an ihrem Kuchen, und sie goß Wasser in ihre Hand und ließ die munteren Vöglein trinken. Und da verwandelte sich unvermerkt ihr Aschenkuchen in eine Torte, ihr Wasser in köstlichen Wein. Gestärkt und freudig zog die arme Maria weiter und kam, als es dunkel wurde, an ein seltsam gebautes Haus, davor waren zwei Tore, eins sah pechschwarz aus, das andere glänzte von purem Gold. Bescheiden ging Maria durch das minder schöne Tor in den Hof und klopfte an die Haustüre. Ein Mann von schreckbar wildem Ansehen tat die Türe auf und fragte barsch nach ihrem Begehren. Sie sprach zitternd: »Ich wollte nur fragen, ob Ihr nicht so gütig sein möchtet, mich über Nacht zu beherbergen?« Und der Mann brummte: »Komm herein!« Sie folgte ihm, und bebte noch mehr zusammen, als sie drinnen im Zimmer nichts weiter sah und hörte als Hunde und Katzen und deren abscheuliches Geheul. Es war außer dem wilden Thürschemann (so hieß der Mensch) niemand weiter in dem ganzen Hause.

Nun brummte der Thürschemann der Maria zu: »Bei wem willst du schlafen, bei mir oder bei Hunden und Katzen?« Maria sprach: »Bei Hunden und Katzen.« Da mußte sie aber gerade neben ihm schlafen, und er gab ihr ein schönes weiches Bette, daß Maria ganz herrlich und ruhig schlief. Am Morgen brummte Thürschemann: »Mit wem willst du frühstücken, mit mir oder mit Hunden und Katzen?« Sie sprach: »Mit Hunden und Katzen.« Da mußte sie mit ihm trinken, Kaffee und süßen Rahm. Wie Maria fortgehen wollte, brummte Thürschemann abermals: »Zu welchem Tor willst du hinaus, zum Goldtor oder zum Pechtor?« und sie sprach: »Zum Pechtor.« Da mußte sie durchs goldene gehen, und wie sie durchging, saß Thürschemann oben darauf und schüttelte so derb, daß das Tor erzitterte und daß Maria ganz von Gold überdeckt war, das von dem Goldtore auf sie herabfiel.

Nun ging sie wieder heim, und ins elterliche Haus eintretend kamen ihre Hühner, die sie sonst immer gefüttert, ihr freudig entgegen geflogen und gelaufen, und der Hahn schrie: »Kikiriki, da kommt die Goldmarie! Kikiriki!« Und ihre Mutter kam die Treppe herunter und knickste so ehrfurchtsvoll vor der goldenen Dame, als wenn es eine Prinzessin wäre, die ihr die

Ehre ihres Besuches schenkte. Aber Maria sprach: »Liebe Mutter, kennst du mich denn nicht mehr? Ich bin ja die Maria.«

Jetzt kam auch die Schwester ganz erstaunt und verwundert wie die Mutter, und beide voll Neides, und Maria mußte erzählen, wie wunderbar es ihr ergangen, und wie sie zu dem Golde gekommen war.

Nun nahm sie ihre Mutter wohl auf und hielt sie auch besser wie zuvor, und Maria wurde von jedermann geehrt und geliebt; bald fand sich auch ein braver junger Mann, der Marien als Gattin heimführte und glücklich mit ihr lebte.

Der andern Maria aber wuchs der Neid im Herzen und sie beschloß, auch fortzugehen und übergoldet wiederzukommen. Ihre Mutter gab ihr süßen Kuchen und Wein mit auf die Reise, und wie Maria davon aß und Vöglein geflogen kamen, um auch mit ihr zu schmausen, jagte sie dieselben ärgerlich fort. Ihr Kuchen aber verwandelte sich unvermerkt in Asche und ihr Wein in mattes Wasser. Am Abend kam Maria ebenfalls an Thürschemanns Tore; sie ging stolz zu dem goldenen hinein und klopfte dann an die Haustüre. Wie Thürschemann auftat und nach ihrem Begehren fragte, sagte sie schnippisch: »Nun, ich will hier übernachten.« Und er brummte: »Komm herein!« Dann fragte er auch sie: »Bei wem willst du schlafen, bei mir oder bei Hunden und Katzen?« Sie sagte schnell: »Bei Euch, Herr Thürschemann!« Aber er führte sie in die Stube, wo Hunde und Katzen schliefen und schloß sie hinein. Am Morgen war Mariens Angesicht häßlich zerkratzt und zerbissen. Thürschemann brummte wieder: »Mit wem willst du Kaffee trinken, mit mir oder mit Hunden und Katzen? »Ei, mit Euch«, sagte sie, und mußte nun gerade wieder mit Katzen und Hunden trinken. Nun wollte sie fort. Thürschemann brummte abermals: »Zu welchem Tor willst du hinaus, zum Goldtor oder zum Pechtor?« Und sie sagte: »Zum Goldtor, das versteht sich!« Aber dieses wurde sogleich verschlossen und sie mußte zum Pechtor hinaus, und Thürschemann saß obendrauf, rüttelte und schüttelte, daß das Tor wackelte und da fiel so viel Pech auf Marien herunter, daß sie über und über voll wurde.

Als nun Maria voll Wut ob ihres häßlichen Ansehens nach Hause kam, krähte der Gluckhahn ihr entgegen: »Kikiriki, da kommt die Pechmarie! Kikiriki!« Und ihre Mutter wandte sich voll Abscheu vor ihr und konnte nun ihre häßliche Tochter nicht vor den Leuten sehen lassen, die hart gestraft blieb, darum, daß sie so auf Gold erpicht gewesen.

Hirsedieb

In einer Stadt wohnte ein sehr reicher Kaufmann, der hatte am Haus einen großen und prächtigen Garten, in dem auch ein Stück Land mit Hirse besät war. Da nun dieser Kaufmann einmal in seinem Garten herumspazierte – es war zur Frühjahrszeit, und der Same stand frisch und kräftig – so sah er zu seinem größten Ärger und Verdruß, daß verwichene Nacht von frecher Diebeshand ein Teil von seinem Hirsesamen abgegrast worden war, und gerade dieses Gartenäckerlein, darauf er alle Jahre Hirse hinsäte, war ihm ganz besonders lieb, wie manchmal die Menschen eine ausschließliche Vorliebe für eine Sache haben. Er beschloß, den Dieb zu fangen und dann nachdrücklich zu strafen, oder dem Gericht zu übergeben. Daher er seine drei Söhne, Michel, Georg und Johannes zu sich rief und sprach: »Heute Nacht war ein Dieb in unserm Garten und hat mir einen Teil Hirsesamen abgegrast, was mich höchlich ärgert. Dieser Frevler muß gefangen werden und soll mir büßen! Ihr, meine Söhne, mögt nun wachen die Nächte hindurch, einer um den andern, und welcher den Dieb fängt, soll von mir eine stattliche Belohnung bekommen.« Der Älteste, Michel, wachte die erste Nacht; er nahm sich etliche geladene Pistolen und einen scharfen Säbel, auch zu essen und zu trinken mit, hüllte sich in einen warmen Mantel und setzte sich hinter einen blühenden Holunderbusch, hinter dem er bald hart und fest einschlief. Wie er am hellen Morgen erwachte, war ein noch größeres Stück Hirsesamen abgegrast als in voriger Nacht. Und wie nun der Kaufmann in den Garten kam und das sah und merkte, daß sein Sohn, anstatt zu wachen und den Dieb zu fangen, geschlafen hatte, ward er noch ärgerlicher und schalt und höhnte ihn als einen braven Wächter, der ihm samt seinen Pistolen und Säbel selbst gestohlen werden könne!

Die andre Nacht wachte Georg; dieser nahm sich nebst den Waffen, die sein Bruder vorige Nacht bei sich geführt, auch noch einen Knittel und starke Stricke mit. Aber der gute Wächter Georg schlief ebenfalls ein und fand am Morgen, daß der Hirsedieb wieder tüchtig gegrast hatte. Der Vater war ganz wild und sagte: »Wenn der dritte Wächter ausgeschlafen hat, wird die Hirsesaat vollends zum Kuckuck sein, und es wird dann keines Wächters mehr bedürfen!«

Die dritte Nacht kam nun an Johannes die Reihe. Dieser nahm trotz allem Zureden keine Waffen mit; doch hatte er sich im geheimen mit recht probaten Waffen gegen den Schlaf versehen; er hatte sich Disteln und Dornen gesucht und diese, als er sich abends in den Garten an seinen Wächterplatz verfügt, vor sich aufgebaut. Wenn er nun einnicken wollte, stieß er allemal mit der Nase an die Stacheln und wurde gleich wieder munter. Als die Mitternacht herbeikam, hörte er ein Getrappel, es kam näher und näher, machte sich in den Hirsesamen und da hörte Johannes ein recht fleißiges Abraufen. »Halt«, dachte er, »da hab ich dich!« Und er zog einen Strick aus der Tasche, schob leise die Dornen zurück und schlich dem Dieb vorsichtig näher. Als er hinzukam – wer hätte sich das vermutet? – war der Dieb – ein allerliebstes kleines Pferdchen. Johannes war innerlich erfreut; hatte auch mit dem Einfangen gar keine Mühe; das Tierchen folgte ihm willig zum Stall, den Johannes fest verschloß. Und nun konnte er noch ganz gemach in seinem Bette ausschlafen. Früh, als seine Brüder aufstiegen und hinunter in den Garten gehen wollten, sahen sie mit Staunen, daß Johannes in seinem Bette lag und schlief. Da weckten sie ihn, und höhnten ihn mit allerlei Neckreden, daß er der beste Wächter sei, da er sogar nicht einmal die Nacht ausgehalten habe auf seiner Wache. Aber Johannes sagte: »Seid ihr nur ganz stille, ich will euch den Hirsedieb schon zeigen.« Und sein Vater und seine Brüder mußten ihm zum Stalle folgen, wo das wunderseltsame Pferdlein stand, von dem niemand zu sagen wußte, woher es gekommen und wem es zugehörte. Es war allerliebst anzusehen, von zartem und schlankem Bau und dazu ganz silberweiß. Da hatte der Kaufmann eine große Freude und schenkte seinem wackern Johannes das Pferdchen als Belohnung, der nahm es freudig an und nannte es Hirsedieb.

Bald vernahmen die Brüder, daß eine schöne Prinzessin verzaubert wäre im Schloß, das auf dem gläsernen Berge stehe, zu welchem niemand wegen der großen Glätte emporklimmen könne. Wer aber glücklich hinauf und dreimal um das Schloß herumreite, der erlöse die schöne Prinzessin und bekomme sie zur Gemahlin. Gar unendlich viele hätten schon den Bergritt probiert, wären aber alle wieder herabgestürzt und lägen tot umher.

Diese Wundermär erscholl durchs ganze Land, und auch die drei Brüder bekamen Lust, ihr Glück zu versuchen, nach dem gläsernen Berg zu reiten und – womöglich die schöne Prinzessin zu gewinnen. Michel und Georg kauften sich junge, starke Pferde, deren Hufeisen sie tüchtig schärfen ließen, und Johannes sattelte seinen kleinen Hirsedieb, und so ging es aus zum Glücksritt. Bald erreichten sie den gläsernen Berg, der Älteste ritt zuerst, aber ach – sein Roß glitt aus, stürzte mit ihm nieder und beide, Roß und Mann, vergaßen das Wiederaufstehen. Der zweite ritt, aber ach – sein Roß glitt aus, stürzte mit ihm nieder, und beide, Mann und Roß, vergaßen auch das Aufstehen. Nun ritt Johannes, und es ging trapp trapp trapp trapp trapp – droben waren sie, und wieder trapp trapp trapp trapp trapp und sie waren dreimal ums Schloß herum, als wenn Hirsedieb schon hundertmal diesen gefährlichen Weg gelaufen wäre. Nun standen sie vor der Schloßtüre; diese ging auf, und es trat die reizendschöne Prinzessin heraus; sie war ganz in Seide und Gold gekleidet und breitete freudig die Arme gegen Johannes aus. Und derselbe stieg schnell vom Pferdlein und eilte, die holde Prinzessin und somit sein ganzes überaus großes Glück zu umfangen.

Und die Prinzessin wandte sich zum Pferdlein, liebkoste dasselbe und sprach: »Ei, du kleiner Schelm, warum warst du mir denn entlaufen, daß ich nicht mehr die einzige Nachtstunde, die mir vergönnet war, unten auf der grünen Erde zu weilen, genießen konnte, da du mich nicht mehr den gläsernen Berg hinunter- und wieder heraufträgst? Nun darfst du uns nimmermehr verlassen.« – Und da ward Johannes gewahr, daß sein Hirsediebchen das Zauberpferdlein seiner himmelschönen Prinzessin war. Seine Brüder kamen wieder auf von ihrem Fall, Johannes aber sahen sie nicht wieder, denn der lebte glücklich und allen Erdensorgen entrückt mit seinem Engel im Zauberschloß auf dem gläsernen Berge, aber auch zu diesem Berge fand kein Menschenkind mehr den Weg, weil der Zauber gelöst und die Prinzessin von ihrem Bann befreit worden war, durch ihr kluges Rößlein, das den rechten Befreier und Gemahl ihr zugetragen.

Der Mann ohne Herz

Es sind einmal sieben Brüder gewesen, waren arme Waisen, hatten keine Schwester, mußten alles im Hause selbst tun, das gefiel ihnen nicht, wurden Rates untereinander, sie wollten heiraten. Nun gab es aber da, wo sie wohnten, keine Bräute für sie, da sagten die älteren, sie wollten in die Fremde ziehen, sich Bräute zu suchen und ihr Jüngster sollte das Haus hüten, und dem wollten sie eine recht schöne Braut mitbringen. Das war der Jüngste gar wohl zufrieden und die sechse machten sich fröhlich und wohlgemut auf den Weg. Unterwegs kamen sie an ein kleines Häuschen, das stand ganz einsam in einem Walde, und vor dem Häuschen stand ein alter alter Mann, der rief die Brüder an und fragte: »Heda! Ihr jungen Giekeindiewelt! Wohin denn so lustig und so geschwind?« – »Ei, wir wollen uns jeder eine hübsche Braut holen, und unserm jüngsten Bruder daheim auch eine!« antworteten die Brüder.

»O liebe Jungen!« sprach da der Alte, »ich lebe hier so mutterseelensternallein, bringt mir doch auch eine Braut mit, aber eine junge hübsche muß es sein!«

Die Brüder gingen von dannen und dachten: »Hm, was will so ein alter eisgrauer Hozelmann mit einer jungen hübschen Braut anfangen?« –

Da nun die Brüder in eine Stadt gekommen waren, so fanden sie dort sieben Schwestern, so jung und so hübsch als sie sie nur wünschen konnten, die nahmen sie und die jüngste nahmen sie für ihren Bruder mit. Der Weg führte sie wieder durch den Wald, und der Alte stand wieder vor seinem Häuschen, als wartete er auf sie, und sagte: »Ei, ihr braven Jungen! Das lob ich, daß ihr mir so eine junge hübsche Braut mitgebracht habt!« – »Nein!« sagten die Brüder, »die ist nicht für dich, die ist für unsern Bruder zu Hause, dem haben wir sie versprochen!«

»So?« sagte der Alte, »versprochen? Ei daß dich! Ich will euch auch versprechen!« und nahm ein weißes Stäbchen und murmelte ein paar Zauberworte und rührte die Brüder und die Bräute mit dem Stäbchen an – bis auf die jüngste – da wurden sie alle in graue Steine verwandelt.

Die jüngste aber von den Schwestern führte der Mann in das Haus, und das mußte sie nun beschicken und in Ordnung halten, tat das auch gern, aber sie hatte immer Angst, der Alte könnte bald sterben, und dann werde sie in dem einsamen Häuschen im wilden öden Walde auch so mutterseelenallein sein, wie der Alte zuvor gewesen war. Das sagte sie ihm und er antwortete: »Hab kein Bangen, fürchte nicht und hoffe nicht, daß ich sterbe. Sieh, ich habe kein Herz in der Brust! Stürbe ich aber dennoch, so findest du über der Türe mein weißes Zauberstäbchen und rührst damit an die grauen Steine, so sind deine Schwestern und ihre Freier befreit und du hast Gesellschaft genug.«

»Wo aber in aller Welt hast du denn dein Herz, wenn du es nicht in der Brust hast?« fragte die junge Braut. »Mußt du alles wissen?« fragte der Alte. »Nun, wenn du es denn wissen mußt, in der Bettdecke steckt mein Herz.«

Da nähte und stickte die junge Braut, wenn der Alte fort und seinen Geschäften nachging, in ihrer Einsamkeit gar schöne Blumen auf seine Bettdecke, damit sein Herz eine Freude haben sollte. Der Alte aber lächelte darüber und sagte: »Du gutes Kind, es war nur ein Scherz; mein Herz das steckt – das steckt –« »Nun, wo steckt es denn lieber Vater?« – »Das steckt in der – Stubentür!« –

Da hat die junge Frau am andern Tage, als der Alte fort war, die Stubentüre gar schön geschmückt mit bunten Federn und frischen Blumen und hat Kränze daran gehangen. Fragte der Alte, als er heimkam, was das bedeuten solle? Sagte sie: »Das tat ich, deinem Herzen was zu Liebe zu tun.« Da lächelte wieder der Alte und sagte: »Gutes Kind, ganz wo anders als in der Stubentüre ist mein Herz.« Da wurde die junge Braut sehr betrübt und sprach: »Ach Vater, so hast du doch ein Herz und kannst sterben und ich werde dann so allein sein.« Da wiederholte der Alte alles, was er ihr schon zweimal gesagt, und sie drang aufs neue in ihn, ihr zu sagen, wo doch eigentlich sein Herz sei? Da sprach der Alte: »Weit weit von hier liegt in tiefer

Einsamkeit eine große uralte Kirche, die ist fest verwahrt mit eisernen Türen, um sie ist ein tiefer Wallgraben gezogen, über den führt keine Brücke, und in der Kirche da fliegt ein Vogel wohl ab und auf, der ißt nicht und trinkt nicht und stirbt nicht, und niemand vermag ihn zu fangen und so lange der Vogel lebt, so lange lebe auch ich, denn in dem Vogel ist mein Herz.«

Da wurde die Braut traurig, daß sie dem Herzen ihres Alten nichts zu Liebe tun konnte, und die Zeit wurde ihr lang, wenn sie so allein saß, denn der Alte war fast den ganzen Tag auswärts.

Da kam einmal ein junger Wandergesell am Häuschen vorüber, der grüßte sie und sie grüßte ihn und sie gefiel ihm, und er kam näher und sie fragte ihn, wohin er reise, woher er komme? – »Ach!« seufzte der junge Gesell, »ich bin gar traurig. Ich hatte noch sechs Brüder, die sind von dannen gezogen, sich Bräute zu holen und mir, dem Jüngsten, wollten sie auch eine mitbringen, sind aber nimmer wieder gekommen, und da bin ich nun auch fort vom Hause und will meine Brüder suchen.«

»Ach lieber Gesell!« rief die Braut, »da brauchst du nicht weiter zu gehen! Erst setze dich und iß und trinke etwas, und dann laß dir erzählen!« Und gab ihm zu essen und zu trinken, und erzählte ihm, wie seine Brüder in die Stadt gekommen, und wie sie ihre Schwestern und sie selbst als Bräute mit sich nach Hause hätten führen wollen, und daß sie für ihn, ihren Gast, bestimmt gewesen, und wie der Alte sie bei sich behalten und die andern in graue Steine verwandelt habe. Das alles erzählte sie ihm aufrichtig und weinte dazu, und auch daß der Alte kein Herz in der Brust habe und daß es weit weit weg sei in einer festen Kirche und in einem unsterblichen Vogel. Da sagte der Bräutigam: »Ich will fort, ich will den Vogel suchen, vielleicht hilft mir Gott, daß ich ihn fange.« – »Ja, das tue, daran wirst du wohl tun, dann werden deine Brüder und meine Schwestern wieder Menschen werden!« und versteckte den Bräutigam, denn es wurde schon Abend, und als am andern Morgen der Alte wieder fort war, da packte sie dem Wandergesellen viel zu essen und zu trinken ein und gab es ihm mit und wünschte ihm alles Glück und Gottes Segen auf seiner Fahrt.

Als nun der Gesell eine tüchtige Strecke gegangen war, deuchte ihm, es sei wohl Zeit zu frühstücken, packte seine Reisetasche aus, freute sich der vielen Gaben und rief: »Holla! Nun wollen wir schmausen! Herbei, wer mein Gast sein will!«

Da rief es hinter dem Gesellen: »Muh!« und wie er sich umsah, stand ein großer roter Ochse da und sprach: »Du hast eingeladen, ich möchte wohl dein Gast sein!« – »Sei willkommen und lange zu, so gut ich's habe!« Da legte sich der Ochse gemächlich zu Boden und ließ sich's schmecken, und leckte sich dann mit der Zunge sein Maul recht schön ab, und als er satt war, sagte er: »Habe du großen Dank und wenn du einmal jemand brauchst, dir in Not und Gefahr zu helfen, so rufe nur in Gedanken nach mir, deinem Gast.« Und erhob sich und verschwand im Gebüsch. Der Gesell packte seine Tafelreste zusammen und pilgerte weiter; wieder eine tüchtige Strecke, da deuchte ihm nach dem kurzen Schatten, den er warf, es müsse Mittag sein, und seinem Magen deuchte das nämliche. Da setzte er sich an den Boden hin, breitete sein Tafeltuch aus, setzte seine Speisen und Getränke darauf und rief: »Wohlan! Mittagsmahlzeit! Jetzt melde sich, was mittafeln will!« Da rauschte es ganz stark in den Büschen, und es brach ein wildes Schwein heraus, das grunzte: »Oui oui oui« und sagte: »Es hat hier jemand zum Essen gerufen! Ich weiß nicht, ob du es warst, und ob ich gemeint bin?«

»Immerhin, lange nur zu, was da ist!« sprach der Wandersmann und da aßen sie beide wohlgemut miteinander und schmeckte beiden gut. Darauf erhob sich das wilde Schwein und sagte: »Habe Dank, bedarfst du mein, so rufe dem Schwein!« und damit trollte es in die Büsche. Nun wanderte der Gesell gar eine lange Strecke, und war schon gar weit gewandert, da wurde es gegen Abend, und er fühlte wieder Hunger und hatte auch noch Vorrat und da dachte er: »Wie wär es mit dem Vespern? Zeit wär es, dächt ich«, und breitete wieder sein Tuch aus und legte seine Speisen darauf, hatte auch noch etwas zu trinken und rief: »Wer Lust hat mit zu essen, der soll eingeladen sein. Es ist nicht, als wenn nichts da wäre!« Da rauschte über ihm ein schwerer Flügelschlag und wurde dunkel auf dem Boden wie vom Schatten einer Wolke, und es ließ sich ein großer Vogel Greif sehen, der rief: »Ich hörte jemand hier unten zur Tafel einladen! Für mich wird wohl nichts abfallen?«

»Warum denn nicht? Lasse dich nieder und nimm vorlieb, viel wird's nicht mehr sein!« rief der Jüngling, und da ließ sich der Vogel Greif nieder und aß zur Genüge und dann sagte er: »Brauchst du mich, so rufe mich!« hob sich in die Lüfte und verschwand. »Ei«, dachte der Geselle: »Der hat's recht eilig; er hätte mir wohl den Weg nach der Kirche zeigen können, denn so finde ich sie wohl nimmer« und raffte seine Sachen zusammen, und wollte vor dem Schlafengehen noch ein Stückchen wandern. Und wie er gar nicht lange gegangen war, so sah er mit einem Male die Kirche vor sich liegen und war bald bei ihr, das heißt, am breiten und tiefen Graben, der sie rings ohne Brücke umzog. Da suchte er sich ein hübsches Ruheplätzchen, denn er war müde von dem weiten Weg und schlief, und am andern Morgen da wünschte er sich über den Graben und dachte: »Schau, wenn der rote Ochse da wär und hätte rechten Durst, so könnte der den Graben aussaufen und ich käme trocken hinüber.« Kaum war dieser Wunsch getan, so stand der Ochse schon da und begann den Graben auszusaufen. Nun stand der Gesell an der Kirchenmauer, die war gar dick und die Türme waren von Eisen, da dachte er so in seinen Gedanken: »Ach, wer doch einen Mauerbrecher hätte! Das starke wilde Schwein könnte vielleicht hier eher etwas ausrichten als ich.« Und siehe, gleich kam das wilde Schwein daher gerannt und stieß heftig an die Mauer und wühlte mit seinen Hauern einen Stein los, und wie erst einer los war, so wühlte es immer mehr und immer mehr Steine aus der Mauer, bis ein großes tiefes Loch gewühlt war, durch das man in die Kirche einsteigen konnte. Da stieg nun der Jüngling hinein und sah den Vogel darin herumfliegen, vermochte aber nicht ihn zu ergreifen. Da sprach er: »Wenn jetzt der Vogel Greif da wäre, der würde dich schon greifen, dafür ist er ja der Vogel Greif!« Und gleich war der Greif da und gleich griff er den Vogel, in dem des alten Mannes Herz war, und der junge Gesell verwahrte selbigen Vogel sehr gut, der Vogel Greif aber flog davon.

Nun eilte der Jüngling so sehr er konnte zur jungen Braut, kam noch vor Abends an und erzählte ihr alles, und sie gab ihm wieder zu essen und zu trinken und hieß ihn unter die Bettstelle kriechen mitsamt seinem Vogel, damit ihn der Alte nicht sähe. Dies tat er alsbald, nachdem er gegessen und getrunken hatte; der Alte kam nach Hause und klagte, daß er sich krank fühle, daß es nicht mehr mit ihm fortwolle – das mache, weil sein Herzvogel gefangen war. Das hörte der Bräutigam unter dem Bette und dachte, der Alte hat dir zwar nichts Böses getan, aber er hat deine Brüder und ihre Bräute verzaubert, und deine Braut hat er für sich behalten, das ist des Bösen nicht zu wenig, und da kneipte er den Vogel, und da wimmerte der Alte: »Ach, es kneipt mich! Ach, der Tod kneipt mich, Kind – ich sterbe!« Und fiel vom Stuhl und war ohnmächtig, und ehe sich's der Jüngling versah, hatte er den Vogel totgekneipt, und da war es aus mit dem Alten. Nun kroch er hervor, und die Braut nahm den weißen Stab, wie ihr der Alte gelehrt hatte, und schlug damit an die zwölf grauen Steine, siehe, da wurden sie wieder die sechs Brüder und die sechs Schwestern, das war eine Freude und ein Umarmen und Herzen und Küssen, und der alte Mann war tot und blieb tot, konnt ihn keine Meisterwurz wieder lebendig machen, wenn sie ihn auch hätten wieder lebendig haben wollen. Da zogen sie alle miteinander fort und hielten Hochzeit miteinander und lebten gut und glücklich miteinander lange Jahre.

Das Märchen vom Mann im Monde

Vor uralten Zeiten ging einmal ein Mann am lieben Sonntagmorgen in den Wald, haute sich Holz ab, eine großmächtige Welle, band sie, steckte einen Staffelstock hinein, huckte die Welle auf und trug sie nach Hause zu.

Da begegnete ihm unterwegs ein hübscher Mann in Sonntagskleidern, der wollte wohl in die Kirche gehen, blieb stehen, redete den Wellenträger an und sagte: »Weißt du nicht, daß auf Erden Sonntag ist, an welchem Tage der liebe Gott ruhte, als er die Welt und alle Tiere und Menschen geschaffen? Weißt du nicht, daß geschrieben steht im dritten Gebot, du sollst den Feiertag heiligen?« Der Fragende aber war der liebe Gott selbst; jener Holzhauer jedoch war ganz verstockt und antwortete: »Sonntag auf Erden oder Mondtag im Himmel, was geht das mich an, und was geht es dich an?«

»So sollst du deine Reisigwelle tragen ewiglich!« sprach der liebe Gott, »und weil der Sonntag auf Erden dir so gar unwert ist, so sollst du fürder ewigen Mondtag haben, und im Mond stehen, ein Warnungsbild für die, welche den Sonntag mit Arbeit schänden!«

Von der Zeit an steht im Mond immer noch der Mann mit dem Holzbündel und wird wohl auch so stehen bleiben bis in alle Ewigkeit.

Das Märchen vom Schlaraffenland

Hört zu, ich will euch von einem guten Lande sagen, dahin würde mancher auswandern, wüßte er, wo selbes läge und eine gute Schiffsgelegenheit. Aber der Weg dahin ist weit für die Jungen und für die Alten, denen es im Winter zu heiß ist und zu kalt im Sommer. Diese schöne Gegend heißt Schlaraffenland, auf Welsch Cucagna, da sind die Häuser gedeckt mit Eierfladen, und Türen und Wände sind von Lebzelten, und die Balken von Schweinebraten. Was man bei uns für einen Dukaten kauft, kostet dort nur einen Pfennig. Um jedes Haus steht ein Zaun, der ist von Bratwürsten geflochten und von bayerischen Würsteln, die sind teils auf dem Rost gebraten, teils frisch gesotten, je nach dem sie einer so oder so gern ißt. Alle Brunnen sind voll Malvasier und andre süße Weine, auch Champagner, die rinnen einem nur so in das Maul hinein, wenn er es an die Röhren hält. Wer also gern solche Weine trinkt, der eile sich, daß er in das Schlaraffenland hineinkomme. Auf den Birken und Weiden da wachsen die Semmeln frischbacken, und unter den Bäumen fließen Milchbäche; in diese fallen die Semmeln hinein und weichen sich selbst ein für die, so sie gern einbrocken; das ist etwas für Weiber und für Kinder, für Knechte und Mägde! Holla Grethel, holla Steffel! Wollt ihr nicht auswandern? Macht euch herbei zum Semmelbach, und vergeßt nicht, einen großen Milchlöffel mitzubringen.

Die Fische schwimmen in dem Schlaraffenlande obendrauf auf dem Wasser, sind auch schon gebacken oder gesotten und schwimmen ganz nahe am Gestade; wenn aber einer gar zu faul ist und ein echter Schlaraff, der darf nur rufen bst! bst! – so kommen die Fische auch heraus aufs Land spaziert und hüpfen dem guten Schlaraffen in die Hand, daß er sich nicht zu bücken braucht.

Das könnt ihr glauben, daß die Vögel dort gebraten in der Luft herum fliegen. Gänse und Truthähne, Tauben und Kapaunen, Lerchen und Krammetsvögel, und wem es zu viel Mühe macht, die Hand danach auszustrecken, dem fliegen sie schnurstracks ins Maul hinein. Die Spanferkel geraten dort alle Jahr überaus trefflich; sie laufen gebraten umher und jedes trägt ein Tranchiermesser im Rücken, damit, wer da will, sich ein frisches saftiges Stück abschneiden kann.

Die Käse wachsen in dem Schlaraffenlande wie die Steine, groß und klein; die Steine selbst sind lauter Taubenkröpfe mit Gefülltem, oder auch kleine Fleischpastetchen. Im Winter, wenn es regnet, so regnet es lauter Honig in süßen Tropfen, da kann einer lecken und schlecken, daß es eine Lust ist, und wenn es schneit, so schneit es klaren Zucker, und wenn es hagelt, so hagelt es Würfelzucker, untermischt mit Feigen, Rosinen und Mandeln.

Im Schlaraffenland legen die Rosse keine Roßäpfel, sondern Eier, große, ganze Körbe voll, und ganze Haufen, so daß man tausend um einen Pfennig kauft. Und das Geld kann man von den Bäumen schütteln, wie Kästen (gute Kastanien). Jeder mag sich das Beste herunterschütteln und das minder Werte liegen lassen.

In dem Lande hat es auch große Wälder, da wachsen im Buschwerk und auf Bäumen die schönsten Kleider: Röcke, Mäntel, Schauben, Hosen und Wämser von allen Farben, schwarz, grün, gelb, (für die Postillons) blau oder rot, und wer ein neues Gewand braucht, der geht in den Wald und wirft es mit einem Stein herunter, oder schießt mit dem Bolzen hinauf. In der Heide wachsen schöne Damenkleider von Samt, Atlas, Gros de Naples, Barège, Madras, Taft, Nanking und so weiter. Das Gras besteht aus Bändern von allen Farben, auch ombriert. Die Wacholderstöcke tragen Broschen und goldne Chemisett- und Mantelettnadeln und ihre Beeren sind nicht schwarz, sondern echte Perlen. An den Tannen hängen Damenuhren und Chatelaines sehr künstlich. Auf den Stauden wachsen Stiefeln und Schuhe, auch Herren-

und Damenhüte, Reisstrohhüte und Marabouts und allerlei Kopfputz mit Paradiesvögeln, Kolibris, Brillantkäfern, Perlen, Schmelz und Goldborten verziert.

Dieses edle Land hat auch zwei große Messen und Märkte mit schönen Freiheiten. Wer eine alte Frau hat und mag sie nicht mehr, weil sie ihm nicht mehr jung genug und hübsch ist, der kann sie dort gegen eine junge und schöne vertauschen und bekommt noch ein Draufgeld. Die alten und garstigen (denn ein Sprüchwort sagt: Wenn man alt wird, wird man garstig) kommen in ein Jungbad, damit das Land begnadigt ist, das ist von großen Kräften, darin baden die alten Weiber drei Tage oder höchstens vier, da werden schmucke Dirnlein daraus von siebzehn oder achtzehn Jahren.

Auch viel und mancherlei Kurzweil gibt es in dem Schlaraffenlande. Wer hier zu Lande gar kein Glück hat, der hat es dort im Spiel und Lustschießen wie im Gesellenstechen. Mancher schießt hier alle sein Lebtag nebenaus und weit vom Ziel, dort aber trifft er, und wenn er der allerweiteste davon wäre, doch das Beste. Auch für die Schlafsäcke und Schlafpelze, die hier von ihrer Faulheit arm werden, daß sie Bankrott machen und betteln gehen müssen, ist jenes Land vortrefflich. Jede Stunde Schlafens bringt dort einen Gulden ein und jedesmal Gähnen einen Doppeltaler. Wer im Spiel verliert, dem fällt sein Geld wieder in die Tasche. Die Trinker haben den besten Wein umsonst, und von jedem Trunk und Schluck drei Batzen Lohn, sowohl Frauen als Männer. Wer die Leute am besten necken und aufziehen kann, bekommt jeweil einen Gulden. Keiner darf etwas umsonst tun, und wer die größte Lüge macht, der hat allemal eine Krone dafür.

Hier zu Lande lügt so mancher drauf und drein und hat nichts für diese seine Mühe; dort aber hält man Lügen für die beste Kunst, daher lügen sich wohl in das Land allerlei Prokura-, Dok- und andre toren, Roßtäuscher und die ***r Handwerksleute, die ihren Kunden stets aufreden und nimmer Wort halten.

Wer dort ein gelehrter Mann sein will, muß auf einen Grobian studiert haben. Solcher Studenten gibt's auch bei uns zu Lande, haben aber keinen Dank davon und keine Ehren. Auch muß er dabei faul und gefräßig sein, das sind drei schönste Künste. Ich kenne einen, der kann alle Tage Professor werden.

Wer gern arbeitet, Gutes tut und Böses läßt, dem ist jedermann dort abhold, und er wird Schlaraffenlandes verwiesen. Aber wer tölpisch ist, gar nichts kann, und dabei doch voll dummen Dünkels, der ist dort als ein Edelmann angesehen. Wer nichts kann als schlafen, essen, trinken, tanzen und spielen, der wird zum Grafen ernannt. Dem aber, welchen das allgemeine Stimmrecht als den Faulsten und zu allem Guten Untauglichsten erkannt, der wird König über das ganze Land und hat ein großes Einkommen.

Nun wißt ihr des Schlaraffenlandes Art und Eigenschaft. Wer sich also auftun und dorthin eine Reise machen will, aber den Weg nicht weiß, der frage einen Blinden; aber auch ein Stummer ist gut dazu, denn er sagt ihm gewiß keinen falschen Weg.

Um das ganze Land herum ist aber eine berghohe Mauer von Reisbrei. Wer hinein oder heraus will, muß sich da erst überzwerg durchfressen.

Schwan, kleb an

Es waren einmal drei Brüder, von denen hieß der älteste Jacob, der zweite Friedrich und der dritte und jüngste Gottfried. Dieser jüngste war das Stichblatt aller Neckereien seiner Brüder und der gewöhnliche Ablenker ihres Unmuts. Wenn ihnen etwas quer über den Weg lief, so mußte Gottfried es entgelten und er mußte sich das alles gefallen lassen, weil er von schwächlichem Körperbau war und sich gegen seine stärkeren Brüder nicht wehren konnte. Dadurch wurde ihm das Leben sauer gemacht und er sann Tag und Nacht darauf, sein Schicksal erträglicher zu machen. Als er einst im Walde war, um Holz zu sammeln, und bitterlich weinte, trat ein altes Weiblein zu ihm, das fragte ihn um seine Not und er vertraute ihr all seinen Kummer. »Ei, mein Junge«, sagte das Weiblein darauf, »ist die Welt nicht groß? Warum versuchst du nicht anderswo dein Glück?« Das nahm sich Gottfried zu Herzen und verließ eines Morgens frühe das väterliche Haus und machte sich auf den Weg in die weite Welt, um, wie das Weiblein gesagt hatte, sein Glück zu suchen. Aber der Abschied von dem Ort, wo er geboren worden war und wenigstens eine glückliche Kindheit verlebt hatte, ging ihm doch nahe und er setzte sich auf einen Hügel nieder, um noch einmal recht das heimatliche Dorf zu betrachten. Siehe, da stand das Weiblein hinter ihm, schlug ihn auf die Schulter und sprach: »Das hast du einmal gut gemacht, mein Junge! Aber was willst du nun anfangen?« – Gottfried dachte jetzt erst daran, was er beginnen solle? Er hatte bis jetzt geglaubt, das Glück müsse ihm wie eine gebratene Taube in den Mund fliegen. Das Weiblein mochte seine Gedanken erraten, lächelte grinsend und sagte: »Ich will dir sagen, was du anfangen sollst. Warum? Weil ich dich lieb habe, und weil ich glaube, daß du auch mich nicht vergessen wirst, wenn du dem Glücke im Schoß sitzest.« Gottfried versprach dies mit Hand und Mund; die Alte fuhr fort: »Heute abend, wenn die Sonne untergeht, gehe an den großen Birnbaum, der dort am

Kreuzweg steht. Darunter wird ein Mann liegen und schlafen, an den Baum aber wird ein großer schöner Schwan gebunden sein; den Mann hütest du dich aufzuwecken, und du mußt deswegen gerade mit Sonnenuntergang kommen, den Schwan aber knüpfst du los und führst ihn mit dir fort. Die Leute werden in seine schönen Federn vernarrt sein und du magst ihnen erlauben, davon eine auszurupfen. Wenn aber der Schwan berührt wird, so wird er schreien, und wenn du dann sagst: »Schwan, kleb an!« so wird dem, der ihn berührt, die Hand fest ankleben und nicht eher wieder loswerden, bis du sie mit diesem Stöcklein antippst, das ich dir hiermit zum Geschenk mache. Wenn du nun so einen weidlichen Zug Menschenvögel gefangen hast, so führe sie nur immer grad aus. Da wirst du an eine große Stadt kommen, da wohnt eine Königstochter, die noch nie gelacht hat. Bringst du sie zum Lachen, so ist dein Glück gemacht; aber dann vergiß auch mich nicht, mein Junge!« Gottfried gab nochmals das Versprechen und war mit Sonnenuntergang richtig an dem bezeichneten Baum. Der Mann lag da und schlief und ein großer schöner Schwan war mit einem Bande an den Baum gebunden. Gottfried knüpfte den Vogel beherzt los und führte ihn davon, ohne daß der Mann erwachte.

Nun traf es sich, daß Gottfried mit seinem Schwan an einer Baustätte vorüber kam, wo einige Männer mit aufgestreiften Beinkleidern Lehm kneteten; die bewunderten die schönen Federn des Vogels und ein vorwitziger Junge, der über und über voll Lehm war, sagte laut: »Ach, wenn ich doch nur eine solche Feder hätte« – »Zieh dir eine aus!« sprach Gottfried freundlich; der Junge griff nach dem Schweife des Vogels, der Schwan schrie; »Schwan, kleb an!« sprach Gottfried und der Junge konnte nicht wieder los kommen, er mochte anfangen, was er wollte. Die andern lachten, je mehr der Junge schrie, bis vom nahen Bache eine Magd herzugelaufen kam, die mit hoch aufgeschürztem Rocke dort gewaschen hatte. Die fühlte Mitleid mit dem Jungen und reichte ihm die Hand, um ihn loszumachen. Der Schwan schrie; »Schwan, kleb an!« sprach Gottfried, und die Magd war ebenfalls gefangen. Als Gottfried mit seiner Beute eine Strecke gegangen war, begegnete ihm ein Schornsteinfeger, der lachte über das sonderbare Gespann und fragte die Magd, was sie denn da triebe? »Ach herzliebster Hans«, antwortete die Magd kläglich, »gib mir doch deine Hand und mach mich von dem verteufelten Jungen los.« – »Wenn's weiter nichts ist!« lachte der Schornsteinfeger und gab der Magd die Hand, der Vogel schrie; »Schwan, kleb an!« sprach Gottfried und der schwarze Mensch war ebenfalls behext. Sie kamen nun in ein Dorf, wo eben Kirchweih war; eine Seiltänzergesellschaft gab dort Vorstellungen und der Bajazzo machte eben seine Narreteidinge. Der riß Mund und Nase auf, als er das seltsame Kleeblatt sah, das an dem Schweife des Schwans festhing. »Bist du ein Narr geworden, Schwarzer?« lachte er. – »Da ist gar nichts zu lachen!« antwortete der Schornsteinfeger. »Das Weibsbild hält mich so fest, daß meine Hand wie angenagelt ist. Mach mich los, Bajazzo; ich tu dir einmal einen andern Liebesdienst.« Der Bajazzo faßte die ausgestreckte Hand des Schwarzen, der Vogel schrie; »Schwan, kleb an!« sprach Gottfried und der Bajazzo war der Vierte im Bunde. Nun stand in der vordersten Reihe der Zuschauer der stattlich wohlbeleibte Amtmann des Dorfes, der machte ein gar ernsthaftes Gesicht dazu und er ärgerte sich gar höchlich über das Blendwerk, das nicht mit rechten Dingen zugehen könne. Sein Eifer ging so weit, daß er den Bajazzo an der ledigen Hand faßte und ihn losreißen wollte, um ihn dem Büttel zu übergeben; da schrie der Vogel, und »Schwan, kleb an!« sprach Gottfried, und der Amtmann teilte das Schicksal der Vorgänger. Die Frau Amtmännin, eine lange dürre Spindel, entsetzte sich über das Mißgeschick ihres Eheherrn und riß mit Leibeskräften an dem freien Arm desselben, der Vogel schrie; »Schwan, kleb an!« sprach Gottfried, und die arme Frau Amtmännin mußte trotz ihres Geschreis folgen. Hinfort hatte niemand mehr Lust, die Gesellschaft zu vergrößern.

Gottfried sah schon die Türme der Hauptstadt vor sich; da kam ihm eine wunderschöne Equipage entgegen, in der eine schöne junge, aber ernste Dame saß. Als diese den bunten Zug erblickte, brach sie jedoch in lautes Gelächter aus und ihre Dienerschaft lachte mit. »Die Königstochter hat gelacht!« rief alles vor Freuden. Sie stieg aus, betrachtete sich die Sache noch genauer und lachte immer mehr bei den Capriolen, welche die Festgebannten machten. Der Wagen mußte umwenden und fuhr langsam neben Gottfried nach der Stadt zurück. Als der König die Kunde vernahm, daß seine Tochter gelacht hatte, war er voll Entzücken und nahm selbst Gottfried, seinen Schwan und dessen wunderliches Gefolge in Augenschein, wobei er selbst lachen mußte, daß ihm die Tränen in den Augen standen. »Du närrischer Gesell«, sprach er zu Gottfried, »weißt du, was ich dem versprochen habe, der meine Tochter zum Lachen bringt?« – »Nein«, sagte Gottfried. – »So will ich dir's sagen«, antwortete der König. »Tausend Goldgulden oder ein schönes Gut. Wähle dir zwischen den beiden.« Gottfried entschied sich für das Gut. Dann berührte er den Buben, die Magd, den Schornsteinfeger, den Bajazzo, den Amtmann und die Amtmännin mit seinem Stäbchen, und alle fühlten sich frei und liefen davon, als brenne die Hölle hinter ihnen her, was neues unauslöschliches Gelächter verursachte. Da wurde die Königstochter bewegt, den schönen Schwan zu streicheln und sein Gefieder zu bewundern. Der Vogel schrie; »Schwan, kleb an!« sprach Gottfried, und so gewann er die Königstochter. Der Schwan aber erhob sich in die Lüfte und verschwand in den blauen Horizont. Gottfried erhielt nun ein Herzogtum zum Geschenk; er erinnerte sich aber auch des alten Weibleins, das Schuld an seinem Glücke war, und berief sie als seine und seiner auserwählten Braut Haushofmeisterin in sein stattliches Residenzschloß.

Volksmärchen aus Schleswig-Holstein

Siebenschön

In einem Dorfe wohnten ein paar arme Leute in einem kleinen Häuschen, die hatten eine einzige Tochter. Das Mädchen besorgte ihnen den Hausstand, sie wusch, fegte, kochte und schaffte alles, was zu tun war; das Gärtchen vor dem Hause war immer wohl bestellt, im Hause aber war alles so blank und reinlich, daß es eine Lust anzusehen war. Es gab auch kein Mädchen in der ganzen Gegend, die geschickter im Nähen und Sticken gewesen wäre, und damit verdiente sie ihren armen Eltern das Brot; denn feine Arbeit wird immer gut bezahlt. Weil das Mädchen aber schöner war als sieben andere zusammen, so nannten die Leute sie *Siebenschön*. Sie war aber so sittsam, daß, wenn sie sonntags zur Kirche ging, was sie fleißig tat, sie immer einen Schleier vor dem Gesichte trug, damit die Leute sie nicht angaffen sollten. Da sah sie nun einmal des Königs Sohn und sie war so schlank wie eine Esche, da verliebte er sich in sie und hätte herzlich gerne auch einmal ihr Gesicht gesehen, aber das konnte er nicht vor dem Schleier. Er sprach zu seinen Dienern: »Warum trägt Siebenschön immer einen Schleier, damit man ihr Gesicht nicht sehen kann?« Die Diener antworteten: »Das tut sie, weil sie so sittsam ist.« Da sandte der Königssohn einen Diener mit einem goldenen Fingerreif zu Siebenschön und ließ sie so sehr bitten, heute abend bei der großen Eiche zu sein, er hätte was mit ihr zu sprechen. Siebenschön ging hin, denn sie dachte, gewiß will der Prinz bei dir ein Stück feine Arbeit bestellen. Als aber der Prinz sie nun sah, da verliebte er sich noch viel mehr und verlangte sie zur Frau. Aber Siebenschön sprach: »Du bist so reich und ich nur so arm; dein Vater wird sehr böse werden, wenn er hört, daß du mich zur Frau genommen.« Aber der Prinz bat so viel und sagte, wie lieb er sie hätte; da sagte Siebenschön endlich: »Wenn du noch ein paar Tage warten willst, so will ich mich darauf bedenken.« – Am andern Tage schickte der Königssohn seinen Diener zu Siebenschön, der brachte ihr ein paar silberne Schuhe und bat sie, sich heute abend wieder bei der Eiche einzufinden, denn der Prinz wollte mit ihr sprechen. Siebenschön ging hin und als der Prinz sie sah, so fragte er, ob sie sich nun schon besonnen hätte. Da antwortete Siebenschön: »Ich habe mich noch nicht bedenken können, denn meine Tauben und Hühner wollten gefüttert, der Kohl mußte geschnitten und die Hemden sollten genäht werden; aber was ich dir sagte, ich bin so arm und du so reich, dein Vater wird böse werden, darum kann ich nicht deine Frau werden.« Da bat sie aber der Prinz wieder so viel, daß sie endlich sagen mußte, daß sie sich ganz gewiß bedenken und mit ihren Eltern sprechen wolle. Am andern Tage schickte er ihr durch einen Diener ein prächtiges goldenes Kleid und ließ sie bitten, heute abend wieder zu der Eiche zu kommen. Siebenschön ging abends auch wieder hin und der Prinz fragte, wie sie sich denn nun besonnen hätte. »Ach«, sagte Siebenschön, »ich habe mich nicht bedenken können und meine Eltern habe ich auch noch nicht gefragt, es gab den ganzen Tag so viel zu schaffen in und außer dem Hause, daß ich nicht dazu kommen konnte; aber was ich immer gesagt habe, dabei muß es doch bleiben, ich bin viel zu arm und du zu reich, und dein Vater wird sehr böse werden.« Nun ließ der Prinz aber gar nicht mit Bitten nach und stellte ihr vor, daß sie endlich Königin werden sollte, er würde ihr auch ganz gewiß treu bleiben und keine andre heiraten, was da auch kommen möchte. Da Siebenschön nun sah, wie lieb er sie hatte, so sagte sie endlich ja.

Von nun an trafen sie sich jeden Abend bei der Eiche, und waren ganz glücklich, denn sie liebten sich wirklich so sehr, doch der König sollte es nicht wissen. Aber da war da eine alte garstige Dirne, die sagte es ihm endlich doch, daß sein Sohn immer mit Siebenschön jeden Abend spät zusammenkäme. Da ward der König ganz grimmig und schickte seine Leute hin, Siebenschöns Haus in Brand zu stecken, damit sie darin verbrenne. Siebenschön saß am Fenster und stickte; als sie aber merkte, daß das Haus brenne, sprang sie geschwind hinaus und gerade hinein in einen leeren Brunnen; ihre armen Eltern aber verbrannten beide mit dem Hause.

Es war ihr erst nun gewaltig gram und so traurig ums Herz, daß sie tagelang im Brunnen saß und weinte. Nachdem sie aber ausgeweint, arbeitete sie sich allmählich hinauf und grub sich dann mit ihren feinen Händen etwas Geld aus dem Schutt ihres verbrannten Hauses. Dafür kaufte sie sich Mannskleider. Dann ging sie zum Könige an den Hof und bat, er möge sie doch als Bedienter annehmen, denn sie heiße Unglück. Dem Könige gefiel der hübsche junge Mensch, und er nahm ihn zum Bedienten an; sie war nun immer treu und fleißig, und bald mochte der alte König Unglück von allen seinen Bedienten am liebsten leiden und ließ sich von keinem andern bedienen.

Der Königssohn aber, als er hörte, Siebenschöns Haus sei niedergebrannt, trauerte sehr, denn er meinte nicht anders, als daß Siebenschön auch mit verbrannt sei. Nachher aber wollte sein Vater, daß er sich eine Frau nehmen sollte; der alte König wollte seinem Sohn das Reich übergeben, aber dann mußte dieser auch eine Königin haben. Also freite der Prinz zu eines andern Königs Tochter und ward mit ihr verlobt. Als nun die Hochzeit sein sollte, ward das ganze Land dazu eingeladen und als der König mit seinem Sohn hinreiste, die Braut zu holen, mußten alle Bedienten mit. Das war eine traurige Reise für Unglück, und es lag ihm so hart auf dem Herzen wie ein Stein. Er hielt sich immer hinten im Zuge, damit die Leute nicht seine Traurigkeit sähen, als sie aber in die Nähe des Schlosses der Braut kamen, hub er an zu singen mit klarer Stimme:

»Siebenschön bin ich genannt,
Unglück ist mir wohl bekannt.«

Da sagte der Prinz zu seinem Vater, neben dem er vorne an im Zuge ritt: »Wer singt doch da so schön?« »Wer sollte es wohl anders sein«, antwortete der Alte, »als Unglück, mein Bedienter?« Darauf sang er zum zweiten Male:

»Siebenschön bin ich genannt,
Unglück ist mir wohl bekannt.«

Da fragte der Königssohn wieder: »Wer singt doch einmal da? Sollte es wirklich Unglück, dein Bedienter sein, lieber Vater?« »Ja gewiß«, sagte der alte König, »wer anders sollte wohl so schön singen, als Unglück mein Bedienter?« Nun waren sie ganz nahe vor das Tor des Schlosses der Braut gekommen, da sang Unglück zum dritten Male:

»Siebenschön bin ich genannt,
Unglück ist mir wohl bekannt.«

Als der Prinz das nun wieder hörte, wandte er schnell sein Pferd und ritt hinten hin zu Unglück und sah ihm einmal stark ins Gesicht; da erkannte er Siebenschön und nickte ihr ganz freundlich zu, dann aber ritt er wieder weg.

Als sie nun alle beisammen waren auf dem Schlosse der Braut und war eine große Gesellschaft da, so sagte der König, der Vater der Braut: »Wir wollen Rätsel spielen und der Bräutigam soll anfangen.« Da fing der Königssohn an: »Ich habe einen Schrank und vor einiger Zeit verlor ich den Schlüssel dazu; da ging ich gleich hin und kaufte mir einen neuen; als ich aber nach Hause kam, fand ich meinen alten wieder; nun frage ich dich, Herr König, welchen Schlüssel soll ich zuerst gebrauchen, den alten oder den neuen?«

Der König antwortete sogleich: »Natürlich den alten!« Da hatte er sich selbst das Urteil gesprochen und der Königssohn sagte: »So behalte du nur deine Tochter, hier ist mein alter Schlüssel.« Da griff er Siebenschön bei der Hand und führte sie mitten unter sie; der alte König aber, sein Vater rief:

»Nein, das ist ja Unglück, mein Diener!« Doch der Königssohn antwortete: »Lieber Vater, es ist Siebenschön, meine Frau!« Da gingen allen die Augen auf und sie sahen nun erst, wie schön sie war.

Der faule Hans

Es war einmal ein Junge, der hieß Hans; der war so faul, daß, wenn ihm eine Fliege auf der Nase saß, er die Hand nicht rühren mochte, um sie wegzujagen, und hätte er auch zehn Taler damit verdienen können. Einmal sollte er seiner Mutter Wasser holen; da aber war ihm der Weg zu weit und der Eimer war ihm allzu schwer, um ihn so weit zu tragen. Da sagte seine Mutter: »So nimm die Schiebkarre und fahr ihn hin.« Hans nahm eine Schiebkarre und fuhr mit dem Eimer zum Brunnen. Als er nun bei des Königs Schloß vorüber kam, stand da die Prinzessin am offenen Fenster und schaute auf die Straße, und sie sah auch den faulen Hans mit dem Eimer auf der Schiebkarre. Da mußte sie gewaltig lachen und lachte so laut, daß Hans und alle Leute unten es hörten. Hans ward ärgerlich und dachte, könnte ich dir doch einmal was wünschen!

Als er nun zum Brunnen kam, so lief da ein kleines allerliebstes Goldfischchen heraus; Hans wollte es mit nach Hause nehmen. Aber das Goldfischchen hub an zu sprechen und bat so viel, er möchte es doch wieder laufen lassen, er könnte sich auch dafür wünschen, was er wollte. »So wünsche ich, daß die Prinzessin noch vor Abend einen kleinen Jungen kriegt«, sagte Hans und ließ den Goldfisch wieder laufen. Als nun der Abend kam, so hatte die Prinzessin auf dem Schoße einen kleinen Jungen, und niemand wußte, wer der Vater wäre. Da wollte aber der König doch, daß seine Tochter den Mann bekäme, der der rechte Vater sei. Darum ließ er überall in seinem Reiche ein Gebot ausgehen, daß alle Männer aus dem ganzen Lande sich an seinem Hofe versammelten. Und als nun der bestimmte Tag kam, gab die Prinzessin ihrem kleinen Jungen einen goldenen Apfel in die Hand und stellte ihn mitten in den großen Saal, und der sollte sein Vater und ihr Gemahl sein, wem von den Männern er den goldenen Apfel geben würde. Nun kamen zuerst all die Fürsten und die Herzöge und die Grafen herein, darauf auch alle Edelleute und alle andern Herrn des Landes, aber das Büblein blieb unbeweglich und reichte keinem den Apfel. Darauf kamen nun die Minister und alle Diener und Beamte des Königs von den Höchsten bis auf die Nachtwächter; aber das Büblein rührte sich nicht. Darauf mußten auch die geistlichen Herren und die Kaufleute und die Bauern und die Handwerker und die Taglöhner, die

Dienstknechte und alle bis auf den Schinder herein in den Saal und gingen an dem Jungen vorüber; aber der rührte sich nicht. Als sie aber alle vorübergegangen waren und der König glaubte nicht anders, als daß alle Männer aus seinem Lande dagewesen wären, so kam noch Hans hereingestolpert, den hatte seine Mutter mit Gewalt hinauftreiben müssen; aber kaum sah ihn das Büblein, so lief es auf ihn zu und reichte ihm den goldenen Apfel. Da ließ der König eine große Hochzeit anrichten, und Hans mußte die Prinzessin heiraten, und sie hatte zum letzten Mal über ihren eignen Mann gelacht.

Das Wasser des Lebens, das Wasser der Schönheit und das Buch der Jugend

Es war einst ein König, der war mit schwerer Krankheit beladen, und es war niemand, der ihm helfen konnte. Da sagte ihm endlich ein kluger Mann: »Herr König, Euch könnte noch geholfen werden. Lasset das Wasser des Lebens, das Wasser der Schönheit und das Buch der Jugend holen, so ist Euch geholfen. Trinkt Ihr vom Wasser des Lebens, so werdet Ihr wieder gesund werden. Wascht Ihr Euch mit dem Wasser der Schönheit, so wird Eure Schönheit wieder zurückkehren. Und lest Ihr in dem Buche der Jugend, so werdet Ihr auch wieder jung werden. Doch ist es sehr schwer zu finden.«

Der König hatte aber drei Söhne, die sandte er aus, daß sie das Wasser des Lebens, das Wasser der Schönheit und das Buch der Jugend holen sollten, und gebot ihnen, sie sollten nicht wieder an seinen Hof kommen, wenn sie es nicht gefunden hätten.

Da ritten die drei Prinzen zusammen aus, als sie aber an einen Kreuzweg kamen, trennten sie sich und zogen jeder seines Weges.

Der jüngste Prinz war schon weit geritten, da kam er zu einem kleinen Hause, darin wohnte eine steinalte Frau. Er klopfte an, sie tat ihm auf, und als sie ihn sah, verwunderte sie sich und sprach: »Mein Sohn, wo kommst du her? Es ist hier in manch hundert Jahren kein Mensch zu mir gekommen.« Er sprach: »Ich bin des Königs jüngster Sohn und bin ausgesandt, das Wasser des Lebens, das Wasser der Schönheit und das Buch der Jugend für meinen Vater zu holen.« Ihm entgegnete die Alte: »Mein Sohn, ich kann dir nicht helfen. Aber ich habe eine Schwester, die wohnt 200 Meilen weiter von hier. Vielleicht weiß die Rat.« Da erschrak der Prinz über den weiten Weg und sprach: »Wie kann ich schnell die 200 Meilen machen?« Die Alte aber sprach: »Ich habe ein Pferd im Stall, das kann die 200 Meilen in einem Tag machen, das will ich dir überlassen.« Des war der Prinz zufrieden. Die alte Frau labte ihn mit Speise und Trank und er übernachtete in ihrem Hause.

Am andern Morgen empfing er das Pferd der alten Frau und ritt so schnell, daß er noch am Abend bei ihrer Schwester eintraf.

Er klopfte an, und da sie ihm öffnete, verwunderte sie sich und sprach: »Mein Sohn, wo kommst du her? Es ist in manch hundert Jahren kein Mensch in dies Haus gekommen.« Der Prinz antwortete: »Ich bin des Königs jüngster Sohn und will für meinen Vater das Wasser des Lebens, das Wasser der Schönheit und das Buch der Jugend holen.« Die Alte sprach: »Da kann ich dir nicht helfen. Aber ich habe eine Schwester, die wohnt dreihundert Meilen von hier. Vielleicht weiß die zu helfen.« Da sagte der Prinz betrübt: »Wie soll ich diesen weiten Weg machen?« Sie aber sprach: »In meinem Stalle steht ein Pferd, das kann die dreihundert Meilen in einem Tage machen. Das will ich dir mitgeben.« Des freute sich der Prinz. Die Alte setzte ihm Essen und Trinken vor und gab ihm Herberge in ihrem Hause.

Am andern Morgen bestieg er das Roß der alten Frau, und es lief so schnell, daß er noch am Abend bei der Schwester ankam. Er klopfte an, und als sie ihm auftat, verwunderte sie sich und sprach: »Mein Sohn, wo kommst du her? Es ist in manch hundert Jahren kein Mensch zu mir gekommen.« Er antwortete: »Ich bin des Königs jüngster Sohn und suche das Wasser des Lebens, das Wasser der Schönheit und das Buch der Jugend für meinen Vater.« Die Frau sprach: »Ich kann dir wohl sagen, wo es ist, aber es ist sehr schwer zu erlangen, es ist auch noch vierhundert Meilen von hier.« Da sprach der Prinz betrübt: »Ich darf nicht wieder heimkommen, wenn ich es nicht mitbringe, und wie soll ich den weiten Weg zurücklegen?« Die Frau antwortete: »Ich habe ein Pferd im Stalle, das kann die vierhundert Meilen im halben Tag machen. Das will ich dir zu deiner Reise geben. Du wirst ein wunderschönes Schloß finden. Dort sind viele starke Männer und viele wilde Tiere. Aber in der Mittagsstunde von zwölf bis ein Uhr liegen sie alle im Schlafe. Darum mußt du am Mittag um zwölf dort ankommen und bis ein Uhr alles besorgt haben. Im Schlosse wirst du auch eine wunderschöne Jungfrau finden, aber hüte dich, sie in ihrer Ruhe zu stören.«

Am andern Morgen machte sich der Prinz auf den Weg und kam um zwölf Uhr bei dem Schlosse an. Hier sah er alles, wie die Frau ihm gesagt hatte. Er fand auch die Jungfrau. Die war so schön, daß er sich nicht von ihr wenden konnte. Er vergaß das Wort der alten Frau, nahm sie in seine Arme und küßte sie. Dann suchte er weiter und traf auf eine Kammer, da quoll das Wasser des Lebens hervor, und er nahm davon mit. Danach kam er in eine andere Kammer und fand das Wasser der Schönheit. Auch davon schöpfte er und nahm es mit. In einer dritten Kammer lag das Buch der Jugend. Als er auch dies zu sich genommen hatte, kehrte er noch einmal zu der schönen Jungfrau zurück, nahm sie wieder in seine Arme und küßte sie. Dann schrieb er seinen Namen an die Wand und den Tag, an dem er dagewesen sei. Er schnitt auch ein kleines Fleckchen aus ihrem Hemd und steckte es in die Tasche. Danach mußte er eilen, daß er vor dem Schlage eins das Schloß verließ.

Am Abend traf er wieder bei der alten Frau ein, die ihn mit den Worten empfing: »Mein Sohn, hast du alles erhalten?« – »Ja«, sprach der Prinz, »ich bin so glücklich gewesen und habe alles gefunden.« – »Und hast du auch die schöne Prinzessin in Ruhe gelassen?« – »Ja«, entgegnete der Prinz. Er führte nun das Roß wieder an seinen Platz, dann bewirtete die Alte ihn mit Essen und Trinken und gab ihm Herberge zur Nacht.

Am andern Morgen eilte er, um bald heimzukommen. Er fragte nach seiner Schuldigkeit, und da die Alte nichts verlangte, so bedankte er sich herzlich, zog sein Roß aus dem Stall und nahm Abschied. Aber bevor die Alte ihn ziehen ließ, sprach sie: »Ich will dir noch etwas verehren, das soll dir für lange Lebenszeit gut tun«, und gab ihm ein feines schneeweißes Taschentuch. Verwundert fragte der Prinz: »Was soll ich denn mit diesem Tuch machen?« Die Alte antwortete: »Du wirst noch in große Not geraten, und wenn du dann dieses Tuch ausbreitest, so kannst du dir so viel schöne Speisen wünschen, als du haben magst und dein Wunsch wird erfüllt werden.« Der Prinz bedankte sich, schwang sich auf sein Roß und jagte davon.

Am Abend traf er bei der anderen alten Frau ein, die fragte ihn: »Ist dir alles gut gelungen?« – »Ja«, sagte der Prinz, »ich bin glücklich gewesen und habe alles gefunden.« Er brachte sein Roß zur Stelle, und die Alte wartete ihm mit Speise und Trank auf und beherbergte ihn zur Nacht. Am andern Morgen fragte er nach seiner Schuldigkeit, und als die Frau nichts von ihm verlangte, bedankte er sich und eilte heimzukommen. Da trat die Frau zu ihm und sprach: »Ich will dir etwas verehren, das wird dir für lange Lebenszeit gut tun«, und gab ihm einen feinen Becher. Der Prinz fragte: »Was soll ich mit dem Becher machen?« Die Alte sprach: »Du wirst noch in große Not geraten, und wenn du dann diesen Becher anhältst, so wirst du so viel schönen Wein empfangen, als du haben magst.« Des freute sich der Prinz, sagte seinen allerbesten Dank, stieg auf sein Roß und ritt davon.

Am Abend traf er bei der ersten Schwester ein und übergab ihr das entliehene Roß. Sie fragte ihn: »Wie ist es dir ergangen?« Der Prinz antwortete: »Ich war so glücklich und habe alles empfangen.« Danach tischte sie ihm viele schöne Speisen und Getränke auf und gab ihm Herberge zur Nacht. Als er am andern Morgen nach seiner Schuldigkeit fragte, verlangte sie nichts, sondern gab ihm eine Schere und sprach: »Ich will dir etwas verehren, das wird dir für lange Lebenszeit guten Dienst tun.« Der Prinz wunderte sich und sprach: »Was soll ich damit machen?« Die Frau erwiderte: »Du wirst noch in große Not geraten, und wenn du dann deine Schere nimmst und sie an einen Gegenstand hältst, so wirst du so viel Kleider erhalten, als du nur wünschen magst.« Als der Prinz das hörte, bedankte er sich aufs beste, zog sein Pferd aus dem Stall und eilte heimzureiten. Nach langem Ritte kam er endlich wieder an den Kreuzweg. Zu derselben Zeit trafen auch seine beiden Brüder hier ein.

Sie hatten die Zeit nutzlos vergeudet und sich mit dem Gelde ihres Vaters lustige Tage gemacht. Als sie nun sahen, daß ihr Bruder alles ausgerichtet hatte, erwachte der Neid in ihren Herzen und sie beschlossen, die Schätze des Bruders an sich zu bringen. Darum überredeten sie ihn mit List, ein fröhliches Wiedersehen mit ihnen zu feiern, und als er vom Wein lustig und guter Dinge war, vertauschten sie ihm heimlich seine Schätze.

Der Bruder ahnte nichts Böses, trat ganz getrost zum König und gab ihm das Wasser des Lebens, das Wasser der Schönheit und das Buch der Jugend. Der König war voller Freude, daß sein jüngster Sohn den Auftrag erfüllt hatte. Doch diese Freude war nur von kurzer Dauer, denn obgleich der König alles tat, wie ihm geraten war, so zeigte sich doch keine Wirkung, sondern er blieb krank und wie er gewesen war.

Da meldeten sich die beiden ältesten Söhne bei dem König und sagten, sie hätten seinen Auftrag ausgeführt und übergaben ihm das Wasser des Lebens, das Wasser der Schönheit und das Buch der Jugend, das sie dem Bruder gestohlen hatten. Und als der König das angewendet hatte, zeigte sich sogleich die versprochene Wirkung. Er war von seiner schlimmen Krankheit befreit und wurde wieder jung und rüstig wie in früheren Jahren. Er verachtete aber seinen jüngsten Sohn als einen argen Betrüger und ergrimmte sich so sehr, daß er ihn binden ließ und ihn einem Schiffer übergab, der ihn im tiefsten Wasser ersäufen sollte. Als Wahrzeichen aber sollte er dem König die Zunge des Sohnes bringen.

Der Schiffer wollte das nicht tun und bat für den jungen Königssohn. Aber der alte König drohte ihm: »Wenn du nicht tust, wie ich dir befohlen habe, so soll man es also mit dir machen.« Da fuhr der Schiffer mit ihm fort, aber es betrübte ihn sehr, daß der junge Königssohn sterben sollte, und als dieser ihn anflehte, ihm sein Leben zu schenken, er wolle sich auch nimmer vor dem König sehen lassen, da befreite er ihn von seinen Fesseln.

Sie fuhren aber weit, weit hinweg, bis sie an eine große Wildnis kamen. Dort war ein großer Wald, und in dem Walde hielten sich viele wilde Tiere auf. Der Schiffer erlegte einen Eber, riß ihm die Zunge raus aus dem Hals und brachte sie dem König. Dieser gedachte nicht anders, als daß es seines Sohnes Zunge sei und wurde so grimmig, daß er sie roh aufaß. –

Als der Prinz das verwünschte Schloß verlassen hatte und alles erwachte, da sah die Prinzessin verwundert den Namen an der Wand und sie erinnerte sich an alles Geschehene wie im Traum. Nach einiger Zeit aber bekam die Prinzessin einen lieblichen Prinzen. Da der Knabe heranwuchs, erzählte sie ihm oft von seinem Vater. Und sie hatte immer größere Sehnsucht, den Prinzen wiederzusehen. So schickte sie Botschaft an den König, er solle seinen jüngsten Sohn senden.

Der König ließ seinen ältesten Sohn kommen, erzählte ihm von der Botschaft der Prinzessin, und der war auch bereit hinzugehen. Als er nun bei dem Schloß ankam, sah er eine prächtige rote Schabracke über den Weg gebreitet. Aber er bog ab und ritt nicht hinüber. Da erkannte die Prinzessin gleich, daß er nicht der rechte sei, und als der kleine Prinz fragte: »Ist das mein Vater?« sprach sie: »Nein, das ist dein Vater nicht!« Die Prinzessin fragte den Königssohn, wann er dagewesen sei, aber er konnte nichts darauf antworten. Danach fragte sie ihn, welches Wahrzeichen er aufzuweisen habe, aber er wußte keines anzugeben.

Da gab sie Befehl, den Königssohn zu enthaupten. Danach sandte sie aufs neue Botschaft an den König, er solle den jüngsten Sohn senden, sonst werde sie sein Land mit Krieg überziehen. Aber wenn es nicht der rechte sei, so werde man ihn enthaupten, wie es auch dem andern geschehen sei.

Der König wußte in seiner Not nicht, was anfangen, rief seinen zweiten Sohn herbei und stellte ihm alles vor. Da fand der sich bereit, ließ sein Roß satteln und ritt nach dem Schlosse. Auch er sah die prächtige Schabracke auf dem Weg ausgebreitet und ritt ebenso wie sein Bruder umhin. Da rief der kleine Prinz wieder: »Das ist mein Vater gar nicht!« Die Prinzessin forschte bei dem Königssohn, wann er in dem Schlosse gewesen, aber er vermochte es nicht anzugeben. Danach forderte sie ihn auf, sein Wahrzeichen zu zeigen, aber er hatte keins. Da gab sie Befehl, daß auch ihm der Kopf abgeschlagen werde.

Danach sandte die Prinzessin dem König zum drittenmal Botschaft und verlangte, er solle ihr seinen jüngsten Sohn senden, und wenn er nicht mehr am Leben sei, so solle er wenigstens einige Knochen des Toten schicken. Wenn er diesen Wunsch nicht erfülle, so werde sie sein Land mit Krieg überziehen und von seinem Schloß keinen Stein mehr auf dem andern lassen.

Der König wußte in seiner Not nicht mehr, was er beginnen sollte. Da ließ er den Schiffer kommen und versprach ihm einen reichen Lohn, wenn er ihm Knochen von seinem jüngsten Sohn zur Stelle schaffen könne. Da gestand der Schiffer ein, daß er dem Verbot des Königs zuwidergehandelt und den Sohn am Leben gelassen habe, und daß er sich weit entfernt in einer großen Wildnis zwischen den wilden Tieren aufhalte. Die Zunge aber sei von einem

Eber gewesen. Da ward der König getröstet und ließ den Schiffer hinfahren, den Sohn zu holen.

Der hatte in der Wildnis keine Not gelitten. Er brauchte nur sein Tischtuch auszubreiten und seine Wünsche verlauten zu lassen, so hatte er die schönsten Speisen in Hülle und Fülle. Wenn er aber des Trunkes bedurfte, so nahm er seinen Becher zur Hand, hielt ihn an einen Baum und hatte den schönsten Wein im Überfluß. Er gab auch den Tieren von seiner Speise und von seinem Wein und sie taten ihm nichts zuleide. Als sie aber von seinem Wein reichlich genossen hatten, wurden sie sehr lustig und guter Dinge. Danach fielen sie in festen Schlaf, da nahm er seine Schere, fertigte ihnen Kleider und zog sie ihnen an. Als sie erwachten, wußten sie nicht, was ihnen geschehen war, hielten ihn für ihresgleichen und bedrohten ihn nicht mehr.

Als der Schiffer nun kam und die Botschaft des Königs brachte, sprach der Prinz: »Nicht meines Vaters wegen, um der schönen Prinzessin willen folge ich dir.« So kam er wieder an seines Vaters Hof, ging aber nicht zu dem König, sondern ließ sein Roß aus dem Stall bringen und jagte davon.

Als er bei der Prinzessin ankam, hatte sie eine schwarze Schabracke auf den Weg gelegt, weil sie um den Prinzen trauerte. Er achtete aber nicht darauf, gedachte nur der schönen Prinzessin und ritt hinüber. Da rief der kleine Prinz schon: »Das ist mein Vater!«

Die Prinzessin fragte, wann er dagewesen sei. Er gab zur Antwort, das finde sie über dem Bett an der Wand geschrieben. Dann fragte sie ihn nach dem Wahrzeichen. Da zeigte er ihr das Fleckchen aus ihrem Hemd, das er mitgenommen hatte. Da erkannte sie, daß er der rechte sei und begrüßte ihn mit Freuden. In demselben Augenblick aber war auch die Zauberei gebrochen und alle wilden Tiere wurden vornehme Leute, die der Prinzessin dienten. Der Königssohn bekam die Prinzessin zur Frau und gewann ein großes Reich.

Volksmärchen aus dem Hannoverschen

Vom dicken fetten Pfannekuchen

Es waren einmal drei alte Weiber, welche gern Pfannekuchen essen wollten; da gab die erste ein Ei dazu her, die zweite Milch und die dritte Fett und Mehl. Als der dicke fette Pfannekuchen fertig war, richtete er sich in der Pfanne in die Höhe und lief den drei alten Weibern weg und lief immerzu und lief kantapper kantapper in den Wald hinein. Da begegnete ihm ein Häschen, das rief: »Dicke fette Pannekauken, blief stahn, eck will di fräten!« Der Pfannekuchen antwortete: »Eck bin dree olen Wiewern entlopen, un schölle di Häschen Wippsteert nich entlopen?« und lief kantapper kantapper in den Wald hinein. Da kam ein Wolf herangelaufen und rief: »Dicke fette Pannekauken, blief stahn, eck will di fräten!« Der Pfannekuchen antwortete: »Eck bin dree olen Wiewern entlopen un Häschen Wippsteert, und schölle di Wulf Dicksteert nich entlopen?« und lief kantapper kantapper in den Wald hinein. Da kam ein Reh herzugesprungen und rief: »Dicke fette Pannekauken, blief stahn, eck will di fräten!« Der Pfannekuchen antwortete: »Eck bin dree olen Wiewern entlopen, Häschen Wippsteert, Wulf Dicksteert, und schölle di Rick Blixsteert nich entlopen?« und lief kantapper kantapper in den Wald hinein. Da kam eine Kuh herbeigerannt und rief: »Dicke fette Pannekauken, blief stahn, eck will di fräten!« Der Pfannekuchen antwortete: »Eck bin dree olen Wiewern entlopen, Häschen Wippsteert, Wulf Dicksteert, Rick Blixsteert, un schölle di, Ko Swippsteert nich entlopen?« und lief kantapper kantapper in den Wald hinein. Da kam eine Sau dahergefegt und rief: »Dicke fette Pannekauken, blief stahn, eck will di fräten!« Der Pfannekuchen antwortete: »Eck bin dree olen Wiewern entlopen, Häschen Wippsteert, Wulf Dicksteert, Rick Blixsteert, Ko Swippsteert, und schölle di, Su Haff, nich entlopen?« und lief kantapper kantapper in den Wald hinein. Da kamen drei Kinder daher, die hatten keinen Vater und keine Mutter mehr und sprachen: »Lieber Pfannekuchen, bleib' stehen! Wir haben noch nichts gegessen den ganzen Tag!« Da sprang der dicke fette Pfannekuchen den Kindern in den Korb und ließ sich von ihnen essen.

Warum das Meerwasser salzig ist

Es war einmal ein lieber, wackerer Knabe, der hatte weiter nichts auf Erden als eine blinde Großmutter und ein helles Gewissen. Als er nun aus der Schule war, wurde er Schiffsjunge und sollte seine erste Reise antreten. Da sah er, wie alle seine neuen Kameraden mit blankem Gelde spielten, und er hatte nichts, auch nicht den geringsten Mutterpfennig. Darüber war er traurig, und er klagte es der Großmutter. Sie besann sich erst ein wenig, dann humpelte sie in ihre Kammer, holte eine kleine Mühle heraus, schenkte sie dem Knaben und sprach: »Wenn du zu dieser Mühle sagst:

›Mühle, Mühle, mahle mir
Die und die Sachen gleich allhier!‹

so mahlt sie dir, was du begehrst, und wenn du sprichst:

›Mühle, Mühle, stehe still,
Weil ich nichts mehr haben will!‹

so hört sie auf zu mahlen. Sag aber nichts davon, sonst ist es dein Unglück!« Der Junge bedankte sich, nahm Abschied und ging aufs Schiff. Als nun wieder die Kameraden mit ihrem blanken Gelde spielten, stellte er sich mit seiner Mühle in einen düstern Winkel und sprach:

»Mühle, Mühle, mahle mir
Rote Dukaten gleich allhier!«

da mahlte die Mühle lauter rote Dukaten, die fielen klingend in seine lederne Mütze. Und als die Mütze voll war, sprach er nur:

»Mühle, Mühle, stehe still,
Weil ich nichts mehr haben will!«

da hörte sie auf zu mahlen. Nun war er von allen Kameraden der reichste; und wenn es ihnen an Speise fehlte, indem der Schiffshauptmann sehr geizig war, sprach er nur:

»Mühle, Mühle, mahle mir
Frische Semmeln gleich allhier!«

so mahlte sie so lange, bis er das andere Wort sagte; und was er auch sonst noch begehrte, alles mahlte die kleine Mühle. Nun fragten ihn die Kameraden wohl oft, woher er die schönen Sachen bekomme; doch da er sagte, er dürfe es nicht sagen, drangen sie nicht weiter in ihn, zumal er alles ehrlich mit ihnen teilte.

Es dauerte aber nicht lange, da bekam der böse Schiffshauptmann Wind davon, und das war Wasser auf seine Mühle. Eines Abends rief er den Schiffsjungen in die Kajüte und sprach: »Hole deine Mühle und mahle mir frische Hühner!« Der Knabe ging und holte einen Korb voll frischer Hühner. Damit jedoch war der gottlose Mensch nicht zufrieden; er schlug den armen Jungen so lange, bis dieser ihm die Mühle holte und ihm sagte, was er sprechen müsse, wenn sie mahlen solle; den andern Spruch aber, wenn sie aufhören solle, lehrte er ihn nicht, und der Schiffshauptmann dachte auch nicht daran, ihn darum zu fragen. Als der Junge gleich nachher allein auf dem Verdeck stand, ging der Hauptmann zu ihm und stieß ihn ins Meer und dachte nicht daran, wie viel Sorge und Mühe er Vater und Mutter gemacht hatte, und wie die blinde Großmutter auf seine Rückkehr hoffte; daran gedachte er nicht, sondern stieß ihn ins Meer und sagte, er sei verunglückt, und meinte, damit sei alles abgetan! Hierauf ging er in seine Kajüte, und da es eben an Salz fehlte, sagte er zu der kleinen Mühle:

»Mühle, Mühle, mahle mir
Weiße Salzkörner gleich allhier!«

da mahlte sie lauter weiße Salzkörner. Als aber der Napf voll war, sprach der Schiffshauptmann: »Nun ist's genug!«, doch sie mahlte immerzu, und er mochte sagen, was er wollte, sie mahlte immerzu, bis die ganze Kajüte voll war. Da faßte er die Mühle an, um sie über Bord zu werfen, erhielt aber einen solchen Schlag, daß er wie betäubt zu Boden fiel. Und sie mahlte immerzu, bis das ganze Schiff voll war und zu sinken begann, und ist nie größere Not auf einem Schiffe gewesen. Zuletzt faßte der Schiffshauptmann sein gutes Schwert und hieb die Mühle in lauter kleine Stücke; aber siehe! aus jedem kleinen Stück wurde eine kleine Mühle, gerade wie die alte gewesen war, und alle Mühlen mahlten lauter weiße Salzkörner. Da war's bald ums Schiff geschehen: es sank unter mit Mann und Maus und allen Mühlen. Diese aber mahlten unten am Grunde noch immerzu lauter weiße Salzkörner, und wenn du ihnen nun auch den rechten Spruch zuriefest, sie stehen so tief, daß sie es nicht hören würden. Siehe, davon ist das Meerwasser so salzig.

Volksmärchen aus dem Harz

Eisenbahnmärchen

Nun, das ist doch nur gut«, – hatte eine alte dicke Häsin gesagt, als die Eisenbahn von Braunschweig nach Harzburg eröffnet werden sollte, – »nun, das ist doch nur gut, daß man jetzt rascher zur Stadt kommen kann als früher. Mit dem Laufen will es bei meinen Jahren nicht mehr so recht fort und man hat so mancherlei Einkäufe zu besorgen, denn die Töchter wachsen nachgerade heran und man muß an die Ausstattung denken. Und was man hier im Feld und Wald haben kann, ist doch nicht mehr so recht in der Mode, und ich kann es keinem hübschen jungen Hasen verdenken, wenn er in dieser Zeit von seiner Allerschönsten eine etwas bessere Mitgift verlangt. Kauft man doch auf der braunschweiger Messe so billig ein.«

So hatte die Alte gesprochen, und ähnlich dachten die andern Tiere des Harzwaldes. Als nun die Eisenbahn eröffnet war, welche so recht dicht an die Harzberge dran stößt, da waren gar viele Tiere gekommen und hatten wollen ein Billet lösen für die Fahrt zur braunschweiger Messe. Aber der Einnehmer sagte: »Habt ihr Häschen, ihr Kaninchen, ihr Hirsche und Rehe, auch wohl einen Herrn? He? Habt ihr wohl auch einen Herrn?«

Da mußten sie traurig die Augen niederschlagen, denn sie hatten keinen Herrn, und nach den Eisenbahngesetzen durften nur auf den Namen von Menschen Tierbillets ausgegeben werden. Sie gingen dann immer mißmutig hinweg und blickten von ihren Wäldern und Feldern aus neidisch auf die Ochsen, die von den Fleischern brüllend daher geführt und so recht bequem in den Tierwagen gebracht wurden, und auf die Hunde, welche mit ihren Herren kamen und ebenda bereitwillige Aufnahme fanden.

Die Tiere im Harz hatten es sich aber nun einmal in den Kopf gesetzt, daß sie die Residenzstadt Braunschweig sehen wollten, und sie waren so neugierig geworden, daß sie ihren Plan so bald nicht aufgaben. Sogar die Vögel vom Harz, welche alle Jahre nach Braunschweig zur Messe gereist waren, wollten nun diese Reisegelegenheit benutzen: denn sie meinten, sowie kein Mensch mehr von Harzburg nach Braunschweig mit der Extrapost führe, sondern alles auf der Eisenbahn, so müßten auch die Braunschweiger meinen, dem Vögelchen, das jetzt noch auf seinen Fittichen nach Braunschweig flöge, sei das Köpfchen verdreht. Ein munterer Finke, der immer an der Bahn herumspionierte, schnappte eines Tages von einem armen Arbeitsmann, der eben ein Billet gelöst hatte, die Worte auf: Man reißt ja mehr am Schuhwerk ab, wenn man zu Fuße geht, als das Fahrgeld beträgt; und da er nun auf einem Baume, wo viele seiner Kameraden im Laube beisammen saßen, ganz keck mit der Behauptung hervortrat: Man reiße ja mehr an den Federn ab, als ein Billet für den Tierwagen koste, so wollte von da an auch kein Vogel mehr aus dem ganzen Harz nach Braunschweig zur Messe fliegen. Auch behaupteten die Weibchen, es schicke sich gar nicht mehr, jetzt nach Braunschweig zur Messe zu fliegen, was denn die Menschen dazu sagen sollten? Genug, es müßte Rat geschafft werden, und dazu bot sich wohl Gelegenheit. Der Lokomotivenführer nämlich kam mit seinem Zuge jeden Morgen gegen elf Uhr, und blieb in Harzburg bis den Nachmittag, wo er zurückfuhr. Gewöhnlich setzte er sich dann mit seinem Glase in die Laube im Garten eines Wirtshauses, welches dicht am Fuße hoher bewaldeter Berge liegt. Hier trank er tüchtig und hatte seine Freude an den bunten Vögeln auf den Bäumen und an den Häschen, die hin und wieder durch den Zaun in den Kohl des Wirts schlüpften.

Dies benutzten die klugen Geschöpfe und brachten ihn durch ihr einschmeichelndes Wesen endlich zu dem Versprechen, daß er einmal einen Extrazug für die Tiere aus dem Harzwalde zur braunschweiger Messe veranstalten wolle.

An einem Sonntagmorgen stand er sehr zeitig auf in Braunschweig, schob die Lokomotive aus dem Schuppen und hing eine Reihe von Tierwagen daran. In aller Frühe fuhr er ab, so daß er hoffen konnte, schon zu rechter Zeit wieder zurück in Braunschweig zu sein, wenn der erste Zug für die Menschen abgehen mußte.

Auf den Wiesen und an den Bäumen glitzerte der Tau, und der erste Sonnenstrahl drang eben durchs Gebüsch, als die Lokomotive im Felde am Fuße des Harzwaldes hielt. Das Wild und die Vögel waren noch nicht einmal alle wach, sie sprangen aber nun rasch auf aus Klee und Gebüsch und freuten sich über den schönen Sonntagmorgen, auf den ihre Reise nach Braunschweig fiel.

Nun hättet ihr sehen sollen, wie die Hirsche und Rehe und alle die verschiedenen Vögel auf dem Dampfwagen Platz nahmen.

Aus dem Walde und aus den Feldern kamen sie herbei, die Hirsche sprangen, die Häschen kletterten, die Vögel flatterten herein. Die Lokomotive pfiff, und es dauerte nicht lange, so waren sie alle in Braunschweig.

Auf dem Bahnhofe in Braunschweig aber erging es ihnen schlecht, denn dort stand die Polizei und fragte: »Habt ihr auch wohl einen Paß? He? He?

Ihr Hirsche, ihr Rehe, ihr Häschen, ihr Kaninchen, ihr Finken, ihr Drosseln, habt ihr auch wohl einen Paß? He? He?«

Da erschraken die Tiere alle, denn keines von ihnen hatte einen Paß. Die Polizei aber wurde sehr böse und sagte: Die Tiere, welche sich nicht legitimieren könnten, sollten alle geschlachtet werden.

Da fingen die Tiere alle an zu weinen. Die Vögel aber sagten: Sie seien hier schon so viele Jahre zur Messe hergekommen und hätten niemals einen Paß gebraucht. Das sei eine neue Manier, daß ein Vogel einen Paß haben solle, rief ein alter Reiher aus, und die Rohrsperlinge fingen an, furchtbar auf die Polizei zu schimpfen.

Weil nun die Vögel sich darauf berufen konnten, daß sie schon sehr oft in Braunschweig gewesen waren und niemals einen Paß gebraucht hatten, so ließ man sie auch wieder fliegen, und sie machten, daß sie so schnell als möglich wieder nach dem Harzgebirge kamen. Die andern Tiere aber wurden unerbittlich geschlachtet, und die Kinder, welche in diesen Tagen über den Wildmarkt in Braunschweig gingen, freuten sich über das viele schöne Wild, das dort zum Verkaufe aushing; noch mehr aber freuten sie sich, wenn sie es des Mittags bei Tische gebraten vor sich sahen.

Die verwünschte Prinzessin

Es war einmal ein Vater, der hatte einen Sohn, Peter hieß er, dem gefiel es nicht zu Haus, er forderte deshalb sein Erbteil, das waren zwanzig Taler, und ging damit in die weite Welt. Der Bursche hatte aber ein mitleidiges Herz und fühlte, was recht und unrecht war und half, wo er helfen konnte. Einmal kam er vor einem Dorfe an, da fand er einen toten Menschen, und nicht weit davon pflügte ein Bauer. Peter ging zu dem Bauern und fragte, warum der Mensch nicht begraben würde. Der Bauer antwortete, der Tote sei arm, und das Dorf habe ihn nicht begraben lassen, weil das was koste; deshalb wäre er dahin gebracht, und die Vögel und Füchse hätten ihn über kurz oder lang doch gefressen, daß er wegkäme. Das dauerte Peter in der Seele, und er fragte sogleich, was die Beerdigung wohl koste? Der Bauer antwortete: »So gegen zwanzig Taler.« Da ging Peter zum Schulzen, gab ihm zwanzig Taler und befahl, man solle den Toten davon begraben, der vor dem Dorfe läge; und das geschah auch. Er selbst blieb so lange im Dorfe, begleitete die Leiche, und dann reiste er weiter. Wie er zum Dorfe hinaus und eine kurze Strecke fortgegangen war, kam ein Mann hinter ihm her, fing ein Gespräch mit ihm an und sagte, er wolle mit ihm wandern. Das ließ sich Peter wohl gefallen, denn der Mann sah so gut und brav aus, daß er ihn gleich liebgewann und sich freute, daß er einen so wackeren Reisegefährten gefunden hatte. Schon waren sie mehrere Wochen miteinander gereist und hatten sich alles erzählt, was sie auf dem Herzen hatten, da kamen sie in eine Stadt, darin waren alle Häuser schwarz behängt, und oben im Schlosse wehte eine schwarze Fahne zum Zeichen der Trauer. Peter fragte, warum das wäre. Die Leute antworteten: Die liebe gute Prinzessin wäre von einem Berggeiste verzaubert, wäre den Tag über still und in sich gekehrt, bisweilen aber so böse, daß sie alles zerschlüge und umbrächte, was ihr ins Gehege käme; und zumal wäre der ein Kind des Todes, der es wage, sie zu erlösen, wenn er das Rätsel, das sie ihm aufgebe, nicht erraten könne. Viele hübsche Prinzen hätten durch sie schon ihren Tod gefunden, und auch mancher andere brave Junge wäre durch sie ums Leben gekommen, so daß sich seit einem Jahr keiner gefunden hätte, der sie hätte erlösen wollen, und doch wäre es so ein schönes und gutes Mädchen gewesen und sei es auch noch. Da sagte Peter zu seinem Kameraden: »Soll ich einmal mein Heil versuchen, was meinst du, soll ich's wagen? Sterbe ich, so sterbe ich für eine gute Sache; gelingt's, so könnte ihr und mir kein größeres Glück widerfahren.« Sein Kamerad sagte: »Tu's nur, ich will dir beistehen; und damit du glaubst, daß ich es vermag, so will ich dir sagen, daß ich nicht ein Mensch bin, sondern der Geist von dem, den du dort im Dorfe hast beerdigen lassen; ich weiß Mittel genug, daß du dein Vorhaben glücklich ausführen kannst. Geh also zum König und sage, du wollest die Prinzessin erlösen. Er wird es recht gerne sehen und dich reich beschenken, wenn du es vollbringst.« Peter ging also zum König, ließ sich anmelden und wurde vorgelassen. Als er nun sagte, was er wolle, sprach der König: »Mein lieber junger Mann, da hast du dir etwas Schweres vorgenommen. Bedenke, es kostet dein Leben, wenn es dir nicht gelingt, meine Tochter zu retten. Sie bringt dich auf der Stelle um, wenn du nicht das Rätsel errätst, das sie dir aufgibt.« – »Das tut nichts«, sagte Peter, »ich will's versuchen, es mag mir gehen, wie's will.« – »So komm morgen wieder«, sprach der König, »ich will's meiner Tochter sagen.« Drauf ging Peter wieder zurück nach seinem Wirtshause, wo sein Kamerad auf ihn wartete. Als er ihm die Antwort des Königs erzählte, sprach sein Kamerad: »Laß es nur Abend und zehn Uhr werden, dann will ich's schon machen. Bis dahin sag' keinem, was du vorhast und sei nur guten Mutes. Du erlöst die Prinzessin, dafür laß mich sorgen.« Sie ließen sich's nun wohl sein, gingen miteinander aus und besahen sich die Stadt und alles Merkwürdige darin, erkundigten sich auch, wo sich die Prinzessin aufhielt und welches die Fenster von ihrem Schlafzimmer wären, gingen dann wieder nach ihrem Wirtshaus, aßen zu Abend und besprachen sich, bis es zehn schlug. Da holte Peters Reisegeführte eine Kruke und ein paar große Fittiche aus seinem Felleisen und eine recht schlanke, eiserne Rute. Peter mußte sich nun ausziehen, der Geist bestrich ihm seine Schultern mit der Salbe, die in der Kruke war, und setzte ihm die Fittiche an. Dann sagte er: »Nun flieg' hin nach der Prinzessin ihrem Kammerfenster und paß auf, wenn sie herauskommt; dann haue sie mit der Rute immerzu, flieg' dahin, wohin sie fliegt und schleich' da mit hinein, wo sie hineingeht. Dann verkriech' dich und höre zu, was der Berggeist sagt. Sie wird ihm alles sagen und ihn dann auch fragen, was sie dir zu raten aufgeben soll. Dann gib genau Acht und sei still.« Als dem Peter die Flügel angewachsen waren, machte der Geist das Fenster auf und sagte: »Rückwärts mußt du der Prinzessin ebenso folgen, bis sie wieder in ihr Fenster hineingeflogen ist.« Nun kriegte Peter die eiserne Rute in die Hand, flog zum Fenster hinaus, über die Stadt weg nach dem Fenster der Prinzessin. Da sah er sie, wie sie auch Flügel anhatte und im Zimmer hin und her rannte, als wenn sie nicht recht klug wäre. Er ließ sich aufs Gesimse nieder und wartete bis sie herauskam. Sowie es elf schlug, machte sie das Fenster auf und flog fort. Peter hinterher und holte sie auch bald ein, und fing an sie ganz erbärmlich zu prügeln, daß es ihn selbst dauerte. Doch ging's nicht anders, er mußte gehorchen, wenn ihm auch sein Herz blutete. Endlich kamen sie an einen hohen großen Berg, der tat sich auf, und beide flogen hinein. »Nun muß ich aber vorsichtig sein«, dachte Peter und schlich sich mit in den großen Saal, wo an der Türe ein großer Altar war. Hinter dem Altar versteckte er sich, damit er alles hören und auch gleich Reißaus nehmen konnte, wenn's schlimm wurde, oder wenn's Zeit war. Die Prinzessin lief auf den Berggeist zu und er nahm sie in den Arm. Es war ein alter Mann mit schneeweißem Bart, hatte Augen im Kopf, die glühten wie Feuerkohlen, dabei war sein ganzes Wesen so grimmig und gefährlich, daß Peter ordentlich Furcht bekam und es anfing zu gereuen. Doch durfte er sich nicht rühren, er konnte so nicht wieder hinaus. Die Tür war wieder weg und ein großer Felsen lag da, wo sie gewesen war. Endlich sagte der Berggeist zu der Prinzessin: »Bist lange nicht dagewesen, hast lange keinen umgebracht, hast dich lange nicht können am Blute deiner Erlöser freuen. Ist also wieder ein Vogel ins Garn gegangen?« – »Ja«, antwortete sie. »Es ist wieder einer da, aber nur ein gewöhnlicher Mensch, kein Prinz, Graf oder Adliger. Draußen ist aber ein gewaltig starkes Hagelwetter, sieh her, mein hoher Geist, wie ich zerrissen und zerschlagen bin von den Hagelstücken«, und das Blut floß an ihr nieder. »Tut nichts«, sagte der Berggeist, »desto mehr mußt du deinen Menschen peinigen, desto mehr Freude mußt du an seinem Blute haben, desto mehr mußt du davon trinken, desto eher wirst du für mich rein und mein eigen.« – »Was soll ich ihm aber für ein Rätsel aufgeben, woran soll ich denken?« fragte die

Prinzessin. »Denke an deines Vaters weißes Roß«, antwortete der Berggeist. »Ist gut«, sagte die Prinzessin und bat: »Laß mich hinaus, denn es ist dreiviertel auf zwölf, ich habe noch weit zu fliegen, du weißt, die zwölf kommt bald heran.« Der Berggeist öffnete, die Prinzessin machte sich wieder fort, und Peter hinterdrein, und draußen in der Luft ging das Schlagen wieder los bis zum Kammerfenster. Die Prinzessin flog hinein, Peter nach Haus und legte seine Fittiche ab und ging zu Bett. Sein Kamerad schlief schon, hatte ihm aber vorher gesagt, er solle die Fittiche vorsichtig abnehmen und sie wieder in das Felleisen legen, aber zusehen, daß er keine Feder knickte. Das tat Peter auch, und danach schlief er bis zum Morgen. Am Morgen stand er auf, zog sich hübsch an, frühstückte dann auch gehörig mit seinem Kameraden und ging darauf nach dem Schlosse. Dort wurde er zu der Prinzessin geführt; sie saß in einem schönen Zimmer auf einem kleinen Sofa und sah recht betrübt aus, war aber ein allerliebstes Mädchen. Ihr Auge war so sanft und gut, sie selbst war nicht groß und stark, sondern fein und zierlich gebaut; man traute ihr gar nicht zu, daß sie schon jemanden umgebracht hätte, und doch waren schon neun Mannsleute durch sie ums Leben gekommen. Als Peter hereintrat in ihre Stube, stand sie gleich auf und kam auf ihn zu und sagte in einem freundlichen Tone: »Also du willst mich erlösen. Aber weißt du auch, daß es dein Leben kostet, wenn du mein Rätsel nicht errätst?« – »Ja«, sagte er, »ich will es versuchen, muß ich dann sterben, so will ich gerne für dich sterben. Denn du bist so schön und gut und so lieb, daß ich gerne für dich den Tod leide. Sag' mir also dein Rätsel.« – »Also soll's sein«, antwortete sie ganz traurig und die Tränen traten ihr in die Augen. Sie kam näher und sagte: »Du dauerst mich. Doch da du es nicht anders willst, so höre: Sag' mir, woran ich jetzt denke.« – »Das ist nicht schwer zu sagen«, antwortete Peter; »Prinzessin, Ihr denkt jetzt an Eures Vaters weißes Pferd.« Die Prinzessin wurde leichenblaß und sagte: »Du hast es erraten. Das Glück möge dir ferner günstig sein. Komm morgen wieder. Wenn du mich erlösest, sollst du königlich belohnt werden.« Peter verbeugte sich und ging. Den Tag verbrachte er wieder mit seinem Reisegefährten und war guter Dinge und abends ging es ebenso wie das erste Mal, nur daß Peter diesmal zwei eiserne Ruten, in jede Hand eine, bekam, womit er die arme Prinzessin prügeln mußte. Doch als sie zu dem Berge kamen und in den Saal hineintraten, da war der Raum heller erleuchtet als am Abend zuvor, und in der Mitte war der Mond, der alles mit seinem Licht übergoß, und auf dem Altar lag ein großer stachliger Fisch. Am Abend vorher standen bloß einige Sterne an der Decke, und der Altar war leer. Als die Prinzessin wieder hineintrat und hinter ihr Peter sich hineingeschlichen hatte, schloß sich die Tür; die Prinzessin ging auf den Berggeist zu, der auf einer Art Thron saß, und sagte: »Hoher Geist, unser erstes Rätsel hat der Mann erraten. Was sagst du dazu?« – »Das geht nicht mit rechten Dingen zu. Eine geheime Macht waltet hier, die mir und dir zuwider ist. Diesmal soll er's aber nicht erraten. Diesmal sollst du an deines Vaters Schlachtschwert denken.« – »Gut«, sagte die Prinzessin; »der Flug hat wieder viel Blut gekostet, es hagelte diese Nacht schlimmer noch als die vorige, sieh, wie ich blute. Aber wenn er das Rätsel nicht errät, so soll er durch meines Vaters Schlachtschwert sterben, darauf verlaß dich.« – »Tue also, meine Tochter; nun geh und mach' deine Sache gut, sag' aber keinem das Rätsel«, und damit ging sie fort, und Peter hinterher; auf dem Wege bekam sie wieder ihre regelrechten Schläge, bis sie zum Fenster hinein war, und unser Peter flog nach Haus, tat seine Fittiche ab und legte sich ins Bett. Am andern Morgen ging er wieder zu der Prinzessin, und sie empfing ihn ebenso, wie am vorigen Tage. Diesmal aber lag schon das Schlachtschwert ihres Vaters auf dem Tische und hatte noch Blutflecken. Als er hereintrat, fragte sie gleich: »An was denke ich?« – »An das Schlachtschwert Eures Vaters, gnädige Prinzessin.« Da sank sie zurück auf das Sofa und stammelte: »Erraten! Morgen komm wieder. Das Glück möge dir noch einmal beistehen, dann wird alles gut.« Damit ging Peter wieder weg und brachte seinem Kameraden die Nachricht, daß er das zweite Rätsel auch erraten hätte. Beide machten sich einen vergnügten Tag, bis es dunkel wurde, aßen dann zusammen, und Peters Kamerad sagte, wie es gegen zehn hinkam: »Diese Nacht hast du noch ein schweres Stück vor dir. Diesmal bekommst du zwei eiserne Ruten, womit du die Prinzessin prügeln mußt, und ein zweischneidiges Schwert, mit dem mußt du dem Berggeist den Kopf abhauen. Nimm dich aber in acht, wenn du in seinen Saal kommst, daß er dich nicht sieht, denn es wird diesmal so hell darin sein wie am Tage, und du wirst Mühe haben, dich vor ihm zu verbergen. Ich werde dich aber begleiten und, wenn du in Not bist, schützen. Hab' nur guten Mut. Zuletzt wird er mit herausgehen, sowie er aber Abschied von der Prinzessin genommen hat und in den Berg zurückgehen will, so haue ihm den Kopf ab und nimm den mit.« Alles geschah so. Peter hin nach der Prinzessin ihrem Kammerfenster; um elf Uhr kam sie heraus; er dahinter her und peitschte sie ganz erbärmlich bis in den Berg hinein. Als sie miteinander in den großen Saal hineintraten, da stand die Sonne an der Decke und alles war so hell wie am Tage; auf dem Altare lag der stachlige Fisch und stand ein feuriges Rad, doch hinter dem Altar war alles dunkel, dort versteckte sich Peter gleich. Die Prinzessin ging eilig zu dem Berggeist, warf sich ihm an den Hals und sagte wie in Verzweiflung: »Wieder erraten!« – »Das ist schlimm«, sagte der; »so denke diesmal an mein Haupt. Daran kann kein Sterblicher denken, am wenigsten ein Mensch.« – »Oh«, sagte sie, »wie bin ich diesmal zerfleischt von dem fürchterlichen Hagelwetter. Sieh meinen Rücken, meine Arme, mein Haupt, ich triefe von Blut.« – »Du dauerst mich, armes Kind«, sagte der Berggeist. »Dies ist eine harte Probe. Jetzt geh' und bade dich in dem Blute des Schändlichen. Ich werde mit dir sein, rechne auf mich; morgen bin ich unsichtbar bei dir. Diesmal soll's ihm nicht gelingen, daß er das Rätsel errät«, und so begleitete er sie hinaus. Als er zurück wollte, schlug ihm Peter mit einem Hiebe das Haupt ab, faßte es an den Haaren und flog der Prinzessin nach und walkte auch die noch einmal gefährlich durch bis vor ihr Fenster. Dann machte er sich nach Haus und legte sich in die Federn und freute sich im voraus, daß er seinen Willen kriegte. Er schlief wieder prächtig und am andern Morgen machte er sich wieder zurecht, nahm den Kopf des Berggeistes, wickelte ihn in sein Schnupftuch und ging aufs Schloß. Als er diesmal zu der Prinzessin in das Zimmer trat, war die Prinzessin ganz blaß vor Schrecken und wußte nicht, ob sie ihm das Rätsel sagen sollte oder nicht. Da sprach Peter: »Gnädige Prinzessin, heute komm' ich zum letzten Male, sagt mir Euer Rätsel, damit ich es errate oder sterbe.« Und die Prinzessin fragte mit zitternder Stimme, als wenn ihr Tod oder Leben davon abhing: »Woran denke ich?« Ohne zu antworten knüpfte er das Taschentuch auf und setzte das Haupt des Berggeistes auf ihren Tisch. Da rief die Prinzessin: »Mein Erlöser!« und stürzte ihm ohnmächtig in die Arme. Er legte sie aufs Sofa und klingelte. Alsbald kamen Bediente, und der König wurde geholt und die Ärzte, und als die Prinzessin wieder zu sich kam, gab der König seine Tochter dem Peter zur Frau. Darauf sagte Peter, er müsse aber erst einmal nach seinem Wirtshause. Es wurde nun gleich ein großer Wagen mit sechs prächtigen Pferden angespannt, und der Peter wurde hingefahren. Da kam ihm sein Kamerad in der Tür schon entgegen, half ihm aus dem Wagen, und sie gingen miteinander oben auf ihre Stube, und dort sagte der Reisegefährte zu Peter: »Wenn du nun mit deiner Frau zu Bette gehen willst, so laß, ohne daß sie etwas davon weiß, eine große Wanne mit Wasser vor euer Bett setzen, und wenn sie diese Nacht aufspringt und fort will, so springt sie in die Wanne mit Wasser, dann tauche sie gleich unter, dann wird ein Rabe daraus kommen und fortfliegen, dann tauche sie nochmals unter, so wird eine Taube herauskommen und sich auf deine Schulter setzen, dann tauche sie nochmals unter das Wasser, dann wird die Prinzessin in ihrer vorigen Engelsschönheit und Frömmigkeit daraus heraufsteigen, dann küsse sie dreimal und sei glücklich mit ihr, du wirst dann nach dem Tode des alten Königs König werden. Nun leb wohl, jetzt hast du mich nicht mehr nötig; ich verlasse dich jetzt und die Welt. Meine Schuld, glaube ich, hab' ich dir bezahlt. Leb wohl und sei glücklich!« Danach war er verschwunden. Peter setzte sich in seinen Wagen und war sehr traurig über den Abschied von seinem Kameraden und fuhr dann zurück nach dem königlichen Palast. Hier befolgte er alles getreulich, was ihm sein Gefährte gesagt hatte, und es kam auch alles so; er wurde so glücklich mit seiner Frau wie ein König, und später ist er auch König geworden und hat sein Land gut regiert bis an sein seliges Ende.

Volksmärchen aus Westfalen

Die grüne Feige

Ein König, der eine einzige schöne Tochter hatte, bekam einen gar sonderbaren Einfall. Er ließ im ganzen Lande ausrufen, wer ihm um Weihnachten eine *grüne Feige* bringe, der solle Gemahl seiner Tochter werden. Nun war da ein Mann auf dem Lande, der hatte drei Söhne, von denen der älteste ein Schuster, der zweite ein Schneider war, der jüngste aber gar kein Handwerk trieb, sondern nur den Küchenpeter machte. Eines Tags um Weihnachten findet der Vater dieser drei Burschen einen Baum im Walde, an welchem drei grüne Feigen hingen. Er nimmt sie mit nach Hause, legt eine davon in ein Körbchen und sagt zu dem ältesten Sohne: »Zieh dein bestes Zeug an und bring diese Feige zum Könige!« Der Bursche kleidet sich flugs an und macht sich auf den Weg. Er kommt in einen großen Wald, da begegnet ihm ein altes Männchen und fragt: »Was hast du in dem Korbe?« – »Ih, was wollt' ich drin haben! 'n Dreck«, sagt der Schuster. »So!« versetzt das Männlein, »ist's 'n Dreck, soll's auch 'n Dreck bleiben.« Der Bursche setzt nun seinen Weg fort und langt endlich vor dem königlichen Schlosse an. Hier fragt ihn die Wache, was er wolle. Er sagt: »Dem Könige eine grüne Feige bringen.« Man läßt ihn durch. Als er vor den König tritt und sein Körbchen überreicht, findet sich's so, wie das Männlein gesagt hatte. Der Bringer erhält tüchtige Prügel und den Laufpaß. Daheim erzählt er, seine Sendung sei unglücklich abgelaufen, unterläßt aber, rein auszubeichten, wie es hergegangen. Da sagt der Schneider: »Jedenfalls mußt du dich recht dumm gestellt haben; ich würde es schon klüger anfangen, wenn der Vater mich mit einer andern Feige senden wollte.« – »Geh denn!« sagt der Alte und legt ihm die zweite Feige in ein Körbchen. Der Schneider hatte dasselbe Abenteuer im Walde, antwortete dem Männlein noch unbescheidener und ward im Schlosse noch reichlicher mit Prügeln bedacht als sein Bruder. Heimgekehrt, mochte auch er keinen reinen Wein einschenken, sondern gab ebenfalls nur an, die Botschaft sei ihm mißglückt. Jetzt verlangt der Aschenpeter mit der dritten Feige geschickt zu werden. Seine Brüder sagen: »Was willst du dummer Teufel da machen; dich lassen die Wächter nicht einmal durch.« Der Jüngling läßt indessen seinem Vater keine Ruhe, bis er ihm gestattet, mit der dritten Feige zu gehen. Auch er trifft das Männlein im Walde. Als er gefragt wird, was er im Körbchen habe, antwortet er offen und bescheiden: »Eine grüne Feige, die ich dem Könige bringen soll.« – »Nun, mein Sohn«, sagt das Männlein, »wenn du eine grüne Feige darin hast, soll's auch eine grüne Feige bleiben. Aber weil du ein so ehrlicher Jüngling bist, will ich dir auch etwas schenken. Hier hast du ein Pfeifchen! Wenn du darauf flötest, kommt alles, was du dir wünschest.« Der Bursche steckt dankend das Pfeifchen ein und gelangt vor das Königsschloß. Als er nach einigen Schwierigkeiten Einlaß erhalten, überreicht er sein Körbchen, und siehe! die Feige war nicht verwandelt. Aber der Königstochter steht es schlecht an, den Burschen zum Gemahl anzunehmen. Sie sagt: »Unter *einer* Bedingung will ich dich: wenn du hundert Hasen, die im Stalle sind, acht Tage im Wald weidest und keinen verlierst.« Er nimmt das an, und sein Pfeifchen setzt ihn in den Stand, am ersten Abend alle hundert zurückzubringen. Da denkt die Prinzessin: »Hier muß List helfen.« Verkleidet reitet sie Tags darauf durch den Wald, wo er hütet, und fragt: »Willst du mir nicht einen Hasen verkaufen?« »Verkaufen nicht«, sagt er, »aber abverdienen kannst du dir einen.« – »Und womit?« fragt sie weiter. »Wenn du dem Esel, den du reitest, den Hintern küßt«, versetzt er. »Lieber das«, denkt sie, »als diesen Bauern zum Mann nehmen«, und läßt sich's gefallen. Er gibt ihr einen Hasen. Als sie aber eine Strecke fort ist, läßt er sein Pfeifchen ertönen. Stracks macht sich der Hase los und ist im Nu wieder bei seinem Hüter. So hat er auch am zweiten Abend alle hundert beisammen. Am folgenden Tage kommt die Königin verkleidet, und ihr geht's ebenso. Am vierten Tage entschließt sich der König, einen Versuch zu machen, und ihm geht's nicht besser. Als die acht Tage um sind, denkt der Jüngling, er werde nun die Prinzessin erhalten. Aber jetzt verlangt der König noch eine Leistung. »Du mußt mir«, sagt er, »zuvor drei Säcke voll Wahrheiten bringen.« Da bittet der Bursche sich Bedenkzeit aus, verläßt das Schloß und geht dem Walde zu. Indem er sich so den Kopf zerbricht und am Ende traurig alle Hoffnung aufgeben will, trifft ihn das Männlein und erkundigt sich teilnehmend, warum er so niedergeschlagen sei. Als er seine Sache erzählt hat, ruft er aus: »O, das ist ja gar nichts! Sage nur, was beim Hasenhandel vorgefallen ist!« Er geht darauf wieder ins Schloß und sagt: »Ich habe das Verlangte.« – »Laß hören!« versetzt der König. »Als ich die Hasen hütete«, hebt der Jüngling an, »da kam am zweiten Tage die Prinzessin und wollte mir einen abhandeln; sie erhielt ihn aber nicht eher, bis sie ihrem Esel den H –« – »Halt!« ruft der König, »ein Sack ist voll.« – »Tags darauf«, fährt der Bursche fort, »kam auch die Königin und wollte mir –« – »Halt!« ruft der König, »der zweite Sack ist voll!« – »Am folgenden Tage«, sagt der Bursche, kam auch der –« »Halt!« ruft der König, »auch der dritte

Sack ist voll.« Der König veranstaltete nun die Hochzeit, da wurde tüchtig geschmaust und getrunken. Ich bin auch mit darauf gewesen und in die Küche gegangen. Als ich da ein wenig am Braten nippelte, hat mich der Koch mit dem Schaumlöffel vor den Hintern geschlagen, daß ich geflogen bin bis hierher.

Der Geist im Glas

Es ließ ein Mann seinen Sohn studieren; wie der ein paar Sachen durchstudiert hatte, konnte der Vater nichts mehr an ihn verwenden; da ließ er ihn zu sich kommen und sprach: »Du weißt, unser Vermögen ist aufgegangen, ich kann nichts mehr an dir tun!« Da sagte der Sohn: »Lieber Vater, macht euch darüber keinen Kummer; wenn es so ist, da bleib' ich bei euch und will mit euch gehen und etwas am Malterholz (d. h. am Zuhauen und Aufrichten) verdienen«, denn der Vater war ein Tagelöhner und erwarb sein Brot damit. Der Vater sagte: »Ja, mein Sohn, das soll dir beschwerlich ankommen, ich hab' auch nur eine Axt und kann dir keine kaufen!« »Ei«, sagte der Sohn, »geht zum Nachbar, und leiht euch eine.« Also borgte der Vater eine Axt für ihn, und sie gingen miteinander ins Holz und arbeiteten.

Wie sie bis Mittag gearbeitet hatten, sagte der Vater: »Nun wollen wir ein bißchen rasten und unser Mittagsbrot essen, da geht die Arbeit hernach noch einmal so frisch.« Der Student nahm sein Mittagsbrot in die Hand und sagte zum Vater, er wollte damit herumgehen und Vogelnester suchen. »O, du Geck!« sprach der Vater, »was willst du da herumgehen, bleib bei mir, sonst wirst du müd' und kannst hernach nichts mehr tun.« Der Sohn ging aber in dem Wald herum, aß sein Brot und sah sich nach Vogelnestern um und kam zu einer großen, gefährlichen Eiche, da suchte er ein bißchen herum. Auf einmal kam gegen ihn eine Stimme aus der Wurzel, die rief mit so einem recht dumpfen Ton: »Laß mich heraus! Laß mich heraus!« Da horcht' er danach und rief: »Wo bist du?« Es sprach von neuem: »Laß mich heraus! Laß mich heraus!« »Ja, ich seh' aber nichts«, sagte der Student, »wo bist du?« »Hier bin ich bei der Eichwurzel.«

Da fing er an zu suchen und fand in einer kleinen Höhle eine Glasflasche, daraus war die Stimme gekommen, er hielt sie gegen das Licht, da war eine Gestalt darin wie ein Frosch, die Gestalt aber rief weiter: »Nimm den Pfropfen herab.« Das tat der Student, und wie er den Pfropfen abgenommen hatte, kam ein Kerl von entsetzlicher Größe heraus und sprach: »Weiß du wohl, was du für einen Lohn verdienst, weil du mich herausgelassen hast?« »Nein«, sagte der Student. »So will ich dir's sagen: Ich muß dir den Hals dafür brechen.« »Nein«, sagte der Student, »mir nicht so, das hättest du früher sagen sollen, so hätt' ich dich nicht herausgelassen. Da müssen erst mehr Leute gefragt werden.« »Mehr Leute hin, mehr Leute her, du mußt deinen verdienten Lohn haben, du kannst dir leicht denken, daß ich nicht aus Gnade da eingeschlossen war, sondern aus Strafe: Weißt du wohl, was ich für einen Namen habe?« »Nein«, sagte der Student, »das weiß ich nicht.« Da sprach der Geist: »Ich bin der großmächtige Merkurius, ich muß dir den Hals zerbrechen.« »Nein, das geht nicht, so wie du meinst«, sagte der Student, »du mußt einen anderen Rat anfangen; ich muß auch sehen, ob du wieder in die Flasche hineinkommst, sonst glaub' ich nimmer mehr, daß du herausgekommen bist, wenn ich das aber sehe, will ich mich in deine Gefangenschaft geben.«

Da willigte der Geist ein und begab sich durch dasselbe Loch und durch den Hals der Flasche wieder hinein; wie er drin war, steckte der Student den abgezogenen Pfropfen wieder auf, und der Geist war angeführt. Da bat der Geist, er möcht' ihn doch wieder erlösen und herauslassen. »Nein«, sagte der Student, »der mir nach dem Leben strebte, den kann ich nicht wieder herauslassen und den will ich in Ewigkeit nicht wieder herauslassen.« Da sprach der Geist: »Ich will dir auch soviel geben, daß du dein Lebtag genug hast.« »Du würdest mich doch betrügen, wie das erstemal«, sagte der Student. »Nein«, sagte der Geist, »ich will dir nichts tun.«

Da ließ er sich bewegen und tat den Pfropfen wieder ab, und der Geist stieg heraus. »Nun will ich dich belohnen«, sprach er, »da hast du ein Pflaster, wenn du mit dem einen Ende eine Wunde damit bestreichst, so wird sie heilen, und wenn du Stahl oder Eisen mit dem anderen Ende bestreichst, soll es all in Silber verwandelt sein.« Da wollte der Student das Pflaster probieren und machte an einem Baum einen kleinen Ritz und hielt dann das Pflaster daran, da war er alsbald geheilt. Da dankte der Student dem Geiste, und der Geist dankte ihm auch für seine Erlösung, und sie nahmen Abschied von einander.

Der Student ging zurück zu seinem Vater, der wieder an der Arbeit war und ihn schalt, daß er solange ausgeblieben wäre: »Ich hab's ja gesagt, daß du nichts tun würdest.« »Ich will's schon nachholen«, sprach der Student. »Ja«, sagte der Vater zornig, »nachholen hat keine Art.« »Vater, was soll ich zuerst tun?« »Hau den Baum da um!« Da tat der Student sein Pflaster heraus und strich seine Axt damit; wie er nun ein paar Hiebe getan hatte, war sie ganz schief und hatte sich die Schärfe umgelegt, denn sie war von Silber geworden. »Nun seht ihr, Vater«, sprach der Sohn, »was habt ihr mir für eine Axt gegeben, die ist ja ganz schief geworden?« »Ach! Was hast du gemacht«, sagte der Vater und war noch böser, »nun muß ich die Axt bezahlen, so bringst du mich mit deiner Hilfe nur in Schaden.« Der Sohn sprach: »Werdet nicht bös', Vater, ich will die Axt schon bezahlen.« »Ja, du Dummbart, wovon willst du sie denn bezahlen? Du hast nichts, als was ich dir gebe; das sind Studentenkniffe, die stecken dir im Kopf; vom Holzhacken hast du keinen Verstand.«

Da wollte der Sohn den Vater bereden, Feierabend zu machen; der Vater sagte, er solle sich packen; der Student aber ließ ihm keine Ruhe und sagte, er könne nicht allein nach Haus gehen, bis der Vater mitging. Der Sohn nahm die Axt mit, der Vater aber war ein alter Mann und konnte nicht sehen, daß sie zu Silber geworden war. Wie sie nach Haus kamen, sagte der Vater: »Nun bring' die Axt hin und sieh, was sie dafür geben wollen!« Der Student aber nahm die Axt, ging damit in die Stadt zum Goldschmied und fragte, was er dafür geben wollte. Wie der Goldschmied sie gesehen hatte, sagte er, er wär' nicht so reich in seinem Vermögen, daß er sie bezahlen könnte. Da sprach der Student, er sollte ihm geben, was er hätte, er wollte ihm das andere borgen. Da gab ihm der Goldschmied 500 Taler und lieh ihm noch 100 Taler dazu. Damit ging der Student heim zu seinem Vater und sprach: »Hier hab' ich Geld, nun geht hin und fragt, was der Mann haben will für die Axt.« »Das weiß ich schon«, sagte der Vater, »1 Taler und 6 Groschen.« »So gebt ihm 2 Taler und 12 Groschen, das ist das Doppelte und ist genug.« Dann gab der Student seinem Vater hundert Taler und sagte, es sollte ihm niemals fehlen, und erzählte ihm die ganze Geschichte, wie es gegangen wäre. Mit den andern 300 Taler aber ging er hin und studierte aus; mit seinem Pflaster konnt' er hernach alle Wunden heilen und war der berühmteste Doktor in der ganzen Welt.

De drei Süön

Dao was 'n Vader, de har drei Süön. De een de was Smett, de anner was Raseerer, un de diärde de was Fechter.

Nu hären se nich wietten, we von de drei in'n Hus blieben soll bi den Vader. Dao wät se sick ennig, well sin Händwiärck an'n besten konn, de soll bi den Vader blieben.

Eenes Dags dao kümp dao een Reesenden anjacht met'n Piärd. Dao sech de Smett, he wull sin Mesterstück nu afleggen. Dao har de Smett dat Piärd beslagen in vullen Laupen.

Eenes Dags dao sind se up't Feld, dao sech de Raseerer, he wull nu sin Mesterstück afleggen. Dao häff'n Has laupen, de har he in't Laupen raseert.

Äs se nu nao Hus gongen, dao har dat een Gewitter giebben met düchtigen Riägen. Dao sech de Fechter, nu wull he sin Mesterstück auk afleggen. Dao har he 'n Klüeppel nuomen un har kiegen den Riägen fochten, dat he gar kin Druoppen natt wuorn was.

Äs de Vader dat sehn har, dao sech he: »Jungs, ik weet noch nich, we ick van u in'n Hus halen sall.«

Dao wät se sick ennig, se willt män alle drei bi den Vader blieben. Dao häbbt se gemütlick bineen liäft, un wenn se nich stuorben sind, dann liäft se nu noch.

Ja, dao was't met an'n End.

Volksmärchen aus Mecklenburg

Der Wettlauf zwischen Hase und Igel

An einen schönen Sommermorgen, dor stünd' de Swienägel vör siene Huusdör un rookt sien Piep Tobak un weit nich, wat he anfangen sall. Mudder wir noch binnen un hadd dor ehr Warken un müßt de Gören noch waschen un antrecken. Un donn denkt he: »Ach, dat duert jo noch 'ne Tiet. Gah man eins to Feld un kiek mal an, wo dat dor all utsüht. Büst lang' nich dor wäst.«

Na, he geiht jo ok los. Un as he baben up 'n Barg is un utkickt, dor kümmt de Has' antoloopen.

»Na«, seggt de Has«, wat willst du hier?«

»Ja, wat willst du hier?«

»Ja, ick will mal nahseihn, woans un wo wiet dat mit den Kohl is. Ick möt jo nahseihn, dat ick in 'n Winter ok wat to fräten heff.«

»Oh, ick bün bloß mal so hier«, seggt de Swienägel.

»Wat kladderst du hier mit dien krummen Bein hier den Barg rup? Du hest 't doch gor nich nödig.«

»Nee«, seggt he, »lat mi doch. Ich heff mien krummen Bein. Dor bün ick ganz mit tofräden. So 'ne langen Schinkens, as du hest, wull ick gor nich hebben.«

»Oho«, seggt de Has', »dee wullst du nich hebben. Wecker woll fixer is von uns beiden? Du mit dien krummen Bein oder ick mit mien langen Schinkens?«

»Tje«, seggt de Swienägel, »dat koenen wi jo mal utprobieren. Dor koenen wi jo mal up wedden.«

»Ja«, seggt de Has'«, »dor gah ick up in. Wat willen wi wedden?«

»Tje, wat willen wi wedden? 'ne Buddel Schluck un 'n Büüdel Geld.«

»Dat ward makt«, seggt de Has'. »Fardig, de Wett is afschlaten. – Kann gliek losgahn«, seggt de Has'.

»Nee«, seggt de Swienägel, »so is dat nich. Kiek mal, ick heff hüüt morgen noch nicks ..., ick bün noch ganz nüchtern, ick heff noch gor nicks äten. Ick gah nu mal ierst eins nah Huus. Un denn will ick mit mien Familie mi fein hensetten un Kaffee drinken. Un so nah 'ne halw' Stund', denn kannst jo mal wedder herkamen. Denn kam ick, un denn kann 't losgahn.«

»Na ja«. – De Has', dee sitt jo ok dor up'n Feld un täuwt.

Swienägel geiht wedder nah Huus un seggt: »Mudder, treck di man fix an, mak di fardig!«

»Ja, wat is denn los?«

»Ja, du möößt mitkamen! Ich heff mit den Hasen 'ne Wett afschlaten, un dor möößt du mi bie helpen.«

»Mann, wo kannst du mit den Hasen 'ne Wett afschluten? Wat gifft dat denn to wedden dor?«

»Ja, wecker fixer is, he oder ick.«

»Mann«, seggt se, »dat weißt du doch so, dat dee fixer is!«

»Ja, dat willen wie ierst mal aftäuben«, seggt de Swienägel un geiht mit ehr to Feld. »Kiek mal«, seggt he, »hier in diesse Fuhr, dor leggst du di nu hen un täuwst ganz sachten, rögst di gor nich un täuwst sachten, bet de Has' hier ankümmt! Un wenn dee hier ankümmt, denn seggst du: ›Ick bün all dor!‹ Denn kiek mal, wie Swienägels, wi seihn jo Mann un Fruu ganz egal ut. Dat ward de Has' gor nich gewohr.«

»Na«, seggt se, »wat dit woll wedder ward?«

Un donn geiht de Swienägel jo ok hen nah den Hasen un seggt: »So, mienetwägen kann 't losgahn! Dor hinnen in de Fuhr! Du nimmst de eine Fuhr, un ick näm de anner Fuhr. Un denn loopen wi los. Un denn willen wi mal seihn, wer gewinnt.«

»Na, ja. Ein, twei, drei, los!«

Un de Has', dee fangt an to scheesen, all wat 't Tüüg hollen will. Un de Swienägel, dee löppt bloß twei, drei Schritten, un denn blifft he sitten.

Un as de Has' ankümmt dor baben up't End' un denkt, de Swienägel, dee is jo noch wiet trüch, donn rööpt dor de Swienägelfruu all: »Ick bün all dor!«

»Mein Gott«, denkt de Has', »wo is dat moeglich?« – »Denn noch eins«, seggt he, »dat ... dat geiht nich mit rechten Dingen to!«

He kihrt wedder üm un scheest wedder los. De Swienägelfruu geiht twei, drei Schritten mit, un donn leggt se sick wedder hen.

As de Has' de Fuhr weder lang is un kümmt an dat End' an, donn seggt de Swienägel dor: »Ick bün all dor!«

»Noch eins!« seggt de Has'.

Donn geiht dat noch eins wedder los.

Un so is de Has' woll soebentig Mal oder noch mihr up- und dalscheest, un ümmer hebben de Swienägels seggt: »Ick bün all dor!« Un as he dat achtzigste Mal langloppen ded, donn is em de Lung' platzt. Donn köm em dat Blaut ut Muul, un donn is he dot henfollen.

Un so het de Swienägel sien Wett gewunnen. He nehm sien Buddel Schluck un sienen Büüdel vull Geld un güng mit siene Fruu fein nah Huus, un se hebben Kaffee drunken un Kauken äten.

Volksmärchen aus Pommern und Rügen

Der eiserne Kasten

Es war einmal ein armer Bauer, der fuhr eines Morgens früh, ehe die Sonne aufging, in den Wald, um Holz zu schlagen. Da traf er unter einer Eiche ein steinaltes Mütterchen, das stand vor einem großen, eisernen Kasten und sprach zu ihm:

»Du kannst mich erlösen und dich glücklich machen! Hier, dieser eiserne Kasten ist bis oben an mit harten Talern gefüllt. Nimm ihn mit dir nach Hause; sag aber keinem Menschen ein Sterbenswörtchen davon, es würde dein Unglück sein.«

Die Worte gefielen dem Bauern von Herzen wohl, und das alte Mütterchen war noch so freundlich, mit anzufassen, daß er die Kiste auf den Wagen bekam. Dann bedankte er sich schön und fuhr wieder nach Hause zurück.

»Mutter«, sagte er, als der Wagen vor der Türe hielt, »ich soll's zwar niemand sagen, aber du bist meine liebe Frau; für dich gilt das Versprechen nicht.«

»Da hast du auch recht, Vater«, erwiderte die Bäuerin neugierig, »ich bin verschwiegen wie das Grab. Was ist's denn? Warum kommst du so früh aus dem Walde zurück?«

»Ja das ist's eben!« antwortete der Bauer. »Ich habe unter einer Eiche einen großen Kasten voll Geld gefunden. Nun hat all unsre Not ein Ende. – Aber halt reinen Mund. Und jetzt besorg uns was Gutes zu essen, ich habe seit acht Tagen kein Fleisch mehr gesehen.«

Sie hoben darauf den Kasten vom Wagen und trugen ihn in den Keller; dann nahm die Bäuerin einen Taler aus der eisernen Kiste, kaufte Fleisch ein und briet am Herde, daß es eine Freude war. Die Nachbarin roch jedoch kaum den lieblichen Geruch, als sie herbei gelaufen kam und schnüffelte und sagte:

»Guten Tag, Gevatterin, was hat sie denn in der Pfanne?«

»Ach, Nawersch«, erwiderte die Frau, »ich darf es zwar keinem sagen, aber sie ist ja verschwiegen. Mein Mann hat im Walde, als er Holzhauen fuhr, unter einer Eiche einen großen, eisernen Kasten voll Geld gefunden.«

»Ei, das ist ja schön«, antwortete die Gevatterin, »und du bist an die

Rechte gekommen, ich sag's niemand nach!« Dann lief sie wieder in ihr Haus zurück.

Es dauerte gar nicht lange, so kam ihres Bruders Frau vom Hofe nebenan zu Besuch.

»Schwägerin, weißt du schon, was geschehen ist?« rief sie ihr entgegen. »Du mußt aber auch reinen Mund halten!«

»Als ob ich ein Plappermaul wäre!«

»Na, das weiß ich ja, und darum sag' ich dir's eben. Der Mann der Nachbarin von drüben, der kleine Bauer, hat im Walde beim Holzhacken unter einer Eiche eine große Kiste mit Geld gefunden.«

Die Schwägerin hielt auch reinen Mund und trug die Sache zu des Küsters Frau; und ehe die Sonne untergegangen war, kam die Sache vor den Amtmann. Der ließ den Bauer vor sich rufen und sprach:

»Ich weiß alles! Du hast einen Kasten Geld gestohlen, der steht unten in deinem Keller. Heraus mit dem Gelde!«

»Nein, gnädiger Herr«, antwortete der Bauer, »das ist die Wahrheit nicht. Ich bin so arm wie eine Kirchenmaus, aber ein ehrlicher Kerl, und habe nichts gestohlen.«

»Das wird sich finden, alter Freund«, versetzte der Amtmann, »deine Frau hat es selbst gesagt.«

»Ach gnädiger Herr, meine Frau ist verrückt.«

»Geh' er nur! Über vierzehn Tagen ist Gerichtssitzung, da wollen wir sehen, ob seine Frau verrückt ist.«

Dem Bauer war gar nicht wohl, als er vom Edelgut ging, und er dachte an die Worte, welche das steinalte Mütterchen unter der Eiche zu ihm gesprochen hatte. Aber er verlor den Mut nicht, machte, daß er nach Hause kam, und nahm aus der Kiste eine gute Handvoll Taler heraus; dann spannte er an, stieg auf den Wagen und fuhr in die Stadt. Dort kaufte er von den Bäckern alle Kringeln auf, die sie vorrätig hatten, so daß er wohl einen halben Wispel davon auf den Wagen zu laden hatte. Damit fuhr er nach Hause zurück und streute die Kringel auf dem Hofe aus, derweile seine Frau in der Küche stand und etwas Gutes in der Pfanne hatte. Ein paar Metzen warf er auf das Dach, und auch vor das Tor legte er einige Stücke. Dann lief er in die Küche und rief:

»Frau, du bist doch wie die andern alle! Kaum haben wir ein bißchen Geld in der Tasche, so wirtschaftest du ins Blaue hinein und läßt unsern Herrgott draußen Kringeln regnen und bückst dich nicht einmal danach, sie aufzuheben!«

»Mann, bist du nicht klug?« gab ihm die Bäuerin zurück. »Kringeln hat's geregnet?«

»Gewiß doch, sieh selbst nach«, erwiderte der Mann.

Da schaute die Bauersfrau zum Fenster hinaus, und als sie die vielen tausend Kringeln auf dem Hof erblickte, war sie aller Freuden voll, lief hinaus und sammelte ein paar Stunden lang und füllte drei große Fleischtonnen voll.

Den andern Tag sagte der Bauer:

»Höre, Frau, als ich neulich in der Stadt war, hab' ich erfahren, unser König habe sich neue Soldaten verschrieben mit langen, spitzen, eisernen Schnäbeln. Damit picken sie vornehmlich auf die Frauensleute und stechen sie tot. Heute sollen sie durch unser Dorf kommen. Ich werde das große Waschfaß über dich stülpen, dann finden sie dich nicht. Mich sollen sie auch nicht bekommen, ich verstecke mich auf dem Boden.«

Da setzte sich die Bäuerin in großer Angst nieder, und der Bauer stülpte das Waschfaß über sie. Dann ging er in den Hühnerstall, fing alle Hühner und trug sie auf den Flur, streute Gerste aus, um das Waschfaß herum und oben darauf, und: Pick, pick, pick! fraßen die Hühner die Gerste auf, bis kein Körnchen mehr zu finden war. Danach liefen sie auf den Hof zurück, der Bauer aber deckte das Faß wieder auf und sprach zu seiner Frau:

»Mutter, jetzt sind sie aus dem Dorfe heraus!«

»Ach, Vater, was habe ich Angst ausgestanden!« sprach die Bäuerin. »Hu, wie sie pochten: Pick, pick, pick! mit ihren langen eisernen Schnäbeln! Aber ich habe nicht gemuckst, und sie haben mich nicht gefunden.«

»Gott sei Dank, auch mich haben sie nicht entdeckt!« sagte der Bauer, und damit war die Sache abgemacht.

Als nun die vierzehn Tage vergangen waren, wurde der Bauer mit seiner Frau vor Gericht geladen. Der Bauer leugnete alles rund ab. Als die Herren aber seiner Frau hart zusetzten, verschwur sie sich hoch und teuer, es sei so gewesen, wie sie ihrer Nachbarin erzählt habe.

»Glaubt dem Weibe nicht, ihr Herren«, rief der Bauer, sie hat's im Kopfe! – Wann ist's denn gewesen, Mutter, daß ich die Kiste nach Hause brachte?«

»Besinn dich doch, Vater«, antwortete die Frau, »den Tag vorher, als unser Herrgott Kringeln regnen ließ!«

Die Gerichtsherren schüttelten mit den Köpfen, und der Bauer sagte:

»Hab ich nicht recht? Sie ist verrückt!«

»Ich soll verrückt sein?« fuhr die Bäuerin eifrig fort. »Besinn dich doch, Vater, es war zwei Tage vorher, als unsers Königs neue Soldaten mit den langen, spitzen, eisernen Schnäbeln durch das Dorf zogen und in unsern Hof kamen und: Pick, pick, pick! an das Waschfaß schlugen, das du über mich gestürzt hattest!«

»Bauer, er hat recht«, sagten die Herren, »seine Frau ist nicht bei Sinnen. Geh' er mit ihr nach Hause, und trage er gut Sorge, daß sie kein Unheil anrichtet.«

Da war der Bauer aus allen Nöten und zog mit seinem Weibe in das Dorf zurück. Dort gab er ihr den Kreuzdornstock zu schmecken, und das bekam ihr so gut, daß sie niemals wieder etwas ausgeplaudert hat. Sie kauften nach und nach von dem Gelde im eisernen Kasten ein Stück Land nach dem andern zu dem Hofe hinzu und wurden endlich steinreiche Leute; und wenn sie nicht gestorben sind, so leben sie heute noch.

Das Patenkind des Todes

Es war einmal ein armer Bauer, der hatte vierundzwanzig Kinder, und eines Tages wurde ihm sogar das fünfundzwanzigste geboren. Die andern Bauern waren schon zwei- und dreimal bei ihm zu Gevatter geladen und sahen ihn schief an, als sie von dem Kinde hörten. Darum machte er sich auf über Land, um einen Paten zu suchen.

Da begegnete ihm der liebe Gott und bot sich ihm an zum Gevatter.

»Nein«, sprach der Mann, »dich nehme ich nicht, du hältst es zu sehr mit den Reichen und läßt die Armen leer ausgehen.«

Als der liebe Gott fortgegangen war, stellte sich der Wind ein und sprach: »Laß mich Gevatter stehen!«

»Dich mag ich erst recht nicht«, entgegnete der Bauer, »du bist noch ungerechter; du reißt bald diesem, bald jenem Haus und Scheune um, verfolgst aber vorzugsweise uns Arme.«

Endlich stellte sich ein Mann ein, der sagte, er wäre der Tod, und erbot sich gleichfalls, die Gevatterschaft auf sich zu nehmen. Diesem sagte der Bauer freudig zu, denn er sei gerecht; er schone weder reich noch arm, weder alt noch jung; wer heran müsse, müsse heran.

Der Tod stand also Gevatter und gab auch ein treffliches Patengeschenk, denn er sprach zu dem Bauern: »Laß deinen Sohn einen Doktor werden, so soll es ihm nicht an großem Ruhm und Kundschaft fehlen! Ich habe ihm die Gabe gegeben, daß er mich an den Krankenbetten erkennen kann. Stehe ich da zu Häupten des Bettes, so muß der Kranke sterben; stehe ich zu Füßen desselben, so bleibt er am Leben. Doch nur so lange werde ich ihm gewogen sein, als er so gerecht und unbestechlich ist, wie ich selbst bin.« Nachdem der Tod dies gesprochen, ging er seines Weges.

Wie er vorhergesagt, so geschah es auch. Der Knabe wuchs heran und hatte die wunderbare Gabe, das Ende eines jeden Kranken vorherzusagen, weil er den Tod am Bette sehen konnte. Dadurch ward er bald ein weltberühmter Arzt, und alles Volk strömte ihm zu. Stand der Tod zu den Füßen des Kranken, so machte er ihn gesund, so verzweifelt der Fall auch scheinen mochte; stand der Tod aber zu Häupten, so ließ er sich gar nicht auf große Kuren ein, sondern gab den Kranken sofort auf.

Nun wurde ein reicher Graf, der in seiner Nähe wohnte, todkrank, so daß kein Arzt ihm mehr helfen konnte. Da schickte er in seiner Not zu dem Wunderdoktor und bat ihn, er möge doch kommen; mache er ihn gesund, so sollten hunderttausend Goldgulden seine Belohnung sein. Der Doktor kam auch, sah aber sogleich, als er in das Krankenzimmer trat, daß keine Rettung mehr möglich sei, denn der Tod stand zu den Häupten des Grafen. Er sprach darum: »Bestellt Euer Haus! Rettung ist nicht mehr möglich. Ihr müßt sterben.« Als der Graf vernahm, daß auch der Wunderdoktor ihn aufgebe, da begann er zu weinen und zu wehklagen und bat ihn vom Himmel zur Hölle, ihm doch mit seiner Kunst zu helfen; auch schwur er ihm zu, daß er die hunderttausend Goldgulden wirklich bekommen solle. Da begann sich die Habsucht in dem Patenkind des Todes zu regen, und er beschloß, seinem Gevatter einen Streich zu spielen. »Ja«, sagte er, »wenn es so steht, will ich noch einmal helfen. – Vier Diener her, und dreht die Bettstelle um!« Die Bedienten taten, wie er befohlen, und der Graf war nicht wenig erstaunt, als ihm der Wunderdoktor erklärte, er würde jetzt wieder so gesund werden wie je zuvor. Erst hielt er ihn für einen Betrüger, doch er hatte recht: von Stund an nahmen die Kräfte des Grafen zu, und nach wenigen Tagen war er völlig wiederhergestellt. Der Wunderdoktor aber erhielt die hunderttausend Gulden bei Heller und Pfennig ausgezahlt.

Wie er sich nun eines Tages so recht über seine schlaue List und den schnell erworbenen Reichtum freute, da öffnete sich die Türe, und der Tod trat herein.

»Du bist ungerecht gewesen«, hub er an, »darum werde ich dich jetzt holen. Mach dich fertig!«

Der Doktor suchte vergeblich die feinsten Ausreden hervor, der Tod blieb unerbittlich; da sprach er ganz traurig:

»So laß mich wenigstens noch ein letztes Vaterunser beten, damit ich nicht in meinen Sünden von hinnen fahre!«

»Das soll geschehen«, sprach der Tod, und sein Patenkind begann:

»Vater unser, der du bist im Himmel ...« Dann war es stille.

»Bete doch weiter!« drängte der Tod.

»Ach nein, das hat Zeit«, antwortete der Doktor, »den Schluß gedenke ich noch nicht so bald zu beten.«

Da sah der Tod ein, daß er von seinem Paten zum zweiten Male betrogen war, und ärgerlich ging er von dannen.

In der Erntezeit mußte der Doktor einst über Feld und sah im Landgraben einen halbverhungerten sterbenden Bettler liegen. »Oh, bete für mich, bete«, schrie der Unglückliche, »damit meine Seele im Himmel angenommen werde. O bete doch nur ein Vaterunser!« Den Doktor jammerte des armen Mannes von ganzem Herzen, und um ihn zu trösten, betete er das Vaterunser in aller Andacht her. Kaum hatte er aber amen gesagt, so erhub sich der Bettler, lachte und rief: »Jetzt bist du mein und mußt mir folgen!« War der Bettler der Tod gewesen, welcher seinem schlauen Patenkind ebenfalls mit List zu Leibe gegangen war.

Die beiden gingen nun zusammen weiter und weiter, bis sie an einen hohen, unermeßlich großen Berg kamen. »Hier werde ich dir eine Herrlichkeit zeigen, die über alle Herrlichkeiten ist«, sagte der Tod und führte sein Patenkind durch ein Tor in den Berg hinein. Drinnen brannten tausend und abertausend Lichter, daß das Auge geblendet wurde von all dem Glanz.

»Wo sind wir hier?« fragte der Wunderdoktor.

»Wir sind in dem Saale, wo die Lebenslichter aller Menschen brennen. Hier ist das deinige«, versetzte der Tod.

Da schaute der Doktor hin und erblickte auf seinem Leuchter ein ganz kleines Lichtstümpfchen, dessen Docht beinahe verglimmt war.

»Hab ich denn kein längeres Licht?« rief er erschrocken.

»Du hattest ein langes, schieres Licht«, antwortete der Tod, »aber das hast du dem reichen Grafen geschenkt, als du mich betrogst.«

Da griff das Patenkind des Todes in seiner Angst zu einem hell brennenden Kinderlicht, um das auf seinen Leuchter zu stellen, aber es war zu spät: ehe er so weit gekommen war, verlöschte sein Licht, und er fiel tot zu Boden. Das hatte er davon, daß er den Tod betrog.

Volksmärchen aus Preußen

Die Wunschfrauen

Es wohnte am Walde ein armer Holzarbeiter mit seiner jungen Frau. Die beiden waren glücklich auch trotz ihrer Armut. Ihre Freude war groß, als ein kleines gesundes und hübsches Mädchen ankam. Der Mann hackte die Bäume mit so großer Kraft, daß es weit zu hören war, weil er sich so sehr freute.

In einer stillen Mondnacht kam eine feine, hübsche, junge und schön angezogene Frau an die Wiege des kleinen Mädchens und stand eine Weile still und beobachtete das schlafende Kind. Dann nahm sie eine wunderschöne Perle, legte sie auf das Kissen, küßte das Kind und ging wieder hinaus. Am Morgen sah die junge Mutter die wunderschöne Perle und sagte voll Freude zu ihrem Mann: »Sie doch, das ist die Glücksperle; ich glaube heute nacht hat die Glücksfee unser Kind besehen: Hoffentlich wird unser Kind im Leben Glück haben!« – Die nächste Nacht schien der Mond so schön hell ins Fenster, und da kam eine Frau, die war blaß und hatte ein dunkles Kleid an. Sie kam an die Wiege des kleinen Mädchens, besah das schlafende Kind und beugte sich darüber und Tränen fielen auf die Pausbäckchen und sie seufzte dreimal und ging hinaus. – Die dritte Nacht war wieder heller Mondenschein, die Sternlein funkelten, es war eine schöne friedliche Nacht. Da kam eine alte Frau gehumpelt am Stock zur Wiege des kleinen Mädchens. Sie guckte das so ruhig schlafende und hübsche Kind an und sagte: »Es tut mir so leid, daß ich hier zu dir kommen muß, aber ich muß es tun!« Die Frau beugte sich übers Kind und küßte es und seufzte dreimal so schwer und laut, daß das Kind darüber aufwachte und zu weinen anfing. Die Frau humpelte hinaus. – Die Mutter stand auf und beruhigte das Kind und wiegte es in den Schlaf, dabei dachte sie nach, was es wohl sein könnte; sie hörte doch jemand hart auftreten, aber konnte keinen sehen. Die Mutter war in Sorge, ob dem Kind was Schlimmes passieren könnte: Sie nahm sich vor, so recht auf der Hut zu sein und ihr Kind zu beschützen, soviel sie konnte.

Das Mädchen wuchs und war den Eltern ein liebes Kind. Auch die Nachbarn hatten es gern, weil es so fromm und fröhlich war. Es wurde eine besonders hübsche Jungfrau und der Stolz der Eltern. Die jungen Männer guckten auch nach ihr. Jeden Tag brachte sie dem Vater das Mittagessen in den Wald und dabei sang sie und war fröhlich. – Eines Tages begegnete ihr ein feingekleideter Reitersmann. Er war von ihrer Schönheit und ihrer Haltung so eingenommen, daß er vom Pferde abstieg und sie ansprach: »Was tust du hier, schönes Mädchen?« Sie sagte: »Ich bringe meinem Vater das Mittagessen!« – »Du bist viel zu schade und zu schön, daß du deine Jugend hier verbringst! Willst du mit mir auf mein Schloß und meine Frau werden und Königin sein? Ich werde dir schöne Kleider kaufen und schöne Ketten und Armringe, willst du Prinzessin Adelgunde sein?« Das Mädchen sagte ja. Der Königssohn sagte: »Morgen komme ich, mit meinem Wagen hole ich dich ab, und wir fahren schöne Kleider kaufen, und dann bringe ich dich ins Schloß. Da wird meine Mutter, die alte Königin, sich freuen!« Er küßte sie, stieg aufs Pferd und ritt fort.

Das Mädchen kommt nach Hause, voller Freude erzählt sie von ihrem Glück. Die Mutter hört zu, holt aus einem Kästchen die wunderschöne Perle. Sie schillert im Sonnenschein und gibt sie dem Mädchen und sagt: »Das ist deine Glücksperle, und ich wünsche, daß du glücklich wirst. Aber das Glück ist auch so zerbrechlich wie Glas!« – Der Königssohn holte seine Prinzessin ab, brachte sie nach der Stadt und ließ sie aufs feinste und beste einkleiden. Sie sah so schön aus, daß weit und breit keine Schönere zu finden war. Als sie im Schloßhof ankamen, da staunten die Menschen über ihre Schönheit, Anmut und Freundlichkeit, und einer sagte zum andern: »Wir haben die allerschönste Königin, die es auf Erden gibt!« Auch die alte Königin freute sich über die Prinzessin Adelgunde und hieß sie willkommen und küßte sie und führte sie in ihre Kammern.

Bald wurde Hochzeit gefeiert, und jeder, der zur Hochzeit kam, sagte: »Die junge Königin ist die Schönste auf der Erde!« Der König war mit seiner Königin sehr glücklich. Der Koch kochte noch einmal so gut, und die Mägde taten noch einmal so gerne ihre Arbeit, wenn die Königin freundlich zu ihnen war. – Der König mußte viel verreisen und war auch längere Zeit in ein anderes Land gefahren. Die Königin fühlte sich sehr einsam und sehnte sich nach dem König und weinte auch viel. – Es kam ein kleiner Prinz an, und das Glück war nun vollkommen. Der wuchs und gedieh gut, und auch der König hatte seine große Freude an ihm. Die Königin liebte ihr Kind; der König merkte, daß sie es lieber hatte als ihn, und er war so selbstsüchtig und ärgerlich und machte der Königin Vorwürfe. Weil die Königin ein mitleidiges Herz hatte, ließ sie keinen Bettler, der ins Schloß kam, ohne Essen fort und gab auch etwas Geld oder Kleider. Das konnte der König gar nicht leiden und sagte einmal zu ihr: »Sehe oder treffe ich dich wieder mal an, daß du dieses Gesindel füttern läßt oder ihnen was gibst, so jage ich dich mit ihnen vom Schloßhof!«

Eines Tages kam eine junge Frau mit ihrem Kind auf dem Arm und bat um Hilfe von der Königin. Diese ließ ihnen zu essen geben und schenkte ihr noch Geld. Da kam gerade der König in den Schloßhof geritten und war so wütend, daß die Königin seinem Gebot nicht gehorchte, und sagte: »Jetzt geh auch du mitsamt deiner Brut vom Schloß!« Die Königin bettelte, er möchte ihr verzeihen, denn sie tat es aus Mitleid. Aber der König wollte nicht! Und nun packte die Königin ihre Sachen, nahm das Kind an der Hand und ging aus dem Schloß. Die Dienerinnen und alle im Schloß weinten beim Abschied und wünschten alles Gute. Die junge Königin ging zu ihren Eltern zurück. Hier wurde sie freundlich aufgenommen. Die Mutter sagte: »Mein Kind, du bist sehr hoch gestiegen, weil dir das Glück hold war; jetzt bist du auch tief ins Elend gefallen. Das Glück ist wie eine Gaukelei, wie Glas, das zerbrechlich ist, und wie Wolken, die vorüberziehen!«

Volksmärchen aus Ostpreußen

Vom Schaladaus

Ein Arbeiter hatte nur einen Jungen, dem sagte er eines Tages: »Jung, du best nu groot, goah on seek di din Brot selwst!« Und der Junge ging hinaus auf die Wiese. »Doa motst seeke«, dachte er, »doa warscht Brot finde!« Und er suchte und suchte, fand aber keines.

Er kam nach Hause zu seinem Vater und sagte: »Voader, eck socht min Brot oppe Wäs on doa weer alles glatt on afgehaut, obber eck kunn kein Brot finde.« – »Du Dommer«, sagte der Vater, »bi de Lied motst di Oarbeit seeke!«

Der Junge ging wieder los, da kam ein feines Fuhrwerk daher. »Jung, wo geihst hen?« fragte der feine Herr, der da in der Kutsche saß. »Eck goah min Brot seeke«, sagte der Junge. »Kannst du ook läse on schriewe?« fragte der Herr. »Joa«, sagte der Junge. Und der Herr sagte zum Kutscher. »Fahren Sie zu!« Und weg war er; der Weg machte da eine Biegung.

»Donnerwetter«, sagte der Junge, »nu häst den Anschluß verpaßt!« Er die Jacke runter, seine alte aus dem Rucksack raus, die alte Mütze ohne Krempe aufgesetzt, und dann, wat häst wat kannst, dem Fuhrwerk voraus. Und nun tat er, als ob er von der anderen Seite käme.

Der Herr hielt wieder an: »Wohen?« Und dann fragte er: »Kannst auch schreiben und lesen?« – »Nei!« sagte der Junge. »Na, denn komm man met ren hier bi mi«, sagte der Herr. »Häst wieder nuscht bi mi to diine, bloß diese beide Peerd tu futtre on denn de Mutter beßke Holt rendroage.«

Nun kamen sie in einen Wald und fuhren auf ein großes Gehöft zu. Ein ganzes Ende davor aber stieg der Herr ab und sagte: »Wenn di enner froacht: Wohen on woher, denn sächst du bloß: Schaladaus.«

Der Kutscher fuhr los mit ihm, da sprang mit einem Mal einer aus dem Wald und schrie: »Halt!« und hob seine Flinte. Der Junge sagte: »Schaladaus!« – »Es goot!« sagte der andere und ließ sie weiterfahren. So ging das noch dreimal, und das Wort Schaladaus schien die wilden Kerle ganz zahm zu machen.

Zuletzt kam das Fuhrwerk zu dem Gehöft, der Junge stieg aus und ging in die Stube. Er half dort die Pferde zu besorgen, fütterte sie, trug Holz ins

Haus und war fleißig. Und er schlief immer hinter dem Ofen, der in der großen Küche stand.

Eines Abends, als er wieder da schlief, kamen viele Herren in die Küche und fingen an zu saufen und zu fressen, und die Weinflaschen kullerten nur so unter den Tisch. Dann fingen sie an Geld zu zählen.

Der Junge war aufgewacht. »Wo best du bloß hengeroade?« dachte er. Und er guckte ein bißchen hinter dem Ofen hervor: Da saßen Räuber rund um den Tisch und der feine Herr, der ihn gedungen hatte, saß in der Mitte und sagte zu einem Räuber: »Was hast du denn erbeutet?« Der antwortete: »Eck häbbe e Geldbidel erwescht, on wenn eck däm opmoak on lope loat, denn war he nie leddig!« – »Fein«, sagte der Räuberhauptmann. Und zum zweiten sagte er: »Was hast du denn erbeutet?« – »Eck häbb eenem Mantel erwescht, on wenn eck däm anteh, denn si eck von keinem to sehne.« Da fragte er den dritten: »Was hast du, Bruder, erwischt?« – »Ganz was Feines!« sagte der, »eck häbb e Messer doa, on wenn eck ságg: ›Messer schneid!‹ denn schnett he däm, wo eck well, de Kopp af.« – »Dat es fein«, sagten die Räuber, »nu könn wi fein läwe!« Und nun fingen sie erst recht zu saufen an und betranken sich so, daß sie unter den Tisch fielen.

Da stand der Junge auf, nahm dem Räuber sein Messer ab und sagte: »Messerche schneid!« Und da wurden gleich allen Menschen in der Küche die Köpfe abgeschnitten. Der Junge nahm nun den Geldbeutel, den Mantel und das Messer und zog los.

Wie er eine Weile gewandert war, kam er in eine Gastwirtschaft. Und weil er so gern grüne Erbsen und Rindfleisch aß, bestellte er sich das und aß und trank. Er blieb einen Tag und dann noch einen, eine ganze Zeitlang blieb er da und ließ sichs gut gehen. Dem Wirt kam das verdächtig vor, er ging zu ihm und sagte: »Herr, eck bruk needig Geld, könnes nich betoale?« – »Joa«, sagte der Junge, »wenn se nich länger wachte könne, obber eck docht nicht, dat se so ontrusam sen.« Und dann ging er in die Stube und zog sein Beutelchen raus und sagte: »Beutelchen lauf!« Und da lief die ganze Stube voller Geld, und er rief den Wirt und sagte: »Hier seek op! Es dat genooch?« Und der Wirt fing an zu katzbuckeln, der Herr solle doch da bleiben, das ganze Jahr könne er bleiben, so lange er eben wolle. Aber er wollte nicht.

Bald darauf brach ein Krieg aus, da meldete er sich zu den Soldaten. Da war schon der König gefangen genommen worden, und das Heer war umzingelt. Aber da kam unser Junge daher und sagte: »Messerche, schneid!« Und da flogen die Köpfe bloß links und rechts, und wer nicht davonlief, der blieb liegen. Und der König kam zu dem Jungen und bedankte sich und lud ihn ein, mit ihm auf sein Schloß zu kommen. Er erzählte ihm auch, er habe zwei Töchter, und wenn er wolle, so könne er eine heiraten.

Sie zogen mit Marschmusik und Pauken in die Hauptstadt ein und die Regimentsmusik spielte, und vorne ritt der Junge auf einem feinen Schimmel. Und er heiratete die ältere Königstochter, und später, hieß es, sollte er König werden.

Als er nun verheiratet war, da fragte ihn seine Frau, woher er seine besonderen Kräfte habe. Er wollte es erst nicht sagen, aber endlich, wie sie ihn immer quälte, da erzählte er es ihr. Sie war aber eine Falsche und klaute ihm das Beutelchen, ließ ein ganz ähnliches machen und steckte ihm das in die Tasche. Und ebenso vertauschte sie das Messer und den Mantel.

Nun ging er einmal auf die Jagd, da kam ein Bettler und sagte: »Ach geff mi doch e poar Pennig!« Da zog er seinen Beutel heraus und sagte seinen Spruch – ja, aber da kam kein Geld heraus. Da wußte er, was die Uhr geschlagen hatte! Seine Frau hatte Beutel, Mantel und Messer geklaut und alles ihrem Vater, dem alten König gebracht, und der hatte nun Geld, soviel er wollte! Ganz traurig ging der Junge nachhaus.

Als er ans Tor kam, stand da ein Posten. »Halt, wer da?« – »Eck si de Keenig!« – »Joa, dä gewäsene!« Und da kam auch schon der König und sagte: »Moak bloß, dat du von hier wech kemmst, on loat di hier nich mehr sehne, sonst geiht di schlecht!«

Da ging der Junge fort und ließ den Kopf hängen. Da begegnete ihm ein alter Mann, der fragte: »Wat fehlt di? Worom best du trurig?« Nun erzählte der Junge, wie es ihm ergangen war. Und der Alte sagte: »Wenn du mi eenem goldne Doaler geffst, denn help eck di ut Not.« Und der Junge hatte gerade noch einen Taler, den gab er dem Männchen. Der Alte sagte: »Hier goa man rop op disem Barch. Wenn dų boaw best, denn warscht du tum Peerd ware, on denn wart sick dat schon finde.« Und als das geschehen war, nahm der alte Mann das Pferd und führte es zum königlichen Schloß hin und verkaufte es.

Der alte König kam in die Stube rein und sagte zu seinen Töchtern: »Hier kickt man her – doa oppe Hoff, doa steiht e feinet Peerd, dat häbb eck gekofft!« Aber die älteste Tochter guckte zum Fenster hinaus und sagte: »Du, Papa, dat es doch de Keerl, däm eck frie mußd!« Der König erschrak sehr. »Na, wenn dat so es, denn mot morje gleich de Fleescher koame und äm dootschloage!«

Der zweiten Tochter aber, der tat das Pferd und der Junge leid, sie hatte ihn immer schon gern gehabt, und sie lief hinunter und nahm das Pferd um den Hals und fing an zu weinen. »Si stell!« sagte das Pferd, »du kannst mi helpe. Morje, wenn eck dootgespeckt war, denn nemm dine Schärt on stell di hen vär mine Brost, doa springe dree Droppes Blot rut, on däm Schärt vergroaw undre Fenster!«

So geschah es auch, und unter dem Fenster wuchs ein Apfelbaum, der hatte goldene Äpfel. Als die ältere Tochter das sah, rief sie: »Deiwel, doa es he joa wedder!« Und lief sogleich zum alten König: »De Bomm mot afgehaue ware!« Das jüngste Mädchen des Königs hörte das, ging wieder hin zu dem Baum und erzählte dem alles. Und der Baum sagte: »Grien man nich, stell di hier hen, wenn se dem Boom afhaue, on dem eerschte Spoon, wo von mir fällt, däm fang en dine Schoot op, on däm schmiet enne Diek!« Und das tat die jüngste Tochter auch.

Da wurde eine goldene Ente draus, die schwamm auf dem Teich herum. Und als der König mit seinen Töchtern spazieren ging, sagte er: »Kickt man däm Voagel, wie fein es dä!« Da sagte die älteste Tochter: »Dat is doch de Keerl wedder!« Und der König sagte: »Dä mot dootgeschloage ware!«

Er zog sich aus und wollte die goldene Ente fangen. Er hatte das Messerchen in seiner Hand und griff nach der Ente, aber er erwischte sie nicht. Und mit einem Mal, wie er so mit dem Messerchen dreinhaut, schlägt er sich den Daumen auf. Und nun packte die Ente zu und riß ihm das Messerchen weg und schnitt dem König den Kopf ab. Und als das Blut auf die Ente spritzte, da wurde sie wieder ein Mensch, der junge König.

Der heiratete nun die jüngste Tochter, und die älteste wurde in ein Faß gesteckt, das mit Nägeln ausgeschlagen war, und wurde vom Berg heruntergerollt. Und der junge König fand wieder seinen Geldbeutel, seinen Mantel und sein Messerchen und lebte glücklich. On he regeerd hiede noch, wenn se äm ook nich vom Thron geschmäte häbbe on dä Hertsjungens ook doa regeere!

Volksmärchen aus Schlesien

Die Wasserlisse

Es waren einmal zwei kleine Mädel, die hatten Vater und Mutter verloren und mußten darum zu einem hartherzigen, geizigen Bauern auf den Hof. Sie hatten die Kühe zu hüten, aber nicht etwa auf der fetten Weide, deren Heu der Geizkragen verkaufte, sondern nur an den sandigen Wegrainen und schattigen Waldrändern, wo wenig wuchs.

Da war es kein Wunder, daß die Kühe abends hungrig heimkamen und die armen Mädchen mit argen Schlägen empfangen wurden.

»Geht doch an den Lisseteich, dort wächst ja saftiges Grün!« maulte der Bauer. Aber die Mädel fürchteten sich; denn die Wasserlisse ist nicht weniger verrufen als anderswo der Wassermann. Wer zu nahe an den Teich kommt, wird von ihr hinabgezogen und muß ein Lissenkind werden, das im Wasser lebt, halb Mensch, halb Fisch. Na, und wer will denn das und will seine Seele verlieren unter dem Wasser, wo sie nicht aufsteigen kann zur ewigen Seligkeit?

Als aber der garstige Geizknochen immer heftiger auf die kleinen Dinger einschlug, da sagten sie sich, bei der Lisse im Teich könne es auch nicht schlimmer sein, und sie trieben am nächsten Tage die Kühe zum Wasser und riefen, wobei ihnen aber das Herz klopfte:

»Wasserlisse, Wasserlisse,
Ei a Teich tunk ich de Fisse,
Wasserlisse, wünsch mir wos,
Hol mich ei dei Wasserschloß!«

Da hörten sie ein Rauschen aus der Tiefe, das wurde zu dunklem Glockengeläut, und aus dem Teiche stieg eine wunderschöne weiße Frau zu ihnen. Sie hatte eine buntbebänderte Weidengerte in der Hand, berührte die erschrokkenen Kinder damit und sagte aufmunternd:

»Habt keine Angst, ich kenne eure Not – kommt ock mit!«

Und sie berührte den Wasserspiegel mit der Rute. Da tat er sich auf wie ein gläsernes Tor, und die Mädel zogen mit den Kühen hinein.

Ach, war das eine herrliche Weide! Die ausgehungerten Tiere begannen gleich zu futtern, die Mädel aber folgten der Frau Lisse in ihr Wasserschloß, wo sie von den Lissekindern gar freundlich empfangen wurden, mit Streuselkuchen und Mohnbabe bewirtet, einem Glas Juchhanlasaft und lauter solchen süßen Sachen. Das war wohl schön.

Der Bauer hatte von ferne beobachtet, wie die Kinder und seine Kühe im Teiche verschwanden. Das nahm ihm alle Überlegung, und er rannte wie ein Besessener zum Teich. Kinder und Kühe waren nicht zu sehen. Um die Kinder war es ihm nicht leid, aber der Verlust seines Viehes machte ihn rasend. Er beschimpfte die Wasserlisse mit den häßlichsten Worten und drohte mit beiden Fäusten. Sie sanken ihm aber kraftlos herab, als plötzlich die schöne Wasserfrau vor ihm stand und lächelnd zu ihm sprach:

»Was ereiferst du dich denn, du Pamuffel? Komm und hole dir, was dein ist!«

Das ließ sich der Geizhals nicht zweimal sagen, zumal das offene Tor den Blick auf die unterirdischen Herrlichkeiten freigab. Er hoffte, bei der Gelegenheit noch etwas von Lisses Schätzen zu erben.

Die Lissekinder umringen ihn und faßten seine Hände:

»Ehe du was anpackst, Bauer, mußt du dir die dreckigen Fingernägel abschneiden lassen!«

Und ritsch, ratsch, ehe er sichs versah, hatten sie ihm die Fingerkuppen mit silbernen Scheren abgeschnitten. Nun waren seine gierigen Geizfinger gestutzt, und er konnte vor Schmerz überhaupt nichts anfassen. Er wollte jetzt wenigstens seine Kühe retten und sich mit ihnen davonmachen. Aber die Lisse sagte:

»Nein, deine lästerliche Zunge mußt du hier lassen, und dein hartes Herz muß erst in reinem Quellwasser aufgeweicht werden!«

Und ob er auch barmte, es geschah so. Stumm, aber mit weichem Herzen zog er von dannen. An die beiden armen Mädel dachte er nicht mehr. Denen schenkte die gute Frau zwei goldene Spindeln, die spannen lauter goldene Fäden. So waren die Kinder reich bis an ihr Lebensende und ließen sich ein Häusel am Lisseteich bauen.

Und wenn sie nicht gestorben sind, so leben sie noch heute.

Die Mär vom schlesischen Leineweber

Vor Zeiten lebte einmal in einem der noch wenig bekannten Nachbarländer Schlesiens eine Prinzessin, die war ebenso reich wie schön. Der Reichtum verhärtete ihr Herz, daß es fühllos wie ein Stein war, und die

Schönheit stieg ihr so in den Kopf, daß sie vor lauter Stolz jeden Freier hohnlachend nach Hause schickte. Weil sich die Bewerber um ihre Hand aber nicht abweisen ließen, bestimmte sie schließlich, sie werde nur den heiraten, der vor allem Volke eine Geschichte zu erzählen wisse, die nicht wahr sei.

Die unmöglichsten Geschichten wurden nun von den phantasievollen Freiersleuten erzählt – aber immer nickte die eingebildete Prinzessin zum guten Schluß mit ihrem hübschen Köpfchen und sagte ernsthaft:

»Das ist wahr und wahrhaftig, das habe ich auch schon miterlebt!«

Nun kam eines schönen Tages ein armseliger schlesischer Leineweber in jenes Land, um seine selbstgewebte Leinwand zu verkaufen und einen höheren Preis als daheim zu erzielen, wo es ja genug an gutem und bestem Linnen gab.

Der junge Mann hörte sich vor dem Schloß, wo die Geschichtenmacher auftraten, die Erzählungen der Heiratslustigen an, auf die unsere Prinzessin immer und allzeit die gleiche abweisende Antwort zu geben wußte:

»Das ist wahr und wahrhaftig, das habe ich auch schon miterlebt!«

Na warte, dachte der lustige Leineweber, da will ich doch auch mal ein Geschichtchen zum besten geben, das soll eine harte Nuß zum Knacken sein!

Die Prinzessin betrachtete den dünnen Gebirgler etwas geringschätzig und mitleidig und sagte zu ihren Hofdamen voller siegesgewissem Übermut:

»Solch ein schlesischer Hungerleider wäre mir gerade der rechte!«

Unser Leineweber begann frisch drauflos zu erzählen, er käme geradewegs aus dem schlesischen Himmelreich, wo jeder sein gutes schlesisches Garn spinne und dazu unentwegt erzählte, wie ihm gerade der Schnabel gewachsen sei.

»Ja, warum denn auch nicht«, meinte die Prinzessin, »ihr Schlesier seid ja als Spinner und Dichter weltbekannt. Aber ob eure Geschichten auch wahr, ob sie wahrhaftig sind, das mußt du noch beweisen, mein lieber Webersmann.«

Der Schelm berichtete nun, es wäre zur Zeit eigentlich nur eine Geschichte, die immerzu im schlesischen Himmelreich erzählt werde, nämlich die bekannte Geschichte von der irdischen Prinzessin, die nicht heiraten wolle.

Da wurde unsere Prinzessin natürlich sehr neugierig und wollte gerne wissen, was man denn eigentlich von ihr dort oben erzähle.

»Daß du ein Scheusal bist!« platzte der Leineweber mit ganz ernsthafter Miene heraus, indes alles Volk erschrocken auf die Prinzessin schaute.

»Das ist nicht wahr! Das ist nicht wahr!« schrie diese ganz außer sich.

Da lachte unser Leineweber und sagte nur: »Das meine ich ja auch – aber just solch eine Geschichte sollte ich ja erzählen, liebe Prinzessin!« Alles Volk jubelte hellauf. Denn was blieb der Hereingefallenen jetzt anderes übrig, als gute Miene zu machen und den armen Leineweber, um nicht als Scheusal zu gelten, auf der Stelle zu heiraten.

Volksmärchen vom Niederrhein

Das Märchen von den sieben Bauern und dem schlauen Jungen

Es war einmal ein Junge, der hütete eine hölzerne Kuh im Walde; so arm waren er und seine Mutter. Da sagten die sieben Bauern auf ihren reichen Höfen: »Wir wollen dem Jungen eine lebendige Kuh geben. Dann haben die Leute Milch, und der Junge wird uns die Kuh gut hüten; sie bleibt ja für immer unsere Kuh.« Und sie taten auch so. Aber im Herbst sagte der Junge zu seiner Mutter: »Wir haben kein Futter für eine lebendige Kuh. Wir wollen sie schlachten, dann haben wir Fleisch für den Winter«. Und sie schlachteten und lebten gut.

Da kamen die Bauern zusammen und drohten. Und sie wollten ihre Kuh bezahlt haben. Da nahm der Junge das Fell und ging damit zum Markt. Aber die Kaufleute wollten ihm nur ein paar Groschen dafür geben. Da packte er das Fell in seinen Sack und ging überland. Er wollte nicht eher heimgehen, bis er den Bauern die Kuh ausbezahlen konnte.

Da kam er zu einem Bauernhof. Er ging ins Haus und sah den Pastor mit der Frau hinter einer gebratenen Gans sitzen. Der Junge sagte die Tageszeit und fragte, ob er für die Nacht dableiben könne. Da sagte die Bauersfrau: »Du mußt warten, bis der Bauer kommt.« Da setzte sich der Junge mit dem Rindsfell auf den Dörpel und wartete. Der Bauer aber kam viel früher, als der Pastor und die Frau ahnten. Da sprang der Schwarzkittel schnell in einen breiten Schrank, und die Frau stellte die Gans in den Ofen. Der brannte ja nicht, denn es war mitten im Sommer. Als der Bauer in die Stube kam, fragte er den Jungen: »Was hast du im Sack?« – »Das ist mein Wahrsager«, antwortete der Junge, »mit dem schlag ich mich durchs Leben.« Da wollte der Bauer gleich was wissen. Und der Junge stieß das Rindsfell im Sack an und sagte: »Wahrsager, sag was!« Aber er mußte viele Male auf den Sack drücken, ehe sich der Wahrsager hören ließ. Der Bauer wurde nichts gewahr, aber der Junge meinte plötzlich: »Er hat was gesagt!« Da stand der Bauer vor Neugierde still und hielt den Jungen fest, bis er's ihm sagte: »Da sitzt ein Pfaff im Schrank!« Der Bauer sprang zum Schrank, und wahrhaftig kam der Pastor heraus und flüchtete so schnell er konnte durch die Tür.

Da war der Bauer unruhig bis unter den Armen und wollte mehr wissen: »Sag mir noch was, und ich geb 100 Taler.« Da drückte der Junge auf den Sack, einmal, zweimal, dreimal, bis er wieder etwas gehört hatte: »Mein Wahrsager sagt: In dem Ofen steht Gebratenes von einer Gans.« Und wie der Bauer die Ofentür los machte, stand da die gebratene Gans. Da dachte der Bauer: »Der Junge wird mir so leicht nicht fortkommen. Den kann ich brauchen.« Und er gab ihm 100 Taler. Dann gingen sie schlafen. In der Nacht aber stand der Junge auf, ließ seinen Sack am Bett stehen und kletterte zum Fenster hinaus.

Am andern Morgen kam der Bauer in die Kammer, um den Jungen schon wieder zu befragen. Da fand er das Bett leer und den Sack mit dem Wahrsager am Pfosten stehen. Da fühlte er, daß ein Tier mit Hörnern drin saß. Er holte den Knecht, der nahm den Sack hoch und schüttelte ihn aus. Der Bauer mit der Flinte beiseite und schoß gleich, als der Kopf auf den Boden fiel. Da merkten sie erst, daß es ein Kuhfell war.

Der Junge aber ging unterdessen nach Hause und zählte den Bauern das Geld für die Kuh auf den Tisch. Da rissen sie die Augen auf und wunderten sich, daß die Felle so hoch im Werte standen. Sie liefen nach Hause und schlachteten alle Kühe und gingen mit den Fellen zum Markt. Aber die Kaufleute lachten sie aus. Die Häute waren so billig, daß die Bauern mit ein paar Talern nach Hause gehen mußten. Da kochten sie, und wie sie zu ihren Höfen gingen, waren sie von Plan, den Jungen umzubringen.

Aber die Mutter bekam Wind von der Sache und sie sagte zu dem Jungen: »Schlaf du hinter der Küche, ich schlafe vorne.« So schlief die Mutter vorn neben der Tür. In der Nacht kamen die Bauern und schnitten der Frau den Kopf ab. Sie meinten, das sei der Junge gewesen, und sie gingen stolz nach Hause. Am nächsten Morgen aber sahen sie den Jungen zur Stadt gehen; er trug seine Mutter auf dem Rücken. Da merkten die sieben Bauern, daß sie die Frau umgebracht hatten, und sie hatten Angst, der Junge würde zum Richter gehen.

Der tat aber etwas Besseres. Er ging zum Brunnen auf dem Markt und setzte seine Mutter auf den Rand. Er hatte ihr den Kopf fein aufgesetzt, daß niemand es merken konnte. Dann stellte er ein Körbchen von Eiern vor sie hin und hielt sich immer in ihrer Nähe auf. Da kam ein Kaufmann gegangen, der fragte die Frau nach den Eiern, und wie sie nichts sagte, stieß er sie an. Da rollte der Kopf in den Brunnen. Und als der Kaufmann ihn noch schnell fangen wollte, stieß der die ganze Frau hinein. Da rief der Junge: »Du schmieriger Kerl, hast meine Mutter in den Pütt geworfen.« Da bekam der Kaufmann es mit der Angst zu tun: »Sei nur still, Jung, ich geb dir 1000 Taler.« Da war der Junge zufrieden und ging mit dem Beutel voll Geld heim.

Die sieben Bauern standen hinter den Hecken und warteten neugierig auf ihn. Sie wunderten sich über die 1000 Taler und konnten nicht begreifen, daß die alten Frauen so gesucht waren. Aber es war so. Der Junge hatte 1000 Taler für seine Mutter bekommen. Da liefen die sieben Bauern, und wo nur eine alte Möhn aufzutreiben war, wurde sie sofort geschlachtet. Und sie fuhren sie karrenweise zum Markt. Da bot niemand etwas dafür, und zuletzt kamen die Richter und steckten die sieben Bauern ins Gefängnis. Da wurden sie jahrelang festgehalten und bitter drangsaliert. Und wie sie wieder auf ihre sieben Höfe kamen, sagten sie untereinander: »Der Junge soll das büßen, der gewöhnliche Tod ist zu gnädig.«

Sie fingen ihn und steckten ihn in ein Faß. Dann legten sie ihn an die tiefste Woj und sagten ihm, daß sie ihn so versaufen wollten. Um ihn zu quälen, ließen sie ihn noch eine Zeitlang liegen. Sie selbst gingen in ein Wirtshaus und begannen lustig zu trinken.

Unterdessen wurde es dem Jungen doch ungemütlich in dem Faß. Da überlegte er, und auf einmal begann er zu rufen: »Ich muß Bürgermeister werden, und ich kann nicht lesen noch schreiben.«

Da kam ein Schäfer gelaufen, der trieb gerade seine Schafe. »Podomme«, sagte er, »was schreist du, wenn du Bürgermeister wirst?« – »Ja«, sagte der Junge, »ich kann nicht lesen noch schreiben, und ich will bei diesen Bauern nicht Bürgermeister sein, dann muß ich noch eine von ihren Töchtern heiraten, ich will es einfach nicht!« – »Podomme«, sagte da der Schäfer, »dann ist dir nicht zu helfen. Ich kann schon lesen und schreiben.« – »Nou«, sagte der Junge, »dann könntest du ja besser Bürgermeister werden als ich.«

Da überlegten sie hin und her, denn der Schäfer wollte zu gerne bei den sieben Bauern Bürgermeister spielen. Zuletzt schlug er das Faß auf. Der Junge kroch heraus, der Schäfer hinein. Und der Junge verschloß es, so gut es ging. Und als der Junge fortging, sagte er noch zu dem Schäfer: »Wenn sie kommen, brauchst du nur zu sagen: Ich will Bürgermeister werden. Dann ist alles gut.« Der Junge nahm die Schäferschüppe und trieb die Herde fort. Wie es Abend wurde, kamen die sieben Bauern und rollten das Faß in die Woj. Da schrie der Schäfer: »Liebe Leute, ich will Bürgermeister werden, ich will ja Bürgermeister werden!« Da lachten die Bauern: »Ja, Froschbürgermeister kannst du werden.« Dann gingen sie nach Hause und waren froh, daß der Junge fort war.

Aber am andern Tage war er wieder da, und sie sahen ihn mit viel Schafen über die Felder treiben. Da sprachen sie ihn an: »Wir haben dich doch in die Woj gerollt.« Da tat der Junge geheimnisvoll und sagte: »Kommt nur mal am Abend, dann kann ich euch das alles erzählen.« Da führte er sie an die Woj, und als die Sonne unterging, wies er auf die Schatten im Wasser und sagte:

»Schaut, da laufen sie, da sind Schafe in Massen. Und jeder kann nehmen, soviel er will. Hättet ihr mich etwas weiter ins Wasser geworfen, dann wäre ich zu den Ochsenherden gekommen, die sitzen tiefer. Das hat mich geärgert. Aber ich bin mit meinen Schafen auch zufrieden.« Da lief den Bauern das Wasser im Maule zusammen. Sie dachten an die leeren Krippen, denn sie hatten ja die meisten Tiere um die Felle geschlachtet. Und der Junge sagte noch: »Es ist am besten, einer springt zuerst hinein. Und wenn er bei den Ochsen ist, braucht er nur die Hände herausstrecken, dann wissen wir Bescheid.«

Da sprang als erster der ärgste Geizhals. Sie sahen zuerst nichts von ihm. Und der Junge sagte schon: »Jetzt treibt er die besten Ochsen für sich zusammen.« Es war ein großes Rumoren in der Woj. In Wirklichkeit aber ertrank der Bauer. Er kam noch einmal hoch, und seine Hände kamen eben über Wasser. Da sprangen die andern Bauern wie die Frösche hinein, der eine über den andern. Da war der Junge froh, daß sie alle miteinander in der tiefen Woj lagen, der Schäfer mit den sieben Bauern. Und von da an hatte der Junge alle sieben Höfe.

Volksmärchen aus dem Nassauischen

Der Schäfersknecht und die Kaufmannstochter

Es war einmal ein Kaufmann, der war mit seiner Frau schon achtzehn Jahre verheiratet, aber sie hatten keine Kinder. Da endlich schenkte ihnen Gott ein Töchterchen, das war über alle Maßen schön, und sie hatten das Kind lieber als alles auf der Welt und dachten sich schon aus, wie sie einen reichen Mann heiraten und sehr glücklich werden sollte.

In einer Nacht aber wurde der Kaufmann plötzlich wach; er hörte seine Frau im Traum sprechen. Sie sagte ganz laut und deutlich:

»Ein Schäfersknecht, ein Schäfersknecht
ist für mein Mägdlein viel zu schlecht!«

Der Mann weckte die Frau und fragte sie, was sie denn im Traum daherrede. Da erzählte ihm die Frau, es habe ihr geträumt, ihre Tochter müsse einen Schäfersknecht heiraten, der sei zu derselben Stunde geboren wie das Mädchen, und der Schäfer wohne über sieben Stunden weit in einem Dorf am Wachheckenberg. Da tröstete der Kaufmann seine Frau und sagte: »Sei nur versichert, ich will dafür tun, daß unsere Tochter den Schäfersknecht nicht zu heiraten braucht!« Damit gab sich denn auch die Frau zufrieden.

Am nächsten Tag ließ der Kaufmann seine Kutsche anspannen und fuhr in alle Dörfer sieben Stunden Wegs weit in die Runde und suchte nach dem Schäfer am Wachheckenberg. Soviel er aber auch suchte und fragte, es wollte kein Mensch den Wachheckenberg kennen und auch keiner etwas von einem Schäfer wissen. Da kehrte er am Abend mißmutig heim.

In der Nacht aber mußte er seine Frau abermals trösten, denn sie weinte im Traum und sagte dieselben Worte wie am Tage zuvor.

Am nächsten Tag sattelte der Kaufmann sein Pferd und ritt damit auch alle kleinen Gehöfte ab und überall dahin, wo er nur drei oder vier Häuser beieinander stehen sah, fragte und erkundigte er sich, bekam aber nirgends eine Auskunft. Ganz niedergeschlagen kam er am Abend heim.

In der Nacht wurde es mit der Frau ganz schlimm. Sie schrie und tobte, und der Mann hatte seine liebe Not, sie zu trösten. Am nächsten Tage ging er in der Frühe von zuhause fort. Er gedachte, ins Gebirge zu steigen und alle

Täler und Winkel auszusuchen. Als er sieben Stunden gegangen war, kam er in ein kleines Waldtal. Da lagen sieben oder acht winzige Häuser. Er ging in das erste Haus und fragte, ob in dem Dörfchen ein Schäfer wäre. Die Frau, die er fragte, fing zu lachen an, deutete auf einen Abhang und sagte: »Da droben auf dem Wachheckenberg hütet er die Schafe!«

Da war der Kaufmann sehr froh, ging auf den Wachheckenberg und fragte den Schäfer, ob er einen Sohn habe, der so und so alt wäre. Der Schäfer sagte: »Ja, es ist mein dreizehnter!« Da erzählte der Kaufmann, er habe nur eine einzige Tochter, und wenn es dem Schäfer recht sei, so könne er ihm den Buben geben. Er wolle ihn aufziehen und ihn alles lehren, was zu einem guten Kaufmann gehöre.

Der Schäfer besann sich eine Weile. Dann pfiff er seiner Frau und sprach mit ihr. Als die Frau die vielen harten Taler des Kaufmanns in einem Leinenbeutel rappeln hörte, sagte sie zu ihrem Mann: »Gib ihn nur her, Mann, Buben wachsen bei uns leicht nach, aber Taler sind rar!« Der Schäfer war es zufrieden, und der Kaufmann nahm den Buben in einem Kasten mit. Er hatte aber einen bösen Plan ausgeheckt, er wollte das Kind beiseite bringen. Als er an einen Bach kam, setzte er den Kasten zur Erde. Das Bübchen fing an zu weinen.

»Ein Schäfersknecht, ein Schäfersknecht
ist für mein Mägdlein viel zu schlecht!«

sagte der Kaufmann und warf den Kasten ins Wasser. Er tauchte unter und der Kaufmann lief, so schnell er konnte, fort.

Das Kästchen aber kam wieder an die Oberfläche und der Bach trieb es sanft und munter fort. So schwamm es bis an eine Mühle. Da war gerade der Müller dabei, das Wehr neu zu machen. Er sah den Kasten daherschwimmen, machte ihn auf und fand das Büblein darin. »Ei«, sagte er, »da habe ich ja einen feinen Spielkameraden für meinen Buben!« nahm ihn sorgsam heraus und brachte ihn seiner Frau. Und die zog ihn mit ihrem Buben auf.

So vergingen die Jahre. Der Kaufmann lebte vergnügt mit seiner Frau und seiner Tochter, die nun schon ins siebzehnte Jahr ging. Da hatte die Frau auf einmal wieder denselben Traum wie vor Jahren. Sie erzählte es dem Mann, und der machte sich auf und ging sieben Stunden weit in die Runde und suchte nach einem Schäferbuben, der gerade so alt wäre wie seine Tochter.

Da kam er auch zu der Mühle. Der Müllerssohn war ein Mühlbursche geworden, der Schäferbube aber hütete hinter der Mühle die Schafe, weil er für das Müllerhandwerk gar kein Geschick hatte. Er war ein schöner

Bursche geworden, aber es gab dem Kaufmann doch einen Stich ins Herz, als er ihn sah und von dem Müller hörte, der Bub wäre nicht sein rechter Sohn, sondern in einem Kasten herangeschwommen.

Bald war der Kaufmann mit dem Müller handelseinig. Er versprach, den Buben in die Lehre zu nehmen und einen tüchtigen Kaufmann aus ihm zu machen, und gab ihm einen Brief, den sollte er zu seiner Frau tragen. In dem Briefe stand aber geschrieben, die Frau solle den Buben in einen finsteren Keller sperren und verhungern lassen.

Der Bursche nahm Abschied von dem Müller und seiner Frau, sagte auch dem Kaufmann Lebewohl und zog fort. Er mußte durch einen finsteren Wald, der voller Räuber lag. Sie schnappten ihn, nahmen ihm den Brief ab und führten ihn vor ihren Hauptmann. Der Hauptmann machte den Brief auf, las ihn und fragte den Burschen, ob er wisse, was in dem Brief stünde. Der Bursch schüttelte den Kopf. Da dachte der Hauptmann, er wolle dem Kaufmann einen Schabernack antun, setzte sich hin, schrieb einen anderen Brief, versiegelte ihn und gab ihn dem Burschen. Er hatte aber die Schrift des Kaufmanns ganz sauber nachgemacht. »So«, sagte er, »nimm deinen Brief wieder und trage ihn zu der Frau, du bist ein armer Teufel, darum will ich dir nichts antun!«

Er gab ihm noch einen Räuber mit, der geleitete den Burschen bis vor den Wald und zeigte ihm den Weg in die Stadt. Er fand auch bald das Haus, in das ihn der Kaufmann gewiesen hatte, gab seinen Brief ab und wartete bescheiden im Hausflur. Da kam gleich darauf die Kaufmannsfrau, führte ihn in ein wunderschönes Zimmer, ließ ihm köstliche Kleider bringen, hieß ihn von guten Speisen essen und brachte ihn dann zu einem wunderschönen Mädchen.

»Das ist deine Braut!« sagte die Frau und ging geschwind zur Tür hinaus. Der Bursche wußte gar nicht, was er sagen sollte, denn das Mädchen war schöner als alle Mädchen auf der Welt. Er fragte: »Willst du mich denn haben?« Da fiel ihm das Mädchen um den Hals und sagte: »So einen feinen Mann habe ich mir gerade gewünscht!«

In dem Augenblick fuhr eine Kutsche vor, die Kaufmannsfrau hieß das Brautpaar einsteigen und fuhr mit ihm zur Kirche. Der Pfarrer segnete sie ein, und sie feierten zusammen eine fröhliche Hochzeit. Daß der Kaufmann fehlte, das tat ihnen leid, aber weil in dem Brief stand, die Kaufmannsfrau möge sofort die Trauung vornehmen lassen und nicht auf seine Rückkehr warten, darum hatte sie so große Eile.

Nach sieben Wochen kam der Kaufmann von seiner Reise zurück. Als ihm seine Frau erzählte, sie habe die Tochter mit dem jungen Burschen vermählt, der den Brief gebracht hätte, wurde er fuchsteufelswild. Er ließ sich gleich den Brief zeigen und erkannte, daß er gefälscht war. Dann rief er seinen Schwiegersohn herbei, legte ihm einen Bogen Papier vor, gab ihm eine Feder in die Hand und hieß ihn schreiben. Da sagte der Bursche: »Ich kann nicht schreiben, ich habe es nie gelernt!« Da fragte ihn der Kaufmann aus, und als er erfuhr, daß der Räuberhauptmann den Brief geöffnet hatte, da ging ihm ein Licht auf.

Nun aber ließ er seine Tochter rufen. Er sagte ihr, der Mann, der ihr angetraut sei, wäre nur ein Schäfersknecht und den könne sie nicht behalten. Da sagte die Kaufmannstochter:

»Der Schäfersknecht, der Schäfersknecht
ist mir zum Manne eben recht!«

Da durfte sie ihn behalten und lebte munter und vergnügt mit ihm. Und wenn sie nicht gestorben sind, so leben sie alle beide noch.

Volksmärchen aus Lothringen

Pipet, ein alter Franzose

Es war einmal ein alter Soldat. Der hat vierzehn Jahre bei den Franzosen gedient. Wie die Dienstzeit herum gewesen ist, hat er sein Geld dafür bekommen und er ist hinaus in die Welt. Er hat sehr gut gelebt mit dem Geld, bis das Geld auf einmal ausgegangen ist. Wie er nur noch einige Franken gehabt hat, ist er nach Palästina gezogen.

Auf der Reise dorthin hat er zwei Männer auf der Straße vor sich gesehen. Da ruft er: »Hé, bon Dieu, wo gehn denn die zwei da hin? Hé, macht doch langsam, ich geh auch mit.« Der eine ist schon ein alter Graukopf gewesen und der andere war noch ein junger Mann. Wie er näher an sie herankommt, hat er noch lauter geschrien: »Hé, nom de Dieu, macht doch langsam, ich geh mit!« Da hat sich der alte Graukopf herumgedreht und winkt ihm: »Schrei doch nicht so laut und fluch doch nicht so! Ich bin Sankt Petrus und das andere ist der liebe Heiland!« Da hat er noch lauter geschrien, wie es bei den Franzosen so Brauch ist. »Au nom de Dieu, darf ich nicht mit Euch gehn? Au nom de Dieu, ich tue Euch nichts.« Da hat ihn Petrus angefahren, er soll nicht so fluchen, weil das der Heiland nicht gern hört. Da hat Jesus zu Petrus gesagt, er soll ihn nur schreien lassen. Dann sind sie zusammen gegangen und an den See Genezareth gekommen. Petrus und der Heiland haben wollen hinüber fahren. Sie haben aber kein Geld gehabt für den Steuermann zu bezahlen und haben nicht können mitfahren. Da hat Pipet geschrien: »Hé, hé, Ihr zwei Kameraden, ich bezahle für uns drei. Ich fahre auch mit.« Wie sie auf der anderen Seite angekommen sind, sind sie heraus und sind an eine Wirtschaft gekommen. Da hat Pipet seine zwei Kameraden eingeladen, für ein wenig zu frühstücken. Er hätt' noch so viel, daß es langt für drei Mann. Dann sind sie hinein und haben sich lassen ein Frühstück servieren. Pipet hat bezahlt, und so hat er jetzt auf einmal auch kein Geld mehr gehabt. Da fragt ihn Petrus, was er jetzt anfangen will, weil er sein Geld los hat. Er hat nun ganz laut geschrien: »Oh, bon Dieu« und hat gelacht und gesagt: Er kommt schon durch. Da hat Jesus gesagt: »Weil Du uns das Frühstück und die Fahrt bezahlt hast und so gutherzig gewesen bist, so darfst Du Dir eine Wünschung machen, aber nur eine, und das soll geschehen.« Da sagt Petrus: »Ei, so bedenk Dich doch nicht so lang!« Petrus hat gemeint, er würde sich den Himmel wünschen, wenn er einmal stirbt. »Aber nein«, sagt Pipet, »in den Himmel komm ich schon.« Da sagt Petrus: »Na, was wünschest Du Dir denn?« »Na«, sagt Pipet, »da habe ich doch meinen Hafersack oder Brotbeutel vom Militär her. Also, wenn ich etwas sehe, was ich gern hätte, so wünsche ich mir das in meinen Hafersack.« Da sagt Jesus: »Es soll Dir geschehen, wie Du verlangst.« Jetzt sind sie voneinander gegangen. Sie haben Abschied genommen und haben sich einander die Hand gegeben.

Petrus und Jesus sind ihren Weg gegangen und Pipet einen anderen. Er ist eineinhalb Tag gegangen. Dann ist er erst in eine Stadt gekommen und er ist sehr hungrig gewesen und er hat kein Geld mehr gehabt. Er hat sich nicht getraut zu betteln. Was anfangen? So ist er die Stadt hinein. Da hat er ein schön geziertes Haus gesehen. »Da wohnen sicher reiche Leute!« Er ist vors Fenster gegangen und hat hineingeschaut und o, o, o, was hat er da gesehen? Einen Tisch voll Schinken und Braten und Kuchen und Wein und alles, Herz, was begehrst du. Da sagt er so traurig und langsam: »Hätt' ich doch meinen Hafersack voll von allem, was da steht!« Er hat gar nicht mehr an die Eigenschaft vom Hafersack gedacht. Da auf einmal hat er von allem etwas in dem Sack. Es war ja eine Hochzeit in dem Haus. Jetzt hat er sich aus dem Staube gemacht.

Mit seinem Hafersack ist er vor die Stadt gekommen an eine Wiese. Er hat sich hingesetzt und hat gegessen und getrunken nach Herzenslust. Da sind ja wieder die zwei Kameraden an ihm vorbeigekommen. Da hat er Petrus gerufen und gesagt, sie sollen sich nur ein wenig setzen, und er hat ihnen erzählt, wie es ihm ja da auf einmal gegangen ist mit seinem Hafersack, wo er doch nicht mehr daran gedacht hat. Jetzt hat er Jesus und Petrus auch zu essen geboten. Weil Petrus Hunger gehabt hat, haben sie mit ihm gegessen und getrunken. Wie sie fertig gewesen sind, haben sie Abschied von einander genommen für immer.

Jetzt ist Pipet weiter gegangen, hat eine lange Reise gemacht und ist nachts in eine Stadt gekommen. Er hat überall gefragt für zu übernachten. Da hat man ihm ein Haus angewiesen und hat gesagt: »In dem Haus kannst Du bleiben, wenn Du Dich nicht fürchtest, denn da ist es nachts unheimlich. Es ist alles drin zum Essen und zum Trinken und zum Schlafen.« Jetzt ist er hineingegangen, hat Speck und Holz gesucht und hat sich auf dem Herd sein Feuer angemacht, für ein Omelette zu backen. Wie er gut an der Arbeit gewesen ist, da ist auf einmal ein Arm von einem Menschen zum Schornstein heruntergefallen. Er ist erschrocken, hat den Arm im Zorn genommen und hat ihn hinter die Küchentür geworfen und hat weitergearbeitet am Eierkuchen. Da ist der andere Arm heruntergefallen. »Zum Teufel, was ist denn da los!?« Er hat den Arm genommen und hat ihn aber nicht zu leise hinter die Tür geworfen. Der Speck war gebraten. Da hat er die Eier in die Pfanne geschlagen. Da ist ein Bein heruntergefallen und plumps, das zweite auch. »O, bon Dieu!« Das ist zu arg! Er hat sie zu den Armen hinter die Tür geworfen. Dann hat er seine Eier weiter gerührt. Da ist der Kopf gefallen, und die Augen drehen sich in ihm herum. »Was, Du schielst mich noch an?« Er hat seine Eier niedergestellt, hat dem Kopf einen Stoß gegeben, daß er bis unter die Tür gerollt ist. Aber jetzt ist die Geduld vorbei. Er nimmt seine Eier, hält sie wieder über die Flamme. Da fällt der ganze Körper so hart in die Asche, daß die Aschen ihm in die Eier fliegen. »O, o, nom de Dieu, jetzt ist der Geduldsfaden geplatzt!« Er springt mit zwei Füßen auf den Körper. Dann wirft er ihn auch hinter die Tür. Jetzt wird's doch wohl fertig sein! Er nimmt wieder seine Eier, stellt sie auf den Tisch, sucht sich zwei Flaschen Wein und läßt sich's wohlschmecken. Da klopft es an die Tür. Pipet denkt: »Ich will mal ruhig weiteressen.« Da klopft es wieder. Immer nichts! Es klopft zum dritten Mal. Die Tür geht auf, und ein großer schwarzer Mann kommt herein. Pipet fürchtet sich nicht. Er schreit: »Was willst Du?« »Ich will Dir's schon zeigen!« Er geht auf Pipet zu, faßt ihn. Pipet faßt ihn auch, und so ringen sie miteinander. Pipet spürt, daß er es nicht zwingen kann mit dem. Da denkt er an den Hafersack. »Ach, hätt' ich Dich im Hafersack!« Und schon war er drin. Da nimmt er einen Stock und fängt an zu dreschen auf dem Sack, und der andere schreit fürchterlich in dem Sack. Pipet hat gemeint, er könnte ihn kaputt schlagen. Aber nein! Da sagt der in dem Sack: »Du kannst mich nicht kaputt schlagen, denn ich habe eine kleine Flasche auf der Brust mit grüner Flüssigkeit. So lange Du diese Flasche nicht bekommst und sie zerschlägst, gehe ich nicht kaputt.« Pipet hat ihn da wieder aus dem Sack gelassen. Da haben sie wieder angefangen zu ringen. Pipet hat ihn zu Boden gezwungen, hat ihm die Kleider aufgerissen und hat die Flasche gesehen, greift sie und schlägt sie in Scherben.

Potztausend! Da steht eine schöne Prinzessin vor ihm. Sie fängt vor Freude an zu weinen und hat ihn umarmt und geküßt und hat gesagt: »Du hast mich erlöst. Schon 600 Jahre bin ich hier verwünscht. Jetzt will ich Dich heiraten.« Pipet aber hat gesagt: »Ich bin schon zu alt für Dich« und sagt, sie soll sich einen anderen suchen, vom Adel oder einen Prinz. Da hat sie ihn in einen Keller geführt und hat ihm viele Zimmer mit Gold, Silber und Edelsteinen gezeigt. Er soll sich jetzt von dem nehmen, was er braucht für sein Leben. Er ist es zufrieden gewesen. Unterdes ist die Nacht vergangen.

Die Leute im Dorf haben gedacht: »O, der arme Mann wird wohl tot sein. Die Läden am Hause sind noch alle zu.« Dann sind sie hin und, o Wunder, sie haben den alten Pipet und eine Prinzessin gefunden. Sie war erlöst von ihrer Verwünschung. Die Leute haben sich mit ihr gefreut. Da sagt Pipet zu der Prinzessin, so, sie soll jetzt noch ein Jahr und einen Tag warten für heiraten, denn er will noch weiter in die Welt reisen. Es treibt ihn noch für weiter, und wenn das Jahr herum ist, will er zurückkommen und der Hochzeit beiwohnen. Die Prinzessin hat ihm versprochen zu warten für heiraten, bis er wieder kommt. Pipet hat dann seinen Hafersack mit Gold und Edelsteinen gefüllt, hat Abschied genommen von der Prinzessin und von den Leuten im Dorf, und er hat seine Reise fortgesetzt, immer weiter in die Welt hinein.

Nach langer Reise ist er in eine Stadt gekommen, die war in Trauer verhüllt. Es ist alles schwarz behängt gewesen mit Fahnen. Er ist in die nächste Wirtschaft gegangen und hat gefrühstückt. Da hat er den Wirt gefragt, warum denn hier in dem Dorf alles in Trauer verhängt ist? Da sagt der Wirt: »Hier wohnt ein armer Mann, der hat viele Kinder und hat nicht genug aufgebracht zum Lebensunterhalt. In der Verzweiflung ist er hingegangen und hat einen Bund mit dem Teufel gemacht, hat ihm seine Seele verschrieben und hat seinen Namen mit seinem eigenen Blute unterzeichnet. Da hat er Geld genug bekommen, für seine Familie durchzuschlagen. Aber seine Stunde war bestimmt, wo ihn der Teufel holen soll. Und heute nacht um Mitternacht ist die Zeit herum, und dann kommt der Luzifer, den Mann zu holen.«

Man hat den Pipet in das Haus geführt. Da sagt er, die Leute sollen ihm zu essen und zu trinken besorgen. Darauf sind die Leute aus Furcht alle heimgegangen. Pipet aber hat sich nicht gefürchtet. Wie er den armen Mann gesehen hat, so bleich, von Angst und Kummer hat er nicht mehr können reden, fragt ihn Pipet, was er so traurig ist. Er erzählt ihm sein Vorhaben ganz. Da sagt Pipet, er soll sich nicht fürchten. »Das geht nicht so schnell mit dem Teufel.« Er holt zu essen und zu trinken heraus. Doch der arme Mann hat vor Angst nichts essen können. Er hat immer gezittert. Pipet sagt: »Trink nur, Alter, und fürchte Dich nicht. Wir werden schon fertig mit Luzifer, wenn er kommt.« Doch der Alte hat nicht gekonnt. Da sagt Pipet: »So schnell nicht.« Der Alte hat angefangen zu beten, dann zu weinen. Doch er hat gewußt, daß er mit seinem eigenen Blut unterschrieben hat. Jetzt ist es auf Mitternacht zugegangen. Der Alte ist schon ohnmächtig geworden. »He, Du Alter, hast Du so Angst? Fürchte Dich nicht!« Pipet hat immer von dem guten Wein drauf losgetrunken. Aber auf einmal, da hat er ein Brausen und Toben zum Schornstein heruntergehört. Man hat gemeint, das Haus fällt zusammen. Der Alte hat fast nicht mehr gelebt vor Angst. Da klopft es an der Tür. »Rein«, schreit Pipet. Da ist aber ein Teufel hereingekommen. Da ist es ihm auch ganz anders geworden. Pipet schreit: »Was willst Du hier?« Der

Teufel hat schon seine Klaue ausgestreckt nach dem armen Mann. Da schreit Pipet: »In meinen Hafersack!« Und schon war er drin. Jetzt aber zwei Stöcke gesucht! Da geht das Dreschen los! Luzifer hat sich gekrümmt und gebrüllt wie ein russischer Stier. Da sagt Pipet: »Willst Du die Handschrift rausgeben?« »Nein« schreit da Luzifer. Da hat der arme Mann von neuem angefangen zu dreschen, daß es Funken gegeben hat. Pipet hat den Hafersack auf die andere Seite gewendet. Aber da ist's von neuem losgegangen zu flegeln. Da hat der Luzifer geschrien, sie sollen ihn rauslassen, er wolle das Handzeichen herausgeben. »Zuerst die Handschrift, dann kannst Du gehn.« Pipet hat den Sack ein wenig geöffnet. Da hat der Teufel ganz heraus gewollt. »Halt«, schreit Pipet, »in den Hafersack; zuerst das Handzeichen.« Pipet hat wieder ein wenig aufgemacht. Da streckt Luzifer das Handzeichen raus. Der arme Mann hat den Zettel schnell genommen und hat ihn verbrannt. Dann haben sie den Teufel losgelassen.

Da sind 100000 Teufel gekommen. Das ganze Haus war voll Teufel. Auf einmal sind sie zum Schornstein herausgeflogen. Es hat gedonnert und gebraust. Die Leute im Dorfe sind zusammengelaufen und sind an das Haus gekommen und haben den Pipet und den guten Alten fröhlich beim Champagnerwein gefunden. Der Alte hat ein neues Leben angefangen. Er hat sich jetzt mit Gott ausgesöhnt, denn seine Seele war gerettet.

Jetzt hat Pipet Abschied von dem Alten genommen und von den Leuten im Dorf und ist zurückgegangen zu der Prinzessin, denn das Jahr ist zu Ende gegangen. Dann ist gleich die Hochzeit gefeiert worden. Das ganze Dorf ist geladen worden. Es hat acht Tage gedauert. Pipet ist dann dort bei der Prinzessin gut aufgehoben gewesen, bis er gestorben ist. Wie er zum Sterben gekommen ist, hat er zu der Prinzessin gesagt, sie sollen ihm seinen Hafersack mit in die Ewigkeit geben. Und sie haben es getan.

Jetzt ist Pipet zum Himmel gefahren und hat angeklopft. Da fragt Petrus: »Wer ist draußen?« »Es ist Pipet, der alte Franzose.« »Den können wir hier nicht brauchen, der flucht zu viel, der soll weiterwandern.« Da ist er an das Höllentor gekommen und hat angeklopft. Luzifer fragt: »Wer ist drauß?« »Es ist Pipet mit dem Hafersack.« »Fort, fort mit dem, der soll hier nicht rein.« Jetzt ist er wieder zum Himmel gewandert und klopft an. Petrus fragt: »Wer ist denn hier?« »Es ist Pipet.« »Ja, Du sollst doch weiter. Du hast Dir den Himmel nicht gewünscht vom Heiland.« »So laß mich doch nur hereinschauen.« Petrus hat ein wenig aufgemacht. Pipet hat schnell den Hafersack hineingeworfen. »O, wär ich doch in meinem Hafersack!« Und schon ist er drin! Da ist Pipet auf einmal doch im Himmel, weil ihm der Heiland seinen Wunsch erfüllt hat mit dem Hafersack. Und Pipet ist klüger gewesen wie Petrus.

Volksmärchen aus dem Schwäbisch/Alemannischen

Der lustige Ferdinand oder der Goldhirsch

Es war einmal ein Soldat, der war immer lustig und guter Dinge, obwohl er nur wenig zu beißen hatte; denn die Groschen und Kreuzer wollten nicht lange in seiner Tasche bleiben, so daß oft Schmalhans Koch bei ihm war. Doch ließ er sich das nicht verdrießen; er blieb immer der lustige Ferdinand; so nannten ihn nämlich seine Kameraden.

Als er nun eines Tages vor der Tür des Königs die Wache hatte und sich das schöne Schloß mit seinen Kostbarkeiten recht betrachtete und all die vornehmen Herren sah, die da aus- und eingingen und dem König zu Diensten waren, da dachte er: So ein König hat es doch gut; der hat Geld genug, und für Geld kann man ja alles in der Welt haben. Hätt' ich nur Geld, ich wüßte wohl, was ich täte.

Wie dem lustigen Ferdinand diese Gedanken so im Kopfe herumgingen, und er niemand hatte, dem er sie hätte mitteilen können, so nahm er ein Stück Kreide und schrieb an die Tür, die zum Zimmer des Königs führt:

Das Geld
Bezwingt die ganze Welt.

Als später der König ausging und diese Worte las, ließ er eine strenge Untersuchung anstellen, wer das geschrieben hätte. Da gestand es der lustige Ferdinand sogleich ein, und weil der König ein guter gnädiger Herr war, ließ er ihn selbst vor sich kommen und stellte ihn darüber zur Rede, verzieh es aber dem Soldaten leicht, weil dieser sagte, er habe das nur so hingeschrieben, weil er auf dem Posten nicht habe reden dürfen und doch den Gedanken nicht habe loswerden können. Dann aber wollte der König ihm beweisen, daß er mit seinen Gedanken auf dem Holzwege gewesen sei. Allein der lustige Ferdinand wußte den König immer zu widerlegen und sagte endlich sogar: »Herr König, wenn ich nur Geld genug hätte, so wollte ich alles erreichen, es möchte sein, was es wollte, ja ich glaube fest, ich wollte Eure Tochter zur Frau kriegen und selbst noch ein König werden.«

Diese Rede von einem gemeinen Soldaten verdroß zwar den König ein wenig, doch ließ er sich's nicht merken und sagte vielmehr: »Um dich zu widerlegen, will ich eine Wette mit dir eingehen. Du sollst ein ganzes Jahr lang so viel Geld haben, als du verlangst; kannst du während dieser Zeit die Liebe meiner Tochter gewinnen, so ist es gut, du sollst sie haben; will sie dich dann aber nicht, so kostet dir's den Kopf. Jetzt besinn dich wohl!« Der lustige Ferdinand besann sich aber nicht lange und sagte gleich, er wolle die Wette wohl eingehen. Er erhielt nun vom König den Schlüssel zur Schatzkammer und nahm für's erste so viel Geld, als er nur heimtragen konnte. Dann ließ er Essen und Trinken sich schmecken, lud seine Kameraden zu sich ein, fuhr spazieren und ging auf Reisen, und sah und genoß für sein Geld alles, was das Herz nur begehrte. Um die schöne Prinzessin aber kümmerte er sich gar nicht. Die war indes nicht so vergnügt wie der Ferdinand. Um sie nämlich vor allen Nachstellungen und Bewerbungen zu schützen, hatte der König sie auf eine kleine Insel, die in der Nähe des Schlosses lag, bringen lassen und hatte streng verboten, daß irgendein Mannsbild zum Besuch zu ihr gelassen würde. Da lebte sie nun wie in einem Gefängnis und hatte oft Langeweile. Als der lustige Ferdinand eines Tages wieder in die Schatzkammer kam und seine leeren Taschen mit Gold füllte, fragte ihn der König, wie es gehe, und mahnte ihn zugleich, daß er nur noch ein halbes Jahr übrig habe und wohl sehen möge, wie er in dieser Zeit das Herz seiner Tochter gewinne; denn sonst werde es ihm unfehlbar das Leben kosten, sagte er.

Ferdinand blieb guten Mutes und dachte, es ist wahr, du mußt dich jetzt wohl nach der Prinzessin umsehen, und ging zu einem Goldschmied, der war so geschickt wie kein anderer Meister in der ganzen Welt und bestellte bei ihm einen goldenen Hirsch, ganz so groß wie ein rechter Hirsch, mit großem, zackigem Geweih; im Innern aber sollte der Hirsch hohl sein, so daß ein ausgewachsener Mann sich darin verbergen könne. Das Gold dazu holte Ferdinand aus der Schatzkammer des Königs, und da dauerte es nicht lange, da war der Hirsch fertig und war so überaus schön geworden, daß man gar nichts Herrlicheres sehen konnte.

Durch eine geheime Tür, die niemand fand, der es nicht wußte, kroch der lustige Ferdinand in den Bauch des Hirsches und nahm zugleich seine Zither mit, die er ganz ordentlich zu spielen verstand. Dann hatte er dem Goldschmied alles entdeckt und hatte ihn für vieles Geld dazu bewogen, daß er den Goldhirsch aufs Schloß brachte und ihn dem König zeigte. Der konnte sich gar nicht genug darüber verwundern. Als nun aber der Goldschmied ein bestimmtes Zeichen gab und im Bauche des Hirsches eine Zither anfing zu spielen, da wußte der König nicht, was er vor Entzücken sagen sollte. Auch die Königin war ganz außer sich vor Freude und bat den König, er solle den Hirsch doch kaufen und seiner Tochter auf die Insel schicken, daß sie sich damit unterhalten möchte. – Der König sagte ja, das wolle er gern tun und kaufte den Goldhirsch und ließ ihn sogleich der Tochter bringen. Die freute sich nicht wenig darüber und ließ den Hirsch beständig spielen und konnte das Spiel nicht satt werden, bis sie endlich müde wurde und einschlief.

Da machte der lustige Ferdinand leise die Tür auf und schlupfte heraus und besah sich die Prinzessin, die in ihrem Bett lag und ruhig schlief. Sie war aber so wunderschön, daß er seine Augen nicht von ihr wegwenden mochte und es endlich nicht lassen konnte, ihr einen recht langen und herzhaften Kuß auf die Lippen zu drücken, also, daß die Prinzessin davon erwachte und gar sehr erschrak, als sie einen Mann vor ihrem Bett stehen sah.

Ferdinand aber sagte ihr sogleich, wer er sei und bat sie so dringend und rührend, sie möge ihn doch nicht verraten, er wolle ihr auch alle Tage was vorspielen, solange sie's nur hören möge, daß die Prinzessin es endlich ihm versprach, wenn er hübsch still in seinem Versteck bleiben wollte. Ja, das wollte er ja herzlich gern, sagte er, und verkroch sich alsbald wieder in den Bauch des Hirsches.

Am andern Morgen konnte es die Prinzessin gar nicht erwarten, bis sie den Hirsch wieder spielen hörte. Auch der König kam, um es zu hören, und freute sich ganz besonders, weil seine Tochter so vergnügt war; ja, sie meinte, daß sie jetzt gewiß keine Langeweile auf der Insel mehr haben werde.

Als es nun Abend war und die Prinzessin wieder ganz allein war und zu Nacht aß, da machte der lustige Ferdinand leise die Tür auf und rief: »Prinzessin, darf ich nicht ein wenig hinauskommen? Ich habe so argen Hunger! Seit gestern habe ich nichts mehr gegessen und heut habe ich soviel spielen müssen!« Ja, da erlaubte es ihm die Prinzessin, daß er heraussteigen und mit ihr essen durfte. Und wie sie ihn nun recht betrachtete und sich mit ihm unterhielt, da gefiel er ihr recht gut und immer besser, also, daß sie es gern geschehen ließ, als er sie zu guter Letzt in den Arm nahm und recht tüchtig abküßte. Und wie sie nun zu Bett ging und der lustige Ferdinand ihr klagte, daß ihm der Rücken gar so weh täte, weil er in dem Hirschbauche immer krumm liegen müsse, und daß er in der letzten Nacht ganz erbärmlich habe frieren müssen, da ließ die Prinzessin ihn mit unter ihre Bettdecke schlüpfen und beide hatten sich dann recht herzlich lieb und versprachen sich, daß sie nicht voneinander lassen, sondern immer so beisammen bleiben wollten.

So ging es denn nun vier oder fünf Monate lang fort, und die beiden waren überaus glücklich. Den lustigen Ferdinand sah man nirgends, und der König meinte, er werde wohl wieder auf Reisen sein. Da wurde plötzlich die Prinzessin bleich und krank, so daß der König ihr seinen Leibarzt schickte, der sie untersuchen und ihr was verordnen sollte.

Der Doktor aber schüttelte den Kopf, ging zum König und sprach: »Der

Prinzessin kann ich nicht helfen; die wird in einigen Monaten, wenn sie ein kleines Kind bekommen hat, von selbst schon wieder wohl werden.« Darüber ward der König so ungehalten und aufgebracht, daß er den Arzt ins Gefängnis werfen ließ. Dann schickte er einen andern Doktor zu der Prinzessin, der sagte aber dasselbe wie der erste und wurde ebenfalls dafür eingesperrt. Und ebenso erging es noch einigen andern, bis der König endlich selbst zu seiner Tochter ging und sie fragte, ob sie denn heiraten wolle. Sie sagte, sie habe schon geheiratet. Und als der König fragte, wer denn ihr Gemahl sei, sagte sie: »Der lustige Ferdinand, den du mir ja selbst in dem goldenen Hirsch geschenkt hast«, und öffnete die Tür und ließ ihn aussteigen. Da ärgerte sich der König zwar, konnte aber doch sein Wort nicht brechen, weil die Prinzessin erklärte, daß sie nie einen anderen lieben und heiraten möge; und so hat der lustige Ferdinand, noch ehe das Jahr herum war, seine Wette gewonnen, hat die Prinzessin behalten und ist nach dem Tode ihres Vaters auch noch König geworden.

Die Reise zum Vogel Greif

Es war einmal ein reicher Graf, der reiste um sein Leben gerne in der Welt umher. Immer mußte ihn sein Lieblingsdiener begleiten, der ihm schon sieben Jahre treu und fleißig Dienste tat und den er darum auch von Herzen gern hatte. Einmal aber, als sie wieder fern der Heimat auf Abenteuer aus waren, ließ sich der Diener ein Versehen zuschulden kommen. Darüber geriet der Graf in einen solchen Zorn, daß er den Burschen nicht mehr sehen konnte. Er schickte ihn heim und gab ihm einen Brief an seine Frau mit. Darin stand, sie solle den Diener, sobald er auf der Burg eintreffe, in den Turm sperren und ihm den Kopf abschlagen lassen. Obwohl der Bursche nicht wußte, was in dem Brief stand, war ihm doch sehr traurig zumute, weil der Graf plötzlich so böse und ungnädig zu ihm war und ihn nun allein nach Hause schickte, und viel Gutes werde in dem Brief wohl auch nicht stehen, dachte er.

Eine Tagreise vom gräflichen Schloß entfernt blieb er in einem Wirtshaus über Nacht. Weil er nach dem Abendessen so schweigsam und niedergeschlagen dasaß, fragte ihn der Wirt, ob er denn auf einer unlieben Reise unterwegs sei, oder was sonst ihn bedrücke. Da erzählte er ihm auch die ganze Geschichte, so wie sie sich zugetragen und zeigte ihm auch den Brief des Grafen. Der Wirt war ein pfiffiger Mann und sagte: »Wenn ich in deinen Schuhen stecken würde, ich gäbe den Brief nicht ab, bevor ich nicht wüßte, was drin steht.« Der Bursche, der immer ein treuer und ehrlicher Diener gewesen war, wollte anfangs nichts davon hören, zuletzt brachte ihn der Wirt aber doch so weit, daß er alle Bedenken vergaß, den Brief aufbrach und ihn las.

Todesblaß ließ er ihn auf den Tisch fallen. Der Wirt nahm ihn und las ihn aufmerksam Wort für Wort. »Hab' ich doch gleich richtig geahnt!« sagte er. »Einen Kopf kürzer will er dich also machen lassen? Wär' doch beigott schade um dich! Aber sei nur ohne Sorge: Hat der Graf so Übles gegen dich im Sinn, so wollen wir *ihm* noch einen ganz andern Streich spielen! Laß du nur mich machen!« Darauf holte er Federkiel, Tinte und Papier, ahmte die Handschrift des Grafen aufs Tüpfelchen genau nach und schrieb an die Gräfin: Sie solle den treuen Diener, sobald er daheim angekommen, mit ihrer Tochter verheiraten. Dieser Plan schien dem Diener zwar gefährlich, doch da sein Herr ihm nun schon einmal nach dem Leben trachtete, wollte er ihm auch einen rechten Anlaß dazu geben. Wenn aber der Plan gelang, warum sollte er sich dann nicht mit der schönen jungen Grafentochter verheiraten? Je mehr er an sie dachte, desto vergnügter wurde er, – und am andern Morgen brach er in aller Frühe auf, um so bald wie möglich zu ihr zu kommen.

Die Gräfin las den Brief und tat sogleich, wie ihr Mann befohlen hatte; denn sie wußte, er war ein strenger Herr und duldete keine Widerrede. Andernfalls hätte sie ihm den ernsten Vorwurf gemacht, er dürfe doch nicht ihre einzige Tochter einem gewöhnlichen Diener zur Frau geben. Die junge Gräfin aber, die den Burschen schon immer gern gemocht hatte, war mit ihres Vaters Wunsch wohl zufrieden und wurde noch am gleichen Tage des Dieners Frau.

Nach einiger Zeit kam der Graf von der Reise zurück und erfuhr, was seine Frau angerichtet hatte. Vor Ärger und Zorn hätte er sich am liebsten die Haare ausgerauft und sein Weib aus dem Hause gejagt oder in den Turm geworfen. Doch die Schrift, die er da in Händen hielt, war so genau nachgeahmt, daß er gestehen mußte: »Fürwahr, die Buchstaben sind so ähnlich, daß sogar ich selbst den Brief für echt hätte halten können!« Darum war er milde gegen seine Frau. Auf den Diener jedoch, der nun sein Schwiegersohn war, hatte er von Stund an einen noch viel größeren Haß und suchte ihn auf irgendeine andere Art aus dem Wege zu räumen.

Vor den Leuten und besonders vor seiner Tochter, die sich sehr glücklich fühlte, tat er zwar so, als sei er mit der Heirat einverstanden. Zu seinem Schwiegersohn aber sagte er: »Ich will mit eurer Ehe einverstanden sein, wenn du mir nachträglich noch eine Feder aus dem Schwanz des Vogels Greif verschaffst!« – »Und für mich«, sagte die Gräfin, »frage den Vogel Greif, wo mein Trauring geblieben sei; ich finde ihn nicht mehr.« Ja, das wolle er gerne tun, antwortete der Schwiegersohn, nahm Abschied von seiner jungen Frau und machte sich auf den Weg. Der Graf sah ihm vom Turmfenster aus nach und freute sich schon im stillen; denn er dachte nicht anders als daß der Vogel Greif den frechen Besucher zerreißen und auffressen werde.

Der unliebsame Tochtermann hatte schon eine gute Strecke Wegs zurückgelegt, als er eines Tages durch ein Dorf kam. Dort fragten ihn die Leute: »Wohin geht die Wanderschaft?« – »Zum Vogel Greif!« antwortete er. »Oh, das trifft sich gut!« sagten sie. »Dann tut doch auch uns einen kleinen Dienst und fragt den Vogel Greif, warum unser Dorfbrunnen nicht mehr läuft.« Das wolle er gerne für sie tun, sagte er und wanderte weiter.

Nachdem er wieder eine weite Strecke gegangen war, kam er an einen breiten Fluß. Über den führte keine Brücke. Am Ufer aber stand ein alter Mann, der mußte seit undenklichen Zeiten jeden, der des Weges kam, hinübertragen. Er nahm auch den Wanderer ohne ein Wort zu sagen auf die Schulter und trug ihn über den Fluß. Nachdem er ihn drüben abgesetzt hatte, fragte er: »Und wohin geht die Reise?« – »Zum Vogel Greif!« antwortete er. »Oh, dann vergeßt doch nicht, ihn zu fragen, wie lange ich noch hier die Menschen ans andere Ufer tragen muß, und wann ich endlich abgelöst werde.« – »Ich will nicht vergessen zu fragen«, antwortete er und setzte seine Wanderung fort.

Er war schon durch mancher Herren Länder gezogen, als er endlich an eine Hütte im Wald kam, in der ein uraltes Mütterchen wohnte. »Könnt ihr mir sagen, liebe Frau, ob hier in der Nähe der Vogel Greif haust?« fragte er. »Ja, das kann ich dir wohl sagen: Hier in dieser Waldhütte haust er! – Und du kannst von Glück sagen, daß er gerade ausgeflogen ist, denn sonst hätte dein letztes Stündlein geschlagen. Darum sieh zu, daß du so rasch wie möglich wieder wegkommst!« Doch er ließ sich nicht so schnell einschüchtern. Er erzählte der Frau, in was für einer schlimmen Lage er sich befand, was er den Vogel Greif alles fragen müsse, daß der Graf unbedingt eine der schönen Schwanzfedern haben wolle und er doch nicht unverrichteter Dinge von hier fortgehen dürfe. Da versprach das Mütterchen, ihm beizustehen und ihm zu helfen, versteckte ihn unter ihrem Bett und sagte: »So, nun sei ohne Furcht, rühr' dich nicht und halte fein die Ohren steif!«

Bald darauf kam der Vogel Greif nach Hause. Kaum hatte er die Stube betreten, rief er: »Ich wittere Menschenfleisch! Belüg' mich nicht!« – »Nur gemach, mein Lieber!« sagte das Mütterchen. »Es ist freilich ein Mensch hier gewesen; ich habe ihn aber gleich wieder weggeschickt. Was der nicht alles zu fragen hatte! Je – du hättest alle die Fragen doch nicht beantworten können!« – »Haha! Was du nicht sagst!« entgegnete der Vogel Greif. »Was wollte er denn wissen?« – »Ach«, sagte das Mütterchen, »eine Frau Gräfin wollte gern erfahren, wo ihr Brautring geblieben sei. Sie kann ihn um alle Welt nicht finden.« – »Ich könnt's ihr schon sagen: Die dumme Frau dürfte bloß ihre Türschwelle aufbrechen lassen, so würde sie den Ring finden! – Und was fragte der Bursche sonst noch?« – »Warum der Dorfbrunnen schon so lange nicht mehr laufe. Aber wie sollst denn du das wissen!« – »So? Meinst du? Ich weiß es aber! Die einfältigen Leute müßten nur den Frosch fangen, der die Quelle verstopft, dann würde der Brunnen gleich wieder laufen.« – »Ei, was du nicht alles weißt!« sagte erstaunt das Mütterchen. »Doch eines hättest du ihm gewiß nicht sagen können: warum der alte Mann am Fluß die Leute beständig übers Wasser tragen muß und wann ihn endlich einer ablöst.« – »O der Narr!« erwiderte der Vogel Greif. »Er soll doch den ersten besten, der hinübergetragen werden will, ins Wasser werfen und sagen: ›Jetzt nimm du meinen Platz ein!‹ so ist er für alle Zeit abgelöst!« – »Ach, was es doch für dumme Leute gibt!« sagte das Mütterchen. »Doch, daß ich's nicht vergesse. Der Bursche wollte für den Herrn Grafen etwas von dir geschenkt haben; aber das war gar zu einfältig, ich mag's fast nicht sagen.« – »Heraus mit der Sprache!« rief der Vogel Greif. »Eigentlich hätt' ich das gern, um was der Graf dich bittet.« – »Dir, Mütterchen, erfülle ich jeden Wunsch!« sagte der Vogel Greif. »Nun, so gib mir eine von deinen schönen Schwanzfedern!« bat das Mütterchen. Der Vogel Greif machte zwar ein grimmiges Gesicht, riß sich dann aber eine Feder aus und gab sie der Alten. Darauf legte er sich nieder und schlief ein.

Am andern Morgen, sobald der Vogel Greif ausgeflogen war, holte das Mütterchen den jungen Mann unterm Bett hervor und fragte ihn, ob er alles mit angehört, was der Vogel Greif ihr verraten habe. »Natürlich, liebes gutes Mütterchen. Kein Wort ist mir entgangen!« – »Dann ist's ja gut«, sagte das Mütterchen und gab ihm zum Abschied die Feder, die der Vogel Greif sich selbst ausgerupft hatte. Da bedankte sich der Glückliche vielmals und trat vergnügt die Rückreise an.

Als er am Fluß ankam, fragte ihn der Alte, was der Vogel Greif gesagt habe. »Tragt mich nur erst hinüber! Drüben will ich's Euch verraten.« Am jenseitigen Ufer sagte er: »Den nächsten, den Ihr tragen müßt, werft ins Wasser und saget: ›Jetzt nimm du meinen Platz ein!‹ dann seid ihr für alle Zeit abgelöst.« – »Das hätte ich eher wissen sollen!« brummte der Alte und tappte durch den Fluß zurück.

Als der Fremde wieder in das Dorf kam, warteten die Bauern schon auf ihn. Er verriet ihnen, was er vom Vogel Greif erfahren hatte, und siehe, nachdem sie den Frosch aus dem Brunnen geholt hatten, sprudelte das Wasser wieder so reichlich wie vordem. Da waren die guten Leute froh und schenkten ihm dreihundert Gulden für seine Mühe.

Nach vielen Wochen kam er endlich wieder auf der Burg an. »Wo ist mein Trauring?« fragte die Gräfin, die ihm voller Erwartung bis zum Tor entgegengegangen war. »Unter dieser Schwelle hier!« gab er zur Antwort. Sogleich mußte ein Zimmermann kommen und die Schwelle aufbrechen, – und wahrhaftig, unter ihr lag der Ring. Zum Grafen aber sagte der Schwiegersohn: »Der Vogel Greif läßt Euch freundlich grüßen und schickt Euch hier eine seiner goldenen Federn. Wenn Ihr selbst aber einmal Besuch bei ihm machen würdet, würde er Euch so viele Schätze schenken, daß es auf der ganzen Welt keinen zweiten mehr gäbe, der es Euch an Reichtum gleichtun könnte.« Nachdem der Graf diese frohe Kunde vernommen hatte, wollte er keine einzige Stunde verlieren und trat sogleich die weite Reise an.

Er kam glücklich bis an den breiten Fluß, über den keine Brücke führte, und der alte Mann am Ufer fragte ihn, ob er ihn hinübertragen solle. »Ja, das ist mir recht«, sagte der Graf; »ich habe es eilig, denn ich gehe meinem Glück entgegen, mußt du wissen! Wenn ich zurückkomme, wirst du mich nicht mehr zu tragen brauchen!« – »Das will ich glauben!« sagte lächelnd der Alte, nahm den Grafen auf den Rücken, trug ihn bis in die Mitte des Flusses und plumps! warf er ihn ins Wasser und sagte: »Jetzt nimm du meinen Platz ein!« Dann watete er fröhlich ans Ufer zurück und machte, daß er fortkam. Der Graf aber mußte dableiben und fortan die Leute über den Fluß tragen, und wenn ihn keiner abgelöst hat, tut er's heute noch.

Der Meisterlügner

Da war einmal im Land Ichweißnichtwo ein König. Dem konnte einer das Blaue vom Himmel herunter in die Ohren lügen, er konnte lügen, daß sich die eichenen Balken im Thronsaal bogen – der König hielt alles für wahr. Man konnte ihm erzählen, was man wollte, es gab nichts, das er am Ende nicht doch für möglich gehalten hätte. Viele Jahre war er nun schon König und tausend Mal schon war es vorgekommen, daß einer seiner Minister oder Hofleute über irgend eine neue Kunde, die umlief, gesagt hatte: »Das ist eine Lüge!« oder: »Das ist faustdick gelogen!« oder: »Das glaubt ja kein Sterblicher!« Der König ärgerte sich über sich selbst, weil er immer alles für wahr halten mußte und noch kein einziges Mal in seinem Leben einem ins Gesicht hatte sagen können: »Du Großmaul, das lügst du!« Einmal ehe er starb wollte er dies mit fester Überzeugung sagen können, und wenn er dafür sein Liebstes hergeben müßte. Darum ließ er in seinem Reich durch einen Herold verkünden: Wer eine so große Lüge tun könne, daß selbst der König sie nicht glaube, der solle seine einzige Tochter, die schöne Prinzessin, zur Frau bekommen.

Viele edle und unedle Lügenbeutel hatten nun schon versucht, sich mit ihrer Schelmenkunst das Königstöchterlein zu erlügen; doch keinem war's gelungen. Sie hatten für ihre Dreistigkeit sieben Jahre in den Turm wandern müssen.

Da hörte auch ein wandernder Handwerksgeselle in einer fernen Stadt den Herold die königliche Botschaft verkünden. Der Geselle hielt sich für einen Erzlügner, dem nicht so leicht einer das Wasser halten konnte. Zudem dachte er, eines Königs schönes Töchterlein sei ein Preis, um den man schon ein paar saftige Lügen wagen könne. Also machte er sich auf den Weg zum Königsschloß.

Als er dem Torhüter und den Dienern Bescheid gab, was er hier wolle, rieten ihm alle, wieder umzukehren. »Du wirst keine so große Lüge ersinnen können, daß der König sie nicht glaubt!« sagten sie. »Es wird dir ergehen, wie vielen andern vor dir: Du wirst in den Turm geworfen werden und sieben Jahre lang das Licht der Sonne nicht mehr sehen!«

Doch der Handwerksbursche ließ sich nicht einschüchtern. Er verlangte sogleich vor den König geführt zu werden. Der König saß auf seinem Thron; die Tochter an seiner Seite. Sie war so schön, daß der Bursche die Augen schließen mußte, als er sie nur mit einem einzigen Blick gestreift hatte. Der König sprach: »Drei Lügen will ich dir gestatten. Wenn ich sie aber allesamt für wahr halte und dich nicht wenigstens ein Mal einen Lügner heiße, ist der Preis verscherzt und du siehst für sieben Jahre das Sonnenlicht nicht mehr!« Da tat der Bursche noch einmal einen Blick zu der schönen Prinzessin hinüber, – und wahrhaftig, sie lächelte ihm so freundlich und lieb zu, daß er keine Bange mehr hatte und gewiß war, daß er sie noch heute in seine Arme schließen werde.

»Zum ersten also!« begann der König. Er wies mit der Hand auf den Boden des Thronsaals, der mit Goldplatten belegt war, und fragte den Handwerksburschen: »Gelt, Junge, so einen kostbaren Boden hast du noch nirgends gesehen?« – »Ei, warum nicht«, antwortete der. »Wo?« fragte der König. »In meinem Heimatdorf, das gleich hinter dem gläsernen Wald rechts unterm Mond liegt und Lügmireins heißt.« – »Und bei wem hast du einen solchen goldenen Boden gesehen?« – »Na, wo auch? Daheim bei meinem Vater.« – »Wer ist dein Vater?« – »Wer sollt' er auch sein? Der Sauhirt in unserm Dorf.« – »Wieviel Säue hat er zu hüten?« – »An die fünftausend.« – »Und wie lange schon treibt dein Vater auf die Weide!« – »Jetzt geht's gerade ins hundertneunundvierzigste Jahr.« – »Daß dein Vater in so viel Jahren mit so viel Säuen so viel Geld erspart hat, daß er in seine Stube einen goldnen

Boden hat legen lassen können, das glaub' ich gerne«, sagte der König. Die erste Lüge war für ihn nicht groß genug gewesen. Der Bursche ließ sich aber dadurch nicht aus der Ruhe bringen.

»Zum andern also«, fuhr der König fort, wies nach dem Fenster und sagte: »Geh' dorthin und schau in den Garten hinab! Hast du deiner Lebtag schon einmal so große Rüben gesehen?« – »O jemine!« versetzte der kecke Geselle. »Da sind die Euren vertrocknete Setzlinge gegenüber denen, die ich heute vor neunundneunzig Jahren weit hinterm Nirgendsmeer im Lande Eckumeck gesehen habe! Selbige sind so groß gewesen, daß unter ihrem Krautwerk sechzehntausend Soldaten beim größten Wolkenbruch unterstehen konnten, und ist keiner auch nur einen Tropfen naß geworden.« Der König räusperte sich und sagte: »Nun ja, kann sich ein Schweinehirt einen goldenen Stubenboden leisten, so können auch im Land Eckumeck so große Rüben wachsen. Was ist nicht alles möglich unter der Sonne!«

Der König hob seine Hand, wies nach dem Fenster auf der andern Seite des Saales und sagte: »Zum dritten also! Sieh dir die Tanne dort drunten im Park an, – hast du jemals eine so hohe Tanne angetroffen?« Der lustige Geselle, der voller Lügen steckte, besann sich rasch auf eine, die so grausam erlogen war, daß es gewiß auf der ganzen Welt niemand gab, der sie glaubte. Dann begann er mit prahlerischer Stimme zu erzählen: »O du meine Güte! Dieses Tännlein hier? Das ist ja nur ein Besenreis gegen die Tannen, die ich dutzendweis im Himmeleieieigebirge gesehen habe! Ich habe wundershalber probiert, wie hoch wohl die höchste sein möge. Habe mir also zweiundzwanzigtausend Sparrennägel gekauft, habe einen nach dem andern in den Stamm geschlagen und bin drauf gipfelwärts geklettert. Denkt Euch! Bis in den siebten Himmel bin ich hinaufgekommen und die Tanne war immer noch nicht zu Ende! Weil ich nun aber schon einmal da war, dachte ich, ich könnte mir auch den Himmel ein bißchen ansehen. Ich traf viele alte Bekannte aus Lügmireins und aus dem Lande Eckumeck und erzählte ihnen, daß ich, noch ehe ein Jahr vergangen, des Königs schönes Töchterlein im Land Ichweißnichtwo als Gemahlin heimführen werde. Und sie glaubten mir alle bei ihrer Seele Seligkeit und wünschten mir von Herzen Glück dazu. Sie hätten mich gar zu gern zum Nachtessen eingeladen. Ich war jedoch darauf bedacht, vor dem Dunkelwerden wieder auf die Welt hinabzurutschen und empfahl mich. Ums Leben hab' ich aber nicht mehr die Tanne gefunden, an der ich heraufgestiegen bin. No, dacht' ich, wartest bis es Tag ist, und wollte mir im Himmel ein verstecktes Plätzchen zum Nachtlager suchen. Wie ich da so herumstolperte, stieß ich von ungefähr an ein Bollenfaß, das bis über den Rand voll war mit Weizenkleie. Holla! Du kommst mir gerade recht! hab' ich gedacht, – hab' aus der Kleie ein Seil geflochten, es mit einem Dutzend der übriggebliebenen Nägel am Himmelsfenster festgenagelt und mich an dem Kleieseil gemächlich auf die Welt herabgelassen. Ich war noch weit über den obersten Wolken, da ist das Trumm ausgegangen. Jetzt was tun? Ich hab' keine andre Wahl gehabt, als das Kleieseil oben abzuschneiden und am untern Ende wieder anzuknüpfen. Bis ich aber wieder auf festem Boden und geradewegs vor dem Tor zu Eurem königlichen Palast ankam, hat das Seil – Ihr mögt mir's glauben oder nicht! – nur noch aus lauter Knoten bestanden.«

Da fuhr der König aus seinem Thronsessel auf und rief: »Das ist ja eine Lüge so groß wie das Seil, das du mir da vom Himmel heruntergelogen hast!« – »Gut«, erwiderte freudestrahlend der Handwerksbursche, »und also bin ich Euer Tochtermann!« nahm die schöne Prinzessin, die ihn gar liebreich anlachte, bei der Hand und gab ihr den Verlobungskuß. Der alte König legte ihre Hände ineinander und setzte dem wackern Gesellen seine Krone aufs Haupt, – und so ist der Meisterlügner König im Lande Ichweißnichtwo geworden.

Das irdische Paradies

Vor langer Zeit lebten einmal drei Gesellen: der lange Veit, das Dickerle und der Klughansel. Die gingen miteinander auf Wanderschaft in die weite Welt hinaus. Sieben Jahre waren sie nun schon unterwegs und hatten viele fremde Länder mit ihren Seltsamkeiten und Wundern gesehen. Zu ihrem größten Erstaunen standen sie aber eines Tages plötzlich vor einem mächtigen steilen Berg. »Was für ein Land mag wohl auf der andern Seite des Berges liegen?« sagte der lange Veit. »Wir wollen die Leute fragen, die in der Nähe wohnen. Die werden's bestimmt wissen«, sagte der Klughansel. »Ja, fragt doch mal die Leute!« meinte auch das Dickerle, das nicht bloß beim Marschieren, sondern auch mit seinen Gedanken immer hintendrein kam.

Es dauerte gar nicht lange, bis sie einigen Männern begegneten. Der erste, den sie anhielten und nach dem Land hinter dem hohen Berg fragten, wußte nichts darüber zu sagen, schüttelte den Kopf und tappte weiter. Der zweite legte bloß den Finger auf den Mund und schlüpfte um die nächste Ecke. »Das muß schon was ganz Besonderes sein, Gesellen!« meinte Klughansel. »Hinter dem Berg liegt das Paradies! Ihr mögt mir's glauben oder nicht!« – »Ja, das glauben wir auch!« sagten die beiden andern. Weil sie nun aber schon so viel Herrliches und Verlockendes vom Paradies hatten erzählen hören, wollten alle drei es auch einmal mit eigenen Augen sehen. Nun ging dies aber nicht anders, als daß zwei unten blieben und schoben und so dem dritten nach

Kräften auf den steilen Berg klettern halfen. Weil der Klughansel es gewesen war, der hinterm Berg das Paradies vermutete, sollte er auch als erster hineinsehen dürfen. Endlich war er oben, und die Kameraden riefen ihm zu, er solle erzählen, was er drüben alles sehe. Doch er lächelte nur verschmitzt zu ihnen hinunter und ging rasch über den Berg. Dann machte sich der lange Veit an den Aufstieg. Er mußte aber dem Dickerle für seine Hilfe hoch und heilig versprechen, daß er ihm sagen werde, was es drüben im Paradiese alles zu sehen gebe. Der versprach's. Als er aber oben angelangt war, machte er es wie der Klughansel – er lächelte nur herab und verschwand hinter dem Berg.

Inzwischen war eine Menge Leute aus den nahen Dörfern herbeigeströmt und hatte dem Treiben voller Neugier zugesehen. Und weil der Hansel und der Veit so sonderbar herabgelächelt hatten und so rasch hinter dem Berg verschwunden waren, glaubten alle, jenseits müsse wirklich etwas Wunderbares, ja nichts anderes als das Paradies liegen. Darüber wollten sie nun Gewißheit haben. »So helft mir auf den Berg«, sagte das Dickerle; »ich werde euch bei meiner ehrlichen Gesellenseele, sobald ich droben bin, Rede und Antwort stehen so gut ich's vermag!« Da halfen ihm alle auf den Berg. Sie banden ihm aber, ohne daß er's merkte, ein Seil an den Fuß, damit sie ihn sogleich herabziehen konnten, falls auch er sein Wort nicht hielt und hinterm Berg verschwinden wollte.

Das Dickerle kraxelte und prustete mehr als drei Stunden an dem steilen Felshang hinauf. Doch endlich war es droben. Kaum hatte Dickerle einen Blick ins Jenseits getan, fing es an zu lächeln und wollte ins Paradies hinüberspringen. Die drunten zogen ihn aber an dem Seil gerade noch rechtzeitig vom Berg herab. Alle stürmten auf ihn ein und wollten wissen, was Schönes es geschaut und wie es drüben im Paradies aussehe. Der arme Geselle öffnete den Mund und versuchte zu sprechen – aber er war plötzlich stumm geworden. So erfuhren die neugierigen Menschen, wie schlau sie's auch angestellt hatten, doch nichts vom Paradies und haben auch bis auf den heutigen Tag kein Sterbenswörtchen darüber erfahren.

I bin's Binsili, i bin's Bänsili

Es isch emol e Kenig und e Kenigin g'si, un die hätte so gern e klei Kindli g'hett. Awer sie hänn keins bikumme. Ame schene Tag, wu d' Kenigin allein d'heim g'si isch, geht uff eimol d'Dir uff, un e ganz klei Männli isch rikumme un het zu der Kenigin g'sait, si kann e Kindli han, wenn sie uff zwo Bedingunge igeht. Erschtens darf sie keinem Mensche sage, daß es do g'si isch. Un zweitens, in zwei Johr kummt's widdr, no mueß sie si Namme noch wisse: »I bin's Binsili, i bin's Bänsili.« D'Kenigin isch druff igange, un's Männli isch verschwunde.

E Johr druff hänn sie e klei Kindli g'hett, un alles isch froh g'si, un 's isch hoch hergange. Vor lutter Fraid het d'Kenigin säll mit'm Männli ganz vergesse. Awer wu's Kind e halb Johr alt g'si isch, isch ere pletzlig alles ig'falle. Nur uff'm Männli si Namme het sie sich um alles in der Welt nimmi b'sinne kenne. Dag un Nacht het sie nochgriewelt un isch doch nit druff kumme.

Do isch sie ganz schwermütig un krank wore und hett gar nimme g'lacht. Niäme het g'wißt, was ere fehlt, un keiner het ere helfe kenne. Do isch der Kenig uff e Gedanke kumme: er het zu sine Litt g'sait: »So, jeder geht jetz nuß in d'Welt un gibt acht, was 'm Luschtigs in der Wäg kummt, un wenn er heimkummt, verzehlt er's. Un wer's fertig bringt, daß d'Kenigin widder lacht, der kann sich winsche, was er will.«

Wie alle widder d'heim g'si sinn, do isch's Verzehle losgange. Awer d'Kenigin isch do g'sesse un het e trurig G'sicht g'macht, und het nit e klei wenig g'lacht. Z'letscht isch e ganz Junger drankumme, un der het verzehlt: »I bin durch en große Wald g'ritte, do isch weit un breit kä Mensch g'si. Awer uff ere hoche Eich isch e ganz klei Männli g'sesse. Das hat e Schisseli uff de Knie g'hett und het immer mit'm Finger nig'lang un het de Finger abg'schleckt. Und jedesmol het's g'sait:

›I bin's Binsili, i bin's Bänsili,
I bin's klei Männli.‹«

Wie des die Kenigin hert, fangt sie ganz lutt an z'lache un wurd vergniägt un luschtig. Der junge Mann awer het alles bekumme, was er sich g'winscht het.

Wie zwei Johr rum g'si sinn, geht uff einmol d'Dir vun der Kenigin ihrem Zimmer uff, un 's klei Männli kummt ri un sait: »Sag mer der Namme oder gib mer's Kindli!« Do sait d'Kenigin sofort: »Du bisch's Binsili, du bisch's Bänsili, du bisch's klei Männli.«

Wie des 's klei Männli hert, fangt's an z' jomäre, geht zu der Dir nuß un schreit: »Recht isch mer g'schähne! Hätt' i's Babbeschlecke bliwe g'leen, so hätt i e klei Kindli jetz!«

Volksmärchen aus der Schweiz

Der Schweinehirt

Vor hundert Jahren war in einem großen Königreich ein kleiner Schweinehirt. Der saß eines Mittags müd am Feld und sah in der Ferne die Pflüger sitzen beim Imbiß, wo sie fleißig löffelten und abschnitten und einschenkten, derweil er selbst einen gewaltigen Hunger empfand und doch vor Abend nichts kriegen sollte. Da sprach er zu sich selbst: »O daß ich doch ein Bauer wäre gleich diesen, wie zufrieden wollt' ich sein.«

Und siehe da! Plötzlich, wie wenn er's nur so träumte, war die ganze Gegend rings um ihn her verändert. Ein Baumgarten stand an der Stelle des gepflügten Feldes, der grenzte an einen wohlhabenden Bauernhof, und hier, mitten unter dem Hühner- und Taubenvolk, das im Hof herumspazierte, stand er selber, der arme Schweinejunge, als stattlicher Bauer und war ganz in Gedanken versunken, weil er gerade den heutigen Ertrag seines gesamten Wiesen- und Ackerlandes noch einmal überschlug. Da ritt ein Kornhändler vor dem Hoftore vorüber, der weckte den Bauern aus seinen Gedanken auf, denn er hatte sich ein Räuschchen getrunken, war lustig und klimperte nur so mit der Geldkatze: »He, Bäuerlein, wie teuer das Mäs?« Der Bauer antwortete: »Kann's nicht wohlfeiler geben, hab's Euch schon gesagt; wir gehen zugrunde, wenn's nicht bald um das Halbe mehr gilt.«

Der Kornhändler aber strich sich höhnisch das dicke Bäuchlein, verbeugte sich mit Spott im Gesicht und ritt unter Singsang davon.

»O daß ich doch so ein Kornhändler wäre«, seufzte der Bauer hinter ihm drein, »wie zufrieden wollt' ich sein!«

Da saß er plötzlich vor einem eigenen vollen Kornmagazin und riß sich die Haare vom Kopf und kratzte sich hinter den Ohren bis aufs Blut. Jetzt eben war der Krieg aufs höchste gestiegen, und das Heer litt Mangel. Dem Wucherer hatte das Korn noch nicht gegolten, was er verlangte, und gerade brach ein Rudel Soldaten mit Gewalt in das Magazin, trug Sack um Sack auf bereitstehende Wagen, gab dem Kornhändler bald Scheltworte, bald Püffe und zog unter dem Befehl eines dickbäuchigen, rotbäckigen Obersten, der zu Pferd saß, jauchzend und hohnlachend davon.

»O daß ich doch so ein Kriegsoberst wäre, wie zufrieden wollt' ich sein!« rief der Kornhändler.

Stracks stand er als Oberst vor einem Kriegsgerichte, wo der Minister des Königs ihm das Urteil lebenslänglicher Gefangenschaft sprach, weil er gewaltsam wider Recht und Billigkeit verfahren und dem eigenen Volke sein heiligstes Eigentum entrissen habe. Es half nichts, daß der Oberst einen außerordentlichen, aber im Felde verlorenen Befehl zur Rechtfertigung anführte und sich auf den schuldigen Gehorsam berief. Der Minister hieß ihn durch die Schergen abführen und blickte stolz auf den Verurteilten und die ganze tief untertänige Versammlung. »O daß ich doch so ein fürstlicher Minister wäre«, rief der Oberst aus, »wie zufrieden wollt' ich sein!«

Und alsbald saß er in einer elenden Kutsche mit seiner weinenden Frau und ein paar schluchzenden Kindern und fuhr durch ein düsteres Tor, während faule Äpfel und Eier zum Fensterchen hereinflogen, daß er mit Not ihnen ausbeugen konnte. Jetzt trat ein Offizier an den Schlag, zuckte die Achseln und sagte: »Ja, Herr Minister, es sind freilich nur Lügen und Ränke, mit welchen Seine Majestät der König zur Ungnade gereizt wurde, aber es ist gut, in möglichster Eile davonzujagen und in den nächsten zwölf Jahren dieses Land nicht wieder zu betreten, da ja doch Eure Güter und Häuser nun eingezogen werden und alle Freundschaft verschwunden ist. Der König...« »O daß ich ein König wäre«, stöhnte der Minister, »dann erst wollt' ich zufrieden sein!«

Aber schon lag er krank in einem königlichen Lehnsessel, den vier Heiducken mühsam eine verborgene Treppe hinunterzwängten. Der Krieg hatte fortgewährt, der König war selbst in das Feld gezogen, war krank geworden durch die ungewohnten Anstrengungen und sollte jetzt einem nächtlichen Überfall des Feindes entzogen werden. Dabei vermochte er auf keinem Beine zu stehen und litt fürchterliche Schmerzen von der Gicht.

Da schrie er ganz überlaut:

»O daß ich doch der armseligste Sauhirt meines Landes wäre und nur gesund, nur gerettet aus dieser Leibesgefahr! Wie zufrieden wollt' ich sein.«

Und siehe! Das geschah. Plötzlich saß der König wieder als kleiner Schweinehirt am Rand des Feldes; er erkannte sich in seinen Lumpen und nahm einen tollen Freudensprung über die größte Sau hinweg, denn jetzt war er wirklich zufrieden.

Die drei Brüder

In Kandersteg gab es ein Elternpaar mit drei Buben. Der jüngste hieß Hans. Den mochten die andern zwei nicht leiden, weil er ein bißchen dumm war. Da die Eltern nur ein kleines Gütchen besaßen, dachten sie, es lohne sich nicht, drei Teile daraus zu machen, und da ihnen alle drei Kinder gleich lieb waren, wußten sie nicht, wem sie einmal das Gütchen übergeben sollten. Da sagte der Vater zu ihnen: »Es wäre jetzt Zeit für euch zu heiraten, aber alle drei könnt ihr nicht hier bleiben, einer muß das Haus haben und was dazugehört, und die andern müssen fort. Aber wem soll das Haus gehören?«

Die Mutter dachte, sie wisse schon, wie sie es anstellen werde. Sie holte drei Büschel Flachs und gab einem jeden ein Büschel in die Hand. »So, geht jetzt damit zu euren Schätzen und laßt den Büschel spinnen. Wer mir das schönste Garn zurückbringt, der soll heiraten und das Gut erhalten.«

Die beiden älteren Brüder dachten: »Meine ist sicher im Spinnen!« Der Hansel aber hatte keinen Schatz und wußte nicht, wohin er gehen sollte. Er steckte den Flachsbüschel in den Sack und spazierte durch das moosige Gras. Da hörte er eine Stimme, die ihm zurief: »Hans, wo willst du hin?« Er schaute sich um, sah aber niemanden. Da rief es zum zweiten Mal: »Hans, wo willst du hin?« Da er aber niemanden sah, dachte er: »Schrei du nur zu«, und lief fort. Als es aber zum dritten Mal rief, ging er einige Schritte zurück und sah nun eine Kröte, die in den Halmen drinsaß und ihn fragte, wohin er wolle. Er sagte: »Die Mutter gab mir diesen Büschel Flachs, und jetzt suche ich eine Spinnerin, aber ich werde wohl keine finden!« Da rief die Kröte: »Gib mir den Flachs!« Er sagte: »Nun, was willst du damit anfangen?« Die Kröte versetzte: »Doch, gib her, ich will ihn dir spinnen, und am Tag, an dem deine Brüder ihr Gespinst abholen, kannst du auch kommen!« Da sagte er: »Ich weiß doch keine Spinnerin, so nimm den Büschel«, und er warf ihn ins Wasser, und die Kröte schwamm damit fort. Keinem Menschen sagte er, was ihm begegnet war.

Am Tage, an dem das Garn abgeholt werden sollte, liefen die älteren Brüder fort, beide siegesgewiß. Hans dachte, er wolle auch hingehen und nachsehen, und da hing das Garn an der Staude im Wasser, wo die Kröte gesessen hatte. Er nahm es, und nun schwamm die Kröte heran und sagte: »Bring das Garn deiner Mutter, das Haus wirst du bekommen und das Vermögen auch; dann geh zum Pfarrer und laß dich mit mir auskünden, und wenn der Pfarrer nicht will, so bestehe darauf. Kauf für dich und mich das Hochzeitskleid, häng das meine in der Sakristei auf und bestimme den

Hochzeitstag. Und wenn ich nicht komme, so werde nur nicht ungeduldig; wenn du ausharrst, so werde ich schon zur rechten Zeit erscheinen!«

Hans brachte das Garn seiner Mutter. Diese prüfte es und verglich es mit den beiden andern Bündeln und sagte: »Hansel, das deine ist das schönste, du bekommst das Haus und das Feld, und die andern zwei müssen ausziehen, und nun laß dich mit deinem Schatz verkünden!«

Hansel ging zum Pfarrer und bat ihn, auf der Kanzel die Verkündung anzuzeigen. Aber der Pfarrer sagte, er sei ein dummer Kerl, das solle wohl ein Scherz sein, daß er eine Kröte heiraten wolle, aber Hansel bestand darauf, und der Pfarrer mußte nachgeben. Die Leute schauten den Hansel noch für einen größeren Narren an als bisher, als sie hörten, was er vorhatte. Hans ließ sich aber nicht stören. Er ließ das Kleid anfertigen und bestimmte den Hochzeitstag.

Die Kirche war gesteckt voll, das Hochzeitskleid seiner Braut hing in der Sakristei, und Hansel saß im Stuhl. Die Leute und der Pfarrer dachten, das sei nur Spaß. Als Hansel vor dem Altar stand, kam eine Kröte durch den Chor dahergehüpft. Sie hüpfte ins Kleid hinauf, das am Nagel hing, und da stand auf einmal ein schönes Fräulein neben Hansel vor dem Altar. Die andern machten große Augen und beneideten ihn. Der Pfarrer gab sie zusammen, und sie lebten in gutem Frieden.

Volksmärchen aus Bayern

Vom Hühnle un vom Gökerle

Emal is es Hühnle un es Gökerle in em goldne Kütschle über Land gefahrn, un da sin se an en Kirschbaum komme, da warn reife Kirscheli dran. Un da is es Gökerle un es Hühnle naufgstiegn und habn si an di Kirscheli gütli getan. Un es Gökerle hat ze hasti gfressn un wollt erstick. Da is es Hühnle schnell runtergstiegn un voller Angst zum Brünnle glaufn und hat gsagt:

»Brünnle, mir e Wasserle geb,
Wasserle ich mein Gökerle geb;
s Gökerle sitzt drobn Kirschbaum
un will erstick.«

Aber es Brünnle hat gsagt: »Hühnle, erst mir e Züberle hol!« Da is es Hühnle zum Büttner gsprunge un hat gsagt:

»Büttner, mir e Züberle geb,
Züberle ich em Brünnle geb,
Brünnle mir e Wasserle geb,
Wasserle ich em Gökerle geb;
s Gökerle sitzt drobn Kirschbaum
un will erstick.«

Aber der Büttner hat gsagt: »Hühnle, erst mir mei Stiefeli hol!« Da is es Hühnle zum Schuster un hat gsagt:

»Schuster, mir di Stiefeli geb,
Stiefeli ich 'm Büttner geb,
Büttner mir e Züberle geb,
Züberle ich 'm Brünnle geb,
Brünnle mir e Wasserle geb,
Wasserle ich mein Gökerle geb;
s Gökerle sitzt drobn Kirschbaum
un will erstick.«

Da hat der Schuster gesagt: »Hühnle, erst meiner Braut ein Brautkranz hol.« Da is es Hühnle zum Gärtner grennt un hat gsagt:

»Gärtner, mir en Brautkranz geb,
Brautkranz ich em Schuster geb,
Schuster mir die Stiefeli geb,
Stiefeli ich em Büttner geb,
Büttner mir e Züberle geb,
Züberle ich 'm Brünnle geb,
Brünnle mir e Wasserle geb,
Wasserle ich meim Gökerle geb;
s Gökerle sitzt drobn Kirschbaum
un will erstick.«

Un der Gärtner war e guter Mann un hat em Hühnle den Kranz glei gebn. Da is es Hühnle mit zum Schuster gsprunge un hat die Stiefeli dafür kriegt, un mit di Stiefeli is zum Büttner; der hat em das Züberle dafür gebn, un mit 'm Züberle is zum Brünnle, das hat em Wasserle gebn, un mit 'm Wasserle is nauf 'n Kirschbaum und wollts 'm Gökerle gebn: aber das war scho dod.

Da hats Hühnle gar arg gweint un nacher sin sechs weiße Mäusli komme, di habns Gökerle aufs Kütschle gelegt un sin davon gfahrn. Un wie se über e Bergle komme, da sin di Mäusli gstolpert un es Wägele is umgfaln, un em Gökerle is auf die Art es Kernle, das in seim Hälsle gsteckt hat, loskomme un is widder lebendi worrn. Un drauf sin se lusti un fidel weiterkutschiert.

Un es Mäusle hat den Aufzug gsehn un hat so drüber lach müß, daß 'm 's Bäuchle geplatzt is. Un da is es zum Schuster glaufn un hat zune gsagt: »Schuster mir mei arms Bäuchle flick!« Un der hat a glei sein Draht gnomme und hats 'm gflickt. Nachher hat er gsagt: »Ja, Mäusle, was haste denn gemacht?« Un es Mäusle hat em die ganze Gschicht verzehlt.

Jetz is es Gschichtle aus,
Drobn Kirschbaum läfft e Maus
Hat e blau's Käpple auf
Un e rots Dölle drauf.

Die Geschichte vom Mauserl und vom Würschterl

Es war amal a Mauserl und a Würschterl, und das Mauserl und das Würschterl, dö habn si so gern ghabt, daß ans ohne's andere net hat sein könna. Da habns halt miteinander ghaust, und wanns Mauserl ausgangan is, hats Würschterl kocht, und wanns Würschterl ausgangan is, hats Mauserl kocht. Was s' aber alle zwa bsonders gern gessn habn, war a Kraut. Und da is s' halt allemal so gwesn: wanns Würschterl das Kraut koch hat, is 's immer vül, vül besser gwesn, als wann's as Mauserl kocht hat. Das hat dem Mauserl kan Ruah lassn und da hats amal das Würschterl gfragt: »Du Würschterl«, hats gsagt, »sag ma nur, was machst denn du, daß das Kraut allemal gar so guat wird, wannst as du kochst? Wanns i koch, is lang net so guat.« Da hat das Würschterl z'erscht net recht aussa ruckn wolln mit der Farb, aber 's Mauserl hat eahm kan Ruah gebn und hat allaweil bitt und bedlt: »Geh, liabes Würschterl, sag mas do, wiast' as machst!« Na da hat eahms Würschterl endli gsagt: »Also waßt, Mauserl, i wir da's sagen, was i tua: Wanns Kraut so recht siadat is und recht brodlt, schliaf i gschwind amal durch und deswegen wirds allemal gar so guat.« – »Ahan«, hat sie 's Mauserl denkt, »dös muaß i ma mirkn.« Und wia halt 's Würschterl 's nächste Mal ausgangan is, hat si 's Mauserl hamli gsagt: »Wart, heunt mach i a Kraut! Und wanns recht siadat is, schliaf i gschwind amal durch! Da wird 's Würschterl schaun, wann mein Kraut a so guat is, wia das seinige!« Dann hats das Kraut kocht, und wia's recht siadat war und recht brodlt hat, hats gschwind durchschliafn wolln und is natürli ölendig vabrennt und auf der Stell maustot gwesn.

Nach aner Wal is s' Würschterl z'Haus kemman und hat si halt glei gwundert, daß's nirgends kan Mauserl siacht. Da hats as überall gsuacht und hat allaweil gruafn: »Mauserl, wo bist denn, Mauserl, wo bist denn?« Aber 's hat si kan Mauserl grührt. Da is 's Würschterl ganz trauri wordn und hat si halt allani zum Essn hingsetzt. Und wias in Deckl vom Raindl wegtuat, findts das arme Mauserl tot in Kraut liegen. Da hat si's Würschterl so kränkt drüber, daß 's von obn bis untn aufgsprunga is und a maustot war.

Volksmärchen aus Österreich

Die sieben Rehe

Es war einmal ein Graf, der besaß viele Wälder und eine zahlreiche Dienerschaft. Sein größtes Vergnügen war es auszureiten und hinter dem Wilde herzujagen, und oft entfernte er sich dabei weit von seinem Gefolge.

Eines Tages erblickte er ein weißes Reh, das in Windesschnelle über eine Wiese lief. Er spornte sein Roß und jagte dem edlen Tiere nach, so daß er bald aller Augen entschwunden war. Wie er das Reh immer weiter verfolgte, merkte er, daß er sich verirrt habe, aber niemand hörte sein Horn. So ritt er wieder hinter dem Wilde her, bis er zu einer großen, schönen Wiese kam, auf der er zu seinem Erstaunen noch sechs andere Rehe fand. Auch sie waren weiß, und eines von ihnen, von größerer Gestalt, hatte einen goldenen Ring um den Hals. Mehrmals legte er auf die Tiere an, aber kein Schuß traf. Die sieben Rehe sprangen weiter, und der Graf setzte ihnen nach. Sie kamen durch dichte Wälder, über Wiesen und Berge, bis sie endlich zu einem großen Schlosse gelangten, das niemand zu bewohnen schien. Das Tor war fest geschlossen und an jeder Seite hielt ein Löwe Wache.

Das Tor öffnete sich, die Rehe sprangen hindurch, und auch der Graf folgte auf seinem Rosse. Da öffnete sich auf der anderen Seite des Hofes ein zweites Tor, und die Rehe sprengten hindurch und davon. Ehe er ihnen nachzusetzen vermochte, schlossen sich beide Tore, und der Graf war gefangen.

Er stieg ab, band sein Roß an und begab sich in die oberen Stockwerke, die Zimmer und Säle zu besehen. Die Wände waren von Gold, und goldene Tische, Stühle und Betten standen darin. In einem kleineren Gemach hing ein großer Spiegel in breitem, goldenem Rahmen. Dahinter steckte eine Pergamentschrift. Er nahm sie hervor und las: »Wer die Königstochter befreit, soll ihr ganzes Reich haben. Er muß aber ein ungeheures Gespenst bezwingen, das jede Nacht von zwölf bis eins ins Schloß kommt, herumtobt und sich an den goldenen Tischen sättigt.« Der Graf beschloß, den Kampf auf sich zu nehmen. Er aß noch an einem der goldenen Tische und legte sich dann in ein goldenes Bett zur Ruhe. Um Mitternacht wachte er auf und hörte etwas mit fürchterlichem Kettengerassel die Stiege heraufkommen. Es zeigte sich ein schwarzer Mann, der hatte inmitten der Stirn ein Auge, das leuchtete so stark, daß davon der ganze Raum erhellt war. Der Schwarze war dicht mit Haaren bewachsen und hatte Ketten um den Hals geschlungen.

Wie der Graf ihn erblickte, sprang er auf und es gelang ihm, dem Schwarzen mit einem Hiebe den Kopf entzweizuhauen. Noch konnte der ihm sagen, er möge dem Reh mit dem goldenen Halsband einen Kuß geben. Nun legte sich der Graf nochmals zu Bette und ruhte bis zum Morgen.

Nach dem Erwachen erhob er sich und ging hinunter auf den Hof. Hier erblickte er wieder die sieben Rehe, die ihn am Vortage hergeführt hatten. Er trat auf sie zu und küßte das größte der Rehe. Da standen auf einmal sieben weiß gekleidete Mädchen vor ihm, deren Schönstes ein goldenes Halsband trug. Die Schöne dankte dem Grafen und sagte, sie wäre die Königstochter des Reiches und samt ihrem Gefolge von dem Ungeheuer in Rehe verwandelt worden. Viele hätten sie schon vor ihm in das Schloß geführt, aber keinem war noch die Befreiung gelungen. Die Königstochter heiratete ihren Retter, und wenn sie nicht gestorben sind, so leben sie heute noch glücklich miteinander.

Die verwunschene Prinzenbraut

Es war einmal ein König, der hatte einen einzigen Sohn. An einem Wintertage, als es schneite, ging der Prinz in den Garten. Er schnitt ein kleines Stäbchen ab und glättete es, verletzte sich dabei aber den Finger und das Blut tropfte in den Schnee. Wie er heimkam und sich verbinden ließ, sagte er zum Könige: »Vater, ich habe mich in den Finger geschnitten, aber das Blut sah gar so schön aus im Schnee und ich möchte mir eine Braut wünschen, so weiß wie Schnee und so rot wie Blut.«

Da sprach der König: »Wenn du das willst, dann mußt du weit fort reisen in andere Länder.« So machte er sich auf und wanderte ein ganzes Jahr, ohne die gewünschte Braut zu finden. Endlich kam er in eine große Stadt, in der ging er drei Tage umher. Da sah er an einem Fenster ein wunderschönes Mädchen, das glich seinem Wunschbilde. Aber alle Türen waren verschlossen und er konnte nicht in das Haus gelangen. Auf seine Frage, wie er zu ihr kommen könnte, sagte die schöne Jungfrau: »Geh auf den Markt, da sitzt ein grausliches Weib und hält Obst feil. Kaufe von ihr Birnen, Nüsse und Äpfel und komm damit wieder hierher.«

Als er auf den Markt kam, sah er schon von weitem eine Alte sitzen. Wie er näher trat, war sie so eklig, daß ihm graute, aber er kaufte dennoch von ihr die Früchte und ging damit zurück zu dem Mädchen.

Die Schöne riet ihm nun, eine Nuß aufzubrechen, und als er sein Messer herausnahm und die Nuß aufbrach, da sprangen alle Türen auf und er konnte eintreten.

Wie er vor das Mädchen trat und sie bat, seine Frau zu werden, war sie gern einverstanden. Sie fürchtete aber ihre Mutter, eine Zauberin. Nachdem sie sich besprochen hatten, holte sie von einem Tische einen Tiegel voll Salbe. Damit schmierte sie den Königssohn unter den Achseln ein, sie selbst nahm ihr Zauberstäbchen, und dann flogen sie durch das Fenster davon. Als die Alte heimkam, standen Tür und Tor offen und niemand war hier. Sie machte sich gleich auf und flog den beiden nach.

Da sprach das Mädchen: »Meine Mutter kommt, wirf die Äpfel hinab.«

Er befolgte den Rat seiner Liebsten, und sogleich entstand hinter ihnen ein großes Meer. Da mußte die Alte zuerst rasten, dann flog sie mit frischer Kraft auch über das weite Meer und war bald wieder dicht hinter ihnen.

Das Mädchen merkte es und sagte: »Wirf die Birnen ab!«

Als er es tat, entstand ein großer, breiter Wald mit so hohen Bäumen, daß die Alte fast nicht darüberkonnte. Sie mußte wieder rasten, kam ihnen aber bald nach.

Da zerbrach das Mädchen den Zauberstab in drei Teile und ließ diese fallen. Sofort entstand eine große Wüstung, aus der die Alte nicht mehr herausfand. »Wirf du jetzt deine Nüsse weg!« rief das Mädchen ihm zu. Er tat es, da kamen Schlangen und wilde Tiere über die Alte und zerrissen sie.

Am anderen Tage kamen sie in sein Heimatland. Gegen Abend erreichten sie ein Wirtshaus vor seiner Stadt und kehrten dort ein um zu übernachten. Die Wirtin aber war eine Zauberin und hatte eine siebzehnjährige Tochter von abscheulicher Häßlichkeit. Zu der sagte sie: »Du kannst Königin werden. Hier hast du eine Nadel, die stichst du der Fremden in den Kopf, wenn sie schläft, und öffnest das Fenster. Dann wird sie zu einer Taube und fliegt fort. Nachher schließ das Fenster wieder und lege dich an ihre Stelle. Wenn er aber am Morgen aufwacht und fragt, warum du so grauslich aussiehst, so sage, das käme von der Reise.«

Die Tochter war sogleich damit einverstanden, nahm die Nadel und stach sie der Schlafenden in den Kopf. Da wurde die Schöne zur Taube und flog davon. Die Häßliche aber legte sich statt ihrer in das Bett. Als er am Morgen erwachte und sie anschaute, erschrak er nicht wenig: »Ich weiß nicht, bist du es oder bist du es nicht«, fragte er. Sie aber antwortete: »Ja, ich bin es wohl, das hat die weite Reise gemacht; ich werde schon wieder schön werden.«

So setzten sie sich in den Wagen und fuhren zur Burg, wo der König sie schon erwartete. Als sie ankamen, sprang er ihnen entgegen und öffnete selbst den Wagen. Wie erschrak er aber, als die häßliche Wirtstochter ihm zu Gesichte kam. Seine Freude war dahin, und er sagte zu seinem Sohne: »Mein Kind, du hast dir in diesen zwei Jahren viel erworben! Solch ein scheußliches Wesen bringst du mir in meine Burg?«

»Vater«, entgegnete der Prinz, »das kommt von der langen Reise, sie wird wieder schön.« Da bekam die Wirtstochter Zimmer und eine zahlreiche Dienerschaft.

Als sechs Wochen vorüber waren, kam ein Täubchen geflogen, das morgens um neun Uhr an des Prinzen Fenster flog. Wie er aber öffnete, flog es wieder weg. Da befestigte er eine Schnur am Fensterflügel, und als die Taube wieder an das Fenster flog, zog er zu, und das Tierchen war in seinem Zimmer. Es flog nun auf den Tisch, auf dem es hin und her ging. Der Prinz lief sogleich zu seinem Vater und sagte: »Ich habe eine schöne Taube gefangen!« Wie der König mit ihm kam, das Tierchen anzusehen, da ging es noch auf dem Tisch hin und her.

»Ist das ein schönes Täuberl«, sagte der König und streichelte es. Da bemerkte er etwas am Köpfchen und fand die Nadel. Er faßte den Nadelkopf und zog die Nadel heraus, da krachte es, und sie stand auf dem Tische als schönes Fräulein.

Der Königssohn nahm sie gleich in seine Arme und sagte: »Vater, die ist es, die mit mir hierher gereist war.«

»Die gefällt mir«, sprach der König, »da ist dein Wunsch erfüllt.« Beide fragten nun, wieso sie zu einem Täubchen geworden wäre, und sie erzählte alles. Da verständigte der König die Wirtin, sie solle an einem festlichen Mahle teilnehmen. Die Zauberin kam auch und saß mit ihrer Tochter zugleich an der Tafel. Nachdem sie gegessen und getrunken hatten, fragte der König die Alte: »Was gebührt dem, der einem anderen das Leben nimmt?« Da antwortete die Wirtin: »Nichts besseres, als daß er auf einem Scheiterhaufen verbrannt werde.«

Nun sprach der König: »Damit ist für euch zwei Hexen das Urteil verkündet.«

Der Scheiterhaufen war schon gerichtet, man führte die zwei hinaus und warf sie in die Flammen.

Dann aber holten sie die Schöne aus dem Zimmer. Es wurde noch einmal der Tisch festlich gedeckt und sie feierten fröhliche Hochzeit.

Volksmärchen aus Siebenbürgen

Verstand und Glück

Es gingen einmal der Verstand und das Glück auf Reisen, um sich die Welt zu besehen und die Menschen mit ihren Gaben zu erfreuen. Da trafen sie einen Schäferjungen, der lag an der Straße und schlief. »Wie wäre es«, sprach das Glück zum Verstand, »wenn wir gleich einen Versuch machten; ziehe du jetzt in den Knaben ein!« Dem Verstand war das recht und er stieg in das Haupt des Knaben. Als dieser erwachte, rieb er sich die Augen und dachte: »Ei wozu hier immer die Schafe hüten, du willst dein Glück in der Stadt versuchen.« Gleich machte er sich auf und kam zu einem Uhrmacher und verdingte sich als Stallknecht. In kurzer Zeit machte er sich bei seinem Herrn sehr beliebt, denn seine Pferde waren bald die schönsten in der ganzen Stadt. Dem Jungen aber war die Arbeit im Stall nicht genug; darum ging er, wenn der Meister und die Gesellen bei Tisch waren, insgeheim in die Werkstatt und verbesserte die Uhren. Die Gesellen merkten das endlich und sprachen zum Meister: »Es muß jemand, während wir essen, in die Werkstatt kommen, denn unsere Arbeit ist immer fortgeführt, aber weit besser, als wir sie gemacht hätten; denn alles daran hat Schick und Gestalt.« »Dem will ich bald auf die Spur kommen!« sagte der Meister und als die Gesellen wieder bei Tisch waren, stellte er sich insgeheim ans Fenster und guckte in die Werkstatt. Nur einmal sah er den Stallknecht da, wie er eine Uhr nach der anderen zur Hand nahm und besserte. Nach einer Weile konnte er sich nicht mehr halten, sondern öffnete die Türe und rief: »Du also bist der große Meister! Wohlan, du gehörst nicht in den Stall und sollst fortan mein erster Geselle sein!« Das war der Junge zufrieden und machte nun bald so künstliche Uhren, daß alle Welt sich darüber verwunderte.

Da geschah es, daß der König eines Tages ausschreiben ließ, er habe eine kostbare Uhr, die sei verdorben; wer sie wieder herstelle, dem gebe er fünftausend Gulden; wer es aber unternehme und es gelänge ihm nicht, dem koste es das Leben. Nun fand sich lange kein Uhrmacher, weder Meister noch Geselle im ganzen Reiche, der sichs unterstehen wollte. Als der Schäferjunge das hörte, ging er sogleich zum König und bat um die Uhr, er wolle sie ausbessern. Der König schüttelte das Haupt und sprach: »Junge,

Junge, das kannst du nicht! Es kostet dir dein Leben; keiner der vielen Meister hat sich getraut und du willst es besser verstehen?« Aber der Junge entgegnete voll Zuversicht, es müsse ihm wohl gelingen und er fürchte nichts für sein Leben! Da ließ der König die Uhr herbeibringen und der Knabe nahm gleich seine Werkzeuge, zerlegte sie, besserte, besserte, setzte sie wieder zusammen und siehe da, als man sie an Ort und Stelle hing, so ging sie wie vordem und der König hatte große Freude. Er gab ihm nicht nur die fünftausend Gulden, sondern hielt ihn auch bei Hofe und machte ihn zu seinem Wirtschafter. Von Tag zu Tag wurde der Junge dem König werter. Dieser hatte aber eine einzige Tochter, die hatte in ihrem Leben nie gelacht, und das kümmerte den Vater sehr. Darum hatte er bestimmt, daß derjenige sie zum Weibe haben solle, der sie zum Lachen bringe, wer es aber unternehme und es gelänge ihm nicht, dem koste es das Leben. Schon viele Freier hatten es versucht, doch alle hatten den Tod gefunden, nun wagte es lange niemand mehr.

Als der Schäferjunge davon hörte, so stieg es ihm zu Gedanken und nach einiger Zeit trat er vor den König und sprach: »Ich möchte deine Tochter wohl lachen machen!« »Armer Junge, das kannst du nicht«, sprach der König, »es wäre ja schade um dein Leben, lasse ab davon.« Aber der Junge hörte nicht auf zu bitten, bis der König es endlich zuließ. Er begab sich mit einem Minister zur Königstochter, trat ehrerbietig vor sie und fing an zu erzählen: »Drei Wanderburschen, ein Bildhauer, ein Maler und ein Sprachmeister, unternahmen zusammen eine Reise. Als sie in einen Wald gekommen waren, machten sie ein Feuer an und setzten sich herum. Da nahm der Bildhauer einen jungen Stamm und schnitzte daraus eine Jungfrau, darauf nahm sie der Maler und gab ihr durch Farben Schönheit, darauf nahm sie der Sprachmeister und lehrte sie sprechen. Wem von den dreien gehört nun die lebendige Jungfrau von Rechts wegen? Niemand weiß das zu beantworten.« Da lachte die Königstochter und rief: »Das versteht sich doch von selbst, dem Sprachmeister!«

Der Junge freute sich und ging mit dem Minister schnell zum König und dieser fragte sogleich: »Hat sie gelacht?« »Ja!« sprach der Junge ganz fröhlich. »Nein!« rief der Minister ernst. Da bat der Junge, der König solle einen anderen Minister zu der Jungfrau schicken und sie fragen lassen. Das tat der König; auch der sprach: »Nein!« »So schicke noch einen dritten.« Es geschah, doch auch der kam zurück und sprach: »Nein!« »Jetzt kann ich dir nicht helfen!« sagte der König ganz traurig, »was Gesetz ist, ist Gesetz und danach mußt du den Tod erleiden!« Schon hatte man den Jungen bis zur Richtstätte geführt, da kam just das Glück, das war bisher allein in der Welt herumgegangen, dazu und rief dem Verstand leise, daß niemand es hören konnte: »Du hast deine Schuldigkeit getan, jetzt ist es an mir: Komme heraus und lasse mich hinein!« Kaum war das geschehen, so hörte man Trompetengeschmetter und eine fröhliche Musik und in einer Kutsche kam der König und seine Tochter hergefahren und hielten hoch ein weißes Tuch zum Zeichen der Gnade. Jetzt klärte sich die Sache auf und weil die Minister so boshaft gelogen hatten, wurden sie anstatt des Jungen gehängt. Dieser aber mußte sich nun neben die Königstochter in die Kutsche setzen und fuhr mit ihr heim. Da wurde eine glänzende Hochzeit gefeiert, die vier Wochen lang dauerte, und der Junge wurde bald König und das Glück wohnte bei ihm und verließ ihn nicht bis an sein Ende.

KUNSTMÄRCHEN

JOHANN GOTTLIEB SCHUMMEL

1748–1813

Fünfe kommen durch die ganze Welt

(Zwischen Julius, Luise, Philippine, Krönchen und Leopold, die allesamt nette junge Menschen sind, ist ein Pfänderspiel im Gange)

Julius: Was soll das Pfand tun?

Luise: Es soll eine rechte große, abscheuliche Lüge erzählen, so groß, daß man sie mit den Händen greifen kann.

Julius: Nun, Sie haben gewiß eine im Schubsack; also geben Sie sie nur zum besten; da ist Ihr Ohrring!

Luise: Ich muß es nur gestehen; gestern abend kam ich eben dazu, weil unsre Muhme eine erzählte, eine rechte dicke, derbe Lüge, und mein kleiner Bruder, der hörte da so andächtig zu und glaubte alles steif und fest. In Bremen ist einmal ein Kerl gewesen, ein – I, wie heißt man ihn nur gleich? – einer, der sich mit aller Welt herumschlägt; auf den Degen und auf die Faust –

Leopold: Ein Renommist!

Luise: Ach nicht doch –, es ist ein deutscher Name –

Julius: Ein Klopffechter!

Luise: Recht, recht, ein Klopffechter. Der ist so geschickt gewesen, daß ers mit vierundzwanzig aufgenommen hat, und hat sie alle miteinander blessiert, und es hat ihm keiner was anhaben können. Der geht weg von Bremen, und will in der Welt herumreisen, um seinesgleichen zu suchen. So wie er vors Tor kommt, sieht er einen Kerl da stehn mit der Flinte, der hat eben angelegt und will losschießen. Der Klopffechter fragt ihn, wonach er denn ziele? Der Kerl winkt ihm, er solle ihn nicht stören. Indem schießt er los und sagt: »Da liegt er!« Der Klopffechter fragt: »Was denn?« – »I, ein Sperling«, sagt er: »da hab ich ihn oben von dem Straßburger Münster weggeschossen!«

Philippine: Was ist denn das, der Münster?

Julius (lachend): Nun, die Lüge ist so dick, wie der Münster selber! Der Münster ist ein ganz erstaunend hoher Kirchturm in Straßburg und Straßburg muß doch wohl von Bremen sechzig bis siebzig Meilen sein.

Luise: Nur Geduld; es kommt noch besser! Der Klopffechter spricht also zum Jäger: »Höre, du bist mein Mann, laß uns zusammen reisen!« – Das geschieht. Weil sie eine Ecke gegangen sind, husch, fliegt ein Kerl bei ihnen vorbei, so geschwind wie ein Pfeil. Es währt nicht lange, keine fünf Minuten, ist er wieder da. Der Klopffechter fragt ihn, wo er so geschwind hin gewesen sei. »In Rom«, sagt er, »ich habe da einen Brief hingetragen.«

Krönchen: Nun, wie weit ist denn das wieder?

Julius: Nicht weit, kleine paar hundert Meilen. *(Alle lachen.)*

Luise: Nur Geduld, es kommt noch besser! Die beiden sprechen also zu dem Läufer: »Höre, du bist unser Mann! Willst du mit uns reisen?« – »O ja«, sagt er, »warum nicht?« – Kurzum, sie reisen miteinander weiter. Weil sie wieder eine Ecke gegangen sind, kommen sie an einen großen, großen Wald, der wohl vier, fünf Meilen im Umfange hat. Da sehen sie einen Kerl stehen, der hat einen Strick in Händen. Der Strick geht um den ganzen Wald herum, und so wie der Kerl den Strick nach sich zieht, knicks, knacks, britz, bratz, daß die Bäume alle kreuz und quer übereinanderstürzen und der ganze Wald, ehe man eine Hand umdreht, da liegt.

Leopold: Nein, das ist, um sich schwach zu lachen.

Luise: Nur Geduld; es kommt noch besser! Die drei fragen also den Kerl, wer er sei. Da sagt er, er sei Knecht bei dem und dem Oberamtmann, der hab ihn hierher geschickt, daß er den ganzen Wald umhauen solle; das Ding sei ihm aber zu langweilig gewesen, er hab es also so gemacht. Kurz, sie nehmen den auch mit und reisen weiter. In einer Weile kommen sie an einen Berg; da sehen sie oben drauf wieder einen Kerl stehn, der hat sich in die Seiten gestemmt und bläst und pustet aus Leibeskräften. Sie fragen ihn, was er pustet. Da sagt er, es seien hier herum sechsunddreißig Windmühlen, die müsse er alle zusammen mit seinem Atem im Gange halten.

Julius: Nun des Kerls seine Lunge hätt ich sehn mögen!

Leopold: Potz, das muß närrisch gewesen sein, wie der Kerl so da gestanden hat, und hat gepustet!

Julius: Nur weiter, nur weiter, ich kanns kaum erwarten.

Luise: Nun den Pustkerl nehmen sie denn ganz natürlich auch mit, und so reisen sie zusammen nach Mainz.

Julius: Halt, daß wir nun nicht einen vor dem andern vergessen: Erst der Klopffechter, dann der Jäger, dann der Läufer, dann der starke Knecht, dann der Pustkerl, also fünfe zusammen. Nun, was wird?

Luise: So wie sie nach Mainz kommen, das ist des Morgens früh um zwei, hören sie, daß der Kurfürst sterbenskrank ist und daß ihm die Doktors schon das Leben abgesprochen haben; er könnte wohl noch gerettet werden, wenn sie nur ein gewisses Kraut kriegen könnten, aber das wachse bloß in der Schweiz, und dann müßte es auch noch diesen Vormittag Schlag elf da sein, sonst wäre alles umsonst und vergebens. Die fünf Kerle bereden sich miteinander, wie das Ding zu machen ist. Kurz, sie schicken aufs Schloß und lassen dem Kurfürsten sagen, wenn er ihnen eine rechte gute Belohnung verspreche, so wollten sie ihm das Kraut verschaffen. Der Kurfürst läßt ihnen sagen, wenn sie das täten, so wolle er ihnen so viel Geld und Silber geben, als der stärkste Kerl wegtragen könnte. Nun ists richtig! Mein Monsieur Läufer muß sich gleich auf den Weg machen, und fort nach der Schweiz. Unterdessen schlägt es zehn, es schlägt halb elf, es schlägt drei Viertel, der Läufer kommt nicht wieder. Den Kerln wird angst; sie gehen alle geschwind den Jäger an, weil der so gut in die Ferne sehen kann, der muß auf den Turm steigen und muß zusehen, wo der Läufer steckt. Den Augenblick ruft er: »Da liegt der faule Dieb und schläft, da bei Basel! Er mag wohl müde geworden sein von der Reise! Aber wart, ich will dich aufwecken!« – Gleich kriegt er seine Flinte und schießt los, dicht neben dem Läufer in die Erde. Der wacht auf vom Schusse, und Knall und Fall auf und fort: eh der Jäger vom Turme ist, steht er schon da und bringt das Kraut. Der Kurfürst nimmt es ein und wird auf der Stelle frisch und gesund. Drauf läßt er ihnen sagen, sie möchten nun jemand schicken, der das Geld abhole! Sie schicken also des Oberamtmanns Knecht. Der geht in die Schatzkammer und macht da alles ratzenkahl, daß kein Pfennig übrigbleibt; aber daran hat er noch lange nicht genug! Er geht durchs ganze Schloß und packt da alles auf, was ihm nur ansteht, Silbergeschirr und Schmuck und Tischzeug, alles aufgeladen, und weil nichts mehr da ist, geht er seiner Straße. Die fünfe ziehen also zum Tor hinaus und wollen ihr Glück weiter versuchen. Aber sie sind noch keine Meile von der Stadt weg, sieh da, so sehn sie zwei Regimenter Soldaten marschiert kommen, die ihnen der Kurfürst nachgeschickt hat, damit sie ihnen das Geld wieder abnehmen sollen. Nun ist guter Rat teuer! Der Klopffechter sagt: »Wenns vierundzwanzig wären, wollt ichs wohl mit ihnen aufnehmen, aber zwei Regimenter, das ist zuviel!« Der Jäger sagt: »Wenns einer wäre, wollt ich ihn wohl treffen, aber wie kann ich zwei Regimenter tot schießen?« Der Läufer sagt: »Ich will wohl fort kommen, ich kann mich auf meine Füße verlassen, aber wie solls mit euch werden?« Der Knecht sagt: »Wenn ich nur meinen Strick hier hätte, so wollt ich sie alle miteinander umreißen, aber so kann ich nichts!« Endlich kam der Pustkerl und sagte: »Laßt euch nicht bange sein, ich stehe euch für alles!« – Was hat er zu tun? Er läßt die beiden Regimenter ganz nahe kommen, dann stellt er sich mitten hin vor sie und fängt wieder an zu pusten: Wie der Blitz sind die Soldaten über alle Berge, und man weiß bis diese Stunde nicht, wo sie hingestorben oder geflogen sind. *(Alle lachen.)*

Julius: Nein, so was von Lüge hab ich in meinem Leben noch nicht gehört.
Luise: Es ist nur gut, wenn man sie so mit Händen greifen kann, wie die!

ANTON WALL (CHRISTIAN LEBERECHT HEYNE)

1751–1821

Abu. Ein Märchen

Hassan war seit dreißig Jahren König von Samarkand, und regierte sein Reich in Ruhe. Er hielt seine Nachbarn in Ehrfurcht, aber es fiel ihm nie ein, seine Grenzen zu erweitern. Er besaß das Glück, das den Königen so selten zu Teil wird: er wurde zugleich gefürchtet und geliebt.

Sein einziger Sohn hieß *Abu*, und der Vater hatte nichts an der Erziehung desselben versäumt. Einige weise Männer hatten alles getan, um das Herz und den Verstand des Jünglings zu bilden, und ihre Bemühungen waren nicht fruchtlos gewesen. Abu war zwar ein Prinz, aber dem ungeachtet einer der vollkommensten Jünglinge.

Allein die Geschichtsbücher, die man damals in Samarkand hatte, und durch deren Lesung er seinen Geist nährte, entwickelten nach und nach die Hauptneigung dieses jungen Prinzen, der die Wollüste und die Reichtümer verachtete. Was ihn in der ganzen Geschichte am meisten anzog, das waren die Schlachten und die Siege, durch welche sich der große König Mag-pulhar und der große König Trara-long und der große König Hio-lam einen so unsterblichen Nachruhm erworben hatten. Wir Europäer kennen freilich nicht einmal die Namen dieser unsterblichen Könige, deren Ruhm ewig dauerte: allein die verlornen Jahrbücher von Samarkand wußten sehr viel von ihnen zu sagen.

Kurz, die Taten dieser Helden entzündeten in dem vierundzwanzigjährigen Prinzen ein Feuer, das ihm seinen Zustand sehr unangenehm machte. Er wurde mit der geschäftslosen Ruhe, in der er leben mußte, von Tage zu Tage unzufriedner, er entfernte sich von der Gesellschaft und labte sich in der Einsamkeit an seinen Wünschen.

Eines Abends in der Dämmerung saß er ganz allein auf einem Hügel unweit Samarkand, hatte sich auf eine Rolle der samarkandischen Jahrbücher gestützt, und überdachte traurig seine Lage, als mit Eins ein ehrwürdiger Greis vor ihm stand. Der Greis trug ein himmelblaues langes Gewand, und einen weißen Stab. Er hatte einen schönen silberfarbigen Bart, der ihm bis auf den goldnen Gürtel reichte, und sein Gesicht war heiter und freundlich.

»Heil dir, Prinz Abu!« sagte der Greis, »du scheinst sehr mißvergnügt zu sein. Was fehlt dir?«

»Ich weiß nicht, wer du bist, ehrlicher Greis.«

»Ich komme weit von hier, ich liebe die Traurigen, ich rate ihnen, und bin verschwiegen. – Sage mir, Abu; was fehlt dir?«

»Geschäfte fehlen mir.«

»Und was für Geschäfte?«

»Durch die man erfährt, daß es einen Prinz Abu in der Welt gibt.«

»Allein wie weit willst du denn, daß dein Name bekannt werden soll?«

»Je weiter, je besser.«

»Also wünschest du, daß alle Völker der Erde von dir hören?«

»Wenn es möglich ist, alle.«

»Aber wodurch glaubst du wohl, es so weit zu bringen?«

»Durch Taten, von denen man spricht.«

»Vermutlich durch Schlachten, durch Eroberungen, durch gefangne Könige, und durch bezwungne Völker?«

»O, du hast mein Innerstes durchschaut. – Rate mir: das Feuer, das in mir glüht, verzehrt mich.«

»Stehe auf!« sagte der Greis, und ging tiefsinnig mit Abu auf dem Hügel hin und wider, bis es völlig Nacht war. Abu konnte sich in das Schweigen der Gestalt nicht finden: allein er war von einem gewissen Zutrauen und von einer gewissen Ehrfurcht erfüllt, die er noch nie gegen jemand empfunden hatte.

»Setze dich!« sagte der Greis, als man alle Sterne sehn konnte; und Abu setzte sich gehorsam neben ihm auf den Hügel.

»Ich will dir Rat geben, Abu: unterbrich mich nicht«, fuhr der Greis fort, und hob seinen Stab in die Höhe. »Der Stern, den du dort einen halben Zoll weit vom Sirius erblickst, ist so weit vom Sirius entfernt, daß die Strahlen, die heute von dem Sterne ausgehn, ungeachtet sie in einer Minute mehr als dreihundert und dreißigtausend samarkandische Meilen durchlaufen, dennoch erst in achttausend Sonnenjahren in dem Sirius ankommen können, so daß, wenn der Stern dereinst verlöschen sollte, man ihn im Sirius erst achttausend Jahre nachher vermissen wird.«

Abu staunte und seufzete.

»Dieser Stern, der Haro heißt«, fuhr der Greis fort, »ist eine Sonne, um die sich einundfünfzig Planeten drehn. Unter diesen einundfünfzig Planeten ist einer, der Narr heißt und achtzehn Monde hat. – Der Planet Narr ist ungefähr zehntausend mal so groß, als dieser Erdboden, und es gibt auf demselben sogenannte vernünftige Geschöpfe. Sie sind nur achtzig Ellen hoch, haben nur sechzehn Sinne, und leben bloß dreitausend Jahr, statt daß die Bewohner der andern Planeten dieses Sterns zum Teil zweihundert Ellen hoch sind, bis an fünfzig Sinne haben, und zwanzig bis dreißigtausend Jahr leben. Demungeachtet glauben die armen Narrianer, daß um ihretwillen die Welt geschaffen ist, und behaupten, daß die Sonne und die achtzehn Monde und die fünfzig Planeten und die tausend Millionen Fixsterne, die sie mit ihren viertelmeilenlangen Fernröhren entdecken können, bloß gemacht sind, um ihre Tage und ihre Nächte zu erleuchten.«

Abu saß und getraute sich kaum Atem zu holen.

»Es gibt auf dem Planeten Narr einige tausend Nationen. Sie sind noch alle wild, aber einige davon nennen sich kultiviert. Diese kultivierten Nationen, die sich für das wichtigste Werk der Schöpfung halten, sind eine sonderbare Gattung von Geschöpfen. – Sie ernennen zum Exempel an einem Tage des Jahrs diejenigen, die eine gewisse Summe brauner Steine erlegen, welche im Planeten Narr sehr selten sind, zu privilegierten Vorstehern der sechzehn Sinne, ungeachtet diese Vorsteher bisweilen ohne allen Sinn sind. – Sie haben Priester, die dem Dienste des Ewigen vorstehen sollen, und diese teilen sich in die Priester Hedah und in die Priester Heidah. Beide Wörter haben keinen Sinn in der Sprache dieser Völker, und dennoch haben sie sich dreißigtausend Jahr lang wegen dieser Wörter bald vergiftet und bald ermordet. – Sie haben Gesetze; aber es gehört ein Jahrtausend dazu, um diese Gesetze auswendig zu lernen, zwei Jahrtausende, um sie zu verstehn und zehn Jahrtausende, um sie mit einander zu vereinigen – dennoch geben sie andern Nationen den Titel Barbaren und halten sich für die ersten Werke der Schöpfung.«

Abu verschlang jedes Wort des Greises.

»Die Narrianer haben sich in der Länge der Zeit in große oder kleine Gesellschaften gesammelt, und, welches das vernünftigste von ihnen ist, jede Gesellschaft gehorcht einem einzelnen Geschöpfe von ihrer Art, das man auf dem Erdboden König nennt, und das, wenn es seine Pflichten treulich verrichten will, übler dran ist, als ein armer Holzspeller.«

Abu holte tief Atem.

»Demungeachtet hat es im Planeten Narr bisweilen sogenannte verständige Geschöpfe gegeben, die sich einen unsterblichen Ruhm erwerben wollten, die mit einigen Millionen bewaffneter Männer auszogen, um allen Nationen des Planeten bekannt zu werden, die in ihrer kurzen Lebenszeit von ein paar tausend Jahren nur den achten Teil derselben kennen lernten, und die dennoch einige tausend Städte verwüsteten, welchen man weiter keine Schuld geben konnte, als daß sie nicht im Stande gewesen waren, den

Buben, der sie verbrannte, in dem Augenblicke, da er vor ihren Mauern erschien, zu fangen, und ihn an einen Baum zu henken.«

Abu starrte den Greis an.

»Sehr selten gibt es im Planeten Narr einen König, der mit den Grenzen seines Reichs zufrieden ist, der Nachruhm und sogenannte Heldentaten verachtet und sich bemüht, gerecht und liebenswürdig zu sein.«

Abu stützte sich auf den Arm und sah zur Erde.

»Von dir, Abu, der du den tausendsten Teil eines kleinen Planeten erben wirst, welcher zehntausendmal kleiner ist, als der kleine Planet Narr – von dir, welchem Geschöpfe gehorchen werden, die nur fünf Sinne haben, die höchstens sieben oder acht Fuß hoch sind, und die bloß hundert Jahre leben – von dir wär' es sonderbar, wenn du dich den Geniussen, die bisweilen von Sonnensystem zu Sonnensystem reisen, zum Spotte machen wolltest. Man nennt den Planeten Narr das Tollhaus der Schöpfung. Wie sollte man deinen kleinen Planeten nennen, wenn es Eroberer drauf gäbe? – Tue wohl, Abu, verschaffe Recht, und sei liebenswürdig.«

Der Greis verwandelte sich in einen glänzenden Jüngling, küßte den Prinzen Abu und verschwand. – Abu fiel zur Erde, betete den Schöpfer der Sonnen und der Planeten an, ging nach Samarkand zurück und wurde liebenswürdig anstatt ein Eroberer zu werden.

CHRISTOPH MARTIN WIELAND (?)

1733–1813

Himmelblau und Lupine

Die Fee *Lupine* hatte das Unglück, fünf Tage in jeder Woche eine außerordentlich häßliche kleine Person zu sein; in den beiden übrigen hätte sie das Modell zu einer Liebesgöttin abgeben können. Es ist noch immer etwas, wöchentlich zwei schöne Tage zu haben, woferne man sie benutzen kann. Aber für *Lupinen* ging dieser Vorteil durch einen andern Umstand verloren, und das war, daß sie, so wie sich ihre Figur änderte, auch eine andere Denkart und andere Gesinnungen bekam. In ihren fünf häßlichen war sie sanft, zärtlich, gutherzig, gefühlvoll, mit einem Worte, liebenswürdig, wenn man es mit einer widerlichen und zurückstoßenden Außenseite sein könnte. Sie war in dieser Zeit die gefälligste, die verbindlichste

Person von der Welt und tat ihr Möglichstes, um irgend einen Genie, Zauberer oder auch nur einen bloßen Sterblichen aufzutreiben, der edel genug wäre, sich von wahren und soliden Verdiensten, von Vollkommenheiten des Geistes und Herzens, ohne einen Zusatz von körperlichen Reizungen, einnehmen zu lassen; aber leider! wo findet man solche Männer in der Welt? Bei Alledem muß man sich nicht einbilden, als ob die gute kleine Fee darum eine *Kokette* gewesen wäre; sie tat es bloß, weil es nun einmal geschrieben stand, daß sie ihre ursprüngliche Gestalt, welche sehr liebreizend gewesen war, nicht eher wiederbekommen würde, bis sie einen Mann fände, dem sie in ihrer Häßlichkeit eine wahre Liebe einzuflößen vermöchte. So stand es in dem Buche des Schicksals geschrieben, einem Buche, das Jedermann kennt, wiewohl kein Mensch jemals darin gelesen hat.

Wie die gute *Lupine* zu diesem Unglück gekommen, wird wohl Niemand erst fragen, der ein Wenig in der Feerei bewandert ist. Natürlicherweise hatte sie sich's durch eine hartnäckige Sprödigkeit gegen irgend einen häßlichen, boshaften, abscheulichen Zauberer zugezogen, welcher mächtiger als sie. So etwas versteht sich von selbst; und gleichwohl gibt es Leute, denen man alles sagen muß, und die gleich ungehalten über Euch werden, wenn Ihr ihnen das Vergnügen machen wollt, etwas zu erraten, das – sich von selbst versteht.

Lupine hatte, wie gesagt, auch zwei Tage in der Woche, wo sie zum Entzücken schön war. Sie besaß in dieser kurzen Zeit alle Reizungen und Annehmlichkeiten, womit Schönheit und Jugend die Sinne bezaubern können; und wäre es in ihrer Gewalt gestanden, die nämlichen Gesinnungen und das nämliche Betragen, womit sie in den Tagen ihrer Häßlichkeit so wenig ausrichtete, beizubehalten, welches Herz hätte gegen sie aushalten können? Aber sobald sie schön wurde, wurde sie auch albern, eitel, übermütig und, mit einem Worte, unausstehlich; ihr hochmütiges Wesen, ihre Kälte, ihr Eigensinn, ihre Geringschätzung anderer, ihr Mangel an Geschmack und Empfindung, kurz, alle ihre Manieren stießen einen jeden wieder zurück, den ihre Figur angezogen hatte; und man brauchte sie nur reden zu hören oder sich mit ihr einzulassen, um in wenig Augenblicken die gute Meinung von ihr zu verlieren, die man gewöhnlich von einer schönen Person hat, und worin man sich so ungern betrogen findet.

Es war eine von den Bedingungen, von welchen ihre Wiederherstellung in den vorigen Stand abhing, daß es ihr nicht erlaubt war, weder denen, die sie anbeteten, wenn sie schön war, noch denen, deren Herz sie als häßlich gerne gewonnen hätte, zu entdecken, daß sie unter beiderlei Gestalt die nämliche Person sei. Man glaubte bei Hofe (die Rede ist vom Hofe der Feenkönigin), es seien zwei *Lupinen*, eine *schöne* und eine *häßliche*. Dieser Hof ist ein Land, wo man zuweilen alles und noch mehr sieht, als zu sehen ist, dafür aber auch zuweilen die auffallendsten Dinge übersieht, so daß viele Zeit verstrich, ohne daß man die Bemerkung machte, daß die beiden *Lupinen* sich nie zugleich sehen ließen.

Inzwischen hatte die kleine Fee in jeder Woche hinter einander den Verdruß, sich von eben den Liebhabern verachtet und verspottet zu sehen, die in den beiden übrigen Tagen alles in der Welt darum gegeben hätten, sie ebenso liebenswürdig und gefällig zu finden, als sie schön und reizend war. Diese Lage ist traurig genug; auch war es *Lupine* nicht wenig, und sogar noch mehr in den Tagen, wann sie schön, als in denen, wann sie häßlich war; woraus sich schließen läßt, daß es noch besser ist, mit Verstand und Empfindung häßlich, als mit aller möglichen Schönheit eine Gans zu sein.

So stand es indessen mit der guten Fee, als das Schicksal sie mit einer Mannsperson zusammenbrachte, die aus einerlei Ursache ebenso übel behandelt worden war. Es war ein junger Prinz (wie man leicht denken konnte); aber was man so leicht nicht erraten hätte, ist, daß er sich *Himmelblau* nennen ließ, teils, weil seine Augen von dieser Farbe waren, teils, weil er sich den ganzen Sommer durch in himmelblauen Schielertafft zu kleiden pflegte und diese Art von Zeug eine Zeit lang zur Mode gemacht hatte. Er war ursprünglich einer von den *Adonissen* gewesen, die das Vorrecht haben, den Weibern den Kopf zu verrücken, ohne daß sie recht sagen könnten, warum. Sobald sich einer von diesen privilegierten Herren sehen läßt, so sind die alten Feen gemeiniglich nicht die Letzten, welche Jagd auf sie machen; wiewohl mit so schlechtem Gefolge, daß sie längst von dieser kleinen Schwachheit geheilt sein sollten, wenn man sich von einer Schwachheit, die man gerne hat, heilen ließe. Die erste Fee, die sich über *Himmelblau's* Grausamkeit zu beklagen hatte, nahm ihre Rache auf der Stelle. Sie tat ihm, wie der Zauberer *Lupinen* getan hatte; der ganze Unterschied war, daß *Himmelblau* nur für zwei Tage in der Woche mit der vollständigsten Häßlichkeit begabt war, in den fünf andern aber seine angeborne Schönheit behielt. Im übrigen war es mit ihm wie mit *Lupinen*: häßlich hatte er alle nur ersinnliche Vorzüge des Geistes und Herzens; aber sobald er wieder schön wurde, weg war Seele, Witz, Geschmack und Empfindung; er wurde so kalt und gleichgültig wie eine Bildsäule, sah ohne Gefühl, sprach, ohne zu denken, kurz, wurde so albern und abgeschmackt, daß er mit aller seiner Schönheit kaum erträglich war.

Die beiden Tage, wo *Himmelblau* unter dem Namen *Magotin* häßlich und gefühlvoll war, waren gerade dieselben, wo *Lupine* verurteilt war, schön und gleichgültig zu sein; die fünf Tage hingegen, wo sie häßlich und geistvoll war, waren diejenigen, an welchen sich der Prinz im Besitz aller Reizungen und aller Kälte einer schönen Statue befand. In diesem letztern Stande mußte er

Liebe einflößen, um jemals daraus befreit zu werden; und was für ihn das Mißlichste war, es mußte *wahre* Liebe und die Liebhaberin eine Dame von Verstand und vortrefflichem Charakter sein. In diesem Stücke war er wirklich schlimmer daran als die Fee. Eine häßliche Person kann durch die Schönheit ihrer Seele gefallen; aber daß ein verständiges Frauenzimmer einen gefühllosen Gecken bloß um seiner Figur willen liebgewinne, scheint beinahe eine Unmöglichkeit.

Die Übereinstimmung in *Himmelblau's* und *Lupinens* Schicksalen brachte noch eine andere hervor, die man leicht voraussehen konnte. Der Prinz wurde in den zwei Tagen, wo er *Magotin* war, sterblich in *Lupinen* verliebt, die dann just ihre zwei schönen Tage hatte, und sie begegnete ihm so unartig und verächtlich, als man es von einem Charakter wie der ihrige erwarten kann. Aber dafür kam auch, sobald die zwei Tage vorbei waren, die Reihe an den Prinzen. *Lupine* wurde dann wieder auf fünf Tage das häßlichste Geschöpf von der Welt, und der schöne *Himmelblau* nahm mit seiner Gestalt und seinem Namen auch seine Eiskälte und sein verächtliches Bezeugen wieder an. Die arme Fee gab alle ihre Blicke und Seufzer umsonst bei ihm aus; sie schien nur desto häßlicher zu werden, je zärtlicher sie aussah, und je mehr sie zu gefallen suchte.

Bei Alledem sah sich der schöne *Himmelblau* bald genug von dem Gedränge verlassen, das seine Figur anfangs um ihn her gemacht hatte. *Koketten* und Prüden, die davon geblendet worden waren und sich viel von ihm versprochen hatten, wurden seiner Kälte und unhöflichen Gleichgültigkeit überdrüssig; die einzige *Lupine*, die keine Wahl hatte, hielt bei ihm aus. Sie hatte dann doch wenigstens das Vergnügen, allein bei dem, was sie liebte, zu sein und keine Nebenbuhlerin zum Zeugen der Gleichgültigkeit, womit ihr begegnet wurde, zu haben; und das ist kein geringer Trost. Wenn diese Gleichgültigkeit nicht abnahm, so schien sie doch auch nicht zuzunehmen; und auch das ist ein Trost; die Liebe nährt sich von dem leichtesten Anschein von Hoffnung, und Hoffnung ist vielleicht der größte Zauber der Liebe. Auch in diesem Stücke hatte es *Himmelblau* schlimmer, wenn die Reihe an ihn kam, häßlich zu sein. *Lupine*, so wenig Unterhaltung auch ihre Liebhaber bei ihr fanden, behielt doch immer einen kleinen Hof von Anbetern um sich. Die Eigenliebe der Mannsleute scheint von einer zähern und hartnäckigern Natur zu sein als der Damen ihre, und es braucht eine weit längere Zeit, bis ein Liebhaber, der das Unglück hat, zu mißfallen, sich's gesagt sein läßt. Und wenn denn auch einem die Geduld ausging, so stellten sich immer wieder zwei neue dafür ein, die ihren eignen Verdiensten und Gaben mehr zutrauten und desto hitziger wurden, das Abenteuer zu versuchen, je mehr Vorgänger dabei verunglückt waren. *Himmelblau-Magotin* hatte also immer die Demütigung auszustehen, daß ihm unter allen seinen Nebenbuhlern am schlimmsten mitgespielt wurde. Freilich besaß er zu seinem Glücke so viel Verstand, daß er noch immer besser als ein andrer davonkam; aber litt er darum weniger?

Ein so stürmischer Hof wie *Lupinens* hatte oft genug lauter neue Gesichter aufzuweisen; der einzige *Magotin* hielt sie alle aus; keine Mißhandlung konnte ihn ermüden, geschweige zum Abzug bewegen. Anfangs gab niemand darauf acht; aber da es lange genug gewährt hatte, bemerkte man es endlich. Man zog ihn darüber auf; er hielt fest. Seine Beständigkeit schien ein Wunder; die Damen stellten ihre Betrachtungen darüber an; man beschloß, Mitleiden mit ihm zu haben und wo möglich seine Figur zu vergessen, wenn man ihm auch mit geschlossenen Augen Audienz geben mußte. Man begriff, es müßte was außerordentliches hinter ihm stecken; kurz, er wurde Mode, und eh man eine Hand umkehrte, war keine Dame von einer gewissen Gattung, die sich nicht eine sehr ernsthafte Angelegenheit daraus gemacht hätte, diesen Liebhaber der *schönen Unerträglichen* zu entführen. Denn unter diesem Namen war *Lupine* in ihren zwei schönen Tagen bekannter als unter ihrem eigenen.

Die Geschichte sagt nicht, ob *Magotin* all die Gütigkeit, womit man ihn auf einmal überhäufen wollte, so wie man es von ihm erwartete, beantwortet habe. *Lupine*, die ihn abscheulich gefunden hatte, da er ihr so unablässig aufwartete, fand ihn nun ebenso abscheulich wegen seiner Abwesenheiten und strafte ihn mit gleicher Strenge für beides; jeder Vorwand war ihr recht, wenn sie ihn nur quälen konnte.

Man will bemerkt haben, daß ein Fratzengesicht, wenn es einmal in die Mode gekommen ist, das Talent hat, sich länger darin zu erhalten als ein anderes; der Geschmack, den die Damen an ihm finden, wird, ehe man sich's versieht, eine ordentliche Wut.

Eine gewisse Fee, die man *Confidante* hieß, war die einzige am ganzen Hofe, die noch keine besondern Konversationen mit dem Prinzen *Magotin* gehabt hatte. Diese Fee *Confidante* war zum wenigsten ebenso schön als *Lupine*; aber sie war noch unempfindlicher, und in Rücksicht dieser allgemein bekannten Tugend verziehen ihr die übrigen Feen ihre Schönheit. Wiewohl diese letztere eben keine gute Eigenschaft an einer *Confidante* ist, so setzte man dem ungeachtet ein großes Vertrauen in sie. Niemand hatte sich noch übel dabei befunden; es war die beste, gefälligste, harmloseste Seele von einer Fee am ganzen Hofe. Man konnte ihr in einem ganzen Tage nicht mehr als zwei oder drei unbesonnene Streiche und ebenso viel grillenhafte Einfälle vorwerfen. Ein so gleichförmiger Charakter ist was seltenes; auch machte sie der ihrige bei allen ihren Gespielen außerordentlich beliebt. Sie erfuhr also alles, was die übrigen von *Magotin's* Verdiensten wußten; und sie erfuhr so viel davon, daß die Neugier, die Tochter und Mutter aller Übel unterm Monde, ihr endlich den bösen Gedanken eingab, den Prinzen allen seinen Beschützerinnen zu entführen.

Unter allen den kleinen Tyrannen, die sich anmaßen, den Kopf einer Schönen zu regieren, ist Neugier oder Vorwitz (wie man's lieber nennen will) der allerunbeschränkteste, wiewohl es sonst noch einige sehr mächtige gibt; aber sobald er spricht, schweigen sogleich die andern und stehen seinen Winken zu Gebot. Die Fee *Confidante* hatte alle Augenblicke Gelegenheit, mit *Magotin* zu sprechen; denn sie war immer mit tausend kleinen unbedeutenden Aufträgen von ihren Freundinnen an ihn beladen. Bisher hatte sie immer in fremdem Namen mit ihm gesprochen; aber nun, da ihre Partie genommen war, sprach sie für ihre eigene Rechnung, und nicht so undeutlich, daß der Prinz, der seit kurzem große Aufschlüsse über das Geheimnis des weiblichen Herzens bekommen hatte, nicht sehr gut erraten hätte, was er erraten sollte. Er erriet sogar noch mehr, und das bewies eben, daß er sich aufs Raten verstand.

Confidante war nur vorwitzig; aber sie war es auf eine so passionierte Art, daß ihr Vorwitz wie Liebe aussah. Die Freundinnen, deren Vertraute sie gewesen war, blieben nicht lange im Irrtum und empfanden ihre Treulosigkeit, wie man sich's vorstellen kann. Die Beleidigung war gemeinschaftlich, die Rache mußte es nicht minder sein. Kurz, man trat in eine ordentliche Verbindung zusammen, ihr ihren *Magotin* wieder abzujagen; und man trieb die Sache mit solchem Eifer, daß *Confidante*, die sich aus bloßem Vorwitz vielleicht kaum vierundzwanzig Stunden mit dem kleinen Scheusal abgegeben hätte, nun einen Ehrenpunkt daraus machte, ihn zu behaupten, sobald sie sah, daß man sie mit Gewalt aus dem Besitze werfen wolle.

Lupine wurde in diesen Umständen als die geschickteste Person betrachtet, die zusammenverschwornen Feen an *Confidanten* zu rächen. Die Leidenschaft des Prinzen für sie war bekannt, und es kostete sie nur einen Blick, um ihn auf immer von ihrer Rivalin abzuziehen. Aber die Schwierigkeit war, ihr den *Willen* dazu zu machen. Von Liebe oder Vorwitz war hier nicht die Rede; die schöne *Lupine* hatte für diesen so wenig Empfänglichkeit als für jene; man bemühte sich also, ihr wenigstens Eifersucht über ihre Nebenbuhlerin beizubringen.

Man würde sich sehr betrügen, wenn man sich einbildete, daß die Eifersucht einer Schönen immer Liebe voraussetze. Sie kann ebensowohl aus bloßer Abneigung gegen eine Rivalin, aus Eitelkeit, Stolz und Begierde nach einem Vorzug entstehen, wovon man zwar keinen Gebrauch für sich selbst machen will, aber sich doch auch nicht entschließen kann, ihn einer andern zu überlassen. Diese Art von Eifersucht war es, was die Feen *Lupinen* in den Busen hauchten, und die erste Frucht davon war, daß sie *Confidanten* so herzlich zu verabscheuen anfing, als man nur wünschen konnte. Noch liebte sie den *Magotin* nicht; aber sie hatte eine ganz sonderbare Lust, beide recht unglücklich zu sehen. Sie machte sich eine Freude und ein Geschäfte daraus, ihnen heimliche Streiche zu spielen, ihre Unterredungen zu stören und ihre Zusammenkünfte rückgängig zu machen. Bald affektierte sie ein schmachtendes und zärtliches Wesen auf eine Art, die den Prinzen hoffen ließ, daß es *ihm* gelten könnte, bald setzte sie ihn wieder in Unruhe und Verzweiflung, aber beides immer auf den Moment, wo es für ihre Rivalin nicht ungelegner kommen konnte. In den Augenblicken, wo *Magotin Confidanten* hätte sehen können, hielt sie ihn auf, hatte zwanzig Fragen an ihn zu tun, hörte ihm mit anscheinender Teilnehmung zu und schien etwas auf dem Herzen zu haben, das er für einen Anfang von Liebe halten mußte; in andern hingegen, wo sie von *Confidanten* nichts zu besorgen hatte, und wo *Magotin* die Belohnung für die Opfer, die man von ihm gefordert hatte, zu erhalten hoffte, begegnete sie ihm wieder mit einer Härte, die ihn zur Unsinnigkeit hätte treiben mögen. Bei Alledem sah sie ihn öfter und länger als ehedem, war mehr allein mit ihm, und das Ende von dieser ganzen Komödie war, daß es die nämliche Wirkung bei ihr hervorbrachte, die der Vorwitz bei *Confidanten* gehabt hatte: sie spielte die Eifersüchtige und die Verliebte so lange, bis sie es im Ernste wurde. Und *so* hat Amor seine Kurzweile mit unsern Anschlägen; *so* enden alle seine Spiele!

Sobald *Lupine* ihres Übels gewahr wurde, gab sie sich alle Mühe, es zu verheimlichen; eine Mühe, die man sich in ihrem Falle ebensowohl ersparen könnte; denn sie dient zu nichts, als das, was man verbergen will, desto sichtbarer zu machen. Diese Veränderung zog gar bald eine andere nach sich; so wie *Magotin* geliebt zu werden anfing, verminderte sich seine Häßlichkeit. Es ging so langsam mit dieser Verlangsamung zu, daß sie für andere Leute beinahe unmerklich war; aber in *Lupinens* Herzen und in ihren Augen ging es desto schneller. Mit jedem Male, wo sie ihn wiedersah, fand sie ihn liebenswürdiger; und das war gerade, was er brauchte, um es immer mehr zu werden.

Diese angehende Liebe konnte den übrigen Feen nicht lange verborgen bleiben; sie sahen sich dadurch an *Confidanten* gerochen, und in Rücksicht auf *Lupinens* Charakter zweifelten sie nicht, sich bald genug auch an *Magotin* gerochen zu sehen. Sie vergaßen, daß die Liebe, die so viel Wunder zu tun vermag, auch Seelen umgestalten und neue Sinnesarten machen kann.

Während alles dies mit *Lupinen der Schönen* und *Himmelblau dem Häßlichen* vorging, kam ein glücklicher Zufall auch *Lupinen der Häßlichen* zu Statten. Es trug sich nämlich zu, daß der schöne *Himmelblau*, da er einstmals seine Gleichgültigkeit und seine Reizungen in einem benachbarten Gehölze spazieren führte, von einer Räuberbande angefallen wurde; er setzte sich, wie man leicht erachtet, mit großer Tapferkeit zur Wehr, verwundete verschiedene und verjagte die übrigen; aber er kam mit einer Wunde zurück, die er durch einen Pfeilschuß an der linken Hand bekommen hatte. Die Verwundung war an sich sehr unbedeutend; aber unglücklicherweise war der Pfeil vergiftet, und der Wundarzt gab mit aller in solchen Fällen gebräuchlichen Behutsamkeit zu verstehen, das einzige Mittel, den Prinzen zu retten, sei, je bälder je lieber eine Person zu finden, die sich entschließen könne, das Gift aus der Wunde zu saugen.

Der Wundarzt hatte kaum ausgeredet, als *Lupine*, in Tränen zerfließend, sich der Hand ihres Geliebten bemächtigte und, wie sehr er sich auch dagegen sträubte, sie nicht eher wieder fahren ließ, bis sie alles Gift, das bereits in das Blut eingedrungen sein konnte, ausgesogen hatte. Welcher Unempfindliche hätte nicht in einem solchen Augenblicke eine Seele bekommen? Der Prinz, der von dieser edelmütigen Liebesprobe mehr als von seiner eigenen Gefahr gerührt wurde, betrachtete *Lupinen* mit Tränen in den Augen, ohne daß er ein Wort herausbringen konnte. Aber wie groß war sein Erstaunen, sie auf einmal so schön zu finden, als sie ihm wenige Augenblicke zuvor häßlich vorgekommen war! War es die Schönheit dieser Handlung oder das Auge der Liebe, womit er sie ansah, oder nicht vielmehr beides zugleich, was sie so schön machte? Genug, Hochachtung, Mitleiden und Dankbarkeit bemeisterten sich seines Herzens auf ewig. Von dem Augenblicke, da er *Lupinen* mit diesen Empfindungen ansah, war sie nicht mehr die vorige. Ihre Häßlichkeit verschwand, sie erhielt ihre ursprünglichen Reizungen wieder; seine Zärtlichkeit wurde Liebe; in einem Nu war *sie* die schönste aller Feen und *er* der gefühlvollste aller Liebhaber. Die *schöne Lupine* hörte auf, *unempfindlich*, die *gefühlvolle Lupine* hörte auf, *häßlich* zu sein; *Himmelblau* war nicht mehr *Magotin*, und *Magotin* war der liebenswürdigste aller Prinzen. Sie erkannten sich nun für diejenigen, die einander unter jener zweifachen Gestalt so viel Leiden verursacht hatten. Die Sache wurde bald auch allen übrigen bekannt, und jedermann wollte es schon lange gemerkt haben, wiewohl kein Mensch vorher daran gedacht hatte.

Die Königin der Feen, die sich zuvor nicht in ihre Angelegenheiten gemischt hatte, tat es nun bloß, um die Wünsche der Liebenden zu krönen und sie auf ewig mit einander zu vereinigen. *Lupine* teilte *Himmelblau* ihre Unsterblichkeit mit, und noch jetzt sind sie so glücklich, als ob jeder Tag ihres Lebens der erste ihrer Liebe wäre.

JACOB MICHAEL REINHOLD LENZ

1751–1792

Geschichte des Felsen Hygillus

In der Nacht eines Myrthenwaldes lag das Landhaus der Königin *Thaumasia*, unweit des Meeres. An einem Frühlingsmorgen, als die zärtlichen Klagen der Nachtigallen ihr den Schlaf störten und sie das Fenster, das über dem Abhang der glättesten Felsenwand ins unermeßliche Meer hinausführte, eröffnet hatte, um an dem Schauspiel der brausend aufwachenden See im Morgenduft die Sorgen einzuwiegen, die das Erbteil jeder feingestimmten Seele sind, sah sie, sobald die ersten Strahlen des Tages aus den schwarzen Fluten widerleuchteten, eine unkenntliche weiße Gestalt wie hilflos auf denselben hin und her wallen. Anfangs hielt sie sie für eine Welle; wie aber der Blick auf Dingen zu ruhen pflegt, die durch ihre Undeutlichkeit die Neugier reizen, und die veränderte Gestalt des rosenfarbenen Himmels die Farbe dieser Welle nicht verändern wollte, erkannte Thaumasia endlich durch Hilfe eines Sehrohrs, daß es ein lebendiges Geschöpf war, das hier mit Wasser und Winden nicht sowohl zu kämpfen, als ihnen durch seinen ohnmächtigen Widerstand zum Spiel zu dienen schien. Wie nun das unwürdigste Ding, wenn man es in gewissen Augenblicken und mit gewissen Empfindungen sieht, einen Wert bekommt, so ging es auch hier. Thaumasia konnte, sobald sie überzeugt war, daß dieses Geschöpf nicht leblos wäre und Nerven hätte, es unmöglich der grausamen Gewalt der fühllosen Wellen und Winde preisgegeben sehen, sie weckte ihre Sklavin, die sogleich einige Fischer beordern ließ, es ans Land zu bringen. Es war ein artiges Hündchen, das noch Zeichen des Lebens von sich gab und, sobald es erwärmt und getrocknet war, vor Thaumasia gebracht wurde, der er mit soviel Schmeichelei das Herz zu stehlen wußte, als ob er es gewußt hätte, daß er nur ihr das Leben schuldig war.

Sie entdeckte zu größerem Vergnügen, daß sein Fell so weiß und glatt war, daß es schien, als wäre die Hündin der Diana durch eines der seltsamsten Abenteuer in ihre Insel gekommen: und da seine Schmeicheleien immer artiger wurden, je mehr das Ungestüme des Gefühls der Dankbarkeit nachließ, und ihn mutiger und freier machten, so beschloß sie, ihn zu ihrem Schoßhunde zu machen, zu welcher Würde er auch gleich durch ein Halsband mit ihrem Namen eingeweiht wurde, bei welchem er sich so artig benahm, daß sich ihre erste Vorstellung seines wahren Ursprungs immer mehr bestätigte.

Wie groß war ihr Erstaunen, als sie an einem der schönsten Maiabende sich in dem blühenden Orangenhain, der an die südliche Seite ihres Palastes stieß, vertieft hatte und ihre kleine Cynthia (so nannte sie sie mit dem liebenswürdigen Spott, der nur die schönere Hälfte des menschlichen Geschlechts kleidet, weil er die einzige Waffenrüstung ist, mit der die Natur sie gegen Gewalt und List ausgesteuert), die sich schien verloren zu haben, lange vergeblich rief: wie groß war ihr Erstaunen, sage ich, als sie sich umwandte und einen Sklaven ihr folgen sah, dessen Bildung ihr ebenso fremd war, als sein Anzug ihr bekannt vorkommen mußte, weil es der war, den sie ihren Sklaven gewöhnlicherweise zu geben pflegte.

»Wer seid Ihr?« redete sie ihn an, ein wenig hastig. Er warf sich ihr zu Füßen und antwortete:

»Du siehst hier, siegreichste aller Königinnen, den unglücklichsten aller Menschen würde ich sagen, wenn nicht, um mein Unglück vollkommen zu machen, die Rache der Götter mir zu ihren übrigen verhaßten Geschenken zu meiner größeren Strafe auch noch die Unsterblichkeit geschenkt hätte. Ich bin der durch seine Verwandlungen und die ewig neuen und ewig mißverstandenen Qualen seines Herzens so berüchtigte Hygillus, der Bruder eines Halbgottes, den Jupiter mit seinen Keilen erschlug, weil er das schwache Menschengeschlecht so abgöttisch liebte, und sie den unsterblichen Göttern gleichmachen wollte. Ich bin der Bruder Aeskulaps.«

»Erzähle mir deine Geschichte«, sagte die Königin.

»Ich half meinem Vater die Zyklopen erlegen, die die Donner geschmiedet hatten, an welchen mein Bruder erlag, oder vielmehr, zu ohnmächtig, Pfeil und Bogen zu führen, reicht' ich ihm nun die verderblichen Pfeile, die weder Entfernung noch Widerstand aufhält. Dies war genug, den Vater der Götter, dessen Zorn meines Vaters Verbannung vom Olymp noch nicht befriedigte, auch zu meiner Bestrafung sinnreich zu machen, und zwar erfand er ein Mittel, das des Scharfsinns eines Gottes würdig war, mir den Widerwillen dessen zuzuziehen, den ich ohne Grenzen liebte, indem er mich zum Werkzeug seiner empfindlichsten Leiden erkor. Er schuf mir nämlich die Gestalt eines Schäfchens, das seiner geliebten Daphne ehemals gehört, und er mit einem Bande von ihrer Hand gezeichnet hatte, und da ich unter dieser Gestalt ihn überall begleiten mußte, so flößte er mir zugleich die unüberwindliche Neigung meines Bruders Aeskulap ein, mit dem fatalen Talent, mich, sobald diese mich befiel, in alle möglichen Gestalten zu verwandeln. Das Unglücklichste war, daß, solange ich bei Apollo war, mir keine Gestalt leichter war anzunehmen, als eben die seinige, welches ihn in tausend

Verdrießlichkeiten verwickelte. Als er einst dem König Admet die Freuden des Weins und der Liebe unter dem Bilde des Bacchus, der sich in eine Traube verwandelt hatte und so die schöne Ariadne überwand, mit den zaubervollsten Tönen zu kosten gegeben und der König, so überwältigt von der Magie des Liedes, daß er es eine Woche lang täglich zu hören wünschte, ihm aber die Freiheit wieder schenken wollte, kam ich, als er kaum hinausgegangen war, unter seiner Gestalt wieder zurück, und weil ich wußte, der König hätte das Podagra und seine Mätresse die großen Blattern, sagte ich sogleich, ich wüßte noch ein anderes Lied von eben dem Wert. Als es der König zu hören wünschte, sang ich die Vorzüge der Nüchternheit und Keuschheit, als wär' ich der Schulmeister des Orts gewesen, in einem so unleidlich grauenvollen Kranichton, daß der König und der ganze Hof zu gähnen anfing, und er schwur, Apollo sollte sein Ohr nie wieder beleidigen. Man stelle sich vor, wie diese Nachricht meinen Vater außer sich setzte, der mich dennoch aus Liebe zu seiner Daphne nicht anders zu strafen wußte, als daß er mich eine gute Dosis Niesewurz essen ließ, die mir die medizinischen Grillen aus dem Kopf brachten. Aber das Heilungsmittel war von kurzer Dauer. Kaum hatte er ein neues Lied fertiggemacht, das Göttern und Menschen das Herz emporschwellen machte, so hielt ich schon eine neue Antistrophe bereit, vor der Götter und Menschen erschraken, bis mein Vater es nicht länger aushalten konnte und mich mit Steinen von sich warf. Hierauf fing ich an, um die Götter zu buhlen, verwandelte mich in eine Taube so natürlich, daß Venus mich vor den Wagen spannte. Kaum aber hatte ich sie das erstemal gezogen, als ich, da sie mit Lilienstengeln mich aufmuntern wollte, ein so entsetzliches Eulengeschrei verführte, daß sie bald ohnmächtig vom Wagen gefallen wäre. Sogleich mußten die Amors mich ausspannen, ich verwandelte mich in eine Eule und flog Minerven zu. Kaum hatte sie mich zu ihrem Begleiter erkiest, als ich in einer Frühlingsnacht, da sie den wichtigsten Spekulationen nachging, mit so zerschmelzenden Nachtigalltönen ihr vorzusingen wußte, daß sie alle ihre Ideen verlor und wollüstig wie Venus ward. Sobald sie sich erholt, bekam ich abermals meinen Abschied, verwandelte mich in eine Hündin und kam zur Diana. Sie nahm mich mit sich auf die Jagd, weil ich ihr gefiel – wie ihr ward, gnädigste Königin, als ich einst, da sie erhitzt und ermattet von einem Hirsch, den sie vergeblich verfolgt hatte, an einer dunklen Buche unter dichten Büschen, die sie umkränzten, sich auf Blumen niederwarf, und ich auf einmal in Gestalt ihres Endymions ihr zu Füßen lag –«

»Flieh!« sagte Thaumasia, hier von der kecken Sprache Hygillus', die eher eines Stutzers aus Persien würdig gewesen wäre, zu empfindlich beleidigt und voller Unwillen, so über seine Gestalt wie Betragen als über seine Abenteuer und Verwandlungen. Dieses Wort war ein Donnerschlag im eigentlichen Verstande für ihn; sofort verlor er alle Zeichen des Lebens, seine Arme dehnten sich in zwei schwarze Fichtenbäume aus, die von seiner Brust, die in einen grauen schroffen Fels verwandelt war, furchtbar herunternickten; seine Füße schroben sich als zwei Pilaster in den Boden, die diese ungeheure Last unterstützten; sein Haupt ward zu einem Berge, der mit langem Grase bewachsen sich in der Gegend der Augen schied, um einer Quelle, die in dem Augenblick in der Mitte des Berges entsprossen war, Raum zu einer Kaskade zu machen, von der mit klagendem Geräusch ein unversiegbarer Strom herabfiel.

JOHANN WOLFGANG VON GOETHE

1749–1832

Das Märchen

An dem großen Flusse, der eben von einem starken Regen geschwollen und übergetreten war, lag in seiner kleinen Hütte, müde von der Anstrengung des Tages, der alte Fährmann und schlief. Mitten in der Nacht weckten ihn einige laute Stimmen; er hörte, daß Reisende übergesetzt sein wollten.

Als er vor die Tür hinaus trat, sah er zwei große Irrlichter über dem angebundenen Kahne schweben, die ihm versicherten, daß sie große Eile hätten und schon an jenem Ufer zu sein wünschten. Der Alte säumte nicht, stieß ab und fuhr, mit seiner gewöhnlichen Geschicklichkeit, quer über den Strom, indes die Fremden in einer unbekannten sehr behenden Sprache gegeneinander zischten und mitunter in ein lautes Gelächter ausbrachen, indem sie bald auf den Rändern und Bänken, bald auf dem Boden des Kahns hin- und widerhüpften.

Der Kahn schwankt! rief der Alte, und wenn ihr so unruhig seid, kann er umschlagen; setzt euch, ihr Lichter!

Sie brachen über diese Zumutung in ein großes Gelächter aus, verspotteten den Alten und waren noch unruhiger als vorher. Er trug ihre Unarten mit Geduld, und stieß bald am jenseitigen Ufer an.

Hier ist für Eure Mühe! riefen die Reisenden, und es fielen, indem sie sich schüttelten, viele glänzende Goldstücke in den feuchten Kahn. – Ums Himmels willen, was macht ihr! rief der Alte, ihr bringt mich ins größte

Unglück! Wäre ein Goldstück ins Wasser gefallen, so würde der Strom, der dies Metall nicht leiden kann, sich in entsetzliche Wellen erhoben, das Schiff und mich verschlungen haben, und wer weiß, wie es euch gegangen sein würde; nehmt euer Geld wieder zu euch!

Wir können nichts wieder zu uns nehmen, was wir abgeschüttelt haben, versetzten jene.

So macht ihr mir noch die Mühe, sagte der Alte, indem er sich bückte und die Goldstücke in seine Mütze las, daß ich sie zusammensuchen, ans Land tragen und vergraben muß.

Die Irrlichter waren aus dem Kahne gesprungen, und der Alte rief: Wo bleibt nun mein Lohn?

Wer kein Gold nimmt, mag umsonst arbeiten! riefen die Irrlichter. – Ihr müßt wissen, daß man mich nur mit Früchten der Erde bezahlen kann. – Mit Früchten der Erde? Wir verschmähen sie, und haben sie nie genossen. – Und doch kann ich euch nicht loslassen, bis ihr mir versprecht, daß ihr mir drei Kohlhäupter, drei Artischocken und drei große Zwiebeln liefert.

Die Irrlichter wollten scherzend davonschlüpfen; allein sie fühlten sich auf eine unbegreifliche Weise an den Boden gefesselt; es war die unangenehmste Empfindung die sie jemals gehabt hatten. Sie versprachen seine Forderung nächstens zu befriedigen; er entließ sie und stieß ab. Er war schon weit hinweg als sie ihm nachriefen: Alter! hört Alter! wir haben das Wichtigste vergessen! Er war fort und hörte sie nicht. Er hatte sich an derselben Seite den Fluß hinab treiben lassen, wo er in einer gebirgigen Gegend, die das Wasser niemals erreichen konnte, das gefährliche Gold verscharren wollte. Dort fand er zwischen hohen Felsen eine ungeheure Kluft, schüttete es hinein und fuhr nach seiner Hütte zurück.

In dieser Kluft befand sich die schöne grüne Schlange, die durch die herabklingende Münze aus ihrem Schlafe geweckt wurde. Sie ersah kaum die leuchtenden Scheiben, als sie solche auf der Stelle mit großer Begierde verschlang, und alle Stücke, die sich in dem Gebüsch und zwischen den Felsritzen zerstreut hatten, sorgfältig aufsuchte.

Kaum waren sie verschlungen, so fühlte sie mit der angenehmsten Empfindung das Gold in ihren Eingeweiden schmelzen und sich durch ihren ganzen Körper ausbreiten, und zur größten Freude bemerkte sie, daß sie durchsichtig und leuchtend geworden war. Lange hatte man ihr schon versichert, daß diese Erscheinung möglich sei; weil sie aber zweifelhaft war, ob dieses Licht lange dauern könne, so trieb sie die Neugierde und der Wunsch, sich für die Zukunft sicherzustellen, aus dem Felsen heraus, um zu untersuchen, wer das schöne Gold hereingestreut haben könnte. Sie fand niemanden. Desto angenehmer war es ihr, sich selbst, da sie zwischen Kräutern und Gesträuchen hinkroch, und ihr anmutiges Licht, das sie durch das frische Grün verbreitete, zu bewundern. Alle Blätter schienen von Smaragd, alle Blumen auf das herrlichste verklärt. Vergebens durchstrich sie die einsame Wildnis; desto mehr aber wuchs ihre Hoffnung, als sie auf die Fläche kam und von weitem einen Glanz, der dem ihrigen ähnlich war, erblickte. Find' ich doch endlich meinesgleichen! rief sie aus und eilte nach der Gegend zu. Sie achtete nicht die Beschwerlichkeit durch Sumpf und Rohr zu kriechen; denn ob sie gleich auf trocknen Bergwiesen, in hohen Felsritzen am liebsten lebte, gewürzhafte Kräuter gerne genoß und mit zartem Tau und frischem Quellwasser ihren Durst gewöhnlich stillte, so hätte sie doch des lieben Goldes willen und in Hoffnung des herrlichen Lichtes alles unternommen, was man ihr auferlegte.

Sehr ermüdet gelangte sie endlich zu einem feuchten Ried, wo unsere beiden Irrlichter hin- und widerspiegelten. Sie schoß auf sie los, begrüßte sie, und freute sich so angenehme Herren von ihrer Verwandtschaft zu finden. Die Lichter strichen an ihr her, hüpften über sie weg und lachten nach ihrer Weise. Frau Muhme, sagten sie, wenn Sie schon von der horizontalen Linie sind, so hat das doch nichts zu bedeuten; freilich sind wir nur von seiten des Scheins verwandt, denn sehen Sie nur (hier machten beide Flammen indem sie ihre ganze Breite aufopferten, sich so lang und spitz als möglich) wie schön uns Herren von der vertikalen Linie diese schlanke Länge kleidet; nehmen Sie's uns nicht übel, meine Freundin, welche Familie kann sich des rühmen? So lang es Irrlichter gibt, hat noch keins weder gesessen noch gelegen.

Die Schlange fühlte sich in der Gegenwart dieser Verwandten sehr unbehaglich, denn sie mochte den Kopf so hoch heben als sie wollte, so fühlte sie doch, daß sie ihn wieder zur Erde biegen mußte, um von der Stelle zu kommen, und hatte sie sich vorher im dunkeln Hain außerordentlich wohlgefallen, so schien ihr Glanz in Gegenwart dieser Vettern sich jeden Augenblick zu vermindern, ja sie fürchtete, daß er endlich gar verlöschen werde.

In dieser Verlegenheit fragte sie eilig, ob die Herren ihr nicht etwa Nachricht geben könnten, wo das glänzende Gold herkomme, das vor kurzem in die Felskluft gefallen sei; sie vermute, es sei ein Goldregen, der unmittelbar vom Himmel träufle. Die Irrlichter lachten und schüttelten sich, und es sprangen eine große Menge Goldstücke um sie herum. Die Schlange fuhr schnell darnach sie zu verschlingen. Laßt es Euch schmecken, Frau Muhme, sagten die artigen Herren, wir können noch mit mehr aufwarten. Sie schüttelten sich noch einige Male mit großer Behendigkeit, so daß die Schlange kaum die kostbare Speise schnell genug hinunterbringen konnte. Sichtlich fing ihr Schein an zu wachsen, und sie leuchtete wirklich aufs herrlichste, indes die Irrlichter ziemlich mager und klein geworden waren, ohne jedoch von ihrer guten Laune das mindeste zu verlieren.

Ich bin euch auf ewig verbunden, sagte die Schlange, nachdem sie von ihrer Mahlzeit wieder zu Atem gekommen war, fordert von mir was ihr wollt; was in meinen Kräften ist, will ich euch leisten.

Recht schön! riefen die Irrlichter, sage, wo wohnt die schöne Lilie? Führ uns so schnell als möglich zum Palaste und Garten der schönen Lilie, wir sterben vor Ungeduld, uns ihr zu Füßen zu werfen.

Diesen Dienst, versetzte die Schlange mit einem tiefen Seufzer, kann ich euch sogleich nicht leisten. Die schöne Lilie wohnt leider jenseit des Wassers. – Jenseit des Wassers! Und wir lassen uns in dieser stürmischen Nacht übersetzen! Wie grausam ist der Fluß, der uns nun scheidet! Sollte es nicht möglich sein, den Alten wieder zu errufen?

Sie würden sich vergebens bemühen, versetzte die Schlange, denn wenn Sie ihn auch selbst an dem diesseitigen Ufer anträfen, so würde er Sie nicht einnehmen; er darf jedermann herüber, niemand hinüber bringen. – Da haben wir uns schön gebettet! Gibt es denn kein ander Mittel, über das Wasser zu kommen? – Noch einige, nur nicht in diesem Augenblick. Ich selbst kann die Herren übersetzen, aber erst in der Mittagsstunde. – Das ist eine Zeit, in der wir nicht gerne reisen. – So können Sie abends auf dem Schatten des Riesen hinüberfahren. – Wie geht das zu? – Der große Riese, der nicht weit von hier wohnt, vermag mit seinem Körper nichts; seine Hände heben keinen Strohhalm, seine Schultern würden kein Reisbündel tragen; aber sein Schatten vermag viel, ja alles. Deswegen ist er beim Aufgang und Untergang der Sonne am mächtigsten, und so darf man sich abends nur auf den Nacken seines Schattens setzen, der Riese geht alsdann sachte gegen das Ufer zu und der Schatten bringt den Wanderer über das Wasser hinüber. Wollen Sie aber um Mittagszeit sich an jener Waldecke einfinden, wo das Gebüsch dicht ans Ufer stößt, so kann ich Sie übersetzen und der schönen Lilie vorstellen; scheuen Sie hingegen die Mittagshitze, so dürfen Sie nur gegen Abend in jener Felsenbucht den Riesen aufsuchen, der sich gewiß recht gefällig zeigen wird.

Mit einer leichten Verbeugung entfernten sich die jungen Herren, und die Schlange war zufrieden von ihnen loszukommen, teils um sich in ihrem eignen Lichte zu erfreuen, teils eine Neugierde zu befriedigen, von der sie schon lange auf eine sonderbare Weise gequält ward.

In den Felsklüften, in denen sie oft hin- und widerkroch, hatte sie an einem Orte eine seltsame Entdeckung gemacht. Denn ob sie gleich durch diese Abgründe ohne ein Licht zu kriechen genötiget war, so konnte sie doch durchs Gefühl die Gegenstände recht wohl unterscheiden. Nur unregelmäßige Naturprodukte war sie gewohnt überall zu finden; bald schlang sie sich zwischen den Zacken großer Kristalle hindurch, bald fühlte sie die Haken und Haare des gediegenen Silbers, und brachte ein und den andern Edelstein mit sich ans Licht hervor. Doch hatte sie zu ihrer großen Verwunderung in einem ringsum verschlossenen Felsen Gegenstände gefühlt, welche die bildende Hand des Menschen verrieten. Glatte Wände, an denen sie nicht aufsteigen konnte, scharfe regelmäßige Kanten, wohlgebildete Säulen, und, was ihr am sonderbarsten vorkam, menschliche Figuren, um die sie sich mehrmals geschlungen hatte, und die sie für Erz oder äußerst polierten Marmor halten mußte. Alle diese Erfahrungen wünschte sie noch zuletzt durch den Sinn des Auges zusammenzufassen und das, was sie nur mutmaßte, zu bestätigen. Sie glaubte sich nun fähig durch ihr eignes Licht dieses wunderbare unterirdische Gewölbe zu erleuchten, und hoffte auf einmal mit diesen sonderbaren Gegenständen völlig bekannt zu werden. Sie eilte und fand auf dem gewohnten Wege bald die Ritze, durch die sie in das Heiligtum zu schleichen pflegte.

Als sie sich am Orte befand, sah sie sich mit Neugier um, und obgleich ihr Schein alle Gegenstände der Rotonde nicht erleuchten konnte, so wurden ihr doch die nächsten deutlich genug. Mit Erstaunen und Ehrfurcht sah sie in eine glänzende Nische hinauf, in welcher das Bildnis eines ehrwürdigen Königs in lauterm Golde aufgestellt war. Dem Maß nach war die Bildsäule über Menschengröße, der Gestalt nach aber das Bildnis eher eines kleinen als eines großen Mannes. Sein wohlgebildeter Körper war mit einem einfachen Mantel umgeben, und ein Eichenkranz hielt seine Haare zusammen.

Kaum hatte die Schlange dieses ehrwürdige Bildnis angeblickt, als der König zu reden anfing und fragte: Wo kommst du her? – Aus den Klüften, versetzte die Schlange, in denen das Gold wohnt. – Was ist herrlicher als Gold? fragte der König. – Das Licht, antwortete die Schlange. – Was ist erquicklicher als Licht? fragte jener. – Das Gespräch, antwortete diese.

Sie hatte unter diesen Reden beiseite geschielt und in der nächsten Nische ein anderes herrliches Bild gesehen. In derselben saß ein silberner König, von langer und eher schmächtiger Gestalt; sein Körper war mit einem verzierten Gewande überdeckt, Krone, Gürtel und Zepter mit Edelsteinen geschmückt; er hatte die Heiterkeit des Stolzes in seinem Angesichte und schien eben reden zu wollen, als an der marmornen Wand eine Ader, die dunkelfarbig hindurchlief, auf einmal hell ward und ein angenehmes Licht durch den ganzen Tempel verbreitete. Bei diesem Lichte sah die Schlange den dritten König, der von Erz in mächtiger Gestalt dasaß, sich auf seine Keule lehnte, mit einem Lorbeerkranze geschmückt war, und eher einem Felsen als einem Menschen glich. Sie wollte sich nach dem vierten umsehen, der in der größten Entfernung von ihr stand, aber die Mauer öffnete sich, indem die erleuchtete Ader wie ein Blitz zuckte und verschwand.

Ein Mann von mittlerer Größe, der heraustrat, zog die Aufmerksamkeit der Schlange auf sich. Er war als ein Bauer gekleidet und trug eine kleine Lampe in der Hand, in deren stille Flamme man gerne hineinsah, und die auf eine wunderbare Weise, ohne auch nur einen Schatten zu werfen, den ganzen Dom erhellte.

Warum kommst du, da wir Licht haben? fragte der goldene König. – Ihr wißt, daß ich das Dunkle nicht erleuchten darf. – Endigt sich mein Reich? fragte der silberne König. – Spät oder nie, versetzte der Alte.

Mit einer starken Stimme fing der eherne König an zu fragen: Wann werde ich aufstehn? – Bald, versetzte der Alte. – Mit wem soll ich mich verbinden? fragte der König. – Mit deinen ältern Brüdern, sagte der Alte. – Was wird aus dem jüngsten werden? fragte der König. – Er wird sich setzen, sagte der Alte.

Ich bin nicht müde, rief der vierte König mit einer rauhen stotternden Stimme.

Die Schlange war, indessen jene redeten, in dem Tempel leise herumgeschlichen, hatte alles betrachtet und besah nunmehr den vierten König in der Nähe. Er stand an eine Säule gelehnt, und seine ansehnliche Gestalt war eher schwerfällig als schön. Allein das Metall, woraus er gegossen war, konnte man nicht leicht unterscheiden. Genau betrachtet war es eine Mischung der drei Metalle, aus denen seine Brüder gebildet waren. Aber beim Gusse schienen diese Materien nicht recht zusammengeschmolzen zu sein; goldne und silberne Adern liefen unregelmäßig durch eine eherne Masse hindurch, und gaben dem Bilde ein unangenehmes Ansehn.

Indessen sagte der goldne König zum Manne: Wie viel Geheimnisse weißt du? – Drei, versetzte der Alte. – Welches ist das wichtigste? fragte der silberne König. – Das offenbare, versetzte der Alte. – Willst du es auch uns eröffnen? fragte der eherne. – Sobald ich das vierte weiß, sagte der Alte. – Was kümmert's mich! murmelte der zusammengesetzte König vor sich hin.

Ich weiß das vierte, sagte die Schlange, näherte sich dem Alten und zischte ihm etwas ins Ohr. – Es ist an der Zeit! rief der Alte mit gewaltiger Stimme. Der Tempel schallte wider, die metallenen Bildsäulen klangen, und in dem Augenblicke versank der Alte nach Westen und die Schlange nach Osten, und jedes durchstrich mit großer Schnelle die Klüfte der Felsen.

Alle Gänge, durch die der Alte hindurch wandelte, füllten sich hinter ihm sogleich mit Gold, denn seine Lampe hatte die wunderbare Eigenschaft, alle Steine in Gold, alles Holz in Silber, tote Tiere in Edelsteine zu verwandeln, und alle Metalle zu zernichten; diese Wirkung zu äußern mußte sie aber ganz allein leuchten. Wenn ein ander Licht neben ihr war, wirkte sie nur einen schönen hellen Schein, und alles Lebendige ward immer durch sie erquickt.

Der Alte trat in seine Hütte, die an dem Berge angebauet war, und fand sein Weib in der größten Betrübnis. Sie saß am Feuer und weinte und konnte sich nicht zufrieden geben. Wie unglücklich bin ich, rief sie aus, wollt' ich dich heute doch nicht fortlassen! – Was gibt es denn? fragte der Alte ganz ruhig.

Kaum bist du weg, sagte sie mit Schluchzen, so kommen zwei ungestüme Wanderer vor die Türe; unvorsichtig lasse ich sie herein, es schienen ein paar artige rechtliche Leute; sie waren in leichte Flammen gekleidet, man hätte sie für Irrlichter halten können: kaum sind sie im Hause, so fangen sie an, auf eine unverschämte Weise, mir mit Worten zu schmeicheln, und werden so zudringlich, daß ich mich schäme daran zu denken.

Nun, versetzte der Mann lächelnd, die Herren haben wohl gescherzt; denn deinem Alter nach sollten sie es wohl bei der allgemeinen Höflichkeit gelassen haben.

Was Alter! Alter! rief die Frau; soll ich immer von meinem Alter hören? Wie alt bin ich denn? Gemeine Höflichkeit! Ich weiß doch was ich weiß. Und sieh dich nur um, wie die Wände aussehen; sieh nur die alten Steine, die ich seit hundert Jahren nicht mehr gesehen habe; alles Gold haben sie heruntergeleckt, du glaubst nicht mit welcher Behendigkeit, und sie versicherten immer, es schmecke viel besser als gemeines Gold. Als sie die Wände rein gefegt hatten, schienen sie sehr gutes Mutes, und gewiß, sie waren auch in kurzer Zeit sehr viel größer, breiter und glänzender geworden. Nun fingen sie ihren Mutwillen von neuem an, streichelten mich wieder, hießen mich ihre Königin, schüttelten sich und eine Menge Goldstücke sprangen herum; du siehst noch, wie sie dort unter der Bank leuchten; aber welch ein Unglück! Unser Mops fraß einige davon und sieh, da liegt er am Kamine tot, das arme Tier! Ich kann mich nicht zufrieden geben. Ich sah es erst, da sie fort waren, denn sonst hätte ich nicht versprochen, ihre Schuld beim Fährmann abzutragen. – Was sind sie schuldig? fragte der Alte. – Drei Kohlhäupter, sagte die Frau, drei Artischocken und drei Zwiebeln; wenn es Tag wird, habe ich versprochen, sie an den Fluß zu tragen.

Du kannst ihnen den Gefallen tun, sagte der Alte; denn sie werden uns gelegentlich auch wieder dienen.

Ob sie uns dienen werden, weiß ich nicht, aber versprochen und beteuert haben sie es.

Indessen war das Feuer im Kamine zusammengebrannt, der Alte überzog die Kohlen mit vieler Asche, schaffte die leuchtenden Goldstücke beiseite, und nun leuchtete sein Lämpchen wieder allein, in dem schönsten Glanze, die Mauern überzogen sich mit Gold und der Mops war zu dem schönsten Onyx geworden, den man sich denken konnte. Die Abwechselung der braunen und schwarzen Farbe des kostbaren Gesteins machte ihn zum seltensten Kunstwerke.

Nimm deinen Korb, sagte der Alte, und stelle den Onyx hinein; alsdann nimm die drei Kohlhäupter, die drei Artischocken und die drei Zwiebeln, lege sie umher und trage sie zum Flusse. Gegen Mittag laß dich von der Schlange übersetzen und besuche die schöne Lilie, bring ihr den Onyx, sie wird ihn durch ihre Berührung lebendig machen, wie sie alles Lebendige durch ihre Berührung tötet; sie wird einen treuen Gefährten an ihm haben. Sage ihr, sie solle nicht trauern, ihre Erlösung sei nahe, das größte Unglück könne sie als das größte Glück betrachten, denn es sei an der Zeit.

Die Alte packte ihren Korb und machte sich, als es Tag war, auf den Weg. Die aufgehende Sonne schien hell über den Fluß herüber, der in der Ferne glänzte; das Weib ging mit langsamem Schritt, denn der Korb drückte sie aufs Haupt, und es war doch nicht der Onyx der so lastete. Alles Tote was sie trug fühlte sie nicht, vielmehr hob sich alsdann der Korb in die Höhe und schwebte über ihrem Haupte. Aber ein frisches Gemüs oder ein kleines lebendiges Tier zu tragen, war ihr äußerst beschwerlich. Verdrießlich war sie eine Zeitlang hingegangen, als sie auf einmal, erschreckt, stille stand; denn sie hätte beinahe auf den Schatten des Riesen getreten, der sich über die Ebene bis zu ihr hin erstreckte. Und nun sah sie erst den gewaltigen Riesen, der sich im Fluß gebadet hatte, aus dem Wasser heraussteigen, und sie wußte nicht, wie sie ihm ausweichen sollte. Sobald er sie gewahr ward, fing er an sie scherzhaft zu begrüßen, und die Hände seines Schattens griffen sogleich in den Korb. Mit Leichtigkeit und Geschicklichkeit nahmen sie ein Kohlhaupt, eine Artischocke und eine Zwiebel heraus und brachten sie dem Riesen zum Munde, der sodann weiter den Fluß hinauf ging und dem Weibe den Weg frei ließ.

Sie bedachte, ob sie nicht lieber zurückgehen und die fehlenden Stücke aus ihrem Garten wieder ersetzen sollte, und ging unter diesen Zweifeln immer weiter vorwärts, so daß sie bald an dem Ufer des Flusses ankam. Lange saß sie in Erwartung des Fährmanns, den sie endlich mit einem sonderbaren Reisenden herüberschiffen sah. Ein junger, edler, schöner Mann, den sie nicht genug ansehen konnte, stieg aus dem Kahne.

Was bringt Ihr? rief der Alte. – Es ist das Gemüse, das Euch die Irrlichter schuldig sind, versetzte die Frau und wies ihre Ware hin. Als der Alte von jeder Sorte nur zwei fand, ward er verdrießlich und versicherte, daß er sie nicht annehmen könne. Die Frau bat ihn inständig, erzählte ihm, daß sie jetzt nicht nach Hause gehen könne und daß ihr die Last auf dem Wege, den sie vor sich habe, beschwerlich sei. Er blieb bei seiner abschläglichen Antwort, indem er ihr versicherte, daß es nicht einmal von ihm abhange. Was mir gebührt, muß ich neun Stunden zusammen lassen, und ich darf nichts annehmen, bis ich dem Fluß ein Dritteil übergeben habe. Nach vielem Hinundwiderreden versetzte endlich der Alte: Es ist noch ein Mittel. Wenn Ihr Euch gegen den Fluß verbürgt und Euch als Schuldnerin bekennen wollt, so nehm' ich die sechs Stücke zu mir, es ist aber einige Gefahr dabei. – Wenn ich mein Wort halte, so laufe ich doch keine Gefahr? – Nicht die geringste. Steckt Eure Hand in den Fluß, fuhr der Alte fort, und versprecht, daß Ihr in vierundzwanzig Stunden die Schuld abtragen wollt.

Die Alte tat's, aber wie erschrak sie nicht, als sie ihre Hand kohlschwarz wieder aus dem Wasser zog. Sie schalt heftig auf den Alten, versicherte, daß ihre Hände immer das Schönste an ihr gewesen wären, und daß sie, ungeachtet der harten Arbeit, diese edlen Glieder weiß und zierlich zu erhalten gewußt habe. Sie besah die Hand mit großem Verdrusse und rief verzweiflungsvoll aus: Das ist noch schlimmer! Ich sehe, sie ist gar geschwunden, sie ist viel kleiner als die andere.

Jetzt scheint es nur so, sagte der Alte; wenn Ihr aber nicht Wort haltet, kann es wahr werden. Die Hand wird nach und nach schwinden und endlich ganz verschwinden, ohne daß Ihr den Gebrauch derselben entbehrt. Ihr werdet alles damit verrichten können, nur daß sie niemand sehen wird. – Ich wollte lieber, ich könnte sie nicht brauchen und man säh' mir's nicht an, sagte die Alte; indessen hat das nichts zu bedeuten, ich werde mein Wort halten, um diese schwarze Haut und diese Sorge bald los zu werden. Eilig nahm sie darauf den Korb, der sich von selbst über ihren Scheitel erhob und frei in die Höhe schwebte, und eilte dem jungen Manne nach, der sachte und in Gedanken am Ufer hinging. Seine herrliche Gestalt und sein sonderbarer Anzug hatten sich der Alten tief eingedruckt.

Seine Brust war mit einem glänzenden Harnisch bedeckt, durch den alle Teile seines schönen Leibes sich durchbewegten. Um seine Schultern hing ein Purpurmantel, um sein unbedecktes Haupt wallten braune Haare in schönen Locken; sein holdes Gesicht war den Strahlen der Sonne ausgesetzt, so wie seine schön gebauten Füße. Mit nackten Sohlen ging er gelassen über den heißen Sand hin, und ein tiefer Schmerz schien alle äußeren Eindrücke abzustumpfen.

Die gesprächige Alte suchte ihn zu einer Unterredung zu bringen, allein er gab ihr mit kurzen Worten wenig Bescheid, so daß sie endlich, ungeachtet seiner schönen Augen, müde ward ihn immer vergebens anzureden, von ihm Abschied nahm und sagte: Ihr geht mir zu langsam, mein Herr, ich darf den Augenblick nicht versäumen, um über die grüne Schlange den Fluß zu passieren und der schönen Lilie das vortreffliche Geschenk von meinem Manne zu überbringen. Mit diesen Worten schritt sie eilends fort und ebenso schnell ermannte sich der schöne Jüngling und eilte ihr auf dem Fuße nach. Ihr geht zur schönen Lilie! rief er aus, da gehen wir einen Weg. Was ist das für ein Geschenk, das Ihr tragt?

Mein Herr, versetzte die Frau dagegen, es ist nicht billig, nachdem Ihr meine Fragen so einsilbig abgelehnt habt, Euch mit solcher Lebhaftigkeit nach meinen Geheimnissen zu erkundigen. Wollt Ihr aber einen Tausch eingehen und mir Eure Schicksale erzählen, so will ich Euch nicht verbergen, wie es mit mir und meinem Geschenke steht. Sie wurden bald einig; die Frau vertraute ihm ihre Verhältnisse, die Geschichte des Hundes, und ließ ihn dabei das wundervolle Geschenk betrachten.

Er hob sogleich das natürliche Kunstwerk aus dem Korbe und nahm den Mops, der sanft zu ruhen schien, in seine Arme. Glückliches Tier! rief er aus, du wirst von ihren Händen berührt, du wirst von ihr belebt werden, anstatt daß Lebendige vor ihr fliehen, um nicht ein trauriges Schicksal zu erfahren. Doch was sage ich traurig! ist es nicht viel betrübter und bänglicher durch ihre Gegenwart gelähmt zu werden, als es sein würde von ihrer Hand zu sterben! Sieh mich an, sagte er zu der Alten; in meinen Jahren, welch einen elenden Zustand muß ich erdulden. Diesen Harnisch, den ich mit Ehren im Kriege getragen, diesen Purpur, den ich durch eine weise Regierung zu verdienen suchte, hat mir das Schicksal gelassen, jenen als eine unnötige Last, diesen als eine unbedeutende Zierde. Krone, Zepter und Schwert sind hinweg, ich bin übrigens so nackt und bedürftig, als jeder andere Erdensohn, denn so unselig wirken ihre schönen blauen Augen, daß sie allen lebendigen Wesen ihre Kraft nehmen, und daß diejenigen, die ihre berührende Hand nicht tötet, sich in den Zustand lebendig wandelnder Schatten versetzt fühlen.

So fuhr er fort zu klagen und befriedigte die Neugierde der Alten keineswegs, welche nicht sowohl von seinem innern als von seinem äußern Zustande unterrichtet sein wollte. Sie erfuhr weder den Namen seines Vaters noch seines Königreichs. Er streichelte den harten Mops, den die Sonnenstrahlen und der warme Busen des Jünglings, als wenn er lebte, erwärmt hatten. Er fragte viel nach dem Mann mit der Lampe, nach den Wirkungen des heiligen Lichtes und schien sich davon für seinen traurigen Zustand künftig viel Gutes zu versprechen.

Unter diesen Gesprächen sahen sie von ferne den majestätischen Bogen der Brücke, der von einem Ufer zum andern hinüber reichte, im Glanz der Sonne auf das wunderbarste schimmern. Beide erstaunten, denn sie hatten dieses Gebäude noch nie so herrlich gesehen. Wie! rief der Prinz; war sie nicht schon schön genug, als sie vor unsern Augen wie von Jaspis und Prasem gebaut dastand? Muß man nicht fürchten sie zu betreten, da sie aus Smaragd, Chrysopras und Chrysolith mit der anmutigsten Mannigfaltigkeit zusammengesetzt erscheint? Beide wußten nicht die Veränderung, die mit der Schlange vorgegangen war: denn die Schlange war es, die sich jeden Mittag über den Fluß hinüber bäumte und in Gestalt einer kühnen Brücke dastand. Die Wanderer betraten sie mit Ehrfurcht und gingen schweigend hinüber.

Sie waren kaum am jenseitigen Ufer, als die Brücke sich zu schwingen und zu bewegen anfing, in kurzem die Oberfläche des Wassers berührte und die grüne Schlange in ihrer eigentümlichen Gestalt den Wanderern auf dem Lande nachgleitete. Beide hatten kaum für die Erlaubnis auf ihrem Rücken über den Fluß zu setzen gedankt, als sie bemerkten, daß außer ihnen dreien noch mehrere Personen in der Gesellschaft sein müßten, die sie jedoch mit ihren Augen nicht erblicken konnten. Sie hörten neben sich ein Gezisch, dem die Schlange gleichfalls mit einem Gezisch antwortete; sie horchten auf und konnten endlich folgendes vernehmen: Wir werden, sagten ein paar wechselnde Stimmen, uns erst inkognito in dem Park der schönen Lilie umsehen, und ersuchen Euch, uns mit Anbruch der Nacht, sobald wir nur irgend präsentabel sind, der vollkommenen Schönheit vorzustellen. An dem Rande des großen Sees werdet Ihr uns antreffen. Es bleibt dabei, antwortete die Schlange, und ein zischender Laut verlor sich in der Luft.

Unsere drei Wanderer beredeten sich nunmehr, in welcher Ordnung sie bei der Schönen vortreten wollten, denn so viel Personen auch um sie sein konnten, so durften sie doch nur einzeln kommen und gehen, wenn sie nicht empfindliche Schmerzen erdulden sollten.

Das Weib mit dem verwandelten Hunde im Korbe nahte sich zuerst dem Garten und suchte ihre Gönnerin auf, die leicht zu finden war, weil sie eben zur Harfe sang; die lieblichen Töne zeigten sich erst als Ringe auf der Oberfläche des stillen Sees, dann wie ein leichter Hauch setzten sie Gras und Büsche in Bewegung. Auf einem eingeschlossenen grünen Platze, in dem Schatten einer herrlichen Gruppe mannigfaltiger Bäume, saß sie und bezauberte beim ersten Anblick aufs neue die Augen, das Ohr und das Herz des Weibes, das sich ihr mit Entzücken näherte und bei sich selbst schwur, die Schöne sei während ihrer Abwesenheit nur immer schöner geworden. Schon von weitem rief die gute Frau dem liebenswürdigsten Mädchen Gruß und Lob zu. Welch ein Glück Euch anzusehen, welch einen Himmel verbreitet Eure Gegenwart um Euch her! Wie die Harfe so reizend in Eurem Schoße lehnt, wie Eure Arme sie so sanft umgeben, wie sie sich nach Eurer Brust zu sehnen scheint und wie sie unter der Berührung Eurer schlanken Finger so zärtlich klingt! Dreifach glücklicher Jüngling, der du ihren Platz einnehmen konntest!

Unter diesen Worten war sie näher gekommen; die schöne Lilie schlug die Augen auf, ließ die Hände sinken und versetzte: Betrübe mich nicht durch ein unzeitiges Lob, ich empfinde nur desto stärker mein Unglück. Sieh, hier zu meinen Füßen liegt der arme Kanarienvogel tot, der sonst meine Lieder auf das angenehmste begleitete; er war gewöhnt auf meiner Harfe zu sitzen, und sorgfältig abgerichtet mich nicht zu berühren; heute, indem ich vom Schlaf erquickt, ein ruhiges Morgenlied anstimme, und mein kleiner Sänger munterer als jemals seine harmonischen Töne hören läßt, schießt ein Habicht über meinem Haupte hin; das arme kleine Tier, erschrocken, flüchtet in meinen Busen und in dem Augenblick fühl' ich die letzten Zuckungen seines scheidenden Lebens. Zwar von meinem Blicke getroffen schleicht der Räuber dort ohnmächtig am Wasser hin, aber was kann mir seine Strafe helfen, mein Liebling ist tot, und sein Grab wird nur das traurige Gebüsch meines Gartens vermehren.

Ermannt Euch, schöne Lilie! rief die Frau, indem sie selbst eine Träne abtrocknete, welche ihr die Erzählung des unglücklichen Mädchens aus den Augen gelockt hatte, nehmt Euch zusammen, mein Alter läßt Euch sagen, Ihr sollt Eure Trauer mäßigen, das größte Unglück als Vorbote des größten Glücks ansehen; denn es sei an der Zeit; und wahrhaftig, fuhr die Alte fort, es geht bunt in der Welt zu. Seht nur meine Hand wie sie schwarz geworden ist! Wahrhaftig sie ist schon um vieles kleiner, ich muß eilen, eh' sie gar verschwindet! Warum mußt' ich den Irrlichtern eine Gefälligkeit erzeigen, warum mußt' ich dem Riesen begegnen und warum meine Hand in den Fluß tauchen? Könnt Ihr mir nicht ein Kohlhaupt, eine Artischocke und eine Zwiebel geben? so bring ich sie dem Flusse und meine Hand ist weiß wie vorher, so daß ich sie fast neben die Eurige halten könnte.

Kohlhäupter und Zwiebeln könntest du allenfalls noch finden: aber Artischocken suchest du vergebens. Alle Pflanzen in meinem großen Garten tragen weder Blüten noch Früchte; aber jedes Reis, das ich breche und auf das Grab eines Lieblings pflanze, grünt sogleich und schießt hoch auf. Alle diese Gruppen, diese Büsche, diese Haine habe ich leider wachsen sehen. Die Schirme dieser Pinien, die Obelisken dieser Zypressen, die Kolossen von Eichen und Buchen, alles waren kleine Reiser, als ein trauriges Denkmal von meiner Hand in einen sonst unfruchtbaren Boden gepflanzt.

Die Alte hatte auf diese Rede wenig acht gegeben und nur ihre Hand betrachtet, die in der Gegenwart der schönen Lilie immer schwärzer und von Minute zu Minute kleiner zu werden schien. Sie wollte ihren Korb nehmen und eben forteilen, als sie fühlte, daß sie das Beste vergessen hatte. Sie hub sogleich den verwandelten Hund heraus und setzte ihn nicht weit von der Schönen ins Gras. Mein Mann, sagte sie, schickt Euch dieses Andenken, Ihr wißt, daß Ihr diesen Edelstein durch Eure Berührung beleben könnt. Das artige treue Tier wird Euch gewiß viel Freude machen, und die Betrübnis, daß ich ihn verliere, kann nur durch den Gedanken aufgeheitert werden, daß Ihr ihn besitzt.

Die schöne Lilie sah das artige Tier mit Vergnügen und, wie es schien, mit Verwunderung an. Es kommen viele Zeichen zusammen, sagte sie, die mir einige Hoffnung einflößen; aber ach! ist es nicht bloß ein Wahn unsrer Natur, daß wir dann, wenn vieles Unglück zusammentrifft, uns vorbilden das Beste sei nah.

Was helfen mir die vielen guten Zeichen?
Des Vogels Tod, der Freundin schwarze Hand?
Der Mops von Edelstein, hat er wohl seinesgleichen?
Und hat ihn nicht die Lampe mir gesandt?

Entfernt vom süßen menschlichen Genusse,
Bin ich doch mit dem Jammer nur vertraut.
Ach! warum steht der Tempel nicht am Flusse!
Ach! warum ist die Brücke nicht gebaut!

Ungeduldig hatte die gute Frau diesem Gesange zugehört, den die schöne Lilie mit den angenehmen Tönen ihrer Harfe begleitete und der jeden andern entzückt hätte. Eben wollte sie sich beurlauben, als sie durch die Ankunft der grünen Schlange abermals abgehalten wurde. Diese hatte die letzten Zeilen des Liedes gehört und sprach deshalb der schönen Lilie sogleich zuversichtlich Mut ein.

Die Weissagung von der Brücke ist erfüllt! rief sie aus; fragt nur diese gute Frau wie herrlich der Bogen gegenwärtig erscheint. Was sonst undurchsichtiger Jaspis, was nur Prasem war, durch den das Licht höchstens auf den Kanten durchschimmerte, ist nun durchsichtiger Edelstein geworden. Kein Beryll ist so klar und kein Smaragd so schönfarbig.

Ich wünsche Euch Glück dazu, sagte Lilie, allein verzeihet mir, wenn ich die Weissagung noch nicht erfüllt glaube. Über den hohen Bogen Eurer Brücke können nur Fußgänger hinüber schreiten und es ist uns versprochen, daß Pferde und Wagen und Reisende aller Art zu gleicher Zeit über die Brücke herüber und hinüber wandern sollen. Ist nicht von den großen Pfeilern geweissagt, die aus dem Flusse selbst heraussteigen werden?

Die Alte hatte ihre Augen immer auf die Hand geheftet, unterbrach hier das Gespräch und empfahl sich. Verweilt noch einen Augenblick, sagte die schöne Lilie, und nehmt meinen armen Kanarienvogel mit. Bittet die Lampe, daß sie ihn in einen schönen Topas verwandle, ich will ihn durch meine Berührung beleben und er, mit Eurem guten Mops, soll mein bester Zeitvertreib sein; aber eilt was Ihr könnt, denn mit Sonnenuntergang ergreift unleidliche Fäulnis das arme Tier und zerreißt den schönen Zusammenhang seiner Gestalt auf ewig.

Die Alte legte den kleinen Leichnam zwischen zarte Blätter in den Korb und eilte davon.

Wie dem auch sei, sagte die Schlange, indem sie das abgebrochene Gespräch fortsetzte, der Tempel ist erbauet.

Er steht aber noch nicht am Flusse, versetzte die Schöne. Noch ruht er in den Tiefen der Erde, sagte die Schlange; ich habe die Könige gesehen und gesprochen.

Aber wann werden sie aufstehn? fragte Lilie.

Die Schlange versetzte: Ich hörte die großen Worte im Tempel ertönen: es ist an der Zeit.

Eine angenehme Heiterkeit verbreitete sich über das Angesicht der Schönen. Höre ich doch, sagte sie, die glücklichen Worte schon heute zum zweitenmal; wann wird der Tag kommen, an dem ich sie dreimal höre?

Sie stand auf und sogleich trat ein reizendes Mädchen aus dem Gebüsch, das ihr die Harfe abnahm. Dieser folgte eine andre, die den elfenbeinernen geschnitzten Feldstuhl, worauf die Schöne gesessen hatte, zusammenschlug und das silberne Kissen unter den Arm nahm. Eine dritte, die einen großen, mit Perlen gestickten Sonnenschirm trug, zeigte sich darauf, erwartend, ob Lilie auf einem Spaziergange etwa ihrer bedürfe. Über allen Ausdruck schön und reizend waren diese drei Mädchen, und doch erhöhten sie nur die Schönheit der Lilie, indem sich jeder gestehen mußte, daß sie mit ihr gar nicht verglichen werden konnten.

Mit Gefälligkeit hatte indes die schöne Lilie den wunderbaren Mops betrachtet. Sie beugte sich, berührte ihn und in dem Augenblicke sprang er auf. Munter sah er sich um, lief hin und wider und eilte zuletzt seine Wohltäterin auf das freundlichste zu begrüßen. Sie nahm ihn auf die Arme und drückte ihn an sich. So kalt du bist, rief sie aus, und obgleich nur ein halbes Leben in dir wirkt, bist du mir doch willkommen; zärtlich will ich dich lieben, artig mit dir scherzen, freundlich dich streicheln, und fest dich an mein Herz drücken. Sie ließ ihn darauf los, jagte ihn von sich, rief ihn wieder, scherzte so artig mit ihm und trieb sich so munter und unschuldig mit ihm auf dem Grase herum, daß man mit neuem Entzücken ihre Freude betrachten und teil daran nehmen mußte, so wie kurz vorher ihre Trauer jedes Herz zum Mitleid gestimmt hatte.

Diese Heiterkeit, die anmutigen Scherze wurden durch die Ankunft des traurigen Jünglings unterbrochen. Er trat herein, wie wir ihn schon kennen, nur schien die Hitze des Tages ihn noch mehr abgemattet zu haben, und in der Gegenwart der Geliebten ward er mit jedem Augenblicke blässer. Er trug den Habicht auf seiner Hand, der wie eine Taube ruhig saß und die Flügel hängen ließ.

Es ist nicht freundlich, rief Lilie ihm entgegen, daß du mir das verhaßte Tier vor die Augen bringst, das Ungeheuer, das meinen kleinen Sänger heute getötet hat.

Schilt den unglücklichen Vogel nicht! versetzte darauf der Jüngling; klage vielmehr dich an und das Schicksal, und vergönne mir, daß ich mit dem Gefährten meines Elends Gesellschaft mache.

Indessen hörte der Mops nicht auf, die Schöne zu necken, und sie antwortete dem durchsichtigen Liebling mit dem freundlichsten Betragen. Sie klatschte mit den Händen, um ihn zu verscheuchen; dann lief sie, um ihn wieder nach sich zu ziehen. Sie suchte ihn zu haschen, wenn er floh, und jagte ihn von sich weg, wenn er sich an sie zu drängen versuchte. Der Jüngling sah stillschweigend und mit wachsendem Verdrusse zu; aber endlich, da sie das häßliche Tier, das ihm ganz abscheulich vorkam, auf den Arm nahm, an ihren weißen Busen drückte und die schwarze Schnauze mit ihren himmlischen Lippen küßte, verging ihm alle Geduld und er rief voller Verzweiflung aus: Muß ich, der ich durch ein trauriges Geschick vor dir, vielleicht auf immer, in einer getrennten Gegenwart lebe, der ich durch dich alles, ja mich selbst, verloren habe, muß ich vor meinen Augen sehen, daß eine so widernatürliche Mißgeburt dich zur Freude reizen, deine Neigung fesseln und deine Umarmung genießen kann! Soll ich noch länger nur so hin- und widergehen und den traurigen Kreis den Fluß herüber und hinüber abmessen? Nein, es ruht noch ein Funke des alten Heldenmutes in meinem Busen; er schlage in diesem Augenblick zur letzten Flamme auf! Wenn Steine an deinem Busen ruhen können, so möge ich zu Stein werden; wenn deine Berührung tötet, so will ich von deinen Händen sterben.

Mit diesen Worten machte er eine heftige Bewegung; der Habicht flog von seiner Hand, er aber stürzte auf die Schöne los, sie streckte die Hände aus, ihn abzuhalten und berührte ihn nur desto früher. Das Bewußtsein verließ ihn, und mit Entsetzen fühlte sie die schöne Last an ihrem Busen. Mit einem Schrei trat sie zurück, und der holde Jüngling sank entseelt aus ihren Armen zur Erde.

Das Unglück war geschehen! Die süße Lilie stand unbeweglich und blickte starr nach dem entseelten Leichnam. Das Herz schien ihr im Busen zu stocken und ihre Augen waren ohne Tränen. Vergebens suchte der Mops ihr eine freundliche Bewegung abzugewinnen; die ganze Welt war mit ihrem Freunde ausgestorben. Ihre stumme Verzweiflung sah sich nach Hülfe nicht um, denn sie kannte keine Hülfe.

Dagegen regte sich die Schlange desto emsiger; sie schien auf Rettung zu sinnen, und wirklich dienten ihre sonderbaren Bewegungen wenigstens die nächsten schrecklichen Folgen des Unglücks auf einige Zeit zu hindern. Sie zog mit ihrem geschmeidigen Körper einen weiten Kreis um den Leichnam, faßte das Ende ihres Schwanzes mit den Zähnen und blieb ruhig liegen.

Nicht lange, so trat eine der schönen Dienerinnen Liliens hervor, brachte den elfenbeinernen Feldstuhl, und nötigte, mit freundlichen Gebärden, die Schöne sich zu setzen; bald darauf kam die zweite, die einen feuerfarbigen Schleier trug und das Haupt ihrer Gebieterin damit mehr zierte als bedeckte; die dritte übergab ihr die Harfe, und kaum hatte sie das prächtige Instrument an sich gedrückt, und einige Töne aus den Saiten hervorgelockt, als die erste mit einem hellen runden Spiegel zurückkam, sich der Schönen gegenüber stellte, ihre Blicke auffing und ihr das angenehmste Bild, das in der Natur zu finden war, darstellte. Der Schmerz erhöhte ihre Schönheit, der Schleier ihre Reize, die Harfe ihre Anmut, und so sehr man hoffte ihre traurige Lage verändert zu sehen, so sehr wünschte man ihr Bild ewig, wie es gegenwärtig erschien, festzuhalten.

Mit einem stillen Blick nach dem Spiegel lockte sie bald schmelzende Töne aus den Saiten, bald schien ihr Schmerz zu steigen, und die Saiten antworteten gewaltsam ihrem Jammer; einigemal öffnete sie den Mund zu singen, aber die Stimme versagte ihr, doch bald löste sich ihr Schmerz in Tränen auf, zwei Mädchen faßten sie hülfreich in die Arme, die Harfe sank aus ihrem Schoße, kaum ergriff noch die schnelle Dienerin das Instrument und trug es beiseite.

Wer schafft uns den Mann mit der Lampe, ehe die Sonne untergeht? zischte die Schlange leise, aber vernehmlich; die Mädchen sahen einander an, und Liliens Tränen vermehrten sich. In diesem Augenblicke kam atemlos die Frau mit dem Korbe zurück. Ich bin verloren und verstümmelt, rief sie aus! seht wie meine Hand beinahe ganz weggeschwunden ist; weder der Fährmann noch der Riese wollten mich übersetzen, weil ich noch eine Schuldnerin des Wassers bin; vergebens habe ich hundert Kohlhäupter und hundert Zwiebeln angeboten, man will nicht mehr als die drei Stücke, und keine Artischocke ist nun einmal in diesen Gegenden zu finden.

Vergeßt Eure Not, sagte die Schlange, und sucht hier zu helfen; vielleicht kann Euch zugleich mitgeholfen werden. Eilt was Ihr könnt die Irrlichter aufzusuchen, es ist noch zu hell sie zu sehen, aber vielleicht hört Ihr sie lachen und flattern. Wenn sie eilen, so setzt sie der Riese noch über den Fluß, und sie können den Mann mit der Lampe finden und schicken.

Das Weib eilte so viel sie konnte, und die Schlange schien ebenso ungeduldig als Lilie die Rückkunft der beiden zu erwarten. Leider vergoldete schon der Strahl der sinkenden Sonne nur den höchsten Gipfel der Bäume des

Dickichts, und lange Schatten zogen sich über See und Wiese; die Schlange bewegte sich ungeduldig und Lilie zerfloß in Tränen.

In dieser Not sah die Schlange sich überall um, denn sie fürchtete jeden Augenblick, die Sonne werde untergehen, die Fäulnis den magischen Kreis durchdringen und den schönen Jüngling unaufhaltsam anfallen. Endlich erblickte sie hoch in den Lüften, mit purpurroten Federn den Habicht, dessen Brust die letzten Strahlen der Sonne auffing. Sie schüttelte sich vor Freuden über das gute Zeichen, und sie betrog sich nicht; denn kurz darauf sah man den Mann mit der Lampe über den See hergleiten, gleich als wenn er auf Schlittschuhen ginge.

Die Schlange veränderte nicht ihre Stelle, aber die Lilie stand auf und rief ihm zu: Welcher gute Geist sendet dich in dem Augenblick, da wir so sehr nach dir verlangen und deiner so sehr bedürfen?

Der Geist meiner Lampe, versetzte der Alte, treibt mich und der Habicht führt mich hierher. Sie spratzelt wenn man meiner bedarf, und ich sehe mich nur in den Lüften nach einem Zeichen um; irgendein Vogel oder Meteor zeigt mir die Himmelsgegend an, wohin ich mich wenden soll. Sei ruhig, schönstes Mädchen! ob ich helfen kann weiß ich nicht, ein einzelner hilft nicht, sondern wer sich mit vielen zur rechten Stunde vereinigt. Aufschieben wollen wir und hoffen. Halte deinen Kreis geschlossen, fuhr er fort, indem er sich an die Schlange wendete, sich auf einen Erdhügel neben sie hinsetzte und den toten Körper beleuchtete. Bringt den artigen Kanarienvogel auch her und leget ihn in den Kreis! Die Mädchen nahmen den kleinen Leichnam aus dem Korbe, den die Alte stehen ließ, und gehorchten dem Manne.

Die Sonne war indessen untergegangen, und wie die Finsternis zunahm, fing nicht allein die Schlange und die Lampe des Mannes nach ihrer Weise zu leuchten an, sondern der Schleier Liliens gab auch ein sanftes Licht von sich, das wie eine zarte Morgenröte ihre blassen Wangen und ihr weißes Gewand mit einer unendlichen Anmut färbte. Man sah sich wechselweise mit stiller Betrachtung an, Sorge und Trauer waren durch eine sichere Hoffnung gemildert.

Nicht unangenehm erschien daher das alte Weib in Gesellschaft der beiden muntern Flammen, die zwar zeither sehr verschwendet haben mußten, denn sie waren wieder äußerst mager geworden, aber sich nur desto artiger gegen die Prinzessin und die übrigen Frauenzimmer betrugen. Mit der größten Sicherheit und mit vielem Ausdruck sagten sie ziemlich gewöhnliche Sachen, besonders zeigten sie sich sehr empfänglich für den Reiz, den der leuchtende Schleier über Lilien und ihre Begleiterinnen verbreitete. Bescheiden schlugen die Frauenzimmer ihre Augen nieder und das Lob ihrer Schönheit verschönerte sie wirklich. Jedermann war zufrieden und ruhig bis auf die Alte. Ungeachtet der Versicherung ihres Mannes, daß ihre Hand nicht weiter abnehmen könne solange sie von seiner Lampe beschienen sei, behauptete sie mehr als einmal, daß, wenn es so fortgehe, noch vor Mitternacht dieses edle Glied völlig verschwinden werde.

Der Alte mit der Lampe hatte dem Gespräch der Irrlichter aufmerksam zugehört und war vergnügt, daß Lilie durch diese Unterhaltung zerstreut und aufgeheitert worden. Und wirklich war Mitternacht herbeigekommen und man wußte nicht wie. Der Alte sah nach den Sternen und fing darauf zu reden an: Wir sind zur glücklichen Stunde beisammen, jeder verrichte sein Amt, jeder tue seine Pflicht und ein allgemeines Glück wird die einzelnen Schmerzen in sich auflösen, wie ein allgemeines Unglück einzelne Freuden verzehrt.

Nach diesen Worten entstand ein wunderbares Geräusch, denn alle gegenwärtigen Personen sprachen für sich und drückten laut aus was sie zu tun hätten, nur die drei Mädchen waren stille; eingeschlafen war die eine neben der Harfe, die andere neben dem Sonnenschirm, die dritte neben dem Sessel, und man konnte es ihnen nicht verdenken, denn es war spät. Die flammenden Jünglinge hatten nach einigen vorübergehenden Höflichkeiten, die sie auch den Dienerinnen gewidmet, sich doch zuletzt nur an Lilien, als die Allerschönste, gehalten.

Fasse, sagte der Alte zum Habicht, den Spiegel, und mit dem ersten Sonnenstrahl beleuchte die Schläferinnen und wecke sie mit zurückgeworfenem Lichte aus der Höhe.

Die Schlange fing nunmehr an sich zu bewegen, löste den Kreis auf und zog langsam in großen Ringen nach dem Flusse. Feierlich folgten ihr die beiden Irrlichter, und man hätte sie für die ernsthaftesten Flammen halten sollen. Die Alte und ihr Mann ergriffen den Korb, dessen sanftes Licht man bisher kaum bemerkt hatte, sie zogen von beiden Seiten daran, und er ward immer größer und leuchtender, sie hoben darauf den Leichnam des Jünglings hinein und legten ihm den Kanarienvogel auf die Brust, der Korb hob sich in die Höhe und schwebte über dem Haupte der Alten und sie folgte den Irrlichtern auf dem Fuße. Die schöne Lilie nahm den Mops auf ihren Arm und folgte der Alten, der Mann mit der Lampe beschloß den Zug, und die Gegend war von diesen vielerlei Lichtern auf das sonderbarste erhellt.

Aber mit nicht geringer Bewunderung sah die Gesellschaft, als sie zu dem Flusse gelangte, einen herrlichen Bogen über denselben hinübersteigen, wodurch die wohltätige Schlange ihnen einen glänzenden Weg bereitete. Hatte man bei Tage die durchsichtigen Edelsteine bewundert, woraus die

Brücke zusammengesetzt schien, so erstaunte man bei Nacht über ihre leuchtende Herrlichkeit. Oberwärts schnitt sich der helle Kreis scharf an dem dunklen Himmel ab, aber unterwärts zuckten lebhafte Strahlen nach dem Mittelpunkte zu und zeigten die bewegliche Festigkeit des Gebäudes. Der Zug ging langsam hinüber, und der Fährmann, der von ferne aus seiner Hütte hervorsah, betrachtete mit Staunen den leuchtenden Kreis und die sonderbaren Lichter, die darüber hinzogen.

Kaum waren sie an dem andern Ufer angelangt, als der Bogen nach seiner Weise zu schwanken und sich wellenartig dem Wasser zu nähern anfing. Die Schlange bewegte sich bald darauf ans Land, der Korb setzte sich zur Erde nieder, und die Schlange zog aufs neue ihren Kreis umher, der Alte neigte sich vor ihr und sprach: Was hast du beschlossen?

Mich aufzuopfern, ehe ich aufgeopfert werde, versetzte die Schlange; versprich mir, daß du keinen Stein am Lande lassen willst.

Der Alte versprach's und sagte darauf zur schönen Lilie: Rühre die Schlange mit der linken Hand an und deinen Geliebten mit der rechten. Lilie kniete nieder und berührte die Schlange und den Leichnam. Im Augenblicke schien dieser in das Leben überzugehen, er bewegte sich im Korbe, ja er richtete sich in die Höhe und saß; Lilie wollte ihn umarmen, allein der Alte hielt sie zurück, er half dagegen dem Jüngling aufstehn und leitete ihn, indem er aus dem Korbe und dem Kreise trat.

Der Jüngling stand, der Kanarienvogel flatterte auf seiner Schulter, es war wieder Leben in beiden, aber der Geist war noch nicht zurückgekehrt; der schöne Freund hatte die Augen offen und sah nicht, wenigstens schien er alles ohne Teilnehmung anzusehn, und kaum hatte sich die Verwunderung über diese Begebenheit in etwas gemäßigt, als man erst bemerkte, wie sonderbar die Schlange sich verändert hatte. Ihr schöner schlanker Körper war in tausend und tausend leuchtende Edelsteine zerfallen; unvorsichtig hatte die Alte, die nach ihrem Korbe greifen wollte, an sie gestoßen, und man sah nichts mehr von der Bildung der Schlange, nur ein schöner Kreis leuchtender Edelsteine lag im Grase.

Der Alte machte sogleich Anstalt, die Steine in den Korb zu fassen, wozu ihm seine Frau behülflich sein mußte. Beide trugen darauf den Korb gegen das Ufer an einen erhabenen Ort, und er schüttete die ganze Ladung, nicht ohne Widerwillen der Schönen und seines Weibes, die gerne davon sich etwas ausgesucht hätten, in den Fluß. Wie leuchtende und blinkende Sterne schwammen die Steine mit den Wellen hin, und man konnte nicht unterscheiden, ob sie sich in der Ferne verloren oder untersanken.

Meine Herren, sagte darauf der Alte ehrerbietig zu den Irrlichtern, nunmehr zeige ich Ihnen den Weg und eröffne den Gang, aber Sie leisten uns den größten Dienst, wenn Sie uns die Pforte des Heiligtums öffnen, durch die wir diesmal eingehen müssen und die außer Ihnen niemand aufschließen kann.

Die Irrlichter neigten sich anständig und blieben zurück. Der Alte mit der Lampe ging voraus in den Felsen, der sich vor ihm auftat; der Jüngling folgte ihm, gleichsam mechanisch; still und ungewiß hielt sich Lilie in einiger Entfernung hinter ihm; die Alte wollte nicht gerne zurückbleiben und streckte ihre Hand aus, damit ja das Licht von ihres Mannes Lampe sie erleuchten könne. Nun schlossen die Irrlichter den Zug, indem sie die Spitzen ihrer Flammen zusammenneigten und miteinander zu sprechen schienen.

Sie waren nicht lange gegangen, als der Zug sich vor einem großen ehernen Tore befand, dessen Flügel mit einem goldenen Schloß verschlossen waren. Der Alte rief sogleich die Irrlichter herbei, die sich nicht lange aufmuntern ließen, sondern geschäftig mit ihren spitzesten Flammen Schloß und Riegel aufzehrten.

Laut tönte das Erz, als die Pforten schnell aufsprangen und im Heiligtum die würdigen Bilder der Könige, durch die hereintretenden Lichter beleuchtet, erschienen. Jeder neigte sich vor den ehrwürdigen Herrschern, besonders ließen es die Irrlichter an krausen Verbeugungen nicht fehlen.

Nach einiger Pause fragte der goldne König: Woher kommt ihr? – Aus der Welt, antwortete der Alte. Wohin geht ihr? fragte der silberne König. – In die Welt, sagte der Alte. – Was wollt ihr bei uns? fragte der eherne König. – Euch begleiten, sagte der Alte.

Der gemischte König wollte eben zu reden anfangen, als der goldne zu den Irrlichtern, die ihm zu nahe gekommen waren, sprach: Hebet euch weg von mir, mein Gold ist nicht für euren Gaum. Sie wandten sich darauf zum silbernen und schmiegten sich an ihn, sein Gewand glänzte schön von ihrem gelblichen Widerschein. Ihr seid mir willkommen, sagte er, aber ich kann euch nicht ernähren; sättigt euch auswärts und bringt mir euer Licht. Sie entfernten sich und schlichen, bei dem ehernen vorbei, der sie nicht zu bemerken schien, auf den zusammengesetzten los. Wer wird die Welt beherrschen? rief dieser mit stotternder Stimme. – Wer auf seinen Füßen steht, antwortete der Alte. – Das bin ich! sagte der gemischte König. – Es wird sich offenbaren, sagte der Alte, denn es ist an der Zeit.

Die schöne Lilie fiel dem Alten um den Hals und küßte ihn aufs herzlichste. Heiliger Vater, sagte sie, tausendmal dank' ich dir, denn ich höre das ahnungsvolle Wort zum drittenmal. Sie hatte kaum ausgeredet, als sie sich noch fester an den Alten anhielt, denn der Boden fing unter ihnen an zu schwanken, die Alte und der Jüngling hielten sich auch aneinander, nur die beweglichen Irrlichter merkten nichts.

Man konnte deutlich fühlen, daß der ganze Tempel sich bewegte, wie ein Schiff das sich sanft aus dem Hafen entfernt, wenn die Anker gelichtet sind; die Tiefen der Erde schienen sich vor ihm aufzutun als er hindurch zog. Er stieß nirgends an, kein Felsen stand ihm in dem Weg.

Wenige Augenblicke schien ein feiner Regen durch die Öffnung der Kuppel hereinzurieseln; der Alte hielt die schöne Lilie fester und sagte zu ihr: Wir sind unter dem Flusse und bald am Ziel. Nicht lange darauf glaubten sie stillzustehn, doch sie betrogen sich; der Tempel stieg aufwärts.

Nun entstand ein seltsames Getöse über ihrem Haupte. Bretter und Balken, in ungestalter Verbindung, begannen sich zu der Öffnung der Kuppel krachend hereinzudrängen. Lilie und die Alte sprangen zur Seite, der Mann mit der Lampe faßte den Jüngling und blieb stehen. Die kleine Hütte des Fährmanns, denn sie war es, die der Tempel, im Aufsteigen, vom Boden abgesondert und in sich aufgenommen hatte, sank allmählich herunter und bedeckte den Jüngling und den Alten.

Die Weiber schrien laut, und der Tempel schütterte wie ein Schiff, das unvermutet ans Land stößt. Ängstlich irrten die Frauen in der Dämmerung um die Hütte, die Türe war verschlossen und auf ihr Pochen hörte niemand. Sie pochten heftiger und wunderten sich nicht wenig, als zuletzt das Holz zu klingen anfing. Durch die Kraft der verschlossenen Lampe war die Hütte von innen heraus zu Silber geworden. Nicht lange, so veränderte sie sogar ihre Gestalt; denn das edle Metall verließ die zufälligen Formen der Bretter, Pfosten und Balken, und dehnte sich zu einem herrlichen Gehäuse von getriebener Arbeit aus. Nun stand ein herrlicher kleiner Tempel in der Mitte des großen, oder wenn man will, ein Altar des Tempels würdig.

Durch eine Treppe, die von innen heraufging, trat nunmehr der edle Jüngling in die Höhe, der Mann mit der Lampe leuchtete ihm, und ein anderer schien ihn zu unterstützen, der in einem weißen kurzen Gewand hervorkam und ein silbernes Ruder in der Hand hielt; man erkannte in ihm sogleich den Fährmann, den ehemaligen Bewohner der verwandelten Hütte.

Die schöne Lilie stieg die äußeren Stufen hinauf, die von dem Tempel auf den Altar führten, aber noch immer mußte sie sich von ihrem Geliebten entfernt halten. Die Alte, deren Hand, solange die Lampe verborgen gewesen, immer kleiner geworden war, rief: Soll ich doch noch unglücklich werden? Ist bei so vielen Wundern durch kein Wunder meine Hand zu retten? Ihr Mann deutete nach der offenen Pforte und sagte: Siehe, der Tag bricht an, eile und bade dich im Flusse. – Welch ein Rat! rief sie, ich soll wohl ganz schwarz werden und ganz verschwinden, habe ich doch meine Schuld noch nicht bezahlt. – Gehe, sagte der Alte, und folge mir! Alle Schulden sind abgetragen.

Die Alte eilte weg, und in dem Augenblick erschien das Licht der aufgehenden Sonne an dem Kranze der Kuppel, der Alte trat zwischen den Jüngling und die Jungfrau und rief mit lauter Stimme: Drei sind die da herrschen auf Erden: die Weisheit, der Schein und die Gewalt. Bei dem ersten Wort stand der goldne König auf, bei dem zweiten der silberne und bei dem dritten hatte sich der eherne langsam emporgehoben, als der zusammengesetzte König sich plötzlich ungeschickt niedersetzte.

Wer ihn sah, konnte sich, ungeachtet des feierlichen Augenblicks, kaum des Lachens enthalten, denn er saß nicht, er lag nicht, er lehnte sich nicht an, sondern er war unförmlich zusammengesunken.

Die Irrlichter, die sich bisher um ihn beschäftigt hatten, traten zur Seite; sie schienen, obgleich blaß beim Morgenlichte, doch wieder gut genährt und wohl bei Flammen; sie hatten auf eine geschickte Weise die goldnen Adern des kolossalen Bildes mit ihren spitzen Zungen bis aufs innerste herausgeleckt. Die unregelmäßigen leeren Räume, die dadurch entstanden waren, erhielten sich eine Zeitlang offen und die Figur blieb in ihrer vorigen Gestalt. Als aber auch zuletzt die zartesten Äderchen aufgezehrt waren, brach auf einmal das Bild zusammen und leider gerade an den Stellen, die ganz bleiben, wenn der Mensch sich setzt; dagegen blieben die Gelenke, die sich hätten biegen sollen, steif. Wer nicht lachen konnte, mußte seine Augen wegwenden; das Mittelding zwischen Form und Klumpen war widerwärtig anzusehn.

Der Mann mit der Lampe führte nunmehr den schönen, aber immer noch starr vor sich hinblickenden Jüngling vom Altare herab und gerade auf den ehernen König los. Zu den Füßen des mächtigen Fürsten lag ein Schwert, in eherner Scheide. Der Jüngling gürtete sich. – Das Schwert an der Linken, die Rechte frei! rief der gewaltige König. Sie gingen darauf zum silbernen, der sein Zepter gegen den Jüngling neigte. Dieser ergriff es mit der linken Hand, und der König sagte mit gefälliger Stimme: Weide die Schafe! Als sie zum goldenen Könige kamen, drückte er mit väterlich segnender Gebärde dem Jüngling den Eichenkranz aufs Haupt und sprach: Erkenne das Höchste!

Der Alte hatte während dieses Umgangs den Jüngling genau bemerkt. Nach umgürtetem Schwert hob sich seine Brust, seine Arme regten sich und seine Füße traten fester auf; indem er den Zepter in die Hand nahm, schien sich die Kraft zu mildern und durch einen unaussprechlichen Reiz noch mächtiger zu werden; als aber der Eichenkranz seine Locken zierte, belebten sich seine Gesichtszüge, sein Auge glänzte von unaussprechlichem Geist, und das erste Wort seines Mundes war Lilie.

Liebe Lilie! rief er, als er ihr die silbernen Treppen hinauf entgegeneilte; denn sie hatte von der Zinne des Altars seiner Reise zugesehn: liebe Lilie! was kann der Mann, ausgestattet mit allem, sich Köstlicheres wünschen als die Unschuld und die stille Neigung, die mir dein Busen entgegenbringt? O! mein Freund, fuhr er fort, indem er sich zu dem Alten wendete und die drei heiligen Bildsäulen ansah, herrlich und sicher ist das Reich unserer Väter, aber du hast die vierte Kraft vergessen, die noch früher, allgemeiner, gewisser die Welt beherrscht, die Kraft der Liebe. Mit diesen Worten fiel er dem schönen Mädchen um den Hals; sie hatte den Schleier weggeworfen und ihre Wangen färbten sich mit der schönsten unvergänglichsten Röte.

Hierauf sagte der Alte lächelnd: Die Liebe herrscht nicht, aber sie bildet, und das ist mehr.

Über dieser Feierlichkeit, dem Glück, dem Entzücken hatte man nicht bemerkt, daß der Tag völlig angebrochen war, und nun fielen auf einmal durch die offne Pforte ganz unerwartete Gegenstände der Gesellschaft in die Augen. Ein großer mit Säulen umgebener Platz machte den Vorhof, an dessen Ende man eine lange und prächtige Brücke sah, die mit vielen Bogen über den Fluß hinüber reichte; sie war an beiden Seiten mit Säulengängen für die Wanderer bequem und prächtig eingerichtet, deren sich schon viele Tausende eingefunden hatten, und emsig hin- und widergingen. Der große Weg in der Mitte war von Herden und Maultieren, Reitern und Wagen belebt, die an beiden Seiten, ohne sich zu hindern, stromweise hin- und herflossen. Sie schienen sich alle über die Bequemlichkeit und Pracht zu verwundern, und der neue König mit seiner Gemahlin war über die Bewegung und das Leben dieses großen Volks so entzückt, als ihre wechselseitige Liebe sie glücklich machte.

Gedenke der Schlange in Ehren, sagte der Mann mit der Lampe, du bist ihr das Leben, deine Völker sind ihr die Brücke schuldig, wodurch diese nachbarlichen Ufer erst zu Ländern belebt und verbunden werden. Jene schwimmenden und leuchtenden Edelsteine, die Reste ihres aufgeopferten Körpers, sind die Grundpfeiler dieser herrlichen Brücke, auf ihnen hat sie sich selbst erbaut und wird sich selbst erhalten.

Man wollte eben die Aufklärung dieses wunderbaren Geheimnisses von ihm verlangen, als vier schöne Mädchen zu der Pforte des Tempels hereintraten. An der Harfe, dem Sonnenschirm und dem Feldstuhl erkannte man sogleich die Begleiterinnen Liliens, aber die vierte, schöner als die drei, war eine Unbekannte, die scherzend schwesterlich mit ihnen durch den Tempel eilte und die silbernen Stufen hinanstieg.

Wirst du mir künftig mehr glauben, liebes Weib? sagte der Mann mit der Lampe zu der Schönen: wohl dir und jedem Geschöpfe, das sich diesen Morgen im Flusse badet!

Die verjüngte und verschönerte Alte, von deren Bildung keine Spur mehr übrig war, umfaßte mit belebten jugendlichen Armen den Mann mit der Lampe, der ihre Liebkosungen mit Freundlichkeit aufnahm. Wenn ich dir zu alt bin, sagte er lächelnd, so darfst du heute einen andern Gatten wählen; von heute an ist keine Ehe gültig, die nicht aufs neue geschlossen wird.

Weißt du denn nicht, versetzte sie, daß auch du jünger geworden bist? – Es freut mich, wenn ich deinen jungen Augen als ein wackrer Jüngling erscheine; ich nehme deine Hand von neuem an, und mag gern mit dir in das folgende Jahrtausend hinüberleben.

Die Königin bewillkommte ihre neue Freundin und stieg mit ihr und ihren übrigen Gespielinnen in den Altar hinab, indes der König in der Mitte der beiden Männer nach der Brücke hinsah und aufmerksam das Gewimmel des Volks betrachtete.

Aber nicht lange dauerte seine Zufriedenheit, denn er sah einen Gegenstand, der ihm einen Augenblick Verdruß erregte. Der große Riese, der sich von seinem Morgenschlaf noch nicht erholt zu haben schien, taumelte über die Brücke her und verursachte daselbst große Unordnung. Er war, wie gewöhnlich, schlaftrunken aufgestanden und gedachte sich in der bekannten Bucht des Flusses zu baden; anstatt derselben fand er festes Land und tappte auf dem breiten Pflaster der Brücke hin. Ob er nun gleich zwischen Menschen und Vieh auf das ungeschickteste hineintrat, so ward doch seine Gegenwart zwar von allen angestaunt, doch von niemand gefühlt; als ihm aber die Sonne in die Augen schien, und er die Hände aufhub sie auszuwischen, fuhr der Schatten seiner ungeheuren Fäuste hinter ihm so kräftig und ungeschickt unter der Menge hin und wider, daß Menschen und Tiere in großen Massen zusammenstürzten, beschädigt wurden, und Gefahr liefen in den Fluß geschleudert zu werden.

Der König, als er diese Untat erblickte, fuhr mit einer unwillkürlichen Bewegung nach dem Schwerte, doch besann er sich und blickte ruhig erst sein Zepter, dann die Lampe und das Ruder seiner Gefährten an. Ich errate deine Gedanken, sagte der Mann mit der Lampe, aber wir und unsere Kräfte sind gegen diesen Ohnmächtigen ohnmächtig. Sei ruhig! er schadet zum letztenmal, und glücklicherweise ist sein Schatten von uns abgekehrt.

Indessen war der Riese immer näher gekommen, hatte vor Verwunderung über das, was er mit offenen Augen sah, die Hände sinken lassen, tat keinen Schaden mehr, und trat gaffend in den Vorhof herein.

Gerade ging er auf die Türe des Tempels zu, als er auf einmal in der Mitte des Hofes an dem Boden festgehalten wurde. Er stand als eine kolossale mächtige Bildsäule, von rötlich glänzendem Steine, da, und sein Schatten zeigte die Stunden, die in einem Kreis auf den Boden um ihn her, nicht in Zahlen, sondern in edlen und bedeutenden Bildern, eingelegt waren.

Nicht wenig erfreut war der König, den Schatten des Ungeheuers in nützlicher Richtung zu sehen; nicht wenig verwundert war die Königin, die als sie mit größter Herrlichkeit geschmückt aus dem Altare, mit ihren Jungfrauen, heraufstieg, das seltsame Bild erblickte, das die Aussicht aus dem Tempel nach der Brücke fast zudeckte.

Indessen hatte sich das Volk dem Riesen nachgedrängt, da er stillstand, ihn umgeben und seine Verwandlung angestaunt. Von da wandte sich die Menge nach dem Tempel, den sie erst jetzt gewahr zu werden schien und drängte sich nach der Tür.

In diesem Augenblick schwebte der Habicht mit dem Spiegel hoch über dem Dom, fing das Licht der Sonne auf und warf es über die auf dem Altar stehende Gruppe. Der König, die Königin und ihre Begleiter erschienen in dem dämmernden Gewölbe des Tempels, von einem himmlischen Glanze erleuchtet, und das Volk fiel auf sein Angesicht. Als die Menge sich wieder erholt hatte und aufstand, war der König mit den Seinigen in den Altar hinabgestiegen, um durch verborgene Hallen nach seinem Palaste zu gehen, und das Volk zerstreute sich in dem Tempel, seine Neugierde zu befriedigen. Es betrachtete die drei aufrecht stehenden Könige mit Staunen und Ehrfurcht, aber es war desto begieriger zu wissen, was unter dem Teppiche in der vierten Nische für ein Klumpen verborgen sein möchte; denn, wer es auch mochte gewesen sein, wohlmeinende Bescheidenheit hatte eine prächtige Decke über den zusammengesunkenen König hingebreitet, die kein Auge zu durchdringen vermag und keine Hand wagen darf wegzuheben.

Das Volk hätte kein Ende seines Schauens und seiner Bewunderung gefunden, und die zudringende Menge hätte sich in dem Tempel selbst erdrückt, wäre ihre Aufmerksamkeit nicht wieder auf den großen Platz gelenkt worden.

Unvermutet fielen Goldstücke, wie aus der Luft, klingend auf die marmornen Platten, die nächsten Wanderer stürzten darüber her, um sich ihrer zu bemächtigen, einzeln wiederholte sich dies Wunder, und zwar bald hier und bald da. Man begreift wohl, daß die abziehenden Irrlichter sich hier nochmals eine Lust machten und das Gold aus den Gliedern des zusammengesunkenen Königs auf eine lustige Weise vergeudeten. Begierig lief das Volk noch eine Zeitlang hin und wider, drängte und zerriß sich, auch noch da keine Goldstücke mehr herabfielen. Endlich verlief es sich allmählich, zog seine Straße, und bis auf den heutigen Tag wimmelt die Brücke von Wanderern, und der Tempel ist der besuchteste auf der ganzen Erde.

CARL PHILIPP FUNKE

1752–1807

Das schneeweiße Kätzchen

Eine arme Frau, deren Mann gestorben war, mußte ihre zwei kleinen Kinder mit Spinnen und Stricken mühsam ernähren. Dennoch bettelte sie nicht, wie viele an ihrer Stelle wohl getan haben würden, sondern sie arbeitete vom frühen Morgen bis an den späten Abend, und hielt auch die Kinder zur Arbeit an. Diese, von denen das eine sechs, das andere acht Jahre alt war, bekamen alle Tage eine gewisse Anzahl Reihen zu stricken auf, und wann sie damit fertig waren, durften sie spielen.

Eines Tages ging die Mutter in den Busch, um dürre Reiser und Kienäpfel zu sammeln, damit sie eine Suppe kochen könnte. Als sie ihren Korb voll hatte und nach Hause zurückkehrte, sah sie am Wege hinter einem Zaun ein *schneeweißes Kätzchen* liegen, das mit dem Tode zu ringen schien. Sie blieb stehen, blickte es mitleidig an, und sagte: »Armes Tierchen, wenn ich dir doch helfen könnte! Aber vielleicht bist du nicht krank, sondern schmachtest vor Hunger und Durst. Nun, ich habe zwar selbst nicht viel; aber ich kann dich unmöglich hier umkommen lassen.« – Hiermit nahm sie das halbtote Kätzchen auf und steckte es in ihre Schürze.

Die Kinder hatten bereits ihr aufgegebenes Tagewerk vollendet und spielten vor der Tür, als die Mutter zurückkam. Sie sprangen ihr jauchzend entgegen, und fragten: »Hast du uns nicht etwas mitgebracht, liebe Mutter?« – Denn sie pflegte jedesmal, wenn sie ins Holz ging, den Kindern eine Kleinigkeit mitzubringen, ein Paar Hände voll Erdbeeren, oder Heidelbeeren, Holzbirnen, Blumen, und was sonst die Jahreszeit gab. – »Heute«, antwortete die Mutter, »heute bringe ich euch ein Kätzchen. Aber das arme Tier ist krank; wir müssen ihm gleich eine Suppe kochen.« – »Ach, ein Kätzchen!« riefen die Kinder; »wo hast du es denn? Ach, ach, schneeweiß! ein niedliches Tierchen!«

Nun entstand ein kleiner Streit unter den Kindern, wer es nehmen und vollends nach Hause tragen sollte. Aber die Mutter behielt es in der Schürze und sagte: »Geht ihr nur; ihr tut dem Tiere Schaden, wenn ihr es anfaßt.« Die Kinder liefen also voraus, und Hannchen, das jüngste, holte geschwind ein Kissen aus ihrem Bettchen und legte es in einen Winkel in der Stube. »Hier, liebe Mutter«, sagte sie, »setze das Kätzchen her; wir wollen dabei bleiben. Beide lagerten sich neben dem Kissen auf die Erde und streichelten das

Tierchen, das sich wieder etwas zu erholen schien, unterdeß die Mutter Suppe kochte. Als diese fertig war, gaben sie ihm ein Näpfchen voll, und sagten: »Da, liebes Kätzchen, iß!« Das Kätzchen richtete sich auf und fraß und ward darnach munter und lustig, worüber denn die Kinder eine herzliche Freude hatten.

Aber wie erstaunten sie, als das Kätzchen anfing zu sprechen, und sagte: »Habt Dank, ihr guten Leute, daß ihr mich aufgenommen und gepflegt habt! Ich will eurer eingedenk sein und euch versorgen.« –

Und auf einmal verschwand das Kätzchen. Da merkte die Mutter, daß es eine Fee gewesen war, und verbot den Kindern, irgendjemandem etwas davon zu entdecken.

Nach einigen Tagen ging die Mutter wieder in den Busch und traf an eben der Stelle, wo das Kätzchen gelegen hatte, eine schön geputzte Dame an, die ihr fünf Stricknadeln überreichte und zu ihr sagte: »Nimm hin den Dank, den ich dir schuldig bin, und sei mitleidig gegen Unglückliche, auch wenn es dir wohlgeht.« – Die arme Frau wollte eben fragen, was sie damit machen sollte, da sie selbst schon Stricknadeln genug hätte; aber – weg war die Dame. Hm! dachte sie; das ist auch ein kleines Geschenk! Eine Fee hätte mir wohl etwas Besseres geben können. Sie ward darüber so ärgerlich, daß sie mehr als einmal im Begriff war, die Nadeln unterwegs wegzuwerfen. »Wenn es noch«, sagte sie, »Nadeln von Gold oder Silber wären, so könnte ich sie verkaufen; aber was soll ich mit diesen?« – Zum Glück behielt sie dieselben Nadeln doch und nahm sie mit nach Hause.

Am Abend gab sie diese Nadeln dem ältesten Kinde und sagte: »Hier hast du neue Stricknadeln; stricke auch morgen recht fleißig!« Das Kind freute sich, und da es kurz vorher einen Strumpf angefangen hatte, so zog es die alten Nadeln heraus und steckte die neuen hinein. Kaum hatte sie das getan, so fingen die Nadeln an, sich von selbst zu bewegen und zu stricken, daß es eine Lust mit anzusehen war. »Mutter! Mutter!« rief das Kind; »sieh einmal hier, was das für wunderbare Nadeln sind!« Die Mutter erschrak, besann sich aber gleich wieder und sagte: »Stille, Kinder! laßt das ja Niemanden wissen, damit uns diese Nadeln nicht gestohlen werden! Das schneeweiße Kätzchen hat sie mir geschenkt.« Voll Verwunderung sahen sie den arbeitenden Nadeln zu, und es währte keine Viertelstunde, so war der Strumpf fertig, so schön und zierlich, wie die beste Strickerin ihn nicht machen kann. Die Mutter fing den andern Strumpf auch noch an, und die Nadeln setzten sich augenblicklich wieder in Bewegung und strickten unaufhörlich bis zu Ende fort.

Den folgenden Morgen holte die arme Frau so viel Seide, Baumwolle und Wolle zusammen, als sie bekommen konnte, und ließ die Nadeln Tag und

Nacht stricken. Die Leute, für welche sie arbeitete, wunderten sich sehr, als sie nach wenigen Tagen wiederkam und die fertigen Strümpfe brachte. In kurzer Zeit hatte sie sich Geld genug erworben, daß sie selbst Seide und Baumwolle kaufen und für ihre eigene Rechnung stricken lassen konnte. So ward sie eine sehr reiche Frau, und kein Mensch wußte, wie es zuging. Bei allem Reichtume blieb sie indes doch wirtschaftlich und ordentlich und tat den Armen viel Gutes, hielt auch ihre Töchter zur Ordnung an. Als sie aber tot war, da wurden die Töchter übermütig und stolz. Sie wollten es Allen im Putze zuvortun; und ob sie gleich große Summen unnütz verschwendeten, so zeigten sie sich doch gegen Notleidende karg. Plötzlich erschien die Fee in ihrem Zimmer, als eben die Nadeln auf dem Tische lagen und strickten. Sie ergriff dieselben, und sagte: »Für eure Mutter was dies ein wohltätiges Geschenk; euch würde es nur verderblich werden, daher nehme ich es wieder zurück.« Mit diesen Worten verschwand sie und ließ die erschrockenen Mädchen in stummer Verzweiflung stehen, die nun wieder selbst stricken mußten, weil sie den baren Geldvorrat, welchen die Mutter hinterließ, verschwenderisch durchgebracht hatten.

Der König Frudibald

Vor tausend Jahren lebte einmal ein König, mit Namen *Frudibald.* Er war schon in seinem achtzehnten Jahre zur Regierung gekommen und hatte von seinem Vater eine Menge prächtiger Schlösser und einen großen Schatz von Gold, Silber und kostbaren Juwelen geerbt. Da er nun unumschränkter Herr von dem allen geworden war, und ihm Niemand zu befehlen hatte, so ließ er sichs auch recht wohl sein, und brachte alle Tage in Saus und Schmaus zu. Gewöhnlich mußte er sich von der Tafel wegtragen lassen; denn er übernahm sich besonders im Trunke so, daß er weder gehen noch stehen konnte. Bis nach Mitternacht schwärmte er und zechte und dann schlief er, bis die Sonne den fleißigen Arbeitern in seinem Garten gerade über dem Kopfe stand. Er hielt dies für ein herrliches Leben, und wünschte, daß es ewig währen möchte.

Allein einige Jahre danach fing er an zu kränkeln, und er mußte auf Verordnung der Ärzte Pillen, Pulver und Tropfen einnehmen, und dies und das lassen, was er sonst gern genossen und getan hatte. Das war gar nicht nach seinem Geschmack. Die Arznei, ob sie gleich sehr bitter schmeckte, nahm er zur Not noch; aber seine Lieblings-Gerichte und die köstlichen Weine, und was ihm sonst Vergnügen machte, davon wollte er durchaus nicht ablassen, weil er sich einmal daran gewöhnt hatte. Natürlich konnte also auch die Arznei nicht recht wirken und ihn wieder gesund machen; er ward vielmehr immer kränker. Seine Kräfte nahmen ab, die Haare fielen ihm aus, und der volle blühende Jüngling verwandelte sich in einen abgezehrten, bleichen, hohläugigen Greis, dessen Kopf wie eine welke Blume von einer Seite zur andern wackelte. Wenn er sprechen wollte, so überfiel ihn ein Husten bis zum Ersticken, der ihn auch des Nachts am Schlafe hinderte. Ihm ekelte jetzt vor Allem, woran er sonst seine Lust gehabt hatte; und doch mochte er noch so gern leben und wieder gesund werden, um seine ehemaligen Vergnügungen wieder genießen zu können. Die Ärzte boten ihre ganze Kunst zu seiner Wiederherstellung auf, aber vergebens.

Endlich erschien eine Fee in Gestalt einer alten ehrwürdigen Frau, und versprach, seinen Wunsch zu erfüllen, jedoch unter der Bedingung, daß ein junger gesunder Mann sich entschlösse, mit ihm zu tauschen, dem Könige seine Gesundheit zu überlassen, und dagegen des Königs kranken Körper anzunehmen. Jener würde dann zugleich König werden, und dieser, der jetzige König, würde an die Stelle des Mannes treten, der mit ihm getauscht hätte. Der König Frudibald bedachte sich etwas: denn es ging ihm schwer ein, sein Königreich für seine Gesundheit hinzugeben; da ihm aber einfiel, daß er doch wahrscheinlich bald sterben müßte, so willigte er in den Tausch.

Nun wurde in dem ganzen Königreiche bekannt gemacht, daß, wenn ein junger gesunder Mann mit dem Könige tauschen und König werden wollte, derselbe sich auf dem Schlosse melden möchte. Der Vorschlag deuchte Vielen nicht übel; so wie sie sich aber genauer nach den Umständen des Königs erkundigen und erfuhren, wie krank er war, verging ihnen die Lust bald wieder. Zuletzt kam die Nachricht von dem angebotenen Tausch auch zu den Ohren eines jungen Sauhirten. Dieser horchte auf und dachte, es wäre doch wohl der Mühe wert, einmal eine Probe zu machen. Er wanderte also gerades Weges nach dem Schlosse hin, zeigte der Wache an, warum er gekommen wäre, und wurde dann in des Königs Zimmer geführt. Beide erschraken, als sie einander erblickten. Der König saß auf einem Ruhebette unter einem goldenen Thronhimmel, dürr, wie der Tod, und so matt, daß er die Hand kaum zum Gesichte bringen konnte, als er eine Fliege von der Nase jagen wollte. Vor ihm stand der starke rüstige Hirt, in einem zerlumpten Kittel, barfuß, mit ungekämmtem, weit über die Stirn herabhangenden Haar. Der König versuchte zu reden; aber der Husten ließ es nicht zu.

Jetzt erschien die Fee und redete den Hirten zuerst an: »Du bist also entschlossen, deinen Zustand zu verändern, und ein kranker König zu werden?« »Ach, liebe Frau«, sagte der Hirt, »ich meinte nicht, daß der König so sehr krank wäre. Aber eine kleine Probe möchte ich wohl machen, um zu wissen, wie einem Könige zu Mute ist.« Hierauf wandte sich die Fee an den König, und fragte ihn, ob er auch Willens wäre, mit dem Hirten zu tauschen. Der König nickte sein Jawort langsam zu, wobei ihm jedoch ein tiefer Seufzer entfuhr. »Wisset«, sagte nun die Fee weiter, »wenn ich euch Beide einmal mit meinem Zauberstabe berührt habe, so ist euer Schicksal unwiderruflich. Bedenkt also wohl, was ihr tun wollt. Doch es ist billig, daß derjenige von euch, welcher das meiste bei diesem Tausche zu verlieren hat, erst für sich eine Probe mache.« Sie befahl sodann dem Hirten, ihr zu folgen, und führte ihn durch eine Reihe von Zimmern in einen großen prächtigen Saal. Hier berührte sie ihn mit ihrem Stabe, und sogleich nahm die Verwandlung ihren Anfang. Nun öffnete die Fee ein Schächtelchen, und eine Menge von Bedienten und Hofleuten sprang heraus. Erst waren sie so klein wie Käferchen, sie wuchsen aber zusehends, und wurden bald so groß, wie andre Menschen. Sie traten vor den neuen König, der nach seiner Verwandlung entkräftet in einen weichen Lehnstuhl gesunken war, neigten sich vor ihm bis zur Erde, und erwarteten schweigend seine Befehle. Zu seinen Füßen erhob sich eine Tafel, mit den herrlichsten Speisen und Weinen besetzt, und in einem Nebenzimmer stimmte die lieblichste Musik an. Aber den kranken König erfreute weder der Anblick der reich besetzten Tafel, noch der Ton der lieblichen Musik, noch die ehrfurchtsvolle Stellung der Hofleute, die auf seinen Wink warteten. Er wünschte wieder Hirt zu sein und mit dem groben Kittel seine Gesundheit wieder zu erhalten. Die Fee las diesen Wunsch auf Gesichte. Sie berührte ihn mit ihrem Stabe und mit einemmale ward alles wieder, wie es vorher gewesen war: die Bedienten, kleinen Käfern gleich, krochen in die Schachtel der Fee zurück; die Musik verstummte, die Tafel verschwand, und der Hirt stand wieder in der Fülle der Gesundheit da. Er dankte der Fee, daß sie ihn wieder in seinen vorigen Stand gesetzt habe, und bat, sie möchte ihn je eher je lieber aus dem Schlosse bringen. Dies geschah im Augenblick. Hieraus ging die Fee zum König Frudibald zurück, und meldete ihm, daß der Hirt nicht mit ihm tauschen wolle, weil die Probe ihm gar nicht gefallen habe. Da ward der König sehr traurig, und dachte: so bin ich denn der unglücklichste Mensch in meinem ganzen Königreiche! Auch der Geringste wünscht nicht, an meiner Stelle zu sein! – Die Fee fragte ihn, ob er denn gern mit dem Hirten getauscht haben würde? und ob auch er einen Versuch machen wolle? Der König sagte: »Ja.« Nun näherte sich die Fee mit ihrem Stabe dem Könige, der bald in einen tiefen Schlaf sank. Als er erwachte, fand er sich in Gestalt eines armseligen Hirten mitten auf dem Felde unter einer Herde, zwar gesund und stark, aber so dürftig, daß er nichts als eine Hirtentasche mit ein wenig schwarzem Brote besaß. Er würde indeß glücklich gewesen sein, wenn er nicht noch die Erinnerung an seinen

Königsstand gehabt hätte. Vergebens sang ihm die Lerche ihr munteres Lied; vergebens grünten für ihn Wald und Berg und Tal; vergebens führten laue Lüfte ihm den Wohlgeruch der Blumen zu. Er dachte nur an seine vergoldeten Zimmer und an das weiche Leben, dessen er da gewohnt war. Seufzend warf er sich unter einen Baum; und da der Hunger seit langer Zeit zum erstenmale sich wieder bei ihm meldete, so zog er sein schwarzes Brot hervor und aß. Eine neue Veranlassung zum Mißvergnügen! Jetzt stellte er sich die köstlichen Pasteten, Ragouts, Braten und Kuchen vor, wobei er sonst mit seiner lustigen Tischgesellschaft stundenlang gesessen und sich gütlich getan hatte. Er wollte trinken; aber da war kein Wein in goldenen Pokalen: er mußte Wasser mit der hohlen Hand aus einem Bache schöpfen. »Ach!« sagte er, »wäre ich doch wieder König! Vielleicht könnten meine Ärzte mich wieder gesund machen; wo nicht, so wollte ich lieber sterben, als ein so elendes Leben führen.«

Die Fee hörte seinen Wunsch, erschien plötzlich vor ihm und sagte: »Ergib dich in dein Schicksal, das du dir selbst zugezogen hast. Kein Gott kann dir helfen, wenn du selbst dir nicht hilfst.« – Hiermit versetzte sie ihn durch einen Zauberschlag wieder in sein Schloß und auf sein Ruhebett, wo das kurze Hirtenleben, das er versucht hatte, ihm wie ein Traum vorkam. Schmerz und Unmut überfielen ihn aufs neue, und töricht bereute er schon wieder, daß er nicht Hirt geblieben war. Aber die Fee ließ nicht mit sich scherzen. Frudibald rief sie vergebens um Hilfe an; er mußte nach einigen Monaten sterben.

WILHELM HEINRICH WACKENRODER

1773–1798

Ein wunderbares morgenländisches Märchen von einem nackten Heiligen

Das Morgenland ist die Heimat alles Wunderbaren, in dem Altertume und der Kindheit der dortigen Meinungen findet man auch höchst seltsame Winke und Rätsel, die immer noch dem Verstande, der sich für klüger hält, aufgegeben werden. So wohnen dort in den Einöden oft seltsame Wesen, die wir wahnsinnig nennen, die aber dort als übernatürliche Wesen verehrt werden. Der orientalische Geist betrachtet diese nackten Heiligen als die wunderlichen Behältnisse eines höhern Genius, der aus dem Reiche des Firmaments sich in eine menschliche Gestalt verirrt hat, und sich nun nicht nach Menschen-Weise zu gebärden weiß. Auch sind ja alle Dinge in der Welt so oder anders, nachdem wir sie so oder anders betrachten; der Verstand des Menschen ist eine Wundertinktur, durch deren Berührung alles, was existiert, nach unserm Gefallen verwandelt wird.

So wohnte einer dieser nackten Heiligen in einer abgelegenen Felsenhöle, der ein kleiner Fluß vorüberströmte. Niemand konnte sagen, wie er dorthin gekommen, seit einigen Jahren war er dort bemerkt, eine Karawane hatte ihn zuerst entdeckt, und seitdem geschahen häufige Wallfahrten nach seiner einsamen Wohnung.

Dieses wunderliche Geschöpf hatte in seinem Aufenthalte Tag und Nacht keine Ruhe, ihm dünkte immer, er höre unaufhörlich in seinen Ohren das Rad der Zeit seinen sausenden Umschwung nehmen. Er konnte vor dem Getöse nichts tun, nichts vornehmen, die gewaltige Angst, die ihn in immerwährender Arbeit anstrengte, verhinderte ihn, irgend etwas zu sehn und zu hören, als wie sich mit Brausen, mit gewaltigem Sturmwindssausen das fürchterliche Rad drehte und wieder drehte, das bis an die Sterne und hinüberreichte. Wie ein Wasserfall von tausend und aber tausend brüllenden Strömen, die vom Himmel herunterstürzten, sich ewig, ewig ohne augenblicklichen Stillstand, ohne die Ruhe einer Sekunde ergossen, so tönte es in seine Ohren, und alle seine Sinne waren mächtig nur darauf hingewandt, seine arbeitende Angst war immer mehr und mehr in den Strudel der wilden Verwirrung ergriffen und hineingerissen, immer ungeheurer verwilderten die einförmigen Töne durch einander: er konnte nun nicht ruhn, sondern man sah ihn Tag und Nacht in der angestrengtesten, heftigsten Bewegung, wie eines Menschen, der bemüht ist, ein ungeheures Rad umzudrehen. Aus seinen abgebrochenen, wilden Reden erfuhr man, daß er sich von dem Rade fortgezogen fühle, daß er dem tobenden, pfeilschnellen Umschwunge mit der ganzen Anstrengung seines Körpers zu Hülfe kommen wolle, damit die Zeit ja nicht in die Gefahr komme, nur einen Augenblick stillzustehn. Wenn man ihn fragte, was er tue, so schrie er wie in einem Krampf die Worte heraus: Ihr Unglückseligen! hört Ihr denn nicht das rauschende Rad der Zeit? und dann drehte und arbeitete er wieder noch heftiger, daß sein Schweiß auf die Erde floß, und mit verzerrten Gebärden legte er die Hand auf sein pochendes Herz, als wolle er fühlen, ob das große Räderwerk in seinem ewigen Gange sei. Er wütete, wenn er sah, daß die Wanderer, die zu ihm wallfahrteten, ganz ruhig standen, und ihm zusahen, oder hin und wieder gingen und mit einander sprachen. Er zitterte vor Heftigkeit, und zeigte ihnen den unaufhaltsamen Umschwung des ewigen Rades, das einförmige,

mige, taktmäßige Fortlaufen der Zeit; er knirschte mit den Zähnen, daß sie von dem Getriebe, in dem auch sie verwickelt und fortgezogen würden, nichts fühlten und bemerkten; er schleuderte sie von sich, wenn sie ihm in der Raserei zu nahe kamen. Wollten sie sich nicht in Gefahr setzen, so mußten sie seine angestrengte Bewegung lebhaft nachahmen. Aber noch viel wilder und gefährlicher wurde seine Raserei, wenn es sich zutrug, daß in seiner Nähe irgend eine körperliche Arbeit vorgenommen wurde, wenn ein Mensch, der ihn nicht kannte, etwa bei seiner Höhle Kräuter sammelte oder Holz fällte. Dann pflegte er wild aufzulachen, daß unter dem gräßlichen Fortrollen der Zeit noch jemand an diese kleinlichen irrdischen Beschäftigungen denken konnte; wie ein Tigertier war er dann mit einem einzigen Sprunge aus seiner Höhle, und wenn er den Unglücklichen erhaschen konnte, schlug er ihn mit einem einzigen Schlage tot zu Boden. Schnell sprang er dann in seine Höhle zurück, und drehte noch heftiger als zuvor das Rad der Zeit; er wütete aber noch lange fort, und sprach in abgebrochenen Reden, wie es den Menschen möglich sei, noch etwas anders zu treiben, ein taktloses Geschäft vorzunehmen.

Er war nicht im Stande, seinen Arm nach irgend einem Gegenstande auszustrecken, oder etwas mit der Hand zu ergreifen; er konnte keinen Schritt mit den Füßen tun, wie andre Menschen. Eine zitternde Angst flog durch alle seine Nerven, wenn er nur ein einzigmal versuchen wollte, den schwindlichten Wirbel zu unterbrechen. Nur manchmal in schönen Nächten, wenn der Mond auf einmal vor die Öffnung seiner finstern Höhle trat, hielt er plötzlich inne, sank auf den Boden, warf sich umher und winselte vor Verzweiflung; auch weinte er bitterlich wie ein Kind, daß das Sausen des mächtigen Zeitrades ihm nicht Ruhe lasse, irgend etwas auf Erden zu tun, zu handeln, zu wirken und zu schaffen. Dann fühlte er eine verzehrende Sehnsucht nach unbekannten schönen Dingen; er bemühte sich, sich aufzurichten und Hände und Füße in eine sanfte und ruhige Bewegung zu bringen, aber vergeblich! Er suchte etwas bestimmtes unbekanntes, was er ergreifen und woran er sich hängen wollte; er wollte sich außerhalb oder in sich vor sich selber retten, aber vergeblich! Sein Weinen und seine Verzweiflung stieg aufs höchste, mit lautem Brüllen sprang er von der Erde auf und drehte wieder an dem gewaltig-sausenden Rade der Zeit. Das währte mehrere Jahre fort, Tag und Nacht.

Einst aber war eine wunderschöne, mondhelle Sommernacht, und der Heilige lag wieder weinend und händeringend auf dem Boden seiner Höhle. Die Nacht war entzückend: an dem dunkelblauen Firmamente blinkten die Sterne wie goldene Zierden an einem weit übergebreiteten, beschirmenden Schilde, und der Mond strahlte von den hellen Wangen seines Antlitzes ein sanftes Licht, worin die grüne Erde sich badete. Die Bäume hingen in dem zauberhaften Schein wie wallende Wolken auf ihren Stämmen, und die Wohnungen der Menschen waren in dunkle Felsengestalten und dämmernde Geisterpaläste verwandelt. Die Menschen, nicht mehr vom Sonnenglanze geblendet, wohnten mit ihren Blicken am Firmamente, und ihre Seelen spiegelten sich schön in dem himmlischen Scheine der Mondnacht.

Zwei Liebende, die sich ganz den Wundern der nächtlichen Einsamkeit ergeben wollten, fuhren in dieser Nacht auf einem leichten Nachen den Fluß herauf, der der Felsenhöle des Heiligen vorüberströmte. Der durchdringende Mondstrahl hatte den Liebenden die innersten, dunkelsten Tiefen ihrer Seele erhellt und aufgelöst, ihre leisesten Gefühle zerflossen und wogten vereinigt in uferlosen Strömen daher. Aus dem Nachen wallte eine ätherische Musik in den Raum des Himmels empor, süße Hörner, und ich weiß nicht welche andre zauberische Instrumente, zogen eine schwimmende Welt von Tönen hervor, und in den auf- und niederwallenden Tönen vernahm man folgenden Gesang:

Süße Ahndungsschauer gleiten
Über Fluß und Flur dahin,
Mondesstrahlen hold bereiten
Lager liebetrunknem Sinn.
Ach, wie ziehn, wie flüstern die Wogen,
Spiegelt in Wellen der Himmelsbogen.

Liebe in dem Firmamente
Unter uns in blanker Flut,
Zündet Sternglanz, keiner brennte
Gäbe Liebe nicht den Mut:
Uns, vom Himmelsodem gefächelt,
Himmel und Wasser und Erde lächelt.

Mondschein liegt auf allen Blumen,
Alle Palmen schlummern schon,
In der Waldung Heiligtumen
Waltet, klingt der Liebe Ton:
Schlafend verkündigen alle Töne,
Palmen und Blumen der Liebe Schöne.

Mit dem ersten Tone der Musik und des Gesanges war dem nackten Heiligen das sausende Rad der Zeit verschwunden. Es waren die ersten Töne, die in diese Einöde fielen; die unbekannte Sehnsucht war gestillt, der Zauber gelöst, der verirrte Genius aus seiner irdischen Hülle befreit. Die Gestalt des Heiligen war verschwunden, eine engelschöne Geisterbildung, aus leichtem Dufte gewebt, schwebte aus der Höhle, streckte die schlanken Arme sehnsuchtsvoll zum Himmel empor, und hob sich nach den Tönen der Musik in tanzender Bewegung von dem Boden in die Höhe. Immer höher und höher in die Lüfte schwebte die helle Luftgestalt, von den sanftschwellenden Tönen der Hörner und des Gesanges emporgehoben; – mit himmlischer Fröhlichkeit tanzte die Gestalt hier und dort, hin und wieder auf den weißen Gewölken, die im Luftraume schwammen, immer höher schwang er sich mit tanzenden Füßen in den Himmel hinauf, und flog endlich in geschlängelten Windungen zwischen den Sternen umher; da klangen alle Sterne, und dröhnten einen hellstrahlenden himmlischen Ton durch die Lüfte, bis der Genius sich in das unendliche Firmament verlor.

Reisende Karawanen sahen erstaunend die nächtliche Wundererscheinung, und die Liebenden wähnten, den Genius der Liebe und der Musik zu erblicken.

LUDWIG TIECK

1773–1853

Der Runenberg

Ein junger Jäger saß im innersten Gebirge nachdenkend bei einem Vogelherde, indem das Rauschen der Gewässer und des Waldes in der Einsamkeit tönte. Er bedachte sein Schicksal, wie er so jung sei, und Vater und Mutter, die wohlbekannte Heimat und alle Befreundeten seines Dorfes verlassen hatte, um eine fremde Umgebung zu suchen, um sich aus dem Kreise der wiederkehrenden Gewöhnlichkeit zu entfernen, und er blickte mit einer Art von Verwunderung auf, daß er sich nun in diesem Tale, in dieser Beschäftigung wieder fand. Große Wolken zogen durch den Himmel und verloren sich hinter den Bergen, Vögel sangen aus den Gebüschen und ein Widerschall antwortete ihnen. Er stieg langsam den Berg hinunter und setzte sich an den Rand eines Baches nieder, der über vorragendes Gestein schäumend murmelte. Er hörte auf die wechselnde Melodie des Wassers, und es schien, als wenn ihm die Wogen in unverständlichen Worten tausend Dinge sagten, die ihm so wichtig waren, und er mußte sich innig betrüben, daß er ihre Reden nicht verstehen konnte. Wieder sah er dann umher und ihm dünkte, er sei froh und glücklich; so faßte er wieder neuen Mut und sang mit lauter Stimme einen Jägergesang.

»Froh und lustig zwischen Steinen
Geht der Jüngling auf die Jagd,
Seine Beute muß erscheinen
In den grünlebendgen Hainen,
Sucht' er auch bis in die Nacht.

Seine treuen Hunde bellen
Durch die schöne Einsamkeit,
Durch den Wald die Hörner gellen,
Daß die Herzen mutig schwellen:
O du schöne Jägerzeit!

Seine Heimat sind die Klüfte,
Alle Bäume grüßen ihn,
Rauschen strenge Herbsteslüfte
Find't er Hirsch und Reh, die Schlüfte
Muß er jauchzend dann durchziehn.

Laß dem Landmann seine Mühen
Und dem Schiffer nur sein Meer,
Keiner sieht in Morgens Frühen
So Aurora's Augen glühen,
Hängt der Tau am Grase schwer,

Als wer Jagd, Wild, Wälder kennet
Und Diana lacht ihn an,
Einst das schönste Bild entbrennet
Die er seine Liebste nennet:
O beglückter Jägersmann!«

Während dieses Gesanges war die Sonne tiefer gesunken und breite Schatten fielen durch das enge Tal. Eine kühlende Dämmerung schlich über den Boden weg, und nur noch die Wipfel der Bäume wie die runden Bergspitzen waren vom Schein des Abends vergoldet. Christians Gemüt ward immer trübseliger, er mochte nicht nach seinem Vogelherde zurückkehren und dennoch mochte er nicht bleiben; es dünkte ihm so einsam und er sehnte sich nach Menschen. Jetzt wünschte er sich die alten Bücher, die er sonst bei seinem Vater gesehn, und die er niemals lesen mögen, so oft ihn auch der Vater dazu angetrieben hatte; es fielen ihm die Szenen seiner Kindheit ein, die Spiele mit der Jugend des Dorfes, seine Bekanntschaften unter den Kindern, die Schule, die ihm so drückend gewesen war, und er sehnte sich in alle diese Umgebungen zurück, die er freiwillig verlassen hatte, um sein Glück in unbekannten Gegenden, in Bergen, unter fremden Menschen, in einer neuen Beschäftigung zu finden. Indem es finstrer wurde, und der Bach lauter rauschte und das Geflügel der Nacht seine irre Wanderung mit umschweifendem Fluge begann, saß er noch immer mißvergnügt und in sich versunken; er hätte weinen mögen und er war durchaus unentschlossen, was er tun und vornehmen solle. Gedankenlos zog er eine hervorragende Wurzel aus der Erde und plötzlich hörte er erschreckend ein dumpfes Winseln im Boden, das sich unterirdisch in klagenden Tönen fortzog und erst in der Ferne wehmütig verscholl. Der Ton durchdrang sein innerstes Herz, er ergriff ihn, als wenn er unvermutet die Wunde berührt habe, an der der sterbende Leichnam der Natur in Schmerzen verscheiden wolle. Er sprang auf und wollte entfliehen, denn er hatte wohl ehemals von der seltsamen Alrunenwurzel gehört, die beim Ausreißen so herzdurchschneidende Klagetöne von sich gebe, daß der Mensch von ihrem Gewinsel wahnsinnig werden müsse. Indem er fortgehen wollte, stand ein fremder Mann hinter ihm, welcher ihn freundlich ansah und fragte, wohin er wolle. Christian hatte sich Gesellschaft gewünscht und doch erschrak er von neuem vor dieser freundlichen Gegenwart. »Wohin so eilig?« fragte der Fremde noch einmal. Der junge Jäger suchte sich zu sammeln und erzählte, wie ihm plötzlich die Einsamkeit so schrecklich vorgekommen sei, daß er sich habe retten wollen, der Abend sei so dunkel, die grünen Schatten des Waldes so traurig, der Bach spreche in lauter Klagen, die Wolken des Himmels zögen seine Sehnsucht jenseit den Bergen hinüber. »Ihr seid noch jung«, sagte der Fremde, »und könnt wohl die Strenge der Einsamkeit noch nicht ertragen, ich will euch begleiten, denn ihr findet doch kein Haus oder Dorf im Umkreis einer Meile, wir mögen unterwegs etwas sprechen und uns erzählen, so verliert ihr die trüben Gedanken; in einer Stunde kommt der Mond hinter den Bergen hervor, sein Licht wird dann wohl auch eure Seele lichter machen«.

Sie gingen fort, und der Fremde dünkte dem Jünglinge bald ein alter Bekannter zu sein. »Wie seid ihr in dieses Gebirge gekommen«, fragte jener, »ihr seid hier, eurer Sprache nach, nicht einheimisch?« – »Ach, darüber«, sagte der Jüngling, »ließe sich viel sagen, und doch ist es wieder keiner Rede, keiner Erzählung wert; es hat mich wie mit fremder Gewalt aus dem Kreise meiner Eltern und Verwandten hinweggenommen, mein Geist war seiner selbst nicht mächtig; wie ein Vogel, der in einem Netz gefangen ist und sich vergeblich sträubt, so verstrickt war meine Seele in seltsamen Vorstellungen und Wünschen. Wir wohnten weit von hier in einer Ebene, in der man rund umher keinen Berg, kaum eine Anhöhe erblickte; wenige Bäume schmückten den grünen Plan, aber Wiesen, fruchtbare Kornfelder und Gärten zogen sich hin, so weit das Auge reichen konnte, ein großer Fluß glänzte wie ein mächtiger Geist an den Wiesen und Feldern vorbei. Mein Vater war Gärtner im Schloß und hatte vor, mich ebenfalls zu seiner Beschäftigung zu erziehen; er liebte die Pflanzen und Blumen über alles und konnte sich tagelang unermüdet mit ihrer Wartung und Pflege abgeben. Ja, er ging so weit, daß er behauptete, er könne fast mit ihnen sprechen; er lerne von ihrem Wachstum und Gedeihen, so wie von der verschiedenen Gestalt und Farbe ihrer Blätter. Mir war die Gartenarbeit zuwider, um so mehr, als mein Vater mir zuredete oder gar mit Drohungen mich zu zwingen versuchte. Ich wollte Fischer werden und machte den Versuch, allein das Leben auf dem Wasser stand mir auch nicht an; ich wurde dann zu einem Handelsmann in die Stadt gegeben und kam auch von ihm bald in das väterliche Haus zurück. Auf einmal hörte ich meinen Vater von Gebirgen erzählen, die er in seiner Jugend bereist hatte, von den unterirdischen Bergwerken und ihren Arbeitern, von Jägern und ihrer Beschäftigung, und plötzlich erwachte in mir der bestimmteste Trieb, das Gefühl, daß ich nun die für mich bestimmte Lebensweise gefunden habe. Tag und Nacht sann ich und stellte mir hohe Berge, Klüfte und Tannenwälder vor; meine Einbildung erschuf sich ungeheure Felsen, ich hörte in Gedanken das Getöse der Jagd, die Hörner und das Geschrei der Hunde und des Wildes; alle meine Träume waren damit angefüllt und darüber hatte ich nun weder Rast noch Ruhe mehr. Die Ebene, das Schloß, der kleine beschränkte Garten meines Vaters mit den geordneten Blumenbeeten, die enge Wohnung, der weite Himmel, der sich ringsum so traurig ausdehnte, und keine Höhe, keinen erhabenen Berg umarmte, alles ward mir noch betrübter und verhaßter. Es schien mir, als wenn alle Menschen um mich her in der bejammernswürdigsten Unwissenheit lebten, und daß alle eben so denken und empfinden würden wie ich, wenn ihnen dieses Gefühl ihres Elends nur ein einziges mal in ihrer Seele aufginge. So trieb ich mich um, bis ich an einem Morgen den Entschluß faßte, das Haus meiner Eltern auf immer zu verlassen. Ich hatte in einem Buche Nachrichten vom nächsten großen Gebirge gefunden, Abbildungen einiger Gegenden, und darnach richtete ich meinen Weg ein. Es war im ersten Frühlinge und ich fühlte mich durchaus froh und leicht. Ich eilte, um nur recht bald das Ebene zu verlassen, und an einem Abende sah ich in der Ferne die dunkeln Umrisse des Gebirges vor mir liegen. Ich konnte in der Herberge kaum schlafen, so ungeduldig war ich, die Gegend zu betreten, die ich für meine Heimat ansah; mit dem Frühesten war ich munter und wieder auf der Reise. Nachmittags befand ich mich schon unter den vielgeliebten Bergen und wie ein Trunkner ging ich, stand dann eine Weile, schaute rückwärts und berauschte mich in allen mir fremden und doch so wohlbekannten Gegenständen. Bald verlor ich die Ebene hinter mir aus dem Gesichte, die Waldströme rauschten mir entgegen, Buchen und Eichen brausten mit bewegtem Laube von steilen Abhängen herunter; mein Weg führte mich schwindlichten Abgründen vorüber, blaue Berge standen groß und ehrwürdig im Hintergrunde. Eine neue Welt war mir aufgeschlossen, ich wurde nicht müde. So kam ich nach einigen Tagen, indem ich einen großen Teil des Gebirges durchstreift hatte, zu einem alten Förster, der mich auf mein inständiges Bitten zu sich nahm, um mich in der Kunst der Jägerei zu unterrichten. Jetzt bin ich seit drei Monaten in seinen Diensten. Ich nahm von der Gegend, in der ich meinen Aufenthalt hatte, wie von einem Königreiche Besitz; ich lernte jede Klippe, jede Schlucht des Gebirges kennen, ich war in meiner Beschäftigung, wenn wir am frühen Morgen nach dem Walde zogen, wenn wir Bäume im Forste fällten, wenn ich mein Auge und meine Büchse übte, und die treuen Gefährten, die Hunde zu ihren Geschicklichkeiten abrichtete, überaus glücklich. Jetzt sitze ich seit acht Tagen hier oben auf dem Vogelherde, im einsamsten Gebirge, und am Abend wurde mir heut so traurig zu Sinne, wie noch niemals in meinem Leben; ich kam mir so verloren, so ganz unglückselig vor und noch kann ich mich nicht von dieser trüben Stimmung erholen.«

Der fremde Mann hatte aufmerksam zugehört, indem beide durch einen dunklen Gang des Waldes gewandert waren. Jetzt traten sie ins Freie, und das Licht des Mondes, der oben mit seinen Hörnern über der Bergspitze stand, begrüßte sie freundlich: in unkenntlichen Formen und vielen gesonderten Massen, die der bleiche Schimmer wieder rätselhaft vereinigte, lag das gespaltene Gebirge vor ihnen, im Hintergrunde ein steiler Berg, auf welchem uralte verwitterte Ruinen schauerlich im weißen Lichte sich zeigten. »Unser Weg trennt sich hier«, sagte der Fremde, »ich gehe in diese Tiefe hinunter, dort bei jenem alten Schacht ist meine Wohnung: die Erze sind meine Nachbarn, die Bergwässer erzählen mir Wunderdinge in der Nacht, dahin kannst du mir doch nicht folgen. Aber siehe dort den Runenberg mit seinem schroffen Mauerwerke, wie schön und anlockend das alte Gestein zu uns herblickt! Bist du niemals dorten gewesen?« »Niemals«, sagte der junge Christian, »ich hörte einmal meinen alten Förster wundersame Dinge von diesem Berge erzählen, die ich töricht genug wieder vergessen habe; aber ich erinnere mich, daß mir an jenem Abend grauenhaft zu Mute war. Ich möchte wohl einmal die Höhe besteigen, denn die Lichter sind dort am schönsten, das Gras muß dorten recht grün sein, die Welt umher recht seltsam, auch mag sichs wohl treffen, daß man noch manch Wunder aus der alten Zeit da oben fände.«

»Es kann fast nicht fehlen«, sagte jener, »wer nur zu suchen versteht, wessen Herz recht innerlich hingezogen wird, der findet uralte Freude dort und Herrlichkeiten, alles, was er am eifrigsten wünscht.« – Mit diesen Worten stieg der Fremde schnell hinunter, ohne seinem Gefährten Lebewohl zu sagen, bald war er im Dickicht des Gebüsches verschwunden, und kurz nachher verhallte auch der Tritt seiner Füße. Der junge Jäger war nicht verwundert, er verdoppelte nur seine Schritte nach dem Runenberge zu, alles winkte ihm dorthin, die Sterne schienen dorthin zu leuchten, der Mond wies mit einer hellen Straße nach den Trümmern, lichte Wolken zogen hinauf und aus der Tiefe redeten ihm Gewässer und rauschende Wälder zu und sprachen ihm Mut ein. Seine Schritte waren wie beflügelt, sein Herz klopfte, er fühlte eine so große Freudigkeit in seinem Innern, daß sie zu einer Angst emporwuchs. – Er kam in Gegenden, in denen er nie gewesen war, die Felsen wurden steiler, das Grün verlor sich, die kahlen Wände riefen ihn wie mit zürnenden Stimmen an, und ein einsam klagender Wind jagte ihn vor sich her. So eilte er ohne Stillstand fort und kam spät nach Mitternacht auf einen schmalen Fußsteig, der hart an einem Abgrunde hinlief. Er achtete nicht auf die Tiefe, die unter ihm gähnte und ihn zu verschlingen drohte, so sehr spornten ihn irre Vorstellungen und unverständliche Wünsche. Jetzt zog ihn der gefährliche Weg neben eine hohe Mauer hin, die sich in den Wolken zu verlieren schien; der Steig ward mit jedem Schritte schmaler, und der Jüngling mußte sich an vorragenden Steinen fest halten, um nicht hinunter zu stürzen. Endlich konnte er nicht weiter, der Pfad endigte unter einem Fenster, er mußte still stehen und wußte jetzt nicht, ob er umkehren, ob er bleiben solle. Plötzlich sah er ein Licht, das sich hinter dem alten Gemäuer zu bewegen schien. Er sah dem Scheine nach und entdeckte, daß er in einen alten geräumigen Saal blicken konnte, der wunderlich verziert von mancherlei Gesteinen und Kristallen in vielfältigen Schimmern funkelte, die sich geheimnisvoll von dem wandelnden Lichte durcheinander bewegten, welches eine große weibliche Gestalt trug, die sinnend im Gemache auf und nieder ging. Sie schien nicht den Sterblichen anzugehören, so groß, so mächtig waren ihre Glieder, so streng ihr Gesicht, aber doch dünkte dem entzückten Jüngling, daß er noch niemals solche Schönheit gesehn oder geahnt habe. Er zitterte und wünschte doch heimlich, daß sie zum Fenster treten und ihn wahrnehmen möchte. Endlich stand sie still, setzte das Licht auf einen kristallenen Tisch nieder, schaute in die Höhe und sang mit durchdringlicher Stimme:

Wo die Alten weilen,
Daß sie nicht erscheinen?
Die Kristalle weinen,
Von demantnen Säulen

Fließen Tränenquellen,
Töne klingen drein;
In den klaren hellen
Schön durchsichtgen Wellen
Bildet sich der Schein,
Der die Seelen ziehet,
Dem das Herz erglühet.
Kommt ihr Geister alle
Zu der goldnen Halle,
Hebt aus tiefen Dunkeln
Häupter, welche funkeln!
Macht der Herzen und der Geister,
Die so durstig sind im Sehnen,
Mit den leuchtend schönen Tränen
Allgewaltig euch zum Meister.

Als sie geendigt hatte, fing sie an sich zu entkleiden, und ihre Gewänder in einen kostbaren Wandschrank zu legen. Erst nahm sie einen goldenen Schleier vom Haupte, und ein langes schwarzes Haar floß in geringelter Fülle bis über die Hüften hinab; dann löste sie das Gewand des Busens, und der Jüngling vergaß sich und die Welt im Anschauen der überirdischen Schönheit. Er wagte kaum zu atmen, als sie nach und nach alle Hüllen löste; nackt schritt sie endlich im Saale auf und nieder, und ihre schweren schwebenden Locken bildeten um sie her ein dunkel wogendes Meer, aus dem wie Marmor die glänzenden Formen des reinen Leibes abwechselnd hervor strahlten. Nach geraumer Zeit näherte sie sich einem andern goldenen Schranke, nahm eine Tafel heraus, die von vielen eingelegten Steinen, Rubinen, Diamanten und allen Juwelen glänzte, und betrachtete sie lange prüfend. Die Tafel schien eine wunderliche unverständliche Figur mit ihren unterschiedlichen Farben und Linien zu bilden; zuweilen war, nachdem der Schimmer ihm entgegen spiegelte, der Jüngling schmerzhaft geblendet, dann wieder besänftigten grüne und blau spielende Scheine sein Auge: er aber stand, die Gegenstände mit seinen Blicken verschlingend, und zugleich tief in sich selbst versunken. In seinem Innern hatte sich ein Abgrund von Gestalten und Wohllaut, von Sehnsucht und Wollust aufgetan, Scharen von beflügelten Tönen und wehmütigen und freudigen Melodien zogen durch sein Gemüt, das bis auf den Grund bewegt war: er sah eine Welt von Schmerz und Hoffnung in sich aufgehen, mächtige Wunderfelsen von Vertrauen und trotzender Zuversicht, große Wasserströme, wie voll Wehmut fließend. Er kannte sich nicht wieder und erschrak, als die Schöne das Fenster öffnete, ihm die magische steinerne Tafel reichte und die wenigen Worte sprach: »Nimm dieses zu meinem Angedenken!« Er faßte die Tafel und fühlte die Figur, die unsichtbar sogleich in sein Inneres überging, und das Licht und die mächtige Schönheit und der seltsame Saal waren verschwunden. Wie eine dunkele Nacht mit Wolkenvorhängen fiel es in sein Inneres hinein, er suchte nach seinen vorigen Gefühlen, nach jener Begeisterung und unbegreiflichen Liebe, er beschaute die kostbare Tafel, in welcher sich der untersinkende Mond schwach und bläulich spiegelte.

Noch hielt er die Tafel fest in seinen Händen gepreßt, als der Morgen graute und er erschöpft, schwindelnd und halb schlafend die steile Höhe hinunterstürzte. –

Die Sonne schien dem betäubten Schläfer auf sein Gesicht, der sich erwachend auf einem anmutigen Hügel wieder fand. Er sah umher und erblickte weit hinter sich und kaum noch kennbar am äußersten Horizont die Trümmer des Runenberges: er suchte nach jener Tafel und fand sie nirgend. Erstaunt und verwirrt wollte er sich sammeln und seine Erinnerungen anknüpfen, aber sein Gedächtnis war wie mit einem wüsten Nebel angefüllt, in welchem sich formlose Gestalten wild und unkenntlich durch einander bewegten. Sein ganzes voriges Leben lag wie in einer tiefen Ferne hinter ihm; das Seltsamste und das Gewöhnliche war so in einander vermischt, daß er es unmöglich sondern konnte. Nach langem Streite mit sich selbst glaubte er endlich, ein Traum oder ein plötzlicher Wahnsinn habe ihn in dieser Nacht befallen, nur begriff er immer nicht, wie er sich so weit in eine fremde entlegene Gegend habe verirren können.

Noch fast schlaftrunken stieg er den Hügel hinab und geriet auf einen gebahnten Weg, der ihn vom Gebirge hinunter in das flache Land führte. Alles war ihm fremd, er glaubte anfangs, er würde in seine Heimat gelangen, aber er sah eine ganz verschiedene Gegend und vermutete endlich, daß er sich jenseits der südlichen Grenze des Gebirges befinden müsse, welches er im Frühling von Norden her betreten hatte. Gegen Mittag stand er über einem Dorfe, aus dessen Hütten ein friedlicher Rauch in die Höhe stieg, Kinder spielten auf einem grünen Platze festtäglich geputzt, und aus der kleinen Kirche erscholl der Orgelklang und das Singen der Gemeine. Alles ergriff ihn mit unbeschreiblich süßer Wehmut, alles rührte ihn so herzlich, daß er weinen mußte. Die engen Gärten, die kleinen Hütten mit ihren rauchenden Schornsteinen, die gerade abgeteilten Kornfelder erinnerten ihn an die Bedürftigkeit des armen Menschengeschlechts, an seine Abhängigkeit vom freundlichen Erdboden, dessen Milde es sich vertrauen muß; dabei erfüllte der Gesang und der Ton der Orgel sein Herz mit einer nie gefühlten Frömmigkeit. Seine Empfindungen und Wünsche der Nacht erschienen ihm ruchlos und frevelhaft, er wollte sich wieder kindlich, bedürftig und demütig an die Menschen wie an seine Brüder schließen und sich von den gottlosen Gefühlen und Vorsätzen entfernen. Reizend und anlockend dünkte ihm die Ebene mit dem kleinen Fluß, der sich in mannigfaltigen Krümmungen um Wiesen und Gärten schmiegte; mit Furcht gedachte er an seinen Aufenthalt in dem einsamen Gebirge und zwischen den wüsten Steinen, er sehnte sich, in diesem friedlichen Dorfe wohnen zu dürfen, und trat mit diesen Empfindungen in die menschenerfüllte Kirche.

Der Gesang war eben beendigt und der Priester hatte seine Predigt begonnen von den Wohltaten Gottes in der Ernte: wie seine Güte alles speiset und sättiget was lebt, wie wunderbar im Getreide für die Erhaltung des Menschengeschlechts gesorgt sei, wie die Liebe Gottes sich unaufhörlich im Brote mitteile und der andächtige Christ so ein unvergängliches Abendmahl gerührt feiern könne. Die Gemeine war erbaut, des Jägers Blicke ruhten auf dem frommen Redner und bemerkten dicht neben der Kanzel ein junges Mädchen, das vor allen andern der Andacht und Aufmerksamkeit hingegeben schien. Sie war schlank und blond, ihr blaues Auge glänzte von der durchdringendsten Sanftheit, ihr Antlitz war wie durchsichtig und in den zartesten Farben blühend. Der fremde Jüngling hatte sich und sein Herz noch niemals so empfunden, so voll Liebe und so beruhigt, so den stillsten und erquickendsten Gefühlen hingegeben. Er beugte sich weinend, als der Priester endlich den Segen sprach, er fühlte sich bei den heiligen Worten wie von einer unsichtbaren Gewalt durchdrungen, und das Schattenbild der Nacht in die tiefste Entfernung wie ein Gespenst hinab gerückt. Er verließ die Kirche, verweilte unter einer großen Linde und dankte Gott in einem inbrünstigen Gebete, daß er ihn ohne sein Verdienst wieder aus den Netzen des bösen Geistes befreit habe.

Das Dorf feierte an diesem Tage das Erntefest und alle Menschen waren fröhlich gestimmt; die geputzten Kinder freuten sich auf die Tänze und Kuchen, die jungen Burschen richteten auf dem Platze im Dorfe, der von jungen Bäumen umgeben war, alles zu ihrer herbstlichen Festlichkeit ein, die Musikanten saßen und probierten ihre Instrumente. Christian ging noch einmal in das Feld hinaus, um sein Gemüt zu sammeln und seinen Betrachtungen nachzuhängen, dann kam er in das Dorf zurück, als sich schon alles zur Fröhlichkeit und zur Begehung des Festes vereiniget hatte. Auch die blonde Elisabeth war mit ihren Eltern zugegen, und der Fremde mischte sich in den frohen Haufen. Elisabeth tanzte, und er hatte unterdes bald mit dem Vater ein Gespräch angesponnen, der ein Pächter war und einer der reichsten Leute im Dorfe. Ihm schien die Jugend und das Gespräch des fremden Gastes zu gefallen, und so wurden sie in kurzer Zeit dahin einig, daß Christian als

Gärtner bei ihm einziehen solle. Dieser konnte es unternehmen, denn er hoffte, daß ihm nun die Kenntnisse und Beschäftigungen zustatten kommen würden, die er in seiner Heimat so verachtet hatte.

Jetzt begann ein neues Leben für ihn. Er zog bei dem Pächter ein und ward zu dessen Familie gerechnet; mit seinem Stande veränderte er auch seine Tracht. Er war so gut, so dienstfertig und immer freundlich, er stand seiner Arbeit so fleißig vor, daß ihm bald alle im Hause, vorzüglich aber die Tochter, gewogen wurden. So oft er sie am Sonntage zur Kirche gehn sah, hielt er ihr einen schönen Blumenstrauß in Bereitschaft, für den sie ihm mit errötender Freundlichkeit dankte; er vermißte sie, wenn er sie an einem Tage nicht sah, dann erzählte sie ihm am Abend Märchen und lustige Geschichten. Sie wurden sich immer notwendiger, und die Alten, welche es bemerkten, schienen nichts dagegen zu haben, denn Christian war der fleißigste und schönste Bursche im Dorfe; sie selbst hatten vom ersten Augenblick einen Zug der Liebe und Freundschaft zu ihm gefühlt. Nach einem halben Jahre war Elisabeth seine Gattin. Es war wieder Frühling, die Schwalben und die Vögel des Gesanges kamen in das Land, der Garten stand in seinem schönsten Schmuck, die Hochzeit wurde mit aller Fröhlichkeit gefeiert, Braut und Bräutigam schienen trunken von ihrem Glücke. Am Abend spät, als sie in die Kammer gingen, sagte der junge Gatte zu seiner Geliebten: »Nein, nicht jenes Bild bist du, welches mich einst im Traum entzückte und das ich niemals ganz vergessen kann, aber doch bin ich glücklich in deiner Nähe und selig in deinen Armen.«

Wie vergnügt war die Familie, als sie nach einem Jahre durch eine kleine Tochter vermehrt wurde, welche man Leonora nannte. Christian wurde zwar zuweilen etwas ernster, indem er das Kind betrachtete, aber doch kam seine jugendliche Heiterkeit immer wieder zurück. Er gedachte kaum noch seiner vorigen Lebensweise, denn er fühlte sich ganz einheimisch und befriedigt. Nach einigen Monaten fielen ihm aber seine Eltern in die Gedanken, und wie sehr sich besonders sein Vater über sein ruhiges Glück, über seinen Stand als Gärtner und Landmann freuen würde; es ängstigte ihn, daß er Vater und Mutter seit so langer Zeit ganz hatte vergessen können, sein eigenes Kind erinnerte ihn, welche Freude die Kinder den Eltern sind, und so beschloß er dann endlich, sich auf die Reise zu machen und seine Heimat wieder zu besuchen.

Ungern verließ er seine Gattin; alle wünschten ihm Glück, und er machte sich in der schönen Jahreszeit zu Fuß auf den Weg. Er fühlte schon nach wenigen Stunden, wie ihn das Scheiden peinige, zum erstenmal empfand er in seinem Leben die Schmerzen der Trennung; die fremden Gegenstände erschienen ihm fast wild, ihm war, als sei er in einer feindseligen Einsamkeit verloren. Da kam ihm der Gedanke, daß seine Jugend vorüber sei, daß er eine Heimat gefunden, der er angehöre, in die sein Herz Wurzel geschlagen habe; er wollte fast den verlornen Leichtsinn der vorigen Jahre beklagen, und es war ihm äußerst trübselig zu Mute, als er für die Nacht auf einem Dorfe in dem Wirtshause einkehren mußte. Er begriff nicht, warum er sich von seiner freundlichen Gattin und den erworbenen Eltern entfernt habe, und verdrießlich und murrend machte er sich am Morgen auf den Weg, um seine Reise fortzusetzen.

Seine Angst nahm zu, indem er sich dem Gebirge näherte, die fernen Ruinen wurden schon sichtbar und traten nach und nach kenntlicher hervor, viele Bergspitzen hoben sich abgeründet aus dem blauen Nebel. Sein Schritt wurde zaghaft, er blieb oft stehen und verwunderte sich über seine Furcht, über die Schauer, die ihm mit jedem Schritte gedrängter nahe kamen. »Ich kenne dich Wahnsinn wohl«, rief er aus, »und dein gefährliches Locken, aber ich will dir männlich widerstehen! Elisabeth ist kein schnöder Traum, ich weiß, daß sie jetzt an mich denkt, daß sie auf mich wartet und liebevoll die Stunden meiner Abwesenheit zählt. Sehe ich nicht schon Wälder wie schwarze Haare vor mir? Schauen nicht aus dem Bache die blitzenden Augen nach mir her? Schreiten die großen Glieder nicht aus den Bergen auf mich zu?« – Mit diesen Worten wollte er sich um auszuruhen unter einen Baum niederwerfen, als er im Schatten desselben einen alten Mann sitzen sah, der mit der größten Aufmerksamkeit eine Blume betrachtete, sie bald gegen die Sonne hielt, bald wieder mit seiner Hand beschattete, ihre Blätter zählte und überhaupt sich bemühte, sie seinem Gedächtnisse genau einzuprägen. Als er näher ging, erschien ihm die Gestalt bekannt, und bald blieb ihm kein Zweifel übrig, daß der Alte mit der Blume sein Vater sei. Er stürzte ihm mit dem Ausdruck der heftigsten Freude in die Arme; jener war vergnügt, aber nicht überrascht, ihn so plötzlich wieder zu sehen. »Kommst du mir schon entgegen, mein Sohn?« fragte der Alte, »ich wußte, daß ich dich bald finden würde, aber ich glaubte nicht, daß mir schon am heutigen Tage die Freude widerfahren sollte.« – »Woher wußtet ihr, Vater, daß ihr mich antreffen würdet?« – »An dieser Blume«, sprach der alte Gärtner; »seit ich lebe, habe ich mir gewünscht, sie einmal sehen zu können, aber niemals ist es mir so gut geworden, weil sie sehr selten ist, und nur in Gebirgen wächst: ich machte mich auf dich zu suchen, weil deine Mutter gestorben ist und mir zu Hause die Einsamkeit zu drückend und trübselig war. Ich wußte nicht, wohin ich meinen Weg richten sollte, endlich wanderte ich durch das Gebirge, so traurig mir auch die Reise vorkam, ich suchte beiher nach der Blume, konnte sie aber nirgends entdecken, und nun finde ich sie ganz unvermutet hier, wo schon die schöne Ebene sich ausstreckt; daraus wußte ich, daß ich dich bald finden mußte, und sieh, wie die liebe Blume mir geweissagt hat!« Sie umarmten sich wieder, und Christian beweinte seine Mutter; der Alte aber faßte seine Hand und sagte: »Laß uns gehen, daß wir den Schatten des Gebirges bald aus den Augen verlieren, mir ist immer noch weh ums Herz und von steilen wilden Gestalten, von dem gräßlichen Geklüft, von den schluchzenden Wasserbächen; laß uns das gute, fromme, ebene Land besuchen.«

Sie wanderten zurück, und Christian ward wieder froher. Er erzählte seinem Vater von seinem neuen Glücke, von seinem Kinde und seiner Heimat; sein Gespräch machte ihn selbst wie trunken, und er fühlte im Reden erst recht, wie nichts mehr zu seiner Zufriedenheit ermangle. So kamen sie unter Erzählungen, traurigen und fröhlichen, in dem Dorfe an. Alle waren über die frühe Beendigung der Reise vergnügt, am meisten Elisabeth. Der alte Vater zog zu ihnen, und gab sein kleines Vermögen in die Wirtschaft; sie bildeten den zufriedensten und einträchtigsten Kreis von Menschen. Der Acker gedieh, der Viehstand mehrte sich, Christians Haus wurde in wenigen Jahren eins der ansehnlichsten im Orte; auch sah er sich bald als den Vater von mehreren Kindern.

Fünf Jahre waren auf diese Weise verflossen, als ein Fremder auf seiner Reise in ihrem Dorfe einkehrte, und in Christians Hause, weil es die ansehnlichste Wohnung war, seinen Aufenthalt nahm. Er war ein freundlicher, gesprächiger Mann, der vieles von seinen Reisen erzählte, der mit den Kindern spielte und ihnen Geschenke machte, und dem in kurzem alle gewogen waren. Es gefiel ihm so wohl in der Gegend, daß er sich einige Tage hier aufhalten wollte; aber aus den Tagen wurden Wochen und endlich Monate. Keiner wunderte sich über die Verzögerung, denn alle hatten sich schon daran gewöhnt, ihn mit zur Familie zu zählen. Christian saß nur oft nachdenklich, denn es kam ihm vor, als kenne er den Reisenden schon von ehemals, und doch konnte er sich keiner Gelegenheit erinnern, bei welcher er ihn gesehen haben mochte. Nach dreien Monaten nahm der Fremde endlich Abschied und sagte: »Liebe Freunde, ein wunderbares Schicksal und seltsame Erwartungen treiben mich in das nächste Gebirge hinein, ein zaubervolles Bild, dem ich nicht widerstehen kann, lockt mich; ich verlasse euch jetzt und ich weiß nicht, ob ich wieder zu euch zurückkommen werde; ich habe eine Summe Geldes bei mir, die in euren Händen sicherer ist als in den meinigen, und deshalb bitte ich euch, sie zu verwahren; komme ich in Jahresfrist nicht zurück, so behaltet sie und nehmet sie als einen Dank für eure mir bewiesene Freundschaft an.«

So reiste der Fremde ab, und Christian nahm das Geld in Verwahrung. Er verschloß es sorgfältig und sah aus übertriebener Ängstlichkeit zuweilen wieder nach, zählte es über, ob nichts daran fehle, und machte sich viel damit zu tun. »Diese Summe könnte uns recht glücklich machen«, sagte er einmal zu seinem Vater, »wenn der Fremde nicht zurück kommen sollte, für uns und unsre Kinder wäre auf immer gesorgt.« »Laß das Gold«, sagte der Alte, »darinne liegt das Glück nicht, uns hat bisher noch gottlob nichts gemangelt, und entschlage dich überhaupt dieser Gedanken.«

Oft stand Christian in der Nacht auf, um die Knechte zur Arbeit zu wecken und selbst nach allem zu sehn; der Vater war besorgt, daß er durch übertriebenen Fleiß seiner Jugend und Gesundheit schaden möchte; daher machte er sich in einer Nacht auf, um ihn zu ermahnen, seine übertriebene Tätigkeit einzuschränken, als er ihn zu seinem Erstaunen bei einer kleinen Lampe am Tische sitzend fand, indem er wieder mit der größten Emsigkeit die Goldstücke zählte. »Mein Sohn«, sagte der Alte mit Schmerzen, »soll es dahin mit dir kommen, ist dieses verfluchte Metall nur zu unserm Unglück unter dieses Dach gebracht? Besinne dich, mein Lieber, so muß dir der böse Feind Blut und Leben verzehren.« – »Ja«, sagte Christian, »ich verstehe mich selber nicht mehr, weder bei Tage noch in der Nacht läßt es mir Ruhe; seht, wie es mich jetzt wieder anblickt, daß mir der rote Glanz tief in mein Herz hinein geht! Horcht, wie es klingt, dies güldene Blut! Das ruft mich, wenn ich schlafe, ich höre es, wenn Musik tönt, wenn der Wind bläst, wenn Leute auf der Gasse sprechen; scheint die Sonne, so sehe ich nur diese gelben Augen, wie es mir zublinzelt und mir heimlich ein Liebeswort ins Ohr sagen will: so muß ich mich wohl nächtlicher Weise aufmachen, um nur seinem Liebesdrang genug zu tun, und dann fühle ich es innerlich jauchzen und frohlocken, wenn ich es mit meinen Fingern berühre, es wird vor Freuden immer röter und herrlicher; schaut nur selbst die Glut der Entzückung an!« – Der Greis nahm schaudernd und weinend den Sohn in seine Arme, betete und sprach dann: »Christel, du mußt dich wieder zum Worte Gottes wenden, du mußt fleißiger und andächtiger in die Kirche gehen, sonst wirst du verschmachten und im traurigsten Elende dich verzehren.«

Das Geld wurde wieder weggeschlossen, Christian versprach sich zu ändern und in sich zu gehn, und der Alte ward beruhigt. Schon war ein Jahr und mehr vergangen, und man hatte von dem Fremden noch nichts wieder in Erfahrung bringen können; der Alte gab nun endlich den Bitten seines Sohnes nach, und das zurückgelassne Geld wurde in Ländereien und auf andere Weise angelegt. Im Dorfe wurde bald von dem Reichtum des jungen Pächters gesprochen, und Christian schien außerordentlich zufrieden und vergnügt, so daß der Vater sich glücklich pries, ihn so wohl und heiter zu sehn: alle Furcht war jetzt in seiner Seele verschwunden. Wie sehr mußte er daher erstaunen, als ihn an einem Abend Elisabeth beiseit nahm und unter Tränen erzählte, wie sie ihren Mann nicht mehr verstehe, er spreche so irre, vorzüglich des Nachts, er träume schwer, gehe oft im Schlafe lange in der Stube herum, ohne es zu wissen, und erzähle wunderbare Dinge, vor denen sie oft schaudern müsse. Am schrecklichsten sei ihr seine Lustigkeit am Tage, denn sein Lachen sei so wild und frech, sein Blick irre und fremd. Der Vater erschrak und die betrübte Gattin fuhr fort: »Immer spricht er von dem Fremden, und behauptet, daß er ihn schon sonst gekannt habe, denn dieser fremde Mann sei eigentlich ein wunderschönes Weib; auch will er gar nicht mehr auf das Feld hinausgehn oder im Garten arbeiten, denn er sagt, er höre ein unterirdisches fürchterliches Ächzen, so wie er nur eine Wurzel ausziehe; er fährt zusammen und scheint sich vor allen Pflanzen und Kräutern wie vor Gespenstern zu entsetzen.« – »Allgütiger Gott!« rief der Vater aus, »ist der fürchterliche Hunger in ihn schon so fest hinein gewachsen, daß es dahin hat kommen können? So ist sein verzaubertes Herz nicht menschlich mehr, sondern von kaltem Metall; wer keine Blume mehr liebt, dem ist alle Liebe und Gottesfurcht verloren.«

Am folgenden Tage ging der Vater mit dem Sohne spazieren und sagte ihm manches wieder, was er von Elisabeth gehört hatte; er ermahnte ihn zur Frömmigkeit und daß er seinen Geist heiligen Betrachtungen widmen solle. Christian sagte: »Gern, Vater, auch ist mir oft ganz wohl, und es gelingt mir alles gut; ich kann auf lange Zeit, auf Jahre, die wahre Gestalt meines Innern vergessen und gleichsam ein fremdes Leben mit Leichtigkeit führen: dann geht aber plötzlich wie ein neuer Mond das regierende Gestirn, welches ich selber bin, in meinem Herzen auf, und besiegt die fremde Macht. Ich könnte ganz froh sein, aber einmal, in einer seltsamen Nacht, ist mir durch die Hand ein geheimnisvolles Zeichen tief in mein Gemüt hinein geprägt; oft schläft und ruht die magische Figur, ich meine sie ist vergangen, aber dann quillt sie wie ein Gift plötzlich wieder hervor und bewegt sich in allen Linien. Dann kann ich sie nur denken und fühlen, und alles umher ist verwandelt oder vielmehr von dieser Gestaltung verschlungen worden. Wie der Wahnsinnige beim Anblick des Wassers sich entsetzt, und das empfangene Gift noch giftiger in ihm wird, so geschieht es mir bei allen eckigen Figuren, bei jeder Linie, bei jedem Strahl, alles will dann die inwohnende Gestalt entbinden und zur Geburt befördern, und mein Geist und Körper fühlt die Angst; wie sie das Gemüt durch ein Gefühl von außen empfing, so will es sie dann wieder quälend und ringend zum äußern Gefühl hinaus arbeiten, um ihrer los und ruhig zu werden.«

»Ein unglückliches Gestirn war es«, sprach der Alte, »das dich von uns hinweg zog; du warst für ein stilles Leben geboren, dein Sinn neigte sich zur

Ruhe und zu den Pflanzen, da führte dich deine Ungeduld hinweg, in die Gesellschaft der verwilderten Steine: die Felsen, die zerrissenen Klippen mit ihren schroffen Gestalten haben dein Gemüt zerrüttet, und den verwüstenden Hunger nach dem Metall in dich gepflanzt. Immer hättest du dich vor dem Anblick des Gebirges hüten und bewahren müssen, und so dachte ich dich auch zu erziehen, aber es hat nicht sein sollen. Deine Demut, deine Ruhe, dein kindlicher Sinn ist von Trotz, Wildheit und Übermut verschüttet.«

»Nein«, sagte der Sohn, »ich erinnere mich ganz deutlich, daß mir eine Pflanze zuerst das Unglück der ganzen Erde bekannt gemacht hat, seitdem verstehe ich erst die Seufzer und Klagen, die allenthalben in der ganzen Natur vernehmbar sind, wenn man nur darauf hören will; in den Pflanzen, Kräutern, Blumen und Bäumen regt und bewegt sich schmerzhaft nur eine große Wunde, sie sind der Leichnam vormaliger herrlicher Steinwelten, sie bieten unserm Auge die schrecklichste Verwesung dar. Jetzt verstehe ich es wohl, daß es dies war, was mir jene Wurzel in ihrem tiefgeholten Ächzen sagen wollte, sie vergaß sich in ihrem Schmerze und verriet mir alles. Darum sind alle grünen Gewächse so erzürnt auf mich und stehn mir nach dem Leben; sie wollen jene geliebte Figur in meinem Herzen auslöschen und in jedem Frühling mit ihrer verzerrten Leichenmiene meine Seele gewinnen. Unerlaubt und tückisch ist es, wie sie dich, alter Mann, hintergangen haben, denn von deiner Seele haben sie gänzlich Besitz genommen. Frage nur die Steine, du wirst erstaunen, wenn du sie reden hörst.«

Der Vater sah ihn lange an und konnte ihm nichts mehr antworten. Sie gingen schweigend zurück nach Hause, und der Alte mußte sich jetzt ebenfalls vor der Lustigkeit seines Sohnes entsetzen, denn sie dünkte ihm ganz fremdartig, und als wenn ein andres Wesen aus ihm, wie aus einer Maschine, unbeholfen und ungeschickt heraus spiele. –

Das Erntefest sollte wieder gefeiert werden, die Gemeinde ging in die Kirche, und auch Elisabeth zog sich mit den Kindern an, um dem Gottesdienste beizuwohnen; ihr Mann machte auch Anstalten, sie zu begleiten, aber noch vor der Kirchentür kehrte er um und ging tiefsinnend vor das Dorf hinaus. Er setzte sich auf die Anhöhe und sah wieder die rauchenden Dächer unter sich, er hörte den Gesang und Orgelton von der Kirche her, geputzte Kinder tanzten und spielten auf dem grünen Rasen. »Wie habe ich mein Leben in einem Traume verloren!« sagte er zu sich selbst; »Jahre sind verflossen, daß ich von hier hinunter stieg, unter die Kinder hinein; die damals hier spielten, sind heute dort ernsthaft in der Kirche; ich trat auch in das Gebäude, aber heut ist Elisabeth nicht mehr ein blühendes kindliches Mädchen, ihre Jugend ist vorüber, ich kann nicht mit der Sehnsucht wie damals den Blick ihrer Augen aufsuchen: so habe ich mutwillig ein hohes ewiges Glück aus der Acht gelassen, um ein vergängliches und zeitliches zu gewinnen.«

Er ging sehnsuchtsvoll nach dem benachbarten Walde und vertiefte sich in seine dichtesten Schatten. Eine schauerliche Stille umgab ihn, keine Luft rührte sich in den Blättern. Indem sah er einen Mann von ferne auf sich zukommen, den er für den Fremden erkannte; er erschrak und sein erster Gedanke war, jener würde sein Geld von ihm zurück fordern. Als die Gestalt etwas näher kam, sah er, wie sehr er sich geirrt hatte, denn die Umrisse, welche er wahrzunehmen gewähnt, zerbrachen wie in sich selber; ein altes Weib von der äußersten Häßlichkeit kam auf ihn zu, sie war in schmutzige Lumpen gekleidet, ein zerrissenes Tuch hielt einige greise Haare zusammen, sie hinkte an einer Krücke. Mit fürchterlicher Stimme redete sie Christian an und fragte nach seinem Namen und Stande; er antwortete ihr umständlich und sagte darauf: »Aber wer bist du?« »Man nennt mich das Waldweib«, sagte jene, »und jedes Kind weiß von mir zu erzählen; hast du mich niemals gekannt?« Mit den letzten Worten wandte sie sich um, und Christian glaubte zwischen den Bäumen den goldenen Schleier, den hohen Gang, den mächtigen Bau der Glieder wieder zu erkennen. Er wollte ihr nacheilen, aber seine Augen fanden sie nicht mehr.

Indem zog etwas Glänzendes seine Blicke in das grüne Gras nieder. Er hob es auf und sah die magische Tafel mit den farbigen Edelgesteinen, mit der seltsamen Figur wieder, die er vor so manchem Jahr verloren hatte. Die Gestalt und die bunten Lichter drückten mit der plötzlichsten Gewalt auf alle seine Sinne. Er faßte sie recht fest an, um sich zu überzeugen, daß er sie wieder in seinen Händen halte, und eilte dann damit nach dem Dorfe zurück. Der Vater begegnete ihm. »Seht«, rief er ihm zu, »das, wovon ich euch so oft erzählt habe, was ich nur im Traum zu sehn glaubte, ist jetzt gewiß und wahrhaftig mein.« Der Alte betrachtete die Tafel lange und sagte: »Mein Sohn, mir schaudert recht im Herzen, wenn ich die Lineamente dieser Steine betrachte und ahnend den Sinn dieser Wortfügung errate; sieh her, wie kalt sie funkeln, welche grausame Blicke sie von sich geben, blutdürstig, wie das rote Auge des Tigers. Wirf diese Schrift weg, die dich kalt und grausam macht, die dein Herz versteinern muß:«

Sieh die zarten Blüten keimen,
Wie sie aus sich selbst erwachen,
Und die Kinder aus den Träumen
Dir entgegen lieblich lachen.

Ihre Farbe ist im Spielen
Zugekehrt der goldnen Sonne,
Deren heißen Kuß zu fühlen,
Das ist ihre höchste Wonne:

In den Küssen zu verschmachten,
Zu vergehn in Lieb' und Wehmut;
Also stehn, die eben lachten,
Bald verwelkt in stiller Demut.

Das ist ihre höchste Freude,
Im Geliebten sich verzehren,
Sich im Tode zu verklären,
Zu vergehn in süßem Leide.

Dann ergießen sich die Düfte,
Ihre Geister, mit Entzücken,
Es berauschen sich die Lüfte
Im balsamischen Erquicken.

Liebe kommt zum Menschenherzen,
Regt die goldnen Saitenspiele,
Und die Seele spricht: ich fühle
Was das Schönste sei, wonach ich ziele,
Wehmut, Sehnsucht und der Liebe Schmerzen.

»Wunderbare, unermeßliche Schätze«, antwortete der Sohn, »muß es noch in den Tiefen der Erde geben. Wer diese ergründen, heben und an sich reißen könnte! Wer die Erde so wie eine geliebte Braut an sich zu drücken vermöchte, daß sie ihm in Angst und Liebe gern ihr Kostbarstes gönnte! Das Waldweib hat mich gerufen, ich gehe sie zu suchen. Hier neben an ist ein alter verfallener Schacht, schon vor Jahrhunderten von einem Bergmanne aufgegraben; vielleicht, daß ich sie dort finde!«

Er eilte fort. Vergeblich strebte der Alte, ihn zurückzuhalten, jener war seinen Blicken bald entschwunden. Nach einigen Stunden, nach vieler Anstrengung gelangte der Vater an den alten Schacht; er sah die Fußstapfen im Sande am Eingange eingedrückt und kehrte weinend um in der Überzeugung, daß sein Sohn im Wahnsinn hinein gegangen und in alte gesammelte Wässer und Untiefen versunken sei.

Seitdem war er unaufhörlich betrübt und in Tränen. Das ganze Dorf trauerte um den jungen Pächter, Elisabeth war untröstlich, die Kinder jammerten laut. Nach einem halben Jahre war der alte Vater gestorben, Elisabeths Eltern folgten ihm bald nach, und sie mußte die große Wirtschaft allein verwalten. Die angehäuften Geschäfte entfernten sie etwas von ihrem Kummer, die Erziehung der Kinder, die Bewirtschaftung des Gutes ließen für Sorge und Gram keine Zeit übrig. So entschloß sie sich nach zwei Jahren zu einer neuen Heirat, sie gab ihre Hand einem jungen heitern Manne, der sie von Jugend auf geliebt hatte. Aber bald gewann alles im Hause eine andre Gestalt. Das Vieh starb, Knechte und Mägde waren untreu, Scheuern mit Früchten wurden vom Feuer verzehrt, Leute in der Stadt, bei welchem Summen standen, entwichen mit dem Gelde. Bald sah sich der Wirt genötigt, einige Äcker und Wiesen zu verkaufen; aber ein Mißwachs und teures Jahr brachten ihn nur in neue Verlegenheit. Es schien nicht anders, als wenn das so wunderbar erworbene Geld auf allen Wegen eine schleunige Flucht suchte; indessen mehrten sich die Kinder, und Elisabeth sowohl als ihr Mann wurden in der Verzweiflung unachtsam und saumselig; er suchte sich zu zerstreuen und trank häufigen und starken Wein, der ihn verdrießlich und jähzornig machte, so daß oft Elisabeth mit heißen Zähren ihr Elend beweinte. So wie ihr Glück wich, zogen sich auch die Freunde im Dorfe von ihnen zurück, so daß sie sich nach einigen Jahren ganz verlassen sahn und sich nur mit Mühe von einer Woche zur andern hinüber fristeten.

Es waren ihnen nur wenige Schafe und eine Kuh übrig geblieben, welche Elisabeth oft selber mit den Kindern hütete. So saß sie einst mit ihrer Arbeit auf dem Anger, Leonore zu ihrer Seite und ein säugendes Kind an der Brust, als sie von ferne herauf eine wunderbare Gestalt kommen sahen. Es war ein Mann in einem ganz zerrissenen Rocke, barfüßig, sein Gesicht schwarzbraun von der Sonne verbrannt, von einem langen struppigen Bart noch mehr entstellt; er trug keine Bedeckung auf dem Kopf, hatte aber von grünem Laube einen Kranz durch sein Haar geflochten, welcher sein wildes Ansehn noch seltsamer und unbegreiflicher machte. Auf dem Rücken trug er in einem festgeschnürten Sack eine schwere Ladung, im Gehen stützte er sich auf eine junge Fichte.

Als er näher kam, setzte er seine Last nieder und holte schwer Atem. Er bot der Frau guten Tag, die sich vor seinem Anblicke entsetzte, das Mädchen schmiegte sich an ihre Mutter. Als er ein wenig geruht hatte, sagte er: »Nun komme ich von einer sehr beschwerlichen Wanderschaft aus dem rauhesten Gebirge auf Erden, aber ich habe dafür auch endlich die kostbarsten Schätze mitgebracht, die die Einbildung nur denken oder das Herz sich wünschen kann. Seht hier und erstaunt!« – Er öffnete hierauf seinen Sack und schüttete ihn aus; dieser war voller Kiesel, unter denen große Stücke Quarz nebst andern Steinen lagen. »Es ist nur«, fuhr er fort, »daß diese Juwelen noch nicht poliert und geschliffen sind, darum fehlt es ihnen noch an Auge und Blick; das äußerliche Feuer mit seinem Glanze ist noch zu sehr in ihren inwendigen Herzen begraben, aber man muß es nur herausschlagen, daß sie sich fürchten, daß keine Verstellung ihnen mehr nützt, so sieht man wohl, wes Geistes Kind sie sind.« – Er nahm mit diesen Worten einen harten Stein und schlug ihn heftig gegen einen andern, so daß die roten Funken heraussprangen. »Habt Ihr den Glanz gesehen?« rief er aus; »so sind sie ganz Feuer und Licht, sie erhellen das Dunkel mit ihrem Lachen, aber noch tun sie es nicht freiwillig.« – Er packte hierauf alles wieder sorgfältig in seinen Sack, welchen er fest zusammen schnürte. »Ich kenne dich recht gut«, sagte er dann wehmütig, »du bist Elisabeth.« – Die Frau erschrak. »Wie ist dir doch mein Name bekannt«, fragte sie mit ahnendem Zittern. – »Ach, lieber Gott!« sagte der Unglückselige, »ich bin ja der Christian, der einst als Jäger zu euch kam, kennst du mich denn nicht mehr?«

Sie wußte nicht, was sie im Erschrecken und tiefsten Mitleiden sagen sollte. Er fiel ihr um den Hals und küßte sie. Elisabeth rief aus: »O Gott! mein Mann kommt!«

»Sei ruhig«, sagte er, »ich bin dir so gut wie gestorben; dort im Walde wartet schon meine Schöne, die Gewaltige, auf mich, die mit dem goldenen Schleier geschmückt ist. Dieses ist mein liebstes Kind, Leonore. Komm her, mein teures, liebes Herz, und gib mir auch einen Kuß, nur einen einzigen, daß ich einmal wieder deinen Mund auf meinen Lippen fühle, dann will ich euch verlassen.«

Leonore weinte; sie schmiegte sich an ihre Mutter, die in Schluchzen und Tränen sie halb zum Wandrer lenkte, halb zog sie dieser zu sich, nahm sie in die Arme und drückte sie an seine Brust. – Dann ging er still fort, und im Walde sahen sie ihn mit dem entsetzlichen Waldweibe sprechen.

»Was ist euch?« fragte der Mann, als er Mutter und Tochter blaß und in Tränen aufgelöst fand. Keiner wollte ihm Antwort geben.

Der Unglückliche ward aber seitdem nicht wieder gesehen.

Die Elfen

Wo ist denn die Marie, unser Kind?« fragte der Vater.

»Sie spielt draußen auf dem grünen Platze«, antwortete die Mutter, »mit dem Sohne unsers Nachbars.«

»Daß sie sich nicht verlaufen«, sagte der Vater besorgt; »sie sind unbesonnen.«

Die Mutter sah nach den Kleinen und brachte ihnen ihr Vesperbrot. »Es ist heiß!« sagte der Bursche, und das kleine Mädchen langte begierig nach den roten Kirschen. »Seid nur vorsichtig, Kinder«, sprach die Mutter, »lauft nicht zu weit vom Hause oder in den Wald hinein, ich und der Vater gehn aufs Feld hinaus.« Der junge Andres antwortete: »O sei ohne Sorge, denn vor dem Walde fürchten wir uns, wir bleiben hier beim Hause sitzen, wo Menschen in der Nähe sind.«

Die Mutter ging und kam bald mit dem Vater wieder heraus. Sie verschlossen ihre Wohnung und wandten sich nach dem Felde, um nach den Knechten und zugleich auf der Wiese nach der Heuernte zu sehen. Ihr Haus lag auf einer kleinen grünen Anhöhe, von einem zierlichen Stakete umgeben, welches auch ihren Frucht- und Blumengarten umschloß; das Dorf zog sich etwas tiefer hinunter und jenseits erhob sich das gräfliche Schloß. Martin hatte von der Herrschaft das große Gut gepachtet und lebte mit seiner Frau und seinem einzigen Kinde vergnügt, denn er legte jährlich zurück und hatte die Aussicht, durch Tätigkeit ein vermögender Mann zu werden, da der Boden ergiebig war und der Graf ihn nicht drückte.

Indem er mit seiner Frau nach seinen Feldern ging, schaute er fröhlich um sich und sagte: »Wie ist doch die Gegend hier so ganz anders, Brigitte, als diejenige, in der wir sonst wohnten. Hier ist es so grün, das ganze Dorf prangt von dichtgedrängten Obstbäumen, der Boden ist voll schöner Kräuter und Blumen, alle Häuser sind munter und reinlich, die Einwohner wohlhabend, ja mir dünkt, die Wälder hier sind schöner und der Himmel blauer, und so weit nur das Auge reicht, sieht man seine Lust und Freude an der freigebigen Natur.«

»Sowie man nur«, sagte Brigitte, »dort jenseits des Flusses ist, so befindet man sich wie auf einer andern Erde, alles so traurig und dürr; jeder Reisende behauptet aber auch, daß unser Dorf weit und breit in der Runde das schönste sei.«

»Bis auf jenen Tannengrund«; erwiderte der Mann; »schau einmal dorthin zurück, wie schwarz und traurig der abgelegene Fleck in der ganzen heitern Umgebung liegt; hinter den dunkeln Tannenbäumen die rauchige Hütte, die verfallenen Ställe, der schwermütig vorüberfließende Bach.«

»Es ist wahr«, sagte die Frau, indem beide still standen, »so oft man sich jenem Platze nur nähert, wird man traurig und beängstigt, man weiß selbst nicht warum. Wer nur die Menschen eigentlich sein mögen, die dort wohnen, und warum sie sich doch nur so von allen in der Gemeinde entfernt halten, als wenn sie kein gutes Gewissen hätten.«

»Armes Gesindel«, erwiderte der junge Pächter, »dem Anschein nach Zigeunervolk, die in der Ferne rauben und betrügen und hier vielleicht ihren Schlupfwinkel haben. Mich wundert nur, daß die gnädige Herrschaft sie duldet.«

»Es können auch wohl«, sagte die Frau weichmütig, »arme Leute sein, die sich ihrer Armut schämen, denn man kann ihnen doch eben nichts Böses nachsagen; nur ist es bedenklich, daß sie sich nicht zur Kirche halten und man auch eigentlich nicht weiß, wovon sie leben, denn der kleine Garten, der noch dazu ganz wüst zu liegen scheint, kann sie unmöglich ernähren und Felder haben sie nicht.«

»Weiß der liebe Gott«, fuhr Martin fort, indem sie weiter gingen, »was sie treiben mögen; kommt doch auch kein Mensch zu ihnen, denn der Ort, wo sie wohnen, ist ja wie verbannt und verhext, so daß sich auch die vorwitzigsten Bursche nicht hingetrauen.«

Dieses Gespräch setzten sie fort, indem sie sich in das Feld wandten. Jene finstre Gegend, von welcher sie sprachen, lag abseits vom Dorfe. In einer Vertiefung, welche Tannen umgaben, zeigte sich eine Hütte und verschiedene fast zertrümmerte Wirtschaftsgebäude, nur selten sah man Rauch dort aufsteigen, noch seltner wurde man Menschen gewahr; jezuweilen hatten Neugierige, die sich etwas näher gewagt, auf der Bank vor der Hütte einige abscheuliche Weiber in zerlumptem Anzuge wahrgenommen, auf deren Schoß ebenso häßliche und schmutzige Kinder sich wälzten; schwarze Hunde liefen vor dem Reviere, in Abendstunden ging wohl ein ungeheurer Mann, den niemand kannte, über den Steg des Baches und verlor sich in die Hütte hinein; dann sah man in der Finsternis sich verschiedene Gestalten wie Schatten um ein ländliches Feuer bewegen. Dieser Grund, die Tannen und die verfallene Hütte machten wirklich in der heitern grünen Landschaft, gegen die weißen Häuser des Dorfes und gegen das prächtige neue Schloß den sonderbarsten Abstich.

Die beiden Kinder hatten jetzt die Früchte verzehrt; sie verfielen darauf, in die Wette zu laufen, und die kleine behende Marie gewann dem langsameren Andres immer den Vorsprung ab. »So ist es keine Kunst!« rief endlich dieser aus, »aber laß es uns einmal in die Weite versuchen, dann wollen wir sehen, wer gewinnt!« »Wie du willst«, sagte die Kleine, »nur nach dem Strome dürfen wir nicht laufen.« »Nein«, erwiderte Andres, »aber dort auf jenem Hügel steht der große Birnbaum, eine Viertelstunde von hier, ich laufe hier links um den Tannengrund vorbei, du kannst rechts in das Feld hinein rennen, daß wir nicht eher als oben wieder zusammenkommen, so sehen wir dann, wer der beste ist.«

»Gut«, sagte Marie und fing schon an zu laufen, »so hindern wir uns auch nicht auf demselben Wege, und der Vater sagt ja, es sei zum Hügel hinauf gleich weit, ob man diesseits, ob man jenseits der Zigeunerwohnung geht.«

Andres war schon vorangesprungen und Marie, die sich rechts wandte, sah ihn nicht mehr. »Er ist eigentlich dumm«, sagte sie zu sich selbst, »denn ich dürfte nur den Mut fassen, über den Steg, bei der Hütte vorbei und drüben wieder über den Hof hinaus zu laufen, so käme ich gewiß viel früher an.« Schon stand sie vor dem Bache und dem Tannenhügel. »Soll ich? Nein, es ist doch zu schrecklich«, sagte sie. Ein kleines weißes Hündchen stand jenseits und bellte aus Leibeskräften. Im Erschrecken kam das Tier ihr wie ein Ungeheuer vor und sie sprang zurück. »O weh!« sagte sie, »nun ist der Bengel weit voraus, weil ich hier steh und überlege.« Das Hündchen bellte immer fort und da sie es genauer betrachtete, kam es ihr nicht mehr fürchterlich, sondern im Gegenteil ganz allerliebst vor: Es hatte ein rotes Halsband um, mit einer glänzenden Schelle, und so wie es den Kopf hob und sich im Bellen schüttelte, erklang die Schelle äußerst lieblich. »Ei! es will nur gewagt sein!« rief die kleine Marie, »ich renne was ich kann und bin schnell, schnell jenseits wieder hinaus, sie können mich doch eben nicht gleich von der Erde weg auffressen!« Somit sprang das muntere mutige Kind auf den Steg, rasch an dem kleinen Hund vorüber, der still ward und sich an ihr schmeichelte, und nun stand sie im Grunde und rund umher verdeckten die schwarzen Tannen die Aussicht nach ihrem elterlichen Hause und der übrigen Landschaft.

Aber wie war sie verwundert. Der bunteste, fröhlichste Blumengarten umgab sie, in welchem Tulpen, Rosen und Lilien mit den herrlichsten Farben leuchteten, blaue und goldrote Schmetterlinge wiegten sich in den Blüten, in Käfigen aus glänzendem Draht hingen an den Spalieren vielfarbige Vögel, die herrliche Lieder sangen, und Kinder in weißen, kurzen Röckchen, mit gelockten, gelben Haaren und hellen Augen, sprangen umher, einige spielten mit kleinen Lämmern, andere fütterten die Vögel oder sammelten Blumen und schenkten sie einander, andere wieder aßen Kirschen, Weintrauben und rötliche Aprikosen. Keine Hütte war zu sehn, aber wohl stand ein großes schönes Haus mit eherner Tür und erhabenem Bildwerk leuchtend in der Mitte des Raumes. Marie war vor Erstaunen außer sich und wußte sich nicht zu finden; da sie aber nicht blöde war, ging sie gleich zum ersten Kinde, reichte ihm die Hand und bot ihm guten Tag. »Kommst du uns auch einmal zu besuchen?« sagte das glänzende Kind; »ich habe dich draußen rennen und springen sehn, aber vor unserm Hündchen hast du dich gefürchtet.« – »So seid ihr wohl keine Zigeuner und Spitzbuben«, sagte Marie, »wie Andres immer spricht? O freilich ist der nur dumm und redet viel in den Tag hinein.« – »Bleib nur bei uns«, sagte die wunderbare Kleine, »es soll dir schon gefallen.« – »Aber wir laufen ja in die Wette.« – »Zu ihm kommst du noch früh genug zurück. Da nimm und iß: –« Marie aß und fand die Früchte so süß, wie sie noch keine geschmeckt hatte, und Andres, der Wettlauf und das Verbot ihrer Eltern waren gänzlich vergessen.

Eine große Frau in glänzendem Kleide trat herzu und fragte nach dem fremden Kinde. »Schönste Dame«, sagte Marie, »von ungefähr bin ich herein gelaufen und da wollen sie mich hier behalten«. »Du weißt, Zerina«, sagte die Schöne, »daß es ihr nur kurze Zeit erlaubt ist, auch hättest du mich erst fragen sollen.« »Ich dachte«, sagte das glänzende Kind, »weil sie doch schon über die Brücke gelassen war, könnt' ich es tun; auch haben wir sie ja oft im Felde laufen sehn und du hast dich selber über ihr muntres Wesen gefreut; wird sie uns doch früh genug verlassen müssen.«

»Nein, ich will hier bleiben«, sagte die Fremde, »denn hier ist es schön, auch finde ich hier das beste Spielzeug und dazu Erdbeeren und Kirschen, draußen ist es nicht so herrlich.«

Die goldbekleidete Frau entfernte sich lächelnd und viele von den Kindern sprangen jetzt um die fröhliche Marie mit Lachen her, neckten sie und ermunterten sie zu Tänzen, andre brachten ihr Lämmer oder wunderbares Spielgerät, andre machten auf Instrumenten Musik und sangen dazu. Am liebsten aber hielt sie sich zu der Gespielin, die ihr zuerst entgegen gegangen war, denn sie war die freundlichste und holdseligste von allen. Die kleine Marie rief einmal über das andre: »Ich will immer bei euch bleiben und ihr sollt meine Schwestern sein«, worüber alle Kinder lachten und sie umarmten. »Jetzt wollen wir ein schönes Spiel machen«, sagte Zerina. Sie lief eilig in den Palast und kam mit einem goldenen Schächtelchen zurück, in welchem sich glänzender Samenstaub befand. Sie faßte mit den kleinen Fingern und streute einige Körner auf den grünen Boden. Alsbald sah man das Gras wie in Wogen rauschen und nach wenigen Augenblicken schlugen glänzende Rosengebüsche aus der Erde, wuchsen schnell empor und entfalteten sich plötzlich, indem der süßeste Wohlgeruch den Raum erfüllte. Auch Maria faßte von dem Staube und als sie ihn ausgestreut hatte, tauchten weiße Linien und die buntesten Nelken hervor. Auf einen Wink Zerinas verschwanden die Blumen wieder und andre erschienen an ihrer Stelle. »Jetzt«, sagte Zerina, »mache dich auf etwas Größeres gefaßt.« Sie legte zwei Pinienkörner in den Boden und stampfte sie heftig mit dem Fuße ein. Zwei grüne Sträucher standen vor ihnen. »Fasse dich fest mit mir«, sagte sie, und Maria schlang die Arme um den zarten Leib. Da fühlte sie sich empor gehoben, denn die Bäume wuchsen unter ihnen mit der größten Schnelligkeit; die hohen Pinien bewegten sich und die beiden Kinder hielten sich hin und wieder schwebend in den roten Abendwolken umarmt und küßten sich; die andern Kleinen kletterten mit behender Geschicklichkeit an den Stämmen der Bäume auf und nieder und stießen und neckten sich, wenn sie sich begegneten, unter lautem Gelächter. Stürzte eins der Kinder im Gedränge hinunter, so flog es durch die Luft und senkte sich langsam und sicher zur Erde hinab. Endlich fürchtete sich Marie; die andre Kleine sang einige laute Töne und die Bäume versenkten sich wieder eben so allgemach in den Boden und setzten sie nieder, als sie sich erst in die Wolken gehoben hatten.

Sie gingen durch die erzene Tür des Palastes. Da saßen viele schöne Frauen umher, ältere und junge, im runden Saal, sie genossen die lieblichsten Früchte und eine herrliche unsichtbare Musik erklang. In der Wölbung der Decke waren Palmen, Blumen und Laubwerk gemalt, zwischen denen Kinderfiguren in den anmutigsten Stellungen kletterten und schaukelten; nach den Tönen der Musik verwandelten sich die Bildnisse und glühten in den brennendsten Farben; bald war das Grüne und Blaue wie helles Licht funkelnd, dann sank die Farbe erblassend zurück, der Purpur flammte auf und das Gold entzündete sich; dann schienen die nackten Kinder in den Blumengewinden zu leben und mit den rubinroten Lippen den Atem einzuziehn und auszuhauchen, so daß man wechselnd den Glanz der weißen Zähnchen wahrnahm so wie das Aufleuchten der himmelblauen Augen.

Aus dem Saale führten eherne Stufen in ein großes unterirdisches Gemach. Hier lag viel Gold und Silber und Edelsteine von allen Farben funkelten dazwischen. Wundersame Gefäße standen an den Wänden umher, alle schienen mit Kostbarkeiten angefüllt. Das Gold war in mannigfaltigen Gestalten gearbeitet und schimmerte mit der freundlichsten Röte. Viele kleine Zwerge waren beschäftigt, die Stücke auseinander zu suchen und sie in die Gefäße zu legen; andre, höckrig und krummbeinig, mit langen roten Nasen, trugen schwer und vornübergebückt Säcke herein, so wie die Müller Getreide, und schütteten die Goldkörner keuchend auf dem Boden aus. Dann sprangen sie ungeschickt rechts und links und griffen die rollenden Kugeln, die sich verlaufen wollten, und es geschah nicht selten, daß einer den andern im Eifer umstieß, so daß sie schwer und tölpisch zur Erde fielen. Sie machten verdrießliche Gesichter und sahen scheel, als Marie über ihre Gebärden und Häßlichkeit lachte. Hinten saß ein alter, eingeschrumpfter kleiner Mann, welchen Zerina ehrerbietig grüßte, und der nur mit ernstem Kopfnicken dankte. Er hielt ein Zepter in der Hand und trug eine Krone auf dem Haupte, alle übrigen Zwerge schienen ihn für ihren Herren anzuerkennen und seinen Winken zu gehorchen. »Was gibts wieder?« fragte er mürrisch, als die Kinder ihm etwas näher kamen. Marie schwieg furchtsam, aber ihre Gespielin antwortete, daß sie nur gekommen seien, sich in den Kammern umzuschauen. »Immer die alten Kindereien!« sagte der Alte; »wird der Müßiggang nie aufhören?« Darauf wandte er sich wieder an sein Geschäft und ließ die Goldstücke wägen und aussuchen; andre Zwerge schickte er fort, manchen schalt er zornig. »Wer ist der Herr?« fragte Marie; »unser Metallfürst«, sagte die Kleine indem sie weiter gingen.

Sie schienen sich wieder im Freien zu befinden, denn sie standen an einem großen Teiche, aber doch schien keine Sonne und sie sahen keinen Himmel über sich. Ein kleiner Nachen empfing sie und Zerina ruderte sehr emsig. Die Fahrt ging schnell. Als sie in die Mitte des Teiches gekommen waren, sah Marie, daß tausend Röhren, Kanäle und Bäche sich aus dem kleinen See nach allen Richtungen verbreiteten. »Diese Wasser rechts«, sagte das glänzende Kind, »fließen unter euren Garten hinab, davon blüht dort alles so frisch; von hier kommt man in den großen Strom hinunter.« Plötzlich kamen aus allen Kanälen und aus dem See unendlich viele Kinder auftauchend angeschwommen, viele trugen Kränze von Schilf und Wasserlilien, andre hielten rote Korallenzacken und wieder andre bliesen auf krummen Muscheln; ein verworrenes Getöse schallte lustig von den dunkeln Ufer wider; zwischen den Kleinen bewegten sich schwimmend die schönsten Frauen und oft sprangen viele Kinder zu der einen oder andern und hingen ihnen mit Küssen um Hals und Nacken. Alle begrüßten die Fremde; zwischen diesem Getümmel hindurch fuhren sie aus dem See in einen kleinen Fluß hinein, der immer enger und enger ward. Endlich stand der Nachen. Man nahm Abschied und Zerina klopfte an den Felsen. Wie eine Tür tat sich dieser von einander und eine ganz rote weibliche Gestalt half ihnen aussteigen. »Geht es recht lustig zu?« fragte Zerina. »Sie sind eben in Tätigkeit«, antwortete jene, »und so freudig, wie man sie nur sehn kann, aber die Wärme ist auch äußerst angenehm.«

Sie stiegen eine Wendeltreppe hinauf und plötzlich sah sich Marie in dem glänzendsten Saal, so daß beim Eintreten ihre Augen vom hellen Lichte geblendet waren. Feuerrote Tapeten bedeckten mit Purpurglut die Wände, und als sich das Auge etwas gewöhnt hatte, sah sie zu ihrem Erstaunen, wie im Teppich sich Figuren tanzend auf und nieder in der größten Freude bewegten, die so lieblich gebaut und von so schönen Verhältnissen waren, daß man nichts Anmutigeres sehn konnte; ihr Körper war wie von rötlichem Kristall, so daß es schien, als flösse und spielte in ihnen sichtbar das bewegte Blut. Sie lachten das fremde Kind an und begrüßten es mit verschiedenen Beugungen; aber als Marie näher gehen wollte, hielt sie Zerina plötzlich mit Gewalt zurück und rief: »Du verbrennst dich, Mariechen, denn alles ist Feuer!«

Marie fühlte die Hitze. »Warum kommen nur«, sagte sie, »die allerliebsten Kreaturen nicht zu uns heraus und spielen mit uns?« »Wie du in der Luft lebst«, sagte jene, »so müssen sie immer im Feuer bleiben und würden hier draußen verschmachten. Sieh nur, wie ihnen wohl ist, wie sie lachen und kreischen; jene dort unten verbreiten die Feuerflüsse von allen Seiten unter der Erde hin, davon wachsen nun die Blumen, die Früchte und der Wein; die roten Ströme gehn neben den Wasserbächen und so sind die flammigen Wesen immer tätig und freudig. Aber dir ist es hier zu heiß, wir wollen wieder hinaus in den Garten gehn.«

Hier hatte sich die Szene verwandelt. Der Mondschein lag auf allen Blumen, die Vögel waren still und die Kinder schliefen in mannigfaltigen Gruppen in den grünen Lauben. Marie und ihre Freundin fühlten aber keine Müdigkeit, sondern lustwandelten in der warmen Sommernacht unter vielerlei Gesprächen bis zum Morgen.

Als der Tag anbrach, erquickten sie sich an Früchten und Milch und Marie sagte: »Laß uns doch zur Abwechselung einmal nach den Tannen hinaus gehn, wie es dort aussehen mag.« »Gern«, sagte Zerina, »so kannst du auch zugleich dorten unsre Schildwachen besuchen, die dir gewiß gefallen werden, sie stehn oben auf dem Walle zwischen den Bäumen.« Sie gingen durch die Blumengärten, durch anmutige Haine voller Nachtigallen, dann stiegen sie über Rebenhügel und kamen endlich, nachdem sie lange den Windungen eines klaren Baches nachgefolgt waren, zu den Tannen und der Erhöhung, welche das Gebiet begrenzte. »Wie kommt es nur«, fragte Marie, »daß wir hier innerhalb so weit zu gehen haben, da doch draußen der Umkreis nur so klein ist?« »Ich weiß nicht«, antwortete die Freundin, »wie es zugeht, aber es ist so.« Sie stiegen zu den finstern Tannen hinauf und ein kalter Wind wehte ihnen von draußen entgegen; ein Nebel schien weit umher auf der Landschaft zu liegen. Oben standen wunderliche Gestalten mit mehligen bestäubten Angesichtern, den widerlichen Häuptern der weißen Eulen nicht unähnlich; sie waren in faltigen Mänteln von zottiger Wolle gekleidet und hielten Regenschirme von seltsamen Häuten ausgespannt über sich; mit Fledermausflügeln, die abenteuerlich neben dem Rockelor hervor starrten, wehten und fächelten sie unablässig. »Ich möchte lachen und mir graut«, sagte Marie. »Diese sind unsre guten fleißigen Wächter«, sagte die kleine Gespielin, »sie stehen hier und wehen, damit jeden kalte Angst und wundersames Fürchten befällt, der sich uns nähern will; sie sind aber so bedeckt, weil es jetzt draußen regnet und friert, was sie nicht vertragen können. Hier unten kommt niemals Schnee und Wind noch kalte Luft her, hier ist ein ewiger Sommer und Frühling, doch wenn die da oben nicht oft abgelöst würden, so vergingen sie gar.«

»Aber wer seid ihr denn«, fragte Marie indem sie wieder in die Blumendüfte hinunter stiegen, »oder habt ihr keinen Namen, woran man euch erkennt?«

»Wir heißen Elfen«, sagte das freundliche Kind, »man spricht auch wohl in der Welt von uns, wie ich gehört habe.«

Sie hörten auf der Wiese ein großes Getümmel. »Der schöne Vogel ist angekommen!« riefen ihnen die Kinder entgegen; alles eilte in den Saal. Sie sahen indem schon, wie Jung und Alt sich über die Schwelle drängte, alle jauchzten und von innen scholl eine jubilierende Musik heraus. Als sie hineingetreten waren, sahen sie die große Rundung von den mannigfaltigsten Gestalten angefüllt und alle schauten nach einem großen Vogel hinauf, der in der Kuppel mit glänzendem Gefieder langsam fliegend vielfache Kreise beschrieb. Die Musik klang fröhlicher als sonst, die Farben und Lichter wechselten schneller. Endlich schwieg die Musik und der Vogel schwang sich rauschend auf eine glänzende Krone, die unter dem hohen Fenster schwebte, welches von oben die Wölbung erleuchtete. Sein Gefieder war purpurn und grün, durch welches sich die glänzendsten goldenen Streifen zogen, auf seinem Haupte bewegte sich ein Diadem von so helleuchtenden kleinen Federn, daß sie wie Edelsteine blitzten. Der Schnabel war rot und die Beine glänzend blau. Wie er sich regte, schimmerten alle Farben durcheinander und das Auge war entzückt. Seine Größe war die eines Adlers. Aber jetzt eröffnete er den leuchtenden Schnabel und so süße Melodie quoll aus seiner bewegten Brust, in schönern Tönen als die der liebesbrünstigen Nachtigall; mächtiger zog der Gesang und goß sich wie Lichtstrahlen aus, so daß alle, bis auf die kleinsten Kinder selbst, vor Freuden und Entzückungen weinen mußten. Als er geendigt hatte, neigten sich alle vor ihm, er umflog wieder in Kreisen die Wölbung, schoß dann durch die Tür und schwang sich in den lichten Himmel, wo er oben bald nur noch wie ein roter Punkt erglänzte und sich den Augen dann schnell verlor.

»Warum seid ihr alle so in Freude?« fragte Marie und neigte sich zum schönen Kinde, das ihr kleiner als gestern vorkam. »Der König kommt!« sagte die Kleine, »den haben viele von uns noch gar nicht gesehn, und wo er sich hinwendet ist Glück und Fröhlichkeit; wir haben schon lange auf ihn gehofft, sehnlicher als ihr nach langem Winter auf den Frühling wartet, und nun hat er durch diesen schönen Botschafter seine Ankunft melden lassen. Dieser herrliche und verständige Vogel, der im Dienst des Königs gesandt wird, heiß Phönix, er wohnt fern in Arabien auf einem Baum, der nur einmal in der Welt ist, so wie es auch keinen zweiten Phönix gibt. Wenn er sich alt fühlt, trägt er aus Balsam und Weihrauch ein Nest zusammen, zündet es an und verbrennt sich selbst, so stirbt er singend, und aus der duftenden Asche schwingt sich dann der verjüngte Phönix mit neuer Schönheit wieder auf. Selten nur nimmt er seinen Flug so, daß ihn die Menschen sehn, und geschieht es einmal in Jahrhunderten, so zeichnen sie es in ihre Denkbücher auf und erwarten wundervolle Begebenheiten. Aber nun, meine Freundin, wirst du auch scheiden müssen, denn der Anblick des Königes ist dir nicht vergönnt.«

Da wandelte die goldbekleidete schöne Frau durch das Gedränge, winkte Marien zu sich und ging mit ihr unter einen einsamen Laubengang: »Du mußt uns verlassen, mein geliebtes Kind«, sagte sie; »der König will auf zwanzig Jahr, und vielleicht auf länger, sein Hoflager hier halten, nun wird sich Fruchtbarkeit und Segen weit in die Landschaft verbreiten, am meisten hier in der Nähe; alle Brunnen und Bäche werden ergiebiger, alle Äcker und Gärten reicher, der Wein edler, die Wiese fetter und der Wald frischer und grüner; mildere Luft weht, kein Hagel schadet, keine Überschwemmung droht. Nimm diesen Ring und gedenke unser, doch hüte dich, irgendwem von uns zu erzählen, sonst müssen wir diese Gegend fliehen, und alle umher, so wie du selbst, entbehren dann das Glück und die Segnung unsrer Nähe: Noch einmal küsse deine Gespielin und lebe wohl.« Sie traten heraus, Zerina weinte, Marie bückte sich, sie zu umarmen, sie trennten sich. Schon stand sie auf der schmalen Brücke, die kalte Luft wehte hinter ihr aus den Tannen, das Hündchen bellte auf das herzhafteste und ließ sein Glöckchen ertönen; sie sah zurück und eilte in das Freie, weil die Dunkelheit der Tannen, die Schwärze der verfallenen Hütten, die dämmernden Schatten sie mit ängstlicher Furcht befielen.

»Wie werden sich meine Eltern meinethalb in dieser Nacht geängstigt haben!« sagte sie zu sich selbt, als sie auf dem Felde stand, »und ich darf ihnen doch nicht erzählen, wo ich gewesen bin und was ich gesehn habe, auch würden sie mir nimmermehr glauben.« Zwei Männer gingen an ihr vorüber, die sie grüßten, und sie hörte hinter sich sagen: »Das ist ein schönes Mädchen! Wo mag sie nur her sein?« Mit eiligeren Schritten näherte sie sich dem elterlichen Hause, aber die Bäume, die gestern voller Früchte hingen, standen heute dürr und ohne Laub, das Haus war anders angestrichen und eine neue Scheune daneben erbaut. Marie war in Verwunderung und dachte, sie sei im Traum; in dieser Verwirrung öffnete sie die Tür des Hauses, und hinter dem Tische saß ihr Vater zwischen einer unbekannten Frau und einem fremden Jüngling. »Mein Gott, Vater!« rief sie aus, »wo ist denn die Mutter?« – »Die Mutter?« sprach die Frau ahnend und stürzte hervor; »ei, du bist doch wohl nicht, – ja freilich, freilich bist du die verlorene, die tot geglaubte, die liebe einzige Marie!« Sie hatte sie gleich an einem braunen Male unter dem Kinn, an den Augen und der Gestalt erkannt. Alle umarmten sie, alle waren freudig bewegt und die Eltern vergossen Tränen. Marie verwunderte sich, daß sie fast zum Vater hinaufreichte, sie begriff nicht, wie die Mutter so verändert und gealtert sein konnte, sie fragte nach dem Namen des jungen Menschen. »Es ist ja unsers Nachbars Andres«, sagte Martin, »wie kommst du nur nach sieben langen Jahren so unvermutet wieder? Wo bist du gewesen? Warum hast du denn gar nichts von dir hören lassen?« –

»Sieben Jahr?« sagte Marie und konnte sich in ihren Vorstellungen und Erinnerungen nicht wieder zurechtfinden; »sieben ganzer Jahre?« »Ja, ja«, sagte Andres lachend und schüttelte ihr treuherzig die Hand; »ich habe gewonnen, Mariechen, ich bin schon vor sieben Jahren an dem Birnbaum und wieder hierher zurück gewesen, und du Langsame kommst nun heut erst an!«

Man fragte von neuem, man drang in sie, doch sie, des Verbotes eingedenk, konnte keine Antwort geben. Man legte ihr fast die Erzählung in den Mund, daß sie sich verirrt habe, auf einen vorbeifahrenden Wagen genommen und an einen fremden Ort geführt sei, wo sie den Leuten den Wohnsitz ihrer Eltern nicht habe bezeichnen können; wie man sie nachher nach einer weit entlegenen Stadt gebracht habe, wo gute Menschen sie erzogen und geliebt; wie diese nun gestorben und sie sich endlich wieder auf ihre Geburtsgegend besonnen, eine Gelegenheit zur Reise ergriffen habe und so zurück gekehrt sei. »Laßt alles gut sein«, rief die Mutter; »genug, daß wir dich nur wieder haben, mein Töchterchen, du meine Einzige, mein Alles!«

Andres blieb zum Abendbrot und Marie konnte sich noch in nichts finden. Das Haus dünkte ihr klein und finster, sie verwunderte sich über ihre Tracht, die reinlich und einfach, aber ganz fremd erschien; sie betrachtete den Ring am Finger, dessen Gold wundersam glänzte und einen rot brennenden Stein künstlich einfaßte. Auf die Frage des Vaters antwortete sie, daß der Ring ebenfalls ein Geschenk ihrer Wohltäter sei.

Sie freute sich auf die Schlafenszeit und eilte zur Ruhe. Am andern Morgen fühlte sie sich besonnener, sie hatte ihre Vorstellungen mehr geordnet und konnte den Leuten aus dem Dorfe, die alle sie zu begrüßen kamen, besser Red' und Antwort geben. Andres war schon mit dem Frühesten wieder da und zeigte sich äußerst geschäftig, erfreut und dienstfertig. Das fünfzehnjährige aufgeblühte Mädchen hatte ihm einen tiefen Eindruck gemacht, und die Nacht war ihm ohne Schlaf vergangen. Die Herrschaft ließ Marien auf das Schloß fordern, sie mußte hier wieder ihre Geschichte erzählen, die ihr nun schon geläufig geworden war; der alte Herr und die gnädige Frau bewunderten ihre gute Erziehung, denn sie war bescheiden, ohne verlegen zu sein, sie antwortete höflich und in guten Redensarten auf alle vorgelegten Fragen; die Furcht vor den vornehmen Menschen und ihrer Umgebung hatte sich bei ihr verloren, denn wenn sie diese Säle und Gestalten mit den Wundern und der hohen Schönheit maß, die sie bei den Elfen im heimlichen Aufenthalt gesehen hatte, so erschien ihr dieser irdische Glanz nur dunkel, die Gegenwart der Menschen fast geringe. Die jungen Herren waren vorzüglich über ihre Schönheit entzückt.

Es war im Februar. Die Bäume belaubten sich früher als je, so zeitig hatte sich die Nachtigall noch niemals eingestellt, der Frühling kam schöner in das

Land, als ihn sich die ältesten Greise erinnern konnten. Aller Orten taten sich Bächlein hervor und tränkten die Wiesen und Auen; die Hügel schienen zu wachsen, die Rebengeländer erhuben sich höher, die Obstbäume blühten wie niemals und ein schwellender, duftender Segen hing schwer in Blütenwolken über der Landschaft. Alles gedieh über Erwarten, kein rauher Tag, kein Sturm beschädigte die Frucht; der Wein quoll errötend in ungeheuern Trauben und die Einwohner des Ortes staunten sich an und waren wie in einem süßen Traum gefangen. Das folgende Jahr war ebenso, aber man war schon an das Wundersame mehr gewöhnt. Im Herbst gab Marie den dringenden Bitten des Andres und ihrer Eltern nach: sie ward seine Braut und im Winter mit ihm verheiratet.

Oft dachte sie mit inniger Sehnsucht an ihren Aufenthalt hinter den Tannenbäumen zurück; sie blieb still und ernst. So schön auch alles war, was sie umgab, so kannte sie doch etwas noch Schöneres, wodurch eine leise Trauer ihr Wesen zu einer sanften Schwermut stimmte. Schmerzhaft traf es sie, wenn der Vater oder ihr Mann von den Zigeunern und Schelmen sprachen, die im finstern Grunde wohnten; oft wollte sie sie verteidigen, die sie als Wohltäter der Gegend kannte, vorzüglich gegen Andres, der eine Lust im eifrigen Schelten zu finden schien, aber sie zwang das Wort jedesmal in ihre Brust zurück. So verlebte sie das Jahr, und im folgenden ward sie durch eine junge Tochter erfreut, welche sie Elfriede nannte, indem sie dabei an den Namen der Elfen dachte.

Die jungen Leute wohnten mit Martin und Brigitte in demselben Hause, welches geräumig genug war, und halfen den Eltern die ausgebreitete Wirtschaft zu führen. Die kleine Elfriede zeigte bald besondere Fähigkeiten und Anlagen, denn sie lief sehr früh und konnte alles sprechen, als sie noch kein Jahr alt war; nach einigen Jahren aber war sie so klug und sinnig und von so wunderbarer Schönheit, daß alle Menschen sie mit Erstaunen betrachteten und ihre Mutter sich nicht der Meinung erwehren konnte, sie sehe jenen glänzenden Kindern im Tannengrunde ähnlich. Elfriede hielt sich nicht gern zu andern Kindern, sondern vermied bis zur Ängstlichkeit ihre geräuschvollen Spiele und war am liebsten allein. Dann zog sie sich in eine Ecke des Gartens zurück und las oder arbeitete eifrig am kleinen Nähzeuge; oft sah man sie auch wie tief in sich versunken sitzen oder daß sie in Gängen heftig auf und nieder ging und mit sich selber sprach. Die beiden Eltern ließen sie gern gewähren, weil sie gesund war und gedieh, nur machten sie die seltsamen verständigen Antworten und Bemerkungen oft besorgt. »So kluge Kinder«, sagte die Großmutter Brigitte vielmals, »werden nicht alt, sie sind zu gut für diese Welt, auch ist das Kind über die Natur schön und wird sich auf Erden nicht zurecht finden können.«

Die Kleine hatte die Eigenheit, daß sie sich höchst ungern bedienen ließ, alles wollte sie selber machen. Sie war fast die früheste auf im Hause und wusch sich sorgfältig und kleidete sich selber an; ebenso sorgsam war sie am Abend, sie achtete sehr darauf, Kleider und Wäsche selbst einzupacken und durchaus niemand, auch die Mutter nicht, über ihre Sachen kommen zu lassen. Die Mutter sah ihr in diesem Eigensinne nach, weil sie sich nichts weiter dabei dachte, aber wie erstaunte sie, als sie sie an einem Feiertage, zu einem Besuch auf dem Schlosse, mit Gewalt umkleidete, so sehr sich auch die Kleine mit Geschrei und Tränen dagegen wehrte, und auf ihrer Brust an einem Faden hängend ein Goldstück von seltsamer Form antraf, welches sie sogleich für eines von jenen erkannte, deren sie so viele in dem unterirdischen Gewölbe gesehn hatte. Die Kleine war sehr erschrocken und gestand endlich, sie habe es im Garten gefunden, und da es ihr sehr wohlgefallen, habe sie es so emsig aufbewahrt; sie bat auch so dringend und herzlich, es ihr zu lassen, daß Marie es wieder auf derselben Stelle befestigte und voller Gedanken mit ihr stillschweigend zum Schlosse hinauf ging.

Seitwärts vom Hause der Pachterfamilie lagen einige Wirtschaftsgebäude zur Aufbewahrung der Früchte und des Feldgerätes und hinter diesen befand sich ein Grasplatz mit einer alten Laube, die aber kein Mensch jetzt besuchte, weil sie nach der neuen Einrichtung der Gebäude zu entfernt vom Garten war. In dieser Einsamkeit hielt sich Elfriede am liebsten auf, und es fiel niemanden ein, sie hier zu stören, so daß die Eltern oft in halben Tagen ihrer nicht ansichtig wurden. An einem Nachmittage befand sich die Mutter in den Gebäuden, um aufzuräumen und eine verlorene Sache wieder zu finden, als sie wahrnahm, daß durch eine Ritze der Mauer ein Lichtstrahl in das Gemach falle. Es kam ihr der Gedanke, hindurch zu sehn, um ihr Kind zu beobachten, und es fand sich, daß ein locker gewordener Stein sich von der Seite schieben ließ, wodurch sie den Blick gerade hinein in die Laube gewann. Elfriede saß drinnen auf einem Bänkchen und neben ihr die wohlbekannte Zerina, und beide Kinder spielten und ergötzten sich in holdseliger Eintracht. Die Elfe umarmte das schöne Kind und sagte traurig: »Ach, du liebes Wesen, so wie mit dir habe ich schon mit deiner Mutter gespielt, als sie klein war und uns besuchte, aber ihr Menschen wachst so bald auf und werdet so schnell groß und vernünftig; das ist recht betrübt: bliebest du doch so lange ein Kind, wie ich!«

»Gern tät ich dir den Gefallen«, sagte Elfriede, »aber sie meinen ja alle, ich würde bald zu Verstande kommen und gar nicht mehr spielen, denn ich hätte rechte Anlagen, altklug zu werden. Ach! und dann seh' ich dich auch nicht wieder, du liebes Zerinchen! Ja, es geht wie mit den Baumblüten: wie herrlich der blühende Apfelbaum mit seinen rötlichen aufgequollenen Knospen! Der Baum tut so groß und breit, und jedermann, der drunter weg geht, meint auch, es müsse recht was Besonderes werden; dann kommt die Sonne, die Blüte geht so leutselig auf und da steckt schon der böse Kern drunter, der nachher den bunten Putz verdrängt und hinunter wirft; nun kann er sich geängstigt und aufwachsend nicht mehr helfen, er muß im Herbst zur Frucht werden. Wohl ist ein Apfel auch lieb und erfreulich, aber doch nichts gegen die Frühlingsblüte: so geht es mit uns Menschen auch; ich kann mich nicht darauf freuen, ein großes Mädchen zu werden. Ach, könnt' ich euch doch nur einmal besuchen!«

»Seit der König bei uns wohnt«, sagte Zerina, »ist es ganz unmöglich, aber ich komme ja so oft zu dir, Liebchen, und keiner sieht mich, keiner weiß es, weder hier noch dort; ungesehn geh ich durch die Luft oder fliege als Vogel herüber; o wir wollen noch recht viel beisammen sein, so lange du klein bist. Was kann ich dir nur zu Gefallen tun?«

»Recht lieb sollst du mich haben«, sagte Elfriede, »so lieb, wie ich dich in meinem Herzen trage; doch laß uns auch einmal wieder eine Rose machen.«

Zerina nahm das bekannte Schächtelchen aus dem Busen, warf zwei Körner hin und plötzlich stand ein grünender Busch mit zweien hochroten Rosen vor ihnen, welche sich zu einander neigten und sich zu küssen schienen. Die Kinder brachen die Rosen lächelnd ab, und das Gebüsch war wieder verschwunden. »O müßte es nur nicht wieder so schnell sterben«, sagte Elfriede, »das rote Kind, das Wunder der Erde.« »Gib!« sagte die kleine Elfe, hauchte dreimal die aufknospende Rose an und küßte sie dreimal; »nun«, sprach sie, indem sie die Blume zurückgab, »bleibt sie frisch und blühend bis zum Winter«. »Ich will sie wie ein Bild von dir aufheben«, sagte Elfriede, »sie in meinem Kämmerchen wohl bewahren und sie morgens und abends küssen, als wenn du es wärst«. »Die Sonne geht schon unter«, sagte jene, »ich muß jetzt nach Hause«. Sie umarmten sich noch einmal, dann war Zerina verschwunden.

Am Abend nahm Marie ihr Kind mit einem Gefühl von Beängstigung und Ehrfurcht in die Arme; sie ließ dem holden Mädchen nun noch mehr Freiheit als sonst und beruhigte oft ihren Gatten, wenn er, um das Kind aufzusuchen, kam, was er seit einiger Zeit wohl tat, weil ihm ihre Zurückgezogenheit nicht gefiel und er fürchtete, sie könne darüber einfältig oder gar unklug werden. Die Mutter schlich öfter nach der Spalte der Mauer und fast immer fand sie die kleine glänzende Elfe neben ihrem Kinde sitzen, mit Spielen beschäftigt oder in ernsthaften Gesprächen. »Möchtest du fliegen können?« fragte Zerina einmal ihre Freundin. »Wie gerne!« rief Elfriede aus. Sogleich umfaßte die Fee die Sterbliche und schwebte mit ihr vom Boden empor, so daß sie zur Höhe der Laube stiegen. Die besorgte Mutter vergaß ihre Vorsicht und lehnte sich erschreckend mit dem Kopfe hinaus, um ihnen nachzusehn; da erhob aus der Luft Zerina den Finger und drohte lächelnd, ließ sich mit dem Kinde wieder nieder, herzte sie und war verschwunden. Es geschah nachher noch öfter, daß Marie von dem wunderbaren Kinde gesehen wurde, welches jedesmal mit dem Kopfe schüttelte oder drohte, aber mit freundlicher Gebärde.

Oftmals schon hatte bei vorgefallenem Streite Marie im Eifer zu ihrem Manne gesagt: »Du tust den armen Leuten in der Hütte Unrecht!« Wenn Andres dann in sie drang, ihm zu erklären, warum sie der Meinung aller Leute im Dorfe, ja der Herrschaft selber, entgegen sei und es besser wissen wolle, brach sie ab und schwieg verlegen. Heftiger als je ward Andres eines Tages nach Tisch und behauptete, das Gesindel müsse als landesverderblich durchaus fortgeschafft werden; da rief sie im Unwillen aus: »Schweig, denn sie sind deine und unser aller Wohltäter!« »Wohltäter?« fragte Andres erstaunt; »die Landstreicher?« In ihrem Zorne ließ sie sich verleiten, ihm unter dem Versprechen der tiefsten Verschwiegenheit die Geschichte ihrer Jugend zu erzählen, und da er bei jedem ihrer Worte ungläubiger wurde und verhöhnend den Kopf schüttelte, nahm sie ihn bei der Hand und führte ihn in das Gemach, von wo er zu seinem Erstaunen die leuchtende Elfe mit seinem Kinde in der Laube spielen und es liebkosen sah. Er wußte kein Wort zu sagen; ein Ausruf der Verwunderung entfuhr ihm und Zerina erhob den Blick. Sie wurde plötzlich bleich und zitterte heftig, nicht freundlich, sondern mit zorniger Miene machte sie die drohende Gebärde und sagte dann zu Elfrieden: »Du kannst nichts dafür, geliebtes Herz, aber sie werden niemals klug, so verständig sie sich auch dünken.« Sie umarmte die Kleine mit stürmender Eil und flog dann als Rabe mit heiserem Geschrei über den Garten hinweg, den Tannenbäumen zu.

Am Abend war die Kleine sehr still und küßte weinend die Rose, Marien war ängstlich zu Sinne, Andres sprach wenig. Es wurde Nacht. Plötzlich rauschten die Bäume, Vögel flogen mit ängstlichem Geschrei umher, man hörte den Donner rollen, die Erde zitterte und Klagetöne winselten in der Luft. Marie und Andres hatten nicht den Mut aufzustehn; sie hüllten sich in die Decken und erwarteten mit Furcht und Zittern den Tag. Gegen Morgen ward es ruhiger und alles war still, als die Sonne mit ihrem Licht über den Wald hervor drang.

Andres kleidete sich an und Marie bemerkte, daß der Stein des Ringes an ihrem Finger verblaßt war. Als sie die Tür öffneten, schien ihnen die Sonne klar entgegen, aber die Landschaft umher kannten sie kaum wieder. Die Frische des Waldes war verschwunden, die Hügel hatten sich gesenkt, die Bäche flossen matt mit wenigem Wasser, der Himmel schien grau, und als man den Blick nach den Tannen hinüber wandte, standen sie nicht finstrer oder trauriger da, als die übrigen Bäume; die Hütten hinter ihnen hatten nichts Abschreckendes, und mehrere Einwohner des Dorfes kamen und erzählten von der seltsamen Nacht, und daß sie über den Hof gegangen seien, wo die Zigeuner gewohnt, die wohl fort gegangen sein müßten, weil die Hütten leer ständen und im Innern ganz gewöhnlich wie die Wohnungen andrer armen Leute aussähen; einiges vom Hausrat wäre zurückgeblieben. Elfriede sagte zu ihrer Mutter heimlich: »Als ich in der Nacht nicht schlafen konnte und in der Angst bei dem Getümmel vom Herzen betete, da öffnete sich plötzlich meine Tür und herein trat meine Gespielin, um Abschied von mir zu nehmen. Sie hatte eine Reisetasche um, einen Hut auf ihrem Kopf und einen großen Wanderstab in der Hand. Sie war sehr böse auf dich, weil sie deinetwegen nun die größten und schmerzhaftesten Strafen aushalten müsse, da sie dich doch immer so geliebt habe; denn alle, so wie sie sagte, verließen nur sehr ungern diese Gegend.«

Marie verbot ihr, davon zu sprechen, und indem kam auch der Fährmann vom Strome herüber, welcher Wunderdinge erzählte. Mit einbrechender Nacht war ein großer fremder Mann zu ihm gekommen, welcher ihm bis zu Sonnen-Aufgang die Fähre abgemietet habe, doch mit der Bedingung, daß er sich still zu Hause halten und schlafen, wenigstens nicht aus der Tür treten solle. »Ich fürchtete mich«, fuhr der Alte fort, »aber der seltsame Handel ließ mich nicht schlafen. Sacht schlich ich mich ans Fenster und schaute nach dem Strome. Große Wolken trieben unruhig durch den Himmel und die fernen Wälder rauschten bange; es war, als wenn meine Hütte bebte und Klagen und Winseln um das Haus schlich. Da sah ich plötzlich ein weißströmendes Licht, das breiter und immer breiter wurde, wie viele tausend niedergefallene Sterne funkelnd und wogend bewegte es sich von dem finstern Tannengrunde her, zog über das Feld und verbreiterte sich nach dem Flusse hin. Da hörte ich ein Trappeln, ein Klirren, ein Flüstern und Säuseln näher und näher; es ging nach meiner Fähre hin, hinein stiegen alle, große und kleine leuchtende Gestalten, Männer und Frauen, wie es schien, und Kinder, und der große fremde Mann fuhr sie alle hinüber; im Strome schwammen neben dem Fahrzeuge viel tausend helle Gebilde, in der Luft flatterten Lichter und weiße Nebel und alles klagte und jammerte, daß sie so weit, weit reisen müßten, aus der geliebten angewöhnten Gegend fort. Der Ruderschlag und das Wasser rauschten dazwischen und dann war wieder plötzlich eine Stille. Oft stieß die Fähre an und kam zurück und ward von neuem beladen, auch viele schwere Gefäße nahmen sie mit, die gräßliche kleine Gesellen trugen und rollten; waren es Teufel, waren es Kobolde, ich weiß es nicht. Dann kam im wogenden Glanz ein stattlicher Zug. Ein Greis schien es, auf einem weißen kleinen Rosse, um den sich alles drängte; ich sah aber nur den Kopf des Pferdes, denn es war über und über mit kostbaren glänzenden Decken verhangen; auf dem Haupt trug der Alte eine Krone, so daß ich dachte, als er hinübergefahren, die Sonne wolle von dorten aufgehn und das Morgenrot funkle mir entgegen. So währte es die ganze Nacht; ich schlief endlich in dem Gewirre ein, zum Teil in Freude, zum Teil in Schauder. Am Morgen war alles ruhig, aber der Fluß ist wie weggelaufen, so daß ich Not haben werde, mein Fahrzeug zu regieren.«

Noch in demselben Jahre war ein Mißwachs, die Wälder starben ab, die Quellen vertrockneten und dieselbe Gegend, die sonst die Freude jedes Durchreisenden gewesen war, stand im Herbst verödet, nackt und kahl und zeigte kaum hie und da noch im Meere von Sand ein Plätzchen, wo Gras mit fahlem Grün emporwuchs. Die Obstbäume gingen alle aus, die Weinberge verdarben und der Anblick der Landschaft war so traurig, daß der Graf im folgenden Jahre mit seiner Familie das Schloß verließ, welches nachher verfiel und zur Ruine wurde.

Elfriede betrachtete Tag und Nacht mit der größten Sehnsucht ihre Rose und gedachte ihrer Gespielin, und so wie die Blume sich neigte und welkte, so senkte sie auch das Köpfchen und war schon vor dem Frühlinge verschmachtet. Marie stand oft auf dem Platze vor der Hütte und beweinte das entschwundene Glück. Sie verzehrte sich, wie ihr Kind, und folgte ihm in einigen Jahren. Der alte Martin zog mit seinem Schwiegersohne nach der Gegend, in der er vormals gelebt hatte.

NOVALIS (FRIEDRICH VON HARDENBERG)

1772–1801

Das Märchen von Hyazinth und Rosenblütchen

Vor langen Zeiten lebte weit gegen Abend ein blutjunger Mensch. Er war sehr gut, aber auch über die Maßen wunderlich. Er grämte sich unaufhörlich um nichts und wieder nichts, ging immer still für sich hin, setzte sich einsam, wenn die andern spielten und fröhlich waren, und hing seltsamen Dingen nach. Höhlen und Wälder waren sein liebster Aufenthalt, und dann sprach er immer fort mit Tieren und Vögeln, mit Bäumen und Felsen, natürlich kein vernünftiges Wort, lauter närrisches Zeug zum Totlachen. Er blieb aber immer mürrisch und ernsthaft, ungeachtet sich das Eichhörnchen, die Meerkatze, der Papagei und der Gimpel alle Mühe gaben ihn zu zerstreuen, und ihn auf den richtigen Weg zu weisen. Die Gans erzählte Märchen, der Bach klimperte eine Ballade dazwischen, ein großer dicker Stein machte lächerliche Bocksprünge, die Rose schlich sich freundlich hinter ihm herum, kroch durch seine Locken, und der Efeu streichelte ihm die sorgenvolle Stirn. Allein der Mißmut und Ernst waren hartnäckig. Seine Eltern waren sehr betrübt, sie wußten nicht was sie anfangen sollten. Er war gesund und aß, nie hatten sie ihn beleidigt, er war auch bis vor wenig Jahren fröhlich und lustig gewesen, wie keiner; bei allen Spielen voran, von allen Mädchen gern gesehn. Er war recht bildschön, sah aus wie gemalt, tanzte wie ein Schatz. Unter den Mädchen war eine, ein köstliches, bildschönes Kind, sah aus wie Wachs, Haare wie goldne Seide, kirschrote Lippen, wie ein Püppchen gewachsen, brandrabenschwarze Augen. Wer sie sah, hätte mögen vergehn, so lieblich war sie. Damals war Rosenblüte, so hieß sie, dem bildschönen Hyazinth, so hieß er, von Herzen gut, und er hatte sie lieb zum Sterben. Die andern Kinder wußtens nicht. Ein Veilchen hatte es ihnen zuerst gesagt, die Hauskätzchen hatten es wohl gemerkt, die Häuser ihrer Eltern lagen nahe beisammen. Wenn nun Hyazinth die Nacht an seinem Fenster stand und Rosenblüte an ihrem, und die Kätzchen auf den Mäusefang da vorbeiliefen, da sahen sie die beiden stehn, und lachten und kickerten oft so laut, daß sie es hörten und böse wurden. Das Veilchen hatte es der Erdbeere im Vertrauen gesagt, die sagte es ihrer Freundin der Stachelbeere, die ließ nun das Sticheln nicht, wenn Hyazinth gegangen kam; so erfuhrs denn bald der ganze Garten und der Wald, und wenn Hyazinth ausging, so riefs von allen Seiten: ›Rosenblütchen ist mein Schätzchen!‹ Nun ärgerte sich Hyazinth, und mußte doch auch wieder aus Herzensgrunde lachen, wenn das Eidechschen geschlüpft kam, sich auf einen warmen Stein setzte, mit dem Schwänzchen wedelte und sang:

Rosenblütchen, das gute Kind,
Ist geworden auf einmal blind,
Denkt, die Mutter sei Hyazinth,
Fällt ihm um den Hals geschwind;
Merkt sie aber das fremde Gesicht,
Denkt nur an, da erschrickt sie nicht,
Fährt, als merkte sie kein Wort,
Immer nur mit Küssen fort.

Ach! wie bald war die Herrlichkeit vorbei. Es kam ein Mann aus fremden Landen gegangen, der war erstaunlich weit gereist, hatte einen langen Bart, tiefe Augen, entsetzliche Augenbrauen, ein wunderliches Kleid mit vielen Falten und seltsame Figuren hineingewebt. Er setzte sich vor das Haus, das Hyazinths Eltern gehörte. Nun war Hyazinth sehr neugierig, und setzte sich zu ihm und holte ihm Brot und Wein. Da tat er seinen weißen Bart voneinander und erzählte bis tief in die Nacht, und Hyazinth wich und wankte nicht, und wurde auch nicht müde zuzuhören. So viel man nachher vernahm, so hat er viel von fremden Ländern, unbekannten Gegenden, von erstaunlich wunderbaren Sachen erzählt, und ist drei Tage dageblieben, und mit Hyazinth in tiefe Schachten hinuntergekrochen. Rosenblütchen hat genug den alten Hexenmeister verwünscht, denn Hyazinth ist ganz versessen auf seine Gespräche gewesen, und hat sich um nichts bekümmert; kaum daß er ein wenig Speise zu sich genommen. Endlich hat jener sich fortgemacht, doch dem Hyazinth ein Büchelchen dagelassen, das kein Mensch lesen konnte. Dieser hat ihm noch Früchte, Brot und Wein mitgegeben, und ihn weit weg begleitet. Und dann ist er tiefsinnig zurückgekommen, und hat einen ganz neuen Lebenswandel begonnen. Rosenblütchen hat recht zum Erbarmen um ihn getan, denn von der Zeit an hat er sich wenig aus ihr gemacht und ist immer für sich geblieben. Nun begab sichs, daß er einmal nach Hause kam und war wie neugeboren. Er fiel seinen Eltern um den Hals, und weinte. ›Ich muß fort in fremde Lande‹, sagte er, ›die alte wunderliche Frau im Walde hat mir erzählt, wie ich gesund werden müßte, das Buch hat sie ins Feuer geworfen, und hat mich getrieben, zu euch zu gehn und euch um euren Segen zu bitten. Vielleicht komme ich bald, vielleicht nie wieder. Grüßt Rosenblütchen. Ich hätte sie gern gesprochen, ich weiß nicht, wie mir ist, es drängt mich fort; wenn ich an die alten Zeiten zurück denken will, so kommen gleich mächtigere Gedanken dazwischen, die Ruhe ist fort, Herz und Liebe mit, ich muß sie suchen gehn. Ich wollt euch gern sagen, wohin, ich weiß selbst nicht, dahin wo die Mutter der Dinge wohnt, die verschleierte Jungfrau. Nach der ist mein Gemüt entzündet. Lebt wohl.‹ Er riß sich los und ging fort. Seine Eltern wehklagten und vergossen Tränen, Rosenblütchen blieb in ihrer Kammer und weinte bitterlich. Hyazinth lief nun was er konnte, durch Täler und Wildnisse, über Berge und Ströme, dem geheimnisvollen Lande zu. Er fragte überall nach der heiligen Göttin (Isis) Menschen und Tiere, Felsen und Bäume. Manche lachten, manche schwiegen, nirgends erhielt er Bescheid. Im Anfange kam er durch rauhes, wildes Land, Nebel und Wolken warfen sich ihm in den Weg, es stürmte immerfort; dann fand er unabsehliche Sandwüsten, glühenden Staub, und wie er wandelte, so veränderte sich auch sein Gemüt, die Zeit wurde ihm lang und die innre Unruhe legte sich, er wurde sanfter und das gewaltige Treiben in ihm allgemach zu einem leisen, aber starken Zuge, in den sein ganzes Gemüt sich auflöste. Es lag wie viele Jahre hinter ihm. Nun wurde die Gegend auch wieder reicher und mannigfaltiger, die Luft lau und blau, der Weg ebener, grüne Büsche lockten ihn mit anmutigem Schatten, aber er verstand ihre Sprache nicht, sie schienen auch nicht zu sprechen, und doch erfüllten sie auch sein Herz mit grünen Farben und kühlem, stillem Wesen. Immer höher wuchs jene süße Sehnsucht in ihm, und immer breiter und saftiger wurden die Blätter, immer lauter und lustiger die Vögel und Tiere, balsamischer die Früchte, dunkler der Himmel, wärmer die Luft, und heißer seine Liebe, die Zeit ging immer schneller, als sähe sie sich nahe am Ziele. Eines Tages begegnete er einem kristallnen Quell und einer Menge Blumen, die kamen in ein Tal herunter zwischen schwarzen himmelhohen Säulen. Sie grüßten ihn freundlich mit bekannten Worten. ›Liebe Landsleute‹, sagte er, ›wo find ich wohl den geheiligten Wohnsitz der Isis? Hier herum muß er sein, und ihr seid vielleicht hier bekannter, als ich.‹ – ›Wir gehn auch nur hier durch‹, antworteten die Blumen; ›eine Geisterfamilie ist auf der Reise und wir bereiten ihr Weg und Quartier, indes sind wir vor kurzem durch eine Gegend gekommen, da hörten wir ihren Namen nennen. Gehe nur aufwärts, wo wir herkommen, so wirst du schon mehr erfahren.‹ Die Blumen und die Quelle lächelten, wie sie das sagten, boten ihm einen frischen Trunk und gingen weiter. Hyazinth folgte ihrem Rat, frug und frug und kam endlich zu jener längst gesuchten Wohnung, die unter Palmen und andern köstlichen Gewächsen versteckt lag. Sein Herz klopfte in unendlicher Sehnsucht, und die süßeste Bangigkeit durchdrang ihn in dieser Behausung der ewigen Jahreszeiten. Unter himmlischen Wohlgedüften entschlummerte er, weil ihn nur der Traum in das Allerheiligste führen durfte. Wunderlich führte ihn der Traum durch unendliche Gemächer voll seltsamer Sachen auf lauter reizenden Klängen und in abwechselnden Akkorden. Es dünkte ihm alles so bekannt und doch in niegesehener Herrlichkeit, da schwand auch der letzte irdische Anflug, wie in Luft verzehrt, und er stand vor der himmlischen Jungfrau, da hob er den leichten, glänzenden Schleier, und Rosenblütchen sank in seine Arme. Eine ferne Musik umgab die Geheimnisse des liebenden Wiedersehns, die Ergießungen der Sehnsucht, und schloß alles Fremde von diesem entzückenden Orte aus. Hyazinth lebte nachher noch lange mit Rosenblütchen unter seinen frohen Eltern und Gespielen, und unzählige Enkel dankten der alten wunderlichen Frau für ihren Rat und ihr Feuer; denn damals bekamen die Menschen so viele Kinder, als sie wollten.«

CLEMENS BRENTANO

1778–1842

Das Märchen von dem Myrtenfräulein

Im sandigen Lande, wo nicht viel Grünes wächst, wohnten einige Meilen von der porzellanenen Hauptstadt, wo der Prinz Wetschwuth residierte, ein Töpfer und seine Frau mitten auf ihrem Tonfeld neben ihrem Töpferofen, beide ohne Kinder, einsam und allein. Das Land war ringsum so flach wie ein See, kein Baum und kein Busch war zu sehen, und es war gar betrübt und langweilig. Täglich beteten die guten Leute zum Himmel, er möge ihnen doch ein Kind bescheren, damit sie eine Unterhaltung hätten, aber der Himmel erhörte ihre Wünsche nicht. Der Töpfer verzierte alle seine Gefäße mit schönen Engelsköpfen, und die Töpferin träumte alle Nacht von grünen Wiesen und anmutigen Gebüschen und Bäumen, bei welchen Kinder spielten; denn wonach das Herz sich sehnt, das hat man immer vor Augen.

Einstens hatte der Töpfer seiner Frau zwei schöne Werke auf ihren Geburtstag verfertigt, eine wunderschöne Wiege von dem weißesten Ton, ganz mit goldenen Engelsköpfen und Rosen verziert, und ein großes Gartengefäß von rotem Ton, rings mit bunten Schmetterlingen und Blumen bemalt. Sie machte sich ein Bettchen in die Wiege und füllte das Gartengefäß mit der besten Erde, die sie selbst stundenweit in ihrer Schürze dazu herbeitrug, und so stellte sie die beiden Geschenke neben ihre Schlafstelle, in beständiger Hoffnung, der Himmel werde ihr ihre Bitte gewähren; und so betete sie auch einst abends von ganzer Seele:

Herr! ich flehe auf den Knieen,
Schenke mir ein liebes Kind,
Fromm will ich es auferziehen:
Ists ein Mägdlein, daß es spinnt
Einen klaren reinen Faden
Und dabei hübsch singt und betet;
Ists ein Sohn durch deine Gnaden,
Daß er kluge Dinge redet
Und ein Mann wird treu von Worten,
Stark von Willen, kühn von Tat,
Der geehrt wird aller Orten,
Wie im Kampfe, so im Rat.

Herr! bereitet ist die Wiege,
Gib, daß mir ein Kind drin liege!
Ach, und sollte es nicht sein,
Gib mir doch nur eine Wonne,
Wärs auch nur ein Bäumelein,
Das ich in der lieben Sonne
Könnte ziehen, könnte pflegen,
Daß ich mich mit meinem Gatten
Einst im selbsterzognen Schatten
Unter ihm ins Grab könnt legen.

So betete die gute Frau unter Tränen und ging zu Bett. In der Nacht war ein schweres Gewitter, es donnerte und blitzte, und einmal fuhr ein heller Glanz durch die Schlafkammer. Am andern Morgen war das schönste Wetter, ein kühler Wind wehte durch das offene Fenster, und die gute Töpferin lag in einem süßen Traum, als sitze sie unter einem schönen Myrtenbaum bei ihrem lieben Manne. Da säuselte das Laub um sie und sie erwachte, und siehe da! Ein frisches junges Myrtenreis lag neben ihr auf dem Kopfkissen und spielte mit seinen zarten im Winde bewegten Blättern um ihre Wangen. Da weckte sie mit großen Freuden ihren Mann und zeigte es ihm, und sie dankten beide Gott auf ihren Knieen, daß er ihnen doch etwas Lebendiges geschenkt hatte, das sie könnten grünen und blühen sehen. Sie pflanzten das Myrtenreis mit der größten Sorgfalt in das schöne Gartengefäß, und es war täglich ihr liebstes Geschäft, das junge Stämmchen zu begießen und in die Sonne zu setzen und vor bösem Tau und rauhen Winden zu schützen. Das Myrtenreis wuchs zusehends unter ihren Händen und duftete ihnen Fried und Freude ins Herz.

Da kam einstens der Landesherr, Prinz Wetschwuth, in diese Gegend mit einigen Gelehrten, um neue Porzellanerde zu entdecken; denn es wurden in seiner Hauptstadt Porzellania so viele Häuser davon gebaut, daß diese Erde in der Nähe der Stadt selten geworden war. Da er in die Wohnung des Töpfers eintrat, ihn um seinen Rat zu fragen, ward er bei dem Anblick des Myrtenbäumchens so durch dessen Schönheit hingerissen, daß er alles andere vergaß und in lauter Verwunderung ausrief: »O wie lieblich, wie reizend ist diese Myrte! Ihr Anblick hat für mein Herz etwas ungemein Erquickendes, ich möchte immer in der Nähe des Baumes leben – nein, ich kann ihn nicht entbehren, ich muß ihn besitzen, und müßte ich ihn mit einem Auge erkaufen.« Nach diesem Ausruf fragte er sogleich den Töpfer und seine Frau, was sie für die Myrte verlangten. Diese guten Leute erklärten auf die bescheidenste Weise, daß sie den Baum nicht verkaufen wollten, und daß er das Liebste sei, was sie auf Erden hätten. »Ach«, sagte die Töpferin, »ich könnte nicht leben, wenn ich meine Myrte nicht vor mir sähe; ja sie ist mir so lieb und wert, als wäre sie mein Kind, und kein Königreich nähme ich für diese meine Myrte.« Da der Prinz Wetschwuth dies hörte, ward er sehr traurig und begab sich nach dem Schlosse zurück. Seine Sehnsucht nach der Myrte war so groß, daß er in eine Krankheit fiel und das ganze Land um ihn bekümmert wurde. Da kamen Abgesandte zu dem Töpfer und seiner Frau und forderten sie auf, die Myrte dem Prinzen zu überlassen, damit er nicht vor Sehnsucht sterben möchte. Nach langen Unterhandlungen sagte die Frau: »Wenn er die Myrte nicht hat, so muß er sterben, und wenn wir die Myrte nicht haben, so können wir nicht leben; will der Prinz nun die Myrte haben, so muß er uns auch mitnehmen, wir wollen sie ihm überbringen und ihn anflehen, daß er uns als treue Diener in sein Schloß aufnehme, damit wir die geliebte Myrte dann und wann sehen und uns an ihr erfreuen können.« Das waren die Abgesandten zufrieden, sie schickten gleich einen Reiter in die Stadt mit der frohen Nachricht, die Myrte werde ankommen, der Prinz sollte Mut fassen. Nun stellte der Töpfer das Gefäß mit der Myrte auf eine Tragbahre, über welche die Frau ihre schönsten seidenen Tücher gebreitet hatte, und sie trugen beide, nachdem sie ihre Hütte verschlossen hatten, den geliebten Baum nach der Stadt, wohin sie von den Abgesandten begleitet wurden. Von der Stadt kam ihnen der Prinz selbst in einem Wagen entgegen und hatte ein goldenes Gießkännchen in der Hand, womit er die geliebte Myrte begoß, bei deren Anblick er sich sichtbar erholte. Vier weißgekleidete, mit Rosen geschmückte Jungfrauen kamen mit einem rotseidenen Traghimmel, unter welchem die Myrte nach dem Schloß getragen wurde. Kinder streuten Blumen und alles Volk war froh und warf die Mützen in die Höhe. Nur neun Fräulein in der Stadt waren nicht bei der allgemeinen Freude zugegen, denn sie wünschten, daß die Myrte verdorren möchte, weil der Prinz, ehe er die Myrte gesehen hatte, sie oft besuchte und jede von ihnen gehofft hatte, einst Beherrscherin der Stadt Porzellania zu werden. Seit aber von der Myrte die Rede war, hatte er sich nicht mehr um sie bekümmert; drum waren sie auf den unschuldigen Baum so erbittert, daß sich an diesem Freudentage keine von ihnen erblicken ließ. Der Prinz ließ die Myrte an das Fenster seiner Stube stellen und gab dem Töpfer und seiner Frau eine Wohnung im Schloßgarten, aus deren Fenster sie die Myrte immer erblicken konnten, womit die guten Leute dann auch wohlzufrieden waren.

Der Prinz war bald wieder gesund; er pflegte den Baum mit einer unbeschreiblichen Liebe und Sorgfalt; auch wuchs dieser und breitete sich aus zu aller Freude. Einstens setzte sich der Prinz abends neben dem Baume auf sein Ruhebett. Alles war ruhig im Schloß, und er entschlummerte in tiefen Gedanken. Da nun die Nacht alles bedeckt hatte, hörte er ein wunderbares Säuseln in seinem Baum und erwachte und lauschte; da vernahm er eine leise Bewegung in seiner Stube herum, und ein süßer Duft breitete sich umher. Er war stille, stille und lauschte immerfort; endlich, da es ihm wieder so wunderbar in der Myrte säuselte, begann er zu singen:

Sag, warum dies süße Rauschen,
Meine wunderschöne Myrte!
O mein Baum, für den ich glühe?

Da sang eine liebliche leise Stimme wieder:

Dank will ich für Freundschaft tauschen
Meinem wunderguten Wirte,
Meinem Herrn, für den ich blühe!

Da war der Prinz über die Stimme so entzückt, daß es nicht auszusprechen ist; aber bald ward seine Freude noch viel größer, denn er bemerkte, daß sich jemand auf den Schemel zu seinen Füßen setzte, und da er die Hand darnach ausstreckte, ergriff eine zarte Hand die seinige und führte sie an die Lippen eines Mundes, welcher sprach: »Mein teurer Herr und Prinz! Frage nicht, wer ich bin; erlaube mir nur dann und wann in der Stille der Nacht zu deinen Füßen zu sitzen und dir zu danken für die treue Pflege, welche du mir in der Myrte bewiesen, denn ich bin die Bewohnerin dieser Myrte; aber mein Dank für deine Zuneigung ist so gewachsen, daß er keinen Raum mehr in diesem Baume hatte, und so hat es mir der Himmel vergönnt, in menschlicher Gestalt dir manchmal nahezusein.« Der Prinz war entzückt über diese Worte und pries sich unendlich glücklich durch dies Geschenk der Götter. Sie unterhielten sich einige Stunden, und sie sprach so weise und klug, daß er vor Begierde brannte, sie von Angesicht zu Angesicht zu sehen. Das Myrtenfräulein aber sagte zu ihm: »Laß mich erst ein kleines Lied singen, dann kannst du mich sehen«, und sie sang:

Säusle, liebe Myrte!
Wie still ists in der Welt,
Der Mond, der Sternenhirte
Auf klarem Himmelsfeld,
Treibt schon die Wolkenschafe
Zum Born des Lichtes hin,
Schlaf, mein Freund, o schlafe,
Bis ich wieder bei dir bin.

Dazu säuselte die Myrte, und die Wolken trieben so langsam am Himmel hin, und die Springbrunnen plätscherten so leise im Garten, und der Gesang war so sanft, daß der Prinz einschlief, und als er kaum nickte, erhob sich das Myrtenfräulein leise, leise vom Schemel und begab sich wieder in die Myrte.

Als der Prinz am Morgen erwachte, erblickte er den Schemel leer zu seinen Füßen, und er wußte nicht, ob das Myrtenfräulein wirklich bei ihm gewesen war, oder ob er nur geträumt habe; aber da er das Bäumchen ganz mit Blüten übersät sah, die in der Nacht aufgegangen waren, ward er der Erscheinung immer gewisser. Nie ward die Nacht so sehnsüchtig erwartet als von ihm; er setzte sich schon gegen Abend auf sein Ruhebett und harrte. Endlich war die Sonne hinunter, es dämmerte, es ward Nacht. Die Myrte säuselte, und das Myrtenfräulein saß zu seinen Füßen und erzählte ihm so schöne Sachen, daß er nicht genug zuhören konnte, und als er sie wieder bat, Licht anzünden zu dürfen, sang sie ihm wieder ein Liedchen:

Säusle, liebe Myrte!
Und träum im Sternenschein,
Die Turteltaube girrte
Auch ihre Brut schon ein.
Still ziehn die Wolkenschafe
Zum Born des Lichtes hin,
Schlaf, mein Freund, o schlafe,
Bis ich wieder bei dir bin.

Da schlummerte der Prinz wieder ein und erwachte am Morgen wieder mit gleicher Überraschung und erwartete die Nacht wieder mit gleicher Sehnsucht. Aber es ging ihm auch diesmal wie in der ersten und zweiten Nacht, sie sang ihn immer in den Schlaf, wenn er sie zu sehen verlangte. Sieben Nächte ging dies so fort, während welchen sie ihm so vortreffliche Lehren über die Kunst zu regieren gab, daß seine Begierde, sie zu sehen, nur noch größer ward. Er ließ daher am andern Tage an die Decke seiner Stube ein seidenes Netz befestigen, welches er ganz leise niederlassen konnte, und so erwartete er die Nacht. Als das Myrtenfräulein wieder zu seinen Füßen saß und ihm die tiefsinnigsten Lehren über die Pflichten eines guten Fürsten gegeben hatte, wollte sie ihm wieder das Schlaflied singen, aber er sprach zu ihr: »Heute will ich einmal singen«, und sie gab es nach vielen Bitten zu; da sang er folgendes Liedchen:

Hörst du, wie die Brunnen rauschen?
Hörst du, wie die Grille zirpt?
Stille, stille, laß uns lauschen,
Selig, wer in Träumen stirbt;

Selig, wen die Wolken wiegen,
Wem der Mond ein Schlaflied singt!
O! wie selig kann der fliegen,
Dem der Traum den Flügel schwingt,
Daß an blauer Himmelsdecke
Sterne er wie Blumen pflückt:
Schlafe, träume, flieg, ich wecke
Bald dich auf und bin beglückt.

Und dies Lied wirkte so durch die sanfte Weise, in welcher er es sang, daß das Myrtenfräulein zu den Füßen des Prinzen entschlummerte; da ließ er das Netz nieder über sie und zündete seine Lampe an, und o Himmel! was sah er? Die wunderschönste Jungfrau, welche jemals gelebt, im Antlitz wie der klare Mond so mild und rein, Locken wie Gold um die Stirne spielend und auf dem Haupt ein Myrtenkrönchen; sie hatte ein grünes Gewand an, mit Silber gestickt, und ihre Hände gefaltet wie ein Engelchen. Lange betrachtete er seine Freundin und Lehrerin mit stummem Erstaunen, dann konnte er seine Freude nicht mehr fassen, er brach in lautem Jubel aus und rief: »O Tugend! O Weisheit! Wie schön ist deine Gestalt; wer kann leben ohne dich, wenn er dich einmal erblickte.« Dann ergriff er ihre Hand und steckte ihr seinen Siegelring an den Finger und sprach: »Erwache, o meine holdselige Freundin! Nimm meinen Thron und meine Hand und verlasse mich nie wieder.« Da erwachte das Myrtenfräulein, und als es das Licht erblickte, errötete es über und über und blies die Lampe aus. Dann klagte sie, daß er sie gefangen habe, und sagte, daraus wird gewiß Unglück kommen; aber der Prinz bat sie so sehr um Vergebung, bis sie ihm verzieh und versprach, die Fürstin seines Landes zu werden, wenn ihre Eltern es erlaubten, er sollte nur alle Anstalten zur Hochzeit machen und dann ihre Eltern fragen; bis dahin sollte er sie aber nicht wiedersehen. Der Prinz willigte in alles ein und fragte sie, wie er sie rufen solle, wenn er alle Anstalten getroffen habe, und sie sagte: »Befestige eine kleine Silberglocke an die Spitze meines Bäumchens, und sobald du klingelst, werde ich dir erscheinen.« Nun zerriß sie das Netz, der Baum rauschte, und fort war das Myrtenfräulein.

Der Tag war kaum angebrochen, als der Prinz auch schon alle seine Minister und Räte zusammenberief und ihnen bekannt machte, daß er sich nächstens zu vermählen gedenke und daß sie alle Anstalten zu dem prächtigsten Hochzeitsfeste treffen sollten, das jemals im Lande gewesen. Die Räte waren sehr erfreut darüber und fragten ihn untertänigst um den Namen der Braut, damit sie ihren Namenszug bei der Illumination anbringen könnten. Da sagte der Prinz: »Der erste Buchstab ihres Namens ist M und es sollen beim Feste überall Myrtenzweige hingemalt werden, wo es sich schickt.« Da wollten die Herren ihn schon verlassen, als plötzlich eine Botschaft kam, daß ein wildes Schwein in dem fürstlichen Tiergarten toll geworden wäre und in dem darin befindlichen gläsernen Lusthause alles chinesische Porzellan zertrümmert habe; es sei äußerst nötig, es sogleich zu erlegen, damit es nicht andere Schweine beiße und auch toll mache, welche dann leicht die ganze Stadt Porzellania über den Haufen werfen könnten. Da durfte der Prinz nicht länger zaudern; er befahl seinen Räten, einstweilen die Hochzeit zuzubereiten, und zog mit seinen Jägern hinaus auf die Jagd.

Als der Prinz aus dem Schloß ritt, lagen die neun bösen Fräulein, welche sich nicht mit gefreut hatten, als Myrte so feierlich in die Stadt gebracht wurde, sehr schön geputzt am Fenster, in der Hoffnung, der Prinz werde sie bemerken und grüßen; aber vergebens, wenn sie sich gleich so weit herauslegten, daß sie leicht hätten auf die Straße fallen können: Der Prinz tat nicht, als wenn er sie bemerkte. Hierüber aufgebracht, kamen sie zusammen und faßten den Entschluß, sich zu rächen. Die Geschichte mit dem tollgewordenen wilden Schwein war auch nur von ihnen ausgesprengt, damit der Prinz, der sich gar nicht mehr sehen ließ, über die Straße reiten sollte: Sie hatten das chinesische Porzellan in dem Lusthaus durch ihre Diener zerschlagen lassen. Als sie eben versammelt waren, trat der Vater der Ältesten, der einer der Minister war, herein und machte den Damen bekannt, sie möchten sich zum Hochzeitsfest des Prinzen vorbereiten; der Prinz werde eine Prinzessin M. heiraten, auch sei von vielen Myrtenverzierungen bei der Illumination die Rede. Kaum waren sie wieder allein, als sie ihrem ganzen Zorn den Lauf ließen; denn sie hatten sich alle neun eingebildet, den porzellanenen Thron zu besteigen. Sie ließen sich einen Maurer kommen, der mußte ihnen einen unterirdischen Gang bis in die Stube des Prinzen machen; denn sie wollten sehen, wen er dort versperrt habe. Als der Gang fertig war, beredeten sie noch ein zehntes junges Fräulein, der sie jedoch ihr Vorhaben verschwiegen, mitzugehen, welche es auch tat, doch nur aus Neugier und nicht aus bösem Willen; sie nahmen sie aber nur mit, um sie dort zurückzulassen, als habe sie alles getan. Hierauf begaben sie sich in einer Nacht mit Laternen versehen durch den Gang in die Stube des Prinzen und suchten alles durch, sehr verwundert, nichts Besonderes darin zu finden außer der Myrte. An dieser ließen sie nun allen ihren Grimm aus, rissen ihr Zweige und Blätter ab, und als sie auch den Wipfel herunterrissen, klingelte das Glöckchen, und das Myrtenfräulein, welches glaubte, es sei dies das Zeichen ihrer Hochzeit, trat plötzlich in dem schönsten Brautkleide aus der Myrte. Anfangs verwunderten sich die bösen Geschöpfe, aber bald waren sie einig, dieses müßte die künftige Fürstin sein, und somit fielen sie über sie her und ermordeten sie auf die unbarmherzigste Weise, indem sie das arme Myrtenfräulein mit ihren Messern in viele kleine Stücke zerhackten; jede nahm sich einen Finger von dem armen Myrtenfräulein mit; nur das zehnte Fräulein hatte nicht mitgeholfen und nur immer gejammert und geweint, wofür sie sie dann einsperrten und nun auf demselben Wege entwichen.

Als der Kammerherr des Prinzen, welchem dieser bei Lebensstrafe befohlen hatte, die Myrte täglich zu begießen und täglich die Stube aufzuräumen, als wenn der Prinz da wäre, zu seiner Verrichtung hereintrat, war sein Entsetzen unbeschreiblich, da er das zerfleischte Myrtenfräulein in dem Blute an der Erde herumliegen und den Myrtenbaum zerknickt und entblättert sah. Er wußte nicht, was dies sein konnte, denn er wußte von dem Myrtenfräulein nichts; da erzählte ihm das junge Fräulein, welches weinend in einer Ecke saß, alles. Sie nahmen unter bittern Tränen alle Glieder und Knochen der Unglücklichen zusammen und begruben sie unter den zerstörten Myrtenbaum in das Gefäß, so daß alles einen kleinen Grabhügel bildete; sodann wuschen sie den Boden so rein sie konnten und begossen den Baum mit dem blutvermischten Wasser, räumten die Stube auf, schlossen sie zu und flohen in großer Angst miteinander; doch nahm das Fräulein eine Locke der unglücklichen Gemordeten zum Andenken mit.

Unterdessen waren die Vorbereitungen zu der Hochzeit beinahe fertig, und der Prinz, der das wilde Schwein vergebens aufgesucht hatte, kehrte nach der Stadt zurück. Sein erster Gang war zu dem guten Töpfer und seiner Frau, welchen er seine Geschichte mit dem Myrtenfräulein erzählte und sie um die Hand ihrer Tochter bat. Die guten Leute waren vor Entzücken fast außer sich, als sie vernahmen, daß in ihrem Myrtenbaum ihnen eine Tochter erwachsen sei, und wußten nun, warum sie denselben so ungemein liebgehabt hatten. Freudig willigten sie in die Bitte des Prinzen ein und begleiteten ihn in das Schloß, um ihre wunderbare Tochter zu sehen. Als sie nun zusammen in das Zimmer traten, wo die Myrte stand, sahen ihre Augen ein trauriges Schauspiel: – am Boden noch viele blutige Spuren, und der geliebte Baum entblättert und verletzt, neben ihm aber ein Grabhügel. Der Prinz rief, der Töpfer rief, die Töpferin rief: »O meine geliebte Braut! O mein teures Kind! Mein einziges liebes Töchterchen! Wo bist du, laß dich sehen vor deinen unglücklichen Eltern!« Aber nichts rührte sich, und ihre Verzweiflung war unbegrenzt. Die drei armen Unglücklichen saßen nun ganze Tage und begossen den Myrtenbaum mit ihren Tränen, und das ganze Land ward bestürzt und traurig.

Unter solchen Schmerzen pflegten und warteten der Prinz und der Töpfer nebst seiner Frau den kranken Myrtenbaum aufs zärtlichste, und er begann wieder Zweige zu treiben, worüber sie sehr erfreut wurden, und er war schon wieder ganz hergestellt, nur fehlten ihm an dem Wipfel einige Blätter und an einem seiner beiden Hauptäste die äußersten fünf Sprossen und an dem andern vier, neben welchen der fünfte zu keimen anfing. Diesen fünften Sproß beobachtete der Prinz alle Tage, und wie entzückt war er nicht, als er eines Morgens diesen Sproß ganz erwachsen und den Ring, den er dem Myrtenfräulein gegeben, an demselben wie an einem Finger befestigt sah. Sein Entzücken war unbeschreiblich; denn er glaubte nun, das Myrtenfräulein müsse noch leben. In der nächsten Nacht saß er mit dem Töpfer und der Töpferin bei dem Baum, und sie flehten die Myrte so zärtlich um ein Lebenszeichen an, daß der Baum endlich zu säuseln begann und folgende Worte sang:

Habt Erbarmen,
An zwei Armen
Fehlen mir neun Fingerlein.
Lieber Prinz! In deinem Reiche
Wachsen jetzt neun Myrtenzweige,
Und sie sind mein Fleisch und Bein.
Habt Erbarmen,
Schafft mir Armen
Wieder die neun Fingerlein.

Der Prinz und die Eltern waren durch dies traurige Lied sehr gerührt, und der Prinz ließ den andern Tag im ganzen Lande bekanntmachen, wer ihm die schönsten Myrtenzweige bringe, den wolle er mit seiner königlichen Hand belohnen. Dieses kam auch zu den Ohren der Mordfräulein, welche die arme Myrte so schrecklich gemartert hatten, und sie waren sehr froh darüber: denn sie hatten die neun Finger des Myrtenfräuleins, jede den ihren, in einen Topf mit Erde vergraben, und es waren kleine Myrtensprosse daraus gewachsen. Sie putzten sich gleich schön an und kamen eine nach der andern mit ihren Myrtenzweigen ins Schloß; denn sie glaubten, die Worte des Prinzen wollten soviel sagen, als wolle er die Überbringerin der schönsten Myrte heiraten. Der Prinz ließ ihnen die Myrtenzweige abnehmen und versprach ihnen seiner Zeit Antwort sagen zu lassen; sie möchten sich nur zum Feste vorbereiten. Als er nun alle die neun Zweige neben den großen Baum gestellt hatte, sprach die Stimme aus dem Baum:

Willkomm, willkomm, neun Zweigelein!
Willkomm, willkomm, neun Fingerlein!
Willkomm, willkomm, mein Fleisch und Bein!
Willkomm, willkomm, zum Topf herein!

Da begrub der Prinz die neun Zweige und die neun Finger unter die Myrte, welche noch denselben Tag die neun fehlenden Sprossen trieb. Nun aber kam noch das jüngste Fräulein, welches nur die Haarlocke genommen und ihr den Ringfinger gelassen hatte, und warf sich dem Prinzen zu Füßen und sagte: »Herr! ich habe keine Myrte und habe auch keine haben wollen; aber diese Locke gebe ich in deine Hand und bitte dich um eine Gnade.« Der Prinz versprach sie ihr, und sie erzählte ihm, wie die ganze Mordtat geschehen sei, und bat ihn, er möge seinem entflohenen Kammerherrn verzeihen und sie mit demselben vermählen. Da gab ihr der Prinz einen Gnadenbrief für denselben, und sie lief zu ihm in den Wald, wo er sich in einen hohlen Baum versteckt hatte, in den sie ihm täglich zu essen gebracht. Der Kammerherr erfreute sich sehr über sein Glück und kam mit ihr wieder in die Stadt. Als aber der Prinz die Haarlocke auch vergraben hatte, sprach die Myrte:

Nun bin ich ganz
Im alten Glanz,
Bring mir den Kranz
Und führe mich zum Hochzeitstanz.

Da ließ der Prinz ein großes Fest vor allem Volke im Schloßgarten ansagen; da alles versammelt war, ward die Myrte unter einen Thronhimmel gestellt, und der schönste Blumenkranz, mit Gold durchwunden, ward ihr von dem Töpfer und der Töpferin aufgesetzt, und als dies kaum geschehen war, trat das Myrtenfräulein, wie die schönste Braut geschmückt, aus dem Baum hervor und ward von ihren Eltern, welche sie noch nie gesehen hatten, unter Freudentränen und dann von dem glücklichen Prinzen als seine Braut herzlich umarmt. Da standen die neun Mordfräulein wie auf heißen Kohlen; der Prinz aber sprach: »Was verdient der, welcher diesem Myrtenfräulein etwas zu Leide tut?« Und einer sagte da nach dem andern irgend eine harte Strafe her, und als die Frage an die neun Fräulein kam, sagten sie alle zusammen: »Daß ihn die Erde verschlinge und seine Hand aus der Erde wachse«; und kaum hatten sie es gesagt, als die Erde sie auch verschlang und über ihnen Fünffingerkraut hervorwuchs. Nun wurde die Hochzeit gehalten, und der Kammerherr hielt mit dem jüngsten Fräulein auch Hochzeit. Es schenkte dem Prinzen der Himmel auch bald ein kleines Myrtenprinzchen, das ward in der schönen Wiege des alten Töpfers gewiegt, und das ganze Land war froh und glücklich.

Der Myrtenbaum aber ward bald so stark und groß, daß man ihn ins Freie setzen mußte. Da begehrte die Prinzessin Myrte, daß er neben die ehemalige Hütte ihrer Eltern gesetzt werde; das geschah auch, und die

Hütte ward zu einem schönen Landhaus verändert, und endlich ward aus dem Myrtenbaum ein Myrtenwald, und die Enkel des Töpfers und seiner Frau spielten darin, und die beiden guten Leute wurden dort, wie sie gewünscht hatten, unter dem Myrtenbaum begraben. Der Prinz und das Myrtenfräulein ruhen wohl auch schon dort, wenn sie nicht mehr leben sollten, woran ich fast zweifle; denn es ist schon sehr lange her.

Das Märchen von dem Witzenspitzel

Es war einmal ein König von Rundumherum, der hatte unter seinen vielen andern Dienern einen Edelknaben, der hieß Witzenspitzel, und er liebte ihn über alles und überhäufte ihn mit tausend Gnaden und Geschenken; weil Witzenspitzel ungemein klug und artig war und alles, was ihm der König zu verrichten gab, mit außerordentlicher Geschicklichkeit ausrichtete. Wegen dieser großen Gunst des Königs waren alle die andern Hofdiener sehr neidisch und bös auf Witzenspitzel;

Denn wurde seine Klugheit belohnt mit Gelde,
So wurde ihre Dummheit bestraft mit Schelte;
Und erhielt Witzenspitzel vom König großen Dank,
So erhielten sie von ihm großen Zank;
Kriegte Witzenspitzel einen neuen Rock,
So zerschlug er auf ihnen einen neuen Stock;
Durfte Witzenspitzel des Königs Hand küssen,
So traktierte der König sie mit Kopfnüssen.

Darüber wurden sie nun gewaltig zornig auf Witzenspitzel und brummten und zischelten den ganzen Tag und steckten überall die Köpfe zusammen und überlegten, wie sie den Witzenspitzel sollten um die Liebe des Königs bringen. Der eine streute Erbsen auf den Thron, damit Witzenspitzel stolpern und den gläsernen Szepter zerbrechen sollte, den er dem König immer reichen mußte; der andere nagelte ihm Melonenschalen unter die Schuhe, damit er ausgleiten sollte und dem König den Rock begießen, wenn er ihm die Suppe brachte; der dritte setzte allerlei garstige Mücken in einen Strohhalm und blies sie dem König in die Perücke, wenn Witzenspitzel sie frisierte; der vierte tat wieder etwas anderes, und so versuchte jeder etwas, den Witzenspitzel um die Liebe des Königs zu bringen. Witzenspitzel aber war so klug und behutsam und vorsichtig, daß alles umsonst war und er alle Befehle des Königs glücklich zu Ende brachte.

Da nun alle ihre Anschläge nichts fruchten wollten, versuchten sie etwas anderes. Der König hatte einen Feind, mit dem er nie fertigwerden konnte und der ihm alles zum Possen tat. Das war ein Riese, der hieß Labelang und wohnte auf einem ungeheuren Berg, wo er in einem dicken dunkeln Walde in einem prächtigen Schlosse hauste, und hatte außer seiner Frau, die Dickedull hieß, niemand bei sich als einen Löwen Hahnebang und einen Bären Honigbart und einen Wolf Lämmerfraß und einen erschrecklichen Hund Hasenschreck, das waren seine Diener. Außerdem hatte er auch ein Pferd im Stall, Flügelbein genannt.

Nun wohnte in der Gegend von Rundumherum eine sehr schöne Königin, Frau Flugs, die hatte eine Tochter, Fräulein Flink; und der König Rundumherum, der gern alle andern Länder um sein Land herum auch gehabt hätte, hätte die Königin Frau Flugs gar gerne zu seiner Gemahlin gehabt. Sie ließ ihm aber sagen, daß noch viele andere Könige sie auch gerne zur Gemahlin hätten, daß sie aber keinen nehmen wolle als den allergeschwindesten, und daß der, welcher am nächsten Montag, morgens um halb zehn Uhr, wenn sie in die Kirche gehe, zuerst bei ihr wäre, sie zur Gemahlin und mit ihr das ganze Land haben sollte.

Nun ließ der König Rundumherum alle seine Diener zusammenkommen und fragte sie: »Wie soll ich es doch anfangen, daß ich am Montag zuerst in der Kirche bin und die Königin Flugs zur Gemahlin bekomme?« Da antworteten ihm seine Diener: »Ihr müßt machen, daß Ihr dem Riesen Labelang sein Pferd Flügelbein bekommt; wenn Ihr darauf reitet, kömmt Euch niemand zuvor; und um dieses Pferd zu holen, wird niemand geschickter sein als der Edelknabe Witzenspitzel, der ja alles zustande bringt.« So sagten die bösen Diener und hofften schon, der Riese Labelang werde den Witzenspitzel gewiß umbringen. Der König befahl also dem Witzenspitzel, er solle das Pferd Flügelbein bringen.

Witzenspitzel erkundigte sich um alles recht genau, wie es bei dem Riesen Labelang beschaffen sei, und dann nahm er sich einen Schiebekarren und stellte sich einen Bienenkorb darauf und nahm einen Sack, da steckte er einen Gockelhahn hinein und einen Hasen und ein Lamm, und legte ihn auch auf den Karren; weiter nahm er einen Strick mit und eine große Schachtel voll Schnupftabak, hängte eine Kurierpeitsche um, machte sich ein paar tüchtige Sporen an die Stiefel und marschierte mit seinem Schiebekarren ruhig fort.

Gegen Abend war er endlich den hohen Berg hinauf, und als er durch den dicken Wald kam, sah er das Schloß des Riesen Labelang vor sich. Und es ward Nacht, und er hörte, wie der Riese Labelang und seine Frau Dickedull und sein Löwe Hahnebang und sein Bär Honigbart und sein Wolf Lämmerfraß und sein Hund Hasenschreck gewaltig schnarchten; nur das Pferd Flügelbein war noch munter und scharrte mit den Füßen im Stall.

Da nahm Witzenspitzel leise, leise seinen langen Strick und spannte ihn vor die Schloßtüre von einem Baum zum andern und stellte die Schachtel mit Schnupftabak dazwischen; dann nahm er den Bienenkorb und setzte ihn an einen Baum in den Weg und ging in den Stall und band das Pferd Flügelbein los und setzte sich mit dem Sack, worin er den Hahn, das Lamm und den Hasen hatte, drauf und gab ihm die Sporen und trieb es hinaus.

Das Pferd Flügelbein aber konnte sprechen und schrie ganz laut:

> Dickedull und Labelang!
> Honigbart und Hahnebang!
> Lämmerfraß und Hasenschreck!
> Witzenspitzel reitet Flügelbein weg!

und dann galoppierte es fort, was gibst du, was hast du!

Da wachte der Labelang und die Dickedull auf und hörten das Geschrei des Pferdes Flügelbein; geschwind weckten sie den Bären Honigbart und den Löwen Hahnebang, den Wolf Lämmerfraß und den Hund Hasenschreck auf, und alle stürzten zugleich aus dem Schloß heraus, um den Witzenspitzel mit dem Pferd Flügelbein zu fangen.

Aber der Riese Labelang und seine Frau Dickedull stolperten in der Dunkelheit über den Strick, den Witzenspitzel vor der Türe gespannt hatte, und perdauz – da fielen sie mit der Nase und den Augen gerade in die Schachtel voll Schnupftabak hinein, die er dahin gestellt hatte, und rieben sich die Augen und niesten einmal über das anderemal, und der Labelang sagte: »Zur Gesundheit, Dickedull!« – »Ich danke«, sagte Dickedull; dann sagte sie: »Zur Gesundheit, Labelang!« und »Ich danke«, sagte Labelang, und bis sie sich den Tabak aus den Augen geweint und aus der Nase geniest hatten, war Witzenspitzel schier aus dem Wald.

Der Bär Honigbart war zuerst hinter ihm drein, als er aber an den Bienenkorb kam, kriegte er Lust zum Honig und wollte ihn fressen; da schnurrten die Bienen heraus und zerstachen ihn so, daß er halb blind ins Schloß zurücklief. Witzenspitzel war schon weit aus dem Wald, da hörte er hinter sich den Löwen Hahnebang kommen; geschwind nahm er den Gockelhahn aus seinem Sack, und als der auf einen Baum flog und zu krähen anfing, ward es dem Löwen Hahnebang sehr angst und er lief zurück. Nun hörte Witzenspitzel den Wolf Lämmerfraß hinter sich. Da ließ er geschwind das Lamm aus seinem Sack laufen, und dem sprang der Wolf nach und ließ ihn reiten. Schon war er nahe der Stadt, da hörte er hinter sich ein Gebelle, und wie er sich umschaute, sah er den Hund Hasenschreck angelaufen kommen. Geschwind ließ er nun den Hasen aus dem Sack laufen, und da sprang der Hund dem Hasen nach, und er kam mit Flügelbein glücklich in die Stadt.

Der König dankte dem Witzenspitzel sehr für das Pferd; die falschen Hofdiener aber ärgerten sich, daß er so mit heiler Haut wiedergekommen war. Am nächsten Montag setzte sich der König gleich auf sein Pferd Flügelbein und ritt zur Königin Flugs, und das Pferd lief so geschwind, daß er viel früher da war und schon mehrere Tänze auf seiner Hochzeit mit der Königin Flugs getanzt hatte, als die andern Könige aus der Gegend erst ankamen. Da er nun mit seiner Königin nach Hause ziehen wollte, sagten seine Diener zu ihm: »Ihro Majestät haben zwar das Pferd des Riesen Labelang; aber wie herrlich wäre es, wenn Sie auch dessen prächtige Kleider hätten, die alles übertreffen, was man bis jetzt gesehen, und der geschickte Witzenspitzel wird dieselben ganz gewiß herbeischaffen, wenn es ihm befohlen wird.«

Der König bekam gleich eine große Lust nach den schönen Kleidern des Labelang und gab dem Witzenspitzel abermal den Auftrag. Als dieser sich nun auf den Weg machte, dachten die falschen Hofdiener, er würde diesmal dem Riesen Labelang gewiß nicht entgehen.

Witzenspitzel nahm diesmal nichts mit als einige starke Säcke und kam abends wieder vor das Schloß des Labelang, wo er sich auf einen Baum setzte und lauerte, bis alles im Schlosse zu Bette sei. Als alles still geworden war, stieg er vom Baum herunter, da hörte er auf einmal die Frau Dickedull rufen: »Labelang, ich liege mit dem Kopf so niedrig; hole mir doch draußen ein Bund Stroh.« Da schlüpfte Witzenspitzel geschwind in das Bund Stroh, und Labelang trug ihn mitsamt dem Bund Stroh in seine Stube, steckte ihn unter das Kopfkissen und legte sich dann auch in das Bett.

Als sie ein wenig eingeschlafen waren, streckte Witzenspitzel die Hand aus dem Stroh und raufte den Labelang tüchtig mit den Haaren und dann die Frau Dickedull auch, worüber beide erwachten und, weil eines glaubte, das andere habe es gerauft, sich einander gewaltig im Bette zerprügelten, während welchem Streit Witzenspitzel aus dem Stroh herauskroch und sich hinter das Bett setzte.

Da sie wieder ruhig eingeschlafen waren, packte Witzenspitzel alle Kleider des Labelang und der Dickedull in seinen Sack und band diesen leise, leise dem schlafenden Löwen Hahnebang an den Schwanz; dann band er den Wolf Lämmerfraß und den Bären Honigbart und den Hund Hasenschreck, welche alle da herum schliefen, an die Bettlade des Riesen fest und machte die Türe weit, weit auf. Er hatte alles so in der Ordnung, als wollte er aber auch dem

Riesen seine schöne Bettdecke noch mitnehmen und zupfte ganz sachte, sachte an dem Zipfel, bis er sie heruntergezogen, wickelte sich hinein und setzte sich auf den Sack voll Kleider, den er dem Löwen an den Schwanz gebunden hatte. Nun wehte die kalte Nachtluft durch die offene Türe der Frau Dickedull an die Beine, sie wachte auf und rief: »Labelang! du nimmst mit die Decke weg, ich liege ganz bloß.« Da wachte Labelang auf und rief: »Nein, ich liege ganz bloß, Dickedull, du hast mir die Bettdecke genommen.« Darüber fingen sie sich wieder an zu schlagen und zu zanken, und Witzenspitzel fing laut an zu lachen. Nun merkten sie etwas und riefen: »Dieb da! Dieb da! Auf, Hahnebang! Auf, Lämmerfraß! Honigbart und Hasenschreck! Dieb da! Dieb da!« – Da wachten die Tiere auf, und der Löwe Hahnebang sprang fort; weil er aber den Bündel angebunden hatte, worauf der Witzenspitzel in die Bettdecke gewickelt saß, fuhr der wie in einem Wagen hinter ihm her und fing einige Male an, wie ein Hahn kikriki, kikriki zu schreien; da kriegte der Löwe eine solche Angst, daß er immer, immer zulief, bis an das Stadttor, wo Witzenspitzel ein Messer herauszog und hinten den Strick abschnitt, so daß der Löwe, der im besten Ziehen war, auf einmal ausfuhr und so mit dem Kopf wider das Tor rannte, daß er tot an die Erde fiel.

Die andern Tiere, welche Witzenspitzel an die Bettstelle des Riesen gebunden hatte, konnten diese nicht zum Tor hinausbringen, weil sie zu breit war, und zerrten die Bettlade so in der Stube herum, daß Labelang und Dickedull herausfielen und aus großem Zorn den Wolf und den Bären und den Hund totschlugen, welche doch gar nichts dafür konnten.

Als die Wache in der Stadt den großen Stoß, den der Löwe gegen das Stadttor getan hatte, hörte, öffnete sie das Tor, und Witzenspitzel brachte dem König die Kleider des Labelang und der Dickedull, worüber dieser vor Freuden aus der Haut fahren wollte, denn niemals waren noch solche Kleider gesehen worden. Es war dabei ein Jagdrock, von den Pelzen aller vierfüßigen Tiere so schön zusammengenäht, daß daran die ganze Geschichte des Reineke Fuchs zu sehen war. Weiter ein Vogelstellerrock, von den Federn aller Vögel der Welt: vorn ein Adler, hinten eine Eule und in der Tasche eine Drehorgel und ein Glockenspiel, welche wie alle Vögel durcheinandersangen. Dann ein Bade- und Fischfängerkleid, aus allen Fischhäuten der Welt so zusammengenäht, daß man einen ganzen Walfisch- und Heringsfang darauf sah. Dann ein Gartenkleid der Frau Dickedull, worauf alle Arten von Blumen und Kräutern, Salat und Gemüs abgebildet war. Was aber alles übertraf, war die Bettdecke; sie war von lauter Fledermauspelzen zusammengenäht, und alle Sterne des Himmels mit Brillanten darauf gestickt.

Die königliche Familie wurde ganz dumm von lauter Betrachten und

Bewundern. Witzenspitzel wurde geküßt und gedrückt, und seine Feinde platzten bald vor Zorn, daß er wieder so glücklich dem Riesen Labelang entgangen sei.

Doch ließen sie den Mut nicht sinken und setzten dem König in den Kopf, jetzt fehle ihm nichts mehr als das Schloß des Labelang selber, dann hätte er alles, was ihm zu wünschen übrig sei, und der König, der ein rechter Kindskopf war und alles haben wollte, was ihm einfiel, sagte gleich zu Witzenspitzel, er solle ihm das Schloß des Labelang schaffen, dann wolle er ihn belohnen.

Witzenspitzel besann sich nicht lange und lief zum drittenmal nach dem Schloß des Labelang. Da er dahin kam, war der Riese nicht zu Hause, und in der Stube hörte er etwas schreien wie ein Kalb. Da guckte er durchs Fenster und sah, daß die Riesin Dickedull einen kleinen Riesen auf dem Arm hatte, der bleckte die Zähne und schrie wie ein Kalb, während sie dabei Holz hackte.

Witzenspitzel ging hinein und sagte: »Guten Tag, große, schöne, breite, dicke Frau! Wie mögt Ihr euch nur bei dem allerliebsten Kinde so viele Arbeit machen, habt Ihr denn keine Knechte oder Mägde? Wo ist denn Euer lieber Herr Gemahl?« – »Ach!« sagte die Dickedull, »mein Mann Labelang ist ausgegangen, die Herrn Gevatter einzuladen, wir wollen einen Schmaus halten; und nun soll ich alles allein kochen und braten, denn mein Mann hat den Wolf und Bären und Hund, die uns sonst geholfen, totgeschlagen, und der Löwe ist auch fort.«

»Das ist freilich sehr beschwerlich für Euch«, sagte Witzenspitzel; »wenn ich Euch helfen kann, soll es mir lieb sein.«

Da bat ihn die Dickedull, er solle ihr nur vier Stücke Holz kleinmachen, und Witzenspitzel nahm die Axt und sagte zu der Riesin: »Haltet mir das Holz ein wenig!« – Die Riesin bückte sich und hielt das Holz: Da hob Witzenspitzel die Axt auf, und ratsch hieb er der Dickedull den Kopf ab, und ritsch dem kleinen Riesen Mollakopp auch, und da lagen sie.

Nun machte er ein großes tiefes Loch gerade vor die Türe des Schlosses und warf die Dickedull und Mollakopp hinein und deckte das Loch oben ganz dünne mit Zweigen und Blättern zu; dann steckte er in allen Stuben des Schlosses eine Menge Lichter an und nahm einen großen kupfernen Kessel, da paukte er mit Kochlöffeln darauf, und nahm einen blechernen Trichter, darauf blies er die Trompete und schrie immer dazwischen: »Vivat! es lebe Ihro Majestät, der König Rundumherum!« – –

Als Labelang abends nach Hause kam und die vielen Lichter in seinem Schloß sah und das Vivatgeschrei hörte, ward er ganz rasend vor Zorn und rannte mit solcher Wut gegen die Türe, daß er, da er über das mit Zweigen bedeckte Loch laufen wollte, durchfiel und mit großem Geschrei in der Grube gefangen lag, welche Witzenspitzel dann mit Erde und Steinen über ihm zufüllte.

Hierauf nahm Witzenspitzel den Schlüssel des Riesenschlosses und brachte ihn dem König Rundumherum, der sich sogleich mit der Königin Flugs und ihrer Tochter, der Prinzessin Flink, und dem Witzenspitzel nach dem Schloß begab und alles betrachtete. Nachdem sie vierzehn Tage an allen den vielen Stuben, Kammern, Kellerlöchern, Dachluken, Ofenlöchern, Feueressen, Küchenherden, Holzställen, Speisekammern, Rauchkammern und Waschküchen und dergleichen betrachtet hatten und fertig waren, fragte der König den Witzenspitzel, was er zur Belohnung für seine treuen Dienste haben wollte: Da sagte er, die Prinzessin Flink, und die war es auch zufrieden; da wurde Hochzeit gehalten, und Witzenspitzel und die Prinzessin Flink blieben auf dem Riesenschloß wohnen, wo sie bis auf diesen Tag zu suchen sind.

ADELBERT VON CHAMISSO

1781–1838

Adelberts Fabel

Adelbert merkte, als er erwachte, er müsse lange geschlafen haben; er rieb sich die Augen, die sich nicht recht dem Lichte öffnen wollten, und den Kopf, der ihm ganz wüste war; er besann sich endlich doch der Absicht, die er gehabt hatte: auf die weite mühselige Wanderung auszugehen, um die Welt zu erschauen, sich selbst in ihr, sodann nachzudenken, und zu begreifen, falls er's vermöchte; denn diese Dinge reizten ihn. Er sah den weißen Wanderstab neben sich liegen, wollte den ergreifen, sich aufraffen und unverdrossen weiter ziehen, aber der Winter war angebrochen und es war kalt; es hatte gefroren während seines Schlafes, und so fand er, daß sein Stab und seine Kleider und er selbst fest angefroren waren an dem Boden, so daß er sich nicht zu regen vermochte; die Hände nur, die auf seiner Brust geruht hatten, waren ihm frei geblieben. Durch die Zweige des Baumes, unter dem er lag, die nackt waren und ihres grünen Schmuckes beraubt, ging ein düstrer Nebelwind, daß sie unholden Klanges an einander rauschten; – es ist doch seltsam, dachte Adelbert; und er schlummerte wieder ein.

Adelbert schlummerte ein, und ward wach, und schlummerte wieder, und ermunterte sich aufs neue; hinter ihm (er lag gegen Norden hingestreckt) ging die Sonne auf, und ging nieder, und es wechselten die Monde, und die Jahre vergingen: er aber lag immer noch fest angefroren an dem Boden, und über seinem Haupte rauschten blätterlos die dürren windgeschlagenen Äste des Baumes. – Auch hatten sich rings um ihn, so weit er sehen konnte, Mauern aus Eis getürmt, die ihn umfingen und sich eng und enger um ihn drängten, gleich Mauern eines Kerkers, eines Grabes. Es ist doch seltsam, dachte Adelbert, und eine Beschwerde auf der Reise, und er dachte viel Törichtes, und wenig, das es nicht war; wie es denn manchem auf seiner Reise zu gehen pflegt.

Er dachte: man muß die Notwendigkeit männlich ertragen, und murren gegen das Verhängte, ist töricht. Gibt es einmal Gott, daß es Tauwetter werde, so erlang ich vielleicht wohl einmal noch meine Freiheit wieder, und setze dann meine Reise fort, und benutze klug, was ich alles sehe; und unter solchen Gedanken pflegt' er jedesmal wieder einzuschlafen.

Er war durch gründliches Nachforschen, zu dem er auch vollkommen Zeit hatte, nun dahinter gekommen, wie das Wesen des Winters so sehr bösartig sei, und er hegte einen herben Haß gegen den Frost. Die einzige Lust, die er übrigens genoß, war, durch die Eisrinde, die ihn umschloß, zu den Sternen hinzuschauen, wann sie am nächtlichen Himmel prangten, und an dem ruhigen Kreislauf des himmlischen Wagens um den Polarstern lernt' er nach Zeiten erkennen, wann wiederum ein Jahr verstrichen war.

Da er eines Mittags zum ruhigen Nachdenken die Augen geschlossen hatte, und sodann entschlummert war, ward ihm, wie er die Augen wieder aufschloß, eine wundersame Erscheinung. Es stand vor ihm da in herrlicher Größe eine hohe weibliche Gestalt, nicht aber einem irdischen Weibe zu vergleichen. Sie schien in Schmerz versunken; mit langem Trauergewande war sie angetan, und ihr schwarzes Haar floß in nächtlichen Wellen von ihrer leuchtenden Stirne über ihr Antlitz herab zu den regen Lilien ihrer Brüste, und umgoß ihre schönen Glieder. Sie teilte mit einer Hand die Locken vor ihren Augen, und er sah ihr in das Angesicht; sein Herz erbebte in seiner Brust. Sie schritt näher zu ihm und neigte sich über ihn, und heftete die ernsten Blicke ihrer finsterflammenden Augen auf seine Blicke: sie sprach geheimnisreich die mächtigen Klänge ihres nichtirdischen Namens aus, wie nicht Töne von Menschenzungen sie nachzusprechen vermögen; dann schnitt sie und nahm mit sich fort eine Locke von seinem Haupte, und warf auf ihn eine Locke von ihrem eignen Haar, die sie durch einen Ring zog, den sie von ihrem Finger streifte; dann ward sie durch eine strenge Macht von ihm entfernt, und ihr ward ein Schweigensschleier übergeworfen, und sie hüllte sich in den Schleier, und häufig rückwärts blickend nach ihm wallte sie rasch nach Norden hin.

Umsonst raffte Adelbert, der besinnungslos und erstarrt lag, wie das Eis selbst, das ihn hielt, schnell seine Lebensgeister zusammen, und schrie ihr nach, flehend um Erbarmen, und weinte laut, und streckte seine Hände nach ihr – sie war entrückt, und es standen nur noch vor ihm da die düstern kalten Eismauern, die ihn umfingen. – Er vergoß viele Tränen, steckte den Ring an seinen Finger, die Locke auf seine Brust, und nachdem er sein Herz gesättigt mit seinen Tränen, entschlummerte er wieder aufs neue. Aber auch den Träumen seines Schlafes erschien das wundervolle Bild des Weibes, und quälte Adelberten mit Blicken, Schweigen und Entweichen; er erwachte und überdachte wieder das seltsame Ereignis, und schlummerte wieder ein, um zu träumen von dem Weibe. – Sein Herz war zu ihr entbrannt in Liebe, und er fühlte, sie sei ihm und seinem Schicksal alles. Er flehte zu ihr mit Inbrunst, und hoffte und glaubte nur von ihr Rettung von seiner Pein und seiner Schmach. – Aber ihm erschien keine Rettung – also hielt er noch viele Monden aus. –

Endlich besann er sich eines Nützlicheren. Er hub an, den Ring mit angestrengtem Fleiße zu betrachten, welchen er annoch nur geküßt und an sein Herz gedrücket hatte, ob nicht etwa Zeichen in diesen Talisman eingegraben wären, und er wurde wirklich eingegrabne Zeichen an dem Ring gewahr – noch aber konnte er sie nicht lesen, es fehlte ihm das Verständnis.

Die Deutung nun der Zeichen zu erforschen, waren alle seine Geisteskräfte geschäftig rege, und er versuchte es angestrengt und unermüdet auf allen Wegen, und ward schlummerlos; noch zwar, so schien es, wollte ihm das Werk nicht gelingen; aber er verzweifelte nicht, er weinte nur Tränen der Seelenangst.

Und in einer Nacht, da er wieder das wunderbare Bild geträumt und scharf es angeschaut, da fuhr es wie ein Blitzstrahl durch seine Seele; er zog rasch den Ring hervor, und beim Schimmer des Polarsternes, der heller leuchtete, las er leicht und schnell das mächtige Wort: ΘΕΛΕΙΝ.

Θελειν! Wollen also?

»Sei's! Ich will's!« rief er mit Macht aus und sprang im Zorn auf, und die Bande des Eises, die ihn gehalten, waren zerschellt worden, leicht und rasch, wie ein Gedanke fleugt. – Er ergriff seinen Wanderstab: auch den gab das Eis willig los. – Itzt erhob sich die Sonne im Osten und übergoß mit blutigem Scheine die Wände des eisigen Burgverlieses, in dem er, sich umschauend, bemerkte zu sein. Er steckte den Ring an den Zeigefinger seiner Rechten und ballte die Faust, und schritt zu der östlichen Wand, und tat einen gewaltigen Schlag, und mit donnerndem Schall erkrachte und stürzte zusammen das starre Gebäude, und lag in Trümmern um ihn. Und also stand er da, und überblickte nur einmal noch die Merkmale seiner langen Schmach, und weinte nicht, und lachte auch nicht auf; sondern er war ruhig ernst, bereit, Liebe im Busen, Kraft in den Gliedern, die vorgehabte Wanderung anzutreten.

Und die Sonne erhob sich flammend zu ihrem Mittage, und plötzlich schmolzen vor ihren Blicken die zerstreuten Trümmer der Eisburg. Da schwang sich ungestüm um Adelbert der Quell des lebendigen Wassers, und umkreiste ihn in wilder wirbelnder Strömung, da ward um ihn entfaltet ein unabsehbares Meer, das brandend aufbrauste mit drohendem Getöne, und die Wellen, die rings sich türmten, schienen im Zorne gegen ihn erregt, sich in einander reißen zu wollen, auf daß sie ihn verschlängen. – Und ein Sturm erhob sich vom Meere mit entgegenstreitenden Winden, die alle Wolken über sein Haupt häuften. Er stand allein inmitten der Schrecken.

Und ein Windstoß stürmte zu ihm heran, daß er ihn niederwerfe – er stand fest – mit seinen Kleidern nur spielte der Sturm, aber die geheimnisvolle Locke, die er in seinem Busen verwahrte, ward ihm entrissen, und der Wind trieb sie über die Flut hin. Da warf er sich beherzt in die drohende Flut, und siehe! sanft ward er von den Wogen getragen, vor ihm ebnete sich das Meer, und legten sich die getürmten Wellen, die Orkane schwiegen vor seinem Nahen, und nur ein milder Hauch des Windes trieb ihn der windgetragenen Locke nach, die er mit unermüdlichem Auge verfolgte, ringend selber sie zu erreichen. Aber aus der dunkeln Locke erblühte vor seinen Blicken die ambrosische Gestalt selbst des geheimnisvollen verschleierten Weibes, die, geflügelten Fußes, und nicht berührend die Flut, dahin wallte vor dem Strebenden, lenkend gegen Norden und gegen Süden und gegen Westen seine eifernde Verfolgung.

Also vollbracht er viel des Weges, es war aber keine Zeit, die Sonne stand am südlichen Himmel; im Norden glänzte ernst und hell der Polarstern; die Rötin Aurora prangte im Osten, und im Westen waren ergossen die reichsten Gluten des Abends. Die Gestirne ordneten sich am Firmament zu wunderbaren Schicksalsfiguren; Azur war die Luft und Azur das Gewässer, dessen Schaum Rosen waren und Schmerzensblumen.

Und nach ungemessenem, langem, beharrendem Bestreben sah er die flüchtige schwebende Gestalt zu einem Lande, das zwischen Norden und Süden mit hohen Gebirgen erschien, ihren Flug lenken, und sie schaute nun häufiger und mit seltsameren Blicken nach ihm zurück. Und er spannte seine Kräfte mehr an, und schlug zum Schwimmen das Wasser mit erhöhter Macht, und nun wallte das Bild über das Ufer dahin, und erhob sich zu dem Gebirge; auch Adelbert erreichte das Land, und sein Fuß ruhete auf dem Festen; er begann den Lauf zu den Gebirgen hinan, immer verfolgend.

Hinter ihm empörte sich die Flut und landeinwärts verfolgte ihn die drohende Brandung; die stürmischen Wellen brachen sich hinter seinen Fersen und riefen ihn mit Drohen und mit Klagen. Er schaute nur vor sich hin nach dem flüchtigen Ziele. Das führte ihn in ein Bergtal, das mehr und mehr sich vor ihm engte, und dessen überhängende Felsenwände das Getöse der steigenden Brandung donnernd nachhallten: und die Gestalt war jetzt vor ihm verschwunden. Das Tal, worin er war, endigte in einen jähen Felsspalt, an dessen Eingange er nun stand. Verfolgt vom Meere preßte er sich in diese enge Pforte, und befand sich in einem unterirdischen, lichtlosen Gange, und es drang kein Klang mehr zu seinem Ohre: das Herz ergrauste ihm in dem Busen.

Er verfolgte lange mit Beharrlichkeit diesen Pfad, und harrte, getaucht in Finsternis, mutig vorwärts dringend, des Ausgangs. Und tiefer abwärts neigte sich der Gang, und immer nach der Tiefe zu führte er ihn, und er schien in unendliche Tiefe hinab sich zu senken.

Er war auf diese Weise lange hinab gestiegen, als ein fernes Leuchten durch die Finsternis zu dämmern anfing; da erweiterten sich die Felsenwände, und der Gang wölbte sich höher über seinem Haupte; ferne Harmonieen bewegten leise die Luft, er atmete freier, und verdoppelte den Schritt, immer vorwärts dringend; und hell und heller ward es vor ihm und tönender; aber zu dem Quelle des Zentrums, dem er nahte, zu gelangen, mußt er noch lange und zu unermeßlicher Tiefe hinabsteigen.

Da spähte er wundersame Gesichte! In unübersehbarem, unterirdischem Geschoß waren Webestühle ohne Zahl, an deren jeglichem zwo sich gleiche Gestalten im Gegenkampfe woben. Nur dies waren ihre Zeichen, daß man sie unterschiede: die einen trugen Karfunkel auf ihren Häuptern, die ihnen widerstreitenden aber eiserne Kronen, und wie die Macht von jenen siegend obwaltete, ward auch erhöhet die Helle des Steines, den sie trugen, und einzig den Steinen entquoll die Lichtluft dieses Fabelreiches, durch welche mächtige Harmonieen wogten.

Aber die Weberinnen an dem Webestuhle, dem er am nächsten war, erkannte er wohl, wie er sie schaute, und jenes wunderbare Weib waren sie, in Schmerz versunken, mit langem Trauergewande angetan, und das schwarze Haar ergossen von der leuchtenden Stirne über das Antlitz herab, zu den regen Lilien der Brüste und den schönen Gliedern. Die eine trug den Karfunkel, die eiserne Krone die andere; beide hefteten ernst die Augen auf ihn, Licht blickend jene, und diese Finsternis, und sie rangen angestrengt und woben: und er trat zu dem Webestuhle und schaute, und das Gewebe, das sie woben, war – sein eignes Leben.

»Ich habe euch erkannt, euch meine Schicksalsgenien«, rief Adelbert; »Karfunkel du meiner innern Selbstmacht, und du, finstrer Widerstreit der äußern Weltmächte; aber Macht und Helle werden dir, dir köstlichem Karfunkel!«

Es ward ihm die Antwort: »Schaue auf!« dem Aufschauenden aber ward dies andere Gesicht:

Er sah mitten im Raume, in hehrer Majestät, auf erhabenem Throne einen Alten sitzen; der trug auf seiner Stirn seinen Namen, und dieser Name ist (ob auch tausendzungig anders ausgesprochen): ΑΝΑΓΚΗ. Sein weites Gewand war gestirnter Azur, die Harfe ruhte in seiner Linken, und mit seiner Rechten griff er in die Saiten, denen ewiglich alle Harmonieen entquollen. Und wie er in die Saiten griff, bewegten sich die Sterne seines Gewandes, und ordneten sich nach seine Akkorden, und wie sich ordneten die Sterne, und wie die Macht war der Akkorde, die er griff, wogte auch der Kampf der webenden Gestalten. Und ihre Bewegungen, ihr Sinken, ihr Steigen, und all ihr Weben, und aller Glanz, den die Karfunkel sprühten, waren die Töne, die er griff. Aber die gesamten vielfarbigen Gewebe waren vor ihm ein einiges Gewebe, ein Akkord.

Und auf dem Altare vor dem Throne des Alten sah Adelbert die Locke seines Haupthaars mit jener andern Locke vereint; er zog den Ring von seinem Finger, las das Wort, las nun: ΣΥΝΘΕΛΕΙΝ. Er fiel nieder in Anbetung vor dem Throne. Da erwachte er; und er hatte das Antlitz gewendet gegen die in Osten aufsteigende Sonne.

CHRISTIAN ERNST GRAF VON BENTZEL-STERNAU

1767–1849

Der Mantel der Zukunft

Ritter Dankwart von Ossenberge hatte ein unruhiges Leben unter Waffen, Turnieren, Fehden und Reisen verlebt und kehrte auf einer der letztern am Fuß eines Berges in einer freundlich gelegenen Mühle ein: Zwei Knappen, die drei Rosse, auf welchen er mit ihnen ritt, und zwei Handpferde waren seine ganze Begleitung. Doch fiel dieser Besuch dem guten Müller zu schwer, der ein braves Weib und zehn gesunde Kinder von seiner Hände Arbeit zu nähren und trotz angeerbter deutscher Gastfreiheit keine Laune hatte, das sauer erworbene Brot vor dem Munde der lieben Seinigen weg an die gewappneten Lungerer zu geben.

»Herr Ritter!« sprach er, die Mütze in der einen Hand, mit der andern sich verlegen das Gesicht streichend, »was mein Haus vermag, steht euch gerne zu Diensten, doch berg' ich euch nicht, daß es knapp bei mir hergeht, und ich nur für meine Kinder und Gattin notdürftig Abendimbiß habe. Ihr seht so stattlich und bieder aus, daß ihr mir Zutrauen einflößt. Seht! dort oben auf dem Berg liegt die schöne Burg, der es an nichts ermangelt; Güter und Zinsen und Zehnten im Überfluß gehören dahin, auch Höfe und Mühlen. Die meinige nicht ausgenommen. Nun stellt euch vor, daß die Burg ihren Herrn noch nimmer gesehn hat; und er – weiß vielleicht nicht mehr, daß sie sein ist. Unstet und flüchtig zieht er umher, läßt sich für fremde Händel die graden Glieder kränken, hat so viel Burgen und Schlösser, als Monden im Jahr sind, auf deutschem Boden zerstreut und wohnt niemals daheim. Ein Kastellan haust da oben; der ist so rund wie eine Kugel, und wie ein Domprobst fett und einbildisch; er genießt das Mark von des Ritters Reichtum und schiert uns arme Untersassen baß, während der Herr, Gott weiß wo, herumstreift, vielleicht hungert und durstet, weder Weib noch Kind hat, sondern los und ledig auf seinem Roß in Wind und Wetter sitzt, wie – ihr!«

Die mittelbare Gewissensrüge traf Ritter Dankwarten auf den lebendigen Fleck. Er wollte eben fragen, als der redselige Müller fortfuhr: »Dort hinauf will ich euch geleiten, – da findet ihr ein herrliches Nachtlager, zu essen vollauf und uralten Wein; auch mag er euch die Herberge nicht abschlagen, weil er strengen Befehl des Herrn hat, jeden vorüberziehenden Ritter gastfrei aufzunehmen und drei Tage hindurch zu bewirten. Und dieses Gebot ist auch das einzige, was er pünktlich vollzieht, weil er selbst gern hoch schmaust und nach Neuigkeiten, die ihm die Fremden immer erzählen müssen, noch lüsterner ist als nach Imbiß und Becher.«

Dankwart wurde immer aufmerksamer. »Wie heißt die Burg?« fragte er lebhaft.

»Wallershorst.«

»Und gehört dem – –?«

»Ei! Wem soll sie gehören als dem nimmer ruhigen Ritter Dankwart von Ossenberge?«

»So? Dem also!«

»Ja, ihm, der am Rhein wie an der Donau wohnen könnte, wie am Main und der Elbe, und immer herrlich – in Frieden und Freude.«

»Geleitet mich hinauf, Freund!« sprach der Ritter ernst.

»Ich besinne mich eben, daß ich nicht von der Mühle wegkann, aber mein Weib und meine älteste Tochter sollen euch führen. Verlaßt euch nun ganz auf sie!«

»Gerne! Wenn sie mir vertrauen.«

»O darüber seid ruhig!« sagte Meister Heinz lachend. »Die haben Mut wie ein Mann und bauen auf Gottes Schutz überall wie gute Christenkinder.«

Der Zug setzte sich unter der weiblichen Anführung in Gang. Höflich wie ein Ritter und ein weitgereister Weltkenner, stieg Dankwart vom Pferde, die Knappen folgten seinem Beispiel. Im traulichen Gespräch mit Frau Marthen, und mit manchem warmen Blick auf die schöne Emma, eine liebliche Tochter der Natur und echte Enkelin Thusneldens, gelangte er vor das Schloß, fand die vorausgesagte Aufnahme und entließ die Führerinnen reichlich beschenkt, die ihm dafür den herrlichsten Gotteslohn der Mutter und den Pfeil der Liebe aus den Blauaugen der Tochter zurückließen.

Am Morgen des vierten Tages legitimierte er sich vor dem erstaunten Kastellan als Burgherrn und verkündigte ihm den überraschenden Entschluß, sich vor der Hand hier niederzulassen. Die schöne Gegend und Lage, die behagliche Einrichtung des Schlosses, die wohltätige Wirkung guter Pflege auf den müden Pilgerleib des Fünfzigers, mehr aber noch das alles, die neuen Besuche, welche er binnen drei Tagen seines Inkognitos bei Freund Heinz, Mutter Martha und – Jungfrau Emma abgelegt, hatten diesen Entschluß hervorgebracht. Und nachdem er zwei Monate hindurch jeden Morgen, Mittag und Abend den nachbarlichen Besuch erneuert, den Pfeil der Liebe immer tiefer in sein Herz gedrückt und trotz der Wunde sie so süß gefunden hatte, daß er keines Arztes gedachte als des holden Blicks der lieblichen Emma, so beschloß er, sich hier für immer anzusiedeln und die reizende Müllerstochter als seine eheliche Hauswirtin heimzuführen.

Beschlossen, getan. Heinz und seine Familie hingen warm an dem guten Herrn; Emma liebte ihn wie einen Vater und legte nicht ungern die jugendliche Hand in die alternde; der Kastellan machte freundliche Miene zum schlimmen Spiel und empfahl sich treufleißigst in die Protektion des sonst höchlich verachteten und weidlich geplagten Meister Heinz.

Das Hochzeitsfest wurde feierlich begangen; alles jauchzte und jubelte; die Nacht sank herab, alles lag im ersten Schlummer, und Dankwart hing an Emmas süßflüsterndem Munde, als die Mitternachtstunde schlug, und im Schimmer einer andern Welt, Ritter Gerhard, im Leben der Wunderliche zugenannt, der erste Ahnherr der Ossenberger vor ihm stand. Von ihm berührt, fiel Emma in bezauberten Schlaf, und der starre Dankwart mußte dem finstern winkenden Urvater folgen, der mit feierlich abgemessenen Schritten vor ihm her nach dem Rittersaale ging. Dort führte er ihn stillschweigend in dem weiten Kreise der voreIterlichen Bilder umher, deutete mit sonderbar leuchtendem Finger auf den Namen der Väter, auf die Wappenschilde der Mütter, ließ ihn jene lesen, diese beschauen, setzte zwischen jedes Paar einen ernsten Blick, und blieb zuletzt bei Dankwarts eignem Bilde stehn; die ganze bis dahin leere Wand nach solchem war mit einem dichten Vorhange bedeckt. Der Geist winkte, hinter dem Vorhang erschallte das ferne Klappern einer Mühle, höhnisch lachend strich Gerhard unter Dankwarts Bild den Namen vom Ossenberge hinweg, hauchte ihn mit kaltem Odem an und verschwand.

Der Ritter hatte sich zuviel in Welt und Gefahren versucht, um den angeerbten und ausgebildeten Mut zu verlieren. Wunderlich hieß mein Ahnherr, dachte er, ich wußte nie warum; jetzt begreife ich's. Der alte Herr zürnt mir ob dem verscherzten Wappenschilde meiner Gattin; vielleicht meinte er es aber so böse nicht. Damit tappte er, so gut es gehn wollte, doch nicht ohne an Pfeiler anzustoßen und auf den Wendeltreppen zu straucheln, nach seinem Schlafgemache zurück und erwachte am Morgen in Emmas Armen, als habe ihm alles nur geträumt.

Wie er aber den ritterlichen Schmuck neben dem Lager verschwunden sah und in seiner Brust eine unnennbare Sehnsucht nach der Mühle der Schwiegereltern fühlte, da schlich es wie leise Ahnung durch seine Seele, was ihm der Alte bedeuten wollen. Er brachte mit seinem Weibe den Morgen bei der freundlichen Familie zu, lud sich zum Mittagessen und stieg, während Emma in dem Kreis der Ihrigen blieb, von neuer unwiderstehlicher Sehnsucht getrieben, nach dem Schlosse zurück, in den Rittersaal, vor den Teppich bei seinem Bilde. Des Zunamens verlustig, stand das nüchterne Dankwart vereinzelt da; hinter dem Vorhange erhob sich das Klappern der Mühle, die Decke selbst wich nicht, soviel Mühe er sich auch gab, und schien aus Erz zu täuschenden Falten gegossen. Als er aber gar nicht nachließ, an dem Heiligtume zu zupfen, da hörte das Mühlgetöse in paar Sekunden hindurch auf, und eine rauhe Stimme rief: »Du forschest zu spät; der Mantel der Zukunft schließt sich jetzt vor dir. Du hast gehandelt; entsage der Neugier, wie du der Vorsicht entsagtest, und trage, was du auf dich nahmst.« Damit verhallte die Stimme, und das Klappern der Mühle begann von neuem.

»So sei's darum!« murrte Dankwart. »Kannst du wunderlich sein, so sollst du mich trotzig finden!« – Damit ging er wieder zur schwiegerväterlichen Mühle hinab, deren Getöse ihm Wohllaut deuchte, und da er der innern Sehnsucht dennoch gar nicht frei wurde, und alle Versuche, die er, jeden Mittag von anderer Sehnsucht getrieben, zur Lüftung des Zukunftsmantels machte, vergeblich geblieben, so folgte er dem innern Drange und baute sich weiter unten an demselben Waldstrom auch eine Mühle, zog mit dem Weibe seiner Wahl dahin, lernte von dem entzückten Heinz das Gewerbe und war bald ein geschickter, arbeitsamer, glücklicher Müller. Er vergaß des wunderlichen Gerhards, der seinerseits auch nichts mehr von sich sehen ließ, ging nicht mehr nach dem Mantel, welcher auch ihm keine Sehnsucht mehr einflößte, und sparte den reichen Ertrag seiner Güter, dessen er bei dem einfachen Leben nicht bedurfte, in Kisten und Kasten zusammen. Das behagliche Wesen der Ruhe schlug ihm zu Dank an: er verjüngte sich im Schoße der Natur, wurde der frohe Vater zwölf rüstiger Söhne und entschlief uralt, aber nicht Lebens satt, indem er ihnen nebst Gütern und Schätzen die Kunde seines Lebens, des Zaubermantels, und die Lehre hinterließ: Forschet nicht zu spät, aber habt ihr das Forschen versäumt, so tragt als Biedermänner und findet das reine Glück in der reinerfüllten Pflicht.

Die Söhne teilten sich in die Burgen und Kasten; jedem fiel von jenem ein Stück zu: den zwölften Teil der Barschaft sonderten sie ab, überbrachten das daraus entstandene Ganze der gerührten Mutter und ließen sich versprechen, daß sie abwechselnd auf allen zwölf Schlössern ihren Witwensitz nehmen wolle. Dann stiegen sie erst nach dem väterlichen Sitze, dem Rittersaal, dem Mantel der Zukunft. Tiefes Schweigen umgab sie; auch das Klappern der Mühle schien verstummt. Sie sahen sich an, faßten einander bei den Händen, und nachdem sie sich diese beider gedrückt, machten sie Anstalt, nun auch ihrerseits das Lüften der rätselhaften Hülle zu versuchen. Da erschallte ferner Trompetenruf, Waffengetöse mischte sich darein, ihre Augen flammten, ihr Busen hob sich, ihre Hände wollten ergreifen – der Vorhang flog vor den Erstaunten in die Höhe, ein anderer zeigte sich fest geschlossen hinter dem verschwundnen, zwölf vollständige Rüstungen lagen vor ihren erfreuten Blicken. Sie legten solche an, alle Ahnenbilder bewegten sich, als wollten sie ihren Beifall zeigen; um Vater Dankwarts Mund schien ein sichtbar wohlgefälliges Lächeln zu schweben. Gerüstet standen sie da; ihre Augen maßen den neuen Vorhang, ihre Schritte wollten ihm nahen: »Taten lüften ihn nur!« rief eine Stimme, sie gingen.

Mutter Emma empfing und hörte sie mit schmerzlicher Freude. In ihrer Brust kämpfte die herbe Angst vor Krieg und Waffen mit dem Entzücken über die gütigere Erklärung des Schicksals; der Adel höherer Natur besiegte in ihr die Angst der gewöhnlichen. »Geht«, sprach sie, unter Tränen lächelnd, »geht, meine Söhne, wohin euch Gefühl der Ehre und Pflicht ruft. Den Waffen und ihren Ruhm entsagte euer Vater um meinetwillen, aber er hatte wacker gekämpft und mochte auf Glanz um der Ruhe willen verzichten: ihr müßt diese verlassen und der edlen Tätigkeit folgen, um ihrer einst würdig zu sein. Auch dürft ich euch nicht von der schönen Bahn zurückhalten, ich, die euch den Wappenschild der Mutter verkümmerte und den Staub des niedern Gewerbes auf den Schimmer eures Namens streute. Geht, und laßt mich hier; in Gebet für euch und Sorge für euer Eigentum will ich den Mantel der Zukunft hüten, und wenn er einst ganz zurückrollt, daß ich noch erblicken kann, was er an Glück für euch verhüllt, mit Freudentränen euch segnen und mit der frohen Botschaft zum Vater hinüber wallen.«

Die Söhne empfingen der Mutter Segen, um den sie jetzt schon baten, schieden gerührt von der Guten und traten ihre Bahn an; sie aber verschloß sich in ihr Klosett, betete und weinte ihnen nach, und teilte dann ihre Zeit zwischen Besorgung der Güter und andächtige Einsamkeit. Täglich um die Morgen-, Mittag- und Abendstunde brachte sie eine geraume Zeit vor dem Mantel der Zukunft auf ihren Knieen zu; der Rosenkranz war in ihren gefalteten Händen, das Wort des Heils auf ihren Lippen, inbrünstig Muttergefühl und vertrauensvolle Ergebenheit in ihrem Herzen. In diesen Stunden warf sie ein Bußkleid über ihr gewöhnlich Gewand, streute Asche auf ihr Haupt und versäumte nie, vor und nach der Andacht so wie zu ihres Dankwarts, so auch zu Ritter Gerhards Bild zu gehn, ihr Knie vor dessen finstern Blick in Demut zu beugen und einen ihrer zärtlichen, innigsten Blicke nach dem neben anhängenden Konterfei seiner Gattin zu senden, die ihr aus den schönsten himmelblauen Augen und mit sanft gerundeten Rosenlippen zuzulächeln schien.

So verstrich die Zeit in seelenerhebender Selbstbeschäftigung, liebevoller Reue und zärtlicher Muttersorge; öftere Kunde von den Söhnen unterbrach die Witwenstille freundlich. Alle zwölf dienten sie unter des Kaisers Heeren; unbefleckt war ihr Ruf, unverletzt der Kern des Lebens, hatten sie gleich schon geblutet. Zum treuen Andenken der Mutter, und zugleich zum ehrenden, hatte jeder der Söhne dem altväterlichen Schwertgriffe, den sie golden im roten Schilde führten, irgend eins der verschiednen Mühlengeräte beigestellt, und so wie sie sich alle durch gleiche Tapferkeit auszeichneten, so unterschieden sie sich durch diese Beizeichen. Emma weinte süße Tränen des Dankes vor der Hülle des Schicksals, vor Dankwart, Gerhard und seiner holden Mathilde.

Kaiser Konrad hatte die inneren Unruhen gestillt und zog nun mit der schönen Gisella nach Rom, um die Krone aus den Händen des heiligen Vaters zu empfangen. Der edle Salier liebte, selbst Held, die Tapfern und hatte Augen für alles, hellen Blick für jedes Verdienst. Streng in Ahndung des Schlimmsten – er hatte eben den unruhigen Herzog Ernst von Schwaben nach dem festen Giebichenstein in sichere Verwahrung gesandt – war er fürstlich freigebig in Belohnung des Guten. Die zwölf Brüder vom Ossenberge hatten sich unter seinen Fahnen zu sehr ausgezeichnet, als daß er sie nicht hätte kennen sollen; noch mehr, er wußte sie mit Namen zu nennen und hatte sich ihre Geschichte öfters von einem oder dem andern unter ihnen erzählen lassen. Jetzt wollte er sie, eh' er nach Italien zog, zu Rittern schlagen und dann mit einzeln Heerhaufen zur Sicherheit des öffentlichen Friedens in verschiedene Gegenden verteilen. »Kniet nieder, edle Ossenberger«, sprach er zu ihnen, und zum Marschall: »Gib mir mein Schwert.« Da fielen die Brüder, wie vom Geiste getrieben, in demselben Augenblick auf das linke Knie, und Otto mit der Welle, der älteste, sagte: »Gnädiger Herr! Eure Gunst ist groß, und wir fühlen das tief im treuen Busen – nur vergönnt uns huldvoll eine Bitte!«

»Sprecht!«

»Eure gütige Nachsicht läßt uns hoffen« –

»Ohne Umschweife – wer so tapfer ficht, darf sich kurz in seiner Bitte fassen. Meinen wackern Freunden möcht' ich nur Vertrauen einflößen.«

»So laßt uns denn, gnädiger Kaiser, reich in diesen lohnenden Worten der Huld, der Bestimmung folgen, welche ihr uns zu neuen Ehren und Taten gabt – ohne für jetzt –«

»Ohne den Ritterschlag?«

»Ja! Es sei das Geständnis abgelegt, daß wir dieser ehrwürdigen Auszeichnung noch zu entbehren wünschen.«

»Warum?«

»Daß wir des Namens der Ossenberge wert sind, wollen wir nun beweisen, nachdem wir uns als wackere Kämpfer überhaupt gezeigt –«

»Und dann?«

»Vergönnt uns eurem Throne wieder zu nahen wie jetzt, und um die Gunst zu bitten, welche ihr diesem Augenblicke zudachtet.«

»Wohl! Euer Wille geschehe«, sprach Konrad, winkte ihnen traulich zu und sagte zu seiner Gemahlin Gisella: »Ich habe der braven Streiter viel; doch solcher« – er wies auf die Brüder – »die, wie die Feinde, so sich selbst zu besiegen verstehn, möcht ich ein ganzes Heer haben.«

Um Mitternacht des Tages, an welchem dies geschah, erschien die holdselige Ahnfrau Mathilde der schimmernden Emma im Traume, küßte sie freundlich und flüsterte ihr zu: »Glückliche Mutter!« Dabei dünkte es der Schlafenden, als fahre der Mantel der Zukunft in die Höhe und enthüllte paradiesische Aussichten. Mit klopfendem Herzen und glühenden Wangen erwachte sie noch vor Tagesanbruch und eilte in den Rittersaal so behende, daß sie mit dem ersten Sonnenschimmer daselbst ankam. Und wahrlich! Der Vorhang hielt dem Traume Wort; verschwunden war er, um einem dritten Platz zu machen, auf dem mit kunstreicher Hand reizende Schildereien mannigfacher Gegenden eingewirkt waren. Emma unterschied bald die Burgen ihrer Söhne, von herrlicher Beleuchtung verklärt; eine der überseligen Ahnungen, die nur Elternherzen besuchen können, schwebte durch ihr Innerstes – sie fühlte, daß ihr Schicksal einer schönen Entwicklung entgegengehe, und warf sich mit Inbrunst vor dem Stammpaare der Ossenberge nieder. Der lieblichen Mathilde fehlte nur die Sprache, sonst war alles beseelt an und in ihren Zügen, und sogar in Gerhard des Wunderlichen Ernst mischte sich eine Art von Freundlichkeit.

Emma erhielt bald darauf von ihren Söhnen die Nachricht ihrer ehrenvollen Anstellung. Trauernd, doch ergeben ordnete sie die Wünsche des Wiedersehens der Notwendigkeit unter und hoffte von der erfüllten Pflicht Entschädigung für das opferbringende Mutterherz. Dabei konnte sie durch ein wunderbares Spiel der Einbildungskraft oder war es Begeisterung – nicht umhin, die schadloshaltende, befriedigte Pflicht unter dem zauberisch-milden Bilde der schönen Urmutter zu denken, und die im Traume gehörten Worte – glückliche Mutter – säuselten wie Himmelsluft vor ihrer Erinnerung.

Konrad kam aus Italien zurück; die von ihm gesetzten Vögte hatten sich trefflich gehalten, vorzüglich aber die Ossenberge; Otto'n mit der Welle dankte man Schwabens Beruhigung gegen die kecken Unternehmungen des unruhigen Grafen Dipold von Kalw, der unstet und wild jede festere Ordnung der Dinge haßte, sich nur im Fehdewesen gefiel und nicht der Ruhe in seiner Burg pflegen konnte, ohne zu rufen: »Bin ich denn, gleich einem Weibe die Spindel in den Händen zu drehen, bestimmt?« Den Nimmerstillen hatte Otto in das verborgenste Dickicht des Schwarzwaldes vertrieben, wo er verscholl wie ein schnaubender Keuler, der sich vor der Koppel aus dem Staube macht.

»Nun doch, wackere Kämpen?« rief der erfreute Konrad den ehrerbietig eintretenden Brüdern zu. »Ihr seid mir hold, treu und gewärtig gewesen mit Gut und Blut; nehmt – ihr müsset es nun nicht länger weigern – den Ritterschlag vor allem!«

Willig knieten die Brüder vor dem Throne des Kaisers, sprachen: »Es geschehe, wie ihr gebietet, gnädiger Herr«; und empfingen den Schlag, der nimmer schändet, aber hohe Ehre bringt. Dann ernannte sie Konrad samt und sonders zu Grafen, gab jedem zu seiner Burg noch stattliche Lehen und Leute und entließ sie mit herablassender Freundschaft.

Sie eilten vereint nach Hause: erst wenn sie die Mutter gesehen und umarmt, wollten sie sich nach ihren neuen Amtssitzen begeben; ihr gehörte die erste Freude, ihnen der Geliebten Segen. Am Tage, da sie Ritterschlag und Grafenwürde erhielten, rauschte vor Emmas Blicken auch der dritte Vorhang empor, unenthüllt lag die weite Zukunft vor ihr, in unabsehlicher Ferne blühten die zwölf Geschlechter und alle von ihnen abstammenden Häuser, und Gerhard, Mathilde und Dankwart schwebten zu der ohnmächtigen Beterin herab. Sie hatte die Glorie ihres Hauses gesehen; Wonne war ihr letztes Gefühl vor der Ohnmacht – Wonne wurde ihr erstes, als nun

Mathilde die Seele der Tochter aus dem jüngsten Schlummer in Dankwarts Arme führte, und Gerhard, versöhnt und heiter sie auch Tochter grüßend, mit ihr, Gattin und Sohn nach höhern Regionen aufschwebte.

Die edlen Brüder kamen, um bei der Leiche der Mutter zu trauern; im Rittersaale war sie aufgestellt, golden glänzte neben ihr unter Dankwarts Bildnis der früher erloschene Zuname, verschwunden war der Mantel der Zukunft, aber in herrlichem Geschmeide prangten an derselben Wand mit dem Vater die Konterfeien der Söhne, unter jedem der Name, welchen ihm die neu verliehene Würde gab.

»Taten lüfteten ihn!« rief milder die ehmals gehörte Stimme: im Todesschlafe noch schien Emma segnend zu lächeln, die Ahnenbilder rauschten, und um Mitternacht zogen die zwei seligen Paare in hehrer Freundlichkeit vor den Helden vorüber, die fromm bei der Leiche der Mutter trauerten.

FRIEDRICH DE LA MOTTE-FOUQUÉ

1777–1843

Undine. Eine Erzählung

ZUEIGNUNG

zur zweiten Auflage [1814]

Undine, liebes Bildchen du,
  Seit ich zuerst aus alten Kunden
  Dein seltsam Leuchten aufgefunden,
  Wie sangst du oft mein Herz in Ruh!

Wie schmiegtest du dich an mich lind,
  Und wolltest alle deine Klagen
  Ganz sacht nur in das Ohr mir sagen,
  Ein halb verwöhnt, halb scheues Kind.

Doch meine Zither tönte nach
  Aus ihrer goldbezognen Pforte
  Jedwedes deiner leisen Worte,
  Bis fern man davon hört' und sprach.

Und manch ein Herz gewann dich lieb,
Trotz deinem launisch dunklen Wesen,
Und viele mochten gerne lesen
Ein Büchlein, das von dir ich schrieb.

Heut wollen sie nun allzumal
Die Kunde wiederum vernehmen.
Darfst dich, Undinchen, gar nicht schämen;
Nein, tritt vertraulich in den Saal.

Grüß sittig jeden edlen Herrn,
Doch grüß vor allen mit Vertrauen
Die lieben, schönen deutschen Frauen;
Ich weiß, die haben dich recht gern.

Und fragt dann eine wohl nach mir,
So sprich: »Er ist ein treuer Ritter,
Und dient den Fraun mit Schwert und Zither
Bei Tanz und Mahl, Fest und Turnier.«

ERSTES KAPITEL

Wie der Ritter zu dem Fischer kam

Es mögen nun wohl schon viele hundert Jahre her sein, da gab es einmal einen alten guten Fischer, der saß eines schönen Abends vor der Tür und flickte seine Netze. Er wohnte aber in einer überaus anmutigen Gegend. Der grüne Boden, worauf seine Hütte gebaut war, streckte sich weit in einen großen Landsee hinaus, und es schien ebensowohl, die Erdzunge habe sich aus Liebe zu der bläulich klaren, wunderhellen Flut in diese hineingedrängt, als auch, das Wasser habe mit verliebten Armen nach der schönen Aue gegriffen, nach ihren hochschwankenden Gräsern und Blumen und nach dem erquicklichen Schatten ihrer Bäume. Eins ging bei dem andern zu Gaste, und eben deshalb war jegliches so schön. Von Menschen freilich war an dieser hübschen Stelle wenig oder gar nichts anzutreffen, den Fischer und seine Hausleute ausgenommen. Denn hinter der Erdzunge lag ein sehr wilder Wald, den die mehrsten Leute wegen seiner Finsternis und Unwegsamkeit, wie auch wegen der wundersamen Kreaturen und Gaukeleien, die man darin antreffen sollte, allzusehr scheueten, um sich ohne Not hineinzubegeben. Der alte fromme Fischer jedoch durchschritt ihn ohne Anfechtung zu vielen

Malen, wenn er die köstlichen Fische, die er auf seiner schönen Landzunge fing, nach einer großen Stadt trug, welche nicht sehr weit hinter dem großen Walde lag. Es ward ihm wohl mehrenteils deswegen so leicht, durch den Forst zu ziehn, weil er fast keine andre als fromme Gedanken hegte und noch außerdem jedesmal, wenn er die verrufenen Schatten betrat, ein geistliches Lied aus heller Kehle und aufrichtigem Herzen anzustimmen gewohnt war.

Da er nun an diesem Abende ganz arglos bei den Netzen saß, kam ihn doch ein unversehener Schrecken an, als er es im Waldesdunkel rauschen hörte, wie Roß und Mann, und sich das Geräusch immer näher nach der Landzunge herauszog. Was er in manchen stürmigen Nächten von den Geheimnissen des Forstes geträumt hatte, zuckte ihm nun auf einmal durch den Sinn, vor allem das Bild eines riesenmäßig langen, schneeweißen Mannes, der unaufhörlich auf eine seltsame Art mit dem Kopfe nickte. Ja, als er die Augen nach dem Walde aufhob, kam es ihm ganz eigentlich vor, als sehe er durch das Laubgegitter den nickenden Mann hervorkommen. Er nahm sich aber bald zusammen, erwägend, wie ihm doch niemals als in dem Walde selbsten was Bedenkliches widerfahren sei und also auf der freien Landzunge der böse Geist wohl noch minder Gewalt über ihn ausüben dürfe. Zugleich betete er recht kräftiglich einen biblischen Spruch laut aus dem Herzen heraus, wodurch ihm der kecke Mut auch zurückekam und er fast lachend sah, wie sehr er sich geirrt hatte. Der weiße, nickende Mann ward nämlich urplötzlich zu einem ihm längst wohlbekannten Bächlein, das schäumend aus dem Forste hervorrann und sich in den Landsee ergoß. Wer aber das Geräusch verursacht hatte, war ein schön geschmückter Ritter, der zu Roß durch den Baumschatten gegen die Hütte vorgeritten kam. Ein scharlachroter Mantel hing ihm über sein veilchenblaues goldgesticktes Wams herab; von dem goldfarbigen Barette wallten rote und veilchenblaue Federn, am goldnen Wehrgehenke blitzte ein ausnehmend schönes und reichverziertes Schwert. Der weiße Hengst, der den Ritter trug, war schlankeren Baues, als man es sonst bei Streitrossen zu sehen gewohnt ist, und trat so leicht über den Rasen hin, daß dieser grünbunte Teppich auch nicht die mindeste Verletzung davon zu empfangen schien. Dem alten Fischer war es noch immer nicht ganz geheuer zumut, obwohl er einzusehn meinte, daß von einer so holden Erscheinung nichts Übles zu befahren sei, weshalb er auch seinen Hut ganz sittig vor dem näherkommenden Herrn abzog und gelassen bei seinen Netzen verblieb. Da hielt der Ritter stille und fragte, ob er wohl mit seinem Pferde auf diese Nacht hier Unterkommen und Pflege finden könne? – »Was Euer Pferd betrifft, lieber Herr«, entgegnete der Fischer, »so weiß ich ihm keinen bessern Stall anzuweisen als diese beschattete Wiese und kein besseres

Futter als das Gras, welches darauf wächst. Euch selbst aber will ich gerne in meinem kleinen Hause mit Abendbrot und Nachtlager bewirten, so gut es unsereiner hat.« – Der Ritter war damit ganz wohl zufrieden, er stieg von seinem Rosse, welches die beiden gemeinschaftlich losgürteten und loszügelten, und ließ es alsdann auf den blumigen Anger hinlaufen, zu seinem Wirte sprechend: »Hätt ich Euch auch minder gastlich und wohlmeinend gefunden, mein lieber alter Fischer, Ihr wäret mich dennoch wohl für heute nicht wieder losgeworden, denn, wie ich sehe, liegt vor uns ein breiter See, und mit sinkendem Abende in den wunderlichen Wald zurückzureiten, davor bewahre mich der liebe Gott!« – »Wir wollen nicht allzuviel davon reden«, sagte der Fischer und führte seinen Gast in die Hütte.

Drinnen saß bei dem Herde, von welchem aus ein spärliches Feuer die dämmernde, reinliche Stube erhellte, auf einem großen Stuhle des Fischers betagte Frau; beim Eintritte des vornehmen Gastes stand sie freundlich grüßend auf, setzte sich aber an ihren Ehrenplatz wieder hin, ohne diesen dem Fremdling anzubieten, wobei der Fischer lächelnd sagte: »Ihr müßt es ihr nicht verübeln, junger Herr, daß sie Euch den bequemsten Stuhl im Hause nicht abtritt; das ist so Sitte bei armen Leuten, daß der den Alten ganz ausschließlich gehört.« – »Ei, Mann«, sagte die Frau mit ruhigem Lächeln, »wo denkst du auch hin? Unser Gast wird doch zu den Christenmenschen gehören, und wie könnte es alsdann dem lieben jungen Blut einfallen, alte Leute von ihren Sitzen zu verjagen?« – »Setzt Euch, mein junger Herr«, fuhr sie, gegen den Ritter gewandt, fort; »es steht dorten noch ein recht artiges Sesselein, nur müßt Ihr nicht allzu ungestüm damit hin und her rutschen, denn das eine Bein ist nicht allzu feste mehr.« – Der Ritter holte den Sessel achtsam herbei, ließ sich freundlich darauf nieder, und es war ihm zumute, als sei er mit diesem kleinen Haushalt verwandt und eben jetzt aus der Ferne dahin heimgekehrt.

Die drei guten Leute fingen an, höchst freundlich und vertraulich miteinander zu sprechen. Vom Walde, nach welchem sich der Ritter einige Male erkundigte, wollte der alte Mann freilich nicht viel wissen; am wenigsten, meinte er, passe sich das Reden davon jetzt in der einbrechenden Nacht; aber von ihrer Wirtschaft und sonstigem Treiben erzählten die beiden Eheleute desto mehr und hörten auch gerne zu, als ihnen der Rittersmann von seinen Reisen vorsprach und daß er eine Burg an den Quellen der Donau habe und Herr Huldbrand von Ringstetten geheißen sei. Mitten durch das Gespräch hatte der Fremde schon bisweilen ein Plätschern am niedrigen Fensterlein vernommen, als sprütze jemand Wasser dagegen. Der Alte runzelte bei diesem Geräusche jedesmal zufrieden die Stirn; als aber endlich ein ganzer Guß gegen die Scheiben flog und durch den schlechtverwahrten Rahmen in die Stube hereinsprudelte, stand er unwillig auf und rief drohend nach dem Fenster hin: »Undine! Wirst du endlich einmal die Kindereien lassen. Und ist noch obenein heute ein fremder Herr bei uns in der Hütte.« – Es ward auch draußen stille, nur ein leises Gekicher ließ sich noch vernehmen, und der Fischer sagte, zurückkommend: »Das müßt Ihr nun schon zugute halten, mein ehrenwerter Gast, und vielleicht noch manche Ungezogenheit mehr, aber sie meint es nicht böse. Es ist nämlich unsere Pflegetochter Undine, die sich das kindische Wesen gar nicht abgewöhnen will, ob sie gleich bereits in ihr achtzehntes Jahr gehen mag. Aber wie gesagt, im Grunde ist sie doch von ganzem Herzen gut.« – »Du kannst wohl sprechen!« entgegnete kopfschüttelnd die Alte. »Wenn du so vom Fischfang heimkommst oder von der Reise, da mag es mit ihren Schäkereien ganz was Artiges sein. Aber sie den ganzen Tag lang auf dem Halse haben und kein kluges Wort hören und, statt bei wachsendem Alter Hülfe im Haushalte zu finden, immer nur dafür sorgen müssen, daß uns ihre Torheiten nicht vollends zugrunde richten – da ist es gar ein andres, und die heilige Geduld selbsten würd es am Ende satt.« – »Nun, nun«, lächelte der Hausherr, »du hast es mit Undinen und ich mit dem See. Reißt mir der doch auch oftmals meine Dämme und Netze durch, aber ich hab ihn dennoch gern und du mit allem Kreuz und Elend das zierliche Kindlein auch. Nicht wahr?« – »Ganz böse kann man ihr eben nicht werden«, sagte die Alte und lächelte beifällig.

Da flog die Tür auf, und ein wunderschönes Blondchen schlüpfte lachend herein und sagte: »Ihr habt mich nur gefoppt, Vater; wo ist denn nun Euer Gast?« – Selben Augenblicks aber ward sie auch den Ritter gewahr und blieb staunend vor dem schönen Jünglinge stehn. Huldbrand ergötzte sich an der holden Gestalt und wollte sich die lieblichen Züge recht achtsam einprägen, weil er meinte, nur ihre Überraschung lasse ihm Zeit dazu, und sie werde sich bald nachher in zwiefacher Blödigkeit vor seinen Blicken abwenden. Es kam aber ganz anders. Denn als sie ihn nun recht lange angesehen hatte, trat sie zutraulich näher, kniete vor ihm nieder und sagte, mit einem goldnen Schaupfennige, den er an einer reichen Kette auf der Brust trug, spielend: »Ei du schöner, du freundlicher Gast, wie bist du denn endlich in unsre arme Hütte gekommen? Mußtest du denn jahrelang in der Welt herumstreifen, bevor du dich auch einmal zu uns fandest? Kommst du aus dem wüsten Walde, du schöner Freund?« – Die scheltende Alte ließ ihm zur Antwort keine Zeit. Sie ermahnte das Mädchen, fein sittig aufzustehen und sich an ihre Arbeit zu begeben. Undine aber zog, ohne zu antworten, eine kleine Fußbank neben Huldbrands Stuhl, setzte sich mit ihrem Gewebe darauf nieder und sagte freundlich: »Hier will ich arbeiten.« Der alte Mann tat, wie Eltern mit verzognen Kindern zu tun pflegen. Er stellte sich, als merkte er von Undines Unart nichts, und wollte von etwas anderm anfangen. Aber das Mädchen ließ ihn nicht dazu. Sie sagte: »Woher unser holder Gast kommt, habe ich ihn gefragt, und er hat mir noch nicht geantwortet.« – »Aus dem Walde komme ich, du schönes Bildchen«, entgegnete Huldbrand, und sie sprach weiter: »So mußt du mir erzählen, wie du da hineinkamst, denn die Menschen scheuen ihn sonst, und was für wunderliche Abenteuer du darinnen erlebt hast, weil es doch ohne dergleichen dorten nicht abgehn soll.« – Huldbrand empfand einen kleinen Schauer bei dieser Erinnerung und blickte unwillkürlich nach dem Fenster, weil es ihm zumute war, als müsse eine von den seltsamlichen Gestalten, die ihm im Forste begegnet waren, von dort hereingrinzen; er sah nichts als die tiefe, schwarze Nacht, die nun bereits draußen vor den Scheiben lag. Da nahm er sich zusammen und wollte eben seine Geschichte anfangen, als ihn der Alte mit den Worten unterbrach: »Nicht also, Herr Ritter; zu dergleichen ist es jetzund keine gute Zeit.« – Undine aber sprang zornmütig von ihrem Bänkchen auf, setzte die schönen Arme in die Seiten und rief, sich dicht vor den Fischer hinstellend: »Er soll nicht erzählen, Vater? Er soll nicht? Ich aber will's; er soll! Er soll doch!« – Und damit trat das zierliche Füßchen heftig gegen den Boden, aber das alles mit solch einem drollig anmutigen Anstande, daß Huldbrand jetzt in ihrem Zorn fast weniger noch die Augen von ihr wegbringen konnte als vorher in ihrer Freundlichkeit. Bei dem Alten hingegen brach der zurückgehaltene Unwillen in volle Flammen aus. Er schalt heftig auf Undines Ungehorsam und unsittiges Betragen gegen den Fremden, und die gute alte Frau stimmte mit ein. Da sagte Undine: »Wenn ihr zanken wollt und nicht tun, was ich haben will, so schlaft allein in eurer alten räuchrigen Hütte!« – Und wie ein Pfeil war sie aus der Tür und flüchtigen Laufes in die finstere Nacht hinaus.

ZWEITES KAPITEL

Auf welche Weise Undine zu dem Fischer gekommen war

Huldbrand und der Fischer sprangen von ihren Sitzen und wollten dem zürnenden Mädchen nach. Ehe sie aber an die Hüttentür gelangten, war Undine schon lange in dem wolkigen Dunkel draußen verschwunden, und auch kein Geräusch ihrer leichten Füße verriet, wohin sie ihren Lauf wohl gerichtet haben könne. Huldbrand sah fragend nach seinem Wirte; fast kam es ihm vor, als sei die ganze liebliche Erscheinung, die so schnell in die Nacht wieder untergetaucht war, nichts andres gewesen als eine Fortsetzung der wunderlichen Gebilde, die früher im Forste ihr loses Spiel mit ihm getrieben hatten, aber der alte Mann murmelte in seinen Bart: »Es ist nicht das erstemal, daß sie es uns also macht. Nun hat man die Angst auf dem Herzen und den Schlaf aus den Augen für die ganze Nacht; denn wer weiß, ob sie nicht dennoch einmal Schaden nimmt, wenn sie so draußen im Dunkel allein ist bis an das Morgenrot.« – »So laßt uns ihr doch nach, Vater, um Gott!« rief Huldbrand ängstlich aus. Der Alte erwiderte: »Wozu das? Es wär ein sündlich Werk, ließ ich Euch in Nacht und Einsamkeit dem törichten Mädchen so ganz alleine folgen, und meine alten Beine holen den Springinsfeld nicht ein, wenn man auch wüßte, wohin sie gerannt ist.« – »Nun müssen wir ihr doch nachrufen mindestens und sie bitten, daß sie wiederkehrt«, sagte Huldbrand und begann auf das beweglichste zu rufen: »Undine! Ach Undine! Komm doch zurück!« – Der Alte wiegte sein Haupt hin und her, sprechend, all das Geschrei helfe am Ende zu nichts; der Ritter wisse noch nicht, wie trotzig die Kleine sei. Dabei aber konnte er es doch nicht unterlassen, öfters mit in die finstre Nacht hinauszurufen: »Undine! Ach liebe Undine! Ich bitte dich, komm doch nur dies eine Mal zurück.«

Es ging indessen, wie es der Fischer gesagt hatte. Keine Undine ließ sich hören oder sehn, und weil der Alte durchaus nicht zugeben wollte, daß Huldbrand der Entflohenen nachspürte, mußten sie endlich beide wieder in die Hütte gehen. Hier fanden sie das Feuer des Herdes beinahe erloschen, und die Hausfrau, die sich Undines Flucht und Gefahr bei weitem nicht so zu Herzen nahm als ihr Mann, war bereits zur Ruhe gegangen. Der Alte hauchte die Kohlen wieder an, legte trocknes Holz darauf und suchte bei der wieder auflodernden Flamme einen Krug mit Wein hervor, den er zwischen sich und seinen Gast stellte. – »Euch ist auch angst wegen des dummen Mädchens, Herr Ritter«, sagte er, »und wir wollen lieber einen Teil der Nacht verplaudern und vertrinken, als uns auf den Schilfmatten vergebens nach dem Schlafe herumwälzen. Nicht wahr?« – Huldbrand war gerne damit zufrieden, der Fischer nötigte ihn auf den ledigen Ehrenplatz der schlafengegangenen Hausfrau, und beide tranken und sprachen miteinander, wie es zwei wackern und zutraulichen Männern geziemt. Freilich, sooft sich vor den Fenstern das geringste regte oder auch bisweilen, wenn sich gar nichts regte, sah eines von beiden in die Höhe, sprechend: »Sie kommt.« – Dann wurden sie ein paar Augenblicke stille und fuhren nachher, da nichts erschien, kopfschüttelnd und seufzend in ihren Reden fort.

Weil aber nun beide an fast gar nichts andres zu denken vermochten als an Undinen, so wußten sie auch nichts Bessres, als, der Ritter, zu hören, welchergestalt Undine zu dem alten Fischer gekommen sei, der alte Fischer, ebendiese Geschichte zu erzählen. Deshalben hub er folgendermaßen an:

»Es sind nun wohl funfzehn Jahre vergangen, da zog ich einmal durch den wüsten Wald mit meiner Ware nach der Stadt. Meine Frau war daheim geblieben wie gewöhnlich; und solches zu der Zeit auch noch um einer gar hübschen Ursache willen, denn Gott hatte uns, in unserm damals schon ziemlich hohen Alter, ein wunderschönes Kindlein beschert. Es war ein Mägdlein, und die Rede ging bereits unter uns, ob wir nicht, dem neuen Ankömmlinge zu Frommen, unsre schöne Landzunge verlassen wollten, um die liebe Himmelsgabe künftig an bewohnbaren Orten besser aufzuziehen. Es ist freilich bei armen Leuten nicht so damit, wie Ihr es meinen mögt, Herr Ritter; aber, lieber Gott! jedermann muß doch einmal tun, was er vermag. – Nun, mir ging unterwegs die Geschichte ziemlich im Kopfe herum. Diese Landzunge war mir so im Herzen lieb, und ich fuhr ordentlich zusammen, wenn ich unter dem Lärm und Gezänke in der Stadt bei mir selbsten denken mußte: in solcher Wirtschaft nimmst auch du nun mit nächstem deinen Wohnsitz oder doch in einer nicht viel stillern! – Dabei aber hab ich nicht gegen unsern lieben Herrgott gemurret, vielmehr ihm im stillen für das Neugeborne gedankt; ich müßte auch lügen, wenn ich sagen wollte, mir wäre auf dem Hin- oder Rückwege durch den Wald irgend etwas Bedenklicheres aufgestoßen als sonst, wie ich denn nie etwas Unheimliches dorten gesehn habe. Der Herr war immer mit mir in den verwunderlichen Schatten.«

Da zog er sein Mützchen von dem kahlen Schädel und blieb eine Zeitlang in betenden Gedanken sitzen. Dann bedeckte er sich wieder und sprach fort:

»Diesseits des Waldes, ach diesseits, da zog mir das Elend entgegen. Meine Frau kam gegangen mit strömenden Augen wie zwei Bäche; sie hatte Trauerkleider angelegt. ›O lieber Gott‹, ächzte ich, ›wo ist unser liebes Kind? Sag an.‹ – ›Bei dem, den du rufest, lieber Mann‹, entgegnete sie und wir gingen nun stillweinend miteinander in die Hütte. Ich suchte nach der kleinen Leiche; da erfuhr ich erst, wie alles gekommen war. Am Seeufer hatte meine Frau mit dem Kinde gesessen, und wie sie so recht sorglos und selig mit ihm spielt, bückt sich die Kleine auf einmal vor, als sähe sie etwas ganz Wunderschönes im Wasser; meine Frau sieht sie noch lachen, den lieben Engel, und mit den Händchen greifen; aber im Augenblick schießt sie ihr durch die rasche Bewegung aus den Armen und in den feuchten Spiegel hinunter. Ich habe viel gesucht nach der kleinen Toten; es war zu nichts; auch keine Spur von ihr war zu finden. –

Nun, wir verwaisten Eltern saßen denn noch selbigen Abends still beisammen in der Hütte, zu reden hatte keiner Lust von uns, wenn man es auch gekonnt hätte vor Tränen. Wir sahen so in das Feuer des Herdes hinein. Da raschelt was draußen an der Tür; sie springt auf, und ein wunderschönes Mägdlein von etwa drei, vier Jahren steht reich geputzt auf der Schwelle und lächelt uns an. Wir blieben ganz stumm vor Erstaunen, und ich wußte erst nicht, war es ein ordentlicher, kleiner Mensch, war es bloß ein gaukelhaftes Bildnis. Da sah ich aber das Wasser von den goldnen Haaren und den reichen Kleidern herabtröpfeln und merkte nun wohl, das schöne Kindlein habe im Wasser gelegen, und Hilfe tue ihm not. – ›Frau‹, sagte ich, ›uns hat niemand unser liebes Kind erretten können; wir wollen doch wenigstens an andern Leuten tun, was uns selig auf Erden machen würde, vermöchte es jemand an uns zu tun.‹ – Wir zogen die Kleine aus, brachten sie zu Bett und reichten ihr wärmende Getränke, wobei sie kein Wort sprach und uns bloß aus den beiden seeblauen Augenhimmeln immerfort lächelnd anstarrte.

Des andern Morgens ließ sich wohl abnehmen, daß sie keinen weitern Schaden genommen hatte, und ich fragte nun nach ihren Eltern und wie sie hierhergekommen sei. Das aber gab eine verworrene, wundersamliche Geschichte. Von weit her muß sie wohl gebürtig sein, denn nicht nur, daß ich diese funfzehn Jahre her nichts von ihrer Herkunft erforschen konnte, so sprach und spricht sie auch bisweilen so absonderliche Dinge, daß unsereins nicht weiß, ob sie am Ende nicht gar vom Monde heruntergekommen sein könnte. Da ist die Rede von goldnen Schlössern, von kristallnen Dächern und Gott weiß, wovon noch mehr. Was sie am deutlichsten erzählte, war, sie sei mit ihrer Mutter auf dem großen See spazierengefahren, aus der Barke ins Wasser gefallen und habe ihre Sinne erst hier unter den Bäumen wiedergefunden, wo ihr an dem lustigen Ufer recht behaglich zumute geworden sei.

Nun hatten wir noch eine große Bedenklichkeit und Sorge auf dem Herzen. Daß wir an der lieben Ertrunknen Stelle die Gefundne behalten und auferziehn wollten, war freilich sehr bald ausgemacht; aber wer konnte nun wissen, ob das Kind getauft sei oder nicht? Sie selber wußte darüber keine Auskunft zu geben. Daß sie eine Kreatur sei, zu Gottes Preis und Freude geschaffen, wisse sie wohl, antwortete sie uns mehrenteils, und was zu Gottes Preis und Freude gereicht, seie sie auch bereit, mit sich vornehmen zu lassen. – Meine Frau und ich dachten so: ist sie nicht getauft, so gibt's da nichts zu zögern; ist sie es aber doch, so kann bei guten Dingen zuwenig eher schaden als zuviel. Und demzufolge sannen wir auf einen guten Namen für das Kind, das wir ohnehin noch nicht ordentlich zu rufen wußten. Wir meinten endlich, Dorothea werde sich am besten für sie schicken, weil ich einmal gehört hatte, das heiße Gottesgabe, und sie uns doch von Gott als eine Gabe zugesandt war, als ein Trost in unserm Elend. Sie hingegen wollte nichts davon hören und meinte, Undine sei sie von ihren Eltern genannt worden, Undine wolle sie auch ferner heißen. Nun kam mir das wie ein heidnischer Name vor, der in keinem Kalender stehe, und ich holte mir deshalben Rat bei einem Priester in der Stadt. Der wollte auch nichts von dem Undinen-Namen hören und kam auf mein vieles Bitten mit mir durch den verwunderlichen Wald zu Vollziehung der Taufhandlung hier herein in meine Hütte. Die Kleine stand so hübsch geschmückt und holdselig vor uns, daß dem Priester alsbald sein ganzes Herz vor ihr aufging, und sie wußte ihm so artig zu schmeicheln und mitunter so drollig zu trotzen, daß er sich endlich auf keinen der Gründe, die er gegen den Name Undine vorrätig gehabt hatte, mehr besinnen konnte. Sie ward denn also Undine getauft und betrug sich während der heiligen Handlung außerordentlich sittig und anmutig, so wild und unstet sie auch übrigens immer war. Denn darin hat meine Frau ganz recht: was Tüchtiges haben wir mit ihr auszustehen gehabt. Wenn ich Euch erzählen sollte« –

Der Ritter unterbrach den Fischer, um ihn auf ein Geräusch, wie von gewaltig rauschenden Wasserfluten, aufmerksam zu machen, das er schon früher zwischen den Reden des Alten vernommen hatte und das nun mit wachsendem Ungestüm vor den Hüttenfenstern dahinströmte. Beide sprangen nach der Tür. Da sahen sie draußen im jetzt aufgegangnen Mondenlicht den Bach, der aus dem Walde hervorrann, wild über seine Ufer hinausgerissen und Steine und Holzstämme in reißenden Wirbeln mit sich fortschleudern. Der Sturm brach, wie von dem Getöse erweckt, aus den nächtigen Gewölken, diese pfeilschnell über den Mond hinjagend, hervor, der See heulte unter des Windes schlagenden Fittichen, die Bäume der Landzunge ächzten von Wurzel zu Wipfel hinauf und beugten sich wie schwindelnd über die reißenden Gewässer: – »Undine! Um Gottes willen, Undine!« riefen die zwei beängstigten Männer. – Keine Antwort kam ihnen zurück, und achtlos von jeglicher andern Erwägung rannten sie, suchend und rufend, einer hier-, der andre dorthin, aus der Hütte fort.

DRITTES KAPITEL

Wie sie Undinen wiederfanden

Dem Huldbrand ward es immer ängstlicher und verworrner zu Sinn, je länger er unter den nächtlichen Schatten suchte, ohne zu finden. Der Gedanke, Undine sei nur eine bloße Walderscheinung gewesen, bekam aufs neue Macht über ihn, ja er hätte unter dem Geheul der Wellen und Stürme, dem Krachen der Bäume, der gänzlichen Umgestaltung der kaum noch so still anmutigen Gegend die ganze Landzunge samt der Hütte und ihren Bewohnern fast für eine trügerisch neckende Bildung gehalten; aber von fern hörte er doch immer noch des Fischers ängstliches Rufen nach Undinen, der alten Hausfrau lautes Beten und Singen durch das Gebraus. Da kam er endlich dicht an des übergetretnen Baches Rand und sah im Mondenlicht, wie dieser seinen ungezähmten Lauf grade vor den unheimlichen Wald hin genommen hatte, so daß er nun die Erdspitze zur Insel machte. – O lieber Gott, dachte er bei sich selbst, wenn es Undine gewagt hätte, ein paar Schritte in den fürchterlichen Forst hinein zu tun; vielleicht eben in ihrem anmutigen Eigensinn, weil ich ihr nichts davon erzählen sollte – und nun wäre der Strom dazwischen gerollt, und sie weinte nun einsam drüben bei den Gespenstern! – Ein Schrei des Entsetzens entfuhr ihm, und er klomm einige Steine und umgestürzte Fichtenstämme hinab, um in den reißenden Strom zu treten und, watend oder schwimmend, die Verirrte drüben zu suchen. Es fiel ihm zwar alles Grausenvolle und Wunderliche ein, was ihm schon bei Tage unter den jetzt rauschenden und heulenden Zweigen begegnet war. Vorzüglich kam es ihm vor, als stehe ein langer weißer Mann, den er nur allzu gut kannte, grinzend und nickend am jenseitigen Ufer: aber eben diese ungeheuern Bilder rissen ihn gewaltig nach sich hin, weil er bedachte, daß Undine in Todesängsten unter ihnen sei, und allein.

Schon hatte er einen starken Fichtenast ergriffen und stand, auf diesen gestützt, in den wirbelnden Fluten, gegen die er sich kaum aufrecht zu halten vermochte; aber er schritt getrosten Mutes tiefer hinein. Da rief es neben ihm mit anmutiger Stimme: « »Trau nicht, trau nicht! Er ist tückisch, der Alte, der Strom!« – Er kannte diese lieblichen Laute, er stand wie betört unter den Schatten, die sich eben dunkel über den Mond gelegt hatten, und ihn schwindelte vor dem Gerolle der Wogen, die er pfeilschnell an seinen Schenkeln hinschießen sah. Dennoch wollte er nicht ablassen. – »Bist du nicht wirklich da, gaukelst du nur neblicht um mich her, so mag auch ich nicht leben und will ein Schatten werden wie du, du liebe, liebe Undine!« Dies rief er laut und schritt wieder tiefer in den Strom. – »Sieh dich doch um, ei sieh dich doch um, du schöner, betörter Jüngling!« so rief sie abermals dicht bei ihm, und seitwärts blickend sah er im eben sich wieder enthüllenden Mondlicht, unter den Zweigen hochverschlungner Bäume, auf einer durch die Überschwemmung gebildeten kleinen Insel Undinen lächelnd und lieblich in die blühenden Gräser hingeschmiegt.

O wieviel freudiger brauchte nun der junge Mann seinen Fichtenast zum Stabe als vorhin! Mit wenigen Schritten war er durch die Flut, die zwischen ihm und dem Mägdlein hinstürmte, und neben ihr stand er auf der kleinen Rasenstelle, heimlich und sicher von den uralten Bäumen überrauscht und beschirmt. Undine hatte sich etwas emporgerichtet und schlang nun in dem grünen Laubgezelte ihre Arme um seinen Nacken, so daß sie ihn auf ihren weichen Sitz neben sich niederzog. – »Hier sollst du mir erzählen, hübscher Freund«, sagte sie leise flüsternd; »hier hören uns die grämlichen Alten nicht.

Und so viel als ihre ärmliche Hütte ist doch hier unser Blätterdach wohl noch immer wert.« – »Es ist der Himmel!« sagte Huldbrand und umschlang inbrünstig küssend die schmeichelnde Schöne.

Da war unterdessen der alte Fischer an das Ufer des Stromes gekommen und rief zu den beiden jungen Leuten herüber: »Ei, Herr Ritter, ich habe Euch aufgenommen, wie es ein biederherziger Mann dem andern zu tun pflegt, und nun kost Ihr mit meinem Pflegekinde so heimlich und laßt mich noch obenein in der Angst nach ihr durch die Nacht umherlaufen.« – »Ich habe sie selbst erst eben jetzt gefunden, alter Vater«, rief ihm der Ritter zurück. »Desto besser«, sagte der Fischer, »aber nun bringt sie mir auch ohne Verzögern an das feste Land herüber.« Davon aber wollte Undine wieder gar nichts hören. Sie meinte, eher wolle sie mit dem schönen Fremden in den wilden Forst vollends hinein als wieder in die Hütte zurück, wo man ihr nicht ihren Willen tue und aus welcher der hübsche Ritter doch über kurz oder lang scheiden werde. Mit unsäglicher Anmut sang sie, Huldbranden umschlingend:

»Aus dunst'gem Tal die Welle
Sie rann und sucht' ihr Glück;
Sie kam ins Meer zur Stelle,
Und rinnt nicht mehr zurück.«

Der alte Fischer weinte bitterlich in ihr Lied, aber es schien sie nicht sonderlich zu rühren. Sie küßte und streichelte ihren Liebling, der endlich zu ihr sagte: »Undine, wenn dir des alten Mannes Jammer das Herz nicht trifft, so trifft er's mir. Wir wollen zurück zu ihm.« – Verwundert schlug sie die großen blauen Augen gegen ihn auf und sprach endlich langsam und zögernd: »Wenn du es so meinst – gut; mir ist alles recht, was du meinst. Aber versprechen muß mir der alte Mann da drüben, daß er dich ohne Widerrede will erzählen lassen, was du im Walde gesehn hast, und – nun das andre findet sich wohl.« – »Komm nur, komm!« rief der Fischer ihr zu, ohne mehr Worte herausbringen zu können. Zugleich streckte er seine Arme weit über die Flut ihr entgegen und nickte mit dem Kopfe, um ihr die Erfüllung ihrer Forderung zuzusagen, wobei ihm die weißen Haare seltsam über das Gesicht herüberfielen und Huldbrand an den nickenden weißen Mann im Forste denken mußte. Ohne sich aber durch irgendetwas irremachen zu lassen, faßte der junge Rittersmann das schöne Mädchen in seine Arme und trug sie über den kleinen Raum, welchen der Strom zwischen ihrem Inselchen und dem festen Ufer durchbrauste. Der Alte fiel um Undines Hals und konnte sich gar nicht satt freuen und küssen; auch die alte Frau kam herbei und schmeichelte der Wiedergefundenen auf das herzlichste. Von Vorwürfen war gar nicht die Rede mehr, um so minder, da auch Undine, ihres Trotzes vergessend, die beiden Pflegeeltern mit anmutigen Worten und Liebkosungen fast überschüttete.

Als man endlich nach der Freude des Wiederhabens sich recht besann, blickte schon das Morgenrot leuchtend über den Landsee herein, der Sturm war stille geworden, die Vöglein sangen lustig auf den genäßten Zweigen. Weil nun Undine auf die Erzählung der verheißnen Geschichte des Ritters bestand, fügten sich die beiden Alten lächelnd und willig in ihr Begehr. Man brachte ein Frühstück unter die Bäume, welche hinter der Hütte gegen den See zu standen, und setzte sich, von Herzen vergnügt, dabei nieder, Undine, weil sie es durchaus nicht anders haben wollte, zu den Füßen des Ritters ins Gras. Hierauf begann Huldbrand folgendermaßen zu sprechen.

VIERTES KAPITEL

Von dem, was dem Ritter im Walde begegnet war

Es mögen nun etwan acht Tage her sein, da ritt ich in die freie Reichsstadt ein, welche dort jenseit des Forstes gelegen ist. Bald darauf gab es darin ein schönes Turnieren und Ringelrennen, und ich schonte meinen Gaul und meine Lanze nicht. Als ich nun einmal an den Schranken still halte, um von der lustigen Arbeit zu rasten und den Helm an einen meiner Knappen zurückreiche, fällt mir ein wunderschönes Frauenbild in die Augen, das im allerherrlichsten Schmuck auf einem der Altane stand und zusah. Ich fragte meinen Nachbar und erfuhr, die reizende Jungfrau heiße Bertalda und sei die Pflegetochter eines der mächtigen Herzoge, die in dieser Gegend wohnen. Ich merkte, daß sie auch mich ansah, und wie es nun bei uns jungen Rittern zu kommen pflegt: hatte ich erst brav geritten, so ging es nun noch ganz anders los. Den Abend beim Tanze war ich Bertaldas Gefährte, und das blieb so alle die Tage des Festes hindurch.«

Ein empfindlicher Schmerz an seiner linken herunterhängenden Hand unterbrach hier Huldbrands Rede und zog seine Blicke nach der schmerzenden Stelle. Undine hatte ihre Perlenzähne scharf in seine Finger gesetzt und sah dabei recht finster und unwillig aus. Plötzlich aber schaute sie ihm freundlich wehmütig in die Augen und flüsterte ganz leise: »Ihr macht es auch darnach.« – Dann verhüllte sie ihr Gesicht, und der Ritter fuhr seltsam verwirrt und nachdenklich in seiner Geschichte fort:

»Es ist eine hochmütige, wunderliche Maid, diese Bertalda. Sie gefiel mir auch am zweiten Tage schon lange nicht mehr wie am ersten, und am dritten nicht minder. Aber ich blieb um sie, weil sie freundlicher gegen mich war als gegen andre Ritter, und so kam es auch, daß ich sie im Scherz um einen ihrer Handschuhe bat – ›Wenn Ihr mir Nachricht bringt und Ihr ganz allein‹, sagte sie, ›wie es im berüchtigten Forste aussieht.‹ – Mir lag eben nicht so viel an ihrem Handschuhe, aber gesprochen war gesprochen, und ein ehrliebender Rittersmann läßt sich zu solchem Probestück nicht zweimal mahnen.«

»Ich denke, sie hatte Euch lieb«, unterbrach ihn Undine.

»Es sah so aus«, entgegnete Huldbrand.

»Nun«, rief das Mädchen lachend, »die muß recht dumm sein. Von sich zu jagen, was einem lieb ist? Und vollends in einen verrufnen Wald hinein. Da hätte der Wald und sein Geheimnis lange für mich warten können.«

»Ich machte mich denn gestern morgen auf den Weg«, fuhr der Ritter, Undinen freundlich anlächelnd, fort. »Die Baumstämme blitzten so rot und schlank im Morgenlichte, das sich hell auf dem grünen Rasen hinstreckte, die Blätter flüsterten so lustig miteinander, daß ich in meinem Herzen über die Leute lachen mußte, die an diesem vergnüglichen Orte irgend etwas Unheimliches erwarten konnten. ›Der Wald soll bald durchtrabt sein, hin und zurück! sagte ich in behaglicher Fröhlichkeit zu mir selbst, und eh ich noch daran dachte, war ich tief in die grünenden Schatten hinein und nahm nichts mehr von der hinter mir liegenden Ebne wahr. Da fiel es mir erst aufs Herz, daß ich mich auch in dem gewaltigen Forste gar leichtlich verirren könne und daß dieses vielleicht die einzige Gefahr sei, welche den Wandersmann allhier bedrohe. Ich hielt daher stille und sah mich nach dem Stande der Sonne um, die unterdessen etwas höher gerückt war. Indem ich nun so emporblicke, sehe ich ein schwarzes Ding in den Zweigen einer hohen Eiche. Ich denke schon, es ist ein Bär, und fasse nach meiner Klinge; da sagt es mit einer Menschenstimme, aber recht rauh und häßlich, herunter: ›Wenn ich hier oben nicht die Zweige abknusperte, woran solltest du denn heut um Mitternacht gebraten werden, Herr Naseweis?‹ – Und dabei grinzt es und raschelt mit den Ästen, daß mein Gaul toll wird und mit mir durchgeht, eh ich noch Zeit gewinnen konnte, zu sehn, was es denn eigentlich für eine Teufelsbestie war.«

»Den müßt Ihr nicht nennen«, sagte der alte Fischer und kreuzte sich; die Hausfrau tat schweigend desgleichen; Undine sah ihren Liebling mit hellen Augen an, sprechend: »Das beste bei der Geschichte ist, daß sie ihn doch nicht wirklich gebraten haben. Weiter, du hübscher Jüngling.«

Der Ritter fuhr in seiner Erzählung fort: »Ich wäre mit meinem scheuen Pferde fast gegen Baumstämme und Äste angerannt; es triefte von Angst und Erhitzung und wollte sich doch noch immer nicht halten lassen. Zuletzt ging es grade auf einen steinigen Abgrund los; da kam mir's plötzlich vor, als werfe sich ein langer weißer Mann dem tollen Hengste quer vor in seinen

Weg, der entsetzte sich davor und stand; ich kriegte ihn wieder in meine Gewalt und sah nun erst, daß mein Retter kein weißer Mann war, sondern ein silberheller Bach, der sich neben mir von einem Hügel herunterstürzte, meines Rosses Lauf ungestüm kreuzend und hemmend.«

»Danke, lieber Bach!« rief Undine, in die Händchen klopfend. Der alte Mann aber sah kopfschüttelnd in tiefem Sinnen vor sich nieder.

»Ich hatte mich noch kaum im Sattel wieder zurechtgesetzt und die Zügel wieder ordentlich recht gefaßt«, fuhr Huldbrand fort, »so stand auch schon ein wunderliches Männchen zu meiner Seiten, winzig und häßlich über alle Maßen, ganz braungelb und mit einer Nase, die nicht viel kleiner war als der ganze übrige Bursche selbst. Dabei grinzte er mit einer recht dummen Höflichkeit aus dem breitgeschlitzten Maule hervor und machte viele tausend Scharrfüße und Bücklinge gegen mich. Weil mir nun das Possenspiel sehr mißhagte, dankte ich ihm ganz kurz, warf meinen noch immer zitternden Gaul herum und gedachte, mir ein andres Abenteuer, oder, dafern ich keines fände, den Heimweg zu suchen, denn die Sonne war während meiner tollen Jagd schon über die Mittagshöhe gen Westen gegangen. Da sprang aber der kleine Kerl mit einer blitzschnellen Wendung herum und stand abermals vor meinem Hengste. – ›Platz da!‹ sagt ich verdrießlich, ›das Tier ist wild und rennet dich leichtlich um.‹ – ›Ei‹, schnarrte das Kerlchen und lachte noch viel entsetzlich dummer, ›schenkt mir doch erst ein Trinkgeld, denn ich hab ja Euer Rösselein aufgefangen; lägt Ihr doch ohne mich samt Euerm Rösselein in der Steinkluft da unten, hu!‹ – ›Schneide nur keine Gesichter weiter‹, sagte ich, ›und nimm dein Geld hin, wenn du auch lügst; denn siehe, der gute Bach dorten hat mich gerettet, nicht aber du, höchst ärmlicher Wicht.‹ – Und zugleich ließ ich ein Goldstück in seine wunderliche Mütze fallen, die er bettelnd vor mir abgezogen hatte. Dann trabte ich weiter; er aber schrie hinter mir drein und war plötzlich mit unbegreiflicher Schnelligkeit neben mir. Ich sprengte mein Roß im Galopp an; er galoppierte mit, so sauer es ihm zu werden schien und so wunderliche, halb lächerliche, halb gräßliche Verrenkungen er dabei mit seinem Leibe vornahm, wobei er immerfort das Goldstück in die Höhe hielt und bei jedem Galoppsprunge schrie: ›Falsch Geld! Falsche Münz! Falsche Münz! Falsch Geld!‹ Und das krächzte er aus so hohler Brust heraus, daß man meinte, er müsse nach jeglichem Schreie tot zu Boden stürzen. Auch hing ihm die häßlich rote Zunge weit aus dem Schlunde. Ich hielt verstört; ich fragte: ›Was willst du mit deinem Geschrei? Nimm noch ein Goldstück, nimm noch zwei, aber dann laß ab von mir.‹ – Da fing er wieder mit seinem häßlich höflichen Grüßen an und schnarrte: ›Gold eben nicht, Gold soll es eben nicht sein, mein Jungherrlein; des Spaßes hab ich selbsten allzuviel; will's Euch mal zeigen.‹

Da ward es mir auf einmal, als könn' ich durch den grünen festen Boden durchsehn, als sei er grünes Glas und die ebne Erde kugelrund und drinnen hielten eine Menge Kobolde ihr Spiel mit Silber und Gold. Kopfauf, kopfunter kugelten sie sich herum und schmissen einander zum Spaß mit den edlen Metallen und pusteten sich den Goldstaub neckend ins Gesicht. Mein häßlicher Gefährte stand halb drinnen, halb draußen; er ließ sich sehr, sehr viel Gold von den andern heraufreichen und zeigte es mir lachend und schmiß es dann immer wieder klingend in die unermeßlichen Klüfte hinab. Dann zeigte er wieder mein Goldstück, was ich ihm geschenkt hatte, den Kobolden drunten, und die wollten sich drüber halb totlachen und zischten mich aus. Endlich reckten sie alle die spitzigen metallschmutzigen Finger gegen mich aus, und wilder und wilder, und dichter und dichter, und toller und toller klomm das Gewimmel gegen mich herauf; – da erfaßte mich ein Entsetzen wie vorhin meinen Gaul. Ich gab ihm beide Sporen und weiß nicht, wie weit ich zum zweiten Male toll in den Wald hineingejagt bin.

Als ich nun endlich wieder still hielt, war es abendkühl um mich her. Durch die Zweige sah ich einen weißen Fußpfad leuchten, von dem ich meinte, er müsse aus dem Forste nach der Stadt zurückführen. Ich wollte mich dahin durcharbeiten; aber ein ganz weißes, undeutliches Antlitz, mit immer wechselnden Zügen, sah mir zwischen den Blättern entgegen; ich wollte ihm ausweichen, aber wo ich hinkam, war es auch. Ergrimmt gedacht ich endlich mein Roß darauf los zu treiben; da sprudelte es mir und dem Pferde weißen Schaum entgegen, daß wir beide geblendet umwenden mußten. So trieb es uns von Schritt zu Schritt, immer von dem Fußsteige abwärts, und ließ uns überhaupt nur nach einer einzigen Richtung hin den Weg noch frei. Zogen wir aber auf dieser fort, so war es wohl dicht hinter uns, tat uns jedoch nicht das geringste zuleide. Wenn ich mich dann bisweilen nach ihm umsah, merkte ich wohl, daß das weiße, sprudelnde Antlitz auf einem ebenso weißen, höchst riesenmäßigen Körper saß. Manchmal dacht ich auch, als sei es ein wandelnder Springbronn, aber ich konnte niemals recht darüber zur Gewißheit kommen. Ermüdet gaben Roß und Reiter dem treibenden weißen Manne nach, der uns immer mit dem Kopfe zunickte, als wolle er sagen: ›Schon recht! Schon recht!‹ – Und so sind wir endlich an das Ende des Waldes hier herausgekommen, wo ich Rasen und Seeflut und eure kleine Hütte sah und wo der lange, weiße Mann verschwand.«

»Gut, daß er fort ist«, sagte der alte Fischer, und nun begann er davon zu sprechen, wie sein Gast auf die beste Weise wieder zu seinen Leuten nach der Stadt zurückgelangen könne. Darüber fing Undine an, ganz leise in sich selbst hinein zu kichern. Huldbrand merkte es und sagte: »Ich dachte, du sähest mich gern hier; was freust du dich denn nun, da von meiner Abreise die Rede ist?«

»Weil du nicht fort kannst«, entgegnete Undine. »Prob es doch mal, durch den übergetretnen Waldstrom zu setzen, mit Kahn, mit Roß oder allein, wie du Lust hast. Oder prob es lieber nicht, denn du würdest zerschellt werden von den blitzschnell getriebnen Stämmen und Steinen. Und was den See angeht, da weiß ich wohl: der Vater darf mit seinem Kahne nicht weit genug darauf hinaus.«

Huldbrand erhob sich lächelnd, um zu sehn, ob es so sei, wie ihm Undine gesagt hatte, der Alte begleitete ihn, und das Mädchen gaukelte scherzend neben den Männern her. Sie fanden es in der Tat, wie Undine gesagt hatte, und der Ritter mußte sich drein ergeben, auf der zur Insel gewordnen Landspitze zu bleiben, bis die Fluten sich verliefen. Als die dreie nach ihrer Wandrung wieder der Hütte zugingen, sagte der Ritter der Kleinen ins Ohr: »Nun, wie ist es, Undinchen? Bist du böse, daß ich bleibe?« – »Ach«, entgegnete sie mürrisch, »laßt nur. Wenn ich Euch nicht gebissen hätte, wer weiß, was noch alles von der Bertalda in Eurer Geschichte vorgekommen wär!«

FÜNFTES KAPITEL

Wie der Ritter auf der Seespitze lebte

Du bist vielleicht, mein lieber Leser, irgendwo, nach mannigfachem Auf- und Abtreiben in der Welt, an einen Ort gekommen, wo dir es wohl war; die jedwedem eingeborne Liebe zu eignem Herd und stillem Frieden ging wieder auf in dir; du meintest, die Heimat blühe mit allen Blumen der Kindheit und der allerreinsten, innigsten Liebe wieder aus teuren Grabstätten hervor, und hier müsse gut wohnen und Hütten bauen sein. Ob du dich darin geirrt und den Irrtum nachher schmerzlich abgebüßt hast, das soll hier nichts zur Sache tun, und du wirst dich auch selbst wohl mit dem herben Nachschmack nicht freiwillig betrüben wollen. Aber rufe jene unaussprechlich süße Ahnung, jenen englischen Gruß des Friedens wieder in dir herauf, und du wirst ungefähr wissen können, wie dem Ritter Huldbrand während seines Lebens auf der Seespitze zu Sinne war.

Er sah oftmals mit innigem Wohlbehagen, wie der Waldstrom mit jedem Tage wilder einherrollte, wie er sich sein Bette breiter und breiter riß und die Abgeschiedenheit auf der Insel so für immer längere Zeit ausdehnte. Einen Teil des Tages über strich er mit einer alten Armbrust, die er in einem Winkel der Hütte gefunden und sich ausgebessert hatte, umher, nach den vorüberfliegenden Vögeln lauernd und, was er von ihnen treffen konnte, als guten Braten in die Küche liefernd. Brachte er nun seine Beute zurück, so unterließ Undine fast niemals, ihn auszuschelten, daß er den lieben, lustigen Tierchen oben im blauen Luftmeer so feindlich ihr fröhliches Leben stehle; ja, sie weinte oftmals bitterlich bei dem Anblicke des toten Geflügels. Kam er aber dann ein andermal wieder heim und hatte nichts geschossen, so schalt sie ihn nicht minder ernstlich darüber aus, daß man nun um seines Ungeschicks und seiner Nachlässigkeit willen mit Fischen und Krebsen vorliebnehmen müsse. Er freute sich allemal herzinniglich auf ihr anmutiges Zürnen, um so mehr, da sie gewöhnlich nachher ihre üble Laune durch die holdesten Liebkosungen wieder gutzumachen suchte. Die Alten hatten sich in die Vertraulichkeit der beiden jungen Leute gefunden; sie kamen ihnen vor wie Verlobte oder gar wie ein Ehepaar, das ihnen zum Beistand im Alter mit auf der abgerissenen Insel wohne. Eben diese Abgeschiedenheit brachte auch den jungen Huldbrand ganz fest auf den Gedanken, er sei bereits Undines Bräutigam. Ihm war zumute, als gäbe es keine Welt mehr jenseits dieser umgebenden Fluten oder als könne man doch nie wieder da hinüber zur Vereinigung mit andern Menschen gelangen; und wenn ihn auch bisweilen sein weidendes Roß anwieherte, wie nach Rittertaten fragend und mahnend, oder sein Wappenschild ihm von der Stickerei des Sattels und der Pferdedecke ernst entgegenleuchtete oder sein schönes Schwert unversehens vom Nagel, an welchem es in der Hütte hing, herabfiel, im Sturze aus der Scheide gleitend – so beruhigte er sein zweifelndes Gemüt damit: Undine sei gar keine Fischerstochter, sei vielmehr, aller Wahrscheinlichkeit nach, aus einem wundersamen, hochfürstlichen Hause der Fremde gebürtig. Nur das war ihm in der Seele zuwider, wenn die alte Frau Undinen in seiner Gegenwart schalt. Das launische Mädchen lachte zwar meist, ohne alles Hehl, ganz ausgelassen darüber; aber ihm war es, als taste man seine Ehre an, und doch wußte er der alten Fischerin nicht unrecht zu geben, denn Undine verdiente immer zum wenigsten zehnfach so viel Schelte als sie bekam; daher er denn auch der Hauswirtin im Herzen gewogen blieb und das ganze Leben seinen stillen, vergnüglichen Gang fürder ging.

Es kam aber doch endlich eine Störung hinein; der Fischer und der Ritter waren nämlich gewohnt gewesen, beim Mittagsmahle und auch des Abends, wenn der Wind draußen heulte, wie er es fast immer gegen die Nacht zu tun pflegte, sich miteinander bei einem Kruge Wein zu ergötzen. Nun war aber der ganze Vorrat zu Ende gegangen, den der Fischer früher von der Stadt nach und nach mitgebracht hatte, und die beiden Männer wurden darüber ganz verdrießlich. Undine lachte sie den Tag über wacker aus, ohne daß beide so lustig wie gewöhnlich in ihre Scherze einstimmten. Gegen Abend war sie aus der Hütte gegangen: sie sagte, um den zwei langen und langweiligen Gesichtern zu entgehn. Weil es nun in der Dämmerung wieder nach Sturm aussah und das Wasser bereits heulte und rauschte, sprangen der Ritter und der Fischer erschreckt vor die Tür, um das Mädchen heimzuholen, der Angst jener Nacht gedenkend, wo Huldbrand zum erstenmal in der Hütte gewesen war. Undine aber trat ihnen entgegen, freundlich in ihre Händchen klopfend. »Was gebt ihr mir, wenn ich euch Wein verschaffe? Oder vielmehr, ihr braucht mir nichts zu geben«, fuhr sie fort, »denn ich bin schon zufrieden, wenn ihr lustiger ausseht und bessere Einfälle habt als diesen letzten, langweiligen Tag hindurch. Kommt nur mit; der Waldstrom hat ein Faß an das Ufer getrieben, und ich will verdammt sein, eine ganze Woche lang zu schlafen, wenn es nicht ein Weinfaß ist.« – Die Männer folgten ihr nach und fanden wirklich an einer umbüschten Bucht des Ufers ein Faß, welches ihnen Hoffnung gab, als enthalte es den edlen Trank, wonach sie verlangten. Sie wälzten es vor allem aufs schleunigste in die Hütte, denn ein schweres Wetter zog wieder am Abendhimmel herauf, und man konnte in der Dämmerung bemerken, wie die Wogen des Sees ihre weißen Häupter schäumend emporrichteten, als sähen sie sich nach dem Regen um, der nun bald auf sie herunterrauschen sollte. Undine half den beiden nach Kräften und sagte, als das Regenwetter plötzlich allzu schnell heraufheulte, lustig drohend in die schweren Wolken hinein: »Du! du! Hüte dich, daß du uns nicht naß machst; wir sind noch lange nicht unter Dach.« – Der Alte verwies ihr solches als eine sündhafte Vermessenheit; aber sie kicherte leise vor sich hin, und es widerfuhr auch niemandem etwas Übles darum. Vielmehr gelangten alle drei, wider Vermuten, mit ihrer Beute trocken an den behaglichen Herd, und erst, als man das Faß geöffnet und erprobt hatte, daß es einen wundersam trefflichen Wein enthalte, riß sich der Regen aus dem dunkeln Gewölke los, und rauschte der Sturm durch die Wipfel der Bäume und über des Sees empörte Wogen hin.

Einige Flaschen waren bald aus dem großen Fasse gefüllt, das für viele Tage Vorrat verhieß, man saß trinkend und scherzend und heimisch gesichert vor dem tobenden Unwetter an der Glut des Herdes beisammen. Da sagte der alte Fischer und ward plötzlich sehr ernst: »Ach großer Gott, wir freuen uns hier der edlen Gabe, und der, welchem sie zuerst angehörte und vom Strome genommen ward, hat wohl gar das liebe Leben drum lassen müssen.« – »Er wird ja nicht grade!« meinte Undine und schenkte dem Ritter lächelnd ein. Der aber sagte: »Bei meiner höchsten Ehre, alter Vater, wüßt ich ihn zu finden und zu retten, mich sollte kein Gang in die Nacht hinaus dauern und keine Gefahr. Soviel aber kann ich Euch versichern, komm ich je wieder zu bewohntern Landen, so will ich ihn oder seine Erben schon ausfindig machen und diesen Wein doppelt und dreifach ersetzen.« – Das freute den alten Mann; er nickte dem Ritter billigend zu und trank nun seinen Becher mit besserm Gewissen und Behagen leer. Undine aber sagte zu Huldbranden: »Mit der Entschädigung und mit deinem Golde halt es, wie du willst. Das aber mit dem Nachlaufen und Suchen war dumm geredet. Ich weinte mir die Augen aus, wenn du darüber verlorengingst, und, nicht wahr, du möchtest auch lieber bei mir bleiben und bei dem guten Wein?« – »Das freilich«, entgegnete Huldbrand lächelnd. – »Nun«, sagte Undine, »also hast du dumm gesprochen. Denn jeder ist sich doch selbst der Nächste, und was gehen einen die andern Leute an.« – Die Hauswirtin wandte sich seufzend und kopfschüttelnd von ihr ab, der Fischer vergaß seiner sonstigen Vorliebe für das zierliche Mägdlein und schalt. »Als ob dich Heiden und Türken erzogen hätten, klingt ja das«, schloß er seine Rede; »Gott verzeih es mir und dir, du ungeratnes Kind.« – »Ja, aber mir ist doch nun einmal so zumute«, entgegnete Undine, »habe mich erzogen, wer da will, und was können da all eure Worte helfen.« – »Schweig!« fuhr der Fischer sie an, und sie, die ungeachtet ihrer Keckheit doch äußerst schreckhaft war, fuhr zusammen, schmiegte sich zitternd an Huldbrand und fragte ihn ganz leise: »Bist du auch böse, schöner Freund?« Der Ritter drückte ihr die zarte Hand und streichelte ihre Locken. Sagen konnte er nichts, weil ihm der Ärger über des Alten Härte gegen Undinen die Lippen schloß, und so saßen beide Paare mit einem Male unwillig und im verlegnen Schweigen einander gegenüber.

SECHSTES KAPITEL

Von einer Trauung

Ein leises Klopfen an der Tür klang durch diese Stille und erschreckte alle, die in der Hütte saßen, wie es denn wohl bisweilen zu kommen pflegt, daß auch eine Kleinigkeit, die ganz unvermutet geschieht, einem den Sinn recht furchtbarlich aufregen kann. Aber hier kam noch dazu, daß der verrufne Forst sehr nahe lag und daß die Seespitze für menschliche Besuche jetzt unzugänglich schien. Man sah einander zweifelnd an, das Pochen wiederholte sich, von einem tiefen Ächzen begleitet; der Ritter ging nach seinem Schwerte. Da sagte aber der alte Mann leise: »Wenn es das ist, was ich fürchte, hilft uns keine Waffe.« – Undine näherte sich indessen der Tür und rief ganz unwillig und keck: »Wenn ihr Unfug treiben wollt, ihr Erdgeister, so soll euch Kühleborn was Beßres lehren.« – Das Entsetzen der andern ward durch diese wunderlichen Worte vermehrt, sie sahen das Mädchen scheu an, und Huldbrand wollte sich eben zu einer Frage an sie ermannen, da sagte es von draußen: »Ich bin kein Erdgeist, wohl aber ein Geist, der noch im irdischen Körper hauset. Wollt ihr mir helfen und fürchtet ihr Gott, ihr drinnen in der Hütte, so tut mir auf.« Undine hatte bei diesen Worten die Tür bereits geöffnet und leuchtete mit einer Ampel in die stürmige Nacht hinaus, so daß man draußen einen alten Priester wahrnahm, der vor dem unversehnen Anblicke des wunderschönen Mägdleins erschreckt zurücketrat. Er mochte wohl denken, es müsse Spuk und Zauberei mit im Spiele sein, wo ein so herrliches Bild aus einer so niedern Hüttenpforte erscheine; deshalb fing er an zu beten: »Alle gute Geister loben Gott den Herrn!« – »Ich bin kein Gespenst«, sagte Undine lächelnd, »seh ich denn so häßlich aus? Zudem könnt Ihr ja wohl merken, daß mich kein frommer Spruch erschreckt. Ich weiß doch auch von Gott und versteh ihn auch zu loben, jedweder auf seine Weise freilich, und dazu hat er uns erschaffen. Tretet herein, ehrwürdiger Vater, Ihr kommt zu guten Leuten.«

Der Geistliche kam neigend und umblickend herein und sahe gar lieb und ehrwürdig aus. Aber das Wasser troff aus allen Falten seines dunkeln Kleides und aus dem langen weißen Bart und den weißen Locken des Haupthaares. Der Fischer und der Ritter führten ihn in eine Kammer und gaben ihm andre Kleider, während sie den Weibern die Gewande des Priesters zum Trocknen in das Zimmer reichten. Der fremde Greis dankte aufs demütigste und freundlichste, aber des Ritters glänzenden Mantel, den ihm dieser entgegenhielt, wollte er auf keine Weise umnehmen; er wählte statt dessen ein altes graues Oberkleid des Fischers. So kamen sie dann in das Gemach zurück, die Hausfrau räumte dem Priester alsbald ihren großen Sessel und ruhte nicht eher, bis er sich darauf niedergelassen hatte; »denn«, sagte sie, »Ihr seid alt und erschöpft und geistlich obendrein.« – Undine schob den Füßen des Fremden ihr kleines Bänkchen unter, worauf sie sonst neben Huldbranden zu sitzen pflegte, und bewies sich überhaupt in der Pflege des guten Alten höchst sittig und anmutig. Huldbrand flüsterte ihr darüber eine Neckerei ins Ohr, sie aber entgegnete sehr ernst: »Er dient ja dem, der uns alle geschaffen hat; damit ist nicht zu spaßen.« – Der Ritter und der Fischer labten darauf den Priester mit Speise und Wein, und dieser fing, nachdem er sich etwas erholt hatte, zu erzählen an, wie er gestern aus seinem Kloster, das fern über den großen Landsee hinaus liege, nach dem Sitze des Bischofs habe reisen sollen, um demselben die Not kundzutun, in welche durch die jetzigen wunderbaren Überschwemmungen das Kloster und dessen Zinsdörfer geraten seien. Da habe er nach langen Umwegen, um ebendieser Überschwemmungen willen, sich heute gegen Abend dennoch genötigt gesehn, einen übergetretnen Arm des Sees mit Hülfe zweier guten Fährleute zu überschiffen. – »Kaum aber«, fuhr er fort, »hatte unser kleines Fahrzeug die Wellen berührt, so brach auch schon der ungeheure Sturm los, der noch jetzt über unsern Häuptern fortwütet. Es war, als hätten die Fluten nur auf uns gewartet, um die allertollsten, strudelndsten Tänze mit uns zu beginnen. Die Ruder waren bald aus meiner Führer Händen gerissen und trieben zerschmettert auf den Wogen weiter und weiter vor uns hinaus. Wir selbst flogen, hülflos und der tauben Naturkraft hingegeben, auf die Höhe des Sees zu euern fernen Ufern herüber, die wir schon zwischen den Nebeln und Wasserschäumen emporstreben sahen. Da drehte sich endlich der Nachen immer wilder und schwindliger; ich weiß nicht, stürzte er um, stürzte ich heraus. Im dunkeln Ängstigen des nahen schrecklichen Todes trieb ich weiter, bis mich eine Welle hier unter die Bäume an eure Insel warf.«

»Ja, Insel!« sagte der Fischer. »Vor kurzem war's noch eine Landspitze. Nun aber, seit Waldstrom und See schier toll geworden sind, sieht es ganz anders mit uns aus.«

»Ich merkte so etwas«, sagte der Priester, »indem ich im Dunkeln das Wasser entlängst schlich und, ringsum nur wildes Gebrause antreffend, endlich schaute, wie sich ein betretner Fußpfad gerade in das Getos hinein verlor. Nun sahe ich das Licht in eurer Hütte und wagte mich hierher, wo ich denn meinem himmlischen Vater nicht genug danken kann, daß er mich nach meiner Rettung aus dem Gewässer auch noch zu so frommen Leuten geführt hat als zu euch; und das um so mehr, da ich nicht wissen kann, ob ich außer euch vieren noch in diesem Leben andre Menschen wieder zu sehen bekomme.«

»Wie meint Ihr das?« fragte der Fischer.

»Wißt ihr denn, wie lange dieses Treiben der Elemente währen soll?« entgegnete der Geistliche. »Und ich bin alt an Jahren. Gar leichtlich mag mein Lebensstrom eher versiegend unter die Erde gehn als die Überschwemmung des Waldstromes da draußen. Und überhaupt, es wäre ja nicht unmöglich, daß mehr und mehr des schäumenden Wassers sich zwischen euch und den jenseitigen Forst drängte, bis ihr so weit von der übrigen Erde abgerissen würdet, daß euer Fischerkähnlein nicht mehr hinüberreichte und die Bewohner des festen Landes in ihren Zerstreuungen euer Alter gänzlich vergessen.«

Die alte Hausfrau fuhr hierüber zusammen, kreuzte sich und sagte: »Das verhüte Gott!« – Aber der Fischer sahe sie lächelnd an und sprach: »Wie doch auch nun der Mensch ist! Es wäre ja nicht anders, wenigstens nicht für dich, liebe Frau, als es nun ist. Bist du denn seit vielen Jahren weiter gekommen als an die Grenze des Forstes? Und hast du andre Menschen gesehn als Undinen und mich? – Seit kurzem sind nun noch der Ritter und der Priester zu uns gekommen. Die blieben bei uns, wenn wir zur vergessenen Insel würden; also hättest du ja den besten Gewinn davon.«

»Ich weiß nicht«, sagte die alte Frau, »es wird einem doch unheimlich zumute, wenn man sich's nun so vorstellt, daß man unwiederbringlich von den andern Leuten geschieden wär, ob man sie übrigens auch weder kennt noch sieht.«

»Du bliebest dann bei uns, du bliebest dann bei uns!« flüsterte Undine ganz leise, halb singend, und schmiegte sich inniger an Huldbrands Seite. Dieser aber war in tiefen und seltsamen Gebilden seines Innern verloren. Die Gegend jenseits des Waldwassers zog sich seit des Priesters letzten Worten immer ferner und dunkler von ihm ab, die blühende Insel, auf welcher er lebte, grünte und lachte immer frischer in sein Gemüt herein. Die Braut glühte als die schönste Rose dieses kleinen Erdstriches und auch der ganzen Welt hervor, der Priester war zur Stelle. Dazu kam noch eben, daß ein zürnender Blick der Hausfrau das schöne Mädchen traf, weil sie sich in Gegenwart des geistlichen Herren so dicht an ihren Liebling lehnte, und es schien, als wolle ein Strom von unerfreulichen Worten folgen. Da brach es aus des Ritters Munde, daß er, gegen den Priester gewandt, sagte: »Ihr seht hier ein Brautpaar vor Euch, ehrwürdiger Herr, und wenn dies Mädchen und die guten alten Fischersleute nichts dawider haben, sollt Ihr uns heute abend noch zusammengeben.«

Die beiden alten Eheleute waren sehr verwundert. Sie hatten zwar bisher oft so etwas gedacht, aber ausgesprochen hatten sie es doch niemals, und wie nun der Ritter dies tat, kam es ihnen als etwas ganz Neues und Unerhörtes vor. Undine war plötzlich ernst geworden und sah tiefsinnig vor sich nieder, während der Priester nach den nähern Umständen fragte und sich bei den Alten nach ihrer Einwilligung erkundigte. Man kam nach mannigfachem Hin- und Herreden miteinander aufs reine; die Hausfrau ging, um den jungen Leuten das Brautgemach zu ordnen und zwei geweihte Kerzen, die sie seit langer Zeit verwahrt hielt, für die Trauungsfeierlichkeit hervorzusuchen. Der Ritter nestelte indes an seiner goldnen Kette und wollte zwei Ringe losdrehen, um sie mit der Braut wechseln zu können. Diese aber fuhr, es bemerkend, aus ihrem tiefen Sinnen auf und sprach: »Nicht also! Ganz bettelarm haben mich meine Eltern nicht in die Welt hineingeschickt; vielmehr haben sie gewißlich schon frühe darauf gerechnet, daß ein solcher Abend aufgehn solle.« – Damit war sie schnell aus der Tür und kam gleich darauf mit zwei kostbaren Ringen zurück, deren einen sie ihrem Bräutigam gab und den andern für sich behielt. Der alte Fischer war ganz erstaunt darüber und noch mehr die Hausfrau, die eben wieder hereintrat, daß beide diese Kleinodien noch niemals bei dem Kinde gesehn hatten. – »Meine

Eltern«, entgegnete Undine, »ließen mir diese Dingerchen in das schöne Kleid nähen, das ich grade anhatte, da ich zu euch kam. Sie verboten mir auch, auf irgendeine Weise jemandem davon zu sagen vor meinem Hochzeitabend. Da habe ich sie denn also stille herausgetrennt und verborgengehalten bis heute.« – Der Priester unterbrach das weitere Fragen und Verwundern, indem er die geweihten Kerzen anzündete, sie auf einen Tisch stellte und das Brautpaar sich gegenübertreten hieß. Er gab sie sodann mit kurzen, feierlichen Worten zusammen, die alten Eheleute segneten die jungen, und die Braut lehnte sich leise zitternd und nachdenklich an den Ritter. Da sagte der Priester mit einem Male: »Ihr Leute seid doch seltsam! Was sagt ihr mir denn, ihr wäret die einzigen Menschen hier auf der Insel? Und während der ganzen Trauhandlung sah zu dem Fenster mir gegenüber ein ansehnlicher, langer Mann im weißen Mantel herein. Er muß noch vor der Tür stehen, wenn ihr ihn etwa mit ins Haus nötigen wollt.« – »Gott bewahre!« sagte die Wirtin zusammenfahrend, der alte Fischer schüttelte schweigend den Kopf, und Huldbrand sprang nach dem Fenster. Es war ihm selbst, als sehe er noch einen weißen Streif, der aber bald im Dunkel gänzlich verschwand. Er redete dem Priester ein, daß er sich durchaus geirrt haben müsse, und man setzte sich vertraulich mitsammen um den Herd.

SIEBENTES KAPITEL

Was sich weiter am Hochzeitabende begab

Gar sittig und still hatte sich Undine vor und während der Trauung bewiesen, nun aber war es, als schäumten alle die wunderlichen Grillen, welche in ihr hausten, um so dreister und kecklicher auf der Oberfläche hervor. Sie neckte Bräutigam und Pflegeeltern und selbst den noch kaum so hochverehrten Priester mit allerhand kindischen Streichen, und als die Wirtin etwas dagegen sagen wollte, brachten diese ein paar ernste Worte des Ritters, worin er Undinen mit großer Bedeutsamkeit seine Hausfrau nannte, zum Schweigen. Ihm selbst indessen, dem Ritter, gefiel Undinens kindisches Bezeigen ebensowenig; aber da half kein Winken und kein Räuspern und keine tadelnde Rede. Sooft die Braut ihres Lieblings Unzufriedenheit merkte – und das geschah einigemal –, ward sie freilich stiller, setzte sich neben ihn, streichelte ihn, flüsterte ihm lächelnd etwas in das Ohr und glättete so die aufsteigenden Falten seiner Stirn. Aber gleich darauf riß sie irgendein toller Einfall wieder in das gaukelnde Treiben hinein, und es ging nur ärger als zuvor. Da sagte der Priester sehr ernsthaft und sehr freundlich: »Mein anmutiges junges Mägdlein, man kann Euch zwar nicht ohne Ergötzen ansehn, aber denkt darauf, Eure Seele beizeiten so zu stimmen, daß sie immer die Harmonie zu der Seele Eures angetrauten Bräutigams anklingen lasse.« – »Seele!« lachte ihn Undine an, »das klingt recht hübsch und mag auch für die mehrsten Leute eine gar erbauliche und nutzreiche Regel sein. Aber wenn nun eins gar keine Seele hat, bitt Euch, was soll es denn da stimmen? Und so geht es mir.« – Der Priester schwieg tiefverletzt, im frommen Zürnen, und kehrte sein Antlitz wehmütig von dem Mädchen ab. Sie aber ging schmeichelnd auf ihn zu und sagte: »Nein, hört doch erst ordentlich, eh Ihr böse ausseht, denn Euer Böseaussehn tut mir weh, und Ihr müßt doch keiner Kreatur weh tun, die Euch ihrerseits nichts zuleide getan hat. Zeigt Euch nur duldsam gegen mich, und ich will's Euch ordentlich sagen, wie ich's meine.«

Man sah, sie stellte sich in Bereitschaft, etwas recht Ausführliches zu erzählen, aber plötzlich stockte sie, wie von einem innern Schauer ergriffen und brach in einen reichen Strom der wehmütigsten Tränen aus. Sie wußten alle nicht mehr, was sie recht aus ihr machen sollten, und starrten sie in unterschiedlichen Besorgnissen schweigend an. Dann sagte sie endlich, sich ihre Tränen abtrocknend und den Priester ernsthaft ansehend: »Es muß etwas Liebes, aber auch etwas höchst Furchtbares um eine Seele sein. Um Gott, mein frommer Mann, wär es nicht besser, man würde ihrer nie teilhaftig?« Sie schwieg wieder still, wie auf Antwort wartend, ihre Tränen waren gehemmt. Alle in der Hütte hatten sich von ihren Sitzen erhoben und traten schaudernd vor ihr zurück. Sie aber schien nur für den Geistlichen Augen zu haben, auf ihren Zügen malte sich der Ausdruck einer fürchtenden Neubegier, die eben deshalb den andern höchst furchtbar vorkam. – »Schwer muß die Seele lasten«, fuhr sie fort, da ihr noch niemand antwortete, »sehr schwer! Denn schon ihr annahendes Bild überschattet mich mit Angst und Trauer. Und ach, ich war so leicht, so lustig sonst!« – Und in einen erneuten Tränenstrom brach sie aus und schlug das Gewand vor ihrem Antlitze zusammen. Da trat der Priester, ernsten Ansehens, auf sie zu und sprach sie an und beschwur sie bei den heiligsten Namen, sie solle die lichte Hülle abwerfen, falls etwas Böses in ihr sei. Sie aber sank vor ihm in die Knie, alles Fromme wiederholend, was er sprach, und Gott lobend und beteuernd, sie meine es gut mit der ganzen Welt. Da sagte endlich der Priester zum Ritter: »Herr Bräutigam, ich lasse Euch allein mit der, die ich Euch angetraut habe. Soviel ich ergründen kann, ist nichts Übles an ihr, wohl aber des Wundersamen viel. Ich empfehle Euch Vorsicht, Liebe und Treue.« – Damit ging er hinaus, die Fischersleute folgten ihm, sich bekreuzend.

Undine war auf die Knie gesunken, sie entschleierte ihr Angesicht und sagte, scheu nach Huldbranden umblickend: »Ach, nun willst du mich gewiß nicht behalten; und hab ich doch nichts Böses getan, ich armes, armes Kind!« – Sie sah dabei so unendlich anmutig und rührend aus, daß ihr Bräutigam alles Grauens und aller Rätselhaftigkeit vergaß, zu ihr hineilend und sie in seinen Armen emporrichtend. Da lächelte sie durch ihre Tränen; es war, als wenn das Morgenrot auf kleinen Bächen spielt. – »Du kannst nicht von mir lassen!« flüsterte sie vertraulich und sicher und streichelte mit den zarten Händchen des Ritters Wangen. Dieser wandte sich darüber von den furchtbaren Gedanken ab, die noch im Hintergrunde seiner Seele lauerten und ihm einreden wollten, er sei an eine Fei oder sonst ein böslich neckendes Wesen der Geisterwelt angetraut; nur noch die einzige Frage ging fast unversehens über seine Lippen: »Liebes Undinchen, sage mir doch das eine, was war es, daß du von Erdgeistern sprachst, da der Priester an die Tür klopfte, und von Kühleborn?« – »Märchen! Kindermärchen!« sagte Undine lachend und ganz wieder in ihrer gewohnten Lustigkeit. »Erst hab ich euch damit bange gemacht, am Ende habt ihr's mich. Das ist das Ende vom Liede und vom ganzen Hochzeitabend.« – »Nein, das ist es nicht«, sagte der von Liebe berauschte Ritter, löschte die Kerzen und trug seine schöne Geliebte unter tausend Küssen, vom Monde, der hell durch die Fenster hereinsah, anmutig beleuchtet, zu der Brautkammer hinein.

ACHTES KAPITEL

Der Tag nach der Hochzeit

Ein frisches Morgenlicht weckte die jungen Eheleute. Undine verbarg sich schamhaft unter ihre Decken, und Huldbrand lag still sinnend vor sich hin. Sooft er in der Nacht eingeschlafen war, hatten ihn verwunderlich grausende Träume verstört von Gespenstern, die sich heimlich grinzend in schöne Frauen zu verkleiden strebten, von schönen Frauen, die mit einem Male Drachengesichter bekamen. Und wenn er von den häßlichen Gebilden in die Höhe fuhr, stand das Mondlicht bleich und kalt draußen vor den Fenstern; entsetzt blickte er nach Undinen, an deren Busen er eingeschlafen war und die in unverwandelter Schönheit und Anmut neben ihm ruhte. Dann drückte er einen leichten Kuß auf die rosigen Lippen und schlief wieder ein, um von neuen Schrecken erweckt zu werden. Nachdem er sich nun alles dieses recht im vollen Wachen überlegt hatte, schalt er sich selbst über jedweden Zweifel aus, der ihn an seiner schönen Frau hatte irremachen können. Er bat ihr auch sein Unrecht mit klaren Worten ab, sie aber reichte ihm nur die schöne Hand, seufzte aus tiefem Herzen und blieb still. Aber ein unendlich inniger Blick aus ihren Augen, wie er ihn noch nie gesehn hatte, ließ ihm keinen Zweifel, daß Undine von keinem Unwillen gegen ihn wisse. Er stand dann heiter auf und ging zu den Hausgenossen in das gemeinsame Zimmer vor. Die dreie saßen mit besorglichen Mienen um den Herd, ohne daß sich einer getraut hätte, seine Worte laut werden zu lassen. Es sahe aus, als bete der Priester in seinem Innern um Abwendung allen Übels. Da man nun aber den jungen Ehemann so vergnügt hervorgehn sah, glätteten sich auch die Falten in den übrigen Angesichtern; ja, der alte Fischer fing an, mit dem Ritter zu scherzen, auf eine recht sittige, ehrbare Weise, so daß selbst die alte Hausfrau ganz freundlich dazu lächelte. Darüber war endlich Undine auch fertig geworden und trat nun in die Tür; alle wollten ihr entgegengehn, und alle blieben voll Verwunderung stehen, so fremd kam ihnen die junge Frau vor und doch so wohlbekannt. Der Priester schritt zuerst mit Vaterliebe in den leuchtenden Blicken auf sie zu, und wie er die Hand zum Segnen emporhob, sank das schöne Weib andächtig schauernd vor ihm in die Knie. Sie bat ihn darauf mit einigen freundlich demütigen Worten wegen des Törichten, das sie gestern gesprochen haben möge, um Verzeihung und ersuchte ihn mit sehr bewegtem Tone, daß er für das Heil ihrer Seele beten wolle. Dann erhob sie sich, küßte ihre Pflegeeltern und sagte, für alles genossene Gute dankend: »O jetzt fühle ich es im innersten Herzen, wie viel, wie unendlich viel ihr für mich getan habt, ihr lieben, lieben Leute!« – Sie konnte erst gar nicht wieder von ihren Liebkosungen abbrechen, aber kaum gewahrte sie, daß die Hausfrau nach dem Frühstücke hinsah, so stand sie auch bereits am Herde, kochte und ordnete an und litt nicht, daß die gute alte Mutter auch nur die geringste Mühwaltung über sich nahm.

Sie blieb den ganzen Tag lang so; still, freundlich und achtsam, ein Hausmütterlein und ein zart verschämtes, jungfräuliches Wesen zugleich. Die dreie, welche sie schon länger kannten, dachten in jedem Augenblicke irgendein wunderliches Wechselspiel ihres launischen Sinnes hervorbrechen zu sehn. Aber sie warteten vergebens darauf. Undine blieb engelmild und sanft. Der Priester konnte seine Augen gar nicht von ihr wegwenden und sagte mehrere Male zum Bräutigam: »Herr, einen Schatz hat Euch gestern die himmlische Güte durch mich Unwürdigen anvertraut; wahrt ihn, wie es sich gebührt, so wird er Euer ewiges und zeitliches Heil befördern.«

Gegen Abend hing sich Undine mit demütiger Zärtlichkeit an des Ritters Arm und zog ihn sanft vor die Tür hinaus, wo die sinkende Sonne anmutig über den frischen Gräsern und um die hohen, schlanken Baumstämme leuchtete. In den Augen der jungen Frau schwamm es wie Tau der Wehmut und der Liebe, auf ihren Lippen schwebte es wie ein zartes, besorgliches

Geheimnis, das sich aber nur in kaum vernehmlichen Seufzern kundgab. Sie führte ihren Liebling schweigend immer weiter mit sich fort; was er sagte, beantwortete sie nur mit Blicken, in denen zwar keine unmittelbare Auskunft auf seine Fragen, wohl aber ein ganzer Himmel der Liebe und schüchternen Ergebenheit lag. So gelangte sie an das Ufer des übergetretnen Waldstroms, und der Ritter erstaunte, diesen in leisen Wellen verrinnend dahinrieseln zu sehn, so daß keine Spur seiner vorigen Wildheit und Fülle mehr anzutreffen war. – »Bis morgen wird er ganz versiegt sein«, sagte die schöne Frau weinerlich, »und du kannst dann ohne Widerspruch reisen, wohinaus du willst.« – »Nicht ohne dich, Undinchen«, entgegnete der lachende Ritter, »denke doch, wenn ich auch Lust hätte, auszureisen, so müßte ja Kirche und Geistlichkeit und Kaiser und Reich dreinschlagen und dir den Flüchtling wiederbringen.« – »Kommt alles auf dich an, kommt alles auf dich an«, flüsterte die Kleine, halb weinend, halb lächelnd. »Ich denke aber doch, du wirst mich wohl behalten; ich bin dir ja gar zu innig gut. Trage mich nun hinüber auf die kleine Insel, die vor uns liegt. Da soll sich's entscheiden. Ich könnte wohl leichtlich selbst durch die Wellchen schlüpfen, aber in deinen Armen ruht sich's so gut, und verstößest du mich, so hab ich doch noch zum letzten Male anmutig darin geruht.« – Huldbrand, voll von einer seltsamen Bangigkeit und Rührung, wußte ihr nichts zu erwidern. Er nahm sie in seine Arme und trug sie hinüber, sich nun erst besinnend, daß es dieselbe kleine Insel war, von wo er sie in jener ersten Nacht dem alten Fischer zurückgetragen hatte. Jenseits ließ er sie in das weiche Gras nieder und wollte sich schmeichelnd neben seine schöne Bürde setzen; sie aber sagte: »Nein, dorthin, mir gegenüber. Ich will in deinen Augen lesen, noch ehe deine Lippen sprechen: Höre nun recht achtsam zu, was ich dir erzählen will.« Und sie begann:

»Du sollst wissen, mein süßer Liebling, daß es in den Elementen Wesen gibt, die fast aussehen wie ihr und sich doch nur selten vor euch blicken lassen. In den Flammen glitzern und spielen die wunderlichen Salamander, in der Erden tief hausen die dürren, tückischen Gnomen, durch die Wälder streifen die Waldleute, die der Luft angehören, und in den Seen und Strömen und Bächen lebt der Wassergeister ausgebreitetes Geschlecht. In klingenden Kristallgewölben, durch die der Himmel mit Sonn und Sternen hereinsieht, wohnt sich's schön; hohe Korallenbäume mit blau und roten Früchten leuchten in den Gärten; über reinlichen Meeressand wandelt man und über schöne, bunte Muscheln, und was die alte Welt des also Schönen besaß, daß die heutige nicht mehr sich dran zu freuen würdig ist, das überzogen die Fluten mit ihren heimlichen Silberschleiern, und unten prangen nun die edlen Denkmale, hoch und ernst, und anmutig betaut vom liebenden Gewässer, das aus ihnen schöne Moosblumen und kränzende Schilfbüschel hervorlockt. Die aber dorten wohnen, sind gar hold und lieblich anzuschauen, meist schöner als die Menschen sind. Manch einem Fischer ward es schon so gut, ein zartes Wasserweib zu belauschen, wie sie über die Fluten hervorstieg und sang. Der erzählte dann von ihrer Schöne weiter, und solche wundersame Frauen werden von den Menschen Undinen genannt. Du aber siehst jetzt wirklich eine Undine, lieber Freund.«

Der Ritter wollte sich einreden, seiner schönen Frau sei irgendeine ihrer seltsamen Launen wach geworden, und sie finde ihre Lust daran, ihn mit bunt erdachten Geschichten zu necken. Aber sosehr er sich dies auch vorsagte, konnte er doch keinen Augenblick daran glauben; ein seltsamer Schauder zog durch sein Innres; unfähig, ein Wort hervorzubringen, starrte er unverwandten Auges die holde Erzählerin an. Diese schüttelte betrübt den Kopf, seufzte aus vollem Herzen und fuhr alsdann folgendermaßen fort:

»Wir wären weit besser daran als ihr andern Menschen – denn Menschen nennen wir uns auch, wie wir es denn der Bildung und dem Leibe nach sind – aber es ist ein gar Übles dabei. Wir und unsresgleichen in den andern Elementen, wir zerstieben und vergehn mit Geist und Leib, daß keine Spur von uns rückbleibt, und wenn ihr andern dermaleinst zu einem reinern Leben erwacht, sind wir geblieben, wo Sand und Funk' und Wind und Welle blieb. Darum haben wir auch keine Seelen; das Element bewegt uns, gehorcht uns oft, solange wir leben, zerstäubt uns immer, sobald wir sterben, und wir sind lustig, ohne uns irgend zu grämen, wie es die Nachtigallen und Goldfischlein und andre hübsche Kinder der Natur ja gleichfalls sind. Aber alles will höher als es steht. So wollte mein Vater, der ein mächtiger Wasserfürst im Mittelländischen Meere ist, seine einzige Tochter solle einer Seele teilhaftig werden und müsse sie darüber auch viele Leiden der beseelten Leute bestehn. Eine Seele aber kann unsresgleichen nur durch den innigsten Verein der Liebe mit einem eures Geschlechtes gewinnen. Nun bin ich beseelt, dir dank ich die Seele, o du unaussprechlich Geliebter, und dir werd ich es danken, wenn du mich nicht mein ganzes Leben hindurch elend machst. Denn was soll aus mir werden, wenn du mich scheuest und mich verstößest? Durch Trug aber mocht ich dich nicht behalten. Und willst du mich verstoßen, so tu es nun, so geh allein ans Ufer zurück. Ich tauche mich in diesen Bach, der mein Oheim ist und hier im Walde sein wunderliches Einsiedlerleben, von den übrigen Freunden entfernet, führt. Er ist aber mächtig und vielen großen Strömen wert und teuer, und wie er mich herführte zu den Fischern, mich leichtes und lachendes Kind, wird er mich auch wieder heimführen zu den Eltern, mich beseelte, liebende, leidende Frau.«

Sie wollte noch mehr sagen, aber Huldbrand umfaßte sie voll der innigsten Rührung und Liebe und trug sie wieder ans Ufer zurück. Hier erst schwur er unter Tränen und Küssen, sein holdes Weib niemals zu verlassen, und pries sich glücklicher als den griechischen Bildner Pygmalion, welchem Frau Venus seinen schönen Stein zur Geliebten belebt habe. Im süßen Vertrauen wandelte Undine an seinem Arme nach der Hütte zurück und empfand nun erst von ganzem Herzen, wie wenig sie die verlassenen Kristallpaläste ihres wundersamen Vaters bedauern dürfe.

NEUNTES KAPITEL

Wie der Ritter seine junge Frau mit sich führte

Als Huldbrand am anderen Morgen vom Schlaf erwachte, fehlte seine schöne Genossin an seiner Seiten, und er fing schon an, wieder den wunderlichen Gedanken nachzuhängen, die ihm seine Ehe und die reizende Undine selbst als ein flüchtiges Blendwerk und Gaukelspiel vorstellen wollten. Aber da trat sie eben zur Tür herein, küßte ihn, setzte sich zu ihm aufs Bett und sagte: »Ich bin etwas früh hinaus gewesen, um zu sehn, ob der Oheim Wort halte. Er hat schon alle Fluten wieder in sein stilles Bett zurückgelenkt und rinnt nun nach wie vor einsiedlerisch und sinnend durch den Wald. Seine Freunde in Wasser und Luft haben sich auch zur Ruhe gegeben; es wird wieder alles ordentlich und ruhig in diesen Gegenden zugehen, und du kannst trocknen Fußes heimreisen, sobald du willst.« – Es war Huldbranden zumute, als träumte er wachend fort, so wenig konnte er sich in die seltsame Verwandtschaft seiner Frau finden. Dennoch ließ er sich nichts merken, und die unendliche Anmut des holden Weibes wiegte auch bald jedwede unheimliche Ahnung zur Ruhe. – Als er nach einer Weile mit ihr vor der Tür stand und die grünende Seespitze mit ihren klaren Wassergrenzen überschaute, ward es ihm so wohl in dieser Wiege seiner Liebe, daß er sagte: »Was sollen wir denn auch heute schon reisen? Wir finden wohl keine vergnügtern Tage in der Welt haußen, als wir sie an diesem heimlichen Schutzörtlein verlebten. Laß uns immer noch zwei oder dreimal die Sonne hier untergehn sehn.« – »Wie mein Herr es gebeut«, entgegnete Undine in freundlicher Demut. »Es ist nur, daß sich die alten Leute ohnehin schon mit Schmerzen von mir trennen werden, und wenn sie nun erst die treue Seele in mir spüren und wie ich jetzt innig lieben und ehren kann, bricht ihnen wohl gar vor vielen Tränen das schwache Augenlicht. Noch halten sie meine Stille und Frömmigkeit für nichts Besseres, als es sonst in mir bedeutete, für die

Ruhe des Sees, wenn eben die Luft still ist, und sie werden sich nun ebensogut einem Bäumchen oder Blümlein befreunden lernen als mir. Laß mich ihnen dies neugeschenkte, von Liebe wallende Herz nicht kundgeben in Augenblicken, wo sie es für diese Erde verlieren sollen, und wie könnt ich es bergen, blieben wir länger zusammen?« –

Huldbrand gab ihr recht; er ging zu den Alten und besprach die Reise mit ihnen, die noch in dieser Stunde vor sich gehen sollte. Der Priester bot sich den beiden jungen Eheleuten zum Begleiter an, er und der Ritter hoben nach kurzem Abschied die schöne Frau aufs Pferd und schritten mit ihr über das ausgetrocknete Bette des Waldstroms eilig dem Forste zu. Undine weinte still, aber bitterlich, die alten Leute klagten ihr laut nach. Es schien, als sei diesen eine Ahnung aufgegangen von dem, was sie eben jetzt an der holden Pflegetochter verloren.

Die drei Reisenden waren schweigend in die dichtesten Schatten des Waldes gelangt. Es mochte hübsch anzusehen sein in dem grünen Blättersaal, wie die schöne Frauengestalt auf dem edlen, zierlich geschmückten Pferde saß und von einer Seite der ehrwürdige Priester in seiner weißen Ordenstracht, von der anderen der blühende Ritter in bunten hellen Kleidern, mit seinem prächtigen Schwerte umgürtet, achtsam beiher schritten. Huldbrand hatte nur Augen für sein holdes Weib; Undine, die ihre lieben Tränen getrocknet hatte, nur Augen für ihn, und sie gerieten bald in ein stilles, lautloses Gespräch mit Blicken und Winken, aus dem sie erst spät durch ein leises Reden erweckt wurden, welches der Priester mit einem vierten Reisegesellschafter hielt, der indes unbemerkt zu ihnen gekommen war.

Er trug ein weißes Kleid, fast wie des Priesters Ordenshabit, nur daß ihm die Kappe ganz tief ins Gesicht hereinhing und das ganze in so weiten Falten um ihn herflog, daß er alle Augenblicke mit Aufraffen und über den Arm schlagen oder sonst dergleichen Anordnungen zu tun hatte, ohne daß er doch dadurch im geringsten im Gehen behindert schien. Als die jungen Eheleute seiner gewahr wurden, sagte er eben: »Und so wohn ich denn schon seit vielen Jahren hier im Walde, mein ehrwürdiger Herr, ohne daß man mich Eurem Sinne nach einen Eremiten nennen könnte. Denn, wie gesagt, von Buße weiß ich nichts und glaube sie auch nicht sonderlich zu bedürfen. Ich habe nur deswegen den Wald so lieb, weil es sich auf eine ganz eigne Weise hübsch ausnimmt und mir Spaß macht, wenn ich in meinen flatternden weißen Kleidern durch die finstern Schatten und Blätter hingehe und dann bisweilen ein süßer Sonnenstrahl unvermutet auf mich herunterblitzt.« – »Ihr seid ein höchst seltsamer Mann«, entgegnete der Priester, »und ich möchte wohl nähere Kunde von Euch haben.« – »Und wer seid Ihr denn, von einem aufs andre zu kommen?« fragte der Fremde. – »Sie nennen mich den

Pater Heilmann«, sprach der Geistliche, »und ich komme aus Kloster Mariagruß von jenseit des Sees.« – »So, so«, antwortete der Fremde. »Ich heiße Kühleborn, und wenn es auf Höflichkeit ankommt, könnte man mich wohl auch ebensogut Herr von Kühleborn betiteln, oder Freiherr von Kühleborn; denn frei bin ich wie der Vogel im Walde, und wohl noch ein bißchen drüber. Zum Exempel, jetzt hab ich der jungen Frau dorten etwas zu erzählen.« – Und ehe man sich's versah, war er auf der andern Seite des Priesters, dicht neben Undinen, und reckte sich hoch in die Höhe, um ihr etwas ins Ohr zu flüstern. Sie aber wandte sich erschrocken ab, sagend: »Ich habe nichts mit Euch mehr zu schaffen.« – »Hoho«, lachte der Fremde, »was für eine ungeheuer vornehme Heirat habt Ihr denn getan, daß Ihr Eure Verwandten nicht mehr kennt? Wißt Ihr denn nicht vom Oheim Kühleborn, der Euch auf seinem Rücken so treu in diese Gegend trug?« – »Ich bitte Euch aber«, entgegnete Undine, »daß Ihr Euch nicht wieder vor mir sehn laßt. Jetzt fürcht ich Euch; und soll mein Mann mich scheuen lernen, wenn er mich in so seltsamer Gesellschaft und Verwandtschaft sieht?« – »Nichtchen«, sagte Kühleborn, »Ihr müßt nicht vergessen, daß ich hier zum Geleiter bei Euch bin; die spukenden Erdgeister möchten sonst dummen Spaß mit Euch treiben. Laßt mich also doch immer ruhig mitgehn; der alte Priester dort wußte sich übrigens meiner besser zu erinnern, als Ihr es zu tun scheint, denn er versicherte vorhin, ich käme ihm sehr bekannt vor, und ich müsse wohl mit im Nachen gewesen sein, aus dem er ins Wasser fiel. Das war ich auch freilich, denn ich war just die Wasserhose, die ihn herausriß, und schwemmte ihn hernach zu deiner Trauung vollends ans Land.«

Undine und der Ritter sahen nach Pater Heilmann; der aber schien in einem wandelnden Traume fortzugehn und von allem, was gesprochen ward, nichts mehr zu vernehmen. Da sagte Undine zu Kühleborn: »Ich sehe dort schon das Ende des Waldes. Wir brauchen Eurer Hülfe nicht mehr, und nichts macht uns Grauen als Ihr. Drum bitt Euch in Lieb und Güte, verschwindet und laßt uns in Frieden ziehn.« – Darüber schien Kühleborn unwillig zu werden; er zog ein häßliches Gesicht und grinzte Undinen an, die laut aufschrie und ihren Freund zu Hülfe rief. Wie ein Blitz war der Ritter um das Pferd herum und schwang die scharfe Klinge gegen Kühleborns Haupt. Aber er hieb in einen Wasserfall, der von einer hohen Klippe neben ihnen herabschäumte und sie plötzlich mit einem Geplätscher, das beinahe wie Lachen klang, übergoß und bis auf die Haut durchnetzte. Der Priester sagte, wie plötzlich erwachend: »Das hab ich lange gedacht, weil der Bach so dicht auf der Anhöhe neben uns herlief. Anfangs wollt es mir gar vorkommen, als wär er ein Mensch und könne sprechen.« – In Huldbrands Ohr rauschte der Wasserfall ganz vernehmlich diese Worte: »Rascher Ritter, rüst'ger Ritter, ich zürne nicht, ich zanke nicht; schirm nur dein reizend Weiblein stets so gut, du Ritter rüstig, du rasches Blut!«

Nach wenigen Schritten waren sie im Freien. Die Reichsstadt lag glänzend vor ihnen, und die Abendsonne, welche deren Türme vergoldete, trocknete freundlich die Kleider der durchnäßten Wandrer.

ZEHNTES KAPITEL

Wie sie in der Stadt lebten

Daß der junge Ritter Huldbrand von Ringstetten so plötzlich vermißt worden war, hatte großes Aufsehen in der Reichsstadt erregt und Bekümmernis bei den Leuten, die ihn allesamt wegen seiner Gewandtheit bei Turnier und Tanz wie auch wegen seiner milden, freundlichen Sitten liebgewonnen hatten. Seine Diener wollten nicht ohne den Herrn von dem Orte wieder weg, ohne daß doch *einer* den Mut gefaßt hätte, ihm in die Schatten des gefürchteten Forstes nachzureiten. Sie blieben also in ihrer Herberge, untätig hoffend, wie es die Menschen zu tun pflegen und durch ihre Klagen das Andenken des Verlornen lebendig erhalten. Wie nun bald darauf die großen Unwetter und Überschwemmungen merkbarer wurden, zweifelte man um so minder an dem gewissen Untergange des schönen Fremden, den auch Bertalda ganz unverhohlen betrauerte und sich selbst verwünschte, daß sie ihn zu dem unseligen Ritte nach dem Walde gelockt habe. Ihre herzoglichen Pflegeeltern waren gekommen, sie abzuholen, aber Bertalda bewog sie, mit ihr zu bleiben, bis man gewisse Nachricht von Huldbrands Leben oder Tod einziehe. Sie suchte verschiedne junge Ritter, die emsig um sie warben, zu bewegen, daß sie dem edlen Abenteurer in den Forst nachziehen möchten. Aber ihre Hand mochte sie nicht zum Preise des Wagestücks ausstellen, weil sie vielleicht noch immer hoffte, dem Wiederkehrenden angehören zu können, und um Handschuh oder Band, oder auch selbst um einen Kuß, wollte niemand sein Leben dran setzen, einen so gar gefährlichen Nebenbuhler zurückzuholen.

Nun, da Huldbrand unerwartet und plötzlich erschien, freuten sich Diener und Stadtbewohner und überhaupt fast alle Leute, nur Bertalda eben nicht, denn wenn es den andern auch ganz lieb war, daß er eine so wunderschöne Frau mitbrachte und den Pater Heilmann als Zeugen der Trauung, so konnte doch Bertalda nicht anders als sich deshalb betrüben. Erstlich hatte sie den jungen Rittersmann wirklich von ganzer Seele liebgewonnen, und dann war durch ihre Trauer über sein Wegbleiben den Augen der Menschen weit mehr davon kund geworden, als sich nun eben schicken wollte. Sie tat deswegen aber doch immer als ein kluges Weib, fand sich in die Umstände und lebte aufs allerfreundlichste mit Undinen, die man in der ganzen Stadt für eine Prinzessin hielt, welche Huldbrand im Walde von irgendeinem bösen Zauber erlöst habe. Wenn man sie selbst oder ihren Eheherrn darüber befragte, wußten sie zu schweigen oder geschickt auszuweichen, des Pater Heilmanns Lippen waren für jedes eitle Geschwätz versiegelt, und ohnehin war er gleich nach Huldbrands Ankunft wieder in sein Kloster zurückgegangen, so daß sich die Leute mit ihren seltsamen Mutmaßungen behelfen mußten und auch selbst Bertalda nicht mehr als jeder andre von der Wahrheit erfuhr.

Undine gewann übrigens dies anmutige Mädchen mit jedem Tage lieber. – »Wir müssen uns einander schon eher gekannt haben«, pflegte sie ihr öfters zu sagen, »oder es muß sonst irgendeine wundersame Beziehung unter uns geben, denn so ganz ohne Ursach, versteht mich, ohne tiefe, geheime Ursach gewinnt man ein andres nicht so lieb, als ich Euch gleich vom ersten Anblicke her gewann.« – Und auch Bertalda konnte sich nicht ableugnen, daß sie einen Zug der Vertraulichkeit und Liebe zu Undinen empfinde, wie sehr sie übrigens meinte, Ursach zu den bittersten Klagen über diese glückliche Nebenbuhlerin zu haben. In dieser gegenseitigen Neigung wußte die eine bei ihren Pflegeeltern, die andre bei ihrem Ehegatten den Tag der Abreise weiter und weiter hinauszuschieben; ja, es war schon die Rede davon gewesen, Bertalda solle Undinen auf einige Zeit nach Burg Ringstetten an die Quellen der Donau begleiten.

Sie sprachen auch einmal eines schönen Abends davon, als sie eben bei Sternenschein auf dem mit hohen Bäumen eingefaßten Markte der Reichsstadt umherwandelten. Die beiden jungen Eheleute hatten Bertalda noch spät zu einem Spaziergange abgeholt, und alle drei zogen vertraulich unter dem tiefblauen Himmel auf und ab, oftmals in ihren Gesprächen durch die Bewunderung unterbrochen, die sie dem kostbaren Springborn in der Mitte des Platzes und seinem wundersamen Rauschen und Sprudeln zollen mußten. Es war ihnen so lieb und heimlich zu Sinn; zwischen die Baumschatten durch stahlen sich die Lichtschimmer der nahen Häuser, ein stilles Gesumse von spielenden Kindern und andern lustwandelnden Menschen wogte um sie her; man war so allein und doch so freundlich in der heitern, lebendigen Welt mitten inne; was bei Tage Schwierigkeit geschienen hatte, das ebnete sich nun wie von selber, und die drei Freunde konnten gar nicht mehr begreifen, warum wegen Bertaldas Mitreise auch nur die geringste Bedenklichkeit habe obwalten mögen. Da kam, als sie eben den Tag ihrer gemeinschaftlichen Abfahrt bestimmen wollten, ein langer Mann von der Mitte des Marktplatzes her auf sie zugegangen, neigte sich ehrerbietig vor der Gesellschaft und sagte der jungen Frau etwas ins Ohr. Sie trat, unzufrieden über die Störung und über den Störer, einige Schritte mit dem Fremden zur Seite, und beide begannen miteinander zu flüstern, es schien, in einer fremden Sprache. Huldbrand glaubte den seltsamen Mann zu kennen und sah so starr auf ihn hin, daß er Bertaldens staunende Fragen weder hörte noch beantwortete. Mit einem Male klopfte Undine freudig in die Hände und ließ den Fremden lachend stehn, der sich mit vielem Kopfschütteln und hastigen, unzufriedenen Schritten entfernte und in den Brunnen hineinstieg. Nun glaubte Huldbrand seiner Sache ganz gewiß zu sein, Bertalda aber fragte: »Was wollte dir denn der Brunnenmeister, liebe Undine?« – Die junge Frau lachte heimlich in sich hinein und erwiderte: »Übermorgen, auf deinen Namenstag, sollst du's erfahren, du liebliches Kind.« – Und weiter war nichts aus ihr herauszubringen. Sie lud nun Bertalden und durch sie ihre Pflegeeltern an dem bestimmten Tage zur Mittagstafel, und man ging bald darauf auseinander.

»Kühleborn?« fragte Huldbrand mit einem geheimen Schauder seine schöne Gattin, als sie von Bertalda Abschied genommen hatten und nun allein durch die dunkler werdenden Gassen zu Haus gingen. – »Ja, er war es«, antwortete Undine, »und er wollte mir auch allerhand dummes Zeug vorsprechen! Aber mitten darin hat er mich, ganz gegen seine Absicht, mit einer höchst willkommenen Botschaft erfreut. Willst du diese nun gleich wissen, mein holder Herr und Gemahl, so brauchst du nur zu gebieten, und ich spreche mir alles vom Herzen los. Wolltest du aber deiner Undine eine recht, recht große Freude gönnen, so ließest du es bis übermorgen und hättest dann auch an der Überraschung dein Teil.«

Der Ritter gewährte seiner Gattin gern, warum sie so anmutig bat, und noch im Entschlummern lispelte sie lächelnd vor sich hin: »Was sie sich freuen wird und sich wundern über ihres Brunnenmeisters Botschaft, die liebe, liebe Bertalda!«

EILFTES KAPITEL

Bertaldas Namensfeier

Die Gesellschaft saß bei Tafel, Bertalda mit Kleinodien und Blumen, den mannigfachen Geschenken ihrer Pflegeeltern und Freunde geschmückt, wie eine Frühlingsgöttin, obenan, zu ihrer Seiten Undine und Huldbrand. Als das reiche Mahl zu Ende ging und man den Nachtisch auftrug, blieben die Türen offen; nach alter, guter Sitte in deutschen Landen, damit auch das Volk zusehen könne und sich an der Lustigkeit der Herrschaften mitfreuen. Bediente trugen Wein und Kuchen unter den Zuschauern herum. Huldbrand und Bertalda warteten mit heimlicher Ungeduld auf die versprochne Erklärung und verwandten, sosehr es sich tun ließ, kein Auge von Undinen. Aber die schöne Frau blieb noch immer still und lächelte nur heimlich und innig froh vor sich hin. Wer um ihre getane Verheißung wußte, konnte sehn, daß sie ihr erquickendes Geheimnis alle Augenblick verraten wollte und es doch noch immer in lüsterner Entsagung zurücklegte, wie es Kinder bisweilen mit ihren liebsten Leckerbissen tun. Bertalda und Huldbrand teilten dies wonnige Gefühl, in hoffender Bangigkeit das neue Glück erwartend, welches von ihrer Freundin Lippen auf sie herniedertauen sollte. Da baten verschiedne von der Gesellschaft Undinen um ein Lied. Es schien ihr gelegen zu kommen, sie ließ sich sogleich ihre Laute bringen und sang folgende Worte:

»Morgen so hell,
Blumen so bunt,
Gräser so duftig und hoch
An wallenden Sees Gestade!
Was zwischen den Gräsern
Schimmert so licht?
Ist's eine Blüte weiß und groß,
Vom Himmel gefallen in Wiesenschoß?
Ach, ist ein zartes Kind! –
Unbewußt mit Blumen tändelt's,
Faßt nach goldnen Morgenlichtern; –
O woher? Woher, du Holdes? –
Fern vom unbekannten Strande
Trug es hier der See heran; –
Nein, fasse nicht, du zartes Leben,
Mit deiner kleinen Hand herum;
Nicht Hand wird dir zurückgegeben,
Die Blumen sind so fremd und stumm.
Die wissen wohl sich schön zu schmücken,
Zu duften auch nach Herzenslust,
Doch keine mag dich an sich drücken,
Fern ist die traute Mutterbrust.
So früh noch an des Lebens Toren,
Noch Himmelslächeln im Gesicht,
Hast du das Beste schon verloren,
O armes Kind, und weißt es nicht.

Ein edler Herzog kommt geritten
Und hemmt vor dir des Rosses Lauf;
Zu hoher Kunst und reinen Sitten
Zieht er in seiner Burg dich auf.
Du hast unendlich viel gewonnen,
Du blühst, die Schönst' im ganzen Land,
Doch ach! die allerbesten Wonnen
Ließ'st du am unbekannten Strand.«

Undine senkte mit einem wehmütigen Lächeln ihre Laute; die Augen der herzoglichen Pflegeeltern Bertaldens standen voller Tränen. – »So war es am Morgen, wo ich dich fand, du arme, holde Waise«, sagte der Herzog tief bewegt; »die schöne Sängerin hat wohl recht; das Beste haben wir dir dennoch nicht zu geben vermocht.« –

»Wir müssen aber auch hören, wie es den armen Eltern ergangen ist«, sagte Undine, schlug die Saiten und sang:

»Mutter geht durch ihre Kammern,
Räumt die Schränke ein und aus,
Sucht, und weiß nicht was, mit Jammern,
Findet nichts, als leeres Haus.

Leeres Haus! O Wort der Klage
Dem, der einst ein holdes Kind
Drin gegängelt hat am Tage,
Drin gewiegt in Nächten lind.

Wieder grünen wohl die Buchen,
Wieder kommt der Sonne Licht,
Aber, Mutter, laß dein Suchen,
Wieder kommt dein Liebes nicht.

Und wenn Abendlüfte fächeln,
Vater heim zum Herde kehrt,
Regt sich's fast in ihm wie Lächeln,
Dran doch gleich die Träne zehrt.

Vater weiß, in seinen Zimmern
Findet er die Todesruh,
Hört nur bleicher Mutter Wimmern,
Und kein Kindlein lacht ihm zu.«

»O, um Gott, Undine, wo sind meine Eltern?« rief die weinende Bertalda. »Du weißt es gewiß, du hast es erfahren, du wundersame Frau, denn sonst hättest du mir das Herz nicht so zerrissen. Sind sie vielleicht schon hier? Wär es?« – Ihr Auge durchflog die glänzende Gesellschaft und weilte auf einer regierenden Herrin, die ihrem Pflegevater zunächst saß. Da beugte sich Undine nach der Tür zurück, ihre Augen flossen in der süßesten Rührung über. »Wo sind denn die armen, harrenden Eltern?« fragte sie, und der alte Fischer mit seiner Frau wankten aus dem Haufen der Zuschauer vor. Ihre Augen hingen fragend bald an Undinen, bald an dem schönen Fräulein, das ihre Tochter sein sollte. – »Sie ist es!« stammelte die entzückte Geberin, und die zwei alten Leute hingen lautweinend und Gott preisend an dem Halse der Wiedergefundnen.

Aber entsetzt und zürnend riß sich Bertalda aus ihrer Umarmung los. Es war zu viel für dieses stolze Gemüt, eine solche Wiedererkennung in dem Augenblicke, wo sie fest gemeint hatte, ihren bisherigen Glanz noch zu steigern, und die Hoffnung Thronhimmel und Kronen über ihr Haupt herunterregnen ließ. Es kam ihr vor, als habe ihre Nebenbuhlerin dies alles ersonnen, um sie nur recht ausgesucht vor Huldbranden und aller Welt zu demütigen. Sie schalt Undinen, sie schalt die beiden Alten; die häßlichen Worte: »Betrügerin und erkauftes Volk!« rissen sich von ihren Lippen. Da sagte die alte Fischersfrau nur ganz leise vor sich hin: »Ach Gott, ist sie ein böses Weibsbild geworden; und dennoch fühl ich's im Herzen, daß sie von mir geboren ist.« – Der alte Fischer aber hatte seine Hände gefaltet und betete still, daß die hier seine Tochter nicht sein möge. – Undine wankte todesbleich von den Eltern zu Bertalda, von Bertalda zu den Eltern, plötzlich aus all den Himmeln, die sie sich geträumt hatte, in eine Angst und ein Entsetzen gestürzt, das ihr bisher auch nicht im Traume kundgeworden war. »Hast du denn eine Seele? Hast du denn wirklich eine Seele, Bertalda?« schrie sie einige Male in ihre zürnende Freundin hinein, als wolle sie sie aus einem plötzlichen Wahnsinn oder einem tollmachenden Nachtgesichte gewaltsam zur Besinnung bringen. Als aber Bertalda nur immer noch ungestümer wütete, als die verstoßenen Eltern laut zu heulen anfingen und die Gesellschaft sich streitend und eifernd in verschiedne Parten teilte, erbat sie sich mit einem Male so würdig und ernst die Freiheit, in den Zimmern ihres Mannes zu reden, daß alles um sie her wie auf einen Wink still ward. Sie trat darauf an das obere Ende des Tisches, wo Bertalda gesessen hatte, demütig und stolz, und sprach, während sich aller Augen unverwandt auf sie richteten, folgendergestalt:

»Ihr Leute, die ihr so feindlich ausseht und so verstört und mir mein liebes Fest so grimm zerreißt, ach Gott, ich wußte von euern törichten Sitten und eurer harten Sinnesweise nichts und werde mich wohl mein lebelang nicht drin finden. Daß ich alles verkehrt angefangen habe, liegt nicht an mir; glaubt nur, es liegt einzig an euch, sowenig es auch darnach aussehen mag. Ich habe euch auch deshalb nur wenig zu sagen, aber das eine muß gesagt sein: ich habe nicht gelogen. Beweise kann und will ich euch außer meiner Versicherung nicht geben, aber beschwören will ich es. Mir hat es derselbe gesagt, der Bertalden von ihren Eltern weg ins Wasser lockte und sie nachher dem Herzog in seinen Weg auf die grüne Wiese legte.«

»Sie ist eine Zauberin«, rief Bertalda, »eine Hexe, die mit bösen Geistern Umgang hat! Sie bekennt es ja selbst.«

»Das tue ich nicht«, sagte Undine, einen ganzen Himmel der Unschuld und Zuversicht in ihren Augen. »Ich bin auch keine Hexe; seht mich nur darauf an.«

»So lügt sie und prahlt«, fiel Bertalda ein, »und kann nicht behaupten, daß ich dieser niedern Leute Kind sei. Meine herzoglichen Eltern, ich bitte euch, führt mich aus dieser Gesellschaft fort und aus dieser Stadt, wo man nur darauf ausgeht, mich zu schmähen.«

Der alte, ehrsame Herzog aber blieb fest stehen, und seine Gemahlin sagte: »Wir müssen durchaus wissen, woran wir sind; Gott sei vor, daß ich eher nur einen Fuß aus diesem Saale setze.« – Da näherte sich die alte Fischerin, beugte sich tief vor der Herzogin und sagte: »Ihr schließt mir das Herz auf, hohe, gottesfürchtige Frau. Ich muß Euch sagen, wenn dieses böse Fräulein meine Tochter ist, trägt sie ein Mal, gleich einem Veilchen, zwischen beiden Schultern und ein gleiches auf dem Spann ihres linken Fußes. Wenn sie sich nur mit mir aus dem Saale entfernen wollte.« – »Ich entblöße mich nicht vor der Bäuerin«, sagte Bertalda, ihr stolz den Rücken wendend. – »Aber vor mir doch wohl«, entgegnete die Herzogin mit großem Ernst. »Ihr werdet mir in jenes Gemach folgen, Jungfrau, und die gute Alte kommt mit.« – Die drei verschwanden, und alle übrigen blieben in großer Erwartung schweigend zurück. Nach einer kleinen Weile kamen die Frauen wieder, Bertalda totenbleich, und die Herzogin sagte: »Recht muß Recht bleiben: deshalben erklär ich, daß unsre Frau Wirtin vollkommen wahr gesprochen hat. Bertalda ist des Fischers Tochter, und so viel ist, als man hier zu wissen braucht.« Das fürstliche Ehepaar ging mit der Pflegetochter fort; auf einen Wink des Herzogs folgte ihnen der Fischer mit seiner Frau. Die andern Gäste entfernten sich schweigend oder heimlich murmelnd, und Undine sank herzlich weinend in Huldbrands Arme.

ZWÖLFTES KAPITEL

Wie sie aus der Reichsstadt abreisten

Dem Herrn von Ringstetten wär es freilich lieber gewesen, wenn sich alles an diesem Tage anders gefügt hätte; aber auch so, wie es nun einmal war, konnte es ihm nicht unlieb sein, da sich seine reizende Frau so fromm und gutmütig und herzlich bewies. – »Wenn ich ihr eine Seele gegeben habe«, mußt er bei sich selber sagen, »gab ich ihr wohl eine beßre als meine eigne ist«; und nun dachte er einzig darauf, die Weinende zufrieden zu sprechen und gleich des andern Tages einen Ort mit ihr zu verlassen, der ihr seit diesem Vorfalle zuwider sein mußte. Zwar ist es an dem, daß man sie eben nicht ungleich beurteilte. Weil man schon früher etwas Wunderbares von ihr erwartete, fiel die seltsame Entdeckung von Bertaldens Herkommen nicht allzusehr auf, und nur gegen diese war jedermann, der die Geschichte und ihr stürmisches Betragen dabei erfuhr, übel gesinnt. Davon wußten aber der Ritter und seine Frau noch nichts; außerdem wäre eins für Undinen so schmerzhaft gewesen als das andre, und so hatte man nichts Beßres zu tun, als die Mauern der alten Stadt baldmöglichst hinter sich zu lassen.

Mit den ersten Strahlen des Morgens hielt ein zierlicher Wagen für Undinen vor dem Tore der Herberge; Huldbrands und seiner Knappen Hengste stampften daneben das Pflaster. Der Ritter führte seine schöne Frau aus der Tür, da trat ihnen ein Fischermädchen in den Weg. – »Wir brauchen deine Ware nicht«, sagte Huldbrand zu ihr, »wir reisen eben fort.« – Da fing das Fischermädchen bitterlich an zu weinen, und nun erst sahen die Eheleute, daß es Bertalda war. Sie traten gleich mit ihr in das Gemach zurück und erfuhren von ihr, der Herzog und die Herzogin seien so erzürnt über ihre gestrige Härte und Heftigkeit, daß sie die Hand gänzlich von ihr abgezogen hätten, nicht ohne ihr jedoch vorher eine reiche Aussteuer zu schenken. Der Fischer sei gleichfalls wohl begabt worden und habe noch gestern abends mit seiner Frau wieder den Weg nach der Seespitze eingeschlagen.

»Ich wollte mit ihnen gehn«, fuhr sie fort, »aber der alte Fischer, der mein Vater sein soll –«

»Er ist es auch wahrhaftig, Bertalda«, unterbrach sie Undine. »Sieh nur, der, welchen du für den Brunnenmeister ansahst, erzählte mir's ausführlich. Er wollte mich abreden, daß ich dich nicht mit nach Burg Ringstetten nehmen sollte, und da fuhr ihm dieses Geheimnis mit heraus.«

»Nun denn«, sagte Bertalda, »mein Vater – wenn es denn so sein soll – mein Vater sprach: ›Ich nehme dich nicht mit, bis du anders worden bist. Wage dich allein durch den verrufenen Wald zu uns hinaus; das soll die Probe sein, ob du dir etwas aus uns machst. Aber komm mir nicht wie ein Fräulein; wie eine Fischerdirne komm!‹ – Da will ich denn tun, wie er gesagt hat, denn von aller Welt bin ich verlassen und will als ein armes Fischerkind bei den ärmlichen Eltern einsam leben und sterben. Vor dem Wald graut es mich freilich sehr. Es sollen abscheuliche Gespenster drinnen hausen, und ich bin so furchtsam. Aber was hilft's? – Hierher kam ich nur noch, um bei der edlen Frau von Ringstetten Verzeihung dafür zu erflehen, daß ich mich gestern so ungebührlich erzeigte. Ich fühle wohl, Ihr habt es gut gemeint, holde Dame, aber Ihr wußtet nicht, wie Ihr mich verletzen würdet, und da strömte mir denn in der Angst und Überraschung gar manch unsinnig verwegnes Wort über die Lippen. Ach verzeiht, verzeiht! Ich bin ja so unglücklich schon. Denkt nur selbsten, was ich noch gestern in der Frühe war, noch gestern zu Anfang Eures Festes, und was nun heut! –«

Die Worte gingen ihr unter in einem schmerzlichen Tränenstrom, und gleichfalls bitterlich weinend fiel ihr Undine um den Hals. Es dauerte lange, bis die tiefgerührte Frau ein Wort hervorbringen konnte; dann aber sagte sie: »Du sollst ja mit uns nach Ringstetten; es soll ja alles bleiben, wie es früher abgeredet war; nur nenne mich wieder du und nicht mehr Dame und edle Frau. Sieh, wir wurden als Kinder miteinander vertauscht; da schon verzweigte sich unser Geschick, und wir wollen es fürder so innig verzweigen, daß es keine menschliche Gewalt zu trennen imstand sein soll. Nur erst mit uns nach Ringstetten. Wie wir als Schwestern miteinander teilen wollen, besprechen wir dort.« – Bertalda sah scheu nach Huldbrand empor. Ihn jammerte des schönen, bedrängten Mägdleins; er bot ihr die Hand und redete ihr kosend zu, sich ihm und seiner Gattin anzuvertraun. – »Euern Eltern«, sagte er, »schicken wir Botschaft, warum Ihr nicht gekommen seid«; und noch manches wollte er wegen der guten Fischersleute hinzusetzen, aber er sah, wie Bertalda bei deren Erwähnung schmerzhaft zusammenfuhr, und ließ also lieber das Reden davon sein. Aber unter den Arm faßte er sie, hob sie zuerst in den Wagen, Undinen ihr nach, und trabte fröhlich beiher, trieb auch den Fuhrmann so wacker an, daß sie das Gebiet der Reichsstadt und mit ihm alle trüben Erinnerungen in kurzer Zeit überflogen hatten und nun die Frauen mit beßrer Lust durch die schönen Gegenden hinrollten, welche ihr Weg sie entlängst führte.

Nach einigen Tagesreisen kamen sie eines schönen Abends auf Burg Ringstetten an. Dem jungen Rittersmann hatten seine Vögte und Mannen viel zu berichten, so daß Undine mit Bertalden alleinblieb. Die beiden ergingen sich auf dem hohen Walle der Veste und freuten sich an der anmutigen Landschaft, die sich ringsum durch das gesegnete Schwaben ausbreitete. Da trat ein langer Mann zu ihnen, der sie höflich grüßte und der

Bertalden beinah vorkam wie jener Brunnenmeister in der Reichsstadt. Noch unverkennbarer ward ihr die Ähnlichkeit, als Undine ihm unwillig, ja drohend zurückwinkte und er sich mit eiligen Schritten und schüttelndem Kopfe fortmachte wie damals, worauf er in einem nahen Gebüsche verschwand. Undine aber sagte: »Fürchte dich nicht, liebes Bertaldchen; diesmal soll dir der häßliche Brunnenmeister nichts zuleide tun.« – Und damit erzählte sie ihr die ganze Geschichte ausführlich, und auch wer sie selbst sei, und wie Bertalda von den Fischersleuten weg, Undine aber dahin gekommen war. Die Jungfrau entsetzte sich anfänglich vor diesen Reden; sie glaubte, ihre Freundin sei von einem schnellen Wahnsinn befallen. Aber mehr und mehr überzeugte sie sich, daß alles wahr sei an Undinens zusammenhängenden Worten, die zu den bisherigen Begebenheiten so gut paßten, und noch mehr an dem innern Gefühl, mit welchem sich die Wahrheit uns kundzugeben nie ermangelt. Es war ihr seltsam, daß sie nun selbst wie mitten in einem von den Märchen lebe, die sie sonst nur erzählen gehört. Sie starrte Undinen mit Ehrfurcht an, konnte sich aber eines Schauders, der zwischen sie und ihre Freundin trat, nicht mehr erwehren und mußte sich beim Abendbrot sehr darüber wundern, wie der Ritter gegen ein Wesen so verliebt und freundlich tat, welches ihr seit den letzten Entdeckungen mehr gespenstisch als menschlich vorkam.

DREIZEHNTES KAPITEL

Wie sie auf Burg Ringstetten lebten

Der diese Geschichte aufschreibt, weil sie ihm das Herz bewegt und weil er wünscht, daß sie auch andern ein Gleiches tun möge, bittet dich, lieber Leser, um eine Gunst. Sieh es ihm nach, wenn er jetzt über einen ziemlich langen Zeitraum mit kurzen Worten hingeht und dir nur im allgemeinen sagt, was sich darin begeben hat. Er weiß wohl, daß man es recht kunstgemäß und Schritt vor Schritt entwickeln könnte, wie Huldbrands Gemüt begann, sich von Undinen ab- und Bertalden zuzuwenden, wie Bertalda dem jungen Mann mit glühender Liebe immer mehr entgegenkam und er und sie die arme Ehefrau als ein fremdartiges Wesen mehr zu fürchten als zu bemitleiden schienen, wie Undine weinte und ihre Tränen Gewissensbisse in des Ritters Herzen anregten, ohne jedoch die alte Liebe zu erwecken, so daß er ihr wohl bisweilen freundlich tat, aber ein kalter Schauer ihn bald von ihr weg und dem Menschenkinde Bertalda entgegentrieb – man könnte dies alles, weiß der Schreiber, ordentlich ausführen, vielleicht sollte man's auch. Aber das Herz tut ihm dabei allzu weh, denn er hat ähnliche Dinge erlebt und scheut sich in der Erinnerung auch noch vor ihrem Schatten. Du kennst wahrscheinlich ein ähnliches Gefühl, lieber Leser, denn so ist nun einmal der sterblichen Menschen Geschick. Wohl dir, wenn du dabei mehr empfangen als ausgeteilt hast, denn hier ist Nehmen seliger als Geben. Dann schleicht dir nur ein geliebter Schmerz bei solchen Erwähnungen durch die Seele und vielleicht eine linde Träne die Wange herab, um deine verwelkten Blumenbeete, deren du dich so herzlich gefreut hattest. Damit sei es aber auch genug; wir wollen uns nicht mit tausendfach vereinzelten Stichen das Herz durchprickeln, sondern nur kurz dabei bleiben, daß es nun einmal so gekommen war, wie ich es vorhin sagte. Die arme Undine war sehr betrübt, die andern beiden waren auch nicht eben vergnügt; sonderlich meinte Bertalda bei der geringsten Abweichung von dem, was sie wünschte, den eifersüchtigen Druck der beleidigten Hausfrau zu spüren. Sie hatte sich deshalb ordentlich ein herrisches Wesen angewöhnt, dem Undine in wehmütiger Entsagung nachgab und das durch den verblendeten Huldbrand gewöhnlich aufs entschiedenste unterstützt ward. – Was die Burggesellschaft noch mehr verstörte, waren allerhand wunderliche Spukereien, die Huldbranden und Bertalden in den gewölbten Gängen des Schlosses begegneten und von denen vorher seit Menschengedenken nichts gehört worden war. Der lange, weiße Mann, in welchem Huldbrand den Oheim Kühleborn, Bertalda den gespenstischen Brunnenmeister nur allzu wohl erkannte, trat oftmals drohend vor beide, vorzüglich aber vor Bertalden hin, so daß diese schon einigemal vor Schrecken krank darnieder gelegen hatte und manchmal daran dachte, die Burg zu verlassen. Teils aber war ihr Huldbrand allzu lieb, und sie stützte sich dabei auf ihre Unschuld, weil es nie zu einer eigentlichen Erklärung unter ihnen gekommen war; teils auch wußte sie nicht, wohin sie sonst ihre Schritte richten solle. Der alte Fischer hatte auf des Herrn von Ringstettens Botschaft, daß Bertalda bei ihm sei, mit einigen schwer zu lesenden Federzügen, so wie sie ihm Alter und lange Entwöhnung verstatteten, geantwortet: »Ich bin nun ein armer alter Witwer geworden, denn meine liebe treue Frau ist mir erstorben. Wie sehr ich aber auch allein in der Hütten sitzen mag, Bertalda ist mir lieber dort als bei mir. Nur daß sie meiner lieben Undine nichts zuleide tue! Sonst hätte sie meinen Fluch.« – Die letzten Worte schlug Bertalda in den Wind, aber das wegen des Wegbleibens von dem Vater behielt sie gut, so wie wir Menschen in ähnlichen Fällen es immer zu machen pflegen.

Eines Tages war Huldbrand eben ausgeritten, als Undine das Hausgesinde versammelte, einen großen Stein herbeibringen hieß und den prächtigen Brunnen, der sich in der Mitte des Schloßhofes befand, sorgfältig damit zu bedecken befahl. Die Leute wandten ein, sie würden alsdann das Wasser weit unten aus dem Tale heraufzuholen haben. Undine lächelte wehmütig. – »Es tut mir leid um eure vermehrte Arbeit, liebe Kinder«, entgegnete sie; »ich möchte lieber selbst die Wasserkrüge heraufholen, aber dieser Brunnen muß nun einmal zu. Glaubt es mir aufs Wort, daß es nicht anders angeht und daß wir nur dadurch ein größeres Unheil zu vermeiden imstande sind.« – Die ganze Dienerschaft freute sich, ihrer sanften Hausfrau gefällig sein zu können; man fragte nicht weiter, sondern ergriff den ungeheuern Stein. Dieser hob sich unter ihren Händen und schwebte bereits über dem Brunnen, da kam Bertalda gelaufen und rief, man solle innehalten; aus diesem Brunnen lasse sie das Waschwasser holen, welches ihrer Haut so vorteilhaft sei, und sie werde nimmermehr zugeben, daß man ihn verschließe. Undine aber blieb diesmal, obgleich auf gewohnte Weise sanft, dennoch auf ungewohnte Weise bei ihrer Meinung fest; sie sagte, als Hausfrau gebühre ihr, alle Anordnungen der Wirtschaft nach bester Überzeugung einzurichten, und niemand habe sie darüber Rechenschaft abzulegen als ihrem Ehgemahl und Herrn. – »Seht, o seht doch«, rief Bertalda unwillig und ängstlich, »das arme, schöne Wasser kräuselt sich und windet sich, weil es vor der klaren Sonne versteckt werden soll und vor dem erfreulichen Anblick der Menschengesichter, zu deren Spiegel es erschaffen ist!« – In der Tat zischte und regte sich die Flut im Borne ganz wunderlich; es war, als wollte sich etwas daraus hervorringen, aber Undine drang nur um so ernstlicher auf die Erfüllung ihrer Befehle. Es brauchte dieses Ernstes kaum. Das Schloßgesind war ebenso froh, seiner milden Herrin zu gehorchen, als Bertaldas Trotz zu brechen, und so ungebärdig diese auch schelten und drohen mochte, lag dennoch in kurzer Zeit der Stein über der Öffnung des Brunnens fest. Undine lehnte sich sinnend darüber hin und schrieb mit den schönen Fingern auf der Fläche. Sie mußte aber wohl etwas sehr Scharfes und Ätzendes dabei in der Hand gehabt haben, denn als sie sich abwandte und die andern näher hinzutraten, nahmen sie allerhand seltsame Zeichen auf dem Steine wahr, die keiner vorher an demselben gesehn haben wollte.

Den heimkehrenden Ritter empfing am Abend Bertalda mit Tränen und Klagen über Undinens Verfahren. Er warf ernste Blicke auf diese, und die arme Frau sah betrübt vor sich nieder. Doch sagte sie mit großer Fassung: »Mein Herr und Ehgemahl schilt ja keinen Leibeignen, bevor er ihn hört, wie minder dann sein angetrautes Weib.« – »Sprich, was dich zu jener seltsamen Tat bewog«, sagte der Ritter mit finsterm Antlitz. – »Ganz allein möcht ich es dir sagen!« seufzte Undine. – »Du kannst es ebensogut in Bertaldas Gegenwart«, entgegnete er. – »Ja, wenn du es gebeutst«, sagte Undine; »aber gebeut es nicht. O bitte, bitte, gebeut es nicht.« – Sie sah so demütig, hold und gehorsam aus, daß des Ritters Herz sich einem Sonnenblick aus bessern Zeiten erschloß. Er faßte sie freundlich unter den Arm und führte sie in sein Gemach, wo sie folgendermaßen zu sprechen begann:

»Du kennst ja den bösen Oheim Kühleborn, mein geliebter Herr, und bist ihm öfters unwillig in den Gängen dieser Burg begegnet. Bertalden hat er gar bisweilen zum Krankwerden erschreckt. Das macht, er ist seelenlos, ein bloßer, elementarischer Spiegel der Außenwelt, der das Innere nicht wiederzuerstrahlen vermag. Da sieht er denn bisweilen, daß du unzufrieden mit mir bist, daß ich in meinem kindischen Sinne darüber weine, daß Bertalda vielleicht eben in derselben Stunde zufällig lacht. Nun bildet er sich allerhand Ungleiches ein und mischt sich auf vielfache Weise ungebeten in unsern Kreis. Was hilft's, daß ich ihn ausschelte? Daß ich ihn unfreundlich wegschicke? Er glaubt mir nicht ein Wort. Sein armes Leben hat keine Ahnung davon, wie Liebesleiden und Liebesfreuden einander so anmutig gleich sehn und so innig verschwistert sind, daß keine Gewalt sie zu trennen vermag. Unter der Träne quillt das Lächeln vor, das Lächeln lockt die Träne aus ihren Kammern.«

Sie sah lächelnd und weinend nach Huldbrand in die Höh, der allen Zauber der alten Liebe wieder in seinem Herzen empfand. Sie fühlte das, drückte ihn inniger an sich und fuhr unter freudigen Tränen also fort:

»Da sich der Friedenstörer nicht mit Worten weisen ließ, mußte ich wohl die Tür vor ihm zusperren. Und die einzige Tür, die er zu uns hat, ist jener Brunnen. Mit den andern Quellgeistern hier in der Gegend ist er entzweit, von den nächsten Tälern an, und erst weiterhin auf der Donau, wenn einige seiner guten Freunde hineingeströmt sind, fängt sein Reich wieder an. Darum ließ ich den Stein über des Brunnens Öffnung wälzen und schrieb Zeichen darauf, die alle Kraft des eifernden Oheims lähmen, so daß er nun weder dir noch mir noch Bertalden in den Weg kommen soll. Menschen freilich können trotz der Zeichen mit ganz gewöhnlichem Bemühen den Stein wieder abheben; die hindert es nicht. Willst du also, so tu nach Bertaldas Begehr, aber wahrhaftig, sie weiß nicht, was sie bittet. Auf sie hat es der ungezogne Kühleborn ganz vorzüglich angesehn, und wenn manches käme, was er mir prophezeien wollte und was doch wohl geschehen könnte, ohne daß du es übel meintest – ach Lieber, so wärest ja auch du nicht außer Gefahr!«

Huldbrand fühlte tief im Herzen die Großmut seiner holden Frau, wie sie ihren furchtbaren Beschützer so emsig aussperrte und noch dazu von Bertalden darüber gescholten worden war. Er drückte sie daher aufs liebreichste in seine Arme und sagte gerührt: »Der Stein bleibt liegen, und alles bleibt und soll immer bleiben, wie du es haben willst, mein holdes Undinchen.« – Sie schmeichelte ihm demütig froh über die lang entbehrten Worte der Liebe und sagte endlich: »Mein allerliebster Freund, da du heute so überaus mild und gütig bist, dürft ich es wohl wagen, dir eine Bitte vorzutragen? Sieh nur, es ist mit dir, wie mit dem Sommer. Eben in seiner besten Herrlichkeit setzt sich der flammende und donnernde Kronen von schönen Gewittern auf, darin er als ein rechter König und Erdengott anzusehen ist. So schiltst auch du bisweilen und wetterleuchtest mit Zung und Augen, und das steht dir sehr gut, wenn ich auch bisweilen in meiner Torheit darüber zu weinen anfange. Aber tu das nie gegen mich auf einem Wasser oder wo wir auch nur einem Gewässer nahe sind. Siehe, dann bekämen die Verwandten ein Recht über mich. Unerbittlich würden sie mich von dir reißen in ihrem Grimm, weil sie meinten, daß eine ihres Geschlechtes beleidigt sei, und ich müßte lebenslang drunten in den Kristallpalästen wohnen und dürfte nie wieder zu dir herauf, oder sendeten sie mich zu dir herauf, o Gott, dann wär es noch unendlich schlimmer. Nein, nein, du süßer Freund, dahin laß es nicht kommen, so lieb dir die arme Undine ist.«

Er verhieß feierlich, zu tun, wie sie begehre, und die beiden Eheleute traten unendlich froh und liebevoll wieder aus dem Gemach. Da kam Bertalda mit einigen Werkleuten, die sie unterdes schon hatte bescheiden lassen, und sagte mit einer mürrischen Art, die sie sich zeither angenommen hatte: »Nun ist doch wohl das geheime Gespräch zu Ende, und der Stein kann herab. Geht nur hin, ihr Leute, und richtet's aus.« – Der Ritter aber, ihre Unart empört fühlend, sagte in kurzen und sehr ernstlichen Worten: »Der Stein bleibt liegen.« Auch verwies er Bertalden ihre Heftigkeit gegen seine Frau, worauf die Werkleute mit heimlich vergnügtem Lächeln fortgingen, Bertalda aber von der andern Seite erbleichend nach ihren Zimmern eilte.

Die Stunde des Abendessens kam heran, und Bertalda ließ sich vergeblich erwarten. Man schickte nach ihr; da fand der Kämmerling ihre Gemächer leer und brachte nur ein versiegeltes Blatt, an den Ritter überschrieben, mit zurück. Dieser öffnete es bestürzt und las:

»Ich fühle mit Beschämung, wie ich nur eine arme Fischersdirne bin. Daß ich es auf Augenblicke vergaß, will ich in der ärmlichen Hütte meiner Eltern büßen. Lebt wohl mit Eurer schönen Frau!«

Undine war von Herzen betrübt. Sie bat Huldbranden inbrünstig, der entflohenen Freundin nachzueilen und sie wieder mit zurückzubringen. Ach, sie hatte nicht nötig zu treiben! Seine Neigung für Bertalden brach wieder heftig hervor. Er eilte im ganzen Schloß umher, fragend, ob niemand gesehn habe, welches Weges die schöne Flüchtige gegangen sei. Er konnte nichts erfahren und saß schon im Burghofe zu Pferde, entschlossen, aufs

Geratewohl den Weg nachzureiten, den er Bertalden hierher geführt hatte. Da kam ein Schildbub und versicherte, er sei dem Fräulein auf dem Pfade nach Schwarztale begegnet. Wie ein Pfeil sprengte der Ritter durch das Tor, der angewiesenen Richtung nach, ohne Undines ängstliche Stimme zu hören, die ihm aus dem Fenster nachrief: »Nach dem Schwarztal? O dahin nicht! Huldbrand, dahin nicht! Oder um Gottes willen, nimm mich mit!« – Als sie aber all ihr Rufen vergeblich sah, ließ sie eilig ihren weißen Zelter satteln und trabte dem Ritter nach, ohne irgendeines Dieners Begleitung annehmen zu wollen.

VIERZEHNTES KAPITEL

Wie Bertalda mit dem Ritter heimfuhr

Das Schwarztal liegt tief in die Berge hinein. Wie es jetzo heißt, kann man nicht wissen. Damals nannten es die Landleute so wegen der tiefen Dunkelheit, welche von hohen Bäumen, worunter es vorzüglich viele Tannen gab, in die Niederung heruntergestreuet war. Selbst der Bach, der zwischen den Klippen hinstrudelte, sahe davon ganz schwarz aus und gar nicht so fröhlich, wie es Gewässer wohl zu tun pflegen, die den blauen Himmel unmittelbar über sich haben. Nun, in der hereinbrechenden Dämmerung, war es vollends sehr wild und finster zwischen den Höhen geworden. Der Ritter trabte ängstlich die Bachesufer entlängst; er fürchtete bald, durch Verzögerung die Flüchtige zu weit voraus zu lassen, bald wieder, in der großen Eile sie irgendwo, dafern sie sich vor ihm verstecken wolle, zu übersehn. Er war indes schon ziemlich tief in das Tal hineingekommen und konnte nun denken, das Mägdlein bald eingeholt zu haben, wenn er anders auf der rechten Spur war. Die Ahnung, daß er das auch wohl nicht sein könne, trieb sein Herz zu immer ängstlicheren Schlägen. Wo sollte die zarte Bertalda bleiben, wenn er sie nicht fand, in der drohenden Wetternacht, die sich immer furchtbarer über das Tal hereinbog? Da sah er endlich etwas Weißes am Hange des Berges durch die Zweige schimmern. Er glaubte Bertaldas Gewand zu erkennen und machte sich hinzu. Sein Roß aber wollte nicht hinan; es bäumte sich so ungestüm, und er wollte so wenig Zeit verlieren, daß er – zumal da ihm wohl ohnehin zu Pferde des Gesträuch allzu hinderlich geworden wäre – absaß und den schnaubenden Hengst an eine Rüster band, worauf er sich dann vorsichtig durch die Büsche hinarbeitete. Die Zweige schlugen ihm unfreundlich Stirn und Wangen mit der kalten Nässe des Abendtaus, ein ferner Donner murmelte jenseit der Berge hin, es sah alles so seltsam aus, daß er anfing, eine Scheu vor der weißen Gestalt zu empfinden, die nun schon unfern von ihm am Boden lag. Doch konnte er ganz deutlich unterscheiden, daß es ein schlafendes oder ohnmächtiges Frauenzimmer in langen, weißen Gewändern war, wie sie Bertalda heute getragen hatte. Er trat dicht vor sie hin, rauschte an den Zweigen, klirrte an seinem Schwerte – sie regte sich nicht. – »Bertalda!« sprach er; erst leise, dann immer lauter – sie hörte nicht. Als er zuletzt den teuern Namen mit gewaltsamer Anstrengung rief, hallte ein dumpfes Echo aus den Berghöhlen des Tales lallend zurück: »Bertalda!« – aber die Schläferin blieb unerweckt. Er beugte sich zu ihr nieder; die Dunkelheit des Tales und der einbrechenden Nacht ließen keinen ihrer Gesichtszüge unterscheiden. Als er sich nun eben mit einigem gramvollen Zweifel ganz nahe zu ihr an den Boden gedrückt hatte, fuhr ein Blitz schnell erleuchtend über das Tal hin. Er sah ein abscheulich verzerrtes Antlitz dicht vor sich, das mit dumpfer Stimme rief: »Gib mir 'nen Kuß, du verliebter Schäfer.« – Vor Entsetzen schreiend fuhr Huldbrand in die Höh, die häßliche Gestalt ihm nach. – »Zu Haus!« murmelte sie; »die Unholde sind wach. Zu Haus! Sonst hab ich dich!« – Und es griff nach ihm mit langen weißen Armen. – »Tückischer Kühleborn«, rief der Ritter, sich ermahnend, »was gilt's, du bist es, du Kobold! Da hast du 'nen Kuß!« – Und wütend hieb er mit dem Schwerte gegen die Gestalt. Aber die zerstob, und ein durchnässender Wasserguß ließ dem Ritter keinen Zweifel darüber, mit welchem Feinde er gestritten habe.

»Er will mich zurückschrecken von Bertalden«, sagte er laut zu sich selbst; »er denkt, ich soll mich vor seinen albernen Spukereien fürchten und ihm das arme, geängstete Mädchen hingeben, damit er sie seine Rache könne fühlen lassen. Das soll er doch nicht, der schwächliche Elementargeist. Was eine Menschenbrust vermag, wenn sie so recht will, so recht aus ihrem besten Leben will, das versteht der ohnmächtige Gaukler nicht.« – Er fühlte die Wahrheit seiner Worte und daß er sich selbst dadurch einen ganz erneuten Mut in das Herz gesprochen habe. Auch schien es, als trete das Glück mit ihm in Bund, denn noch war er nicht wieder bei seinem angebundenen Rosse, da hörte er schon ganz deutlich Bertaldas klagende Stimme, wie sie unfern von ihm durch das immer lauter werdende Geräusch des Donners und Sturmwindes herüber weinte. Beflügelten Fußes eilt' er dem Schalle nach und fand die erbebende Jungfrau, wie sie eben die Höhe hinanzuklimmen versuchte, um sich auf alle Weise aus dem schaurigen Dunkel dieses Tales zu retten. Er aber trat ihr liebkosend in den Weg, und so kühn und stolz auch früher ihr Entschluß mochte gewesen sein, empfand sie doch jetzt nur allzu lebendig das Glück, das ihr im Herzen geliebter Freund sie aus der furchtbaren Einsamkeit erlöse und das helle Leben in der befreundeten Burg so anmutige Arme nach ihr ausstreckte. Sie folgte fast ohne Widerspruch, aber so ermattet, daß der Ritter froh war, sie bis zu seinem Rosse geleitet zu haben, welches er nun eilig losknüpfte, um die schöne Wandrerin hinaufzuheben und es alsdann am Zügel sich durch die ungewissen Schatten der Talgegend vorsichtig nachzuleiten.

Aber das Pferd war ganz verwildert durch Kühleborns tolle Erscheinung. Selbst der Ritter würde Mühe gebraucht haben, auf des bäumenden, wildschnaubenden Tieres Rücken zu springen; die zitternde Bertalda hinaufzuheben, war eine volle Unmöglichkeit. Man beschloß also, zu Fuße heimzukehren. Das Roß am Zügel nachzerrend, unterstützte der Ritter mit der andern Hand das schwankende Mägdlein. Bertalda machte sich so stark als möglich, um den furchtbaren Talgrund schnell zu durchwandern, aber wie Blei zog die Müdigkeit sie herab, und zugleich bebten ihr alle Glieder zusammen, teils noch von mancher überstandnen Angst, womit Kühleborn sie vorwärtsgehetzt hatte, teils auch in der fortdauernden Bangigkeit vor dem Geheul des Sturmes und Donners durch die Waldung des Gebirgs.

Endlich entglitt sie dem stützenden Arm ihres Führers, und auf das Moos hingesunken, sagte sie: »Laßt mich nur hier liegen, edler Herr. Ich büße meiner Torheit Schuld und muß nun doch auf alle Weise hier verkommen vor Mattigkeit und Angst.« – »Nimmermehr, holde Freundin, verlaß ich Euch!« rief Huldbrand, vergeblich bemüht, den brausenden Hengst an seiner Hand zu bändigen, der ärger als vorhin zu tosen und zu schäumen begann; der Ritter war endlich nur froh, daß er ihn von der hingesunknen Jungfrau fern genug hielt, um sie nicht durch die Furcht vor ihm noch mehr zu erschrekken. Wie er sich aber mit dem tollen Pferde nur kaum einige Schritte entfernte, begann sie auch gleich, ihm auf das allerjämmerlichste nachzurufen, des Glaubens, er wolle sie wirklich hier in der entsetzlichen Wildnis verlassen. Er wußte gar nicht mehr, was er beginnen sollte. Gern hätte er dem wütenden Tier volle Freiheit gegeben, durch die Nacht hinzustürmen und seine Raserei auszutoben, hätte er nur nicht fürchten müssen, es würde in diesem engen Paß mit seinen beerzten Hufen eben über die Stelle hindonnern, wo Bertalda lag.

Während dieser großen Not und Verlegenheit war es ihm unendlich trostreich, daß er einen Wagen langsam den steinigen Weg hinter sich herabfahren hörte. Er rief um Beistand; eine männliche Stimme antwortete, verwies ihn zur Geduld, aber versprach zu helfen, und bald darauf leuchteten schon zwei Schimmer durch das Gebüsch, der weiße Kärrnerkittel ihres Führers nebenher, worauf sich denn auch die große weiße Leinewand sehen ließ, mit welcher die Waren, die er bei sich führen mochte, überdeckt waren. Auf ein lautes Brr! aus dem Munde ihres Herrn standen die gehorsamen

Schimmel. Er kam gegen den Ritter heran und half ihm das schäumende Tier bändigen. – »Ich merke wohl«, sagte er dabei, »was der Bestie fehlt. Als ich zuerst durch diese Gegend zog, ging es meinen Pferden nicht besser. Das macht, hier wohnt ein böser Wassernix, der an solchen Neckereien Lust hat. Aber ich hab ein Sprüchlein gelernt; wenn Ihr mir vergönnen wolltet, dem Rosse das ins Ohr zu sagen, so sollt es gleich so ruhig stehn wie meine Schimmel da.« – »Versucht Eur Heil und helft nur bald!« schrie der ungeduldige Ritter. Da bog der Fuhrmann den Kopf des bäumenden Pferdes zu sich herunter und sagte ihm einige Worte ins Ohr. Augenblicklich stand der Hengst gezähmt und friedlich still, und nur sein erhitztes Keuchen und Dampfen zeugte noch von der vorherigen Unbändigkeit. Es war nicht viel Zeit für Huldbranden, lange zu fragen, wie dies zugegangen sei. Er ward mit dem Kärrner einig, daß er Bertalden auf den Wagen nehmen solle, wo, seiner Aussage nach, die weichste Baumwolle in Ballen lag, und so möge er sie bis nach Burg Ringstetten führen; der Ritter wolle den Zug zu Pferde begleiten. Aber das Roß schien von seinem vorigen Toben zu erschöpft, um noch seinen Herrn so weit zu tragen, weshalb diesem der Kärrner zuredete, mit Bertalden in den Wagen zu steigen. Das Pferd könne man ja hinten anbinden. – »Es geht bergunter«, sagte er, »und da wird's meinen Schimmeln leicht.« – Der Ritter nahm dies Erbieten an, er bestieg mit Bertalden den Wagen, der Hengst folgte geduldig nach, und rüstig und achtsam schritt der Fuhrmann beiher.

In der Stille der tiefer dunkelnden Nacht, aus der das Gewitter immer ferner und schweigsamer abdonnerte, in dem behaglichen Gefühl der Sicherheit und des bequemen Fortkommens entspann sich zwischen Huldbrand und Bertalda ein trauliches Gespräch. Mit schmeichelnden Worten schalt er sie um ihr trotziges Flüchten; mit Demut und Rührung entschuldigte sie sich, und aus allem, was sie sprach, leuchtete es hervor, gleich einer Lampe, die dem Geliebten zwischen Nacht und Geheimnis kundgibt, die Geliebte harre noch sein. Der Ritter fühlte den Sinn dieser Reden weit mehr, als daß er auf die Bedeutung der Worte achtgegeben hätte, und antwortete auch einzig auf jenen. Da rief der Fuhrmann plötzlich mit kreischender Stimme: »Hoch, ihr Schimmel! Hoch den Fuß! Nehmt euch zusammen, Schimmel! Denkt hübsch, was ihr seid!« – Der Ritter beugte sich aus dem Wagen und sah, wie die Pferde mitten im schäumenden Wasser dahinschritten oder fast schon schwammen, des Wagens Räder wie Mühlenräder blinkten und rauschten, der Kärrner vor der wachsenden Flut auf das Fuhrwerk gestiegen war. – »Was soll das für ein Weg sein? Der geht ja mitten in den Strom!« rief Huldbrand seinem Führer zu. – »Nein, Herr«, lachte dieser zurück; »es ist grad umgekehrt. Der Strom geht mitten in unsern Weg. Seht Euch nur um, wie alles übergetreten ist.«

In der Tat wogte und rauschte der ganze Talgrund von plötzlich empörten, sichtbar steigenden Wellen. »Das ist der Kühleborn, der böse Wassernix, der uns ersäufen will!« rief der Ritter. »Weißt du kein Sprüchlein wider ihn, Gesell?« – »Ich wüßte wohl eins«, sagte der Fuhrmann, »aber ich kann und mag es nicht eher brauchen, als bis Ihr wißt, wer ich bin.« – »Ist es hier Zeit zu Rätseln?« schrie der Ritter. »Die Flut steigt immer höher, und was geht es mich an, zu wissen, wer du bist?« – »Es geht Euch aber doch was an«, sagte der Fuhrmann, »denn ich bin Kühleborn.« Damit lachte er, verzerrten Antlitzes, zum Wagen herein, aber der Wagen blieb nicht Wagen mehr, die Schimmel nicht Schimmel; alles verschäumte, verrann in zischenden Wogen, und selbst der Fuhrmann bäumte sich als eine riesige Welle empor, riß den vergeblich arbeitenden Hengst unter die Gewässer hinab und wuchs dann wieder, und wuchs über den Häuptern des schwimmenden Paares wie zu einem feuchten Turme an und wollte sie eben rettungslos begraben. –

Da scholl Undinens anmutige Stimme durch das Getöse hin, der Mond trat aus den Wolken, und mit ihm ward Undine auf den Höhen des Talgrundes sichtbar. Sie schalt, sie drohte in die Fluten hinab, die drohende Turmeswoge verschwand murrend und murmelnd, leise rannen die Wasser im Mondglanze dahin, und wie eine weiße Taube sah man Undinen von der Höhe hinabtauchen, den Ritter und Bertalden erfassen und mit sich nach einem frischen, grünen Rasenfleck auf der Höhe emporheben, wo sie mit ausgesuchten Labungen Ohnmacht und Schrecken vertrieb; dann half sie Bertalden zu dem weißen Zelter, der sie selbst hergetragen hatte, hinaufheben, und so gelangten alle dreie nach Burg Ringstetten zurück.

FUNFZEHNTES KAPITEL

Die Reise nach Wien

Es lebte sich seit der letztern Begebenheit still und ruhig auf dem Schloß. Der Ritter erkannte mehr und mehr seiner Frauen himmlische Güte, die sich durch ihr Nacheilen und Retten im Schwarztale, wo Kühleborns Gewalt wieder anging, so herrlich offenbart hatte; Undine selbst empfand den Frieden und die Sicherheit, deren ein Gemüt nie ermangelt, solange es mit Besonnenheit fühlt, daß es auf dem rechten Wege sei, und zudem gingen ihr in der neu erwachenden Liebe und Achtung ihres Ehemannes vielfache Schimmer der Hoffnung und Freude auf. Bertalda hingegen zeigte sich dankbar, demütig und scheu, ohne daß sie wieder diese Äußerungen als etwas Verdienstliches angeschlagen hätte. Sooft ihr eines der Eheleute über die Verdeckung des Brunnens oder über die Abenteuer im Schwarztale irgend etwas Erklärendes sagen wollte, bat sie inbrünstig, man möge sie damit verschonen, weil sie wegen des Brunnens allzu viele Beschämung und wegen des Schwarztales allzu viele Schrecken empfinde. Sie erfuhr daher auch von beiden weiter nichts; und wozu schien es auch nötig zu sein? Der Friede und die Freude hatten ja ihren sichtbaren Wohnsitz in Burg Ringstetten genommen. Man ward darüber ganz sicher und meinte, nun könne das Leben gar nichts mehr tragen als anmutige Blumen und Früchte.

In so erlabenden Verhältnissen war der Winter gekommen und vorübergegangen, und der Frühling sah mit seinen hellgrünen Sprossen und seinem lichtblauen Himmel zu den fröhlichen Menschen herein. Ihm war zumut wie ihnen, und ihnen wie ihm. Was Wunder, daß seine Störche und Schwalben auch in ihnen die Reiselust anregten! Während sie einmal nach den Donauquellen hinab lustwandelten, erzählte Huldbrand von der Herrlichkeit des edlen Stromes und wie er wachsend durch gesegnete Länder fließe, wie das köstliche Wien in seinen Ufern emporglänze und er überhaupt mit jedem Schritte seiner Fahrt an Macht und Lieblichkeit gewinne. – »Es müßte herrlich sein, ihn so bis Wien einmal hinabzufahren!« brach Bertalda aus, aber gleich darauf in ihre jetzige Demut und Bescheidenheit zurückgesunken, schwieg sie errötend still. Eben dies rührte Undinen sehr, und im lebhaftesten Wunsch, der lieben Freundin eine Lust zu machen, sagte sie: »Wer hindert uns denn, die Reise anzutreten?« – Bertalda hüpfte vor Freuden in die Höhe, und die beiden Frauen begannen sogleich, sich die anmutige Donaufahrt mit den allerhellsten Farben vor die Sinne zu rufen. Auch Huldbrand stimmte fröhlich darin ein; nur sagte er einmal besorgt Undinen ins Ohr: »Aber weiterhin ist Kühleborn wieder gewaltig?« – »Laß ihn nur kommen«, entgegnete sie lachend; »ich bin ja dabei, und vor mir wagt er sich mit keinem Unheil hervor.« – Damit war das letzte Hindernis gehoben, man rüstete sich zur Fahrt und trat sie alsbald mit frischem Mut und den heitersten Hoffnungen an.

Wundert euch aber nur nicht, ihr Menschen, wenn es dann immer ganz anders kommt, als man gemeint hat. Die tückische Macht, die lauert, uns zu verderben, singt ihr auserkornes Opfer gern mit süßen Liedern und goldnen Märchen in den Schlaf. Dagegen pocht der rettende Himmelsbote oftmals scharf und erschreckend an unsre Tür.

Sie waren die ersten Tage ihrer Donaufahrt hindurch außerordentlich vergnügt gewesen. Es ward auch alles immer besser und schöner, so wie sie den stolzen flutenden Strom weiter hinunterschifften. Aber in einer sonst höchst anmutigen Gegend, von deren erfreulichem Anblick sie sich die beste Freude versprochen hatten, fing der ungebändige Kühleborn ganz unverhohlen an, seine hier eingreifende Macht zu zeigen. Es blieben zwar bloß Neckereien, weil Undine oftmals in die empörten Wellen oder in die hemmenden Winde hineinschalt und sich dann die Gewalt des Feindseligen augenblicklich in Demut ergab; aber wieder kamen die Angriffe, und wieder brauchte es der Mahnung Undines, so daß die Lustigkeit der kleinen Reisegesellschaft eine gänzliche Störung erlitt. Dabei zischelten sich noch immer die Fährleute zagend in die Ohren und sahen mißtrauisch auf die drei Herrschaften, deren Diener selbsten mehr und mehr etwas Unheimliches zu ahnen begannen und ihre Gebieter mit seltsamen Blicken verfolgten. Huldbrand sagte öfters bei sich im stillen Gemüte: »Das kommt davon, wenn gleich sich nicht zu gleich gesellt, wenn Mensch und Meerfräulein ein wunderliches Bündnis schließen.« – Sich entschuldigend, wie wir es denn überhaupt lieben, dachte er freilich oftmals dabei: »Ich habe es ja nicht gewußt, daß sie ein Meerfräulein war. Mein ist das Unheil, das jeden meiner Schritte durch der tollen Verwandtschaft Grillen bannt und stört, aber mein ist nicht die Schuld.« – Durch solcherlei Gedanken fühlte er sich einigermaßen gestärkt, aber dagegen ward er immer verdrießlicher, ja feindseliger wider Undinen gestimmt. Er sah sie schon mit mürrischen Blicken an, und die arme Frau verstand deren Bedeutung wohl. Dadurch, und durch die beständige Anstrengung wider Kühleborns Listen erschöpft, sank sie gegen Abend, von der sanftgleitenden Barke angenehm gewiegt, in einen tiefen Schlaf.

Kaum aber, daß sie die Augen geschlossen hatte, so wähnte jedermann im Schiffe, nach der Seite, wo er grade hinaussah, ein ganz abscheuliches Menschenhaupt zu erblicken, das sich aus den Wellen emporhob, nicht wie das eines Schwimmenden, sondern ganz senkrecht, wie auf den Wasserspiegel grade eingepfählt, aber mitschwimmend, so wie die Barke schwamm. Jeder wollte dem andern zeigen, was ihn erschreckte, und jeder fand zwar auf des andern Gesicht das gleiche Entsetzen, Hand und Auge nach einer andern Richtung hinzeigend, als wo ihm selbst das halb lachende, halb dräuende Scheusal vor Augen stand. Wie sie sich nun aber einander darüber verständigen wollten und alles rief: »Sieh dorthin, nein dorthin!« – da wurden jedwedem die Greuelbilder aller sichtbar, und die ganze Flut um das Schiff her wimmelte von den entsetzlichsten Gestalten. Von dem Geschrei, das sich darüber erhob, erwachte Undine. Vor ihren aufgehenden Augenlichtern verschwand der mißgeschaffnen Gesichter tolle Schar. Aber Huldbrand war empört über so viele häßliche Gaukeleien. Er wäre in wilde Verwünschungen ausgebrochen, nur daß Undine mit den demütigsten Blicken, und ganz leise bittend, sagte: »Um Gott, mein Eheherr, wir sind auf den Fluten; zürne jetzt nicht auf mich.« – Der Ritter schwieg, setzte sich und versank in ein tiefes

Nachdenken. Undine sagte ihm ins Ohr: »Wär es nicht besser, mein Liebling, wir ließen die törichte Reise und kehrten nach Burg Ringstetten in Frieden zurück?« – Aber Huldbrand murmelte feindselig: »Also ein Gefangener soll ich sein auf meiner eignen Burg? Und atmen nur können, solange der Brunnen zu ist? So wollt ich, daß die tolle Verwandtschaft« – Da drückte Undine schmeichelnd ihre schöne Hand auf seine Lippen. Er schwieg auch und hielt sich still, so manches, was ihm Undine früher gesagt hatte, erwägend.

Indessen hatte Bertalda sich allerhand seltsam umschweifenden Gedanken überlassen. Sie wußte vieles von Undines Herkommen und doch nicht alles, und vorzüglich war ihr der furchtbare Kühleborn ein schreckliches, aber noch immer ganz dunkles Rätsel geblieben; so daß sie nicht einmal seinen Namen je vernommen hatte. Über alle diese wunderlichen Dinge nachsinnend, knüpfte sie, ohne sich dessen recht bewußt zu werden, ein goldnes Halsband los, welches ihr Huldbrand auf einer der letzten Tagereisen von einem herumziehenden Handelsmann gekauft hatte, und ließ es dicht über der Oberfläche des Flusses spielen, sich halb träumend an dem lichten Schimmer ergötzend, den es in die abendhellen Gewässer warf. Da griff plötzlich eine große Hand aus der Donau herauf, erfaßte das Halsband und fuhr damit unter die Fluten. Bertalda schrie laut auf, und ein höhnisches Gelächter schallte aus den Tiefen des Stromes drein. Nun hielt sich des Ritters Zorn nicht länger. Aufspringend schalt er in die Gewässer hinein, verwünschte alle, die sich in seine Verwandtschaft und sein Leben drängen wollten, und forderte sie auf, Nix oder Sirene, sich vor sein blankes Schwert zu stellen. Bertalda weinte indes um den verlornen, ihr so innig lieben Schmuck und goß mit ihren Tränen Öl in des Ritters Zorn, während Undine ihre Hand über den Schiffesbord in die Wellen getaucht hielt, in einem fort sacht vor sich hinmurmelnd und nur manchmal ihr seltsam heimliches Geflüster unterbrechend, indem sie bittend zu ihrem Ehherrn sprach: »Mein Herzlichlieber, hier schilt mich nicht. Schilt alles, was du willst, aber hier mich nicht. Du weißt ja!« – Und wirklich enthielt sich seine vor Zorn stammelnde Zunge noch jedes Wortes unmittelber wider sie. Da brachte sie mit der feuchten Hand, die sie unter den Wogen gehalten hatte, ein wunderschönes Korallenhalsband hervor, so herrlich blitzend, daß allen davon die Augen fast geblendet wurden. »Nimm hin«, sagte sie, es Bertalden freundlich hinhaltend; »das hab ich dir zum Ersatz bringen lassen, und sei nicht weiter betrübt, du armes Kind.« – Aber der Ritter sprang dazwischen. Er riß den schönen Schmuck Undinen aus der Hand, schleuderte ihn wieder in den Fluß und schrie wutentbrannt: »So hast du denn immer Verbindung mit ihnen? Bleib bei ihnen in aller Hexen Namen mit all deinen Geschenken und laß uns Menschen zufrieden, Gauklerin du!« – Starren, aber tränenströmenden Blickes sah ihn die arme Undine an, noch immer die Hand ausgestreckt, mit welcher sie Bertalden ihr hübsches Geschenk so freundlich hatte hinreichen wollen. Dann fing sie immer herzlicher an zu weinen, wie ein recht unverschuldet und recht bitterlich gekränktes liebes Kind. Endlich sagte sie ganz matt: »Ach, holder Freund, ach, lebe wohl! Sie sollen dir nichts tun; nur bleibe treu, daß ich sie dir abwehren kann. Ach, aber fort muß ich, muß fort auf diese ganze junge Lebenszeit. O weh, o weh, was hast du angerichtet! O weh, o weh!«

Und über den Rand der Barke schwand sie hinaus. – Stieg sie hinüber in die Flut, verströmte sie darin, man wußt es nicht, es war wie beides und wie keins. Bald aber war sie in die Donau ganz verronnen; nur flüsterten noch kleine Wellchen schluchzend um den Kahn, und fast vernehmlich war's, als sprächen sie: »O weh, o weh! Ach bleibe treu! O weh!« –

Huldbrand aber lag in heißen Tränen auf dem Verdecke des Schiffes, und eine tiefe Ohnmacht hüllte den Unglücklichen bald in ihre mildernden Schleier ein.

SECHZEHNTES KAPITEL

Von Huldbrands fürderm Ergehen

Soll man sagen, leider! oder zum Glück! daß es mit unsrer Trauer keinen rechten Bestand hat? Ich meine, mit unsrer so recht tiefen und aus dem Borne des Lebens schöpfenden Trauer, die mit dem verlornen Geliebten so eines wird, daß er ihr nicht mehr verloren ist und sie ein geweihtes Priestertum an seinem Bilde durch das ganze Leben durchführen will, bis die Schranke, die ihm gefallen ist, auch uns zerfällt! Freilich bleiben wohl gute Menschen wirklich solche Priester, aber es ist doch nicht die erste, rechte Trauer mehr. Andre, fremdartige Bilder haben sich dazwischengedrängt, wir erfahren endlich die Vergänglichkeit aller irdischen Dinge sogar an unserm Schmerz, und so muß ich denn sagen: »Leider, daß es mit unsrer Trauer keinen rechten Bestand hat!«

Der Herr von Ringstetten erfuhr das auch; ob zu seinem Heile, werden wir im Verfolg dieser Geschichte hören. Anfänglich konnte er nichts als immer recht bitterlich weinen, wie die arme, freundliche Undine geweint hatte, als er ihr den blanken Schmuck aus der Hand riß, mit dem sie alles so schön und gut machen wollte. Und dann streckte er die Hand aus, wie sie es getan hatte, und weinte immer wieder von neuem, wie sie. Er hegte die heimliche

Hoffnung, endlich auch ganz in Tränen zu verrinnen, und ist nicht selbst manchem von uns andern in großem Leide der ähnliche Gedanke mit schmerzender Lust durch den Sinn gezogen? Bertalda weinte mit, und sie lebten lange ganz still beieinander auf Burg Ringstetten, Undines Andenken feiernd und der ehemaligen Neigung fast gänzlich vergessen habend. Dafür kam auch um diese Zeit oftmals die gute Undine zu Huldbrands Träumen; sie streichelte ihn sanft und freundlich und ging dann stillweinend wieder fort, so daß er im Erwachen oftmals nicht recht wußte, wovon seine Wangen so naß waren; kam es von ihren oder bloß von seinen Tränen?

Die Traumgesichte wurden aber mit der Zeit seltner, der Gram des Ritters matter, und dennoch hätte er vielleicht nie in seinem Leben einen andern Wunsch gehegt, als so stille fort Undinens zu gedenken und von ihr zu sprechen, wäre nicht der alte Fischer unvermutet auf dem Schloß erschienen und hätte Bertalden nun allen Ernstes als sein Kind zurückgeheischt. Undinens Verschwinden war ihm kundgeworden, und er wollte es nicht länger zugeben, daß Bertalda bei dem unverehlichten Herrn auf der Burg verweile. – »Denn, ob meine Tochter mich lieb hat oder nicht«, sprach er, »will ich jetzt gar nicht wissen, aber die Ehrbarkeit ist im Spiel, und wo die spricht, hat nichts andres mehr mitzureden.«

Diese Gesinnung des alten Fischers und die Einsamkeit, die den Ritter aus allen Sälen und Gängen der verödeten Burg schauerlich nach Bertaldens Abreise zu erfassen drohte, brachten zum Ausbruch, was früher entschlummert und in dem Gram über Undinen ganz vergessen war: die Neigung Huldbrands für die schöne Bertalda. Der Fischer hatte vieles gegen die vorgeschlagne Heirat einzuwenden. Undine war dem alten Manne sehr lieb gewesen, und er meinte, man wisse ja noch kaum, ob die liebe Verschwundne recht eigentlich tot sei. Liege aber ihr Leichnam wirklich starr und kalt auf dem Grunde der Donau oder treibe mit den Fluten ins Weltmeer hinaus, so habe Bertalda an ihrem Tode mit schuld, und nicht gezieme es ihr, an den Platz der armen Verdrängten zu treten. Aber auch den Ritter hatte der Fischer sehr lieb; die Bitten der Tochter, die um vieles sanfter und ergebner geworden war, wie auch ihre Tränen um Undinen kamen dazu, und er mußte wohl endlich seine Einwilligung gegeben haben, denn er blieb ohne Widerrede auf der Burg, und ein Eilbote ward abgesandt, den Pater Heilmann, der in frühern glücklichen Tagen Undinen und Huldbranden eingesegnet hatte, zur zweiten Trauung des Ritters nach dem Schlosse zu holen.

Der fromme Mann aber hatte kaum den Brief des Herrn von Ringstetten durchlesen, so machte er sich in noch viel größerer Eile nach dem Schlosse auf den Weg, als der Bote von dorten zu ihm gekommen war. Wenn ihm auf dem schnellen Gang der Odem fehlte oder die alten Glieder schmerzten vor Müdigkeit, pflegte er zu sich selber zu sagen: »Vielleicht ist noch Unrecht zu hindern; sinke nicht eher als am Ziele, du verdorrter Leib!« – Und mit erneuter Kraft riß er sich alsdann auf und wallte und wallte, ohne Rast und Ruh, bis er eines Abends spät in den belaubten Hof der Burg Ringstetten eintrat.

Die Brautleute saßen Arm in Arm unter den Bäumen, der alte Fischer nachdenklich neben ihnen. Kaum nun, daß sie den Pater Heilmann erkannten, so sprangen sie auf und drängten sich bewillkommend um ihn her. Aber er, ohne viele Worte zu machen, wollte den Bräutigam mit sich in die Burg ziehn; als indessen dieser staunte und zögerte, den ernsten Winken zu gehorchen, sagte der fromme Geistliche: »Was halte ich mich denn lange dabei auf, Euch in geheim sprechen zu wollen, Herr von Ringstetten? Was ich zu sagen habe, geht Bertalden und den Fischer ebensogut mit an, und was einer doch irgend einmal hören muß, mag er lieber gleich so bald hören, als es nur möglich sei. Seid Ihr denn so gar gewiß, Ritter Huldbrand, daß Eure erste Gattin wirklich gestorben ist? Mir kommt es kaum so vor. Ich will zwar weiter nichts darüber sprechen, welch eine wundersame Bewandtnis es mit ihr gehabt haben mag, weiß auch davon nichts Gewisses. Aber ein frommes, vielgetreues Weib war sie, soviel ist außer allem Zweifel. Und seit vierzehn Nächten hat sie in Träumen an meinem Bette gestanden, ängstlich die zarten Händlein ringend und in einem fort seufzend: ›Ach, hindr ihn, lieber Vater! Ich lebe noch! Ach rett ihm den Leib! Ach rett ihm die Seele!‹ – Ich verstand nicht, was das Nachtgesicht haben wollte; da kam Euer Bote, und nun eilt ich hierher, nicht zu trauen, wohl aber zu trennen, was nicht zusammengehören darf. Laß von ihr, Huldbrand! Laß von ihm, Bertalda! Er gehört noch einer andern, und siehst du nicht den Gram um die verschwundne Gattin auf seinen bleichen Wangen? So sieht kein Bräutigam aus, und der Geist sagt es mir: ›Ob du ihn auch nicht lässest, doch nimmer wirst du seiner froh.‹«

Die dreie empfanden im innersten Herzen, daß der Pater Heilmann die Wahrheit sprach, aber sie wollten es nun einmal nicht glauben. Selbst der alte Fischer war nun bereits so betört, daß er meinte, anders könne es gar nicht kommen, als sie es in diesen Tagen ja schon oft miteinander besprochen hätten. Daher stritten sie denn alle mit einer wilden, trüben Hast gegen des Geistlichen Warnungen, bis dieser sich endlich kopfschüttelnd und traurig aus der Burg entfernte, ohne die dargebotne Herberge auch nur für diese Nacht annehmen zu wollen oder irgendeine der herbeigeholten Labungen zu genießen. Huldbrand aber überredete sich, der Geistliche sei ein Grillenfänger, und sandte mit Tagesanbruch nach einem Pater aus dem nächsten Kloster, der auch ohne Weigerung verhieß, die Einsegnung in wenigen Tagen zu vollziehen.

SIEBENZEHNTES KAPITEL

Des Ritters Traum

Es war zwischen Morgendämmerung und Nacht, da lag der Ritter halb wachend, halb schlafend auf seinem Lager. Wenn er vollends einschlummern wollte, war es, als stände ihm ein Schrecken entgegen und scheuchte ihn zurück, weil es Gespenster gäbe im Schlaf. Dachte er aber sich alles Ernstes zu ermuntern, so wehte es um ihn her wie mit Schwanenfittichen und mit schmeichelndem Wogenklang, davon er allemal wieder in den zweifelhaften Zustand angenehm betört zurücketaumelte. Endlich aber mochte er doch wohl ganz entschlafen sein, denn es kam ihm vor, als ergreife ihn das Schwanengesäusel auf ordentlichen Fittichen und trage ihn weit fort über Land und See und singe immer aufs anmutigste dazu. – »Schwanenklang! Schwanengesang!« mußte er immerfort zu sich selbst sagen; »das bedeutet ja wohl den Tod?« – Aber es hatte vermutlich noch eine andre Bedeutung. Ihm ward nämlich auf einmal, als schwebe er über dem Mittelländischen Meer. Ein Schwan sang ihm gar tönend in die Ohren, dies sei das Mittelländische Meer. Und während er in die Fluten hinuntersah, wurden sie zu lauterm Kristalle, daß er hineinschauen konnte bis auf den Grund. Er freute sich sehr darüber, denn er konnte Undinen sehen, wie sie unter den hellen Kristallgewölben saß. Freilich weinte sie sehr und sahe viel betrübter aus als in den glücklichen Zeiten, die sie auf Burg Ringstetten miteinander verlebt hatten, vorzüglich zu Anfang und auch nachher, kurz ehe sie die unselige Donaufahrt begannen. Der Ritter mußte an alle das sehr ausführlich und innig denken, aber es schien nicht, als werde Undine seiner gewahr. Indessen war Kühleborn zu ihr getreten und wollte sie über ihr Weinen ausschelten. Da nahm sie sich zusammen und sah ihn vornehm und gebietend an, daß er fast davor erschrak. »Wenn ich hier auch unter den Wassern wohne«, sagte sie, »so hab ich doch meine Seele mit heruntergebracht. Und darum darf ich wohl weinen, wenn du auch gar nicht erraten kannst, was solche Tränen sind. Auch die sind selig, wie alles selig ist dem, in welchem treue Seele lebt.« – Er schüttelte ungläubig mit dem Kopfe und sagte nach einigem Besinnen: »Und doch, Nichte, seid Ihr unseren Elementar-Gesetzen unterworfen, und doch müßt Ihr ihn richtend ums Leben bringen, dafern er sich wieder verehlicht und Euch untreu wird.« – »Er ist noch bis diese Stunde ein Witwer«, sagte Undine, »und hat mich aus traurigem Herzen lieb.« – »Zugleich ist er aber auch ein Bräutigam«, lachte Kühleborn höhnisch, »und laßt nur erst ein paar Tage hingehn, dann ist die priesterliche Einsegnung erfolgt, und dann müßt Ihr doch zu des Zweiweibrigen Tode hinauf.« – »Ich kann ja nicht«, lächelte Undine zurück. »Ich habe ja den Brunnen versiegelt, für mich und meinesgleichen fest.« – Aber wenn er von seiner Burg geht«, sagte Kühleborn, »oder wenn er einmal den Brunnen wieder öffnen läßt! Denn er denkt gewiß blutwenig an alle diese Dinge.« – »Eben deshalb«, sprach Undine und lächelte noch immer unter ihren Tränen, »eben deshalb schwebt er jetzt eben im Geiste über dem Mittelmeer und träumt zur Warnung dies unser Gespräch. Ich hab es wohlbedächtlich so eingerichtet.« – Da sah Kühleborn ingrimmig zu dem Ritter hinauf, dräuete, stampfte mit den Füßen und schoß gleich darauf pfeilschnell unter den Wellen fort. Es war, als schwelle er vor Bosheit zu einem Walfisch auf. Die Schwäne begannen wieder zu tönen, zu fächeln, zu fliegen; dem Ritter war es, als schwebe er über Alpen und Ströme hin, schwebe endlich zur Burg Ringstetten herein und erwache auf seinem Lager.

Wirklich erwachte er auf seinem Lager, und eben trat sein Knappe herein und berichtete ihm, der Pater Heilmann weile noch immer hier in der Gegend; er habe ihn gestern zu Nacht im Forste getroffen, unter einer Hütte, die er sich von Baumästen zusammengebogen habe und mit Moos und Reisig belegt. Auf die Frage, was er denn hier mache? denn einsegnen wolle er ja doch nicht! sei die Antwort gewesen: »Es gibt noch andre Einsegnungen als die am Traualtar, und bin ich nicht zur Hochzeit gekommen, so kann es ja doch zu einer andern Feier gewesen sein. Man muß alles abwarten. Zudem ist ja Trauen und Trauern gar nicht so weit auseinander, und wer sich nicht mutwillig verblendet, sieht es wohl ein.«

Der Ritter machte sich allerhand wunderliche Gedanken über diese Worte und über seinen Traum. Aber es hält sehr schwer, ein Ding zu hintertreiben, was sich der Mensch einmal als gewiß in den Kopf gesetzt hat, und so blieb denn auch alles beim alten.

ACHTZEHNTES KAPITEL

Wie der Ritter Huldbrand Hochzeit hielt

Wenn ich euch erzählen sollte, wie es bei der Hochzeitsfeier auf Burg Ringstetten zuging, so würde euch zumute werden, als sähet ihr eine Menge von blanken und erfreulichen Dingen aufgehäuft, aber drüberhin einen schwarzen Trauerflor gebreitet, aus dessen verdunkelnder Hülle hervor die ganze Herrlichkeit minder einer Lust gliche als einem Spott über die Nichtigkeit aller irdischen Freuden. Es war nicht etwa, daß irgendein gespenstisches Unwesen die festliche Geselligkeit verstört hätte, denn wir wissen ja, daß die Burg vor den Spukereien der dräuenden Wassergeister eine gefeite Stätte war. Aber es war dem Ritter und dem Fischer und allen Gästen zumute, als fehle noch die Hauptperson bei dem Feste und als müsse diese Hauptperson die allgeliebte freundliche Undine sein. Sooft eine Tür aufging, starrten aller Augen unwillkürlich dahin, und wenn es dann weiter nichts war als der Hausmeister mit neuen Schüsseln oder der Schenk mit einem Trunk noch edlern Weins, blickte man wieder trüb vor sich hin, und die Funken, die etwa hin und her von Scherz und Freude aufgeblitzt waren, erloschen in dem Tau wehmütigen Erinnerns. Die Braut war von allen die leichtsinnigste und daher auch die vergnügteste; aber selbst ihr kam es bisweilen wunderlich vor, daß sie in dem grünen Kranze und den goldgestickten Kleidern an der Oberstelle der Tafel sitze, während Undine als Leichnam starr und kalt auf dem Grunde der Donau liege oder mit den Fluten forttreibe ins Weltmeer hinaus. Denn seit ihr Vater ähnliche Worte gesprochen hatte, klangen sie ihr immer vor den Ohren und wollten vorzüglich heute weder wanken noch weichen.

Die Gesellschaft verlor sich bei kaum eingebrochner Nacht; nicht aufgelöst durch des Bräutigams hoffende Ungeduld, wie sonsten Hochzeitversammlungen, sondern nur ganz trüb und schwer auseinander gedrückt durch freudlose Schwermut und Unheil kündende Ahnungen. Bertalda ging mit ihren Frauen, der Ritter mit seinen Dienern, sich auszukleiden: von dem scherzend fröhlichen Geleit der Jungfrauen und Junggesellen bei Braut und Bräutigam war an diesem trüben Feste die Rede nicht.

Bertalda wollte sich aufheitern; sie ließ einen prächtigen Schmuck, den Huldbrand ihr geschenkt hatte, samt reichen Gewanden und Schleiern vor sich ausbreiten, ihren morgenden Anzug aufs schönste und heiterste daraus zu wählen. Ihre Dienerinnen freueten sich des Anlasses, vieles und Fröhliches der jungen Herrin vorzusprechen, wobei sie nicht ermangelten, die Schönheit der Neuvermählten mit den lebhaftesten Worten zu preisen. Man vertiefte sich mehr und mehr in diese Betrachtungen, bis endlich Bertalda, in einen Spiegel blickend, seufzte: »Ach, aber seht ihr wohl die werdenden Sommersprossen hier seitwärts am Halse?« – Sie sahen hin und fanden es freilich, wie es die schöne Herrin gesagt hatte, aber ein liebliches Mal nannten sie's, einen kleinen Flecken, der die Weiße der zarten Haut noch erhöhe. Bertalda schüttelte den Kopf und meinte, ein Makel blieb es doch immer. – »Und ich könnt es los sein«, seufzte sie endlich. »Aber der Schloßbrunnen ist zu, aus dem ich sonst immer das köstliche, hautreinigende Wasser schöpfen ließ. Wenn ich doch heut nur eine Flasche davon hätte!« – »Ist es nur das?« lachte eine behende Dienerin und schlüpfte aus dem Gemach. – »Sie wird doch nicht so toll sein«, fragte Bertalda wohlgefällig erstaunt, »noch heut abend den Brunnenstein abwälzen zu lassen?« – Da hörte man bereits, daß Männer über den Hof gingen, und konnte aus dem Fenster sehn, wie die gefällige Dienerin sie grade auf den Brunnen losführte und sie Hebebäume und andres Werkzeug auf den Schultern trugen. – »Es ist freilich mein Wille«, lächelte Bertalda; »wenn es nur nicht zu lange währt.« – Und froh im Gefühl, daß ein Wink von ihr jetzt vermöge, was ihr vormals so schmerzhaft geweigert worden war, schaute sie auf die Arbeit in den mondhellen Burghof hinab.

Die Männer hoben mit Anstrengung an dem großen Steine; bisweilen seufzte wohl einer dabei, sich erinnernd, daß man hier der geliebten vorigen Herrin Werk zerstöre. Aber die Arbeit ging übrigens viel leichter als man gemeint hatte. Es war, als hülfe eine Kraft aus dem Brunnen heraus den Stein emporbringen. – »Es ist ja«, sagten die Arbeiter erstaunt zueinander, »als wäre das Wasser drinnen zum Springborne worden.« – Und mehr und mehr hob sich der Stein, und fast ohne Beistand der Werkleute rollte er langsam mit dumpfem Schallen auf das Pflaster hin. Aber aus des Brunnens Öffnung stieg es gleich einer weißen Wassersäule feierlich herauf; sie dachten erst, es würde mit dem Springbrunnen Ernst, bis sie gewahrten, daß die aufsteigende Gestalt ein bleiches, weißverschleiertes Weibsbild war. Das weinte bitterlich, das hob die Hände ängstlich ringend über das Haupt und schritt mit langsam ernstem Gange nach dem Schloßgebäu. Auseinander stob das Burggesind vom Brunnen fort, bleich stand, Entsetzens starr, mit ihren Dienerinnen die Braut am Fenster. Als die Gestalt nun dicht unter deren Kammern hinschritt, schaute sie winselnd nach ihr empor, und Bertalda meinte, unter dem Schleier Undinens bleiche Gesichtszüge zu erkennen. Vorüber aber zog die Jammernde, schwer, gezwungen, zögernd, wie zum Hochgericht. Bertalda schrie, man solle den Ritter rufen; es wagte sich keine der Zofen aus der Stelle, und auch die Braut selber verstummte wieder, wie vor ihrem eignen Laut erbebend.

Während jene noch immer bang am Fenster standen, wie Bildsäulen regungslos, war die seltsame Wandrerin in die Burg gelangt, die wohlbekannten Treppen hinauf, die wohlbekannten Hallen durch, immer in ihren Tränen still. Ach, wie so anders war sie einstens hier umgewandelt! –

Der Ritter aber hatte seine Diener entlassen. Halbausgekleidet, im betrübten Sinnen, stand er vor einem großen Spiegel; die Kerze brannte dunkel neben ihm. Da klopfte es an die Tür mit leisem, leisem Finger. Undine hatte sonst wohl so geklopft, wenn sie ihn freundlich necken wollte. – »Es ist alles nur Phantasterei!« sagte er zu sich selbst. »Ich muß ins Hochzeitbett.« – »Das mußt du, aber in ein kaltes!« hörte er eine weinende Stimme draußen vor dem Gemache sagen, und dann sah er im Spiegel, wie die Tür aufging, langsam, langsam, und wie die weiße Wandrerin hereintrat und sittig das

Schloß wieder hinter sich zudrückte. »Sie haben den Brunnen aufgemacht«, sagte sie leise, »und nun bin ich hier, und nun mußt du sterben.« – Er fühlte in seinem stockenden Herzen, daß es auch gar nicht anders sein könne, deckte aber die Hände über die Augen und sagte: »Mache mich nicht in meiner Todesstunde durch Schrecken toll. Wenn du ein entsetzliches Antlitz hinter dem Schleier trägst, so lüfte ihn nicht, und richte mich, ohne daß ich dich schaue.« – »Ach«, entgegnete die Wandrerin, »willst du mich denn nicht noch ein einziges Mal sehn? Ich bin schön, wie als du auf der Seespitze um mich warbst.« – »O, wenn das wäre!« seufzte Huldbrand; »und wenn ich sterben dürfte an einem Kusse von dir.« – »Recht gern, mein Liebling«, sagte sie. Und ihre Schleier schlug sie zurück, und himmlisch schön lächelte ihr holdes Antlitz daraus hervor. Bebend vor Liebe und Todesnähe neigte sich der Ritter ihr entgegen, sie küßte ihn mit einem himmlischen Kusse, aber sie ließ ihn nicht mehr los, sie drückte ihn inniger an sich und weinte, als wolle sie ihre Seele fortweinen. Die Tränen drangen in des Ritter Augen und wogten im lieblichen Wehe durch seine Brust, bis ihm endlich der Atem entging und er aus den schönen Armen als ein Leichnam sanft auf die Kissen des Ruhebettes zurücksank.

»Ich habe ihn tot geweint!« sagte sie zu einigen Dienern, die ihr im Vorzimmer begegneten, und schritt durch die Mitte der Erschreckten langsam nach dem Brunnen hinaus.

NEUNZEHNTES KAPITEL

Wie der Ritter Huldbrand begraben ward

Der Pater Heilmann war auf das Schloß gekommen, sobald des Herrn von Ringstetten Tod in der Gegend kundgeworden war, und just zur selben Stunde erschien er, wo der Mönch, welcher die unglücklichen Vermählten getraut hatte, von Schreck und Grausen überwältiget, aus den Toren floh. – »Es ist schon recht«, entgegnete Heilmann, als man ihm dieses ansagte: »Und nun geht mein Amt an, und ich brauche keines Gefährten.« – Darauf begann er die Braut, welche zur Witwe worden war, zu trösten, sowenig Frucht es auch in ihrem weltlich lebhaften Gemüte trug. Der alte Fischer hingegen fand sich, obzwar von Herzen betrübt, weit besser in das Geschick, welches Tochter und Schwiegersohn betroffen hatte, und während Bertalda nicht ablassen konnte, Undinen Mörderin zu schelten und Zauberin, sagte der alte Mann gelassen: »Es konnte nun einmal nichts anders sein. Ich sehe nichts darin als die Gerichte Gottes, und es ist wohl niemanden

Huldbrands Tod mehr zu Herzen gegangen als der, die ihn verhängen mußte, der armen, verlaßnen Undine!« – Dabei half er die Begräbnisfeier anordnen, wie es dem Range des Toten geziemte. Dieser sollte in einem Kirchdorfe begraben werden, auf dessen Gottesacker alle Gräber seiner Ahnherrn standen und welche sie, wie er selbst, mit reichlichen Freiheiten und Gaben geehrt hatten. Schild und Helm lagen bereits auf dem Sarge, um mit in die Gruft versenkt zu werden, denn Herr Huldbrand von Ringstetten war als der letzte seines Stammes verstorben; die Trauerleute begannen ihren schmerzvollen Zug, Klagelieder in das heiter stille Himmelblau hinaufsingend, Heilmann schritt mit einem hohen Kruzifix voran, und die trostlose Bertalda folgte, auf ihren alten Vater gestützt. – Da nahm man plötzlich inmitten der schwarzen Klagefrauen in der Wittib Gefolge eine schneeweiße Gestalt wahr, tiefverschleiert, und die ihre Hände inbrünstig jammernd emporwand. Die, neben welchen sie ging, kam ein heimliches Grauen an, sie wichen zurück oder seitwärts, durch ihre Bewegung die andern, neben die nun die weiße Fremde zu gehen kam, noch sorglicher erschreckend, so daß schier darob eine Unordnung unter dem Trauergefolge zu entstehen begann. Es waren einige Kriegsleute so dreist, die Gestalt anreden und aus dem Zuge fortweisen zu wollen, aber denen war sie wie unter den Händen fort und ward dennoch gleich wieder mit langsam feierlichem Schritte unter dem Leichengefolge mitziehend gesehn. Zuletzt kam sie während des beständigen Ausweichens der Dienerinnen bis dicht hinter Bertalda. Nun hielt sie sich höchst langsam in ihrem Gange, so daß die Wittib ihrer nicht gewahr ward und sie sehr demütig und sittig hinter dieser ungestört fortwandelte.

Das währte, bis man auf den Kirchhof kam und der Leichenzug einen Kreis um die offene Grabstätte schloß. Da sah Bertalda die ungebetene Begleiterin, und halb in Zorn, halb in Schreck auffahrend, gebot sie ihr, von der Ruhestätte des Ritters zu weichen. Die Verschleierte aber schüttelte sanft verneinend ihr Haupt und hob die Hände wie zu einer demütigen Bitte gegen Bertalda auf, davon diese sich sehr bewegt fand und mit Tränen daran denken mußte, wie ihr Undine auf der Donau das Korallenhalsband so freundlich hatte schenken wollen. Zudem winkte Pater Heilmann und gebot Stille, da man über dem Leichnam, dessen Hügel sich eben zu häufen begann, in stiller Andacht beten wolle. Bertalda schwieg und kniete, und alles kniete, und die Totengräber auch, als sie fertig geschaufelt hatten. Da man sich aber wieder erhob, war die weiße Fremde verschwunden; an der Stelle, wo sie gekniet hatte, quoll ein silberhelles Brünnlein aus dem Rasen, das rieselte und rieselte fort, bis es den Grabhügel des Ritters fast ganz umzogen hatte; dann rannte es fürder und ergoß sich in einen stillen Weiher, der zur Seite des Gottesakkers lag. Noch in späten Zeiten sollen die Bewohner des Dorfes die Quelle gezeigt und fest die Meinung gehegt haben, dies sei die arme, verstoßene Undine, die auf diese Art noch immer mit freundlichen Armen ihren Liebling umfasse.

JUSTINUS KERNER

1786–1862

Goldener

Es sind wohl zweitausend Jahre oder noch länger, da hat in einem dichten Walde ein armer Hirte gelebt, der hatte sich ein bretternes Haus mitten im Walde erbaut, darin wohnte er mit seinem Weib und sechs Kindern; die waren alle Knaben. An dem Hause war ein Ziehbrunnen und ein Gärtlein, und wann der Vater das Vieh hütete, so gingen die Kinder hinaus und brachten ihm zu Mittag oder zu Abend einen kühlen Trunk aus dem Brunnen oder ein Gericht aus dem Gärtlein.

Den jüngsten der Knaben riefen die Eltern nur: Goldener, denn seine Haare waren wie Gold, und obgleich der jüngste, so war er doch der stärkste von allen und der größte.

So oft die Kinder hinausgingen, so ging Goldener mit einem Baumzweige voran, anders wollte keines gehen, denn jedes fürchtete sich, zuerst auf ein Abenteuer zu stoßen; ging aber Goldener voran, so folgten sie freudig eins hinter dem andern nach durch das dunkelste Dickicht, und wenn auch schon der Mond über dem Gebirge stand.

Eines Abends ergötzten sich die Knaben auf dem Rückweg vom Vater mit Spielen im Walde, und hatte sich Goldener vor allen so sehr im Spiele ereifert, daß er so hell aussah wie das Abendrot. »Laßt uns zurückgehen!« sprach der Älteste, »es scheint dunkel zu werden.« »Seht da, der Mond!« sprach der Zweite. Da kam es licht zwischen den dunkeln Tannen hervor, und eine Frauengestalt wie der Mond setzte sich auf einen der moosigen Steine, spann mit einer kristallenen Spindel einen lichten Faden in die Nacht hinaus, nickte mit dem Haupte gegen Goldener und sang:

»Der weiße Fink, die goldene Ros',
Die Königskron' im Meeresschoß.«

Sie hätte wohl noch weiter gesungen, da brach ihr der Faden und sie erlosch wie ein Licht. Nun war es ganz Nacht, die Kinder faßte ein Grausen, sie sprangen mit kläglichem Geschrei, das eine dahin, das andere dorthin, über Felsen und Klüfte und verlor eins das andere.

Wohl viele Tage und Nächte irrte Goldener in dem dicken Wald umher, fand auch weder einen seiner Brüder noch die Hütte seines Vaters noch sonst die Spur eines Menschen: Denn es war der Wald gar dicht verwachsen, ein Berg über den andern gestellt und eine Kluft unter die andere.

Die Braunbeeren, welche überall herumrankten, stillten seinen Hunger und löschten seinen Durst, sonst wär' er gar jämmerlich gestorben. Endlich am dritten Tage, andere sagen gar erst am sechsten, wurde der Wald hell und immer heller, und da kam er zuletzt hinaus auf eine schöne grüne Wiese.

Da war es ihm so leicht um das Herz, und er atmete mit vollen Zügen die freie Luft ein. Auf derselben Wiese waren Garne ausgelegt, denn da wohnte ein Vogelsteller, der fing die Vögel, die aus dem Wald flogen, und trug sie in die Stadt zu Kaufe.

»Solch ein Bursch ist mir gerade vonnöten«, dachte der Vogelsteller, als er Goldener erblickte, der auf der grünen Wiese nah an den Garnen stand und in den weiten blauen Himmel hineinsah und sich nicht satt sehen konnte.

Der Vogelsteller wollte sich einen Spaß machen, er zog seine Garne und husch! war Goldener gefangen und lag unter dem Garne gar erstaunt, denn er wußte nicht, wie das geschehen war. »So fängt man die Vögel, die aus dem Walde kommen«, sprach der Vogelsteller laut lachend; »deine roten Federn sind mir eben recht. Du bist wohl ein verschlagener Fuchs; bleibe bei mir, ich lehre dich auch die Vögel fangen.« Goldener war gleich dabei; ihm deuchte unter den Vögeln ein gar lustig Leben, zumal er ganz die Hoffnung aufgegeben hatte, die Hütte seines Vaters je wieder zu finden.

»Laß erproben, was du gelernt hast«, sprach der Vogelsteller nach einigen Tagen zu ihm. Goldener zog die Garne, und bei dem ersten Zuge fing er einen schneeweißen Finken.

»Packe dich mit diesem weißen Finken!« schrie der Vogelsteller, »du hast es mit dem Bösen zu tun!« und so stieß er ihn gar unsanft von der Wiese, indem er den weißen Finken, den ihm Goldener gereicht hatte, unter vielen Verwünschungen mit den Füßen zertrat.

Goldener konnte die Worte des Vogelstellers nicht begreifen; er ging getrost wieder in den Wald zurück und nahm sich noch einmal vor, die Hütte seines Vaters zu suchen.

Er lief Tag und Nacht über Felsensteine und alte gefallene Baumstämme, fiel auch gar oft über die schwarzen Wurzeln, die aus dem Boden überall hervorragten.

Am dritten Tage wurde der Wald heller und immer heller, und da kam er endlich hinaus und in einen schönen, lichten Garten, der war voll der lieblichsten Blumen, und weil Goldener so was noch nie gesehen, blieb er voll Verwunderung stehen. Der Gärtner im Garten bemerkte ihn nicht so bald, denn Goldener stand unter den Sonnenblumen, und seine Haare glänzten im Sonnenschein nicht anders als so eine Blume.

»Ha!« sprach der Gärtner, »solch einen Burschen hab' ich gerade vonnöten«, und schloß das Tor des Gartens. Goldener ließ es sich gefallen, denn ihm deuchte unter den Blumen ein gar buntes Leben, zumal er ganz die Hoffnung aufgegeben hatte, die Hütte seines Vaters wieder zu finden.

»Fort in den Wald!« sprach der Gärtner eines Morgens zu Goldener, »hol' mir einen wilden Rosenstock, damit ich zahme Rosen darauf pflanze!« Goldener ging und kam mit einem Stock der schönsten goldfarbenen Rosen zurück, die waren auch nicht anders, als hätte sie der geschickteste Goldschmied für die Tafel eines Königs geschmiedet.

»Packe dich mit diesen goldenen Rosen!« schrie der Gärtner, »du hast es mit dem Bösen zu tun!« und so stieß er ihn gar unsanft aus dem Garten, indem er die Rosen unter vielen Verwünschungen in die Erde trat.

Goldener konnte die Worte des Gärtners nicht begreifen; er ging getrost wieder in den Wald zurück und nahm sich nochmals vor, die Hütte seines Vaters zu suchen.

Er lief Tag und Nacht von Baum zu Baum, von Fels zu Fels. Am dritten Tag endlich wurde der Wald hell und immer heller, und da kam Goldener hinaus und an das blaue Meer, das lag in einer unermeßlichen Weite vor ihm. Die Sonne spiegelte sich eben in der kristallhellen Fläche, da war es wie fließendes Gold, darauf schwammen schöngeschmückte Schiffe mit langen fliegenden Wimpeln.

Eine zierliche Fischerbarke stand am Ufer, in die trat Goldener und sah mit Erstaunen in die Helle hinaus.

»Ein solcher Bursch ist uns gerade vonnöten«, sprachen die Fischer, und husch! stießen sie vom Lande. Goldener ließ es sich gefallen, denn ihm deuchte bei den Wellen ein goldenes Leben, zumal er ganz die Hoffnung aufgegeben hatte, seines Vaters Hütte wieder zu finden.

Die Fischer warfen ihre Netze aus und fingen nichts. »Laß sehen, ob du glücklicher bist!« sprach ein alter Fischer mit silbernen Haaren zu Goldener. Mit ungeschickten Händen senkte Goldener das Netz in die Tiefe, zog und fischte eine Krone von hellem Golde. »Triumph!« rief der alte Fischer und fiel Goldener zu Füßen, »ich begrüße dich als unsern König! Vor hundert Jahren versenkte der alte König, welcher keine Erben hatte, sterbend seine Krone im Meer, und so lange, bis irgend einen das Schicksal bestimmt hätte, die Krone wieder aus der Tiefe zu ziehen, sollte der Thron ohne Nachfolger in Trauer gehüllt bleiben.«

»Heil unserem König!« riefen die Fischer, und setzten Goldenern die Krone auf. Die Kunde von Goldener und der wiedergefundenen Königskrone erscholl bald von Schiff zu Schiff und über das Meer weit in das Land hinein. Da war die goldene Fläche bald mit bunten Nachen bedeckt und mit Schiffen, die mit Blumen und Laubwerk geziert waren, diese begrüßten alle mit lautem Jubel das Schiff, auf welchem König Goldener stand. Er stand, die helle Krone auf dem Haupte, am Vorderteil des Schiffes und sah ruhig der Sonne zu, wie sie im Meere erlosch.

CARL WILHELM SALICE-CONTESSA

1777–1825

Das Gastmahl

In einem anmutigen Tale, nicht weit von dem Fuß eines hohen Gebirges, findet sich ein ansehnliches Freigut, gewöhnlich der Waldhof zugenannt, weil es einsam und abgesondert an dem Saume eines mächtigen Waldes liegt, der von dem Gebirge herabkommt und zu beiden Seiten des Tales eine gute Strecke hinläuft, als wollt' er es mit den grünen Armen liebreich umfangen.

Dieser Waldhof gehörte vor nicht gar langer Zeit einem wackern Manne namens Arnold. Der lebte hier mit seinem Weibe und einem Häuflein guter, frommer Kinder schon manches Jahr. Alles gedieh und blühte unter seinen Händen und willig hätte man fast diesen Erdenwinkel für ein wohlbewahrtes Stück des verloren gegangenen Paradieses gehalten. Auch trug Arnold keinen höhern Wunsch in seinem Gemüte, als daß alles nur immerfort also Bestand haben möchte.

Doch das war im Himmel anders beschlossen. Der Krieg kam ins Land. Da ging's dem armen Arnold gar übel. Seine Felder wurden verwüstet, seine Herden mit fortgeschleppt, sein Haus ward geplündert. – Zwar gedieh es bald darauf wieder zum Frieden und Arnold dachte: Was sein soll, das schickt sich wohl! – lieh sich eine bedeutende Summe auf sein Gut und ersetzte das Verlorne, so gut es gehn wollte; allein der Sonnenblick war nur von kurzer Dauer. Der Krieg schlug von neuem los, von neuem kam Arnold um all das Seinige und war nun, bis auf ein weniges, das er geborgen, ein ganz armer Mann. – Sein harter Gläubiger, dem er keine Zinsen mehr zahlen konnte, machte Anstalt, ihn von Haus und Hof zu vertreiben; er sah mit schwerem Herzen den Tag schon ganz nahe vor der Tür, an welchem er seinem Paradiese Valet sagen und auf immer den Rücken wenden sollte.

Arnold aber war ein rechter Mann, der sich von keinem Unglück, das er nicht selbst verschuldet, gänzlich zu Boden drücken ließ. Und so dachte er auch hier bald wieder: Was sein soll, das schickt sich wohl! und schaute voll Vertrauen auf Gott, auf sich und auf die Seinigen in das neue Leben hinaus, welches er jetzt beginnen mußte.

Mit freundlichem Gesicht trat er am vorletzten Tage vor der Abreise in die Stube, wo seine Frau, ihr jüngstes Kind auf dem Schoße, still vor sich hinweinend in einem Winkel saß und sprach zu ihr: »Elsbeth, ich bin nun fertig mit dem Leid; nun denk' ich mich noch einmal zum Abschied meines Eigentums und Besitzes zu erfreuen und will nicht in der Stille und bei Nacht und Nebel mich von dannen schleichen, als hätt' ich was Übles verschuldet. Drum rüste dich nur immer flink auf morgen, liebes Weib: da gibt's noch einen tüchtigen Abschiedsschmaus. Gib alles her, was du noch hast. Wir wollen reines Haus machen.«

»Wie magst du jetzt wohl scherzen«, sprach Elsbeth ernst, »und hast deine armen Kinder doch vor Augen!« – Sie warf dabei einen Blick durch das Fenster nach dem Hofe, wo die Kinder unbekümmert und lustig wie sonst die gewohnten Spiele trieben.

»Scherzen?« entgegnete Arnold. »Mit nichten, liebe Frau! Es ist mein wahrer, klarer Ernst mit dem, was ich gesagt. Ich gebe morgen einen Abschiedsschmaus.«

Er ging mit diesen Worten an das Fenster und schaute nach den Kindern.

»Es hat jedes Ding seine Zeit«, hub er an. »Man muß weder das Leid noch die Freude gänzlich Herr über sich werden lassen. Und was die da draußen betrifft, so darf uns, mein' ich, nicht bange sein um sie. Sie haben von uns beten und arbeiten gelernt und werden es fürder lernen: Beides zusammen aber macht ein feines Kapital zum Anfang in jeglicher Hantierung.«

Er öffnete das Fenster und rief die beiden ältesten von den Kindern herbei.

»Gleich, Vater!« antwortete Wilibald und legte schnell das Messer beiseite, womit er für die jüngern Brüder eben eine Armbrust schnitzte.

»Gleich, lieber Vater!« ließ sich Annens Stimme ebenfalls hören.

»Wo steckt das Mädchen denn?« sagte Arnold verwundert und sah sich um. –

»Ei, schau doch, Elsbeth«, fuhr er fort und zeigte nach dem Wipfel einer großen Linde, die mitten im Hofe stand, »da hat sich unsre stille Anna wieder ein recht feines Plätzchen auserwählt!« – Elsbeth sah hin. Anna stieg eben auf einer kleinen Treppe, wie es schien, die zwischen den Zweigen angebracht war, leicht und sicher herab.

»Das ist wohl recht des Vaters Tochter zu nennen!« sprach Frau Elsbeth. »Das Mädchen hat doch von jeher immer etwas Besonderes haben müssen.«

»Laß sie nur!« lächelte Arnold. »Das ist mitunter auch nicht übel im Leben und bewahrt vor manchem. Ist sie doch gut und fromm dabei wie ihre Mutter.«

Die Kinder traten herein. – »Wie bist du da hinaufgekommen, Anna?« fragte der Vater.

»Wilibald hat mir eine Treppe hinauf und oben einen schönen Sitz gebaut!« – entgegnete sie.

»Sie hat sich's so oft gewünscht«, fuhr Wilibald fort, »daß sie da oben sitzen möchte wie ein Vogel – da wollte ich ihr doch noch die Freude machen, ehe wir fortreisen.«

Frau Elsbeth wandte sich schnell ab und verhüllte ihr Gesicht. Auch Vater Arnold sah eine Weile ganz ernst drein. Endlich fuhr er mit der Hand langsam über die Stirn, setzte sich in seinen Lehnstuhl, zog drauf die beiden Kinder zu sich und küßte sie. Dann gab er ihnen seinen Auftrag und hieß sie bereit sein, nach Reimershau zu gehn und dort seine alten Freunde, den Amtmann und den Oberförster einzuladen mit Weib und Kind auf morgen abend zum Abschiedsschmaus. Seinen Knecht Gottwalt, fügte er hinzu, – den einzigen, der ihm noch übrig war – wollte er indes mit gleichem Geheiß hinab ins Städtchen senden zu den beiden Vettern. Elsbeth unterbrach ihn und rief: »Die beiden Kinder willst du durch den Wald schicken, heute, und so ganz allein?«

»Warum nicht?« erwiderte Arnold. »Sie machen ja den Weg nicht zum ersten Male. In einer Stunde sind sie drüben. Die Sonne steht noch hoch am Himmel; so können sie gar bequem wieder hier sein, ehe sie untergeht.«

»Es ist morgen Quatember!« rief Elsbeth. »Um diese Zeit ist es niemals ganz geheuer in dem Walde.«

Arnold lächelte. »Die Leute, die dort in dem Walde hausen, halten gute Nachbarschaft mit uns. Sie werden den Kindern nichts zuleide tun.«

Wilibald und Anna waren aber indes schon fröhlich hinausgesprungen, jener um Stock und Jagdtasche, diese um ihr Körbchen zu holen und traten jetzt, zur Reise gerüstet, freundlich vor die Mutter hin. Frau Elsbeth versorgte kopfschüttelnd Tasche und Körbchen mit dem Vesperbrot, fügte zwei Tücher hinzu zum Umbinden in der kühlen Abendluft und gab dann mit dem Vater den Kindern das Geleit bis vor das Hoftor, wo beide ihnen nachschauten, wie sie den Fußsteig über die grüne, sonnige Wiese rasch und lustig hinschritten, bis sie endlich in den Waldschatten traten und bald darauf hinter den Bäumen verschwanden.

Es war kühl und ergötzlich in dem Walde. Wilibald und Anna gingen mit Lust in die grünen Schatten hinein und hatten ihre Freude an dem hellen, halb durchsichtigen Laubgewölbe der alten Buchen über ihnen und an den runden goldnen Lichtflecken, die auf dem Moosteppich zu ihren Füßen hin und wider spielten. Dazwischen horchten sie, wie die Vögel sangen und wie der Baumspecht klopfte, daß es weithin wie die Schläge einer Axt durch den Wald schallte. Auch blieben sie wohl von Zeit zu Zeit stehen, um das leise Rauschen in den Baumwipfeln zu vernehmen, das ihnen vorkam wie die Waldstimme, die ihnen gern etwas Geheimnisvolles vertrauen möchte, wenn sie nur die Sprache recht verständen.

So schlenderten sie miteinander lustig und recht wohlbehaglich hin und wurden es kaum gewahr, daß sie schon sehr lange gegangen waren und der Wald sich noch gar nicht lichten wollte. Vielmehr traten die Bäume immer dichter und näher an den Weg.

Wilibald bemerkte endlich zuerst, daß die Sonne schon sehr tief stand; und als sie nun genauer um sich schauten, wurden sie freilich inne, daß sie auf einem ganz falschen Wege waren. Nach Wilibalds Meinung mußten sie zu weit links gegen das hohe Gebirge hin gegangen sein.

Sie beschlossen, wieder umzukehren, denn die rechte Straße war unmöglich weit entfernt. Allein sie gingen und gingen und je weiter sie gingen, desto rauher wurde der Weg, desto wilder und unbekannter die Gegend. Keins von beiden wußte sich zu erinnern, daß es jemals hier gewesen wäre.

Da fing ihnen doch an zu bangen. – Wilibald kletterte endlich auf eine hohe Tanne und dachte, sich dort oben umzusehen und zurechtzufinden. Jedoch er sah von allen Seiten nichts als Wald und überall Wald und Wald ohne Ende. Nicht weit von ihnen aber gewahrte er eine himmelhohe Felsenwand; die meinte er nun zu ersteigen und auf dem Gipfel eine Aussicht zu gewinnen. So kletterte er schnell wieder hinunter und schritt mit seiner Schwester darauf zu.

Es dauerte auch gar nicht lange, so standen sie davor. Doch zwischen ihnen und der Felswand, wie sie nun erst sahen, rauschte und tobte ein wilder Bergstrom über große Steinblöcke hin. Vergebens liefen die beiden Kinder an dem Ufer hin und her, um irgendwo eine Stelle zu finden, wo sie hinüber kommen möchten; zu wild und reißend war der Strom, zu weit entfernt von einander lagen überall die Felsblöcke in seinem Bette.

Über dem Hin- und Widerlaufen aber hatten sie am Ende auch den Weg verloren, auf dem sie hergekommen waren. Alles Suchen war umsonst, und sie standen nun beide recht trostlos an dem Ufer des wilden Baches und blickten schweigend hinab in die schäumenden Wogen.

Wilibald, der sonst so mutig war, hub endlich mit leiser und kleinlauter

Stimme an und fragte: »Was soll nun aus uns werden?« Dabei sah er seine Schwester traurig an und die Tränen stürzten ihm aus den Augen. Doch Anna streichelte ihm die Wangen und sprach: »Sei nur ganz ruhig, lieber Wilibald, und ängstige dich nicht. Wir sind überall in Gottes Hand, wie die Mutter sagt, so wird er uns auch hier nicht verlassen in der Einöde, die freilich recht wild und schauerlich ist. Wir wollen indes hier an dem Ufer lang dem Wasser nachgehen; das muß uns doch irgendwohin und wieder zu Menschen führen.«

»Mir ist nur bange um Vater und Mutter«, sagte Wilibald, indem er sich die Tränen von den Wangen wischte, »daß sie sich ängstigen um uns, wenn es Nacht wird.«

Auf einmal, indem sie noch so sprachen, erschallte es recht vernehmlich von jenseits des Stromes her: pst! pst! – Sie blieben stehn und schauten ein wenig betroffen hinüber, allein kein menschliches Wesen war zu ersehen, und sie wandten sich zum Weitergehen. In dem Augenblick erschallte es noch lauter und vernehmlicher wiederum: pst! pst! – Sie blieben abermals stehen und schauten hinüber und suchten mit den Blicken hin und her; da wurden sie endlich ein kleines Männchen gewahr, welches aus einem Felsspalt inmitten der großen Wand wie aus einem Fenster hervorguckte und ihnen zunickte und winkte, hinüberzukommen. Da es aber bald einsehn mochte, daß dies den beiden Kindern nicht möglich war, so machte es sich gleich selber auf den Weg, stieg ans Ufer herab, setzte mit einigen flinken Sprüngen grad über den Strom und stand freundlich nickend vor ihnen.

Wilibald konnte sich kaum des Lachens enthalten, als er die wunderliche Gestalt genauer ansah.

Das ganze Männlein war etwa drei Fuß hoch; die Hälfte dieser Höhe nahm beinahe der ungeheure Kopf für sich hinweg und schien ebenso wie die beiden mächtigen Fäuste gar nicht zu den übrigen spärlichen Gliedmaßen zu gehören. Besonders war kaum zu begreifen, wie es die zwei dünnen Sichelbeinchen anfingen, um die Last zu tragen. Zwei große tellerförmige Augen stierten weit aus dem Kopf heraus. Ein unförmlicher scharlachroter Fleischklumpen stellte die Nase vor und war, als wie zur Zierde, mit großen Warzen besetzt, die so durchsichtig schimmerten und Wilibald grade so vorkamen, wie die Granaten in Mutter Elsbeths Halsband. Die Kleidung des kleinen Mannes bestand aus einem grauen Bergmannskittel. In der Hand führte er einen starken Spitzhammer.

»Nun, meine Kinder«, hub er mit gellender Stimme an, nachdem sie sich gegenseitig eine Weile betrachtet hatten, »woher? Wo hinaus?? Was wollt ihr hier?«

Wilibald berichtete ihm, wohin sie gingen, was der Vater ihnen aufgetragen und wie sie auf eine unbegreifliche Weise vom rechten Wege ab und in diese Wildnis gekommen wären.

Der Kleine lächelte, wiegte den großen Kopf von einer Schulter zur andern und sprach: »Nach Reimershau kommt ihr doch heut nicht mehr. Auch ist mir's nicht gelegen, und ich verbiet' es euch. Auf daß es aber euerm Vater nicht an Gästen fehle, so werd' ich morgen abend selbst mich bei ihm einstellen.«

Mit diesen Worten ging er ins Gebüsch hinein und winkte den Kindern, ihm zu folgen. Nach wenigen Schritten standen sie auf einem schmalen Fußpfade. Diesem hieß er sie nur immer nachgehen, er werde sie grad' und sicher nach Hause führen.

»Doch«, fügte er hinzu, »so lieb euch euer und euers Vaters Leben ist, sagt ihm kein Wort von dem, was euch begegnet, sondern sprecht nur, die Gäste wären eingeladen.«

Die großen Augen funkelten, indem er dieses sprach, so seltsam und seine Stimme gellte so gebieterisch, daß Wilibald und Anna kein Wort zu erwidern wagten, sondern schnell auf dem angewiesenen Fußsteige fortschritten. Als sie nach einer Weile sich umsahen, war das Männlein verschwunden.

Sie überlegten noch miteinander, wer der Kleine wohl gewesen sei und ob sie seinen Worten gehorchen sollten, da hörten sie zu ihrer Rechten ein dumpfes Rauschen und als sie gleich darauf aus den Bäumen traten, sahen sie einen See zu ihren Füßen vor sich liegen, der auf drei Seiten von hohen, hohen Bergen umgeben war. Die Bäume oben an den Gipfeln der Berge standen golden in den letzten Strahlen der Abendsonne; unten aber an dem Ufer des Sees begann es schon zu dämmern. Leichte Nebel stiegen aus den Schluchten, doch schaute klar und freundlich noch der blaue Himmel aus der dunkeln Flut herauf.

Anna faßte Wilibalds Arm und flüsterte ihm zu: »Das ist gewiß der Bergsee, von dem uns der Vater oft erzählt!« – Indem gewahrte Wilibald eine Frau, die mitten auf der grünen Wiese unten am Ufer saß. »Laß uns hinunter gehen!« sprach er. »Vielleicht kann uns die Frau berichten, ob es noch weit bis Reimershau und wo der Weg zu finden ist, daß wir des Vaters Gebot doch noch vollbringen.«

Sie liefen hinab und wunderten sich beim Näherkommen gar sehr, als sie nicht eine Bäuerin, wie sie vermutet, sondern eine gar stattliche und schöne Frau im Grase sitzend fanden, die ihre langen blonden Haare mit einem Kamm von Gold und Perlmutter strählte.

»Woher? Wo hinaus? Was wollt ihr hier, ihr hübschen Kinder?« begann die Frau, als sie beide verlegen vor ihr standen. Wilibald erzählte, wie es ihnen ergangen, und brachte bescheiden sein Begehr vor. Die Frau schüttelte den Kopf. »Nach Reimershau«, sprach sie, »kommt ihr doch heut nicht mehr. Auch ist mir's nicht gelegen, und ich verbiet' es euch. Auf daß es aber euerm Vater nicht an Gästen fehle, so werd' ich morgen abend selbst mich bei ihm einstellen.« – Darauf zeigte sie ihnen die Bergschlucht, wodurch ihr Weg sie führte und hieß sie unverweilt sich nach Haus begeben.

»Doch«, setzte sie hinzu, »so lieb euch euer und euers Vaters Leben ist, sagt ihm kein Wort von dem, was euch begegnet, sondern sprecht nur, die Gäste wären eingeladen.« Damit winkte sie ihnen zu gehen und Wilibald und Anna neigten sich höflich vor ihr und gingen.

»Das ist doch wohl sehr seltsam!« sprach Wilibald, als sie an die Bergschlucht kamen und sah sich noch einmal nach der Frau um, die aber nicht zu sehen war. – »Wer sind die gestrengen Herrschaften denn, die uns hier befehlen wollen? Und warum sollen wir denn durchaus nicht nach Reimershau?«

»Daran haben sie nun wohl für heute nicht ganz unrecht«, fiel Anna ein; »denn sieh doch nur, wie finster es schon wird! Wir können ja lieber morgen früh hingehen. Allein, warum wir dem Vater nichts sagen sollen –«

»Da ist ein Licht!« rief Wilibald. »Nun werden wir ja zu vernünftigen Menschen kommen, mit denen sich ein Wort reden läßt.«

Es schimmerte in der Tat ein Licht durch die Bäume und bald noch eins und wieder eins und immer mehrere, je weiter sie gingen. »Da ist ein großes Dorf!« sagte Anna.

Sie schritten munter darauf zu. Die Schlucht erweiterte sich. Bald standen sie im Freien. Allein da war weit und breit kein Haus, viel weniger ein Dorf zu sehen. Wohl aber erblickten sie seitwärts auf einer Wiese eine große Menge kleiner, blauer Flämmchen, die lustig hin und her durcheinander sprangen.

»Das sind Irrlichter!« flüsterte Wilibald. »Laß uns nur wohl auf den Weg merken, daß sie uns nicht irreführen.«

Indem sonderte eins der Flämmchen sich von den andern ab und kam husch! husch! über die Wiese her auf sie zu. Je näher es aber kam, desto mehr dehnte es sich aus und ward immer größer, doch zugleich auch immer unscheinbarer, bis es auf einmal dicht vor ihnen auf dem Wege stand; und da sahen sie nun deutlich, daß es gar kein Flämmchen oder Irrlicht war, sondern ein wirklicher Mann von geringer Statur und bleichem Aussehn, dabei von einer so außerordentlichen Hagerkeit, Dünne und Schmächtigkeit der Glieder, daß es fast schien, als ob er sich vor dem Winde, der ziemlich scharf über die Wiese strich, nicht recht auf den Beinen erhalten könne. Wenigstens war er in beständiger Bewegung und hüpfte und wankte vor den Kindern herüber und hinüber, ohne jedoch die Füße vom Boden zu erheben.

Mit einer sehr feinen und leisen Stimme begann er gleichfalls wieder das alte Sprüchlein: »Woher? Wo hinaus? Was wollt ihr hier?«

Wilibald mußte zwar ein wenig lächeln über das gar zu dünne und gefüge Herrlein, doch gab er ihm geziemenden Bescheid auf seine Fragen.

»Possen! Possen!« wisperte es darauf, schnell hin- und herspringend. »Possen! mit euerm Reimershau! Dahin kommt ihr nun einmal heut nicht mehr, auch morgen nicht. Es ist mir nicht gelegen, und ich verbiet' es euch. Auf daß es aber euerm Vater nicht an Gästen fehle, so werd' ich morgen abend selbst mich bei ihm einstellen.«

»Dacht' ich's doch gleich«, murmelte Wilibald, »daß es so kommen würde!«

»Doch«, fuhr jener fort und hob den langen weißen Zeigefinger drohend empor, »so lieb euch euer und euers Vaters Leben ist, sagt ihm kein Wort von dem, was euch begegnet, sondern sprecht nur, die Gäste wären eingeladen.« – Damit sprang er flink über den Graben zur Seite des Wegs und lief schnell neben den Kindern her, die auf dem Fußsteige fortgingen, indem er sagte, er wolle ihnen das Geleit geben bis an die Weiden dort.

Als sie an die Weiden kamen, rief er: »He! he! Herr Nachbar! Wie steht's? Wollt ihr noch mit von der Partie sein morgen abend? Ich denke, es soll lustig hergehn.«

»Wohl! wohl! gehe mit«, antwortete eine dumpfe Baßstimme. Sie schien den Kindern aus einem alten Weidenstamm herzukommen, auf den sie zugingen; wie sie aber nähertraten, fing der Stamm an, sich zu bewegen, und sie sahen nun, daß es ein starker, untersetzter Mann war, der vor ihnen stand, mit einem langen Mantel um die Schultern und einer Krone auf dem Haupte.

»Woher? Wo hinaus? Was wollt ihr hier?« rief er die Kinder gleichfalls an.

Wilibald brachte zum vierten Male seine Geschichte vor, obwohl mit einigem Stottern, denn die Baßstimme hatte ihn doch etwas erschreckt. Als er geendigt, brummte jener wieder: »Nichts Reimershau! Heut nicht, morgen nicht! Will's nicht haben. Selber zu Gaste kommen. Aber nichts plaudern! Sonst Hals umdrehen. Punktum! Marsch!«

Das ließen sich Wilibald und Anna nicht zweimal sagen. Sie setzten sich vielmehr auf der Stelle und mit großer Hast in Bewegung und sahen sich nur unterweilen um, ob der gestrenge Herr Marschkommissarius ihnen nicht etwa auf den Fersen sei.

»Nun wird mir's doch beinah zu toll!« hub Wilibald endlich an und begann langsamer zu gehen. »Das ist ja ganz absonderliches Volk hier im Gebirge. Wer mochte der grobe Gesell wohl sein?«

»Schweig nur ganz still!« sagte Anna. »Ich wollte, wir wären bald zu Hause. Die Finsternis nimmt ja mit Macht überhand. Was soll das werden, wenn wir noch durch jenen Wald müssen?«

Ihr Weg führte sie aber richtig grade auf den Wald zu. Doch ehe sie ihn erreichten, kam noch eine andre Straße von der Seite her, durchschnitt die ihrige und schien links an dem Saum des Waldes hinzugehen. Da war nun guter Rat nicht wohlfeil, welchem von den beiden sie folgen sollten.

Und als sie noch so überlegend auf dem Kreuzweg standen, da ward es plötzlich laut im Walde! Hundegebell und Jagdruf und Hörnerklang ließ sich von weitem vernehmen und kam näher und näher und war jetzt ganz nahe bei ihnen, und rechts und links brach es mit Macht durch das Gebüsch und zog an ihnen mit entsetzlichem Getöse vorüber. Sie konnten dabei nichts weiter sehn und unterscheiden als ein Gewimmel grauer Schatten, das sich in einiger Entfernung über und neben ihnen dahinwirbelte.

Endlich kam ein Reiter auf einem schwarzen Rosse mit lautem Hallo aus dem Walde gesprengt, hielt dicht vor ihnen still und schnarrte sie an: »Woher? Wo hinaus? Was wollt ihr hier?« – Wilibald hub an und wollte ihm berichten, allein die Erzählung blieb ihm in der Kehle stecken; denn der Reiter hatte in seiner ausländischen Tracht mit der hohen Mütze auf dem Kopfe etwas gar Besonderes und Unheimliches, und die Augen des schwarzen Rosses funkelten durch die Nacht wie glühende Kohlen. Da nahm Anna das Wort und tat ihm freundlich und gelassen kund, was er zu wissen begehrte.

»Ho, ho! Hallo!« schrie er, nachdem sie geendet. »Wenn ich euch raten soll, so denkt nur nicht mehr an Reimershau, auch morgen nicht. Ich will's nicht haben. Auf daß es aber euerm Vater nicht an Gästen fehle, so werd' ich morgen abend selbst mich bei ihm einstellen, Hussa! Hallo!«

Er spornte sein Roß an. In geringer Entfernung aber hielt er noch einmal still und rief: »Doch merkt's euch wohl, so lieb euch euer und euers Vaters Leben ist, so plaudert nicht!« Und damit jagte er über den Anger hin, seiner tollen Jagd nach, die sich noch von weitem vernehmen ließ.

Sie sahen ihm lange nach; endlich sprach Wilibald: »Hättest du ihn nicht fragen können, welches der rechte Weg nach dem Waldhof ist?«

»Der Herr sah mir nicht aus wie antworten!« erwiderte Anna. »Laß uns nur in Gottes Namen immer gradaus gehen. Das wird wohl das beste sein.« – Und so gingen sie denn, ohne sich weiter zu besinnen, in Gottes Namen in den Wald hinein.

In dem Walde aber war es mit der Finsternis in der Tat recht arg und wurde immer ärger, je tiefer sie hineingerieten. – Bald hatten sie ganz den Weg verloren, liefen mit der Nase überall an die Bäume und wußten gar nicht mehr, wohin sie sich wenden sollten. In diesem Augenblick der größten Not zeigte sich auf einmal an den alten Baumstämmen hin- und herflatternd ein schwacher Lichtschimmer, der bald verschwand, bald wiederum zum Vorschein kam. Wilibald sprang hoch auf vor Freuden, umarmte seine Schwester und fing dann aus Leibeskräften an zu schreien und zu rufen.

Da ließ sich deutlich eine Stimme hören, die ihm antwortete, und gleich darauf kam ein großes Licht um eine Bergecke herum gehuscht und schnell auf sie zu.

Im Anfang hielten es Wilibald und Anna für einen Mann mit einer großen Laterne; dann däuchte es ihnen wie ein brennendes Strohbund und endlich, als es ihnen mehr zur Seite war, sahen sie, wie es ganz die Gestalt eines dicken Mannes hatte, nur daß er über und über leuchtete wie ein Johanniswurm, das breite Gesicht ausgenommen, welches aber an sich von einer so hochroten Farbe war, daß es gleichfalls beinah aussah, als ob es brennte.

»Guten Abend, guten Abend, meine Kinderchen!« rief ihnen der Mann über einen Bach herüber zu, den sie nun erst in ihrer Nähe bemerkten. »Woher? Wo hinaus? Was wollt ihr hier?«

Wilibald erzählte wieder und bat dann, er möchte ihnen doch ein wenig leuchten, damit sie durch diese Finsternis den Weg nach Hause fänden.

»Recht gern, recht gern, meine Kinderchen?« sagte der dicke Johanniswurm. »Wir werden bald da sein. Aber den einfältigen Gang nach Reimershau gebt nur ganz auf. Der ist mir nicht gelegen. Es möchte euch wohl auch morgen nicht besser gehen denn heut. Auf daß es aber euerm Vater nicht an Gästen fehle, so werde ich morgen abend selbst mich bei ihm einstellen.«

Während dieses Gesprächs war er immer, ohne sich aufzuhalten, flink weitergeschritten; und obwohl die beiden Kinder im Anfang ein leises Grauen anwandelte vor der wunderlichen Erscheinung, so beruhigte sie doch bald wieder sein freundlich zutrauliches Wesen und sie folgten ihm dreist und munter nach, besonders da sie hörten, daß es nicht mehr weit nach Hause sei.

Sie hatten auch wirklich kaum einige hundert Schritte noch zurückgelegt, da traten sie aus dem Walde heraus auf einen freien Plan, den sie alsbald in höchster Freude für die große Wiese hinter ihrem Hause erkannten.

»Nun, meine Kinderchen«, rief ihr Begleiter, »nun braucht ihr mich nicht mehr. Gute Nacht! Doch laßt es euch gesagt sein, so lieb euch euer und euers Vaters Leben ist, kein Wort von dem, was euch begegnet! sondern sprecht nur, die Gäste wären eingeladen.«

Er drehte sich um, und war bald mit einigen tüchtigen Sprüngen im Walde verschwunden.

Wilibald und Anna eilten nun auf das Haus zu; doch wurden sie unterwegs noch einig, den Eltern wenigstens vorderhand ihre Abenteuer zu verschweigen. Denn, meinte Anna, so ungern sie es auch tue, so sei doch mit dem wunderlichen Volk im Walde wohl nicht gut zu spaßen.

Ihre Ankunft brachte in den Waldhof gar große Freude mit. Man war bei der einsinkenden Nacht schon sehr in Sorge gewesen um sie und eben hatte der Vater die Laterne angezündet und seine Büchse über die Schulter gehangen und wollte ausgehn sie zu suchen.

Von allen Seiten wurden sie nun mit Fragen bestürmt, warum und wo sie so lange sich aufgehalten hätten und was der Oberförster und der Amtmann denn gesagt? Doch Anna nahm ihren Vater bei der Hand und bat ihn leise, er möchte sie nur heut nichts weiter fragen, denn sie könnten ihm doch nicht antworten; er werde alles schon zu seiner Zeit erfahren.

Arnold schaute seiner Tochter verwundert in die Augen; da sie ihn aber so bittend ansah, küßte er sie schweigend auf die Stirn, wandte sich dann zur Mutter und sprach: »Die Kinder sind sehr müde, liebe Mutter. Laß sie zu Bette gehen. Sie werden uns ja das alles morgen wohl erzählen.«

Am andern Morgen, da es nun doch einmal nicht anders sein sollte, war Mutter Elsbeth schon sehr frühzeitig bei der Hand und rührte sich geschäftig, auf daß sie mit dem Abschiedsschmaus noch Ehre einlegen möchte bei den werten Gästen.

Es ward Kuchen gebacken von zweierlei Art und Gestalt; das wenige Geflügel, das sich erhalten hatte auf dem Hofe, mußte ohne Barmherzigkeit sein Leben lassen, und da dies nicht hinreichend schien, ward Vater Arnold mit der Flinte hinausgeschickt, um schnell noch einen Braten in die Küche zu schaffen, überdies das ganze Haus vom Boden bis zum Keller überall durchstöbert, um alles noch etwa Brauchbare in Beschlag zu nehmen für das Fest.

Über diesen Geschäften aber vergaß Frau Elsbeth die Fragen ganz, die sie für Wilibald und Anna noch seit gestern in Bereitschaft hatte. Von Reimershau war heut nicht weiter die Rede; sie setzte die Ankunft des Amtmanns und des Oberförsters als gewiß voraus und hatte keine andere Sorge, als daß Gottwalt, der Knecht, bis jetzt noch immer vergeblich auf sich warten ließ, ob er gleich außer der Nachricht von den Vettern noch verschiedenes an Gewürz, Zitronen und dergleichen aus der Stadt mitbringen sollte.

Wilibald und Anna sahen den festlichen Anstalten, wie die andern Kinder, mit Vergnügen zu und legten treulich mit Hand an, wo sie konnten. Dennoch begann ihnen jedesmal das Herz ein wenig zu klopfen, sobald sie an den Abend samt dem Ausgang dachten, den dies alles nehmen würde, und sie warfen einander oft verstohlen bedeutende Blicke zu.

Unter diesem Treiben rückte endlich der teils herbeigewünschte, teils gefürchtete Abend wirklich heran. Der Wald warf schon sehr lange Schatten über die Wiese, die fernen Berggipfel standen in violettem Schimmer; in der Küche loderte und knackte das Feuer auf dem Herde schon seit zwei Stunden und Vater Arnold war schon zweimal auf dem Hügel hinter dem Hause gewesen und hatte mit Verlangen ausgeschaut nach den Gästen. Aber die Gäste kamen noch nicht.

Und schon lagen Wiese und Wald in tiefen Schatten, schon bedeckte ein grauer Nebelduft das ferne Tal und die Berggipfel leuchteten noch mit dunkelrotem Schein herüber; auch Mutter Elsbeth hatte schon dreimal den Kopf zur Tür hereingesteckt und versichert, daß der Braten ganz verbrennen würde, wenn die Gäste nicht bald kämen. Aber die Gäste kamen noch immer nicht.

Endlich war es ganz Nacht geworden. Die Magd deckte den Tisch. Die jüngern Kinder fragten ungeduldig einmal über das andere nach dem Essen. Arnold befahl die Lichter anzuzünden, indem er verdrießlich in der Stube auf und nieder ging, und Frau Elsbeth wollte eben, aus der Küche kommend, Wilibalden und seine Schwester ernstlich vernehmen, auf welche Weise sie ihren Auftrag gestern ausgerichtet und was der Amtmann und der Oberförster denn eigentlich darauf erwidert hätten; – da ging's auf einmal an der Tür ganz leise: poch, poch, poch! – Wilibald und Anna sahen sich ängstlich an, und das Herz hämmerte ihnen gewaltig an die Brust. Und als der Vater: »Herein!« rief und hineilte, die Tür zu öffnen, da trat ein kleines Männchen herein mit einem mächtig großen Kopfe, welches die beiden Kinder sogleich erkannten, trotz der zierlichen Perücke von Steinflachs, die es aufgestülpt hatte. Außer dieser trug es heut' auch ein braunes Röcklein mit großen goldnen Knöpfen und seine Weste war ein wahres Prachtstück, gleichfalls von Asbest künstlich verfertigt und statt der Knöpfe mit einer doppelten Reihe kostbarer Steine besetzt.

Der Kleine begrüßte Arnolden und seine Frau mit einem freundlichen: »Glückauf!« gab sich als den Oberberg- und Hütteninspektor *Bergmann* zu erkennen und bat, die Dreistigkeit zu entschuldigen, mit der er so gradezu hereintrete; er habe sich verirrt in dem Gebirge, sei von der Nacht überfallen worden und herzlich froh gewesen, als er hier endlich Licht und eine menschliche Wohnung entdeckt, allwo er jetzt nun um gütige Aufnahme bitten wolle.

Arnold hieß ihn freundlich willkommen und ersuchte ihn, sich indes auf der Ruhebank niederzulassen, welche die eine Seite des Zimmers einnahm.

Er hatte sich aber kaum niedergesetzt, da ging es wiederum an der Tür ganz leise: poch, poch, poch! und als Arnold: »Herein!« rief und hineilte, sie zu öffnen, da trat eine stattliche Frau herein, vom Kopf bis zu den Füßen in einen faltenreichen Schleier gehüllt, die Wilibald und Anna gleichfalls auf den ersten Blick erkannten.

Sie neigte sich höflich gegen Arnold und Elsbeth, kündigte sich als eine Frau von *Wasserleben* an, welcher auf der Reise nach dem Bade nicht weit von hier der Wagen zerbrochen sei, und bat um Erlaubnis, so lange hier verweilen zu dürfen, bis derselbe notdürftig wieder hergestellt worden.

Arnold hieß sie freundlich willkommen, bot seine Dienste bei dem zerbrochenen Wagen an, und da sie diese durchaus ablehnte, ersuchte er sie, unterdessen auf der Ruhebank neben dem Herrn Oberberg- und Hütteninspektor Platz zu nehmen.

Sie hatte sich aber, nach höflicher Begrüßung des letztern, kaum neben ihm niedergelassen, da ging's von neuem an der Tür ganz leise: poch, poch, poch! und als Arnold: »Herein!« rief und mit einiger Verwunderung hinging, sie zu öffnen, da huschte flink und geschmeidig ein gar dünner und schmächtiger Herr ihm entgegen, sprang mit vielen seltsamen Bücklingen vor ihm und seiner Frau hin und her und bat mit einer sehr feinen Stimme um Verzeihung, daß er so gradezu gehe, er sei der Professor *Irrlicht*, habe sich beim Botanisieren im Gebirge ein wenig verspätigt und nehme sich die Freiheit, um eine kleine Erfrischung zu ersuchen, da er noch einen weiten Weg vor sich habe.

Wilibald und Anna erkannten auch diesen Freund von gestern auf den ersten Blick, ob er sich gleich, dem Fest zu Ehren, wie es schien, auf eine ganz besondere Weise herausgeputzt hatte. – Er trug einen leberfarbenen Rock mit silbernen Knöpfen, eine himmelblaue Weste und schwefelgelbe Beinkleider, in der einen Hand einen langen Stock, in der andern so wie vor der Brust im Knopfloche einen großen Strauß von allerhand Sumpfpflanzen und von seinem Kopfe stieg ein hohes, wunderlich ineinander gewirrtes Toupet, einer Flammenspitze ähnlich, in die Luft empor.

Arnold mußte selber lächeln über die seltsame Gestalt, doch hieß er den Herrn Professor freundlich willkommen, ersuchte ihn, indes neben der Frau von Wasserleben und dem Herrn Oberberg- und Hütteninspektor Platz zu nehmen, und gab seiner Frau einen Wink, für die unvermuteten Gäste Sorge zu tragen.

Der Herr Professor hatte sich aber noch nicht niedergesetzt und Frau Elsbeth das Zimmer noch nicht verlassen, da ging es schon wieder an der Tür, doch diesmal sehr laut und vernehmlich: poch, poch, poch! – Und als Arnold: »Herein!« rief und mit einem leisen Kopfschütteln hinging, zu öffnen, da kam von einer tiefen Baßstimme ein lautes: »Guten Abend!« durch die Tür und hinterdrein ein starker untersetzter Mann von etwas verwildertem Ansehn, in einem grauen Rock mit mächtigen goldbrokatenen

Aufschlägen nach uralter Mode, auf dem Kopf eine große, ziemlich zerzauste Allongenperücke und einen kleinen dreispitzigen Tressenhut. An der Baßstimme und an der langen Habichtsnase erkannten Wilibald und Anna mit einigem Schreck den gestrengen Herrn Marschkommissarius von gestern abend, obgleich Krone und Mantel fehlten.

Er begrüßte Arnolden mit einem herablassenden Kopfnicken, kündigte sich als den pensionierten General *Erlkönig* an und gab in kurzen Worten den Wunsch zu erkennen, auf seiner Reise hier zu übernachten.

Arnold hieß ihn, trotz seiner steigenden Verwunderung über den zahlreichen Besuch, doch recht freundlich willkommen und bat, sich indes neben dem Herrn Professor, der Frau von Wasserleben und dem Herrn Oberberg- und Hütteninspektor niederzulassen.

Der General schritt langsam auf die Ruhebank zu. Wilibald und Anna wichen seinem Marsch von weitem aus und zogen sich auf die Mutter zurück.

Kaum aber hatte der neue Gast Platz genommen, da ging's abermals zum fünften Male an der Türe: poch, poch, poch! – Und als Arnold halb lachend, halb ungeduldig: »Herein!« rief, da tat sich die Tür weit auf und herein schritt ein langer Mann in grünem Jagdkleide, den Hirschfänger über die Hüften geschnallt, die schwarzen Haare hingen ihm wild um das bleiche Gesicht. – Wilibald und Anna ahnten, daß dies der tolle Jäger von gestern abend sein möchte, und Wilibald zog sich hinter den Ofen; Frau Elsbeth aber stand ganz starr vor Erstaunen, die Hände unter der Brust gefaltet, mit halb offnem Munde.

Der Jäger ging auf Arnolden zu, begrüßte ihn kurzweg und sprach: Er sei der Oberjägermeister von *Hackelberg*, denke morgen eine große Jagd zu machen im Gebirge und bitte daher um Nachtquartier auf dem Waldhof, als wohin er sein Gefolge morgen früh beschieden.

Arnold hieß ihn freundlich willkommen, versicherte, sein ganzes Haus stehe zu seinen Diensten, und ersuchte ihn, unterdes sich dort neben dem Herrn General, dem Herrn Professor, der Frau von Wasserleben und dem Herrn Oberberg- und Hütteninspektor niederzulassen.

Er hatte aber kaum ausgesprochen, da ging's zum sechsten Male an der Türe: poch, poch, poch! – Und ehe Arnold: »Herein!« rufen konnte, schob sich schniebend und schnaubend ein dicker Herr in die Stube, mit einem breiten feuerroten Gesicht, in einen langen Überrock auf englisch gekleidet, neigte sich sehr höflich gegen Arnold und seine Frau und meldete sich als den Kammerrat und Laternenkommissarius *Feuermann* an, der schon längst viel Gutes von Herrn Arnold vernommen und gewünscht habe, seine werte Bekanntschaft zu machen.

Arnold dankte verbindlichst für die ihm erzeigte Ehre und bat, er möchte indessen neben dem Herrn Oberjägermeister, dem Herrn General, dem Herrn Professor, der Frau von Wasserleben und dem Herrn Oberberg- und Hütteninspektor Platz nehmen.

Das geschah; und indem jetzt Arnold die sechs wunderlichen Bilder so in einer langen Reihe nebeneinander sitzen sah, steif und ohne Bewegung – den Professor ausgenommen, der ein wenig mit den Beinen bammelte – die Augen alle starr auf ihn gerichtet, die mittelsten vier Gesichter bleich, fast leichenhaft, das Gesicht auf dem rechten Flügel und die Nase auf dem linken dagegen leuchtend in übernatürlichem Karfunkelschimmer – da kam ihm die ganze Gesellschaft doch sehr sonderbar und fast ein wenig unheimlich vor.

Als ein Mann, der zu leben wußte, ließ er sich jedoch nichts davon merken, sondern erhob seine Stimme und sprach:

»Ich habe eine Bitte an euch, verehrte Frau und werte Herrn! Da ich morgen dieses Haus und diese Gegend verlasse, so dachte ich heut meinen Abschiedsschmaus zu geben; wider Verhoffen aber und zu unserer nicht geringen Verwunderung sind die eingeladenen Gäste ausgeblieben. Daher ergehet mein freundliches Gesuch dahin, daß es euch sämtlichen gefallen möge, an deren Stelle zu treten, mit uns fürlieb zu nehmen und mir meinen Abschied feiern zu helfen.«

Da verneigten alle sechs Bilder zu gleicher Zeit sich gegen ihn, der Oberberg- und Hütteninspektor aber nahm das Wort und erklärte im Namen aller, wie sie es sämtliche sich für eine Ehre schätzten, die Gäste eines so wackern Mannes zu sein, zugleich aber auch sämtliche verhofften, er werde es sich in dieser Gegend noch länger gefallen lassen.

Arnold antwortete darauf bloß mit einem Achselzucken, und Frau Elsbeth lief schnell nach der Küche, das Essen anzurichten, zwar immer noch voll Staunen und Verwunderung, doch aber im Herzen froh darüber, daß sie ihre Back- und Kochkunst nun doch nicht umsonst aufgewendet haben sollte.

Und als das Essen kam, setzte sich Arnold mit den Seinigen und seinen Gästen an den Tisch. Die jüngern Kinder, die jetzt erst die Gäste zu sehn kriegten, schienen sehr große Freude zu haben an den seltsamen Gesichtern und Gestalten, und Frau Elsbeth hatte nur genug zu winken und zu steuern, daß die Freude nicht allzulaut ward.

Bei der übrigen Gesellschaft ging es indessen im Anfang ziemlich still und einsilbig her, wie dies zu gescheh'n pflegt unter Leuten, die einander nicht recht kennen. Die Gäste sprachen wenig und aßen auch wenig; ja zu Frau Elsbeths großem Verdrusse berührten sie die Speisen kaum und taten nur, als ob sie äßen. Allein als der Wein kam, ließen sie sich nicht lange nötigen, sondern kippten fleißig aus und da Arnold immer fleißig wieder einschenkte, zeigte sich gar bald Leben und Feuer von allen Seiten. Die Gäste fingen an, gesprächig zu werden, teils mit ihren Wirten, doch mehr noch untereinander, wobei sie sich aber öfters zu vergessen schienen, indem sie die Unterhaltung in einer Sprache führten, die Arnolden so gänzlich fremd und unbekannt war, daß er sich nicht erinnern konnte, je in seinem Leben nur etwas Ähnliches vernommen zu haben. Auch war es kaum eine Sprache zu nennen; denn es bestand mehr aus einem ganz besonderen Zischen, Blasen, Pfeifen und Schnalzen als aus wirklichen Worten.

Arnold und seine Frau hörten dem Schariwari mit dem größten Erstaunen zu und die Kinder konnten sich des lauten Lachens darüber gar nicht länger erwehren.

Die rechte Lust ging aber erst an, als am Ende der Mahlzeit Mutter Elsbeth einen mächtigen Napf voll warmen Punsch auf die Tafel setzte und die dampfenden Gläser fleißig angestoßen und aus dem Vollen geleert wurden. Die Fremden tranken auf die Gesundheit des braven Wirts und der angenehmen Wirtin, auf noch langen Besitz des Waldhofs und, was Arnold freilich nicht recht verstand, auf fortgesetzte gute Nachbarschaft. Dabei fingen ihre Augen, je länger, je mehr, auf eine seltsame Weise beinah wie die Augen der Katzen im Finstern zu leuchten und zu strahlen an; ihr Gespräch untereinander ward immer lebhafter; dazwischen brachen sie oft in lautes Gelächter aus und machten die allerpossierlichsten Gebärden und Bewegungen dazu. Frau Elsbeth sah ihren Mann bedenklich an, und Vater Arnold selbst schüttelte mit Befremden den Kopf.

Nun traf es sich indem, daß die Frau von Wasserleben zu trinken verlangte und die Magd mit dem verlangten Wasser ein wenig zögerte; da faßte jene einen Zipfel ihres Schleiers auf und preßte daraus das klarste Wasser in ein Glas.

Elsbeth hatte es mit Schrecken bemerkt und wußte nicht, was sie davon denken sollte, und als sie in der Verwirrung darüber eine Lichtschere ergriff, das Licht zu putzen, und es ausputzte, streckte der Kammerrat Feuermann, ihr Nachbar, schnell mit einer verbindlichen Miene die Hand aus dem langen Ärmel hervor und zündete das Licht auf der Stelle mit seinem Finger wieder an.

Das ging nun der guten Frau Elsbeth über den Scherz. Ein plötzliches Grauen ergriff sie vor den unbekannten Gästen. Sie schob erschrocken ihren Stuhl zurück und stand auf; Arnold und die Kinder folgten ihr. Die Gäste aber schienen ihr Entsetzen gar nicht zu bemerken oder nicht darauf zu achten, sondern wurden nur immer lauter, schnitten dazu immer häßlichere Fratzen und Gesichter und taten ganz, als ob sie allein im Zimmer wären.

Die Stubenuhr schlug jetzt eben zwölf. Da sprang der Professor Irrlicht endlich auf, schoß mit großer Behendigkeit einen Purzelbaum und krähte: »Musik, Musik, ihr lieben Leute! Musik herbei! Nun wollen wir eins tanzen.« Der Oberjägermeister erhob sich, lief nach dem Fenster, riß es auf und schrie: »Hup! hup!« nach Jägerart hinaus. Sogleich ließ sich draußen ganz nahe Hundegebell und Hörnerklang vernehmen; die Fenster flogen auf, verschiedene Eulen und Uhus setzten sich in die Öffnungen und begleiteten mit ihrem angenehmen Gesange die Musikanten, die draußen aufspielten. Nun erhob sich auch die übrige Gesellschaft und fing nach dieser höllischen Musik munter zu tanzen an.

Und mit jedem Augenblick wilder ward der Tanz, und immer ausgelassener wurden die Tänzer.

Der Oberberg- und Hütteninspektor warf jauchzend seine Perücke an die Decke, wo sie, zur großen Freude der andern, an einem Nagel hängen blieb; Professor Irrlicht sprang sehr flink und gelenk auf allen Bänken, Tischen und Schränken herum, und seine Gestalt dehnte sich wunderbarer Weise bald zu einer ungebührlichen Länge aus, bald schrumpfte sie wieder auf das gewöhnliche Maß zusammen; der Kammerrat Feuermann aber knöpfte unterweilen seinen Überrock auf, und es war recht entsetzlich anzusehen, wie er dann jedesmal einen glühenden Feuerregen auf die Tänzer schüttelte. Doch schien dieser letzte Scherz denselben besonders zu gefallen und begeisterte sie zu immer wütenderm Jubel. Sie fingen an, einander in der Stube herumzujagen und zu haschen, und dieser oder jener nahm unversehens eins von seinen Beinen in die Hand und schlug damit wacker zu oder warf auch wohl einem andern seinen eignen Kopf in den Rücken und setzte ihn dann gelassen wieder auf, als ob es ein Hut wäre. Dabei wurden alle Stühle und Bänke umgeworfen, Gläser, Flaschen und Teller von dem Tisch heruntergerissen. Mutter Elsbeth schlug die Hände über dem Kopf zusammen.

Arnold hieß sie die Kinder in das Nebenzimmer bringen, doch in dem Augenblicke sprang der General Erlkönig auf sie zu und rief: »Kinder dalassen! Kinder mitnehmen! Kinder mein sein!« Darüber begannen die Kinder zu weinen und zu schreien und verkrochen sich hinter die Mutter; und Arnold trat entrüstet den Popanz an und beschwerte sich über das ungeziemende Betragen, womit sie seine Gastfreiheit vergölten. Doch jener antwortete ihm darauf bloß: »Psch – schw – schw – glapp!« und mischte sich wieder unter die Gesellschaft.

Da indes eben der Oberberg- und Hütteninspektor vorübersprang, den Arnold noch für den Vernünftigsten hielt, so machte er sich an diesen und bat ihn, dem Unwesen doch ein wenig zu steuern und zu bedenken, daß sie sich hier nur als Gäste befänden. Allein der schnitt ihm eine abscheuliche

Fratze entgegen, antwortete ihm bloß: »Pfü – – wisch!« und sprang gleichfalls wieder unter die übrigen.

Der tolle Wirbel drehte sich immer rascher und unbändiger. Die Lichter löschten aus. Der Kammerrat, der seinen Überrock ganz abgeworfen hatte, erleuchtete nun mit seiner feurigen Gestalt allein die ganze Szene und sprühte einen solchen Funkenregen um sich her, daß Arnold in der größten Angst schwebte, er werde ihm das Haus über dem Kopf anzünden. Am Ende mischten sich auch die Sänger darunter, die an den Fenstern saßen; selbst die Musikanten von draußen schienen an dem Feste teilnehmen zu wollen, denn Hundegebell und Hörnerklang erschallte bald mitten in der Stube auf eine ohrenzerreißende Weise! Der Oberjägermeister feuerte seine wütende Jagd mit Hussa! und Hallo! noch immer mehr an, und dazwischen ließ sich General Erlkönigs Baßstimme vernehmen: »Kinder her! Kinder mitnehmen! Kinder mein sein!«

In diesem höllischen Sabbat gingen Arnolds Worte, der noch immer steuern und vermahnen wollte, gänzlich unter und verloren. Ja, mit einem Male faßte ihn der rasende Knäuel selber; er mußte wider seinen Willen sich mit drehen, ward tüchtig hin und her gestoßen und dankte Gott, als er endlich atemlos sich wie die andern in das Nebenzimmer retten konnte.

Dort war alles indes in größter Angst und Not. Die Kinder heulten und schrieen; Frau Elsbeth stand zitternd und händeringend; die Magd kniete vor dem Bette und hatte den Kopf hineingesteckt, um nichts mehr zu sehen und zu hören.

»Hätten wir's doch gestern dem Vater gesagt!« sprach Wilibald weinend zu seiner Schwester, »so hätte der Vater das abscheuliche Volk heut' gar nicht ins Haus gelassen.«

Aber Anna, die eine Weile still vor sich hin geschaut hatte, sprang jetzt schnell hinaus und bald darauf, als eben der Lärm dort und die Angst hier aufs allerhöchste gestiegen war, daß Vater Arnold selber fast der Kopf anfing zu drehen und er gar nicht mehr wußte, was er beginnen sollte, da trat sie plötzlich in die Tür des Vorderzimmers, wo die wilde Jagd tobte, indem sie etwas unter der Schürze verborgen hatte, und rief mit lauter Stimme:

»Wohl aufgeschaut!
Der Morgen graut;
Der Tanz hat nun ein Ende!«

Und mit diesen Worten wickelte sie die Schürze auseinander, und der große Haushahn, den sie darunter verborgen getragen hatte, flatterte hervor, flog alsbald auf einen Kleiderschrank, schüttelte sich und fing aus Leibeskräften an zu krähen.

Da ward es auf einmal ganz still in dem Zimmer, und alle standen und horchten auf.

Und der Hahn krähte zum zweitenmal. Da flogen die Eulen und Uhus schnell zum Fenster hinaus; die unsichtbare wilde Jagd folgte ihnen mit entsetzlichem Getöse; die übrige Gesellschaft lief in Verwirrung erschrocken durcheinander.

Und zum dritten Male krähte der Hahn. Da war auf einmal alles wie weggeblasen und weggestoben. Anna stand ganz allein im Zimmer, und friedlich und freundlich schaute der Mond vom klaren Himmel durch die Fenster.

Arnold hatte ihrem Beginnen aus der Nebenstube zugesehn, sprang jetzt herbei und herzte und küßte seine mutige und kluge Tochter. Auch die andern wagten sich nun wieder aus ihrem Versteck hervor. Arnold befahl, Licht anzuzünden. Und als das Licht gebracht wurde, da sahen sie alle mit Erstaunen drei große Beutel auf dem Tische stehen, und drei große Zettel hingen daran, und auf dem ersten Zettel stand: »Zum Dank für freundliche Bewirtung!«

Auf dem zweiten: »Noch langer Besitz des Waldhofs!«

»Auf dem dritten endlich: »Fernere gute Nachbarschaft!«

Und als Arnold die Beutel öffnete, fand er sie voll eitel alter harter Taler. Auf dem Fußboden aber waren noch überdies eine Menge Goldstücke verstreut, die allem Anschein nach der Feuermann ausgesäet hatte und auf Tischen und Schränken, überall wo der Professor Irrlicht hingesprungen, lagen ansehnliche Häuflein blanker Silberpfennige.

Die Freude über diesen Fund war groß, und so geschah es, daß Anna erst ganz zuletzt ein kostbares Halsband von sehr schönen Perlen an ihrem Halse gewahr wurde. Sie wußte selber nicht, wie sie dazu gekommen war, doch hielt es Mutter Elsbeth wohl nicht mit Unrecht für ein Geschenk der Frau von Wasserleben.

So war nun Arnold durch seine Freigebigkeit seiner wunderlichen Gäste auf einmal wieder ein reicher Mann geworden.

Und er säumte nicht, seine Schulden zu bezahlen, brachte sein Hauswesen wieder in Ordnung auf das beste, hatte auch bald die Freude, zu sehen, daß alles gedieh und blühte unter seinen Händen wie zuvor, und lebte also mit den Seinigen in Glück und Frieden noch manches Jahr.

Das Perlenhalsband aber wird noch jetzt in der Familie aufbewahrt, zum Andenken an das wunderbare Gastmahl. Auch blieb des Oberberg- und Hütteninspektors steinflachsene Perücke an der Decke hängen, und ihr könnt sie heutigentages noch hängen sehen, wenn ihr einmal nach dem Waldhof kommt.

JOSEF VON EICHENDORFF

1788–1857

Der Ring

Es war einmal ein Ritter.« – »Das fängt ja an wie ein Märchen«, unterbrach ihn Rosa. – Faber setzte von neuem an: »Es war einmal ein Ritter, der lebte tief im Walde auf seiner alten Burg in geistlichen Betrachtungen und strengen Bußübungen. Kein Fremder besuchte den frommen Ritter, alle Wege zu seiner Burg waren lange mit hohem Grase überwachsen und nur das Glöcklein, das er bei seinen Gebeten von Zeit zu Zeit zog, unterbrach die Stille und klang in hellen Nächten weit über die Wälder weg. Der Ritter hatte ein junges Töchterlein, die machte ihm viel Kummer, denn sie war ganz anderer Sinnesart, als ihr Vater und all ihr Trachten ging nur auf weltliche Dinge. Wenn sie abends am Spinnrocken saß, und er ihr aus seinen alten Büchern die wunderbaren Geschichten von den heiligen Märtyrern vorlas, dachte sie immer heimlich bei sich: Das waren wohl rechte Toren, und hielt sich für weit klüger, als ihr alter Vater, der alle die Wunder glaubte. Oft, wenn ihr Vater weg war, blätterte sie in den Büchern und malte den Heiligen, die darin abgebildet waren, große Schnurrbärte« – Rosa lachte hierbei laut auf. – »Was lachst du?« fragte Leontin spitzig, und Faber fuhr in seiner Erzählung fort: »Sie war sehr schön und klüger, als alle die andern Kinder in ihrem Alter, weswegen sie sich auch immer mit ihnen zu spielen schämte, und wer mit ihr sprach, glaubte eine erwachsene Person reden zu hören, so gescheit und künstlich waren alle ihre Worte gesetzt. Dabei ging sie bei Tag und Nacht ganz allein im Walde umher, ohne sich zu fürchten, und lachte immer den alten Burgvogt aus, der ihr schauerliche Geschichten vom Wassermann erzählte. Gar oft stand sie dann auf dem blauen Flusse im Walde und rief mit lachendem Munde: ›Wassermann soll mein Bräutigam sein! Wassermann soll mein Bräutigam sein!‹

Als nun der Vater zum Sterben kam, rief er die Tochter zu seinem Bette und übergab ihr einen großen Ring, der war sehr schwer von reinem Golde gearbeitet. Er sagte dabei zu ihr: ›Dieser Ring ist vor uralten Zeiten von einer kunstreichen Hand verfertigt. Einer deiner Vorfahren hat ihn in Palästina, mitten im Getümmel der Schlacht, erfochten. Dort lag er unter Blut und Staub auf dem Boden, aber er blieb unbefleckt und glänzte so hell und durchdringlich, daß sich alle Rosse davor bäumten und keines ihn mit seinem Hufe zertreten wollte. Alle deine Mütter haben den Ring getragen und Gott hat ihren frommen Ehestand gesegnet. Nimm du ihn auch hin und betrachte ihn alle Morgen mit rechten Sinnen, so wird sein Glanz dein Herz erquicken und stärken. Wenden sich aber deine Gedanken und Neigungen zum Bösen, so verlöscht sein Glanz mit der Klarheit deiner Seele und wird dir gar trübe erscheinen. Bewahre ihn treu an deinem Finger, bis du einen tugendhaften Mann gefunden. Denn welcher Mann ihn einmal an seiner Hand trägt, der kann nicht mehr von dir lassen und wird dein Bräutigam.‹ – Bei diesen Worten verschied der alte Ritter.

Ida blieb nun allein zurück. Ihr war längst angst und bange auf dem alten Schlosse gewesen, und da sie jetzt ungeheure Schätze in den Kellern ihres Vaters vorfand, so veränderte sie sogleich ihre Lebensweise.« – »Gott sei Dank«, sagte Rosa, »denn bis jetzt war sie ziemlich langweilig.« – Faber fuhr wieder fort: »Die dunkeln Bogen, Tore und Höfe der alten Burg wurden niedergerissen und ein neues, lichtes Schloß mit blendendweißen Mauern und kleinern, luftigen Türmchen erhob sich bald über den alten Steinen. Ein großer, schöner Garten wurde daneben angelegt, durch den der blaue Fluß vorüberfloß. Da standen tausenderlei hohe, bunte Blumen, Wasserkünste sprangen dazwischen, und zahme Rehe gingen darin spazieren. Der Schloßhof wimmelte von Rossen und reichgeschmückten Edelknaben, die lustige Lieder auf ihr schönes Fräulein sangen. Sie selber war nun schon groß und außerordentlich schön geworden. Von Ost und West kamen daher nun reiche und junge Freier angezogen, und die Straßen, die zu dem Schlosse führten, blitzten von blanken Reitern, Helmen und Federbüschen.

Das gefiel dem Fräulein gar wohl, aber so gern sie auch alle Männer hatte, so mochte sie doch mit keinem einzigen ihren Ring auswechseln; denn jeder Gedanke an die Ehe war ihr lächerlich und verhaßt. Was soll ich, sagte sie zu sich selbst, meine schöne Jugend verkümmern, um in abgeschiedener, langweiliger Einsamkeit eine armselige Hausmutter abzugeben, anstatt daß ich jetzt so frei bin, wie der Vogel in der Luft. Dabei kamen ihr alle Männer gar dummlich vor, weil sie entweder zu unbehülflich waren, ihrem müßigen Witze nachzukommen, oder auf andere, hohe Dinge stolz taten, an die sie nicht glaubte. Und so betrachtete sie sich in ihrer Verblendung als eine reizende Fee unter verzauberten Bären und Affen, die nach ihrem Winke tanzen und aufwarten mußten. Der Ring wurde indes von Tage zu Tage trüber.

Eines Tages gab sie ein glänzendes Bankett. Unter einem prächtigen Zelte, das im Garten aufgeschlagen war, saßen die jungen Ritter und Frauen um die Tafel, in ihrer Mitte das stolze Fräulein, gleich einer Königin, und ihre witzigen Redensarten überstrahlten den Glanz der Perlen und Edelgesteine, womit ihr Hals und Busen geschmückt war. Recht wie ein wurmstichiger

Apfel, so schön rot und betrüglich war sie anzusehen. Der goldene Wein kreiste fröhlich herum, die Ritter schauten kühner, üppig lockende Lieder zogen hin und wieder im Garten durch die sommerlaue Luft. Da fielen Idas Blicke zufällig auf ihren Ring. Der war auf einmal finster geworden, und sein verlöschender Glanz tat nur eben noch einen seltsamen, dunkelglühenden Blick auf sie. Sie stand schnell auf und ging an den Abhang des Gartens. ›Du einfältiger Stein sollst mich nicht länger mehr stören!‹ sagte sie, in ihrem Übermute lachend, zog den Ring vom Finger und warf ihn in den Strom hinunter. Er beschrieb im Fluge einen hellschimmernden Bogen und tauchte sogleich in den tiefsten Abgrund hinab. Darauf kehrte sie wieder in den Garten zurück, aus dem die Töne wollüstig nach ihr zu langen schienen.

Am andern Tage saß Ida allein im Garten und sah in den Fluß hinunter. Es war gerade um die Mittagszeit. Alle Gäste waren fortgezogen, die ganze Gegend lag still und schwül. Einzelne seltsam gestaltete Wolken zogen langsam über den dunkelblauen Himmel; manchmal flog ein plötzlicher Wind über die Gegend, und dann war es, als ob die alten Felsen und die alten Bäume sich über den Fluß unten neigten und miteinander über sie besprächen. Ein Schauer überlief Ida. Da sah sie auf einmal einen schönen, hohen Ritter, der auf einem schneeweißen Rosse die Straße hergeritten kam. Seine Rüstung und sein Helm waren wasserblau, eine wasserblaue Binde flatterte in der Luft, seine Sporen waren von Kristall. Er grüßte sie freundlich, stieg ab und kam zu ihr. Ida schrie laut auf vor Schreck, denn sie erblickte den alten wundertätigen Ring, den sie gestern in den Fluß geworfen hatte, an seinem Finger, und dachte sogleich daran, was ihr ihr Vater auf dem Totenbette prophezeit hatte. Der schöne Ritter zog sogleich eine dreifache Schnur von Perlen hervor und hing sie dem Fräulein um den Hals, dabei küßte er sie auf den Mund, nannte sie seine Braut und versprach, sie heute abend heimzuholen. Ida konnte nichts antworten, denn es kam ihr vor, als läge sie in einem tiefen Schlafe, und doch vernahm sie den Ritter, der in gar lieblichen Worten zu ihr sprach, ganz deutlich, und hörte dazwischen auch den Strom, wie über ihr, immerfort verworren dreinrauschen. Darauf sah sie den Ritter sich wieder auf seinen Schimmel schwingen und so schnell in den Wald zurücksprengen, daß der Wind hinter ihm dreinpfiff.

Als es gegen Abend kam, stand sie in ihrem Schlosse am Fenster und schaute in das Gebirge hinaus, das schon die graue Dämmerung zu überziehen anfing. Sie sann hin und her, wer der schöne Ritter sein möge, aber sie konnte nichts herausbringen. Eine nie gefühlte Unruhe und Ängstlichkeit überfiel dabei ihre Seele, die immer mehr zunahm, je dunkler draußen die

Gegend wurde. Sie nahm die Zither, um sich zu zerstreuen. Es fiel ihr ein altes Lied ein, das sie als Kind oft ihren Vater in der Nacht, wenn sie manchmal erwachte, hatte singen hören. Sie fing an zu singen:

›Obschon ist hin der Sonnenschein
Und wir im Finstern müssen sein,
So können wir doch singen
Von Gottes Güt und seiner Macht,
Weil uns kann hindern keine Nacht,
Sein Lobe zu vollbringen.‹

Die Tränen brachen ihr hierbei aus den Augen, und sie mußte die Zither weglegen, so weh war ihr zumute.

Endlich, da es draußen schon ganz finster geworden, hörte sie auf einmal ein großes Getös von Rosseshufen und fremden Stimmen. Der Schloßhof füllte sich mit Windlichtern, bei deren Schein sie ein wildes Gewimmel von Wagen, Pferden, Rittern und Frauen erblickte. Die Hochzeitsgäste verbreiteten sich bald in der ganzen Burg, und sie erkannte alle ihre alten Bekannten, die auch letzthin auf dem Bankett bei ihr gewesen waren. Der schöne Bräutigam, wieder ganz in wasserblauer Seide gekleidet, trat zu ihr und erheiterte gar bald ihr Herz durch seine anmutigen und süßen Reden, Musikanten spielten lustig, Edelknaben schenkten Wein herum, und alles tanzte und schmauste in freudenreichem Schalle.

Während des Festes trat Ida mit ihrem Bräutigam ans offene Fenster. Die Gegend war unten weit und breit still, wie ein Grab, nur der Fluß rauschte aus dem finstern Grunde herauf. ›Was sind das für schwarze Vögel‹, fragte Ida, ›die da in langen Scharen so langsam über den Himmel ziehn?‹ – ›Sie ziehen die ganze Nacht fort‹, sagte der Bräutigam, ›sie bedeuten deine Hochzeit.‹ – ›Was sind das für fremde Leute‹, fragte Ida wieder, ›die dort unten am Flusse auf den Steinen sitzen und sich nicht rühren?‹ – ›Das sind meine Diener‹, sagte der Bräutigam, ›die auf uns warten.‹ – Unterdes fingen schon lichte Streifen an, sich am Himmel aufzurichten, und aus den Tälern hörte man von ferne Hähne krähen. ›Es wird so kühl‹, sagte Ida und schloß das Fenster. ›In meinem Hause ist es noch viel kühler‹, erwiderte der Bräutigam, und Ida schauderte unwillkürlich zusammen.

Darauf faßte er sie beim Arme und führte sie mitten unter den lustigen Schwarm zum Tanze. Der Morgen rückte indes immer näher, die Kerzen im Saale flackerten nur noch matt und löschten zum Teil gar aus. Während Ida mit ihrem Bräutigam herumwalzte, bemerkte sie mit Grausen, daß er immer blässer ward, je lichter es wurde. Draußen vor den Fenstern sah sie lange Männer mit seltsamen Gesichtern ankommen, die in den Saal hereinschauten. Auch die Gesichter der übrigen Gäste und Bekannten veränderten sich nach und nach, und sie sahen alle aus wie Leichen. ›Mein Gott, mit wem habe ich so lange Zeit gelebt?‹ rief sie aus. Sie konnte vor Ermattung nicht mehr fort und wollte sich loswinden, aber der Bräutigam hielt sie fest um den Leib und tanzte immerfort, bis sie atemlos auf die Erde hinstürzte.

Frühmorgens, als die Sonne fröhlich über das Gebirge schien, sah man den Schloßgarten auf dem Berge verwüstet, im Schlosse war kein Mensch zu finden, und alle Fenster standen weit offen. Die Reisenden, die bei hellem Mondenscheine oder um die Mittagszeit an dem Flusse vorübergingen, sahen oft ein junges Mädchen sich mitten im Strome mit halbem Leibe über das Wasser emporheben. Sie war sehr schön, aber totenblaß.«

ERNST THEODOR AMADEUS HOFFMANN

1776–1822

Das Märchen von der harten Nuß

Also Marie«, fuhr der Obergerichtsrat fort, »sage mir, ob du die Geschichte weißt von der Prinzessin Pirlipat?« »Ach nein«, erwiderte Marie, »erzähle, lieber Pate Droßelmeier, erzähle!« »Ich hoffe«, sprach die Medizinalrätin, »ich hoffe, lieber Herr Obergerichtsrat, daß Ihre Geschichte nicht so graulich sein wird, wie gewöhnlich alles ist, was Sie erzählen?« »Mitnichten, teuerste Frau Medizinalrätin«, erwidere Droßelmeier, »im Gegenteil ist das gar spaßhaft, was ich vorzutragen die Ehre haben werde.« »Erzähle, o erzähle, lieber Pate«, so riefen die Kinder, und der Obergerichtsrat fing also an:

»Pirlipats Mutter war die Frau eines Königs, mithin eine Königin, und Pirlipat selbst in demselben Augenblick, als sie geboren wurde, eine geborne Prinzessin. Der König war außer sich vor Freude über das schöne Töchterchen, das in der Wiege lag, er jubelte laut auf, tanzte und schwenkte sich auf einem Beine, und schrie ein Mal über das andere: ›Heisa! – hat man was Schöneres jemals gesehen, als mein Pirlipatchen?‹ – Aber alle Minister, Generale und Präsidenten und Stabsoffiziere sprangen, wie der Landesvater, auf einem Beine herum, und schrien sehr: ›Nein, niemals!‹ Zu leugnen war es aber auch in der Tat gar nicht, daß wohl, solange die Welt steht, kein schöneres Kind geboren wurde, als eben Prinzessin Pirlipat. Ihr Gesichtchen war wie von zarten lilienweißen und rosenroten Seidenflocken gewebt, die Äugelein lebendige funkelnde Azure, und es stand hübsch, daß die Löckchen sich in lauter glänzenden Goldfäden kräuselten. Dazu hatte Pirlipatchen zwei Reihen kleiner Perlzähnchen auf die Welt gebracht, womit sie zwei Stunden nach der Geburt dem Reichskanzler in den Finger biß, als er die Lineamente näher untersuchen wollte, so daß er laut aufschrie: ›O jemine!‹ – Andere behaupten, er habe: ›Au weh!‹ geschrien, die Stimmen sind noch heutzutage darüber sehr geteilt. – Kurz, Pirlipatchen biß wirklich dem Reichskanzler in den Finger, und das entzückte Land wußte nun, daß auch Geist, Gemüt und Verstand in Pirlipats kleinem engelschönen Körperchen wohne. – Wie gesagt, alles war vergnügt, nur die Königin war sehr ängstlich und unruhig, niemand wußte warum? Vorzüglich fiel es auf, daß sie Pirlipats Wiege so sorglich bewachen ließ. Außerdem, daß die Türen von Trabanten besetzt waren, mußten, die beiden Wärterinnen dicht an der Wiege abgerechnet, noch sechs andere, Nacht für Nacht ringsumher in der Stube sitzen. Was aber ganz närrisch schien, und was niemand begreifen konnte, jede dieser sechs Wärterinnen mußte einen Kater auf den Schoß nehmen, und ihn die ganze Nacht streicheln, daß er immerfort zu spinnen genötigt wurde. Es ist unmöglich, daß ihr, lieben Kinder, erraten könnt, warum Pirlipats Mutter all diese Anstalten machte, ich weiß es aber, und will es euch gleich sagen. – Es begab sich, daß einmal an dem Hofe von Pirlipats Vater viele vortreffliche Könige und sehr angenehme Prinzen versammelt waren, weshalb es denn sehr glänzend herging, und viel Ritterspiele, Komödien und Hofbälle gegeben wurden. Der König, um recht zu zeigen, daß es ihm an Gold und Silber gar nicht mangle, wollte nun einmal einen recht tüchtigen Griff in den Kronschatz tun, und was Ordentliches daraufgehen lassen. Er ordnete daher, zumal er von dem Oberhofküchenmeister insgeheim erfahren, daß der Hofastronom die Zeit des Einschlachtens angekündigt, einen großen Wurstschmaus an, warf sich in den Wagen, und lud selbst sämtliche Könige und Prinzen – nur auf einen Löffel Suppe ein, um sich der Überraschung mit dem Köstlichen zu erfreuen. Nun sprach er sehr freundlich zur Frau Königin: ›Dir ist ja schon bekannt, Liebchen! wie ich die Würste gern habe!‹ – Die Königin wußte schon, was er damit sagen wollte, es hieß nämlich nichts anders, als sie selbst sollte sich, wie sie auch sonst schon getan, dem sehr nützlichen Geschäft des Wurstmachens unterziehen. Der Oberschatzmeister mußte sogleich den großen goldnen Wurstkessel und die silbernen Kasserollen zur Küche abliefern; es wurde ein großes Feuer von Sandelholz angemacht, die Königin band ihre damastene Küchenschürze um, und bald dampften aus dem Kessel die süßen Wohlgerüche der Wurstsuppe. Bis in den Staatsrat drang der anmutige Geruch; der König, von innerem Entzücken erfaßt, konnte sich nicht halten. ›Mit Erlaubnis, meine Herren!‹ rief er, sprang schnell nach der Küche, umarmte die Königin, rührte etwas mit dem goldnen Szepter in dem Kessel, und kehrte dann beruhigt in den Staatsrat zurück. Eben nun war der wichtige Punkt gekommen, daß der Speck in Würfel geschnitten, und auf silbernen Rosten geröstet werden sollte. Die Hofdamen traten ab, weil die Königin dies Geschäft aus treuer Anhänglichkeit und Ehrfurcht vor dem königlichen Gemahl allein unternehmen wollte. Allein sowie der Speck zu braten anfing, ließ sich ein ganz feines wisperndes Stimmchen vernehmen: ›Von dem Brätlein gib mir auch, Schwester! – will auch schmausen, bin ja auch Königin – gib mir von dem Brätlein!‹ – Die Königin wußte wohl, daß es Frau Mauserinks war, die also sprach. Frau Mauserinks wohnte schon seit vielen Jahren in des Königs Palast. Sie behauptete, mit der königlichen Familie verwandt und selbst Königin in dem Reiche Mausolien zu sein, deshalb hatte sie auch eine große Hofhaltung unter dem Herde. Die Königin war eine gute mildtätige Frau, wollte sie daher auch sonst Frau Mauserinks nicht gerade als Königin und als ihre Schwester anerkennen, so gönnte sie ihr doch von Herzen an dem festlichen Tage die Schmauserei, und rief: ›Kommet nur hervor, Frau Mauserinks, Ihr möget immerhin von meinem Speck genießen.‹ Da kam auch Frau Mauserinks sehr schnell und lustig hervorgehüpft, sprang auf den Herd, und ergriff mit den zierlichen kleinen Pfötchen ein Stückchen Speck nach dem andern, das ihr die Königin hinlangte. Aber nun kamen alle Gevattern und Muhmen der Frau Mauserinks hervorgesprungen, und auch sogar ihre sieben Söhne, recht unartige Schlingel, die machten sich über den Speck her, und nicht wehren konnte ihnen die erschrockene Königin. Zum Glück kam die Oberhofmeisterin dazu, und verjagte die zudringlichen Gäste, so daß noch etwas Speck übrigblieb, welcher, nach Anweisung des herbeigerufenen Hofmathematikers sehr künstlich auf alle Würste verteilt wurde. – Pauken und Trompeten erschallten, alle anwesenden Potentaten und Prinzen zogen in glänzenden Feierkleidern zum Teil auf weißen Zeltern, zum Teil in kristallnen Kutschen zum Wurstschmause. Der König empfing sie mit herzlicher Freundlichkeit und Huld, und setzte sich dann, als Landesherr mit Kron und Szepter angetan, an die Spitze des Tisches. Schon in der Station der Leberwürste sah man, wie der König immer mehr und mehr erblaßte, wie er die Augen gen Himmel hob – leise Seufzer entflohen seiner Brust – ein gewaltiger Schmerz schien in seinem Innern zu wühlen! Doch in der Station der Blutwürste sank er laut schluchzend und ächzend, in den Lehnsessel zurück, er hielt beide Hände vors Gesicht, er jammerte und stöhnte. – Alles sprang auf von der Tafel, der Leibarzt bemühte sich vergebens des unglücklichen Königs Puls zu erfassen, ein tiefer, namenloser Jammer schien ihn zu zerreißen. Endlich, endlich, nach vielem Zureden, nach Anwendung starker Mittel, als da sind, gebrannte Federposen und dergleichen, schien der König etwas zu sich selbst zu kommen, er stammelte kaum hörbar die Worte: ›Zu wenig Speck.‹ Da warf sich die Königin trostlos ihm zu Füßen und schluchzte: ›O mein armer unglücklicher königlicher Gemahl! – o welchen Schmerz mußten Sie dulden! – Aber sehen Sie hier die Schuldige zu Ihren Füßen – strafen, strafen Sie sie hart – ach – Frau Mauserinks mit ihren sieben Söhnen, Gevattern und Muhmen hat den Speck aufgefressen und –‹ damit fiel die Königin rücklings über in Ohnmacht. Aber der König sprang voller Zorn auf und rief laut: ›Oberhofmeisterin, wie ging das zu?‹ Die Oberhofmeisterin erzählte, soviel sie wußte, und der König beschloß Rache zu nehmen an der Frau Mauserinks und ihrer Familie, die ihm den Speck aus der Wurst weggefressen hatten. Der Geheime Staatsrat wurde berufen, man beschloß, der Frau Mauserinks den Prozeß zu machen, und ihre sämtliche Güter einzuziehen; da aber der König meinte, daß sie unterdessen ihm doch noch immer den Speck wegfressen könnte, so wurde die ganze Sache dem Hofuhrmacher und Arkanisten übertragen. Dieser Mann, der ebenso hieß, als ich, nämlich Christian Elias Droßelmeier, versprach durch eine ganz besonders staatskluge Operation die Frau Mauserinks mit ihrer Familie auf ewige Zeiten aus dem Palast zu vertreiben. Er erfand auch wirklich kleine, sehr künstliche Maschinen, in die an einem Fädchen gebratener Speck getan wurde, und die Droßelmeier rings um die Wohnung der Frau Speckfresserin aufstellte. Frau Mauserinks war viel zu weise, um nicht Droßelmeiers List einzusehen, aber alle ihre Warnungen, alle ihre Vorstellungen halfen nichts, von dem süßen Geruch des gebratenen Specks verlockt, gingen alle sieben Söhne und viele, viele Gevattern und Muhmen der Frau Mauserinks in Droßelmeiers Maschinen hinein, und wurden, als sie eben den Speck wegnaschen wollten, durch ein plötzlich vorfallendes Gitter gefangen, dann aber in der Küche selbst schmachvoll hingerichtet. Frau Mauserinks verließ mit ihrem kleinen Häufchen den Ort des Schreckens. Gram, Verzweiflung, Rache erfüllte ihre Brust. Der Hof jubelte sehr, aber die Königin war besorgt, weil sie die Gemütsart der Frau Mauserinks kannte, und wohl wußte, daß sie den Tod ihrer Söhne und Verwandten nicht ungerächt hingehen lassen würde. In der Tat erschien auch Frau Mauserinks, als die Königin eben für den königlichen Gemahl einen Lungenmus bereitete, den er sehr gern aß, und sprach: ›Meine Söhne – meine Gevattern und Muhmen sind erschlagen, gib wohl acht, Frau Königin, daß Mausekönigin dir nicht dein Prinzeßchen entzweibeißt – gib wohl acht.‹ Darauf verschwand sie wieder, und ließ sich nicht mehr sehen, aber die Königin war so erschrocken, daß sie den Lungenmus ins Feuer fallen ließ, und zum zweitenmal verdarb

Frau Mauserinks dem Könige eine Lieblingsspeise, worüber er sehr zornig war. – Nun ist's aber genug für heute abend, künftig das übrige.«

Sosehr auch Marie, die bei der Geschichte ihre ganz eignen Gedanken hatte, den Pate Droßelmeier bat, doch nur ja weiterzuerzählen, so ließ er sich doch nicht erbitten, sondern sprang auf, sprechend: »Zu viel auf einmal ist ungesund, morgen das übrige.« Eben als der Obergerichtsrat im Begriff stand, zur Tür hinauszuschreiten, fragte Fritz: »Aber sag mal, Pate Droßelmeier, ist's denn wirklich wahr, daß du die Mausefallen erfunden hast?« »Wie kann man nur so albern fragen«, rief die Mutter, aber der Obergerichtsrat lächelte sehr seltsam, und sprach leise: »Bin ich denn nicht ein künstlicher Uhrmacher, und sollt nicht einmal Mausefallen erfinden können.«

Fortsetzung des Märchens von der harten Nuß

»Nun wißt ihr wohl, Kinder«, so fuhr der Obergerichtsrat Droßelmeier am nächsten Abende fort, »nun wißt ihr wohl Kinder, warum die Königin das wunderschöne Prinzeßchen Pirlipat so sorglich bewachen ließ. Mußte sie nicht fürchten, daß Frau Mauserinks ihre Drohung erfüllen, wiederkommen, und das Prinzeßchen totbeißen würde? Droßelmeiers Maschinen halfen gegen die kluge und gewitzigte Frau Mauserinks ganz und gar nichts, und nur der Astronom des Hofes, der zugleich Geheimer Oberzeichen- und Sterndeuter war, wollte wissen, daß die Familie des Katers Schnurr imstande sein werde, die Frau Mauserinks von der Wiege abzuhalten; demnach geschah es also, daß jede der Wärterinnen einen der Söhne jener Familie, die übrigens bei Hofe als Geheime Legationsräte angestellt waren, auf dem Schoße halten, und durch schickliches Kraulen ihm den beschwerlichen Staatsdienst zu versüßen suchen mußte. Es war einmal schon Mitternacht, als die eine der beiden Geheimen Oberwärterinnen, die dicht an der Wiege saßen, wie aus tiefem Schlafe auffuhr. – Alles rundumher lag vom Schlafe befangen – kein Schnurren – tiefe Totenstille, in der man das Picken des Holzwurms vernahm! – doch wie ward der Geheimen Oberwärterin, als sie dicht vor sich eine große, sehr häßliche Maus erblickte, die auf den Hinterfüßen aufgerichtet stand, und den fatalen Kopf auf das Gesicht der Prinzessin gelegt hatte. Mit einem Schrei des Entsetzens sprang sie auf, alles erwachte, aber in dem Augenblick rannte Frau Mauserinks (niemand anders war die große Maus an Pirlipats Wiege) schnell nach der Ecke des Zimmers. Die Legationsräte stürzten ihr nach, aber zu spät – durch eine Ritze in dem Fußboden des Zimmers war sie verschwunden. Pirlipatchen erwachte von dem Rumor, und weinte sehr kläglich. ›Dank dem Himmel‹, riefen die Wärterinnen, ›sie lebt!‹

Doch wie groß war ihr Schrecken, als sie hinblickten nach Pirlipatchen, und wahrnahmen, was aus dem schönen zarten Kinde geworden. Statt des weiß und roten goldgelockten Engelsköpfchens saß ein unförmlicher dicker Kopf auf einem winzig kleinen zusammengekrümmten Leibe, die azurblauen Äugelein hatten sich verwandelt in grüne hervorstechende starrblickende Augen, und das Mündchen hatte sich verzogen von einem Ohr zum andern. Die Königin wollte vergehen in Wehklagen und Jammer, und des Königs Studierzimmer mußte mit wattierten Tapeten ausgeschlagen werden, weil er ein Mal über das andere mit dem Kopfe gegen die Wand rannte, und dabei mit sehr jämmerlicher Stimme rief: ›O ich unglückseliger Monarch!‹ – Er konnte zwar nun einsehen, daß es besser gewesen wäre, die Würste ohne Speck zu essen, und die Frau Mauserinks mit ihrer Sippschaft unter dem Herde in Ruhe zu lassen, daran dachte aber Pirlipats königlicher Vater nicht, sondern er schob einmal alle Schuld auf den Hofuhrmacher und Arkanisten Christian Elias Droßelmeier aus Nürnberg. Deshalb erließ er den weisen Befehl: Droßelmeier habe binnen vier Wochen die Prinzessin Pirlipat in den vorigen Zustand herzustellen, oder wenigstens ein bestimmtes untrügliches Mittel anzugeben, wie dies zu bewerkstelligen sei, widrigenfalls er dem schmachvollen Tode unter dem Beil des Henkers verfallen sein solle. – Droßelmeier erschrak nicht wenig, indessen vertraute er bald seiner Kunst und seinem Glück und schritt sogleich zu der ersten Operation, die ihm nützlich schien. Er nahm Prinzeßchen Pirlipat sehr geschickt auseinander, schrob ihr Händchen und Füßchen ab, und besah sogleich die innere Struktur, aber da fand er leider, daß die Prinzessin, je größer, desto unförmlicher werden würde, und wußte sich nicht zu raten nicht zu helfen. Er setzte die Prinzessin behutsam wieder zusammen, und versank an ihrer Wiege, die er nie verlassen durfte, in Schwermut. Schon war die vierte Woche angegangen – ja bereits Mittwoch, als der König mit zornfunkelnden Augen hineinblickte, und mit dem Szepter drohend rief: ›Christian Elias Droßelmeier, kuriere die Prinzessin, oder du mußt sterben!‹ Droßelmeier fing an bitterlich zu weinen, aber Prinzeßchen Pirlipat knackte vergnügt Nüsse. Zum erstenmal fiel dem Arkanisten Pirlipats ungewöhnlicher Appetit nach Nüssen, und der Umstand auf, daß sie mit Zähnchen zur Welt gekommen. In der Tat hatte sie gleich nach der Verwandlung so lange geschrieen, bis ihr zufällig eine Nuß vorkam, die sie sogleich aufknackte, den Kern aß, und dann ruhig wurde. Seit der Zeit fanden die Wärterinnen nichts geraten, als ihr Nüsse zu bringen. ›O heiliger Instinkt der Natur, ewig unerforschliche Sympathie aller Wesen‹, rief Johann Elias Droßelmeier aus: ›du zeigst mir die Pforte zum Geheimnis, ich will anklopfen, und sie wird sich öffnen!‹ Er bat sogleich um die Erlaubnis, mit dem Hofastronom sprechen zu können, und wurde mit starker Wache hingeführt. Beide Herren umarmten sich unter vielen Tränen, da sie zärtliche Freunde waren, zogen sich dann in ein geheimes Kabinett zurück, und schlugen viele Bücher nach, die von dem Instinkt, von den Sympathien und Antipathien und andern geheimnisvollen Dingen handelten. Die Nacht brach herein, der Hofastronom sah nach den Sternen, und stellte mit Hülfe des auch hierin sehr geschickten Droßelmeiers das Horoskop der Prinzessin Pirlipat. Das war eine große Mühe, denn die Linien verwirrten sich immer mehr und mehr, endlich aber – welche Freude, endlich lag es klar vor ihnen, daß die Prinzessin Pirlipat, um den Zauber, der sie verhäßlicht, zu lösen, und um wieder so schön zu werden, als vorher, nichts zu tun hätte, als den süßen Kern der Nuß Krakatuk zu genießen.

Die Nuß Krakatuk hatte eine solche harte Schale, daß eine achtundvierzigpfündige Kanone darüber wegfahren konnte, ohne sie zu zerbrechen. Diese harte Nuß mußte aber von einem Manne, der noch nie rasiert worden und der niemals Stiefeln getragen, vor der Prinzessin aufgebissen und ihr von ihm mit geschlossenen Augen der Kern dargereicht werden. Erst nachdem er sieben Schritte rückwärts gegangen, ohne zu stolpern, durfte der junge Mann wieder die Augen erschließen. Drei Tage und drei Nächte hatte Droßelmeier mit dem Astronomen ununterbrochen gearbeitet und es saß gerade des Sonnabends der König bei dem Mittagstisch, als Droßelmeier, der Sonntag in aller Frühe geköpft werden sollte, voller Freude und Jubel hineinstürzte, und das gefundene Mittel, der Prinzessin Pirlipat die verlorene Schönheit wiederzugeben, verkündete. Der König umarmte ihn mit heftigem Wohlwollen, versprach ihm einen diamantenen Degen, vier Orden und zwei neue Sonntagsröcke. ›Gleich nach Tische‹, setzte er freundlich hinzu, ›soll es ans Werk gehen, sorgen Sie, teurer Arkanist, daß der junge unrasierte Mann in Schuhen mit der Nuß Krakatuk gehörig bei der Hand sei, und lassen Sie ihn vorher keinen Wein trinken, damit er nicht stolpert, wenn er sieben Schritte rückwärts geht wie ein Krebs, nachher kann er erklecklich saufen!‹ Droßelmeier wurde über diese Rede des Königs sehr bestürzt, und nicht ohne Zittern und Zagen brachte er es stammelnd heraus, daß das Mittel zwar gefunden wäre, beides, die Nuß Krakatuk und der junge Mann zum Aufbeißen derselben aber erst gesucht werden müßten, wobei es noch obenein zweifelhaft bliebe, ob Nuß und Nußknacker jemals gefunden werden dürften. Hocherzürnt schwang der König den Szepter über das gekrönte Haupt, und schrie mit einer Löwenstimme: ›So bleibt es bei dem Köpfen.‹ Ein Glück war es für den in Angst und Not versetzten Droßelmeier, daß dem Könige das Essen gerade den Tag sehr wohl geschmeckt hatte, er mithin in der guten Laune war, vernünftigen Vorstellungen Gehör zu geben, an denen es die großmütige und von Droßelmeiers Schicksal gerührte Königin nicht mangeln ließ. Droßelmeier faßte Mut und stellte zuletzt vor, daß er doch eigentlich die Aufgabe, das Mittel, wodurch die Prinzessin geheilt werden könne, zu nennen, gelöst, und sein Leben gewonnen habe. Der König nannte das dumme Ausreden und einfältigen Schnickschnack, beschloß aber endlich, nachdem er ein Gläschen Magenwasser zu sich genommen, daß beide, der Uhrmacher und der Astronom, sich auf die Beine machen und nicht anders als mit der Nuß Krakatuk in der Tasche wiederkehren sollten. Der Mann zum Aufbeißen derselben sollte, wie es die Königin vermittelte, durch mehrmaliges Einrücken einer Aufforderung in einheimische und auswärtige Zeitungen und Intelligenz-Blätter herbeigeschafft werden.« – Der Obergerichtsrat brach hier wieder ab, und versprach den andern Abend das übrige zu erzählen.

Beschluß des Märchens von der harten Nuß

Am andern Abende, sowie kaum die Lichter angesteckt worden, fand sich Pate Droßelmeier wirklich wieder ein, und erzählte also weiter. »Droßelmeier und der Hofastronom waren schon funfzehn Jahre unterwegs, ohne der Nuß Krakatuk auf die Spur gekommen zu sein. Wo sie überall waren, welche sonderbare seltsame Dinge ihnen widerfuhren, davon könnt ich euch, ihr Kinder, vier Wochen lang erzählen, ich will es aber nicht tun, sondern nur gleich sagen, daß Droßelmeier in seiner tiefen Betrübnis zuletzt eine sehr große Sehnsucht nach seiner lieben Vaterstadt Nürnberg empfand. Ganz besonders überfiel ihn diese Sehnsucht, als er gerade einmal mit seinem Freunde mitten in einem großen Walde in Asien ein Pfeifchen Knaster rauchte. ›O schöne – schöne Vaterstadt Nürnberg – schöne Stadt, wer dich nicht gesehen hat, mag er auch viel gereist sein nach London, Paris und Peterwardein, ist ihm das Herz doch nicht aufgegangen, muß er doch stets nach dir verlangen – nach dir, o Nürnberg, schöne Stadt, die schöne Häuser mit Fenstern hat.‹ – Als Droßelmeier so sehr wehmütig klagte, wurde der Astronom von tiefem Mitleid ergriffen und fing so jämmerlich zu heulen an, daß man es weit und breit in Asien hören konnte. Doch faßte er sich wieder, wischte sich die Tränen aus den Augen und fragte: ›Aber wertgeschätzter Kollege, warum sitzen wir hier und heulen? warum gehen wir nicht nach Nürnberg, ist's denn nicht gänzlich egal, wo und wie wir die fatale Nuß Krakatuk suchen?‹ ›Das ist auch wahr‹, erwiderte Droßelmeier getröstet. Beide standen alsbald auf, klopften die Pfeifen aus, und gingen schnurgerade in einem Strich fort, aus dem Walde mitten in Asien, nach Nürnberg. Kaum waren sie dort angekommen, so lief Droßelmeier schnell zu seinem Vetter, dem Puppendrechsler, Lackierer und Vergolder Christoph Zacharias Droßelmeier, den er in vielen vielen Jahren nicht mehr gesehen. *Dem* erzählte nun der Uhrmacher die ganze Geschichte von der Prinzessin Pirlipat, der Frau Mauserinks, und der Nuß Krakatuk, so daß der ein Mal über das andere die Hände zusammenschlug und voll Erstaunen ausrief: ›Ei, Vetter, Vetter, was sind das für wunderbare Dinge!‹ Droßelmeier erzählte weiter von den Abenteuern seiner weiten Reise, wie er zwei Jahre bei dem Dattelkönig zugebracht, wie er vom Mandelfürsten schnöde abgewiesen, wie er bei der naturforschenden Gesellschaft in Eichhornshausen vergebens angefragt, kurz wie es ihm überall mißlungen sei, auch nur eine Spur von der Nuß Krakatuk zu erhalten. Während dieser Erzählung hatte Christoph Zacharias oftmals mit den Fingern geschnippt – sich auf einem Fuße herumgedreht – mit der Zunge geschnalzt – dann gerufen – ›Hm hm – I – Ei – O – das wäre der Teufel!‹ – Endlich warf er Mütze und Perücke in die Höhe, umhalste den Vetter mit Heftigkeit und rief: ›Vetter – Vetter! Ihr seid geborgen, geborgen seid Ihr, sag ich, denn alles müßte mich trügen, oder ich besitze selbst die Nuß Krakatuk.‹ Er holte alsbald eine Schachtel hervor, aus der er eine vergoldete Nuß von mittelmäßiger Größe hervorzog. ›Seht‹ sprach er, indem er die Nuß dem Vetter zeigte, ›seht, mit dieser Nuß hat es folgende Bewandtnis: Vor vielen Jahren kam einst zur Weihnachtszeit ein fremder Mann mit einem Sack voll Nüssen hieher, die er feilbot. Gerade vor meiner Puppenbude geriet er in Streit, und setzte den Sack ab, um sich besser gegen den hiesigen Nußverkäufer, der nicht leiden wollte, daß der Fremde Nüsse verkaufe, und ihn deshalb angriff, zu wehren. In dem Augenblick fuhr ein schwer beladener Lastwagen über den Sack, alle Nüsse wurden zerbrochen bis auf eine, die mir der fremde Mann, seltsam lächelnd, für einen blanken Zwanziger vom Jahre 1720 feilbot. Mir schien das wunderbar, ich fand gerade einen solchen Zwanziger in meiner Tasche, wie ihn der Mann haben wollte, kaufte die Nuß und vergoldete sie, selbst nicht recht wissend, warum ich die Nuß so teuer bezahlte und dann so werthielt.‹ Jeder Zweifel, daß des Vetters Nuß wirklich die gesuchte Nuß Krakatuk war, wurde augenblicklich gehoben, als der herbeigerufene Hofastronom das Gold sauber abschabte und in der Rinde der Nuß das Wort Krakatuk mit chinesischen Charakteren eingegraben fand. Die Freude der Reisenden war groß, und der Vetter der glücklichste Mensch unter der Sonne, als Droßelmeier ihm versicherte, daß sein Glück gemacht sei, da er außer einer ansehnlichen Pension hinfüro alles Gold zum Vergolden umsonst erhalten werde. Beide, der Arkanist und der Astronom, hatten schon die Schlafmützen aufgesetzt und wollten zu Bette gehen, als letzterer, nämlich der Astronom, also anhob: ›Bester Herr Kollege, ein Glück kommt nie allein – Glauben Sie, nicht nur die Nuß Krakatuk, sondern auch den jungen Mann, der sie aufbeißt und den Schönheitskern der Prinzessin darreicht, haben wir gefunden! – Ich meine niemanden anders, als den Sohn Ihres Herrn Vetters! – Nein, nicht schlafen will ich‹, fuhr er begeistert fort, ›sondern noch in dieser Nacht des Jünglings Horoskop stellen!‹ – Damit riß er die Nachtmütze vom Kopf und fing gleich an zu observieren. – Des Vetters Sohn war in der Tat ein netter wohlgewachsener Junge, der noch nie rasiert worden und niemals Stiefel getragen. In früher Jugend war er zwar ein paar Weihnachten hindurch ein Hampelmann gewesen, das merkte man ihm aber nicht im mindesten an, so war er durch des Vaters Bemühungen ausgebildet worden. An den Weihnachtstagen trug er einen schönen roten Rock mit Gold, einen Degen, den Hut unter dem Arm und eine vorzügliche Frisur mit einem Haarbeutel. So stand er sehr glänzend in seines Vaters Bude und knackte aus angeborner Galanterie den jungen Mädchen die Nüsse auf, weshalb sie ihn auch schön Nußknackerchen nannten. – Den andern Morgen fiel der Astronom dem Arkanisten entzückt um den Hals und rief: ›Er ist es, wir haben ihn, er ist gefunden; nur zwei Dinge, liebster Kollege, dürfen wir nicht außer acht lassen. Fürs erste müssen Sie Ihrem vortrefflichen Neffen einen robusten hölzernen Zopf flechten, der mit dem untern Kinnbacken so in Verbindung steht, daß dieser dadurch stark angezogen werden kann; dann müssen wir aber, kommen wir nach der Residenz, auch sorgfältig verschweigen, daß wir den jungen Mann, der die Nuß Krakatuk aufbeißt, gleich mitgebracht haben; er muß sich vielmehr lange nach uns einfinden. Ich lese in dem Horoskop, daß der König, zerbeißen sich erst einige die Zähne ohne weitern Erfolg, dem, der die Nuß aufbeißt und der Prinzessin die verlorene Schönheit wiedergibt, Prinzessin und Nachfolge im Reich zum Lohn versprechen wird.‹ Der Vetter Puppendrechsler war gar höchlich damit zufrieden, daß sein Söhnchen die Prinzessin Pirlipat heiraten und Prinz und König werden sollte, und überließ ihn daher den Gesandten gänzlich. Der Zopf, den Droßelmeier dem jungen hoffnungsvollen Neffen ansetzte, geriet überaus wohl, so daß er mit dem Aufbeißen der härtesten Pfirsichkerne die glänzendsten Versuche anstellte.

Da Droßelmeier und der Astronom das Auffinden der Nuß Krakatuk sogleich nach der Residenz berichtet, so waren dort auch auf der Stelle die nötigen Aufforderungen erlassen worden, und als die Reisenden mit dem Schönheitsmittel ankamen, hatten sich schon viele hübsche Leute, unter denen es sogar Prinzen gab, eingefunden, die ihrem gesunden Gebiß vertrauend, die Entzauberung der Prinzessin versuchen wollten. Die Gesandten erschraken nicht wenig, als sie die Prinzessin wiedersahen. Der kleine Körper mit den winzigen Händchen und Füßchen konnte kaum den unförmlichen Kopf tragen. Die Häßlichkeit des Gesichts wurde noch durch einen weißen baumwollenen Bart vermehrt, der sich um Mund und Kinn gelegt hatte. Es kam alles so, wie es der Hofastronom im Horoskop gelesen. Ein Milchbart in Schuhen nach dem andern biß sich an der Nuß Krakatuk Zähne und Kinnbacken wund, ohne der Prinzessin im mindesten zu helfen, und wenn er dann von den dazu bestellten Zahnärzten halb ohnmächtig weggetragen wurde, seufzte er: ›Das war eine harte Nuß!‹ – Als nun der König in der Angst seines Herzens dem, der die Entzauberung vollenden werde, Tochter und Reich versprochen, meldete sich der artige sanfte Jüngling Droßelmeier und bat auch den Versuch beginnen zu dürfen. Keiner als der junge Droßelmeier hatte so sehr der Prinzessin Pirlipat gefallen; sie legte die kleinen Händchen auf das Herz, und seufzte recht innig: ›Ach wenn es doch *der* wäre, der die Nuß Krakatuk wirklich aufbeißt und mein Mann wird.‹ Nachdem der junge Droßelmeier den König und die Königin, dann aber die Prinzessin Pirlipat, sehr höflich gegrüßt, empfing er aus den Händen des Oberzeremonienmeisters die Nuß Krakatuk, nahm sie ohne weiteres zwischen die Zähne, zog stark den Zopf an, und Krak – Krak zerbröckelte die Schale in viele Stücke. Geschickt reinigte er den Kern von den noch daranhängenden Fasern und überreichte ihn mit einem untertänigen Kratzfuß der Prinzessin, worauf er die Augen verschloß und rückwärts zu schreiten begann. Die Prinzessin verschluckte alsbald den Kern und o Wunder! – verschwunden war die Mißgestalt, und statt ihrer stand ein engelschönes Frauenbild da, das Gesicht wie von lilienweißen und rosaroten Seidenflokken gewebt, die Augen wie glänzende Azure, die vollen Locken wie von Goldfaden gekräuselt. Trompeten und Pauken mischten sich in den lauten Jubel des Volks. Der König, sein ganzer Hof, tanzte wie bei Pirlipats Geburt auf einem Beine, und die Königin mußte mit *Eau de Cologne* bedient werden, weil sie in Ohnmacht gefallen vor Freude und Entzücken. Der große Tumult brachte den jungen Droßelmeier, der noch seine sieben Schritte zu vollenden hatte, nicht wenig aus der Fassung, doch hielt er sich und streckte eben den rechten Fuß aus zum siebenten Schritt, da erhob sich, häßlich piepend und quiekend, Frau Mauserinks aus dem Fußboden, so daß Droßelmeier, als er den Fuß niedersetzen wollte, auf sie trat und dermaßen stolperte, daß er beinahe gefallen wäre. – O Mißgeschick! – urplötzlich war der Jüngling ebenso mißgestaltet, als es vorher Prinzessin Pirlipat gewesen. Der Körper war zusammengeschrumpft und konnte kaum den dicken ungestalten Kopf mit großen hervorstechenden Augen und dem breiten entsetzlich aufgähnenden Maule tragen. Statt des Zopfes hing ihm hinten ein schmaler hölzerner Mantel herab, mit dem er den untern Kinnbacken regierte. – Uhrmacher und Astronom waren außer sich vor Schreck und Entsetzen, sie sahen aber wie Frau Mauserinks sich blutend auf dem Boden wälzte. Ihre Bosheit war nicht ungerächt geblieben, denn der junge Droßelmeier hatte sie mit dem spitzen Absatz seines Schuhes so derb in den Hals getroffen, daß sie sterben mußte. Aber indem Frau Mauserinks von der Todesnot erfaßt wurde, da piepte und quiekte sie ganz erbärmlich: ›O Krakatuk, harte Nuß‹ – an der ich nun sterben muß – hi hi – pipi fein Nußknackerlein wirst auch bald des Todes sein – Söhnlein mit den sieben Kronen, wird's dem Nußknacker lohnen, wird die Mutter rächen fein, an dir du klein Nußknackerlein – o Leben so frisch und rot, von dir scheid ich, o Todesnot! – Quiek –‹ Mit diesem Schrei starb Frau Mauserinks und wurde von dem königlichen Ofenheizer fortgebracht. – Um den jungen Droßelmeier hatte sich niemand bekümmert, die Prinzessin erinnerte aber den König an sein Versprechen, und sogleich befahl er, daß man den jungen Helden herbeischaffe. Als nun aber der Unglückliche in seiner Mißgestalt hervortrat, da hielt die Prinzessin beide Hände vors Gesicht und schrie: ›Fort, fort mit dem abscheulichen Nußknacker!‹ Alsbald ergriff ihn auch der Hofmarschall bei den kleinen Schultern und warf ihn zur Türe heraus. Der König war voller Wut, daß man ihm habe einen Nußknacker als Eidam aufdringen wollen, schob alles auf das Ungeschick des Uhrmachers und des Astronomen, und verwies beide auf ewige Zeiten aus der Residenz. Das hatte nun nicht in dem Horoskop gestanden, welches der Astronom in Nürnberg gestellt, er ließ sich aber nicht abhalten, aufs neue zu observieren und da wollte er in den Sternen lesen, daß der junge Droßelmeier sich in seinem neuen Stande so gut nehmen werde, daß er trotz seiner Ungestalt Prinz und König werden würde. Seine Mißgestalt könne aber nur dann verschwinden, wenn der Sohn der Frau Mauserinks, den sie nach dem Tode ihrer sieben Söhne, mit sieben Köpfen geboren, und welcher Mausekönig geworden, von seiner Hand gefallen seie, und eine Dame ihn, trotz seiner Mißgestalt, liebgewinnen werde. Man soll denn auch wirklich den jungen Droßelmeier in Nürnberg zur Weihnachtszeit in seines Vaters Bude, zwar als Nußknakker, aber doch als Prinzen gesehen haben! – Das ist, ihr Kinder! das Märchen von der harten Nuß, und ihr wißt nun warum die Leute so oft sagen: ›Das war eine harte Nuß!‹ und wie es kommt, daß die Nußknacker so häßlich sind.«

So schloß der Obergerichtsrat seine Erzählung. Marie meinte, daß die Prinzessin Pirlipat doch eigentlich ein garstiges undankbares Ding sei; Fritz versicherte dagegen, daß, wenn Nußknacker nur sonst ein braver Kerl sein wolle, er mit dem Mausekönig nicht viel Federlesens machen, und seine vorige hübsche Gestalt bald wiedererlangen werde.

WILHELM HAUFF

1802–1827

Die Geschichte von Kalif Storch

I

Der Kalif Chasid zu Bagdad saß einmal an einem schönen Nachmittag behaglich auf seinem Sofa; er hatte ein wenig geschlafen, denn es war ein heißer Tag, und sah nun nach seinem Schläfchen recht heiter aus. Er rauchte aus einer langen Pfeife von Rosenholz, trank hie und da ein wenig Kaffee, den ihm ein Sklave einschenkte und strich sich allemal vergnügt den Bart, wenn es ihm geschmeckt hatte. Kurz, man sah dem Kalifen an, daß es ihm recht wohl war. Um diese Stunde konnte man gar gut mit ihm reden, weil er da immer recht mild und leutselig war, deswegen besuchte ihn auch sein Großvezier Mansor alle Tage um diese Zeit. An diesem Nachmittag nun kam er auch, sah aber sehr nachdenklich aus, ganz gegen seine Gewohnheit. Der Kalif tat die Pfeife ein wenig aus dem Mund und sprach: »Warum machst du ein so nachdenkliches Gesicht, Großvezier.«

Der Großvezier schlug seine Arme kreuzweis über die Brust, verneigte sich vor seinem Herrn, und antwortete: »Herr! ob ich ein nachdenkliches Gesicht mache, weiß ich nicht, aber da drunten am Schloß steht ein Krämer, der hat so schöne Sachen, daß es mich ärgert, nicht viel überflüssiges Geld zu haben.«

Der Kalif, der seinem Großvezier schon lange gern eine Freude gemacht hätte, schickte seinen schwarzen Sklaven hinunter, um den Krämer heraufzuholen. Bald kam der Sklave mit dem Krämer zurück. Dieser war ein kleiner dicker Mann, schwarzbraun im Gesicht und in zerlumptem Anzug. Er trug einen Kasten, in welchem er allerhand Waren hatte. Perlen und Ringe, reichbeschlagene Pistolen, Becher und Kämme. Der Kalif und sein Vezier musterten alles durch, und der Kalif kaufte endlich für sich und Mansor schöne Pistolen, für die Frau des Veziers aber einen Kamm. Als der Krämer seinen Kasten schon wieder zumachen wollte, sah der Kalif eine kleine Schublade und fragte: ob da auch noch Waren seien? Der Krämer zog die Schublade heraus, und zeigte darin eine Dose mit schwärzlichem Pulver und ein Papier mit sonderbarer Schrift, die weder der Kalife noch Mansor lesen konnten. »Ich bekam einmal diese zwei Stücke von einem Kaufmann, der sie in Mekka auf der Straße fand«, sagte der Krämer, »ich weiß nicht, was sie enthalten; Euch stehen sie um geringen Preis zu Dienst, ich kann doch nichts damit anfangen.« Der Kalif, der in seiner Bibliothek gerne alte Manuskripte hatte, wenn er sie auch nicht lesen konnte, kaufte Schrift und Dose und entließ den Krämer. Der Kalif aber dachte, er möchte gerne wissen, was die Schrift enthalte, und fragte den Vezier, ob er keinen kenne, der es entziffern könnte. »Gnädigster Herr und Gebieter«, antwortete dieser, »an der großen Moschee wohnt ein Mann, er heißt *Selim, der Gelehrte*, der versteht alle Sprachen, laß ihn kommen, vielleicht kennt er diese geheimnisvollen Züge.«

Der Gelehrte Selim war bald herbeigeholt: »Selim«, sprach zu ihm der Kalif; »Selim, man sagt du seiest sehr gelehrt; guck einmal ein wenig in diese Schrift, ob du sie lesen kannst; kannst du sie lesen, so bekommst du ein neues Festkleid von mir, kannst du es nicht, so bekommst du zwölf Backenstreiche und fünfundzwanzig auf die Fußsohlen, weil man dich dann umsonst Selim, den Gelehrten, nennt.« Selim verneigte sich und sprach: »Dein Wille geschehe, o Herr!« Lange betrachtete er die Schrift, plötzlich aber rief er aus: »Das ist lateinisch, o Herr, oder ich laß mich hängen.« »Sag was drin steht«, befahl der Kalif, »wenn es lateinisch ist.«

Selim fing an zu übersetzen: »Mensch, der du dieses findest, preise Allah für seine Gnade. Wer von dem Pulver in dieser Dose schnupft, und dazu spricht: Mutabor, der kann sich in jedes Tier verwandeln, und versteht auch die Sprache der Tiere. Will er wieder in seine menschliche Gestalt zurückkehren, so neige er sich dreimal gen Osten, und spreche jenes Wort; aber hüte dich, wenn du verwandelt bist, daß du nicht lachest, sonst verschwindet das Zauberwort gänzlich aus deinem Gedächtnis und du bleibst ein Tier.«

Als Selim, der Gelehrte, also gelesen hatte, war der Kalif über die Maßen vergnügt. Er ließ den Gelehrten schwören, niemand etwas von dem Geheimnis zu sagen, schenkte ihm ein schönes Kleid und entließ ihn. Zu seinem Großvezier aber sagte er: »Das heiß ich gut einkaufen, Mansor! Wie freue ich mich bis ich ein Tier bin. Morgen früh kommst du zu mir; wir gehen dann miteinander aufs Feld, schnupfen etwas weniges aus meiner Dose und belauschen dann, was in der Luft und im Wasser, im Wald und Feld gesprochen wird!«

II

Kaum hatte am andern Morgen der Kalif Chasid gefrühstückt und sich angekleidet, als schon der Großvezier erschien, ihn, wie er befohlen, auf dem Spaziergang zu begleiten. Der Kalif steckte die Dose mit dem Zauberpulver in den Gürtel, und nachdem er seinem Gefolge befohlen, zurückzubleiben, machte er sich mit dem Großvezier ganz allein auf den Weg. Sie gingen zuerst durch die weiten Gärten des Kalifen, spähten aber vergebens nach etwas Lebendigem, um ihr Kunststück zu probieren. Der Vezier schlug endlich vor, weiter hinaus an einen Teich zu gehen, wo er schon oft viele Tiere, namentlich Störche, gesehen habe, die durch ihr gravitätisches Wesen und ihr Geklapper immer seine Aufmerksamkeit erregt haben.

Der Kalif billigte den Vorschlag seines Veziers, und ging mit ihm dem Teich zu. Als sie dort angekommen waren, sahen sie einen Storchen ernsthaft auf und ab gehen, Frösche suchend, und hie und da etwas vor sich hinklappernd. Zugleich sahen sie auch weit oben in der Luft einen andern Storchen dieser Gegend zuschweben.

»Ich wette meinen Bart, gnädigster Herr«, sagte der Großvezier, »wenn nicht diese zwei Langfüßler ein schönes Gespräch miteinander führen werden. Wie wäre es, wenn wir Störche würden?«

»Wohl gesprochen!« antwortete der Kalif. »Aber vorher wollen wir noch einmal betrachten, wie man wieder Mensch wird. – Richtig! dreimal gen Osten geneigt und Mutabor gesagt, so bin ich wieder Kalif und du Vezier. Aber nur um Himmels willen nicht gelacht, sonst sind wir verloren!«

Während der Kalif also sprach, sah er den andern Storchen über ihrem Haupte schweben, und langsam sich zur Erde lassen. Schnell zog er die Dose aus dem Gürtel, nahm eine gute Prise, bot sie dem Großvezier dar, der gleichfalls schnupfte, und beide riefen: »Mutabor.«

Da schrumpften ihre Beine ein, und wurden dünn und rot, die schönen gelben Pantoffel des Kalifen und seines Begleiters wurden unförmliche Storchfüße, die Arme wurden zu Flügeln, der Hals fuhr aus den Achseln und ward eine Elle lang, der Bart war verschwunden und den Körper bedeckten weiche Federn.

»Ihr habt einen hübschen Schnabel, Herr Großvezier«, sprach nach langem Erstaunen der Kalif. »Beim Bart des Propheten, so etwas habe ich in meinem Leben nicht gesehen.«

»Danke untertänigst«, erwiderte der Großvezier, indem er sich bückte, »aber wenn ich es wagen darf zu behaupten, Eure Hoheit sehen als Storch beinahe noch hübscher aus, denn als Kalif. Aber kommt, wenn es Euch gefällig ist, daß wir unsere Kameraden dort belauschen, und erfahren, ob wir wirklich *Storchisch* können?«

Indem war der andere Storch auf der Erde angekommen; er putzte sich mit dem Schnabel seine Füße, legte seine Federn zurecht, und ging auf den ersten Storchen zu. Die beiden neuen Störche aber beeilten sich in ihre Nähe zu kommen, und vernahmen zu ihrem Erstaunen folgendes Gespräch:

»Guten Morgen, Frau *Langbein*, so früh schon auf der Wiese?«

»Schönen Dank, liebe *Klapperschnabel!* ich habe mir nur ein kleines Frühstück geholt. Ist Euch vielleicht ein Viertelchen Eidechs gefällig, oder ein Froschschenkelein?«

»Danke gehorsamst; habe heute gar keinen Appetit. Ich komme auch wegen etwas ganz anderem auf die Wiese. Ich soll heute vor den Gästen meines Vaters tanzen, und da will ich mich im stillen ein wenig üben.«

Zugleich schritt die junge Störchin in wunderlichen Bewegungen durch das Feld. Der Kalif und Mansor sahen ihr verwundert nach; als sie aber in malerischer Stellung auf einem Fuß stand, und mit den Flügeln anmutig dazu wedelte, da konnten sich die beiden nicht mehr halten, ein unaufhaltsames Gelächter brach aus ihren Schnäbeln hervor, von dem sie sich erst nach langer Zeit erholten. Der Kalif faßte sich zuerst wieder: »Das war einmal ein Spaß«, rief er, »der nicht mit Gold zu bezahlen ist; schade! daß die dummen Tiere durch unser Gelächter sich haben verscheuchen lassen, sonst hätten sie gewiß auch noch gesungen!«

Aber jetzt fiel es dem Großvezier ein, daß das Lachen während der Verwandlung verboten war. Er teilte seine Angst deswegen dem Kalifen mit. »Potz Mekka und Medina! das wäre ein schlechter Spaß, wenn ich ein Storch bleiben müßte! Besinne dich doch auf das dumme Wort, ich bring es nicht heraus.«

»Dreimal gen Osten müssen wir uns bücken, und dazu sprechen: Mu – Mu – Mu –«

Sie stellten sich gegen Osten und bückten sich in einem fort, daß ihre Schnäbel beinahe die Erde berührten; aber, o Jammer! das Zauberwort war ihnen entfallen und sooft sich auch der Kalife bückte, so sehnlich auch sein Vezier Mu – Mu dazu rief, jede Erinnerung daran war verschwunden, und der arme Chasid und sein Vezier waren und blieben Störche. –

III

Traurig wandelten die Verzauberten durch die Felder, sie wußten gar nicht, was sie in ihrem Elend anfangen sollten. Aus ihrer Storchenhaut konnten sie nicht heraus, in die Stadt zurück konnten sie auch nicht, um sich zu erkennen zu geben, denn wer hätte einem Storchen geglaubt, daß er der Kalif sei, und wenn man es auch geglaubt hätte, würden die Einwohner von Bagdad einen Storchen zum Kalifen gewollt haben?

So schlichen sie mehrere Tage umher, und ernährten sich kümmerlich von Feldfrüchten, die sie aber wegen ihrer langen Schnäbel nicht gut verspeisen konnten. Zu Eidechsen und Fröschen hatten sie übrigens keinen Appetit, denn sie befürchteten, mit solchen Leckerbissen sich den Magen zu verderben. Ihr einziges Vergnügen in dieser traurigen Lage war, daß sie fliegen konnten, und so flogen sie oft auf die Dächer von Bagdad, um zu sehen, was darin vorging.

In den ersten Tagen bemerkten sie große Unruhe und Trauer in den Straßen; aber ungefähr am vierten Tag nach ihrer Verzauberung saßen sie auf dem Palast des Kalifen, da sahen sie unten in der Straße einen prächtigen Aufzug; Trommeln und Pfeifen ertönten, ein Mann in einem goldgestickten Scharlachmantel saß auf einem geschmückten Pferd, umgeben von glänzenden Dienern; halb Bagdad sprang ihm nach, und alle schrien: »Heil Mizra! dem Herrscher von Bagdad!« Da sahen die beiden Störche auf dem Dache des Palastes einander an, und der Kalife Chasid sprach: »Ahnst du jetzt, warum ich verzaubert bin, Großvezier? Dieser Mizra ist der Sohn meines Todfeindes, des mächtigen Zauberers Kaschnur, der mir in einer bösen Stunde Rache schwur. Aber noch gebe ich die Hoffnung nicht auf. Komm mit mir, du treuer Gefährte meines Elends, wir wollen zum Grab des Propheten wandern, vielleicht daß an heiliger Stätte der Zauber gelöst wird.«

Sie erhoben sich vom Dach des Palastes, und flogen der Gegend von Medina zu.

Mit dem Fliegen wollte es aber nicht gar gut gehen, denn die beiden Störche hatten noch wenig Übung. »O Herr« ächzte nach ein paar Stunden der Großvezier, »ich halte es, mit Eurer Erlaubnis, nicht mehr lange aus, Ihr fliegt gar zu schnell! Auch ist es schon Abend, und wir täten wohl, ein Unterkommen für die Nacht zu suchen.«

Chasid gab der Bitte seines Dieners Gehör; und da er unten im Tale eine Ruine erblickte, die ein Obdach zu gewähren schien, so flogen sie dahin. Der Ort, wo sie sich für diese Nacht niedergelassen hatten, schien ehemals ein Schloß gewesen zu sein. Schöne Säulen ragten unter den Trümmern hervor, mehrere Gemächer, die noch ziemlich erhalten waren, zeugten von der ehemaligen Pracht des Hauses. Chasid und sein Begleiter gingen durch die Gänge umher, um sich ein trockenes Plätzchen zu suchen; plötzlich blieb der Storch Mansor stehen. »Herr und Gebieter«, flüsterte er leise, »wenn es nur nicht töricht für einen Großverzier, noch mehr aber für einen Storchen wäre, sich vor Gespenstern zu fürchten! Mir ist ganz unheimlich zumut, denn hier neben mir hat es ganz vernehmlich geseufzt und gestöhnt.« Der Kalif blieb nun auch stehen, und hörte ganz deutlich ein leises Weinen, das eher einem Menschen, als einem Tiere anzugehören schien. Voll Erwartung wollte er der Gegend zugehen, woher die Klagetöne kamen, der Vezier aber packte ihn mit dem Schnabel am Flügel, und bat ihn flehentlich, sich nicht in neue unbekannte Gefahren zu stürzen. Doch vergebens! Der Kalif, dem auch unter dem Storchenflügel ein tapferes Herz schlug, riß sich mit Verlust einiger Federn los, und eilte in einen finstern Gang. Bald war er an einer Türe angelangt, die nur angelehnt schien, und woraus er deutliche Seufzer, mit ein wenig Geheul, vernahm. Er stieß mit dem Schnabel die Türe auf, blieb aber überrascht auf der Schwelle stehen. In dem verfallenen Gemach, das nur durch ein kleines Gitterfenster spärlich erleuchtet war, sah er eine große Nachteule am Boden sitzen. Dicke Tränen rollten ihr aus den großen runden Augen, und mit heiserer Stimme stieß sie ihre Klagen zu dem krummen Schnabel heraus. Als sie aber den Kalifen und seinen Vezier, der indes auch herbeigeschlichen war, erblickte, erhob sie ein lautes Freudengeschrei. Zierlich wischte sie mit dem braungefleckten Flügel die Tränen aus dem Auge, und zu dem großen Erstaunen der beiden, rief sie in gutem menschlichem Arabisch: »Willkommen ihr Störche, ihr seid mir ein gutes Zeichen meiner Errettung, denn durch Störchen werde mir ein großes Glück kommen, ist mir einst prophezeit worden!«

Als sich der Kalif von seinem Erstaunen erholt hatte, bückte er sich mit seinem langen Hals, brachte seine dünnen Füße in eine zierliche Stellung, und sprach: »Nachteule! deinen Worten nach, darf ich glauben, eine Leidensgefährtin in dir zu sehen. Aber ach! Deine Hoffnung, daß durch uns deine Rettung kommen werde, ist vergeblich. Du wirst unsere Hülflosigkeit selbst erkennen, wenn du unsere Geschichte hörst.« Die Nachteule bat ihn zu erzählen, der Kalif aber hub an und erzählte, was wir bereits wissen.

IV

Als der Kalif der Eule seine Geschichte vorgetragen hatte, dankte sie ihm und sagte: »Vernimm auch meine Geschichte und höre, wie ich nicht weniger unglücklich bin als du. Mein Vater ist der König von Indien, ich, seine einzige, unglückliche Tochter, heiße Lusa. Jener Zauberer Kaschnur, der euch verzauberte, hat auch mich ins Unglück gestürzt. Er kam eines Tags zu meinem Vater und begehrte mich zur Frau für seinen Sohn Mizra. Mein Vater aber, der ein hitziger Mann ist, ließ ihn die Treppe hinunterwerfen. Der Elende wußte sich unter einer andern Gestalt, wieder in meine Nähe zu schleichen, und als ich einst in meinem Garten Erfrischungen zu mir nehmen wollte, brachte er mir, als Sklave verkleidet, einen Trank bei, der mich in diese abscheuliche Gestalt verwandelte. Vor Schrecken ohnmächtig, brachte er mich hierher und rief mir mit schrecklicher Stimme in die Ohren:

›Da sollst du bleiben, häßlich, selbst von den Tieren verachtet, bis an dein Ende, oder bis einer aus freiem Willen dich, selbst in dieser schrecklichen

Gestalt, zur Gattin begehrt. So räche ich mich an dir und deinem stolzen Vater.‹

Seitdem sind viele Monate verflossen. Einsam und traurig lebe ich als Einsiedlerin in diesem Gemäuer, verabscheut von der Welt, selbst den Tieren ein Greuel; die schöne Natur ist vor mir verschlossen, denn ich bin blind am Tage, und nur, wenn der Mond sein bleiches Licht über dies Gemäuer ausgießt, fällt der verhüllende Schleier von meinem Auge.«

Die Eule hatte geendet, und wischte sich mit dem Flügel wieder die Augen aus, denn die Erzählung ihrer Leiden hatte ihr Tränen entlockt.

Der Kalif war bei der Erzählung der Prinzessin in tiefes Nachdenken versunken. »Wenn mich nicht alles täuscht«, sprach er, »so findet zwischen unserem Unglück ein geheimer Zusammenhang statt; aber wo finde ich den Schlüssel zu diesem Rätsel?« Die Eule antwortete ihm: »O Herr! auch mir ahnet dies; denn es ist mir einst in meiner frühen Jugend von einer weisen Frau prophezeit worden, daß ein Storch mir ein großes Glück bringen werde, und ich wüßte vielleicht, wie wir uns retten könnten.« Der Kalif war sehr erstaunt und fragte, auf welchem Wege sie meine? »Der Zauberer, der uns beide unglücklich gemacht hat«, sagte sie, »kommt alle Monate einmal in diese Ruinen. Nicht weit von diesem Gemach ist ein Saal. Dort pflegt er dann mit vielen Genossen zu schmausen. Schon oft habe ich sie dort belauscht. Sie erzählen dann einander ihre schändlichen Werke, vielleicht daß er dann das Zauberwort, das ihr vergessen habt, ausspricht.«

»Oh, teuerste Prinzessin«, rief der Kalif, »sag an, *wann* kommt er, und *wo* ist der Saal?«

Die Eule schwieg einen Augenblick, und sprach dann: »Nehmet es nicht ungütig, aber nur unter *einer* Bedingung kann ich Euern Wunsch erfüllen.« »Sprich aus! sprich aus!« schrie Chasid, »befiehl, es ist mir jede recht –«

»Nämlich ich möchte auch gerne zugleich frei sein, dies kann aber nur geschehen, wenn einer von euch mir seine Hand reicht.«

Die Störche schienen über den Antrag etwas betroffen zu sein, und der Kalif winkte seinem Diener, ein wenig mit ihm hinauszugehen.

»Großvezier«, sprach vor der Türe der Kalif, »das ist ein dummer Handel, aber Ihr könntet sie schon nehmen.«

»So?« antwortete dieser, »daß mir meine Frau, wenn ich nach Haus komme, die Augen auskratzt. Auch bin ich ein alter Mann, und Ihr seid noch jung und unverheiratet, und könnet eher einer jungen schönen Prinzeß die Hand geben.«

»Das ist es eben«, seufzte der Kalif, indem er traurig die Flügel hängen ließ, »wer sagt dir denn, daß sie jung und schön ist? Das heißt eine Katze im Sack kaufen!«

Sie redeten einander gegenseitig noch lange zu, endlich aber, als der Kalif sah, daß sein Vezier lieber Storch bleiben, als die Eule heiraten wollte, entschloß er sich, die Bedingung lieber selbst zu erfüllen. Die Eule war hoch erfreut. Sie gestand ihnen, daß sie zu keiner bessern Zeit hätten kommen können, weil wahrscheinlich in dieser Nacht die Zauberer sich versammeln werden.

Sie verließ mit den Störchen das Gemach, um sie in jenen Saal zu führen; sie gingen lange in einem finstern Gang hin, endlich strahlte ihnen aus einer halbverfallenen Mauer ein heller Schein entgegen. Als sie dort angelangt waren, riet ihnen die Eule, sich ganz ruhig zu verhalten. Sie konnten von der Lücke, an welcher sie standen, einen großen Saal übersehen. Er war ringsum mit Säulen geschmückt und prachtvoll verziert. Viele farbige Lampen ersetzten das Licht des Tages. In der Mitte des Saales stand ein runder Tisch, mit vielen und ausgesuchten Speisen besetzt. Rings um den Tisch zog sich ein Sofa, auf welchem 8 Männer saßen. In einem dieser Männer erkannten die Störche jenen Krämer wieder, der ihnen das Zauberpulver verkauft hatte. Sein Nebensitzer forderte ihn auf, ihnen seine neuesten Taten zu erzählen. Er erzählte unter andern auch die Geschichte des Kalifen und seines Veziers.

»Was für ein Wort hast du ihnen denn aufgegeben?« fragte ihn ein anderer Zauberer. »Ein recht schweres lateinisches, es heißt *Mutabor.*«

V

Als die Störche an ihrer Mauerlücke dieses hörten, kamen sie vor Freuden beinahe außer sich. Sie liefen auf ihren langen Füßen so schnell dem Tor der Ruine zu, daß die Eule kaum folgen konnte. Dort sprach der Kalif gerührt zu der Eule: »Retterin meines Lebens und des Lebens meines Freundes, nimm zum ewigen Dank für das, was du an uns getan, mich zum Gemahl an.« Dann aber wandte er sich nach Osten. Dreimal bückten die Störche ihre langen Hälse der Sonne entgegen, die soeben hinter dem Gebirge heraufstieg: *»Mutabor«*, riefen sie, im Nu waren sie verwandelt, und in der hohen Freude des neugeschenkten Lebens, lagen Herr und Diener lachend und weinend einander in den Armen. Wer beschreibt aber ihr Erstaunen, als sie sich umsahen. Eine schöne Dame, herrlich geschmückt, stand vor ihnen. Lächelnd gab sie dem Kalifen die Hand: »Erkennt Ihr Eure Nachteule nicht mehr?« sagte sie. Sie war es; der Kalif war von ihrer Schönheit und Anmut so entzückt, daß er ausrief: es sei sein größtes Glück, daß er Storch geworden sei.

Die drei zogen nun miteinander auf Bagdad zu. Der Kalif fand in seinen Kleidern nicht nur die Dose mit Zauberpulver, sondern auch seinen Geldbeutel. Er kaufte daher im nächsten Dorfe, was zu ihrer Reise nötig war, und so kamen sie bald an die Tore von Bagdad. Dort aber erregte die Ankunft des Kalifen großes Erstaunen. Man hatte ihn für tot ausgegeben, und das Volk war daher hoch erfreut, seinen geliebten Herrscher wiederzuhaben.

Um so mehr aber entbrannte ihr Haß gegen den Betrüger Mizra. Sie zogen in den Palast, und nahmen den alten Zauberer und seinen Sohn gefangen. Den Alten schickte der Kalif in dasselbe Gemach der Ruine, das die Prinzessin als Eule bewohnt hatte, und ließ ihn dort aufhängen. Dem Sohn aber, welcher nichts von den Künsten des Vaters verstand, ließ der Kalif die Wahl, ob er sterben oder schnupfen wolle. Als er das letztere wählte, bot ihm der Großvezier die Dose. Eine tüchtige Prise, und das Zauberwort des Kalifen verwandelte ihn in einen Storchen. Der Kalif ließ ihn in ein eisernes Käfigt sperren und in seinem Garten aufstellen.

Lange und vergnügt lebte Kalif Chasid mit seiner Frau, der Prinzessin; seine vergnügtesten Stunden waren immer die, wenn ihn der Großvezier nachmittags besuchte; da sprachen sie dann oft von ihrem Storchenabenteuer, und wenn der Kalif recht heiter war, ließ er sich herab, den Großvezier nachzuahmen, wie er als Storch aussah. Er stieg dann ernsthaft, mit steifen Füßen im Zimmer auf und ab, klapperte, wedelte mit den Armen, wie mit Flügeln und zeigte, wie jener sich vergeblich nach Osten geneigt und Mu – Mu – dazu gerufen habe. Für die Frau Kalifin und ihre Kinder war diese Vorstellung allemal eine große Freude; wenn aber der Kalif gar zu lange klapperte und nickte und Mu – Mu – schrie, dann drohte ihm lächelnd der Vezier: er wolle das, was vor der Türe der Prinzessin *Nachteule* verhandelt worden sei, *der Frau Kalifin* mitteilen.

Die Geschichte von dem kleinen Muck

In Nicea, meiner lieben Vaterstadt, wohnte ein Mann, den man den kleinen Muck hieß. Ich kann mir ihn, ob ich gleich damals noch sehr jung war, noch recht wohl denken, besonders weil ich einmal von meinem Vater wegen seiner halb totgeprügelt wurde. Der kleine Muck nämlich war schon ein alter Geselle, als ich ihn kannte, doch war er nur 3–4 Schuh hoch, dabei hatte er eine sonderbare Gestalt, denn sein Leib, so klein und zierlich er war, mußte einen Kopf tragen, viel größer und dicker, als der Kopf anderer Leute; er wohnte ganz allein in einem großen Haus, und kochte sich sogar selbst, auch hätte man in der Stadt nicht gewußt, ob er lebe oder gestorben sei, denn er ging nur alle 4 Wochen einmal aus, wenn nicht um die Mittagsstunde ein mächtiger Dampf aus dem Hause aufgestiegen wäre; doch sah man ihn oft abends auf seinem Dache auf und ab gehen, von der Straße aus glaubte man aber, nur sein großer Kopf allein laufe auf dem Dache umher. Ich und meine Kameraden waren böse Buben, die jedermann gerne neckten und belachten, daher war es uns allemal ein Festtag, wenn der kleine Muck ausging; wir versammelten uns an dem bestimmten Tage vor seinem Haus, und warteten, bis er herauskam; wenn dann die Türe aufging, und zuerst der große Kopf mit dem noch größeren Turban herausguckte, wenn dann das übrige Körperlein nachfolgte, angetan mit einem abgeschabten Mäntelein, weiten Beinkleidern und einem breiten Gürtel, an welchem ein langer Dolch hing, so lang, daß man nicht wußte, ob Muck an dem Dolch, oder der Dolch an Muck stak, wenn er so heraustrat, da ertönte die Luft von unserem Freudengeschrei, wir warfen unsere Mützen in die Höhe, und tanzten wie toll um ihn her. Der kleine Muck aber grüßte uns mit ernsthaftem Kopfnikken, und ging mit langsamen Schritten die Straße hinab, dabei schlurfte er mit den Füßen, denn er hatte große, weite Pantoffeln an, wie ich sie noch nie gesehen. Wir Knaben liefen hinter ihm her und schrien immer: »Kleiner Muck, kleiner Muck!« Auch hatten wir ein lustiges Verslein, das wir, ihm zu Ehren, hie und da sangen, es hieß:

»Kleiner Muck, kleiner Muck,
Wohnst in einem großen Haus,
Gehst nur all vier Wochen aus,
Bist ein braver, kleiner Zwerg,
Hast ein Köpflein wie ein Berg,
Schau dich einmal um und guck,
Lauf und fang uns, kleiner Muck.«

So hatten wir schon oft unser Kurzweil getrieben, und zu meiner Schande muß ich es gestehen, ich trieb's am ärgsten, denn ich zupfte ihn oft am Mäntelein, und einmal trat ich ihm auch von hinten auf die großen Pantoffel, daß er hinfiel. Dies kam mir nun höchst lächerlich vor, aber das Lachen verging mir, als ich den kleinen Muck auf meines Vaters Haus zugehen sah. Er ging richtig hinein und blieb einige Zeit dort. Ich versteckte mich an der Haustüre, und sah den Muck wieder herauskommen, von meinem Vater begleitet, der ihn ehrerbietig an der Hand hielt, und an der Türe unter vielen Bücklingen sich von ihm verabschiedete. Mir war gar nicht wohl zumut, ich blieb daher lange in meinem Versteck; endlich aber trieb mich der Hunger, den ich ärger fürchtete als Schläge, heraus, und demütig und mit gesenktem Kopf trat ich vor meinen Vater. »Du hast, wie ich höre, den guten Muck geschimpft?« sprach er in sehr ernstem Tone. »Ich will dir die Geschichte dieses Muck erzählen, und du wirst ihn gewiß nicht mehr auslachen; vor- und nachher aber, bekommst du das *Gewöhnliche*.« Das Gewöhnliche aber waren 25 Hiebe, die er nur allzu richtig aufzuzählen pflegte. Er nahm daher sein langes Pfeifenrohr, schraubte die Bernsteinmundspitze ab, und bearbeitete mich ärger als je zuvor.

Als die Fünfundzwanzig voll waren befahl er mir, aufzumerken, und erzählte mir von dem kleinen Muck: »Der Vater des kleinen Muck, der eigentlich Mukrah heißt, war ein angesehener, aber armer Mann, hier in Nicea. Er lebte beinahe so einsiedlerisch als jetzt sein Sohn. Diesen konnte er nicht wohl leiden, weil er sich seiner Zwerggestalt schämte, und ließ ihn daher auch in Unwissenheit aufwachsen. Der kleine Muck war noch in seinem sechzehnten Jahr ein lustiges Kind und der Vater, ein ernster Mann, tadelte ihn immer, daß er, der schon längst *die Kinderschuhe zertreten* haben sollte, noch so dumm und läppisch sei.

Der Alte tat aber einmal einen bösen Fall, an welchem er auch starb, und den kleinen Muck arm und unwissend zurückließ. Die harten Verwandten, denen der Verstorbene mehr schuldig war, als er bezahlen konnte, jagten den armen Kleinen aus dem Hause, und rieten ihm, in die Welt hinauszugehen, und sein Glück zu suchen. Der kleine Muck antwortete, er sei schon reisefertig, bat sich aber nur noch den Anzug seines Vaters aus, und dieser wurde ihm auch bewilligt. Sein Vater war ein großer starker Mann gewesen, daher paßten die Kleider nicht. Muck aber wußte bald Rat; er schnitt ab, was zu lang war, und zog dann die Kleider an. Er schien aber vergessen zu haben, daß er auch in der Weite davon schneiden müsse, daher sein sonderbarer Aufzug, wie er noch heute zu sehen ist; der große Turban, der breite Gürtel, die weiten Hosen, das blaue Mäntelein, alles dies sind Erbstücke seines Vaters, die er seitdem getragen; den langen Damaszenerdolch seines Vaters aber steckte er in den Gürtel, ergriff ein Stöcklein, und wanderte zum Tor hinaus.

Fröhlich wanderte er den ganzen Tag, denn er war ja ausgezogen, um sein Glück zu suchen; wenn er einen Scherben auf der Erde im Sonnenschein glänzen sah, so steckte er ihn gewiß zu sich im Glauben, daß er sich in den schönsten Diamant verwandeln werde; sah er in der Ferne die Kuppel einer Moschee wie Feuer strahlen, sah er einen See wie einen Spiegel blinken, so eilte er voll Freude darauf zu, denn er gedachte, in einem Zauberland angekommen zu sein. Aber ach! jene Trugbilder verschwanden in der Nähe, und nur allzubald erinnerte ihn seine Müdigkeit und sein vor Hunger knurrender Magen, daß er noch im Lande der Sterblichen sich befinde. So war er zwei Tage gereist, unter Hunger und Kummer, und verzweifelte sein Glück zu finden; die Früchte des Feldes waren seine einzige Nahrung, die harte Erde sein Nachtlager. Am Morgen des dritten Tages erblickte er von einer Anhöhe eine große Stadt. Hell leuchtete der Halbmond auf ihre Zinnen, bunte Fahnen schimmerten auf den Dächern, und schienen den kleinen Muck zu sich herzuwinken. Überrascht stand er stille und betrachtete Stadt und Gegend; ›Ja dort wird Klein-Muck sein Glück finden‹, sprach er zu sich, und machte trotz seiner Müdigkeit einen Luftsprung, ›*dort* oder *nirgends*.‹ Er raffte alle seine Kräfte zusammen, und schritt auf die Stadt zu. Aber obgleich sie ganz nahe schien, konnte er sie doch erst gegen Mittag erreichen, denn seine kleinen Glieder versagten ihm beinahe gänzlich ihren Dienst, und er mußte sich oft in den Schatten einer Palme setzen, um auszuruhen. Endlich war er an dem Tor der Stadt angelangt. Er legte sein Mäntelein zurecht, band den Turban schöner um, zog den Gürtel noch breiter an, und steckte den langen Dolch schiefer; dann wischte er den Staub von den Schuhen, ergriff sein Stöcklein, und ging mutig zum Tor hinein.

Er war schon einige Straßen durchwandert, aber nirgends öffnete sich eine Türe, nirgends rief man, wie er sich vorgestellt hatte: ›Kleiner Muck, komm herein, und iß und trink und laß deine Füßlein ausruhen.‹

Er schaute gerade auch wieder recht sehnsüchtig an einem großen schönen Haus hinauf, da öffnete sich ein Fenster, eine alte Frau schaute heraus, und rief mit singender Stimme:

›Herbei, herbei
Gekocht ist der Brei,
Den Tisch ließ ich decken
Drum laßt es euch schmecken;
Ihr Nachbarn herbei
Gekocht ist der Brei.‹

Die Türe des Hauses öffnete sich, und Muck sah viele Hunde und Katzen hineingehen. Er stand einige Augenblicke in Zweifel, ob er der Einladung folgen solle, endlich aber faßte er sich ein Herz, und ging in das Haus. Vor ihm her gingen ein paar junge Kätzlein, und er beschloß ihnen zu folgen, weil sie vielleicht die Küche besser wüßten, als er.

Als Muck die Treppe hinaufgestiegen war, begegnete er jener alten Frau, die zum Fenster herausgeschaut hatte. Sie sah ihn mürrisch an, und fragte nach seinem Begehr. ›Du hast ja jedermann zu deinem Brei eingeladen‹, antwortete der kleine Muck, ›und weil ich so gar hungrig bin, bin ich auch gekommen.‹ Die Alte lachte laut und sprach: ›Woher kommst du denn, wunderlicher Gesell? Die ganze Stadt weiß, daß ich für niemand koche, als für meine lieben Katzen, und hie und da lade ich ihnen Gesellschaft aus der Nachbarschaft ein, wie du siehst.‹ Der kleine Muck erzählte der alten Frau, wie es ihm nach seines Vaters Tod so hart ergangen sei, und bat sie, ihn heute mit ihren Katzen speisen zu lassen. Die Frau, welcher die treuherzige Erzählung des Kleinen wohl gefiel, erlaubte ihm, ihr Gast zu sein, und gab ihm reichlich zu essen und zu trinken. Als er gesättigt und gestärkt war, betrachtete ihn die Frau lange, und sagte dann: ›Kleiner Muck, bleibe bei mir in meinem Dienste, du hast geringe Mühe und sollst gut gehalten sein.‹ Der kleine Muck, dem der Katzenbrei geschmeckt hatte, willigte ein, und wurde also der Bediente der Frau Ahavzi. Er hatte einen leichten, aber sonderbaren Dienst. Frau Ahavzi hatte nämlich zwei Kater und vier Katzen, diesen mußte der kleine Muck alle Morgen den Pelz kämmen und mit köstlichen Salben einreiben; wenn die Frau ausging, mußte er auf die Katzen Achtung geben, wenn sie aßen, mußte er ihnen die Schüsseln vorlegen, und nachts mußte er sie auf seidene Polster legen, und sie mit samtenen Decken einhüllen. Auch waren noch einige kleine Hunde im Haus, die er bedienen mußte, doch wurden mit diesen nicht so viele Umstände gemacht, wie mit den Katzen, welche Frau Ahavzi wie ihre eigenen Kinder hielt. Übrigens führte Muck ein so einsames Leben, wie in seines Vaters Haus, denn außer der Frau sah er den ganzen Tag nur Hunde und Katzen. Eine Zeitlang ging es dem kleinen Muck ganz gut, er hatte immer zu essen und wenig zu arbeiten, und die alte Frau schien recht zufrieden mit ihm zu sein; aber nach und nach wurden die Katzen unartig; wenn die Alte ausgegangen war, sprangen sie wie besessen in den Zimmern umher, warfen alles durcheinander, und zerbrachen manches schöne Geschirr, das ihnen im Weg stand. Wenn sie aber die Frau die Treppe heraufkommen hörten, verkrochen sie sich auf ihre Polster, und wedelten ihr mit den Schwänzen entgegen, wie wenn nichts geschehen wäre. Die Frau Ahavzi geriet dann in Zorn, wenn sie ihre Zimmer so verwüstet sah, und schob alles auf Muck, er mochte seine Unschuld beteuern wie er wollte, sie glaubte ihren Katzen, die so unschuldig aussahen, mehr als ihrem Diener.

Der kleine Muck war sehr traurig, daß er also auch hier sein Glück nicht gefunden habe, und beschloß bei sich, den Dienst der Frau Ahavzi zu verlassen. Da er aber auf seiner ersten Reise erfahren hatte, wie schlecht man ohne Geld lebt, so beschloß er den Lohn, den ihm seine Gebieterin immer versprochen, aber nie gegeben hatte, sich auf irgendeine Art zu verschaffen. Es befand sich in dem Hause der Frau Ahavzi ein Zimmer, das immer verschlossen war, und dessen Inneres er nie gesehen hatte, doch hatte er die Frau oft darin rumoren gehört, und er hätte oft für sein Leben gern gewußt, was sie dort versteckt habe. Als er nun an sein Reisegeld dachte, fiel ihm ein, daß dort die Schätze der Frau versteckt sein könnten, aber immer war die Türe fest verschlossen, und er konnte daher den Schätzen nie beikommen.

Eines Morgens, als die Frau Ahavzi ausgegangen war, zupfte ihn eines der

Hundlein, welches von der Frau immer sehr stiefmütterlich behandelt wurde, dessen Gunst er sich aber durch allerlei Liebesdienste in hohem Grade erworben hatte, an seinen weiten Beinkleidern, und gebärdete sich dabei, wie wenn Muck ihm folgen sollte. Muck, welcher gerne mit den Hunden spielte, folgte ihm, und siehe da, das Hundlein führte ihn in die Schlafkammer der Frau Ahavzi, vor eine kleine Tür die er nie zuvor dort bemerkt hatte. Die Türe war halb offen. Das Hundlein ging hinein, und Muck folgte ihm, und wie freudig war er überrascht, als er sah, daß er sich in dem Gemach befinde, das schon lange das Ziel seiner Wünsche war. Er spähte überall umher, ob er kein Geld finden könnte, fand aber nichts, nur alte Kleider, und wunderlich geformte Geschirre standen umher. Eines dieser Geschirre zog seine besondere Aufmerksamkeit auf sich; es war von Kristall, und schöne Figuren waren darauf ausgeschnitten. Er hob es auf, und drehte es nach allen Seiten; aber, o Schrecken! er hatte nicht bemerkt, daß es einen Deckel hatte, der nur leicht darauf hingesetzt war; der Deckel fiel herab, und zerbrach in tausend Stücken.

Lange stand der kleine Muck vor Schrecken leblos; jetzt war sein Schicksal entschieden, jetzt mußte er entfliehen, sonst schlug ihn die Alte tot. Sogleich war auch seine Reise beschlossen, und nur noch einmal wollte er sich umschauen, ob er nichts von den Habseligkeiten der Frau Ahavzi zu seinem Marsch brauchen könnte; da fielen ihm ein Paar mächtig große Pantoffel ins Auge, sie waren zwar nicht schön, aber seine eigenen konnten keine Reise mehr mitmachen, auch zogen ihn jene wegen ihrer Größe an, denn hatte er diese am Fuß, so mußten ihm hoffentlich alle Leute ansehen, daß er die Kinderschuhe vertreten habe. Er zog also schnell seine Töffelein aus, und fuhr in die großen hinein, ein Spazierstöcklein mit einem schön geschnittenen Löwenkopf schien ihm auch hier allzu müßig in der Ecke zu stehen, er nahm es also mit, und eilte zum Zimmer hinaus. Schnell ging er jetzt auf seine Kammer, zog sein Mäntelein an, setzte den väterlichen Turban auf, steckte den Dolch in den Gürtel und lief, so schnell ihn eine Füße trugen, zum Haus und zur Stadt hinaus. Vor der Stadt lief er, aus Angst vor der Alten, immer weiter fort, bis er vor Müdigkeit beinahe nicht mehr konnte. So schnell war er in seinem ganzen Leben nicht gegangen, ja es schien ihm, als könne er gar nicht aufhören zu rennen, denn eine unsichtbare Gewalt schien ihn fortzureißen. Endlich bemerkte er, daß es mit den Pantoffeln eine eigene Bewandtnis haben müsse, denn diese schossen immer fort, und führten ihn mit sich. Er versuchte auf allerlei Weise, stillzustehen, aber es wollte nicht gelingen; da rief er in der höchsten Not, wie man den Pferden zuruft, sich selbst zu: ›Oh – oh, halt, oh!‹ Da hielten die Pantoffeln, und Muck warf sich erschöpft auf die Erde nieder.

Die Pantoffeln freuten ihn ungemein; so hatte er sich denn doch durch seine Dienste etwas erworben, das ihm in der Welt, auf seinem Weg das Glück zu suchen, forthelfen konnte. Er schlief, trotz seiner Freude, vor Erschöpfung ein, denn das Körperlein des kleinen Muck, das einen so schweren Kopf zu tragen hatte, konnte nicht viel aushalten. Im Traum erschien ihm das Hundlein, welches ihm im Hause der Frau Ahavzi zu den Pantoffeln verholfen hatte, und sprach zu ihm: ›Lieber Muck, du verstehst den Gebrauch der Pantoffeln noch nicht recht; wisse, daß wenn du dich in ihnen dreimal auf dem Absatz herumdrehst, so kannst du hinfliegen, wohin du nur willst, und mit dem Stöcklein kannst du Schätze finden, denn wo Gold vergraben ist, da wird es dreimal auf die Erde schlagen, bei Silber aber zweimal.‹ So träumte der kleine Muck; als er aber aufwachte, dachte er über den wunderbaren Traum nach, und beschloß alsbald einen Versuch zu machen. Er zog die Pantoffel an, lupfte einen Fuß, und begann sich auf dem Absatz umzudrehen. Wer es aber jemals versucht hat, in einem ungeheuer weiten Pantoffel dieses Kunststück dreimal hintereinander zu machen, der wird sich nicht wundern, wenn es dem kleinen Muck nicht gleich glückte, besonders wenn man bedenkt, daß ihn sein schwerer Kopf bald auf diese bald auf jene Seite hinüberzog.

Der arme Kleine fiel einigemal tüchtig auf die Nase, doch ließ er sich nicht abschrecken, den Versuch zu wiederholen, und endlich glückte es. Wie ein Rad fuhr er auf seinem Absatz herum, wünschte sich in die nächste große Stadt, und – die Pantoffeln ruderten hinauf in die Lüfte, liefen mit Windeseile durch die Wolken, und ehe sich der kleine Muck noch besinnen konnte, wie ihm geschah, befand er sich schon auf einem großen Marktplatz, wo viele Buden aufgeschlagen waren, und unzählige Menschen geschäftig hin und her liefen. Er ging unter den Leuten hin und her, hielt es aber bald für ratsamer, sich in eine einsamere Straße zu begeben, denn auf dem Markt trat ihm bald da einer auf die Pantoffel, daß er beinahe umfiel, bald stieß er mit seinem weit hinausstehenden Dolch einen oder den andern an, daß er mit Mühe den Schlägen entging.

Der kleine Muck bedachte nun ernstlich, was er wohl anfangen könnte, um sich ein Stück Geld zu verdienen; er hatte zwar ein Stäblein, das ihm verborgene Schätze anzeigte, aber wo sollte er gleich einen Platz finden, wo Gold oder Silber vergraben wäre? Auch hätte er sich zur Not für Geld sehen lassen können, aber dazu war er doch zu stolz. Endlich fiel ihm die Schnelligkeit seiner Füße ein, vielleicht, dachte er, können mir meine Pantoffel Unterhalt gewähren, und er beschloß, sich als Schnelläufer zu verdingen. Da er aber hoffen durfte, daß der König dieser Stadt solche Dienste am besten bezahle, so erfragte er den Palast. Unter dem Tor des Palastes stand eine

Wache, die ihn fragte, was er hier zu suchen habe. Auf seine Antwort, daß er einen Dienst suche, wies man ihn zum Aufseher der Sklaven. Diesem trug er sein Anliegen vor, und bat ihn, ihm einen Dienst unter den königlichen Boten zu besorgen. Der Aufseher maß ihn mit seinen Augen von Kopf bis zu den Füßen, und sprach: ›Wie, mit deinen Füßlein, die kaum so lang als eine Spanne sind, willst du königlicher Schnelläufer werden? hebe dich weg, ich bin nicht dazu da, mit jedem Narren Kurzweil zu machen.‹ Der kleine Muck versicherte ihn aber, daß es ihm vollkommen ernst sei mit seinem Antrag, und daß er es mit dem Schnellsten auf eine Wette ankommen lassen wollte. Dem Aufseher kam die Sache gar lächerlich vor; er befahl ihm, sich bis auf den Abend zu einem Wettlauf bereit zu halten, führte ihn in die Küche, und sorgte dafür, daß ihm gehörig Speis und Trank gereicht wurde; er selbst aber begab sich zum König, und erzählte ihm vom kleinen Muck und seinem Anerbieten. Der König war ein lustiger Herr, daher gefiel es ihm wohl, daß der Aufseher der Sklaven den kleinen Menschen zu einem Spaß behalten habe, er befahl ihm, auf einer großen Wiese hinter dem Schloß Anstalten zu treffen, daß das Wettlaufen mit Bequemlichkeit von seinem ganzen Hofstaat könnte gesehen werden, und empfahl ihm nochmals große Sorgfalt für den Zwerg zu haben. Der König erzählte seinen Prinzen und Prinzessinnen, was sie diesen Abend für ein Schauspiel haben werden, diese erzählten es wieder ihren Dienern, und als der Abend herankam, war man in gespannter Erwartung, und alles, was Füße hatte, strömte hinaus auf die Wiese, wo Gerüste aufgeschlagen waren, um den großsprecherischen Zwerg laufen zu sehen.

Als der König und seine Söhne und Töchter auf dem Gerüst Platz genommen hatten, trat der kleine Muck heraus auf die Wiese, und machte vor den hohen Herrschaften eine überaus zierliche Verbeugung. Ein allgemeines Freudengeschrei ertönte, als man den Kleinen ansichtig wurde; eine solche Figur hatte man dort noch nie gesehen. Das Körperlein mit dem mächtigen Kopf, das Mäntelein und die weiten Beinkleider, der lange Dolch in dem breiten Gürtel, die kleinen Füßlein in den weiten Pantoffeln – nein! es war zu drollig anzusehen, als daß man nicht hätte laut lachen sollen. Der kleine Muck ließ sich aber durch das Gelächter nicht irremachen; er stellte sich stolz, auf sein Stöcklein gestützt, hin, und erwartete seinen Gegner. Der Aufseher der Sklaven hatte, nach Mucks eigenem Wunsche, den besten Läufer ausgesucht; dieser trat nun heraus, stellte sich neben den Kleinen, und beide harrten auf das Zeichen. Da winkte die Prinzessin Amarza, wie es ausgemacht war, mit ihrem Schleier, und wie zwei Pfeile auf dasselbe Ziel abgeschossen, flogen die beiden Wettläufer über die Wiese hin.

Von Anfang hatte Mucks Gegner einen bedeutenden Vorsprung, aber dieser jagte ihm auf seinem Pantoffelfuhrwerk nach, holte ihn ein, überfing ihn, und stand längst am Ziele, als jener noch, nach Luft schnappend, daherlief. Verwunderung und Staunen fesselte einige Augenblicke die Zuschauer, als aber der König zuerst in die Hände klatschte, da jauchzte die Menge, und alle riefen: ›Hoch lebe der kleine Muck, der Sieger im Wettlauf!‹

Man hatte indes den kleinen Muck herbeigebracht, er warf sich vor dem König nieder, und sprach: ›Großmächtigster König, ich habe dir hier nur eine kleine Probe meiner Kunst gegeben, wolle nur gestatten, daß man mir eine Stelle unter deinen Läufern gebe‹; der König aber antwortete ihm: ›Nein, du sollst mein Leibläufer, und immer um meine Person sein, lieber Muck, jährlich sollst du hundert Goldstücke erhalten als Lohn, und an der Tafel meiner ersten Diener sollst du speisen.‹

So glaubte denn Muck, endlich das Glück gefunden zu haben, das er so lange suchte, und war fröhlich und wohlgemut in seinem Herzen. Auch erfreute er sich der besonderen Gnade des Königes, denn dieser gebrauchte ihn zu seinen schnellsten und geheimsten Sendungen, die er dann mit der größten Genauigkeit und mit unbegreiflicher Schnelle besorgte.

Aber die übrigen Diener des Königes waren ihm gar nicht zugetan, weil sie sich ungern durch einen Zwerg, der nichts verstand als schnell zu laufen, in der Gunst ihres Herren zurückgesetzt sahen. Sie veranstalteten daher manche Verschwörung gegen ihn, um ihn zu stürzen, aber alle schlugen fehl an dem großen Zutrauen, das der König in seinen Geheimen Oberleibläufer (denn zu dieser Würde hatte er es in so kurzer Zeit gebracht) setzte.

Muck, dem diese Bewegungen gegen ihn nicht entgingen, sann nicht auf Rache, dazu hatte er ein zu gutes Herz, nein, auf Mittel dachte er, sich bei seinen Feinden notwendig und beliebt zu machen. Da fiel ihm sein Stäbchen, das er in seinem Glück außer acht gelassen hatte, ein; wenn er Schätze finde, dachte er, werden ihm die Herren schon geneigter werden. Er hatte schon oft gehört, daß der Vater des jetzigen Königs viele seiner Schätze vergraben habe, als der Feind sein Land überfallen, man sagte auch, er sei darüber gestorben, ohne daß er sein Geheimnis habe seinem Sohn mitteilen können. Von nun an nahm Muck immer sein Stöcklein mit, in der Hoffnung, einmal an einem Ort vorüberzugehen, wo das Gold des alten Königs vergraben sei. Eines Abends führte ihn der Zufall in einen entlegenen Teil des Schloßgartens, den er wenig besuchte, und plötzlich fühlt er das Stäblein in seiner Hand zucken, und dreimal schlug es gegen den Boden. Nun wußte er schon, was dies zu bedeuten hatte. Er zog daher seinen Dolch heraus, machte ein Zeichen in die umstehenden Bäume, und schlich sich wieder in das Schloß; dort verschaffte er sich einen Spaten, und wartete die Nacht zu seinem Unternehmen ab.

Das Schatzgraben selbst machte übrigens dem kleinen Muck mehr zu schaffen, als er geglaubt hatte.

Seine Arme waren gar schwach, sein Spaten aber groß und schwer; und er mochte wohl schon zwei Stunden gearbeitet haben, ehe er ein paar Fuß tief gegraben hatte. Endlich stieß er auf etwas Hartes, das wie Eisen klang. Er grub jetzt emsiger, und bald hatte er einen großen eisernen Deckel zutage gefördert; er stieg selbst in die Grube hinab, um nachzuspähen, was wohl der Deckel könnte bedeckt haben, und fand richtig einen großen Topf mit Goldstücken angefüllt. Aber seine schwachen Kräfte reichten nicht hin, den Topf zu heben, daher steckte er in seine Beinkleider und seinen Gürtel soviel er zu tragen vermochte, und auch sein Mäntelein füllte er damit, bedeckte das übrige wieder sorgfältig, und lud es auf den Rücken. Aber wahrlich, wenn er die Pantoffel nicht an den Füßen gehabt hätte, er wäre nicht vom Fleck gekommen, so zog ihn die Last des Goldes nieder. Doch unbemerkt kam er bis auf sein Zimmer, und verwahrte dort sein Gold unter den Polstern seines Sofas.

Als der kleine Muck sich im Besitz so vielen Goldes sah, glaubte er das Blatt werde sich jetzt wenden, und er werde sich unter seinen Feinden am Hofe viele Gönner und warme Anhänger erwerben. Aber schon daran konnte man erkennen, daß der gute Muck keine gar sorgfältige Erziehung genossen haben mußte, sonst hätte er sich wohl nicht einbilden können, durch Gold wahre Freunde zu gewinnen. Ach! daß er damals seine Pantoffel geschmiert, und sich mit seinem Mäntelein voll Gold aus dem Staub gemacht hätte!

Das Gold, das der kleine Muck von jetzt an mit vollen Händen austeilte, erweckte den Neid der übrigen Hofbedienten. Der Küchenmeister Ahuli sagte: ›Er ist ein Falschmünzer‹, der Sklavenaufseher Achmet sagte: ›Er hat's dem König abgeschwatzt‹, Archaz, der Schatzmeister aber, sein ärgster Feind, der selbst hie und da einen Griff in des Königs Kasse tun mochte, sagte geradezu: ›Er hat's gestohlen.‹ Um nun ihrer Sache gewiß zu sein, verabredeten sie sich, und der Obermundschenk Korchuz stellte sich eines Tages recht traurig und niedergeschlagen vor den Augen des Königs. Er machte seine traurigen Gebärden so auffallend, daß ihn der König fragte, was ihm fehle. ›Ach!‹ antwortete er, ›ich bin traurig, daß ich die Gnade meines Herrn verloren habe.‹ ›Was fabelst du Freund Korchuz‹, entgegnete ihm der König, ›seit wann hätte ich die Sonne meiner Gnade nicht über dich leuchten lassen?‹ Der Obermundschenk antwortete ihm, daß er ja den Geheimen Oberleibläufer mit Gold belade, seinen armen treuen Dienern aber nichts gebe.

Der König war sehr erstaunt über diese Nachricht, ließ sich die Goldausteilungen des kleinen Muck erzählen, und die Verschworenen brachten ihm leicht den Verdacht bei, daß Muck auf irgendeine Art das Geld aus der Schatzkammer gestohlen habe. Sehr lieb war diese Wendung der Sache dem Schatzmeister, der ohnehin nicht gerne Rechnung ablegte. Der König gab daher den Befehl, heimlich auf alle Schritte des kleinen Muck achtzugeben, um ihn womöglich auf der Tat zu ertappen. Als nun in der Nacht, die auf diesen Unglückstag folgte, der kleine Muck, da er durch seine Freigebigkeit seine Kasse sehr erschöpft sah, den Spaten nahm, und in den Schloßgarten schlich, um dort von seinem geheimen Schatze neuen Vorrat zu holen, folgten ihm von weitem die Wachen, von dem Küchenmeister Ahuli und Archaz, dem Schatzmeister, angeführt, und in dem Augenblick, da er das Gold aus dem Topf in sein Mäntelein legen wollte, fielen sie über ihn her, banden ihn, und führten ihn sogleich vor den König. Dieser, den ohnehin die Unterbrechung seines Schlafes mürrisch gemacht hatte, empfing seinen armen Geheimen Oberleibläufer sehr ungnädig, und stellte sogleich das Verhör über ihn an. Man hatte den Topf vollends aus der Erde gegraben, und mit dem Spaten und dem Mäntelein voll Gold vor die Füße des Königs gesetzt. Der Schatzmeister sagte aus, daß er mit seinen Wachen den Muck überrascht habe, wie er diesen Topf mit Gold gerade in die Erde gegraben habe.

Der König befragte hierauf den Angeklagten, ob es wahr sei, und woher er das Gold, das er vergraben, bekommen habe.

Der kleine Muck, im Gefühl sein Unschuld, sagte aus, daß er diesen Topf im Garten entdeckt habe, daß er ihn habe nicht *ein-* sondern *aus*graben wollen.

Alle Anwesenden lachten laut über diese Entschuldigung, der König aber, aufs höchste erzürnt über die vermeintliche Frechheit des Kleinen, rief aus: ›Wie Elender! Du willst deinen König so dumm und schändlich belügen, nachdem du ihn bestohlen hast? Schatzmeister Archaz! ich fordre dich auf, zu sagen, ob du diese Summe Goldes für die nämliche erkennst, die meinem Schatze fehlt?‹

Der Schatzmeister aber antwortete: er sei seiner Sache ganz gewiß, so viel und noch mehr fehle seit einiger Zeit in dem königlichen Schatz, und er könnte einen Eid darauf ablegen, daß dies das Gestohlene sei.

Da befahl der König den kleinen Muck in enge Ketten zu legen, und in den Turm zu führen, dem Schatzmeister aber übergab er das Gold, um es wieder in den Schatz zu tragen. Vergnügt über den glücklichen Ausgang der Sache zog dieser ab, und zählte zu Hause die blinkenden Goldstücke; aber das hat dieser schlechte Mann niemals angezeigt, daß unten in dem Topf ein Zettel lag, der sagte: ›Der Feind hat mein Land überschwemmt, daher verberge ich hier einen Teil meiner Schätze; wer es auch finden mag, den treffe der Fluch seines Königs, wenn er es nicht sogleich meinem Sohne ausliefert. – König Sadi‹.

Der kleine Muck stellte in seinem Kerker traurige Betrachtungen an; er wußte, daß auf Diebstahl an königlichen Sachen der Tod gesetzt war; und doch mochte er das Geheimnis mit dem Stäbchen dem König nicht verraten, weil er mit Recht fürchtete, dieses und seiner Pantoffel beraubt zu werden. Seine Pantoffel konnten ihm, leider! auch keine Hülfe bringen, denn da er in engen Ketten an die Mauer geschlossen war, konnte er, sosehr er sich quälte, sich nicht auf dem Absatz umdrehen. Als ihm aber am andern Tage sein Tod angekündigt wurde, da gedachte er doch, es sei besser ohne das Zauberstäbchen zu leben, als mit ihm zu sterben, ließ den König um geheimes Gehör bitten, und entdeckte ihm das Geheimnis. Der König maß von Anfang seinem Geständnis keinen Glauben bei; aber der kleine Muck versprach eine Probe, wenn ihm der König zugestünde, daß er nicht getötet werden solle. Der König gab ihm sein Wort darauf, und ließ, von Muck ungesehen, einiges Gold in die Erde graben, und befahl diesem mit seinem Stäbchen zu suchen. In wenigen Augenblicken hatte er es gefunden: denn das Stäbchen schlug deutlich dreimal auf die Erde. Da merkte der König, daß ihn sein Schatzmeister betrogen hatte, und sandte ihm, wie es im Morgenland gebräuchlich ist, *eine seidene Schnur*, damit er sich selbst erdroßle. Zum kleinen Muck aber sprach er: ›Ich habe dir zwar dein Leben versprochen, aber es scheint mir, als ob du nicht nur allein dieses Geheimnis mit dem Stäbchen besitzest; darum bleibst du in ewiger Gefangenschaft, wenn du nicht gestehst, was für eine Bewandtnis es mit deinem Schnellaufen hat.‹ Der kleine Muck, dem die einzige Nacht im Turm alle Lust zu längerer Gefangenschaft benommen hatte, bekannte, daß seine ganze Kunst in den Pantoffeln liege, doch lehrte er den König nicht das Geheimnis, von dem dreimaligen Umdrehen auf dem Absatz. Der König schlüpfte selbst in die Pantoffel, um die Probe zu machen, und jagte wie unsinnig im Garten umher; oft wollte er anhalten, aber er wußte nicht, wie man die Pantoffel zum Stehen brachte, und der kleine Muck, der diese kleine Rache sich nicht versagen konnte, ließ ihn laufen, bis er ohnmächtig niederfiel.

Als der König wieder zur Besinnung zurückgekehrt war, war er schrecklich aufgebracht über den kleinen Muck, der ihn so ganz außer Atem hatte laufen lassen: ›Ich habe dir mein Wort gegeben, dir Freiheit und Leben zu schenken, aber innerhalb 12 Stunden mußt du mein Land verlassen haben, sonst lasse ich dich aufknüpfen.‹ Die Pantoffel und das Stäbchen aber ließ er in seine Schatzkammer legen.

So arm als je wanderte der kleine Muck zum Land hinaus, seine Torheit verwünschend, die ihm vorgespiegelt hatte, er könne eine bedeutende Rolle am Hofe spielen. Das Land, aus dem er gejagt wurde, war zum Glück nicht groß, daher war er schon nach acht Stunden auf der Grenze, obgleich ihm das Gehen, da er an seine lieben Pantoffel gewöhnt war, sehr sauer ankam.

Als er über der Grenze war, verließ er die gewöhnliche Straße, um die dichteste Einöde der Wälder aufzusuchen, und dort nur sich zu leben, denn er war allen Menschen gram. In einem dichten Walde traf er auf einen Platz, der ihm zu dem Entschluß, den er gefaßt hatte, ganz tauglich schien. Ein klarer Bach, von großen schattigen Feigenbäumen umgeben, ein weicher Rasen luden ihn ein, hier warf er sich nieder, mit dem Entschluß, keine Speise mehr zu sich zu nehmen, sondern hier den Tod zu erwarten. Über traurige Todesbetrachtungen schlief er ein, als er aber wieder aufwachte, und der Hunger ihn zu quälen anfing, bedachte er doch, daß der Hungertod eine gefährliche Sache sei, und sah sich um, ob er nirgends etwas zu essen bekommen könnte.

Köstliche reife Feigen hingen an dem Baume, unter welchem er geschlafen hatte, er stieg hinauf, um sich einige zu pflücken, ließ es sich trefflich schmecken, und ging dann hinunter an den Bach, um seinen Durst zu löschen. Aber wie groß war sein Schrecken, als ihm das Wasser seinen Kopf mit zwei gewaltigen Ohren und einer dicken langen Nase geschmückt zeigte! Bestürzt griff er mit den Händen nach den Ohren, und wirklich, sie waren über eine halbe Elle lang.

›Ich verdiene Eselsohren!‹ rief er aus, ›denn ich habe mein Glück wie ein Esel mit Füßen getreten.‹ – Er wanderte nun unter den Bäumen umher, und als er wieder Hunger fühlte, mußte er noch einmal zu den Feigen seine Zuflucht nehmen, denn sonst fand er nichts Eßbares an den Bäumen. Als ihm über der zweiten Portion Feigen einfiel, ob wohl seine Ohren nicht unter seinem großen Turban Platz hätten, damit er doch nicht gar zu lächerlich aussehe, fühlte er, daß seine Ohren verschwunden seien. Er lief gleich an den Bach zurück, um sich davon zu überzeugen, und wirklich, es war so, seine Ohren hatten ihre vorige Gestalt, seine lange unförmliche Nase war nicht mehr. Jetzt merkte er aber, wie dies gekommen war; von dem ersten Feigenbaum hatte er die lange Nase und Ohren bekommen, der zweite hatte ihn geheilt; freudig erkannte er, daß sein gütiges Geschick ihm noch einmal ein Mittel in die Hand gebe, glücklich zu sein. Er pflückte daher von jedem Baum soviel er tragen konnte, und ging in das Land zurück, das er vor kurzem verlassen hatte. Dort machte er sich in dem ersten Städtchen durch andere Kleider ganz unkenntlich, und ging dann weiter auf die Stadt zu, die jener König bewohnte, und kam auch bald dort an.

Es war gerade zu einer Jahreszeit, wo reife Früchte noch ziemlich selten waren; der kleine Muck setzte sich daher unter das Tor des Palastes, denn ihm war von früherer Zeit her wohl bekannt, daß hier solche Seltenheiten von dem Küchenmeister für die königliche Tafel eingekauft wurden. Muck hatte noch nicht lange gesessen, als er den Küchenmeister über den Hof herüberschreiten sah. Er musterte die Waren der Verkäufer, die sich am Tor des Palastes eingefunden hatten, endlich fiel sein Blick auf Mucks Körbchen. ›Ah! ein seltener Bissen‹, sagte er, ›der Ihro Majestät gewiß behagen wird; was willst du für den ganzen Korb?‹ Der kleine Muck bestimmte einen mäßigen Preis, und sie waren bald des Handels einig. Der Küchenmeister übergab den Korb einem Sklaven, und ging weiter; der kleine Muck aber machte sich einstweilen aus dem Staub, weil er befürchtete, wenn sich das Unglück an den Köpfen des Hofes zeige, möchte man ihn als Verkäufer aufsuchen und bestrafen.

Der König war über Tisch sehr heiter gestimmt, und sagte seinem Küchenmeister einmal über das andere Lobsprüche wegen seiner guten Küche und der Sorgfalt, mit der er immer das Seltenste für ihn aussuche; der Küchenmeister aber, welcher wohl wußte, welchen Leckerbissen er noch im Hintergrund habe, schmunzelte gar freundlich, und ließ nur einzelne Worte fallen, als: ›Es ist erst noch nicht aller Tage Abend‹, oder: ›Ende gut, alles gut‹, so, daß die Prinzessinnen sehr neugierig wurden, was er wohl noch bringen werde. Als er aber die schönen einladenden Feigen aufsetzen ließ, da entfloh ein allgemeines Ah! dem Munde der Anwesenden. ›Wie reif, wie appetitlich!‹ rief der König, ›Küchenmeister, du bist ein ganzer Kerl, und verdienst unsere ganz besondere Gnade!‹ Also sprechend teilte der König, der mit solchen Leckerbissen sehr sparsam zu sein pflegte, mit eigener Hand die Feigen an seiner Tafel aus. Jeder Prinz und jede Prinzessin bekam zwei, die Hofdamen und die Veziere und Agas eine, die übrigen stellte er vor sich hin, und begann mit großem Behagen sie zu verschlingen.

›Aber lieber Gott, wie siehst du so wunderlich aus, Vater‹, rief auf einmal die Prinzessin Amarza. Alle sehen den König erstaunt an, ungeheure Ohren hingen ihm am Kopf, eine lange Nase zog sich über sein Kinn herunter; auch sich selbst betrachteten sie untereinander mit Staunen und Schrecken, alle waren mehr oder minder mit dem sonderbaren Kopfputz geschmückt.

Man denke sich den Schrecken des Hofes! Man schickte sogleich nach allen Ärzten der Stadt, sie kamen haufenweise, verordneten Pillen und Mixturen, aber die Ohren und die Nasen blieben. Man operierte einen der Prinzen, aber die Ohren wuchsen nach.

Muck hatte die ganzer Geschichte in seinem Versteck, wohin er sich zurückgezogen hatte, gehört, und erkannte, daß es jetzt Zeit sei, zu handeln. Er hatte sich schon vorher von dem aus den Feigen gelösten Geld einen Anzug verschafft, der ihn als Gelehrten darstellen konnte; ein langer Bart aus

Ziegenhaaren vollendete die Täuschung. Mit einem Säckchen voll Feigen wanderte er in den Palast des Königs, und bot als fremder Arzt seine Hülfe an. Man war von Anfang sehr ungläubig, als aber der kleine Muck eine Feige einem der Prinzen zu essen gab, und Ohren und Nase dadurch in den alten Zustand zurückbrachte, da wollte alles von dem fremden Arzte geheilt sein. Aber der König nahm ihn schweigend bei der Hand, und führte ihn in sein Gemach; dort schloß er eine Tür auf, die in die Schatzkammer führte, und winkte Muck, ihm zu folgen. ›Hier sind meine Schätze‹, sprach der König, ›wähle dir, was es auch sei, es soll dir gewährt werden, wenn du mich von diesem schmachvollen Übel befreist‹; das war süße Musik in des kleinen Mucks Ohren; er hatte gleich beim Eintritt seine Pantoffel auf dem Boden stehen sehen, gleich daneben lag auch sein Stäbchen. Er ging nun umher in dem Saal, wie wenn er die Schätze des Königs bewundern wollte; kaum aber war er an seine Pantoffel gekommen, so schlüpfte er eilends hinein, ergriff sein Stäbchen, riß seinen falschen Bart herab, und zeigte dem erstaunten König das wohlbekannte Gesicht seines verstoßenen Mucks. ›Treuloser König‹, sprach er, ›der du treue Dienste mit Undank lohnst, nimm als wohlverdiente Strafe die Mißgestalt die du trägst. Die Ohren laß ich dir zurück, damit sie dich täglich erinnern an den kleinen Muck.‹ Als er so gesprochen hatte, drehte er sich schnell auf dem Absatz herum, wünschte sich weit hinweg, und ehe noch der König um Hülfe rufen konnte, war der kleine Muck entflohen. Seitdem lebt der Kleine hier in großem Wohlstand aber einsam, denn er verachtet die Menschen. Er ist durch Erfahrung ein weiser Mann geworden, welcher, wenn auch sein Äußeres etwas Auffallendes haben mag, deine Bewunderung mehr als deinen Spott verdient.«

Der Zwerg Nase

Herr! diejenigen tun sehr unrecht, welche glauben, es habe nur zu Zeiten Haruns Al-Raschid, des Beherrschers von Bagdad, Feen und Zauberer gegeben, oder die gar behaupten, jene Berichte von dem Treiben der Genien und ihrer Fürsten, welche man von den Erzählern auf den Märkten der Stadt hört, seien unwahr. Noch heute gibt es Feen, und es ist nicht so lange her, daß ich selbst Zeuge einer Begebenheit war, wo offenbar die Genien im Spiel waren, wie ich Euch berichten werde.

In einer bedeutenden Stadt meines lieben Vaterlandes, Deutschlands, lebte vor vielen Jahren ein Schuster mit seiner Frau, schlicht und recht. Er saß bei Tag an der Ecke der Straße und flickte Schuhe und Pantoffel, und machte wohl auch neue, wenn ihm einer welche anvertrauen mochte; doch mußte er dann das Leder erst einkaufen, denn er war arm und hatte keine Vorräte. Seine Frau verkaufte Gemüse und Früchte, die sie in einem kleinen Gärtchen vor dem Tore pflanzte, und viele Leute kauften gerne bei ihr, weil sie reinlich und sauber gekleidet war, und ihr Gemüse auf gefällige Art auszubreiten und zu legen wußte.

Die beiden Leutchen hatten einen schönen Knaben, angenehm von Gesicht, wohlgestaltet, und für das Alter von acht Jahren schon ziemlich groß. Er pflegte gewöhnlich bei der Mutter auf dem Gemüsemarkt zu sitzen, und den Weibern oder Köchen, die viel bei der Schustersfrau eingekauft hatten, trug er wohl auch einen Teil der Früchte nach Hause, und selten kam er von einem solchen Gang zurück, ohne eine schöne Blume, oder ein Stückchen Geld, oder Kuchen; denn die Herrschaften dieser Köche sahen es gerne, wenn man den schönen Knaben mit nach Hause brachte, und beschenkten ihn immer reichlich.

Eines Tages saß die Frau des Schusters wieder wie gewöhnlich auf dem Markte, sie hatte vor sich einige Körbe mit Kohl und anderem Gemüse, allerlei Kräuter und Sämereien, auch in einem kleineren Körbchen frühe Birnen, Äpfel und Aprikosen. Der kleine Jakob, so hieß der Knabe, saß neben ihr und rief mit heller Stimme die Waren aus: »Hieher ihr Herren, seht, welch schöner Kohl, wie wohlriechend diese Kräuter; frühe Birnen, ihr Frauen, frühe Äpfel und Aprikosen, wer kauft? meine Mutter gibt es wohlfeil.« So rief der Knabe. Da kam ein altes Weib über den Markt her; sie sah etwas zerrissen und zerlumpt aus, hatte ein kleines, spitziges Gesicht, vom Alter ganz eingefurcht, rote Augen, und eine spitzige, gebogene Nase, die gegen das Kinn hinabstrebte; sie ging an einem langen Stock, und doch konnte man nicht sagen, wie sie ging; denn sie hinkte und rutschte und wankte, es war, als habe sie Räder in den Beinen, und könne alle Augenblicke umstülpen und mit der spitzigen Nase aufs Pflaster fallen.

Die Frau des Schusters betrachtete dieses Weib aufmerksam. Es waren jetzt doch schon sechzehn Jahre, daß sie täglich auf dem Markte saß, und nie hatte sie diese sonderbare Gestalt bemerkt. Aber sie erschrak unwillkürlich, als die Alte auf sie zuhinkte und an ihren Körben stillestand.

»Seid Ihr Hanne, die Gemüsehändlerin?« fragte das alte Weib mit unangenehmer, krächzender Stimme, indem sie beständig den Kopf hin und her schüttelte.

»Ja, die bin ich«, antwortete die Schustersfrau; »ist Euch etwas gefällig?«

»Wollen sehen, wollen sehen! Kräutlein schauen, Kräutlein schauen; ob du hast, was ich brauche?« antwortete die Alte, beugte sich nieder vor den Körben, und fuhr mit ein Paar dunkelbraunen, häßlichen Händen in den

Kräuterkorb hinein, packte die Kräutlein, die so schön und zierlich ausgebreitet waren, mit ihren langen Spinnenfingern, brachte sie dann eines um das andere hinauf an die lange Nase und beroch sie hin und her. Der Frau des Schusters wollte es fast das Herz abdrücken, wie sie das alte Weib also mit ihren seltenen Kräutern hantieren sah; aber sie wagte nichts zu sagen; denn es war das Recht des Käufers, die Ware zu prüfen, und überdies empfand sie ein sonderbares Grauen vor dem Weibe. Als jene den ganzen Korb durchgemustert hatte, murmelte sie: »Schlechtes Zeug, schlechtes Kraut, nichts von allem, was ich will, war viel besser vor fünfzig Jahren; schlechtes Zeug! schlechtes Zeug!«

Solche Reden verdrossen nun den kleinen Jakob. »Höre, du bist ein unverschämtes, altes Weib«, rief er unmutig, »erst fährst du mit deinen garstigen braunen Fingern in die schönen Kräuter hinein, und drückst sie zusammen, dann hältst du sie an deine lange Nase, daß sie niemand mehr kaufen mag, wer zugesehen, und jetzt schimpfst du noch unsere Ware schlechtes Zeug, und doch kauft selbst der Koch des Herzogs alles bei uns!«

Das alte Weib schielte den mutigen Knaben an, lachte widerlich und sprach mit heiserer Stimme: »Söhnchen, Söhnchen! also gefällt dir meine Nase, meine schöne lange Nase, sollst auch eine haben, mitten im Gesicht bis übers Kinn herab.« Während sie so sprach, rutschte sie an den anderen Korb, in welchem Kohl ausgelegt war. Sie nahm die herrlichsten, weißen Kohlhäupter in die Hand, drückte sie zusammen, daß sie ächzten, warf sie dann wieder unordentlich in den Korb und sprach auch hier: »schlechte Ware, schlechter Kohl!«

»Wackle nur nicht so garstig mit dem Kopf hin und her«, rief der Kleine ängstlich, »dein Hals ist ja so dünne wie ein Kohlstengel, der könnte leicht abbrechen, und dann fiele dein Kopf hinein in den Korb; wer wollte dann noch kaufen!«

»Gefallen sie dir nicht, die dünnen Hälse?« murmelte die Alte lachend. »Sollst gar keinen haben, Kopf muß in den Schultern stecken, daß er nicht herabfällt vom kleinen Körperlein.«

»Schwatzt doch nicht so unnützes Zeug mit dem Kleinen da«, sagte endlich die Frau des Schusters, im Unmut über das lange Prüfen, Mustern und Beriechen, »wenn Ihr etwas kaufen wollt, so sputet Euch, Ihr verscheucht mir ja die andern Kunden.«

»Gut, es sei wie du sagst«, rief die Alte mit grimmigem Blick, »ich will dir diese sechs Kohlhäupter abkaufen; aber siehe, ich muß mich auf den Stab stützen und kann nichts tragen, erlaube deinem Söhnlein, daß es mir die Ware nach Hause bringt, ich will es dafür belohnen.«

Der Kleine wollte nicht mitgehen und weinte; denn ihm graute vor der häßlichen Frau, aber die Mutter befahl es ihm ernstlich, weil sie es doch für eine Sünde hielt, der alten schwächlichen Frau diese Last allein aufzubürden; halb weinend tat er, wie sie befohlen, raffte die Kohlhäupter in ein Tuch zusammen, und folgte dem alten Weibe über den Markt hin.

Es ging nicht sehr schnell bei ihr, und sie brauchte beinahe drei Viertelstunden, bis sie in einen ganz entlegenen Teil der Stadt kam, und endlich vor einem kleinen baufälligen Hause stillhielt. Dort zog sie einen alten, rostigen Haken aus der Tasche, fuhr damit geschickt in ein kleines Loch in der Türe, und plötzlich sprang diese krachend auf. Aber wie war der kleine Jakob überrascht, als er eintrat! Das Innere des Hauses war prachtvoll ausgeschmückt, von Marmor war die Decke und die Wände, die Gerätschaften vom schönsten Ebenholz, mit Gold und geschliffenen Steinen eingelegt, der Boden aber war von Glas und so glatt, daß der Kleine einigemal ausgleitete und umfiel. Die Alte aber zog ein silbernes Pfeifchen aus der Tasche, und pfiff eine Weise darauf, die gellend durch das Haus tönte. Da kamen sogleich einige Meerschweinchen die Treppe herab; dem Jakob wollte es aber ganz sonderbar dünken, daß sie aufrecht auf zwei Beinen gingen, Nußschalen statt Schuhen an den Pfoten trugen, menschliche Kleider angelegt und sogar Hüte nach der neuesten Mode auf die Köpfe gesetzt hatten. »Wo habt ihr meine Pantoffeln, schlechtes Gesindel?« rief die Alte, und schlug mit dem Stock nach ihnen, daß sie jammernd in die Höhe sprangen; »wie lange soll ich noch so dastehen?«

Sie sprangen schnell die Treppe hinauf, und kamen wieder mit ein Paar Schalen von Kokosnuß mit Leder gefüttert, welche sie der Alten geschickt an die Füße steckten.

Jetzt war alles Hinken und Rutschen vorbei. Sie warf den Stab von sich und gleitete mit großer Schnelligkeit über den Glasboden hin, indem sie den kleinen Jakob an der Hand mit fortzog. Endlich hielt sie in einem Zimmer stille, das mit allerlei Gerätschaften ausgeputzt, beinahe einer Küche glich, obgleich die Tische von Mahagoniholz, und die Sofas, mit reichen Teppichen behängt, mehr zu einem Prunkgemach paßten. »Setze dich, Söhnchen«, sagte die Alte recht freundlich, indem sie ihn in die Ecke eines Sofas drückte, und einen Tisch also vor ihn hinstellte, daß er nicht mehr hervorkommen konnte. »Setze dich, du hast gar schwer zu tragen gehabt, die Menschenköpfe sind nicht so leicht, nicht so leicht.«

»Aber Frau, was sprechet Ihr so wunderlich«, rief der Kleine, »müde bin ich zwar, aber es waren ja Kohlköpfe, die ich getragen, Ihr habt sie meiner Mutter abgekauft.«

»Ei, das weißt du falsch«, lachte das Weib, deckte den Deckel des Korbes auf, und brachte einen Menschenkopf hervor, den sie am Schopf gefaßt hatte.

Der Kleine war vor Schrecken außer sich; er konnte nicht fassen, wie dies alles zuging, aber er dachte an seine Mutter; wenn jemand von diesen Menschenköpfen etwas erfahren würde, dachte er bei sich, da würde man gewiß meine Mutter dafür anklagen.

»Muß dir nun auch etwas geben zum Lohn, daß du so artig bist«, murmelte die Alte, »gedulde dich nur ein Weilchen, will dir ein Süppchen einbrocken, an das du dein Leben lang denken wirst.« So sprach sie und pfiff wieder. Da kamen zuerst viele Meerschweinchen in menschlichen Kleidern; sie hatten Küchenschürzen umgebunden, und im Gürtel Rührlöffel und Tranchiermesser, nach diesen kam eine Menge Eichhörnchen hereingehüpft; sie hatten weite türkische Beinkleider an, gingen aufrecht, und auf dem Kopf trugen sie grüne Mützchen von Samt. Diese schienen die Küchenjungen zu sein; denn sie kletterten mit großer Geschwindigkeit an den Wänden hinauf, und brachten Pfannen und Schüsseln, Eier und Butter, Kräuter und Mehl herab und trugen es auf den Herd; dort aber fuhr die alte Frau auf ihren Pantoffeln von Kokosschalen beständig hin und her, und der Kleine sah, daß sie es sich recht angelegen sein lasse, ihm etwas Gutes zu kochen. Jetzt knisterte das Feuer höher empor, jetzt rauchte und sott es in der Pfanne, ein angenehmer Geruch verbreitete sich im Zimmer, die Alte aber rannte auf und ab, die Eichhörnchen und Meerschweine ihr nach, und sooft sie am Herde vorbeikam, guckte sie mit ihrer langen Nase in den Topf. Endlich fing es an zu sprudeln und zu zischen, Dampf stieg aus dem Topf hervor, und der Schaum floß herab ins Feuer. Da nahm sie ihn weg, goß davon in eine silberne Schale, und setzte sie dem kleinen Jakob vor.

»So, Söhnchen, so«, sprach sie, »iß nur dieses Süppchen, dann hast du alles, was dir an mir so gefallen. Sollst auch ein geschickter Koch werden, daß du doch etwas bist, aber Kräutlein, nein das Kräutlein sollst du nimmer finden, warum hat es deine Mutter nicht in ihrem Korb gehabt?« Der Kleine verstand nicht recht, was sie sprach, desto aufmerksamer behandelte er die Suppe, die ihm ganz trefflich schmeckte. Seine Mutter hatte ihm manche schmackhafte Speise bereitet, aber so gut war ihm noch nichts geworden. Der Duft von feinen Kräutern und Gewürzen stieg aus der Suppe auf, dabei war sie süß und säuerlich zugleich und sehr stark. Während er noch die letzten Tropfen der köstlichen Speise austrank, zündeten die Meerschweinchen arabischen Weihrauch an, der in bläulichen Wolken durch das Zimmer schwebte, dichter und immer dichter wurden diese Wolken und sanken herab, der Geruch des Weihrauches wirkte betäubend auf den Kleinen, er mochte sich zurufen, sooft er wollte, daß er zu seiner Mutter zurückkehren müsse; wenn er sich ermannte, sank er immer wieder von neuem in den Schlummer zurück, und schlief endlich wirklich auf dem Sofa des alten Weibes ein.

Sonderbare Träume kamen über ihn. Es war ihm, als ziehe ihm die Alte seine Kleider aus und umhülle ihn dafür mit einem Eichhörnchensbalg. Jetzt konnte er Sprünge machen und klettern wie ein Eichhörnchen; er ging mit den übrigen Eichhörnchen und Meerschweinen, die sehr artige, gesittete Leute waren, um, und hatte mit ihnen den Dienst bei der alten Frau. Zuerst wurde er nur zu den Diensten eines Schuhputzers gebraucht, d. h. er mußte die Kokosnüsse, welche die Frau statt der Pantoffeln trug, mit Öl salben, und durch Reiben glänzend machen. Da er nun in seines Vaters Hause zu ähnlichen Geschäften oft angehalten worden war, so ging es ihm flink von der Hand; etwa nach einem Jahre, träumte er weiter, wurde er zu einem feineren Geschäft gebraucht; er mußte nämlich mit noch einigen Eichhörnchen Sonnenstäubchen fangen, und wenn sie genug hatten, solche durch das feinste Haarsieb sieben. Die Frau hielt nämlich die Sonnenstäubchen für das Allerfeinste, und weil sie nicht gut beißen konnte, denn sie hatte keinen Zahn mehr, so ließ sie sich ihr Brot aus Sonnenstäubchen zubereiten.

Wiederum nach einem Jahr wurde er zu den Dienern versetzt, die das Trinkwasser für die Alte sammelten. Man denke nicht, daß sie sich hiezu etwa eine Zisterne hätte graben lassen, oder ein Faß in den Hof stellte, um das Regenwasser darin aufzufangen; da ging es viel feiner zu; die Eichhörnchen, und Jakob mit ihnen, mußten mit Haselnußschalen den Tau aus den Rosen schöpfen, und das war das Trinkwasser der Alten. Da sie nun bedeutend viel trank, so hatten die Wasserträger schwere Arbeit. Nach einem Jahr wurde er zum inneren Dienst des Hauses bestellt; er hatte nämlich das Amt, die Böden reinzumachen; da nun diese von Glas waren, worin man jeden Hauch sah, war es keine geringe Arbeit. Sie mußten sie bürsten und altes Tuch an die Füße schnallen, und auf diesem künstlich im Zimmer umherfahren. Im vierten Jahr ward er endlich zur Küche versetzt. Es war dies ein Ehrenamt, zu welchem man nur nach langer Prüfung gelangen konnte. Jakob diente dort vom Küchenjungen aufwärts bis zum ersten Pastetenmacher, und erreichte eine so ungemeine Geschicklichkeit und Erfahrung in allem, was die Küche betrifft, daß er sich oft über sich selbst wundern mußte; die schwierigsten Sachen, Pasteten von zweihunderterlei Essenzen, Kräutersuppen von allen Kräutlein der Erde zusammengesetzt, alles lernte er, alles verstand er schnell und kräftig zu machen.

So waren etwa sieben Jahre im Dienste des alten Weibes vergangen, da befahl sie ihm eines Tages, indem sie die Kokosschuhe auszog, Korb und Krückenstock zur Hand nahm, um auszugehen, er solle ein Hühnlein rupfen, mit Kräutern füllen, und solches schön bräunlich und gelb rösten, bis sie wiederkäme. Er tat dies nach den Regeln der Kunst. Er drehte dem Hühnlein den Kragen um, brühte es in heißem Wasser, zog ihm geschickt die

Federn aus, schabte ihm nachher die Haut, daß sie glatt und fein wurde, und nahm ihm die Eingeweide heraus. Sodann fing er an, die Kräuter zu sammeln, womit er das Hühnlein füllen sollte. In der Kräuterkammer gewahrte er aber diesmal ein Wandschränkchen, dessen Türe halb geöffnet war, und das er sonst nie bemerkt hatte. Er ging neugierig näher, um zu sehen, was es enthalte und siehe da, es standen viele Körbchen darinnen, von welchen ein starker, angenehmer Geruch ausging. Er öffnete eines dieser Körbchen und fand darin Kräutlein von ganz besonderer Gestalt und Farbe. Die Stengel und Blätter waren blaugrün, und trugen oben eine kleine Blume von brennendem Rot mit Gelb verbrämt; er betrachtete sinnend diese Blume, beroch sie und sie strömte denselben starken Geruch aus, von dem einst jene Suppe, die ihm die Alte gekocht, geduftet hatte. Aber so stark war der Geruch, daß er zu niesen anfing, immer heftiger niesen mußte, und – am Ende niesend erwachte.

Da lag er auf dem Sofa des alten Weibes und blickte verwundert umher. »Nein, wie man aber so lebhaft träumen kann!« sprach er zu sich; »hätte ich jetzt doch schwören wollen, daß ich ein schnödes Eichhörnchen, ein Kamerade von Meerschweinchen und anderem Ungeziefer, dabei aber ein großer Koch geworden sei. Wie wird die Mutter lachen, wenn ich ihr alles erzähle! Aber wird sie nicht auch schmälen, daß ich in einem fremden Hause einschlafe, statt ihr zu helfen auf dem Markte?« Mit diesen Gedanken raffte er sich auf, um hinwegzugehen; noch waren seine Glieder vom Schlafe ganz steif; besonders sein Nacken, denn er konnte den Kopf nicht recht hin und her bewegen; er mußte auch selbst über sich lächeln, daß er so schlaftrunken war, denn alle Augenblicke, ehe er es sich versah, stieß er mit der Nase an einen Schrank oder an die Wand, oder schlug sie, wenn er sich schnell umwandte, an einen Türpfosten. Die Eichhörnchen und Meerschweinchen liefen winselnd um ihn her, als wollten sie ihn begleiten, er lud sie auch wirklich ein, als er auf der Schwelle war, denn es waren niedliche Tierchen, aber sie fuhren auf ihren Nußschalen schnell ins Haus zurück, und er hörte sie nur noch in der Ferne heulen.

Es war ein ziemlich entlegener Teil der Stadt, wohin ihn die Alte geführt hatte, und er konnte sich kaum aus den engen Gassen herausfinden, auch war dort ein großes Gedränge; denn es mußte sich, wie ihm dünkte, gerade in der Nähe ein Zwerg sehen lassen; überall hörte er rufen: »Ei, sehet den häßlichen Zwerg! wo kommt der Zwerg her? Ei, was hat er doch für eine lange Nase, und wie ihm der Kopf in den Schultern steckt, und die braunen, häßlichen Hände!« Zu einer andern Zeit wäre er wohl auch nachgelaufen, denn er sah für sein Leben gern Riesen oder Zwerge, oder seltsame, fremde Trachten, aber so mußte er sich sputen, um zur Mutter zu kommen.

Es war ihm ganz ängstlich zumut, als er auf den Markt kam. Die Mutter saß noch da und hatte noch ziemlich viele Früchte im Korb, lange konnte er also nicht geschlafen haben, aber doch kam es ihm von weitem schon vor, als sei sie sehr traurig; denn sie rief die Vorübergehenden nicht an, einzukaufen, sondern hatte den Kopf in die Hand gestützt, und als er näher kam, glaubte er auch, sie sei bleicher als sonst. Er zauderte, was er tun sollte; endlich faßte er sich ein Herz, schlich sich hinter sie hin, legte traulich seine Hand auf ihren Arm und sprach: »Mütterchen, was fehlt dir? bist du böse auf mich?«

Die Frau wandte sich nach ihm um, fuhr aber mit einem Schrei des Entsetzens zurück: »Was willst du von mir, häßlicher Zwerg!« rief sie, »fort, fort! ich kann dergleichen Possenspiel nicht leiden.«

»Aber Mutter, was hast du denn?« fragte Jakob ganz erschrocken; »dir ist gewiß nicht wohl; warum willst du denn deinen Sohn von dir jagen?«

»Ich habe dir schon gesagt, gehe deines Weges!« entgegnete Frau Hanne zürnend. »Bei mir verdienst du kein Geld durch deine Gaukeleien, häßliche Mißgeburt.«

»Wahrhaftig, Gott hat ihr das Licht des Verstandes geraubt«, sprach der Kleine bekümmert zu sich; »was fange ich nur an, um sie nach Haus zu bringen? Lieb Mütterchen, so sei doch nur vernünftig; sieh mich doch nur recht an; ich bin ja dein Sohn, dein Jakob.«

»Nein, jetzt wird mir der Spaß zu unverschämt«, rief Hanne ihrer Nachbarin zu, »seht nur den häßlichen Zwerg da, da steht er und vertreibt mir gewiß alle Käufer, und mit meinem Unglück wagt er zu spotten. Spricht zu mir: ›Ich bin ja dein Sohn, dein Jakob‹, der Unverschämte!«

Da erhoben sich die Nachbarinnen und fingen an zu schimpfen, so arg sie konnten, und Marktweiber, wisset ihr wohl, verstehen es, und schalten ihn, daß er des Unglückes der armen Hanne spotte, der vor sieben Jahren ihr bildschöner Knabe gestohlen worden sei, und drohten insgesamt über ihn herzufallen und ihn zu zerkratzen, wenn er nicht alsobald ginge.

Der arme Jakob wußte nicht, was er von diesem allem denken sollte. War er doch, wie er glaubte, heute frühe, wie gewöhnlich, mit der Mutter auf den Markt gegangen, hatte ihr die Früchte aufstellen helfen, war nachher mit dem alten Weib in ihr Haus gekommen, hatte ein Süppchen verzehrt, ein kleines Schläfchen gemacht, und war jetzt wieder da; und doch sprachen die Mutter und die Nachbarinnen von sieben Jahren! und sie nannten ihn einen garstigen Zwerg! was war denn nun mit ihm vorgegangen? – Als er sah, daß die Mutter gar nichts mehr von ihm hören wollte, traten ihm die Tränen in die Augen, und er ging traurend die Straße hinab nach der Bude, wo sein Vater den Tag über Schuhe flickte. Ich will doch sehen, dachte er bei sich, ob er mich auch nicht kennen will; unter die Türe will ich mich stellen und mit ihm sprechen.

Als er an der Bude des Schusters angekommen war, stellte er sich unter die Türe und schaute hinein. Der Meister war so emsig mit seiner Arbeit beschäftigt, daß er ihn gar nicht sah; als er aber einmal zufällig einen Blick nach der Türe warf, ließ er Schuhe, Draht und Pfriem auf die Erde fallen und rief mit Entsetzen: »Um Gottes willen, was ist das, was ist das!«

»Guten Abend, Meister!« sprach der Kleine, indem er vollends in den Laden trat, »wie geht es Euch?«

»Schlecht, schlecht, kleiner Herr!« antwortete der Vater zu Jakobs großer Verwunderung; denn er schien ihn auch nicht zu kennen. »Das Geschäft will mir nicht recht von der Hand. Bin so allein und werde jetzt alt, und doch ist mir ein Geselle zu teuer.«

»Aber habt Ihr denn kein Söhnlein, das Euch nach und nach an die Hand gehen könnte bei der Arbeit?« forschte der Kleine weiter.

»Ich hatte einen, er hieß Jakob, und müßte jetzt ein schlauer, gewandter Bursche von zwanzig Jahren sein, der mir tüchtig unter die Arme greifen könnte. Ha! das müßte ein Leben sein; schon als er zwölf Jahre alt war, zeigte er sich so anstellig und geschickt, und verstand schon manches vom Handwerk, und hübsch und angenehm war er auch, der hätte mir eine Kundschaft hergelockt, daß ich bald nicht mehr geflickt, sondern nichts als Neues geliefert hätte! Aber so geht 's in der Welt.«

»Wo ist denn aber Euer Sohn?« fragte Jakob mit zitternder Stimme seinen Vater.

»Das weiß Gott«, antwortete er; »vor sieben Jahren, ja so lange ist's jetzt her, wurde er uns vom Markt weg gestohlen.«

»Vor *sieben Jahren*?!« rief Jakob mit Entsetzen.

»Ja, kleiner Herr, vor sieben Jahren; ich weiß noch wie heute, wie mein Weib nach Hause kam, heulend und schreiend, das Kind sei den ganzen Tag nicht zurückgekommen, sie habe überall geforscht und gesucht, und es nicht gefunden. Ich habe es immer gedacht und gesagt, daß es so kommen würde, der Jakob war ein schönes Kind, das muß man sagen, da war nun meine Frau stolz auf ihn, und sah es gerne, wenn ihn die Leute lobten, und schickte ihn oft mit Gemüse und dergleichen in vornehme Häuser. Das war schon recht; er wurde allemal reichlich beschenkt; ›aber‹, sagte ich, ›gib acht! Die Stadt ist groß; viele schlechte Leute wohnen da, gib mir auf den Jakob acht!‹ Und so war es, wie ich sagte. Kommt einmal ein altes, häßliches Weib auf den Markt, feilscht um Früchte und Gemüse, und kauft am Ende so viel, daß sie es nicht selbst tragen kann. Mein Weib, die mitleidige Seele, gibt ihr den Jungen mit und – hat ihn zur Stunde nicht mehr gesehen.«

»Und das ist jetzt sieben Jahre, sagt Ihr?«

»Sieben Jahre wird es im Frühling. Wir ließen ihn ausrufen, wir gingen von

Haus zu Haus und fragten; manche hatten den hübschen Jungen gekannt und liebgewonnen, und suchten jetzt mit uns, alles vergeblich. Auch die Frau, welche das Gemüse gekauft hatte, wollte niemand kennen; aber ein steinaltes Weib, die schon neunzig Jahre gelebt hatte, sagte, es könne wohl die böse Fee Kräuterweis gewesen sein, die alle fünfzig Jahre einmal in die Stadt komme, um sich allerlei einzukaufen.«

So sprach Jakobs Vater und klopfte dabei seine Schuhe weidlich, und zog den Draht mit beiden Fäusten weit hinaus. Dem Kleinen aber wurde es nach und nach klar, was mit ihm vorgegangen, daß er nämlich nicht geträumt, sondern daß er sieben Jahre bei der bösen Fee als Eichhörnchen gedient habe. Zorn und Gram erfüllte sein Herz so sehr, daß es beinahe zersprengen wollte. Sieben Jahre seiner Jugend hatte ihm die Alte gestohlen, und was hatte er für Ersatz dafür? Daß er Pantoffel von Kokosnüssen blankputzen, daß er ein Zimmer mit gläsernem Fußboden reinmachen konnte? Daß er von den Meerschweinchen alle Geheimnisse der Küche gelernt hatte? Er stand eine gute Weile so da und dachte über sein Schicksal nach, da fragte ihn endlich sein Vater: »Ist Euch vielleicht etwas von meiner Arbeit gefällig, junger Herr? etwa ein Paar neue Pantoffel, oder«, setzte er lächelnd hinzu, »vielleicht ein Futteral für Eure Nase?«

»Was wollt Ihr nur mit meiner Nase?« sagte Jakob, »warum sollte ich denn ein Futteral dazu brauchen?«

»Nun«, entgegnete der Schuster, »jeder nach seinem Geschmack; aber das muß ich Euch sagen, hätte *ich* diese schreckliche Nase, ein Futteral ließ ich mir darüber machen von rosenfarbigem Glanzleder. Schaut, da habe ich ein schönes Stückchen zur Hand; freilich würde man eine Elle wenigstens dazu brauchen. Aber wie gut wäret Ihr verwahrt, kleiner Herr; so, weiß ich gewiß, stoßt Ihr Euch an jedem Türpfosten, an jedem Wagen, dem Ihr ausweichen wollet.«

Der Kleine stand stumm vor Schrecken; er betastete seine Nase, sie war dick und wohl zwei Hände lang! So hatte also die Alte auch seine Gestalt verwandelt! Darum kannte ihn also die Mutter nicht? Darum schalt man ihn einen häßlichen Zwerg?! »Meister!« sprach er halb weinend zu dem Schuster, »habt Ihr keinen Spiegel bei der Hand, worin ich mich beschauen könnte?«

»Junger Herr«, erwiderte der Vater mit Ernst, »Ihr habt nicht gerade eine Gestalt empfangen, die Euch eitel machen könnte, und Ihr habt nicht Ursache, alle Stunden in den Spiegel zu gucken. Gewöhnt es Euch ab, es ist besonders bei Euch eine lächerliche Gewohnheit.«

»Ach, so laßt mich doch in den Spiegel schauen«, rief der Kleine, »gewiß, es ist nicht aus Eitelkeit!«

»Lasset mich in Ruhe, ich hab keinen im Vermögen; meine Frau hat ein Spiegelchen, ich weiß aber nicht, wo sie es verborgen. Müßt Ihr aber durchaus in den Spiegel gucken, nun, über der Straße hin wohnt Urban, der Barbier, der hat einen Spiegel, zweimal so groß als Euer Kopf; gucket dort hinein, und indessen guten Morgen.«

Mit diesen Worten schob ihn der Vater ganz gelinde zur Bude hinaus, schloß die Türe hinter ihm zu, und setzte sich wieder zur Arbeit. Der Kleine aber ging sehr niedergeschlagen über die Straße zu Urban, dem Barbier, den er noch aus früheren Zeiten wohl kannte. »Guten Morgen, Urban«, sprach er zu ihm, »ich komme, Euch um eine Gefälligkeit zu bitten, seid so gut und lasset mich ein wenig in Euren Spiegel schauen.«

»Mit Vergnügen, dort steht er«, rief der Barbier lachend, und seine Kunden, denen er den Bart scheren sollte, lachten weidlich mit. »Ihr seid ein hübsches Bürschchen, schlank und fein, ein Hälschen wie ein Schwan, Händchen wie eine Königin, und ein Stumpfnäschen, man kann es nicht schöner sehen. Ein wenig eitel seid Ihr darauf, das ist wahr; aber beschauet Euch immer, man soll nicht von mir sagen, ich habe Euch aus Neid nicht in meinen Spiegel schauen lassen.«

So sprach der Barbier, und wieherndes Gelächter füllte die Baderstube. Der Kleine aber war indes vor den Spiegel getreten und hatte sich beschaut. Tränen traten ihm in die Augen. »Ja, so konntest du freilich deinen Jakob nicht wiedererkennen, liebe Mutter«, sprach er zu sich, »so war er nicht anzuschauen in den Tagen der Freude, wo du gerne mit ihm prangtest vor den Leuten!« Seine Augen waren klein geworden, wie die der Schweine, seine Nase war ungeheuer, und hing über Mund und Kinn herunter, der Hals schien gänzlich weggenommen worden zu sein; denn sein Kopf stak tief in den Schultern, und nur mit den größten Schmerzen konnte er ihn rechts und links bewegen; sein Körper war noch so groß als vor sieben Jahren, da er zwölf Jahre alt war, aber wenn andere vom zwölften bis ins zwanzigste in die Höhe wachsen, so wuchs er in die Breite, der Rücken und die Brust waren weit ausgebogen, und waren anzusehen wie ein kleiner, aber sehr dick gefüllter Sack; dieser dicke Oberleib saß auf kleinen, schwachen Beinchen, die dieser Last nicht gewachsen schienen, aber um so größer waren die Arme, die ihm am Leib herabhingen, sie hatten die Größe, wie die eines wohlgewachsenen Mannes, seine Hände waren grob und braungelb, seine Finger lang und spinnenartig, und wenn er sie recht ausstreckte, konnte er damit auf den Boden reichen, ohne daß er sich bückte. So sah er aus, der kleine Jakob, zum mißgestalteten Zwerg war er geworden.

Jetzt gedachte er auch jenes Morgens, an welchem das alte Weib an die Körbe seiner Mutter getreten war. Alles was er damals an ihr getadelt hatte, die lange Nase, die häßlichen Finger, alles hatte sie ihm angetan, und nur den langen, zitternden Hals hatte sie gänzlich weggelassen.

»Nun, habt Ihr Euch jetzt genug beschaut, mein Prinz?« sagte der Barbier, indem er zu ihm trat und ihn lachend betrachtete. »Wahrlich, wenn man sich dergleichen träumen lassen wollte, so komisch könnte es einem im Traume nicht vorkommen. Doch ich will Euch einen Vorschlag machen, kleiner Mann. Mein Barbierzimmer ist zwar sehr besucht, aber doch seit neuerer Zeit nicht so, wie ich wünsche. Das kommt daher, weil mein Nachbar, der Barbier Schaum, irgendwo einen Riesen aufgefunden hat, der ihm die Kunden ins Haus lockt. Nun, ein Riese zu werden ist gerade keine Kunst, aber so ein Männchen wie Ihr, ja, das ist schon ein ander Ding. Tretet bei mir in Dienste, kleiner Mann, Ihr sollt Wohnung, Essen, Trinken, Kleider, alles sollt Ihr haben; dafür stellt Ihr Euch morgens unter meine Türe und ladet die Leute ein hereinzukommen; Ihr schlaget den Seifenschaum, reichet den Kunden das Handtuch, und seid versichert, wir stehen uns beide gut dabei; ich bekomme mehr Kunden, als jener mit dem Riesen, und jeder gibt Euch gerne noch ein Trinkgeld.«

Der Kleine war in seinem Innern empört über den Vorschlag, als Lockvogel für einen Barbier zu dienen. Aber mußte er sich nicht diesen Schimpf geduldig gefallen lassen? Er sagte dem Barbier daher ganz ruhig, daß er nicht Zeit habe zu dergleichen Diensten, und ging weiter.

Hatte das böse alte Weib seine Gestalt unterdrückt, so hatte sie doch seinem Geist nichts anhaben können, das fühlte er wohl; denn er dachte und fühlte nicht mehr, wie er vor sieben Jahren getan, nein, er glaubte in diesem Zeitraum weiser, verständiger geworden zu sein; er trauerte nicht um seine verlorne Schönheit, nicht über diese häßliche Gestalt, sondern nur darüber, daß er wie ein Hund von der Türe seines Vaters gejagt werde. Darum beschloß er, noch einen Versuch bei seiner Mutter zu machen.

Er trat zu ihr auf den Markt und bat sie, ihm ruhig zuzuhören. Er erinnerte sie an jenen Tag, an welchem er mit dem alten Weibe gegangen, er erinnerte sie an alle einzelnen Vorfälle seiner Kindheit, erzählte ihr dann, wie er sieben Jahre als Eichhörnchen gedient habe, bei der Fee, und wie sie ihn verwandelte, weil er sie damals getadelt. Die Frau des Schusters wußte nicht, was sie denken sollte. Alles traf zu, was er ihr von seiner Kindheit erzählte, aber wenn er davon sprach, daß er sieben Jahre lang ein Eichhörnchen gewesen sei, da sprach sie: »Es ist unmöglich und es gibt keine Feen«, und wenn sie ihn ansah, so verabscheute sie den häßlichen Zwerg, und glaubte nicht, daß dies ihr Sohn sein könne. Endlich hielt sie es fürs beste, mit ihrem Mann darüber zu sprechen. Sie raffte also ihre Körbe zusammen, und hieß ihn mitgehen. So kamen sie zu der Bude des Schusters.

»Sieh einmal«, sprach sie zu diesem, »der Mensch da will unser verlorner Jakob sein. Er hat mir alles erzählt, wie er uns vor sieben Jahren gestohlen wurde, und wie er von einer Fee bezaubert worden sei.« –

»So?« unterbrach sie der Schuster mit Zorn; »hat er dir dies erzählt? Warte, du Range! *ich* habe ihm alles erzählt, noch vor einer Stunde, und jetzt geht er hin, dich so zu foppen! Bezaubert bist du worden, mein Söhnchen? Warte doch, ich will dich wieder entzaubern.« Dabei nahm er ein Bündel Riemen, die er eben zugeschnitten hatte, sprang auf den Kleinen zu, und schlug ihn auf den hohen Rücken und auf die langen Arme, daß der Kleine vor Schmerz aufschrie und weinend davonlief.

In jener Stadt gibt es, wie überall, wenig mitleidige Seelen, die einen Unglücklichen, der zugleich etwas Lächerliches an sich trägt, unterstützten. Daher kam es, daß der unglückliche Zwerg den ganzen Tag ohne Speis und Trank blieb, und abends die Treppen einer Kirche, so hart und kalt sie waren, zum Nachtlager wählen mußte.

Als ihn aber am nächsten Morgen die ersten Strahlen der Sonne erweckten, da dachte er ernstlich darüber nach, wie er sein Leben fristen könne, da ihn Vater und Mutter verstoßen. Er fühlte sich zu stolz, um als Aushängeschild eines Barbiers zu dienen, er wollte nicht zu einem Possenreißer sich verdingen, und sich um Geld sehen lassen; was sollte er anfangen? Da fiel ihm mit einemmal bei, daß er als Eichhörnchen große Fortschritte in der Kochkunst gemacht habe; er glaubte nicht mit Unrecht, hoffen zu dürfen, daß er es mit manchem Koch aufnehmen könne; er beschloß, seine Kunst zu benützen.

Sobald es daher lebhafter wurde auf den Straßen, und der Morgen ganz herausgekommen war, trat er zuerst in die Kirche und verrichtete sein Gebet. Dann trat er seinen Weg an. Der Herzog, der Herr des Landes, o Herr! war ein bekannter Schlemmer und Lecker, der eine gute Tafel liebte, und seine Köche in allen Weltteilen aussuchte. Zu seinem Palast begab sich der Kleine. Als er an die äußerste Pforte kam, fragten die Türhüter nach seinem Begehr und hatten ihren Spott mit ihm; er aber verlangte nach dem Oberküchenmeister. Sie lachten und führten ihn durch die Vorhöfe, und wo er hinkam, blieben die Diener stehen, schauten nach ihm, lachten weidlich und schlossen sich an, so daß nach und nach ein ungeheurer Zug von Dienern aller Art sich die Treppe des Palastes hinaufbewegte; die Stallknechte warfen ihre Striegel weg, die Läufer liefen was sie konnten, die Teppichbreiter vergaßen, die Teppiche auszuklopfen, alles drängte und trieb sich, es war ein Gewühl, als sei der Feind vor den Toren, und das Geschrei: »Ein Zwerg! ein Zwerg! habt ihr den Zwerg gesehen!« füllte die Lüfte.

Da erschien der Aufseher des Hauses mit grimmigem Gesicht, eine ungeheure Peitsche in der Hand, in der Türe. »Um des Himmels willen, ihr

Hunde, was macht ihr solchen Lärm! wisset ihr nicht, daß der Herr noch schläft?« und dabei schwang er die Geißel, und ließ sie unsanft auf den Rücken einiger Stallknechte und Türhüter niederfallen. »Ach Herr!« riefen sie, »seht Ihr denn nicht? Da bringen wir einen Zwerg, einen Zwerg, wie Ihr noch keinen gesehen.« Der Aufseher des Palastes zwang sich mit Mühe, nicht laut aufzulachen, als er des Kleinen ansichtig wurde; denn er fürchtete, durch Lachen seiner Würde zu schaden. Er trieb daher mit der Peitsche die übrigen hinweg, führte den Kleinen ins Haus und fragte nach seinem Begehr. Als er hörte, jener wolle zum Küchenmeister, erwiderte er: »Du irrst dich, mein Söhnchen, zu mir, dem Aufseher des Hauses, willst du; du willst Leibzwerg werden beim Herzog; ist es nicht also?«

»Nein, Herr!« antwortete der Zwerg; »ich bin ein geschickter Koch, und erfahren in allerlei seltenen Speisen; wollet mich zum Oberküchenmeister bringen; vielleicht kann er meine Kunst brauchen.«

»Jeder nach seinem Willen, kleiner Mann; übrigens bist du doch ein unbesonnener Junge. In die Küche! Als Leibzwerg hättest du keine Arbeit gehabt, und Essen und Trinken nach Herzenslust, und schöne Kleider. Doch, wir wollen sehen, deine Kunst wird schwerlich so weit reichen, als ein Mundkoch des Herren nötig hat, und zum Küchenjungen bist du zu gut.« Bei diesen Worten nahm ihn der Aufseher des Palastes bei der Hand, und führte ihn in die Gemächer des Oberküchenmeisters.

»Gnädiger Herr!« sprach dort der Zwerg und verbeugte sich so tief, daß er mit der Nase den Fußteppich berührte; »brauchet Ihr keinen geschickten Koch?«

Der Oberküchenmeister betrachtete ihn vom Kopf bis zu den Füßen, brach dann in lautes Lachen aus und sprach: »Wie?« rief er, »du ein Koch? meinst du, unsere Herde seien so niedrig, daß du nur auf einen hinaufschauen kannst, wenn du dich auf die Zehen stellst, und den Kopf recht aus den Schultern herausarbeitest? Oh, lieber Kleiner! wer dich zu mir geschickt hat, um dich als Koch zu verdingen, der hat dich zum Narren gehabt.« So sprach der Oberküchenmeister und lachte weidlich, und mit ihm lachte der Aufseher des Palastes, und alle Diener, die im Zimmer waren.

Der Zwerg aber ließ sich nicht aus der Fassung bringen. »Was liegt an einem Ei oder zweien, an ein wenig Sirup und Wein, an Mehl und Gewürze, in einem Hause, wo man dessen genug hat?« sprach er. »Gebet mir irgendeine leckerhafte Speise zu bereiten auf, schaffet mir, was ich dazu brauche, und sie soll vor Euren Augen schnell bereitet sein, und Ihr sollet sagen müssen, er ist ein Koch nach Regel und Recht.« Solche und ähnliche Reden führte der Kleine, und es war wunderlich anzuschauen, wie es dabei aus seinen kleinen Äuglein hervorblitzte, wie seine lange Nase sich hin und her schlängelte und seine dünnen Spinnenfinger seine Rede begleiteten. »Wohlan!« rief der Küchenmeister, und nahm den Aufseher des Palastes unter dem Arme, »wohlan, es sei um des Spaßes willen; lasset uns zur Küche gehen.« Sie gingen durch mehrere Säle und Gänge, und kamen endlich in die Küche. Es war dies ein großes, weitläufiges Gebäude, herrlich eingerichtet; auf zwanzig Herden brannten beständig Feuer, ein klares Wasser, das zugleich zum Fischbehälter diente, floß mitten durch sie, in Schränken von Marmor und köstlichem Holz waren die Vorräte aufgestellt, die man immer zur Hand haben mußte, und zur Rechten und Linken waren zehen Säle, in welchen alles aufgespeichert war, was man in allen Ländern von Frankistan, und selbst im Morgenlande Köstliches und Leckeres für den Gaumen erfunden. Küchenbediente aller Art liefen umher, und rasselten und hantierten mit Kesseln und Pfannen, mit Gabeln und Schaumlöffeln; als aber der Oberküchenmeister in die Küche eintrat, blieben sie alle regungslos stehen, und nur das Feuer hörte man noch knistern, und das Bächlein rieseln.

»Was hat der Herr heute zum Frühstück befohlen?« fragte der Meister den ersten Frühstückmacher, einen alten Koch.

»Herr! die dänische Suppe hat er geruht zu befehlen, und rote Hamburger Klößchen.«

»Gut«, sprach der Küchenmeister weiter, »hast du gehört, was der Herr speisen will? getraust du dich, diese schwierigen Speisen zu bereiten? Die Klößchen bringst du auf keinen Fall heraus, das ist ein Geheimnis.«

»Nichts leichter als dies«, erwiderte zu allgemeinem Erstaunen der Zwerg; denn er hatte diese Speisen als Eichhörnchen oft gemacht, »nichts leichter, man gebe mir zu der Suppe die und die Kräuter, dies und jenes Gewürz, Fett von einem wilden Schwein, Wurzeln und Eier; zu den Klößchen aber«, sprach er leiser, daß es nur der Küchenmeister und der Frühstückmacher hören konnten, »zu den Klößchen brauche ich viererlei Fleisch, etwas Wein, Entenschmalz, Ingwer und ein gewisses Kraut, das man Magentrost heißt.«

»Ha! bei St. Benedikt! bei welchem Zauberer hast du gelernt?« rief der Koch mit Staunen; »alles bis auf ein Haar hat er gesagt, und das Kräutlein Magentrost haben wir selbst nicht gewußt; ja, das muß es noch angenehmer machen. O du Wunder von einem Koch!«

»Das hätte ich nicht gedacht«, sagte der Oberküchenmeister, »doch lassen wir ihn die Probe machen; gebt ihm die Sachen, die er verlangt, Geschirr und alles, und lasset ihn das Frühstück bereiten.«

Man tat, wie er befohlen, und rüstete alles auf dem Herde zu; aber da fand es sich, daß der Zwerg kaum mit der Nase bis an den Herd reichen konnte. Man setzte daher ein paar Stühle zusammen, legte eine Marmorplatte darüber, und lud den kleinen Wundermann ein, sein Kunststück zu beginnen. In einem großen Kreise standen die Köche, Küchenjungen, Diener und allerlei Volk umher, und sahen zu und staunten, wie ihm alles so flink und fertig von der Hand ging, wie er alles so reinlich und niedlich bereitete. Als er mit der Zubereitung fertig war, befahl er, beide Schüsseln ans Feuer zu setzen und genau so lange kochen zu lassen, bis er rufen werde; dann fing er an zu zählen eins, zwei, drei, und so fort, und gerade, als er fünfhundert gezählt hatte, rief er »Halt!« die Töpfe wurden weggesetzt, und der Kleine lud den Küchenmeister ein, zu kosten.

Der Mundkoch ließ sich von einem Küchenjungen einen goldenen Löffel reichen, spülte ihn im Bach und überreichte ihn dem Oberküchenmeister; dieser trat mit feierlicher Miene an den Herd, nahm von den Speisen, kostete, drückte die Augen zu, schnalzte vor Vergnügen mit der Zunge und sprach dann: »Köstlich, bei des Herzogs Leben, köstlich! wollet Ihr nicht auch ein Löffelein zu Euch nehmen, Aufseher des Palastes?« Dieser verbeugte sich, nahm den Löffel, versuchte, und war vor Vergnügen und Lust außer sich. »Eure Kunst in Ehren, lieber Frühstückmacher. Ihr seid ein erfahrner Koch, aber so herrlich habt Ihr weder die Suppe noch die Hamburger Klöße machen können!« Auch der Koch versuchte jetzt, schüttelte dann dem Zwerg ehrfurchtsvoll die Hand und sagte: »Kleiner! Du bist Meister in der Kunst, ja das Kräutlein Magentrost, das gibt allem einen ganz eigenen Reiz.«

In diesem Augenblick kam der Kammerdiener des Herzogs in die Küche und berichtete, daß der Herr das Frühstück verlange. Die Speisen wurden nun auf silberne Platten gelegt und dem Herzog zugeschickt; der Oberküchenmeister aber nahm den Kleinen in sein Zimmer und unterhielt sich mit ihm. Kaum waren sie aber halb so lange da, als man ein Paternoster spricht (es ist dies das Gebet der Franken, o Herr, und dauert nicht halb so lange, als das Gebet der Gläubigen) so kam schon ein Bote und rief den Oberküchenmeister zum Herrn. Er kleidete sich schnell in sein Festkleid und folgte dem Boten.

Der Herzog sah sehr vergnügt aus. Er hatte alles aufgezehrt, was auf den silbernen Platten gewesen war, und wischte sich eben den Bart ab, als der Oberküchenmeister zu ihm eintrat. »Höre Küchenmeister«, sprach er, »ich bin mit deinen Köchen bisher immer sehr zufrieden gewesen; aber sage mir, wer hat heute mein Frühstück bereitet? So köstlich war es nie, seit ich auf dem Thron meiner Väter sitze; sage an, wie er heißt, der Koch, daß wir ihm einige Dukaten zum Geschenk schicken.«

»Herr! das ist eine wunderbare Geschichte«, antwortete der Oberküchenmeister, und erzählte, wie man ihm heute frühe einen Zwerg gebracht, der durchaus Koch werden wollte, und wie sich dies alles begeben. Der Herzog verwunderte sich höchlich, ließ den Zwerg vor sich rufen, und fragte ihn aus, wer er sei und woher er komme. Da konnte nur der arme Jakob freilich nicht sagen, daß er verzaubert worden sei und früher als Eichhörnchen gedient habe; doch blieb er bei der Wahrheit, indem er erzählte, er sei jetzt ohne Vater und Mutter, und habe bei einer alten Frau kochen gelernt. Der Herzog fragte nicht weiter, sondern ergötzte sich an der sonderbaren Gestalt seines neuen Koches.

»Willst du bei mir bleiben«, sprach er, »so will ich dir jährlich fünfzig Dukaten, ein Festkleid und noch überdies zwei Paar Beinkleider reichen lassen. Dafür mußt du aber täglich mein Frühstück selbst bereiten, mußt angeben, wie das Mittagessen gemacht werden soll, und überhaupt dich meiner Küche annehmen. Da jeder in meinem Palast seinen eigenen Namen von mir empfängt, so sollst du *Nase* heißen, und die Würde eines Unterküchenmeisters bekleiden.«

Der Zwerg *Nase* fiel nieder vor dem mächtigen Herzog in Frankenland, küßte ihm die Füße und versprach, ihm treu zu dienen.

So war nun der Kleine fürs erste versorgt, und er machte seinem Amt Ehre; denn man kann sagen, daß der Herzog ein ganz anderer Mann war, während der Zwerg Nase sich in seinem Hause aufhielt. Sonst hatte es ihm oft beliebt, die Schüsseln oder Platten, die man ihm auftrug, den Köchen an den Kopf zu werfen; ja, dem Oberküchenmeister selbst warf er im Zorn einmal einen gebackenen Kalbsfuß, der nicht weich genug geworden war, so heftig an die Stirne, daß er umfiel und drei Tage zu Bette liegen mußte. Der Herzog machte zwar, was er im Zorn getan, durch einige Hände voll Dukaten wieder gut, aber dennoch war nie ein Koch ohne Zittern und Zagen mit den Speisen zu ihm gekommen. Seit der Zwerg im Hause war, schien alles wie durch Zauber umgewandelt; der Herr aß jetzt statt dreimal des Tages fünfmal, um sich an der Kunst seines kleinen Dieners recht zu laben, und dennoch verzog er nie eine Miene zum Unmut; nein, er fand alles neu, trefflich, war leutselig und angenehm, und wurde von Tag zu Tag fetter.

Oft ließ er mitten unter der Tafel den Küchenmeister und den Zwerg Nase rufen, setzte den einen rechts, den andern links zu sich, und schob ihnen mit seinen eigenen Fingern einige Bissen der köstlichen Speisen in den Mund, eine Gnade, welche sie beide wohl zu schätzen wußten.

Der Zwerg war das Wunder der Stadt. Man erbat sich flehentlich Erlaubnis vom Oberküchenmeister, den Zwerg kochen zu sehen, und einige der vornehmsten Männer hatten es so weit gebracht beim Herzog, daß ihre Diener in der Küche beim Zwerg Unterrichtsstunden genießen durften, was nicht wenig Geld eintrug; denn jeder zahlte täglich einen halben Dukaten. Und um die übrigen Köche bei guter Laune zu erhalten, und sie nicht neidisch auf ihn zu machen, überließ ihnen Nase dieses Geld, das die Herren für den Unterricht ihrer Köche zahlen mußten.

So lebte Nase beinahe zwei Jahre in äußerlichem Wohlleben und Ehre, und nur der Gedanke an seine Eltern betrübte ihn; so lebte er, ohne etwas Merkwürdiges zu erfahren, bis sich folgender Vorfall ereignete. Der Zwerg Nase war besonders geschickt und glücklich in seinen Einkäufen. Daher ging er, sooft es ihm die Zeit erlaubte, immer selbst auf den Markt, um Geflügel und Früchte einzukaufen. Eines Morgens ging er auch auf den Gänsemarkt, und forschte nach schweren fetten Gänsen, wie sie der Herr liebte. Er war musternd schon einigemal auf und ab gegangen; seine Gestalt, weit entfernt, hier Lachen und Spott zu erregen, gebot Ehrfurcht; denn man erkannte ihn als den berühmten Mundkoch des Herzogs und jede Gänsefrau fühlte sich glücklich, wenn er ihr die Nase zuwandte.

Da sah er ganz am Ende einer Reihe in einer Ecke eine Frau sitzen, die auch Gänse feil hatte, aber nicht wie die übrigen ihre Ware anpries und nach Käufern schrie. Zu dieser trat er, und maß und wog ihre Gänse. Sie waren wie er sie wünschte, und er kaufte drei samt dem Käfig, lud sie auf seine breite Schulter, und trat den Rückweg an. Da kam es ihm sonderbar vor, daß nur zwei von diesen Gänsen schnatterten und schrieen, wie rechte Gänse zu tun pflegen, die dritte aber ganz still und in sich gekehrt dasaß, und Seufzer ausstieß und ächzte wie ein Mensch. »Die ist halb krank«, sprach er vor sich hin, »ich muß eilen, daß ich sie umbringe und zurichte.« Aber die Gans antwortete ganz deutlich und laut:

»Stichst du mich,
So beiß ich dich;
Drückst du mir die Kehle ab,
Bring ich dich ins frühe Grab.«

Ganz erschrocken setzte der Zwerg Nase seinen Käfig nieder, und die Gans sah ihn mit schönen, klugen Augen an und seufzte. »Ei der Tausend!« rief Nase. »Sie kann sprechen, Jungfer Gans? Das hätte ich nicht gedacht. Na, sei Sie nur nicht ängstlich! Man weiß zu leben, und einem so seltenen Vogel nicht zu Leibe gehen. Aber ich wollte wissen, Sie ist nicht von jeher in diesen Federn gewesen; war ich ja selbst einmal ein schnödes Eichhörnchen.«

»Du hast recht«, erwiderte die Gans, »wenn du sagst, ich sei nicht in dieser schmachvollen Hülle geboren worden. Ach, an meiner Wiege wurde es mir nicht gesungen, daß Mimi, des großen Wetterbocks Tochter, in der Küche eines Herzogs getötet werden soll!«

»Sei Sie doch ruhig, liebe Jungfer Mimi«, tröstete der Zwerg; »so wahr ich ein ehrlicher Kerl und Unterküchenmeister Seiner Durchlaucht bin, es soll

Ihr keiner an die Kehle. Ich will Ihr in meinen eigenen Gemächern einen Stall anweisen, Futter soll Sie genug haben, und meine freie Zeit werde ich Ihrer Unterhaltung widmen, den übrigen Küchenmenschen werde ich sagen, daß ich eine Gans mit allerlei besonderen Kräutern für den Herzog mäste, und sobald sich Gelegenheit findet, setze ich Sie in Freiheit.«

Die Gans dankte ihm mit Tränen, der Zwerg aber tat, wie er versprochen, schlachtete die zwei anderen Gänse, für Mimi aber baute er einen eigenen Stall unter dem Vorwande, sie für den Herzog ganz besonders zuzurichten. Er gab ihr auch kein gewöhnliches Gänsefutter, sondern versah sie mit Backwerk und süßen Speisen. Sooft er freie Zeit hatte, ging er hin, sich mit ihr zu unterhalten und sie zu trösten. Sie erzählten sich auch gegenseitig ihre Geschichten, und Nase erfuhr auf diesem Wege, daß die Gans eine Tochter des Zauberers Wetterbock sei, der auf der Insel Gotland lebe. Er sei in Streit geraten mit einer alten Fee, die ihn durch Ränke und List überwunden, und sie zur Rache in eine Gans verwandelt und weit hinweg bis hieher gebracht habe. Als der Zwerg Nase ihr seine Geschichte ebenfalls erzählt hatte, sprach sie: »Ich bin nicht unerfahren in diesen Sachen; mein Vater hat mir und meinen Schwestern einige Anleitung gegeben, soviel er nämlich davon mitteilen durfte. Die Geschichte mit dem Streit am Kräuterkorb, deine plötzliche Verwandlung, als du an jenem Kräutlein rochst, auch einige Worte der Alten, die du mir sagtest, beweisen mir, daß du auf Kräuter bezaubert bist, das heißt: wenn du das Kraut auffindest, das sich die Fee bei deiner Verzauberung gedacht hat, so kannst du erlöst werden.« Es war dies ein geringer Trost für den Kleinen; denn wo sollte er das Kraut auffinden? Doch dankte er ihr und schöpfte einige Hoffnung.

Um diese Zeit bekam der Herzog einen Besuch von einem benachbarten Fürsten, seinem Freunde. Er ließ daher seinen Zwerg Nase vor sich kommen und sprach zu ihm: »Jetzt ist die Zeit gekommen, wo du zeigen mußt, ob du mir treu dienst und Meister deiner Kunst bist. Dieser Fürst, der bei mir zu Besuch ist, speist bekanntlich, außer mir, am besten, und ist ein großer Kenner einer feinen Küche, und ein weiser Mann. Sorge nun dafür, daß meine Tafel täglich also besorgt werde, daß er immer mehr in Erstaunen gerät. Dabei darfst du, bei meiner Ungnade, solange er da ist, keine Speise zweimal bringen. Dafür kannst du dir von meinem Schatzmeister alles reichen lassen, was du nur brauchst; und wenn du Gold und Diamanten in Schmalz backen mußt, so tu es; ich will lieber ein armer Mann werden, als erröten vor ihm.«

So sprach der Herzog; der Zwerg aber sagte, indem er sich anständig verbeugte: »Es sei, wie du sagst, o Herr! so es Gott gefällt, werde ich alles so machen, daß es diesem Fürsten der Gutschmecker wohlgefällt.«

Der kleine Koch suchte nun seine ganze Kunst hervor. Er schonte die Schätze seines Herrn nicht, noch weniger aber sich selbst; denn man sah ihn den ganzen Tag in eine Wolke von Rauch und Feuer eingehüllt, und seine Stimme hallte beständig durch das Gewölbe der Küche; denn er befahl als Herrscher den Küchenjungen und niederen Köchen. Herr! ich könnte es machen wie die Kameltreiber von Aleppo, wenn sie in ihren Geschichten, die sie den Reisenden erzählen, die Menschen herrlich speisen lassen. Sie führen eine ganze Stunde lang all die Gerichte an, die aufgetragen worden sind, und erwecken dadurch große Sehnsucht und noch größeren Hunger in ihren Zuhörern, so daß diese unwillkürlich die Vorräte öffnen und eine Mahlzeit halten, und den Kameltreibern reichlich mitteilen; doch ich nicht also.

Der fremde Fürst war schon 14 Tage beim Herzog und lebte herrlich und in Freuden. Sie speisten des Tages nicht weniger als fünfmal, und der Herzog war zufrieden mit der Kunst des Zwerges; denn er sah Zufriedenheit auf der Stirne seines Gastes. Am fünfzehnten Tag aber begab es sich, daß der Herzog den Zwerg zur Tafel rufen ließ, ihn seinem Gast, dem Fürsten, vorstellte, und diesen fragte, wie er mit dem Zwerg zufrieden sei.

»Du bist ein wunderbarer Koch«, antwortete der fremde Fürst, »und weißt, was anständig essen heißt. Du hast in der ganzen Zeit, daß ich hier bin, nicht eine einzige Speise wiederholt und alles trefflich bereitet; aber sage mir doch, warum bringst du so lange nicht die Königin der Speisen, die Pastete Souzeraine?«

Der Zwerg war sehr erschrocken; denn er hatte von dieser Pastetenkönigin nie gehört, doch faßte er sich und antwortete: »O Herr! noch lange, hoffte ich, sollte dein Angesicht leuchten an diesem Hoflager, darum wartete ich mit dieser Speise; denn mit was sollte dich denn der Koch begrüßen am Tage des Scheidens, als mit der Königin der Pasteten?«

»So?« entgegnete der Herzog lachend, »und bei mir wolltest du wohl warten bis an meinen Tod, um mich dann noch zu begrüßen; denn auch mir hast du die Pastete noch nie vorgesetzt. Doch, denke auf einen andern Scheidegruß; denn morgen mußt du die Pastete auf die Tafel setzen.«

»Es sei wie du sagst, Herr!« antwortete der Zwerg und ging. Aber er ging nicht vergnügt; denn der Tag seiner Schande und seines Unglücks war gekommen. Er wußte nicht, wie er die Pastete machen sollte. Er ging daher in seine Kammer und weinte über sein Schicksal. Da trat die Gans Mimi, die in seinem Gemach umhergehen durfte, zu ihm und fragte ihn nach der Ursache seines Jammers. »Stille deine Tränen«, antwortete sie, als sie von der Pastete Souzeraine gehört, »dieses Gericht kam oft auf meines Vaters Tisch, und ich weiß ungefähr, was man dazu braucht, du nimmst dies und jenes, so und so viel, und wenn es auch nicht durchaus alles ist, was eigentlich dazu nötig, die

Herren werden keinen so feinen Geschmack haben.« So sprach Mimi; der Zwerg aber sprang auf vor Freuden, segnete den Tag, an welchem er die Gans gekauft hatte, und schickte sich an, die Königin der Pasteten zuzurichten. Er machte zuerst einen kleinen Versuch, und siehe, es schmeckte trefflich, und der Oberküchenmeister, dem er davon zu kosten gab, pries aufs neue seine ausgebreitete Kunst.

Den andern Tag setzte er die Pastete in größerer Form auf, und schickte sie, warm, wie sie aus dem Ofen kam, nachdem er sie mit Blumenkränzen geschmückt hatte, auf die Tafel; er selbst aber zog sein bestes Festkleid an und ging in den Speisesaal. Als er eintrat, war der Obervorschneider gerade damit beschäftigt, die Pastete zu zerschneiden, und auf einem silbernen Schäufelein dem Herzog und seinem Gaste hinzureichen. Der Herzog tat einen tüchtigen Biß hinein, schlug die Augen auf zur Decke und sprach, nachdem er geschluckt hatte: »Ah! ah! ah! mit Recht nennt man dies die Königin der Pasteten, aber mein Zwerg ist auch der König aller Köche, nicht also, lieber Freund?«

Der Gast nahm einige kleine Bissen zu sich, kostete und prüfte aufmerksam, lächelte dabei höhnisch und geheimnisvoll. »Das Ding ist recht artig gemacht«, antwortete er, indem er den Teller hinwegrückte, »aber die Souzeraine ist es denn doch nicht ganz; das habe ich mir wohl gedacht.«

Da runzelte der Herzog vor Unmut die Stirne und errötete vor Beschämung: »Hund von einem Zwerg!« rief er, »wie wagst du es, deinem Herrn dies anzutun? Soll ich dir deinen großen Kopf abhacken lassen, zur Strafe für deine schlechte Kocherei?«

»Ach Herr! um des Himmels willen, ich habe das Gericht doch zubereitet nach den Regeln der Kunst, es kann gewiß nichts fehlen!« so sprach der Zwerg und zitterte.

»Es ist eine Lüge, du Bube!« erwiderte der Herzog und stieß ihn mit dem Fuße von sich, »mein Gast würde sonst nicht sagen, es fehlt etwas. Dich selbst will ich zerhacken und backen lassen in eine Pastete!«

»Habt Mitleiden!« rief der Kleine und rutschte auf den Knien zu dem Gast, dessen Füße er umfaßte; »saget, was fehlt an dieser Speise, daß sie Eurem Gaumen nicht zusagt? Lasset mich nicht sterben wegen einer Handvoll Fleisch und Mehl!«

»Das wird dir wenig helfen, mein lieber Nase«, antwortete der Fremde mit Lachen; »das habe ich mir schon gestern gedacht, daß du diese Speise nicht machen kannst wie mein Koch. Wisse, es fehlt ein Kräutlein, das man hierzulande gar nicht kennt, das Kraut Niesmitlust, ohne dieses bleibt die Pastete ohne Würze, und dein Herr wird sie nie essen wie ich.«

Da geriet der Herrscher in Frankistan in Wut. »Und doch werde ich sie essen«, rief er mit funkelnden Augen; »denn ich schwöre auf meine fürstliche Ehre, entweder zeige ich Euch morgen die Pastete, wie Ihr sie verlanget, oder – den Kopf dieses Burschen aufgespießt auf dem Tor meines Palastes. Gehe, du Hund, noch einmal geb ich dir vierundzwanzig Stunden Zeit.«

So rief der Herzog; der Zwerg aber ging wieder weinend in sein Kämmerlein und klagte der Gans sein Schicksal, und daß er sterben müsse; denn von dem Kraut habe er nie gehört. »Ist es nur dies«, sprach sie, »da kann ich dir schon helfen; denn mein Vater lehrte mich alle Kräuter kennen. Wohl wärest du vielleicht zu einer andern Zeit des Todes gewesen, aber glücklicherweise ist es gerade Neumond, und um diese Zeit blüht das Kräutlein. Doch, sage an, sind alte Kastanienbäume in der Nähe des Palastes?«

»O ja!« erwiderte Nase mit leichterem Herzen; »am See, zweihundert Schritte vom Haus, steht eine ganze Gruppe; doch warum diese?«

»Nur am Fuße alter Kastanien blüht das Kräutlein«, sagte Mimi, »darum laß uns keine Zeit versäumen und suchen, was du brauchst; nimm mich auf deinen Arm und setze mich im Freien nieder; ich will dir suchen.«

Er tat, wie sie gesagt, und ging mit ihr zur Pforte des Palastes. Dort aber streckte der Türhüter sein Gewehr vor und sprach: »Mein guter Nase, mit dir ist's vorbei; aus dem Hause darfst du nicht, ich habe den strengsten Befehl darüber.«

»Aber in den Garten kann ich doch wohl gehen?« erwiderte der Zwerg. »Sei so gut, und schicke einen deiner Gesellen zum Aufseher des Palastes und frage, ob ich nicht in den Garten gehen und Kräuter suchen dürfte?« Der Türhüter tat also und es wurde erlaubt; denn der Garten hatte hohe Mauern, und es war an kein Entkommen daraus zu denken. Als aber Nase mit der Gans Mimi ins Freie gekommen war, setzte er sie behutsam nieder, und sie ging schnell vor ihm her dem See zu, wo die Kastanien standen. Er folgte ihr nur mit beklommenem Herzen; denn es war ja seine letzte, einzige Hoffnung: fand sie das Kräutlein nicht, so stand sein Entschluß fest, er stürzte sich dann lieber in den See, als daß er sich köpfen ließ. Die Gans suchte aber vergebens, sie wandelte unter allen Kastanien, sie wandte mit dem Schnabel jedes Gräschen um, es wollte sich nichts zeigen, und sie fing aus Mitleid und Angst an zu weinen; denn schon wurde der Abend dunkler, und die Gegenstände umher schwerer zu erkennen.

Da fielen die Blicke des Zwergs über den See hin, und plötzlich rief er: »Siehe, siehe, dort über dem See steht noch ein großer, alter Baum; laß uns dort hingehen und suchen, vielleicht blüht dort mein Glück.« Die Gans hüpfte und flog voran, und er lief nach, so schnell seine kleinen Beine konnten; der Kastanienbaum warf einen großen Schatten, und es war dunkel umher, fast war nichts mehr zu erkennen; aber da blieb plötzlich die Gans stillestehen, schlug vor Freuden mit den Flügeln, fuhr dann schnell mit dem Kopf ins hohe Gras, und pflückte etwas ab, das sie dem erstaunten Nase zierlich mit dem Schnabel überreichte und sprach: »Das ist das Kräutlein, und hier wächst eine Menge davon, so daß es dir nie daran fehlen kann.«

Der Zwerg betrachtete das Kraut sinnend; ein süßer Duft strömte ihm daraus entgegen, der ihn unwillkürlich an die Szene seiner Verwandlung erinnerte; die Stengel, die Blätter waren bläulichgrün, sie trugen eine brennend rote Blume mit gelbem Rande.

»Gelobt sei Gott!« rief er endlich aus; »welches Wunder! Wisse, ich glaube, es ist dies dasselbe Kraut, das mich aus einem Eichhörnchen in diese schändliche Gestalt umwandelte; soll ich den Versuch machen?«

»Noch nicht«, bat die Gans. »Nimm von diesem Kraut eine Handvoll mit dir, laß uns auf dein Zimmer gehen, und dein Geld und was du sonst hast, zusammenraffen und dann wollen wir die Kraft des Krautes versuchen.«

Sie taten also und gingen auf seine Kammer zurück, und das Herz des Zwerges pochte hörbar vor Erwartung. Nachdem er fünfzig oder sechzig Dukaten, die er erspart hatte, einige Kleider und Schuhe zusammen in einen Bündel geknüpft hatte, sprach er: »So es Gott gefällig ist, werde ich dieser Bürde los werden«, streckte seine Nase tief in die Kräuter und zog ihren Duft ein.

Da zog und knackte es in allen seinen Gliedern, er fühlte, wie sich sein Kopf aus den Schultern hob, er schielte herab auf seine Nase, und sah sie kleiner und kleiner werden, sein Rücken und seine Brust fingen an, sich zu ebnen, und seine Beine wurden länger.

Die Gans sah mit Erstaunen diesem allem zu. »Ha! was du groß, was du schön bist!« rief sie, »Gott sei gedankt, es ist nichts mehr an dir von allem, wie du vorher warst!« Da freute sich Jakob sehr, und er faltete die Hände und betete. Aber seine Freude ließ ihn nicht vergessen, welchen Dank er der Gans Mimi schuldig sei; zwar drängte ihn sein Herz, zu seinen Eltern zu gehen, doch besiegte er aus Dankbarkeit diesen Wunsch und sprach: »Wem anders, als dir, habe ich es zu danken, daß ich mir selbst wiedergeschenkt bin? Ohne dich hätte ich dieses Kraut nimmer gefunden, hätte also ewig in jener Gestalt bleiben, oder vielleicht gar unter dem Beile des Henkers sterben müssen. Wohlan, ich will es dir vergelten. Ich will dich zu deinem Vater bringen; er der so erfahren ist in jedem Zauber, wird dich leicht entzaubern können!« Die Gans vergoß Freudentränen, und nahm sein Anerbieten an. Jakob kam glücklich und unerkannt mit der Gans aus dem Palast, und machte sich auf den Weg nach dem Meeresstrand, Mimis Heimat zu.

Was soll ich noch weiter erzählen, daß sie ihre Reise glücklich vollendeten, daß Wetterbock seine Tochter entzauberte, und den Jakob mit Geschenken beladen entließ; daß er in seine Vaterstadt zurückkam, und daß seine Eltern in dem schönen jungen Mann mit Vergnügen ihren verlorenen Sohn erkannten, daß er von den Geschenken, die er von Wetterbock mitbrachte, sich einen Laden kaufte, und reich und glücklich wurde?

Nur so viel will ich noch sagen, daß nach seiner Entfernung aus dem Palaste des Herzogs große Unruhe entstand; denn als am andern Tag der Herzog seinen Schwur erfüllen, und dem Zwerg, wenn er die Kräuter nicht gefunden hätte, den Kopf abschlagen lassen wollte, war er nirgends zu finden; der Fürst aber behauptete, der Herzog habe ihn heimlich entkommen lassen, um sich nicht seines besten Kochs zu berauben, und klagte ihn an, daß er wortbrüchig sei. Dadurch entstand dann ein großer Krieg zwischen beiden Fürsten, der in der Geschichte unter dem Namen »Kräuterkrieg« wohlbekannt ist; es wurde manche Schlacht geschlagen, aber am Ende doch Friede gemacht, und diesen Frieden nennt man bei uns den »Pastetenfrieden«, weil beim Versöhnungsfest durch den Koch des Fürsten die Souzeraine, die Königin der Pasteten, zubereitet wurde, welche sich der Herr Herzog trefflich schmecken ließ.

So führen oft die kleinsten Ursachen zu großen Folgen; und dies, o Herr, ist die Geschichte des Zwerges Nase.

AUGUST GRAF VON PLATEN

1796–1835

Rosensohn

Ein Märchen in zwölf Kapiteln

ERSTES KAPITEL

Es war einmal ein gar weiser und schöner König, welcher Pheristos hieß und seine Gemahlin Gyrmantis. Aber allzufrüh verlor die holdselige Königin ihren Gemahl und ihr neugebornes Söhnlein; sie übergab darauf die Regierung des Landes ihrem Bruder und entzog sich allen Freuden der Welt. Sie begab sich auf ein einsames Schloß, das im dichten Walde lag, um dort ihren Gatten zu beweinen. Noch nicht lange auf dieser Burg angelangt, hörte sie eines Abends an ihre Türe klopfen, und als sie herein rief, da kam ein Zwerglein auf sie zu in blauem Gewand und machte ihr einen freundlichen Knix. Er bat sie, nicht zu erschrecken und ihm in ihrem Hause ein Nachtlager zu gönnen, da er sich verspätet habe in der Wildnis. Gyrmantis gewährte es ihm gerne, und des andern Morgens zog das Zwerglein wieder weiter, nachdem es der Königin seinen Dank in gar zierlichen Worten gesagt hatte. Nach dieser Zeit kam er öfters wieder und brachte ihr manchmal Erdbeeren, manchmal einen Strauß von Windröschen oder andern Blumen, die man im Walde sammelte. Zuweilen sang er ihr ein altes Lied, und sie hing wohlgefällig an seinen Lippen. Sie erfreute sich, eine Seele gefunden zu haben, mit der sie reden konnte von ihrem Gemahl; denn das Zwerglein hörte ihr aufmerksam zu und ward gerührt von ihrer Treue gegen den König, den er gekannt zu haben vorgab. »Ach!« sagte die Königin öfters, »wohl könnte ich's verschmerzen, wenn mein Gemahl in meinen Armen gestorben wäre. Aber er ist einst plötzlich verschwunden, und niemand weiß wohin. Welch ein Unfall mag ihn betroffen haben?« Das Zwerglein sprach ihr Trost ein und meinte, ihr Gemahl könne doch noch am Leben sein und einst in ihre Arme zurückkehren. Gyrmantis malte sich diese Hoffnung in einsamen Stunden aus, den Zwerg aber bekam sie täglich lieber, so häßlich er war, und so oft er ging, gab sie ihm ihre Hand, die er zierlich an seinen Mund führte.

ZWEITES KAPITEL

Einstmals hatte die Königin den ganzen Tag vergebens auf ihren kleinen Gesellschafter gewartet, als er plötzlich spät abends hereinstürzte, eine Rosenknospe in der Hand, die er, trotz seiner Eile, sehr sorgfältig zu tragen schien. »Hier nehmt, schöne Frau«, sagte er, indem er ihr die Knospe überreichte, »bewahrt sie gut, gebt ihr täglich frisches Wasser, sie wird der Trost Eures Alters sein. Lebt wohl, meine Feinde verfolgen mich, laßt Euch ja die Rose nicht abnehmen. Wenn sie verwelkt ist, aber nicht eher, öffnet diesen Brief, den ich Euch hier gebe. Lebt wohl!«

Drauf stürzte er eilig fort und ließ die Prinzessin ganz erstaunt in ihrem Gemache zurück. Sie hielt die Knospe noch betrachtend in der Hand, als eine ganze Schar von Zwergen hereinkam, und einer fragte: »Habt Ihr nicht einen mißgestalteten Zwerg hier gesehen, der seit langem schon in diesem Walde herumspukt?« »Jetzt seh' ich ihrer wohl zwanzig«, antwortete die Königin, ganz entrüstet über die dreisten Figuren. »Ei seht doch«, sagte ein anderer, »da hält sie die Rosenknospe in der Hand, um derentwillen wir ausgeschickt sind. Gebt sie her, schöne Frau, es soll Euch kein Leids geschehen, es ist für unsere mächtige Gebieterin.« »Diese Rose ist aus meinem eigenen Garten«, erwiderte Gyrmantis, »und ihr sollt sie nimmermehr erhalten. Was aber eure Gebieterin anbetrifft, so will ich nichts mit ihr zu schaffen haben.«

Da drangen die Zwerglein auf sie ein, um mit Gewalt zu nehmen, was sie nicht gutwillig lassen wollte; sie aber nahm ihren Fächer und schlug sie damit so derb auf die Köpfe, daß einer nach dem andern hinauswischte. Drauf schöpfte sie Wasser am Brünnlein in einen Kristallbecher und setzte die Knospe hinein, die nachgerade sich zu entfalten anfing.

Da trat eines Tages eine Alte herein, grüßte, und als sie das halbgeöffnete Röslein sah, sagte sie: »O gebt mir doch das prächtige Röslein dort im Winkel, meine Enkelin hält morgen Hochzeit, und da möcht' ich ihr doch eine Rose in den Kranz flechten. Sie sind in allen Gärten schon abgeblüht, dies ist die einzige. Wollt Ihr mir sie geben? Seht, diesen Beutel eitel Gold sollt Ihr dafür bekommen!« Die Königin aber ließ sie kaum gewähren und erwiderte: »Ihr macht es gar zu plump, Alte. Geht nur wieder, woher Ihr gekommen seid. Wenn aber Eure Enkelin ohne Rosen nicht kann Hochzeit machen, so soll sie warten bis ins nächste Frühjahr, wo's Rosen wieder die Hülle und die Fülle gibt.« Aus den Augen der Alten funkelte der Zorn, und scheltend verließ sie die Stube.

DRITTES KAPITEL

Als Gyrmantis eines Morgens erwachte, war die Rose ganz offen, und wie sie näher hinzutrat, siehe, da lag ein holdseliges Knäblein in der Mitte. Sie nahm es heraus und küßte es und wiegte es in ihren weichen Armen. Die Blätter der Rose aber fielen schnell ab, und nur der Stengel blieb im Wasser stehen. Da gedachte sie des Briefes, den ihr der Zwerg gegeben hatte. Sie holte ihn und las:

»Den Knaben, der aus dieser Rose entstehen wird, den wahret wohl und ziehet ihn groß. Wenn er aber erwachsen ist, da laßt ihn die Rüstung anziehen, die in Eurem Garten unter der großen Linde vergraben ist. Dann soll er ausziehen und sich eine Braut suchen. Damit er aber erkenne, welche ihm bestimmt sei, so hört, was Ihr zu tun habt. Wenn Ihr ihn ausziehen heißt aus Eurer Wohnung, so gebt ihm mit den abgedorrten Rosenstengel, aus dem er entsprossen ist. So er aber diejenige sieht, die er liebt und die ihm ihre holdselige Hand will geben, so mag er ihr den Stengel überreichen. Wenn sie ihn berührt hat und es sproßt daraus eine Rose hervor, so ist es die Jungfrau, die er ehelichen soll. Bleibt der Stengel dürr, so soll er fliehen und nie wiedersehen die Geliebte des Herzens. Diesen Knaben aber mögt Ihr Rosensohn nennen, denn dieser Name ziemt ihm. Lebet wohl, schöne Frau, und gedenket meiner, den Ihr vielleicht nie mehr sehen werdet.«

Gyrmantis aber erstaunte sehr, als sie diesen Brief gelesen hatte. Das

Zwerglein kam nicht mehr, wie es gesagt hatte. Den Knaben aber zog sie mit Sorgfalt groß, und er ward ein schöner Jüngling, stattlich und schlank wie die Tanne des Waldes, mit blonden Haaren und schwarzen Augen. Und als er nun achtzehn Jahre hatte, da gab sie ihm den Brief, und er grub sich die Rüstung aus und tat sie an. Da glaubte Gyrmantis ihren Gemahl wieder zu sehen, so stattlich war er. Und er nahm zärtlich Abschied von ihr und eilte davon.

VIERTES KAPITEL

Nach einigen Stunden kam er an das Ende des Waldes, in welchem das Schloß der Gyrmantis gelegen war. Da sah er denn einen hohen Turm, der ihm ein Aufenthalt von Gefangenen zu sein schien. Bald hörte er auch die Stimme eines Mannes, der ein Klagelied anhub in gar schmerzlichen Tönen. Da blieb er stehen und rief: »Wer bist du? Wie lange wohnst du in diesem Kerker?«

»Ich bin unglücklich«, erwiderte die Stimme, »und schon achtzehn Jahre harre ich auf meinen Erlöser.« »Kann ich dich befreien?« fragte Rosensohn. »Nein«, sagte die Stimme, »ein Zauber hält mich hier fest. Aber wer bist du denn, junger Fremdling, der meiner sich annimmt?« »Rosensohn nannte mich die Pflegerin meiner Jugend.« »O sei mir dreimal gesegnet«, erhielt er zur Antwort, »du bist aus fürstlichem Geblüte, eine Königin hat dich geboren!« »Ja, die Königin der Blumen«, erwiderte der Zögling der Gyrmantis. »Eine Rose ist meine Mutter und ein geheimnisvoller Brief mein ganzes Erbteil. Er befiehlt mir eine Braut zu suchen, aber ich bin einsam im Wald erzogen, ich kenne niemand. Möchtest du mir ein edles Fräulein nennen, das holdselig wäre und gut, zu der ich gehen könnte und werben und sehen, ob sie mir bestimmt sei.«

Und ohne sich zu besinnen antwortete der Gefangene: »Wohl kann ich dir nennen ein edles Fräulein, das holdselig ist und auch gut, um das du werben kannst und sehen, ob sie dir bestimmt sei. Wandle nur geradeswegs, bis du an die Grenze kommen wirst des nachbarlichen Königreichs. Dort laß dir aber die Straße zeigen nach der Hauptstadt. Denn der König hat eine Tochter, Lilla genannt, die die schönste ist von allen Prinzessinnen auf der Erde.« – Rosensohn dankte dem Unbekannten und ging munter des Weges. Da hörte er noch den Gesang aus dem Turme:

»Zieh frisch davon
Über Berg und Wald,
Und kehre bald,
Du Rosensohn.
Dann eil' herbei,
Wenn du kommst zurück,
Und mach mein Glück,
Und mach mich frei.«

FÜNFTES KAPITEL

Als Rosensohn an die Grenze des benachbarten Reiches kam, fragte er nach dem Weg zu der Hauptstadt. Den ganzen Tag ging er fort und des Nachts schlief er unter einem Olivenbaume. Im Traume aber sah er die Prinzessin Lilla, gar herrlich anzuschauen und lauter Liebreiz. Durch ihre Locken war eine Krone geflochten, der Schleier war zurückgeschlagen. Ihre Hand aber hielt einen Kranz, und ihr Mund lächelte mit unaussprechlicher Anmut. Da raffte er sich vom Schlafe auf, voll Sehnsucht, und in der siebenten Stunde des Morgens stand er am Stadttore. Als er aber einen großen Zusammenlauf von Menschen sah, fragte er nach der Ursache, und einer erzählte ihm denn, daß eine Menge Prinzen und Ritter versammelt wären, um den Besitz der Prinzessin Lilla zu streiten. Der Trieb des Kampfes entflammte auch ihn, und als er an die Schranken kam, siehe da saß die Prinzessin Lilla auf einem Balkon, gar herrlich anzuschauen und lauter Liebreiz. Durch ihre Locken war eine Krone geflochten, der Schleier war zurückgeschlagen. Ihre Hand aber hielt einen Kranz, und ihr Mund lächelte mit unaussprechlicher Anmut.

Da trat denn auch er bescheidentlich in die Schranken und alle Prinzen besiegte er und alle Ritter, und das Auge der Prinzessin ruhte züchtiglich auf seiner Gestalt. Und der König sagte ihm: Ihr habt meine Tochter erkämpft, geht aber hinauf und fragt sie um ihre Beistimmung.« Da ging er denn mit klopfendem Herzen hinauf, und als er in den Saal trat, kam ihm Lilla entgegen und setzte ihm den Kranz auf. Er aber warf sich zu ihren Füßen und faßte ihre holdselige Lilienhand, die er inbrünstig mit seinen Lippen berührte. Sie hob ihn huldreich auf und ließ ihre Frauen abtreten und begann mit verschämten Worten: »Meine Hand habt Ihr gewonnen durch Hiebeswaffen, durch Liebeswaffen mein Herz. Doch darf ich Euch nicht begrüßen als Bräutigam. Setzt Euch und hört, was es damit für eine Bewandtnis hat.«

SECHSTES KAPITEL

Meine Pate«, begann die holdselige Lilla zu reden, »ist eine mächtige Fee. Sie gab mir zum Angebinde eine Stecknadel, die untere Hälfte von Stahl, die obere von Silber, der Knopf aber war von purem Golde. Diese Nadel, sagte sie, sei ein kostbarer Talisman, der eine Wunderkraft in sich schlösse. Meine Mutter bewahrte sie mir auf; als sie aber daniederlag und ihren Tod herannahen fühlte, da ließ sie mich vor ihr Bett kommen und sagte: ›Hier übergebe ich dir das Kleinod, worauf die Fee sovielen Wert legte. Trag' es immer bei dir, aber wahre es wohl; gib darauf acht und laß es dir nicht entreißen. An deinem Hochzeitstage stecke die Nadel an dein Brautkleid, das, sagte die Fee, wird die glücklichste Ehe bewirken. Daher versprich mir, mein Töchterchen, dich nicht zu vermählen, ohne sie an dein stattliches Gewand zu heften.‹ Ich versprach es ihr, und sie starb.

Ihr seht, mein Prinz, daß ich nicht imstande bin, Euch meine Hand zu reichen, denn daß ich die Nadel verloren, wird Euch der Erfolg meiner Geschichte lehren.

Ich meinesteils bildete mir nicht wenig auf das Kleinodium ein, dessen Gebrauch ich noch nicht kannte. Ich ließ es nie von mir und zeigte es jedermann hochmütig, weil ich es von einer Fee bekommen hatte.

Einstmals geschah es auch, daß ich im Garten meines Vaters spazieren ging. Da kam eine ältliche Frau auf mich zu, gar häßlichen Angesichts. Und da sie mich lange betrachtet hatte und die Nadel bemerkte, rief sie aus: ›Ei, schönes Fräulein, was muß das für eine Nadel sein, die Ihr da anhabt? Je nun, laßt sie mich doch einmal recht betrachten und meine Augen ergötzen an dem holdseligen Schein.‹ Ich gab sie ihr mit einem Blick, als wenn ich dergleichen noch viele hätte. Sie aber nahm sie in die Hand, schüttelte vor Verwunderung den Kopf hin und her, indem sie sagte: ›Ei, ei, ei, welch eine schmucke Nadel ist dies! Unten Stahl, oben Silber und der Knopf von eitel Gold. Nun, ich danke Euch, schönes Fräulein, für das köstliche Kleinod, so Ihr mir verehrt habt.‹ ›Nein‹, fiel ich ihr rasch ins Wort, ›so war's nicht gemeinet, es hat damit eine ganz andere Bewandtnis.‹ ›Es hat die Bewandtnis, daß Ihr sie mir geschenkt habt‹, erwiderte die Alte ganz keck und stemmte die Arme in die Seiten, ›ich will sehen, wer sie mir wieder abnimmt.‹ Hiemit kehrte sie mir den Rücken und hinkte fort. Ich aber, ganz entrüstet und in Verzweiflung, meine Nadel verloren zu haben, lief ihr nach, um sie festzuhalten. Wie ich aber auf sie zukam, verschwand sie plötzlich und ließ mich im traurigsten Zustande zurück.«

SIEBENTES KAPITEL

Ich hatte mich eben auf eine Gartenbank niedergelassen«, fuhr die Prinzessin Lilla in ihrer weitschweifigen Erzählung fort, »um mir über meine Unvorsichtigkeit nutzlose Vorwürfe zu machen, als ein Bedienter kam und mir meldete, daß mein Vater mich zu sehen wünsche. Ich hielt mich dazu nicht fähig und sagte daher dem Boten, er möchte mich beim Könige entschuldigen, indem ich unpaß wäre. ›Dies wird nicht wohl angehen‹, erwiderte er, ›dieweil die Fee Pflasterhold (so hieß meine Pate) angekommen ist und nach Euer Gnaden recht sehnlich verlangt.‹ Ich war mehr tot als lebendig, da ich dies hörte, und der Schreck fuhr mir in alle Glieder. Nach einer Pause endlich antwortete ich, daß ich erscheinen würde, man möchte mir nur einige Zeit vergönnen, mich umzukleiden. Der Page ging und überließ mich einer grenzenlosen Angst. ›Ach‹, rief ich aus, ›mußte denn meine Pate schon heute eintreffen, oder erst heute, sie hätte uns ja schon gestern mit einem Besuche beglücken können. Ach, wie wird mir's ergehen, wenn sie erfährt, was ich ihr nicht verbergen kann! Wenn mir die Alte doch nur die Nadel für diesen Abend noch borgen wollte! Aber nun ist sie fort, und Pflasterhold verlangt recht sehnlich nach mir! Aber so geht es den Hochmütigen! Hätt' ich die Nadel bescheidentlich versteckt in einer Falte meines Gewandes, so hätte ich alles Unheil vermeiden können.‹ Auf diese Weise zankte ich noch lange mit mir selbst, bis mir einfiel, daß es Zeit sein möchte, mich anzukleiden. Ich erschwerte der Kammerfrau dies Geschäft so ziemlich; endlich mußte ich mich fortbegeben. Meine Furcht vor der Fee war unüberwindlich. Den Korridor, den ich passieren mußte, durchwandelte ich mit abgemessenen Schritten und betrachtete jedes Gemälde aufmerksam, bis endlich mein Vater die Tür aufriß, wahrscheinlich mich zu holen, und rief: ›Da ist sie ja!‹

Als mich aber die Fee ansichtig wurde, stund sie sittsam auf, indem sie mir einen tiefen und langsamen Knix machte. Ich machte ihr wieder einen langsamen Knix, aber mein Herz pochte nur desto schneller. Hierauf ging ich auf sie zu und küßte ihr die Hand mit einer gar demütigen Miene. ›Ei, sieh da‹, hub sie an, indem sie mir auf die Wangen klopfte, ›wie sie demütig geworden ist, das arme Kind! Sie hat das muntere Wesen ihrer früheren Jahre ganz abgelegt.‹ ›Ich wüßte nicht‹, sagte mein Vater, ›sie scheint mir nur erschrocken.‹ ›Das arme Kind!‹ wiederholte die Fee, indem sie mich mitleidig ansah. Ich aber hatte mich sittsamlich auf den Rand eines Stuhles begeben, wo ich jeden Augenblick das Wort erwartete, das mich zerschmettern sollte. Sie redete aber viel mit meinem Vater, und nach und nach war mir alle Furcht verschwunden, als sie plötzlich anfing: ›Daß ich's nicht vergesse, scheues Kind, zeiget mir doch das Nädelchen, so ich Euch geschenkt habe zum Angebinde. Es ist gar köstlich anzuschauen, unten Stahl, oben Silber und eitel Gold der Knopf. Mögt Ihr mir's herbringen, es ist zu mancherlei Dingen nütze.‹ Ohne zu wissen, was ich tat, ging ich hinaus, allein jetzt fragte sich's, was ich tun sollte? Plötzlich kam mir in Sinn, daß die Alte, so mir die Nadel abgenommen, wohl die Fee Pflasterhold selbst müsse gewesen sein, die diese Gestalt geborgt hätte, um meine Sorgfalt in Versuchung zu führen. In diesem Gedanken immer mehr bestärkt, trat ich ganz schüchtern hinein, warf mich der Pflasterhold zu Füßen und begann fast weinerlich: ›O beste Pate! Verzeiht mir meinen Fehltritt, für den ich allbereits gestraft bin. Möchtet Ihr mir wiedergeben, was Ihr mir genommen habt! Die Reue, die ich fühle, ist innerlich, möchtet Ihr gnädig mit mir verfahren!‹ Aus ihren erstaunten Mienen sah ich aber wohl, daß sie von nichts unterrichtet sei. Ich erzählte ihr daher alles. Da ich zu Ende war, stand sie ganz zornmutig auf und sagte: ›Ungehorsames Kind! Ich will Euch nicht *mehr* strafen, als Ihr durch den Verlust Eures Kleinodiums gewitzigt seid, das ich Euch nicht mehr ersetzen kann. Jedoch die, die es Euch genommen hat, muß eine Fee gewesen sein, weil sie die geheimen Kräfte der Dinge erkannte. Ihr sollt wissen, was Ihr verloren habt.‹

Hierauf erzählte sie mir von den Wunderkräften der Nadel. Sie sprengt alle Schlösser und Riegel, sie macht den, der sie trägt, unsichtbar auf sein Verlangen, was die alte Diebin wohl benutzt hat, und jeder, der mit dem Knopfe derselben berührt wird, bleibt unbeweglich stehen, bis ihn die Berührung der Spitze wieder lebendig gemacht hat. Nachdem die Fee mir dies umständlich vorgehalten, reiste sie unverzüglich von dannen, ohne daß sie mir verziehen hatte.«

ACHTES KAPITEL

Da ich das Alter erreichte«, fuhr die schöne Lilla etwas beschämt fort, »wo mein Vater wünschte, daß ich mir ein Ehegemahl auswählen sollte, da schickte er zur Fee Pflasterhold und ließ sie um Rat fragen. Die Fee aber sandte mir einen Brief zurück, in dem geschrieben stand:

»Kommt ein Ritter, der da ward
Noch einmal geboren,
Der die schöne Nadel bringt,
Welche du verloren,
Diesen hat zum Bräutigam
Dir die Fee erkoren«.

Mein Vater aber war baß verdrießlich über diese unbestimmten Worte und beschloß, sich gar nicht daran zu kehren. Er ließ daher das Kampfspiel anordnen, von dem Ihr wißt und in dem Ihr den Sieg davongetragen. Wenn Ihr mich nun zu besitzen wünscht, so möget Ihr ausziehen, das Kleinod zu erobern, das ich verloren gehen ließ. An die Pflasterholdsche Weissagung stoßt Euch nicht, erbeutet uns die Nadel; denn sie allein bringt ja Glück im Ehestande. Aber nun sagt auch Ihr mir etwas von Eurer Abkunft und Eurem Leben, von Eurem Glücks- und Unstern, denn mit den Gestirnen ist unser Los verknüpft.« Da erzählte er ihr denn alles, und sie lächelte holdselig, als er ihr sagte, wie er zur Welt kam. Kaum hatte er geendigt, horch, da tönte das Glöcklein zur Tafel. Sie sagte ihm, indem sie ging: »Möchtet Ihr ein bequemeres Kleid anziehen und uns in den Saal folgen, wo getafelt wird.« Er zog ein leichteres Kleid an und folgte ihr. Aber jedermänniglich erstaunte, als er eintrat, so stattlich war er. Oft wurde die Gesundheit des Brautpaars getrunken. Mit dem frühesten aber zog er fort. Als er schon weit vom Schlosse war, kehrte er noch einmal um, und siehe, die schöne Lilla stand auf dem Balkon und grüßte ihn noch von ferne. Da nickte er mit dem Kopf, es ward ihm wohl und wehmütig.

NEUNTES KAPITEL

Als er aber nachdachte, was er zu tun hätte, da wurde er überaus traurig, denn wo sollte er hingehen, um die Nadel zu finden? Zwei Tage streifte er furchtlos umher, da kam er auch an den Wald, wo er erzogen ward. Und als er hineintrat, gedachte er der Gyrmantis und konnte nicht widerstehen sie zu sehen, die schönlockige Pflegerin seiner Jugend. Er suchte das Haus, wo sie wohnte. Als er herankam, sah sie ihn von der Ferne und trat ihm entgegen, gar freudig in ihrem Herzen. »Liebster«, sagte sie, »hast du gefunden, was du gesucht hast?« »Ach nein, ich finde sie nicht, ich suche vergebens«, gab er zur Antwort. »Wie?« entgegnete sie, »du hättest kein Fräulein gefunden, die holdselig wäre und gut, um das du werben könntest, und erproben, ob sie dir bestimmt sei?« »Ach«, sagte er, »das Fräulein hab' ich gefunden, aber ihr Glück hängt an einer Stecknadel, wie meines an ihr.« Da erzählte er denn alles der Pflegerin seiner Jugend. Und Gyrmantis begann zu sprechen und sagte: »Nach allem, was ich von jener Alten höre, so möchte ich fast glauben, es sei dieselbe, die mich einst besucht hat. Damals kannte ich sie nicht; nun aber weiß ich, daß sie eine Fee ist, Pfefferlüsch mit Namen, sehr böse und zornmutig. Mögest du bei ihr dein Glück versuchen! Sie wohnt in diesem Walde in einer strohdachnen Hütte.« Und die Königin zeigte ihrem Pflegesohn den Weg nach der Hütte und nahm gar rührend Abschied und versprach zu seiner Hochzeit zu kommen.

Bald sah Rosensohn die Wohnung der Alten und klopfte. »Herein!« erscholl eine krächzende Stimme. Er trat hinein, da saß die Fee Pfefferlüsch bei einer Flasche Wein, an ihrem Halstuche aber erblickte er die Nadel, unten Stahl, oben Silber, den Knopf von eitel Gold. »Nun, was wollt Ihr denn, schöner Herr«, sagte sie, »womit kann ich dienen?« Aber Rosensohn gegenredete kurzbündig: »Es ist hier von keinem Dienste die Rede, bei dem's auf Eurer Wollen ankömmt. Die Nadel sollt Ihr wieder herausgeben, die Ihr der schönen Lilla genommen habt.« »Gut, daß Ihr kommt«, sagte sie, »da mögt Ihr sie hinnehmen.« Hiemit zog sie sie aus dem Tüchlein. Aber Rosensohn merkte ihre Absicht, daß sie ihn damit berühren und festbannen wollte. Da kam er ihr schnell zuvor und schlug sie so derb auf die Finger, daß sie die Nadel fallen ließ, die er eilig aufhob. Kaum aber war dies geschehen, so drehte sie den kostbaren Zauberring um, den sie an der Hand hatte, und unter seinen Füßen tat sich der Boden auf, und er versank in eine finstere Kluft, in die kein Tageslicht hineinschien.

ZEHNTES KAPITEL

Lange saß er in sprachloser Betäubung auf der feuchten Erde, so sehr hatte ihn dieser schnelle Wechsel ergriffen. Doch sobald er wieder zur Besinnung kam, da dachte er an die Wunderkräfte der Nadel, die er in Händen hielt, und daß alle Schlösser und Riegel bei ihrer Berührung aufsprängen. Er suchte nun rings an den Wänden die Türe auf. Und als er sie gefunden hatte, berührte er das Schloß mit der Wundernadel, und siehe da, es sprang auf, und plötzlich stand er im Freien.

Kaum war er einige hundert Schritte gegangen, da kam eine Krämerin auf ihn zu, mit einer Schachtel voll allerlei Raritäten. »Wollt Ihr nichts kaufen, schöner Ritter«, sagte sie. »Wenn Ihr eine Braut habt, hier ist manches, was sie ergötzen mag. Spangen, Ohrgehänge und Ringe, Nähekissen, Spindeln und Nadelbüchschen.« »Ihr kommt wie gerufen«, sagte Rosensohn, der nichts Arges dachte. »Ein Nadelbüchschen mögt Ihr mir geben, ich habe hier eine Nadel, die ich nicht heften kann an meinen Harnisch.« Und sie gab ihm ein Büchslein; aber ehe er die Nadel hineinsteckte, kehrte er's zuerst in die Hand um, und siehe, da waren bei tausend Nadeln und immer mehr und mehr, je mehr er schüttelte. Alle waren wie seine, unten Stahl, oben Silber, von purem Gold der Knopf. »Nun mögt Ihr herausfinden, was Euer ist«, sagte die Krämerin höhnisch, und nun merkte er, daß es Pfefferlüsch war. Er hatte aber die Nadel noch in der Hand behalten und ging getröstet seiner Wege. Und bald gelangte er zum Turme am Ende des Waldes. »Der Sohn der Rose ist da«, sprach er, »und kann Euch helfen, durch einen Zauber helfen.« Er berührte mit der Nadel die Türe des Turms. Sie sprang auf. Ein Zwerglein trat heraus, häßlich, aber nicht widrigen Angesichts. Und der Ritter sprach: »Ich kenne Euch, Ihr habt die Rose gebracht zur schönlockigen Pflegerin meiner Jugend. Sie hat mir Euch oft beschrieben, oder ist's nicht so?« »Ich bin's«, gegenredete das Zwerglein, nun aber verliert keine Zeit und sucht die Krämerin einzuholen und mit gleicher List zu verderben. Eilet, ich folge Euch in der Ferne.«

Rosensohn ging nicht lange, da begegnete ihm schon die hämische Pfefferlüsch und sagte: »Nun, ist Eure Wahl schon getroffen, schöner Herr?« Rosensohn nahm eine traurige Miene an und sagte: »Ach, Mütterchen, ich bin in Verzweiflung, da mögt Ihr alle Nadeln wieder nehmen und selbst die meine heraussuchen. Ich kann nicht damit fertig werden.« Hierauf übergab er ihr das Büchschen. Sie grinste vor Freude, weil sie das Kleinod dabei wähnte. Da sie sich aber wendete, berührte sie Rosensohn mit dem Nadelknopfe, und mitten im Umdrehen blieb sie in schiefer Stellung an Boden gewurzelt.

ELFTES KAPITEL

Indes trat auch das Zwerglein hinter einem Gebüsche hervor, und da es den kostbaren Zauberring noch an der Hand der Pfefferlüsch bemerkte, nahm er ihr ihn ab, indem er ihn an seinen eigenen Finger steckte. Aber wie erstaunte Rosensohn, als er auf einmal statt des leidigen Zwergleins einen schlanken Mann von mittlerem Alter vor sich stehen sah, der ihn umarmte, indem er ausrief: »Sieh in mir deinen Vater! Aber jetzt verlange keinen weiteren Aufschluß; geh deiner schönen Hoffnung entgegen; an deinem Hochzeitstage soll dir alles klar werden.« Hiermit verließ er ihn, und Rosensohn stand lange, ehe er sich von seiner Verwunderung erholt hatte. Doch der Gedanke an Lilla verjagte jeden andern, und er setzte seinen Weg unter süßen Erwartungen fort. Am frühen Morgen des andern Tages langte er in der Hauptstadt an. Wie erstaunte Lilla, da sie ihn so frühe zurückkehren sah! Er sank zu ihren Füßen und übergab ihr die Wundernadel, die sie gar sorgfältig in eine Falte ihres Kleides verbarg. Als sie ihn aber von der Erde aufhob, da überreichte er ihr zitternd den Stengel der verblühten Blume. Sie, die wohl mit dem Sinne dieses Geschenkes bekannt war, empfing es mit klopfendem Herzen. Aber kaum hatte sie es berührt, so entfaltete sich die schönste, die vollste Rose aus dem abgedorrten Stengel. Der König aber bestimmte den folgenden Tag zum Hochzeitstage. Die Fee Pflasterhold traf noch abends vorher ein; sie war versöhnt und freute sich des holdseligen Brautpaares. Des andern Morgens meldete ein Läufer die Ankunft des benachbarten Königs mit seiner Gemahlin, welche der Hochzeit beizuwohnen gedächten. Als jedoch die Saaltüren aufgingen, da sah Rosensohn denselben, den er aus dem Turme befreit hatte; ihm zur Seite aber erblickte er die Pflegerin seiner Jugend, die schöngelockte Gyrmantis. Diese ging auf ihn zu und sagte, ihn umarmend: »Erkenne nun in der, die dich erzog, deine leibliche Mutter und in diesem meinen Gemahl, den ich so lange betrauerte. Es ist Pheristos, dein Vater!« Rosensohn stand freudig erstaunt; aber die holdselige Lilla lächelte überaus freundlich und sagte: »Möget ihr mir nun das glückliche Wunder begreiflich machen, das mich zu eurer Tochter macht, wenn ihr anders eurem Sohne meine Hand nicht abratet.« Da ergriff der König das Wort und sagte: »Das sei ferne von uns, daß wir ihn abhalten sollten von seinem Glücke, von einer Braut, die so gut ist und holdselig, und die ihm das Schicksal bestimmt hat. Aber nun mögt ihr meine Geschichte vernehmen.«

ZWÖLFTES KAPITEL

Mein Vater«, fing der König Pheristos seine Erzählung an, »raubte einst der Fee Pfefferlüsch, die wir alle kennen, und die ihm manchen verruchten Streich gespielt hatte, einen Zauberring, den nämlichen, den ihr hier an meinem Finger seht. Sie aber trachtete auf alle Weise, diesen Ring, in welchem ihre ganze Kunst gelegen war, wieder zu erbeuten. Aber mein Vater verwahrte ihn so gut, daß jede List an seiner Sorgfalt scheiterte. Als aber mein Vater starb, erbte ich sein Reich mit diesem Ringe. Nun ließ sie mir feierlichst ihre Hand anbieten, wenn ich ihr den bewußten Ring als Bräutigam verehren wollte. Ihr mögt leicht denken, wie sehr dieser Antrag verworfen wurde. Bald darauf vermählte ich mich mit dieser meiner schönen Gemahlin Gyrmantis.

Lange wandte Pfefferlüsch alles vergebens an, mich zu täuschen. Als aber die Königin von einem Knäblein entbunden ward, da bot sie sich als Amme an, ohne daß weder ich noch sonst jemand vom Hofgesinde sie gekannt hätte. Als sich nun Pfefferlüsch eines Tags mit dem jungen Prinzen im Arm unbemerkt glaubte, entsprang sie durch eine Hintertreppe in die Gärten, um von da aus ihren Raub in ihre Waldhütte zu tragen. Ich aber sah sie vom Fenster aus, ahnte Verrat, und als wenn ich Flügel gehabt hätte, stand ich im

Garten und eilte ihr nach. Aber leider war sie schon zu weit voraus; sie erreichte ihre Hütte und schloß hinter sich zu. Ich merkte nun, daß es Pfefferlüsch sei und geriet in Verzweiflung. Da rief sie mir heraus und sagte: ›Euren Knaben mögt Ihr gleich wieder haben, wenn Ihr mir den geraubten Ring gebt.‹ Ich war froh, einen Preis gefunden zu haben, um den ich mein Kind erkaufen konnte, und schob ihr den Ring durch eine Spalte. Sie nahm ihn, ohne herauszukommen und mir meinen Sohn zurückzugeben. Ich harrte bis abends, indem ich ihr ununterbrochen zurief. Sie hörte aber nicht. Da übermannte mich der Zorn, und ich dachte nicht mehr an die Macht, die ihr durch den Ring verliehen war. Ich trat an ein Fenster, und da ein Rosenstock davor stand, so nahm ich ihn und durchwarf damit die Scheiben, um in die Stube zu gelangen. Die Rosen wurden alle zerknickt, eine einzige Knospe blieb unversehrt. Und indem ich mir durchs Fenster Platz machte, da rief sie: ›Wenn Euch der Tod Eures Kindes nicht lieber ist, als daß ich es Euch zurückgebe, so steiget wieder hinunter.‹ Ich aber, der ich mich ganz in ihrer Gewalt sah, gehorchte ihrem Befehle. Darauf sagte sie: ›Erst laßt mich diesen Schaden wieder gutmachen.‹ Hiemit hob sie den Rosenstock auf, löste die zerknickten Rosen davon ab, nahm einen Scherben mit Erde und pflanzte die Wurzel hinein mit dem noch übrigen Knösplein. Nachdem dies geschehen war, drehte sie ihren Ring herum und sprach unter mancherlei Gebärde: ›Tue dich auf, o Knospe, dies Knäblein in dir zu verschließen!‹ Was sie wünschte, geschah in einer flüchtigen Sekunde. Ich stand lange betäubt über dies Wunder, das ich sah, ohne es zu begreifen. Endlich aber faßte mich die Verzweiflung. Ich stieß mit dem Fuß gegen die Hüttentüre, daß sie aufsprang. Da drehte die Fee abermals den Ring herum und ich sah mich in der Zwerggestalt, in der mich meine Gemahlin erblickt hat. ›Wollt Ihr‹, begann die Arge, ›daß ich diese Rose schone und Euch die Freiheit lasse, so versprecht mir, nie die Grenzen dieses Waldes zu überschreiten, solange Ihr in dieser Gestalt lebt, nie zu entdecken, wer Ihr seid, und diese Rosenknospe niemals abzupflücken.‹ Ich mußte es versprechen, um das Dasein meines Kindes zu behüten. Aber da ich es selbst nicht durfte, so beredete ich ein Zwerglein aus dem Gefolge der Fee, mir jene Knospe zu brechen, und es gelang mir, meinen Sohn der Pflege seiner Mutter zu übergeben. Als jedoch Pfefferlüsch den Raub wahrnahm, ließ sie mich durch ihre Zwerge einholen, da ich den Wald nicht überschreiten durfte. Und sie sperrte mich in jenen Turm, aus welchem mich nur die Zaubernadel der Prinzessin Lilla befreit hat. – In ihren Händen mußte der getrocknete Rosenstengel Blumen treiben, denn das verblühte Paradies der Kindheit schießt in der Liebe wieder auf.«

Hier endigte der König seine Erzählung, und die Fee Pflasterhold nahm das Wort und sagte: »Nun sehet, schöne Lilla, daß ich recht hatte mit meiner

Weissagung.« Die holdselige Lilla aber küßte stillschweigend die Hand der gütigen Fee, und das Hochzeitsfest ward begangen mit großem Pompe und Frohsinn, und Mädchen sangen zur Harfe die Geschichte des Sohns der Rose und der reizenden Lilla.

Die Nadel bewirkte Glück im Ehestande und Lilla gebar ihrem Gemahl einen Sohn, der beide Königreiche mit Ruhm beherrschte.

Aber noch heutigen Tages steht die Fee Pfefferlüsch unbeweglich am Wege, und die Wanderer fürchten sie noch jetzt und weichen ihr aus, wenn sie ihre Straße vorbeiführt.

GEORG BÜCHNER

1813–1837

Märchen vom armen Kind

Es war einmal ein arm Kind und hat kein Vater und kei Mutter, was Alles tot, und war Niemand mehr auf der Welt. Alles tot, und es ist hingegangen und hat gerrt Tag und Nacht. Und wie auf der Erd Niemand mehr war, wollt's in Himmel gehen, und der Mond guckt es so freundlich an und wie's endlich zum Mond kam, war's ein Stück faul Holz und da ist es zur Sonn gangen und wie's zur Sonn kam, war's ein verwelkt Sonneblum und wie's zu den Sternen kam, warn's klei golde Mück, die waren angesteckt wie der Neuntöter sie auf die Schlehe steckt und wie's wieder auf die Erd wollt, war die Erd ein umgestürzter Hafen und war ganz allein und da hat sich's hingesetzt und gerrt und da sitzt es noch und ist ganz allein.

FRIEDRICH HEBBEL

1813–1863

Der Rubin

Es war an einem schönen, hellen Nachmittag, da stand Assad, ein junger Türke, der vor wenigen Tagen zum ersten Male die unermeßliche Stadt Bagdad betreten hatte, und sich nun mit stets gesteigertem Erstaunen unter all ihren Wundern erging, vor der Bude des reichsten und angesehensten Juweliers. Mit inniger Lust versenkte er sich in das mannigfaltige glühende Leben, das, in Strahlen und Farben sich offenbarend, die edlen Gesteine durchflammt. »O Edelstein«, – rief er voller Entzücken aus – »wohl mit Recht bist du erkoren, die Kronen der Könige zu schmücken, denn in dir ist alles Herrliche zugleich zusammengedrängt und geläutert, der flüchtige Sonnenstrahl ist gefangen genommen und in deinen geheimnisvollen Kern eingeschlossen; die schnell verlöschende Farbe feiert in dir ihre Verklärung und empfängt Unsterblichkeit, die reinen himmlischen Elemente, Luft, Feuer und Wasser vermählen sich in deinem Glanze! Hier steh ich an der Grenze der Natur, hier ist das letzte, höchste Produkt der schaffenden Kräfte, weiter – schauernd fühlt es der Geist – kann die Unendlichkeit selbst nicht.«

Der Juwelier, ein gutmütiger Mann, der für seine Kunst enthusiastisch eingenommen war, stand gerade in der Tür und empfand großes Vergnügen über die begeisterten Worte, die aus dem Munde des Jünglings hervorgingen. Er trat, bisher ungesehen, lächelnd zu ihm heran, öffnete den Kasten, ergriff seine Hand und steckte ihm einen schweren Ring an den Finger. Assad bemerkte es kaum, seinen Blick fesselte mit magischer Gewalt ein Rubin von seltener Größe, auf den die Sonne, die eben aus einer verschleiernden Wolke hervortrat, ihren vollen Schein warf. Er drückte unwillkürlich seine Hand gegen das Herz und holte zum Erstaunen des Juweliers einen tiefen Seufzer, dann streifte er den ihm angesteckten Ring mit dem Ausdruck sonderbaren Widerwillens wieder ab, und rief, auf den Rubin zeigend, leidenschaftlich aus: »Behaltet das elende Ding und gebt mir den!« Kopfschüttelnd erwiderte der Juwelier: »Der Stein ist mir um Hunderte nicht feil!« »Ich muß ihn aber haben!« versetzte der Jüngling, wie im Wahnsinn, ergriff den Rubin und stürzte flammenden Auges fort.

Der Juwelier erhob ein großes Geschrei, rannte Assad nach und schalt ihn einen Dieb, ja, da dies nicht zu helfen schien, einen Räuber und Mörder.

Alsbald entstand ein Auflauf auf der Straße, der Jüngling wurde ergriffen und mit Ungestüm vor den Kadi geschleppt.

»Herr«, begann der Juwelier voll Zorn, »so jung dieser Mensch zu sein scheint, und so viel Einnehmendes in seiner Gestalt liegt, so ist er doch ein frecher, undankbarer Bösewicht. Ich sah ihn vor meiner Bude stehen und ergötzte mich, als ich ihn über die dort ausgebreiteten Schätze mit lauter Stimme, wie ein Kind, seine Verwunderung ausdrücken hörte. Von Wohlwollen übermannt, dachte ich: Du sollst einmal billiger kaufen, als ein anderer, nahm einen kostbaren Ring aus dem Kasten und steckte ihm diesen an. Ich erwartete, er würde, so plötzlich beschenkt, große Augen machen und nicht wissen, wie er sich gebärden solle. Statt dessen nahm er kaum Notiz von meiner Freundlichkeit und stieß zu meinem nicht geringen Ärger dumme, unvernünftige Seufzer aus. Dann zog er den Ring wieder ab, warf mir ihn verächtlich hin und verlangte in einem so gebieterischen Ton, als ob er, wenn es ihm beliebte, auch wohl meinen Kopf fordern dürfte, den wundervollsten Rubin, der je in meine Hände geraten ist. Als ich, meinen gerechten Unwillen bekämpfend, weil ich seine Unwissenheit für den Grund seiner Unverschämtheit hielt, ihm bescheiden bemerkte, daß ein solcher Stein mehr Wert habe, als er denke, erklärte er geradezu, er müsse ihn haben, nahm auch, mit der bekannten Abneigung der Straßenräuber gegen Formalitäten, sogleich von meinem Eigentum Besitz und begab sich auf die Flucht. Ich folgte ihm; wie es mir bei der Last meines Bauches und in einer der Verdauung heiligen Stunde möglich war, ihn wieder einzuholen, begreife ich selbst nicht, die Angst muß dem Menschen übernatürliche Kräfte verleihen.«

Der Kadi, ein langer hagerer Mann mit einem Gesicht, das, wenn er in seiner Gerichtsstube stand, die Inschrift der Danteschen Hölle furchtbargetreu widerspiegelte, war einmal selbst bestohlen worden und sprach seitdem gegen Diebe nur noch Todesurteile aus. Er fragte Assad freundlich, ob er das ihm angeschuldigte Vergehen leugne. »Wie könnt ich!« gab der Jüngling finster zur Antwort. »Es wäre auch gleichgültig«, versetzte der Kadi, mit jenem dem Teufel abgeborgten Lächeln, womit Gerichtspersonen in allen Ländern der zerquetschten Menschheit in einem Unglücklichen so gern den Gnadenstoß geben, »man führe ihn vor die Stadt hinaus und tue, was Rechtens. Jedoch nicht ohne vorgängige nachdrückliche Bastonade!« setzte er hinzu und griff nach der Pfeife, die ein Sklave ihm darbot.

Assad wurde abgeführt. Auf der Straße wandte er sich an den Juwelier, der in seiner Entrüstung noch gar nicht daran gedacht hatte, sich den Rubin zurückgeben zu lassen, und sagte zu ihm: »Herr, ich bitte Euch um einen letzten Gefallen. Laßt mir den Stein bis zum Tode. Begleitet mich hinaus bis vor das Tor, daß ich ihn dort noch einmal anschaue und in Eure Hände überliefere. Nicht wahr, Ihr werdet es mir nicht abschlagen? Es ist ja nur noch kurze Zeit.« In dem Juwelier erwachte Mitleid, ihn dauerte der schöne gefaßte Jüngling, der jetzt noch in voller Kraft und Glut des Lebens vor ihm stand und doch schon in wenigen Augenblicken der Natur vor der Zeit zur beliebigen Verwendung für einen neuen Zweck zurückgegeben war. Vielleicht hätte er nun den Rubin gern daran gesetzt, um ihn zu retten, doch das war bei der Gemütsart des Kadi unmöglich, er mußte sich also darauf beschränken, dem Scheidenden freundlich seine letzte Bitte zu bewilligen.

Angelangt vor dem Tore zog Assad den Rubin, den er bis dahin auf seinem Herzen bewahrt hatte, hervor, hielt ihn gegen die Sonne, in deren Strahlen er blinkte, wie das Auge eines Menschen, drückte ihn wehmütig an den Mund und machte Anstalt, ihn dem Juwelier zurückzugeben. Bevor er aber dies noch auszuführen vermochte, trat ein Greis von sehr würdigem Ansehen, dem alles Volk willig Platz machte, auf ihn zu, maß ihn mit einem strengen Blick und sagte: »Assad, du bist ein Dieb!« Glühendes Rot überströmte die Wangen des Jünglings, aber fest und unverwirrt schaute er zu dem Greise auf und antwortete: »Ja, und, wie du gleich sehen wirst, ich leide den Tod dafür!« »Ist dir dein Diebstahl nicht leid?« fragte der Greis. »Nein«, versetzte Assad schnell und bestimmt, »ich weiß nicht, was mich an diesen Stein kettet, aber es mag gut sein, daß ich sterben muß, denn ich fühls, ehe ich ihn in den Händen eines anderen ließe, könnte ich mich mit Raub und Mord beflecken, obgleich meine Seele vor einem Mord zurückschaudert, wie vor dem eigenen Tode.« »Ei, wunderbar!« entgegnete der Greis, »gib mir doch deine Hand.« Assad reichte ihm die Hand.

Plötzlich befand er sich auf einer unbekannten Landstraße. Der Greis stand neben ihm. Mehr verwundert und überrascht, als erfreut, schaute der Jüngling seinen Retter mit einem fragenden Blick an. »Du bist jetzt über hundert Stunden von Bagdad entfernt«, begann der Greis, der seinen Blick wohl verstanden hatte, »und sie können dort, wenn sie wollen, ein Lamm strangulieren, das ich zum Zeichen deiner Unschuld an deiner Stelle zurückgelassen habe. Glaube jedoch nicht, daß ich dich gerettet haben würde, wenn Leichtsinn oder schnöde Habsucht dich zum Raub an fremdem Eigentum verleitet hätten. Mir stehen große Kräfte zu Gebote, aber ich mißbrauche sie nie, wie so manche Genossen meiner Gewalt. Die Natur hat jene Macht, die den gewöhnlichen Lauf der Dinge aufhalten und verändern kann, vertrauensvoll in unsere Hände gelegt, damit wir ihr in irgendeinem außerordentlichen Fall, wenn die allgemeine Regel, das einfache Gesetz, nicht ausreicht, zu Hülfe kommen mögen. Solch ein Fall ist der deinige, denn der Rubin, den du dort in der Hand hältst, ist das Grab einer wunderschönen verzauberten Prinzessin. Aus ihrem Blut hat er das dunkle wunderbare Rot in sich gesogen, in das er getaucht ist. Das Feuer ihres Auges sprüht dir entgegen aus den blitzenden Strahlen, die er so verschwenderisch versendet. Ihr schlummerndes Leben schauerte dich an, als du den Stein im Sonnenschein glänzen sahst, da wurde deine Seele bis in die innersten Tiefen mit süßer Ahnung getränkt, und deine Hand mußte vollbringen, was Herz und Sinn geboten.« »Kann die Prinzessin durch mich erlöst werden?« fragte Assad, tief aufatmend. »Das weiß nur sie selbst!« versetzte der Greis, »und du kannst, wenn du willst, sie einmal sehen und mit ihr reden. Sobald du um Mitternacht alle deine Gedanken in den einzigen an sie zusammendrängst und auf den Rubin drei Küsse drückst, so weicht der Zauber auf einen Augenblick, und sie tritt in voller Glorie der Schönheit aus ihrem steinernen Gefängnis hervor. Aber, wage nicht dein Glück und deinen Frieden an einen ungewissen Moment; mit dem Dämon ist schwer zu kämpfen, dich aber würde die herrlichste der Jungfrauen mit unwiderstehlicher Gewalt in deinem tiefsten Sein gefangennehmen, und, wenn es dir dann nicht gelänge, ihren Bann zu brechen, so wärest du elend auf ewig. Und nun leb wohl, kein Sterblicher sieht mich zum zweiten Mal!«

Der Greis war verschwunden, sowie er ausgeredet hatte. Assad bemerkte es kaum, denn jede seiner Empfindungen, jeder seiner Gedanken war an das Wunder, das er in seiner Hand hielt, gebunden. Wie freute er sich, daß die Sonne sich schon zum Untergang neigte, daß die Schatten sich verlängerten, wie sehnte er sich nach der Mitternacht, die er sonst, als unheimliche Freistunde der Toten und Gespenster, gescheut, vor der er sich ängstlich in die schützenden Arme des frommen Schlafs hineingeflüchtet hatte. Sie erschien ihm jetzt wie ein Gefäß, aus dem seinen durstenden Lippen der holdeste Inbegriff allen Lebens entgegenschäumte, und daß sie über die ganze übrige Welt Angst, Grauen und Entsetzen ausgoß, gab ihr für ihn eben noch einen letzten schauerlich-zauberischen Reiz. Unterdes eilte er, da es schon dunkel wurde, rastlos fort, um noch vor völligem Einbruch der Finsternis die Stadt, die er in nicht gar weiter Ferne vor sich liegen sah, zu erreichen. Dies gelang ihm, auch war das Glück ihm günstig, daß er bald bei einer alten Frau ein Unterkommen für die Nacht fand. Er zog sich sogleich, große Müdigkeit vorschützend, in das ihm bestimmte Schlafgemach zurück, legte den Rubin vor sich auf den Tisch und zählte nun bei brennender Lampe und verhängten Fenstern die Minuten, die langsam, langsam, als wollte jede ihm den Inhalt der Ewigkeit vorrechnen, vorüberkrochen. Endlich war es zwölf. Mit unsäglicher Inbrunst drückte er jetzt den Rubin an seinen Mund und küßte ihn drei Mal.

Da war es, als ob sich der Edelstein in seiner Hand in leichten, gefärbten Duft auflockerte, der zu einer morgenroten Wolke, die das ganze Zimmer erfüllte, anschwoll. Aus der Wolke schimmerte eine weibliche Gestalt hervor, anfangs blaß und im schwachen Umriß kaum erkennbar, aber schnell aufblühend zu frischem, glühendem Dasein. Die holde Jungfrau, – in ein blaues Gewand gekleidet, das Haupt in kindlicher Anmut ein wenig vorwärts neigend, warf einen schüchternen Blick auf ihre Umgebung und rief: »Wo bin ich?« Gleich darauf aber heftete sie, wie in trostloser Verzweiflung, ihr Auge starr und tränenlos auf Assad, vor dem es eben noch mädchenhaft scheu zurückgebebt war, und, als erdrückte die erst jetzt erwachte Erinnerung an ihren Zustand, wie ein Leichenstein, jedwede ihrer Lebensregungen, holte sie einen Seufzer, in dem mehr, als menschlicher Schmerz, sich kundzutun schien, aus tiefster Brust. Dieser Seufzer schnitt Assad in Mark und Bein. Die Jünglings-Blödigkeit, mit der er sich bisher in ehrerbietiger Entfernung hielt, verschwand, männlich fest und die Hand an seinem Dolch legend, trat er vor, verneigte sich und sprach: »Edle Fürstin, wenn Eure Erlösung die schwachen Kräfte eines Menschen nicht übersteigt, so vergönnt mir, daß ich Euch mein Blut und Leben weihen darf.«

»Wie gern tue ich das«, gab sie hastig zur Antwort, »aber, Ihr werdet, wie standhaft auch Euer Entschuß sei, das Werk nimmer vollbringen, nicht weil es zu schwer ist, sondern weil es zu leicht ist!«

»Habe ich recht gehört?« fragte Assad mit höchster Verwunderung.

»Ich begreife Eure Frage«, versetzte sie, »Ihr könnt Euch nicht vorstellen, daß die Leichtigkeit meiner Entzauberung sie unmöglich macht, und dennoch ist es so. Der boshafteste und verschmitzteste aller Zauberer hat mich, die Tochter eines mächtigen Sultans, in einen Rubin gebannt, mich im Garten überraschend, weil mein Vater ihm seine Bitte um drei Tropfen meines Blutes, deren er vielleicht zu irgendeinem schnöden Zweck bedurfte, zornig abschlug. – Durch den jedesmaligen Besitzer des Steines kann der Zauber gebrochen werden, damit ich aber niemals wieder des schönen Lebens mich erfreuen möge, hat er die Entzauberung an ein Mittel geknüpft, auf das, weil es einem jeden an jedem Ort und zu jeder Stunde zu Gebote steht, eben darum keiner verfallen wird, und das ich, obgleich er mich, um meine Qual vollkommen zu machen, damit bekannt gemacht hat, als das teuerste Geheimnis bei mir bewahren muß, wenn ich nicht für ewig begraben sein will. Ach, wie fröstelts mich! Wars denn länger, als eine Minute, daß ich der Freiheit genoß? Gib mir einen Becher Wein, schöner Jüngling, denn mich dürstet, aber schnell.«

Von seltsamer Rührung über diese Bitte ergriffen, welche ihm aus dem Munde einer Sterbenden zu kommen schien, die vom Leben noch einen letzten Genuß verlangt, um das Leben dadurch noch um einen letzten Augenblick zu betrügen, reichte Assad ihr mit abgewandtem Gesicht den Wein, den seine Wirtin ihm gebracht, und den er in seiner Aufgeregtheit ungetrunken gelassen hatte. – Freundlich dankend trank sie den Wein, gleich darauf war sie wieder von der Wolke umflossen. Mit einem glühenden Blick auf Assad, in dem sie, wie ein verlöschendes Licht, noch einmal aufzuflammen schien, rief sie aus: »O Gott, ich möchte doch leben!« – Dunkler wurde die Wolke und ringelte sich dichter und dichter um sie herum; Assad sah mit herzzerschneidendem Schmerz, wie die reizenden Formen sichtlich ineinanderschmolzen und zerrannen; noch immer glaubte er ihr, wie in stummem Flehen auf ihn gerichtetes Auge in dem Nebelknäul unterscheiden zu können, der sie einschlang, doch bald bemerkte er seinen Irrtum, was er für ihr Auge hielt, war nichts anderes, als der Rubin, der schon wieder, matt von dem letzten Geflacker der nach Öl schmachtenden Lampe beschienen, auf dem Tische lag. »Ihr Leib, ihre Seele, o!« seufzte Assad, und starrte den Edelstein an, die Lampe erlosch, – wie ein wirkliches Wesen drängte sich die kalte, laut- und lichtlose Nacht an seine Brust.

Ein Jahr war verflossen. Es war ein schöner Morgen. Assad hatte sich aus der großen, geräuschvollen Stadt geflüchtet, still und bleich saß er auf einer Bank, die weit vor dem Tore am Ufer des großen Flusses, dem die Stadt ihr reges Leben, ihre Macht und ihren Reichtum dankte, an einem einsamen Platze stand, in seiner Hand hielt er, ihn nach seiner Gewohnheit in stummer Verzweiflung betrachtend, den Rubin. »Das ist ein herrlicher Stein«, erscholl es auf einmal hinter ihm. Er sah sich um, und erblickte einen ältlichen Mann von hoher, gebietender Gestalt, mit edlen Zügen, in denen sich ein tiefer, aber ins Innerste zurückgedrängter Lebensschmerz auszudrücken schien. »Ja, ein herrlicher Stein!« wiederholte Assad düster, und verbarg mit den Gefühlen eines Eifersüchtigen den Rubin wieder auf seiner Brust. »Junger Mann«, sagte der Alte, »diesen Stein kauf ich dir ab. Es soll Edelsteine geben, die den Menschen sanft und mild machen, andere, die ihm liebliche Träume bringen. Als ich den deinigen erblickte, beschlich mich wunderbare Wehmut, und das Bild einer verlorenen Tochter ging mir, als ob sie mir neu geboren würde, in der Seele auf. Überlaß mir den Stein und bestimme selbst den Preis.« –

Assad schüttelte, ohne aufzusehen, den Kopf und erwiderte kalt und bitter: »Und wenn du mir ein Königreich zu Füßen legtest, so würde ich den Stein nicht dafür geben. Ich laß ihn nur mit dem Tode, und auch dann nicht, denn selbst ins Grab nehme ich ihn mit hinunter.«

»Sklav«, rief der Alte ergrimmt, »du gibst den Stein, oder ich nehme den Kopf dazu!«

Er richtete sich bei diesen Worten von der Lehne der Bank, über die er sich mit halbem Leib hingebeugt hatte, auf und warf, brennend vor Zorn, auf

Assad einen durchbohrenden Blick. Assad antwortete nichts, aber er erhob sich ebenfalls und lächelte still vor sich hin, wie in verachtendem Hohn.

Der Alte, kreideweiß geworden, wandte sich um, und winkte mit der Hand eine stattlich gekleidete Schar Bewaffneter heran. »Zeigt dem Hund da«, rief er ihnen entgegen und deutete mit einer heftigen Bewegung auf Assad, »wie der Sultan mit denen verfährt, die ihm trotzen.« Assad zog seinen Dolch, doch sein Widerstand war fruchtlos, er sah sich alsbald von der Menge umringt, und war nahe daran, überwältigt zu werden. Da fiel sein Blick auf den Sultan, der ihn scharf beobachtete, ein spöttisches Lächeln überflog sein Gesicht, er zog den Rubin hervor, nickte dem Sultan zu, und warf, bevor noch jemand daran denken konnte, ihn zu hindern, den Stein weit von sich in den Fluß. »Durchstoßt ihn!« rief der Sultan, und riß, zitternd vor Wut, sein Schwert aus der Scheide. »Ich tus selbst!« sagte Assad, und zückte den Dolch gegen die eigene Brust. Da ertönte auf einmal ein leises Ach, es war nur *ein* Laut, aber ein Laut, der in Assad das innerste Leben noch im Angesicht des Todes zur ungestümen Flamme auftrieb, er ließ den erhobenen Arm sinken und stand, wie in ein Wunder verloren, regungslos.

»O, Fatime, Tochter, so sehe ich dich endlich wieder?« rief der Sultan aus, und tat einen Schritt vorwärts, hielt dann aber plötzlich an, als ob er fürchtete, die teure Erscheinung mögte sich in nichts auflösen, sobald er sie zu fassen versuchte. – »Allah sei gelobt!« jauchzten die erstaunten Trabanten und warfen sich, ihr Angesicht verhüllend, zu Boden.

»Vater, führe mich zu meiner Mutter!« rief die süße Stimme, die Assad in jener Mitternacht vernahm, und leidenschaftlich ängstlich umschlang die Jungfrau den alten Mann. – Schmerz und Freude vermischten sich in Assads Brust, er seufzte laut auf, da trat die Prinzessin zu ihm heran, faßte errötend seine Hand und sagte, indem sie ihn zu ihrem Vater führte: »Hier ist mein Retter!«

Der Sultan blieb eine Weile stumm und ernst, dann sprach er zu Assad: »Ich wollte dich töten?«

»Ja« erwiderte Assad, »aber noch leb ich.«

»Und du sollst leben bis ans Ende deiner Tage«, versetzte der Sultan mit erhöhter Stimme, »und wenn du mein Reich forderst, so will ichs dir zu Füßen legen und mir nichts ausbedingen, als einen Turban, ein Schwert und ein Grab.«

»Ich habe nichts zu fordern!« entgegnete Assad düster und dumpf. Dann fuhr er, sich zu der Prinzessin wendend, langsam und gemessen fort, wie einer, der über sich selbst ein Todesurteil ausspricht: »Ich hätte gern für dich den letzten Tropfen meines Blutes verspritzt, aber es ward mir nicht vergönnt, ich konnte dich nicht erlösen, ich konnte dich bloß beklagen, und das konnte jedermann. Und heute – heute war ich sogar nichtswürdig genug, den Stein, der dein holdes Selbst umschloß, in die schlammige Tiefe hinabzuschleudern, als der Mann, der, wie ich jetzt sehe, dein Vater ist, und in dem gewiß nur ahnungsvolle Sehnsucht den Wunsch nach seinem Besitz so heftig entzündete, ihn von mir verlangte. O! ich verachte mich selbst, und du mußt mich auch verachten!«

»Du tust dir unrecht« sagte Fatime, »denn dadurch, daß du den Rubin, den du bisher, wie alle früheren Besitzer, nur zu starrsinnig festgehalten hattest, freiwillig und aus eigenem Antriebe von dir warfst, ward meine Erlösung vollbracht, dies war ja eben die schlimme Bedingung, die dieselbe, obgleich ein jeder sie an jedem Ort und zu jeder Stunde erfüllen konnte, ungewisser machte, wie ein Kampf mit Ungeheuern und Drachen.«

»So ward ich denn glücklich, weil ich erbärmlich war«, versetzte Assad. Fatime schaute ihn zugleich bittend und fragend an, denn sie verstand ihn nicht mehr, aber der Sultan trat hinzu und sagte: »Du bist von nun an mein Sohn, tritt nicht zurück, ein Mann muß sich nicht schämen, das von dem Zufall als Geschenk anzunehmen, was er, wenns nötig wäre, dem Schicksal abtrotzen würde, durch Kraft und Beharrlichkeit. Jetzt aber begleitet mich in meinen Palast, es ist nicht recht, daß wir uns so lange allein freuten, – Fatime hat noch eine Mutter.« –

EDUARD MÖRIKE

1804–1875

Der Bauer und sein Sohn

Morgens beim Aufstehn sagt einmal der Peter ganz erschrocken zu seinem Weib: »Ei, schau doch, Ev, was hab ich da für blaue Flecken! Am ganzen Leib schwarzblau! – und denkt mir doch nicht, daß ich Händel hatte!« »Mann!« sagte die Frau, »du hast gewiß wieder den Hansel, die arme Mähr, halb lahm geschlagen? Vom Ehni hab ich das wohl öfter denn hundertmal gehört: wenn einer sein Vieh malträtiert, sei's Stier, sei's Esel oder Pferd, da schickt es seinem Peiniger bei Nacht die blauen Mäler zu. Jetzt haben wir's blank.« Der Peter aber brummte: »Hum, wenn's nichts weiter zu bedeuten hat!« schwieg still und meinte, die Flecken möchten ihm den Tod ansagen; deshalb er auch etliche Tage zahm und geschmeidig war, daß es dem ganzen Haus zugut kam. Kaum aber ist ihm die Haut wieder heil, da ist er wie immer der grimmige Peter mit seinem roten Kopf und lauter Flüchen zwischen den Zähnen. Der Hansel sonderlich hatte sehr böse Zeit, dazu noch bittern Hunger, und wenn ihm oft im Stall die Knochen alle weh taten von allzuharter Arbeit, sprach er wohl einmal vor sich hin: Ich wollt, es holte mich ein Dieb, den würd ich sanft wegtragen!

Es hatte aber der Bauer einen herzguten Jungen, Frieder mit Namen, der tat dem armen Tier alle Liebe. Wenn die Stalltür aufging, etwas leiser wie sonst, drehte der Hansel gleich den müden Kopf herum, zu sehn, ob es der Frieder sei, der ihm heimlich sein Morgen- oder Vesperbrot brachte. So kommt der Junge auch einmal hinein, erschrickt aber nicht wenig: denn auf des Braunen seinem Rücken sitzt ein schöner Mädchen-Engel mit einem silberhellen Rock und einem Wiesenblumenkranz im gelben Haar und streicht dem Hansel die Bückel und Beulen glatt mit seiner weißen Hand. Der Engel sieht den Frieder an und spricht:

»Dem wackern Hansel geht's noch gut,
Wenn ihn die Königsfrau reiten tut.
Arm Frieder
Wird Ziegenhüter,
Kriegt aber Überfluß,
Wenn er schüttelt die Nuß,
Wenn er schüttelt die Nuß!«

Solches gesagt, verschwand der Engel wieder und war nicht mehr da. Den Knaben überlief's, er huschte hurtig aus der Tür. Als er aber den Worten, die er vernommen, weiter nachsann, ward er fast traurig. Ach! dachte er, der Ziegenbub vom Flecken sein, das ist doch gar ein faul und ärmliches Leben, da kann ich meiner Mutter nicht das Salz in die Suppe verdienen. Aber Nüß? woher? In meines Vaters Garten wachsen keine; und wenn ich sie auch ganzer Säcke voll schütteln sollte, wie der Engel verheißt, davon wird niemand satt. Ich weiß, was ich tun will, wann ich die Ziegen hüten muß: ich sammle Besenreißig nebenher und lerne Besen binden, da schafft sich doch ein Kreuzer. Solche Gedanken hatte Frieder jenen ganzen Tag, sogar in der Schule und schaute darein wie ein Träumer. »Wieviel ist sechs mal sechs?« fragte der Schulmeister beim Einmaleins. »Nun, Frieder, was geht dir heut im Kopf herum? schwätz!« Der Bub, voll Schrecken, wußte nicht, sollt er sagen: Besenreißig, oder: sechsunddreißig, denn eigentlich war beides richtig; er sagte aber: »Besenreißig!« Da gab es ein Gelächter, daß alle Fenster klirrten, und blieb noch lang ein Sprichwort in der Schule, wenn einer in Gedanken saß: der hat Besenreißig im Kopf.

In der Nacht konnte Frieder nicht schlafen. Einmal kam es ihm vor, als sei es im Hof nicht geheuer; er richtete sich auf und sah durchs Fenster über seinem Bett. Sieh da! drang eine Helle aus dem Stall und kam der Hansel heraus und der Engel auf ihm, der ritt ihn aus dem Hof so sachten Tritts, als ging es über Baumwolle weg. Im ersten Augenblick will Frieder schreien, doch gleich besinnt er sich und denkt, es ist ja Hansels Glück! – legt sich also geruhig wieder hin und weint nur still in die Kissen, daß jetzt der Hansel fort sein soll und nimmer wiederkommen.

Wie nun die zwei auf offener Straße waren und der Gaul im hellen Mondschein seinen Schatten sah, sprach er für sich: »Ach! bin ich nicht ein dürres Bein! eine Königin säße mir nimmermehr auf.« Der Engel sagte weiter nichts hingegen und lenkte bald seitwärts in einen Felsweg ein, wo sie nach einer guten Strecke an eine schöne Wiese kamen; sie war voll goldener Blumen und hieß die *unsichtbare*, denn sie von ordinären Leuten nicht gesehen ward und ging bei Tage immer in einen nahen Wald hinein, daß sie kein Mensch ausfand. Kam aber guter armer Leute Kind mit einem Kühlein oder Geiß daher, dem zeigte der Engel die Wiese; es wuchs ein herrliches Futter auf ihr, auch mancherlei seltsame Kräuter, davon ein Tier fast wunderbar gedieh. Auf demselbigen Platz stieg der Engel jetzt ab, sprach: »Weide, Hans!« lief dann am Bach hinunter und schwand in die Lüfte, nur wie ein Stern am Himmel hinzückt. Der Hansel seinerseits fraß aber tapfer zu; und als er satt war, tat's ihm leid, so fett und milchig war das zarte Gras. Endlich kommt ihm der Schlaf; also legt er sich stracks an den Hügel dort bei den runden Buchen und ruht bei vier Stunden. Weckt ihn mit eins ein Jägerhorn, da war es Tag und stund die Sonne hell und klar am Himmel. Risch, springt er auf, sieht seinen Schatten auf dem grünen Rasen, verwundert sich und spricht: »Ei! was bin ich ein schmucker Kerl geworden! unecket, glatt und sauber!« So war es auch, und glänzte seine Haut als wie in Öl gebadet.

Nun aber jagte der König des Landes schon etliche Tage in selbiger Gegend und ging just aus dem Wald hervor mit seinen Leuten. »Ah schaut! ah schaut!« rief er: »was für ein schönes Roß! wie es die stolzen Glieder übt in Sprüngen und lustigen Sätzen!« So sprechend trat er nahe herzu mit den Herren vom Hofe, die vernahmen sich alle über das Pferd und klopften ihm liebkosend auf den Hals. Sagte der König: »Reit, Jäger, in das Dorf hinein, zu fragen, ob dieses Tier nicht feil. Sag ihnen, es käm an keinen schlechten Herrn.« Derselbe Jägersmann ritt eine Schecke, welche dem Hansel wohlgefiel, derhalben er von selbst mit in den Flecken trabte, wo die Bauern alsbald neugierig die Köpfe aus den Fenstern streckten. »Hört, Leute! wessen ist der feine Braun?« ruft der Jäger durch die Gassen. »Mein ist er nicht! – das ist kein hiesiger!« hieß es von allen Seiten. »Sieh, Frieder, guck!« sagte der Peter, »das ist ein ungrischer. Ich wollt, der wär mein.« Zuletzt beteuerte der Hufschmied, ein solches Tier sei auf sechs Meilen im Revier gar nicht zu Hause. Da ritt der Jäger samt dem Hansel zum König zurück, vermeldend: »Das Roß ist herrenlos.« »Behalten wir's denn!« versetzte der König, und ging der Zug also weiter.

Indessen meint der Peter, es wäre Zeit sein Vieh zu füttern, und stößt mit Gähnen die Stalltür auf. Hu! macht der Rüpel Augen, wie er den leeren Stand der Mähre sieht. Lang waren ihm alle Gedanken wie pelzen. »Zum Gukuk!« fuhr er endlich auf, »wird nicht viel fehlen, war da vorhin der fremde Gaul mein Hansel und ist's mit des Teufels Blendwerk geschehen, daß ihn kein Mensch dafür erkannte!« Der Peter wollte sich die Haar ausraufen: allein was konnte er machen? Der Gaul war fort. Es haben mich nur die zwei Öchslein gedauert. An denen ließ der Unmensch seinen Grimm in diesen Tagen aus und mußten sie für ihrer drei arbeiten. Was ihnen aber, nächst Püffen, Schlägen, Hungerleiden das Leben vollends ganz verleidete, das war das Heimweh nach dem braven Hans. Sie trauerten und wurden wie verstockt und taten alles hinterstfür; deshalb der Peter leis zu seinem Weibe sprach: »Es ist schon nicht anders, die Ochsen sind mir auch verhext.« Bald wurden die Eheleute eins, daß sie das Paar für ein Spottgeld dem Metzger abließen; der schlachtete sie in der Stadt. Allein was geschieht? In einer Nacht, da alles schlief, klopft es dem Peter am Laden; schreit er: »Wer ist da drauß?« Antworten ihm zwo tiefe Baßstimmen:

»Der Walse und der Bleß
Müssen wandeln deinetwegen,
Wollen zu fressen, fressen in ihre kalten Mägen!«

Dem Peter schauerte die Haut, er zupfte sein Weib: »Steh *du* auf, Ev!« »Ich nicht!« antwortete die Frau, »sie wollen halt ihr Sach von *dir*.« So stund der Großmaul auf mit Zittern, warf ihnen Futter hinaus, und wie sie damit fertig waren, gingen sie wieder.

Nun kam das Unglück Schlag auf Schlag. Der Peter brachte zwar vom nächsten Markt wieder zween Stiere heim, allein da zeigte sich's, es wollte mit aller Lieb kein Vieh mehr in dem Stalle bleiben: die beiden Stiere samt der Kuh wurden krank, man mußte sie mit Schaden aus dem Hause tun. Der Peter läuft zu einem Hexenbanner, will sagen Erzspitzbuben, legt ihm gutwillig einen Taler hin, dafür kriegt er ein Pulver, mit dem soll er den Stall durchräuchern, Schlag zwölfe um Mittag. Er räucherte auch wirklich so handig, daß er die Glut ins Stroh brachte, und schlug der rote Hahn alsbald die Flügel auf dem Dach, das heißt, Stallung und Scheuer gingen in lichten

Flammen auf; mit knapper Not konnte die Löschmannschaft das Wohnhaus retten. Peter, wo will's mit dir hinaus? – Die nächste Nacht klopft es am Kammerladen. »Wer ist da?«

> »Der Walse und der Bleß
> Kommen in Wind und Regen,
> Wollen zu fressen, fressen in ihre kalten Mägen!«

Da fuhr der Peter in Verzweiflung aus dem Bett, schlug die Hände überm Kopf zusammen und rief: »Ach mein! ach mein! soll ich die Toten füttern und hab doch bald für die Lebendigen nichts mehr!« Das erbarmte die Tiere, sie gingen fort, kamen auch nimmermehr.

Anstatt daß der Peter jetzt in sich geschlagen hätte und seinen Frevel gutgemacht, bot er dem Jammer Trutz im Wirtshaus unter lustigen Gesellen. Je mehr sein Weib ihn schalt und lamentierte, um desto weniger schmeckt's ihm daheim; er machte dabei Schulden, kein General hätt sich daran schämen dürfen, und bald kam es so weit, daß man ihm Haus und Gut verkaufte. Jetzt mußte er taglöhnen, und auch sein armes Weib spann fremder Leute Faden. Der Frieder aber, der saß richtig vor dem Dorf, hielt einen Stecken in der Hand und wartete der Ziegen oder band Besenreis auf den Verkauf.

Drei Jahre waren so vergangen, begab sich's einmal wieder, daß der König das Wildschwein jagte, und war auch die Königin diesmal dabei. Weil es aber Winterszeit war und sehr kalt, wollten die Herrschaften das Mittagsmahl nicht gern im Freien nehmen, sondern die königlichen Köche machten ein Essen fertig im Greifenwirtshaus und speiste man im obern Saal vergnüglich, dazu die Spielleute bliesen. Das Volk aber stund auf der Gasse, zu horchen. Als nunmehr nach der Tafel die Pferde wieder vorgeführt wurden und man auch das Leibroß der Königin zäumte, stund vornean der Ziegenbub, der sprach gar keck zum Reitknecht hin: »Das Roß ist meines Vaters Roß, daß Ihr's nur wißt!« Da lachte das Volk laut auf; der Braune aber wieherte dreimal für Freuden und strich mit seinem Kopfe an Frieders Achsel auf und nieder. Dies alles sah und hörte die Königin vom Fenster hochverwundert und sagt' es gleich ihrem Gemahl. Derselbe läßt den Ziegenbuben rufen und dieser tritt bescheidentlich, doch munter, in den Saal mit Backen rosenrot, und war er auch sonst ein sauberer Bursche mit lachenden Augen, ging aber barfuß. Redt ihn der König an: »Du sagtest ja, das schöne Pferd da unten wär deines Vaters, nicht?« »Und ist auch wahr, Herr, mit Respekt zu melden.« »Wie willst du das beweisen, Bursch?« »Ich will es wohl, wenn Ihr's vergönnt. Den Reitknecht hörte ich rühmen, daß Roß ließe niemand aufsitzen, außer die Königin, der es gehöre. Nun sollt Ihr aber sehn, ob mir's nicht stillehält und nachläuft, wenn ich ihm Hansel rufe: darnach mögt Ihr denn richten, ob ich die Wahrheit sprach.« Der König schwieg ein Weilchen, sprach dann zu einem seiner Leute: »Bringt mir drei wackre Männer aus der Gemeinde her, damit wir hören, was sie dem Knaben zeugen.« Als nun die Männer kamen und über das Pferd gefragt wurden, so fiel ihr Ausspruch nicht zu Frieders Gunsten aus. Da tät der Knabe seinen Mund selbst auf und hub an, treu und einfältig die Geschichte vom Engel zu erzählen, wie er den Hansel entführte, auch wie er ihm unlängst wieder erschienen sei und ihm die unsichtbare Wiese gezeigt habe, welche den Hansel so stattlich gemacht. Darüber waren freilich die Anwesenden hoch erstaunt, etliche blickten schelmisch, allein die Königin sagte: »Gewiß, das ist ein frommer Sohn und steht ihm die Wahrheit an der Stirn geschrieben.« Der König selber schien dem Buben wohlgesinnt, doch, weil er guter Laune war, sprach er: »Das Probestück wollen wir ihm nicht erlassen.« Hiermit rief er den Frieder an ein Seitenfenster, das nach dem Freien ging auf einen Grasplatz, weit und flach, in dessen Mitte stand ein großer Nußbaum, wohl hundert Schritt vom Haus; es lag aber alles dicht überschneit, denn es im Christmond war. »Du siehst«, sagte der König, »die große Wiese hier.« »O ja, warum denn nicht«, rief ein Hofmann, des Königs Spaßmacher, halblaut dazwischen: »es ist zwar eine von den unsichtbaren, denn sie ist über und über mit Schnee zugedeckt.« Die Hofleute lachten; der König aber sprach zum Knaben: »Laß dich ein loses Maul nicht irren! Schau, du sollst mir auf dem Hansel einen Ring rund um den Nußbaum in den Schnee hier reiten, und wenn es gut abläuft, soll aller Boden innerhalb des Rings dein eigen sein!« Da freuen sich die Schranzen, meinend, es gäbe einen rechten Schnack; der Frieder wurde aber so freundlich, daß er die weißen Zähne nicht wieder unterbringen konnte. Das Roß ward vorgeführt (nachdem man ihm zuvor den goldnen Frauensattel abgenommen), er jauchzte hellauf, und alles Volk mit ihm, und Frieder saß oben mit *einem* Schwung. Erst ritt er langsam bis zur Wiese vor, hielt an, und maß mit dem Aug nach allen Seiten den Abstand vom Baum, dann setzt' er den Hansel in Trab und endlich in gestreckten Lauf, das ging wie geblasen und war es eine Lust ihm zuzusehen, wie sicher und wie leicht der Bursche saß. Er war aber nicht dumm und nahm den Kreis so weit als er nur konnte; gleichwohl lief derselbe am Ende so schön zusammen, als wäre er mit dem Zirkel gemacht. Mit Freudengeschrei ward der Frieder empfangen, im Nu saß er ab, küßte den Hansel auf den Mund und der König am Fenster winkt' ihn herauf in den Saal. »Du hast«, sprach er zu ihm, »dein Probstück wohl gemacht; die Wiese ist dein. Den Hansel anbelangend, den kann ich dir nicht wiedergeben: ich hab ihn meiner Königin geschenkt; soll aber dein Schaden nicht sein.« Mit diesen Worten drückte er ihm ein Beutelein in die Hand, gespickt voll Dublonen. Des war der Knabe sehr zufrieden, zumal die Königin hinzusetzte: er möge alle Jahr zur Stadt kommen, in ihrem Schloß vorsprechen und den Hansel besuchen. »Ja«, rief der Frieder, »und da bring ich Euch zur Kirchweih allemal ein Stücklein grüne Nüß vom Baum!« »Bleib es dabei!« sagte die Königin; so schieden sie. Der Frieder lief heim durch all das Volksgewühl und Gejubel hindurch, zu seinen Eltern. Der Peter hatte den Ritt von weitem heimlich mit angesehen, und jetzt tat er in seinem Herzen ein Gelübde – ich brauche ja wohl nicht zu sagen, worin das bestand. Genug, der Hansel und der Frieder hatten ihm wieder auf einen grünen Zweig geholfen: er wurde ein braver, ehrsamer Mann, dazu ein reicher, der einen noch reichern Sohn hinterließ. Seit dieser Zeit hat sich im ganzen Dorf kein Mensch an einem Tier mehr versündigt.

Die Hand der Jezerte

Märchen

In des Königs Garten, eh das Frühlicht schien, rührte der Myrtenbaum die Blätter, sagend:
»Ich spüre Morgenwind in meinen Zweigen; ich trinke schon den süßen Tau: wann wird Jezerte kommen?«

Und ihm antwortete die Pinie mit Säuseln:

»Am niedern Fenster seh ich sie, des Gärtners Jüngste, schon durchs zarte Gitter. Bald tritt sie aus dem Haus, steigt nieder die Stufen zum Quell und klärt ihr Angesicht, die Schöne.«

Darauf antwortete der Quell:

»Nicht Salböl hat mein Kind, nicht Öl der Rose; es tunkt sein Haar in meine lichte Schwärze, mit seinen Händen schöpft es mich. Stille! ich höre das Liebchen.«

Da kam des Gärtners Tochter zum Born, wusch sich und kämmte sich und flocht ihre Zöpfe.

Und sieh, es traf sich, daß Athmas, der König, aus dem Palaste ging, der Morgenkühle zu genießen, bevor der Tag anbrach; und wandelte den breiten Weg daher auf gelbem Sand und wurde der Dirne gewahr, trat nahe zu und stand betroffen über ihre Schönheit, begrüßte die Erschrockene und küßt' ihr die Stirn.

Seit diesem war sie Athmas lieb und kam nicht mehr von seiner Seite Tag und Nacht; trug köstliche Gewänder von Byssus und Seide, und war geehrt von den Vettern des Königs, weil sie sich hold und demütig erwies gegen Große und Kleine und gab den Armen viel.

Übers Jahr aber wurde Jezerte krank, und half ihr nichts, sie starb in ihrer Jugend.

Da ließ der König ihr am Garten des Palasts ein Grabgewölbe bauen, wo der Quell entsprang, darüber einen kleinen Tempel, und ließ ihr Bildnis drin aufstellen aus weißem Marmor, ihre ganze Gestalt, wie sie lebte, ein Wunderwerk der Kunst. Den Quell aber hielt das Volk heilig.

Alle Monden einmal ging der König dahin, um Jezerte zu weinen. Er redete mit niemand jenen Tag, man durfte nicht Speise noch Trank vor ihn bringen.

Er hatte aber eine andere Buhle, Naïra; die ward ihm gram darob und eiferte im stillen mit der Toten; gedachte, wie sie ihrem Herrn das Andenken an sie verkümmere und ihm das Bild verderbe.

Sie beschied insgeheim Jedanja zu sich, einen Jüngling, so dem König diente; der trug eine heimliche Liebe zu ihr, das war ihr nicht verborgen. Sie sprach zu ihm: »Du sollst mir einen Dienst erzeigen, dran ich erkennen will, was ich an dir habe. Vernimm. Ich höre von Jezerten immerdar, wie schön sie gewesen, so daß ich viel drum gäbe, nur ein Bildnis zu sehn, und ob ich zwar das nicht vermag, weil mein Herr es verschworen, will ich doch eines von ihr sehen, ihre Hand, davon die Leute rühmen, es sei ihresgleichen nicht mehr zu finden. So sollst du mir nun dieses Wunder schaffen und mir vor Augen bringen, damit ich es glaube.«

»Ach, Herrin«, sagte er, »ich will dich selbst hinführen, daß du Jezerte beschauest, bei Nacht.«

»Mitnichten!« antwortete sie: »wie könnte ich aus dem Palaste gehen? Tu, wie ich sagte, Lieber, und stille mein Gelüst.« – Und sie verhieß ihm große Gunst, da versprach es der Knabe.

Auf eine Nacht ersah er die Gelegenheit durch Pforten und Gänge, und kam zum Grabmal unbeschrieen, denn die Wache stand in den Höfen. Er hatte aber einen künstlichen Haken, der öffnete das Schloß, und wie er eintrat, sah er das Bildnis stehn im Schein der Lampen; die brannten Tag und Nacht.

Er trat herzu, faßte die eine Hand und brach sie ab, hart über dem Gelenke, barg sie in seinen Busen, eilte und zog die Tür hinter sich zu.

Wie er nun längs der Mauer hinlief, vernahm er ein Geräusch und deuchte ihm als käme wer. Da nahm er in der Angst die Hand und warf sie über die Mauer hinweg in den Garten und floh. Die Hand fiel aber mitten in ein Veilchenbeet und nahm keinen Schaden. Alsbald gereuete den Jüngling seine Furcht, denn sie war eitel, und schlich in den Garten, die Hand wiederzuholen; er fand sie aber nicht, und suchte bis der Tag anfing zu grauen, und war wie verblendet. So machte er sich fort und kam in seine Kammer.

Am andern Morgen, als die Sonne schien, lustwandelte Athmas unter den Bäumen. Er kam von ungefähr an jenes Beet und sah die weiße Hand in den Veilchen und hob sie auf mit Schrecken, lief hinweg und es entstand ein großer Lärm durch den Palast. Kamen auch alsbald Knechte des Königs und sagten ihm an: »Wir haben in der Dämmerung Jedanja gesehn durch den Garten hin fliehen und haben seine Fußstapfen verfolgt.« – Darauf ward der Jüngling ergriffen und in das Gefängnis geworfen.

Naïra mittlerweile bangte nicht, denn sie war keck und sehr verschlagen. Berief in der Stille Maani zu sich, Jedanjas Bruder, und sagte: »Mich jammert dein Bruder, ich möchte ihm wohl heraushelfen, wenn er den Mut hätte, zu tun wie ich ihn heiße, und du mir eine Botschaft an ihn brächtest.«

Maani sprach: »Befiel und nimm mein eigen Leben, daß ich nur den Knaben errette!«

Da hieß Naïra ihn schnell einen Pfeil herbeiholen. Sie aber nahm einen Griffel und schrieb der Länge nach auf den Schaft diese Worte:

»Verlange vor den König und sprich: ›Jedanja liebte Jezerten und war von ihr geliebt, und hängt sein Herz noch an der Toten, also daß er im blinden Wahn die Übeltat verübte.‹ So spreche mein Freund und fürchte nicht, daß ihn das Wort verderbe. Die dieses rät, wird alles gutmachen.«

Nachdem sie es geschrieben, sagte sie: »Nimm hin und schieße diesen Pfeil zu Nacht durchs Gitter, wo dein Bruder liegt im Turm.«

Maani ging und richtete es kühnlich aus.

Den andern Tag rief Athmas den Gefangenen vor sich und redete zu ihm: »Du hast das nicht von selbst getan. So bekenne denn, wer dich gedungen!«

Der Jüngling sagte: »Herr, niemand.«

Und als er Grund und Anlaß nennen sollte seines Frevels, verweigert' er's und schwieg, so hart man ihn bedrohte, und mußten ihn die Knechte wieder wegführen. Sie schlugen ihn und quälten ihn im Kerker, drei Tage nacheinander, solchermaßen, daß er nahe daran schien, zu sterben. Dies litt er aber listigerweise, der Absicht, daß er Glauben finden möge, wenn er nunmehr zu reden selbst begehrte. Ließ sich also am vierten Morgen, da die Peiniger aufs neue kamen, zu dem König bringen, fiel zitternd auf sein Angesicht, schien sprachlos, wie vor großer Angst und Reue, bis ihm verheißen ward, das Leben zu behalten, wofern er die Wahrheit bekenne. Da sagte er:

»So wisse, Herr! Bevor des Gärtners Tochter meinem Herrn gefiel, daß er sie für sich selbst erwählte, war sie von Jedanja geliebt, und sie liebte ihn wieder. Hernach floh ich hinweg aus Kummer, und kehrte nicht zur Stadt zurück, bis ich vernahm, Jezerte sei gestorben. Die ganze Zeit aber habe ich nicht aufgehört, das Kind zu lieben. Und da ich jüngst bei Nacht, von Sehnsucht übernommen, wider dein Gebot in das Gewölbe ging und sah das Bild, trieb mich unsinniges Verlangen, den Raub zu begehn.«

Der König hatte sich entfärbt bei dieser Rede und stand verworren eine Zeitlang in Gedanken; dann hieß er die Diener Jedanja freilassen, denn er zweifelte nicht mehr, daß dieser wahr gesprochen. Doch befahl er dem Jüngling und allen, die jetzo zugegen gewesen, bei Todesstrafe, nicht zu reden von der Sache.

Athmas war aber fortan sehr bekümmert, denn er dachte, Jezerte habe ihm gelogen, da sie ihm schwur, sie habe keinen Mann gekannt, bis sie der König gefunden; also daß er nicht wußte, sollte er die Tote ferner lieben oder hassen.

Einsmals, da Naïra sich bei ihm befand wie gewöhnlich, erblickte sie an seinem Sitz ein Kästchen von dunklem Holz, mit Perlen und Steinen geziert. Daran verweilten ihre Augen, bis Athmas es bemerkte und ihr winkte, das Kästchen zu öffnen. Sie lief und hob den Deckel auf, da lag Jezertes Hand darin auf einem Kissen. Sie sah dieselbe mit Verwunderung an und pries sie laut mit vielem Wesen vor dem König. Und er, indem er selber einen Blick hintat, sprach ohne Arg: »Schaut sie nicht traurig her, gleich einer Taube in der Fremde? Siehe, es war ein weißes Taubenpaar, nun hat der Wind die eine verstürmt von ihrer Hälfte weg. Ich will, daß sie der Grieche wieder mit dem Leib zusammenfüge.«

Diese Rede empfand Naïra sehr übel. Sie fing aber an, mit falschen Worten ihren Herrn zu trösten und sagte arglistig dabei, Jezerte möge wohl vor Gram um ihren Knaben krank geworden und gestorben sein. Hiemit empörte sie des Königes Herz und schaffte sich selbst keinen Vorteil, vielmehr ward er mißtrauisch gegen sie.

Er ging und sprach bei sich: Sollte es sein, wie dies Weib mir sagt, so will ich doch nimmer das Bildnis vertilgen. Wann jetzt die Zeit der heiligen fünf Nächte kommt, will ich's versenken in das Meer, nicht allzu fern der Stadt. Es sollen sich ergötzen an seiner Schönheit holde Geister in der Tiefe, und der Mond mit täuschendem Schein wird es vom Grund heraufheben. Dann werden die Schiffer dies Trugbild sehn und werden sich des Anblicks freuen.

Nicht lang hernach, da der König vor solchen Gedanken nicht schlief, erhob er sich von seinem Lager und ging nach dem Grabmal, sah das Bild, daran das abgebrochene Glied vom Künstler mit einer goldenen Spange wieder wohlbefestigt war, daß niemand einen Mangel hätte finden können, der es nicht wußte. Er kniete nieder, abgewendet von Jezerte, mit dem Gesicht gegen die Wand, und flehte Gott um ein gewisses Zeichen, ob das Kind unschuldig war oder nicht; wo nicht, so wollt er Jezerte vergessen von

Stund an. Er hatte aber kaum gebetet, so ward der ganze Raum von süßem Duft erfüllt, als von Veilchen; als hätte Jezertes Hand von jenem Gartenbeet allen Wohlgeruch an sich genommen und jetzo von sich gelassen mit eins. Da wußte Athmas gewiß, sie sei ohne Tadel, wie er und jedermann sie immerdar gehalten; sprang auf, benetzte ihre Hand mit Tränen und dankte seinem Gott. Zugleich gelobte er ein großes Opfer, und ein zweites mit reichen Gaben an das arme Volk, wenn ihm der Täter geoffenbart würde.

Und sieh, den andern Morgen erschien Naïra zur gewohnten Stunde nicht in des Königs Gemächern, und ließ ihm sagen, sie sei krank, er möge auch nicht kommen, sie zu besuchen. Sie lag im Bette, weinte sehr vor ihren Frauen und tobte, stieß Verwünschungen aus und sagte nicht, was mit ihr sei; auch schickte sie den Arzt mit Zorn von sich.

Da sie nach einer Weile stiller geworden, rief sie herzu ihre Vertrauteste und wies ihr dar ihre rechte Hand, die war ganz schwarz, wie schwarzes Leder, bis an das Gelenk. Und sprach mit Lachen zu der ganz entsetzten Frau: »Diesmal wenn du nicht weißt zu schmeicheln und ein Bedenken hast, zu sagen, sie ist viel weißer als das Elfenbein, und zärter als ein Lotosblatt, will ich dir nicht feind sein!« – Dann weinte sie von neuem, besann sich und sagte mit Hast: »Nimm allen meinen Schmuck, Kleider und Gold zusammen, und schaffe, daß wir heute in der Nacht entkommen aus dem Schloß! Ich will aus diesem Lande.«

Das letzte Wort war ihr noch nicht vom Munde, da tat sich in der Wand dem Bette gegenüber eine Tür auf ohne Geräusch, die war bis diese Stunde für jedermann verborgen, und durch sie trat der König ein in das Gemach.

In ihrem Schrecken hielt Naïra beide Hände vors Gesicht, alsdann fuhr sie zurück und barg sich in den Kissen. Er aber rief: »Bei meinem Haupt, ich wollte, daß meine Augen dieses nicht gesehen hätten!« – So zornig er auch schien, man konnte doch wohl merken, daß es ihm leid tat um das Weib.

Er ging indes, wie er gekommen war, und sagte es den Fürsten, seinen Räten, an, alles, wie es gegangen. Diese verwunderten sich höchlich, und einer, Eldad, welcher ihm der nächste Vetter war, frug ihn: »Was will mein Herr, daß Naïra geschehe, und was dem Buben, den du losgelassen hattest?« – Der König sagte: »Verbannet sei die Lügnerin an einen wüsten Ort. Ihr Blut begehre ich nicht; sie hat den Tod an der Hand. Jedanja mögt ihr fangen und verwahren.«

Es war aber im Meer, zwo Meilen von dem Strand, an dem die Stadt gelegen, eine Insel, von Menschen nicht bewohnt, nur Felsen und Bäume. Dahin beschloß Eldad sie bringen zu lassen; denn beide hatten sich immer gehaßt. Als ihr nun das verraten ward, obwohl es annoch geheim bleiben sollte, sprach sie sogleich zu ihren Frauen: »Nicht anderes hat er im Sinn, denn daß ich dort umkomme. Ihr werdet Naïra nicht sehen von dieser Insel wiederkehren.«

Fortan hielt sie sich still und trachtete auf keine Weise dem zu entgehn, das ihrer wartete. Sie machte sich vielmehr bereit zur Reise auf den andern Morgen. Denn schon war bestellt, daß ein Fahrzeug drei Stunden vor Tag sie an der hintern Pforte des Palasts empfinge.

Und als sie in der Frühe völlig fertig war und angetan mit einem langen Schleier, und schaute durchs Fenster herab in die Gärten, da der Mond hell hineinschien, sprach sie auf einmal zu den Frauen: »Hört, was ich jetzo dachte, indem ich also stand und mir mein ganz Elend vor Augen war. Ich sagte bei mir selbst: du möchtest dies ja wohl erdulden alles, die Schmach, den Bann und den Tod, wenn du nicht müßtest mit dir nehmen das böse Mal an deiner Hand; denn es grauete mir vor mir selbst. In meinem Herzen sprach es da: Wenn du die Hand eintauchtest in Jezertes Quell beim Tempel, mit Bitten, daß sie dir vergebe, da wärest du rein. – Wer ginge nun gleich zu dem Hauptmann der Wache, daß er den Fürsten bitte, mir so viel zu gestatten?«

Und eine der Frauen lief alsbald. Der Hauptmann aber wollte nicht. Naïra sagte: »So gehe du selbst an den Quell, es wird dir niemand wehren, und tauche dieses Tuch hinein und bring es mir.«

Doch keine traute sich, ihr diesen Liebesdienst zu tun. Naïra rief und sah auf ihre Hand: »O wenn Jezertes Gottheit wollte, ein kleiner Vogel machte sich auf und striche seinen Flügel durch das Wasser und käme ans Fenster, daß ich ihn berühre!« – Dies aber mochte nicht geschehn; und kamen jetzt die Leute, Naïra abzuholen. Sie fuhr auf einem schlechten Boot, mit zween Schergen und acht Ruderknechten, schnell dahin; saß auf der mittlern Bank allein, gefesselt; zu ihren Füßen etwas Vorrat an Speisen und Getränk, nicht genug für fünf Tage. Und saß da still, in dichte Schleier eingewickelt, daß die Blicke der Männer sie nicht beleidigten, auch daß sie selbst nicht sehen mußte; und war, als schiffte sie schon jetzo unter den Schatten.

Bei jenem Eiland als sie angekommen waren, lösten die Begleiter ihre Bande und halfen ihr aussteigen; setzten drei Krüge und einen Korb mit Brot und Früchten auf den Stein und stießen wieder ab ungesäumt.

Die Männer behielten den Ort im Gesicht auf der Heimfahrt, solange sie vermochten, und sahen die Frau verhüllt dort sitzen, im Anfang ganz allein, so wie sie dieselbe verlassen, darnach aber gewahrten sie eine andere Frauengestalt, in weißen Gewändern, sitzend neben ihr.

Da hielten die Ruderer inne mit Rudern, und die Schergen berieten sich untereinander, ob man nicht umkehren solle. Der eine aber sagte: »Es gehet nicht natürlich zu, es ist ein Geist. Fahrt immer eilig zu, daß man's dem

Fürsten anzeige.« – So taten sie und meldeten's Eldad; der aber verlachte und schalt sie sehr.

Jedanja unterdessen, nachdem er zeitig innegeworden, daß möchte seine Unwahrheit an Tag gekommen sein, hatte sich außer den Mauern der Stadt, unter dem Dach einer Tenne, versteckt. Und seine Brüder verkündigten ihm, Naïra sei heut nach dem Felsen gebracht. Alsbald verschwor er sich mit ihnen und etlichen Freunden, sie zu befrein, und wenn es alle den Hals kosten sollte.

Um Mitternacht bestiegen sie ein kleines Segelschiff, sechs rüstige Gesellen, mit Waffen wohlversehen. Sie mußten aber einen großen Umweg nehmen, weil Wächter waren am Strand verteilt und weithin hohes Felsgestad, da kein Schiff an- und abgehen konnte.

Dennoch am Abend des zweiten Tags, nach Ankunft der Naïra auf der Insel, erreichten sie dieselbige und erkannten bald den rechten Landungsplatz; sahen allda die Krüge und den Korb und fanden alles unberührt. Es überkam Jedanja große Angst um das Weib, das er liebte. Und suchten lang nach ihr und fanden sie zuletzt auf einem schönen Hügel unter einem Palmbaum liegen, tot; der Schleier über ihr Gesicht mit Fleiß gelegt, die Hände bloß und alle beide weiß wie der Schnee.

Da kamen die Jünglinge bald überein, es sollten ihrer vier auf gradem Weg zur Stadt zurücksteuern, derweil zwei andere bei der Leiche blieben. Jedanja selber wollte sich freiwillig vor den König stellen, ihm alles redlich zu gestehn und zu berichten, denn er kannte ihn für gut und großmütig und wußte wohl, es sei mit seinem Willen nicht also verfahren gegen Naïra. Auch kam er glücklich vor Athmas zu stehen, obwohl Eldad es verhindern wollte.

Wie nun der König alle diese Dinge, teils von dem Jüngling, teils von andern, aus dem Grund erforscht, auch jetzt erfahren hatte, was die Männer auf dem Boot gesehen, daraus er wohl merkte, Jezerte sei mit Naïra gewesen, da war er auf das äußerste bestürzt und so entrüstet über seinen Vetter, daß er ihn weg für immer jagte von dem Hof.

Zugleich verordnete der König, Naïra auf der Insel mit Ehren zu bestatten, ließ die Wildnis lichten und Gärten anlegen. In deren Mitte auf dem Hügel, erbaute man das Grab, bei dem Palmbaum, wo sie verschieden war.

JEREMIAS GOTTHELF (ALBERT BITZIUS)

1797–1854

Die Rabeneltern

Der Schulmeister, nachdem er noch einiges vorgebracht, setzte sich oben an den Tisch und begann folgendermaßen:

»Ich bin weit von hier daheim, im Oberland obe, wo dLauene tosen und dBäch über dFlüh uschömme, wo dGemseni uf de Gräte umespringe und dLämmergyr höch i de Lüfte umeryte. Oh, es ist gar ein schönes Land, das Oberland, aber gar ein armes; da sieht gar manche Haushaltung den halben Winter durch kein Brot; da kann man an der Fasnacht Ziger essen, der ist wie Duftsteine, statt Küchleni.

Ob meinem Dörfchen an der Bergwand stund ein kleines Haus, aber oft lange leer; es wohnte in demselben nur, wer mußte, keine Wohnung finden oder keine bezahlen konnte. Uns Kinder kam allemal das Schlottern an, wenn wir es ansahen; in die Nähe desselben wagte sich keins.

In diesem Hause sollen vor mehr als hundert Jahren zwei Eheleute gehauset haben. Groß und dunkel wie eine Schermtanne war der Mann, und wie eine Schwester dem Bruder glich ihm sein Weib; faul und wild waren beide. Man sah sie nie arbeiten; wer sie sah, erschrak ab ihnen. Ein ganzer Rudel Kinder füllte die Hütte, groß und dunkel, faul und wild wie die Eltern: Aber sobald sie kriechen konnten, wurden sie von den Alten aus der Hütte gestoßen und durften nicht wieder hinein, sie brachten denn Essen mit oder Holz oder sonstige Dinge, die zu brauchen waren. So verließen die Eltern ganze Wochen die Hütte nie und rührten sich wenig, als um zu essen; wenn man sie aber außer der Hütte sah, so gab es gerne strub Wetter, oder man fand Wochen nachher einen Stafel ausgeleert, einen Spycher erbrochen.

Die Kinder kamen ins Dörfchen, gingen weit umher, scheu wie die Gemsen; man wußte oft lange nicht, ob sie reden könnten. Sie mußten aber die Eltern ätzen, mußten zu Neste tragen, darum hoscheten sie an die Haustüren, streckten aber sehr oft nur die Hände dar, ohne ein Wort zu reden. Aber sie bettelten nur, wenn sie nichts anderes fanden; sie stahlen wie die Raben, was sie ergreifen konnten. Mit ihren scheuen, schwarzen Augen drangen sie in alle Ecken, und im Hui hatten sie gekapert, was nicht niet- und nagelfest war.

Sie waren arme Kinder. Stahlen sie, so schlugen sie die Bestohlenen; stahlen sie nicht, so kriegten sie Schläge von den Eltern. Wenn im Herbste die

Bäume voll Obst waren, so sprangen sie in den Bäumen herum wie die Eichhörnchen und warfen die Äpfel einander zu, um sie fortzuschaffen, wie die Affen im heißen Afrika es tun sollen. Da mußten die Leute es schlau anstellen, wenn sie eins derselben erwischen wollten.

In die Schule ging keins derselben, keines kannte einen Buchstaben; sie wußten kaum, daß ein Gott sei; daß sie eine vernünftige Seele hätten, wußten sie nicht. Sie balgten sich untereinander wie die jungen Katzen; aber sie hielten treu zusammen, wie junge Raben es tun, es war, als ob sie untereinander ein Bündnis hätten zu Schutz und Trutz gegen die übrige Welt. Als die Kinder größer wurden, wurden die Eltern ungenügsamer, immer mehr und immer Besseres sollten die Kinder ihnen zutragen; immer lauter wurden die Klagen über die Rabenbrut am Berge. Auf den Bergen stahlen sie Gitzeni und Lämmer, in den Tälern brachen sie in die Keller nach Anken und Käse und trugen alles ihrer Hütte zu.

Da geschah es, daß der älteste Bube in dunkler Sommernacht ein schweres Schaf stahl; es überzog ihn aber, und er trohlete mit ihm über die Fluh aus. In tiefem Schlunde fanden ihn die Holzer zerschmettert, ihn und sein Schaf. Sie brachten ihn seinen Alten, und die fluchten jämmerlich; es sei ihm recht geschehen, sagten sie, hätt er besser acht gegeben. Sie sagten den Holzern wüst, daß sie ihn nicht im Schlund hätten liegen lassen, es hätts ihm dert sauft ta und hätt keine Kosten gegeben. Sie wollten die arme Leiche in der Hütte nicht dulden, stießen sie in den Stall hinaus, wo Füchse und Eulen freien Zutritt hatten, und hätten fast Lust gehabt, sie in die Weid zu verlochen, wenn der Pfarrer nicht gewehrt hätte.

Nicht lange nachher wollte ein anderer Bube einem Fuhrmann, der auf seinem Wagen schlief, ein Logeli mit Wein stehlen aus dem Fuhrkratten. Er hatte den Tag vorher nichts heimgebracht, war tüchtig geschlagen und deswegen so verwegen geworden. Aber es fehlte ihm: Er kam unters Rad und mußte jämmerlich sterben. Sie machten es ebenso, als man ihn ihnen brachte, hättens fast verleugnet, daß er ihr Kind sei, und taten nichts als fluchen und schimpfen, bis er in der Erde war.

Es verwunderte die Leute, als sie von da an öfters Raben am Berg herumfliegen sahen, aber sie achteten sich ihrer nicht viel. Viele Leute hatten Mitleid mit den Kindern und hätten gerne das eine oder das andere zu sich genommen und es erzogen unentgeltlich, drGottswille. Aber die Kinder waren zu wild dazu; sie ließen sich nicht zähmen. Sie ließen sich nicht anfassen, saßen bei keinem Hause nieder, aßen nichts, wenn es jemand sah, und waren für kein Lieb in ein Haus zu bringen. Ebenso wenig wollten sie arbeiten; man hat nie gesehen, daß sie ein Werkholz in den Händen gehabt hätten, die Axt ausgenommen.

Einmal war ein sehr strenger Winter, der gar nicht aufhören wollte, und in den Bergen lag viel Schnee. Schon damals soll es Küher gegeben haben, welche in guten Sommern Heu machten und es auf dem Berge ließen, um im Frühjahr in bösen Tagen ihren armen Kühen etwas zu haben. Auch ließen sie immer bald dieses, bald jenes im Stafel oder Spycher zurück. Aber schon damals gab es nichtswerte, gottlose Menschen, die den armen Kühen diese Vorsicht nicht gönnten, sondern das Heu stahlen und das Käskessi dazu. Daher kommen die vielen Geschichten von dem Bannen, welche Kunst alten Kühern zugeschrieben wurde. So wußte der Alte am Berge auch eine Hütte mit Heu und andern Dingen, und er hatte seine Kinder schon lange daran hingereiset, sie zu bestehlen; aber immer war der Schnee noch zu tief gewesen oder der Winter zu wild, als daß sie hätten dazu kommen können. Der Alte ward immer ungeduldiger, weil er nicht mehr viel zu beißen und zu brechen hatte, und an einem Nachmittage im März jagte er seine Kinder alle mit zwei Schlitten der Hütte zu. Sie hatten ihm gesagt, es sei nicht richtig, es sei wohl lind Wetter, der Föhn könnte kommen gegen Abend, und die Lauenen donnerten schon über die Gletscher. Aber er hatte geflucht, daß die Hütte bebte, ihnen Faulheit und Feigheit vorgeworfen und ihnen gedroht mit aller seiner Kraft. Mürrisch und trotzig waren die Kinder abgezogen und mögen nicht liebliche Reden geführt haben auf ihrem düstern, wilden Weg; denn es waren auch mächtige Buben unter ihnen; nur ihre Wildheit und Scheu vor andern Menschen trieben sie immer wieder ihrer Hütte, ihrem Neste zu. Sie hätten mit der eigenen Kraft sich gar gut durchbringen können.

Als die Kinder fort waren, legten sich die Alten wieder in ihr Moos; und als es dunkel ward, feuerten sie, um sich zu wärmen und zu kochen, aber das Feuer wollte nicht brennen, gab nur Rauch, und die Luft drückte denselben in die Hütte nieder, und einzelne Windstöße brausten an derselben vorbei immer häufiger, immer wütender. Als ob in sausendem Galopp Hunderttausende von Husaren vorbeistürmten, brauste es, von allen Firnen donnerten die Lawinen zu Tale; als ob eine Weltenschlacht hoch oben in den Lüften geschlagen würde, war es ein Tosen, Donnern, Krachen, vertausendfältiget durch tausendfältigen Widerhall. Die Hütte zitterte in den wilden Wettern wie ein Espenlaub, aber die Winde stürmten verächtlich an ihr vorüber, die Bäche strömten verächtlich an ihr vorbei; drinnen lagen die Alten wieder in ihrem Moos, sie dachten gar kaltblütig an ihre Gefahr, sie hatten es schon manchmal winden und lauenen hören, ohne daß es ihnen etwas getan; sie dachten gar kaltblütig an ihre Kinder, waren die auch schon manchmal heimgekommen aus wilden Wettern, war ja auf dem Berge auch eine Hütte, wo sie sich bergen konnten, und kaltblütig schliefen sie ein mitten im Wetter und ohne Kinder.

Am Morgen erwachten sie ohne Kinder; aber was war das, das so wild an die Fenster schlug, das so schwarz an denselben herumstrich, so rauh ›Krak! Krak!‹ rief, einen Lärm machte, der die Faulen endlich von ihrem Lager aufbrachte? Es waren nicht ihre Kinder, die sah niemand wieder, aber zwölf Raben waren es, welche um die Hütte stürmten mit wildem Schreien und Fliegen und die Alten aufschrien und nicht nur aus dem nächtlichen Schlafe. Sie wurden ärgerlich, als die schwarzen Tiere so lärmten, und wollten sie verscheuchen, aber die ließen sich nicht verscheuchen, aber auch nicht fangen; sie lärmten immer wilder, umflogen immer kühner die Häupter der Scheltenden, die umsonst nach ihnen haschten und warfen. Sie machten die Hütte wieder zu; die Sonne kam, aber die Kinder nicht, und die Raben hingen ihrer zwölfe draußen an den Fenstern, mit den Flügeln schlagend und schreiend. Und graulicher wards den Alten, als sie die Raben zählten und es zwölfe waren und kein Kind heimkam, und sie machten die Hütte wieder auf, um nach den Kindern zu sehen; sie gingen weiter die Wand hinauf, sich weiter umzusehen. Aber keine Kinder kamen, aber die Raben blieben bei ihnen, hingen mit wildem Wesen sich an ihre Fersen, und wohin die Alten gingen, wirbelten die Raben um sie herum. Und immer fürchterlicher tönte ihr ›Kuark! Kuark!‹, immer schauerlicher wards den Alten, immer weiter trieb es sie in die Einöde hinein, die schlüpfrigen Bergwände hinauf, und immer näher und wilder folgten ihnen die dunklen, wilden Tiere. Aber auch in der Alten Kopf begann es zu wirbeln. Dunkel ward es vor ihren Augen, und fürchterliche Töne entrannen ihrer dunklen Brust und drangen tief in des Tales Grund zu Ohren der Menschen. Und die aufschauenden Menschen erblickten auf schwindelnder Höhe die sinnlos Fliehenden, von dunkler Vögelschar verfolgt. Sie sahen sie eilen dem höchsten Grate zu, sahen sie sinnlos dem Vorsprunge desselben zustürzen, sahen sie stürzen in den bodenlosen Abgrund, mit ihnen die dunkeln Vögel, alle zum schwarzen Knäuel geballt. Und nie sah man sie wieder. Aber wenn die Lawinen zum Fall sich rüsten, wenn der Tod seine dunkeln Schwingen entfaltet und sein Opfer sorglos ihm entgegengeht, da tönt es mächtig ›Kuark! Kuark!‹ oben von der Höhe. Und wenn auf bösen Wegen Eltern gehen, auf böse Wege Kinder führen, da fliegen schwarze Vögel ihnen über den Weg, und ›Kuark! Kuark!‹ tönt es über ihren Häuptern.

Und lautlos war die Menge gestanden unten im Tale und hatte bebend das schauerliche Ende gesehen. Und bald darauf verbreitete sich im Tale die Sage, die Raben hätten ihre Eltern geholt, und Rabeneltern nannte man von da an alle, die ihre Kinder verwahrloseten, zum Stehlen oder Betteln sie anhielten oder es ihnen ungestraft nachließen, die ihre Kinder mißbrauchten, um durch sie und auf Kosten ihrer Seele besser zu leben, dem Teufel zu frönen. Und der Glaube verbreitete sich, daß sie, wie die Eltern auf diese Weise die Kinder zugrunde richten, zur Strafe auch die Eltern durch die Kinder ins Verderben gestürzt würden, daß sie am Ende austrinken müßten den Kelch, den sie den Kindern eingeschenkt hätten. Und wenn en Ätti oder es Müetti bei uns oben nur an sich denken, die Kinder vernachlässigen, sie zum Bösen führen will mit Tat oder Wort, so dreht man ihnen den Kopf der Bergwand zu und sagt ihnen: ›Lue, dert obe hey dRabe ihri Alte gholt!‹ Und das ist scho mengem duregange dur Lyb und Seel.«

THEODOR STORM

1817–1888

Der kleine Häwelmann

Ein Kindermärchen

Es war einmal ein kleiner Junge, der hieß Häwelmann. Des Nachts schlief er in einem Rollenbett und auch des Nachmittags, wenn er müde war; wenn er aber nicht müde war, so mußte seine Mutter ihn darin in der Stube umherfahren, und davon konnte er nie genug bekommen.

Nun lag der kleine Häwelmann eines Nachts in seinem Rollenbett und konnte nicht einschlafen; die Mutter aber schlief schon lange neben ihm in ihrem großen Himmelbett. »Mutter«, rief der kleine Häwelmann, »ich will fahren!« Und die Mutter langte im Schlaf mit dem Arm aus dem Bett und rollte die kleine Bettstelle hin und her, und wenn ihr der Arm müde werden wollte, so rief der kleine Häwelmann: »Mehr, mehr!«, und dann ging das Rollen wieder von vorne an. Endlich aber schlief sie gänzlich ein; und soviel der kleine Häwelmann auch schreien mochte, sie hörte es nicht; es war rein vorbei. – – Da dauerte es nicht lange, so sah der Mond in die Fensterscheiben, der gute alte Mond, und was er da sah, war so possierlich, daß er sich erst mit seinem Pelzärmel über das Gesicht fuhr, um sich die Augen auszuwischen; so etwas hatte der alte Mond all sein Lebtage nicht gesehen. Da lag der kleine Häwelmann mit offenen Augen in seinem Rollenbett und hielt das eine Beinchen wie einen Mastbaum in die Höhe. Sein kleines Hemd hatte er ausgezogen und hängte es wie ein Segel an seiner kleinen Zehe auf; dann nahm er ein Hemdzipfelchen in jede Hand und fing mit beiden Backen an zu blasen. Und allmählich, leise, leise, fing es an zu rollen, über den

Fußboden, dann die Wand hinauf, dann kopfüber die Decke entlang und dann die andere Wand wieder hinunter. »Mehr, mehr!« schrie Häwelmann, als er wieder auf dem Boden war; und dann blies er wieder seine Backen auf, und dann ging es wieder kopfüber und kopfunter. Es war ein großes Glück für den kleinen Häwelmann, daß es gerade Nacht war und die Erde auf dem Kopf stand; sonst hätte er doch gar zu leicht den Hals brechen können.

Als er dreimal die Reise gemacht hatte, guckte der Mond ihm plötzlich ins Gesicht. »Junge«, sagte er, »hast du noch nicht genug?« – »Nein«, schrie Häwelmann, »mehr, mehr! Mach mir die Tür auf! Ich will durch die Stadt fahren; alle Menschen sollen mich fahren sehen.« – »Das kann ich nicht«, sagte der gute Mond; aber er ließ einen langen Strahl durch das Schlüsselloch fallen; und darauf fuhr der kleine Häwelmann zum Hause hinaus.

Auf der Straße war es ganz still und einsam. Die hohen Häuser standen im hellen Mondschein und glotzten mit ihren schwarzen Fenstern recht dumm in die Stadt hinaus; aber die Menschen waren nirgends zu sehen. Es rasselte recht, als der kleine Häwelmann in seinem Rollenbette über das Straßenpflaster fuhr; und der gute Mond ging immer neben ihm und leuchtete. So fuhren sie Straßen aus, Straßen ein; aber die Menschen waren nirgends zu sehen. Als sie bei der Kirche vorbeikamen, da krähte auf einmal der große goldene Hahn auf dem Glockenturme. Sie hielten still. »Was machst du da?« rief der kleine Häwelmann hinauf. – »Ich krähe zum erstenmal!« rief der goldene Hahn herunter. – »Wo sind denn die Menschen?« rief der kleine Häwelmann hinauf. – »Die schlafen«, rief der goldene Hahn herunter, »wenn ich zum drittenmal krähe, dann wacht der erste Mensch auf.« – »Das dauert mir zu lange«, sagte Häwelmann, »ich will in den Wald fahren, alle Tiere sollen mich fahren sehen!« – »Junge«, sagte der gute alte Mond, »hast du noch nicht genug?« – »Nein«, schrie Häwelmann, »mehr, mehr! Leuchte, alter Mond, leuchte!« Und damit blies er die Backen auf, und der gute alte Mond leuchtete, und so fuhren sie zum Stadttor hinaus und übers Feld und in den dunkeln Wald hinein. Der gute Mond hatte große Mühe, zwischen den vielen Bäumen durchzukommen; mitunter war er ein ganzes Stück zurück, aber er holte den kleinen Häwelmann doch immer wieder ein.

Im Walde war es still und einsam; die Tiere waren nicht zu sehen; weder die Hirsche noch die Hasen, auch nicht die kleinen Mäuse. So fuhren sie immer weiter, durch Tannen- und Buchenwälder, bergauf und bergab. Der gute Mond ging nebenher und leuchtete in alle Büsche; aber die Tiere waren nicht zu sehen; nur eine kleine Katze saß oben in einem Eichbaum und funkelte mit den Augen. Da hielten sie still. »Das ist der kleine Hinze!« sagte Häwelmann, »ich kenne ihn wohl; er will die Sterne nachmachen.« Und als sie wieder weiterfuhren, sprang die kleine Katze mit von Baum zu Baum.

»Was machst du da?« rief der kleine Häwelmann hinauf. – »Ich illuminiere!« rief die kleine Katze herunter. – »Wo sind denn die andern Tiere?« rief der kleine Häwelmann hinauf. – »Die schlafen«, rief die kleine Katze herunter und sprang wieder einen Baum weiter; »horch nur, wie sie schnarchen!« – »Junge«, sagte der gute alte Mond, »hast du noch nicht genug?« – »Nein«, schrie Häwelmann, »mehr, mehr! Leuchte, alter Mond, leuchte!« Und dann blies er die Backen auf, und der gute alte Mond leuchtete; und so fuhren sie zum Walde hinaus und dann über die Heide bis ans Ende der Welt, und dann gerade in den Himmel hinein.

Hier war es lustig; alle Sterne waren wach und hatten die Augen auf und funkelten, daß der ganze Himmel blitzte. »Platz da!« schrie Häwelmann und fuhr in den hellen Haufen hinein, daß die Sterne links und rechts vor Angst vom Himmel fielen. – »Junge«, sagte der gute alte Mond, »hast du noch nicht genug?« – »Nein!« schrie der kleine Häwelmann, »mehr, mehr!« Und – hast du nicht gesehen! fuhr er dem alten guten Mond quer über die Nase, daß er ganz dunkelbraun im Gesicht wurde. »Pfui!« sagte der Mond und nieste dreimal. »Alles mit Maßen!« Und damit putzte er seine Laterne aus, und alle Sterne machten die Augen zu. Da wurde es im ganzen Himmel auf einmal so dunkel, daß man es ordentlich mit Händen greifen konnte. »Leuchte, alter Mond, leuchte!« schrie Häwelmann, aber der Mond war nirgends zu sehen, und auch die Sterne nicht; sie waren schon alle zu Bett gegangen. Da fürchtete der kleine Häwelmann sich sehr, weil er so allein im Himmel war. Er nahm seine Hemdzipfelchen in die Hände und blies die Backen auf; aber er wußte weder aus noch ein, er fuhr kreuz und quer, hin und her, und niemand sah ihn fahren, weder die Menschen noch die Tiere, noch auch die lieben Sterne.

Da guckte endlich unten, ganz unten am Himmelsrande ein rotes rundes Gesicht zu ihm herauf, und der kleine Häwelmann meinte, der Mond sei wieder aufgegangen. »Leuchte, alter Mond, leuchte!« rief er. Und dann blies er wieder die Backen auf und fuhr quer durch den ganzen Himmel und gerade drauflos. Es war aber die Sonne, die gerade aus dem Meere heraufkam. »Junge«, rief sie und sah ihm mit ihren glühenden Augen ins Gesicht, »was machst du hier in meinem Himmel?« Und – eins, zwei, drei! nahm sie den kleinen Häwelmann und warf ihn mitten in das große Wasser. Da konnte er schwimmen lernen.

Und dann?

Ja und dann? Weißt du nicht mehr? Wenn ich und du nicht gekommen wären und den kleinen Häwelmann in unser Boot genommen hätten, so hätte er doch leicht ertrinken können!

GUSTAV ZU PUTLITZ

1821–1890

Die Mohnblume

Wir sind im Irrtum, wenn wir glauben, daß die Blumen nichts können als knospen, blühen, duften und verwelken; denn diese Ansicht, so viel verbreitet sie auch sein mag, hat uns doch nur unser eigener Egoismus aufgedrungen, der uns gern weismachen möchte, alles in der Natur sei allein für uns da, und da wir eben nur das äußere Leben der Blumen wahrnehmen könnten, hätten sie auch gar kein inneres. Wie gesagt aber, dem ist nicht so, und wie jede Blume ihren eigenen Charakter hat, die eine bescheiden ist, die andere stolz und eitel, diese heiter und glänzend, jene düster und unscheinbar, oder wie sie sich sonst noch in Farben und Gewohnheiten äußern mögen, so hat auch jede ihr eigenes Wünschen, Streben, Jauchzen, Trauern und Lieben; alle aber haben sie einen überwiegenden Patriotismus, das heißt eine Anhänglichkeit nicht allein an das Land, sondern sogar an die Stelle, auf der sie aufgewachsen sind, so daß sie anderswo gar nicht existieren könnten: ein Gefühl, welches man in neuerer Zeit bei den Menschen oft hat vermissen wollen. Aber auch ein Organ der Mitteilung haben die Blumen; und wer nur ihre Sprache verstünde, dem könnten sie manches Gedicht, manches Märchen ins Ohr hauchen, der würde gern manche Nacht (denn das ist besonders die Zeit ihrer Mitteilungen, wie wir bald sehen werden) auf der blumigen Flur lauschen, und all die bunten Bilderchen, die ihm vorgeführt würden, möchten ihm leicht wie ein schöner poetischer Traum erscheinen. Der Erzähler des vorliegenden Märchens lag auch einmal in einer duftigen mondhellen Nacht auf dem blühenden Teppich des Waldes und lauschte – oder träumte, was ihm mancher eher glauben wird –, da hörte er auf einmal tausend Stimmchen aus den Blumen aufsteigen. Wahrscheinlich hatte ein freundliches Elfchen, dem er einmal unbewußt irgendwie einen Dienst geleistet hatte, ihm sein Gehör für die Nacht geliehen. Melancholisch flüsterte das Schilfgras dem Nachbar ein langes lyrisches Gedicht ins Ohr, und der Nachbar hörte aufmerksam zu. Dazwischen plapperte die Klatschrose, die bei den Blumen die Chronik scandaleuse ist und die Klatschliteratur repräsentiert. Nicht weit ab kicherten rote Moosblüten zusammen, und hatten sich gewiß eben etwas recht Launiges erzählt. Die Glockenblume war zwar stumm, aber sie bestätigte fortwährend die Reden der Nachbarn, indem sie rechts und links mit dem Kopfe nickte. Das war nun mit dem

Zittergras ganz anders, denn das schüttelte beständig mit dem Kopfe und wollte nichts glauben von alledem, was es um sich hörte. Mochten sie nun den Lauscher gewahrt haben und ihn, nach dem alten Sprichwort, für seine Unbescheidenheit bestrafen wollen, oder mag es überhaupt ein Lieblingsthema der Blumen sein, kurz, diesmal drehte sich ihre Unterhaltung meist um die Ungerechtigkeiten und die lieblose Art, die sich die Menschen gegen sie zu Schulden kommen ließen.

»O weh«, rief klagend eine Schar von Thymianblüten, »da hat uns wieder der plumpe Fuß eines Menschen unsere liebsten Geschwister zerknickt.«

»Ja, sie achten uns gar nicht«, sagte eine Pechnelke, die so gern bemerkt wäre und sich deshalb recht hoch auf ihrem schlanken Stiel emporstreckte, »wie wir uns auch zärtlich an sie schmiegen und festhalten. Wenn sie uns noch vernichteten, weil wir ihnen schädlich sind, wie der Schierling; aber nichts ist schwerer zu tragen als ihre Mißachtung, in der sie es nicht einmal für wert halten, ihren Fuß von uns zu wenden.«

»Nicht doch«, flüsterte begütigend ein Vergißmeinnicht dazwischen; »sollte man doch nach euren Reden die Menschen für gar ungerecht gegen uns halten! Und doch kann ich eure Vorwürfe widerlegen. Sind wir ihnen nicht der liebste Schmuck bei festlichen Gelegenheiten, und wählen sie uns nicht immer als Boten für ihre heiligsten Gefühle, für die Liebe?«

»Die Zeiten sind längst vorbei«, sagte höchst verstimmt der Sauerampfer. »Halten sich die Menschen nicht in ihrem aufgeblasenen Stolze für berechtigt, selbst dem Schöpfer ins Handwerk zu pfuschen, ja ihn zu verbessern, indem sie uns in jämmerlichen, papiernen, gemalten Dingern nachahmen, ja verschönert nachbilden wollen? Und womit schmücken sie sich denn jetzt, mit uns oder mit jenen verächtlichen Abbildern? Und zu Liebesboten nehmen sie uns auch nur, wenn sie nichts Besseres haben; sonst ist aber diese Blumensprache längst aus der Mode gekommen, man nennt sie Sentimentalität und macht sie lächerlich.«

»Ich ließe mir das alles gefallen«, nahm die Lilie das Wort; »wie können die Menschen unsere Gefühle achten, da sie sie nicht kennen? Aber sie müßten sie nicht ableugnen, wo sie ihnen augenscheinlich entgegentreten. Erinnert euch nur. Wenn die Nacht vorüber ist, und wir beim Morgenlicht um uns schauen, dann fehlt immer eine oder die andere von unsern Gespielen, die entweder schon in der Abenddämmerung ihr Haupt neigte, oder die ein wilder Nachtwind entblätterte. Dann betrauern wir sie, und Tränen hängen in unsern Augen. Die Menschen sehen das; aber ohne sich zu bemühen, es zu verstehen, leugnen sie, daß diese Tropfen ein Zeichen unseres Gefühls und unseres Schmerzes sind, und sagen, das wäre der Tau, den der Morgennebel über uns ausgeschüttet habe.« –

Dieser Beweis von der Ungerechtigkeit der Menschen mußte so schlagend sein, daß für den Augenblick keine etwas zu erwidern oder hinzuzufügen hatte. Da bildete sich nicht weit von mir eine Gruppe um eine glänzende, hoch aufgeschossene Mohnblume. Schon lange hatte ich bemerkt, daß ihre Umgebungen die Köpfe zusammengesteckt und an dem für mich so wenig schmeichelhaften Disput gar keinen Teil genommen hatten. Als nun diese Pause eintrat, rief die Schlüsselblume, indem sie laut ihr Glöckchen schwang: »Still, still, ihr Schwestern, die Mohnblume will uns etwas erzählen.« »Die Mohnblume erzählt«, hieß es, »still! still!« und alles horchte, denn auch das Schilfgras hatte eben sein langes Gedicht vollendet.

Die Mohnblume streckte sich auf ihrem schlanken Stiel, sah um sich und neigte sich dann einige Male hin und her. Ich hatte erwartet, daß sie sich erst lange bitten lassen würde, Heiserkeit vorschützen und mindestens viele Entschuldigungen vorausschicken würde; aber das muß dermalen bei den Blumen noch nicht Sitte sein, denn die Mohnblume fing frisch weg an zu erzählen: »Ihr wollt mich anhören? Wohlan, so will ich euch erzählen, wie nach alten grauen Sagen, die sich in meinem Geschlecht von einer Generation zur andern fortgepflanzt haben, wir Mohnblumen einem ganz eigenen Vorfalle unsere Existenz verdanken; denn ihr dürft ja nicht glauben, daß bei Erschaffung der Welt wir Blumen alle auf einmal über die Erde ausgestreut waren. O nein, da kam eine nach der andern, und es ging damals ungefähr eben so her, wie es jetzt noch im Frühling hergeht.«

»Wie geht es denn im Frühling her?« unterbrach sie eilig die Klatschrose.

»Das kannst du noch vorher vom Gänseblümchen erfragen«, erwiderte die Mohnblume, »denn das ist immer schon früh dabei, dann aber stör' mich auch in meiner Erzählung nicht wieder.«
Das Gänseblümchen, das meist wenig berücksichtigt wurde, ja sogar bei vielen für etwas simpel gilt, während seine Cousine, das Tausendschönchen, weil es etwas mehr Erziehung genossen hat, schon höher angeschrieben steht, war zugleich erfreut und verlegen, daß es auch einmal das Wort führen sollte, und ein leichtes Rot zog sich über die weißen Blätterchen, wie man das zu öftern wohl schon an dieser kleinen Blume bemerkt hat. Dann hob es das Haupt dankbar zur hohen Gönnerin empor und erzählte, ohne weiter eine Frage zu erwarten.

»Was wir dem Winter zu Leide getan haben, daß er uns armen Blumen so gar gram ist, das kann ich euch nicht sagen, und darüber sind die Meinungen sehr verschieden. Das nur steht fest, daß er uns nicht leiden kann, und nicht eher ruht, als bis er uns alle von der Erde vertrieben hat. Aber sein Reich dauert ja auch nicht ewig, und nach ihm kommt unser bester Freund, der Frühling. Der sieht sich nun ganz betrübt um, wenn von allen den bunten

Kindern, die er beim Scheiden dem Sommer so angelegentlichst empfohlen hat, keins mehr da ist, und muß sein Haar in lange graue Schleier hüllen, weil er noch kein Blümchen oder Blatt hat, sich einen Kranz zu flechten. Da fährt er denn mit seiner lieben warmen Hand leise über die Erde und winkt und ruft seine Lieblinge, von denen noch keiner das Haupt herausstrecken mag, denn sie sind noch gar erschreckt, so sehr hat sie der rauhe Winter eingeschüchtert. Auch ist diese Furcht nicht ungegründet, denn man hat Beispiele, daß der Winter, wenn er schon weit fort war, umgekehrt ist und die Blumen auf den Kopf geschlagen hat. Einige Blumen zwar, die ein besonders freundliches Gemüt haben, wollen den Frühling nicht lange warten lassen und kommen eiligst hervor. So auch das gute Veilchen. Aber wenn es um sich schaut, und die Erde noch so sehr kahl aussieht, und von all den Schwestern erst so wenig erwacht sind, dann fürchtet es sich und steckt scheu das Köpfchen wieder unter die grünen Blätter. Die Menschen nennen das Bescheidenheit, es ist aber vielmehr Furcht; und dann erwacht in dem Veilchen die große Sehnsucht nach Gefährtinnen, die sie in ihren lieblichen Düften aushaucht. Armes Veilchen! Diese Sehnsucht bleibt unbefriedigt, und wenn die andern Blumen gekommen sind, ist seine Zeit längst erfüllt. Weil es sich aber immer wieder zu ihnen hingezogen fühlt, kommt es zuweilen im Herbst noch auf einige Tage hervor, und sein Sehnen ist gestillt. Das ist aber auch der Grund, warum es dann nicht mehr so lieblich duftet als bei seinem ersten Erblühen.«

»Nun seht ihr, so geht es im Frühling zu«, nahm die Mohnblume ihre Erzählung wieder auf, »und ähnlich so ging es auch bei der Schöpfung. Eine Blume kam nach der andern. In der Zeit aber, in die meine Sagen reichen, waren schon die meisten versammelt, und es war gar schön auf der Erde, denn überall herrschte Freude und Eintracht. Tiere und Menschen wohnten friedlich beieinander, und da war nichts als Jubel vom Morgen bis zum Abend. Ein Wesen nur, das einzige in der weiten, weiten Schöpfung, teilte nicht dies allgemeine Glück und wandelte traurig über die junge Erde: es war die Nacht. Warum sie traurig war, werdet ihr fragen. Ja seht, sie war einsam in dieser Welt, wo jedes andere Wesen einen Gefährten hatte; und gibt es ein Glück, wenn wir es nicht mitteilen können? Dazu kam noch, daß die Nacht mehr und mehr empfand, was sie sich so gerne verheimlicht hätte, daß sie das einzige Wesen war, dem die andern sich nicht liebend nahen mochten. Denn wie sie auch ihre freiwilligen Lämpchen anzündete, sie mußte doch den Menschen und Tieren die Schönheiten der Erde verbergen, und das wendete alle von ihr ab. Nicht daß sie ihr ins Angesicht geklagt hätten; aber in dem Jubel, mit dem die Morgensonne begrüßt wurde, sprach es sich deutlich genug aus, wie wenig man der Nacht zugetan war. Das betrübte sie natürlich, denn sie war gut und liebevoll, und sie hüllte ihr Haupt in den dichtesten Schleier, um ihren bittern Kummer auszuweinen. Das rührte nun uns mitleidige Blumen gar sehr, und wie sich alles von ihr wendete, suchten wir, wie wenig wir auch ihren Schmerz stillen konnten, ihr Freude zu machen, so viel es unsere Kräfte erlaubten. Aber wir hatten nichts zu bieten als nur Farben und Düfte, und an den Farben hat die Nacht seit jeher keine große Freude gehabt. So sparten wir für sie unsere schönsten Düfte auf; ja einzelne, z. B. die Nachtviole, dufteten bei Tage gar nicht, um alle ihre Wohlgerüche der Nacht darzubringen, und diese Gewohnheit hat sie denn auch, wie bekannt, seitdem bewahrt. Doch alles das konnte die Trauernde nicht trösten, und sie warf sich in ihrem Schmerz vor den Thron des Schöpfers.

›Allmächtiger Vater‹, hub sie an, ›du siehst, wie alles glücklich ist in deiner Schöpfung, ich allein ziehe freudelos, einsam und ungeliebt über die Erde, und habe kein Wesen, dem ich mich in meinem Kummer anschließen kann. Der Tag flieht vor mir, wie sehnsüchtig ich ihm auch nacheile, und wie er wenden sich alle Geschöpfe von mir ab. Darum, allmächtiger Vater, erbarme du dich meines Schmerzes und gib mir einen Gefährten!‹

Da lächelte in Mitleid der Schöpfer, erhörte das Gebet der Nacht, schuf den Schlaf und gab ihn ihr zum Genossen. Erkennt man es nicht, daß der Schöpfer ihn lächelnd schuf, daran, daß er nur geliebt ist, nur Segen austeilt, nur Glück und Trost? Die Nacht nahm den Freund in ihre Arme, und nun ging eine ganz andere Zeit für sie an. Nicht allein daß sie nicht mehr einsam war, sondern es wurden ihr auch die Herzen aller zugetan, seit der Schlaf, der Liebling aller Lebenden, mit ihr kam, wenn sie den Tag von der Erde verscheuchte. Bald fanden sich noch andere freundliche Wesen in ihrem Gefolge, die Kinder der Nacht und des Schlafes – die Träume. Die zogen mit den Eltern über die Erde, und hatten bald Freundschaft mit den Menschen geschlossen, die damals auch noch in ihrem Herzen wie Kinder waren. Aber leider änderte sich das bald. Leidenschaften erwachten in den Menschen, und in ihrem Gemüte wurde es trüber und trüber. Kinder verderben leicht in böser Gesellschaft, und so kam es denn, daß auch einzelne Träume durch den Umgang mit den Menschen leichtsinnig, trügerisch und unfreundlich wurden. Der Schlaf bemerkte diese Veränderung seiner Kinder und wollte die ungeratenen schon aus seiner Gesellschaft ausstoßen, da baten die Geschwister für sie und sagten: ›Laß uns die Brüder, sie sind nicht so schlimm als sie scheinen, und wir versprechen dir, nach Kräften wieder gutzumachen, wo sie sich in ihrem Mutwillen einmal vergehen.‹ Der Vater erhörte den Wunsch seiner guten Kinder, und so blieben auch die bösen Träume in seiner Gesellschaft, die aber, wie die Erfahrung gelehrt hat, sich wunderbarer Weise immer am meisten zu den bösen Menschen hingezogen fühlen.

Mit dem Menschen wurde es jedoch schlimmer und schlimmer. Einst lag ein Mann in einer herrlichen Nacht auf dem duftenden Rasen und der Schlaf und die Träume waren zu ihm getreten, aber die Sünde ließ sie nicht Macht über ihn bekommen. In seiner Seele stieg ein furchtbarer Gedanke auf, der Gedanke an Brudermord. Vergebens schüttelte der Schlaf aus seinem Zauberstab die beruhigenden Tropfen auf ihn aus, vergebens umgaukelten ihn die Träume mit ihren bunten Bildern, immer wieder entzog er sich ihrer sanften Herrschaft. Da rief der Schlaf seine Kinder zu sich. ›Laßt uns fliehen‹, sprach er, ›dieser Mensch ist unserer Gaben nicht wert!‹ Und sie flohen. Als sie fern waren, nahm der Schlaf seinen Zauberstab, halb im Zorn, daß er ihm diesmal seine Kraft so schlecht bewährt hatte, und steckte ihn in die Erde. Oben darauf hingen die Träume spielend ihre leichten, lustigen, bunten Bilderchen, die sie dem Menschen hatten schenken wollen. Das sah die Nacht, und sie hauchte Leben in den Stab, daß er Wurzeln schlüge in die Erde. Er ergrünte, und barg nach wie vor in sich die Tropfen, die den Schlaf herbeirufen. Und die Gaben der Träume gestalteten sich zu zarten, bunten, flatternden Blättern. So sind wir Mohnblumen entstanden.«

Die Erzählung war beendigt und dankend beugten sich die Blumen von allen Seiten zur Erzählerin. Da dämmerte der Morgen heran. Als es nun hell wurde, flatterten die Blätter einer Centifolie zerstreut durch den Wald und hielten still bei jeder Blume, an der sie vorbeikamen, jeder einen wehmütigen Abschied zuflüsternd. Und Tränen hingen in allen Blumen.

GOTTFRIED KELLER

1819–1890

Spiegel, das Kätzchen

Ein Märchen

Wenn ein Seldwyler einen schlechten Handel gemacht hat oder angeführt worden ist, so sagt man zu Seldwyla: Er hat der Katze den Schmer abgekauft! Dies Sprichwort ist zwar auch anderwärts gebräuchlich, aber nirgends hört man es so oft wie dort, was vielleicht daher rühren mag, daß es in dieser Stadt eine alte Sage gibt über den Ursprung und die Bedeutung dieses Sprichwortes.

Vor mehreren hundert Jahren, heißt es, wohnte zu Seldwyla eine ältliche

Person allein mit einem schönen, grau und schwarzen Kätzchen, welches in aller Vergnügtheit und Klugheit mit ihr lebte und niemandem, der es ruhig ließ, etwas zuleide tat. Seine einzige Leidenschaft war die Jagd, welche es jedoch mit Vernunft und Mäßigung befriedigte, ohne sich durch den Umstand, daß diese Leidenschaft zugleich einen nützlichen Zweck hatte und seiner Herrin wohlgefiel, beschönigen zu wollen und allzusehr zur Grausamkeit hinreißen zu lassen. Es fing und tötete daher nur die zudringlichsten und frechsten Mäuse, welche sich in einem gewissen Umkreise des Hauses betreten ließen, aber diese dann mit zuverlässiger Geschicklichkeit; nur selten verfolgte es eine besonders pfiffige Maus, welche seinen Zorn gereizt hatte, über diesen Umkreis hinaus und erbat sich in diesem Falle mit vieler Höflichkeit von den Herren Nachbaren die Erlaubnis, in ihren Häusern ein wenig mausen zu dürfen, was ihm gerne gewährt wurde, da es die Milchtöpfe stehen ließ, nicht an die Schinken hinaufsprang, welche etwa an den Wänden hingen, sondern seinem Geschäfte still und aufmerksam oblag und, nachdem es dieses verrichtet, sich mit dem Mäuslein im Maule anständig entfernte. Auch war das Kätzchen gar nicht scheu und unartig, sondern zutraulich gegen jedermann und floh nicht vor vernünftigen Leuten; vielmehr ließ es sich von solchen einen guten Spaß gefallen und selbst ein bißchen an den Ohren zupfen, ohne zu kratzen; dagegen ließ es sich von einer Art dummer Menschen, von welchen es behauptete, daß die Dummheit aus einem unreifen und nichtsnutzigen Herzen käme, nicht das mindeste gefallen und ging ihnen entweder aus dem Wege oder versetzte ihnen einen ausreichenden Hieb über die Hand, wenn sie es mit einer Plumpheit molestierten.

Spiegel, so war der Name des Kätzchens wegen seines glatten und glänzenden Pelzes, lebte so seine Tage heiter, zierlich und beschaulich dahin, in anständiger Wohlhabenheit und ohne Überhebung. Er saß nicht zu oft auf der Schulter seiner freundlichen Gebieterin, um ihr die Bissen von der Gabel wegzufangen, sondern nur, wenn er merkte, daß ihr dieser Spaß angenehm war; auch lag und schlief er den Tag über selten auf seinem warmen Kissen hinter dem Ofen, sondern hielt sich munter und liebte es eher, auf einem schmalen Treppengeländer oder in der Dachrinne zu liegen und sich philosophischen Betrachtungen und der Beobachtung der Welt zu überlassen. Nur jeden Frühling und Herbst einmal wurde dies ruhige Leben eine Woche lang unterbrochen, wenn die Veilchen blühten oder die milde Wärme des Alteweibersommers die Veilchenzeit nachäffte. Alsdann ging Spiegel seine eigenen Wege, streifte in verliebter Begeisterung über die fernsten Dächer und sang die allerschönsten Lieder. Als ein rechter Don Juan bestand er bei Tag und Nacht die bedenklichsten Abenteuer, und wenn er sich zur Seltenheit einmal im Hause sehen ließ, so erschien er mit einem so verwegenen, burschikosen, ja liederlichen und zerzausten Aussehen, daß die stille Person, seine Gebieterin, fast unwillig ausrief: »Aber Spiegel! Schämst du dich denn nicht, ein solches Leben zu führen?« Wer sich aber nicht schämte, war Spiegel; als ein Mann von Grundsätzen, der wohl wußte, was er sich zur wohltätigen Abwechslung erlauben durfte, beschäftigte er sich ganz ruhig damit, die Glätte seines Pelzes und die unschuldige Munterkeit seines Aussehens wiederherzustellen, und er fuhr sich so unbefangen mit dem feuchten Pfötchen über die Nase, als ob gar nichts geschehen wäre.

Allein dies gleichmäßige Leben nahm plötzlich ein trauriges Ende. Als das Kätzchen Spiegel eben in der Blüte seiner Jahre stand, starb die Herrin unversehens an Altersschwäche und ließ das schöne Kätzchen herrenlos und verwaist zurück. Es war das erste Unglück, welches ihm widerfuhr, und mit jenen Klagetönen, welche so schneidend den bangen Zweifel an der wirklichen und rechtmäßigen Ursache eines großen Schmerzes ausdrücken, begleitete es die Leiche bis auf die Straße und strich den ganzen übrigen Tag ratlos im Hause und rings um dasselbe her. Doch seine gute Natur, seine Vernunft und Philosophie geboten ihm bald, sich zu fassen, das Unabänderliche zu tragen und seine dankbare Anhänglichkeit an das Haus seiner toten Gebieterin dadurch zu beweisen, daß er ihren lachenden Erben seine Dienste anbot und sich bereit machte, denselben mit Rat und Tat beizustehen, die Mäuse ferner im Zaume zu halten und überdies ihnen manche gute Mitteilung zu machen, welche die Törichten nicht verschmäht hätten, wenn sie eben nicht unvernünftige Menschen gewesen wären. Aber diese Leute ließen Spiegel gar nicht zu Worte kommen, sondern warfen ihm die Pantoffeln und das artige Fußschemelchen der Seligen an den Kopf, sooft er sich blicken ließ, zankten sich acht Tage untereinander, begannen endlich einen Prozeß und schlossen das Haus bis auf weiteres zu, so daß nun gar niemand darin wohnte.

Da saß nun der arme Spiegel traurig und verlassen auf der steinernen Stufe vor der Haustüre und hatte niemand, der ihn hineinließ. Des Nachts begab er sich wohl auf Umwegen unter das Dach des Hauses, und im Anfang hielt er sich einen großen Teil des Tages dort verborgen und suchte seinen Kummer zu verschlafen; doch der Hunger trieb ihn bald an das Licht und nötigte ihn, an der warmen Sonne und unter den Leuten zu erscheinen, um bei der Hand zu sein und zu gewärtigen, wo sich etwa ein Maulvoll geringer Nahrung zeigen möchte. Je seltener dies geschah, desto aufmerksamer wurde der gute Spiegel, und alle seine moralischen Eigenschaften gingen in dieser Aufmerksamkeit auf, so daß er sehr bald sich selber nicht mehr gleichsah. Er machte zahlreiche Ausflüge von seiner Haustüre aus und stahl sich scheu und flüchtig über die Straße, um manchmal mit einem schlechten unappetitlichen

Bissen, dergleichen er früher nie angesehen, manchmal mit gar nichts zurückzukehren. Er wurde von Tag zu Tag magerer und zerzauster, dabei gierig, kriechend und feig; all sein Mut, seine zierliche Katzenwürde, seine Vernunft und Philosophie waren dahin. Wenn die Buben aus der Schule kamen, so kroch er in einen verborgenen Winkel, sobald er sie kommen hörte, und guckte nur hervor, um aufzupassen, welcher von ihnen etwa eine Brotrinde wegwürfe, und merkte sich den Ort, wo sie hinfiel. Wenn der schlechteste Köter von weitem ankam, so sprang er hastig fort, während er früher gelassen der Gefahr ins Auge geschaut und böse Hunde oft tapfer gezüchtigt hatte. Nur wenn ein grober und einfältiger Mensch daherkam, dergleichen er sonst klüglich gemieden, blieb er sitzen, obgleich das arme Kätzchen mit dem Reste seiner Menschenkenntnis den Lümmel recht gut erkannte; allein die Not zwang Spiegelchen, sich zu täuschen und zu hoffen, daß der Schlimme ausnahmsweise einmal es freundlich streicheln und ihm einen Bissen darreichen werde. Und selbst wenn er statt dessen nun doch geschlagen oder in den Schwanz gekneift wurde, so kratzte er nicht, sondern duckte sich lautlos zur Seite und sah dann noch verlangend nach der Hand, die es geschlagen und gekneift und welche nach Wurst oder Hering roch.

Als der edle und kluge Spiegel so heruntergekommen war, saß er eines Tages ganz mager und traurig auf seinem Steine und blinzelte in die Sonne. Da kam der Stadthexenmeister Pineiß des Weges, sah das Kätzchen und stand vor ihm still. Etwas Gutes hoffend, obgleich es den Unheimlichen wohl kannte, saß Spiegelchen demütig auf dem Stein und erwartete, was der Herr Pineiß etwa tun oder sagen würde. Als dieser aber begann und sagte: »Na, Katze! Soll ich dir deinen Schmer abkaufen?« da verlor es die Hoffnung, denn es glaubte, der Stadthexenmeister wolle es seiner Magerkeit wegen verhöhnen. Doch erwiderte er bescheiden und lächelnd, um es mit niemand zu verderben: »Ach, der Herr Pineiß belieben zu scherzen!« – »Mit nichten!« rief Pineiß, »es ist mir voller Ernst! Ich brauche Katzenschmer vorzüglich zur Hexerei; aber er muß mir vertragsmäßig und freiwillig von den werten Herren Katzen abgetreten werden, sonst ist er unwirksam. Ich denke, wenn je ein wackeres Kätzlein in der Lage war, einen vorteilhaften Handel abzuschließen, so bist es du! Begib dich in meinen Dienst; ich füttere dich herrlich heraus, mache dich fett und kugelrund mit Würstchen und gebratenen Wachteln. Auf dem ungeheuer hohlen alten Dache meines Hauses, welches nebenbei gesagt das köstlichste Dach von der Welt ist für eine Katze, voll interessanter Gegenden und Winkel, wächst auf den sonnigsten Höhen treffliches Spitzgras, grün wie Smaragd, schlank und fein in den Lüften schwankend, dich einladend, die zartesten Spitzen abzubeißen und zu genießen, wenn du dir an meinen Leckerbissen eine leichte Unverdaulichkeit zugezogen hast. So wirst du bei trefflicher Gesundheit bleiben und mir dereinst einen kräftigen brauchbaren Schmer liefern!«

Spiegel hatte schon längst die Ohren gespitzt und mit wässerndem Mäulchen gelauscht; doch war seinem geschwächten Verstande die Sache noch nicht klar und er versetzte daher: »Das ist so weit nicht übel, Herr Pineiß! Wenn ich nur wüßte, wie ich alsdann, wenn ich doch, um Euch meinen Schmer abzutreten, mein Leben lassen muß, des verabredeten Preises habhaft werden und ihn genießen soll, da ich nicht mehr bin?« – »Des Preises habhaft werden?« sagte der Hexenmeister verwundert, »den Preis genießest du ja eben in den reichlichen und üppigen Speisen, womit ich dich fett mache, das versteht sich von selber! Doch will ich dich zu dem Handel nicht zwingen!« Und er machte Miene, sich von dannen begeben zu wollen. Aber Spiegel sagte hastig und ängstlich: »Ihr müßt mir wenigstens eine mäßige Frist gewähren über die Zeit meiner höchsten erreichten Rundheit und Fettigkeit hinaus, daß ich nicht so jählings von hinnen gehen muß, wenn jener angenehme und ach! so traurige Zeitpunkt herangekommen und entdeckt ist!«

»Es sei!« sagte Herr Pineiß mit anscheinender Gutmütigkeit, »bis zum nächsten Vollmond sollst du dich alsdann deines angenehmen Zustandes erfreuen dürfen, aber nicht länger! Denn in den abnehmenden Mond hinein darf es nicht gehen, weil dieser einen vermindernden Einfluß auf mein wohlerworbenes Eigentum ausüben würde.«

Das Kätzchen beeilte sich zuzuschlagen und unterzeichnete einen Vertrag, welchen der Hexenmeister im Vorrat bei sich führte, mit seiner scharfen Handschrift, welche sein letztes Besitztum und Zeichen besserer Tage war.

»Du kannst dich nun zum Mittagessen bei mir einfinden, Kater!« sagte der Hexer, »Punkt zwölf Uhr wird gegessen!« – »Ich werde so frei sein, wenn Ihr's erlaubt!« sagte Spiegel und fand sich pünktlich um die Mittagsstunde bei Herrn Pineiß ein. Dort begann nun während einiger Monate ein höchst angenehmes Leben für das Kätzchen; denn es hatte auf der Welt weiter nichts zu tun als die guten Dinge zu verzehren, die man ihm vorsetzte, dem Meister bei der Hexerei zuzuschauen, wenn es mochte, und auf dem Dache spazieren zu gehen. Dies Dach glich einem ungeheuren schwarzen Nebelspalter oder Dreiröhrenhut, wie man die großen Hüte der schwäbischen Bauern nennt, und wie ein solcher Hut ein Gehirn voller Nücken und Finten überschattet, so bedeckte dies Dach ein großes, dunkles und winkliges Haus voll Hexenwerk und Tausendsgeschichten. Herr Pineiß war ein Kann-Alles, welcher hundert Ämtchen versah, Leute kurierte, Wanzen vertilgte, Zähne auszog und Geld auf Zinsen lieh; er war der Vormünder aller Waisen und Witwen, schnitt in seinen Mußestunden Federn, das Dutzend für einen Pfennig, und machte schöne schwarze Dinte; er handelte mit Ingwer und Pfeffer, mit Wagenschmiere und Rosoli, mit Häftlein und Schuhnägeln, er renovierte die Turmuhr und machte jährlich den Kalender mit der Witterung, den Bauernregeln und dem Aderlaßmännchen; er verrichtete zehntausend rechtliche Dinge am hellen Tage um mäßigen Lohn und einige unrechtliche nur in der Finsternis und aus Privatleidenschaft, oder hing auch den rechtlichen, ehe er sie aus seiner Hand entließ, schnell noch ein unrechtliches Schwänzchen an, so klein wie die Schwänzchen der jungen Frösche, gleichsam nur der Possierlichkeit wegen. Überdies machte er das Wetter in schwierigen Zeiten, überwachte mit seiner Kunst die Hexen, und wenn sie reif waren, ließ er sie verbrennen; für sich trieb er die Hexerei nur als wissenschaftlichen Versuch und zum Hausgebrauch, so wie er auch die Stadtgesetze, die er redigierte und ins reine schrieb, unter der Hand probierte und verdrehte, um ihre Dauerhaftigkeit zu ergründen. Da die Seldwyler stets einen solchen Bürger brauchten, der alle unlustigen kleinen und großen Dinge für sie tat, so war er zum Stadthexenmeister ernannt worden und bekleidete dieses Amt schon seit vielen Jahren mit unermüdlicher Hingebung und Geschicklichkeit, früh und spät. Daher war sein Haus von unten bis oben vollgestopft mit allen erdenklichen Dingen, und Spiegel hatte viel Kurzweil, alles zu besehen und zu beriechen.

Doch im Anfang gewann er keine Aufmerksamkeit für andere Dinge als für das Essen. Er schlang gierig alles hinunter, was Pineiß ihm darreichte, und mochte kaum von einer Zeit zur anderen warten. Dabei überlud er sich den Magen und mußte wirklich auf das Dach gehen, um dort von den grünen Gräsern abzubeißen und sich von allerhand Unwohlsein zu kurieren. Als der Meister diesen Heißhunger bemerkte, freute er sich und dachte, das Kätzchen würde solcherweise recht bald fett werden, und je besser er daran wende, desto klüger verfahre und spare er im ganzen. Er baute daher für Spiegel eine ordentliche Landschaft in seiner Stube, indem er ein Wäldchen von Tannenbäumchen aufstellte, kleine Hügel von Steinen und Moos errichtete und einen kleinen See anlegte. Auf die Bäumchen setzte er duftig gebratene Lerchen, Finken, Meisen und Sperlinge, je nach der Jahreszeit, so daß da Spiegel immer etwas herunterzuholen und zu knabbern vorfand. In die kleinen Berge versteckte er in künstlichen Mauslöchern herrliche Mäuse, welche er sorgfältig mit Weizenmehl gemästet, dann ausgeweidet, mit zarten Speckriemchen gespickt und gebraten hatte. Einige dieser Mäuse konnte Spiegel mit der Hand hervorholen, andere waren zur Erhöhung des Vergnügens tiefer verborgen, aber an einen Faden gebunden, an welchem Spiegel sie behutsam hervorziehen mußte, wenn er diese Lustbarkeit einer nachgeahmten Jagd genießen wollte. Das Becken des Sees aber füllte Pineiß alle Tage mit frischer Milch, damit Spiegel in der süßen seinen Durst lösche, und ließ gebratene Gründlinge darin schwimmen, da er wußte, daß Katzen zuweilen auch die Fischerei lieben. Aber da nun Spiegel ein so herrliches Leben führte, tun und lassen, essen und trinken konnte, was ihm beliebte und wann es ihm einfiel, so gedieh er allerdings zusehends an seinem Leibe; sein Pelz wurde wieder glatt und glänzend und sein Auge munter; aber zugleich nahm er, da sich seine Geisteskräfte in gleichem Maße wieder ansammelten, bessere Sitten an; die wilde Gier legte sich, und weil er jetzt eine traurige Erfahrung hinter sich hatte, so wurde er nun klüger als zuvor. Er mäßigte sich in seinen Gelüsten und fraß nicht mehr als ihm zuträglich war, indem er zugleich wieder vernünftigen und tiefsinnigen Betrachtungen nachging und die Dinge wieder durchschaute. So holte er eines Tages einen hübschen Krammetsvogel von den Ästen herunter, und als er denselben nachdenklich zerlegte, fand er dessen kleinen Magen ganz kugelrund angefüllt mit frischer unversehrter Speise. Grüne Kräutchen, artig zusammengerollt, schwarze und weiße Samenkörner und eine glänzend rote Beere waren da so niedlich und dicht ineinander gepfropft, als ob ein Mütterchen für ihren Sohn das Ränzchen zu Reise gepackt hätte. Als Spiegel den Vogel langsam verzehrt und das so vergnüglich gefüllte Mäglein an seine Klaue hing und philosophisch betrachtete, rührte ihn das Schicksal des armen Vogels, welcher nach so friedlich verbrachtem Geschäft so schnell sein Leben lassen gemußt, daß er nicht einmal die eingepackten Sachen verdauen konnte. »Was hat er nun davon gehabt, der arme Kerl«, sagte Spiegel, »daß er sich so fleißig und eifrig genährt hat, daß dies kleine Säckchen aussieht wie ein wohl vollbrachtes Tagewerk? Diese rote Beere ist es, die ihn aus dem freien Walde in die Schlinge des Vogelstellers gelockt hat. Aber er dachte doch, seine Sache noch besser zu machen und sein Leben an solchen Beeren zu fristen, während ich, der ich soeben den unglücklichen Vogel gegessen, daran mich nur um einen Schritt näher zum Tode gegessen habe! Kann man einen elendern und feigern Vertrag abschließen als sein Leben noch ein Weilchen fristen zu lassen, um es dann um diesen Preis doch zu verlieren? Wäre nicht ein freiwilliger und schneller Tod vorzuziehen gewesen für einen entschlossenen Kater? Aber ich habe keine Gedanken gehabt, und nun da ich wieder solche habe, sehe ich nichts vor mir als das Schicksal dieses Krammetsvogels; wenn ich rund genug bin, so muß ich von hinnen, aus keinem andern Grunde als weil ich rund bin. Ein schöner Grund für einen lebenslustigen und gedankenreichen Katzenmann! Ach, könnte ich aus dieser Schlinge kommen!«

Er vertiefte sich nun in vielfältige Grübeleien, wie das gelingen möchte; aber da die Zeit der Gefahr noch nicht da war, so wurde es ihm nicht klar und er fand keinen Ausweg; aber als ein kluger Mann ergab er sich bis dahin der

Tugend und der Selbstbeherrschung, welches immer die beste Vorschule und Zeitverschwendung ist, bis sich etwas entscheiden soll. Er verschmähte das weiche Kissen, welches ihm Pineiß zurechtgelegt hatte, damit er fleißig darauf schlafen und fett werden sollte, und zog es vor, wieder auf schmalen Gesimsen und hohen gefährlichen Stellungen zu liegen, wenn er ruhen wollte. Ebenso verschmähte er die gebratenen Vögel und die gespickten Mäuse und fing sich lieber auf den Dächern, da er nun wieder einen rechtmäßigen Jagdgrund hatte, mit List und Gewandtheit einen schlichten lebendigen Sperling oder auf den Speichern eine flinke Maus, und solche Beute schmeckte ihm vortrefflicher als das gebratene Wild in Pineißens künstlichem Gehege, während sie ihn nicht so fett machte; auch die Bewegung und Tapferkeit sowie der wiedererlangte Gebrauch der Tugend und Philosophie verhinderten ein zu schnelles Fettwerden, so daß Spiegel zwar gesund und glänzend aussah, aber zu Pineißens Verwunderung auf einer gewissen Stufe der Beleibtheit stehen blieb, welche lange nicht das erreichte, was der Hexenmeister mit seiner freundlichen Mästung bezweckte; denn dieser stellte sich darunter ein kugelrundes, schwerfälliges Tier vor, welches sich nicht vom Ruhekissen bewegte und aus eitel Schmer bestand. Aber hierin hatte sich seine Hexerei eben geirrt und er wußte bei aller Schlauheit nicht, daß, wenn man einen Esel füttert, derselbe ein Esel bleibt, wenn man aber einen Fuchsen speiset, derselbe nichts anders wird als ein Fuchs; denn jede Kreatur wächst sich nach ihrer Weise aus. Als Herr Pineiß entdeckte, wie Spiegel immer auf demselben Punkte einer wohlgenährten, aber geschmeidigen und rüstigen Schlankheit stehen blieb, ohne eine erkleckliche Fettigkeit anzusetzen, stellte er ihn eines Abends plötzlich zur Rede und sagte barsch: »Was ist das, Spiegel? Warum frissest du die guten Speisen nicht, die ich dir mit so viel Sorgfalt und Kunst präpariere und herstelle? Warum fängst du die gebratenen Vögel nicht auf den Bäumen, warum suchst du die leckeren Mäuschen nicht in den Berghöhlen? Warum fischest du nicht mehr in dem See? Warum pflegst du dich nicht? Warum schläfst du nicht auf dem Kissen? Warum strapazierst du dich und wirst mir nicht fett?« – »Ei, Herr Pineiß!« sagte Spiegel, »weil es mir wohler ist auf diese Weise! Soll ich meine kurze Frist nicht auf die Art verbringen, die mir am angenehmsten ist?« – »Wie!« rief Pineiß, »du sollst so leben, daß du dick und rund wirst, und nicht dich abjagen! Ich merke aber wohl, wo du hinauswillst! Du denkst mich zu äffen und hinzuhalten, daß ich dich in Ewigkeit in diesem Mittelzustande herumlaufen lasse? Mit nichten soll dir das gelingen! Es ist deine Pflicht, zu essen und zu trinken und dich zu pflegen, auf daß du dick werdest und Schmer bekommst! Auf der Stelle entsage daher dieser hinterlistigen und kontraktwidrigen Mäßigkeit, oder ich werde ein Wörtlein mit dir sprechen!«

Spiegel unterbrach sein behagliches Spinnen, das er angefangen, um seine Fassung zu behaupten, und sagte: »Ich weiß kein Sterbenswörtchen davon, daß in dem Kontrakt steht, ich solle der Mäßigkeit und einem gesunden Lebenswandel entsagen! Wenn der Herr Stadthexenmeister darauf gerechnet hat, daß ich ein fauler Schlemmer sei, so ist das nicht meine Schuld! Ihr tut tausend rechtliche Dinge des Tages, so lasset dieses auch noch hinzukommen und uns beide hübsch in der Ordnung bleiben; denn Ihr wißt ja wohl, daß Euch mein Schmer nur nützlich ist, wenn er auf rechtliche Weise erwachsen!« – »Ei, du Schwätzer!« rief Pineiß erbost, »willst du mich belehren? Zeig her, wie weit bist du denn eigentlich gediehen, du Müßiggänger? Vielleicht kann man dich doch bald abtun!« Er griff dem Kätzchen an den Bauch; allein dieses fühlte sich dadurch unangenehm gekitzelt und hieb dem Hexenmeister einen scharfen Kratz über die Hand. Diesen betrachtete Pineiß aufmerksam, dann sprach er: »Stehen wir so miteinander, du Bestie? Wohlan, so erkläre ich dich hiemit feierlich, kraft des Vertrages, für fett genug! Ich begnüge mich mit dem Ergebnis und werde mich desselben zu versichern wissen! In fünf Tagen ist der Mond voll, und bis dahin magst du dich noch deines Lebens erfreuen, wie es geschrieben steht, und nicht eine Minute länger!« Damit kehrte er ihm den Rücken und überließ ihn seinen Gedanken.

Diese waren jetzt sehr bedenklich und düster. So war denn die Stunde doch nahe, wo der gute Spiegel seine Haut lassen sollte? Und war mit aller Klugheit gar nichts mehr zu machen? Seufzend stieg er auf das hohe Dach, dessen Firste dunkel in den schönen Herbstabendhimmel emporragten. Da ging der Mond über der Stadt auf und warf seinen Schein auf die schwarzen bemoosten Hohlziegel des alten Daches, ein lieblicher Gesang tönte in Spiegels Ohren und eine schneeweiße Kätzin wandelte glänzend über einen benachbarten First weg. Sogleich vergaß Spiegel die Todesaussichten, in welchen er lebte, und erwiderte mit seinem schönsten Katerliede den Lobgesang der Schönen. Er eilte ihr entgegen und war bald im hitzigen Gefecht mit drei fremden Katern begriffen, die er mutig und wild in die Flucht schlug. Dann machte er der Dame feurig und ergeben den Hof und brachte Tag und Nacht bei ihr zu, ohne an den Pineiß zu denken oder im Hause sich sehen zu lassen. Er sang wie eine Nachtigall die schönen Mondnächte hindurch, jagte hinter der weißen Geliebten her über die Dächer, durch die Gärten, und rollte mehr als einmal im heftigen Minnespiel oder im Kampfe mit den Rivalen über hohe Dächer hinunter und fiel auf die Straße; aber nur um sich aufzuraffen, das Fell zu schütteln und die wilde Jagd seiner Leidenschaften von neuem anzuheben. Stille und laute Stunden, süße Gefühle und zorniger Streit, anmutiges Zwiegespräch, witziger Gedankenaustausch, Ränke und Schwänke der Liebe und Eifersucht, Liebkosungen und Raufereien, die

Gewalt des Glückes und die Leiden des Unsterns ließen den verliebten Spiegel nicht zu sich selbst kommen, und als die Scheibe des Mondes voll geworden, war er von allen diesen Aufregungen und Leidenschaften so heruntergekommen, daß er jämmerlicher, magerer und zerzauster aussah als je. Im selben Augenblicke rief ihm Pineiß aus einem Dachtürmchen: »Spiegelchen, Spiegelchen! Wo bist du? Komm doch ein bißchen nach Hause!«

Da schied Spiegel von der weißen Freundin, welche zufrieden und kühl miauend ihrer Wege ging, und wandte sich stolz seinem Henker zu. Dieser stieg in die Küche hinunter, raschelte mit dem Kontrakt und sagte: »Komm Spiegelchen, komm Spiegelchen!« und Spiegel folgte ihm und setzte sich in der Hexenküche trotzig vor den Meister hin in all seiner Magerkeit und Zerzaustheit. Als Herr Pineiß erblickte, wie er so schmählich um seinen Gewinn gebracht war, sprang er wie besessen in die Höhe und schrie wütend: »Was seh ich? Du Schelm, du gewissenloser Spitzbube! Was hast du mir getan?« Außer sich vor Zorn griff er nach einem Besen und wollte Spiegelein schlagen; aber dieser krümmte den schwarzen Rücken, ließ die Haare emporstarren, daß ein fahler Schein darüber knisterte, legte die Ohren zurück, prustete und funkelte den Alten so grimmig an, daß dieser voll Furcht und Entsetzen drei Schritt zurücksprang. Er begann zu fürchten, daß er einen Hexenmeister vor sich habe, welcher ihn foppe und mehr könne als er selbst. Ungewiß und kleinlaut sagte er: »Ist der ehrsame Herr Spiegel vielleicht vom Handwerk? Sollte ein gelehrter Zaubermeister beliebt haben, sich in dero äußere Gestalt zu verkleiden, da er nach Gefallen über sein Leibliches gebieten und genau so beleibt werden kann als es ihm angenehm dünkt, nicht zu wenig und nicht zu viel, oder unversehens so mager wird wie ein Gerippe, um dem Tode zu entschlüpfen?«

Spiegel beruhigte sich wieder und sprach ehrlich: »Nein, ich bin kein Zauberer! Es ist allein die süße Gewalt der Leidenschaft, welche mich so heruntergebracht und zu meinem Vergnügen Euer Fett dahin genommen hat. Wenn wir übrigens jetzt unser Geschäft von neuem beginnen wollen, so will ich tapfer dabei sein und drein beißen! Setzt mir nur eine recht schöne und große Bratwurst vor, denn ich bin ganz erschöpft und hungrig!« Da packte Pineiß den Spiegel wütend am Kragen, sperrte ihn in den Gänsestall, der immer leer war, und schrie: »Da sieh zu, ob dir deine süße Gewalt der Leidenschaft noch einmal heraushilft und ob sie stärker ist als die Gewalt der Hexerei und meines rechtlichen Vertrages! Jetzt heißt's: Vogel friß und stirb!« Sogleich briet er eine lange Wurst, die so lecker duftete, daß er sich nicht enthalten konnte, selbst ein bißchen an beiden Zipfeln zu schlecken, ehe er sie durch das Gitter steckte. Spiegel fraß sie von vorn bis hinten auf, und indem er sich behaglich den Schnurrbart putzte und den Pelz leckte, sagte er zu sich selber: »Meiner Seel! es ist doch eine schöne Sache um die Liebe! Die hat mich für diesmal wieder aus der Schlinge gezogen. Jetzt will ich mich ein wenig ausruhen und trachten, daß ich durch Beschaulichkeit und gute Nahrung wieder zu vernünftigen Gedanken komme! Alles hat seine Zeit! Heute ein bißchen Leidenschaft, morgen ein wenig Besonnenheit und Ruhe, ist jedes in seiner Weise gut. Dies Gefängnis ist gar nicht so übel und es läßt sich gewiß etwas Ersprießliches darin ausdenken!« Pineiß aber nahm sich nun zusammen und bereitete alle Tage mit aller seiner Kunst solche Leckerbissen und in solch reizender Abwechslung und Zuträglichkeit, daß der gefangene Spiegel denselben nicht widerstehen konnte; denn Pineißens Vorrat an freiwilligem und rechtmäßigem Katzenschmer nahm alle Tage mehr ab und drohte nächstens ganz auszugehen, und dann war der Hexer ohne dies Hauptmittel ein geschlagener Mann. Aber der gute Hexenmeister nährte mit dem Leibe Spiegels dessen Geist immer wieder mit, und es war durchaus nicht von dieser unbequemen Zutat loszukommen, weshalb auch seine Hexerei sich hier als lückenhaft erwies.

Als Spiegel in seinem Käfig ihm endlich fett genug dünkte, säumte er nicht länger, sondern stellte vor den Augen des aufmerksamen Katers alle Geschirre zurecht und machte ein helles Feuer auf dem Herd, um den lang ersehnten Gewinn auszukochen. Dann wetzte er ein großes Messer, öffnete den Kerker, zog Spiegelchen hervor, nachdem er die Küchentüre wohl verschlossen, und sagte wohlgemut: »Komm, du Sapperlöter! wir wollen dir den Kopf abschneiden vorderhand und dann das Fell abziehen! Dieses wird eine warme Mütze für mich geben, woran ich Einfältiger noch gar nicht gedacht habe! Oder soll ich dir erst das Fell abziehen und dann den Kopf abschneiden?« – »Nein, wenn es Euch gefällig ist«, sagte Spiegel demütig, »lieber zuerst den Kopf abschneiden!« – »Hast recht, du armer Kerl!« sagte Herr Pineiß, »wir wollen dich nicht unnütz quälen! Alles was recht ist!« – »Dies ist ein wahres Wort!« sagte Spiegel mit einem erbärmlichen Seufzer und legte das Haupt ergebungsvoll auf die Seite, »o hätt ich doch jederzeit getan, was recht ist, und nicht eine so wichtige Sache leichtsinnig unterlassen, so könnte ich jetzt mit besserm Gewissen sterben, denn ich sterbe gern; aber ein Unrecht erschwert mir den sonst so willkommenen Tod; denn was bietet mir das Leben? Nichts als Furcht, Sorge und Armut und zur Abwechslung einen Sturm verzehrender Leidenschaft, die noch schlimmer ist als die stille zitternde Furcht!« – »Ei, welches Unrecht, welche wichtige Sache?« fragte Pineiß neugierig. »Ach, was hilft das Reden jetzt noch«, seufzte Spiegel, »geschehen ist geschehen und jetzt ist Reue zu spät!« – »Siehst du, Sappermenter, was für ein Sünder du bist?« sagte Pineiß, »und wie wohl du deinen Tod verdienst? Aber was Tausend hast du denn angestellt? Hast du mir vielleicht etwas entwendet, entfremdet, verdorben? Hast du mir ein himmelschreiendes Unrecht getan, von dem ich noch gar nichts weiß, ahne, vermute, du Satan? Das sind mir schöne Geschichten! Gut, daß ich noch dahinterkomme! Auf der Stelle beichte mir, oder ich schinde und siede dich lebendig aus! Wirst du sprechen oder nicht?« – »Ach nein!« sagte Spiegel, »wegen Euch habe ich mir nichts vorzuwerfen. Es betrifft die zehntausend Goldgülden meiner seligen Gebieterin – aber was hilft Reden! – Zwar – wenn ich bedenke und Euch ansehe, so möchte es vielleicht doch nicht ganz zu spät sein – wenn ich Euch betrachte, so sehe ich, daß Ihr ein noch ganz schöner und rüstiger Mann seid, in den besten Jahren – sagt doch, Herr Pineiß! habt Ihr noch nie etwa den Wunsch verspürt, Euch zu verehelichen, ehrbar und vorteilhaft? Aber was schwatze ich! Wie wird ein so kluger und kunstreicher Mann auf dergleichen müßige Gedanken kommen! Wie wird ein so nützlich beschäftigter Meister an törichte Weiber denken! Zwar allerdings hat auch die Schlimmste noch irgend was an sich, was etwa nützlich für einen Mann ist, das ist nicht abzuleugnen! Und wenn sie nur halbwegs was taugt, so ist eine gute Hausfrau etwa weiß am Leibe, sorgfältig im Sinne, zutulich von Sitten, treu von Herzen, sparsam im Verwalten, aber verschwenderisch in der Pflege ihres Mannes, kurzweilig in Worten und angenehm in ihren Taten, einschmeichelnd in ihren Handlungen! Sie küßt den Mann mit ihrem Munde und streichelt ihm den Bart, sie umschließt ihn mit ihren Armen und kraut ihm hinter den Ohren, wie er es wünscht, kurz, sie tut tausend Dinge, die nicht zu verwerfen sind. Sie hält sich ihm ganz nah zu oder in bescheidener Entfernung, je nach seiner Stimmung, und wenn er seinen Geschäften nachgeht, so stört sie ihn nicht, sondern verbreitet unterdessen sein Lob in und außer dem Hause; denn sie läßt nichts an ihn kommen und rühmt alles, was an ihm ist! Aber das Anmutigste ist die wunderbare Beschaffenheit ihres zarten leiblichen Daseins, welches die Natur so verschieden gemacht hat von unserm Wesen bei anscheinender Menschenähnlichkeit, daß es ein fortwährendes Meerwunder in einer glückhaften Ehe bewirkt und eigentlich die allerdurchtriebenste Hexerei in sich birgt! Doch was schwatze ich da wie ein Tor an der Schwelle des Todes! Wie wird ein weiser Mann auf dergleichen Eitelkeiten sein Augenmerk richten! Verzeiht, Herr Pineiß, und schneidet mir den Kopf ab!«

Pineiß aber rief heftig: »So halt doch endlich inne, du Schwätzer! und sage mir: Wo ist eine solche und hat sie zehntausend Goldgülden?«

»Zehntausend Goldgülden?« sagte Spiegel.

»Nun ja«, rief Pineiß ungeduldig, »sprachest du nicht eben erst davon?«

»Nein«, antwortete jener, »das ist eine andere Sache! Die liegen vergraben an einem Orte!«

»Und was tun sie da, wem gehören sie?« schrie Pineiß.

»Niemand gehören sie, das ist eben meine Gewissensbürde, denn ich hätte sie unterbringen sollen! Eigentlich gehören sie jenem, der eine solche Person heiratet, wie ich eben beschrieben habe. Aber wie soll man drei solche Dinge zusammenbringen in dieser gottlosen Stadt: zehntausend Goldgülden, eine weise, feine und gute Hausfrau und einen weisen rechtschaffenen Mann? Daher ist eigentlich meine Sünde nicht allzu groß, denn der Auftrag war zu schwer für eine arme Katze!«

»Wenn du jetzt«, rief Pineiß, »nicht bei der Sache bleibst und sie verständlich der Ordnung nach dartust, so schneide ich dir vorläufig den Schwanz und beide Ohren ab! Jetzt fang an!«

»Da Ihr es befehlt, so muß ich die Sache wohl erzählen«, sagte Spiegel und setzte sich gelassen auf seine Hinterfüße, »obgleich dieser Aufschub meine Leiden nur vergrößert!« Pineiß steckte das scharfe Messer zwischen sich und Spiegel in die Diele und setzte sich neugierig auf ein Fäßchen, um zuzuhören, und Spiegel fuhr fort:

»Ihr wisset doch, Herr Pineiß, daß die brave Person, meine selige Meisterin, unverheiratet gestorben ist als eine alte Jungfer, die in aller Stille viel Gutes getan und niemanden zuwider gelebt hat. Aber nicht immer war es um sie her so still und ruhig zugegangen, und obgleich sie niemals von bösem Gemüt gewesen, so hatte sie doch einst viel Leid und Schaden angerichtet; denn in ihrer Jugend war sie das schönste Fräulein weit und breit, und was von jungen Herren und kecken Gesellen in der Gegend war oder des Weges kam, verliebte sich in sie und wollte sie durchaus heiraten. Nun hatte sie wohl große Lust zu heiraten und einen hübschen, ehrenfesten und klugen Mann zu nehmen, und sie hatte die Auswahl, da sich Einheimische und Fremde um sie stritten und einander mehr als einmal die Degen in den Leib rannten, um den Vorrang zu gewinnen. Es bewarben sich um sie und versammelten sich kühne und verzagte, listige und treuherzige, reiche und arme Freier, solche mit einem guten und anständigen Geschäft und solche, welche als Kavaliere zierlich von ihren Renten lebten; dieser mit diesen, jener mit jenen Vorzügen, beredt oder schweigsam, der eine munter und liebenswürdig, und ein anderer schien es mehr in sich zu haben, wenn er auch etwas einfältig aussah; kurz, das Fräulein hatte eine so vollkommene Auswahl, wie es ein mannbares Frauenzimmer sich nur wünschen kann. Allein sie besaß außer ihrer Schönheit ein schönes Vermögen von vielen tausend Goldgülden und diese waren die Ursache, daß sie nie dazu kam, eine Wahl treffen und einen Mann nehmen zu können, denn sie verwaltete ihr Gut mit trefflicher Umsicht und Klugheit und legte einen großen Wert auf dasselbe, und da nun der Mensch immer von seinen eigenen Neigungen aus andere beurteilt, so geschah es, daß sie, sobald sich ihr ein achtungswerter Freier genähert und ihr halbwegs gefiel, alsobald sich einbildete, derselbe begehre sie nur um ihres Gutes willen. War einer reich, so glaubte sie, er würde sie doch nicht begehren, wenn sie nicht auch reich wäre, und von den Unbemittelten nahm sie vollends als gewiß an, daß sie nur ihre Goldgülden im Auge hätten und sich daran gedächten gütlich zu tun, und das arme Fräulein, welches doch selbst so große Dinge auf den irdischen Besitz hielt, war nicht imstande, diese Liebe zu Geld und Gut an ihren Freiern von der Liebe zu ihr selbst zu unterscheiden oder, wenn sie wirklich etwa vorhanden war, dieselbe nachzusehen und zu verzeihen. Mehrere Male war sie schon so gut wie verlobt und ihr Herz klopfte endlich stärker; aber plötzlich glaubte sie aus irgendeinem Zuge zu entnehmen, daß sie verraten sei und man einzig an ihr Vermögen denke, und sie brach unverweilt die Geschichte entzwei und zog sich voll Schmerzen, aber unerbittlich zurück. Sie prüfte alle, welche ihr nicht mißfielen, auf hundert Arten, so daß eine große Gewandtheit dazu gehörte, nicht in die Falle zu gehen, und zuletzt keiner mehr sich mit einiger Hoffnung nähern konnte als wer ein durchaus geriebener und verstellter Mensch war, so daß schon aus diesen Gründen endlich die Wahl wirklich schwer wurde, weil solche Menschen dann zuletzt doch eine unheimliche Unruhe erwecken und die peinlichste Ungewißheit bei einer Schönen zurücklassen, je geriebener und geschickter sie sind. Das Hauptmittel, ihre Anbeter zu prüfen, war, daß sie ihre Uneigennützigkeit auf die Probe stellte und sie alle Tage zu großen Ausgaben, zu reichen Geschenken und zu wohltätigen Handlungen veranlaßte. Aber sie mochten es machen, wie sie wollten, so trafen sie doch nie das Rechte; denn zeigten sie sich freigebig und aufopfernd, gaben sie glänzende Feste, brachten sie ihr Geschenke dar oder anvertrauten ihr beträchtliche Gelder für die Armen, so sagte sie plötzlich, dies alles geschehe nur, um mit einem Würmchen den Lachs zu fangen oder mit der Wurst nach der Speckseite zu werfen, wie man zu sagen pflegt. Und sie vergabte die Geschenke sowohl wie das anvertraute Geld an Klöster und milde Stiftungen und speisete die Armen; aber die betrogenen Freier wies sie unbarmherzig ab. Bezeigten sich dieselben aber zurückhaltend oder gar knauserig, so war der Stab sogleich über sie gebrochen, da sie das noch viel übler nahm und daran eine schnöde und nackte Rücksichtslosigkeit und Eigenliebe zu erkennen glaubte. So kam es, daß sie, welche ein reines und nur ihrer Person hingegebenes Herz suchte, zuletzt von lauter verstellten, listigen und eigensüchtigen Freiersleuten umgeben war, aus denen sie nie klug wurde und die ihr das Leben verbitterten. Eines Tages fühlte sie sich so mißmutig und trostlos, daß sie ihren ganzen Hof aus dem Hause wies, dasselbe zuschloß und nach Mailand verreiste, wo sie eine Base hatte. Als sie über den Sankt

Gotthard ritt auf einem Eselein, war ihre Gesinnung so schwarz und schaurig wie das wilde Gestein, das sich aus den Abgründen emportürmte, und sie fühlte die heftigste Versuchung, sich von der Teufelsbrücke in die tobenden Gewässer der Reuß hinabzustürzen. Nur mit der größten Mühe gelang es den zwei Mägden, die sie bei sich hatte und die ich selbst noch gekannt habe, welche aber nun schon lange tot sind, und dem Führer, sie zu beruhigen und von der finstern Anwandlung abzubringen. Doch langte sie bleich und traurig in dem schönen Land Italien an, und so blau dort der Himmel war, wollten sich ihre dunklen Gedanken doch nicht aufhellen. Aber als sie einige Tage bei ihrer Base verweilt, sollte unverhofft eine andere Melodie ertönen und ein Frühlingsanfang in ihr aufgehen, von dem sie bis dato noch nicht viel gewußt. Denn es kam ein junger Landsmann in das Haus der Base, der ihr gleich beim ersten Anblick so wohl gefiel, daß man wohl sagen kann, sie verliebte sich jetzt von selbst und zum erstenmal. Es war ein schöner Jüngling, von guter Erziehung und edlem Benehmen, nicht arm und nicht reich zur Zeit, denn er hatte nichts als zehntausend Goldgülden, welche er von seinen verstorbenen Eltern ererbt und womit er, da er die Kaufmannschaft erlernt hatte, in Mailand einen Handel mit Seide begründen wollte; denn er war unternehmend und klar von Gedanken und hatte eine glückliche Hand, wie es unbefangene und unschuldige Leute oft haben; denn auch dies war der junge Mann; er schien, so wohlgelehrt er war, doch so arglos und unschuldig wie ein Kind. Und obgleich er ein Kaufmann war und ein so unbefangenes Gemüt, was schon zusammen eine köstliche Seltenheit ist, so war er doch fest und ritterlich in seiner Haltung und trug sein Schwert so keck zur Seite, wie nur ein geübter Kriegsmann es tragen kann. Dies alles sowie seine frische Schönheit und Jugend bezwangen das Herz des Fräuleins dermaßen, daß sie kaum an sich halten konnte und ihm mit großer Freundlichkeit begegnete. Sie wurde wieder heiter, und wenn sie dazwischen auch traurig war, so geschah dies in dem Wechsel der Liebesfurcht und Hoffnung, welche immerhin ein edleres und angenehmeres Gefühl war als jene peinliche Verlegenheit in der Wahl, welche sie früher unter den vielen Freiern empfunden. Jetzt kannte sie nur eine Mühe und Besorgnis, diejenige nämlich, dem schönen und guten Jüngling zu gefallen, und je schöner sie selbst war, desto demütiger und unsicherer war sie jetzt, da sie zum ersten Male eine wahre Neigung gefaßt hatte. Aber auch der junge Kaufmann hatte noch nie eine solche Schönheit gesehen oder war wenigstens noch keiner so nahe gewesen und von ihr so freundlich und artig behandelt worden. Da sie nun, wie gesagt, nicht nur schön, sondern auch gut von Herzen und fein von Sitten war, so ist es nicht zu verwundern, daß der offene und frische Jüngling, dessen Herz noch ganz frei und unerfahren war, sich ebenfalls in sie verliebte und das mit aller Kraft und Rückhaltlosigkeit, die in seiner ganzen Natur lag. Aber vielleicht hätte das nie jemand erfahren, wenn er in seiner Einfalt nicht aufgemuntert worden wäre durch des Fräuleins Zutulichkeit, welche er mit heimlichem Zittern und Zagen für eine Erwiderung seiner Liebe zu halten wagte, da er selber keine Verstellung kannte. Doch bezwang er sich einige Wochen und glaubte die Sache zu verheimlichen; aber jeder sah ihm von weitem an, daß er zum Sterben verliebt war, und wenn er irgend in die Nähe des Fräuleins geriet oder sie nur genannt wurde, so sah man auch gleich, in wen er verliebt war. Er war aber nicht lange verliebt, sondern begann wirklich zu lieben mit aller Heftigkeit seiner Jugend, so daß ihm das Fräulein das Höchste und Beste auf der Welt wurde, an welches er ein für allemal das Heil und den ganzen Wert seiner eigenen Person setzte. Dies gefiel ihr über die Maßen wohl; denn es war in allem, was er sagte oder tat, eine andere Art als sie bislang erfahren, und dies bestärkte und rührte sie so tief, daß sie nun gleichermaßen der stärksten Liebe anheimfiel und nun nicht mehr von einer Wahl für sie die Rede war. Jedermann sah diese Geschichte spielen und es wurde offen darüber gesprochen und vielfach gescherzt. Dem Fräulein war es höchlich wohl dabei, und indem ihr das Herz vor banger Erwartung zerspringen wollte, half sie den Roman von ihrer Seite doch ein wenig verwickeln und ausspinnen, um ihn recht auszukosten und zu genießen. Denn der junge Mann beging in seiner Verwirrung so köstliche und kindliche Dinge, dergleichen sie niemals erfahren und für sie einmal schmeichelhafter und angenehmer waren als das andere. Er aber in seiner Gradheit und Ehrlichkeit konnte es nicht lange so aushalten; da jeder darauf anspielte und sich einen Scherz erlaubte, so schien es ihm eine Komödie zu werden, als deren Gegenstand ihm seine Geliebte viel zu gut und heilig war, und was ihr ausnehmend behagte, das machte ihn bekümmert, ungewiß und verlegen um sie selber. Auch glaubte er sie zu beleidigen und zu hintergehen, wenn er da lange eine so heftige Leidenschaft zu ihr herumtrüge und unaufhörlich an sie denke, ohne daß sie eine Ahnung davon habe, was doch gar nicht schicklich sei und ihm selber nicht recht! Daher sah man ihm eines Morgens von weitem an, daß er etwas vorhatte, und er bekannte ihr seine Liebe in einigen Worten, um es *ein* Mal und nie zum zweiten Mal zu sagen, wenn er nicht glücklich sein sollte. Denn er war nicht gewohnt zu denken, daß ein solches schönes und wohlbeschaffenes Fräulein etwa nicht ihre wahre Meinung sagen und nicht auch gleich zum erstenmal ihr unwiderrufliches Ja oder Nein erwidern sollte. Er war ebenso zart gesinnt als heftig verliebt, ebenso spröde als kindlich und ebenso stolz als unbefangen, und bei ihm galt es gleich auf Tod und Leben, auf Ja oder Nein, Schlag um Schlag. In demselben Augenblicke aber, in welchem das Fräulein sein Geständnis anhörte, das sie so sehnlich erwartet, überfiel sie ihr altes Mißtrauen und es fiel ihr zu unglücklichen Stunde ein, daß ihr Liebhaber ein Kaufmann sei, welcher am Ende nur ihr Vermögen zu erlangen wünsche, um seine Unternehmungen zu erweitern. Wenn er daneben auch ein wenig in ihre Person verliebt sein sollte, so wäre ja das bei ihrer Schönheit kein sonderliches Verdienst und nur um so empörender, wenn sie eine bloße wünschbare Zugabe zu ihrem Golde vorstellen sollte. Anstatt ihm daher ihre Gegenliebe zu gestehen und ihn wohl aufzunehmen, wie sie am liebsten getan hätte, ersann sie auf der Stelle eine neue List, um seine Hingebung zu prüfen, und nahm eine ernste, fast traurige Miene an, indem sie ihm vertraute, wie sie bereits mit einem jungen Mann verlobt sei in ihrer Heimat, welchen sie auf das allerherzlichste liebe. Sie habe ihm das schon mehrmals mitteilen wollen, da sie ihn, den Kaufmann nämlich, als Freund sehr lieb habe, wie er wohl habe sehen können aus ihrem Benehmen, und sie vertraue ihm wie einem Bruder. Aber die ungeschickten Scherze, welche in der Gesellschaft aufgekommen seien, hätten ihr eine vertrauliche Unterhaltung erschwert; da er nun aber selbst sie mit seinem braven und edlen Herzen überrascht und dasselbe vor ihr aufgetan, so könne sie ihm für seine Neigung nicht besser danken als indem sie ihm ebenso offen sich anvertraue. Ja, fuhr sie fort, nur demjenigen könne sie angehören, welchen sie einmal erwählt habe, und nie würde es ihr möglich sein, ihr Herz einem andern Mannesbilde zuzuwenden, dies stehe mit goldenem Feuer in ihrer Seele geschrieben und der liebe Mann wisse selbst nicht, wie lieb er ihr sei, so wohl er sie auch kenne! Aber ein trüber Unstern hätte sie betroffen: ihr Bräutigam sei ein Kaufmann, aber so arm wie eine Maus; darum hätten sie den Plan gefaßt, daß er aus den Mitteln der Braut einen Handel begründen solle; der Anfang sei gemacht und alles auf das beste eingeleitet, die Hochzeit sollte in diesen Tagen gefeiert werden, da wollte ein unverhofftes Mißgeschick, daß ihr ganzes Vermögen plötzlich ihr angetastet und abgestritten wurde und vielleicht für immer verloren gehe, während der arme Bräutigam in nächster Zeit seine ersten Zahlungen zu leisten habe an die Mailänder und venezianischen Kaufleute, worauf sein ganzer Kredit, sein Gedeihen und seine Ehre beruhe, nicht zu sprechen von ihrer Vereinigung und glücklichen Hochzeit! Sie sei in der Eile nach Mailand gekommen, wo sie begüterte Verwandte habe, um da Mittel und Auswege zu finden; aber zu einer schlimmen Stunde sei sie gekommen; denn nichts wolle sich fügen und schicken, während der Tag immer näher rücke, und wenn sie ihrem Geliebten nicht helfen könne, so müsse sie sterben vor Traurigkeit. Denn es sei der liebste und beste Mensch, den man sich denken könne, und würde sicherlich ein großer Kaufherr werden, wenn ihm geholfen würde, und sie kenne kein anderes Glück mehr auf Erden als dann dessen Gemahlin zu sein! Als sie diese Erzählung beendet, hatte sich der arme schöne Jüngling schon lange entfärbt und war bleich wie ein weißes Tuch. Aber er ließ keinen Laut der Klage vernehmen und sprach nicht ein Sterbenswörtchen mehr von sich selbst und von seiner Liebe, sondern fragte bloß traurig, auf wieviel sich denn die eingegangenen Verpflichtungen des glücklich unglücklichen Bräutigams beliefen? Auf zehntausend Goldgülden! antwortete sie noch viel trauriger. Der junge traurige Kaufherr stand auf, ermahnte das Fräulein, guten Mutes zu sein, da sich gewiß ein Ausweg zeigen werde, und entfernte sich von ihr, ohne daß er sie anzusehen wagte; so sehr fühlte er sich betroffen und beschämt, daß er sein Auge auf eine Dame geworfen, die so treu und leidenschaftlich einen andern liebte. Denn der Arme glaubte jedes Wort von ihrer Erzählung wie ein Evangelium. Dann begab er sich ohne Säumnis zu seinen Handelsfreunden und brachte sie durch Bitten und Einbüßung einer gewissen Summe dahin, seine Bestellungen und Einkäufe wieder rückgängig zu machen, welche er selbst in diesen Tagen auch grad mit seinen zehntausend Goldgülden bezahlen sollte und worauf er seine ganze Laufbahn bauete, und ehe sechs Stunden verflossen waren, erschien er wieder bei dem Fräulein mit seinem ganzen Besitztum und bat sie um Gottes willen, diese Aushilfe von ihm annehmen zu wollen. Ihre Augen funkelten vor freudiger Überraschung und ihre Brust pochte wie ein Hammerwerk; sie fragte ihn, wo er denn dies Kapital hergenommen, und er erwiderte, er habe es auf seinen guten Namen geliehen und würde es, da seine Geschäfte sich glücklich wendeten, ohne Unbequemlichkeit zurückerstatten können. Sie sah ihm deutlich an, daß er log und daß es sein einziges Vermögen und ganze Hoffnung war, welche er ihrem Glücke opferte; doch stellte sie sich, als glaubte sie seinen Worten. Sie ließ ihren freudigen Empfindungen freien Lauf und tat grausamerweise, als ob diese dem Glücke gälten, nun doch ihren Erwählten retten und heiraten zu dürfen, und sie konnte nicht Worte finden, ihre Dankbarkeit auszudrücken. Doch plötzlich besann sie sich und erklärte, nur unter *einer* Bedingung die großmütige Tat annehmen zu können, da sonst alles Zureden unnütz wäre. Befragt, worin diese Bedingung bestehe, verlangte sie das heilige Versprechen, daß er an einem bestimmten Tage sich bei ihr einfinden wolle, um ihrer Hochzeit beizuwohnen und der beste Freund und Gönner ihres zukünftigen Ehegemahls zu werden sowie der treueste Freund, Schützer und Berater ihrer selbst. Errötend bat er sie, von diesem Begehren abzustehen; aber umsonst wandte er alle Gründe an, um sie davon abzubringen, umsonst stellte er ihr vor, daß seine Angelegenheiten jetzt nicht erlaubten, nach der Schweiz zurückzureisen, und daß er von einem solchen Abstecher einen erheblichen Schaden erleiden würde. Sie beharrte entschieden auf ihrem Verlangen und schob ihm sogar sein Gold wieder zu, da er sich nicht dazu verstehen wollte. Endlich versprach er es, aber er mußte ihr die Hand darauf geben und es ihr bei seiner Ehre und Seligkeit beschwören. Sie bezeichnete ihm genau den Tag und die Stunde, wann er eintreffen solle, und alles dies mußte er bei seinem Christenglauben und bei seiner Seligkeit beschwören. Erst dann nahm sie sein Opfer an und ließ den Schatz vergnügt in ihre Schlafkammer tragen, wo sie ihn eigenhändig in ihre Reisetruhe verschloß und den Schlüssel in den Busen steckte. Nun hielt sie sich nicht länger in Mailand auf, sondern reiste ebenso fröhlich über den Sankt Gotthard zurück als schwermütig sie hergekommen war. Auf der Teufelsbrücke, wo sie hatte hinabspringen wollen, lachte sie wie eine Unkluge und warf mit hellem Jauchzen ihrer wohlklingenden Stimme einen Granatblütenstrauß in die Reuß, welchen sie vor der Brust trug, kurz ihre Lust war nicht zu bändigen, und es war die fröhlichste Reise, die je getan wurde. Heimgekehrt, öffnete und lüftete sie ihr Haus von oben bis unten und schmückte es, als ob sie einen Prinzen erwartete. Aber zu Häupten ihres Bettes legte sie den Sack mit den zehntausend Goldgülden und legte des Nachts den Kopf so glückselig auf den harten Klumpen und schlief darauf, wie wenn es das weichste Flaumkissen gewesen wäre. Kaum konnte sie den verabredeten Tag erwarten, wo sie ihn sicher kommen sah, da sie wußte, daß er nicht das einfachste Versprechen, geschweige denn einen Schwur brechen würde, und wenn es ihm um das Leben ginge. Aber der Tag brach an und der Geliebte erschien nicht und es vergingen viele Tage und Wochen, ohne daß er von sich hören ließ. Da fing sie an, an allen Gliedern zu zittern, und verfiel in die größte Angst und Bangigkeit; sie schickte Briefe über Briefe nach Mailand, aber niemand wußte ihr zu sagen, wo er geblieben sei. Endlich aber stellte es sich durch einen Zufall heraus, daß der junge Kaufherr aus einem blutroten Stück Seidendamast, welches er von seinem Handelsanfang her im Haus liegen und bereits bezahlt hatte, sich ein Kriegskleid hatte anfertigen lassen und unter die Schweizer gegangen war, welche damals eben im Solde des Königs Franz von Frankreich den Mailändischen Krieg mitstritten. Nach der Schlacht bei Pavia, in welcher so viele Schweizer das Leben verloren, wurde er auf einem Haufen erschlagener Spaniolen liegend gefunden, von vielen tödlichen Wunden zerrissen und sein rotes Seidengewand von unten bis oben zerschlitzt und zerfetzt. Ehe er den Geist aufgab, sagte er einem neben ihm liegenden Seldwyler, der nicht minder übel zugerichtet war, folgende Botschaft ins Gedächtnis und bat ihn, dieselbe auszurichten, wenn er mit dem Leben davonkäme: ›Liebstes Fräulein! Obgleich ich Euch bei meiner Ehre, bei meinem Christenglauben und bei meiner Seligkeit geschworen habe, auf Eurer Hochzeit zu erscheinen, so ist es mir dennoch nicht möglich gewesen, Euch nochmals zu sehen und einen andern des höchsten Glückes teilhaftig zu erblicken, das es für mich geben könnte. Dieses habe ich erst in Eurer Abwesenheit verspürt und habe vorher nicht gewußt, welch eine strenge und unheimliche Sache es ist um solche Liebe, wie ich zu Euch habe, sonst würde ich mich zweifelsohne besser davor gehütet haben. Da es aber einmal so ist, so wollte ich lieber meiner weltlichen Ehre und meiner geistlichen Seligkeit verloren und in die ewige Verdammnis eingehen als ein Meineidiger denn noch einmal in Eurer Nähe erscheinen mit einem Feuer in der Brust, welches stärker und unauslöschlicher ist als das Höllenfeuer und mich dieses kaum wird verspüren lassen. Betet nicht etwa für mich, schönstes Fräulein, denn ich kann und werde nie selig werden ohne Euch, sei es hier oder dort, und somit lebt glücklich und seid gegrüßt!‹ So hatte in dieser Schlacht, nach welcher König Franziskus sagte: ›Alles verloren, außer der Ehre!‹ der unglückliche Liebhaber alles verloren, die Hoffnung, die Ehre, das Leben und die ewige Seligkeit, nur die Liebe nicht, die ihn verzehrte. Der Seldwyler kam glücklich davon, und sobald er sich etwas erholt und außer Gefahr sah, schrieb er die Worte des Umgekommenen getreu auf seine Schreibtafel, um sie nicht zu vergessen, reiste nach Hause, meldete sich bei dem unglücklichen Fräulein und las ihr die Botschaft so steif und kriegerisch vor, wie er zu tun gewohnt war, wenn er sonst die Mannschaft seines Fähnleins verlas; denn es war ein Feldleutnant. Das Fräulein aber zerraufte sich die Haare, zerriß ihre Kleider und begann so laut zu schreien und zu weinen, daß man es die Straße auf und nieder hörte und die Leute zusammenliefen. Sie schleppte wie wahnsinnig die zehntausend Goldgülden herbei, zerstreute sie auf dem Boden, warf sich der Länge nach darauf hin und küßte die glänzenden Goldstücke. Ganz von Sinnen, suchte sie den umherrollenden Schatz zusammenzuraffen und zu umarmen, als ob der verlorene Geliebte darin zugegen wäre. Sie lag Tag und Nacht auf dem Golde und wollte weder Speise noch Trank zu sich nehmen; unaufhörlich liebkoste und küßte sie das kalte Metall, bis sie mitten in einer Nacht plötzlich aufstand, den Schatz emsig hin und her eilend nach dem Garten trug und dort unter bitteren Tränen in den tiefen Brunnen warf und einen Fluch darüber aussprach, daß er niemals jemand anderm angehören solle.«

Als Spiegel so weit erzählt hatte, sagte Pineiß: »Und liegt das schöne Geld noch in dem Brunnen?« – »Ja, wo sollte es sonst liegen?« antwortete Spiegel, »denn nur ich kann es herausbringen und habe es bis zur Stunde noch nicht getan!« – »Ei ja so, richtig!« sagte Pineiß, »ich habe es ganz vergessen über deiner Geschichte! Du kannst nicht übel erzählen, du Sapperlöter! und es ist mir ganz gelüstig worden nach einem Weibchen, die so für mich eingenommen wäre; aber sehr schön müßte sie sein! Doch erzähle jetzt schnell noch, wie die Sache eigentlich zusammenhängt!« – »Es dauerte manche Jahre«, sagte Spiegel, »bis das Fräulein aus bittern Seelenleiden so weit zu sich kam, daß sie anfangen konnte, die stille alte Jungfer zu werden, als welche ich sie kennen lernte. Ich darf mich berühmen, daß ich ihr einziger Trost und ihr vertrautester Freund geworden bin in ihrem einsamen Leben bis an ihr stilles Ende. Als sie aber dieses herannahen sah, vergegenwärtigte sie sich noch einmal die Zeit ihrer fernen Jugend und Schönheit und erlitt noch einmal mit milderen ergebenen Gedanken erst die süßen Erregungen und dann die bittern Leiden jener Zeit und sie weinte still sieben Tage und Nächte hindurch über die Liebe des Jünglings, deren Genuß sie durch ihr Mißtrauen verloren hatte, so daß ihre alten Augen noch kurz vor dem Tode erblindeten. Dann bereute sie den Fluch, welchen sie über jenen Schatz ausgesprochen, und sagte zu mir, indem sie mich mit dieser wichtigen Sache beauftragte: ›Ich bestimme nun anders, lieber Spiegel! und gebe dir die Vollmacht, daß du meine Verordnung vollziehest. Sieh dich um und suche, bis du eine bildschöne, aber unbemittelte Frauensperson findest, welcher es ihrer Armut wegen an Freiern gebricht! Wenn sich dann ein verständiger, rechtlicher und hübscher Mann finden sollte, der sein gutes Auskommen hat und die Jungfrau ungeachtet ihrer Armut, nur allein von ihrer Schönheit bewegt, zur Frau begehrt, so soll dieser Mann mit den stärksten Eiden sich verpflichten, derselben so treu, aufopfernd und unabänderlich ergeben zu sein, wie es mein unglücklicher Liebster gewesen ist, und dieser Frau sein Leben lang in allen Dingen zu willfahren. Dann gib der Braut die zehntausend Goldgülden, welche im Brunnen liegen, zur Mitgift, daß sie ihren Bräutigam am Hochzeitmorgen damit überrasche!‹ So sprach die Selige und ich habe meiner widrigen Geschicke wegen versäumt, dieser Sache nachzugehen, und muß nun befürchten, daß die Arme deswegen im Grabe noch beunruhigt sei, was für mich eben auch nicht die angenehmsten Folgen haben kann!«

Pineiß sah den Spiegel mißtrauisch an und sagte: »Wärst du wohl imstande, Bürschchen! mir den Schatz ein wenig nachzuweisen und augenscheinlich zu machen?«

»Zu jeder Stunde!« versetzte Spiegel, »aber Ihr müßt wissen, Herr Stadthexenmeister, daß Ihr das Gold nicht etwa so ohne weiteres herausfischen dürftet! Man würde Euch unfehlbar das Genick umdrehen; denn es ist nicht ganz geheuer in dem Brunnen, ich habe darüber bestimmte Inzichten, welche ich aus Rücksichten nicht näher berühren darf!«

»Hei, wer spricht denn von Herausholen?« sagte Pineiß etwas furchtsam, »führe mich einmal hin und zeige mir den Schatz! Oder vielmehr will ich dich führen an einem guten Schnürlein, damit du mir nicht entwischest!«

»Wie Ihr wollt!« sagte Spiegel, »aber nehmt auch eine andere lange

Schnur mit und eine Blendlaterne, welche Ihr daran in den Brunnen hinablassen könnt; denn der ist sehr tief und dunkel!«

Pineiß befolgte diesen Rat und führte das muntere Kätzchen nach dem Garten jener Verstorbenen. Sie überstiegen miteinander die Mauer und Spiegel zeigte dem Hexer den Weg zu dem alten Brunnen, welcher unter verwildertem Gebüsche verborgen war. Dort ließ Pineiß sein Laternchen hinunter, begierig nachblickend, während er den angebundenen Spiegel nicht von der Hand ließ. Aber richtig sah er in der Tiefe das Gold funkeln unter dem grünlichen Wasser und rief: »Wahrhaftig, ich seh's, es ist wahr! Spiegel, du bist ein Tausendskerl!« Dann guckte er wieder eifrig hinunter und sagte: »Mögen es auch zehntausend sein?« – »Ja, das ist nun nicht zu schwören!« sagte Spiegel, »ich bin nie da unten gewesen und hab's nicht gezählt! Ist auch möglich, daß die Dame dazumal einige Stücke auf dem Wege verloren hat, als sie den Schatz hierher trug, da sie in einem sehr aufgeregten Zustande war.« – »Nun, seien es auch ein Dutzend oder mehr weniger!« sagte Herr Pineiß, »es soll mir darauf nicht ankommen!« Er setzte sich auf den Rand des Brunnens, Spiegel setzte sich auch nieder und leckte sich das Pfötchen. »Da wäre nun der Schatz!« sagte Pineiß, indem er sich hinter den Ohren kratzte, »und hier wäre auch der Mann dazu; fehlt nur noch das bildschöne Weib!« – »Wie?« sagte Spiegel. – »Ich meine, es fehlt nur noch diejenige, welche die Zehntausend als Mitgift bekommen soll, um mich damit zu überraschen am Hochzeitmorgen, und welche alle jene angenehmen Tugenden hat, von denen du gesprochen!« – »Hm!« versetzte Spiegel, »die Sache verhält sich nicht ganz so, wie Ihr sagt! Der Schatz ist da, wie Ihr richtig einseht; das schöne Weib habe ich, um es aufrichtig zu gestehen, allbereits auch schon ausgespürt; aber mit dem Mann, der sie unter diesen schwierigen Umständen heiraten möchte, da hapert es eben; denn heutzutage muß die Schönheit obenein vergoldet sein wie die Weihnachtsnüsse, und je hohler die Köpfe werden, desto mehr sind sie bestrebt, die Leere mit einigem Weibergut nachzufüllen, damit sie die Zeit besser zu verbringen vermögen; da wird dann mit wichtigem Gesicht ein Pferd besehen und ein Stück Sammet gekauft, mit Laufen und Rennen eine gute Armbrust bestellt, und der Büchsenschmied kommt nicht aus dem Hause; da heißt es: ich muß meinen Wein einheimsen und meine Fässer putzen, meine Bäume putzen lassen und mein Dach decken; ich muß meine Frau ins Bad schicken, sie kränkelt und kostet mich viel Geld, und muß mein Holz fahren lassen und mein Ausstehendes eintreiben; ich habe ein Paar Windspiele gekauft und meine Bracken vertauscht, ich habe einen schönen eichenen Ausziehtisch eingehandelt und meine große Nußbaumlade drangegeben; ich habe meine Bohnenstangen geschnitten, meinen Gärtner fortgejagt, mein Heu verkauft und meinen Salat gesäet, immer mein und mein vom Morgen bis zu Abend. Manche sagen sogar: ich habe meine Wäsche die nächste Woche, ich muß meine Betten sonnen, ich muß eine Magd dingen und einen neuen Metzger haben, denn den alten will ich abschaffen; ich habe ein allerliebstes Waffeleisen erstanden, durch Zufall, und habe mein silbernes Zimmetbüchschen verkauft, es war mir so nichts nütze. Alles das sind wohlverstanden die Sachen der Frau, und so verbringt ein solcher Kerl die Zeit und stiehlt unserm Herrgott den Tag ab, indem er alle diese Verrichtungen aufzählt, ohne einen Streich zu tun. Wenn es hoch kommt und ein solcher Patron sich etwa ducken muß, so wird er vielleicht sagen: unsere Kühe und unsere Schweine, aber –« Pineiß riß den Spiegel an der Schnur, daß er miau! schrie, und rief: »Genug, du Plappermaul! Sag jetzt unverzüglich: wo ist sie, von der du weißt?« Denn die Aufzählung aller dieser Herrlichkeiten und Verrichtungen, die mit einem Weibergute verbunden sind, hatte dem dürren Hexenmeister den Mund nur noch wässeriger gemacht. Spiegel sagte erstaunt: »Wollt Ihr denn wirklich das Ding unternehmen, Herr Pineiß?«

»Versteht sich, will ich! Wer sonst als ich? Drum heraus damit: wo ist diejenige?«

»Damit Ihr hingehen und sie freien könnt?«

»Ohne Zweifel!«

»So wisset, die Sache geht nur durch meine Hand! Mit mir müßt Ihr sprechen, wenn Ihr Geld und Frau wollt!« sagte Spiegel kaltblütig und gleichgültig und fuhr sich mit den beiden Pfoten eifrig über die Ohren, nachdem er sie jedesmal ein bißchen naß gemacht. Pineiß besann sich sorgfältig, stöhnte ein bißchen und sagte: »Ich merke, du willst unsern Kontrakt aufheben und deinen Kopf salvieren!«

»Schiene Euch das so uneben und unnatürlich?«

»Du betrügst mich am Ende und belügst mich wie ein Schelm!«

»Dies ist auch möglich!« sagte Spiegel.

»Ich sage dir: betrüge mich nicht!« rief Pineiß gebieterisch.

»Gut, so betrüge ich Euch nicht!« sagte Spiegel.

»Wenn du's tust!«

»So tu ich's.«

»Quäle mich nicht, Spiegelchen!« sprach Pineiß beinahe weinerlich, und Spiegel erwiderte jetzt ernsthaft: »Ihr seid ein wunderbarer Mensch, Herr Pineiß! Da haltet Ihr mich an einer Schnur gefangen und zerrt daran, daß mir der Atem vergeht! Ihr lasset das Schwert des Todes über mir schweben seit länger als zwei Stunden, was sag ich! seit einem halben Jahre! und nun sprecht Ihr: Quäle mich nicht, Spiegelchen! Wenn Ihr erlaubt, so sage ich Euch in Kürze: Es kann mir nur lieb sein, jene Liebespflicht gegen die Tote doch noch zu erfüllen und für das bewußte Frauenzimmer einen tauglichen Mann zu finden, und Ihr scheint mir allerdings in aller Hinsicht zu genügen; es ist keine Leichtigkeit, ein Weibstück wohl unterzubringen, so sehr dies auch scheint, und ich sage noch einmal: ich bin froh, daß Ihr Euch hiezu bereit finden lasset! Aber umsonst ist der Tod! Eh ich ein Wort weiter spreche, einen Schritt tue, ja eh ich nur den Mund noch einmal aufmache, will ich erst meine Freiheit wieder haben und mein Leben versichert! Daher nehmt diese Schnur weg und legt den Kontrakt hier auf den Brunnen, hier auf diesen Stein, oder schneidet mir den Kopf ab, eins von beiden!«

»Ei du Tollhäusler und Obenhinaus!« sagte Pineiß, »du Hitzkopf, so streng wird es nicht gemeint sein? Das will ordentlich besprochen sein und muß jedenfalls ein neuer Vertrag geschlossen werden!« Spiegel gab keine Antwort mehr und saß unbeweglich da, ein, zwei und drei Minuten. Da ward dem Meister bänglich, er zog seine Brieftasche hervor, klaubte seufzend den Schein heraus, las ihn noch einmal durch und legte ihn dann zögernd vor Spiegel hin. Kaum lag das Papier dort, so schnappte es Spiegel auf und verschlang es; und obgleich er heftig daran zu würgen hatte, so dünkte es ihn doch die beste und gedeihlichste Speise zu sein, die er je genossen, und er hoffte, daß sie ihm noch auf lange wohl bekommen und ihn rundlich und munter machen würde. Als er mit der angenehmen Mahlzeit fertig war, begrüßte er den Hexenmeister höflich und sagte: »Ihr werdet unfehlbar von mir hören, Herr Pineiß, und Weib und Geld sollen Euch nicht entgehen. Dagegen macht Euch bereit, recht verliebt zu sein, damit Ihr jene Bedingungen einer unverbrüchlichen Hingebung an die Liebkosungen Eurer Frau, die schon so gut wie Euer ist, ja beschwören und erfüllen könnt! Und hiemit bedanke ich mich des vorläufigen für genossene Pflege und Beköstigung und beurlaube mich!«

Somit ging Spiegel seines Weges und freute sich über die Dummheit des Hexenmeisters, welcher glaubte, sich selbst und alle Welt betrügen zu können, indem er ja die gehoffte Braut nicht uneigennützig, aus bloßer Liebe zur Schönheit, ehelichen wollte, sondern den Umstand mit den zehntausend Goldgülden vorher wußte. Indessen hatte er schon eine Person im Auge, welche er dem törichten Hexenmeister aufzuhalsen gedachte für seine gebratenen Krammetsvögel, Mäuse und Würstchen.

Dem Hause des Herrn Pineiß gegenüber war ein anderes Haus, dessen vordere Seite auf das sauberste geweißt war und dessen Fenster immer frisch gewaschen glänzten. Die bescheidenen Fenstervorhänge waren immer schneeweiß und wie soeben geplättet, und ebenso weiß war der Habit und das Kopf- und Halstuch einer alten Begine, welche in dem Hause wohnte, also daß ihr nonnenartiger Kopfputz, der ihre Brust bekleidete, immer wie aus Schreibpapier gefaltet aussah, so daß man gleich darauf hätte schreiben mögen; das hätte man wenigstens auf der Brust bequem tun können, da sie so eben und so hart war wie ein Brett. So scharf die weißen Kanten und Ecken ihrer Kleidung, so scharf war auch die lange Nase und das Kinn der Begine, ihre Zunge und der böse Blick ihrer Augen; doch sprach sie nur wenig mit der Zunge und blickte wenig mit den Augen, da sie die Verschwendung nicht liebte und alles nur zur rechten Zeit und mit Bedacht verwendete. Alle Tage ging sie dreimal in die Kirche, und wenn sie in ihrem frischen, weißen und knitternden Zeuge und mit ihrer weißen spitzigen Nase über die Straße ging, liefen die Kinder furchtsam davon und selbst erwachsene Leute traten gern hinter die Haustüre, wenn es noch Zeit war. Sie stand aber wegen ihrer strengen Frömmigkeit und Eingezogenheit in großem Rufe und besonders bei der Geistlichkeit in hohem Ansehen, aber selbst die Pfaffen verkehrten lieber schriftlich mit ihr als mündlich, und wenn sie beichtete, so schoß der Pfarrer jedesmal so schweißtriefend aus dem Beichtstuhl heraus, als ob er aus einem Backofen käme. So lebte die fromme Begine, die keinen Spaß verstand, in tiefem Frieden und blieb ungeschoren. Sie machte sich auch mit niemand zu schaffen und ließ die Leute gehen, vorausgesetzt, daß sie ihr aus dem Wege gingen; nur auf ihren Nachbar Pineiß schien sie einen besondern Haß geworfen zu haben; denn sooft er sich an seinem Fenster blicken ließ, warf sie ihm einen bösen Blick hinüber und zog augenblicklich ihre weißen Vorhänge vor, und Pineiß fürchtete sie wie das Feuer und wagte nur zuhinterst in seinem Hause, wenn alles gut verschlossen war, etwa einen Witz über sie zu machen. So weiß und hell aber das Haus der Begine nach der Straße zu aussah, so schwarz und räucherig, unheimlich und seltsam sah es von hinten aus, wo es jedoch fast gar nicht gesehen werden konnte als von den Vögeln des Himmels und den Katzen auf den Dächern, weil es in eine dunkle Winkelei von himmelhohen Brandmauern ohne Fenster hineingebaut war, wo nirgends ein menschliches Gesicht sich sehen ließ. Unter dem Dache dort hingen alte zerrissene Unterröcke, Körbe und Kräutersäcke, auf dem Dache wuchsen ordentliche Eibenbäumchen und Dornsträucher, und ein großer rußiger Schornstein ragte unheimlich in die Luft. Aus diesem Schornstein aber fuhr in der dunklen Nacht nicht selten eine Hexe auf ihrem Besen in die Höhe, jung und schön und splitternackt, wie Gott die Weiber geschaffen und der Teufel sie gern sieht. Wenn sie aus dem Schornstein fuhr, so schnupperte sie mit dem feinsten Näschen und mit lächelnden Kirschenlippen in der frischen Nachtluft und fuhr in dem weißen Scheine ihres Leibes dahin, indes ihr langes rabenschwarzes Haar wie eine Nachtfahne hinter ihr herflatterte. In einem Loch am Schornstein saß ein alter

Eulenvogel, und zu diesem begab sich jetzt der befreite Spiegel, eine fette Maus im Maule, die er unterwegs gefangen.

»Wünsch guten Abend, liebe Frau Eule! Eifrig auf der Wacht?« sagte er, und die Eule erwiderte: »Muß wohl! Wünsch gleichfalls guten Abend! Ihr habt Euch lange nicht sehen lassen, Herr Spiegel!«

»Hat seine Gründe gehabt, werde Euch das erzählen. Hier habe ich Euch ein Mäuschen gebracht, schlecht und recht, wie es die Jahrszeit gibt, wenn Ihr's nicht verschmähen wollt! Ist die Meisterin ausgeritten?«

»Noch nicht, sie will erst gegen Morgen auf ein Stündchen hinaus. Habt Dank für die schöne Maus! Seid doch immer der höfliche Spiegel! Habe hier einen schlechten Sperling zur Seite gelegt, der mir heut zu nahe flog; wenn Euch beliebt, so kostet den Vogel! Und wie ist es Euch denn ergangen?«

»Fast wunderlich«, erwiderte Spiegel, »sie wollten mir an den Kragen. Hört, wenn es Euch gefällig ist.« Während sie nun vergnüglich ihr Abendessen einnahmen, erzählte Spiegel der aufmerksamen Eule alles, was ihn betroffen und wie er sich aus den Händen des Herrn Pineiß befreit habe. Die Eule sagte: »Da wünsch ich tausendmal Glück, nun seid Ihr wieder ein gemachter Mann und könnt gehen, wo ihr wollt, nachdem Ihr mancherlei erfahren!«

»Damit sind wir noch nicht zu Ende«, sagte Spiegel, »der Mann muß seine Frau und seine Goldgülden haben!«

»Seid Ihr von Sinnen, dem Schelm noch wohlzutun, der Euch das Fell abziehen wollte?«

»Ei, er hat es doch rechtlich und vertragsmäßig tun können, und da ich ihn in gleicher Münze wieder bedienen kann, warum sollt ich es unterlassen? Wer sagt denn, daß ich ihm wohltun will? Jene Erzählung war eine reine Erfindung von mir, meine in Gott ruhende Meisterin war eine simple Person, welche in ihrem Leben nie verliebt noch von Anbetern umringt war, und jener Schatz ist ein ungerechtes Gut, das sie einst ererbt und in den Brunnen geworfen hat, damit sie kein Unglück daran erlebe. ›Verflucht sei, wer es da herausnimmt und verbraucht‹, sagte sie. Es macht sich also in betreff des Wohltuns!«

»Dann ist die Sache freilich anders! Aber nun, wo wollt Ihr die entsprechende Frau hernehmen?«

»Hier aus diesem Schornstein! Deshalb bin ich gekommen, um ein vernünftiges Wort mit Euch zu reden! Möchtet Ihr denn nicht einmal wieder frei werden aus den Banden dieser Hexe? Sinnt nach, wie wir sie fangen und mit dem alten Bösewicht verheiraten!«

»Spiegel, Ihr braucht Euch nur zu nähern, so weckt Ihr mir ersprießliche Gedanken.«

»Das wußt ich wohl, daß Ihr klug seid! Ich habe das meinige getan, und es ist besser, daß Ihr auch Euren Senf dazu gebt und neue Kräfte vorspannt, so kann es gewiß nicht fehlen!«

»Da alle Dinge so schön zusammentreffen, so brauche ich nicht lang zu sinnen, mein Plan ist längst gemacht!«

»Wie fangen wir sie?«

»Mit einem neuen Schnepfengarn aus guten starken Hanfschnüren; geflochten muß es sein von einem zwanzigjährigen Jägerssohn, der noch kein Weib angesehen hat, und es muß schon dreimal der Nachttau darauf gefallen sein, ohne daß sich eine Schnepfe gefangen; der Grund aber hievon muß dreimal eine gute Handlung sein. Ein solches Netz ist stark genug, die Hexe zu fangen.«

»Nun bin ich neugierig, wo Ihr ein solches hernehmt«, sagte Spiegel, »denn ich weiß, daß ihr keine vergeblichen Worte schwatzt!«

»Es ist auch schon gefunden, wie für uns gemacht; in einem Walde nicht weit von hier sitzt ein zwanzigjähriger Jägerssohn, welcher noch kein Weib angesehen hat; denn er ist blind geboren. Deswegen ist er auch zu nichts zu gebrauchen als zum Garnflechten und hat vor einigen Tagen ein neues, sehr schönes Schnepfengarn zustande gebracht. Aber als der alte Jäger es zum ersten Male ausspannen wollte, kam ein Weib daher, welches ihn zur Sünde verlocken wollte; es war aber so häßlich, daß der alte Mann voll Schreckens davonlief und das Garn am Boden liegen ließ. Darum ist ein Tau darauf gefallen, ohne daß sich eine Schnepfe fing, und war also eine gute Handlung daran schuld. Als er des andern Tages hinging, um das Garn abermals auszuspannen, kam eben ein Reiter daher, welcher einen schweren Mantelsack hinter sich hatte; in diesem war ein Loch, aus welchem von Zeit zu Zeit ein Goldstück auf die Erde fiel. Da ließ der Jäger das Garn abermals liegen und lief eifrig hinter dem Reiter her und sammelte die Goldstücke in seinen Hut, bis der Reiter sich umkehrte, es sah und voll Grimm seine Lanze auf ihn richtete. Da bückte der Jäger sich erschrocken, reichte ihm den Hut dar und sagte: ›Erlaubt, gnädiger Herr, Ihr habt hier viel Gold verloren, das ich Euch sorgfältig aufgelesen!‹ Dies war wiederum eine gute Handlung, indem das ehrliche Finden eine der schwierigsten und besten ist; er war aber so weit von dem Schnepfengarn entfernt, daß er es die zweite Nacht im Walde liegen ließ und den nähern Weg nach Hause ging. Am dritten Tag endlich, nämlich gestern, als er eben wieder auf dem Wege war, traf er eine hübsche Gevattersfrau an, die dem Alten um den Bart zu gehen pflegte und der er schon manches Häslein geschenkt hat. Darüber vergaß er die Schnepfen gänzlich und sagte am Morgen: ›Ich habe den armen Schnepflein das Leben geschenkt; auch gegen Tiere muß man barmherzig sein!‹ Und um dieser drei guten

Handlungen willen fand er, daß er jetzt zu gut sei für diese Welt, und ist heute vormittag beizeiten in ein Kloster gegangen. So liegt das Garn noch ungebraucht im Walde und ich darf es nur holen.« – »Holt es geschwind!« sagte Spiegel, »es wird gut sein zu unserm Zweck!« – »Ich will es holen«, sagte die Eule, »steht nur so lang Wache für mich in diesem Loch, und wenn etwa die Meisterin den Schornstein hinaufrufen sollte, ob die Luft rein sei? so antwortet, indem Ihr meine Stimme nachahmt: Nein, es stinkt noch nicht in der Fechtschul!« Spiegel stellte sich in die Nische und die Eule flog still über die Stadt weg nach dem Wald. Bald kam sie mit dem Schnepfengarn zurück und fragte: »Hat sie schon gerufen?« – »Noch nicht!« sagte Spiegel.

Da spannten sie das Garn aus über den Schornstein und setzten sich daneben still und klug; die Luft war dunkel und es ging ein leichtes Morgenwindchen, in welchem ein paar Sternbilder flackerten. »Ihr sollt sehen«, flüsterte die Eule, »wie geschickt die durch den Schornstein heraufzusäuseln versteht, ohne sich die blanken Schultern schwarz zu machen!« – »Ich hab sie noch nie so nah gesehen«, erwiderte Spiegel leise, »wenn sie uns nur nicht zu fassen kriegt!«

Da rief die Hexe von unten: »Ist die Luft rein?« Die Eule rief: »Ganz rein, es stinkt herrlich in der Fechtschul!« und alsobald kam die Hexe heraufgefahren und wurde in dem Garne gefangen, welches die Katze und die Eule eiligst zusammenzogen und verbanden. »Halt fest!« sagte Spiegel und »Binde gut!« die Eule. Die Hexe zappelte und tobte mäuschenstill wie ein Fisch im Netz; aber es half ihr nichts und das Garn bewährte sich auf das beste. Nur der Stiel ihres Besens ragte durch die Maschen. Spiegel wollte ihn sachte herausziehen, erhielt aber einen solchen Nasenstüber, daß er beinahe in Ohnmacht fiel und einsah, wie man auch einer Löwin im Netz nicht zu nahe kommen dürfe. Endlich hielt sich die Hexe still und sagte: »Was wollt ihr denn von mir, ihr wunderlichen Tiere?«

»Ihr sollt mich aus Eurem Dienste entlassen und mir meine Freiheit zurückgeben!« sagte die Eule. »So viel Geschrei und wenig Wolle!« sagte die Hexe, »du bist frei, mach dies Garn auf!« – »Noch nicht!« sagte Spiegel, der immer noch seine Nase rieb, »Ihr müßt Euch verpflichten, den Stadthexenmeister Pineiß, Euren Nachbar, zu heiraten auf die Weise, wie wir Euch sagen werden, und ihn nicht mehr zu verlassen!« Da fing die Hexe wieder an zu zappeln und zu prusten wie der Teufel, und die Eule sagte: »Sie will nicht dran!« Spiegel aber sagte: »Wenn Ihr nicht ruhig seid und alles tut, was wir wünschen, so hängen wir das Garn samt seinem Inhalte da vorn an den Drachenknopf der Dachtraufe, nach der Straße zu, daß man Euch morgen sieht und die Hexe erkennt! Sagt also: Wollt Ihr lieber unter dem Vorsitze des Herrn Pineiß gebraten werden oder ihn braten, indem Ihr ihn heiratet?«

Da sagte die Hexe mit einem Seufzer: »So sprecht, wie meint Ihr die Sache?« Und Spiegel setzte ihr alles zierlich auseinander, wie es gemeint sei und was sie zu tun hätte. »Das ist allenfalls noch auszuhalten, wenn es nicht anders sein kann!« sagte sie und ergab sich unter den stärksten Formeln, die eine Hexe binden können. Da taten die Tiere das Gefängnis auf und ließen sie heraus. Sie bestieg sogleich den Besen, die Eule setzte sich hinter sie auf den Stiel und Spiegel zuhinterst auf das Reisigbündel und hielt sich da fest, und so ritten sie nach dem Brunnen, in welchen die Hexe hinabfuhr, um den Schatz heraufzuholen.

Am Morgen erschien Spiegel bei Herrn Pineiß und meldete ihm, daß er die bewußte Person ansehen und freien könne; sie sei aber allbereits so arm geworden, daß sie, gänzlich verlassen und verstoßen, vor dem Tore unter einem Baum sitze und bitterlich weine. Sogleich kleidete sich Herr Pineiß in sein abgeschabtes gelbes Samtwämschen, das er nur bei feierlichen Gelegenheiten trug, setzte die bessere Pudelmütze auf und umgürtete sich mit seinem Degen; in die Hand nahm er einen alten grünen Handschuh, ein Balsamfläschchen, worin einst Balsam gewesen und das noch ein bißchen roch, und eine papierne Nelke, worauf er mit Spiegel vor das Tor ging, um zu freien. Dort traf er ein weinendes Frauenzimmer sitzen unter einem Weidenbaum, von so großer Schönheit, wie er noch nie gesehen; aber ihr Gewand war so dürftig und zerrissen, daß, sie mochte sich auch schamhaft gebärden, wie sie wollte, immer da oder dort der schneeweiße Leib ein bißchen durchschimmerte. Pineiß riß die Augen auf und konnte vor heftigem Entzücken kaum seine Bewerbung vorbringen. Da trocknete die Schöne ihre Tränen, gab ihm mit süßem Lächeln die Hand, dankte ihm mit einer himmlischen Glockenstimme für seine Großmut und schwur, ihm ewig treu zu sein. Aber im selben Augenblicke erfüllte ihn eine solche Eifersucht und Neideswut auf seine Braut, daß er beschloß, sie vor keinem menschlichen Auge jemals sehen zu lassen. Er ließ sich bei einem uralten Einsiedler mit ihr trauen und feierte das Hochzeitsmahl in seinem Hause, ohne andere Gäste als Spiegel und die Eule, welche ersterer mitzubringen sich die Erlaubnis erbeten hatte. Die zehntausend Goldgülden standen in einer Schüssel auf dem Tisch und Pineiß griff zuweilen hinein und wühlte in dem Golde; dann sah er wieder die schöne Frau an, welche in einem meerblauen Sammetkleide dasaß, das Haar mit einem goldenen Netze umflochten und mit Blumen geschmückt, und den weißen Hals mit Perlen umgeben. Er wollte sie fortwährend küssen, aber sie wußte verschämt und züchtig ihn abzuhalten, mit einem verführerischen Lächeln, und schwur, daß sie dieses vor Zeugen und vor Anbruch der Nacht nicht tun würde. Dies machte ihn nur noch verliebter und glückseliger, und Spiegel würzte das Mahl mit lieblichen Gesprächen, welche die schöne Frau mit den angenehmsten, witzigsten und einschmeichelndsten Worten fortführte, so daß der Hexenmeister nicht wußte, wie ihm geschah vor Zufriedenheit. Als es aber dunkel geworden, beurlaubten sich die Eule und die Katze und entfernten sich bescheiden; Herr Pineiß begleitete sie bis unter die Haustüre mit einem Lichte und dankte dem Spiegel nochmals, indem er ihn einen trefflichen und höflichen Mann nannte, und als er in die Stube zurückkehrte, saß die alte weiße Begine, seine Nachbarin, am Tisch und sah ihn mit einem bösen Blick an. Entsetzt ließ Pineiß den Leuchter fallen und lehnte sich zitternd an die Wand. Er hing die Zunge heraus und sein Gesicht war so fahl und spitzig geworden wie das der Begine. Diese aber stand auf, näherte sich ihm und trieb ihn vor sich her in die Hochzeitkammer, wo sie mit höllischen Künsten ihn auf eine Folter spannte, wie noch kein Sterblicher erlebt. So war er nun mit der Alten unauflöslich verehelicht, und in der Stadt hieß es, als es ruchbar wurde: »Ei seht, wie stille Wasser tief sind! Wer hätte gedacht, daß die fromme Begine und der Herr Stadthexenmeister sich noch verheiraten würden! Nun, es ist ein ehrbares und rechtliches Paar, wenn auch nicht sehr liebenswürdig!«

Herr Pineiß aber führte von nun an ein erbärmliches Leben; seine Gattin hatte sich sogleich in den Besitz aller seiner Geheimnisse gesetzt und beherrschte ihn vollständig. Es war ihm nicht die geringste Freiheit und Erholung gestattet, er mußte hexen vom Morgen bis zum Abend, was das Zeug halten wollte, und wenn Spiegel vorüberging und es sah, sagte er freundlich: »Immer fleißig, fleißig, Herr Pineiß?«

Seit dieser Zeit sagt man zu Seldwyla: Er hat der Katze den Schmer abgekauft! besonders wenn einer eine böse und widerwärtige Frau erhandelt hat.

WILHELM RAABE

1831–1910

Das Märchen von Omar und Dilaram

Herr Doktor Hagen, Sie haben die Wüste durchpilgert, erzählen Sie uns ein Märchen!«

»Bravo!« rief der Naturforscher. »Fräulein Eugenie hat doch stets die vernünftigsten Einfälle. Zäumt die Renner ab, entlastet das Kamel der Langweiligkeit! Vorwärts, Doktor! Ich komme mir schon vor, als läge ich am Ostgestade des Schilfmeers. – Aber keine Verwesungs- und Todesgedanken, wenn ich bitten darf, Hadschi!«

»Ja, erzählen Sie uns ein Märchen, Doktor«, sagte Lida, »ein solches, womit Sie mich so oft in den Schlaf gesprochen haben, wenn ich mich zu sehr in der Oper angestrengt und angespannt hatte. Erzählen Sie...«

»Es ist ein märchenhaftes Land, der Orient«, fiel Hagen rasch ein. »Hört!

Vor langen, langen Jahren saß in der großen Stadt Bagdad ein Jüngling beim Schein seiner Lampe und entzifferte ein altes Manuskript, geschrieben in den seltsamsten Charakteren. Ein Freund hatte es ihm aus der prächtigen Stadt der Griechen, dem ungläubigen Byzanz, mitgebracht. Es war eine schöne Sommernacht. Der Mond stieg empor über den Gärten des Kalifen jenseits des Tigris und schwamm in dem dunkeln Nachtblau voll und rein dahin. Ein leises Wehen trug die Düfte der Blütenbäume in das Fenster, dann und wann schoß eine Gondel pfeilschnell über die glitzernde Wasserfläche, dann und wann erklang eine Laute, dann und wann die Strophe eines Fischerliedes in der Ferne. Es war dem Lesenden gar seltsam zumute. Aus den Blättern vor ihm stieg eine wundersame Welt um ihn empor. Nur wenn er an eine verwischte, unleserliche Stelle kam, schaute er auf, und dann war es ihm, als müsse er sogleich das Auge wieder auf seine Rolle senken, um diesen bezaubernden Traum nicht zu verlieren. Da war ein unermeßliches Meer mit blühenden Inseln und schrecklichen Felsen, bewohnt von schönen, herrlichen Menschen und gräßlichen Ungeheuern. Ein heidnisches Volk hatte eine große, prächtige Stadt am Meeresufer zerstört, wusch seine blutigen Waffen, seine Wunden in der Flut und schiffte heim mit seiner Beute, hierhin und dorthin, jeder Fürst mit den Seinigen nach seiner Heimat. Da war ein König, von Göttern und Göttinnen geliebt und gehaßt, geschützt und mit Verderben bedroht, der erzählte, vom Sturm auf eine Insel geworfen – seine Genossen hatte die See verschlungen – einem andern König seine Leiden und Abenteuer: wie ihn eine schöne, unsterbliche Göttin geliebt hatte, wie er gekämpft hatte mit Ungeheuern, Wogen, Riesenmenschen, wie er hinabgestiegen war in die Unterwelt, um seine toten Kriegsgenossen, die Männer und Frauen der Vorwelt zu schauen. Dann und wann las der Jüngling eine Liedesstrophe laut, als erfreue er sich an dem Wohlklang der Worte, die wie das Klirren der Waffen, wie das Rauschen der Wellen, wie der Schlag des Menschenherzens melodisch auf und ab wogten. ›Allah, Allah!‹ rief er, ›das ist schön! das ist prächtig! – Ach, hier zu sitzen, so einsam, mit so vollem Herzen, Allah, Allah, während sie deinen Namen, den deines Propheten so weit, so weit tragen über alle Meere und Länder!‹ Ein wildes Feuer blitzte aus den Augen des Jünglings, aber es erlosch so schnell, als es aufgeflammt war. ›Ah‹, sagte er mit dumpfer Stimme – ›ist er nicht auch umgekehrt am Ufer des Westmeers, der große Okbah?! Er jagte sein weißes Kamel in die Flut und rief: Allah, du bist Zeuge, daß ich nicht weiterkann!‹ . . .«

»Georg Wilhelm Friedrich Hegel und die deutsche Philosophie – brr!« sagte der Naturforscher, der dann am seligsten war, wenn er der absoluten Idee einen Tritt geben konnte. Hagen aber ließ sich nicht unterbrechen, sondern fuhr lächelnd fort:

»›Ach, er konnte weiter!‹ rief der Jüngling. ›Haben nicht die Reiter der Wüste dem Beherrscher der Gläubigen Nachricht gebracht, daß sich die Heere Gottes wieder mit Völkern von weißerer Hautfarbe schlagen, fern, fern über dem Meeresarm im Westen?! Gott ist groß – sie kehren nun wieder das Gesicht dem Osten, der aufgehenden Sonne, zu, wenn sie gegen den Feind ansprengen. O, hier sitzen zu müssen und verkümmern wie ein Weib im Harem!‹ – Der junge Mann war aufgesprungen und schaute hinaus über die Wasserfläche des Flusses. Er stützte die Hand auf die Brüstung, und eine Träne entrang sich seinem Auge. Da öffnete sich eine Tür hinter ihm, ein junges Mädchen glitt in das Gemach. Sie trug einen Korb mit Blumen und Früchten im Arm und blieb stehen, als sie den Sinnenden am Fenster erblickte. Dann schritt sie leise über den Teppich dahin, schob die Schriften auf der Tafel zur Seite, setzte ihr duftendes Körbchen nieder und nahm eine weiße Rose heraus. Lächelnd, den Finger auf dem Munde, schlich sie zu dem Träumer und schob ihm die Blume in die auf die Fensterbrüstung gestützte Hand. Der Jüngling schrak auf und drehte sich um. ›Dilaram!‹ rief er, als ihn das schöne Kind lächelnd umschlang. – ›Wieder so traurig, Omar?‹ fragte sie, ›was bekümmert dich, mein Freund?‹ – ›Du irrst, Herzensruhe, ich bin nicht traurig! Was sollte mich bekümmern?‹ – ›Wehe den Heuchlern an *jenem* Tag! sagt der heilige Koran‹, sprach das junge Mädchen. ›Du wirst wieder so lange in deinen häßlichen, heidnischen Zauberbüchern gelesen haben, bis du alles um dich her vergessen hast – selbst mich!‹ setzte sie hinzu, schalkhaft mit dem Finger drohend. – ›Wer könnte dich vergessen, Kind! Du bist mir, was die Sonne der Erde ist.‹ – ›Du, du!‹ sagte das Mädchen lächelnd und setzte sich neben den Jüngling in die Fensterbrüstung. ›Komm, wir wollen zusammen plaudern! Ah, wie schön die Nacht ist, wie die Wellen funkeln! Wo hast du meine Laute? Ich sehe sie ja nicht!‹ – ›Hier ist sie!‹ sagte Omar. – ›Danke! Was du für ein Gesicht machst! Bei meinem Schleier, schäme dich – horch, die Nachtigall – Bulbul, Bulbul! Wie schön! Was soll ich dir singen?‹ – ›Das Lob der Wüste, der freien Wüste, das Lob des freien Meeres!‹ – ›Ach‹, sagte das junge Mädchen schmollend, ›ich kenne die Wüste und das Meer nicht; gib acht, etwas anderes will ich dir singen.‹ – Sie ließ ihre Hand über die

Saiten des Instruments gleiten und begann dann mit heller, wohlklingender Stimme:

›Was tönen die Trompeten, die silbernen Pauken? Was sammeln sich die Kämpfer des Propheten?

Von Waffen klirren die Märkte, von Waffen klirren die Straßen!

Der große Kalif hat gerufen, das Volk Gottes hat gehört. Nach Osten, nach Westen ziehen die Scharen der Gläubigen.

Der Mann verläßt sein Weib, der Sohn seine Mutter!

Der Vater verläßt sein Kind, der Bruder seine Schwester!

Der Kaiser der Franken in der Meeresstadt erschrickt, der König der Perser zerreißt sein Gewand – das kleine Mädchen in der neuen Stadt am Tigris weint und klagt:

Die Heere des Propheten ziehn zum Kampf; der Vater verläßt sein Kind, der Bruder seine Schwester! – – –

Was tönen die Trompeten, die silbernen Pauken? Was jubelt das Volk in den Straßen von Bagdad? Siegesruf von Sonnenaufgang! –

Was tönen die Trompeten, die silbernen Pauken? Siegesruf von Sonnenuntergang! –

Es sank der Schach der Perser – tot ist der Vater!

Es beugte das Haupt der Frankenkaiser – tot ist der Bruder!

In den Straßen jubelt das Volk – die Jungfrau sitzt und weint. Wer schützt die Waise, wer tröstet die Verlassene? . . .‹

Das junge Mädchen ließ die Laute sinken, und ihre Stimme verlor sich in einem leisen Schluchzen; Omar aber ergriff mit leuchtenden Augen das Instrument und rezitierte weiter:

›Der Staub der Wege Gottes glänzt am Tage des großen Gerichts – selig sind die Kämpfer im Paradies: die verlassene Waise tröstet – die Liebe . . .!‹

›Die Liebe!‹ rief mit Tränen in den Augen das Mädchen. ›Die Liebe, die heilige Liebe. *Sie* ist wie der Schatten des Palmbaums dem müden Wüstenwanderer; sie ist dem verlassenen Kinde, was der Brunnquell der gejagten Gazelle ist! Heilig ist die Stätte, wo du mir begegnetest, mein Schöner. Möge die Stunde, in welcher ich dich zum erstenmal sah, glückbringend gewesen sein allen Menschen, segentriefend dem Erdkreis . . .‹

›Dilaram, Dilaram! Herzensruhe, Herzensruhe!‹ rief der Jüngling.

›O, mein Omar . . . sieh, deine Stirn ist heiter geworden! Nun muß ich scheiden – gute Nacht, gute Nacht, Geliebter!‹

›Du willst mich schon verlassen? O, bleibe noch bei mir!‹

›Sie werden mich vermissen, gute Nacht, gute Nacht!‹ . . .

Schön sind die Sommernächte am Tigris! Süß ist's, zu träumen unter dem

Nachthimmel des Ostens! Groß ist die Wissenschaft Makaschefa, die Kunst, der Menschen Herzen zu erkennen! Gewaltig sind die Mächte, denen Allah erlaubt hat, der Menschen Seelen zu bewegen! –

Unter den Blumen, welche ihm die Jungfrau gebracht hatte, suchte Omar seine Rolle wieder hervor; aber er las nicht mehr. Die Wimper wurde ihm schwer, sein Haupt sank auf die Polster des Diwans; er schlummerte ein. Über den Fluß kam der Nachtwind kühler und stärker; die Lampe flackerte, dem Ausgehen nahe; die gestickten Tapeten mit ihren Goldarabesken von Koransprüchen wallten hin und her...

Schön sind die Sommernächte am Tigris! Groß ist die Macht der Erschaffenen Allahs! – – –

Eine reichvergoldete Barke schoß über die mondbeglänzte Wasserfläche des Stromes. Wie silberne Funken sprühte es unter den Ruderschlägen der sechs schwarzen Sklaven, welche sie führten. Eine tiefverschleierte Frau ruhte auf prächtigen Kissen im Hinterteil der Gondel. Unter den Schleiern hervor schoß ein schwarzfunkelndes Augenpaar suchende Blitze an den den Fluß begrenzenden Häuser- und Gartenmauern hin.

Unter dem Fenster Omars richtete sich das Weib halb auf und sagte: ›Hier!‹ – Die Schwarzen hoben die Ruder, die Barke stand unbeweglich. Mit einem Sprunge war die Verschleierte auf den Füßen; eine hohe Gestalt stand sie da, den Blick fest auf das erleuchtete arabische Bogenfenster des Jünglings gerichtet. In seinem Schlummer rührte sich Omar, seine Brust hob sich ängstlich, als suche sie eine bedrückende Last abzuwerfen; – die Lampe flammte zum letztenmal auf und erlosch; – ein Lautenschlag zitterte leise, leise durch die Luft – der Jüngling erwachte und horchte!...

Das war nicht die Stimme Dilarams! Heißer, üppiger, wilder, verlangender waren die Töne, welche jetzt an sein Ohr schlugen und sein Herz erzittern ließen! Das war nicht Herzensruhe, das waren nicht die Wiegenlieder der Kinderliebe, das war die Sprache der Leidenschaft, der wilden, naturgeborenen Leidenschaft, die wie die Flamme, die ›Göttin mit dem Feuermunde‹, lodert und verzehrt! –

›Da ist sie wieder!‹ murmelte der Jüngling. ›Wehe mir, wehe mir! Was hat ihr mein kleines Glück, meine Ruhe getan? So kommt sie jede Nacht, daß ich den Tag über wie im Traume gehen muß! Wehe mir! Wehe mir!‹

Eine magische Gewalt zog ihn unwiderstehlich zu dem Fenster hin. Unbeweglich lag drunten die Barke, leise tropfte es von den Rudern der Schwarzen; fest in ihre weißen Gewänder gewickelt, den Schleier zurückgeworfen, stand die hohe Gestalt der Frau da. Sie rührte sich nicht, als Omar in dem Fensterbogen erschien; zu ihren Füßen lag die Laute, mit der sie ihn geweckt hatte. – –

›Wehe mir, wehe mir! Was will sie, was will sie!‹ flüsterte Omar. ›Rede ich sie an ...?‹

›Sprich!‹ ertönte eine klangvolle Stimme, als ob die Fremde drunten den Gedanken im Herzen erraten könne.

›Wer bist du? Wer bist du? Was willst du von mir? Was störst du mein Leben?‹

Die Gestalt erhob, wie winkend, den Arm:

›Komm!‹

›Ich kenne dich nicht! Bist du eine Sterbliche? Bist du eine Fee?‹

›Komm!‹

›Ich fürchte dich –‹

Wie auf ein geheimes Zeichen fielen die Ruder wieder ins Wasser, langsam drehte sich die Barke.

›Ich komme! Ich komme!‹ rief der Jüngling. In wahnsinniger Hast sprang er auf die Fensterbrüstung; an den Weinranken, die den Bogen umkletterten, glitt er hinunter; an die Mauer des Hauses schoß pfeilschnell die Barke. Er stand der Versucherin gegenüber, taumelnd, schwindelnd! ...

›Sieh mich an!‹ sagte das Weib. – ›Ich – liebe dich!‹ –

Omar sprach nicht; wie festgebannt stand er unter dem Leuchten dieser Augen, welche in schwarzer Glut ihm entgegenfunkelten, wie die des Todesengels.

›Verbanne *ihr* Bild aus deinem Herzen‹, sagte das Weib, ›*sie* ist ein Kind! Folge mir – mir gehörst du, mein bist du ...‹

›Herzensruhe! Herzensruhe!‹ murmelte Omar wie im Traum. Ein unendliches Bangen durchzog ihn. Er hätte das schöne Weib erdolchen können; er faßte den Griff der scharfen Klinge in seinem Gürtel ... Sie lächelte! ... Er ließ die Hand sinken, es war ihm, als sei die Welt um ihn, sein ganzes früheres Leben, sein ganzes Sinnen und Trachten versunken! Er war mit ihr allein; alles war – sie! ...

›Du hast dich hinausgesehnt aus deiner Enge‹, sprach das Weib. ›Du kennst mich nicht – denke, ich sei die Welt – das Leben ...‹

Langsam glitt die Barke weiter in den Strom hinein; als sie aber die Mitte erreicht hatte, ward ihr Lauf schneller, und endlich schoß sie, von den Ruderschlägen der stummen, schwarzen Sklaven getrieben, blitzartig den Fluß hinunter ... Vorbei! Vorbei! Versunken alle Gedanken an Ruhm und Ehre; vergessen der Frieden des Heimathauses; – Herzensruhe – Herzensruhe! ... Verloren! Verloren! – – –

Er lag zu ihren Füßen, sein Haupt ruhte in ihrem Schoß. Ihre Hand spielte mit seinen Locken, sie flüsterte ihm zu. – – – Er hatte die Augen geschlossen, er wußte nicht, wohin sie ihn führte; er lebte in diesen Augenblicken nur in dem Zauberklange ihrer Stimme. Wenn er von Zeit zu Zeit die Augen aufschlug, sah er über sich den schwarzen Nachthimmel mit der Sternenpracht des Ostens, sah er, über sich gebeugt, ihr wunderbar schönes, im Schein des Mondes totenbleiches Gesicht mit der Sternenpracht der schwarzen Augen. Dann zuckte er zusammen; er war wie ein willenloses Kind geworden, nichts war ihm von ihm selbst geblieben; alles war – *sie*!

›Dein! Dein!‹ flüsterte er, und sie lächelte. –

›Ich kenne dich jetzt!‹ sagte er. ›Du bist die Zauberkönigin Labe, die Königin der Geister! – Du bist das Leben, du bist die Freiheit, du bist... ah, du wirst mich töten, ich weiß es, aber du liebst mich – eine Nacht – eine Stunde – ‹

Sie lächelte, und weiter schoß die Barke. –

Wundervoll sind die Nächte am Gestade des Tigris! –

Wo die Diala aus der Wüste kommt und ihre trüben Fluten mit den Wassern des großen Stromes vermischt, zog ein armer Fischer seine Netze auf das Land, aber er ließ sie sinken, ohne auf seinen Fang zu achten. In einem Stromwirbel trieb eine menschliche Leiche im Kreis umher, bis sie im Schilfe des Uferrandes hängenblieb. – ›Allah!‹ rief der Mann, den Arm des Leichnams fassend. ›Wie jung und schön!‹ Er schüttelte nur den Kopf, als er den Körper ans Land zog, er mußte an solche Vorfälle schon gewöhnt sein. Mit gieriger Hand löste er die Kleider ab, zog den prächtigen Dolch aus dem Herzen des Gemordeten! Dann stieß er den geplünderten Körper mit dem Fuße wieder in den Strom zurück.

›Gehe!‹ sagte er. ›Möge Allah deine Seele an den Ort des Erbarmens führen!‹

Weiter trieb die Leiche, auf Seleucia zu, welches die Gläubigen heute Al Modain nennen. Und Herzensruhe...«

»Was ist Ihnen, Fräulein Lida?« rief der Naturforscher, erschreckt auffahrend.

»Licht, Licht!« stöhnte, mit unbeschreiblicher Angst in der Stimme, die Sängerin. »Um Gottes willen, Licht!«

Alle hatten über der phantastischen Erzählung des Arztes durchaus nicht bemerkt, daß es vollständig Nacht geworden war.

»Was haben Sie gemacht, Hagen?!« rief Ostermeier. »O Isis und Osiris, das kommt davon, wenn man solche Gespenstergeschichten anhört...«

WILHELM BUSCH

1832–1908

Königin Isabelle

Es hatte ein armer Mann einen einzigen Acker; da kamen die großen reichen Bauern daher, fragten nicht lange, sondern bauten auf des armen Mannes Acker einen langen Schafstall. Alle Einreden waren vergeblich, so daß der Mann mit seiner Klage endlich vor den König ging. »Gib dich nur zufrieden«, sprach der König; »ich will dir einen andern Acker geben.« Das tat er auch.

Wie nun der Mann daran ging, ihn zu bestellen, grub er aus der Erde heraus einen goldenen Mörserkolben, aber den Mörser dazu konnte er nicht finden, soviel er auch suchen mochte. Da sprach er zu seiner Tochter, die hieß Isabelle: »Isabelle«, sprach er, »der König hat uns doch das Land geschenkt, nun will ich ihm auch den goldenen Kolben schenken, den ich in dem Lande gefunden habe.« Darauf entgegnete Isabelle: »Ich rat Euch, Vater, laßt das lieber sein; denn wenn der König den Stößer sieht, so wird er auch nach dem Mörser fragen, und wenn Ihr den nicht schaffen könnt, so wird er meinen, Ihr hättet ihn für Euch behalten.« Aber der Mann ließ sich nicht bereden, sondern ging vor den König. »Mit Gunst, Herr König! Ich wollte Euch wohl einen goldenen Stößer bringen, den hab ich in dem Acker gefunden, den Ihr mir neulich geschenkt habt, so Ihr noch wohl wissen werdet.« »Gut das!« sprach der König; »aber, lieber Mann, der Mörser, wo ist denn der?« »Mit Verlaub, Herr, den Mörser fand ich nicht, soviel ich auch gesucht habe.« »Ei, Mann!« sprach der König, »wo der Stößer ist, da muß doch auch der Mörser sein; du möchtest ihn wohl gern für dich behalten?« »Gewiß und wahrhaftig, Herr König, den Mörser hab ich nicht.« »Ja, warte nur, Bösewicht!« fuhr der König voll Zorn heraus; »ich will dich setzen lassen bei Wasser und Brot, und nicht eher sollst du loskommen, bis du mir kund tust, wo du den Mörser ließest, der zu dem goldenen Stößer gehört.«

Da ließ der König den armen Mann ins Gefängnis werfen; der fing an zu klagen und rief in einem fort: »Hätt ich doch meiner Tochter geglaubt!« Als das dem König hinterbracht wurde, ließ er ihn vor sich fordern und fragte ihn, warum er denn immer wieder riefe: »Hätt ich doch meiner Tochter geglaubt!« Da erzählte er dem Könige, wie ihm seine Tochter vorhergesagt hätte, daß es alles so kommen würde. Sprach darauf der König: »Wenn Eure Tochter wirklich so klug ist, wie Ihr sagt, so möchte ich sie wohl sehen und auf die Probe stellen.« Und sogleich sandte er seine Diener aus und ließ sie rufen.

Als Isabelle nun vor den König kam, redete er sie an und sprach: »Ich habe viel von deiner Klugheit reden hören, darum will ich dir jetzt eine Aufgabe stellen, du sollst zu mir auf mein Schloß kommen; nicht nackt und nicht bekleidet, nicht gegangen und nicht geritten, nicht zu Pferde und nicht zu Wagen, nicht bei Tage und nicht bei Nacht; wenn du das kannst, so will ich dich zur Frau nehmen, und du sollst die Königin sein.« Da hat das Mädchen gesagt: ja, das wollte sie wohl können und ist fortgegangen.

Den nächsten Morgen nahm sie ein Fischnetz, da kroch sie splitternackt hinein, band es einem Esel an den Sattel, doch so, daß sie eben mit den großen Zehen den Boden streifte und ließ sich hintragen zu des Königs Schlosse; so kam sie dann an: nicht nackt und nicht bekleidet, nicht gegangen und nicht geritten, nicht zu Pferde und nicht zu Wagen, nicht bei Tage und nicht bei Nacht, denn es war an einem Mittwochmorgen. Als das der König sah, verwunderte er sich zum höchsten über ihre Klugheit und sprach: »Ich will dich nun zu meiner Frau annehmen; nur eins muß ich mir zuvor noch ausbedingen, daß du mit allem zufrieden bist, was ich tue, es mag sein, was es will; solltest du aber jemals dawider sein, so werde ich dich aus meinem Hause verstoßen.« Das mußte sie dem Könige versprechen; der nahm sie dann zur Frau.

Eine Zeit darnach kriegte die Königin ein kleines Kind, das war ein Mädchen. Da sprach der König: »Ich will das Kind von der Welt schaffen lassen; wir haben doch nur Last davon.« Da bebte der Königin das Herz in der Brust vor Schrecken, aber doch blieb sie ihrem Versprechen getreu und antwortete: »Wenn Ihr es wollt, Herr, so bin ich zufrieden.« So ließ denn der König das Kind von seinen Dienern hinwegtragen.

Es verging eine Zeit, da kriegte die Königin ein zweites Kind, das war ein Knabe; und wieder sprach der König: »Ich will das Kind von der Welt schaffen, wir haben doch nur Last davon.« »Wenn es Euer Wille ist, Herr, so bin ich zufrieden«, sagte Isabelle, ob es ihr gleich an die Seele ging, daß sie sich von ihrem lieben, unschuldigen Kinde scheiden sollte. So ließ es denn der König durch seine Diener hinwegtragen. Die Zeit verging, aber die Königin kriegte nun keine Kinder mehr; sie verschloß ihre Traurigkeit in der Brust, ohne jemals gegen den König zu murren.

Nun trug es sich einstmals zu, daß ein Bauer mit seiner Mähre über Feld zog, und als er zu eines andern Bauern Hofe kam, wo er Geschäfte hatte, band er derweilen sein Pferd an einen Wagen, der mit Heu beladen war. Da traf es sich, daß die Mähre ein Füllen warf; das freute den Mann sehr; als er aber das Füllen mit sich hinwegführen wollte, trat der, welchem das Fuder

Heu gehörte, hinzu und sagte: das ginge nur nicht so; das Füllen käme von Rechts wegen ihm zu, weil die Mähre an seinem Fuder Heu gestanden hätte, als sie das Füllen zur Welt brachte. Weil sie nun darüber in heftigen Streit gerieten, so gingen sie zuletzt mit ihrer Klage vor den König; der tat den Ausspruch: daß der das Füllen haben sollte, an dessen Wagen die Mähre gestanden hätte. Der Bauer, dem das Füllen zugesprochen war, ging mit lachendem Munde fort, der andere aber war ganz traurig über des Königs ungerechte Entscheidung. Da ward ihm gesagt, er solle zur Königin gehen, die wäre sehr klug und herzlich gut und könne ihm vielleicht einen nützlichen Rat geben. Ging da der arme Bauer zu der Königin und stellte ihr seine Sache vor. Da sprach sie: »Kaufe dir ein Fischnetz, und morgen früh, wenn der König mit seinen Leuten durch die Stadt gehet, ziehe das Netz über die Pflastersteine, als wolltest du Fische fangen. Wenn dich dann der König fragt, so antworte ihm: »Ebensogut, wie ein Fuder Heu ein Füllen werfen kann, ebensogut kann ich auf dem Pflaster hier auch Fische fangen.« Der Bauer tat, wie ihm die Königin gesagt hatte; und als er nun am andern Morgen sein Netz durch die Straßen zog, kam der König mit seinen Hofleuten auch bald des Wegs gegangen und fragte verwundert: was er denn da täte. »Ich fische«, sagte der Bauer. »Aber, guter Freund«, sprach der König, »wie magst du in den Straßen fischen, da doch kein Wasser ist?« »Ei, Herr!« entgegnete der Bauer; »ebensogut, wie ein Fuder Heu ein Füllen zur Welt bringen kann, ebensogut kann ich auf der Straße hier auch Fische fangen.« Da erkannte der König den Bauer wieder und sprach: »Du sollst dein Füllen ersetzt haben; aber den Einfall mit dem Netze, den kann dir niemand gesagt haben, außer der Königin, das merk ich wohl.« Jetzt ist der König von da gleich zu der Königin gegangen und hat gesagt: »Ich sehe wohl, daß dir, was ich tue, nicht recht ist; darum mußt du noch heute mein Haus verlassen und hingehen, woher du gekommen bist.« »Wenn das Euer Wille ist«, sprach Isabelle, »so will ich auch zufrieden sein.« Da ließ ihr der König alte, zerrissene Kleider geben und verstieß sie, daß sie arm und halb nackt wieder zu ihres Vaters Hause kam; aber doch sprach sie wider den König kein böses Wort.

Über eine Zeit, da ließ der König bekanntmachen, daß er sich wieder vermählen wolle; und als nun die Hochzeit sein sollte, sandte er einen Boten an Isabelle; sie möchte doch kommen und in der Küche behilflich sein. »Wenn es der König wünscht«, ließ sie wiedersagen, »so will ich es gerne tun.« Zur bestimmten Zeit ging sie hin und half in der Küche, und als alles zum Essen bereit war, ließ ihr der König hinaussagen: ob sie nicht einmal hereinkommen und die neue Braut sehen wollte. Wie sie nun hereintrat, saß da neben dem König eine junge, schöne Prinzessin und auch ein junger

Prinz. Da sprach der König: »Das ist meine Braut; nun sag, Isabelle, wie gefällt sie dir?« »Oh, sehr gut«, sagte sie; aber bei den Worten brach ihr Schmerz hervor, daß sie bitterlich weinen mußte. »Weine nicht, Isabelle«, sprach der König und faßte sie bei der Hand, »sieh! Die da sitzt, ist nicht meine Braut, sondern unsere Tochter, und da ist auch unser Sohn; sie sind nicht tot, wie du geglaubt hast, sondern gesund und wohl; deine Prüfungszeit ist aus, und nun sollst du wieder frohe Tage haben.« Da sind die Kinder ihrer Mutter um den Hals gefallen, und alle haben sie angefangen zu weinen vor lauter Freude. Der König aber und die Königin haben noch einmal Hochzeit gehalten und haben glücklich zusammengelebt bis an ihr Ende.

ERZÄHLUNG FÜR KINDER

Prinz Haarbüschel

Es war einmal eine Königin, welche einen so häßlichen Sohn bekam, daß man lange fürchtete, er würde nie einem Menschen gleich sehen. Aber eine Fee, welche bei seiner Geburt gegenwärtig war, versicherte, daß er sehr geistreich sein würde; sie fügte noch hinzu, daß Kraft der Gabe, welche sie ihm da mache, der junge Prinz der Person, welche er am meisten lieben würde, eben so viel Geist geben könne als er selbst besitze.

Dieses tröstete ein wenig die arme Königin, welche sehr betrübt war, die Mutter eines so häßlichen Kindes zu sein.

Der junge Prinz fing aber kaum an zu sprechen, als er schon allerlei schöne Worte sagte; es lag in seinem ganzen Tun etwas so Geistreiches, daß man ihn liebgewinnen mußte, trotz seiner abscheulichen Figur.

Da er auf die Welt kam mit einem kleinen Büschel Haaren auf dem Kopfe, wurde er von Jedermann *Prinz Haarbüschel* genannt.

Nach Verlauf von sieben oder acht Jahren bekam die Königin eines benachbarten Reichs zwei Töchter.

Die erste, welche zur Welt kam, war von so großer Schönheit, daß die Königin ganz entzückt war.

Die nämliche Fee, welche der Geburt des Prinzen Haarbüschel beigewohnt, sagte der Königin, um ihre zu große Freude zu mäßigen, daß der kleinen Prinzessin aller Verstand mangeln würde, und daß sie eben so dumm bliebe als sie schön sei.

Die Königin wurde sehr betrübt darüber und grämte sich noch mehr, als sie bei der Geburt der zweiten Prinzessin gewahr wurde, daß dieselbe sehr häßlich sei.

»Kümmert Euch nicht so sehr, Königin!« sprach die Fee. »Eure Tochter wird auf eine andere Art belohnt werden, und sie wird mit so viel Geist und Verstand begabt sein, daß man gar nicht merken wird, daß ihr die Schönheit fehlt.«

»Aber«, antwortete die Königin, »läßt sich denn gar nichts für die ältere tun, welche so schön ist, damit sie nur ein wenig mit Verstand begabt würde?«

»In dieser Beziehung kann ich nichts für sie tun, hohe Frau«, erwiderte die Fee; »aber vermöge meiner Macht kann ich ihr noch die Gabe erteilen, daß sie der Person, die sie am meisten liebt, ihre Schönheit mitteilen kann.«

So wie die beiden Prinzessinnen größer wurden, so nahmen auch ihre Vorzüge zu, und überall sprach man von der Schönheit der älteren und von dem großen Verstand der jüngeren.

Ebenso nahmen mit den Jahren ihre Fehler zu. Die Jüngere wurde jeden Tag häßlicher und die Ältere mit jedem Tage dümmer; sie wußte auf keine Frage zu antworten und benahm sich so ungeschickt, daß sie kein Gefäß aufstellen konnte, ohne es zu brechen, und kein gefülltes Glas halten konnte, ohne sich den Inhalt über die Kleider zu schütten.

Obgleich die Schönheit ein großer Vorteil ist, so wurde die Jüngere doch in allen Gesellschaften, ihrer geistreichen Unterhaltung wegen, mehr beachtet und bevorzugt.

Die Ältere, obwohl sehr dumm, bemerkte es wohl, und sie hätte ohne Bedauern ihre ganze Schönheit hingegeben, um die Hälfte des Geistes ihrer Schwester zu besitzen.

Die Königin, obwohl sehr sanftmütig, war öfters gezwungen, ihrer Tochter wegen ihrer allzugroßen Dummheit Vorwürfe zu machen, was der Letzteren sehr zu Herzen ging.

Eines Tages, als sie in einem Gehölze spazieren ging und ihr Unglück beklagte, sah sie einen kleinen häßlichen Mann auf sich zukommen, der aber sehr prächtig gekleidet war.

Es war Prinz Haarbüschel, welcher sich in die Prinzessin verliebt hatte, indem er ihr Porträt gesehen und deswegen die Reise in dieses Land gemacht hatte, um die Prinzessin zu sehen.

Der Prinz war entzückt, sie ganz allein hier anzutreffen, und redete sie mit großer Höflichkeit an.

Nachdem er die üblichen Begrüßungen an die Prinzessin gerichtet und bemerkt hatte, daß sie sehr trübsinnig war, sprach er:

»Ich begreife nicht, Fräulein, daß eine so schöne Dame so betrübt sein kann; denn obgleich ich mich rühmen kann eine große Anzahl schöner Frauen gesehen zu haben, so habe ich doch niemals eine Schönheit gesehen, die der Eurigen gleich käme.«

»Das saget Ihr nur so, mein Herr«, erwiderte die Prinzessin und wußte weiter nichts mehr zu sagen.

»Die Schönheit«, erwiderte Prinz Haarbüschel, »ist ein so großer Vorteil, daß sie alles andere übertrifft, und wenn man so schön ist wie Ihr, so sehe ich nicht ein, was Euch so arg betrüben könnte.«

»Es wäre mir lieber«, sprach die Prinzessin, »ich wäre so häßlich und so geistreich wie Ihr seid, als so schön und so dumm zu sein wie ich es bin.«

»Wenn es nichts als das ist, schöne Prinzessin, was Euch betrübt, so kann ich Euerm Kummer leicht ein Ende machen«, sprach Prinz Haarbüschel.

»Und wie wollt Ihr dies anfangen?« erwiderte die Prinzessin.

»Ich habe die Macht, wertes Fräulein«, sprach Prinz Haarbüschel, »daß ich die Person, welche mir am liebsten ist, mit der Gabe des Verstandes und Geistes ausstatten kann; – und da Ihr diese Person seid, so liegt es nur an Euch soviel Geist zu haben, als man nur haben kann, wenn Ihr mich nämlich zu Euerm Gemahl nehmen wollt.«

Die Prinzessin wurde verwirrt und wußte nicht, was antworten.

»Ich sehe«, sprach Prinz Haarbüschel, »daß Euch dieser Vorschlag nicht ansteht, und es wundert mich nicht; aber ich lasse Euch ein ganzes Jahr Bedenkzeit.«

Die Prinzessin besaß so wenig Geist, und zugleich ein so großes Verlangen selben zu besitzen, daß sie sich einbildete, das Ende dieses Jahres würde niemals kommen, und ging ohne weiteres Bedenken den ihr von Prinz Haarbüschel gemachten Vorschlag ein.

Sobald sie demselben versprochen, daß sie ihn in einem Jahre, auf den nämlichen Tag, zum Gemahl nehmen würde, fühlte sie sich ganz anders wie zuvor: sie sprach mit unglaublicher Leichtigkeit alles, was ihr zu sagen beliebte, mit der geistreichsten, feinsten und natürlichsten Manier. Sie führte von diesem Augenblicke an mit Prinz Haarbüschel ein so ausgezeichnet sinnreiches und unterhaltendes Gespräch, daß Letzterer glaubte, sie mit mehr Geist begabt zu haben, als er selbst besaß.

Nachdem die Prinzessin ins Schloß zurückgekehrt, war der ganze Hof erstaunt über eine so plötzliche und außergewöhnliche Veränderung; denn anstatt daß die Prinzessin vorher nichts als Dummheiten gesprochen, sprach sie nun mit der größten Leichtigkeit über gelehrte Sachen, und im ganzen Schlosse herrschte die größte Freude. Bloß die jüngere Prinzessin ärgerte sich darüber; denn da jetzt die Ältere zu ihrer Schönheit auch so geistreich war, so beachtete man sie, die Jüngere, gar nicht mehr.

Die Kunde über diese Veränderung der Prinzessin verbreitete sich bald überall, und es kamen eine Menge Prinzen aus den benachbarten Ländern, um sie zur Gemahlin zu begehren; aber da ihr keiner geistreich genug erschien, wies sie Einen um den Andern ab.

Indessen kam aber Einer, der so mächtig, reich, geistreich und schön war, daß die Prinzessin nicht umhin konnte, ihm geneigt zu sein.

Als ihr Vater dieses bemerkte, sagte er ihr, daß er sie in dieser Sache Herrin ihrer Handlungen lasse, und sie sich nach ihrem Gutdünken erklären möge.

Sie dankte ihrem Vater und bat sich über die Sache Bedenkzeit aus.

Die Prinzessin machte, um die Sache ruhig zu überlegen, einen Spaziergang in den Wald, und kam zufällig an die nämliche Stelle, wo sie vor einem Jahre dem Prinz Haarbüschel versprochen, daß sie ihn zum Gemahl nehmen wolle.

Plötzlich hörte sie einen großen Lärm unter dem Boden, wie wenn viele Personen hin und her gingen.

Nachdem sie eine Weile gehorcht hatte, hörte sie, daß einer sagte: »Bringe mir den Kessel«; ein Anderer: »Lege Holz zum Feuer.« – Zu gleicher Zeit öffnete sich die Erde, und sie sah unter ihren Füßen eine große Küche, mit Köchen, Küchenjungen und andere für Zubereitung eines großen Gastmahls nötige Personen. Sodann stieg eine Bande von zwanzig oder dreißig Bratenwendern herauf, welche sich in einer Allee um einen sehr langen Tisch lagerten und taktmäßig, beim Klang eines harmonischen Liedes, ihre Arbeit ausführten.

Die Prinzessin, erstaunt über dieses Schauspiel, fragte für wen sie arbeiteten.

»Dieses geschieht auf Befehl des Prinzen Haarbüschel, welcher morgen seine Hochzeit feiert«, antwortete Einer aus der Bande.

Kaum hatte sie sich um einige Schritte entfernt, als Prinz Haarbüschel ihr entgegen kam und sie begrüßte.

»Ihr sehet, schöne Prinzessin, daß ich pünktlich bin, mein Wort zu halten, und ich zweifle nicht, daß Ihr ebenfalls deshalb hierher gekommen seid, um mich, da das bedungene Jahr abgelaufen ist, zu Euerm Ehegemahl zu nehmen.«

»Ich gestehe Euch frei«, erwiderte die Prinzessin, »daß ich darüber noch keinen Entschluß gefaßt habe, und ich glaube, daß ich mich nie werde dazu entschließen können, Euerm Wunsche zu willfahren; denn obwohl ich Euch damals in meiner Dummheit mein Wort gegeben habe, so werdet Ihr aber jetzt nicht darauf bestehen wollen, indem ich, seit jener Zeit, wo Ihr mich mit Verstand begabt habt, alles was häßlich ist weit häßlicher finde wie früher, und wenn Ihr durchaus darauf bestehet mein Ehegemahl zu werden, so wäre besser gewesen, Ihr hättet mich in meiner Dummheit gelassen.«

»Ihr setzt mich sehr in Erstaunen, werte Prinzessin«, sprach Prinz Haarbüschel. »Mit Ausnahme meiner Häßlichkeit, findet Ihr sonst noch etwas an mir, das Euch mißfiele? Seid Ihr nicht zufrieden mit meiner Geburt, mit meinem Geist, mit meiner Laune und mit meinen Manieren?«

»Keineswegs bin ich damit unzufrieden«, erwiderte die Prinzessin, »bloß das Einzige schreckt mich ab: Eure Häßlichkeit.«

»Wenn es nichts als dieses ist, so werde ich glücklich sein«, sprach Prinz Haarbüschel, »denn Ihr habt die Macht, mich zum liebenswürdigsten der Männer zu machen.«

»Wie soll das zugehen?« fragte die Prinzessin.

»Es bedarf weiter nichts, als daß Ihr mich so viel liebt um aufrichtig zu wünschen, daß dieses geschehe; denn wisset, edles Fräulein, daß die nämliche Fee, welche an dem Tage meiner Geburt mir die Macht gab, die Person, welche ich am meisten liebe, mit Geist und Verstand auszustatten, Euch ebenfalls die Macht gegeben hat, Denjenigen mit Schönheit zu begaben, den Ihr am meisten liebt.«

»Wenn das wahr ist«, sprach die Prinzessin, »so wünsche ich von ganzem Herzen, daß Ihr Euch zum schönsten und liebenswürdigsten Prinzen umgestaltet.«

Sobald die Prinzessin ihren Wunsch vollendet, stand der schönste Prinz vor ihr, den sie noch je gesehen, und sie versprach ihm, ihn mit Erlaubnis ihres Vaters sogleich zum Ehegemahl zu nehmen.

Der König, welcher schon öfters gehört hatte, daß Prinz Haarbüschel ein sehr geistreicher und braver Prinz wäre, nahm ihn mit Vergnügen als Tochtermann an.

Den andern Tag feierte man mit großen Festlichkeiten die Hochzeit, und die von Prinz Haarbüschel getroffenen Vorkehrungen zum Festgelage, wobei mehr denn dreitausend verschiedene Sorten Braten aufgetragen, und der Wein aus goldenen mit Diamantsteinen besetzten Pokalen getrunken wurde, waren so großartig, daß man zweihundert Jahre nachher noch davon erzählte.

RICHARD VON VOLKMANN-LEANDER

1830–1889

Von der Königin, die keine Pfeffernüsse backen, und dem König, der nicht das Brummeisen spielen konnte

Der König von Makronien, der sich schon seit einiger Zeit gerade in seinen besten Jahren befand, war eben aufgestanden und saß unangezogen auf dem Stuhl neben dem Bett. Vor ihm stand sein Hausminister und hielt ihm die Strümpfe hin, von denen der eine ein großes Loch an der Ferse hatte. Aber obwohl er den Strumpf mit großer Sorgfalt so gedreht hatte, daß der König das Loch nicht merken sollte, und obschon der König sonst mehr auf hübsche Stiefel als auf ganze Strümpfe zu achten pflegte, war das Loch dem königlichen Scharfblicke diesmal doch nicht entgangen. Entsetzt nahm er dem Minister den Strumpf aus der Hand, fuhr mit dem Zeigefinger durch das Loch, so daß er bis zum Knöchel herausguckte, und sagte dann seufzend: »Was hilft mir's, daß ich König bin, wenn ich keine Königin habe! Was meinst du, wenn ich mir eine Frau nähme?«

»Majestät«, antwortete der Minister, »das ist ein sublimer Gedanke; ein Gedanke, der gewiß auch mir ganz untertänigst aufgestiegen wäre, wenn ich nicht gefühlt hätte, daß ihn Ew. Majestät jedenfalls heute selbst noch zu äußern geruhen würden!«

»Schön!« erwiderte der König, »aber glaubst du, daß ich so leicht eine Frau finden werde, die für mich paßt?«

»Pah!« sagte der Minister. »Zehn für eine!«

»Vergiß nicht, daß ich große Ansprüche mache. Wenn mir eine Prinzessin gefallen soll, muß sie klug und schön sein! Und dann ist noch ein Punkt, auf den ich ganz besonderes Gewicht lege: Du weißt, wie gern ich Pfeffernüsse esse. In meinem ganzen Reiche ist kein einziger Mensch, der sie zu backen versteht, wenigstens richtig zu backen, nicht zu hart und nicht zu weich, sondern gerade knusprig. Sie muß durchaus Pfeffernüsse backen können!«

Als der Minister dies hörte, bekam er einen heftigen Schreck. Doch sammelte er sich rasch wieder und entgegnete: »Ein König wie Ew. Majestät wird ohne Zweifel auch eine Prinzessin finden, die Pfeffernüsse zu backen versteht.«

»Nun, dann wollen wir uns zusammen umsehen!« versetzte der König; und noch an demselben Tage begann er in Begleitung des Ministers die

Rundreise zu denjenigen seiner verschiedenen Nachbarn, von denen er wußte, daß sie Prinzessinnen zu vergeben hatten. Aber es fanden sich nur drei Prinzessinnen, die gleichzeitig so schön und klug waren, daß sie dem Könige gefielen, und von diesen konnte keine Pfeffernüsse backen.

»Pfeffernüsse kann ich freilich nicht backen«, sagte die erste Prinzessin, als der König sie danach fragte, »aber hübsche, kleine Mandelkuchen. Bist du damit nicht zufrieden?« – »Nein!« erwiderte der König, »es müssen partout Pfeffernüsse sein!«

Die zweite Prinzessin, als er die nämliche Frage an sie richtete, schnalzte mit der Zunge und sagte ärgerlich: »Laßt mich mit Euren Albernheiten zufrieden! Prinzessinnen, welche Pfeffernüsse backen können, gibt es nicht.«

Am schlimmsten aber ging es dem König bei der dritten, obwohl sie die schönste und klügste war. Denn sie ließ ihn gar nicht bis zu seiner Frage kommen, sondern ehe er sie noch hatte tun können, fragte sie selbst, ob er wohl auch das Brummeisen zu spielen verstünde? Und als er dies verneinte, gab sie ihm einen Korb und meinte, es tue ihr herzlich leid. Er gefalle ihr sonst ganz gut; aber sie höre das Brummeisen für ihr Leben gern und habe sich vorgenommen, keinen Mann zu nehmen, der es nicht spielen könne.

Da fuhr der König mit dem Minister wieder nach Hause, und als er aus dem Wagen stieg, sagte er recht niedergeschlagen: »Das wäre also nichts gewesen!«

Aber ein König muß durchaus eine Königin haben und nach längerer Zeit ließ er daher den Minister noch einmal zu sich kommen und eröffnete ihm, er habe es aufgegeben, eine Frau zu finden, die Pfeffernüsse backen könne, und beschlossen, die Prinzessin zu heiraten, welche sie damals zuerst besucht hätten. »Es ist die, welche die kleinen Mandelkuchen zu backen versteht«, fügte er hinzu. »Gehe hin und frage, ob sie meine Frau werden will.«

Am nächsten Tage kam der Minister zurück und erzählte, daß die Prinzessin nicht mehr zu haben sei. Sie hätte den König aus dem Lande, wo die Kapern wachsen, geheiratet.

»Nun, dann gehe zur zweiten Prinzessin!« Allein der Minister kam auch dieses Mal wieder unverrichteterdinge nach Hause: Der alte König habe gesagt, er bedaure unendlich, aber seine Tochter sei leider gestorben, und so könne er sie ihm nicht geben.

Da besann sich der König lange; weil er aber durchaus eine Königin haben wollte, so befahl er dem Minister, er solle doch auch noch einmal zur dritten Prinzessin gehen, vielleicht habe sie sich inzwischen anders besonnen. Und der Minister mußte gehorchen, obgleich er sehr wenig Lust verspürte und obschon ihm auch seine Frau sagte, daß es gewiß recht unnütz wäre. Der König aber wartete ängstlich auf seine Rückkunft. Denn er gedachte der Frage wegen des Brummeisens, und die Erinnerung daran war ihm ärgerlich.

Die dritte Prinzessin jedoch empfing den Minister sehr freundlich und sagte zu ihm, eigentlich hätte sie sich ganz bestimmt vorgenommen, nur einen Mann zu nehmen, der das Brummeisen zu spielen verstünde. Aber Träume seien Schäume, und besonders Jugendträume! Sie sähe ein, daß sich ihr Wunsch nicht erfüllen ließe, und da der König ihr sonst sehr gut gefalle, so wolle sie ihn schon zum Manne nehmen.

Da fuhr der Minister zurück, was die Pferde jagen wollten, und der König umarmte ihn und gab ihm den großen Schranzenorden mit Brettern, den Orden am Hals und die Bretter noch höher zu tragen. Bunte Fahnen wurden in der Stadt ausgehangen, Girlanden von einem Haus zum andern quer über die Straßen gezogen und die Hochzeit so herrlich gefeiert, daß die Leute vierzehn Tage von weiter nichts sprachen.

Der König und die junge Königin aber lebten in Lust und Freude ein ganzes Jahr lang. Der König hatte die Pfeffernüsse und die Königin das Brummeisen gänzlich vergessen.

Eines Tages jedoch stand der König früh mit dem falschen Beine zuerst aus dem Bette auf, und alles ging verkehrt. Es regnete den ganzen Tag; der Reichsapfel fiel hin, und das kleine Kreuz, das oben drauf ist, brach ab; dann kam der Hofmaler und brachte die neue Karte vom Königreiche, und als der König sie besah, war das Land rot angestrichen statt blau, wie er befohlen; und endlich, die Königin hatte Kopfschmerzen.

Da geschah es, daß das Ehepaar sich zum ersten Male zankte; warum, wußten sie am anderen Morgen selbst nicht mehr, oder wenn sie es wußten, wollten sie es wenigstens nicht sagen. Kurz, der König war brummig und die Königin schnippisch und behielt stets das letzte Wort. Nachdem sie sich beide lange Zeit hin und her gestritten, zuckte die Königin endlich verächtlich mit den Achseln und sagte: »Ich dächte, du wärest nun endlich still und hörtest auf, alles zu tadeln, was dir vor die Augen kommt! Du selbst kannst ja nicht einmal das Brummeisen spielen.«

Aber kaum war ihr dies entschlüpft, als der König ihr schon ins Wort fiel und giftig antwortete: »Und du kannst nicht einmal Pfeffernüsse backen!«

Da blieb die Königin zum erstenmal die Antwort schuldig und wurde ganz still, und beide gingen, ohne weiter ein Wort zu wechseln, auseinander, jedes in seine Stube. Hier setzte sich die Königin in die Sofaecke und weinte und dachte: Was du doch für eine törichte Frau bist! Wo hast du nur deinen Verstand gehabt? Dümmer hättest du es gar nicht anfangen können!

Der König aber ging in seinem Zimmer auf und ab, rieb sich die Hände und sagte: »Es ist doch ein wahres Glück, daß meine Frau keine Pfeffernüsse backen kann! Was hätte ich ihr sonst erwidern sollen, als sie mir vorwarf, daß ich das Brummeisen nicht zu spielen verstünde?!«

Nachdem er dies wenigstens drei- oder viermal wiederholt hatte, wurde er immer vergnügter. Er fing an, seine Lieblingsmelodie zu pfeifen, besah sich dann das große Bild der Königin, welches in seinem Zimmer hing, stieg auf einen Stuhl, um mit dem Taschentuch einen Spinnfaden abzuwischen, der der Königin gerade über die Nase herabhing, und sagte endlich: »Sie hat sich gewiß recht geärgert, die gute kleine Frau! Ich werde einmal sehen, was sie macht!«

Darauf ging er zur Tür hinaus auf den langen Gang, auf welchen alle Zimmer mündeten. Weil aber an diesem Tage alles verkehrt ging, so hatte der Kammerdiener vergessen die Lampen anzuzünden, obgleich es schon acht Uhr abends und stockdunkel war.

Daher streckte der König die Hände vor sich, um sich nicht zu stoßen, und tappte vorsichtig an der Wand hin. Plötzlich fühlte er etwas Weiches. »Wer ist da?« fragte er.

»Ich bin es«, antwortete die Königin.

»Was suchst du, mein Schatz?«

»Ich wollte dich um Verzeihung bitten«, erwiderte die Königin, »weil ich dich so gekränkt habe.«

»Das brauchst du gar nicht!« sagte der König und fiel ihr um den Hals. »Ich habe mehr Schuld als du und längst alles vergessen. Aber, weißt du, zwei Worte wollen wir in unserem Königreiche bei Todesstrafe verbieten lassen, Brummeisen und –«

»Und Pfeffernüsse«, fiel die Königin lachend ein, indem sie sich heimlich noch ein paar Tränen aus den Augen wischte – und damit hat die Geschichte ein Ende.

LUDWIG ANZENGRUBER

1839–1889

Die G'schicht von der Maschin'

Vergangene Walpurgisnacht war's – natürlich erst wie der Tag vorbei war, tagüber ist's aber laut hergangen, ein'm Fabriksherrn in der Gegend sein seine Arbeiter z'wider word'n, er hat sich an ihrer Stell' Maschinen ang'schafft, die Lärmmacher fortg'schickt und dö braven Leut' zu dö Maschinen g'stellt. Dös war am Vormittag. Nachmittag aber sein die Abdankten alle von dö Wirtshäuser, wo sie sich »Trost im Leiden« g'holt haben, auszogen, der Fabrik zu; hinter ihnen her und mit ihnen Tagdieb', Hausierer, Tagwerker, kurz allerhand G'sindel – ich war a dabei.

Wie wir zu der Fabrik kommen sein, sein wir ganz keck hineingegangen, dö braven Leut', die noch drin in Arbeit waren, haben uns zwar dös verwehrn wolln, aber wie s' g'sehn hab'n, das wir die mehrern sein, und wie s' zum Verkosten a noch a paar Puffer kriegt hab'n, da sein s' auf das, was nachkommt, nimmer neugierig g'west, sondern sein gutwillig davong'rennt; der Herr und sein Buchhalter sein derweil vors Haus g'rennt und haben bald dort, bald da ein Träuperl Leut' mit schönen Reden beschwichtigt. Derweil dö draußen zu dö Ung'fährlichen schön g'redt haben, hat's drin im Haus zum krachen und poltern ang'fangt – dös waren mir von drinnat, wie wir uns über die Maschinen herg'macht haben. I bin so a Weil' dabei g'standen, hab' zug'schaut, und wie's grad wieder über so ein Ding geht, da reißt's mich – tust a mit! – und i heb' da so a Trumm Eisen auf, hol' aus und hau' zu, dös Ding macht no ein Keuchezer, und hin war's!

Daß ich sag', dös war so ein schöner Durcheinander etwa noch a Viertelstund', dann heißt's auf einmal: Aushalten und verschwinden, von der Kreisstadt kommt a ganz's Bataillon Jäger. O du schmerzhafter Sebastian! Kaum sagt das einer zum andern, so hör'n wir s' a schon blasen! No, jetzt ist der Wirrwarr angangen, 's Treten und Drucken, 's Arretieren, Kolbenstöß' – ich weiß nur mehr, daß ich mit genauer Not durchgerutscht bin; mit ein Jager, der mich hat aufhalt'n woll'n, bin ich in 'n Graben h'nunterkugelt, und wie mir uns all zwei aufhelfen, kommt ihm die Bajonettscheid', die langmächtig Leberwurst, zwischen die Füß', und eh er sich noch wieder aufgleich zappelt hat, war ich schon lang im Wald.

Und im Wald war's schon nachtig und wie ich mir grad so denk': Teufi h'nein, jetzt hast noch a gut Stuck Weg heim, fallt mer ein: Heunt is Walpurga! Mir wird da glei nit recht g'heuer, no kein b'sunders ruhigs G'wissen hab' i grad a net g'habt, was ich in der Fabrik drin tan hab', war ja grad kein b'sunders rechtschaffens Stuck Arbeit und daß ich zuletzt die Obrigkeit sich nach mir hab' abezappeln lassen, war auch nit schön; aber da hat mich doch eins tröst: warum hat a die Obrigkeit so ein langen Überschwung g'habt.

Sollst auf 'm Fahrweg verbleib'n? Gehst die einsamsten Steig'? Gehst lieber gar außi aus 'm Wald auf die mondhelle Wiesen? Was tust, was is g'scheiter? So hab' ich spintisiert. Und wie ich mich noch so bedenk', komm' ich von freien Stücken aus 'm Wald außer, wißt's ja alle den Fleck enter der Rieslermühl', wo rechts und links die Weidplätz' in der Höh' lieg'n und mitt' durch führt ein kleiner Hohlweg nach der Straß'; von weitem hat man die Mühl g'hört, sonst war alles mäuserlstill, dö Bäum' sein bocksteif dag'standen, kein Lüftel, aber der Mondschein, ich sag' euch's, der war anderschter als sonst, der hat so aufdringlich g'leucht, als wußt' er über jedes Steindl am Weg was zu sagen, um die Grashalm', wie s' am Hohlwegrand herunter g'hängt sein, hat er g'spielt, und die Schatten haben völlig zittert in sein Glanz, es war frei ein lauts Licht!

Und grad, wie mir dös zum g'falln anfangen will, wird mir auf einmal ich weiß nit wie; inmitten vom Hohlweg war ich, sonst wär' ich glei lieber wieder z'ruckg'rennt. Da kommt's a schon von weitem her auf mich zu – ein mächtig groß Ding, glänzt, daß ein'm völlig die Augen weh tun, aus sein Hut is Rauch aufg'stieg'n, auf der ein Seiten hat's mit ein Arm in ein eisern Stiefel gelangt, und is dabei allweil hin und her g'fahren, grad wie wenn unsereins in einer Taschen nach Geld sucht und kann keins finden und gebärdt sich wie net g'scheit, und auf der andern Seiten hat's ein Radl g'habt, da war ein mächtig langer Schwungriem' dran, und wie's so auf mich zurogelt, und ich schau' so auf den Sappermentsriem', denk' is's letzt End', wenn d' so ein Wixer kriegst, tut die kein Bein mehr weh!

Hitzten steht das Ding auf einmal still, pfnaust Dampf aus, und laßt den Schwungriem' fallen. Da is mir glei leichter g'west. Und sagt das Ding zu mir: Kennst du mich?

Sag' ich drauf: Nein, aber mir wär's lieb, für ein anders Mal, wenn's sein könnt', denn heut is mir nit recht gut und ich bin zu solchen Dummheiten nit aufg'legt.

Drauf sagt dös Ding nit ein Bissen, sondern tut ein Keuchezer und steht still.

Jesses und Joseph, da hab' ich's derkennt – war dös dö selige Maschin', dö ich heunt in der Fabrik umbracht hab'!!

Ös kennts eng denken, wie mir da war, allein, in der Walpurgisnacht mit so ein'm Spuk. 's Herz hat mir völlig aus 'm Leib heraus wollen vor Angst.

Sagt die Maschin' noch immer so rauh und stoßweis wie vorher: Fürcht' dich nicht. Tu, was ich dir sag', da hinten an mir hängt ein Kandl mit Öl, schmier' mich.

So viel auch meine Händ' zittert haben, was mir jeder glauben kann, so hab' ich doch die Kandl h'runter g'nommen und hab' halt, so gut ich's troffen hab', das Maschin'gespenst geschmiert.

Und wie's geschmiert war, hat's auf einmal mit milder Stimm' ang'hebt zum reden: Hanns, hat's g'sagt, du warst heut auch einer von dö dummen Simpeln, dö sich nichts G'scheiters z'tun g'wußt hab'n als anderer Leut' Sachen zu ruinieren, und die kein Respekt haben für das, was von braver Arbeit und rechtschaffenem Studieren in mir liegt! Aber dös versteht's ös net und da muß man stillhalten und sich zerschlagen lassen. Ös wollt's halt nit verstehn, nit begreif'n, überhaupt nix lernen, es »glaubt« sich halt so viel leicht und es »weiß« sich halt so viel schwer, und so lang's so bleibt, geht die ganze Aufklärerei wie a Kindertanz um 'n Maibaum allweil rundum und ohne daß man eng g'scheit machen kann, sagt mer eng nur allweil: »Wie ös dumm seid's!«

Da sag' ich drauf: Vergelt's Gott, aber dazu brauch' mer kein Maschin', dös sag'n wir uns selber untereinander all Tag'. Ah, so g'scheit sein mir schon, daß mer dumm sein! – Denn wie vorhin der Spuk so freundlich und eindringlich g'redt hat, hab' ich mir a Herz g'faßt g'habt, is mir aber glei wieder abig'rutscht, wie 's Maschin'g'spenst anhebt: Hitzten steig auf mein Rucken, du mußt mit!

Ich will grad alle Heiligen zu Zeugen anrufen, daß ich seit der Kavallerie kein Roß mehr ang'schaut hab', daß ich Maschin'reiter schon gar keiner bin...

Aber da stoßt dös Ding fuchtig sein eisern Arm in den Stiefel auf der ein Seiten und draht 's Radel auf der andern, daß der Schwungriem' fliegt.

In Gotts Jesus Nam', hab' ich mir denk und bin halt aufg'stieg'n, und wie ich sitz', geht's a schon furt, daß mer der Atem und die Sinn' ausgeblieben sein, ich könnt' eng's drum a nit sagen, wohin mich der Malefizspuk g'führt hat.

's war mir aber so, als säß' ich auf'm höchsten Berg von der Welt, wie er heißt, könnt 's ja 'n Schulmeister frag'n, gnug, daß ich drob'n war in der Walpurgisnacht vergangens Jahr.

Und wie ich so heruntergucк' auf dö Welt unter meiner, sagt die Maschin': So ist's jetzt!

Ich schau', da kommen s' daher in ein langen Zug, Arbeitsleut' aller Art, alle verkrüppelt, bresthaft oder vorzeitig alt und ausgemergelt durch 'n strengen Erwerb, durch die ung'sunde Hantierung, durch Trübsal um ihre alten Täg' – und wie ich so in der Rund' schau', seh ich die anderen, die noch geschaffen haben, sich hinunterrackern wie die Viecher mit der schweren Arbeit, sich das Blut vergiften mit Staub, und so Farb', und andere Patzerein und wieder völlig z'sammschrumpfen auf ein Fleck, von dem s' die Sorg' ums Brot nit weglaßt, nit a wengerl in die frei Luft, kaum im Jahr amal! Wie ich so das Elend da vor meiner sieh, schlag' ich die Händ' z'samm und sag': Himmlischer Vater! Du triffst doch allmal die rechte Mischung zwischen Herzload und Herzensfreud', daß 'm Menschen nit z' gut und nit z' übel wird auf der Welt und er's Leben aushalten kann, denn Übermaß von ein'm oder 'm andern tut niemal a gut! Wie magst denn a so viel Mühsal auf *ein* Fleck z'sammtrag'n?!

Sagt die Maschin': Strapazier' dich nit, möcht' der Herr allen Fragern z' G'hör sein, verbrauchert er sein ganze Ewigkeit zum Antworten. Derweil wir da reden, geht die Welt wieder ihr Ruckerl weiter. Schau' lieber, wie's einmal sein wird.

Ich schau' wieder. Is die ganze Welt wie verändert g'wesen, alles, was man denken und sinnen kann, daß nur möglich ist, es rührt der Mensch nit selber mit seine Händ' dran, das haben Maschinen geschaffen, und an den Maschinen sind sie g'standen die neuchen Leut', unverkrüppelt, unverkümmert, schön groß, stark, und hat ihnen die Gesundheit und die G'scheitheit aus dö Augen g'leucht, ist jeder wie ein König an der Maschin' g'standen, die er gemeistert hat bis aufs letzte Radl.

Und über die Welt war *ein* großer Arbeitstag mit lauter saubre lustige Arbeitsleut'!

Und wie ich das siech', da hab' ich mich in die Höh' g'streckt und hab g'juchzt: Juche! Hitzt ist 's Brotkörbl nieder, und das sein meine Leut', dö halten doch ein Puff aus, und so stehn s' mir an!

Und wie ich so schrei', verschwindt dös ganze G'sicht, d' Maschin' packt mich wieder auf und setzt mich nachert ab, no ös kennt's ja dös Platzl, enter der Rieslermühl' inmitten vom Hohlweg; und wie's mich da los is, sagt s': Servus!

Ich sag': B'hüt' dich Gott und halt halt a fein Wort, Maschin'!

Und fort war s'!

Na also, dös war zu Walpurga vorigs Jahr, und sider der Zeit mag ich kein Maschin' schief anschaun, 's tut mir völlig schon um a Lichtschneuzen leid, wann s' a kleiner Bub verbricht. No, wo is denn der Lehnerferdl hinkommen, schau', ich hätt' grad g'meint, der wurd' mich gern Lugen strafen mögen! B'hüt' Gott miteinander, hitzt muß ich wieder h'nauf nach mein Steinbruch!

CARL SPITTELER (CARL FELIX TANDEM)

1845–1924

Hund und Katze

Es war in Verona. Ein kleiner Kreis von Herren und Damen saß plaudernd im Salon; Graziella, die Hauswirtin, eine der hübschesten und geistreichsten Italienerinnen, die man sich denken kann, verbreitete um sich herum Witz und elektrisches Behagen, die Sorgen der Gäste zerstreuend und ihre Gemüter lösend. Während man so mancherlei sagte, mehreres dachte und das meiste fühlte, ertönte unter der geöffneten Tür ein leises Miau, und unerlaubter Weise spazierte die gelbe, seidenweiche Hauskatze durch den Salon, drückte sich, von den Gästen mit erheuchelter Sympathie begrüßt, vom Hausherrn mit scheinheiligen Scheltworten empfangen, in Zickzackbewegungen mit erhobenem Schwanze nach der Mitte der Gesellschaft und hüpfte ohne weitere Umstände auf den Schoß ihrer Herrin, wo sie sich nun schnurrend und murrend niederkauerte und sich die Liebkosungen der feinen weißen Hände gnädig gefallen ließ. Einer der Herren sah scheel auf dies Schauspiel. »Ich sehe, Signor Orsini«, begann anmutig schmollend Graziella, »Sie gehören zu denjenigen, welche die Katzen nicht leiden mögen. Das kommt davon, daß Sie sie nicht kennen. Ich möchte Schriftstellerin werden, nur um die Welt davon zu überzeugen, daß alles, was man den Katzen Schlechtes nachsagt, nichts als Verleumdung ist.« »Mich würden Sie jedenfalls nie davon überzeugen«, warf die stolze Carola ein, die gefeiertste Sängerin Veronas. »Ich hasse die Katzen, denn sie sind falsch, sie sind grausam, sie sind feig, sie kennen weder Liebe und Dankbarkeit. Schweigen Sie mir von ihnen. Ich meinesteils halte es mit den Hunden, und ich glaube, mit Recht; denn welches Tier hätte wohl mehr Anspruch auf die Sympathie des Menschen als jenes, das sogar sein Leben für seinen Herrn hingibt?«

Hiemit war der Krieg entbrannt. Die Gesellschaft trennte sich in zwei feindliche Parteien; man wechselte anzügliche Reden, man schrie und überschrie; die Höflichkeit verhüllte ihr Angesicht, und die Gegner kamen endlich dazu, einander herzlich zu verabscheuen, als wäre über ägyptische Kulturgeschichte die Rede gewesen oder über das fez- und marokkanische Drama. »Und Sie, Signor Orsini«, interpellierte plötzlich die leidenschaftliche Carola, »Sie, der Sie den ganzen Streit angefacht haben, warum schweigen Sie? Hier gilt keine Neutralität, Sie müssen zwischen Hund und Katze Stellung nehmen.« »Eine gefährliche Stellung«, meinte lächelnd Orsini, dann fügte er mit ruhiger Stimme hinzu: »Wenn es mir erlaubt wird, so will ich meine Meinung in einem Märchen kundgeben, das ich einmal auf einer Reise vernommen habe.« Da sich im Grunde jeder seiner Unartigkeit und seiner gehässigen Gefühle schämte, wurde der Vorschlag, welcher eine Vermittlung hoffen ließ, allseits für willkommen erklärt, und Orsini begann die Erzählung.

»Unweit von Wiborg, an der russisch-finnischen Grenze, unterhalb des berühmten Imatra-Wasserfalles, wo sich das Ungestüm der Wogen in einer weiten Bucht beruhigt, standen einmal vor alten Zeiten zwei Fischerhäuschen, das eine diesseits, das andere jenseits des Flusses. In dem einen, auf der Nordseite des Wassers, wohnte ein Knabe, namens Poika, in dem andern, auf der Südseite, ein Mädchen, Kauris. Das Dorf, landeinwärts auf der Höhe hinter dem Wasserfall gelegen, war reichlich drei starke Stunden entfernt, und weit und breit wohnte kein menschliches Wesen; da sich dergestalt die beiden aufeinander angewiesen sahen, schlossen sie eine innige Freundschaft. Poika half der Kauris Holz fällen und Böte zimmern, während diese ihm Kleider und Netze flickte und Rezepte für die Zubereitung der Lachse und Forellen mitteilte. Einmal des Jahres, am längsten Tage, zogen sie zusammen ins Dorf hinauf, zum Johannisfest. Dort kletterte der starke und gewandte Poika immer zuerst auf den hohen Mast, an welchem die Preisgeschenke hingen, suchte sich eine Perlenschnur oder ein Armband aus und schenkte es seiner Gefährtin. Kauris blieb indessen keineswegs gegen ihn im Rückstand. Auf der Festwiese pflegten die Gemeindeältesten eine Grube zu graben, ließen dann sämtliche Kinder, die beim Feste gegenwärtig waren, ihre hohen Wasserstiefel ausziehen und stellten dieselben reihenweise in die Grube. War das geschehen, so zählte der Pfarrer ›eins, zwei, drei‹, und gleichzeitig sprang die ganze versammelte Jugend in den ledernen Haufen. Wer das Glück hatte, in zwei Stiefel hinein zu geraten, durfte dieselben behalten; auch war es jedem gestattet, am Spiel so oft teilzunehmen, als er wollte. Kauris aber hatte so zierliche, feine Füßchen, daß sie Sprung für Sprung in zwei der hohen Schäfte schlüpfte und niemals mit leeren Beinchen zurückkehrte. Sobald sie sich nun eine stattliche Schuhwarensammlung angelegt hatte, verkaufte sie dieselbe gegen glänzendes Geld, und Tags darauf kehrten sie reich und vergnügt in ihre einsame Heimat zurück.

Mit der Zeit, als sie heranwuchsen, fingen sie an sich zu meiden. Kaum daß sie noch miteinander ein Wort wechselten, wenn sie der Zufall oder die Notwendigkeit zusammenbrachte; auch zogen sie jetzt einzeln durch den Wald zum Johannisfest, tanzten mit aller Welt, nur nicht miteinander, warfen sich feindliche Blicke zu und schlugen im Vorbeigehen mit den Füßen gegen einander aus, so daß bald das Gerede ging, die beiden werden ein Paar geben. Das dauerte fünf Jahre. Nach dem fünften Jahre jedoch fuhr Poika jeden Morgen über den Fluß und schlich den ganzen Tag um Kauris' Häuschen herum. Allein Kauris, die seit Sonnenaufgang am Fensterchen nach ihm ausgeguckt hatte, schloß sich ein, sobald sie ihn kommen sah, und gab kein Lebenszeichen von sich, wie eifrig er auch brummend und grölend an den Wänden herum poltern mochte, wie ein Bär um einen Ziegenstall. Bis er eines Morgens heimtückisch das Boot zwischen den Espenbäumen flußaufwärts zog, an einer entfernten Stelle heimlich über das Wasser setzte und die Geliebte hinterlistig im Gärtchen überfiel. Ein Entrinnen war nicht möglich, alles Schelten, Knurren und Drohen scheuchte den eigensinnigen Poika nicht von der Stelle, und so blieb nichts übrig, als sich miteinander zu verloben.

Nachdem sie die Hochzeit gefeiert und das Hausgeräte in Poikas Hütte, wo sie nunmehr wohnen sollten, vereinigt hatten, wäre alles gut gegangen – denn sie hatten sich gern –, wenn nur nicht Kauris eine Katze mit herübergeschleppt hätte, die sich mit Poikas Hund, Koira, durchaus nicht vertragen wollte. Täglich gab es eine neue Hetzjagd zwischen Kissa – so hieß die Katze – und Koira, und bald teilte sich die Zwietracht ihren Eigentümern mit. Denn jeder ergriff Partei für seinen Liebling, lobte seine herrlichen Eigenschaften über das Evangelium und forderte, daß der andere sich von dessen Feinde trennen solle. Eifrig strengten sie ihre Geisteskräfte an, um den andern zu überzeugen; aber je spitzfindiger ihre Reden ausfielen, desto weniger ließ sich der Gegner herbei. Schließlich, nachdem sie sich eines Tages so weit vergessen hatten, einander zu schlagen, kamen sie überein, den Streit dem Wäinämöinä, einem alten Zauberer, der in einer Waldhöhle am Wasserfall wohnte, vorzutragen. Und so gingen sie denn am nächsten Morgen zusammen dorthin, jedes mit seinem Tiere. Der Wäinämöinä hörte gelassen zu, bis sie ihre Klagen beendigt hatten, darauf blinzelte er mit den Augen, strich sich mit der Hand über den Bart und verkündete seinen Spruch: »Ihr behauptet beide, von der Liebe und Dankbarkeit eurer Tiere überzeugt zu sein. Seid ihr bereit, diese Tugenden auf Gefahr eures Lebens zu erproben?« Lebhafte Beistimmung antwortete diesem Vorschlag. »Nun gut denn«, fuhr der Wäinämöinä fort, »geht jetzt ruhig mit euren Tieren nach Hause, und wenn ihr zu Hause seid, so schlagt mit diesem Zweiglein dreimal auf die Erde und murmelt: ›Üxi, Kaxi, Kolmi‹. Was dann weiter geschieht, werdet ihr sehen.« Mit diesen Worten übergab er ihnen ein Wacholderzweiglein, und nachdem sie sich herzlich bei dem Wäinämöinä bedankt, zogen sie nach Hause.

»Fang du zuerst an!« rief Kauris. Poika gehorchte, tat, wie der Wäinämöinä befohlen hatte, schlug mit dem Zweiglein dreimal auf die Erde und murmelte: »Üxi, Kaxi, Kolmi.« Kaum hatte er das letzte Wort ausgesprochen, so schrumpfte sein Leib zusammen, und er wurde klein wie ein Daumen, so daß er den Koira wie ein riesiges Ungetüm über sich schaute und vor Angst und Schrecken fast verging. Allein Koira beschnüffelte den Poika einen Augenblick, dann legte er sich neben ihn auf den Boden, leckte ihn und erwies ihm alle erdenklichen Zärtlichkeiten; sobald Kauris oder Kissa nur eine Bewegung machten, um sich zu nähern, knurrte er ihnen drohend entgegen, um seinen Herrn zu verteidigen. »Siehst du, Kauris«, zirpte Poika mit feiner, wispernder Stimme wie eine Grille, »was Koira für ein treues Tier ist. So etwas tät deine Kissa nicht.«

»Das wollen wir sehen«, rief Kauris ärgerlich, drückte Kissa an ihr Herz, schlug mit dem Zweiglein dreimal auf die Erde und murmelte: »Üxi, Kaxi, Kolmi.« Hierauf, als sie klein wie ein Daumen geworden war, lief sie Kissa liebevoll entgegen, um sie zu umarmen. Kissa jedoch sperrte die Augen auf wie Wagenräder, kauerte auf den Boden, tat einen Sprung, faßte Kauris mit den Krallen, nahm sie ins Maul und floh mit ihr durchs Fenster, so daß sie vor Angst und Schrecken das Schreien vergaß. Hinter dem Gartenzaun begann sie mit ihr zu spielen, wie sie es mit den Mäusen zu tun pflegte. Umsonst war das Bitten, Flehen, Jammern und Schreien der unglücklichen Kauris; jeder Laut, den sie in ihrer entsetzlichen Todesangst von sich gab, weckte nur einen teuflischen Freudenschein in den glühenden Augen des undankbaren Ungeheuers, und schon glaubte sie sich verloren, da fuhr jählings wie ein Wolf Koira um die Gartenecke, faßte Kissa im Genick, schleuderte sie einige Male im Maule hin und her und warf sie tot zur Erde. Darauf nahm er die halbtote Kauris behutsam in die Schnauze und trug sie wedelnd, mit glückstrahlenden Augen und stolzen Schritten zu Poika, der inzwischen vor Angst um seine Frau fast umgekommen war.

Sechs Wochen dauerte es, bis die Wunden der Kauris geheilt waren, dann zogen sie miteinander wieder zum Wäinämöinä, damit er ihnen die frühere Gestalt zurückgebe. Weil sie jedoch so klein waren, währte die Reise zwölf lange Tage, und hätte sie nicht der treue Koira begleitet, der die Krähen, Käfer, Ameisen und Mäuse von ihnen fern hielt und ihnen Wildpret zum Essen brachte und sie über Sümpfe und Wasser trug, sie wären niemals lebendig angekommen. In der Höhle des Zauberers angelangt, erzählten sie, was ihnen begegnet war. Der Wäinämöinä strich seinen Bart, blinzelte und sprach: »Dazu habe ich nun weiter nichts mehr zu sagen, denn wenn ihr das nicht begreift, so nützt alles Reden nichts.« Bei diesen Worten fing Kauris an, kläglich zu weinen und beteuerte, daß sie nie in ihrem Leben mehr eine Katze ansehen möge und daß sie den teuren Koira, der sie vom Tode errettet, pflegen wolle wie ein krankes Kind. Allein schon auf dem Rückwege warf sie dem Koira feindliche Blicke zu, und als am folgenden Tage Poika von der Jagd heimkehrte, hörte er ein jämmerliches Heulen am Flusse und kam gerade noch früh genug, um zu sehen, wie sein armer Koira, einen Stein um den Hals und die Füße zusammengebunden, von Kauris ins tiefe Wasser geworfen wurde. »Warum hast du das getan?« schrie er zornig, indem er die Faust zum Schlage erhob. »Weil das grausame Tier meine arme, liebe unschuldige Kissa erwürgt hat«, erwiderte Kauris mit rachefunkelnden Augen. Und am folgenden Morgen war wieder eine Katze im Hause.«

Hiemit endete Orsini seine Erzählung, und ein Gefühl der Unbehaglichkeit durchlief die Gesellschaft. Graziella aber, statt des Gegenbeweises, schlang beide Arme um den Hals ihres gelbseidenen Lieblings und drückte ihr einen langen Kuß auf die feuchte, kalte Schnauze. »Laß sie nur reden, die bösen Menschen«, flüsterte sie zärtlich, »wir zwei behalten uns doch gern.« Dies verwunderte Orsini keineswegs. Was aber Graziella verwunderte, das war, daß Orsini heimlich aufstand, sich der Katze näherte und sie ebenfalls auf denselben Fleck küßte. »Jetzt habe ich Sie ertappt«, rief Graziella triumphierend, »Ihr Herz ist besser als Ihr Verstand, Sie lieben im Grunde die Katzen.«

»Durchaus nicht, ich hasse dieselben von ganzem Herzen«, entgegnete Orsini lächelnd. Die gescheite, anmutige Frau erstaunte, sann einen Augenblick nach, errötete und verschwand schleunig unter ihren Gästen.

PAUL HEYSE

1830–1914

Das Märchen vom Herzblut

Es war einmal ein junger Mensch, wenn den die Leute fragten, was er einmal werden wolle, so antwortete er, ohne sich zu besinnen: ein Dichter. So hatte er schon als Knabe gesprochen, da er erst ein paar Jahre in die Schule gegangen war, Gesangbuchlieder auswendig gelernt und aus seinem Lesebüchlein Gellertsche Fabeln aufgesagt hatte. Damals lachten die Leute und fanden es artig, daß Hans Lutz – so hieß der junge Schüler – allerlei Reime verfaßte und zu Geburtstagen und Neujahr seinen Eltern in Versen Glück wünschte. Als er aber das zwanzigste Jahr erreicht hatte und immer noch auf die Frage, welchen Beruf er sich erwählt habe, nichts anderes zu erwidern wußte als: Er wolle ein Dichter werden, schien seinem lieben Vater die Sache außer Spaß, und er erklärte dem Hänschen, der nun schon ein großer Hans geworden war, das Dichten sei eine brotlose Kunst, bei der schon die trefflichsten Leute verhungert seien. Hierauf erwiderte der Sohn mit einem seltsamen Feuer in seinen Augen: Es stehe ja geschrieben, der Mensch lebe nicht vom Brot allein, und was er sonst zum Leben brauche, werde ihm der liebe Gott ja wohl zukommen lassen, der ja auch die Lilien auf dem Felde kleide, so daß sie lustig fortblühten und so lieblichen Duft aushauchten, als ob es die schönsten Gedichte wären.

In solchen aberwitzigen Gedanken bestärkte ihn ein Jugendfreund, der sich schon in frühen Jahren zu ihm gefunden und seitdem immer treue Kameradschaft mit ihm gehalten hatte. Es war das ein munterer Geselle, von dessen Herkunft und Sippschaft man nichts Sicheres wußte, auch nicht, wo er wohnte und wovon er seinen Unterhalt gewann. Nur seinen Namen, *Phantasus*, hatte er dem Freunde vertraut. Zwar besuchte er die Schule nicht, schien aber von allem Wissenswürdigen seinen Teil genascht zu haben und war ein so witziger Geselle, daß er, was er nicht wußte, sich zusammenträumte.

Der war nun dem jungen Dichter ein unzertrennlicher Gefährte, außer in den Schulstunden, obwohl die Eltern diesen Umgang, der ihren Sohn in seinen törichten Schwärmereien bestärkte, sehr ungern sahen und nur duldeten, weil der Jüngling erklärte, es werde sein Tod sein, wenn er von diesem Freunde sich trennen sollte. So mußten sie es erlauben, daß dieser Phantasus ihren Hans auf langen Spaziergängen begleitete, sogar neben ihm saß, wenn er seine lateinischen Exerzitien und mathematischen Aufgaben machte, die dadurch nicht eben besser wurden, und manche Nacht in einem Bette mit ihm schlief. Niemand erfuhr, was die beiden miteinander zu plaudern hatten; nur daß sie zuweilen lachten, zuweilen traurige Mienen machten, war ihnen anzusehen. Das schlimmste war, daß Phantasus seinen Freund in der üblen Gewohnheit, Verse zu machen, bestärkte, ihm auch allerlei Geschichten erzählte, die jener dann in Reime brachte, und wenn sie irgendwo hinkamen, wo sich junge Mädchen befanden, ihm zuraunte, die oder die sei die Hübscheste und wohl wert, von ihm angesungen zu werden.

Dies vergnügliche Leben hatte nun die längste Zeit gedauert, da tat der Vater einen Machtspruch und bestand darauf, daß sein Hans auf der großen rheinischen Hochschule sich einem richtigen Brotstudium widmen sollte. Er dachte ihn auf diese Art zugleich von dem gefährlichen Freunde zu trennen und die poetischen Mücken zu verscheuchen, die ihm dermaßen im Hirn summten, daß kein vernünftiger Gedanke darin aufkommen konnte.

Hierin aber hatte er sich getäuscht. Denn da Junker Phantasus frei war wie der Vogel in der Luft, hinderte ihn nichts, seinem Freunde nachzufliegen und ihm dort, wo er ohne jede Aufsicht war, noch ungebundener zur Seite zu bleiben als bisher.

Obwohl nun aber der junge fahrende Schüler die schönste Freiheit hatte, es mit dem Brotstudium nicht allzu ernst zu nehmen, und der phantastische Freund bei Tag und Nacht ihm Gesellschaft leisten konnte, wollte es doch mit dem Dichterwerden nicht so recht vorwärts gehen. Das Büchlein zwar, in das er seine Verse schrieb, erhielt einen beträchtlichen Zuwachs, da an »blondem Wein und braunen Mädchen« in Stadt und Umgegend kein Mangel war; aber eine innere Stimme raunte dem jungen Dichter zu, mit all diesem Singsang sei noch nichts Erhebliches geleistet und der Ruhm bei Mit- und Nachwelt, um den es ihm zu tun war, werde so im Spazierengehen nicht zu erlangen sein.

Also steckte er eines Tages, was er von seinen poetischen Erstlingen für besonders gelungen ansah, zu sich und trug es zu einem gelehrten alten Literaturprofessor hin, ihn bescheidentlich um sein Urteil bittend. Der empfing den schüchternen Jüngling ganz freundlich, blätterte in den dicken Heften, las hin und wieder ein Gedicht oder eine Seite in dem Trauerspiel »Konradin, der letzte Hohenstaufe«, und nach manchem Hum! und Hem!, das dem harrenden Scholaren das Blut ins Gesicht trieb, erklärte er ihm, die Sächlein seien ganz hoffnungsvolle Talentproben, alle aber noch so grün und unerheblich, daß er dringend rate, sie doch ja vor Druck zu bewahren. Er müsse, wenn er was Rechtes schaffen wolle, sich vor allem des leeren Phantasiegeflunkers enthalten, ins volle Menschenleben hineingreifen oder sich einen schon hinlänglich präparierten Stoff suchen, ihn mit Fleiß und Liebe zu bearbeiten.

Hiermit entließ er den ziemlich verdutzten Musenjünger, indem er ihn noch unter der Tür seines Wohlwollens versicherte. Hans aber trug seine poetische Habe sehr niedergeschlagen nach Hause, warf das ganze Bündel in den Ofen, in dem gerade, da es schon stark herbstete, ein helles Feuer brannte, und ließ sich mit einem schweren Seufzer auf das Bett sinken, da er in Tristram Shandy gelesen hatte, jeden Kummer könne der Mensch in der horizontalen Lage am besten überwinden.

So fand ihn sein Freund, der indessen ein Bad im Rhein genommen hatte. Siehst du nun wohl, rief er, nachdem der junge Poet ihm das Urteil des Professors mitgeteilt hatte, siehst du, wie recht ich hatte, dich vor diesen alten Pedanten zu warnen, die nichts können, als mit der Schere ihrer grämlichen Vorurteile einem munteren Talent die Flügel beschneiden? Ins volle Menschenleben greifen – als hätten wir zwei nicht schon genug

Mädchen geküßt und tolle Suiten gemacht! Und was sollen das für Stoffe sein, die du »hinlänglich präpariert« bearbeiten müßtest? Habe ich dir nicht die schönsten Schnaken und Schnurren aus der Luft gegriffen und kann dir noch tausend Abenteuer erfinden, eines immer wundersamer als das andere? Aber ich sehe schon, mein Rat gilt dir nichts mehr, unsere Freundschaft hat sich etwas abgekühlt. Nun, so tue, was dieser weise Meister dir geraten hat. Es ist gerade Jahrmarkt und Kirchweih in der Stadt, da kannst du das sogenannte Menschenleben im schönsten Flor finden. Was die Stoffe betrifft, mußt du dir freilich auch darin selber helfen. Auf alten Plunder und Trödlerware versteh' ich mich nicht.

Er wandte ihm schmollend den Rücken und rief ihm nicht einmal ein Ade! nach, als Hans sich aufmachte, seinem Rat zu folgen.

Auf einer Wiese vorm Tor der Stadt waren die Buden und Zelte des Jahrmarkts aufgeschlagen, und ein buntes Gewimmel von Stadtleuten und Landvolk trieb sich in den breiten Gassen dazwischen herum. Der junge Dichter gab sich die beste Mühe, etwas Poetisches unter den Gaffenden, Schwatzenden und Feilschenden zu entdecken, fand aber nur, was er auch sonst alle Tage gesehen hatte. In einem Glückshafen blieb er stehen und beobachtete die Hoffnungen und Begierden, mit denen die Bauernbuben und -dirnen in den Lostopf griffen, die meisten, um eine Niete zu ziehen, die Glücklicheren, um einen Gewinst heimzutragen, der ihnen unnütz war. Er selbst gewann auf den ersten Griff einen blanken zinnernen Löffel. Wenn es nun Brei regnet, sagte er tiefsinnig vor sich hin, indem er ihn in die Tasche steckte, so fehlt mir wenigstens nicht der Löffel. – Ein paar hübsche Mädchen, die untergefaßt verstohlen miteinander flüsternd an ihm vorbeistrichen, warfen ihm einen aufmunternden Blick zu. Er folgte ihnen und fing einen kleinen galanten Diskurs mit ihnen an. Als sie aber ziemlich freche und einfältige Antworten gaben, machte er sich bald wieder von ihnen los, worauf sie ihm ein schnödes Hohnwort nachriefen. Aus einer Trinkbude rief ihn ein Rudel bekannter Studenten an; er entschuldigte sich aber, daß er sich nicht zu ihnen setzen könne wegen eines wichtigen Ganges. Was hätte er dort erfahren können, das er nicht längst schon wußte? So ging er in mißtröstlichen Betrachtungen weiter und sagte sich, hier betrage sich die liebe Menschlichkeit so höchst prosaisch, daß für einen Poeten, der aus der Wirklichkeit schöpfen wolle, nichts zu holen sei. Er bereute schon, sich mit Freund Phantasus überworfen zu haben. Seine erste Liebe, bei der jener ihm so hübsche Gedanken eingegeben, war doch was anderes als die Gunst dieser albernen Grasaffen, und andere aufregende und doch anständige Abenteuer ließen sich hier im Marktgewühl schwerlich erjagen.

So war er an das Ende der Budenstadt gelangt und dachte schon daran, für einmal den Griff ins volle Menschenleben aufzugeben, als er etwas abseits unter einigen hohen Weidenbäumen eine Bude erblickte, auf deren Schild in Goldbuchstaben geschrieben stand: Stoffhandlung. Das Wort fesselte ihn, obwohl er nichts weniger als ein Lager solcher Stoffe dahinter vermutete, wie der alte Professor sie ihm gewünscht hatte. Vor der halb offenen Tür des ganz verwitterten Bretterhäuschens saß ein uraltes Weib, das eifrig an einem großen Gestrick mit langen hölzernen Nadeln arbeitete. Was strickt ihr da, Mütterchen? fragte der junge Dichter und blieb bei ihr stehen. Die Alte blickte mit Augen, die seltsam leuchteten, zu ihm auf. Nichts für Euch, junger Herr, sagte sie. Ich stricke einen Romanstoff für Familienblätter, aus weißer Lammwolle, die Figuren werden hernach mit bunten Lappen aufgenäht. Aber drinnen im Laden hab' ich die rarsten Stoffe, wie sie für die besten Dichter taugen. Ich seh's Euch an, auch Ihr gehört zu dieser Gilde. Wenn Ihr meine Ware sehen wollt – hoffnungsvollen jungen Leuten geb' ich sie zu herabgesetzten Preisen.

Damit rollte sie ihr Gestrick zusammen und stand von dem niederen Bänkchen auf, ihm vorauszugehen. Woran habt Ihr erkannt, daß ich auch dichte? fragte der Jüngling. – Ha, weil ihr mehr in die Luft starrt als auf die Erde und über den Strohhalm dort gestolpert seid. Aber nun tretet ein und sagt, ob ich geprahlt habe. Hier haben schon ganz andere Leute Mund und Nase aufgesperrt und mir ihre Kundschaft zugetragen.

In der Tat sah es im Innern der Bude so bunt und schimmernd aus, wie man's von außen nicht vermutet hätte. Die seltensten Stoffe vom feinsten Gewebe, seiden und samten, mit eingestickten Figuren und alten Sinnsprüchen hingen an den vier Wänden herum, daß einem die Wahl wehtun konnte. Das Weibchen weidete sich eine Weile an dem Starren und Staunen des Jünglings. Was für ein Zeug wünscht Ihr, mein Sohn? fragte sie endlich. Da sind uralte ägyptische Muster, die sind seit einiger Zeit wieder in die Mode gekommen. Daneben altgriechische und römische, werden weniger mehr begehrt. Auch nach den mittelalterlichen ist nicht mehr so viel Nachfrage wie noch vor dreißig, vierzig Jahren. Die allerneuesten möchte ich Euch nicht empfehlen, die sind nicht eben sauber, sondern werden gerade wegen ihrer Schmutzfarben gesucht von sonderbaren Schwärmern. Überhaupt aber müßt Ihr mir zunächst erklären, welche Gattung Ihr wünscht. Ich habe eine Menge historisch gut beglaubigte, andere, die nur von Chroniken und Novellenbüchern verbürgt sind.

Nein, sagte der Jüngling, ich will nichts Historisches. Mein »Konradin« liegt mir noch in den Gliedern. Wenn Ihr einen recht soliden Stoff hättet für ein leidenschaftliches Trauerspiel mit viel Liebe, Mord und Totschlag und dazwischen eine Menge holder Gefühle, der wäre mir der liebste. So etwas wie »Romeo und Julie« von Shakespeare. – Bei diesem Namen nickte die Alte mit einem eigenen Zwinkern ihrer hellen Augen still vor sich hin. Den hab' ich gut gekannt, sagte sie; er war einer meiner besten Kunden, ein sehr lieber Herr, der sich immer freundlich nach meinem Befinden erkundigte. Ich muß lachen, wenn ich jetzt höre, er sei gar nicht er selbst gewesen, sondern ein vornehmer Herr und großer Gelehrter. Daß er viel studiert hatte, bezweifle ich, aber auf Stoffe verstand er sich wie wenige, und es war ein Vergnügen, ein Geschäft mit ihm zu machen, weil er aus allem, was er mir abkaufte, was Rechtes zu machen wußte, während so mancher andere hochmütige Herr die schönsten Stoffe jämmerlich verschneidet. Nun, da Ihr ihn auch verehrt – da hab' ich gerade noch einen schönen Rest von einer Sorte, die auch der Herr Shakespeare besonders liebte, es ist alter italienischer Goldbrokat, die Motten sind nicht hineingekommen, nur von Staub und Sonne ist er ein bißchen abgeblaßt. Darauf kommt es aber nicht an, das sind hernach die dauerhaftesten.

Sie nahm ein altes, gelbliches Stück Zeug vom Nagel und hielt es ausgebreitet gegen das kleine Fenster. Ist es nicht ein Prachtstück? sagte sie, indem sie es schüttelte, daß ein leichtes Staubwölkchen daraus aufwallte. Die Goldfäden sind ein bißchen rostig geworden, aber die Zeichnung noch ganz wohlerhalten. Wenn sie Euch nicht deutlich genug ist, braucht Ihr nur ein paar Tropfen Herzblut daranzuspritzen, und sogleich wird jede Figur in ihren frischen natürlichen Farben Euch entgegenglänzen.

Freund Hans hätte gern gestanden, daß er in dem alten Gobelinrest nicht viel mehr erkannte als ein verschossenes Arabeskenmuster, aus welchem einige verblichene Püppchen aufzutauchen schienen. Er wollte doch aber nicht verraten, wie schlecht es um seine Kennerschaft stand, und die Autorität des großen Dichters, der diese Sorte bevorzugt hatte, schüchterte ihn vollends ein. Also fragte er nur etwas beklommen nach dem Preise, ob die Rarität auch nicht für seinen bescheidenen Studentenwechsel unerschwinglich sei.

Ihr braucht sie mir gar nicht gleich zu bezahlen, versetzte das alte Weibchen, während sie den kostbaren Stoff zusammenrollte und in ein großes Zeitungsblatt verpackte. Anfängern gegenüber bin ich immer kulant. Wenn Ihr mich fernerhin mit Eurer Kundschaft beehrt, werde ich schon sehen zu meinem Schaden zu kommen.

Damit schob sie das Paketchen dem jungen Dichter unter den Arm, begleitete ihn hinaus, und als er, sich langsam entfernend, noch einmal nach ihrer Hütte umblickte, saß sie schon wieder auf dem Bänkchen und regte eifrig die langen Nadeln an ihrem Gestrick.

Zu Hause angelangt, fand er den Freund am Fenster sitzend und blaue

Wölkchen aus seiner kurzen Pfeife hinausblasend, die allerlei Figuren bildeten, eine Weile im Winde schwankten und dann zerflatterten.

Nun, junges Genie, rief ihm Phantasus entgegen, hast du den wahren Weg zum ewigen Ruhm entdeckt oder den Lorbeerkranz wohl gar schon fix und fertig auf dem Jahrmarkt erhandelt? Laß sehen, was du eingeheimst hast!

Er sprang auf, nahm dem andern die Rolle weg und wickelte sie auf. Weiter nichts als diesen alten Fetzen? rief er und wollte den Stoff in den Winkel schleudern. Der junge Poet aber fiel ihm in den Arm. Sachte! brummte er, erst wollen wir ihn in Augenschein nehmen. Damit breitete er ihn sorgfältig auf dem Tische aus, indem er dem Freunde erzählte, wie er dazu gekommen war. Der, als er hörte, er sei von der Sorte, die der große Dichter bevorzugt hatte, war ganz still geworden, beugte sich über den Tisch und stierte auf das verblichene Prunkstück. Nach einer Weile brach er in ein helles Gelächter aus.

Da hast du dich schön anführen lassen, teures Kind! rief er. Ich habe doch gute Augen, aber wenn ich auf diesem alten Lumpen etwas anderes sehe als krause Schnörkel, ein paar Arme und Beine und verdrehte Köpfe dazwischen, will ich Hans heißen.

Auch ich, sagte sehr kleinlaut jener, der wirklich so hieß, kann aus diesem Stoff nicht klug werden; aber das alte Handelsweibchen hat gesagt, ich brauchte ihn nur mit ein paar Tropfen Herzblut zu netzen, so würden alle Linien deutlich hervortreten und die Farben frisch zu leuchten anfangen. – Und du wolltest die Tollheit begehen, auf das Wort einer verschmitzten Hexe hin, die einen Ladenhüter an den Mann bringen wollte, einen Aderlaß zu riskieren? Nun, das ist Geschmackssache. Ich aber, als dein Freund, kann dir nur raten, den Plunder in denselben Ofen zu stecken, in dem du heute morgen deine Jugendsünden verbrannt hast.

Damit wandte er ihm den Rücken und fuhr in seinem lustigen Spiel mit der dampfenden Pfeife fort. Der gute Junge, den es nicht wenig verdroß, zum Schaden auch noch den Spott zu erfahren, sagte kein Wort mehr, beschloß aber im stillen, morgenden Tages seinen Kauf der alten Stoffhändlerin zurückzubringen und zu verlangen, daß sie ihn gegen einen anderen, besser erhaltenen umtauschte, wenn sie ihren Kredit bei jungen und alten Dichtern nicht verlieren wollte.

Als er aber am andern Tage sich wieder nach ihrer Bude aufmachte, hatte er doch nicht den Mut, sogleich seinen Kauf wieder einzupacken, da er den Versuch mit dem Herzblut noch nicht gemacht hatte. Er ließ den Stoff also zu Hause, um zunächst mit der Alten darüber zu verhandeln, ob das Blut gerade vom Herzen kommen müsse, oder ob es genüge, wenn er sich in den Finger schnitte. So schlenderte er nachdenklich durch die Budenstadt, war aber sehr erstaunt, als er an ihrem Ende die Stoffhandlung nicht mehr erblickte. Auf seine Erkundigung bei den benachbarten Händlern wollte niemand ein altes Mütterchen, wie er es beschrieb, und ihre Hütte gesehen haben. Nun glaubte er sich erst recht angeführt und das Opfer eines schlauen Schwindelgeschäfts zu sein und schämte sich gewaltig, seinem Stubenburschen wieder vor die Augen zu treten.

Indem er so darüber nachsann, wo er die Zeit hinbringen könnte, bis er sicher wäre, Phantasus schlafend in seinem Bett zu finden, hörte er von der anderen Seite der Marktwiese nahe am Fluß ein Trompetengeschmetter, das zum Eintritt in eine große Reiterbude einlud.

Er fühlte zwar nicht die geringste Lust, Pferde herumlaufen zu sehen und alberne Clownsspäße zu hören, ging aber doch nach dem runden Bretterbau, dem heute, da gerade Sonntag war, ein dichtes Menschengewühl zuströmte. Die unteren Plätze waren schon alle besetzt, er fand nur einen Sitz in einer letzten noch freien Loge, wo er sich mißmutig niederließ und gedankenlos auf den dunklen Krautacker von Menschenköpfen hinabsah. Die schrille Blechmusik betäubte ihn, und an den ersten Stücken des langen Programms fand er so wenig Gefallen, daß er schon im Begriff war, sich wieder davonzumachen, als ein Trompetentusch eine Glanznummer ankündigte, das Auftreten der weltberühmten »Fee Delibab, der ersten Equilibristin und Schulleiterin der Alten und Neuen Welt«.

Sogleich öffnete sich die Schranke, zu deren Seiten ein Häuflein Offiziere sich aufgestellt hatte, und an der Hand eines rotbefrackten Stallmeisters erschien ein Mädchen, das mit einem schallenden Händeklatschen von der militärischen Verehrergarde begrüßt wurde. In dieser Huldigung stimmte das laute Herzklopfen des jungen Dichters mit ein. Denn wirklich war's eine Erscheinung, die ihren überschwenglichen Namen mit allem Rechte trug, ein schlank und doch kräftig gegliedertes Fräulein, ganz in ein silbern schimmerndes Trikot gekleidet, die volle Brust von einem blau atlassenen Mieder umspannt, um die Hüften bis zu den Knien hinab ein weitbauschiges Röckchen von derselben Farbe, mit Sternen übersät. Das Bezauberndste an ihr war aber der kleine Kopf, das längliche blasse Gesichtchen, ungeschminkt, aus dem zwei tiefschwarze Augen vorglänzten, alles umrahmt von einer wilden Flut dunkler Haare, die über der niederen Stirn von einem schmalen Goldreif gebändigt war, dann aber frei bis über die Hüften herabwallte.

Mit einem flüchtigen Lächeln dankte sie, sich rechts und links verneigend, ihren Verehrern, griff dem starken isabellfarbenen Pferde, das ihr nachgeführt wurde, in die dichte Mähne und lief dann eine Strecke weit neben ihm her, während das Tier, die rosenroten Nüstern blähend, von der wieder anhebenden Musik und den Hieben ihrer Reitpeitsche befeuert im Kreise herumzugaloppieren begann. Auf einmal hatte sie sich hinaufgeschwungen und wiegte sich, die Arme über der Brust gekreuzt, frei auf der weichen Decke sitzend, eine Weile nach dem Takt der Tanzweise, indem sie ihre funkelnden Augen gleichgültig über die Menge schweifen ließ.

Der Jüngling in der einsamen Loge droben folgte jeder ihrer Bewegungen in atemloser Verzückung. Sie erschien ihm wie ein Geschöpf aus einer anderen Welt, und es hätte ihn nicht in Erstaunen gesetzt, wenn ihr plötzlich an dem schlanken Rücken Flügel gewachsen wären und sie durch die Lücke des Leinwanddaches in den freien Himmel hinausgetragen hätten. Die Lampen an den Pfeilern ringsum warfen spielende Lichter über die geschmeidige Gestalt und erhellten auch das reizende Gesicht hinlänglich, so daß er deutlich einen finsteren Zug an ihrem streng geschlossenen Munde bemerken konnte und ein zorniges Blitzen der Augen, wenn ihr galoppierendes Pferd, von ihrem wilden Zuruf gespornt, einen ungeschickten Sprung machte. Immer rasender jagte sie im Kreise herum, sprang durch die vorgehaltenen Reifen, sauste durch die mit Seidenpapier bespannten Ringe, die Haare flogen ihr wie ein schwarzer, sturmgepeitschter Mantel nach, so daß ihr weißer Nacken darunter vorschimmerte; ein Taumel ergriff das sämtliche Publikum bei dem sinnverwirrenden Wirbeltanz, bis plötzlich, mitten im tollsten Jagen, die wilde Jägerin vom Pferde glitt, ohne eine Spur von Erregung sich nach allen Seiten verneigte und blitzschnell mit ein paar leichten Sprüngen durch die Schranke verschwand.

Der Beifallssturm, der ihr nachbrauste, rief sie noch einmal zurück. Aus einigen der oberen Logen fielen Kränze und Blumensträuße zu ihr hinab, von denen sie nur einen einzigen aufhob, ihn an die Brust drückte und, mit einem bezaubernden Lächeln sich verneigend, mit hinwegnahm. Der übrige bunte Kram wurde ihr von einem der Bajazzi unter lächerlichen Gebärden nachgetragen.

Der junge Zuschauer droben, der sich die Hände zerklatscht hatte, war tief beschämt, daß er keine Blume ihr hatte zuwerfen können. Wie in einem seligen Rausch verließ er seinen Platz, um für ihr Wiederauftreten besser versorgt zu sein. Die Händlerin draußen hatte aber ihren ganzen Vorrat bereits an die Herren Offiziere verkauft. Nur ein paar dunkle Rosen waren ihr geblieben, nach denen der Jüngling begierig griff. Dann ging er, ohne sich zu beeilen, die heiße Stirn in der Nachtluft kühlend, eine ganze Weile um den Zirkus herum, da ihm die folgenden Produktionen bis zu ihrem Wiederauftreten sehr gleichgültig waren.

Als er dann seinen Sitz wieder eingenommen hatte, dauerte es nicht lange, so sprengte auf einem stolzen kohlschwarzen Hengst, der einen weißen Stern an der Stirn hatte, die junge Fee wieder durch die Schranke herein, in so ganz anderer Gestalt, daß die Zuschauer unten, die meist aus geringeren Stadtleuten und bäuerlichen Marktbesuchern bestanden, sie nicht sogleich erkannten, während ihre militärische Leibgarde sie mit erhöhter Begeisterung empfing. Sie trug ein enganschließendes dunkelgrünes Reitkleid, die Haare nicht mehr frei flatternd, sondern in einem schweren Knoten im Nacken aufgesteckt, auf dem kleinen Haupt einen glänzenden Zylinderhut, mit einem grauen Schleierchen umsäumt. Langsam, ihren Verehrern gnädig zunickend, begann sie dann ihren Umritt, mit einem leichten Gertenschlag, einem Zügeldruck oder einem leisen Schnalzen der Zunge das feurige Tier nach ihrem Willen lenkend.

Auch jetzt hing das Auge des jungen Dichters wie gebannt an ihrer Gestalt, obwohl ihm die Geheimnisse der hohen Schule, die den Leutnants das helle Entzücken bereiteten, durchaus fremd waren. Als sie aber endlich ihre sämtlichen Künste gezeigt und mit der Reitpeitsche salutierend wieder hinausgesprengt war, mischte er seine Stimme in den tobenden Ruf der Menge und war überglücklich, daß es ihm gelang, da sie gelassen wieder hereintritt, seine beiden Rosen so geschickt zu werfen, daß die eine gerade an ihrer Brust, die andere vor ihr auf den Sattelknauf fiel.

Sie warf in die Loge, aus der dieser bescheidene Gruß gekommen war, einen leuchtenden Blick, neigte leise den Kopf und lenkte dann das schaumbedeckte Tier durch die Schranke zurück. Dem glücklichen Hans war zumut, als wäre ihm ein Funke aus diesen schwarzen Augen geradewegs ins Herz gefahren. In einer seltsamen Betäubung blieb er auf seinem Sitz, die Wimpern eingedrückt, von Zeit zu Zeit beklommen seufzend, immer das reizende junge Wesen vor seinem inneren Auge. Was da unten noch vorging, würdigte er keines Blicks. Delibab! sagte er vor sich hin! Er entsann sich, daß dies der Name der ungarischen Fee Morgane ist. Ein dichterisches Motiv, dieses Erlebnis mit jener Mythe zusammenzufügen, dämmerte in ihm auf. Eben wollte er sich erheben, um draußen im Freien den Traum weiterzuspinnen, da öffnete sich leise die Tür seiner Loge und mit einem kurzen Gruß trat sie selbst zu ihm ein, noch in dem Reitanzug, wie sie eben die hohe Schule geritten hatte.

Er war aufgesprungen, mit heftigem Herzklopfen, das ihn kein Wort hervorbringen ließ. Sie deutete aber, ihm freundlich zunickend, mit einer Gebärde an, daß er sich nicht stören lassen solle, und setzte sich auf einen Stuhl in der zweiten Reihe, ein wenig hinter ihm. Auch er schob nun seinen Stuhl zurück und fand so viel Atem, ein Wort des Entzückens über ihr Auftreten zu stammeln. Hier in nächster Nähe erschien sie ihm noch viel schöner, so zart ihre etwas gelbliche Haut, die langen schwarzen Wimpern leicht am Rande umgebogen, ein ganz leiser Anflug von feinen Härchen an ihrer Oberlippe. Und wie ihre Zähne glänzten, als sie jetzt zu sprechen anfing! Ob er auch ein Liebhaber und Kenner von Pferden sei? Nein? Was er denn sei? Ein Dichter! Dergleichen seien ihr schon öfter vorgekommen, aber sie hätten alle kümmerlich ausgeschaut, und er sei ein so schmucker junger Mann. Ob er auch ein Gedicht auf sie machen und in die Zeitung setzen wolle? Nein, von ihm verlange sie das gar nicht. Er gefalle ihr auch ohne schöngereimte Worte, er habe so was Besonderes in seinem Wesen, das habe sie gleich weggehabt, als er ihr die Rosen zugeworfen, und sie habe sich vorgesetzt, seine Bekanntschaft zu machen. Denn sie werde so gelangweilt von den anderen Anbetern da unten, die immer nur dieselben überschwenglichen Redensarten vorbrächten, während sie – er solle nicht denken, daß sie immer vergnügt sei (das sagte sie mit einem tiefen Seufzer, und ihre feinen schwarzen Brauen zogen sich finster zusammen) – nein, außer wenn sie auf ihrem Almansor reite, fühle sie sich unglücklicher, als ein Mensch ahne, da sie keinen wahren Freund habe, und der Ruhm – pah! der Ruhm! –

Er ließ sie reden, ohne sie zu unterbrechen, hingerissen von der eigenen Manier und dem fremdartigen Akzent, in dem sie alles vorbrachte, und mehr noch von dem Vertrauen, das sie ihm gleich in der ersten Viertelstunde schenkte, wie einem alten Freunde. Sie blickte dabei aufmerksam, trotz ihrer Melancholie, in den Zirkus hinab und ließ zuweilen ein tadelndes oder anerkennendes Wort fallen, je nachdem ihre Kollegen es verdienen mochten. Endlich stand sie auf.

Sie werden bis zu Ende bleiben. Ich aber bin müde und möchte nach Hause. Gute Nacht! – Eifrig erklärte er, auch er habe von dem Schauspiel genug, und es würde ihm eine hohe Freude und Ehre sein, wenn sie ihm erlaube, sie zu begleiten. – Wie Sie wollen, sagte sie. Es ist übrigens nicht weit. Aber kommen Sie schnell, eh' die geschniegelten Gecken da unten merken, daß ich mich zurückziehe.

Sie schlüpften eine enge dunkle Holzstiege hinab und traten ins Freie. Wie schön die Sterne funkeln! sagte sie, indem sie sich ungezwungen an seinen Arm hing. Wenn ich die große Bärin seh', denk ich immer an den Himmel über meiner Heimat. Ich bin nämlich in einer Hütte auf der Pußta geboren, mein Vater hatte eine kleine Schafherde und ein paar Pferde; schon als winzig kleines Mädel ritt ich über die weite Heide ohne Sattel und Zaum, das war meine einzige Freude, denn im übrigen hatt' ich wenig gute Tage, da meine Mutter krank war. Der Vater hatte sie einmal im Rausch so hart geschlagen, daß sie nie wieder ganz gesund wurde. Da mußt' ich alle schwere Arbeit im Hause tun. Und endlich – ich war vierzehn Jahr – hielt ich's nicht mehr aus und entfloh mit einem jungen Zigeuner, wir beide auf den Pferden meines Vaters; so konnte er uns nicht einholen. Denken Sie sonst nichts Schlimmes von mir. Ich liebte meinen Gefährten nicht; in der Stadt ersah ich mir bald die Gelegenheit, ihm zu entwischen, dann nahm eine gute Frau mich in ihr Haus zu ihren kleinen Kindern, bis mir auch das langweilig wurde. Und als eines Tags eine Reitergesellschaft in die Stadt kam, lief ich aus dem Dienst weg und dachte, ich käme in den Himmel, wie ich zum erstenmal wieder auf ein Pferd kam. Nun, seitdem bin ich dabeigeblieben. 's ist mit unserer Kunst wie mit allem, was Menschen tun: viel Weh und wenig Wonne. Ich weiß nicht, ob es mit dem Dichten besser steht. Sie schauen auch nicht gerade sehr lustig aus Ihren hübschen Augen.

Sie waren unter diesen Reden bei der Wohnung der »Künstlerin« angelangt, einem niedrigen Hause, das einsam an der Straße lag. Hier muß ich Sie verabschieden, sagte die Fee Delibab. Meine alte *Maruscha* wird sich schon wundern, wie lange ich heut ausbleibe, da ich sonst gleich nach meiner letzten Nummer weggehe. Haben Sie Dank für Ihre Begleitung; ich darf wohl »auf Wiedersehen!« sagen?

Sie zog den Reithandschuh aus und reichte ihm ihre kräftige, bleiche Hand. Als er sie küssen wollte, zog sie sie zurück. Nein, sagte sie, für einen Dichtermund ist sie zu gering, der darf sich höher hinaufwagen. Damit umfing sie ihn rasch und drückte ihm einen leichten Kuß auf die Lippen. Und nun schlafen Sie wohl, nein, schlaf wohl! Wen ich geküßt habe, der ist mir kein Fremder mehr, zu dem muß ich du sagen. Also gute Nacht und träume was Hübsches von der Delibab oder vielmehr von *Irma*, denn so bin ich getauft, und den anderen Namen führe ich nur auf den Plakaten.

Sie zog die Klingel am Hause; sogleich öffnete sich die Tür, und ein altes Weibchen erschien auf der Schwelle, in dem Hans Lutz die Verkäuferin der Stoffhandlung zu erkennen glaubte. Doch wurde er wieder zweifelhaft, da sie ihn aus ihren scharfen alten Augen fremd und sonderbar anstarrte.

So ging er, von allem Erlebten verwirrt und aufgeregt, langsam die Straße zurück und über den jetzt totenstillen Jahrmarkt nach Hause. Der Freund lag schon zu Bette, war aber noch wach und begrüßte ihn mit einem forschenden Blick. Du bist lange ausgeblieben, Hans, rief er. – Ich erzähle dir morgen alles, versetzte der Jüngling. Jetzt bin ich zu müde dazu. Gute Nacht!

Er warf sich aufs Bett, aber der Schlaf wollte nicht kommen. Auf seinen Lippen fühlte er noch immer den sanften Druck des reizenden Mundes, die schwarzen Augen glühten ihn an, als ob es taghell in seinem Schlafgemach wäre. Irma! – wie oft sagte er sich den fremdklingenden Namen vor und rief sich die schlanke, schimmernde Gestalt mit ihren kecken Sprüngen und dem schwankenden Wiegen auf dem Rücken des Pferdes zurück. Das Blut klopfte ihm ungestüm in den Adern. Daß es ein solches Geschöpf auf Erden gab und er so vertraulich ihm begegnen durfte – was waren all seine »ersten Lieben«, deren er drei bis vier zählen konnte, mit ihren zahmen Freuden und Leiden gegen dieses bezaubernde Gefühl einer ersten, allgewaltigen Leidenschaft!

Am frühen Morgen saß er schon am Schreibtisch und mühte sich ab, Verse an sie zu dichten. Das war ihm sonst, wenn er ein schönes Mädchen ansingen wollte, so leicht von der Hand gegangen. Heute versagte ihm jedes Wort; jede zierliche Wendung schien ihm armselig gegen das stürmische innere Gefühl. Phantasus, der mit halb spöttischer, halb mitleidiger Miene um ihn herumstrich, hörte endlich auf, etwas aus ihm herauslocken zu wollen. Da macht einmal wieder einer einen dummen Streich! zitierte er – denn er war wohlbelesen in seinem Goethe. Dann sah er, wie der stumme Freund das angefangene Blatt zerriß und aus dem Hause lief.

Den Gedanken, seiner Schönen einen Morgenbesuch zu machen, gab er bald wieder auf. Er fürchtete, sie möchte im hellen Tageslicht sich wundern, was sie gestern unter dem Sternenhimmel Besonderes an ihm gefunden habe. In seine Sehnsucht vertieft, schlenderte er durch die Stadt – an der Universität stahl er sich hurtig vorbei –, und da er im Schaufenster eines Juweliers ein Paar seltsame Ohrringe sah, trat er ein, sie zu kaufen. Es waren ziemlich große und breite Goldreifen, die sich irgendwie aus dem Süden, wo dergleichen üblich sind, hierher verirrt hatten, oben mit einem Rubin geschlossen. Hans erinnerte sich, daß Irma nur ganz kleine verbogene Ringlein in den Ohren getragen hatte, und dachte, wie hübsch die roten Steine funkeln müßten, wenn die dunkle Mähne darüber hinwehte. Der Preis überstieg freilich weit sein Vermögen, denn es seien echte Steine und sehr kostbar, versicherte der Händler. Endlich kam der Kauf doch zustande, da Hans seine Uhr aus schwerem Golde, ein Erbstück vom Großvater, dazu gab – nur vorläufig als Pfand, beruhigte ihn der Juwelier. Er könne das Familienstück nach und nach durch Abzahlungen wieder in seinen Besitz bringen.

So zog der junge Verliebte sehr zufrieden mit seinem Handel ab und verbrachte den Rest des Tages in ziellosen Wanderungen, ungeduldig den Abend herbeisehnend. Als endlich das Trompetensignal ihm ankündigte, daß die Stunde seines Glücks angebrochen sei, versicherte er sich hastig desselben Platzes in der Loge, den er gestern eingenommen. Heut aber war der Zudrang nur gering, die unteren Bänke zur Hälfte leer, in den Logen nur hie und da einer der Honoratioren mit seiner Familie. Es war dem verliebten Jüngling unbegreiflich, daß nicht jeder, der sie einmal gesehen,

Abend für Abend unwiderstehlich in den Zirkus zurückgezogen würde. Und wirklich, trotz des leeren Hauses, übertraf sie sich heute selbst, in noch viel verwegneren Künsten und einem Kostüm, das noch ausgesuchter all ihren Reiz zur Schau brachte. Nur an den Schranken unten die jungen Offiziere waren ihr treu geblieben und huldigten ihr noch lärmender als gestern. Hans aber war mit seinem Herzen so ganz in den Augen, daß er sogar das Klatschen vergaß; das schien ihm nur ein verächtlicher Beifallsausdruck, wo sich die höchsten Wunder der Kühnheit und Anmut offenbarten.

So entschuldigte er sich auch gegen sie selbst, als sie richtig wieder nach ihrer letzten Nummer zu ihm in die Loge trat. Du bist ein dummes Kind, sagte sie und gab ihm einen sanften Schlag auf die Wange; wir können an Händen, die uns beklatschen, nie genug haben. Doch ausnahmsweise laß ich mir deine stumme Begeisterung gefallen. Nun aber komm! Wir wollen gleich nach Hause. Ich habe dir viel zu sagen.

Sie zog ihn hinaus, und er folgte ihr in seliger Beklommenheit. Als sie unten aus der Türe traten, stand einer ihrer eifrigsten Anbeter Schildwacht davor. Sie sollen mir heute nicht wieder entschlüpfen, reizende Fee! rief er. Ich beanspruche das Recht, Sie nach Ihrer Behausung zu eskortieren. – Dies Recht habe ich bereits jemand anders eingeräumt, erwiderte sie kurz und kühl. Adieu, Herr Leutnant! Damit nahm sie Hansens Arm und ging an dem Lästigen vorbei. Der aber rief ihr nach: Über den Geschmack soll man bekanntlich nicht streiten. Daß Sie mir aber diesen grünen dummen Jungen vorziehen, ist denn doch pyramidal.

Sofort stand Hans still und sagte: Verzeih einen Augenblick! Ich habe dem unverschämten Gesellen etwas ins Ohr zu sagen. – Um Gottes willen! hauchte sie – er weiß nicht, was er spricht – ich beschwöre dich –! Hans aber war zu dem Beleidiger getreten und hatte ein paar leise Worte mit ihm gewechselt, worauf er zu der erschrockenen Freundin zurückkehrte. Obwohl er ihr sagte, um sie zu beruhigen, der Angreifer habe das Schimpfwort zurückgenommen, blieb sie doch ungläubig und so wortkarg, daß nun ihm sich die Zunge löste und er ihr erzählte, wie er diese vierundzwanzig Stunden nur im Denken an sie hingebracht hatte.

Sie erwiderte nichts, als daß sie leise seinen Arm drückte. Zu Hause angelangt, gab sie der alten Dienerin – nein, es war kein Zweifel möglich, er fand hier wirklich die »Stoffhexe« wieder – in einer fremden Sprache einen Auftrag und zog sich dann in ein Zimmer nebenan zurück. Nach zehn Minuten erschien sie wieder in einem losen, hellen Schlafrock, statt des Gürtels eine rote Schärpe um die Mitte geschlungen, die Haare wieder aufgelöst. Sie lächelte ihm entgegen, da seine leuchtenden Augen ihr sagten, wie sehr sie ihm auch in diesem Kostüm gefiel. O, sagte sie, Fee Delibab hat noch mancherlei Verkleidungen, in so viel Farben wie der Regenbogen. Aber nun komm, Hänschen, ich habe starken Hunger und noch mehr Durst. Du mußt aber mithalten.

Sie setzten sich an den Tisch, auf dem die Alte ein paar Schüsseln mit kalter Küche und eine Flasche mit rotem ungarischem Wein aufgetragen hatte. Irma füllte zwei feine venezianische Gläser und reichte ihm das eine. Auf gute Freundschaft! sagte sie und stieß mit ihm an. Aber da er heftig sein Glas dem ihren näherte, zersprang dieses, und die rote Flut ergoß sich über das Tischtuch. Kehre dich nicht daran! rief sie, seine Bestürzung gewahrend. Das bedeutet nur, daß wir besser tun, aus *einem* Glase zu trinken. Und nun nahm sie ihm das seine aus der Hand und leerte es auf einen Zug.

Die Alte hatte murrend und vor sich hinraunend das Tischtuch weggenommen. Wenn man ein bißchen nachhilft, Mütterchen, könnt Ihr einen blutigen Romanstoff daraus machen, wagte er zu sagen, wobei er sie prüfend ansah. Sie stellte sich aber, als verstände sie nicht, was er meinte, und verließ kopfschüttelnd das Gemach.

Nun sind wir allein, sagte Irma, nun wollen wir uns zusammensetzen und ernsthaft allerlei besprechen. – Vorher möchte ich dir noch ein bescheidenes Andenken überreichen, stammelte er und zog den kleinen Schmuck hervor. – O du großer Kindskopf, rief sie, was fällt dir ein! Meine Ohrringerln scheinen dir zu dürftig für eine in der Alten und Neuen Welt gefeierte Künstlerin. Aber du mußt wissen, ich trüge nie andere, und wenn mir der Schah von Persien Diamanten groß wie Taubeneier in die Ohren stecken wollte. Denn diese meinen hat mir mein armes Mutterl geschenkt, als ich zur ersten Kommunion gegangen bin, das einzige, was ich von Hause mitgenommen habe. Übrigens sollst du mir gar nichts Kostbares schenken, denn ich bin viel reicher als du. Da schau! – und sie lief zu einem alten Schrank an der Wand und nahm ein Blechkästchen heraus, das sie aufschloß, – schau, was für hübsche blanke Dingerln da beieinander liegen, alles Präsente von meinen Verehrern, aber wenn ich einem einzigen anders dafür gedankt habe, als mit einem freundlichen Kopfnicken, will ich auf der Stelle so alt und krummbuckelig werden, wie meine Maruscha. Trag deine schönen Ohrringe nur wieder in den Laden zurück, wenn du kein Schwesterchen hast, dem du sie schenken kannst; für deinen guten Willen aber laß dich küssen. Ich weiß nicht, wie du's anfängst, aber je länger ich dich anschau', desto mehr gefällst du mir.

Sie schlang ihm die Arme um den Hals und küßte ihn, heute weit süßer und feuriger als gestern nacht, daß ihm der Kopf schwindelte vor übergroßem Glück. Als er sie aber gar nicht wieder aus seiner Umarmung entlassen wollte, machte sie sich kräftig los und sagte: Basta für diesmal! Wir dürfen unsere Zeit nicht mit solchen süßen Narrheiten vertändeln, ich hab' dir etwas sehr Wichtiges vorzutragen.

Dabei setzte sie sich auf seinen Schoß, so unbefangen wie ein Kind, strich ihm das dichte braune Haar aus der Stirn und sagte: Höre, wenn du mich so lieb hast wie ich dich, so mußt du mir einen großen Dienst leisten. Ich bin entschlossen, nicht länger bei der Gesellschaft auszuhalten. Man behandelt mich ja so weit nicht schlecht, und ich habe meinen Almansor – versteh, das Schulpferd – und auch die anderen Pferde so lieb, daß mir der Abschied schwer werden wird. Aber du weißt noch nicht – (sie sah düster in ihren Schoß) – da ist nämlich jemand, der mich als sein Eigentum betrachtet – ein wilder, gefährlicher Mensch, ein Vetter des Direktors, der so riesenstark ist, daß er auf dem ausgestreckten Arm ein ausgewachsenes Pferd tragen kann – der gebärdet sich, als ob er mein Mann wäre, obwohl wir nie getraut worden sind. Wenn ich mich ihm widersetzen will, droht er, mich zu erwürgen, und da er rasend in mich verliebt ist, weiß der Himmel, was er noch einmal tut. Augenblicklich ist er nach Köln gereist, um dort alles zu besprechen für unser Auftreten. Aber übermorgen soll er zurückkommen, und es überläuft mich kalt, wenn ich daran denke. Nun, Hans, mein Geliebter, da du ein freier Mann und ein Dichter bist, denn ich denke, alle Dichter sind vogelfrei – nun sollst du mich von hier entführen, gleichviel wohin. Wir verstecken uns in irgendeinem heimlichen Nest, wo der *Barbogio* – so heißt der Wilde – uns nicht auffinden kann. An Geld fehlt mir's nicht, ich nehme auch all meinen Schmuck mit – ja, wenn ich's recht bedenke, wir könnten schon diese Nacht – wart, noch etwas! Ich will dir zeigen, daß ich ein kluges Schätzchen bin, das an alles denkt.

Sie glitt von seinen Knien herunter und huschte aus der Tür. Nicht lange, so trat ein junger Mann ins Zimmer in einem schmucken dunklen Anzug, ein Mäntelchen umgehängt, einen breiten Künstlerhut tief in die Stirn gedrückt. Guten Abend Kamerad! tönte eine tiefe Stimme ihm entgegen. Wohnt hier Fräulein Irma, genannt Fee Delibab? Im nächsten Augenblick flogen Hut und Mantel in den Winkel, und das reizende Geschöpf schlang die Arme wieder um den nun vollends bezauberten Freund. Gelt, ich kann Komödie spielen? rief die Übermütige. Mit mir kannst du überall wagen, dich ehrbar sehen zu lassen, und wenn ich mich unter vier Augen wieder auf meine Mädchenschaft besinne, soll's dein Schade nicht sein!

Du Einzige, Himmlische, süßeste Geliebte! rief er, ihre Küsse erwidernd, aber heute nacht schon? Nein, das ist unmöglich. Ich habe morgen noch –

Ich weiß, was du sagen willst, unterbrach sie ihn. Du mußt dich von dem frechen Menschen erst noch ein bißchen totschießen lassen. Aber daraus wird nichts. Jetzt gehörst du mir, ich habe ältere Rechte auf dich, um ganze vierundzwanzig Stunden ältere. Hernach, wenn du deiner armen kleinen Irma überdrüssig geworden bist, dann ist immer noch Zeit genug, den »dummen Jungen« in deinem oder seinem Blut abzuwaschen. Heute aber und die nächste Zeit, solang' es reicht, gehört jeder deiner Blutstropfen mir. Verstehst du? Hast du den Mut, das nicht ganz in der Ordnung zu finden?

Wieder war sie ihm auf die Knie gesprungen und hatte den einen Arm um seinen Hals gelegt. Siehst du, sagte sie, auch der Himmel ist mit uns verschworen, es ist eine ganz sternlose Nacht. Wenn Mitternacht geschlagen hat, machen wir uns leise davon. Ich kann den Stall öffnen; da hole ich uns zwei der geringeren Pferde heraus, und wir reiten bis an die Morgendämmerung, denn mit der Eisenbahn wärs' gefährlich, da wissen sie gleich, wohin wir entwischt sind. Sobald es dann ohne Gefahr geschehen kann, schicken wir die Gäule zurück und reisen zu Fuß oder zu Schiffe weiter, vielleicht nach Belgien hinein, wo ich schon einmal gewesen bin. O die Welt ist weit, und zwei Liebesleute finden überall gutes Quartier, und bis mir wieder die Sehnsucht kommt, mich auf ein Pferd zu schwingen – aber horch, was war das?

Sie blickte nach dem Fenster, doch der Vorhang ließ sie nicht erkennen, was sich draußen regte. Im nächsten Augenblick aber wurde der leichte Riegel, der die beiden Flügel verschloß, von einer kräftigen Faust gesprengt, und ein riesenhafter Mann schwang sich mit einem lauten Fluch ins Zimmer herein.

Sie hatte nur eben Zeit, sich von dem Schoße des Jünglings herabgleiten zu lassen. An allen Gliedern zitternd, doch mehr vor Zorn über die Störung, als vor Schrecken, stand sie, ihren Geliebten mit ihrem Leibe deckend, vor dem Eingedrungenen. Hinaus! rief sie ihm zu und deutete mit dem ausgestreckten Arm nach der Tür. Was hast du hier zu suchen? Ich gehöre dir nicht an, ich bin frei und kann mir Freunde wählen, wie es mir beliebt!

Der ungeschlachte Geselle antwortete nicht sogleich, sondern betrachtete das Paar mit einem höhnischen Grinsen. Auch Hans war aufgesprungen; er konnte nicht zweifeln, wen er vor sich hatte. Zu anderer Zeit wäre ihm der Riese mehr spaßhaft als furchtbar erschienen. Denn mit dem schwarzen Bart, der fast bis an die Augen reichte, den vorgequollenen wasserblauen Augen und dem gewaltigen Munde, aus welchem zwei Reihen blanker Wolfszähne hervorglänzten, sah er aufs Haar einem Nußknacker ähnlich.

Der Hut war ihm rücklings vom Kopf gefallen, auf dem kurzgeschorene schwarze Borsten sich emporsträubten. So stand er eine Minute lang, die schweren Fäuste wiegend, wie zu einem Boxerkampf. Dann: Aus dem Weg, elende Dirne! knirschte er. Mit dir rechne ich hernach ab. Erst will ich diesem deinem erbärmlichen Milchbart einen Denkzettel geben, daß er das Wiederkommen für ewige Zeiten vergißt!

Er trat einen Schritt näher und hob die Hand, um sie beiseite zu schleudern. Sie aber hatte blitzschnell aus dem Knoten ihres dicken Haars einen langen, schmalen Dolch von spanischer Arbeit gerissen und hielt ihn dem Feinde entgegen. Rühre ihn nicht an! rief sie. Ich bin aufs Äußerste gebracht, und wenn du ihm nur ein Haar krümmst –

Im nächsten Augenblick hatte der Wütende ein Messer ergriffen, welches neben ihrem Teller lag – ein paar Sekunden lang rangen die beiden miteinander, jedes bemüht, dem andern die Waffe zu entreißen; plötzlich aber fuhr die breite, stumpfe Klinge des Mannes seiner verzweifelt kämpfenden Gegnerin in den Hals, ein heller Blutstrahl schoß heraus, und mit einem leisen Ach brach die junge Gestalt vornüber zusammen.

Auch der Jüngling, zu blinder Raserei gestachelt durch diesen Anblick, hatte nach einem Tischmesser gegriffen. Doch ehe er noch dem Feind damit zu Leibe rücken konnte, traf ihn selbst ein sicher gezielter Stoß in die linke Brust, und lautlos stürzte er neben dem hingestreckten Leibe seiner Geliebten zu Boden.

Der November war herangekommen, ein erster leichter Schnee rieselte vom dunklen Himmel, da schlug der junge Dichter in seinem stillen, warmen Zimmer, wo er drei Wochen im Wundfieber gelegen, zum erstenmal mit leise aufglimmendem Bewußtsein die Augen wieder auf und blickte staunend um sich.

Guten Morgen, Hänschen! rief der Freund, der an seinem Bette stand. Endlich ausgeschlafen? Die Nacht war ein bißchen lang, und manchmal dachte ich und wohl auch der Doktor, sie würde erst am Jüngsten Tage ein Ende nehmen. Jetzt aber heißt's fein stille bleiben und langsam sich wieder ans Wachen gewöhnen. Da trink von diesem kühlenden Tränkchen. Bis zum Rheinwein mußt du dich noch eine Weile gedulden.

Hab ich denn das alles nur geträumt? fragte der Jüngling mit schwacher Stimme. Nein, Lieber, du mußt mir alles sagen. Ich falle sonst wieder in meine Fieberglut zurück. Ich bin stark genug – und wenn ich nicht weiß, was aus ihr geworden ist – ob auch sie sich wieder erholt – Um sie brauchst du nicht zu sorgen, versetzte der andere mit einem verhaltenen Seufzer. Es geht ihr vortrefflich, und bleibt ihr nichts zu wünschen. Euren Feind, den Mordgesellen, hat man freilich nicht fassen können, der hat das Weite gesucht, als die Alte, die Stoffhexe, weißt du, hereinstürzte und das holde Liebespaar in seinem Blute liegen sah. Ich kam zum Glück gerade an dem Hause vorbei, sah den Kerl aus dem Fenster springen, und wie ich neugierig herantrat, erschrak ich gewaltig, als ich die Teufelei, die er in dem Zimmer angerichtet hatte, überblickte. Ich habe dann dafür gesorgt, daß du gleich hierhergeschafft wurdest, das arme Liebchen überließ ich der Alten; ein paar Tage später ist die Gauklerbande still davongezogen, vermutlich haben sie ihre Fee Delibab mitgenommen, wenn ihr Name auch nicht mehr auf dem Programm stehen wird. Du siehst aber, lieber Sohn, in was für Mordgeschichten man sich verirrt, wenn man sich der Führung eines so weisen Pädagogen, wie ich bin, entzieht.

Der Kranke ließ das Haupt in das Kissen zurücksinken und lag eine Weile mit geschlossenen Augen. Diesen ganzen Tag versuchte er noch mehrmals, Genaueres von dem Freunde zu erfahren. Der aber verschanzte sich hinter dem Befehl des Arztes, jedes aufregende Gespräch zu vermeiden.

Erst ein paar Tage später, als Hans zum erstenmal das Schmerzenslager verlassen konnte, sagte jener, ihn zu dem Tische führend, auf dem der alte Brokatfetzen ausgebreitet lag: Du wirst Augen machen, lieber Sohn! Denk, mit dem Taschentuch, das ich auf deine Wunde drückte, um das hervorstürzende Blut zu hemmen, habe ich hernach die Muster des alten Lumpens betupft. Ich erinnerte mich während der Nachtwache, daß die Stoffmuhme das Mittel empfohlen hatte, um die verschossenen Farben aufzufrischen. Nun schau, wie trefflich das Rezept sich bewährt hat.

Der Jüngling starrte, beide Hände auf den Tisch gestützt, in tiefem Sinnen auf das alte Gewebe. Da erkannte er wirklich eine wundersame, süßtraurige Historie in wechselnden Bildern abgeschildert, von einem Liebespaar, das nebeneinander auf einem Ruhebett saß, ein Büchlein auf den Knien des Jünglings, in welchem sie gelesen zu haben schienen. Aber ein reizvolleres Geschäft hatte ihre Wißbegierde unterbrochen, ihre Arme hatten sich umfangen und die Lippen, statt die geschriebenen Worte nachzusprechen, aus dem Stegreif allerlei süße Laute gestammelt, bis auch die verstummten. Und dann war ein wilder Geselle hereingestürmt und hatte beide Glücklichen in eine Welt geschickt, in der niemand ihre zärtliche Zwiesprache mehr zu stören vermochte.

Deutlich sah der Dichter die Augen der jungen Frau glänzen und das Lächeln, mit dem sie ihren schönen, blühenden Mund dem Freunde bot. Wie ist mir denn, sagte er. Habe ich diese Geschichte nicht schon irgendwo gelesen und verstehe sie jetzt zum erstenmal? Diese Dame ist lange nicht so schön wie eine andere, die ich gut kenne, und wenn ich die nicht bald wiedersehe, werde ich nicht ganz genesen. Ich bitte dich, Phantasus, sage mir, wo sie hinverschwunden ist. Warum schweigst du? Du willst mir doch nicht das Gräßlichste verhehlen, daß sie –

Der Freund wandte sich ab. Als er sich wieder umkehrte, lag der kaum

Genesene bewußtlos am Boden. Seine Wunde hatte sich wieder geöffnet, ein frischer Strahl war über den Tisch gespritzt.

Auch über diesen Rückfall hob ihn seine Jugendkraft hinweg.

Zu Anfang des März war er so weit erstarkt, daß er, auf den Arm des Freundes gestützt, langsam den Friedhof betreten konnte. Da standen sie lange vor einem Hügel, den ein einfacher Stein bedeckte, und die Augen des Jünglings hafteten fest auf dem Namen »Delibab«, der statt jeder anderen Inschrift in den Stein gemeißelt war, bis ein Schleier heißer Tränen ihm den Blick verdunkelte.

Als er von dieser ersten Ausfahrt wieder nach Hause gekommen war, fing er sofort zu dichten an, ein seltsam trauriges und wonnevolles Spiel, das die Geschichte jenes alten Liebespaars da unten im welschen Land behandelte. Freund Phantasus stand ihm dabei mit gutem Rat zur Seite, und sie förderten das Werk so rasch, daß Hans es schon nach vier Wochen beendet hatte.

Er trug es, da die Tinte noch kaum trocken war, zu dem alten Professor hin, der es sogleich zu lesen versprach. Als der schüchterne junge Poet sich wieder meldete, wurde er aufs freundlichste empfangen. Ihr Trauerspiel ist noch kein Meisterwerk, junger Freund, sagte der alte Kenner. Aber wie weit ist die Kluft zwischen Ihren früheren poetischen Exerzitien und dieser Arbeit! Hier ist Leben und Wahrheit. Und wenn Sie noch zuweilen sich ungeschickt anstellen, so ist's – verzeihen Sie den Vergleich – wie der unbeholfene Lauf eines jungen Neufundländers; die Rasse ist edel. Und dann – mit einem feinen Blick in das noch immer bleiche Gesicht des Jünglings, von dessen Abenteuer er wohl gehört haben mochte – man sieht es jeder Zeile dieser Dichtung an, daß sie mit Ihrem Herzblut geschrieben ist.

HUGO VON HOFMANNSTHAL

1874–1929

Das Märchen von der verschleierten Frau

Die junge Frau des Bergmannes trat ans Fenster der hinteren Stube, um zu sehen, ob die Sonne bald an den Rand des Berges sinken werde. Die Sonne stand aber noch hoch, die Nelken auf dem Fensterbrett warfen ganz kurze Schatten, und von unten rauschte der Bach eine merkliche Kühle herauf. Obwohl die Frau wußte, daß ihr Mann noch lange nicht von der Schicht heimkommen konnte, blieb sie doch am Fenster stehen und spähte durch die dämmernden Laubkronen hinüber auf ein paar gelbrote Flecke zwischen dem Grün: das war der Waldweg. Plötzlich aber mußte sie zurücktreten und sich mit beiden Händen an der Tischkante festhalten: der kleine wohlbekannte Abgrund vor dem Fenster, in dessen Tiefstem der kleine Sturzbach hintoste und über dessen ganzen grünen Abhang der verkrümmte Zweig eines Apfelbaums hinabgriff, verursachte ihr Schwindel. Sie heftete ihre ängstlichen Augen auf ihr dreijähriges Mädchen, das auf dem Fußboden spielte. Das Kind sah lächelnd zu ihr auf, zugleich fühlte die Mutter, wie das warme Blut ihrem Herzen wieder zuströmte. Sogleich nahm das Gesicht der jungen Frau einen hellen verklärten Ausdruck an: denn sie wußte, daß sie ein zweites Kind unter dem Herzen trug, und da sie dieses neue Leben nur erst ahnte und seine Regungen noch nicht fühlen konnte, so nahm sie diese ängstlichen Bewegungen ihres Blutes für eine Bürgschaft seines bewußtlosen Werdens. Sie nahm das Kind, das sie für sich schon »die Große« nannte, bei der Hand und ging aus der Stube. Als sie aber die Tür hinter sich zuschloß und nun auf der dämmrigen Dachtreppe stand, befiel sie ein neues Gefühl von noch viel heftigerer Bangigkeit: ihr war, als hätte sie, da sie die Tür zudrückte, den Deckel über einem Sarge zugedrückt; als wäre mit dem hellen Zimmer das ganze Glück ihres Lebens für immer hinter ihr versunken. Ihre Füße waren wie mit Blei gefüllt, und als sie hinunterkam, mußte sie sich auf den Steinrand des Brunnens setzen und ihre Schläfen pochten. Das Kind ließ sich gleich an der Mauer des Hauses nieder und fing an, mit einem alten verbogenen Zinnlöffel ein Mausloch aufzugraben. Es fragte was; die Mutter gab ihm aber keine Antwort: sie hatte den Kopf gewandt und ihr Blick hatte sich in die dunkle Tiefe des Brunnenschachtes verfangen. Sie sah den finstern Abgrund und sah etwas Lebendes, ihr unendlich Teueres hinabsteigen; sie konnte sich nicht regen, nicht schreien und mußte mit gelähmten Knien, mit starrem Aug geschehen lassen, was geschah. Auf einmal gab eine schnell um sich greifende innere Deutlichkeit ihr zu erkennen, daß es nicht ein gegenwärtiges sondern ein zukünftiges Leid war, dessen Schatten über sie sank wie ein Schleier von Blei. Ihre linke Hand preßte sich gegen ihren Leib: denn ihr war, als fühlte sie dem Leben, das da innen keimte, ein fürchterliches unnennbares Schicksal zubereitet. Allmählich hob sich der Knoten der Angst aus ihr, schien sich zu lösen und sich ringsum, ringsum zu verteilen. Licht und Dunkel, Berg und Bach und Luft schien eine einzige lauernde Gefahr, aber nicht für sie, sondern für das Wesen, das aus ihr geboren werden sollte. In ihrer beklommenen Finsternis glühte das neue Muttergefühl stärker und stärker durch, allmählich wich der

Krampf, in einem rötlichen Dunst stand das Kind vor ihr und zupfte sie am Kleid. Die Sonne war längst hinab, alles stand in kühler Dämmerung, das Kind weinte stark und zog an der Hand, die sie noch immer an den Leib gepreßt hielt. Sie war vier Stunden so gesessen. Sie stand auf und schüttelte das Ängstliche aus den schlaftrunknen Gliedern. Eine feuerfarbene gefüllte Nelke bog sich aus der dunkelnden Schlafstube ihr entgegen, wie ein Lebendiges. Die junge Frau sagte in sich: »Ich darf nicht traurig sein, solange ich es in mir trage, das ist ihm schlecht«, und sie hob die Arme über sich und langte nach der Nelke, sog ihren farbigen Glanz und ihren Duft in sich und sang etwas halblaut, das ihr aus einem alten Gesangbuch geblieben war:

»Ihr Nägelein, so zeigt euch an!
Ihr blüht und glüht, doch ist's ein Kleid:
ist um die Zeit, kommt Ewigkeit,
wird alle Kreatur befreit,
zeigt euch mir an, was wär't ihr dann?«

Sie sang nur um zu singen und ihr Herz achtete nicht auf den Sinn, sondern dachte dem Mann entgegenzugehn, ihn zu küssen und ihm die geheimen Ängstigungen völlig zu verschweigen und zu verbergen. Indem sah sie jenseits des Baches einen zwischen den Büschen hervortreten und den Abhang hinunterklimmen, wie einer, der den Übergang sucht. Er war gekleidet wie ein Bergknappe, aber fremdartig und ganz in einem gleichförmigen dunklen Stoff. Unter der Mütze fiel links und rechts schlichtes braunes Haar in Strähnen herab und umrahmte das blasse junge Gesicht. Mit der Linken hielt er sich an einem Zweig und sah herüber auf die junge Frau. Seine Lippen, konnte sie erkennen, waren dünn wie einander berührende Messerrücken. Es schien, als brächte er eine Botschaft, und keine gute. Er schwang sich an dem Zweig nach rechts hinüber; die Frau ging vor, um die Ecke des Hauses; als sie aber an den Zaun trat und sich vorbeugte, war der Fremde verschwunden, und den Bach hinauf und hinab rührte sich kein Zweig, als die ins Wasser hingen und vom Wirbel ruckweise hin und her gerissen wurden. Es ängstete sie, in der Dämmerung mit den tosenden schreienden Wasserstimmen allein zu sein; sie nahm das Kind, ging in die Küche, zündete ein Licht an und setzte es auf den Herd, noch ein zweites und setzte es in das kleine vergitterte Fenster, dann fing sie an Kartoffel zu schälen, und das Kind freute sich, wie davon ein Schatten an der Mauer herunterlief wie ein gewundenes Band.

Indessen ging ihr Mann die Straße herunter, die von der Tagesöffnung des Bergwerks zum Dorf hinabführte. Er ging bald auf der rechten, bald auf der linken Seite der Straße, wie einer, der in tiefes Denken verloren ist. Auf der alten Steinbrücke über dem dunklen Wassersturz blieb er stehen und strich mit einem erwartungsvollen Blick die Felswand empor bis in die mächtigen drängenden Wolken, die droben noch im Lichte gingen; und blickte dann mit noch erregterer Erwartung in den feuchten rauschenden Abgrund hinab, als müßte sich da, und müßte sich im Augenblick, in lautlosen Angeln eine geheime Tür ihm auftun ins Innere. Denn er wußte: nun war die Zeit da. Es waren Zeichen über Zeichen gewesen, vorher, die hatten bedeutet: nun kommt die Zeit heran. Diese Zeichen hatte er lange nicht verstanden, ihn dünkten sie unscheinbar, obwohl sie wundervoll waren; und obwohl sie Vorzeichen waren, nahm er sie für Erinnerungen. Er nahm sie zu allermeist für vereinzelte grundlose und süße Erinnerungen aus unbestimmten früheren Zeiten seines Lebens. Es geschah ihm, daß er ein unbeschreibliches Wohlgefühl davon hatte, sich mit der linken Hand an die Bergwand zu stützen; oder daß er, wenn die feuchte Kühle des finstern Geklüfts ihn umschlug, die Augen schloß, und sich ganz in sich selber einwühlend, für einen Augenblick in der vollkommenen süßen Unschuld der Kinderzeit zu atmen glaubte. Manchmal kam es ihn so stark an, daß er eine Zeitlang jeden Hammerschlag, den er im Gestein, und dann wieder jeden Schritt, den er im Freien tat, traumweis im Reich der Erinnerung zu tun vermeinte. Und als er eines Tages in solcher Verfassung pochte, stand hinter ihm im Schein der Grubenlampe ein junger fremder Bergmann mit langsträhnigem braunem Haar, der ihm lange zusah, dann mit dünnen Lippen zu reden anfing und ohne den Gruß »Glück auf« ihn vielerlei fragte. »Wer seid denn Ihr?« fragte er selber den Fremden. »Das kann Euch gleich sein«, antwortete der Fremde schnell, »ich bin einmal da und will Euch zu Eurem Glück verhelfen.« »Ich will aber wohl erst wissen, wer und woher Ihr seid«, sagte er noch einmal. Der Fremde zuckte ungeduldig, trat ganz nahe heran und beugte sich über den, der im Gestein saß. »Ich will mich ausweisen«, sagte er, »daß wir recht wohlbekannt sind. Hast du dich heute bei der stillen Arbeit wieder stark *erinnern* müssen?« »Ja«, sagte der andere halb unwillkürlich. »Und hast dich leicht gefragt: Wo tu ich diesen Hammerschlag? tu ich ihn hier oder tu ich ihn tausend Meilen von hier? wie?« Der andere bejahte mit den Augen. »Und wenn du zu Haus bist und gehst aus einem Zimmer ins andere und schlägst eine Tür hinter dir zu und öffnest eine andere, ist dir da nicht, als wären es gar nicht deines Hauses Stuben in denen du umhergehst, sondern als tätest du Türen auf und zu, ganz ganz woanders, tausendmal woanders?« Dem Bergmann war, als schöbe sich in ihm etwas auseinander, sich so durchschaut zu fühlen. »Und lebst so dahin«, redete der Fremde weiter, »und redest nichts und deutest nichts und willst nicht wissen, worauf das alles hinaus soll?« »Ja, soll's denn aus mir hinaus?« fragte der andere, und bei dem bloßen

Gedanken überfiel ihn ein grenzenloses Gefühl von Öde und Verzweiflung. Der Fremde lachte lautlos: »Nichts soll heraus, sondern du sollst hinein. Hineinstoßen muß man so einen in seine eigene Glückseligkeit. So nimmst du denn wirklich das alles für Erinnerungen? Hast du denn je in früheren Zeiten ein solches Glücksgefühl verspürt? Ahnst du denn nicht, daß es lauter Vorzeichen sind, luftige Vorausspiegelungen, nichts als Vorgefühle des namenlosen Glücks, das auf dich wartet? Muß dir die verschleierte Frau noch viele Boten schicken, bis du dich aufmachst, zu ihr zu kommen?« Bei diesem geheimnisvollen Namen war dem Bergmann, als entzündete sich über seinem Kopf eine Lampe und durchdränge mit der Gewalt des Lichtes die Dumpfheit des finstern Gesteins rechts und links und oberhalb, ja auch seinen ganzen Leib und was unter ihm war, so daß er selber durchleuchtet inmitten durchschienener Gewölbe über durchfunkeltem Abgrund fest dastand. Und aus dem Innersten her durchsetzte ihn ein unnennbares völlig neues und doch überaus bestimmtes Gefühl seiner selbst, in dem alle die früheren ahnungsweisen Glücksgefühle enthalten waren, aber nur wie kleine Bläschen, die sich augenblicklich in der kristallenen flutenden leuchtenden Klarheit des Ganzen auflösten. Er sah die Gestalt des Fremden kleiner und undeutlicher vor sich, als stünde jener weit unten und jenseits bergestiefer Schluchten. Es drängte ihn, dem Fremden etwas zuzurufen: »Ich gehe meine Herrin aufzusuchen«, diese Worte kamen aus seinem Mund, ihn selber überraschend, und verschwebten klanglos in einem so ungeheueren Raum, daß ihn schwindelte. In diesem Augenblick hörte er schwere schlürfende Schritte sich nähern und hörte sich beim Namen rufen: »Hyacinth«, und nochmals »Hyacinth«. »Siehst du ihn?« sagte eine andere Stimme. »Mir scheint, er schläft«, antwortete die andere, »oder er redet mit einem Venediger.« Der Schein einer Grubenlampe schwankte heran und in dem finstern Gange standen vor Hyacinth zwei Bergleute, die im Nachbarstollen arbeiteten. Der Fremde war verschwunden. »Ist dir deine Lampe ausgegangen?« fragte der eine. Hyacinth gab keine Antwort. Schweigend raffte er sein Zeug zusammen und ging hinter den andern her bis an den Förderschacht und fuhr zutage. Seine Füße trugen ihn aus Gewohnheit den Weg nach Hause; er ging bald auf der rechten, bald auf der linken Seite der Straße und wußte kaum, wo er ging; er fühlte nur das tiefe Müssen, das ihn zu der verschleierten Frau hintrieb, deren fernes verborgenes Dasein ihn überwältigte, daß er sie stärker leben fühlte als sich selber. Jenseits der gewölbten Brücke tat er einen unsicheren Schritt und stieß mit dem Knöchel hart gegen einen Stein. Als er den Schmerz fühlte, dachte es in ihm: »Der da hingeht und mit dem Fuß an die Steine stößt, der bin ich ja gar nicht. Ich bin ja der, der hinüber gehört«, und da er in diesem Augenblick den Kopf emporwarf und über sich im letzten schon erkaltenden Himmelslicht einen Sperber kreisen sah, dessen heftiges Schreien herniederdrang, so überkam es ihn einen Augenblick, daß er nicht wußte, ob er die Kreatur war, die drunten an der dunkelnden Bergwand vor sich schritt, oder die andere, die mit ausgebreiteten Flügeln droben hinglitt. Nun wußte er aber, daß dieses alles nur Vorausspiegelungen dessen waren, was ihn erwartete. Als er vor seinem Haus stand und den Lichtschein sah, der aus dem kleinen vergitterten Küchenfenster fiel, warf er über das alles einen sonderbaren Blick: es war ihm zumute, als hätte er das alles seit Jahren nicht gesehen und sähe es auch jetzt nicht wirklich, sondern als käme er nur in einem beklommenen Traum daran vorüber. Er trat an das erleuchtete Fenster, um hineinzusehen: da bemerkte er, daß wohl die Gitterstäbe auf die getünchte Mauer seitlich einen schwarzen scharfen Schatten warfen, sein Kopf aber nicht. Er hob die Hand zwischen das Licht und die Mauer, und auch die Hand warf keinen Schatten. Er trat ins Haus, hing seine Kappe an einen Nagel und öffnete die Küchentür. Seine Frau fuhr vor Schrecken, als er hereintrat, von dem niedrigen Holzschemel auf, und das Messer, mit dem sie geschält hatte, fiel klirrend zu Boden. »Du bist es, du, du!« brachte sie mühsam hervor, und ihr erschrockenes Gesicht lächelte gleich, und sie hing sich an ihn, indes die Kleine, den Kopf an der Mutter Knie gedrückt, angstvoll weinte. »Daß ich sitze und horche«, sagte die Frau, »und jede Maus höre, jeden Käfer draußen, und hör dich nicht, nicht gehen im Garten, nicht die Tür auftun, nicht in den Flur treten und nicht hereinkommen! Davon sind wir beide so erschrocken. Es war, wie wenn die leere Luft auf einmal eine menschliche Gestalt bekommen hätte, so warst du auf einmal da.« Sie gingen in die andere Stube, das Nachtmahl war schnell aufgetragen, und das Kind beruhigte sich bald bei seiner Milch. Jedesmal, wenn die Frau mit einer Schüssel oder einem reinen Löffel zum Tisch und in den Schein des Talglichtes trat, schien ihr junges argloses Gesicht dem Hyacinth verändert. Er hatte das Licht gleich so gestellt, daß auf ihn kein rechter Schein fiel. Das Kind saß ganz im Licht und wie sich die Frau zuletzt niederbeugte, um dem Kind den Mund abzuwischen, glaubte er eine zahnlose Greisin zu sehen, die mit ihren welken Wangen und eingefallnen Schläfen wie gierig nach lebendiger Wärme an dem weichen blonden leuchtenden Kinderkopf langsam hinstrich.

Er stand auf und sagte: »Ich bin recht müde und will mich gleich niederlegen.« Dabei nahm er das Licht in die Hand und hatte acht, sich schnell durch die Tür zu drücken. Die Frau entzündete noch einen Span, gab ihn dem Kind zu halten und räumte schnell den Tisch ab. Als Hyacinth die Tür hinter sich zugedrückt hatte, zuckte das Licht in seiner Hand, und wo es seinen unsteten blaßgelben Schein hinwarf, da schien dem Mann im Gehen sein ganzes Haus verändert, die Mauern alt und mit unheimlichen Rissen wie das Gemäuer eines alten Kirchhofs, die Dielen sogar seltsam und traurig verändert, die Klinken an den Türen verwahrlost und wie wenn seit vielen vielen Jahren keine Hand sie berührt hätte. Er zog sich aus und legte seine Kleider auf einen Stuhl neben dem Bett; das Licht hatte er auf ein Gesims an der Wand gestellt, und von dort beschien es die Kleider, und sie sahen traurig aus wie das Bündel Kleider des unbekannten Verstorbenen, das manchmal im Amt auf einem Tisch neben dem zugedeckten Leichnam ausgestellt ist. Indem kratzten die Frau und das Kind an der Tür; ihr Span war ihnen ausgegangen und sie fanden lange die Klinke nicht. Wie sie hereintraten, hatte Hyacinth Mühe sich zu besinnen, wer diese Frau und dieses Kind denn wären und wie es käme, daß sie mit ihm in einer Kammer schliefen. Die da ihr Kind zu Bett legte und zudeckte, die in Strümpfen lautlos umherging und ihr Haar aufflocht, erschien ihm wie eine Tote, die in ihrem weißen Linnen aus dem Grab hervorgestiegen war, ein sonderbares wortloses Spiel zu treiben. Als sie ihr Gesicht ihm zukehrte, zu sehen, ob er schlafe, und dabei den Atem aus ihrem jungen Mund über die halboffenen Lippen blies, sah er unter ihrer Haut den beinernen lippenlosen Schädel und schlug unter innerem Stöhnen, das eine tiefe Erstarrung aber nicht zum Laut werden ließ, mit der Hand das Licht aus.

Nun stand die gewohnte liebe Gestalt im Dunkel; über dem weißen Hemd floß das dunkle Haar von den Schultern zur Brust; mit eingehaltenem Atem sah sie auf ihn hin, und da sie ihn eingeschlafen glaubte, so nickte sie mütterlich zufrieden. Dieses Nicken kam noch zu ihm; schon in die grundlose Tiefe eines auflösenden Schlafes versinkend hing sich sein Bewußtsein noch einen Augenblick daran wie an einen süßduftenden Zweig. Er fühlte sich noch lächelnd, fühlte das andere Bette sich leicht bewegen und war eingeschlafen. Er erwachte und wußte, daß eine Stimme seinen Namen gerufen hatte; er richtete sich im Bette auf und wußte sogleich, daß nun der Anfang gekommen war. Er konnte aufstehen und das Bett ächzte nicht; er trat auf die Dielen, er kam in seine Kleider und es gab keinen Laut. Er hörte den ruhigen Atem der Frau, den schnellern des Kindes und draußen den nächtlich rauschenden Bach: da rief es nochmals. Er schwang sich durchs Fenster hinaus ins Freie und lief durch das tauige Unkraut hinab an die Straße. Die Straße lag leer da im Mond und stieg hinauf in den Wald und lief hinab ins dämmernde große Tal. Er stand nicht lange, da kam von droben her ein Lärm, halb Rauschen halb Dröhnen, anders als das Brausen der Wasserstürze und das Abrollen der Felsblöcke. Es kam näher, und sogleich brach es zwischen den nächtig riesenhaften Tannen mit schallendem Hufschlag, wildem Schnauben und schwerem Rollen hervor, dröhnte heran und war eine Kutsche, größer als die des Fürstbischofs von Brixen, und als sie vor Hyacinth ankam, riß der Kutscher, ein Großer mit finsterem rotfunkelndem Gesicht, die vier schweren schnaufenden Gäule zusammen, und der Wagenschlag sprang auf, nach der Seite wo Hyacinth stand, und er hinein und fiel mit dem Rücken in die Polster, so rissen die vier den Wagen dröhnend weiter.

Aus den Notizen

Sein Zurückkommen: durch den Brunnen, in sein Schlafzimmer, mit verwandelten Augen, bei erster Hahnenkraht, vor Sonnenaufgang. Blumen in der Morgenluft sich wiegend. In der letzten Zeit hat er gefühlt, ganz nahe der verschleierten Königin zu sein, die in ihrem Leib das Leben trägt. Die Frühluft, trächtige Sterne.

Rückkunft: in einem Spiegel sieht er die im Bett liegende Frau, im ersten Sonnenstrahl, erkennt sie aber nicht. Auf ihrer Brust bewegt sich lebendiges Geschmeide. »Ich wußte es«, sagte die Frau, »die Nelken flammten, und noch zwei Zeichen: die Große las es in den Sternen (sah den Schwan).« – In seinem Munde bildet sich das Wort »Du«.

GUSTAV MEYRINK

1868–1932

Das Fieber

Alchimist: Wer bist du, trübes Ding im
Glase hier, sag an.
Der Stoff in der Retorte: Ater corvus sum.

Es war einmal ein Mann, den verdroß die Welt so sehr, daß er beschloß, im Bette liegen zu bleiben. Jedesmal, wenn er aufwachte, wälzte er sich auf die andere Seite, und so gelang es ihm, jedesmal noch ein bißchen weiterzuschlafen. Aber eines Tages ging es durchaus nicht mehr. Es ging nicht mehr und ging nicht mehr.

Da lag der Mann im Bette und blieb ganz unbeweglich, aus Furcht, es werde ihn frösteln, wenn er seine Lage verändere.

Von seinem Kopfkissen aus war er gezwungen, durch das Fenster ins Freie zu sehen, und eben jetzt, wo er ganz ausgeschlafen war, ging es dem Sonnenuntergang zu.

Eine breite, goldgelbe Wunde klaffte quer über den Himmel unter einem dunklen Wolkenkopf hervor.

Es geht nicht an, gerade um diese unglückselige Stunde herum aufzustehen, sagte der Mann zähneklappernd, – und fürchtete sich noch mehr vor dem Frösteln als vorher, – auch für einen, den das Leben nicht so verdrießt, wie mich. Elend stierte er wieder in das Abendgelb unter dem glimmenden Nebelsaum.

Eine schwarze Wolke hatte sich losgetrennt, wie ein geschwungener Flügel geformt, mit befiedertem Rand.

Da kroch langsam im Hirn des Mannes – mit den flaumigen Umrissen eines pelzigen Muffs eine Erinnerung an einen Traum aus ihrer Höhle heraus. An einen Traum von einem Raben, der ein Herz ausgebrütet.

Und die ganze Zeit seines Schlafes über hatte er sich mit diesem Traum herumgeschlagen. Dessen war sich der Mann jetzt deutlich bewußt.

Ich muß es herausbekommen, wem dieser Flügel gehört, sagte er, stieg im Hemde aus dem Bett – und die Treppe hinunter auf die Straße. Immer weiter ging er so, immer dem Sonnenuntergang zu.

Die Leute aber, denen er begegnete, raunten: »Pst, pst, pst, leise, leise, er träumt doch das alles bloß!«

Nur der beeidete Hostienbäcker Vrieslander glaubte sich einen Spaß machen zu dürfen. Er stellte sich ihm in den Weg, spitzte den Mund und machte runde Augen wie ein Fisch. Sein dünner Schneiderbart schien noch gespenstischer als sonst. Mit den mageren Armen und Fingern machte er eine verrenkte sinnlose Geste und verdrehte die Beine ganz seltsam. »Ssst, ssst, nur gemach, hörst du«, flüsterte er dem Manne giftig zu, »ich bin das Kichern, weißt du, das Kich...« und schnellte plötzlich das spitze Knie zur Brust empor, riß den Mund auf und wurde bleifarben im Gesicht, als habe ihn mitten in seiner tänzelnden Stellung der Tod ereilt.

Dem Manne im Hemde sträubte sich das Haar vor Grauen, und er lief aus der Stadt hinaus. – – – Über Wiesen und Stoppelfelder, immer dem Sonnenuntergange zu, und immer mit bloßen Füßen.

Zuweilen trat er auf einen Frosch.

– – – – Erst in der Nacht, als sich längst der glühende Riß am Himmel wieder geschlossen, erreichte er die weiße, langgestreckte Mauer, hinter der der Wolkenfittich verschwunden war.

Er setzte sich auf einen kleinen Hügel. Ich bin hier auf dem Friedhof, je nun, sagte er sich und sah um sich, je nun, das kann ein arger Kitsch werden. Aber ich muß doch erfahren, wem der Flügel eigentlich gehört!

Als die Nacht vorrückte, wurde ihr Schein allmählich heller, und der Mond kroch langsam über die Mauer. Eine gewisse Art dämmernden Erstaunens legte sich an den Himmel.

Wie der Mondglanz grell auf den Flächen schwamm, schlüpften hinter den Grabsteinen, an den Seiten, die dem Lichte abgewandt waren, blauschwarze Vögel aus der Erde und flogen lautlos in Scharen auf die kalkbetünchte Mauer. Dann lag eine lange Zeit eine leichenhafte Unbeweglichkeit auf allem.

Es ist der dunkle Wald in der Ferne, der aus den Nebeln taucht, natürlich, und in der Mitte der runde Kopf: das ist der Hügel mit seinen Bäumen, träumte der Mann im Hemde, doch als seine Augen schärfer sahen, da war es ein riesiger Rabe, der mit ausgespannten Schwingen auf der anderen Mauer saß.

Ah, der Flügel, – besann sich der Mann und war sehr zufriedengestellt, der Flügel – – – Und der Vogel brüstete sich: »Ich bin der Rabe, der die Herzen ausbrütet. Wenn einem Menschen ein Sprung am Herzen geschieht, so fahren sie ihn schnell heraus zu mir.« Dann flog er von der Mauer herab auf einen Marmorstein, und der Wind von seinem Flügelschlag roch wie verwelkte Blumen.

Unter dem Marmorstein aber lag einer seit heute morgen bei seiner Familie.

Der Mann im Hemde buchstabierte einen Namen und wurde sehr neugierig, was für ein Vogel aus diesem gesprungenen Herzen kriechen würde, denn der Verstorbene war ein bekannter Menschenfreund gewesen, hatte sein ganzes Leben für Aufklärung gewirkt, nur Gutes getan und gesprochen, die Bibel gereinigt und erhebende Bücher geschrieben. Seine Augen schlicht und ohne Falsch – wie Spiegeleier, – stets hatten sie Wohlwollen gestrahlt im Leben, und auch jetzt noch im Tode stand:

»Üb immer Treu und Redlichkeit
bis an dein kühles Grab
und weiche keinen Finger breit
vom Weg des Rechten ab«

in goldenen Lettern auf seiner Gruft.

Der Mann im Hemde war sehr gespannt. Aus dem Grabe drang leises Knistern, wie sich der junge Vogel aus dem Herzen löste, – und da flog's auch schon – pechschwarz – mit Gekrächz hinauf zu den andern auf die Mauer. – –

»Das war aber doch wirklich vorauszusehen; – oder? Haben Euer Liebden vielleicht ein Rebhuhn erwartet?« spottete der Rabe.

»Etwas Weißes hat er doch«, sagte der Mann verbissen und meinte damit eine leichte helle Feder, die deutlich abstand. Der Rabe lachte. »Der Gänseflaum? – Der ist doch nur angeklebt. Vom Daunenkissen, worauf der Tote immer schlief!« und weiter flog er von Grab zu Grab und brütete da und brütete dort, und überall wurde es flügge und kam schwarz aus dem Boden geflattert.

»Alle, alle sind sie schwarz?« fragte der Mann beklommen nach einer Weile.

»Alle, alle sind sie schwarz!« brummte der Rabe.

Da bereute der Mann im Hemde, daß er nicht in seinem Bette geblieben war.

Und wie er empor zum Himmel blickte, standen die Sterne voll Tränen und blinzelten. Nur der Mond glotzte vor sich hin und begriff nicht.

Auf einem Kreuz aber saß mit einemmal regungslos ein Rabe, der glänzte schneeweiß. Und es schien, als käme all der Schimmer der Nacht von ihm. Der Mann sah ihn erst, als er zufällig den Kopf nach ihm wandte. Auf dem Kreuz die Inschrift nannte den Namen eines, der war ein Müßiggänger gewesen ein Leben lang.

Der Mann im Hemde kannte ihn gut. Und er sann lange nach.

»Welche Tat hat denn sein Herz so weiß gemacht?« fragte er endlich.

Der schwarze Rabe aber war mürrisch und mühte sich unablässig, über seinen eigenen Schatten zu springen.

»Welche Tat, welche Tat, welche Tat?« quälte der Mann ruhelos.

Da fuhr der Rabe zornig auf: »Glaubst du, *Taten* können weiß machen? Du... Du... *kannst* ja nicht einmal eine Tat *tun!* – Eher spränge ich noch über meinen Schatten. Der morsche Hampelmann auf dem kleinen Grab – siehst du ihn? er gehörte einst dem Kinde dort unten – der morsche Hampelmann glaubte auch eine lange Zeit, er fuchtle in der Welt herum. Weil er die Schnüre nicht sah, an denen er hing, und es nicht wahr haben wollte, daß ein Kind mit ihm spiele. Und du!? Und du!? Was glaubst du wohl, wird mit *dir* sein, wenn das – – ›Kind‹ ein anderes Spielzeug sucht!; – Wirst alle viere von dir strecken und ver...«, der Rabe blinzelte listig zur Mauer hin, – »und ver–« »– – – recken!« krächzte die Rabenschar, fröhlich, daß sie auch einmal dran kam.

Da erschrak der Mann im Hemde ganz außerordentlich.

»Und was denn sonst hat sein Herz so weiß gemacht? Hörst du denn nicht, – was denn sonst hat sein Herz so weiß gemacht?« fragte er.

Unschlüssig trat der Rabe von einem Bein aufs andere: »Es muß wohl die Sehnsucht gewesen sein. Die Sehnsucht nach etwas Verborgenem, das ich nicht kenne und auf der Erde nirgends gefunden habe. Wir alle sahen seine Sehnsucht wachsen wie ein Feuer und begriffen es nicht; – es verbrannte sein Blut und endlich sein Hirn – – wir begriffen es nicht – –«

Den Mann im Hemde faßte es eiskalt an: ---- Es Schien Das Licht In Der Finsternis, Und Die Finsternisse Haben Es Nicht Begriffen --!

--- »ja, wir begriffen es nicht«, fuhr der Rabe fort, »doch einer der gigantischen schimmernden Vögel, die im Weltenraume unbeweglich schweben seit Anbeginn, erspähte die flammende Lohe und stieß herab. – Wie Weißglut. Und Er hat auf jenes Menschen Herz gebrütet Nacht um Nacht.«

Scharfe Bilder traten dem Mann im Hemde vor das Auge, Bilder, die in seinem Gedächtnis nicht hatten sterben können, – Geschehnisse im Schicksal des Müßiggängers, die immer noch von Mund zu Mund gingen unter den Leuten: – Er sah jenen Menschen unter dem Galgen stehen -- der Henker zog ihm die leinene Maske übers Gesicht -- die Feder, die das Brett unter den Füßen des armen Sünders kippen sollte, weigerte sich, – da führten sie ihn weg und rückten das Brett zurecht.

Und wieder ordnete der Henker die leinene Maske -- und wieder versagte die Feder. Und als nach einem Monat abermals der Mensch dort stand, die leinene Maske über den Augen, -- da brach die Feder.

Die Richter aber ergrimmten und bissen die Zähne zusammen über -- den Zimmermann, der den Galgen so schlecht gezimmert hatte.

Dann verschwand die Vision. –

»Und was ist aus dem Menschen geworden?« fragte voll Grauen der Mann im Hemde.

»Ich habe sein Fleisch gefressen und seine Gebeine, die Erde ist kleiner geworden um das Stück, das sein Leib groß war«, sagte der weiße Rabe.

»Ja, ja«, flüsterte der schwarze, »sein Sarg ist leer, er hat das Grab betrogen.«

-- Das hörte der Mann, und sein Haar sträubte sich, er zerriß sein Hemd über der Brust und lief hin zu dem weißen Vogel, der auf dem Kreuze saß: »Brüte mein Herz, brüte mein Herz! Mein Herz ist voll Sehnsucht ---!« Doch der *schwarze* Rabe warf ihn mit den Schwingen zur Erde und setzte sich schwer auf ihn -- die Luft roch nach sterbenden Blumen -- »Daß Euer Liebden nur nicht irren: Gier und nicht Sehnsucht schläft in Euer Liebden Herz! Ja, das möchte mancher gerne probieren vor dem Kre---«, listig blinzelte er zur Mauer hin. »– vor dem Kre---?« »--- pieren!« pfiff die Rabenschaar, entzückt, daß sie schon wieder dran kam.

– Die Hitze seines Leibes ist fremdartig und erregend wie das Fieber, fühlte der Mann, dann zerflatterte sein Bewußtsein.

Als er nach langem Schlaf erwachte, da stand der Mond gerade im Zenit und starrte ihm ins Gesicht.

Der Glanz hatte die Schatten getrunken und troff an den Steinen herab von allen Seiten.

Die schwarzen Raben waren fortgeflogen.

Noch hatte der Mann ihr hämisches Gekrächz in den Ohren und verdrossen stieg er über die Mauer in sein Bett.

Schon stand da auch im schwarzen Rock der Herr Medizinalrat, faßte seinen Puls, schloß die Augen hinter der goldenen Brille und babbelte lang und unhörbar mit der Unterlippe. Suchte dann umständlich in seinem Taschenbuch und schrieb auf einen Zettel heraus:

Rp:
Cort. chin. reg. rud. tus 3ß
coque c. suff. quant. vini rubri, per horam .... j
ad colat 3viij
cum hac inf. herb. abs. 3j
postea solve
acet. lix 3j
tunc adde
syr. cort. aur 3ß
M. d. ad
vitr. s.
3 mal täglich ein Eßlöffel.

Und als er damit fertig war, schritt er mit Weihe zur Türe, sah noch einmal zurück und sagte geheimnisvoll, den Zeigefinger würdig erhoben:

»Gögön das Fübör, gögön das Fübör.«

PAUL SCHEERBART (BRUNO KÜFER)

1863–1915

Die neue Maschine

Ein Sturmmärchen

Jetzt sind nur noch zweihundert Schrauben festzumachen, und dazu kommt nur noch das bischen Rechnen und die Regulierung des Stangenwerks – das kann ich heut, morgen und übermorgen schaffen – es wird gehen.«

Also sprach der Zwerg Napâri, zündete sich eine neue Pfeife an und trank einen Labommel-Schnaps.

Da heulte der Wind im Schornstein.

»Laß ihn heulen!« dachte der Zwerg, während er sich wieder eifrig mit seinen Schrauben beschäftigte.

Die Schrauben an der Maschine, die der Zwerg baute, waren sehr kompliziert: manche funkelten, als wären sie mit Brillanten besetzt, sodaß es in der Stube, in der nur eine Hängelampe brannte, die ihr Licht nur nach unten ausstrahlte, recht hell zu sein schien: Glanzlichter blitzten oben in den Kruken und Gläsern, die auf den Regalen standen, immer wieder lichtschaffend auf – und auch in den Butzenscheiben der Fenster ging ein Geflimmer immer wieder auf und nieder – selbst die Messinghenkel an den Schränken und Kommoden erhielten Leuchtkraft durch die komplizierten funkelnden Schrauben. Und der Sand auf den gescheuerten Dielen sah aus wie frierender Schnee im Mondenschein.

Und auf der einen Seite der Maschine saß eine weiße leuchtende Katze auf den Hinterbeinen, und auf der anderen Seite der Maschine saß ein schwarzer Pudel auf den Hinterbeinen. Die beiden Tiere blickten unablässig hinüber zu ihrem Herrn, dem Zwerg Napâri, der fleißig arbeitete – zuweilen mit der Lupe, wobei ihm regelmäßig die kurze Hornpfeife ausging.

Und der Wind knatterte, als bestände die Luft aus lauter langen Fahnen – und er rüttelte an der Hausrinne, daß der Hund sich scheu umblickte.

Und Knubbel, Napâris Gattin, kam in die Stube und sagte traurig:

»Alter, es giebt Sturm!«

Und der Regen prasselte gegen die Butzenscheiben, daß der Spektakel ganz furchtbar wurde.

Napâri hielt in der Arbeit inne, sah nach den Butzenscheiben und rief dann heftig:

»Knubbel, es regnet ja durch!«

Knubbel holte einen Eimer und Leinwandtücher und trocknete die Fensterköpfe ab und wand die Tücher über dem Eimer aus und sagte leise:

»Alter, bei dem Wetter kannst Du doch nicht arbeiten. Verrechne Dich man nicht!«

Der Wind wurde zum Sturm und bullerte jetzt wie umfallende Lastwagen und pfiff so gellend wie ein betrunkener Nachtwächter und rumorte so ungestüm, daß einem angst und bange werden konnte.

Napâri steckte sich Watte in die Ohren – aber das half rein garnichts – der arme Zwerg wurde ganz wild, und er lief in der Stube umher, als hätte er Feuer unter den Fußsohlen.

Da kam aber schon Knubbel mit einem Tablett, auf dem zwei Gläser klirrten neben einer Flasche Jamaika-Rum und einer Kanne voll heißen Wassers.

Und die Beiden tranken nun Grog, während der Sturm immerzu in denselben fauchenden Tönen das Haus des Zwerges umwütete; das Gestöhn und Geächze der Bäume und das Brausen des Waldsees hörten sich an, als wenn die Geister in den Lüften sinnverwirrende Schlachten schlügen.

Napâri trank sein Glas aus und sah sich seine Maschine an und sagte mit schmerzlichem Lippengezuck:

»Knubbelchen, Du hast ganz recht – bei dem Radau kann ich nicht arbeiten. Das wird ja nett. Hoffentlich hört's bald auf!«

Doch es hörte nicht auf – der Orkan schnaubte und fauchte ohn Unterlaß wie ein alter Lindwurm, der Hunger hat; die Drachenmusik war nicht von Pappe; durch die Watte wirkten die Wuttöne in den Ohren nur noch schauerlicher – so dumpf und unheimlich.

Und Napâri wurde nun ebenso wütend wie der alte Sturm: beim dritten Glas Grog schrie er heftig:

»Wenn das so fortgeht, wird die Maschine zu Sylvester nicht fertig.«

Und dann rannte der kleine Mann wieder in der Stube herum wie ein Tiger in seinem Käfig, wenn's nichts zu essen gibt; Knubbel wischte sich mit ihrer blauen Schürze eine dicke Salzträne aus dem linken Auge raus – der Zorn ihres Mannes war ihr immer so schrecklich.

Der Sturm pfiff jetzt wie tausend Lokomotiven.

Der Waldsee rauschte wie ein Ocean.

Knubbel aber rief durch das Gepfeife und Gerausche:

»Mann, denk doch nicht mehr an die Maschine! Wozu willst du sie fertig machen? Komm und erzähl mir noch einmal ganz genau, was die alte Fee gesagt hat!«

Knubbel brachte ihrem Gatten das vierte Glas Grog, und sie setzten sich zusammen aufs Sofa. Der Zwerg kam durch das heiße Getränk wieder in bessere Stimmung und sprach zu seiner Frau ganz friedlich das Folgende:

»Liebes Knubbelchen, die Fee hat mir fest versprochen, daß sie mir, wenn ich ihr in diesem Jahre – also noch in diesem Dezember – die Maschine ganz nach ihren Angaben fertig mache, die Kapsel mit dem Uhrwerk herausgeben würde. Und mit dem Uhrwerk würde die Maschine funktionieren – ohne das Uhrwerk nicht. Meine Arbeit muß aber am Sylvesterabend Punkt zwölf Uhr fix und fertig sein. Über die Wirkung und über die Bedeutung der Pillen, die wir mit dieser Maschine herstellen wollen, hab ich Dir ja wohl schon alles Nötige mitgeteilt.«

Frau Knubbel-Napâri versetzte lachend:

»Wenn Dich die olle Fee nur nicht gründlich anführt! Aber ich will alles glauben; ich glaube Dir ja so gern. Verstehen kann ich nur nicht, daß diese Pillen bloß den Menschen was nützen sollen.«

»Die Menschen«, unterbrach sie Napâri, »werden nach dem Genuß der Pillen alle Nervosität verlieren und in den Stand gesetzt, ihr Leben ganz in Ruhe so zu genießen, wie es bislang nur den höher entwickelten Wesen möglich war. Die feinen Beruhigungspillen werden aus der Menschheit eine unglaublich vollkommene Gesellschaft machen.«

»Das hast Du«, versetzte Knubbel lebhaft, »mir schon tausend Mal erklärt. Hör bloß den Sturm! Wenn Du den doch beruhigen könntest! Verstehen kann ich nur nicht, weshalb Du grade die Menschen so glücklich machen willst. Du bist doch kein Mensch. Und die Menschen verdienen gar nicht, so vollkommen zu werden. Sie sind allesamt zu schlechte Geschöpfe. Lies hier von den Greueln, die wieder von Deinen Menschen verbrochen wurden.«

Und mit diesen Worten überreichte Knubbel ihrem Gatten ein zerknittertes Zeitungsblatt.

Napâri las, und seine Züge verfinsterten sich: er legte seine Pfeife in die Sophaecke.

»Woher hast Du das?« fragte er heiser.

Der Sturm jagte jetzt mit prasselndem Hagel durch den Schornstein, die Thür ging auf, die Hängelampe geriet ins Schaukeln, Hund und Katz krochen unters Sopha.

»Von einer alten Hexe hab ich das Blatt!« sagte Knubbel, während sie die Thüre leise zumachte.

Napâri ging nochmals an seine Maschine und wollte das Stangenwerk – eine sehr komplizierte Arbeit – in Ordnung bringen. Indes dem Zwerge gelang nichts: es war ihm bei dem Sturm unmöglich, die Gedanken zusammenzuhalten.

Und so legten sich denn die beiden Alten bald zu Bett. Und sie träumten wildes Zeug zusammen, in dem das Gedonner und Gekrache und Gepolter gar kein Ende nehmen wollte; die ganze Sturmmusik ward ihnen zum scheußlichsten Hexensabbath, in dem alles drunter und drüber ging.

Am nächsten Morgen mußte Knubbel den Fußboden der Stube mit sehr viel Leinewand abtrocknen und neuen Sand streuen; der Orkan hatte ein paar Eimer Regenwasser durch die Fenster getrieben.

Das Unwetter hatte noch immer nicht aufgehört. Trotzdem machte sich der Zwerg nach dem Kaffee abermals an seine Arbeit, während Knubbel ein zweites Zeitungsblatt auf den Tisch legte.

»Wieder nette Geschichten von den braven Menschen, die sich unermüdlich gegenseitig zu Tode quälen.«

Also sprach Knubbel, während sie das Kaffeegeschirr in die Küche trug.

»Das Blatt lag im Hausflur!« rief Knubbel noch in der Thüre.

Napâris Züge verfinsterten sich wie am Tage vorher, als er das Blatt las. Der Waldsee rauschte dazu wie ein Ozean; Katz und Hund saßen da, als wenn sie sich schämten, in diesem Jahrhundert geboren zu sein.

Und Napâri ging den ganzen Tag immer wieder und wieder an seine Arbeit – und immer wieder mußte er die Geschichte sein lassen – es ging nicht mehr.

Als Knubbel in der Dämmerstunde die Hängelampe ansteckte und das Mittagessen auftrug, saß der arme Zwerg ganz gebrochen in der Ofenecke. Papierstreifen, auf denen sehr viele Zahlen standen, lagen in der ganzen Stube zerstreut umher. Hund und Katz schlichen langsam um die Maschine herum, die so glänzte wie sonst am Abend.

»Ich werde nicht fertig!« sagte der Zwerg seufzend. Und er saß da neben dem Ofen wie ein steinalter Meergreis. Der Sturm heulte wie Millionen hungriger Wölfe.

»Und wenn Du«, rief Knubbel, »bis morgen Abend um zwölf Uhr nicht fertig bist, so ist alle Müh umsonst gewesen und Du hast Dich gequält für rein garnichts.«

Beim Essen schwiegen beide; viele Pilze blieben liegen und wurden alt und kalt: Knubbel ärgerte sich.

Nachher beim Grog ward auch kein Wort gewechselt. Napâri hob alle seine Papierstreifen auf und wollte trotz Sturm und Regen wieder an die Arbeit gehen, sprang aber plötzlich hoch in die Luft und schlug mit der Faust auf seine Maschine, daß es einen großen Knax gab.

»Dieser Orkan!« schrie der Zwerg und begab sich, ohne weiter an den Knax zu denken, in sein Schlafgemach. Knubbel folgte.

Als nun aber auch am nächsten Morgen der Sturm ruhig weitertobte, ergriff den Napâri die Wut – er holte sein blankes Beil aus der Küche und schlug mit dem sein blankes Machwerk – seine neue Maschine – kurz und klein.

Der alte Zwerg setzte sich nach dieser seiner Tat in seine Sophaecke, zerknitterte die Zeitungsblätter, die auf dem Tische lagen, und rauchte sich eine neue Pfeife an – und dabei rannen ihm fortwährend die Tränen in den grauen Bart – und schließlich weinte er wie ein Kind – Katz und Hund leckten ihm die Hände – die Pfeife ging ihm aus.

Knubbel kam und erschrak.

»Mann«, sagte die Frau, »nu weine man nicht. Die Menschen sind's nicht wert, daß Du ihretwegen Tränen vergießest. Das laß man!«

»Die Menschen gehen mich auch nichts mehr an!«

Nachdem Napâri diese Worte gesprochen hatte, trat die alte Fee in die Stube, und der Sturm hörte draußen plötzlich auf mit seinem Toben – nur der Waldsee rauschte noch so heftig wie bisher. Und durch das Rauschen des Waldsees klangen die Worte der Fee seltsam hindurch:

»Alles zerstört?« sprach sie sanft, »also auch Du, Napâri, bist nicht rechtzeitig fertig geworden? Das bereitet mir einen großen Schmerz. Das tut mir herzlich leid, daß ich nun der Menschheit auch dieses Mal wiederum nicht nützen kann. Aber, liebes Knubbelchen, ich sage Dir: es geht nicht. Wohl mag man mich nicht ganz mit Unrecht eine etwas verschrobene Dame nennen – aber was ich mir einmal gelobt habe, das halte ich. Und ich habe mir nun mal vor langer langer Zeit gelobt, der Menschheit grade am Sylvesterabend dieses Jahres ein Geschenk zu machen. Jetzt müssen die Menschen abermals viele Jahre auf meine Beruhigungspillen warten.«

Die alte Fee trocknete sich mit ihrem Spitzentaschentuch die nassen Augen, nahm die Türklinke in die Hand, schlug die Türe von draußen heftig zu und machte, daß sie fortkam.

Knubbel setzte sich zu ihrem Mann aufs Sofa und fing plötzlich laut zu lachen an.

»Hast Du gehört«, rief sie, «daß sich die alte Fee selber eine verschrobene Dame nannte? Daher die Maschine!«

Und da lachten die Beiden im Chore – –

Des Abends tranken die Beiden, da's Sylvester war, eine granatrote Wein-Bowle und wurden so lustig bei dem Getränk – – –

Draußen war's ganz still geworden – wie in einer Kirche. Katz und Hund spielten mit den glänzenden Schrauben, die in der Stube überall umherlagen.

Als die Glocken aus dem nächsten Dorfe durch die Mitternachtsstunde ins neue Erdenjahr hineinklangen, glänzte der Vollmond durch die Butzenscheiben, und Napâri sagte zu den Mondglanzblitzen:

»Sind das nicht auch Beruhigungspillen?«

Knubbelchen lachte wie ein Kobold.

Und es wurde draußen ganz still.

»Diese Ruhe!« rief der alte Zwerg.

KURT TUCHOLSKY

1890–1935

Märchen

Es war einmal ein Kaiser, der über ein unermeßlich großes, reiches und schönes Land herrschte. Und er besaß wie jeder andere Kaiser auch eine Schatzkammer, in der inmitten all der glänzenden und glitzernden Juwelen auch eine Flöte lag. Das war aber ein merkwürdiges Instrument. Wenn man nämlich durch eins der vier Löcher in die Flöte hineinsah – oh! was gab es da alles zu sehen. Da war eine Landschaft darin, klein, aber voll Leben: Eine Thomasche Landschaft mit Böcklinschen Wolken und Leistikowschen Seen. Reznicekschen Dämchen rümpften die Nasen über Zillesche Gestalten, und eine Bauerndirne Meuniers trug einen Arm voll Blumen Orliks – kurz, die ganze moderne Richtung war in der Flöte.

Und was machte der Kaiser damit? Er pfiff drauf.

RICHARD DEHMEL

1863–1920

Das Märchen vom Maulwurf

Vor vielen tausend Jahren, als die Menschen noch keine Kleider trugen, lebte mitten in der Erde ein Zwerg, so tief unten, daß kein Mensch etwas von ihm wußte. Und er selber wußte von den Menschen auch nichts, denn er hatte sehr viel zu tun. Er war ein König über die andern Zwerge und schon fünf mächtige Höhlen hatte er sich ausputzen lassen und war ganz alt und grämlich dabei geworden, so viel hatte er zu befehlen.

Es war aber nicht dunkel da unten in den Höhlen, sondern eine glänzte immer bunter als die andre, so viel Diamanten und Opale hatte das Zwergvolk drin aufgebaut, und die Wände waren von blankem Kristall, jede in einer besonderen Farbe. Und da saß nun der König der Zwerge, in seinem Mantel von schwarzem Sammet, auf einem großen grünen Smaragdstein, und faßte sich an seine spitze Nase und überlegte mit seinen alten Fingern, ob auch alles hell genug wäre. Er fand es aber durchaus nicht hell genug.

Da machten ihm die andern Zwerge eine sechste Höhle zurecht, mit Wänden von lauter Rubinen, die wie ein einziger Feuerschein glühten, und das dauerte tausend Jahre; aber er fand auch Das noch nicht hell genug. Als er nun immer trauriger wurde in seinem schwarzen Sammetmantel, kamen die Andern alle zusammen, und die Jüngsten sagten zu den Alten: kommt, laßt uns eine blaue Höhle machen!

Dafür wären sie beinahe totgeschimpft worden, denn bis dahin hatte das Zwergvolk die blaue Farbe nicht leiden können. Weil aber alle andern Farben in den sechs Höhlen schon durchprobiert waren, sagten endlich auch die ältesten Zwerge ja und gaben den jungen die Hände. Dann gingen alle an die Arbeit und putzten heimlich eine siebente Höhle aus, mit Wänden von echten Türkisen, die so hell und blau wie der Himmel waren, und das dauerte wieder tausend Jahre.

Die gefiel nun dem Könige wirklich, und der allerälteste Zwerg, der fast so alt wie der König selbst war, schoß vor Verwunderung einen Purzelbaum. Darauf trugen sie den großen Smaragdstein in die neue Höhle, und der König setzte sich auf ihn und freute sich, wie schön sein schwarzer Sammetmantel zu den hellblauen Wänden paßte. Nachdem er aber fünftausend Jahre so gesessen hatte, fand er auch das nicht mehr hell genug; er wurde trauriger als je zuvor und seine Nase immer spitzer.

Fünfhundert Jahre saß er noch und überlegte seinen Kummer, so daß er schon ganz fett zu werden anfing. Endlich ertrug er das nicht länger, ließ sich die jüngsten Zwerge kommen, und sagte: Macht mir eine Höhle, die ein Licht hat wie alle Farben in *eine* verschmolzen! Das aber verstanden auch die allerjüngsten nicht, und glaubten, ihr König sei verrückt geworden.

Da beschloß er, sie zu verlassen und selbst nach seinem hellen Lichte zu suchen. Er stieg herunter von seinem Smaragdstein und schnitt den schwarzen Sammetmantel etwas kürzer, so daß er Hände und Füße frei bewegen konnte, und fing an zu graben. Weil aber unten in der Erde die Andern schon alles abgesucht hatten, so meinte er, das Licht, wonach er solche Sehnsucht fühlte, müsse wohl weiter oben liegen, und grub sich in die Höhe; und weil das Zwergvolk den Spaten damals noch nicht erfunden hatte, so mußte er die Finger zum Wühlen nehmen. Das tat ihm nun sehr weh, denn er war das nicht gewohnt; aber er hatte solche Sehnsucht nach dem Licht.

Dreitausend Jahre wühlte der König der Zwerge und grub sich höher und höher hinauf. Die Haut um seine Finger war schon ganz dünn davon geworden, so daß die kleinen Hände ganz rosarot aus seinem schwarzen Sammetmantel guckten; aber immer sah er das Licht noch nicht. Nur tief von unten schimmerte noch ein blaues Pünktchen zu ihm herauf, aus seiner siebenten Höhle her; aber um ihn und über ihm war Alles schwarz. Auch etwas magerer war er geworden, und die Nase noch spitzer.

Da überlegte er, ob er nicht lieber zu seinem Volk zurückkehren sollte; aber er fürchtete, dann würden sie ihn absetzen und wirklich in ein Irrenhaus sperren. Also ging er aufs neue an die Arbeit mit seinen rosaroten Zwerghänden und grub nochmals dreitausend Jahre lang, und es wurde immer dunkler um ihn her, bis schließlich auch das blaue Pünktchen tief unten hinter ihm verschwand. Als er nun gar nichts mehr sehen konnte, hörte er auf zu wühlen und sprang in die Höhe und wollte sich den Kopf einstoßen, so furchtbar traurig war ihm zumute.

Da ging auf einmal die Erde entzwei über ihm, und er schrie laut auf vor Entzücken und schloß die Augen vor hellem Schmerz, so viele Farben gab es da oben, als ob ihn tausend bunte Messer stächen, bis ins Herz. Denn hoch im Blauen über der Erde, viel höher als er gegraben hatte, so hell wie alle Farben in eine verschmolzen, stand eine große strahlende Kugel, und Alles war Ein Licht.

Als er es aber ansehen wollte und seine Augen wieder aufschlug, da war er blind geworden und fiel auf die Stirn. Und er fühlte, wie schwach sein Königsherz war, und wie sein schwarzer Mantel vor Schreck mit ihm zusammenwuchs, und daß er kleiner und kleiner wurde und seine Nase immer spitzer, und plötzlich rutschte er zurück in die Erde.

Seit dem Tage gibt es Maulwürfe hier oben, und darum haben sie ein schwarzes Sammetfell und rosarote Zwerghände und sind blind. Und manchmal, wenn die Sonne recht kräftig scheint, dann stoßen sie ein Häufchen Erde hoch und stecken die spitze Nase an die Luft, vor Sehnsucht nach dem Licht.

OTTO ERICH HARTLEBEN (OTTO ERICH)

1864–1905

Der bunte Vogel

Das letzte Haus auf der Landspitze, das schon ganz in der Nähe des Leuchtturms lag, bewohnte ein alter graubärtiger Seemann, der von den andern Seeleuten der Gegend nicht anders als der Weise benannt wurde.

Er hatte sein ganzes Leben stets so klug eingerichtet, daß er jetzt, wo er bereits ein schönes Alter erreicht hatte, einesteils doch noch ein rüstiger und gesunder Mann war und andernteils auch ein gutes Stück Geld als Erspartes hinter sich liegen hatte. So konnte er sich seines Alters ruhig erfreuen.

Weib und Kind hatte er nie gehabt; seine liebste Beschäftigung und sein eigentliches Glück war immer das Denken gewesen. Er sagte sich: Entweder ist ein Weib meinem Denken förderlich, dann ist es unnötig, sie zu ehelichen, denn was ich von ihr gewinnen will, vermag ich auch so mühelos aus ihrem Gespräche zu ziehen – oder aber sie ist meinem Denken nicht förderlich, dann hieße es eine Torheit, sie zum Weibe zu nehmen, denn sie möchte mich leicht von meinen Gedanken abbringen und mir mein Glück zerstören.

Sein Glück war es aber, an schönen Tagen, wenn das Meer ruhte, sein Boot zu besteigen und langsam hinauszufahren, ganz allein mit seinen klugen und geliebten Gedanken. Er führte weder Waren an die nächste Küste, noch warf er das Netz nach Fischen aus; er saß still am Steuer und dachte in einem fort. –

Da geschah es eines Tages, als die Sonne schon tiefer am Himmel stand und ihre Lichter auf den Wellen lagen, wie Goldflitter auf einem dunklen Maskenkleide, daß sich ein großer, doch zierlicher Vogel, etwa von der Gestalt eines Reihers, vorn auf das Schiff des weisen Seemanns niedersetzte. Dieser bemerkte zuerst den Schatten, den der Vogel vor ihm auf den Boden des Schiffes warf und sah dann auf.

Nach einem langen Nachsinnen, während dessen er den Vogel unverwandt betrachtete, sagte der Seemann: »Du scheinst mir ein Vogel zu sein, denn du hast zwei Beine und zwei Flügel und bist am ganzen Körper mit Federn bedeckt.«

Der Vogel erwiderte: »Deine Gedanken haben dich zu einer richtigen Erkenntnis geführt, ich bin allerdings ein Vogel und bitte dich, mich gastlich auf deinem Schiffe aufzunehmen.«

Der Seemann wunderte sich, daß der Vogel reden konnte und sprach: »Gern begrüß ich dich als meinen Gast. Ich habe bisher noch keine Gelegenheit gehabt, einen Vogel reden zu hören und vermute daher, daß ein Gespräch mit dir meinem Denken wohl förderlich sein möge. Nur mache ich dich darauf aufmerksam, daß du als ein Gast meines Schiffes dich auch der Ordnung wirst fügen müssen, die auf ihm herrscht und die ich als ein Ergebnis meines vielfältigsten, Jahre, lange Jahre währenden Nachdenkens hochhalten muß.«

Der Vogel nickte mit dem Kopfe: »Sprich nur«, sagte er, »was gehört zu dieser Ordnung?«

»Zu ihr gehört, daß man sich nicht auf ein Bein stelle, wie du das tust, denn wollte ich ein Gleiches versuchen, so würde ich alsbald in dem schwankenden Boote umfallen oder wohl gar über Bord in das Meer hinausstürzen. Da ich es aber nicht kann, sollst auch du es nicht tun: denn es sieht wie eine Überhebung aus.«

Der Vogel streckte geduldig das zweite Bein hervor und setzte es auf den Schiffsrand –: »Weshalb soll ich nicht auch einmal auf zwei Beinen stehn?«

Nachdem der Seemann den Vogel wieder eine Zeitlang betrachtet und beobachtet hatte, sagte er: »Du hast zwar einen weißen Bauch wie viele andere Vögel und wie ihn von Natur auch die Menschen meistens besitzen, aber was ich sonderbar finde und keineswegs begreifen kann, ist, daß du auf dem Rücken ganz bunt, grün, rot und golden gefiedert bist, so daß die Sonne sich ordentlich zu freuen scheint, wenn sie auf deinen Flügeldecken blinkt und schillert und einen gelben Saum um deine Gestalt zieht. Die Menschen, die doch das klügste Geschlecht auf der Erde sind, pflegen sich mit einem schwarzen oder grauen oder braunen oder sonst einem schwach gefärbten Rocke zu bekleiden und die Vögel sind im allgemeinen wenigstens so gescheit, es den Menschen nachzutun. Wenn du nun dahingegen in einem so fremdartig bunten und auffallend scheckigen Aufzuge daherkommst, so scheinst du mir damit wider die gemeine Bescheidenheit aller Kreatur gröblich zu verstoßen, und mich dünkt, du tätest besser, wenn du solcherlei törichten und hochmütigen Firlefanz vor dir legtest. Bedenke wohl, daß selbst der Vogel Strauß, mit dessen Federn doch ein so großer und schwunghafter Handel betrieben wird, nur in zwei oder drei höchst einfachen Farben umherläuft. Bedenke auch ferner, ob es wohl klug und besonnen sei, also durch sein Äußeres vor den anderen hervorzustechen und bald den Neid, bald den Spott, immer aber eine besondere Aufmerksamkeit auf sich zu lenken! –«

Der Vogel riß den langen, spitzen Schnabel weit auf – aber ohne ein Wort zu sagen, klappte er ihn wieder zu. Seine kleinen, grauen Augen leuchteten wie vor innerem Vergnügen, er legte den Kopf etwas auf die Seite und blinzelte den alten Seemann freundlich an.

Dieser fuhr fort: »Und ganz besonders verdreht erscheinen mir nun noch diese beiden langen, dünnen, gewundenen Federn, die auf deinem Kopfe hin und her schwanken, als wollten sie alles, was fest steht, verhöhnen! Diese wirst du dir jetzt zu allererst einmal schleunigst abschneiden lassen.«

»Meinst du?« fragte der Vogel. »Und was müßte ich dann wohl tun?«

»Das will ich dir sagen. Ich habe hier einen guten und nützlichen Teer, mit dem ich die Bretter meines Schiffes überziehe, damit sie nicht faulen. Mit dem will ich deine Flügel bestreichen und so ihre leuchtenden Farben auslöschen. Du hast dann die Farbe des Raben – so magst du mir dann als

Gast auf meinem Schiffe bleiben, denn noch manches hätte ich mit dir zu bereden.«

Da sprach der Vogel: »Habe Dank für deinen guten Willen und klugen Rat! Ich bin ein höflicher und friedsamer Vogel und würde mich gewiß gern der Ordnung fügen, die hier auf deinem Schiffe und in deinem nachdenksamen Kopfe herrscht – wenn ich es nötig hätte und darauf angewiesen wäre. Doch bedarf ich deiner Gastfreundschaft länger nicht mehr. Schon dieweil wir uns so klug miteinander besprachen – hab ich genug gerastet und zu neuem Fluge sind meine Kräfte gesammelt. Leb wohl!«

Und mit einem übermütigen Krählaut dehnte der bunte Vogel seine langen, schimmernden Flügel aus, schwang sich auf und flog in den blauen Abendhimmel hinaus. –

Der Seemann war ganz verdutzt. Er wollte dem Vogel nachschauen, aber er vermochte es nicht: die Sonne blendete seine Augen.

Da legte er den Finger an seine Nase und nachdem er heftig nachgedacht hatte, sprach er zu sich: »Merkwürdig, wie leichtfertig diese Vögel sind. – Ich denke mir aber: es wird das davon kommen, daß sie fliegen können.«

HERMANN LÖNS

1866–1914

Der Wicht vom Heidegrab

Es war einmal ein kleiner Wichtelmann, der wohnte ganz hinten in der Lüneburger Heide, da wo sich die Hasen und die Füchse gute Nacht sagen. Sein Haus war das große graue Steingrab, das zwischen zwei stacheligen Machangelbüschen am Heidbrink lag, und das kleine gelbhäutige Fischer und Imker vor vielen tausend Jahren für ihre Könige aufgebaut hatten.

Da wohnte der kleine Brummerjahn schon viele viele hundert Jahre ganz muttermauseseelenallein. Wenn es Sommer war, dann schleppte er tief aus der Erde seine Schätze und breitete sie auf den dunkelgrünen Moospolstern aus, die unter den hellgrünen Ranken der Krähenbeere wucherten, umrahmt von lauter grauen, rotköpfigen Flechten.

Es sah putzig aus, wenn der Kleine auf seinen Entenfüßchen umherwatschelte und in seiner grauen Schleppkutte die Flußperlen, Silberstückchen, Goldmünzen, Bronzeringe und Bernsteinkugeln aus dem Steingrabe hervorholte. Und hatte er sie dann auf dem Moosrasen ausgebreitet, und alle das blanke und bunte Zeug flimmerte und glimmerte, glitzerte und blitzerte in der Sonne, dann juchte er vor Vergnügen, hopste hin und her, daß die Schleppe von seinem grauen Röckchen nur so flog, und warf sein rotes Zipfelmützchen hoch in die Luft, hoch über das Heidekraut. So stark war der kleine Mann.

Er lebte sehr, sehr einsam, der kleine Wicht. Da war wohl ein Steinschmätzerpaar, das in dem Steingrabe nistete, aber diese Herrschaften waren ihm zu wibbelig und zu kribbelig und er verkehrte nicht mit ihnen. Auch nicht mit den grünen Eidechsen, die durch das Heidekraut wischten; sie waren ihm nicht ernst genug. Auch die braunen Mäuse waren nicht seine Freunde. Das war Pöbel, der sich fortwährend zankte und laut quiekte.

Aber der Rank, der alte einsame Kolkrabe, der schon seit siebzig Jahren Witwer war, und die uralte Schnake, die verwitwete Kreuzotter, das waren Pucks Freunde. Die redeten nicht immer von Liebe, wie das andere Volk auf der Heide, die waren gesetzt und vernünftig. Denn von Liebe mochte der Wicht nichts hören. Als er jung war vor zweitausend Jahren, da hatte er sich einmal sehr verliebt. In ein kleines Wollgrasnixchen aus dem Bruch. Er hatte ihr fünfzig Jahre lang den Hof gemacht, hatte ihr Blumen und Waldfrüchte, Perlen und Edelsteine gebracht, hatte Lieder zu ihrem Lob gesungen und abends vor ihrem Häuschen Musik gemacht auf einem Heuschreckenbein. Aber als er sie freien wollte, da hatte sie ihn ausgelacht und ihm gesagt, er solle sich unter den Krickenten vom Moor eine Braut suchen, die hätten gerade Patschpatschfüße wie er.

Da war er traurig weggegangen zu der alten Eiche, aus deren Rindenriß schäumender Meth floß. Da verkehrte eine liederliche Gesellschaft von durstigen Brummfliegen, Admiralen, Trauermänteln, Hornissen und Hirschkäfern. Vier Wochen hatte er da herumgesumpft, hatte jeden Morgen einen gräßlichen Kater gehabt und jeden Abend einen Rausch. Und als der Meth nicht mehr floß und die lustigen Zechbrüder alle davonflogen, da wanderte er in die Unterwelt und trank Minne mit den Erdzwergen, den Leuten mit den toten Herzen, und blieb da solange, bis sein Herz abgestorben war.

Das war nun schon schrecklich lange her. Aber der Wicht dachte in jedem Frühling wieder daran, wenn die Birkhähne balzten, wenn die Dullerchen lullten, wenn der Pieper sang und abends aus dem Dorfe da hinter der Heide Lachen und Singen und Juchen zu ihm herüberklang. Dann zog er seine Runzelstirn in viele hundert Falten, schimpfte mit den Steinschmätzern, die sich verliebt um das uralte Grab jagten, brummte mürrisch, wie eine alte Erdhummel und saß brummig, wie ein Maulwurf, unter der jungen Tanne, die vor dem Eingang zu seinem Steinhause wuchs.

Vor einigen Jahren war es gewesen, da hatten da drüben hinter dem Moor in den struppigen Sonnenschichten hundert rote Kreuzschnäbel gebrütet. Die hatten die langen goldbraunen Zapfen aufgeklaubt und den Samen gefressen und ihre Jungen damit gefüttert. Ein kleines Flügelsamenkorn war ihnen weggeflogen, der Südwind hatte es über das Moor gewirbelt und vor das Hünengrab geweht, da hatte es der Wicht in die Erde gesteckt, mit Tau begossen und gehegt und gepflegt. Darum war es eine so schöne schlanke Tanne geworden. Und auch darum, weil der Schäfer nicht seine Schnucken hinhütete, denn er fürchtete das alte Heidengrab. Alle anderen Tannen in der Heide waren von den Schnucken verbissen und krumm und kruzelich geworden, dieser aber wuchs rank und schlank in die Höhe und unter ihr saß der Wicht und dachte an seine Jugend.

Im Winter aber, wenn der Schnee hart und fest auf der Heide lag, dann wanderte der Wicht in das Dorf und lebte bei dem alten brummigen Jagdhüter. Da wohnte er unter dem alten schwarzgeräucherten Steinherde, und wenn es Abend war und der alte Jagdhüter im Lehnstuhl saß und schmökte, dann fiedelte Puck auf einem Heuschreckenbein mit einer Fiedel aus einer Wieselrippe, und die Leute sagten dann, das täten die Heimchen.

Nun hatte der Jagdhüter eine Tochter, die war das schönste Mädchen im Dorf. Ihre Backen waren so weiß und so rot, wie die roten Glöckchen im Moor, und ihr Haar war so weich wie Wollgras und so goldig wie die Abendsonne im Fuhrenwald. Und die hatte einen Liebsten, der war Knecht im Dorfe. Er war der hübscheste und strammste Bengel weit und breit und fleißiger und nüchterner als alle andern, aber er war gerade so arm, wie seine Liebste. Und so gern er seine Liebste geheiratet hätte, es ging nicht, weil sie beide nichts hatten.

Und weil der Vater des Mädchens das wußte, darum litt er es nicht, daß die beiden miteinander gingen. Aber an jedem Sonntagabend im Frühling und Sommer trafen sie sich bei dem Steingrabe und saßen da und küßten sich und jammerten über ihre Armut. Anfangs hatte Puck sich über sie geärgert, denn küssen und kosen sah der Wicht nicht gern. Aber da sie so still und ernst waren, so mochte er sie schließlich gern leiden.

Und dann hatte er auch Grund, beiden gut zu sein. Lieschen, die Tochter des alten Waldhüters, war ein gutes Mädchen. Sie hatte einmal morgens in der Herdasche die Spuren der Entenfüße von ihm entdeckt und hatte ihre alte Muhme gefragt, was das wäre. Und die war eine kluge Frau, die von heimlichen Dingen Bescheid wußte, und sie sagte ihr, das wäre wohl ein kleiner armer Wicht, der nicht Weib noch Kind hätte. Das tat dem guten Mädchen leid und sie stellte von da ab jeden Abend auf einem Puppentellerchen für den Kleinen Speise und in einem Fingerhut Milch oder Honigbier hin. Und wenn gebacken wurde, dann backte sie ihm extra einen kleinen Kuchen, und wenn geschlachtet wurde, dann band sie ihm eine kleine Wurst. Und jeden Morgen war alles aufgegessen.

Johann, der Knecht, hatte bei dem Kleinen auch einen Stein im Brett. Denn vor zwei Jahren hatte sein Bauer ihm gesagt, er solle mit Bohrer und Pulver hingehen und das Hünengrab zerschießen, denn er brauche Steine für ein Stallfundament. Johann aber hatte gesagt, das täte er nicht, denn er wollte nicht den Platz zerstören, wo er so oft mit seinem Lieschen gesessen hatte. Da hatte der Bauer geschimpft und ihm gekündigt und der Knecht war beim Amtmann in Dienst gegangen und hatte dem erzählt, warum der Eichenbauer ihm gekündigt hatte. Da hatte der Amtmann an den Drosten geschrieben und der hatte der Gemeinde bei Strafe verboten, das Steingrab zu zerstören. Das hatte Puck gehört, als Lieschen ihrem Vater das erzählte, und er war dem hübschen Knecht sehr dankbar dafür, denn so versteinert war des Wichts altes Herz doch nicht.

Nun war es wieder einmal Weihnachtszeit geworden. Die Bauern waren alle zur Stadt gewesen und hatten eingekauft zum Heiligen Abend. Im ganzen Dorf war alles voll Vorfreude, nur in des Waldhüters Haus sah es nicht festlich aus. Da ging das blonde Lieschen mit dick geweinten Augen herum, und der Alte brummte und knurrte den ganzen Tag. Denn er wollte, daß Lieschen den Krämer heiratete, den alten, dem das hübsche Mädel gefiel. Aber die wollte ihn nicht, und sie aß und trank nicht und sah ganz blaß und miesepetrig aus. Und abends, als der Alte vor das Holz ging, um für den Bauermeister einen Hasen zu schießen, da kam Johann. Er sah auch blaß und traurig aus, und manchmal kullerte ihm eine Träne über das Gesicht.

Traurig saßen die beiden Liebesleute da, Hand in Hand und weinten und seufzten. Lange sah der Wicht aus seiner Herdecke ihnen zu, aber schließlich taten sie ihm doch zu leid. Und er trat aus seinem Winkel heraus, stellte sich vor sie hin und fragte sie mit seiner dünnen Stimme, was ihnen fehlte.

Da fuhren die beiden zusammen, denn sie sahen ihn nicht. Aber da nahm er seine rote Zipfelmütze ab und sie erkannten ihn. Sie lachten nicht über seine Entenfüßchen, sie lachten nicht über seine Krötenhändchen und seinen Mausebart, und da fragte er sie nochmals nach ihrer Not.

Und sie erzählten ihm von ihrer Liebe und von ihrer Not und sagten ihm, wie schrecklich es wäre, daß beide so blutarm wären, wie die Kirchenmäuse, so arm, daß sie nie daran denken könnten, Mann und Frau zu werden, und sie weinten bitterlich.

Da wurde es dem Kleinen ganz wunderbar ums Herz, und er dachte daran, wie lieb Lieschen immer zu ihm gewesen war und was er Johann zu verdanken hatte, und plötzlich fielen ihm seine Schätze ein, und daß er damit den beiden Liebesleutchen helfen könne. Und da lachte er seit tausend Jahren wieder zum erstenmal, und winkte dem Knecht und sagte ihm, er solle eine Schute und einen Sack nehmen und ihm folgen. Und dann ging er mit ihm über die verschneite Heide bis zu dem Hünengrabe. Und dort fiel er rund um die Tanne und trat mit seinen Patschfüßchen einen Kreis in den Schnee und sagte, so solle er die Tanne ausgraben. Und das tat Johann, und als er die Tanne mit vieler Mühe herausgerissen hatte, da funkelte und glitzerte es im Mondlicht in dem Loche von Gold und Geld, Perlen und Edelsteinen. Und alles das gab ihm der Wicht und sagte ihm, die Tanne solle er mitnehmen, schön aufputzen und nach Weihnachten vor dem Hause des Waldhüters eingraben.

Das wurde eine frohe Weihnacht am nächsten Abend. Mitten auf dem Fleet stand die junge Tanne mit ihrem Wurzelboden und darunter lag der Schatz. Und nach Weihnachten ging Johann in die Stadt und verkaufte all das blanke Zeug, und von dem Erlös kaufte er Äcker und Wiesen und Holz und baute an Stelle der alten Kate ein großes Haus und das bezog er im Sommer mit Lieschen.

Und da er fleißig und sparsam war, zahlte er dem Wicht das ganze Darlehen in zehn Jahren zurück. Und jeden Winter wohnt der Kleine bei ihnen und bekommt das Beste aus Keller und Küche.

Die Tanne aber ist groß und schlank geworden, und in ihr brütet im Sommer ein Amselpaar.

Und wer die Geschichte nicht glaubt, der gehe nach dem Wichtelhofe. Da kann er die Tanne sehen und Lieschen, die jetzt aber die Wichtelhofbäuerin heißt. Und schon daran, daß die Leute vom Wichtelhof keine Enten halten, um ihren Herdgeist nicht an seine Patschfüße zu erinnern, sieht man, daß es mit dem Wichtelhof ein heimliches Ding ist.

ALFRED DÖBLIN

1878–1957

Märchen von der Technik

Dies ist eine wahre Geschichte, und sie zeigt, daß sogar in den hellsten Zeiten Wunder möglich sind.

Da war in der Ukraine ein kleines jüdisches Städtchen, da saß ein Vater mit seiner Familie, es war noch vor dem Krieg, der Zar regierte in Petersburg, in der Ukraine aber saß die »Schwarze Hand« und regierte auch. Und einmal brauchten einige Leute wieder Geld, und die Juden waren doch da und hatten gute Geschäfte gemacht, da ließ man was herumerzählen von Ostern, von einem schlechten Wort über die Popen, und ein Jude hat gelacht, wie einer was gesagt hat von der heiligen Mutter Gottes zu Czenstochau, und so und noch anderes wurde vorbereitet, die Schwarze Hand aber hat alles nachbereitet, auch daß die Polizei grade ein Fest hatte und der Herr Oberst saß beim Festmahl, grade an dem Tag. Und was wird geschehen, sie werden sich zusammenrotten, es war schon etwas durchgesickert, aber es hilft nichts, Pogrom ist Pogrom, Blut fließt, die jüdischen Leute sind aber auch keine Kinder, und endlich fließt auch Blut drüben, man wird sich nicht von bösen Tieren zerreißen lassen. Und da ist ein Vater, der sein Haus gut gut beschützt hat, und ein Beil hat er auch bei dem Pogrom gehabt, und es werden wohl einige das Beil gesehen haben, – und da hat der Vater gedacht, es ist besser, wir warten nicht erst auf die Untersuchung und den Prozeß, und ist mit der Familie auf und davon, und weil es heimlich ging, hat er die beiden großen Söhne getrennt und gesagt: »Lemberg!« und hat ihnen Geld gegeben. Aber nur einen hat er dann wiedergesehen. Der andere, der so schön singen konnte, der kam nicht wieder. Keine Silbe hat man je von ihm gehört. Verschlungen vom Erdboden war der geliebte Sohn. Vater und Mutter zogen in eine kleine Stadt, die Verwandten taten für sie, was sie konnten, man kam wieder hoch, man kam auch durch den Krieg. Aber weder Vater noch Mutter wurden mehr froh. Der liebe Sohn war weg.

Tausendmal besprachen sie alles. Du hast ihm ein Beispiel gegeben, jammerte die Mutter, er wird auch ein Beil oder ein Messer genommen haben, ein Jud soll sich verstecken, – hätt ich mich erschlagen lassen sollen und euch alle damit, – ach, es leben noch so viele daheim.

Und die Zeit verging, die Mutter starb, dem Vater ging es schlimm, der Sohn unterstützte und die Verwandten halfen. Der Vater aber saß noch immer, wo gesungen wurde, und dachte, wie hat mein Iizchak gesungen, eine schöne, schöne Stimme, wo gibt es heute noch solche Stimmen. Aber daß er soviel hörte und in Konzerte ging, das war die Fügung Gottes. Die Mutter war weggestorben, aber der Vater sollte wissen, daß Gott lebte und ihn nicht vergaß.

Da schenkte ihm der Vorsteher der Gemeinde, wie er siebzig alt war, ein Grammophon, und das ließ er sich vorspielen, und sein Ältester brachte ihm noch das Neuste, einen Radioapparat, damit konnte man hören weit weit, wo gesungen wurde auf der ganzen Welt, von wem auch immer. Aber Isaak singt nicht mit.

Und er hörte Tag für Tag alle Stimmen ab, so viele, so schmetternde, und die Schlager, die sie jetzt machen, wonach sie tanzen.

Und eines Mittags gegen zwölf spielte wieder sein Apparat und die Schwiegertochter kochte in der Küche, da ging die Tür auf, und der alte Vater, das Käppchen schief auf dem Kahlkopf, kommt schreiend heraus, hat große große Augen und schreit: »Rosalie, hör doch, hör doch!« Gotteswillen, was ist mit dem Mann, ich lauf rüber zu Jankel. »Hör doch, Rosalie, er singt, es ist Iizchak! Rosalie, mein Kind, hör doch, Isaak ist es!« Und sie muß ihn festhalten und zu einem Küchenstuhl führen, den alten Mann, die Musik hat geendet, es war ein Tempelgesang, jetzt kam ein Gassenhauer, sie wollte abstellen, stell nicht ab, vielleicht kommt es nochmal.

Was ist weiter zu erzählen. Sie haben auf den Alten gehört, der Sohn ist mit ihm nach Warschau gefahren, sie haben die Platte gefunden, und auf der Platte stand sein Name, ein englischer, er war ein amerikanischer Kantor, ein berühmter Mann, sie fanden noch eine andere Platte von ihm in Warschau.

Und dann gingen die Telegramme hin und her, und wirklich, es war Iizchak, der mit einem Schub nach Amerika gegangen war, er hatte nach den Eltern geforscht in Rußland, aber dann kam der Krieg, und wie sollte er dann suchen. Und das hat das Radio gemacht, und das ist die Technik, und sie hat einen Sohn wieder zu seinem Vater geführt, und beide wissen, Gott lebt, und wer an ihn glaubt, kann auf ihn bauen.

Kleines Märchen

Ein Erdteil hieß einmal »Viel Geschrei und wenig Wolle«, und ein Land darauf war das Königreich »Maulfaul«. Es war von Sonne und Mond im üblichen Wechsel beschienen, aber gewaltige Ströme durchzogen es und rauhe Gebirge erzeugten einen Sinn für das Besondere und Heroische. Das Königreich hieß »Maulfaul« nach dem eigenen Willen seiner Bevölkerung, denn die achtete nichts so hoch wie die Sprache. Weil man eine abgöttische Verehrung für die Sprache hatte, benutzte man sie so wenig wie möglich. Daher war der Unterricht dieses Landes hauptsächlich auf robustes Tun, Handeln, Sport, auch auf Musik, Lärm, aber ohne Sinn und Bezeichnung, gerichtet. Die Sprache, lehrte man, sei eines echten Maulfaulen unwürdig, auch das genaue Denken schätzte man nicht sehr. Mit Blick, kurzem Kopfnicken und Handbewegungen verständigte man sich, und die Taubstummen genossen in dem Lande große Ehren.

Man hatte in dem Königreich in allen Städten mindestens eine offizielle

Zeitung. Sie bestand aus sechzehn weißen Blättern und einem ebenso ausdrucksvollen Inseratenteil. Die Redakteure wurden sorgsam gesiebt, es war aber kein großer Andrang zu den Stellen, denn die Aufgabe, Text und Inseratenteil abwechslungsreich zu gestalten und allen zu gefallen, war gar zu mühselig. Man hatte die bekannten Buchstaben des Alphabets, ferner die Typen in den Setzerkästen und an den Druckmaschinen durch entsprechende Stumm- oder Weißbuchstaben ersetzen müssen, man hatte die weiße Farbe moduliert – schneeweiß, lämmchenweiß, eiweiß und so weiter –, ganze Setzergenerationen hatten daran arbeiten müssen, während man dem Lande die spitzen, scharfen Schwarzbuchstaben einer früheren Epoche entzog. Man las diese Zeitungen mit verschiedenfarbigen Brillen, und das war die Höhe der Abwechslung. Sie hatten in den Redaktionen die Stummtelefone. Sobald ein Anruf kam, blinkte am Apparat auf schwarzem Grunde ein schwarzes Licht auf. Geschulte Telefonisten (fast nur Männer; Frauen waren für diesen ihren alten Beruf unter den neuen Verhältnissen nicht mehr geeignet) nahmen die Nachrichten auf, die sofort in den Weißsatz gegeben und durch Anschlag im Land bekannt gemacht wurden. Da standen vor den gewaltigen Plakatsäulen und vor den laufenden Lichtbändern dann die Menschen in Scharen, die Afficheure rissen Plakate ab, strichen unter dem Schutz der Polizei neue an, es war eine große Aufregung, aber man wußte sich zu bezähmen.

Die Offenheit des Geschichtsschreibers erfordert es, mitzuteilen, daß diese große Tradition des Königreichs schließlich hauptsächlich von den amtlichen Stellen gepflegt wurde, das gemeine Volk kam langsam wieder ins Schwatzen. Die Tradition blieb aber erhalten im Umgang der Regierung mit dem Volk. Hierfür wurde allmählich die heilige Weißschrift (scriptura alba regia) und die ehrwürdige Stummsprache geradezu reserviert, und sie hatte eine Art kultischen Charakters wie früher etwa die lateinische. Wichtige Nachrichten, die das Leben des Volkes betrafen, Verhandlungen mit den Nachbarn, Absichten des Königs teilte man durchaus nur stumm und in Weißschrift, entsprechend dem Ernst des Inhalts, mit. (Ein junger König glaubte sich einmal eine Neuerung erlauben zu müssen; er glaubte, man könne, statt stumm zu sprechen und weiß zu schreiben, ebenso brüllen, schreien, singen unter Benützung beliebiger Worte, und man könne ebenso auch schwarz beliebige Worte drucken; aber man ließ es, er wurde abgesetzt, der alte Weg war besser.) Auch hatte man das Volk gewöhnt, Klagen über Mißstände in Weißschrift und Stummsprache vorzutragen, und sie fanden ebenso ihre prompte Erledigung.

»Parlamente« hatten schwatzsüchtige Länder ihre Vertretungen genannt, Silencorien hießen die Zusammenkünfte der Maulfaulen. Sie standen, soweit sie gewählt waren, in einer Halle ihren Ministern gegenüber, man begrüßte sich feierlich, trank Bier und leichten Tee, die aus Staatsgeldern gereicht wurden, verneigte sich eine halbe Stunde nach allen Seiten, gegen die Nachbarn, die Minister, die Königsbilder an der Wand (nach diesen Verbeugungen hießen die Räume auch »Halle der Gymnastik«, man empfahl daher älteren Leuten, Abgeordneter zu werden), man schwieg, lächelte und blickte, bis die Glocke, vom Vorsitzenden bedient, der Diskussion ein Ende bereitete. Es gab Leute, die, dem Staatsleben fremd, behaupteten, der königlichen Regierung sei die alte Sitte sehr bequem und sie wolle einem nur den Mund verbieten und täte, was sie wolle. Aber die Vernünftigen zeigten: man hatte alles, was andere Staaten auch hatten, Ordnung und Mißstände, Rechtsprechung und Korruption, und sogar noch mehr Mißstände und Korruption als andere Staaten; warum sollte man also zum Reden und zur Schwarzschrift umkehren?

Dicht an dieses Königreich stieß übrigens im Süden das Herzogtum »Freiheit«. Und wie man im Lande »Maulfaul« das Wort ehrte und die Sprache so hoch achtete, daß man sie aus dem täglichen Gebrauch verbannte, so feierte man im Herzogtum im Süden die Freiheit derart, daß man sie im Schloß des Herrschers selber an einem geheimen Ort aufbewahrte und keinen an sie heranließ. Alljährlich einmal zogen Prozessionen der herzoglichen Freiheitler zum Schloß, sangen da ihre brausenden Lieder und gelobten dem Fürsten, die Freiheit zu schützen, es koste, was es wolle. Er trat dann auf den Balkon, sagte, es ihr mitteilen zu wollen, und erstattete Bericht von ihrem Befinden. Man konnte es dem Fürsten des Herzogtums glauben, daß er es ernst mit der Freiheit meinte, denn er errichtete im ganzen Land Zuchthäuser und Gefängnisse, um die Angriffe abzuwehren, welche immer wieder Leute auf sie unternahmen. Wenn man wissen will, wie die Freiheit aussah, die man damals noch persönlich unter sich hatte, so war sie nach dem Bericht der Schloßangestellten eine kleine ältere Frau, die viel hustete, gebückt ging und in ihr Taschentuch spuckte, der Herzog führte sie am Arm, sie konnte schlecht sehen und bediente sich eines Stockes. Sie war, nach den Erzählungen von einigen Höflingen, so heruntergekommen sie war, nicht unliebenswürdig, der Herzog erzählte ihr bei Tisch von Vorgängen im Land, die alte Dame stocherte in ihrem Teller, träumte vor sich hin und lächelte wehmütig: »Was will man eigentlich noch von mir? Ich versteh es nicht. Schließlich hat ja alles seine Zeit. Ich bin doch nur ein Vorurteil.« Der Herzog aber dachte immer ehrerbietig von ihr und betrachtete sie als seinen kostbarsten Besitz, als die Perle in seiner Krone. Immer hielt er seine Gefängnisse und Zuchthäuser gefüllt, ihr zu Ehren, denn wo lernt man besser die Freiheit achten, sagte er, als da, wo man sie entbehrt. Es mußte daher im Turnus allmählich jeder einmal ins Zuchthaus gewandert sein; der

Herzog ließ keinen aus. Und wenn einer einmal aus Grimm, daß er sitzen mußte, nun wirklich ein Verbrechen beging, so schlug ihm der Herzog kurzerhand den Kopf ab, wegen Zudringlichkeit. Das Königreich Maulfaul und das Herzogtum Freiheit standen dauernd in guten Beziehungen, und es war üblich, daß die Staaten Jahr um Jahr einen gewissen Prozentsatz ihrer Bevölkerung austauschten, um einen möglichst großen Stamm guter Bürger und menschlicher Vorbilder zu züchten.

Die genannten Staaten erhielten sich lange, es ist sogar möglich, daß sie noch heute existieren, aber man weiß davon wenig, weil unsere Geographie und Geschichte sich ja hauptsächlich mit der Stratosphäre beschäftigen.

GEORG HEYM

1887–1912

Die Särge

Die Särge wohnten in einem kleinen Sargladen voll mit Gaslampen. Es war sehr zugig und kalt. Der Winter hörte in dem Laden nie auf. Und wenn draußen der Märzwind lärmte, dann wurde es im Laden November. Tote Blätter fielen ewig von oben herein, die sommers aus den morschen Balken gewachsen waren. Die Totenfrauen kamen zu Besuch. Man kochte Kaffee. Man unterhielt sich. Und die Leichentücher trockneten oben an dünnen Schnüren. Da waren öfters wunderbare Zeichnungen darauf, wo die Toten gelegen hatten. Kleine blaue Inseln, Kontinente, voll von Buchten mit Schiffen. Die Tücher wurden niemals trocken. Sie hingen wie große graue Himmelswolken an der Decke. Es war eine salzige Regenluft. Und eine Lampe hing darin wie ein großer Mond, an dem die Gewitter vorbeistürmten.

Der Ladeninhaber war ein uralter Mann. Er hieß Fakoli-Boli, oder Leben von tausend Jahren. Und sein Bart war so lang, daß er immer mit den Schuhspitzen darauf herumtrat. Wenn er frühmorgens in Unterhosen in den Laden kam, sagten die Särge ihm einen guten Morgen und klappten ihre großen Kinnladen auf und zu. Denn sie waren hungrig. Und dann nahm er die toten Ratten aus der Ecke, dort wo das Rattenkönigreich begann, (denn die Ratten können nichts Totes in ihrem Lande haben, und darum werfen sie ihre Gestorbenen immer über die Schlagbäume der Reichsstraßen) – und warf sie in ihre offenen Schlünde. Während sie verdauten und behaglich wiederkäuten, ging er wie ein Tierbändiger durch die Reihen, streichelte ihre großen braunen Leiber und sagte: »Wartet, wartet, bald gibt es mehr. Wartet. Wartet.« Und die Särge erhoben dankbar ihre großen silbernen Füße, und kratzten ihn wie Hündchen an seinen Unterhosen, und bei seinen Lieblingen – ein paar ganz kleinen Kindersärgen, die erst vor ein paar Tagen geboren waren, bückte er sich tief herunter, daß sein Bart die Kleinen ins Gesicht kitzelte, und sie zwinkerten wie kleine Katzen mit den weißen Augenliderchen, sagten: »Großpapa«, und gaben Pfötchen. Dann nahm er sie in seine Arme, schaukelte sie hin und her, bis sie wieder eingeschlafen waren. Und die ganz kleinen gab er den alten großen weißen Wöchnerinnen-Särgen an die Brust. Und wenn die kleinen Särge den Leichensaft aus deren Holz schmatzten, klang es wie Musik und es war ein schönes Familienbild aus der norddeutschen Tiefebene.

So ging es Tag für Tag. Es konnten schon hunderttausend Tage vergangen sein, oder auch zehn. Ab und zu wurde einer der Särge fortgeschickt, um einen Toten abzuholen. – Aber es war immer sehr langweilig, – wenn die Trauerleute mit ihren schmutzigen Füßen und verweinten Gesichtern in den Laden kamen, und um den Sarg handelten. Die Särge waren dann sehr böse. Jeder drückte sich möglichst in die Ecke. Aber schließlich wurde doch einer genommen. »Ich möchte genau so einen wie bei Ramiumpa-Mumpa, wissen Sie, wo die Großmutter starb, wissen Sie, die über sieben Jahre gelebt hatte, wissen Sie, die mit dem Orden für das lange Leben, der ihr nachher in die Gurgel eingewachsen war, wo soviel Dreck war, weil sie sich niemals gewaschen hat.« »Ach ja, so einen. Aber wollen Sie nicht lieber einen, wie bei dem Schaloilar-Loilas. Der alte Präsident ist damals gestorben, der König ist noch selber mit zum Grab gegangen. Als er wiederkam, war an seinem Thron ein Stuhlbein zerbrochen, die Maden kamen schon an der andern Seite wieder heraus, und hatten ganz staubige Bärte. – Und nach drei Tagen war er tot. Und ich habe auch den Sarg geliefert, da oben auf dem Brett, so einen wie den mit der Krone und den allegorischen Darstellungen, vom Tod als Hirten, vom Tod als Feuermann, vom Tod als säendem Engel – alles aus der Bibel mit Sprüchen.« – Gott, das ging so ewig weiter und die Särge hätten sich gern die Ohren zugehalten. Aber das ging nicht. Das wäre gegen ihren Vertrag gewesen. Der § 8 lautete.

(§ 339 und § 340 B. G. B.)

Jeder Sarg hat während der Besuche von Personen aus dem Publikum – ausgenommen die Familie Palipa-Lipas und Klikli-Liklis – (welche die Totenfrauen und Leichenwäscher stellten und Schmiergelder erhielten – Anmerkungen des Verfassers) absolutes Stillschweigen zu bewahren bei einer Konventionalstrafe von tausend Mais- und siebzig Hirsekörnern. –

Endlich wurde dann ein Sarg vorgeholt. Er brummte gewaltig. Und die Leute sagten: »Der knarrt ja so.« »Ach, das ist nur eine optische Täuschung. Sie haben zu schlechte Ohrgläser.« Sagte der Ladeninhaber. – Schließlich lag er draußen auf dem Leichenwagen unter dem schwarzen Baldachin, winkte noch einmal mit dem Taschentuch – und verschwand. Dann kam er in das Trauerhaus, wo es nach Weihrauch stank. – Eine nasse Leiche wurde in ihn hereingelegt. – Man behandelte ihn jedenfalls äußerst roh, und entblödete sich nicht, große Nägel quer durch seinen Schädel zu treiben. Mit einem Gedonner, daß ihm die ganze Hirnschale knallte.

Später lag er eine Zeitlang mit dem Toten in der Erde – manchmal machte er noch ein bißchen Krach – besonders wenn es ein Scheintoter war, der ihm von innen die Haut zerkratzte. Scheußlich war das. – Dann wurden die Toten verdaut, was manchmal einen ganzen Winter dauerte, an der Leiche des Stefan George war sogar zwei Jahre gekaut worden, denn sie war so hölzern und dürr, daß der betreffende Sarg schon glaubte, sie hätte ein jahr der seele verschluckt.

BERTOLT BRECHT

1898–1956

Märchen

Es war einmal ein Prinz, weit drüben im Märchenlande. Weil der nur ein Träumer war, liebte er es sehr, auf einer Wiese nahe dem Schlosse zu liegen und träumend in den blauen Himmel zu starren. Denn auf dieser Wiese blühten die Blumen größer und schöner wie sonstwo. –

Und der Prinz träumte von weißen, weißen Schlössern mit hohen Spiegelfenstern und leuchtenden Söllern.

Es geschah aber, daß der alte König starb. Nun wurde der Prinz sein Nachfolger. Und der neue König stand nun oft auf den Söllern von weißen, weißen Schlössern mit hohen Spiegelfenstern.

Und träumte von einer kleinen Wiese, wo die Blumen größer und schöner blühten, denn sonstwo.

ROBERT WALSER

1878–1956

Dornröschen

Schon zur Jugendzeit beschäftigte mich das Dornröschen. Wenn ich aufmerksam zurückdenke und mir frühe Bemühungen, Versuche wieder frisch vorstelle, so fällt mir ein, daß ich oftmals redlich bemüht war, dem holden, entzückenden Märchenkinde mit weichen oder groben, feuchten oder trockenen, üppigen oder mageren, feinen oder harten Versen einigermaßen nahezukommen. Sein wundervoller hundertjähriger Schlaf wollte mir nie aus dem Kopf gehen. Hundertjähriger tiefer Schlummer ist gewiß keine Kleinigkeit. Laß doch einmal sehen!

Mancher kühne, beherzte, verliebte Abenteurer und Ritter mußte während dieser Zeit seine Kühnheit, Waghalsigkeit, Tapferkeit und Verliebtheit mit dem Leben bezahlen. In den Dornen kamen sie um, die Herren Glücksritter, Barone, Freiherren und Grafen, edlen Jünglinge, adeligen Abkömmlinge, die mit jugendroten und frischen Wangen, mit blühenden Lippen und blonden Locken, mit heißen, blauen Augen, feuriger Einbildungskraft, heiterer, mutiger und schöner Stirne, behenden, geschmeidigen Gliedern, Schwert in der Hand, ritterlicher Feder auf dem Hut, zu Fuß oder zu Pferd, das Jünglingsherz voll Jünglingsphantasien, durch die hellen und dunkeln Länder zogen, um ihre unbändige, stürmische Sehnsucht zu befriedigen, dem Dasein seinen Reiz, dem Leben sein Glück von der geheimnisvollen Brust wegzureißen. Mancher Liebenswürdige und Schöne, mancher Gute, Mutige und Brave mußte in der mitleidlosen Umklammerung unbarmherzigen Gestrüppes, wegen des süßen schlummernden Mädchens, von dessen Schönheit die Gegenden redeten, ersticken und frühen Tod sterben.

Einmal und so kam, heißt es in der holden, anmutigen Geschichte, aus weiter Ferne ein Königssohn daher, dem es beschieden war, hindurchzudringen. Mit verwegenem Ungestüm, wilder, unbändiger, löwengleicher Kraft, alle Gefahren als Vergnügen, Abwechslung und Kinderspiel betrachtend, mit dem Anblick des drohenden Todes, Unterganges, Verderbens tändelnd und scherzend, als handle es sich für ihn nur um eine Kahnfahrt auf heiterem See oder um ein lächelndes Ballspiel auf grüner, lieblicher Wiese, brach er sich durch die wirre Wildnis der Dornen, die neben seinem königlichen Willen, durchzubrechen, leicht zusammensanken, freie Bahn und drang in unwiderstehlicher Sturmeslust, alle Hemmnisse, Hindernisse besiegend, in den Zauberpalast, in den Dornröschenpalast hinein, stieg die Treppe empor, die in den bekannten Turm hinaufführte, wo die rätselhafte Holde schlummerte, und küßte sie, als er sie sah, und vom Kuß erwachte Dornröschen, und von da an gehörte sie ihm als Braut und Frau an und war sein; denn das Märchen zaudert und fackelt da nicht lang, und es hat auch recht, daß es nicht lange und breite Umstände macht.

Das ganze altersgraue Königsschloß erwachte, König und Königin, das Gefolge und die königliche Regierung, die Minister und geheimen Räte, die Kammerherren und Kammerdiener, die Edelleute und Hofdamen, die Pagen, Kammerzofen, Jäger, Läufer und Heiducken, der Koch und der Küchenjunge, Bediente und Mägde und die Kutscher in den herrlichen Livreen.

Ein alter, hingesunkener Traum wurde wieder lebendig, eine düstere, verdrießliche, müde Schauermär verwandelte sich in freundliches, entzückendes, lebendiges Leben. Bildung und Wissenschaft, Geselligkeit, Geschmack und die übermütigen Künste fingen wieder an sich frei zu entfalten, und das ganze umliegende Land erwachte wie aus langer, langer Trauer. Eine Welt war befreit! Im Park sangen und trällerten wieder die Vögel. Der Druck war gehoben, und die Fessel lag am Boden. Dichtung, Musik und Malerei und das Handwerk reichten sich Sinn, Geist und Hand, um das gesellige Leben am wiedererwachten königlichen Hof zu vergolden und zu verschönen. Der Himmel lachte wieder blau; majestätische Alpengipfel waren entschleiert. Der graue Vorhang hatte sich aufgelöst; finsternisverbreitende Wolken verschwanden; Bäume grünten und blühten; Handel und Wandel ergossen sich mit gefälliger Manier durch das weite, belebte Land.

Alles war in schönster Ordnung, alles war gut, glücklich und schön; aber am allerschönsten und allerglücklichsten war das hohe Hochzeitspaar, der edle Prinz und das liebe, süße, zarte Dornröschen.

ALBERT EHRENSTEIN

1886–1950

Eine alte Geschichte

Es war einmal ein junger Dichter namens Eduard, der lebte in einem Palaste. Und in ihm war nichts als Sehnsucht. Seine Diener aber brachten ihm Schinkensemmeln mit Kaffee. Sehr traurig war der junge Dichter, und seine Sehnsucht ging von einem Zimmer in das andre. Herrliche Bilder konnte er sich vorgaukeln, und das junge Mädchen, das er liebte und haßte: Kunigunde.

Doch wenn sein junger Leib, der sich sehnte, einen Schritt vorwärts tat, um die geschaute Gestalt zu umarmen, da schwand alles und seine Lippen, die nach einem Kusse lechzten und glühten, sie sanken kümmerlich zusammen, und sein Kopf fiel schulterwärts ... und er war wieder allein mit seinen Zimmern, Dienern und Schinkensemmeln. Da haderte der junge Dichter mit Gott und seinem Palaste und weinte über sie die Tage und Nächte, daß sie ihm nicht geben wollten, wonach er sich so sehnte ... und hätte am liebsten die Wände geküßt und die Bäume seines Gartens umarmt: so sehr sehnte er sich. Und er vergoß sieben Tränenströme. Und er wollte nicht essen und zerfleischte sich das Gesicht und die lieben Hände und raufte sein Haar und zerriß seine Gedichte und lag wie ein Toter da ...

Sandte der liebe Gott zu ihm in den Traum eine ausgezeichnete Fee, und die sprach: Was gibst du deinem Körper Wunden und üble Farben? Sieh, sei wieder brav und ruhig, und Gott wird deine Haare streicheln, und dein Haupt soll liegen in dem Schoße deines jungen Mädchens. Da sprach der junge Dichter: Ich will ja gern wieder an den lieben Gott und meinen Palast glauben, aber warum ward ich so schwer geschlagen? Es ist ja wahr, ich habe vor sieben Jahren, zehn Monaten und drei Tagen beinahe eine Ameise zertreten.

Küßte die ausgezeichnete Fee dem jungen Dichter langen Schlaf an und tat von seinem Leibe die Wunden und üblen Farben, nahm von seinen Händen die Betrübtheit ... und als er erwachte, da taten sich alle seine Gezimmer auf und strahlten, und sein Haupt lag gebettet in den Schoß des jungen Mädchens, und sie streichelte seine Haare und küßte ihn und klebte seine Gedichte wieder zusammen ...

Glaubt ihr das? Ich nämlich glaube es auch nicht! Sondern als von dem jungen Dichter der Schlaf trat, da stand zu seinen Häupten ein Freund und wies ihm eine Kritik, in der Eduard niederträchtigerweise gelobt wurde, ein Briefträger feierte seinen Einzug mit einer Drucksorte, laut der sich Kunigunde mit Archangelus Lardschneider, jenem niederträchtigen Kritiker, verheiratet hatte, und eine jähe Drahtung zwang ihn, die Premiere seines letzten Stückes abzusetzen, des Schiffahrtsaktiendramas »Eduard und Kunigunde«. Und zu Füßen seines Bettes stand ein Diener, in der Hand haltend eine Tasse Kaffee mit Senf...

Die Schuld

Es war einmal ein gräßlicher Riese Ares, dem ging es zu gut. Vor vielen, vielen Jahren rülpste er im U-Land, das sich darüber gar nicht freute. »Denn«, so sprach es, »wenn ich nur ein h hätte, dann wäre ich ein Dichter und müßte diesen Grobian nicht ertragen.« Der Goliath war nämlich ein Vielfraß, schnabulierte jene Zwerge, die sich »Menschen« nannten, trank die Ströme aus; wo sein Feuerkuß das weinende Himmelsweib berührte, aufflammten Unsterne. Seine Mama Germaine warnte ihn mütterlich davor, allzu kosmisch das ganze Weltall zu verschlingen, schenkte ihm als gute Hausfrau eine zur Sparsamkeit anregende Menschenfleischkarte, und ermahnte sterbend den Schlemmer, nie vor seinen Menschenherden die magischen Worte laut werden zu lassen »Für Teich und Reich!« oder gar »Mit Gott für Schafott und Randvaterland!« Der pietätvolle Riese betrauerte seine Mutter einen Urschnupfen lang, aber obwohl er eine fabelhafte Kanone besaß, mit der er sich auf eine sehr komplizierte Weise in den Hintern schießen konnte, fühlte er sich unzufrieden. Als es Sommerzeit war und er einmal vor Durst einen öden Kanal ausgesoffen hatte, hielt er es in langer Weile nicht mehr länger aus, er mußte jene unseligen Zauberworte heulen. Sofort entstand unter den Zwergen ein wehrhaftes Getümmel. Und während die Einen zum unbekannten U-Gott beteten, »Zeichnet Kriegsanleihe« brüllten und hierauf ins Café gingen, lieferten sich die Anderen wie irrsinnig Schlacht auf Schlacht – um das Nichts, um entfettete Pferdeäpfel. Verzweifelt, in seinem heiligsten Gut und Blut bedroht, rief der Riese: »Wollt ihr wohl aufhören, ihr Lurche!« Doch immer wieder erscholl unter den Menschenleichen, sie vorwärtsjagend, ein »Feste druff«, dem – exakte Zerstörungswunder wirkend – die Zauberkommandos folgten: »Zeppelin – Bomben hin!«, »Aeroplan – zerstör die Bahn!«, »Tod, nah – diesem Gotha!«, »Uboot – mach kapott!«, »Mörser-Krupp – zermalme den Trupp!« Als das mordzerfetzte Fleisch unbrauchbar in den verpesteten Lüften umherflog, riß den durch die »Tücke des Feindes« seiner Nahrung beraubten Riesen die Reue, zumal ihm Kadaver-Ersatz nicht besonders schmeckte. Aber vergebens schrie er einen weit hinten durch schrillste Uniform hervorstechenden Krakeeler an: »Herr Vaterland, beruhigen Sie sich!« Es war schon zu spät. Zwar quakte, flüsterte etliches Gezwerg – in den bombensicheren unterirdischen Gängen zwischen den Cafés sich geheimnisschwanger verschwörend – Sybillinisches gegen den Krieg; sie hielten sich hochstaplerisch für Revolutionäre und nannten sich Aktivisten, doch, tatscheue Zuschauer, spiegelten sie nur Meinungen und Undinge, statt zu helfen. Und als der letzte Oberkaiser für ein paar Würstel sein Königreich Jerusalem hingab, aß auch der Riese nur noch schnell seine eiserne Ration, feinste Delikatesse: eine Höchstenzollern-Stulle, dann war auch der ausgehungert. Planmäßig besetzte er eine Todesstellung, in der er sich die letzten militärischen Ehren erwies. Schön lud er die fabelhafte Kanone, das Geschoß sauste siegreich rund um die Erde und fiel ihm in den Rücken. Er starb mit den Worten: »Was sagen Sie zu dem niederträchtigen Weltkrieg?«

FRANZ KAFKA

1883–1924

Ein Traum

Josef K. träumte:

Es war ein schöner Tag und K. wollte spazierengehen. Kaum aber hatte er zwei Schritte gemacht, war er schon auf dem Friedhof. Es waren dort sehr künstliche, unpraktisch gewundene Wege, aber er glitt über einen solchen Weg wie auf einem reißenden Wasser in unerschütterlich schwebender Haltung. Schon von der Ferne faßte er einen frisch aufgeworfenen Grabhügel ins Auge, bei dem er haltmachen wollte. Dieser Grabhügel übte fast eine Verlockung auf ihn aus und er glaubte, gar nicht eilig genug hinkommen zu können. Manchmal aber sah er den Grabhügel kaum, er wurde ihm verdeckt durch Fahnen, deren Tücher sich wanden und mit großer Kraft aneinanderschlugen; man sah die Fahnenträger nicht, aber es war, als herrsche dort viel Jubel.

Während er den Blick noch in die Ferne gerichtet hatte, sah er plötzlich den gleichen Grabhügel neben sich am Weg, ja fast schon hinter sich. Er sprang eilig ins Gras. Da der Weg unter seinem abspringenden Fuß weiter raste, schwankte er und fiel gerade vor dem Grabhügel ins Knie. Zwei Männer standen hinter dem Grab und hielten zwischen sich einen Grabstein in der Luft; kaum war K. erschienen, stießen sie den Stein in die Erde und er stand wie festgemauert. Sofort trat aus einem Gebüsch ein dritter Mann hervor, den K. gleich als einen Künstler erkannte. Er war nur mit Hosen und einem schlecht zugeknöpften Hemd bekleidet; auf dem Kopf hatte er eine Samtkappe; in der Hand hielt er einen gewöhnlichen Bleistift, mit dem er schon beim Näherkommen Figuren in der Luft beschrieb.

Mit diesem Bleistift setzte er nun oben auf dem Stein an; der Stein war sehr hoch, er mußte sich gar nicht bücken, wohl aber mußte er sich vorbeugen, denn der Grabhügel, auf den er nicht treten wollte, trennte ihn von dem Stein. Er stand also auf den Fußspitzen und stützte sich mit der linken Hand auf die Fläche des Steines. Durch eine besonders geschickte Hantierung gelang es ihm, mit dem gewöhnlichen Bleistift Goldbuchstaben zu erzielen; er schrieb: ›Hier ruht –‹ Jeder Buchstabe erschien rein und schön, tief geritzt und in vollkommenem Gold. Als er die zwei Worte geschrieben hatte, sah er nach K. zurück; K., der sehr begierig auf das Fortschreiten der Inschrift war, kümmerte sich kaum um den Mann, sondern blickte nur auf den Stein. Tatsächlich setzte der Mann wieder zum Weiterschreiben an, aber er konnte nicht, es bestand irgendein Hindernis, er ließ den Bleistift sinken und drehte sich wieder nach K. um. Nun sah auch K. den Künstler an und merkte, daß dieser in großer Verlegenheit war, aber die Ursache dessen nicht sagen konnte. Alle seine frühere Lebhaftigkeit war verschwunden. Auch K. geriet dadurch in Verlegenheit; sie wechselten hilflose Blicke; es lag ein häßliches Mißverständnis vor, das keiner auflösen konnte. Zur Unzeit begann nun auch eine kleine Glocke von der Grabkapelle zu läuten, aber der Künstler fuchtelte mit der erhobenen Hand und sie hörte auf. Nach einem Weilchen begann sie wieder; diesmal ganz leise und, ohne besondere Aufforderung, gleich abbrechend; es war, als wolle sie nur ihren Klang prüfen. K. war untröstlich über die Lage des Künstlers, er begann zu weinen und schluchzte lange in die vorgehaltenen Hände. Der Künstler wartete, bis K. sich beruhigt hatte, und entschloß sich dann, da er keinen andern Ausweg fand, dennoch zum Weiterschreiben. Der erste kleine Strich, den er machte, war für K. eine Erlösung, der Künstler brachte ihn aber offenbar nur mit dem äußersten Widerstreben zustande; die Schrift war auch nicht mehr so schön, vor allem schien es an Gold zu fehlen, blaß und unsicher zog sich der Strich hin, nur sehr groß wurde der Buchstabe. Es war ein J, fast war es schon beendet, da stampfte der Künstler wütend mit einem Fuß in den Grabhügel hinein, daß die Erde ringsum in die Höhe flog. Endlich verstand ihn K.; ihn abzubitten war keine Zeit mehr; mit allen Fingern grub er in die Erde, die fast keinen Widerstand leistete; alles schien vorbereitet; nur zum Schein war eine dünne Erdkruste aufgerichtet; gleich hinter ihr öffnete sich mit abschüssigen Wänden ein großes Loch, in das K., von einer sanften Strömung auf den Rücken gedreht, versank. Während er aber unten, den Kopf im Genick noch aufgerichtet, schon von der undurchdringlichen Tiefe aufgenommen wurde, jagte oben sein Name mit mächtigen Zieraten über den Stein.

Entzückt von diesem Anblick erwachte er.

Die Sorge des Hausvaters

Die einen sagen, das Wort Odradek stamme aus dem Slawischen und sie suchen auf Grund dessen die Bildung des Wortes nachzuweisen. Andere wieder meinen, es stamme aus dem Deutschen, vom Slawischen sei es nur beeinflußt. Die Unsicherheit beider Deutungen aber läßt wohl mit Recht darauf schließen, daß keine zutrifft, zumal man auch mit keiner von ihnen einen Sinn des Wortes finden kann.

Natürlich würde sich niemand mit solchen Studien beschäftigen, wenn es nicht wirklich ein Wesen gäbe, das Odradek heißt. Es sieht zunächst aus wie eine flache sternartige Zwirnspule, und tatsächlich scheint es auch mit Zwirn bezogen; allerdings dürften es nur abgerissene, alte, aneinandergeknotete, aber auch ineinanderverfitzte Zwirnstücke von verschiedenster Art und Farbe sein. Es ist aber nicht nur eine Spule, sondern aus der Mitte des Sternes kommt ein kleines Querstäbchen hervor und an dieses Stäbchen fügt sich dann im rechten Winkel noch eines. Mit Hilfe dieses letzteren Stäbchens auf der einen Seite, und einer der Ausstrahlungen des Sternes auf der anderen Seite, kann das Ganze wie auf zwei Beinen aufrecht stehen.

Man wäre versucht zu glauben, dieses Gebilde hätte früher irgendeine zweckmäßige Form gehabt und jetzt sei es nur zerbrochen. Dies scheint aber nicht der Fall zu sein; wenigstens findet sich kein Anzeichen dafür; nirgends sind Ansätze oder Bruchstellen zu sehen, die auf etwas Derartiges hinweisen würden; das Ganze erscheint zwar sinnlos, aber in seiner Art abgeschlossen. Näheres läßt sich übrigens nicht darüber sagen, da Odradek außerordentlich beweglich und nicht zu fangen ist.

Er hält sich abwechselnd auf dem Dachboden, im Treppenhaus, auf den Gängen, im Flur auf. Manchmal ist er monatelang nicht zu sehen; da ist er wohl in andere Häuser übersiedelt; doch kehrt er dann unweigerlich wieder in unser Haus zurück. Manchmal, wenn man aus der Tür tritt und er lehnt gerade unten am Treppengeländer, hat man Lust, ihn anzusprechen. Natürlich stellt man an ihn keine schwierigen Fragen, sondern behandelt ihn – schon seine Winzigkeit verführt dazu – wie ein Kind. »Wie heißt du denn?« fragt man ihn. »Odradek«, sagt er. »Und wo wohnst du?« »Unbestimmter Wohnsitz«, sagt er und lacht; es ist aber nur ein Lachen, wie man es ohne Lungen hervorbringen kann. Es klingt etwa so, wie das Rascheln in gefallenen Blättern. Damit ist die Unterhaltung meist zu Ende. Übrigens sind selbst diese Antworten nicht immer zu erhalten; oft ist er lange stumm, wie das Holz, das er zu sein scheint.

Vergeblich frage ich mich, was mit ihm geschehen wird. Kann er denn sterben? Alles, was stirbt, hat vorher eine Art Ziel, eine Art Tätigkeit gehabt und daran hat es sich zerrieben; das trifft bei Odradek nicht zu. Sollte er also einstmals etwa noch vor den Füßen meiner Kinder und Kindeskinder mit nachschleifendem Zwirnsfaden die Treppe hinunterkollern? Er schadet ja offenbar niemandem; aber die Vorstellung, daß er mich auch noch überleben sollte, ist mir eine fast schmerzliche.

Eine Kreuzung

Ich habe ein eigentümliches Tier, halb Kätzchen, halb Lamm. Es ist ein Erbstück aus meines Vaters Besitz. Entwickelt hat es sich aber doch erst in meiner Zeit, früher war es viel mehr Lamm als Kätzchen. Jetzt aber hat es von beiden wohl gleich viel. Von der Katze Kopf und Krallen, vom Lamm Größe und Gestalt; von beiden die Augen, die flackernd und wild sind, das Fellhaar, das weich ist und knapp anliegt, die Bewegungen, die sowohl Hüpfen als Schleichen sind. Im Sonnenschein auf dem Fensterbrett macht es sich rund und schnurrt, auf der Wiese läuft es wie toll und ist kaum einzufangen. Vor Katzen flieht es, Lämmer will es anfallen. In der Mondnacht ist die Dachtraufe sein liebster Weg. Miauen kann es nicht und vor Ratten hat es Abscheu. Neben dem Hühnerstall kann es stundenlang auf der Lauer liegen, doch hat es noch niemals eine Mordgelegenheit ausgenutzt.

Ich nähre es mit süßer Milch, sie bekommt ihm bestens. In langen Zügen saugt es sie über seine Raubtierzähne hinweg in sich ein. Natürlich ist es ein großes Schauspiel für Kinder. Sonntag Vormittag ist Besuchstunde. Ich habe das Tierchen auf dem Schoß und die Kinder der ganzen Nachbarschaft stehen um mich herum.

Da werden die wunderbarsten Fragen gestellt, die kein Mensch beantworten kann: Warum es nur ein solches Tier gibt, warum gerade ich es habe, ob es vor ihm schon ein solches Tier gegeben hat und wie es nach seinem Tode sein wird, ob es sich einsam fühlt, warum es keine Jungen hat, wie es heißt und so weiter.

Ich gebe mir keine Mühe zu antworten, sondern begnüge mich ohne weitere Erklärungen damit, das zu zeigen, was ich habe. Manchmal bringen die Kinder Katzen mit, einmal haben sie sogar zwei Lämmer gebracht. Es kam aber entgegen ihren Erwartungen zu keinen Erkennungsszenen. Die Tiere sahen einander ruhig aus Tieraugen an und nahmen offenbar ihr Dasein als göttliche Tatsache gegenseitig hin.

In meinem Schoß kennt das Tier weder Angst noch Verfolgungslust. An mich angeschmiegt, fühlt es sich am wohlsten. Es hält zur Familie, die es aufgezogen hat. Es ist das wohl nicht irgendeine außergewöhnliche Treue, sondern der richtige Instinkt eines Tieres, das auf der Erde zwar unzählige Verschwägerte, aber vielleicht keinen einzigen Blutverwandten hat und dem deshalb der Schutz, den es bei uns gefunden hat, heilig ist.

Manchmal muß ich lachen, wenn es mich umschnuppert, zwischen den Beinen sich durchwindet und gar nicht von mir zu trennen ist. Nicht genug damit, daß es Lamm und Katze ist, will es fast auch noch ein Hund sein. – Einmal als ich, wie es ja jedem geschehen kann, in meinen Geschäften und allem, was damit zusammenhängt, keinen Ausweg mehr finden konnte, alles verfallen lassen wollte und in solcher Verfassung zu Hause im Schaukelstuhl lag, das Tier auf dem Schoß, da tropften, als ich zufällig einmal hinuntersah, von seinen riesenhaften Barthaaren Tränen. – Waren es meine, waren es seine? – Hatte diese Katze mit Lammesseele auch Menschenehrgeiz? – Ich habe nicht viel von meinem Vater geerbt, dieses Erbstück aber kann sich sehen lassen.

Es hat beiderlei Unruhe in sich, die von der Katze und die vom Lamm, so verschiedenartig sie sind. Darum ist ihm seine Haut zu eng. – Manchmal springt es auf den Sessel neben mir, stemmt sich mit den Vorderbeinen an meine Schulter und hält seine Schnauze an mein Ohr. Es ist, als sagte es mir etwas, und tatsächlich beugt es sich dann vor und blickt mir ins Gesicht, um den Eindruck zu beobachten, den die Mitteilung auf mich gemacht hat. Und um gefällig zu sein, tue ich, als hätte ich etwas verstanden, und nicke. – Dann springt es hinunter auf den Boden und tänzelt umher.

Vielleicht wäre für dieses Tier das Messer des Fleischers eine Erlösung, die muß ich ihm aber als einem Erbstück versagen. Es muß deshalb warten, bis ihm der Atem von selbst ausgeht, wenn es mich manchmal auch wie aus verständigen Menschenaugen ansieht, die zu verständigem Tun auffordern.

KLABUND (ALFRED HENSCHKE)

1890–1928

Der Dichter und der Kaiser

Ein chinesisches Märchen

Es lebte im alten China zur Zeit der Thangdynastie, welche in große und gefährliche Kriege gegen ihre Nachbarn verwickelt war, ein junger Dichter namens Hen-Tsch-Ke, der wagte es eines Tages, sich den Zopf abzuschneiden und also durch die Straßen von Peking zu spazieren. Der Wagemut dieses Unternehmens verblüffte die gelbmäntligen Polizisten derart, daß sie ihn für einen Irren hielten und ungehindert passieren ließen. Er wanderte durch Peking – über Land – immer ohne Zopf – und gelangte über die Grenze nach der Provinz Tsch-Wei-Tz, welche sich in den Thangkriegen für neutral erklärt hatte. Von dort richtete er schön auf Seidenpapier und anmutig und bilderreich einen Brief an den Kaiser Thang, in dem er mit jugendlicher Freiheit zu sagen wagte, was eigentlich alle dachten, aber niemand sagte: nämlich: er, der Kaiser, möge doch sich selbst zuerst den veralteten Zopf abschneiden und so seinen Landeskindern (nicht: Untertanen – denn untertan sei man den Göttern oder Buddha) mit erhabenem Beispiel vorangehen und der neuen Zeit ein leuchtendes Symbol geben. Es sei eines großen und überaus mächtiges Reiches nicht würdig, nach außen so stark, nach innen so schwach zu sein. – Der junge Dichter las diesen Brief, von Reiswein und edler Gesinnung trunken, seinen Freunden in der neutralen Provinz Tsch-Wei-Tz eines Sommerabends vor, worauf er ihn mit einem reitenden Boten nach Peking sandte.

Die Ratgeber des Kaisers gerieten in große Bestürzung. Sie enthielten dem Sohn des Himmels das Schreiben des Poeten vor und verboten bei Todesstrafe, die darin enthaltenen Ideen ruchbar werden zu lassen. Der junge Dichter liebte sein Vaterland sehr. Die Liebe zu ihm hatte ihm den Pinsel zum Brief in die Hand gedrückt und das Kästchen mit schwarzer Tusche. Aber seine wahrhaft unschuldig getane Tat wurde ihm von allen Seiten falsch gedeutet. Die Denunzianten bemächtigten sich seiner, während er fern der Heimat weilte, und beschuldigten ihn bei den Behörden des Kaisers des Vaterlandsverrates, der Majestätsbeleidigung, der Desertation; ja sie gingen soweit, zu behaupten, er habe den Brief im Auftrage der Feinde geschrieben und stehe im Dienste der mongolischen Entente. Er sei ein Ententespion. Andere wieder verdächtigten sein chinesisches Blut und schimpften ihn einen krummnäsigen Koreaner.

Der Dichter wagte eine heimliche Fahrt in die Heimat und erfuhr zu seinem Entsetzen, was über ihn gesprochen und geglaubt wurde. Er, der in der Ferne nur seinen blumenhaften Versen und zarten Tragödien gelebt hatte, wurde beschuldigt, revolutionäre Flugblätter über die Grenze an die Soldaten des Kaisers gesandt zu haben, die dazu aufforderten, das Reich dem Feinde preiszugeben. Der junge Poet geriet in Bestürzung und Tränen. Er zog sich wie eine Schnecke ganz in sich selbst zurück, mißtraute auch seinen wenigen Freunden, und reiste heimlich, wie er gekommen war, in die Provinz Tsch-Wei-Tz zurück. Er dankte es der Gnade der Götter, daß er die Grenze noch passierte, denn die Häscher waren auf ihn aufmerksam geworden. Eine Militärpatrouille jagte hinter ihm her. Ein plötzlich einsetzender Platzregen hinderte sie am Vorwärtskommen. Beauftragt, den Dichter nach der nordchinesischen Festung Küs-Trin zu bringen, erreichten sie eine halbe Stunde zu spät die blauweißen Grenzpfähle.

Der Kaiser erfuhr nichts von dem Dichter und seinem Brief und ließ das Schwert und nicht die Liebe regieren.

Der Dichter lebte fürder einsam an einem melancholischen See der Provinz Tsch-Wei-Tz.

Er blickte, das Haupt auf das Kinn gestützt, auf die grünen Palmen und die violetten Berge. Die Möven kreuzten kreischend über ihm. Sein Herz suchte in manchen Nächten das Herz des Kaisers. Auch der Kaiser spürte auf seinem goldenen Thron zuweilen ein sonderbares Sehnen: er wußte nicht wohin ... Er neigte das Haupt in die Hand und dachte angestrengt nach ...

Aber die Herzen des Dichters und des Kaisers fanden sich nicht. Ein Gebirge erhob sich steil und felsig, baum- und weglos, zwischen ihnen, und wenn sie nicht gestorben sind, so leben sie heute noch ...

ERWIN HOERNLE

1883–1952

Der Riese und seine Rüstung

Es war einmal ein Riese. Den hatten, als er noch ganz klein war, bucklige Zwerge eingefangen und zu ihrem Sklaven gemacht. Er ackerte ihnen das Feld und wob ihnen die Kleider, er mahlte das Mehl, buk das Brot, schlachtete und kochte. Der Riese baute den Zwergen Häuser, fällte dazu die

Bäume im Wald und brach die Steine aus dem Felsen. Er holte die Kohle aus der Erde, das Eisen und das Gold. Er hütete die häßlichen Kinder der Zwerge, trug sie auf seinen Armen, wusch ihre beschmutzten Windeln und ließ sich alle ihre Launen gefallen. Er war ein sehr fleißiger, gutmütiger Riese.

Dafür hatten ihn auch seine buckligen Herren mit schweren Ketten an Händen und Füßen gefesselt, schlugen und pufften, schalten und verspotteten ihn nach Herzenslust. Wenn sie sich gütlich taten an den kostbaren Weinen und schmackhaften Speisen, die er ihnen bereitet hatte, mußte der Riese im Winkel sitzen und trocken Brot kauen. Die Zwerge kleideten sich in Samt und Seide, aber dem Riesen, der ihnen die Kleider gemacht hatte, ließen sie nur ein paar schmutzige Lappen. Während die Zwerge in den behaglichen Stuben saßen und in den weichsten Betten schliefen, die der Riese verfertigen konnte, kauerte dieser in einer elenden Höhle, der glühenden Hitze des Sommers und dem eisigen Frost des Winters gleichermaßen preisgegeben. Es waren eben böse, harte Herren, die buckligen Zwerge.

Einmal in seiner Jugend hatte der Riese den Versuch gemacht, seine Ketten zu brechen. – Die Zwerge hatten ihn wund geschlagen und fast verhungern lassen. Da war er brüllend aufgefahren, hatte die Fesseln gesprengt und die Zwerge in großen Schrecken gejagt. Aber aus der Ferne hatten sie ihm mit Pfeilen und Wurfspießen solange zugesetzt, bis er ohnmächtig und blutend zusammenbrach. Als er aufwachte, war er noch mehr gefesselt als zuvor. Wie ein geprügelter Hund hatte er sich zurück in seine Höhle geschlichen.

Mit der Zeit wurde der Riese älter und nachdenklicher. Immer mehr verdroß ihn sein Elend. Er begann bei der Arbeit nachzusinnen, weshalb wohl alles so wäre. Die Zwerge freilich sagten, es müsse so sein und sei auch nie anders gewesen. Aber dem Riesen wollte diese Auskunft nicht gefallen. Einmal, als er einsam auf dem Felde ackerte, war ein fremder Wanderer vorbeigekommen, der hatte ihm erzählt, daß jenseits der Berge auch Riesen wohnten. Die seien doppelt so stark als er, trügen den Kopf aufrecht und genössen selber die Früchte ihrer Arbeit. Sie seien nämlich frei und niemandes Knecht. – Seit dem Tage war des Riesen Herz voll Sehnsucht und Groll. Tag und Nacht sann er darüber nach, wie er es angreifen müsse, über die Berge zu kommen.

Bald merkten die Zwerge, daß der Riese etwas im Schilde führe. Er brummelte bei der Arbeit öfters vor sich hin, hielt abends lange Selbstgespräche und gab mitunter einem Herrn, der ihn besonders plagte, eine trotzige Antwort. – »Wir müssen auf der Hut sein«, sagten die Zwerge, verdoppelten die Ketten und stellten bewaffnete Wächter aus, die auf den Riesen aufpaßten.

»Wie komme ich nur durch den Ring der Wächter?« überlegte der Riese. »Ich muß mir einen starken Panzer schaffen gegen ihre Pfeile und Speere.« – Als es Abend wurde, ging er in seine Höhle und begann die Rüstung zu schmieden. Es war ein hartes Stück Arbeit. Viele Abende und Nächte saß der Riese darüber schwitzend und gebeugt. So oft ihn der Schlaf übermannen wollte, fuhr er auf, schlug mit der Faust auf den Amboß und rief: »Ich will frei sein.« Das gab ihm immer wieder neue Kraft und machte ihn froh.

Einmal merkten die Zwerge, was der Riese tat, kamen in seine Höhle, während er schlief, und zerschlugen die ganze Rüstung. Da war der Riese sehr betrübt, aber er verlor den Mut nicht. Er schmiedete eine neue Rüstung doppelt so fest und stark, wie die alte. Nun waren die Zwerge nicht mehr im Stande, sie zu zerbrechen.

Alles Denken und Sinnen des Riesen galt von jetzt ab seiner Rüstung. Er schuf sich Helm und Brustharnisch, Rückenpanzer und Beinschienen. Dazu ein scharfes Schwert. Manchmal sprach eine Stimme in seinem Innern: »Jetzt ist's Zeit. Auf! Zerbrich deine Fesseln! Leg die Rüstung an, ergreife dein Schwert und schreite durch den Ring deiner Wachen über die Berge!« – Aber immer glaubte der Riese die Zeit noch nicht reif. An der Rüstung war hier noch etwas zu verbessern, dort schien eine Stelle noch nicht fest genug; das Schwert war einmal zu leicht, ein andersmal zu schwer. So verlor der Riese köstliche Zeit.

Die Zwerge waren inzwischen auch nicht müßig. Sie umzogen ihr ganzes Land mit einem tiefen Graben, legten Fanggruben an und sperrten den Weg über die Berge mit Astverhauen und verborgenen Fallen. Auch vergifteten sie ihre Pfeile, damit eine einzige Wunde genügte, um den Riesen zu lähmen. Als sie fertig waren, höhnten sie den Riesen, schlugen ihn und zwangen ihn, noch mehr zu arbeiten als früher. – Der Riese beugte den Nacken, denn er dachte bei sich: Im Notfall habe ich meine Rüstung. – Er arbeitete von jetzt ab doppelt eifrig an ihrer Vervollkommnung.

So vergingen Tage, Wochen und Jahre. So oft die Zwerge ihn schlugen, dachte der Riese: Wartet nur! Und er drohte mit seiner Rüstung. Aber er legte sie nie an. Längst war sie fertig. Doch nun erschien sie ihm zu kostbar, um sie den Geschossen der Zwerge preiszugeben. »Ich muß mir die Rüstung erhalten«, sagte der Riese und hütete sie wie seinen Augapfel.

Schließlich vergaß der Riese, weshalb er die Rüstung eigentlich geschaffen hatte. Er vergaß auch die Berge und das Land jenseits. Er hielt sich für frei, weil – er die Rüstung hatte. Die klugen Zwerge ließen ihm den Glauben und lachten heimlich, wenn er drohte. Sie wußten, die Rüstung war längst zu groß und schwer, als daß der Riese darin hätte über die Berge schreiten können. Auch das Schwert war schon stumpf und schartig. »Du bist ein sehr mächtiger Riese«, sagten sie zu ihrem Sklaven, und der Riese merkte nicht einmal, daß sie ihn zum besten hatten.

Sagt, war das nicht ein sehr törichter Riese?

ROBERT MUSIL

1880–1942

Das Märchen vom Schneider

I

Ich glaube nicht, daß es ein Schneider war.

Der stand vor dem Richter und sprach: »Ich will im Gefängnis sitzen; im Gefängnis fühle ich mich noch am wohlsten. Meine Mutter ist gestorben, mit meinen Freunden bin ich zerfallen; ach ja, und ich war gegen meine Mutter überhaupt nicht so, wie ich hätte sein sollen. Welchen Wert hat das Leben? Aber es können nicht alle Selbstmord begehn. Haben Sie Mitleid mit mir! Haben Sie Mitleid mit mir, Herr Richter, und sperren Sie mich für immer ein! Ich wäre glücklicher darüber! Im Gefängnis könnte ich als Schneider arbeiten und brauchte nicht mehr hinaus in die Welt.«

Aber der Richter hatte kein Einsehen und begnügte sich mit einer Woche Arrest.

Dagegen legte der Verurteilte Berufung wegen zu geringer Strafe ein.

Wegen zu geringer Strafe darf nur der Staatsanwalt berufen, belehrte der Richter. Aber der Staatsanwalt hatte keine Lust dazu.

II

Ich glaube, bald danach rollte ich über den Ring des 12. November eine große Bombe, sie war größer als ich. Ich habe an ihr mein Leben lang gearbeitet. Ich wollte mit ihr meine Zeit in die Luft sprengen. Ein Schutzmann hielt mich an und besah die Bombe. Ich sagte: »Ich muß damit meine Zeit in die Luft sprengen, weil sie mir nicht folgt, Herr Schutzmann, das sind meine Werke.« Die Bombe kam mir in diesem Augenblicke selbst so groß vor wie die riesigen Rollen Papiers, die vor den Zeitungsdruckereien abgeladen werden. »Ach, Sie sind von der Zeitung...«, sagte der Schutzmann zärtlich, »Sie brauchen keinen Erlaubnisschein.«

III

Meine Bombe rollte mit einer wunderbaren Wendung in das Tor unter der Parlamentsrampe, in die große Halle, wo immer die vielen Schutzleute sitzen, wenn eine Revolution angesagt ist. Ich durfte sie auch anzünden, aber sie löschte aus, weil oben geredet wurde. Als ich ausrief: »Das wird zwanzig Jahre nach meinem Tod eine Bombe sein!« stürzten sich alle Schutzleute auf mich. Ich hatte ein Instrument bei mir, das, glaube ich, Brustleier heißt; es ist ein Bohrer, den man gegen die Brust stemmt und mit einer Handkurbel antreibt, man bohrt mit ihm Löcher in Eisen; damit verteidigte ich mich. Ich setzte es einem Schutzmann zwischen dem zweiten und dritten Knopf an und drehte. Er wurde auch immer blasser. Aber die andern griffen nach meinen Armen, und wenn es ihnen auch nicht gelang, sie gleich festzuhalten, so entstand doch um meine Arme ein immer ärgeres Gewirr, unter dem sie schließlich nicht mehr vorwärts kamen.

So wurde ich verhaftet.

IV

»Herr Richter –!« sagte ich.

»Herr Richter, ich habe vieles studiert und ausgeübt, weil ich ein Dichter werden und meine Zeit kennenlernen –, nicht nur – –«: ich verteidigte mich schamlos, aber der Richter kannte das schon, lächelte und fragte:

»Haben Sie Geld gemacht?«

»Nie!« rief ich froh aus, »das ist doch verboten!«

Da blickte der Vorsitzende dem Nebensitzenden ins Gesicht, der Rechtsanwalt dem Linksanwalt, der Staatsanwalt dem Berichterstatter, und alle lächelten. »Ich begehre Sachverständigengutachten!« rief der Verteidiger triumphierend.

»Sie sind angeklagt, weil Sie *kein* Geld machen«, sagte der Richter.

V

Seither sitze ich im Gefängnis.

Es fehlt ihm die Gelddrüse, haben die Sachverständigen erklärt, er entbehrt deshalb die moralische Regulation und wird sofort reizbar, wenn man ihn unverschämt behandelt; außerdem leidet er an Gedankenflucht, er kann sich nicht merken, was andere schon hundertmal gesagt haben, sondern sucht immer neue Ideen. Und so weiter. Noch schlimmer waren die Gutachten der literarischen Sachverständigen. Im ganzen bin ich ein Minderwertiger, dem bloß die Strafbarkeit nicht abgesprochen wurde.

Aber seit ich so weit bin, lebe ich in einem Märchen der Ordnung. Niemand tadelt mein unziemendes Betragen, im Gegenteil, ich falle unter den Zuchthäuslern wie eine holde Erscheinung auf. Meine Intelligenz ist überragend. Als Schriftsteller bin ich eine Autorität und darf sogar für den Aufseher Briefe schreiben. Alles lobt mich. Der ich in der Welt der Lebensgerechten ein Minderwertiger war, bin ich in der Welt der Ungerechten ein vom consensus omnium getragenes moralisches und intellektuelles Genie. Und ich tue nichts für Geld, sondern alles für Lob und Selbstlob. Ich arbeite wieder als Schneider. Zauberhaftes Leben der Arbeit, meine Seele ist eine Nadel; sie fliegt stundenlang aus und ein, tagelang, sie summt wie eine Biene, und in meinem Kopf ist so wenig darin, wie wenn man im Grab liegt, und die Bienen summen.

VI

Sollte mir aber jemand beweisen, daß dies alles nicht wahr ist und ich kein minderwertig gewesener Schneider bin und nicht in meinem Gefängnis lebe: dann würde ich den Präsidenten der Republik um einen Ehrenplatz in einem Irrenhaus bitten.

Auch dort ist es schön. Ich wäre den Ansprüchen wohl gewachsen, und niemand würde sich darüber wundern, daß ich meine Dinge um ihrer selbst willen treibe. Ja, im Gegenteil, man würde mir auch da alle Hindernisse aus dem Weg räumen.

HERMYNIA ZUR MÜHLEN

1883–1951

Die Brillen

Es gab einmal ein großes, reiches Land, in dem herrschte stets Ruhe und Ordnung. Obgleich es auch in diesem Lande Arme und Reiche gab und die Armen von den Reichen ausgebeutet wurden, hörte man doch niemals ein Wort der Klage, geschweige denn Murren oder Drohungen. Der König saß dick, fett und vergnügt auf seinem goldenen Thron, die Bürger lebten dick, fett und vergnügt in ihren schönen Häusern und die Armen schufteten geduldig zwölf Stunden am Tag in den Fabriken und auf den Feldern, und wenn sie hungrig blieben und der Lohn nicht langte, schienen sie es gar nicht zu bemerken.

Dies aber kam so. Vor vielen hundert Jahren hatte in diesem Land ein böser Zauberer gelebt, ein Freund des Königs. Dieser Zauberer vermochte in die Zukunft zu schauen und ahnte, die Armen würden sich nicht immer wie Tiere behandeln lassen, eines Tagen würden sie ihr Recht fordern, und dann werde es mit der Herrlichkeit der Könige und der Bürger vorbei sein. Dies wollte er verhindern. Sein ganzes Leben lang saß der Zauberer in seiner Arbeitsstube, schnitt Glas in kleine runde Scheiben, gab ihnen verschiedene Färbungen und verfertigte aus ihnen Brillen. Dann gebot er dem König, er und seine Nachfolger mögen dafür sorgen, daß jedem neugeborenen Kind sofort eine Brille aufgesetzt werde, die es bei Todesstrafe nicht abnehmen dürfe.

In einem ungeheuren Raum lagen sorglich auf Holzwolle gebettet unzählige Brillen. Ein Nachkomme des Zauberers waltete hier, ihm wurde sogleich die Nachricht gebracht, wenn ein Kind auf die Welt gekommen war, und dann wählte er die entsprechende Brille und setzte sie selbst dem Kind auf das Näslein oder ließ dies von einem seiner Beamten besorgen.

Die Brillen waren aber gar verschiedener Art. Die kompliziertesten waren jene, die den Kindern der Armen aufgesetzt wurden; an diesen Brillen hatte der alte Zauberer fast fünfzig Jahre gearbeitet, bis sie ihm endlich gelangen. Die Gläser waren derart geschliffen, daß die durch sie blickenden Armen ihre Brüder und Schwestern ganz klein und hilflos und als minderwertige Geschöpfe sahen, schauten sie jedoch auf die Bürger und gar auf den König, so deuchten sie diese, durch die Brille gesehen, mächtige, schier gottähnliche Wesen, denen alles Gute der Welt zukommt, deren Macht niemand widerstehen kann und die das Recht haben, alle andern zu ihren Knechten zu machen. Auch die richtige Färbung der Brillen hatte dem alten Zauberer viel Kopfzerbrechen verursacht; sie mußte nämlich so sein, daß der Brillenträger, sein elendes Kellerloch betrachtend, dieses für ganz behaglich und schön hielt, andrerseits aber durfte er, wenn er an den Häusern und Gärten der Bürger, an den Schlössern und Parks des Königs vorbeikam, nicht deren Pracht und Herrlichkeit erkennen, weil er sonst am Ende unzufrieden geworden wäre.

Die Anfertigung der für die Bürger bestimmten Brillen war dem Zauberer leichter gefallen, hier hatte er bloß ein wenig Gold oder Silber mit dem Glas vermischen brauchen, damit der Bürger, wohin auch immer er blicken möge, stets nur Gold und Silber, aber niemals lebende Menschen sah. Diese Gläser waren auch so geschliffen, daß es den Bürger, wenn er Arbeiter betrachtete, deuchte, sie seien Maschinen, ausschließlich zu seinem Nutzen angefertigt.

Am leichtesten fiel es dem Zauberer, die Brille für den König zu machen. Diese brauchte gar nicht geschliffen zu werden, wurde bloß einmal in das Blut des grausamsten und zweimal in das Blut des dümmsten Menschen getaucht, der jemals gelebt hatte, und schon sah der König durch sie alles, was Könige zu sehen pflegen, und sah es so, wie es sich für einen König zu sehen geziemt.

Dann gab es noch eine kleine Anzahl großer, rosig gefärbter Brillen, die aber sehr selten gebraucht wurden; in den dreihundert Jahren, die seit dem Tode des alten Zauberers verflossen waren, hatten dessen Nachkommen sie bloß drei Menschen auf die Nase zu setzen gebraucht. Diese Brillen waren für jene merkwürdigen Leute, deren Augen trotz der gewöhnlichen Brillen dennoch etwas von der Wirklichkeit sahen.

Da hatte es zum Beispiel einmal einen jungen Dichter gegeben, der war Hofpoet, lebte am Königshofe herrlich und in Freuden, war von allen Bürgern geachtet und geehrt. Er schrieb schöne Gedichte zum Preise des Königs und dessen weiser Regierung, und auch frohe Lieder für die Bürger, in denen er deren Tugenden lobte. Man hätte glauben sollen, der junge Dichter sei der glücklichste Mensch der Welt, und wirklich schaute er auch durch seine silbergefleckte Brille gar fröhlich drein. Die Bürger freilich störte es trotz aller Achtung, daß der Dichter, nicht so schön fett werden wollte wie sie, aber da er ja doch ein Dichter war, verziehen sie es ihm.

Nun aber geschah es, daß sich der Dichter einmal ins Armenviertel verirrte. Es war ein herrlicher Sommertag und die Sonne schien so heiß, daß auf dem einen Brillenglas das Silber schmolz. Da sah der Dichter mit einem Auge die Wirklichkeit und sie erschreckte ihn so sehr, daß er laut aufschrie. Er sah müde, schuftende Menschen, hagere, kranke Frauen, verkümmerte, hungernde Kinder, ihn deuchte, dies habe außer ihm noch niemand gesehen und er müsse es allen verkünden. Er lief zu den Bürgern, vergrub weinend den Kopf in die Hände und erzählte ihnen das Furchtbare, was er geschaut. Sie lachten und meinten, er sei wohl an der Hitze verrückt geworden. Da blickte er auf und sein eines Auge sah die Wirklichkeit. Er schrie den Bürgern zu: »Räuber! Mörder!« und rannte zum König, denn dort hoffte er Hilfe zu finden. Da er jedoch den König auf dem Thron sitzen sah, mußte er aufbrüllen: »Du böser, grausamer Trottel! Mit welchem Recht sitzest du hier auf dem Thron?!«

Der Dichter wurde gefesselt, fortgebracht und wäre bestimmt auch hingerichtet worden, hätte nicht der Zauberer, der Brillenverwalter, für ihn ein gutes Wort eingelegt und dem König erklärt, woher das Unheil komme. So wurde denn der tobende Dichter zum Zauberer geschleppt, dieser setzte ihm eine rosige Brille auf die Nase und sprach: »Deine alte Brille war verdorben, Freund, deshalb glaubtest du so erschreckende Dinge zu sehen. Geh nun auf die Straße, blicke dich um und du wirst deinen Irrtum erkennen.«

Der Dichter gehorchte, und nun, durch die rosige Brille betrachtet, deuchte ihn alles gut und schön. Die Armut erschien ihm als etwas Verklärtes, Heiliges, er dachte: »Arbeit ehrt und adelt, wie glücklich sind die Menschen, die sich zwölf Stunden am Tag adeln dürfen.« In den Bürgern erkannte er seine tugendhaften Freunde wieder, und als er vor den König trat, blendete ihn dessen Glanz und er sank voller Ehrfurcht auf die Knie.

Nach diesem Vorfall gab es im ganzen Land wieder viele, viele Jahre Ruhe und Ordnung. Doch als der junge Dichter ein alter Dichter geworden war und im Sterben lag, streifte er die Brille von den brechenden Augen, und in dieser Sekunde glaubte er wieder zu schauen, was er an jenem Sommertag gesehen. An seinem Bett saß eine junge Magd, die ihn treu gepflegt hatte. Der Dichter griff nach ihrer Hand und stammelte: »Die Brillen, nehmt die Brillen ab. Seht!«

Dann starb er.

Die junge Magd kehrte versonnen und etwas verwirrt zu den Ihren heim. Sie hatte zwar die Worte des Sterbenden nicht recht verstanden, denn die Brillen beeinflußten nicht bloß die Augen, sondern auch das Gehirn, doch blieben sie ihr im Gedächtnis haften und sie fragte sich bisweilen im geheimen, wie wohl die Welt aussehen möge, wenn man sie ohne Brille betrachtete?

Bald darauf heiratete sie einen Schuster, und als ihr erstes Kind, ein prächtiger Knabe, zur Welt kam und sie dessen große leuchtende Augen sah, fielen ihr abermals die Worte des Dichters ein und sie dachte betrübt, es sei gar schade, diese schönen Augen hinter einer häßlichen Brille zu verstecken. Doch ging es nicht anders, der Zauberer kam, setzte dem kleinen Fritz die Brille aufs Näschen und damit war alles in Ordnung.

Aber es war seltsam, der kleine Fritz wollte die Brille nicht dulden, versuchte immer wieder, sie abzunehmen, so daß die Eltern ewig fürchten mußten, dies werde ihm einmal gelingen, er werde ohne Brille auf die Straße laufen, von den Hütern der Ordnung so ertappt und gemäß den Gesetzen des Landes hingerichtet werden. Aber alles Bitten und Drohen fruchtete nichts; sobald Fritz allein war, riß und zerrte er an der widerlichen Brille, die man ihm am Hinterkopf auf kunstvolle Weise befestigt hatte.

Als der Knabe schon fast erwachsen war, gelang es ihm bisweilen, die Brille abzureißen, dann sahen seine erschrockenen Augen gar furchtbare

Dinge: Elend und Not und hilflose Ohnmacht auf der einen, Reichtum, Wohlleben, Pracht und Ungerechtigkeit auf der anderen Seite. Doch vermochte er all dies bloß immer einen Augenblick lang zu sehen, denn stets kam ihm die Mutter oder die Schwester nachgelaufen, schalt und flehte, weinte und drohte, bis sie ihm die Brille wieder aufgesetzt hatte.

Aber das wenige, was er erspäht, genügte dazu, um im Herzen des Knaben große Traurigkeit und großen Zorn zu erwecken. Er dachte unentwegt darüber nach, wie man das Unrecht, das er erkannt hatte, aus der Welt zu schaffen vermöchte, und gelangte schließlich zu der Überzeugung, die Hauptschuld an allem trügen die Brillen. Blickten seine Genossen und Kameraden ohne Brillen in die Welt, so würden auch sie das Unrecht erkennen, das ihnen angetan wird und würden auch sehen, sie seien keineswegs so schwach und hilflos, wie ihnen dies die Brillen vortäuschen.

Und eines Tages, da der Vater in der Werkstatt arbeitete und Mutter und Schwester in der Küche schafften, riß Fritz die Brille ab, trat auf sie und zerstampfte sie in tausend Scherben.

Was nun seine sehenden Augen erblickten, betäubte ihn zuerst wie ein Schlag auf den Kopf; dann aber loderte in seinem Herzen ein Feuer auf, das ihn schier verzehrte und er schwor, nicht eher zu ruhen und zu rasten, bis auch seine Kameraden die Brillen abgelegt haben und wirklich sehen würden.

Vor allem aber galt es, seine Tat vor den Bürgern und dem König zu verbergen. Fritz band sich ein schwarzes Tuch um die Augen, erklärte, das Licht schmerze ihn, und die Bürger waren damit zufrieden, denn durch ein schwarzes Tuch, so meinten sie, sieht man noch schlechter als durch eine Brille.

Wenn die Dunkelheit der Nacht ihn schützend bedeckte, schlich Fritz zu den Kameraden, erzählte ihnen, was er geschaut, und forderte sie auf, die Brillen fortzuwerfen.

Zuerst verlachten sie ihn, als es ihm jedoch gelungen war, etliche zu überreden, für kurze Augenblicke die Brille abzunehmen, stellten sich diese auf seine Seite. Mit der Zeit waren ihrer immer mehr, bis schließlich dreiviertel der Arbeiter zu den »Brillenfeinden« gehörten.

Und eines Tages zogen die »Brillenfeinde« bewaffnet, zu allem entschlossen, vor die Häuser der Bürger und den Palast des Königs. Sie drangen in die Häuser ein, rissen dem König und den Bürgern die Brillen ab und forderten ihr Recht. Der König erschrak so sehr, daß er auf die Straße stürzte, zu laufen begann und lief und lief, bis er in ein Land kam, wo noch alle Menschen Brillen trugen und Ruhe und Ordnung herrschte. Die Bürger setzten sich erst zur Wehr, da sie aber keine Brillen mehr trugen, mußten sie die Macht der »Brillenfeinde« erkennen und einsehen, sie selbst seien jämmerlich dumme Bösewichte. Murrend, Zorn im Herzen, fügten sie sich den Geboten der »Brillenfeinde«.

Diese aber schufen nun wirklich Ordnung im Lande: wer arbeitete, erhielt genügenden Lohn, wer faulenzte, bekam nichts. Für die Kinder, die Kranken und Alten wurde gesorgt und niemand besaß mehr, als ihm zukam.

Das Land, in dem sich diese Geschichte ereignet hat, liegt im Osten, wo die Sonne aufgeht. Vielleicht ist das Licht dort heller und die Menschen haben daher rascher sehen gelernt als in andern Ländern. Doch wissen wir alle, wie rasch das Licht fliegen kann; es wird auch in die andern Länder fliegen und die Menschen werden die Brillen zerbrechen. Haben sie aber erst wirklich einmal *sehen* gelernt, so werden sie auch handeln. In den dunklen Ländern muß heute noch ein jeder helfen, muß die eigene Brille abreißen und zerbrechen, den Genossen berichten, was er geschaut hat, muß »Brillenfeinde« werben, bis deren Zahl so groß ist, daß sie die Herren einer glücklichen, freien Welt werden können.

JOACHIM RINGELNATZ (HANS BÖTTICHER)

1883–1934

Rotkäppchen

Also Kinners, wenn ihr mal fünf Minuten lang das Maul halten könnt, dann will ich euch die Geschichte vom Rotkäppchen erzählen, wenn ich mir das noch zusammenreimen kann. Der alte Kapitän Muckelmann hat mir das vorerzählt, als ich noch so klein und so dumm war, wie ihr jetzt seid. Und Kapitän Muckelmann hat nie gelogen.

Also lissen tu mi. Da war mal ein kleines Mädchen. Das wurde Rotkäppchen angetitelt – genannt heißt das. Weil es Tag und Nacht eine rote Kappe auf dem Kopfe hatte. Das war ein schönes Mädchen, so rot wie Blut und so weiß wie Schnee und so schwarz wie Ebenholz. Mit so große runde Augen und hinten so ganz dicke Beine und vorn – na, kurz eine verflucht schöne, wunderbare, saubere Dirn.

Und eines Tages schickte die Mutter sie durch den Wald zur Großmutter; die war natürlich krank. Und die Mutter gab Rotkäppchen einen Korb mit drei Flaschen spanischem Wein und zwei Flaschen schottischem Whisky und einer Flasche Rostocker Korn und einer Flasche Schwedenpunsch und einer Buttel mit Köm und noch ein paar Flaschen Bier und Kuchen und solchem Kram mit, damit sich Großmutter mal erst stärken sollte.

»Rotkäppchen«, sagte die Mutter noch extra, »geh nicht vom Wege ab, denn im Walde gibt's wilde Wölfe!« (Das ganze muß sich bei Nikolajew oder sonstwo in Sibirien abgespielt haben.) Rotkäppchen versprach alles und ging los. Und im Walde begegnete ihr der Wolf. Der fragte: »Rotkäppchen, wo gehst du denn hin?« Und da erzählte sie ihm alles, was ihr schon wißt. Und er fragte: »Wo wohnt denn deine Großmutter?«

Und sie sagte ihm das ganz genau: »Schwiegerstraße dreizehn zur ebenen Erde.«

Und da zeigte der Wolf dem Kinde saftige Himbeeren und Erdbeeren und lockte sie so vom Wege ab in den tiefen Wald.

Und während sie fleißig Beeren pflückte, lief der Wolf mit vollen Segeln nach der Schwiegerstraße Nummero dreizehn und klopfte zur ebenen Erde bei der Großmutter an die Tür.

Die Großmutter war ein mißtrauisches, altes Weib mit vielen Zahnlücken. Deshalb fragte sie barsch: »Wer klopft da an mein Häuschen?« Und da antwortete der Wolf draußen mit verstellter Stimme: »Ich bin es, Dornröschen!«

Und da rief die Alte: »Herein!« und da fegte der Wolf ins Zimmer hinein. Und da zog sich die Alte ihre Nachtjacke an und setzte ihre Nachthaube auf und fraß den Wolf mit Haut und Haar auf.

Unterdessen hatte sich Rotkäppchen im Walde verirrt. Und wie so pißdumme Mädel sind, fing sie an, laut zu heulen. Und das hörte der Jäger im tiefen Wald und eilte herbei. Na – und was geht uns das an, was die beiden dort im tiefen Walde mitnander vorgehabt haben, denn es war inzwischen ganz dunkel geworden, jedenfalls brachte er sie auf den richtigen Weg.

Also lief sie nun in die Schwiegerstraße. Und da sah sie, daß ihre Großmutter ganz dick aufgedunsen war.

Und Rotkäppchen fragte: »Großmutter, warum hast du denn so große Augen?« Und die Großmutter antwortete: »Damit ich dich besser sehen kann!«

Und da fragte Rotkäppchen weiter: »Großmutter, warum hast du denn so große Ohren?«

Und die Großmutter antwortete: »Damit ich dich besser hören kann!«

Und da fragte Rotkäppchen weiter: »Großmutter, warum hast du denn so einen großen Mund?«

Nun ist das ja auch nicht recht, wenn Kinder so was zu einer erwachsenen Großmutter sagen.

Also da wurde die Alte fuchsteufelswild und brachte kein Wort mehr heraus, sondern fraß das arme Rotkäppchen mit Haut und Haar auf. Und dann schnarchte sie wie ein Walfisch. Und draußen ging gerade der Jäger vorbei.

Und der wunderte sich, wieso ein Walfisch in die Schwiegerstraße käme. Und da lud er seine Flinte und zog sein langes Messer aus der Scheide und trat, ohne anzuklopfen, in die Stube. Und da sah' er zu seinem Schrecken statt einem Walfisch die aufgedunsene Großmutter im Bett.

Und – diavolo caraitro! – Da schlag einer lang an Deck hin! – Es ist kaum zu glauben! – Hat doch das alte gefräßige Weib auch noch den Jäger aufgefressen. –

Ja, da glotzt ihr Gören und sperrt das Maul auf, als käme da noch was. – Aber schert euch jetzt mal aus dem Wind, sonst mach ich euch Beine.

Mir ist schon sowieso die Kehle ganz trocken von den dummen Geschichten, die doch alle nur erlogen und erstunken sind.

Marsch fort! Laßt euren Vater jetzt eins trinken, ihr – überflüssige Fischbrut!

BRUNO SCHÖNLANK

1891–1965

Der verzauberte Leierkasten

Es war einmal ein Soldat, der verlor im großen Krieg seinen rechten Arm und beide Beine. Als der Friede geschlossen war, dachte niemand mehr daran, ihm zu helfen. Wie viele Tausende armer Kriegskrüppel mußte er sich armselig durch die Welt schlagen. Ja, es waren wohl goldene Berge versprochen und so viel Dank verheißen worden, aber kein Mensch wollte sich mehr daran erinnern. Was sollten sie mit Krüppeln anfangen?

Die paar Bettelpfennige, die er bekam, reichten kaum für das Brot, geschweige für den Aufstrich. Wie war er froh, daß er wenigstens nicht verheiratet war.

Eines Tages kam er auf den Gedanken, sich einen Leierkasten zu mieten. Das war so teuer, daß beinahe die ganze Monatsrente draufging. Doch es war nicht zu viel bezahlt, denn das war ein verzauberter Leierkasten. Hätte das der Mann gewußt, der die Leierkasten vermietete, hätte er ihn für sich selbst behalten. So aber rieb er sich vergnügt die Hände und sagte: Huje, das ist eine große Nachfrage nach Leierkästen.

Der Mann aber stelzte mit seinem abgeschabten Soldatenrock durch die Straßen, wo eine Mietskaserne sich an die andere lehnt und nicht nur ein Hinterhaus, nein, gleich zwei, drei Hinterhäuser die Sonne absperren. Auf den Höfen, wo sich nur im Sommer einmal ein Sonnenstrahl hin verirrt, wo es dumpf nach Müll und Schutt riecht, drehte er seine Orgel.

So trieb er es tage-, ja wochenlang. Die Kinder tanzten auf den Höfen, die Fenster öffneten sich. Geldscheine in Zeitungspapier gewickelt flogen herunter. Die Armut hilft so gern der Armut. Wenn er leierte, fingen die Geranien auf den Fensterbrettern an noch roter zu blühen und durch die grauen kranken Wände ging ein Beben.

Aber das war doch nichts Wunderbares. So geht es ja bei den andren Leierkästen auch. Vielleicht wäre der Mann auch nie darauf gekommen, daß seine Orgel verzaubert war, wenn er nicht einmal in Gedanken die Kurbel anders herum gedreht hätte. Krack, krack machte es. Du lieber Himmel. Der Mann ließ entsetzt die Leier los. Jetzt war er wohl ruiniert. Kein Ton würde mehr herauskommen. Er ballte die Faust, doch dicke Tränen liefen ihm dabei die Backen herunter. Das war ein Unglück. Krack, krack, knarrte es wieder im Leierkasten. »Dann gehe ganz kaputt!« Und schon riß er die Leier los und wollte ihn zertrümmern. Krack krack, schnack schnack. Nur nicht so hitzig! kam eine Stimme aus dem Kasten. Du hast mich erlöst. Ich bin die Frau Musik. Der Leierkastenmann fiel beinahe um, als er die Stimme hörte. Dann schaute er ringsherum, ob ihn vielleicht jemand noch obendrein zum Besten haben wollte. Doch nein, schon ging es singsang, klingklang, als ob alle Silberglöckchen läuteten. Und die Stimme sprach wieder so klangvoll und tröstend: Ein böser Zauberer verbannte mich in den Kasten, weil ich seinen Sohn nicht heiraten wollte. Ich konnte es nicht, denn der Mensch schrieb so schreckliche Gassenhauer. Nun mußte ich sie alle Tage hören. Ach nein, ach nein, es war entsetzlich. Doch du hast mich befreit. Ich bleibe dir dein Leben lang dankbar. Lebewohl!

Ein Singen und Klingen erfüllte die Luft, als die Stimme ihr Lebewohl sagte, dann war es wieder ganz still. Der Mann aber versuchte wieder seinen Leierkasten zu drehen. Ihr glaubt gar nicht, was da für eine wundervolle Musik ertönte. Die war so schön, daß die Lüfte bebten und alle Herzen aufgingen wie Blumen im lieben Sonnenschein. Kleine Kinder, die eben noch vor Hunger weinten, fingen an zu tanzen und zu singen, daß ihre Mütter leuchtende Augen bekamen. Die Menschen, sie sich eben noch stritten, reichten sich voll Liebe die Hände. Und wer wenig hatte, dachte an die, so gar nichts hatten als ihr bißchen nacktes Leben und brachte ihnen von seinem

Wenigen. Der Bäcker im Hause wog sein Brot richtig ab. Der grobe Gemüsehändler sagte: Gleich, liebe Frau, auch wenn ein armes Mütterchen nur ein Pfund Kartoffeln kaufte. Die Spatzen auf den Dachrinnen musizierten mit. Klang es auch nicht wie Nachtigallensang, herrlich war es doch. Und in dem ganzen Häuserblock, in dem Vorderhause und in den Hinterhäusern ging es klingling klingling. Nachbarn, die lange kein Wort mehr miteinander gesprochen, fanden sich wieder und sagten: Wir müssen zusammenstehen. Wir müssen einig sein. Die Kinder liefen treppauf, treppab zu alten und kranken Leuten, die sich kaum mehr helfen konnten und besorgten für sie die Wege. Was gerade zu tun war. Ein Handwägelchen Kohlen. Ein wenig Brot oder Kartoffeln.

Und der Leierkastenmann spielte immer weiter und immer schöner, bis sich die Bewohner in den Höfen trafen und voll Gesang, Tanz und Fröhlichkeit wurden. Das ist eine Stunde heute, sagten sie. Ach, wie könnte das Leben so schön sein. Wie wollen wir jetzt zusammenhalten.

Und so ging der Mann mit seinem Leierkasten in all die dunklen Höfe. Reichbeschenkt zog er weiter und weiter. Wo er spielte, waren die Menschen wie verwandelt. Es war gerade so, als ob ein gemeinsames Band sie alle umschlösse. Und aus den Häusern wurden Straßen, aus den Straßen Straßenzüge, aus den Straßenzügen Stadtviertel und aus den Stadtvierteln eine ganze Stadt. Was meint ihr, wieviel die Menschen einer großen Stadt vermögen, wenn sie einig sind. So viel, daß ihr die Stadt nach Jahren nicht wieder erkennt. Aus Kinderweinen ward ein fröhliches Lachen, aus alten dumpfen Häusern lichte, sonnige Bauten, aus wüsten Sandflächen herrliche Kinderspielplätze, aus öden Schulzimmern blumenfrohe Räume. Ja, die Lebensfreude springt dann aus allen. Die Fabriken werden weit und groß. Der schwere Gang der Arbeit wird so beschwingt, daß alle Menschen ihm entgegen jubeln.

Ja, das vermag eine Stadt, das vermag ein Land, wenn die Menschen einig sind. Ach, denkt ihr, wenn der Mann mit dem Leierkasten doch auch einmal zu uns käme. Ihr wollt ihn suchen gehen? Wer weiß, wo er heute ist. Aber euch helfen und einig sein, das könnt ihr alle Tage. Dazu braucht es keinen verzauberten Leierkasten. Dazu braucht es nur Herzen, die mutig und hilfreich sind. Dann klingt auch in euch die starke Musik der Menschenliebe. Versucht es nur und ihr werdet mir recht geben.

KURT SCHWITTERS

1887–1948

Die Geschichte vom Hasen

Es war einmal ein Hase, der war braun, hatte lange Haare und lange Ohren, einen kurzen Schwanz und hüpfte um die Ecke. Er hüpfte auch dann um die Ecke herum, wenn gar keine Ecke da war. Doch eigentlich war er gar nicht braun, sondern rosa, und seine Haare waren eigentlich kurz, sein Schwanz geringelt, und er hüpfte eigentlich überhaupt nicht, sondern grunzte und wühlte im Schlamm. Dann sah er schlammig aus, nicht mehr rosa, sondern dunkelgraurot, und wenn er kleine Ferkeln hatte, dann saugten die an ihm. Doch eigentlich war er gar nicht graurot, sondern grauweiß, hatte viele Federn und ein paar schöne Flügel, mit denen er aber nicht fliegen konnte. An seinen Beinen hatte er Schwimmflossen und schwamm stolz auf dem Teich im Park und ließ sich von den Leuten, die dort vorbeigingen, Brotkrumen zuwerfen. Das heißt, eigentlich schwamm er unter Wasser, hatte goldene Schuppen und einen Schwanz mit zwei Spitzen. Das heißt, eigentlich hatte er fast keinen Schwanz, hatte sehr kurze Ohren und war sehr dick und hielt sich mit Vorliebe im Nil auf. Sein Maul hatte eine stattliche Reihe von Zähnen. Das heißt, eigentlich wurde er mit Dampf betrieben, hatte hinten eine Schraube und vorn 2 Anker, in der Mitte einen Schornstein und auf der Kommandobrücke einen Kapitän und gehörte der Hamburg Süd. Das heißt, eigentlich war er sehr klein, sprang gern und weit und suchte Schutz unter den Kleidern der Damen, und die Damen kratzten sich.

Dieses war der Hase, und dieses war die Geschichte vom Hasen. Das heißt, eigentlich war es gar keine Geschichte, sondern eine Verwandlung, die aber den Hasen sogar reif gemacht hat.

Also war es doch eine Geschichte, und also war es doch von einem Hasen.

Die drei Wünsche

Es war einmal ein Mann, der etwas wollte, er wußte nur nicht, was. Aber soviel wußte er doch, daß das, was er wollen würde, etwas Besonderes sein müßte.

Da begegnete ihm eine etwas gebeugte alte Frau und sagte: »Junger Mann, ich sehe, daß du etwas willst.«

Der Mann war erstaunt, daß sie das sehen konnte und sagte: »Du hast recht, gute Frau, ich weiß nur nicht, was ich wollen will.« Da antwortete die alte Frau: »Ich weiß es, aber ich sage dir nicht, was es ist. Ich habe auch die Fähigkeit, dir zu gewähren, was du willst. Dreimal darfst du dir wünschen, was du willst, und jedesmal wird es dir sofort erfüllt werden. Aber du darfst nur dreimal etwas von mir wünschen. Darum sei klug in deinen Wünschen.«

Dann roch es mit einem Mal nach Schwefel, und die alte Frau verschwand. Das war nun aber keine Kleinigkeit. Man stelle sich einmal vor, daß man plötzlich sich dreimal etwas wünschen darf, da wird man ratlos, da werden wohl die meisten ratlos.

Der Mann begann nun nachzudenken, was wohl im Leben wünschenswert sein könnte für einen Menschen, und da hatte er es schon, es war das Glück. Aber er dachte weiter, wenn er sich etwa Glück wünschen würde, so könnte ihm die alte Hexe irgendeinen Schmarren hinsetzen und sagen, daß das das Glück wäre. Sie könnte ihm zum Beispiel das irreführende Gefühl in die Seele geben, daß er in dem Zustande, in dem er sich befände, im Grunde genommen eigentlich glücklich wäre. Nein, auf solch einen Schwindel verzichtete er, er wollte kompaktes Glück haben, ein Glück, um das ihn die anderen beneideten. Denn nur das ist Glück, was andere auch haben wollen.

Und so kam ihm der Gedanke, man müsse den Begriff Glück näher definieren, wenn ein Mensch wirklich glücklich werden wollte. Und da wünschte er sich Reichtum.

Mit einem Male war er reich. Es wimmelte von Dienern in dem riesigen Schloß, in dem er wohnte, er lag in einem goldenen Pyjama in einem gewaltig großen Bett, welches so weich war, daß er es überhaupt nicht mehr fühlen konnte. Ein Diener überreichte ihm auf einem großen zinnoberroten Tablett eine winzig kleine Tasse mit Mokkaessenz, die so stark war, daß ein schwerer Teelöffel darin aufrecht stehen konnte. Der Mokka war mit Saccarinessenz schwer gesüßt, und der Diener hatte eine Uniform aus Elfenbein.

Der Mann im Bette aber sagte: »Könnt ihr mir denn nichts Besseres vorsetzen?« und trat mit seinem lila Filzschuh unter das Tablett, daß der Löffel im Auge des elfenbeinernen Bedienten steckenblieb. Dann schwang er sich aus seinem schweren Daunenbett und rief fürchterlich: »Ich werde es euch zeigen, was ein reicher Mann ist; nahm eines von den dreihundertdreiunddreißig Telefonen, die neben seinem Bette standen, und bestellte per sofort sämtliche Klaviere der Welt und ließ sie ebenfalls per sofort in die nächsten Ströme werfen. Es war das Ende der Klaviermusik, und die Flußschiffahrt war auf Monate hinaus vollständig lahmgelegt. Aber ihn kümmerte das wenig.

Aber es beglückte den Mann doch nicht. Er sann, gab die merkwürdigsten Befehle, ließ alle Diener in Schokolade baden und wurde doch nicht glücklich.

Da erschien neben seinem Bette die alte Frau und sagte: »Du hast falsch gewählt, aber du hast ja noch zwei andere Wünsche. Wähle richtig, und du wirst glücklich sein.« Und wieder roch es nach Schwefel, und die alte Frau verschwand.

Da fühlte sich der reiche Mann recht unglücklich, denn er wußte nicht, was zum Teufel er sich wünschen sollte. Was sollte denn den Menschen glücklich machen, wenn es der Reichtum nicht tat.

Plötzlich hatte er es: Weltmacht.

Und schon war er der mächtigste Fürst aller Zeiten. Er beherrschte nicht nur die Erde, sondern die Welt. Von der Sonne und den entlegensten Sternen hundertster Ordnung kamen zu ihm die Elektronen, um ihm ihre Huldigung zu bringen. Sein Name stand auf jedem Eßgeschirr, wurde ununterbrochen durch die Propagandaabteilung der Radios in die Welt gesandt, und bei allen anderen Personen wurden die Namen überhaupt abgeschafft. Es gab keine reichen und keine glücklichen Menschen mehr.

Er selber wohnte nun nicht mehr in dem großen, weichen Federbett, sondern er hatte sich von seiner Leibgarde ein Haus aus Atomen zwischen Erde und Mond bauen lassen, wo er ununterbrochen sein Weekend verbrachte.

Aber all diese Macht machte ihn nicht glücklich. Er war gelangweilt. Es gab keine Kriege mehr. Leider. Darum ließ er zur Abwechslung zwei große Planeten gegeneinander fahren mit der Begründung, daß ihm die Nasen der Bevölkerung des einen Planeten nicht gefielen. Aber was nützte das alles? Es gab einen ziemlich großen Knall und eine noch größere Stichflamme, aber dann war die ewige Langeweile wieder da. Es mußte etwas Dauerndes sein. Deshalb ließ er über den Köpfen der Untertanen glühende Meteore aufhängen, so daß sie in ewiger Furcht leben mußten, ihm zur Freude. Aber bald ließ er auch diese Meteore wieder abmontieren, weil ihm auch das keinen Spaß mehr machte. Und so sann er und sann, was eigentlich solch ein armer Weltbeherrscher zu seiner Unterhaltung tun könnte, und hätte sich beinahe einen Gegenspieler gewünscht, damit es wenigstens Krieg gäbe, aber da erschien gerade wieder die alte Frau neben seinem Bungalow und sagte, er hätte falsch gewählt, aber er hätte ja noch einen Wunsch. Er solle gut überlegen und das Richtige wählen.

Dann roch es nach Schwefel, und die alte Frau verschwand. Der Mann aber blieb in Sorgen zurück, denn er wußte weiß Gott nicht, was er sich Besseres wünschen solle als alle Macht der Welt.

Da hörte er zufällig, wie ein Mitglied seiner Leibgarde zu einem anderen über ein drittes Mitglied sagte: »Ja, der hat's gut, der hat nichts auszustehen, der hat eine glückliche Natur, der fühlt sich glücklich wie ein Fisch im Wasser.« Da tippte sich der Mann mit seinem Zeigefinger vor die Stirne, indem er sagte »Köpfchen!« und freute sich, daß er es nun endlich hatte. Natürlich, Fische, die haben es gut. Die fühlen sich wohl, wenn sie nur Wasser haben. Wie sollten sie auch etwa nicht? In der Luft würden sie sich sicherlich nicht so wohl fühlen. Köpfchen muß man haben.

Und so wünschte er sich die Gestalt eines Fisches. Und sofort erhielt er diese Gestalt und hatte das Aussehen eines Fisches. Da ließ er sich auf das Wasser nieder und sprang mit dem Kopf zuerst hinein. Aber das Wasser war so naß, und er hatte es so schwer, Luft zu atmen und krümmte sich und wollte stöhnen, aber er war ja stumm. So konnte er sich auch nicht beklagen, daß er nur das Aussehen, nicht aber die Gewohnheiten eines Fischen erhalten hatte. Er öffnete und schloß zwar den Mund, als ob er etwas sagen wollte, aber das tun ja alle Fische, und es kommt doch kein Laut heraus, soviel sie sich auch mühen. Da dachte er, daß das mit den Fischen im Wasser eine Fabel wäre, die fühlen sich ja scheinbar gar nicht so wohl im Wasser. Er als Fisch jedenfalls nicht. Er konnte nicht einmal über sein Unglück weinen, denn alles rund um ihn war ja Wasser, und Tränen sah man nicht. Da kam ein Schwarm Fische in eiliger Flucht vor irgendeinem Ungeheuer an ihm vorbeigeschwommen, daß ihm ganz angst und bange wurde. Da sah er einen Fisch, der von einer Seerose verspeist wurde und leise zappelte. Da dachte er: »Wäre ich doch der Herr der Welten geblieben, der ich war. Mancher Mensch hat nicht einmal die Chance dazu im ganzen Leben. Oder wäre ich doch wenigstens der reiche Mann geblieben, der ich war!!!«

Und plötzlich schwamm neben ihm die alte Frau wieder. Da war er so froh und folgte ihr an die Oberfläche des Wassers, wo sie ihn im Nu wieder in seine ursprüngliche Gestalt als einfacher Mann des Volkes verwandelte.

Dann sagte die alte weise Frau zu dem jungen Manne: »Du hast gewählt, wie fast alle Menschen wählen würden, denn alle suchen das Glück außer sich. Du hast gesehen, daß das Glück nicht irgendwo anders liegt. Es kann nur in dir selbst liegen. Suche das Glück in dir selbst und denk immer daran, daß auch die anderen gern glücklich sein möchten. Dann wirst du glücklich sein und andere glücklich machen können.«

Darauf gab es einen lauten Knall, und die alte Frau war verschwunden. Es roch aber dieses Mal ganz fürchterlich nach Schwefel.

Es war einmal eine kleine Maus

Es war einmal eine kleine Maus. Die hörte, daß die Frau, die dort regierte, die große Katze auf ihre Geschwister und sie hetzte. Die armen kleinen Mäuse suchten in allen Winkeln Schutz, aber wenn eine versuchte, ein noch besseres Versteck zu finden, fraß sie die Katze, eine nach der anderen. Nun kam die Reihe an die eine, aber die war klug und blieb im Versteck, bis die Katze schlief.

Nun leben auch in der Brust der kleinsten Maus große Gefühle, wenigstens zuweilen. Und so sann die kleine Maus auf Rache. Plötzlich kam ihr ein Gedanke: Wachstumsserum. Sie wußte, wo die Frau die große Flasche voll aufbewahrte und trank sie auf einmal aus.

Als am anderen Morgen die Katze aufwachte, stand da eine Maus, viel größer als sie selbst. Die Katze lief vor Angst fort, aber als das die Frau sah, fing sie die Katze und sagte: »Du bist zu klein, wenn du vor Mäusen davonläuft«, und impfte ihr dieselbe Art von Wachstumsserum ein. Abends war die Katze stark wie ein Löwe da und spielte mit der Riesenmaus. Da freute sich die Frau und sagte: »Brav Katze, aber nun friß auch deine Maus!« Die Katze aber dachte: »Wer bist du, Frau, daß du mir Befehle erteilen willst, ich bin doch ein Löwe!« Und mit diesen Worten sprang sie gegen die Frau und zerriß sie. Dann setzte sie sich zum gemeinsamen Mahle nieder mit der Riesenmaus, und beide verzehrten die Frau, denn sie hatten von dem ungeheuren Wachsen großen Hunger.

OSKAR MARIA GRAF

1894–1967

Das Märchen vom König

Vor gar nicht langer Zeit lebte ein schrecklicher König in einem großen Land und herrschte unumschränkt über viele Untertanen. Er stand in den besten Jahren und war gesund, eitel und dick. Wie seine Väter, hatte auch er schon viele Kriege geführt und immer größer war seine Macht geworden. Ungeheure Heerscharen hatte er gegen friedliche Nachbarvölker geschickt, Verwüstungen hatte er anrichten lassen und unzählbare Menschen waren darüber zugrunde gegangen. Er aber schaltete und waltete zuletzt wie ein Gott. Alle Menschen zitterten vor ihm, und jeder Wunsch wurde ihm erfüllt. Die tausend und abertausend Menschen arbeiteten für ihn, und er brauchte eigentlich nichts anderes zu tun als das, was ihm seine Laune eingab. Weil er sich gar bald langweilte, ließ er sich von seinen kriecherischen Kammerdienern Geschichten über seine Minister und Marschälle erzählen und wenn es ihm gefiel, wenn er aus irgendeiner solchen Erzählung Argwohn gegen diese seine nächsten Untergebenen schöpfte, befahl er den Betroffenen zu sich, machte ihn vor allen anderen lächerlich, verhöhnte ihn und schimpfte ihn so lange, bis derselbe bat, ihn vom Amte zu entlassen. Kaum aber hatte der betreffende Minister oder Marschall diesen Wunsch ausgesprochen, so geriet der König in maßlose Wut, nahm seine Peitsche und verprügelte den Mann nach Herzenslust. Dann ließ er ihn in den Kerker werfen.

Und alle gehorchten dem König. Alle verachteten den Gezüchtigten. –

Nachdem das aber Jahre so ging, nachdem immer mehr Menschen dem König mißfielen, nachdem er seine übermütigen Launen immer unheilvoller an seinen nächsten Vertrauten ausgelassen hatte, breitete sich überall eine solche Furcht aus, daß niemand mehr dem König dienen wollte. Jedermann wich ihm aus. Alle verkrochen sich, wanderten aus dem Lande und lebten dort unter anderem Namen. So weit kam es, daß der König schließlich unter die Ärmsten gehen mußte, um sich Minister zu suchen.

Und da geschah es einmal, daß er eines Tages einen alten, kranken Mann traf und ihm befahl, sein Kanzler zu werden. Der Greis aber weigerte sich hartnäckig und schüttelte trotz aller Drohungen des Königs immerzu den Kopf. So in Zorn geriet der König zuletzt, daß er den Mann, der eben den zahnlosen Mund zu einer Antwort öffnen wollte, in die Kehle schoß. Mit einem schrecklichen Schrei sank der Getroffene tot vornüber.

Die schauerliche Kunde verbreitete sich mit Windeseile in der Hauptstadt und alle Menschen flüchteten vor dem Tyrannen. Als der König abermals aus seiner Residenz trat, um von neuem nach einem Kanzler zu suchen, fand er alle Straßen und Häuser leer. Niemand antwortete mehr. Nach seiner Rückkehr in seine Gemächer waren selbst seine Kammerdiener nicht mehr da. Einzig und allein seine Frau saß zitternd und bleich auf einem der goldenen, gepolsterten Sessel und weinte. Allein war der König. Wie ein Stück Fremdheit saß seine Frau neben ihm ...

Zornig bestieg er ein Pferd und ritt in das weite, dunkle Land hinein, um sich hier nach neuen Vertrauten umzusehen. Aber die Flüchtlinge aus der Hauptstadt hatten schon längst überall Nachricht hingebracht, und ein Schrecken ging auch auf dem flachen Lande um. Wo der König hinkam, beugte man sich hündisch, sagte: »Ja! Jawohl, Majestät!« und kaum war der

König einige Wurfweiten weiter, flohen alle. Überall bückte man sich vor dem Schrecklichen in den Staub, jeder lächelte, jeder spielte den Freudigen oder den Ernsten, je nachdem der König es wünschte. Überall sagte man: »Jawohl, Majestät!« und jedes Mal, wenn der Tyrann die Stadt, das Dorf verlassen hatten, atmete man auf. Alle fielen sich in die Arme und riefen erlöst: »Gott sei Dank, wir haben ihn los! Aber nun fort! Nur fort!«

Und der König kam wieder in eine Stadt und rief den Bürgermeister und die Stadtältesten schroff an: »Das ganze Volk, sehe ich, ist mir untreu! Es soll gestraft werden. Es muß bluten für seine Falschheit! Ich will Krieg! Alles hat in den Krieg zu ziehen! Verkündet es! Ich will es! Bis ich wieder komme, muß die ganze Stadt ein Heerlager sein!«

Donnernd rief er es im weiten Saale des Rathauses. Die Wände erzitterten. Keiner der Ältesten wagte den geduckten Dickkopf zu heben. Alle hatten Angst um ihr Leben und murmelten unterwürfig: »Ja, Majestät! Jawohl Majestät!«

Und der König ritt weiter. –

Am Abend desselben Tages sah man in der ganzen Stadt Anschläge, die den Willen des Königs verkündeten. Jeder Mensch las den Befehl und zitterte. Die Reichen stiegen entsetzt in ihre Automobile, fuhren zu den Ärzten und boten große Summen, damit ihnen bescheinigt wurde, daß sie nicht zum Kriegsdienst taugten. Ganz Schlaue legten sich zu Bett und stellten sich krank. Andere wieder begaben sich in die Spitäler und ließen sich operieren, nur damit sie nicht in den Krieg ziehen müßten. Viele von ihnen ergriffen mit Hab und Gut die Flucht. Wer wirklich blieb, versteckte sein Geld, seine Wertsachen und vergrub seinen Schmuck.

Zuletzt standen nur noch die Armen bleich in den dunklen Straßen, vor den fettgedruckten Anschlagsblättern, und machten betrübte Gesichter.

»Warum sollen wir kämpfen?« fragen sie dumpf herum, denn sie sahen keinen Grund zu einem Krieg. Niemand hatte ihnen etwas getan. Sie hatten nur immer gearbeitet, damit andere die Dinge, die sie verfertigten, verbrauchen konnten. – Die Armen also murrten und fragten immerzu: »Warum muß denn jetzt Krieg sein? Es hat uns doch niemand was getan?«

Einige Schutzleute, die in der Nähe standen, schrien auf einmal drohend: »Der König befiehlt Krieg, basta! Ihr habt nicht zu fragen! Geht heim und richtet Euch her! Marsch!«

Die Armen hoben die Köpfe und schauten die beiden an. Sie waren dick, rot und aufgeblasen. »Wenn wir in den Krieg müssen, haben unsere Kinder und Weiber nichts mehr zu essen«, sagten die Armen jetzt. – Da zogen die beiden Dickbäuche ihre blinkenden Säbel und schrien noch lauter: »Macht daß Ihr heimkommt! Es ist ganz einfach Krieg und damit basta!«

Und da von den Armen niemand eine Waffe hatte, da jeder müde war, trotteten alle weiter, nach Hause. Ihre Frauen empfingen sie weinend. Viele verwünschten den König. Aber die Arbeiter waren müde. Die Augen fielen ihnen schier zu. Niemand wollte kämpfen. Nur schlafen wollten alle.

Und da war einer unter ihnen namens Michel, der ging von Haus zu Haus und sagte überall: »Gut also! Morgen arbeitet keiner von uns. Wir schleichen uns alle heimlich davon in die nahen Wälder und gehen nicht in die Kasernen und warten, was kommt.« – Und alle gaben ihm recht und befolgten seinen Rat.

Als am anderen Tag die Sonne über der Stadt stand, sah man nichts als jammernde Reiche in den Straßen herumlaufen und Polizisten, die nach Arbeitern suchten. Es gab kein Brot, die Bahn fuhr nicht, die Automobile standen leer herum, das Wasser lief nicht, die Läden waren zu. Für sein Geld bekam man nichts. Alles war geschlossen und totenstill. –

Da bekamen die Reichen eine Todesangst, rannten aus den Krankenbetten und Spitälern, bestürmten die Polizei und den Magistrat und jammerten und verlangten, daß gearbeitet werde, daß Brot gebacken werde, daß die Automobile und Bahnen führen, daß es Wasser und Wein und Speise und Bier gäbe. Aber der Bürgermeister und die Ältesten der Stadt hatten sich verkrochen. Die Polizei suchte vergebens, zog in geschlossenen Kolonnen gegen die Arbeiterviertel und schoß in die Häuser. Aber niemand schien drinnen zu sein. Alles blieb still...

Da ergriff die Reichen ein Schrecken, die Polizei hielt inne und alles fragte ratlos: »Warum? Was ist denn das alles?«

Und keiner wußte eine Antwort. Man kam schließlich auf den merkwürdigen Gedanken, die Gefängnisse aufzumachen und wollte die dort Eingekehrten zur Arbeit zwingen. Doch die Eingekehrten rührten keinen Arm. Auch die ärgsten Drohungen halfen nichts. Sie drehten sich um, trotteten weiter, aus der Stadt. Sie liefen, was sie konnten, als man ihnen nachschoß.

Entsetzt blieben die Reichen stehen. Mit offenem Mund. Dumm glotzten die Polizisten und schließlich rannte alles Hals über Kopf aus der düsteren Stadt...

Es vergingen zwei, drei Tage und endlich noch ein vierter. Der König kam endlich nach langem Ritt wieder zurück und fand alles verlassen. Nur ein alter verkrüppelter Mann humpelte durch eine einsame Gasse auf ihn zu und sah so grauenhaft aus, daß der König erschreckt innehielt und nach seinem Säbel griff.

»Wer bist du?« schrie der Tyrann den unheimlichen Greis an. Und dieser blieb steif und klappernd stehen und glotzte ihn glasig an.

»Einer, der Dich nicht fürchtet!« antwortete der Alte klanglos.

»Was!?« brüllte der König wutentbrannt und zog seinen Säbel, wollte auf den Alten einhauen. – Da aber wuchs dessen Gestalt gleich einer Spiralfeder, die jäh emporschnellt, bis zum Himmel und beugte dann seinen Kopf, der an einem unheimlich langen Hals herabhing, zum König hinunter und lächelte höhnisch: »Schlage nochmals!«

Wie gelähmt von Schreck ließ der König seinen erhobenen Arm sinken, denn jetzt, da das riesige, verzerrte Gesicht ganz nahe war, erkannte er jenen Mann, den er in den Mund geschossen hatte, damals. – »Wer bist du?« schrie er ohnmächtig, »um Gotteswillen, wer bist du?!«

»Ich bin das Grauen, die Not und all das Unrecht, das du verbreitet hast!« schrie der mächtige, in der Luft hängende, schwankende Kopf dem König ins Gesicht. Und jäh, weit durch die Luft spreiteten sich nun zwei riesenhafte knöcherne Arme und wurden immer enger, immer enger und umklammerten zuletzt den König, der furchtbar um Gnade flehte. Und der große Schädel bewegte auf einmal seinen Riesenmund, riß ihn auf und als der König in den finsteren Rachen hineinschaute, war es ihm, als sähe er drinnen all die sinnlos hingeschlachteten, die ermordeten Untertanen, die zu Tode Geschundenen, die Verhungerten, die Elenden und die Beleidigten, die alle seine Herrschaft ertragen hatten.

»Siehst Du diese!? – Siehst Du alle?... Vor jedem einzelnen dieser Tausende und Abertausende darfst du Gnade erbitten, mächtiger, eitler König! Unzählbare sind es und bis Du fertig bist mit der Zählung, so lange mußt Du hungern und ebenso leiden, als alle diese...!« rief die Stimme aus dem Rachen und das riesige Gespenst verschwand mit dem König und landete tief unter der Erde, in der schrecklichsten Hölle. Dort traf der Tyrann alle, die seinesgleichen einstens auf der Erde so geschaltet und gewaltet hatten und alle jammerten und sahen unablässig in eine heißglühende Landschaft und zählten immerzu ihre ermordeten, zu Tode geschundenen Untertanen.

Friede herrscht seitdem im Lande. –

WALTER HASENCLEVER

1890–1940

Der Froschkönig

I.

Prinzessin (tritt vor den Vorhang):

Meine Herrschaften, erlauben Sie, daß ich mich vorstelle. Ich bin eine Prinzessin, keine richtige Prinzessin, sondern eine Märchenprinzessin aus dem »Froschkönig« von Grimm. Ich lebte still und friedlich in dem großen Buch, das Sie alle kennen. Da kam eines Tages ein böser Geist, Herr Hasenclever, und sagte, ich müsse heut abend vor Ihnen auftreten und ein Stück spielen. Ich halte nicht viel von den modernen Dichtern – wie Sie ja wahrscheinlich auch nicht – denn meistens fällt den Leuten nichts ein, oder der letzte Akt ist schwach, na, Sie wissen ja, wie Kerr und Pinthus darüber schreiben. Ich wollte erst nicht, aber dann kam Hollaender und sagte, ich sollte vor den Vorhang treten und Ihnen das Märchen vom Froschkönig erzählen, damit Sie sehen, was Herr Hasenclever daraus gemacht hat. Und wenn jetzt jemand durchfällt, meine Herrschaften, dann kann es nur Herr Hasenclever sein, und Hollaender hat gesagt, das geschieht ihm ganz recht so.

Also ich bin die Tochter eines großen Königs, der ein mächtiges Reich beherrscht. Wir haben wieder mal eine Regierungskrise, und Papa macht gerade sein Mittagsschläfchen. Zu uns kommen jetzt so komische Leute ins Schloß, die alle schrecklich aufgeregt sind. Was wollen die bloß? Ich will mit meiner Freundin in den Park gehen und ein bißchen mit meinem goldenen Ball spielen. Und wie das so ist in unruhigen Zeiten, der Ball fällt in meinen Bronnen und das Gold ist weg. Da steckt ein dicker häßlicher Frosch den Kopf aus dem Schacht und sagt, er will mir das Gold wiedergeben, aber ich muß ihn zum Lohn dafür heiraten. Ich sehe den Schacht an, der Schacht sieht mich an. Erst bin ich furchtbar erschrocken, aber dann denke ich mir: warum eigentlich nicht? Heutzutage wird soviel versprochen ... Schön, sage ich zu dem Frosch. Er soll nur kommen und mich holen. Und da gibt er mir den Ball zurück.

Am nächsten Tag sitzen wir alle an der Tafel, auf einmal, plitsch, platsch, kommt etwas die Treppe herauf. Mir bleibt vor Angst der Bissen im Halse stecken. Es ist der dicke, häßliche Frosch. »Nehmen Sie Platz«, sagte Papa,

»womit kann ich dienen? Wollen Sie Reichskanzler werden? Oder wollen Sie lieber das Wirtschaftsministerium? Eine Stelle beim Völkerbund ist auch noch frei.« »Vielen Dank«, sagt der Frosch, »wenn Sie gestatten, möchte ich Ihre Tochter heiraten, sie hat es mir nämlich gestern versprochen.« »Ausgeschlossen«, rufe ich, »kommt gar nicht in Frage, ich bin eine deutsche Prinzessin und heirate keinen Frosch«. Und jetzt, meine Herrschaften, werden Sie sehen, daß ich Ihnen wirklich ein Märchen erzähle. Wissen Sie, was Papa gesagt hat? Papa hat gesagt: »Vertrag ist Vertrag, und was man versprochen hat, muß man auch halten.« Es hilft mir nichts, ich muß den dicken häßlichen Frosch in mein keusches jungfräuliches Gemach nehmen, und da packt mich eine solche Wut, und ich schmeiß ihn gegen die Wand, und ich denk, er bleibt kleben, – und wie er herunterfällt, ist es kein Frosch mehr, sondern ein blonder schöner Königssohn, wunderbar durchtrainiert, wie aus Potsdam, den hatte eine böse Hexe verzaubert... Das, meine Herrschaften, ist das Märchen vom Froschkönig. Und jetzt passen Sie auf, was Herr Hasenclever aus diesem schönen Märchen gemacht hat.
(sie verschwindet. Musik)

II.

Park mit Brunnen. Die Prinzessin und eine Gespielin tanzen über die Bühne und werfen sich einen goldenen Ball zu. Der Ball fällt in den Brunnen.

Prinzessin: Himmelherrgottkreuzdonnerwetter nochmal! *(sie stampft mit dem Fuß auf)*

Gespielin: Aber Prinzessin! Wie kann man denn so fluchen!

Prinzessin: Quatsch mich nicht an! Mein goldener Ball ist weg.

Gespielin: Ihr seid doch so reich! Dein Papa kauft Dir sicher einen neuen.

Prinzessin: Hast Du eine Ahnung! Unser ganzes Geld ist im Ausland. Papa hat ausdrücklich gesagt, ich soll vorsichtig sein, sonst haut er mir den Popo voll. Oh weh, oh weh, oh weh... *(sie fängt laut an zu weinen)*

Gespielin (nimmt sie in den Arm): Arme Prinzessin komm, weine nicht. Denk mal an was Nettes. An Dein neues Abendkleid, oder an Hans Albers, oder an den Presseball. *(Die Prinzessin weint immer lauter.)* Denk an was Lustiges. Denk an die deutsche Staatspartei. *(Die Prinzessin fängt laut an zu lachen.)* Siehst Du, nun ist es besser. Nun mußt Du wieder lachen.

Prinzessin: Wie ich aussehe! *(sie nimmt Puder und Lippenstift)* Hast Du einen Spiegel? *(Sie setzen sich auf den Brunnenrand. Die Prinzessin pudert sich.)* Hörst Du was?

Gespielin: Es gluckst so.
Prinzessin: Ob da unten jemand ist?
Gespielin: Wer soll da sein?
Prinzessin: Papa hat gesagt, die unterirdischen Mächte sind am Werk. Sie untergraben den christlichen Staat.
Gespielin: Du, ich hab Angst.
Prinzessin: Ach was, Angst. Ein deutsches Mädchen hat keine Angst. Jetzt spuck ich mal hinunter. Vielleicht kommt jemand herauf. *Sie spuckt in den Brunnen. Ein Frosch taucht auf in der Maske von Goebbels. Die Mädchen fahren mit einem Schrei zurück.)*
Gespielin: Hilfe! Ein Kommunist!
Frosch: Erschrecken Sie nicht, meine Damen. Ich bin nicht, was Sie denken.
Prinzessin: Sie sind kein Verbrecher?
Frosch: Im Gegenteil. Ich bin ganz was anderes.
Prinzessin: Schade.
Frosch: Schöne Prinzessin, ich bringe Ihnen den verlorenen Ball zurück.
Prinzessin: Oh, das ist aber reizend von Ihnen. Das ist bezaubernd. Das kann ich ja gar nicht annehmen. Geben Sie her!
Frosch: Moment mal. Nach Paragraph 13, Absatz 4 der Notverordnung vom 5. August ist es verboten, Edelmetalle und Devisen zu besitzen. Alles Gold muß der Reichsbank abgeliefert werden. Sie machen sich strafbar.
Prinzessin: Oh Gott, sind Sie vielleicht von der Steuer?
Frosch: Ich habe einst bessere Tage gesehen. Es kostet Sie ein Wort, Prinzessin, und die ganze Angelegenheit ist begraben. Bedenken Sie, wie peinlich es wäre, wenn morgen in der Zeitung steht: im königlichen Park wurde Gold gefunden.
Prinzessin: Das ist noch von der Fürstenabfindung.
Frosch: Dann hätten Sie es in die Schweiz bringen sollen.
Prinzessin: Ich kriege solche Ohrfeigen von Papa! Was mache ich bloß? Ach, lieber Herr Frosch, geben Sie mir doch den Ball zurück. Bitte! Bitte!
Frosch: Ich will es tun. Unter einer Bedingung.
Prinzessin: Nun?
Frosch: Daß Sie mich heiraten.
Prinzessin: Ich soll Sie heiraten? So eine Frechheit!
Gespielin: Prinzessin, wie kannst Du Dich mit dem häßlichen Kerl einlassen. Komm, wir wollen weglaufen.
Prinzessin: Findest Du ihn so häßlich?
Gespielin: Ich finde ihn scheußlich!

Prinzessin: Er hat etwas Geheimnisvolles.

Gespielin: Sieh bloß mal, wie er dasteht. Was er für ein Maul hat. Er ist nicht mal rasiert. Und krumme Beine hat er auch.

Prinzessin: Mir gefällt er. Es ist mal was Anderes. Weißt Du, immer die blöden Grafen und Barone vom Herrenclub... ich kann sie nicht mehr ausstehen... Er hat was... ich weiß selbst nicht was... ich könnte mich direkt in ihn verlieben.

Gespielin: Hast Du denn gar kein Ehrgefühl? In einen fremdrassigen Frosch?

Prinzessin (zum Frosch): Sagen Sie mal, Herr Frosch, wollen Sie mich wirklich heiraten?

Frosch: Ich bin fest entschlossen.

Prinzessin: Wann?

Frosch: Morgen.

Prinzessin: Dann reden Sie mit Papa?

Frosch: Mein süßes Schnuckelchen.

Prinzessin: Halt, soweit sind wir noch nicht. Geben Sie mal sofort den Ball her. Das könnte Ihnen so passen. Erst flirten die Männer mit einem und dann wollen sie nichts herausrücken. Nein, mein Lieber. Bei mir geht das Zug um Zug.

Frosch (gibt ihr den Ball): Geliebtes Wesen!

Prinzessin: Jetzt gehen Sie hinunter und rasieren Sie sich. So können Sie unmöglich bei Hof erscheinen. Und dann noch eins. Eine Kameradschaftsehe kommt nicht in Frage. Ich will einen richtigen Mann haben. Verstanden?

Frosch: Vollkommen. *(er verschwindet)*

Prinzessin (fällt der Gespielin in die Arme): Agathe – ich liebe ihn!

(dunkel. Musik.)

III.

Königliche Tafel. König mit Krone, Königin, Prinzessin, Gespielin. Ein Lakai bedient. Ein gemaltes Orchester spielt.

König (spricht sächsisch): Was gibts denn heute, Mutti?

Königin: Rinderbrust mit Meerettich und Kartoffeln.

König: Jeden Tag Rindfleisch. Habt ihr denn kein Kalbfleisch?

Königin: Joachim Friedrich, wir müssen sparen. Rindfleisch ist 20 Pfg. billiger.

König: Wir sind doch keine armen Leute. Wir haben doch unser Geld angelegt. Wie stehen denn I. G. Farben heute? *(zum Lakai)* Geben Sie mal den Sächsischen Beobachter her. Wie oft habe ich gesagt, ich will keinen englischen Senf. Haben wir denn nun Autarkie oder haben wir sie nicht? *(er liest den Börsenzettel)* Farben stehen 97. Ich hätte gestern verkaufen sollen, *(zur Prinzessin)* Du sollst nicht in der Nase popeln. Kannst Du denn nicht hören. Da setzt man nun Kinder in die Welt, und sie popeln sich andauernd in der Nase. Es ist zum Kotzen.

Königin: Aber Joachim Friedrich! Was sind das für Ausdrücke!

König: Ach was. Wenn ich nicht mal meine Meinung sagen darf, scheiß ich auf die ganze Republik.

Prinzessin (leise zur Gespielin): Agathe, ich bin so aufgeregt. Glaubst Du, daß er auch wirklich kommt?

Gespielin: Du kennst doch die Männer. Sie versprechen alles und halten nichts.

Prinzessin: Nein, Agathe. Er ist zwar ein Frosch, aber er ist ein Gentleman.

König: Du sollst deutsch reden. Was ist denn los mit Dir? Du ißt ja gar nichts.

Prinzessin: Papa, ich hab so Herzklopfen. Mir ist ganz übel.

König (zur Königin): Übel ist ihr? Herzklopfen hat sie? Es wird ihr doch nichts passiert sein?

Königin: Um Gottes willen, mein Kind, hast Du mir etwas anzuvertrauen?

Prinzessin: Nein, Mama. *(sie klopft auf den Tisch)* Toi, toi, toi. *(draußen erhebt sich ein großes Gepolter)*

König: Was ist denn das? Ws machen die für einen Krach? Ich hab doch den Reichstag aufgelöst. Die wollen wohl wieder herein? *(zum Lakaien)* Rufen Sie mal sofort bei Schleicher an. Ich lasse um drei Juristen und fünfzehn Generäle bitten. Jetzt wirds mir aber zu dumm. Wenn mir jetzt noch das Geringste vorkommt, löse ich auch die Verfassung auf. Die sollen mich kennenlernen. *(die Tür geht auf und der Frosch erscheint)*

Prinzessin (mit einem Schrei): Da ist er!

König: Halt die Schnauze. Was wollen Sie?

Frosch: Majestät, darf ich untertänigst um die Hand ihres Fräulein Tochter bitten?

König: Was, Sie wollen meine Tochter heiraten? Bei Ihnen piepts wohl?

Frosch: Majestät, tief durchdrungen von monarchistischen Gedanken.

König: Nehmen Sie die Hände aus den Hosentaschen. Wie stehen Sie denn nur da? *(Frosch steht stramm)* Wer sind Sie überhaupt? Haben Sie Vermögen?

Frosch: Majestät, ich bin abgebaut.

König: Abgebaut sind Sie? Und dann kommen Sie zu mir? Ich bin auch abgebaut. Wir sind alle abgebaut. Meine Tochter heiratet keinen Arbeitslosen.

Frosch: Majestät, sie hat mir ein Eheversprechen gegeben. Gestern im Park am Schacht.

König: lecken Sie mich am Schacht.

Königin: Aber Joachim Friedrich.

König: Halts Maul. *(zum Frosch)* Sind Sie immer noch da? Wenn Sie nicht machen, daß Sie hinauskommen, lasse ich Sie verhaften.

Frosch: Majestät, dann muß ich wegen Bruch des Eheversprechens klagen.

König: Klagen wollen Sie? Sie werden lachen. Ich werde auch klagen. Ich gehe vor den Staatsgerichtshof. Das wäre ja noch netter. Sie glauben wohl, hier kann jeder machen, was er will? Nein, mein Gutester. Es gibt noch Richter in Sachsen. *(zum Lakaien)* Rufen Sie mal sofort bei Schleicher an. Ich lasse um zwei Reichsgerichtspräsidenten und fünf Geheimräte bitten. Das wäre ja noch schöner.

Königin: Und was machst Du, wenn der Reichsgerichtshof gegen Dich entscheidet?

König: Dann schmeiß ich ihn erst recht hinaus.

Prinzessin: Halt! Papa, ich bin fest entschlossen, diesen Frosch zu heiraten.

König: Was? Diesen Landfremden! Diesen östlichen Blutsauger! Diesen Untermenschen! Du – eine deutsche Jungfrau?

Prinzessin: Wenn schon.

König: Du machst Revolution gegen Deinen Vater?

Prinzessin: Nein, ich heirate auf legalem Wege.

König: Mich trifft der Schlag. *(er sinkt an den Busen der Konigin)*

Prinzessin (steht auf und legt die Arme um den Frosch): Teure Eltern! Die Stunde der Freiheit ist gekommen. Die Sklavenketten brechen. Die Sonne steigt empor. Ich habe die Nase voll von eurem Quatsch. Ich bin erwacht. Und jetzt gehe ich ins Bett.

Königin: Mein armes Kind, wenn Du etwas wissen willst vor der Ehe, dann komm zu mir. Komm zu Deiner Mutter.

Prinzessin: Danke, Mama. Ich weiß Bescheid. *(ab mit Frosch)*

König: Bescheid weiß sie auch? Deshalb setzt man Töchter in die Welt! Deshalb strengt man sich an! Mich trifft der Schlag. *(zum Lakaien)* Rufen Sie mal sofort bei Schleicher an. Ich lasse um zwei Tabletten Aspirin bitten.

(dunkel. Musik)

IV.

Schlafgemach. Prinzessin liegt ausgezogen im Bett. Frosch steht angezogen vor ihr.

Prinzessin: Nehmen Sie Platz. Setzen Sie sich doch. *(Frosch sieht sich unruhig um)* Fehlt Ihnen etwas?

Frosch: Es ist kein Stuhl im Zimmer.

Prinzessin: Setzen Sie sich ruhig aufs Bett.

Frosch: Verzeihen Sie, Prinzessin, aber ... ich habe einen nassen Popo ... wenn man immer im Wasser ist ...

Prinzessin: Im Schrank ist eine Gummiunterlage ... sehen Sie mal nach ... *(Frosch tritt an einen gemalten Schrank)* Haben Sie sie?

Frosch: Links oder rechts?

Prinzessin: Rechts natürlich. Links ist die schmutzige Wäsche. *(Eine Klappe springt auf und eine Gummirolle fällt heraus. Frosch breitet sie aus, legt sie aufs Bettende und setzt sich vorsichtig darauf.)* So. Und nun erzählen Sie mir etwas.

Frosch (sehr steif): Was soll ich Ihnen erzählen?

Prinzessin: Wir sind doch jetzt verheiratet, nicht wahr?

Frosch: Allerdings.

Prinzessin: Fällt Ihnen gar nichts ein?

Frosch: Ich habe im Zweiten Garderegiment zu Fuß gedient.

Prinzessin: Hören Sie bloß auf. Ich will etwas ganz anderes wissen.

Frosch: Spielen Sie gern Tennis? Ich spiele schrecklich gern Tennis. Haben Sie mal Tilden servieren sehen?

Prinzessin: Sie sollen mir etwas Nettes sagen. Ich liege hier im Bett und bin so allein.

Frosch: Verzeihen Sie meine Schüchternheit. Ich habe zu lange in der Verbannung gelebt.

Prinzessin: Fragen Sie mich was?

Frosch: Sind Sie Mitglied vom Golfclub?

Prinzessin: Also eins sage ich Ihnen: wenn das so weitergeht, lasse ich mich scheiden.

Frosch (verzweifelt): Was soll ich Ihnen denn sagen?

Prinzessin: Ob Sie mich lieben.

Frosch (beugt sich vor und will ihre Hand küssen. Sein Rock kracht in allen Nähten.): Oh ...

Prinzessin: Was ist denn das? Was kracht da?

Frosch: Ich habe nämlich meine neue Froschuniform angezogen. Und die Hose ist mir zu eng.

Prinzessin: Ziehen Sie sie doch aus!

Frosch: Darf ich?

Prinzessin: Jetzt, wo wir verheiratet sind...

Frosch: Eben das macht alles so schwer. Ich komme von ganz unten...

Prinzessin: Ja, von daher sollen Sie mir ja kommen.

Frosch: Ich muß Ihrer erst würdig werden!

Prinzessin: Sie sind doch schon Doktor.

Frosch: Doktor. Aber das ist eher peinlich. Alle glauben sowieso schon, ich bin Jude. Doktor genügt nicht, um eine richtige Prinzessin auf meine Gummiwindel zu ziehen. Nein, ich dachte an Romanschriftsteller. Oder Tyrann. Irgendetwas Welterschütterndes, Tamerlaneskes. Sehen Sie, was ich Großes an mir habe, ist im Wesentlichen mein Maul.

Prinzessin: Benutzen Sie es ruhig. Aber nicht zum Reden.

Frosch: Entschuldigen Sie. Nackte Weiber machen mich immer gesprächig.

Prinzessin: Das ist ja ekelhaft. Ich hätte große Lust, Sie gegen die Wand zu klatschen.

Frosch: Ach ja, bitte! Das wäre herrlich!

Prinzessin: Wie meinen?

Frosch: Dann würde ich nämlich ein richtiger Prinz.

Prinzessin: Woher wollen Sie das wissen?

Frosch: Aus dem Prolog. Ich habe doch hinter dem Vorhang gesessen, wie Sie es selbst gesagt haben.

Prinzessin: Den Prinz, Herr Frosch, den schlagen Sie sich nur aus dem Kopf! Wenn in meinem Land geherrscht wird, das besorgt Papa. Wenn in meinem Bett geherrscht wird, das besorge ich.

Frosch: Jetzt werde ich sinnlich.

Prinzessin: Schließlich muß ich an Deutschland denken. Die Regierung wird Ihnen eine Million im Jahr bewilligen, und jeden Sonnabend zwei Tüten Mücken. Mehr ist für Sie nicht drin, verstehen Sie, Sie dreckfarbenes Ungeziefer?

Frosch: Oh Liebste, der Ton elektrisiert meine Schenkel! *(attackiert sie)* Ich begehre Sie... Ich entsage.

Prinzessin: Für immer?

Frosch: Und ewig. Sie können mich unbesorgt an die Wand klatschen.

Prinzessin: Und kein Wunder? Ehrenwort?

Frosch: Ehrenwort.

Prinzessin: Auch wenn es Sie die Krone kostet?

Frosch: Meine Leidenschaft für Frauen steht mir höher als jeder politische Ehrgeiz. Ich bin bereit, auch zum zweiten Mal abzudanken. Sind Sie nun zufrieden?

Prinzessin: Noch nicht.
Frosch: Was denn noch?
Prinzessin: Sie müssen Reklamechef bei Wertheim werden.
Frosch (nach hartem Kampf): Es sei.
Prinzessin: Geliebter! Komm in meine Arme. Jetzt bin ich restlos glücklich. Ich habe es mir immer gewünscht, einen Kaufmann zu heiraten.
Frosch: Sic transit mundi gloria.
Prinzessin: Was heißt das?
Frosch: Ich habe endlich einen Beruf!
(Umarmung. Dunkel. Tusch.)

ÖDÖN VON HORVATH

1901–1938

Das Märchen in unserer Zeit

In unserer Zeit lebte mal ein kleines Mädchen, das zog aus, um das Märchen zu suchen. Denn es hörte überall, daß das Märchen verloren gegangen sei. Ja, einzelne sagten sogar, das Märchen wäre schon längst tot. Wahrscheinlich liege es irgendwo verscharrt, vielleicht in irgendeinem Massengrab.

Aber das kleine Mädchen ließ sich nicht beirren. Sie konnte es nicht glauben, daß es kein Märchen mehr gibt.

Sie ging also in den Wald und fragte die Bäume, aber die Bäume murrten nur. Die Elfen der Wiesen sind längst fortgezogen, die Zwerge aus den Höhlen, die Hexe aus der Schlucht.

Und sie fragte die Vögel, aber die sagten: »Die Menschen fliegen schneller wie wir – kiwitt, kiwitt, es gibt keine Menschen mehr!«

Und die Rehe sagten, lächerlich, und die Hasen lachten, und der Hirsch gab überhaupt keine Antwort. Es war ihm einfach zu dumm.

Und die Kühe sagten, es wäre ihnen zu blöd, und sagten, man dürfe sowas vor den Kälbern garnicht sagen. Sie sollten so dumme, zwecklose Fragen garnicht hören, sie sollten darauf vorbereitet werden, daß sie geschlachtet, kastriert oder Milchspender würden. Ja, selbst wenn einer als Stier durchkomme, so sei das auch kein Märchen. Man müsse die Kälber aufklären.

Auf der Straße stand ein altes Pferd, das sollte zum Schlachter geführt werden. Es hatte ausgedient. Der Metzger saß im Wirtshaus und trank.

»Es wirds auch nicht wissen«, dachte das Mädchen, »aber ich will es fragen, denn es ist ein altes Pferd und weiß sicher viel.« Und sie fragte das Pferd.

Das Pferd sah das Mädchen an, verzog etwas seine Nüstern und stampfte dann mit den Hufen. »Du suchst das Märchen?« fragte es.

»Ja.«

»Dann verstehe ich es nicht«, sagte das Pferd, »warum du es noch suchst? Denn das allein ist doch schon ein Märchen!«

Und es blinzelte das Mädchen an.

»Hm. Mir scheint gar, du bist es selber, das Märchen. Du suchst dich selber. Jaja, je näher ich dich betrachte, desto mehr merke ich es: du bist das Märchen. Komm, erzähl mir was!«

Das kleine Mädchen geriet in große Verlegenheit. Aber dann fing es an zu erzählen. Es erzählte von einem jungen Pferde, das so schön war und alle Preise beim Rennen gewann. Und von einem Pferde auf dem Grabe seines Herrn. Und von wilden Pferden, die frei leben.

Und da weinte das alte Pferd und sagte: »Hab Dank! Jaja, du bist das Märchen, ich wußte es ja schon!«

Der Metzger kam und es wurde geschlachtet.

Am Sonntag gab es bei den Eltern Pferdefleisch, denn sie waren sehr arm.

Aber das kleine Mädchen rührte nichts an. Es dachte an das alte Pferd, wie es weinte.

»Sie ißt kein Pferdefleisch«, sagte die Mutter, »dann iß garnichts.«

»Sie ist eine Prinzessin«, sagten die Geschwister.

Und das kleine Mädchen aß garnichts.

Aber es blieb nicht hungrig.

Es dachte an das alte Pferd und wie es weinte, und wurde satt.

Ja, es war ein Märchen.

HANS FALLADA (RUDOLF DITZEN)

1893–1947

Geschichte vom verkehrten Tag

Als die Mummi am frühen Morgen aufwachte, sah sie, daß der Papa noch schlief. Er hatte die Steppdecke fein säuberlich vor das Bett gelegt und sich mit dem Bettvorleger zugedeckt. »O weh!« seufzte da die Mummi, »dies wird wohl wieder mal solch verdrehter Tag, an dem alles verkehrt geht. Da muß ich gleich einmal sehen, was die Kinder machen.«

Sie ging ins Zimmer vom Schwesterchen, es schlief noch, aber es hatte die Füße auf dem Kopfkissen und den Kopf unter der Decke.

Als die Mummi es zurechtlegte, sagte das Schwesterchen: »Ich bin aber keine grüne Gurke«, lachte und schlief weiter.

Im Bett von Knulli-Bulli lag die Decke ganz dick, aber der Junge war nicht zu sehen. ›Aha!‹ dachte die Mummi, ›er hat sich wieder unter die Decke verkrochen.‹ Sie schlug die Decke zurück – da lag im Bett Frau Kuh! »Bitte schön, liebe Erikuh, können Sie mir nicht sagen, wo der Uli ist?« Aber die Kuh muhte bloß schläfrig und machte gleich die Augen zu.

»Nein, es ist zu schlimm mit solchem verkehrten Tag!« seufzte die Mummi. »Ich muß mich wirklich einmal hinsetzen und ausruhen.« Sie setzte sich auf einen Stuhl, da fuhr der Stuhl mit ihr ab in die Küche. Auf der Küchenuhr sah die Mummi, daß es schon acht Uhr war. »Nein«, rief sie, »nun muß ich aber gleich Frühstück machen!« Als sie aber nochmals auf die Uhr sah, war es schon zehn. Da sah die Mummi genauer hin und merkte, daß der Knulli auf einem Zeiger ritt. »Kommst du sofort runter, Uli!« rief sie. »Du bringst ja alle Zeit durcheinander. Hilf mir lieber beim Frühstückmachen!«

Uli setzte sich auf eine Fliege, kniff sie in den Po, und schwupp! war er beim Küchenherd. Nun taten sie Holz und Kohlen auf die Herdplatte und gossen Wasser ins Herdloch. Dann steckten sie das Wasser mit einem Streichholz an, und als Holz und Kohlen zu kochen anfingen, holte Mummi die Eier. »Wieviel brauchen wir denn?« fragte sie. »Wir sind vier Große und zwei Kinder, vier und zwei macht drei«, und sie schlug neun Eier auf die Kohlen.

»Was machst du denn, Mummi?« fragte Uli-Knulli.

»Ja, heute ist ein verkehrter Tag«, seufzte die Mummi. »Aber ich mache Setzei.«

»Nein«, rief Knulli, »du sollst Spiegelei machen!«

»Nein«, schrie Mummi. »Ich mache Setzei!«

»Willst du das noch einmal sagen?!« brüllte Uli. »Gleich gibt es einen Backs!«

Da ging die Tür auf, und herein kam der Schimmel. »Streitet euch nicht Kinder«, sprach er gemütlich. »Sonst kriegt ihr alle beide Haue. Spiegelei und Setzei ist doch dasselbe. – Nun zieht euch schön warm aus, wir fahren nach Feldberg zur Tante, ich spanne gleich den Papa an.«

Damit ging der Schimmel in das Schlafzimmer, Mummi und Uli aber hörten eine feine Stimme rufen: »Ich will auch mit! Ich auch!«

»Das ist doch die Miezi!« sagte die Mummi verwundert und zog die Tischschublade auf. Richtig, da lag die Miezi zwischen Löffeln, Gabeln und Messern. »Nein, habe ich schlecht geschlafen!« gähnte sie. »Eine Gabel hat mich immer in die Seite gestochen, und ein Löffel wollte mir immerzu den Mund auslöffeln.«

»Ich will, daß Sie ordentlicher werden, Miezi«, sprach die Mummi streng. Sehen Sie gleich einmal in Ihrem Bett nach: sicher haben Sie den großen Auffüllöffel in Ihr Bett gelegt und sich statt des Löffels in die Schieblade.«

Sie sahen nach – richtig! Der Auffüllöffel lag in Miezis Bett, hatte ihr Nachthemd an und schlief noch ganz fest. »Rut ut de Betten!« rief Miezi und ließ den Wecker klingeln. Da fuhr der Auffüllöffel mit einem silbernen Geklapper aus dem Bett, warf das Nachthemd ab und fing eilig an, das Waschwasser aus der Waschschüssel in den Toiletteneimer zu löffeln. »So waschen sich artige Löffel!« sagte er und lachte dazu silbern.

Der Schimmel knallte schon mit der Peitsche. Er saß auf dem Bock, Papa aber stand angespannt mit hängendem Kopf trübselig vor dem Wagen.

Als sie aber einstiegen, drehte er listig den Kopf, um zu sehen, wie viele es wären. Denn wenn es zu viele wären, wollte er nicht ziehen.

»Sind alle da?« fragte der Schimmel. »Hü, Papa!«

»Halt!« rief die Mummi, »wo ist denn Tante Palitzsch?«

»Ich bin hier!« rief die Tante mit heller Stimme. »Mich hat der Schimmel hinten als Katzenauge angemacht, sonst schreibt uns Wachtmeister Heuer in Feldberg auf.«

»Und wo ist die Peggi?« fragte die Mummi.

»Peggi ist nicht artig gewesen«, sagte Tante Palitzsch, »sie darf nicht mit.«

»Was hat sie denn gemacht?« fragte Schwesterchen.

»Sie hat mir die Augen nicht ausgewischt!« rief Tante Palitzsch. »Nun muß sie zur Strafe den Fußboden rein ablecken.«

»Hü!« rief der Schimmel, und Papa fing an zu laufen. Er lief, bis er am Berg bei Schönfeld war. Da bockte er und trat rückwärts, und rückwärts schob er den Wagen auf den Hof.

»Wat is di, Papa?« rief Uli und faßte den Vater vorne am Zügel. Hinten knallte der Schimmel mit der Peitsche, und nun ging es immer schneller durch das Dorf. Die Fenster guckten aus den Leuten und lachten, die Schweine blieben stehen und nahmen ihre Mützen ab, und der alte Akazienbaum beim Gemeindevorsteher stand vor Vergnügen kopf, daß sich all seine Wurzeln sträubten.

Als sie nun aus dem Dorf waren, sahen sie bei der alten Weide mitten auf dem Weg eine große Pfütze. »Hü!« rief der Schimmel und rüttelte die Zügel. Aber es war zu spät: Papa hatte sich schon der Länge nach hineingelegt und wollte nicht wieder aufstehen. »Da hilft alles nichts«, sprach der Schimmel. »Da müssen wir eben einmal verkehrte Welt spielen. Wir setzen den Papa in den Wagen und ziehen.«

Alle waren damit einverstanden, und rasch kamen sie so nach Feldberg.

Frau Wendel stand vor der Tür vom »Deutschen Haus« und rief: »Was denkt ihr Rasselfamilie denn –?! Fix her und die Teller abgewaschen! Es wird höchste Zeit!«

Sie wollten alle gerade ins Haus, da kam Wachtmeister Heuer gegangen. »Wo ist denn das Katzenauge an eurem Wagen?« fragte er.

»Erlauben Sie mal, Herr Wachtmeister!«, sagte der Schimmel. »Ich habe selbst Tante Palitzsch als Katzenauge angemacht.«

»Ich sehe keins«, sagte der Wachtmeister Heuer. »Seht ihr eins?«

Sie sahen auch keins.

»Wo ist es bloß?« fragte der Schimmel ganz ängstlich. »Ob die Tante abgefallen ist –?«

Aber sie wachte gerade auf. »Entschuldigt bloß«, sagte sie und gähnte. »Es war so heiß, und der Wagen stuckerte so, da habe ich schnell die Augen zugemacht.«

»Ja, wenn Sie die Augen zumachen, kann man freilich das Katzenauge nicht sehen«, sagte der Wachtmeister streng. »Ihr habt kein Katzenauge gehabt – da hilft nun nichts: ihr müßt alle ins Gefängnis.«

»Zu Befehl, Herr Wachtmeister!« riefen sie alle. Aber Frau Wendel sagte: »Lassen Sie doch erst die Teller abwaschen, Heuer!«

»Natürlich«, sagte der Wachtmeister. »Abwaschen muß man erst, ehe man ins Gefängnis darf. Ich helfe gleich selber mit.«

Da gingen sie in die Küche, und in der Küche standen alle Tische und Stühle und der Herd und der Fußboden voller Geschirr. »O je!« rief Mummi. »Das ist ja ein ziemlich langweiliger Tüterkram, wenn wir das alles abwaschen sollen. Und ich wollte doch so gerne noch auf Ihrem Radio Klavier spielen.«

»Nein, das geht ganz schnell«, sagte der Papa und nahm einen Teller. »Das Geschirr ist ja aus Gummi und nicht aus Porzellan.« Und damit warf er den Teller durch das offene Küchenfenster in den Haussee. Richtig schwamm der Teller auf dem See. »Wir werfen einfach das ganze Geschirr in den See. Da wäscht es sich von selbst ab, und nachher fahren wir mit dem Motorboot herum und sammeln es sauber wieder ein«, sagte der Papa.

So taten sie, und die Teller und die Tassen und die Schüsseln und die Aufschnittplatten flogen immer schneller aus dem Fenster, und im See klatschte und spritzte es immerzu, und die Schwäne schwammen ärgerlich zischend fort, denn einen Teller auf den Kopf zu bekommen, auch wenn er bloß aus Gummi ist, ist nicht angenehm.

Plötzlich aber griff Uli-Knulli nach einer ungeheuer großen Suppenterrine. »Nicht die, Uli!« schrie Frau Wendel. »Die ist aus Porzellan und geht bestimmt kaputt.«

Aber Uli hatte schon geworfen, und er hatte der Terrine solchen Schwung gegeben, daß sie weit über den See fortflog. Und sie stieg noch immer höher und höher und hörte nicht eher auf mit Höhersteigen, bis sie als lieber Mond am Himmel leuchtete.

»O Gott, o Gott!« rief Frau Wendel. »Ich sage es ja, immer diese ollen Jungen! Meine schöne Terrine! In was soll ich denn nun meine Suppe tun?«

»Da hast du aber was angerichtet, Junge«, sagte der Wachtmeister. »Gleich holst du die Terrine wieder!«

Und Uli besann sich auch nicht lange, sondern er trat vorsichtig auf die glänzende Strahlenbahn, die vom Mond übern See bis ans Küchenfenster lag. Als er aber merkte, sie hielt wirklich, ging er immer kecker und schneller weiter und höher. Als das die andern sahen, besannen sie sich nicht lange, sondern stiegen hintennach. Zuerst das Schwesterchen und dann die Miezi und Mummi und der Papa und Wachtmeister Heuer und Frau Wendel, und ganz zuletzt ging der Schimmel. Der aber hatte sich Tante Palitzsch als Katzenauge an den Po gemacht: »Denn mir soll keiner in den Hintern fahren!«

So stiegen sie immer höher und höher, und zuerst lag das Hotel »Deutsches Haus« ganz klein unter ihnen, und dann das ganze Städtel Feldberg mit seinem roten, spitzen Kirchturm, und dann die ganze liebe, dunkle Erde. Und nun kamen sie den Sternen immer näher, sie wurden größer und groß und funkelten und strahlten unbeschreiblich.

Da waren sie im Monde angelangt, das heißt, in Frau Wendels Suppenterrine, die vom Fliegen so ausgeweitet war, daß alle bequem darin Platz hatten.

»O je, die ist aber nicht sehr fest angemacht!« rief Uli, denn die Terrine wackelte, als er hineintrat. Da sahen sie genauer hin und merkten, die Terrine hing an einem großen, leuchtenden Netz von weißen Strahlen.

»Ich will schaukeln!« rief das Schwesterchen, und schon fingen Uli und Schwesterchen an, in der Terrine zu schaukeln, und die andern schaukelten mit. Und sie schwangen ganz herrlich durch den ungeheuren Himmel, und einmal waren sie der Erde und dem Städtchen Feldberg und dem Haussee ganz nah, und dann waren sie wieder unendlich weit fort, ganz allein zwischen den strahlenden Sternen.

»Nicht so doll!« mahnte die Mummi. »Ihr stoßt ja an die Sterne.«

Aber sie schaukelten immer wilder und wilder und stießen einen Stern um und einen zweiten und einen dritten und viele, viele. Die umgestoßenen Sterne aber eilten leuchtend durch den Himmel und verschwanden ferne in der Nacht.

»Haltet ein! Haltet ein!« rief die Mummi angstvoll. »Herr Heuer soll uns festhalten!«

Aber da rissen schon die silbernen Strahlen, an denen die Schüssel hing, und alle zusammen – Uli und Schwesterchen, Miezi und Herr Heuer, Papa und Mummi, Frau Wendel und Tante Palitzsch, der Schimmel und die Schüssel – fielen, fielen, fielen in den Haussee.

»I gitt, ist das naß!« rief die Mummi und machte die Augen auf. Da war es früher Morgen, und Uli stand vor ihrem Bett, seinen nassen Waschlappen in der Hand, und sagte: »Nun wird es aber Zeit, daß du aufwachst, Mummi. Habe ich dich nicht schön naß aufgeweckt?«

»Gott sei Dank!« sagte Mummi. »Es war alles also bloß ein Traum. Das ist nur gut. Der Tag war mir ein bißchen zu verkehrt.«

FRIEDO LAMPE

1899–1945

Nach hundert Jahren

Ein großer gelber Schmetterling schaukelte in die Stube und setzte sich auf den schwarzen Ebenholzrahmen des Bildes, in dessen Anblick der Prinz versunken war. Auf dem Bilde war ein junges Mädchen zu sehen, fast noch ein Kind, aus dunkelbraunem Grunde trat sie hervor, im hellblauen

Seidenkleid, eine Korallenkette um den schlanken Hals, Lilien im schwarzen Haar, dem Beschauer eine purpurne Rose entgegenreichend mit traurigbittendem Blick, oh, so bleich war ihr Gesicht und so dunkel die Augen, so voll Nacht, voll Schlaf, voll Angst. Aber ihre Nase stand lustig und keck aufgeworfen in dem traurigen Gesicht.

»Da stehst du ja schon wieder vor dem Bilde«, hörte er da eine Stimme hinter sich. Schnell drehte er sich um. Da stand der Großvater, auf einen Stock gestützt stand er da, im dunkeln Samtrock, und sein Kopf wackelte hin und her, daß die weißen Haare zitterten. »Du sollst sie nicht immer ansehen«, sagte der Großvater, »das hat noch keinem gut getan. Laß sie schlafen, laß sie schlafen und halte dich an die Lebenden.« »Ach, die Lebenden«, rief der Prinz, »all die albernen Gänse, mit denen der Vater mich verheiraten will. Wie ganz anders ist sie. Sie hat so schöne traurige Augen und eine so lustige Nase.«

»Die Hecke, die Hecke«, sagte der Großvater, »in meiner Jugend zogen sie hin, und als ich noch nicht geboren war, zogen sie auch schon hin, schon seit langer langer Zeit, hundert Jahre soll das nun schon so gehen. Mein bester Freund, der Philipp, der muntere, gute Junge, kam nicht zurück. Die Hecke hat ihn mit ihren Krallen zerrissen. Ich selber bin auch einmal vernarrt in das Bild gewesen, bin hingegangen, aber als ich dann aus der Ferne die Hecke sah, wie sie da alle so hingen, die bleichen Gerippe – da bin ich leise wieder weggegangen. Oh, das verfluchte Bild, weg soll es, niemand soll es mehr sehen.« Und der Großvater reckte sich und nahm mit zitternden Händen das Bild von der Wand, der gelbe Schmetterling flatterte aufgeschreckt, und der Prinz rief: »Zu spät, zu spät, ich hab' sie gesehen, nimm es, zerstör es, hier ist sie, hier wohnt sie«, und er schlug sich auf die Brust, daß es dumpf dröhnte. »Unsinn, Wahnsinn«, schimpfte der Großvater, »vielleicht ist ja alles gar nicht wahr, vielleicht schlafen sie gar nicht, vielleicht sind alle längst tot, eine ganz unsichere Geschichte, von wem weiß man das überhaupt? Niemand war dabei, niemand kann sie gesehen haben – Phantastereien.«

»So redest du, weil du alt bist«, sagte der Prinz, »früher hättest du anders gedacht. Du hast nicht den Mut gehabt, sie zu holen, hast eine Frau genommen, die du nicht geliebt hast, feige bist zu gewesen. Ich aber werde hingehen und sie finden.« Und der Prinz stürzte davon. Der Großvater sank in einen Ohrenstuhl und ließ das Bild klappernd auf den Boden fallen. »Recht hast du«, murmelte er, »zu feige bin ich gewesen – zu vorsichtig, zu vorsichtig, und was hab ich nun gehabt von meinem langen Leben?« Und der gelbe Schmetterling schwang sich durchs offene Fenster aus der kühlen schattigen Stube in die warme fließende blaue Sommerluft.

In einem Hui legte Prinz Albert die weite Reise zurück. Er war ein wilder, leidenschaftlicher Bursche, und was er sich einmal in den Kopf gesetzt hatte, das führte er auch aus. Immer im Galopp auf dem braunen, derben, breitschenkligen Gaul, und der Prinz weit vornübergebeugt und nach vorn witternd mit dem knochigen, wetterharten, sonnverbrannten Gesicht, das Haar ganz kurz geschoren und im straff anliegenden grünen Samtwams mit gelben Lederstiefeln. Hallo, vorwärts! Wo liegt Dornröschens Schloß? Dort? Danke! Vorwärts, vorwärts!

Als Prinz Albert das Schloß noch gar nicht sehen konnte, roch er bereits den Duft von Rosen, süß und schwer lag er in der Luft. Und dann trat er aus dem Wald auf eine Wiese, und vor ihm stieg die riesige Hecke in die Höhe. Es war ein sonniger, windstiller Nachmittag, kein Blatt, kein Gras, kein Vogel rührte sich – der sanfte blaue Himmel spannte sich über der Hecke, und die Hecke stieg hoch wie eine mächtige Kirchenwand, von allen vier Seiten stieg sie in die Höhe, ein Rosenheckenhaus, nichts von dem Schloß war zu sehen, und die Heckenwände blühten in schwerem, üppigem Laube, Bienen umsummten sie, Schmetterlinge umschwangen sie, und Rosen, Rosen prangten aus dem Laube, gelbe, weiße, rosa und schwarzrote, Hunderte, Tausende prangten und dufteten wild und scharf. Und als der Prinz näher herantrat, sah er in dem dornigen Gezweige, zwischen Rosen und Blättern, weiße Knochengerippe hängen, Arme, Finger winken, starrende Schädel grinsen. »Ach was«, sagte der Prinz und hob sein Schwert und wollte gerade in die dicke Hecke hineinhauen, da ging sie sanft auseinander – und vor ihm öffnete sich ein runder, schattiger Gang. Ah, so ist das, dachte der Prinz, wenn ich mitten in dem Gang bin, dann schließt sich die Hecke, und die Dornen und harten Äste zerknacken, zerbrechen meine Glieder – trotzdem, ich wag's, Dornröschen oder tot! Und er ging mit angehaltenem Atem durch den schattendunkeln Gang, immer bereit, noch im Tode ringsherum alles mit seinem Schwert zu zerschlagen. Aber er ging und ging, und nichts geschah, und auf einmal stand er vor einem Burgtor. Ein Wächter, eisengepanzert, lag schlafend über dem Geländer der Zugbrücke, ein anderer auf den Boden gerutscht am Toreingang, im Arm die Hellebarde. Aha, die ersten Schläfer! Der Prinz rüttelte sie: »Aufgewacht, ihr Schlafmützen, Prinz Albert ist da!« Aber die Wächter rührten sich nicht, bewegten sich nicht, wie aus Stein gehauen lagen sie da. Ach, laß sie, und der Prinz ging durch den Torbogen in den Schloßhof. Da lag im milden Nachmittagssonnenschein eine nette Schlafgesellschaft. Pferde lagen da, alle viere von sich gestreckt, und schliefen, vier mächtige gefleckte Doggen, Kopf auf den Pfoten, Burschen in grünem Jagdwams lagen neben den Pferden, die Bürste noch in der Hand, mit der sie sie gestriegelt hatten, und mitten zwischen ihnen der alte

Jägermeister mit struppigem Graubart und dicker roten Weinnase und schnarchte, daß es hohl durch die Stille kratzte. Oben am Gesims saßen die Tauben und schliefen, den Kopf in die Flügel gesteckt, und hoch überm Schloß auf dem Rundturm hing schlapp und unbeweglich die purpurne Fahne in den sanften blauen Himmel – kein Lüftchen, kein Laut, nur aus allen Ecken und Richtungen leises Atmen, Schnaufen, Schnarchen, und dazu der süße, schwere, wilde Duft der Rosen. »Hallo, hallo, aufwachen!« schrie Prinz Albert. Und als sich nichts regte, sprang er auf den alten Jägermeister zu und schüttelte ihn an der Schulter, kneipte ihn in die dicke Weinnase: »Nun wach doch auf, hast lange genug geschlafen, gebrochen ist der Zauber!« Jawohl, gebrochen ist der Zauber, da irrte sich unser Prinz, so einfach war das nicht, und ob er nun die Jägerburschen puffte und knuffte, den Pferden hüh, hüh in die Ohren schrie, die Doggen am Halsband riß, die schliefen alle weiter, und er konnte sie nicht einmal bewegen, so hart waren sie, ja, wahrhaftig, wie aus Stein. Ganz verzweifelt war Albert, ganz ratlos, und er ging weiter in das Schloß.

Gänge mit Schlafenden, Pagen, goldbetreßte Diener, Kammerfrauen mit großen Hauben, das lag und stand an die Mauer gelehnt und war in die Knie gerutscht und schlief, schlief, schlief – und keiner wollte sich wecken lassen. Da kam der Prinz in einen großen Saal, durch bunte, hohe Glasfenster fiel der Nachmittagssonnenschein auf eine große Festgesellschaft, die an einer langen Tafel saß und von der scheußlichen Schlafkrankheit mitten beim Essen überrascht worden war. Oben an der Tafel saß der König, hager und mit einer Adlernase, die Hände mit Messer und Gabel von sich gestreckt und zurückgelehnt im Sessel, den Kopf nach hinten, die Augen geschlossen. An seiner Seite die Königin, rundlich und üppig, den Kopf auf den Tisch gelegt neben ihrem Teller, auf dem ein Stück Gänsebraten fett glänzte. Und all die übrigen seitlich hängend, vornübergebeugt, vom Stuhl gefallen, Messer in den Händen, Servietten umgebunden, Gläser umfassend, einige noch mit vollen Backen – beim Kauen unterbrochen. Und am Boden die Diener, hingesunken, hingeglitten, und daneben die Schüsseln mit Braten und Obst und Gemüsen und Salaten, die Kannen mit Wein umgekippt, und der Wein dunkel am Boden rollend. Und das Essen noch so frisch und leuchtend, als sei es eben aufgetragen, und dabei waren doch hundert Jahre vergangen! Auf einem Podium saßen die Musikanten, Geige, Flöte, Trompete im Schoß, mit hängenden Köpfen, gebogenem Rücken, dem Trommler war der Schlegel entglitten, und der Prinz sprang auf das Podium und schlug und wirbelte auf das Trommelfell, daß es dröhnte und donnerte wie der Weckruf am Jüngsten Tag: »Aufwachen, aufwachen, ho hallo!« Und die Wirkung? Überhaupt keine: Totenstille, Sonnenschein, Schnarchen, Rosenduft. Das war ja zum

Wahnsinnigwerden! Wie krieg' ich nur Bewegung in die Gesellschaft? Prinz Albert, der Springlebendige, dem nichts schnell und stürmisch genug gehen konnte, wie litt er unter dieser Erstarrung! Bin ich in einem Wachsfigurenkabinett auf dem Jahrmarkt? Wie ein elastisch federnder Tänzer flog er, sauste hin und her zu dem und dem und dem, rüttelte, schüttelte, stieß und kitzelte – vergeblich. Und wo ist Dornröschen? Sie war nicht in dem Saal. Ich muß Dornröschen suchen.

In der Küche die gleiche Bescherung: Küchenjungen flegelten sich unten neben dem Herd, eine Magd auf einem Stuhl war eingeschlafen beim Rupfen eines schwarzen Hahns, wirr hingen ihr die Strähnen über die Stirn und auf das Huhn, der Küchenmeister an die Wand gelehnt, die Hand am Ohr eines Küchenjungen, den er wohl gerade zausen wollte, und der Kopf des Jungen friedlich an seiner Brust ruhend, an der Wand steif und fest die Fliegen wie Nagelköpfe. Auch hier kein Dornröschen. Wie sollte sie auch hier sein? Eine Prinzessin in der Küche! Weiter. Durch viele Gänge kam er auf einen Innenhof, vor ihm der dicke Rundturm auf dessen Spitze die Fahne hing, schlapp, purpurrot im windstillen Blau. Hinauf auf den Turm, vielleicht ist sie im Garten. Schnell über die alte steinerne Wendeltreppe, Moos quillt über die Stufen, wie riecht das muffig und modrig, die Spinnen schlafen fett und satt im Netz – eine Tür. Quietsch, knarr – da lag sie, da lag Dornröschen auf einem blauen Kanapee, genau wie auf dem Bilde sah sie aus, das hellblaue Kleid aus Seide, das blasse Gesicht, der Lilienkranz im glänzenden Ebenholzhaar, die Korallenkette um den schlanken Hals, die zarte durchsichtige Hand herunterhängend, eine goldene Spindel war ihr aus der Hand gefallen und lag am Boden. Und puh – dort die scheußliche alte Hexe am Spinnrad schnarchend, ein graues Lumpentuch um die strohigen weißen Haare geknotet, drei dicke Warzen auf der Backe. Komische Liebhaberei von Dornröschen, sich bei so einer alten Hexe aufzuhalten. Nein, war Dornröschen hübsch, und sie hatte wirklich die lustige, keck aufgeworfene Nase in dem melancholischen Gesicht. Nur leise wagte Prinz Albert zu rufen: »Dornröschen, Dornröschen – Prinzessin, wachen Sie auf!« Und als das nicht wirkte, drückte er leicht ihre Hand, eine kalte harte Marmorhand, schüttelte sie ein wenig an der Schulter. Es nützte nichts. Da stampfte Prinz Albert ganz unglücklich auf den Boden: »Prinzessin, Sie sollen aufwachen, Sie haben doch nun wirklich lange genug geschlafen!« Und er versuchte, sie vom Lager hochzuziehen. Aber steinern lag sie da, traurig lächelnd, fast ein wenig schadenfroh schlief sie weiter. »Es hat keinen Sinn, ich krieg' sie nicht wach.« Lange sah sie Prinz Albert an, dann beugte er sich über sie und drückte auf ihren frischen, harten Mund einen langen, schmerzvollen Abschiedskuß. Warum auch nicht? Sie merkte es ja doch nicht. Aber da schlug Dornröschen auf einmal die Augen auf und sah ihn starr und wie wahnsinnig an. Von weit, weit her kam dieser Blick – aus einer langen, langen Nacht, aus vielen wirren Träumen, ganz schwarz war er und verständnislos, und so blickte sie ihn an, eine lange Zeit. Aber dann sprang sie plötzlich auf von dem Kanapee und schüttelte sich, daß die schwarzen, kurzen Haare flogen: »Mein Gott, was mach' ich denn? Was lieg' ich hier denn rum? Warum schlaf' ich denn am hellichten Tage? Und drunten sitzen sie und warten auf mich beim Essen. Heute ist doch mein Geburtstag. Wer sind Sie überhaupt? Wie kommen Sie hierher?« »Ich bin Prinz Albert von Seeland«, sagte der Prinz, »ich wollte Sie doch aufwecken, Dornröschen, ich habe den Zauber gebrochen.« »Dornröschen?« sagte die Prinzessin, »ich heiße doch Adelheid.« »Ja, im Volksmund heißen Sie Dornröschen, aber das muß ich Ihnen alles erklären ...«

Und während sie hastig weitersprachen, ging durch das ganze Schloß ein tiefes Brausen und Summen und Rauschen, ein Seufzen und Stöhnen und Gähnen, das schüttelte sich, reckte sich, streckte sich – und dann sprang das Leben auf einmal auf wie eine Fontäne, ein breiter Strom von Leben durchrauschte das Schloß von unten bis oben. Die Hunde im Hof begannen zu bellen, die Pferde zu wiehern und zu stampfen, die Hühner zu gackern, Jagdhörner schmetterten, die Fliegen in der Küche putzten ihre Flügel und flogen summend über Braten, die Magd rupfte das schwarze Huhn, und der Küchenmeister schüttelte den Jungen am Ohr und gab ihm eine saftige Backpfeife. Und im Saal spielte die Kapelle einen aufrüttelnden Tusch und einen strammen Marsch, die Diener flitzten in die Höhe, ergriffen die Schüsseln und servierten weiter, König und Königin guckten ganz verdattert auf ihren Gänsebraten – warum essen wir denn nicht? Und die Gäste guckten sich mit offenen Mündern an: »Was war denn los? Was ist denn mit uns passiert? Wir haben doch nicht geschlafen? Was ist das für 'ne Hexerei?« Und draußen um das Schloß begann der Wind zu wehen, erst hohl sausend, leise, und dann immer stärker anschwellend, die purpurne Fahne auf dem Turm blähte sich und warf sich triumphierend in die Luft und knatterte, Wolkenballen zogen heran, das Blau verschwand, grau und schwer sammelte sich das Gewölk, drängte sich schwarz über dem Schloß zusammen. Und der König fragte: »Wo ist denn eigentlich Adelheid? Warum kommt sie nicht zum Essen? Wo steckt sie denn jetzt bei dem drohenden Unwetter?« Da ging die Tür auf, und Dornröschen trat mit Prinz Albert in den Saal. Und während es draußen dumpf donnerte und der erste Blitz zuckte und Regen erfrischend niederrauschte und der Blitz und der Wind und der harte Regen in die Rosenheckenwände schlug und peitschte und hämmerte, daß sie krachend zusammenstürzten und die

Gerippe grell zerschepperten, sagte Dornröschen traurig und sanft lächelnd: »Papa, darf ich dir Prinz Albert von Seeland vorstellen?«

»Von Seeland«, sagte der König, »so sind Sie der Sohn meines alten Freundes König Bodos von Seeland?« »Nein«, sagte der Prinz leise, »das war mein Ururgroßvater.« »Was heißt das?« fragte der König. Fahl war das Licht in dem Saal und von Blitzen durchflattert. »Ach, Papa«, sagte Dornröschen, »bitte, erschrick nicht – wir haben ja hundert Jahre geschlafen.« »Was, was?« schrie der König, »sind heute denn alle wahnsinnig geworden – und nun noch dieser Gewitterradau – still, die Musik, man kann ja sein eigenes Wort nicht verstehen. Was sagst du da?« Aber da trat schon ernst und traurig der alte weiße Schloßkaplan an den König heran: »Die Prinzessin hat wahr gesprochen. Majestät erinnern sich doch an den Spruch der bösen Fee – am fünfzehnten Geburtstag der Prinzessin wird sie sich mit einer goldenen Spindel –« der König faßte sich an den Kopf: »O Gott, – und du hast dich heute – oder vielmehr vor hundert Jahren – nein, nein, ich kann es nicht fassen, ich werde verrückt.« »Ja«, sagte Dornröschen, »ich habe mich mit der Spindel gestochen – vor hundert Jahren, und Prinz Albert hat mich, hat uns alle heute aufgeweckt.« »Stimmt alles«, sagte der Prinz, »schon Ihre Kostüme lassen ja erkennen, daß Sie aus einer ganz anderen Zeit stammen. So was trägt man doch heute gar nicht mehr.« »Hundert Jahre, hundert Jahre«, jammerte der König, »das kann ich nicht glauben.«

Aber er mußte sich sehr bald davon überzeugen, daß alles seine Richtigkeit hatte. Inzwischen hatte sich nämlich blitzschnell die Kunde im Lande verbreitet, daß das alte Rosenheckenschloß wieder aufgewacht war. Nun waren aber hundert Jahre vergangen. Neue Könige hatten das Land beherrscht, und jetzt war gerade König Siegwart III. an der Regierung. »Das wär ja noch schöner, wenn das alte Gespenst wieder lebendig würde!« rief er. Und Dornröschen und ihre Eltern und Prinz Albert hatten noch nicht den Gänsebraten ganz vertilgt, da sprang abermals die Tür auf, drei gelbgekleidete Herolde bliesen in die Fanfare, und ein Bote von König Siegwart trat vor und überbrachte die herzlichsten Glück- und Segenswünsche zu dem fröhlichen und gesunden Erwachen. Im übrigen lasse König Siegwart verkünden, daß Dornröschens Vater, König Hermelin, im Augenblick allen Regierungsansprüchen zu entsagen habe, andernfalls würde er sofort mit einem großen Heer heranrücken, sein Schloß umzingeln und den König und seinen Anhang, wenn er ihn dann zu fassen bekäme, in einen Schlaf versetzen, der nicht nur hundert Jahre dauern solle, darauf könne er sich verlassen, ha, ha, ha, er halte in seinem Lande auf Ordnung und Gesetz und dulde keinen solchen Teufelsspuk ... »Was soll ich denn machen«, stöhnte König Hermelin, »ich habe doch kein Heer, ich bin dem Lump ja auf Gnade und

Barmherzigkeit ausgeliefert.« »Mitnichten«, rief Prinz Albert, »lieber Schwiegerpapa – Ihr erlaubt doch, daß ich Euch schon jetzt so nenne? – ich eile in mein Reich zurück, um binnen kurzem mit einem mächtigen, unbesieglichen Heere zurück zu sein. Du versuche so lange, dich in der Burg zu halten und kapituliere nicht, Dornröschen, warte auf mich.«

Nun, man sieht, das Leben war schon wieder so richtig in Schwung gekommen und ging munter seinen Gang. Wir können deshalb getrost von Prinz Albert und seinem Dornröschen Abschied nehmen und sie ihrem Schicksal überlassen, denn an Bewegung und turbulenten Ereignissen wird es Prinz Albert nun nicht mehr fehlen. Es würde uns auch ins Uferlose entführen, wenn wir noch von dem, ich glaube neunjährigen Kriege berichten wollten, der sich jetzt zwischen Prinz Albert und König Siegwart entspann. Ja, Dornröschen mußte noch recht lang auf ihren Albert warten. »Aber was macht das?« sagte sie, ihr hundertjähriges Alter hatte sie ungewöhnlich weise gemacht (ein reizender Kontrast übrigens zu ihrer kindlichen Jugend!), »was macht das schon aus, die paar Jährchen, wo ich nun schon so lange auf ihn gewartet habe.« Dank Prinz Alberts Feuergeist, Tapferkeit, Feldherrntalent und Entschlossenheit gelang es ihm endlich, König Siegwart niederzuzwingen – König Hermelin erlebte leider nicht mehr diesen Freudentag, der Arme, er konnte sich einfach nicht mit der neuen Zeit zurechtfinden – und so kann es denn doch noch am Schluß dieser Geschichte heißen, genau wie im Märchen: »Und da wurde die Hochzeit des Königssohnes mit Dornröschen gefeiert, und sie lebten vergnügt bis an ihr Ende.«

MARIE LUISE KASCHNITZ

1901–1974

Die drei Geschichten von der Sonne

In den alten Zeiten, flüsterte das Gras, lebte ein großer grauer Adler, der war Herr über die Sonne, den Mond und die Sterne. Er hielt sie in eine Kugel eingeschlossen und hütete sie gut, und es war Finsternis auf der Erde.

Der große graue Adler aber hatte eine Tochter. Die wuchs heran und war sehr schön, und als sie erwachsen war, und einen Liebsten hatte, verriet sie ihrem Liebsten den Ort, an dem ihr Vater die Kugel versteckt hielt.

»Wenn du klug genug bist, sie zu rauben«, sagte sie, »dann will ich dir folgen. Wenn du kühn genug bist, sie in deinen Händen fortzutragen, will ich deine Frau werden. Wenn du stark genug bist, sie in die Luft zu werfen, will ich dich ewig lieben.« Da raubte der junge Geliebte die Kugel, während der alte Adler um die Felsen flog. Er trug sie in seinen Händen fort und warf sie in die Luft. Er warf sie so hoch hinauf, mit aller Kraft seiner Liebe, und weil seine Liebe so stark war, zersprang die Kugel, und heraus flogen die Sonne, der Mond und alle Sterne. Da war mit einemmal ein solcher Glanz und ein solches Licht im Himmel, daß die Menschen und Tiere erschrocken den Blick senkten. Und als sie aufschauten, sahen sie, daß rings auf der Erde die Bäume auszuschlagen und die Blumen zu blühen begannen. Auf dem Hügel aber zwischen den blühenden Blumen lagen die Liebenden eng umschlungen, in ihren weit offenen Augen spiegelte sich die Seligkeit des Himmels, sie waren tot... Als diese Worte verklungen waren, legte sich der Wind, und das Gras stand ganz still in der Sonnenglut. Doch schon nach wenigen Minuten fing es an, sich von neuem zu neigen und ließ seine flüsternde Stimme hören:

In den alten Zeiten, begann es wieder, da wuchs einmal ein Knabe heran, der mit jedem Tag schöner und klüger wurde. Seine Mutter war den ganzen Tag um ihn, aber sein Vater kam erst nach Hause, wenn es schon ganz dunkel war und er im Bette lag, und schon bei Tagesgrauen ging er wieder fort. Als der Knabe anfing zu sprechen, fragte er eines Mittags: Wo ist der Vater? Da deutete die Mutter zum Himmel hinauf, wo die Sonne schön hell und leuchtend stand und sagte: Er fährt die Sonne auf einem Wagen über den Himmel.

Von diesem Tage an stand der Knabe jeden Morgen heimlich auf und schlich dem Vater nach bis an das Ufer des Meeres und verbarg sich dort. Da sah er, wie der Vater zwei goldene Rosse schirrte und mit der Sonne emporstieg und sie mit seinem Schilde verhüllte.

Wieder eines Tages, als der Knabe schon herangewachsen war, trat er des Morgens aus seinem Versteck und bat und bettelte, nur ein einziges Mal möge ihm der Vater die Fahrt erlauben, und der Vater, der ihn nur schlafend kannte, war von seiner Schönheit und Kühnheit so sehr bewegt, daß er es ihm zusagte. Mit vielen Ermahnungen reichte er ihm die Zügel und den goldenen Schild und ließ ihn ziehen.

Da riß das feurige Gespann den Wagen hoch in die Luft, und der Knabe jauchzte vor Vergnügen. Zuerst hielt er die Zügel fest in der Hand und verbarg die Sonne hinter dem Schilde, wie es der Vater ihn gelehrt hatte. Bald aber ergriff ihn ein heftiges Verlangen, schneller fliegen und allen Glanz des Lichts auf die Wiesen und Felder und Gebirge der Erde fallen zu lassen.

Darum riß er den Schild von der Sonne und ließ den Pferden freien Lauf, und schnell wie der Sturm jagte er nun dahin, und glühend wie ein Feuerbrand fiel das Licht auf die Erde. Da versiegten die Quellen und die Felder verdorrten, die Felsen wurden schwarz gebrannt, und die Tiere und Menschen kamen um vor Hitze und Durst. Und wie der Knabe dies alles sah, und begriff, was er angerichtet hatte, erschrak er so sehr, daß er taumelte und stürzte, und als der Vater am Felsentor im Westen die brausenden Rosse anhielt, fand er den Wagen leer. –

Wieder hielt jetzt das Gras ein wenig inne und stand still und unbeweglich da. Aber auch jetzt dauerte es nicht lange, bis der heiße Hauch des südlichen Windes wieder durch seine Spitzen wehte und es aufs neue zu erzählen begann:

In den alten Zeiten, murmelte es, lebte eine junge Prinzessin, die so lieblich war, daß nicht ein Tag verging, ohne daß ein Freier kam, um ihre Hand zu erbitten. Aber die Prinzessin wollte nicht einen von ihnen zum Mann haben. Ich habe mich dem Sonnenschein anverlobt, sagte sie, und auf ihn warte ich. Und wirklich stand sie jeden Morgen, ehe es Tag wurde, an ihrem Fenster und wartete auf den Sonnenschein, der wie ein funkelnder Ritter hinter den Bäumen des Parkes aufstieg. Während dann die Sonne höher und höher emporschwebte, saß sie im Garten, hielt den Kopf in den Nacken gesenkt und starrte zum Himmel auf, bis es Abend wurde und der goldene Wagen wieder hinabzusinken begann. Dann ging sie in den Palast zurück und zog ihr Brautkleid an, und alle, die bei ihr waren, mußten sich hochzeitlich schmücken. Die Sonne ging feurig unter, wieder stand sie hinter den Bäumen des Parkes wie ein funkelnder Ritter in Rüstung, und die Prinzessin stand mit ihrem Gefolge auf der Treppe des Palastes und streckte sehnsüchtig die Arme aus. Aber der Bräutigam kam nicht. Langsam erlosch der purpurne Schimmer und es wurde Nacht.

So vergingen viele Tage und Wochen, und während dieser Zeit wurde die Prinzessin so traurig, daß nicht nur alle Menschen, sondern auch die Tiere des Gartens mit ihr Mitleid hatten. Eines Tages, als sie wieder im Grase saß und zum Himmel aufschaute, hörte sie ein Brausen wie von vielen Flügeln. Da flogen alle Vögel des Gartens über ihrem Haupte hin, und jeder warf ihr eine Feder herab. Die Prinzessin verstand, daß sie ihr helfen wollten, und mit vieler Mühe fertigte sie sich aus allen den bunten Federn ein Paar Flügel, die sie in ihrer Kammer verbarg.

Eines Morgens band sie die Flügel an ihren Schultern fest und warf sich aus dem Turmzimmer in die Luft, und die Flügel trugen sie. Sie flog immer höher hinauf, und plötzlich sah sie ganz nahe über sich den Sonnenwagen und ihren schönen Geliebten, der mit flatternden Haaren aufrecht stehend die Rosse zügelte. In demselben Augenblick wurde sie auch von ihm bemerkt. Aber da er meinte, einen wunderlichen und seltenen Vogel zu erblicken, ergriff ihn die Jagdlust. Er legte einen Pfeil auf seinen Bogen und schoß nach ihren bunten Flügeln. Die wurden beide durchbohrt und hingen nun kraftlos herab, aber weil die Liebe der Prinzessin so groß war, stürzte sie dennoch nicht, sondern wurde von der Kraft ihrer Liebe weitergetragen, immer höher, immer näher zu ihm hin. Da nahm der schöne Sonnenjüngling einen zweiten Pfeil aus seinem Köcher und schoß ihn ab, und dieser streifte die Stirn der Prinzessin, so daß ihre Augen blind wurden von dem rinnenden Blut. Aber weil ihre Liebe so groß war, irrte sie dennoch nicht auf ihrem Wege, sondern kam immer näher zu ihm, und endlich war sie ganz nahe und streckte ihre Arme nach dem Geliebten aus. Da ließ der Jüngling den dritten Pfeil, mit dem er nach ihrem Herzen hatte zielen wollen, fallen. Er breitete seine Arme aus und zog die Prinzessin an seine Brust. Und während die Rosse fortstürmten und die Erde umkreisten, küßte er ihren Mund.

GEORG KAISER

1878–1945

Das Märchen des Königs

Es war einmal ein König, der von seiner Umgebung angebetet wurde. Lachte er auf seinem Thronsessel, dann lachten alle Herren und Damen des Hofes mit. Weinte er in seinem Königsbett, dann unterbrachen seine Marschälle ihren Schlaf und sonstiges und weinten mit. Tafelte er, dann wurde sein Palast zu einem großen Speisesaal, in dem gepraßt und geschlemmt wurde. Was immer er tat, stets wurde der Hof zu seinem Spiegelbild, in dem er sich hundertfach wiederentdeckte. Das langweilte ihn sehr. Er wollte endlich die Wahrheit erfahren: bin ich mächtig oder sehe ich meine Macht nur im Spiegel???

Deshalb verkleidete sich der König und ging unter das Volk.

Die Wahrheit erfährt man zumeist hinter einer Maske.

In den Gasthäusern des Hafens, in den Ställen der Bauern, in den Stuben der Kasernen, selbst in den Bordellen seines Landes, so mußte er erfahren, lachte man über den König, der nicht einmal Geld zaubern könne, obwohl es der Finanzminister in seinen Reden behauptete. In den Bordellen traf er sogar Herren seines Hofes an, die sich dort vergnügten und über den König spotteten. Einer von ihnen gab ihm sogar einen Fußtritt, weil er ihn nicht als König erkannt hatte. Ohne seinen Ornat und seine dienernde Umgebung war er ein Nichts.

Auf der Suche nach der Wahrheit fand er zuletzt ein Mädchen, das mit dem Leben abgeschlossen hatte. Eltern und Bräutigam waren wegen hoher Steuerschulden hingerichtet worden: *auf Geheiß des Königs*, wie es im Urteil genannt wurde.

Als der König das Mädchen zu trösten begann, erfaßte ihn eine große Liebe zu ihm, die nicht ohne Entgegnung blieb. So fanden der König und das Mädchen nach ihrer Enttäuschung die Wahrheit des Lebens. Glücklich über diese erste und einzige Tat seiner selbst nahm der König das Mädchen zum Weibe. Mit ihm als Königin entschloß er sich, ein neues Reich zu gründen: *das Reich der Liebe*, ein Märchenreich, in dem selbst Fische sich im Fluge paaren sollten.

ERICH KÄSTNER

1899–1974

Das Märchen vom Glück

Siebzig war er gut und gern, der alte Mann, der mir in der verräucherten Kneipe gegenübersaß. Sein Schopf sah aus, als habe es darauf geschneit, und die Augen blitzten wie eine blankgefegte Eisbahn. »Oh, sind die Menschen dumm«, sagte er und schüttelte den Kopf, daß ich dachte, gleich müßten Schneeflocken aus seinem Haar aufwirbeln. »Das Glück ist ja schließlich keine Dauerwurst, von der man sich täglich seine Scheibe herunterschneiden kann!«

»Stimmt«, meinte ich, »das Glück hat ganz und gar nichts Geräuchertes an sich. Obwohl...« »Obwohl?« »Obwohl gerade Sie aussehen, als hinge bei Ihnen zu Hause der Schinken des Glücks im Rauchfang.« »Ich bin eine Ausnahme«, sagte er und trank einen Schluck. »Ich bin die Ausnahme. Ich bin nämlich der Mann, der einen Wunsch frei hat.«

Er blickte mir prüfend ins Gesicht, und dann erzählte er seine Geschichte. »Das ist lange her«, begann er und stützte den Kopf in beide Hände, »sehr lange. Vierzig Jahre. Ich war noch jung und litt am Leben wie an einer geschwollenen Backe. Da setzte sich, als ich eines Mittags verbittert auf einer grünen Parkbank hockte, ein alter Mann neben mich und sagte beiläufig: ›Also gut. Wir haben es uns überlegt. Du hast drei Wünsche frei.‹ Ich starrte in meine Zeitung und tat, als hätte ich nichts gehört. ›Wünsch dir, was du willst‹, fuhr er fort, ›die schönste Frau oder das meiste Geld oder den größten Schnurrbart – das ist deine Sache. Aber werde endlich glücklich! Deine Unzufriedenheit geht uns auf die Nerven.‹ Er sah aus wie der Weihnachtsmann in Zivil. Weißer Vollbart, rote Apfelbäckchen, Augenbrauen wie aus Christbaumwatte. Gar nichts Verrücktes. Vielleicht ein bißchen zu gutmütig. Nachdem ich ihn eingehend betrachtet hatte, starrte ich wieder in meine Zeitung. ›Obwohl es uns nichts angeht, was du mit deinen drei Wünschen machst‹, sagte er, ›wäre es natürlich kein Fehler, wenn du dir die Angelegenheit vorher genau überlegtest. Denn drei Wünsche sind nicht vier Wünsche oder fünf, sondern drei. Und wenn du hinterher noch immer neidisch und unglücklich wärst, könnten wir dir und uns nicht mehr helfen.‹ Ich weiß nicht, ob Sie sich in meine Lage versetzen können. Ich saß auf einer Bank und haderte mit Gott und der Welt. In der Ferne klingelten die Straßenbahnen. Die Wachtparade zog irgendwo mit Pauken und Trompeten zum Schloß. Und neben mir saß nun dieser alte Quatschkopf!«

»Sie wurden wütend?«

»Ich wurde wütend. Mir war zumute wie einem Kessel kurz vorm Zerplatzen. Und als er sein weißwattiertes Großvatermündchen von neuem aufmachen wollte, stieß ich zornzitternd hervor: ›Damit Sie alter Esel mich nicht länger duzen, nehme ich mir die Freiheit, meinen ersten und innigsten Wunsch auszusprechen – scheren Sie sich zum Teufel!‹ Das war nicht fein und höflich, aber ich konnte einfach nicht anders. Es hätte mich sonst zerrissen.«

»Und?«

»Was ›Und‹?«

»War er weg?«

»Ach so! – Natürlich war er weg! Wie fortgeweht. In der gleichen Sekunde. In nichts aufgelöst. Ich guckte sogar unter die Bank. Aber dort war er auch nicht. Mir wurde ganz übel vor lauter Schreck. Die Sache mit den Wünschen schien zu stimmen! Und der erste Wunsch hatte sich bereits erfüllt! Du meine Güte! Und wenn er sich erfüllt hatte, dann war der gute, liebe, brave Großpapa, wer er nun auch sein mochte, nicht nur weg, nicht nur von meiner Bank verschwunden, nein, dann war er beim Teufel! Dann war er in der Hölle! ›Sei nicht albern‹, sagte ich zu mir selber. ›Die Hölle gibt es ja gar nicht, und den Teufel auch nicht.‹ Aber die drei Wünsche, gab's denn die? Und trotzdem war der alte Mann, kaum hatte ich's gewünscht, verschwunden ... Mir wurde heiß und kalt. Mir schlotterten die Knie. Was sollte ich machen? Der alte Mann mußte wieder her, ob's nun eine Hölle gab oder nicht. Das war ich ihm schuldig. Ich mußte meinen zweiten Wunsch dransetzen, den zweiten von dreien, o ich Ochse! Oder sollte ich ihn lassen, wo er war? Mit seinen hübschen, roten Apfelbäckchen? ›Bratapfelbäckchen‹, dachte ich schaudernd. Mir blieb keine Wahl. Ich schloß die Augen und flüsterte ängstlich: ›Ich wünsche mir, daß der alte Mann wieder neben mir sitzt!‹ Wissen Sie, ich habe mir jahrelang, bis in den Traum hinein, die bittersten Vorwürfe gemacht, daß ich den zweiten Wunsch auf diese Weise verschleudert habe, doch ich sah damals keinen Ausweg. Es gab ja auch keinen ...«

»Und?«

»Was ›Und‹?«

»War er wieder da?«

»Ach so! – Natürlich war er wieder da! In der nämlichen Sekunde. Er saß wieder neben mir, als wäre er nie fortgewünscht gewesen. Das heißt, man sah's ihm schon an, daß er ..., daß er irgendwo gewesen war, wo es verteufelt, ich meine, wo es sehr heiß sein mußte. O ja. Die buschigen, weißen Augenbrauen waren ein bißchen verbrannt. Und der schöne Vollbart hatte auch etwas gelitten. Besonders an den Rändern. Außerdem roch's wie nach versengter Gans. Er blickte mich vorwurfsvoll an. Dann zog er ein Bartbürstchen aus der Brusttasche, putzte sich Bart und Brauen und sagte gekränkt: ›Hören Sie, junger Mann – fein war das nicht von Ihnen!‹ Ich stotterte eine Entschuldigung. Wie leid es mir täte. Ich hätte doch nicht an die drei Wünsche geglaubt. Und außerdem hätte ich immerhin versucht, den Schaden wieder gutzumachen. ›Das ist richtig‹, meinte er. ›Es wurde aber auch die höchste Zeit.‹ Dann lächelte er. Er lächelte so freundlich, daß mir fast die Tränen kamen. ›Nun haben Sie nur noch einen Wunsch frei‹, sagte er, ›den dritten. Mit ihm gehen Sie hoffentlich ein bißchen vorsichtiger um. Versprechen Sie mir das?‹ Ich nickte und schluckte. ›Ja‹, antwortete ich dann, ›aber nur, wenn Sie mich wieder duzen.‹ Da mußte er lachen. ›Gut, mein Junge‹, sagte er und gab mir die Hand. ›Leb wohl. Sei nicht allzu unglücklich. Und gib auf deinen letzten Wunsch acht.‹ – ›Ich verspreche es Ihnen‹, erwiderte ich feierlich. Doch er war schon weg. Wie fortgeblasen.«

»Und?«

»Was ›Und‹?«

»Seitdem sind Sie glücklich?«

»Ach so. – Glücklich?« Mein Nachbar stand auf, nahm Hut und Mantel vom Garderobenhaken, sah mich mit seinen blitzblanken Augen an und sagte: »Den letzten Wunsch hab' ich vierzig Jahre lang nicht angerührt. Manchmal war ich nahe dran. Aber nein. Wünsche sind nur gut, solange man sie noch vor sich hat. Leben Sie wohl.«

Ich sah vom Fenster aus, wie er über die Straße ging. Die Schneeflocken umtanzten ihn. Und er hatte ganz vergessen, mir zu sagen, ob wenigstens er glücklich sei. Oder hatte er mir absichtlich nicht geantwortet? Das ist natürlich auch möglich.

Das Märchen von der Vernunft

Es war einmal ein netter alter Herr, der hatte die Unart, sich ab und zu vernünftige Dinge auszudenken. Das heißt: zur Unart wurde seine Gewohnheit eigentlich erst dadurch, daß er das, was er sich jeweils ausgedacht hatte, nicht für sich behielt, sondern den Fachleuten vorzutragen pflegte. Da er reich und trotz seiner plausiblen Einfälle angesehen war, mußten sie ihm, wenn auch mit knirschenden Ohren, aufs geduldigste zuhören. Und es gibt gewiß für Fachleute keine ärgere Qual als die, lächelnden Gesichts einem vernünftigen Vorschlage zu lauschen. Denn die Vernunft, das weiß jeder, vereinfacht das Schwierige in einer Weise, die den Männern vom Fach nicht geheuer und somit ungeheuerlich erscheinen muß. Sie empfinden dergleichen zu Recht als einen unerlaubten Eingriff in ihre mühsam erworbenen und verteidigten Befugnisse. Was, fragt man sich mit ihnen, sollten die Ärmsten wirklich tun, wenn nicht sie herrschten, sondern statt ihrer die Vernunft regierte? Nun also.

Eines Tages wurde der nette alte Herr während einer Sitzung gemeldet, an der die wichtigsten Staatsmänner der Erde teilnahmen, um, wie verlautete, die irdischen Zwiste und Nöte aus der Welt zu schaffen. »Allmächtiger!« dachten sie. »Wer weiß, was er heute mit uns und seiner dummen Vernunft wieder vorhat!« Und dann ließen sie ihn hereinbitten. Er kam, verbeugte sich ein wenig altmodisch und nahm Platz. Er lächelte. Sie lächelten. Schließlich ergriff er das Wort.

»Meine Herren Staatshäupter und Staatsoberhäupter«, sagte er, »ich habe, wie ich glaube, einen brauchbaren Gedanken gehabt; man hat ihn auf seine praktische Verwendbarkeit geprüft; ich möchte ihn in Ihrem Kreise vortragen. Hören Sie mir, bitte, zu. Sie sind es nicht mir, doch der Vernunft sind Sie's schuldig.« Sie nickten, gequält lächelnd, mit ihren Staatshäuptern, und er fuhr fort: »Sie haben sich vorgenommen, Ihren Völkern Ruhe und Frieden zu sichern, und das kann zunächst und vernünftigerweise, so verschieden Ihre ökonomischen Ansichten auch sein mögen, nur bedeuten, daß Ihnen an der Zufriedenheit aller Erdbewohner gelegen ist. Oder irre ich mich in diesem Punkte?«

»Bewahre!« riefen sie. »Keineswegs! Wo denken Sie hin, netter alter Herr!« »Wie schön!« meinte er. »Dann ist Ihr Problem gelöst. Ich beglückwünsche Sie und Ihre Völker. Fahren Sie heim, und bewilligen Sie aus den Finanzen Ihrer Staaten, im Rahmen der jeweiligen Verfassung und geschlüsselt nach Vermögen, miteinander einen Betrag, den ich genauestens habe errechnen lassen und zum Schluß nennen werde! Mit dieser Summe wird folgendes geschehen: Jede Familie in jedem Ihrer Länder erhält eine kleine, hübsche Villa mit sechs Zimmern, einem Garten und einer Garage sowie ein Auto zum Geschenk. Und da hintendrein der gedachte Betrag noch immer nicht aufgebraucht sein wird, können Sie, auch das ist kalkuliert, in jedem Ort der Erde, der mehr als fünftausend Einwohner zählt, eine neue Schule und ein modernes Krankenhaus bauen lassen. Ich beneide Sie. Denn obwohl ich nicht glaube, daß die materiellen Dinge die höchsten irdischen Güter verkörpern, bin ich vernünftig genug, um einzusehen, daß der Frieden zwischen den Völkern zuerst von der äußeren Zufriedenheit der Menschen abhängt. Wenn ich eben sagte, daß ich Sie beneide, habe ich gelogen. Ich bin glücklich.« Der nette alte Herr griff in seine Brusttasche und zündete sich eine kleine Zigarre an.

Die übrigen Anwesenden lächelten verzerrt. Endlich gab sich das oberste der Staatsoberhäupter einen Ruck und fragte mit heiserer Stimme: »Wie hoch ist der für Ihre Zwecke vorgesehene Betrag?« »Für *meine* Zwecke?« fragte der nette alte Herr zurück, und man konnte aus seinem Ton ein leichtes Befremden heraushören. »Nun reden Sie schon!« rief das zweithöchste Staatsoberhaupt unwillig. »Wieviel Geld würde für den kleinen Scherz gebraucht?«

»Eine Billion Dollar«, antwortete der nette alte Herr ruhig. »Eine Milliarde hat tausend Millionen, und eine Billion hat tausend Milliarden. Es handelt sich um eine Eins mit zwölf Nullen.« Dann rauchte er wieder an seiner kleinen Zigarre herum.

»Sie sind wohl vollkommen blödsinnig!« schrie jemand. Auch ein Staatsoberhaupt.

Der nette alte Herr setzte sich gerade und blickte den Schreier verwundert an. »Wie kommen Sie denn darauf?« fragte er. »Es handelt sich natürlich um viel Geld. Aber der letzte Krieg hat, wie die Statistik ausweist, ganz genau soviel gekostet!«

Da brachen die Staatshäupter und Staatsoberhäupter in tobendes Gelächter aus. Man brüllte geradezu. Man schlug sich und einander auf die Schenkel, krähte wie am Spieß und wischte sich die Lachtränen aus den Augen.

Der nette alte Herr schaute ratlos von einem zum andern. »Ich begreife Ihre Heiterkeit nicht ganz«, sagte er. »Wollen Sie mir gütigst erklären, was Ihnen solchen Spaß macht? Wenn ein langer Krieg eine Billion Dollar gekostet hat, warum sollte dann ein langer Frieden nicht dasselbe wert sein? Was, um alles in der Welt, ist denn daran komisch?«

Nun lachten sie alle noch lauter. Es war ein rechtes Höllengelächter. Einer konnte es im Sitzen nicht mehr aushalten. Er sprang auf, hielt sich die schmerzenden Seiten und rief mit der letzten ihm zu Gebote stehenden Kraft: »Sie alter Schafskopf! Ein Krieg – ein Krieg ist doch etwas ganz anderes!«

Die Staatshäupter, der nette alte Herr und ihre lustige Unterhaltung sind völlig frei erfunden. Daß der Krieg eine Billion Dollar gekostet hat und was man sonst für denselben Betrag leisten könnte, soll, versichert eine in der »Frankfurter Neuen Presse« zitierte amerikanische Statistik, hingegen zutreffen.

INGEBORG BACHMANN

1926–1973

Das Lächeln der Sphinx

In einer Zeit, in der alle Regierenden gefährdet waren – zu erklären, worin diese Gefährdung bestand, ist müßig, denn Gefährdungen haben zu viele Ursachen und doch keine zugleich –, befiel den Herrscher des Landes, von dem die Rede sein soll, Unruhe und Schlaflosigkeit. Nicht daß er sich »von unten«, von seinem Volk her, bedroht fühlte; die Bedrohung kam von oben, von unausgesprochenen Forderungen und Weisungen, denen er folgen zu müssen glaubte und die er nicht kannte.

Als der Herrscher überdies vom Auftreten eines Schattens an den Zufahrtstraßen seines Schlosses in Kenntnis gesetzt wurde, drängte sich ihm die Überzeugung auf, daß er den Schatten, der vielleicht die Bedrohung barg, anrufen und ins Leben zwingen mußte, um ihn bekämpfen zu können. Und er stieß alsbald auf den Schatten, den man ihm gemeldet hatte; es war schwer, von ihm auf die Gestalt zu schließen, die ihn vorausschickte, weil er zu groß war, um mit einem Mal ins Auge treten zu können. Am Anfang sah der Regent nichts als ein ungeheures Tier, das sich langsam durch die Gegend schleppte; später erst gelang es ihm, an der Stelle, an der er den Schädel vermutete, ein plattes, breites Gesicht zu entdecken, das jenem Wesen gehörte, das jeden Augenblick den Mund öffnen und derart fragen konnte, daß man vor ihm seit Jahrhunderten versagte, ihm die Antwort schuldig blieb und verloren war: Der König hatte die furchteinflößende, seltsame Sphinx erkannt, mit der er um das Fortbestehen des Landes und seiner Menschen zu ringen hatte. Er öffnete also zuerst den Mund und forderte sie heraus, ihn herauszufordern.

»Das Innere der Erde ist unserem Blick verschlossen«, begann sie, »aber ihr sollt einmal hineinsehen, die Dinge vor mir ausbreiten, die sie birgt, und mir über ihr Feuer und ihre Festigkeit Bescheid sagen.«

Der Herrscher lächelte und wies seine Gelehrten und Arbeiter an, sich über den Leib der Erde zu machen, ihn zu durchbohren, seine Geheimnisse freizulegen, alles zu messen und das Gefundene in die feinnervigsten Formeln zu übertragen, deren Präzision unvollstellbar war. Er verfolgte selbst den Gang der Arbeit, der sich in prächtigen Tabellen und dicken Büchern spiegelte.

Eines Tages war es denn so weit, daß der Herrscher sein Gefolge anweisen konnte, die geleistete Arbeit vorzulegen. Die Sphinx konnte nicht umhin zuzugeben, daß die Arbeit vollkommen und unangreifbar ausgefallen war; nur schien es vielen, sie drücke zu wenig Achtung vor den Resultaten aus. Aber keiner konnte ihr nachsagen, daß sie sich nicht korrekt verhalten habe.

Wenn einige noch gefürchtet hatten, es würde nun offenbar werden, daß die Sphinx den König nur in Sicherheit hatte wiegen wollen, um dann doch noch eine Falle in der Formulierung des Rätsels zutage treten zu lassen, wurden ihre Bedenken jetzt zerstreut. Die zweite Frage war wieder unmißverständlich und einfach im Wortlaut. Gelassen forderte das beinahe entzauberte Ungeheuer, daß sich nun alle an die Feststellung der Dinge machen sollten, die die Erde bedeckten, einschließlich der Sphären, die sich um sie schlossen. Diesmal taten die Wissenschaftler mit ihren Stäben noch ein übriges. Sie fügten den Aufzeichnungen eine unerhört feingliedrige Untersuchung des Weltraums an, die alle Planetenbahnen, alle Himmelskörper, Vergangenheiten und Zukünfte der Materie enthielt, mit der heimlichen Schadenfreude, der Sphinx damit eine dritte Frage vorwegzunehmen.

Auch dem König schien es ausgeschlossen, daß noch etwas zu fragen blieb, und er übergab die Lösung mit aufkeimendem Triumph. Schloß die Sphinx die Lider oder war sie überhaupt blicklos? Vorsichtig suchte der Herrscher in ihren Mienen zu lesen.

Die Sphinx ließ sich so lange Zeit, die dritte Frage zu stellen, daß alle zu glauben begannen, sie hätten mit ihrem Übereifer in der Beantwortung der zweiten Frage tatsächlich das tödliche Spiel gewonnen. Als sie aber an ihrem Mund ein leises Zucken wahrnahmen, erstarrten sie, ohne daß sie zu sagen gewußt hätten, warum.

»Was mag wohl in den Menschen sein, die du beherrschst?« fragte sie in des Königs große Nachdenklichkeit. Der König hatte Lust, mit einem raschen Scherz zu antworten, um sich zu retten, nahm aber noch rechtzeitig Abstand davon und begab sich zu einer Beratung. Er stieß seine Leute an die Arbeit und zürnte ihnen, weil sie sich stoßen ließen. In Versuchsserien begannen sie, die Menschen zu entkleiden; sie zwangen ihnen die Scham ab, hielten sie zu Geständnissen an, die die Schlacken ihres Lebens zutage fördern sollten, rissen ihre Gedanken auseinander und ordneten sie in hunderterlei Zahlen- und Zeichenreihen.

Es war kein Ende abzusehen, aber das verschwiegen sie sich, denn der König ging ohnedies durch die Laboratorien, als gewänne er ihnen nicht das geringste Vertrauen ab und sinne einem schnelleren und treffenderen Verfahren nach. Diese Vermutung bestätigte sich eines Tages, als er die bedeutendsten Gelehrten und die fähigsten Staatsbeamten kommen ließ, den sofortigen Abbruch der Arbeit befahl und ihnen in geheimen Sitzungen Gedanken unterbreitete, deren Inhalt niemand weiter mitgeteilt wurde, wenngleich alle alsbald von den Auswirkungen betroffen wurden.

Kurze Zeit später lenkte ein Befehl die Menschen gruppenweise nach Orten, an denen hochspezialisierte Guillotinen errichtet waren, zu denen mit peinlicher Genauigkeit jeder einzeln aufgerufen wurde und die ihn dann vom Leben zum Tod brachten.

Die Offenbarung, die dieses Verfahren ergab, war so überwältigend, daß sie die Erwartung des Königs übertraf; er zögerte dennoch nicht, um der Vollständigkeit und Vollkommenheit willen auch die restlichen Männer, die ihm bei der Organisation und der Aufstellung der Guillotinen nützlich waren, zu veranlassen, sich den Maschinen zu übergeben, um die Lösung des Rätsels nicht zu gefährden.

Gebeugt und stumm vor Erwartung trat der König vor die Sphinx. Er sah ihren Schatten sich wie einen Mantel über die Toten breiten, die nun nicht aussagten, was zu sagen war, weil sich der Schatten über sie gelegt hatte, um sie zu bewahren.

Atemlos forderte der König die Sphinx auf, sich wegzuheben, um seine Antwort entgegenzunehmen, aber sie bedeutete ihm durch eine Gebärde, daß sie danach nicht verlange; er habe auch die dritte Antwort gefunden, er sei frei, sein Leben und das seines Landes stünden ihm zur Verfügung.

Über ihr Gesicht trat eine Welle, aus einem Meer von Geheimnissen geworfen. Sodann lächelte sie und entfernte sich, und als der König sich aller Ereignisse besann, hatte sie die Grenzen überschritten und sein Reich verlassen.

H. C. ARTMANN

GEB. 1921

Märchen vom prinzen

Der prinz reitet in den kalten glasklaren stein des herbstblaugerahmten gebirgs. Der kondor gleitet über ihm wie eine reife frucht, die lange baumelt, eh sie vom mond fällt.

Der kondor lässt zwei silberne pantoffel auf den hämmernden saumpfad fallen: einen linker und einen rechter hand.

»Heb sie doch auf, heb sie doch auf« sagte der biedermännisch maskierte fuchs am wegrand, aber der prinz – sohn der wildgans – traut nicht einmal seinem hofjuden mehr.

Nach sieben meilen schärfsten reitens macht, wie ihr alle wisst, der pfad eine jähe biegung und landet wirr in niedrigem gestrüpp von wacholder und köstlichem speik, das die höhe krönt.

Durch das klägliche miauen einer nackten hexe, die sich ein bein gebrochen hat, wird der prinz von mitleid befallen und schient die wunde mit zarten wurzeln und allerlei geäst.

Darnach verwandelt ihn die dankbare zauberin in einem ganz gewöhnlichen feldstein, wie es noch viele tausend andre gibt.

WOLFGANG HILDESHEIMER

1916–1991

Der Riese

Ein altes Volksmärchen

Es war einmal ein Bauer, der hatte zwei Söhne. Der erste war arbeitsam und tapfer. Er bestellte seinem Vater das Feld (– der Vater brauchte es nur abzuholen –) und zog aus, das Land von Drachen, Räubern und anderen Schädlingen zu befreien. Der zweite aber war faul und lebte in den Tag hinein. Oft sprach der Vater zu ihm: »Du bist ein Faulpelz und wirst es niemals zu etwas bringen.« Aber der Sohn scherte sich nicht darob. Er legte sich auf die Wiese und kaute an einem Grashalm.

Da geschah es, daß ein großer Riese das Land bedrängte. Er fraß den Bauern die Kühe, die Ziegen und die Bäuerinnen: es war eine große Not. Darum ließ der König des Landes ausrufen, daß er den reichlich belohnen wolle, dem es gelänge, den Riesen zu töten. Als der erste Sohn diese Botschaft vernahm, schnürte er sein Ränzel und zog aus, um den Riesen zu töten, denn er wollte die schöne Königstochter gewinnen und die Hälfte des Königreiches obendrein. (Er wußte nämlich nicht, daß es des Königs Absicht war, den Riesentöter lediglich mit einer lebenslänglichen Rente und einer großzügigen Versicherung abzufinden, denn persönlich waren ihm solche Leute unbequem.)

Wie nun unser wackerer Bauernsohn ein gar lustig Liedchen pfeifend rüstig fürbaß schritt, sah er eine schöne Pfauenfeder auf dem Wege liegen. »Ei der Daus«, sprach er, »die nimmst du mit, weißt du doch nie, wozu so etwas taugen mag.« (Er sprach immer mit sich selbst, und zwar in der zweiten Person Singular.) Er las die Feder auf, steckte sie an seinen Hut und ging weiter. Als er wiederum ein Stück Wegs zurückgelegt hatte, sah er einen großen Mühlstein auf demselben liegen. »Ei der Daus«, sprach er (– sein Vokabularium war beschränkt –), »den nimmst du mit, weißt du doch nie, wozu so etwas taugen mag.« Er las ihn auf, steckte ihn in die Tasche und ging weiter. Nach einer Weile sah er einen großen Käse auf dem Wege liegen. Er hob ihn auf und steckte ihn in sein Ränzel; (von einer Wiederholung der Sache mit dem Daus nahm er Abstand, denn das kam ihm inzwischen albern vor). Dann kam er zum Waldrand.

Da lag der Riese und schnarchte laut. (Er schlief.) Unser Jüngling, nicht faul (– der Faule war, wie sich der Leser erinnert, der andere –) spuckte sich in die Hände, nahm die Pfauenfeder vom Hut und kitzelte den Riesen damit an der Nase. Darauf brummte dieser und öffnete den Mund, um zu niesen. Da warf ihm unser wackerer Jüngling den Mühlstein hinein. Nun erwachte der Riese vollends, denn er hatte sich verschluckt (– bildlich gesprochen –). Er spuckte den Mühlstein aus als sei er ein Kirschkern, packte den Jüngling und verschlang ihn sowohl mit Haut als auch mit Haar. Dann nahm er den Käse aus dem Ränzel, schälte ihn aus dem Silberpapier, aß ihn hinterher, legte sich wieder hin und schnarchte weiter.

Währenddessen lag der zweite Bauerssohn auf der Wiese und kaute immer noch an seinem Grashalm. Da kam die schöne Königstochter des Wegs und fragte ihn: »Was macht Ihr denn da, fauler Bauerssohn?« Der faule Bauerssohn aber sprach: »Ei, seht Ihr denn nicht? Ich liege auf der Wiese und kaue an einem Grashalm.« – »So will ich mich zu Euch legen«, sprach die schöne Königstochter. Und so legte sich die schöne Königstochter zu dem faulen Bauerssohn. Da er ihr aber wohlgefiel, hielt sie bei seinem Vater um seine Hand an. Der Bauer war froh, seinen nichtsnutzigen Sohn loszuwerden und willigte ein.

Auch dem König gefiel der junge Faulpelz, und er war mit der Wahl wohlzufrieden. Und so wurde eine große Hochzeitstafel gerichtet und ein frohes Fest gefeiert, zu welchem viele Gäste aus aller Herren Länder kamen (– die Herren selbst kamen auch –), und man war munter und fröhlich; das Fest dauerte sieben Tage und sieben Nächte, und am achten Tag kam der Riese, den man inzwischen völlig vergessen hatte und verspeiste die ganze Gesellschaft, und wenn er daran nicht gestorben ist, so lebt er heute noch.

MICHAEL SCHARANG

GEB. 1941

Das Märchen vom Recht, das nicht nur vom Volk ausging, sondern auch wieder zu ihm zurückkehrte

Es war einmal ein Recht, das lebte in einem großen Königreich. Es war jung und schön und wurde von jedermann gern gesehen. So kam es, daß eines schönen Tages eine Kutsche des Königs, gefolgt von einem Reitertrupp, vor der Hütte seiner Ehren hielt und es aufgefordert wurde, rasch einzusteigen und mit aufs Schloß zu kommen. Der Abschied fiel dem Recht nicht leicht. Aber der Abschiedsschmerz verflog beim Anblick der blühenden Weingärten, durch die der Weg führte. Die Eltern trösteten sich mit der Hoffnung, daß das Wohlgefallen des Königs an dem lebhaften Kind von kurzer Dauer sein und er es ihnen bald zurückschicken würde.

Das Recht war auf den weichen Kissen eingeschlummert, und als es erwachte und aus dem Fenster der Kutsche schaute, sah es Bauern mit einem Strick um den Hals auf Bäumen hängen, die inmitten verwüsteter Felder standen. Es wußte nicht, ob es wachte oder träumte, und vergewisserte sich beim Kutscher, ob es richtig sähe. »Das sind die bösen Feinde des Königs«, erklärte ihm der Mann, wobei er die Pferde mit der Peitsche anfeuerte. »Sie wollten den König töten und das Schloß dem Boden gleichmachen. Aber er hat sie, wie du siehst, vernichtend geschlagen.« Das Recht schaute auf den Rat des Kutschers zum anderen Fenster hinaus, wo sich neben dem Weg ein Bächlein hinschlängelte.

Hinter der Mauer, hinter der das Bächlein verschwand, lag das Schloß. Der König empfing das Recht mit so viel Freundlichkeit, daß manch einer von seinen Ratgebern (es waren die unklugen) den Kopf schüttelte und nicht wenige Höflinge (die eitlen) neidisch wurden. Er lud es ein, im Schloß zu verweilen, solange es wolle, und bat es, nicht allzubald wegzugehen, damit man in dieser schweren Zeit etwas habe, woran man seine Freude finden könne. Das Recht bedankte sich mit den artigen Worten, die ihm der Kutscher unterwegs beigebracht hatte, und als es weiter nichts zu sagen wußte, wurde es von den Hofdamen umringt und auf sein Zimmer geführt. Dort nahmen sich die jungen Frauen aufs anmutigste seiner an, wuschen es, richteten es zurecht und kleideten es neu ein.

Die erste Zeit fühlte es sich sehr wohl. Es fehlte nicht an Kurzweil in den ausgedehnten Anlagen des Schlosses und auch nicht an Überraschungen: Es waren nämlich anfangs nicht alle freundlich zu ihm. Und das war ihm neu, so etwas war ihm in seinem Dorf nie untergekommen. Die Höflinge versuchten das Recht zu trösten, indem sie sagten, es handle sich bei den Unfreundlichen ja nur um ein paar Diener, Mägde und Roßknechte. Aber das war für das Recht kein Trost. Es folgte denjenigen, die ihm aus dem Weg gingen, und fragte sie nach dem Grund ihres Benehmens. »Du bist dem König sein Recht«, murrten sie, »nicht unseres.« – »Wie könnt ihr das sagen«, entgegnete es bestürzt, »ich bin zur Freude aller da.« Und es erzählte ihnen, wie es hierhergekommen war; und daß es freiwillig hier sei und auf der Stelle weggehen würde, wenn es nicht zum Wohlgefallen aller da wäre. Es sprach so eindringlich zu den Unfreundlichen, daß sie ihm Glauben schenkten und fortan freundlich zu ihm waren.

Immer wenn es dem Recht gelungen war, einen mißmutigen Knecht umzustimmen, ließ der König es zu sich rufen, bedachte es mit einem Geldgeschenk und sagte, es sei nicht mit Gold aufzuwägen, daß in seinem Reich der Friede und das Glück Stück um Stück zunehmen würden. Nachdem das Recht vom König so viel Gold bekommen hatte, daß seine Kleidertruhe bis zum Rand damit voll war, erwirkte es von ihm die Erlaubnis, diese Geschenke unter jene Leute zu verteilen, die früher unfreundlich zu ihm waren. Da es auf dem Schloß mit allem reichlich versorgt war, konnte es mit dem Gold ohnedies nichts anfangen. Einen kleinen Teil freilich behielt es für sich, um seinen Eltern etwas mitbringen zu können, wenn es einmal von hier fortginge. Die beschenkten Diener, Mägde und Knechte verloren die letzte Spur von Mißtrauen, da das Recht auch durch Taten bewies, daß es nicht nur des Königs Recht war.

Nun, da es von allen gern gesehen wurde, empfand das Recht es als langweilig, nichts zu tun zu haben, als von allen gern gesehen zu werden. Den immer gleichen Vergnügungen am Hof konnte es auch nichts mehr abgewinnen. Da es längst im lernfähigen Alter stand, äußerte es den Wunsch, am Unterricht teilzunehmen, den einige Kinder von einem Hauslehrer erhielten. Dieser Wunsch wurde ihm abgeschlagen. Als Gast des Königs, sagte man ihm, dürfe es nur die angenehmen Seiten des Lebens kennenlernen. Mit diesen Worten drängte man es auch ab, wenn es sich im Vorübergehen irgendwo nützlich machen wollte.

Deshalb faßte es den Entschluß, heimlich einen Streifzug durch die Gegend um das Schloß zu machen. Warum heimlich, werdet ihr fragen. Nun, aus dem einfachen Grund, weil man dem Recht verboten hatte, seinen Fuß vor die Befestigungsmauern zu setzen. Der Feind, so redete man ihm andauernd vor, habe Kenntnis vom Aufenthaltsort des Rechts, und er sei fest entschlossen, es zu fangen oder zu töten. Zwar wage er es nach der fürchterlichen Niederlage noch nicht, seine Soldaten abermals gegen das Schloß zu schicken; er habe aber Spione ins Land geschickt, die sich unter die Bevölkerung gemischt, sich im Aussehen ihr angeglichen hätten und deshalb schwer auszumachen seien. Das machte das Recht um so neugieriger. Es wollte nicht glauben, daß man es fangen und mir nichts, dir nichts töten würde. Es hatte ja schließlich niemandem etwas zuleid getan.

Also stieg es des Nachts über die Mauer. Es durchstreifte den Wald, ging dem Geräusch fließenden Wassers nach, denn der Weg, das wußte es noch genau, führte neben dem Bächlein. Es dauerte nicht lange, so hatte es den Weg gefunden. Der Mond leuchtete ihm, und es wanderte ungezwungen dahin. Im Morgengrauen sah es von einer Anhöhe aus ein kleines Dorf im Tal liegen. Es schritt darauf zu, und während es näher kam, begann das Dorf lebendig zu werden. Einige Landleute nahmen bereits ihre Arbeit auf. Das Recht klopfte beim ersten Bauernhof, den es erreichte, an die Tür, in der Hoffnung, gegen gutes Geld ein gutes Frühstück zu bekommen. Es trat mit einem freundlichen Gruß ein.

Wie überrascht war es aber, als die Leute in der Stube unter Schreckenslauten aufsprangen und sich in einer Ecke zusammendrängten. Das Recht fragte, nachdem es sich gefaßt hatte, warum man sich vor ihm ängstigte. Die Leute schoben eine alte Frau vor, sie war wohl die älteste von allen, damit sie sprechen sollte. »Gnädiger Herr«, sagte die Alte und rang dabei die Hände, »vor zwei Tagen erst waren die Soldaten da, sie haben uns geschlagen und uns Fragen über Fragen gestellt und uns dann wieder geschlagen. Sie haben das Unterste zu oberst gekehrt und uns das Letzte genommen. Und wir hatten geglaubt, es gäbe längst nichts mehr bei uns, was man uns nehmen könnte. Den Kindern haben sie die durchlöcherten Strümpfe von den Beinen gezogen und das Stroh unter den ausgehungerten Leibern weggerissen. Was man uns jetzt noch nehmen kann, ist das Dach über dem Kopf, und wir flehen Euch an, gnädiger Herr, nehmt es uns nicht.«

»Ich bin kein gnädiger Herr«, sagte das Recht, »aber das tut jetzt nichts zur Sache. Ich werde sofort zurückeilen auf das Schloß und dem König berichten, daß feindliche Soldaten eingefallen sind. Ich werde ihm sagen, was sie euch angetan haben, und er wird euch gleich Hilfe schicken. Warum habt ihr dem König keine Nachricht gegeben? Wie soll er euch helfen, wenn er nicht weiß, was geschehen ist?« Nun war es an den Landleuten, verwirrt zu sein. Sie vermuteten, der Eindringling wende eine List gegen sie an. Deshalb murmelten sie der Alten etwas ins Ohr und schoben sie dann abermals vor. »Gnädiger Herr«, sprach sie, »Ihr wollt prüfen, ob wir dem König treu ergeben sind. Wir können Euch nur sagen, was wir den Soldaten des Königs auch gesagt haben: Wir sind ihm ergeben.« – »So waren die Soldaten des Königs schon hier?« fragte das Recht. Die Landleute nickten. »Dann weiß der König also schon von dem Überfall und von eurer Not?« fragte es weiter. Die Landleute standen regungslos. »Und warum hat er euch noch keine Hilfe geschickt?« fragte das Recht ungeduldig. Die Leute in der Stube schauten die Alte an, bis sie wiederum ihren Mut zusammennahm und sprach: »Es waren die Soldaten des Königs.«

Das Recht wunderte sich, daß es über die Nachricht nicht überrascht war. »So ist das also«, sagte es ruhig und trat zum Fenster. Es ließ den Blick über die leeren Weidegründe schweifen, weshalb es die angsterfüllten Gesichter der Leute nicht sehen konnte, welche nun, da die Alte die Wahrheit ausgesprochen hatte, damit rechneten, daß der Eindringling eine neue, noch fürchterlichere Strafaktion gegen sie ankündigen würde. Statt dessen sprach es, sich ihnen zuwendend: »Ich komme zwar vom Schloß, wie ihr an meinen Kleidern seht. Ich gehöre aber nicht dorthin. Ich bin einer von euch. Das Dorf, aus dem ich stamme und in dem meine Eltern leben, ist ein Dorf wie eures. Vielleicht kennt ihr es. Es liegt hinter dem Berg bei den drei Seen. Man nennt mich das Recht. – Einmal nächtigte ein Herr vom Schloß in unserem Dorf. Er befand sich auf der Reise in ein fernes Land und mußte bei uns Station machen, da sein Wagen gebrochen war. Als er durchs Dorf spazierte, um sich die Zeit zu vertreiben, liefen wir Kinder hinter ihm drein. Schließlich sahen wir nicht alle Tage einen so reich gekleideten Mann. Er trat auf uns zu, schaute uns lange an und fischte mich dann aus der Menge der Kinder. Er gab mir ein Geldstück und forderte mich auf, ihn durchs Dorf zu führen. Danach mußte ich ihn zu meinen Eltern bringen. Er sprach zu ihnen vom Ziel und Zweck seiner Fahrt und sagte dann, er habe sich vorgenommen, von der Reise ein Kind mitzubringen; seine Frau wünsche sich nämlich nichts sehnlicher als ein Kind, könne aber selber keines bekommen. Schließlich rückte er mit dem Wunsch heraus, mich mitzunehmen. Meine Eltern wagten nicht, ihm den Wunsch freiweg abzuschlagen, und erbaten Bedenkzeit. Sie wollten sich mit den anderen Dorfbewohnern beraten. Die aber überlegten in ihrer Empörung nicht lange, griffen zu Sensen und Dreschflegeln und zogen mit dem Ruf ›Das ist unser Recht!‹ vor das Gasthaus, in dem der noble Herr wohnte. Dieser tat so, als müßte er sich erst von den Bauern klarmachen lassen, worum es ginge. Er beruhigte sie, indem er sagte, sein Wunsch wäre nicht ernstgemeint. Dann suchte er rasch das Weite.«

Die Leute in der Stube faßten Zutrauen zu dem Jüngling und setzten sich auf die Bänke, nachdem auch er Platz genommen hatte. Das Recht fühlte sich schwach vor Hunger, brachte es aber nach dem, was es gehört hatte, nicht über sich, um Essen zu bitten. Es erzählte nun, wie es aufs Schloß gekommen war. Die Alte brachte ihm eine Schale Milch, und das Recht trank sie in einem Zug aus. »Mich interessierte natürlich auch«, fuhr es hierauf fort, »warum man mich, ausgerechnet mich, aufs Schloß geholt hatte. Der König, die Minister und auch die Hofdamen gaben mir ein und dieselbe Antwort. Die Wahrheit erfuhr ich erst von einem der Diener, an die ich mein Geld verteilte. Er hatte bei dem Fest, das der König bei der Rückkehr jenes Herrn gab, die Speisen aufgetragen. Dieser Herr ist übrigens dazu ausersehen, den Hof mit Seide, Gewürzen, Edelsteinen und anderen ausländischen Luxusgütern zu versorgen, und diesem Zweck hatte auch seine Reise gedient. Zu vorgerückter Stunde erzählte er, was er in unserem Dorf erlebt hatte. Seine Zuhörer lachten so laut darüber, daß ihr Übermut den König herbeilockte. Der König verlangte, daß man ihm die Geschichte erzähle. Beim Zuhören wurde er immer ernster, und er lachte auch nicht, als die Geschichte zu Ende war.

Vielmehr rief er nach seinen Ratgebern, trug ihnen das Gehörte vor und fragte sie nach ihrer Meinung. Sie rieten, Soldaten ins Dorf zu schicken, damit sie die Bewohner, die den Reisenden bedroht hatten, lehrten, wer der Herr in diesem Lande sei. Der König schüttelte den Kopf und sagte, diese Maßnahme sei erst sinnvoll, wenn vorher eine andere Maßnahme durchgeführt würde. Die Ratgeber sannen nach, aber vergebens. Der König belehrte sie, daß jedes Reich vom Zerfall bedroht sei, wenn das Volk sich herausnehme, von *seinem* Recht zu sprechen, auch wenn es sich, wie in diesem Fall, nur um ein Kind handle. Es dürfe nur *ein* Recht geben, und nur der König, der dieses Recht verkörpere, dürfe die Worte ›Das ist unser Recht‹ in den Mund nehmen.«

Das Recht biß ein weiteres Stück von dem Brot ab, das man ihm zugeschoben hatte, und berichtete, welche Gedanken ihm bei der Erzählung des Dieners gekommen waren: Wie es gefürchtet hatte, die Soldaten könnten eine Strafaktion in seinem Dorf durchgeführt haben, nachdem es aufs Schloß gebracht worden war; wie es sich gefragt hatte, ob es dem König durch diese List tatsächlich gelungen sei, dem Volk weiszumachen, es habe nun kein Recht mehr; wie es sich entschlossen hatte, dieser Frage in der Wirklichkeit nachzugehen; wie man im Schloß versucht hatte, es davon abzuhalten. So redete es weiter, wobei es alles, was sich am Hof zugetragen hatte, unter dem Eindruck der Erfahrungen schilderte, die es im Verlauf der letzten Stunde hier in dieser Stube gemacht hatte. Es war so vertieft in seine eigene Erzählung und mehr noch in das Essen, daß es gar nicht merkte, wer noch in der Stube war und wer nicht. Es saßen nämlich nur noch ein paar alte Frauen um das Recht herum.

Die anderen hatten sich hinausgestohlen, um die Nachricht von dem Fremden zu verbreiten, der zwar aus dem Schlosse kam, aber einer der ihren war; von dem Jüngling, der glaubwürdig erzählt hatte, man nenne ihn das Recht. Jeder Dorfbewohner, dem die Nachricht zu Ohren kam, fragte sofort: »Ist es am Ende das Recht aus dem Dorf bei den drei Seen, das der König aufs Schloß hatte bringen lassen? So sagt schon, ist es dasselbe Recht, von dem der König behauptet, es sei nun seines, er habe es leibhaftig bei sich, womit erwiesen sei, daß wir kein Recht haben?«

»Ja«, erhielten sie zur Antwort, »genau dieses Recht ist es.«

Im Dorf verbreitete sich große Freude. Die Bewohner, die sonst immer ein Auge argwöhnisch auf den Waldrand gerichtet hatten, merkten in ihrem Überschwang nicht, daß aus dem Wald Soldaten kamen und auf das Dorf zuritten. Nur die Alte, die in der Stube bei dem Jüngling saß, blieb wachsam. Da sie aber sehschwach war, merkte sie das Herannahen der Soldaten erst spät. Dann aber schlug sie um so lauter Alarm. Sie trug einem jungen Bauern auf, die letzten Pferde zu satteln, die den plündernden Soldaten entgangen waren, und mit dem Recht die Flucht zu ergreifen. Sie befolgten die Anweisung der Alten so rasch, daß das Recht gar nicht wußte, wie ihm geschah.

Die übrigen Bewohner verkrochen sich nicht wie sonst, wenn des Königs Soldaten anrückten, in ihre Hütten, sondern griffen nach ihrem Handwerkszeug, das sie als Waffe einsetzten, und stürzten den Soldaten entgegen. Diese waren von dem Angriff so überrascht, daß sie sich nach kurzer Gegenwehr ergeben mußten. Man stellte ihnen frei, hierzubleiben und zu arbeiten oder in Unterhosen in den Wald getrieben zu werden. Nur die Anführer der Soldaten entschlossen sich für letzteres. Die Soldaten gaben freimütig zu, mit dem Auftrag gekommen zu sein, das Recht zu fangen und aufs Schloß zu bringen, und zwar lebendig. Er müsse es lebendig haben, habe ihnen der König in einem fort in die Ohren gebrüllt, andernfalls ließe er sie hängen.

Das war dem Volk eine gute Lehre. Wenn es in der Folgezeit auch alle seine Kräfte zusammennehmen mußte, um der Streitmacht des Königs zu widerstehen, so hatte es doch immer einen Teil seiner Kraft dafür bereit, das Recht in einem sicheren Versteck vor dem Feind zu verbergen. Die Lehre vergaß es auch später nicht, als es den König längst besiegt hatte, aber andere kamen und sich unter dem Vorwand, Freunde oder Vertreter des Volkes zu sein, über das Volk erhoben und es aussaugten.

Eine Zeitlang kann das Volk diesen Betrug an ihm vertragen, weil es weiß, daß seine Beherrscher zwar allerhand Rechte erfinden können, das wirkliche Recht aber, das vom Volk ausgegangen und zu ihm zurückgekehrt ist, nur unter ihm weilt. Sein durch viele Leiden und Kränkungen geschärfter Verstand veranlaßt deshalb das Volk, keinem Dahergelaufenen, und sei es der scheinheiligste Volksfreund, auch nur einen Blick auf sein Recht werfen zu lassen. Das Volk läßt mitunter *sich* mit Füßen treten, niemals aber sein Recht. Denn auf dieses wird es bei Gelegenheit zurückkommen.

THOMAS BERNHARD

1931–1989

Viktor Halbnarr

Ein Wintermärchen

Über einen Mann, müßt ihr euch vorstellen, der Viktor Halbnarr hieß und keine Beine mehr hatte, stolperte ich gestern nacht auf dem Weg durch den Hochwald. Noch dazu hatte ich es gestern besonders eilig, denn ich bin ja neben meiner Vorliebe für das Nichtstun auch noch Arzt: Ein gesunder Mensch auf der einen Seite des Hochwalds, in Traich, hatte mich zu einem mit ihm verwandten kranken auf der anderen Seite des Hochwalds, nach Föding, gerufen, zu einem, der plötzlich an einer Kopfkrankheit litt, deren entsetzliche Wirkungen zwar in den medizinischen Büchern stehen, deren Ursachen sich aber kein Mensch erklären kann. Kurz und gut, ich habe zu dem Patienten laufen wollen, durch den Hochwald, durch den tiefen Schnee, versteht sich, unter Anwendung meiner vorzüglichsten Durchdenschneewatekünste, um auf einmal und, wie man sich denken kann, erschrokken, mitten im Hochwald über den Viktor Halbnarr zu stolpern.

»Viktor Halbnarr«, so hatte sich der, über den ich gestolpert war und den ich vorher in meinem ganzen Leben nicht ein einziges Mal gesehen hatte, vorgestellt.

»Die Lokomotive hat sie mir vom Körper heruntergerissen!« rief der Mann in dem Augenblick, in welchem ich feststellte, daß er keine Beine mehr hatte, aus, und zwar so, als hätte der Unglückliche das Unglück gerade erst hinter sich. Aber da fiel mir ein, daß durch den Hochwald ja gar kein Zug fährt, es führen keine Geleise durch den Hochwald, und daß ich ja auch kein Schreien gehört hatte, nichts Menschliches, und »natürlich«, sagte der Viktor Halbnarr, »ist das Unglück schon acht Jahre aus!« Er liege mitten im Hochwald mitten auf der Straße, weil seine beiden Beine, seine Holzbeine, »vielleicht, weil ich einmal versucht habe, schneller als sonst zu laufen«, sagte der Viktor Halbnarr, plötzlich zusammengebrochen seien. »Ich habe auf einmal vergessen, daß ich Holzbeine habe, keine eigenen, ich habe geglaubt, daß ich wieder eigene Beine habe!« Er sei froh, daß ein Mensch aufgetaucht sei, nämlich ich. Ich sei ihm außerdem, selbst in der Finsternis, sympathisch, meiner Stimme wegen, meiner Schritte.

»Ich wäre«, sagte der Viktor Halbnarr zu mir, »wenn Sie nicht gekommen wären, unweigerlich eines entsetzlichen Todes gestorben. Sie wissen ja, der entsetzlichste Tod ist der, der eintritt, wenn man erfriert.«

Als ich sagte, daß ich Arzt sei, war der Mann, dessen Name, nicht dessen Unglück und dessen augenblicklicher Zustand mich, das muß ich zugeben, am allermeisten beschäftigte (man denke, er hieß Halbnarr!), in einem noch viel größerem Maße glücklich, als wenn ich gesagt hätte, ich sei Spengler oder Installateur oder Bäcker oder Bauer. Als ich ihn fragte, wie er denn in den selbst für den Gesündesten unter Umständen tödlichen Hochwald, noch dazu zwischen elf und zwölf in der Nacht, hereinkomme, meinte er, daß er, und zwar erst eine Stunde zuvor, mit einem Mühlenbesitzer aus Traich, der ihm seit Jahren nur vom Hören, nicht vom Sehen bekannt sei, also in Traich, auf der einen Seite des Hochwalds, eine Wette abgeschlossen habe. Der Traicher Mühlenbesitzer habe mit ihm um ganze achthundert Schilling (das ist der Wert des besten Paars Juchtenstiefel von unserem besten Schuhmacher, das er, Halbnarr, sich schon seit zehn Jahren wünscht) gewettet, daß er, Halbnarr, wenn er um Punkt elf in Traich abgehe, nicht vor zwölf in Föding sei. In einer Stunde komme er mit seinen Holzbeinen nicht durch den Hochwald; nicht im Winter; nicht in einem solchen Winter; nicht in einer derartig kalten Nacht. Er, Halbnarr, habe selbst nicht geglaubt, bis zwölf in Föding zu sein, wäre aber doch (»Ich Unsinniger!«), weil man ja nichts unversucht, keine gute Gelegenheit, sich zu verbessern, ungenützt vorbeigehen lassen solle, wie ausgemacht um elf von Traich abgelaufen. Der Mühlenbesitzer habe ihm einen entsetzlichen Tod, nämlich den schon erwähnten des Erfrierens, vorausgesagt (»Wie recht der Mühlenbesitzer beinahe gehabt hätte!«). Nun, er, Halbnarr, habe zwar, meinte er, die Wette verloren, aber erfrieren müsse er, dank meiner, nicht. Noch dazu habe er das Glück, aus seiner fürchterlichen Lage, die, das bemerkte er ausdrücklich, wie alles auf der Welt ihre lächerliche Seite habe, »von einem Arzt«, von einem »Vertreter der Hohen Medizin«, von einem regelrechten Doktor gerettet zu werden.

Ich hob ihn auf und klopfte ihm den meisten Schnee ab und stellte fest, daß seine beiden Holzbeine tatsächlich in der Mitte, wie eben zwei Holzbeine, abgebrochen waren. Kurz entschlossen hob ich den Mann, weil ich ja raschest zu meinem Patienten mußte, auf meine Schultern. Besser wäre gewesen, ich hätte ihn ohne Holzbeine tragen können, aber wir konnten beide die Schnallen, die eingefroren waren, nicht öffnen. Die zerbrochenen Holzbeine waren ihm an den Oberschenkeln angefroren, und ich dachte, der Mann muß fürchterliche Schmerzen haben, auch von seinem Erschrekken über den nahenden Tod geschwächt sein. Aber weil ein solcher Mensch große Schmerzen gewohnt ist (die ist man gewohnt, wenn man keine Beine mehr hat, keine eigenen, solche aus Knochen und Fleisch und Blut, wenn man nurmehr noch künstliche hat), jammerte er nicht, er flennte nicht, er heulte nicht, er schrie nicht, er beklagte sich überhaupt nicht. Nein, im Gegenteil, er war ja glücklich, gerettet zu sein, wie ich ihn geschultert und an den beiden zerbrochenen Holzbeinen, die ich mir fest übers Kreuz an den Brustkorb zu drücken getraute, gepackt hatte und so, wie mir vorkam, nicht nur verdoppelt, sondern, was das Gewicht, das ich jetzt zu tragen hatte, betrifft, verdreifacht, verfünffacht, verzehnfacht, vorwärts, so rasch wie möglich aus dem Hochwald hinaus nach Föding zu kommen. Daß er, Halbnarr, noch vor zwölf in Föding sein und damit die Wette mit dem Mühlenbesitzer, der verabredungsgemäß nach einem Umweg mit seinem Wagen schon in Föding auf Halbnarr wartete, gewinnen werde, dachte er nicht. Er getraute sich solches nicht zu denken, ich aber hatte plötzlich nach einem Blick auf die Uhr, nämlich genau um halb zwölf, das Gefühl, ich, und auf meinem Rücken also auch Halbnarr, wir zwei könnten um zwölf in Föding sein, und so lief ich, der ich sowieso in Anbetracht des auf mich wartenden Patienten schnell genug durch den Hochwald gelaufen war, noch schneller, immer noch schneller durch den Hochwald, mit dem Mann auf dem Rücken, der, wie alle ohne Beine, recht fett und weich war und dessen zerbrochene Holzbeine abwechselnd ächzten und knisterten und quietschten und der sich vor lauter Angst über meine Schnelligkeit kein Wort mehr zu sagen getraute.

Nur als wir schon aus dem Hochwald waren, kurz vor den Lichtern von Föding, sagte er: »Ist das nicht Föding?« Und ich antwortete: »Ja, Föding, Föding, ja!«

Und er fragte, ob es schon zwölf sei, ich darauf: »Nein, nicht, es hat auch noch nicht geschlagen.«

Während ich lief, als ob ich ohnmächtig gewesen wäre, meinte der Halbnarr, daß ausgemacht sei, sich mit dem Mühlenbesitzer nicht nur in Föding, sondern »vor der Kirchtür in Föding« zu treffen.

»Vor der Kirchtür? Das trifft sich gut«, sagte ich, »denn gleich daneben wartet mein Patient auf mich!« Und im Laufen sagte ich noch, gerade als wir auf dem Kirchenplatz angekommen waren, »es ist noch nicht zwölf!«, und ich stürzte vor die Kirchentür, und tatsächlich stand ein Mann davor, groß, schwarz, und ich dachte, dem wirfst du, so, daß es dem Fallenden ja nicht weh tut, den Viktor Halbnarr vor die Füße. Ich tat's, und die Glocke schlug zwölf. Da lag der Halbnarr schon vor den Füßen des Mühlenbesitzers und streckte mit vollem Recht seine Hände nach dem Geld aus.

Recht erstaunt über das Ganze, aber endlich doch, zog dann, nachdem ich mich dem Mühlenbesitzer vorgestellt und ihn angeherrscht hatte, der große schwarze Mühlenbesitzer seine große schwarze Brieftasche, mehr weil er Angst hatte, weniger weil er einsah, daß er die Wette verloren hatte, und blätterte dem auf dem Boden liegenden Viktor Halbnarr acht Hundertschillingscheine in die Hand.

»Gewettet ist gewettet«, sagte der Mühlenbesitzer, der mit der Möglichkeit, daß den Viktor Halbnarr mitten im Hochwald einer aufklauben könne und mit ihm nach Föding rennen, nicht gerechnet hatte. Er habe, sagte der Mühlenbesitzer, nicht einen Groschen mehr auf das Leben des Viktor Halbnarr gegeben. Ihn habe es gewundert, daß einer überhaupt in eine solche Wette eingehen kann.

»Ich habe den Halbnarr schon tot gesehen!« sagte der Mühlenbesitzer, und dann: »Ach ja, die Ärzte! Wirklich, in alles pfuschen die Ärzte hinein!« und war verschwunden.

Den Halbnarr schulterte ich und nahm ihn auf meinen auch noch rechtzeitigen Krankenbesuch mit. Nachher bat ich im nahen Gasthaus für Halbnarr um ein Bett für die restliche Nacht, das ich im voraus bezahlte.

Wir kamen überein, uns mit uns nicht mehr zu beschäftigen. Unsere Verabschiedung benutzte Halbnarr merkwürdigerweise dazu, mir zu danken. Für was? frage ich mich, und ich dachte, unseren Kontrakt gänzlich außer acht lassend, auf dem Nachhauseweg, daß er jetzt zwar die Wette, also achthundert Schilling, also ein Paar von den besten Juchtenstiefeln von unserem besten Schuhmacher, gewonnen, aber seine Holzbeine verloren hat. Die kosten ihn zweieinhalbtausend. Was für ein Mensch, dachte ich im Hochwald, der mir auf diesem Heimweg so zusetzte, daß ich glaubte, ich müsse umkommen, ist der Halbnarr? Ist der verrückt?

KONRAD BAYER

1932–1964

das märchen von den bildern

auftritt der könig der aussieht wie hubert aratym und sagt zu schneewittchen die aussieht wie sigrun fröhlich: »schleich dich!« weinend verläßt schneewittchen, sie ist aus oberösterreich, den palast der aussieht wie das cafe hawelka und betritt den park des schlosses der aussieht wie die alte donau die lange kristallblaue schleppe hinter sich herziehend die aussieht wie das gänsehäufel. vögel die aussehen wie paradeiser zwitschern in den ästen die aussehen wie das fernsehen. plötzlich bleibt schneewittchen stehen und hebt ein goldenes ringlein das aussieht wie ein ozeandampfer aus dem schnee der aussieht wie der wiener kurier. da erhebt sich vor ihren augen die aussehen wie der herr theo ein ritter der aussieht wie der englische garten in münchen aus einer spalte die aussieht wie das große einmaleins in der erde die aussieht wie ein rezept für apfelstrudel und erhebt sich in die lüfte die aussehen wie mein seliger großvater. schneewittchen weint noch immer und ihre tränen die aussehen wie perlen fallen zu boden der jetzt aussieht wie ein hund und nimmt ihr schwert das aussieht wie das kaufhaus gerngroß aus dem gürtel der aussieht wie ein gürtel und stößt es sich ins herz das aussieht wie drei möbel. blut das aussieht wie mannerschnitten schießt aus der wunde die aussieht wie eine blutwurst mit den klaffenden rändern die aussehen wie das burgtheater. ihre glieder werden weiß als ob sie schwarz vor dreck wären und ihr antlitz färbt sich grün wie ein kokshaufen. dann stirbt sie endlich als ob sie lebe. die sieben kleinen zwerge die aussehen wie die sieben todsünden sind im kabinett um die ecke das aussieht wie friedrich achtleitner und lachen als ob sie ins kino gingen.

PAUL MAAR

GEB. 1937

Die Geschichte vom bösen Hänsel, der bösen Gretel und der Hexe

Es war einmal eine alte Hexe, die hatte ihr ganzes Leben lang gearbeitet, hatte gezaubert vom frühen Morgen bis zum späten Abend, hatte gehext und Zaubersprüche aufgesagt jeden Tag und war nun in das Alter gekommen, wo ihre Zauberkraft nachließ und ihre Kräfte langsam schwanden.

Sie wurde aber nicht böse und giftig darüber wie manche andere Hexen, wenn sie so alt werden, sondern sagte sich: »Mit meiner Zauberkraft geht es zu Ende. Da will ich mir eine andere Beschäftigung suchen, damit ich nicht faulenzen muß und auf trübe Gedanken komme. Ich werde mein Haus zum schönsten Hexenhaus weit und breit machen!«

Und schon am nächsten Tag begann sie, ihr Häuschen aufs wunderlichste zu schmücken. Auf die Dachziegel legte sie Lebkuchen, die Wände verkleidete sie mit Brot und Kuchen, verziert mit Mandeln und Nüssen, ihre Glasfenster hängte sie aus und hängte neue ein, ganz aus weißem Zucker.

Das dauerte vier Wochen; jeden Tag mußte die alte Frau in der Küche stehen und backen. Aber sie arbeitete unermüdlich, und endlich war das Häuschen fertig.

Da war die Hexe stolz auf ihr Haus! Jeden Abend saß sie auf der Bank neben der Haustür, betrachtete die bunten Mauern, hexte mit ihrer versiegenden Zauberkraft mühsam noch einen roten Zuckerguß auf einen Kuchen oder verzierte einen Lebkuchen mit einer Nuß, wischte Staub und rieb dann die Zuckerscheiben glänzend.

Und wenn irgendein Tier an ihrem Haus vorbeikam, staunend stehenblieb und schließlich sagte: »So ein schönes Haus habe ich noch nie gesehen«, wurde sie grün vor Stolz.

Eines Tages stand die Hexe gerade vor ihrem Backofen und wollte einen Lebkuchen backen, weil der Wind in der Nacht einen vom Dach geweht hatte. Da war es ihr, als knuspere draußen jemand an ihrem schönen Haus und breche ganze Stücke ab. Ängstlich rief sie:

»Knusper, knusper, kneuschen,
Wer knuspert an meinem Häuschen?«

Von draußen antwortete ein dünnes Stimmchen:

»Der Wind, der Wind,
Das himmlische Kind!«

»Da bin ich beruhigt«, seufzte die Hexe erleichtert. »Es ist nur der Wind, der da draußen lärmt. Und ich hatte schon Angst, jemand wolle mein Häuschen zerstören.«

Wie sie das gerade sagte, zersprang ihre schöne Fensterscheibe, an der sie drei Wochen gearbeitet hatte, ein Mädchen griff nach den Splittern und aß sie auf! Mühsam humpelte die Hexe nach draußen, um zu sehen, wer der Störenfried sei.

Vor dem Haus standen zwei Kinder, das Mädchen und außerdem ein Junge, rissen die Dachziegel herunter, um sie aufzuessen, zerbrachen die Wand und zersplitterten die weißen Zuckerfenster.

Da war die Hexe traurig und wütend zugleich.

»Wer seid ihr?« fragte sie. »Und warum zerstört ihr mein liebes Haus, an dem ich so lange gebaut habe?«

Die Kinder antworteten, sie hießen Hänsel und Gretel und hätten aus Hunger von dem Haus gegessen.

»Warum habt ihr aber gelogen und gesagt, ihr wäret der Wind?« forschte die Alte weiter. »Hättet ihr an meine Tür geklopft und um Essen gebeten, so hätte ich es euch nicht verwehrt!«

Da blickten die beiden Kinder beschämt zu Boden.

Aber weil sie der alten Hexe trotz allem leid taten, sagte sie: »Kommt nur herein und bleibt bei mir, es geschieht euch kein Leid!« Und sie faßte beide an der Hand und führte sie in ihr Häuschen. Da ward gutes Essen aufgetragen, Milch und Pfannkuchen mit Zucker und Äpfel und Nüsse. Hernach wurden zwei schöne Bettlein weiß gedeckt, und Hänsel und Gretel legten sich hinein und meinten, sie wären im Himmel. Als sie so friedlich schliefen, betrachtete die Hexe sie und sagte: »Sie waren sehr böse zu mir, haben gelogen und mein schönes Häuslein zerstört. Aber vielleicht sind sie nicht ganz verderbt. Ich will sie dabehalten, ihnen zu essen geben und versuchen, sie zu bessern.«

Am nächsten Morgen gab sie den beiden eine leichte Arbeit zu tun und rührte dann einen Teig an, denn sie wollte den Schaden an ihrem Haus wieder ausbessern. Aber Hänsel, der naschhaft war und dem die süßen Lebkuchen auf dem Dach besser schienen als das Frühstück auf dem Tisch, ging hinaus und begann leise vom Haus zu essen.

Als das die Hexe merkte, wurde sie sehr zornig.

»Ich habe dich nicht bestraft für deine Lügen und deine bösen Taten von gestern, sondern dir und deiner Schwester sogar zu essen und ein Bett zum Schlafen gegeben!« schalt sie. »Und du ungezogenes Kind lohnst es mir, indem du den Schaden an meinem Haus noch ärger machst!«

Und zur Strafe und damit er nicht noch mehr Unheil anrichten konnte, sperrte sie ihn in einen Stall neben dem Haus.

Damit er es aber gut hatte in seinem Gefängnis und nicht zu hungern brauchte, fragte sie ihn oft durch das Gitter:

»Bist du auch satt, bekommst du genügend zu essen? Streck deinen Finger heraus!«

Hänsel hatte sehr viel zu essen bekommen, aber da er sehr gefräßig war, täuschte er die alte Frau, die schon nicht mehr richtig sehen konnte, durch eine arge List, um noch mehr zu erhalten: Er streckte ein abgenagtes Knöchlein durch das Gitter und sagte mit kläglicher Stimme:

»Meine Schwester gibt mir zu wenig Mahlzeiten, ich bin schon ganz mager.«

Die Alte betastete das Knöchlein und sagte: »Fürwahr, er ist ganz mager! Gretel, er muß mehr zu essen bekommen!«

Die Gretel aber, die ein faules Mädchen war, maulte und sagte, sie könne nicht kochen.

»Dann mußt du eben backen!« rief die Hexe und heizte den Backofen an, um für den Hänsel eigens ein großes Brot zu backen. Als sie aber das Feuer angeschürt hatte und gerade nachsehen wollte, ob recht eingeheizt sei, da gab ihr die arglistige Gretel von hinten einen Stoß, daß die Hexe weit hineinfuhr, machte die eiserne Tür zu, schob den Riegel vor, und die arme Alte mußte elendiglich verbrennen.

Dann befreite das böse Mädchen ihren Hänsel aus dem Stall, wo er seine Strafe absitzen sollte, und sie durchwühlten gemeinsam das ganze Hexenhaus.

In einer Ecke hatte die Hexe eine Kiste mit Perlen und Edelsteinen stehen, die ein Erbstück von ihrem Vater war, einem großen Hexenmeister. Die raubten die beiden Kinder, stopften sich die Taschen voll mit Schmuck und Geschmeide und liefen schnell aus dem Wald.

»Und weißt du, was sie hinterher den Leuten erzählten?« fragte der Löwe den Hund.

»Was denn?« fragte der mit großen Augen.

»Sie haben doch wahrhaftig behauptet, die Hexe hätte sie aufessen wollen! Diese bösen Kinder!«

»Ich muß sagen«, entgegnete der Hund, »ich habe die Geschichte nicht so erzählt bekommen. Da hörte sich alles ganz anders an, obwohl eigentlich das gleiche geschah!«

»Aha!« machte der Löwe. »Da sieht man es wieder: Die Leute glauben viel lieber die Unwahrheit als die Wahrheit und erzählen dann ohne schlechtes Gewissen die Lügengeschichten weiter! Denn die Geschichte hat sich so zugetragen, wie ich sie dir mitgeteilt habe, das weiß ich von jener Hexe, die sie mir anvertraut hat!«

»Wenn das so ist«, überlegte der Hund, »dann möchte ich gerne einmal ›Rotkäppchen‹ von einem Wolf erzählt bekommen.«

GERHARD RÜHM

GEB. 1930

das mädchen und die blume

ein mädchen hatte eine blume, die es über alles liebte und hegte. doch einmal musste es lachen, und die blume begann zu welken, denn sie vertrug nur stille. da trennte es sich den daumen ab und setzte die blume an seiner stelle ein, denn es dachte, sein blut würde sie nähren. und wirklich, die blume erholte sich wieder und gedieh. es verging eine zeit, bis das mädchen wieder lachen musste. und die blume begann zu welken, denn sie vertrug nur stille. da trennte es sich den arm ab und setzte die blume an seiner stelle ein. und die blume erholte sich wieder und gedieh. da geschah es, dass das mädchen auch zum dritten mal lachen musste, obgleich es doch schon hätte wissen sollen, dass dann die blume welken würde, da sie nur stille vertrug. und so trennte es sich den kopf ab und setzte die blume in den hals. und die blume gedieh und wuchs und wuchs, bis sie die züge des mädchens trug.

die werbung

ein junger mann wollte um die hand eines mädchens werben. doch trennte ihn ein grosser see von ihr, und darum musste er warten, bis es winter geworden und der see zugefroren war. an einem frostigen morgen ging er aus und setzte gemessen schritt vor schritt. fast hatte er den see überquert, als eine schar wilder schwäne über ihm vorbeizog. er blickte nach, tat einen falschen tritt und brach bis zum halse ein. doch war er so versunken in den anblick der wilden schwäne, dass er ohne es zu bemerken weiter ging und die scharfe eisdecke ihm den hals durchschnitt. als er das ufer betrat, erschauerte er und spürte, dass sein kopf hinab zu fallen drohte. behutsam näherte er sich ihrem hause und dachte an den frühling, der ihn heilen würde. sie wunderte sich, als sie ihn erblickte, denn er sprach kein wort und schaute ihr nur starr in die augen. als sie tag um tag und woche um woche vergebens auf ein wort von ihm gewartet hatte, gab sie ihre hand einem andern. und langsam wurde es frühling.

die uhr

sonntag, tick-tack, war es später als sonst? -tack, tick-tack. da klopfte es an die tür und der kleine junge trat ein, tick-tack, tick-tack, um die sonntägliche geschichte zu hören. was wusste die alte doch für schöne geschichten zu erzählen! tick-tack, tick-tack, tick-tack. nur – wenn es zu dämmern begann, unterbrach sie und verschwand für eine weile im nebenraum. tick-, kam sie zurück, tack, waren gleich darauf die schläge einer uhr zu hören. tick-tack. dann erzählte sie weiter. tick-tack, tick-tack. doch den jungen ärgerte es, dass sie jedesmal unterbrach, tick-, und er schlich ihr nach, tack, um zu sehen, was sie dort tue, tick-tack. er sah sie eine alte hohe pendeluhr aufziehen. da fiel er über sie her, tick- und brach, tack, ihr alle alle die morschen gelenke, tick-tack, dass es knackste, tick- dass es knackste, tack, dass es knackste, tick-tack. das uhrwerk lief ab und die alte war tot. da fiel ihm ein, dass er nun die geschichte nie mehr zu ende hören würde, die sie an diesem sonntag zu erzählen begonnen hatte, und er wurde erwachsen.

GÜNTER BRUNO FUCHS

1928–1977

Ein Riese muß immer aufpassen

für Joerg Gebhard

Abends, vor seiner riesengroßen Hütte, da saß der Riese. »Na schön«, so sprach der Riese nach einer guten Stunde, »jetzt muß ich also wieder einmal alle, alle Türen meiner riesigen Hütte zuschließen mit demselben alten, großen Schlüssel, den ich von meinem Großvater geschenkt bekam, als ich noch klein war.«

Hier schwieg der Riese.

Dann sagte er: »Und weshalb muß ich das tun, weshalb? Nur wegen der Zwerge, die uns Riesen immer irgendwas wegnehmen mitten in der Nacht, winzige Sachen, wie sie sagen: Häuser, Freunde, Berge, den Abendstern!«

JANOSCH (HORST ECKERT)

GEB. 1931

Der Riese und der Schneider

Es war einmal ein Schneider, der war schwach wie ein Wurm, dabei aber ein richtiges Großmaul. Überall spielte er sich auf, protzte mit seiner Kraft und markierte den starken Maxe. Einmal fuhr er in der Straßenbahn. Da sah er einen Riesen sitzen. So einen dicken, starken Riesen mit Muskeln wie Krautköpfe, einem Kopf wie ein Bierfaß. Er saß dort mit seinem

Hinterteil gleich auf drei Plätzen. »Dem werd ich's zeigen«, dachte der Schneider und stellte sich direkt neben ihn.

Alles war verboten in der Straßenbahn, überall hingen Schilder:

Auf den Boden spucken verboten!
Scheiben beschmieren verboten!
Rauchen verboten!
Fahrgäste beleidigen verboten!

Und der Schneider spuckte auf den Boden. Direkt vor dem Riesen.

»Holla«, dachte der Riese, »der traut sich aber was! Wenn sie den erwischen!«

Dann beschmierte der Schneider die Scheibe mit seiner dreckigen Hand.

»Mann, o Mann«, dachte der Riese, »das würde ich mich nicht trauen. Der wagt ja mehr als die Polizei.«

Jetzt holte der Schneider eine Zigarette aus der Tasche, zündete sie an und paffte dem Riesen direkt ins Gesicht.

Der Riese hustete schon, guckte den Schneider von der Seite an und zog den Kopf zwischen die Schultern. »Na«, dachte er, »wenn das bloß gut geht! So viele Straftaten auf einmal, da gehört gewaltiger Mut dazu. Den können sie ja glatt auf drei Monate ins Kittchen stecken.«

Aber was tat der Schneider nun? Er drückte die Kippe nicht erst lange aus, sondern steckte sie dem Riesen in die Jackentasche. Oben links, wo das kleine Taschentuch als Verzierung drinsteckt. Dort fing es auch sofort an zu glimmen und zu stinken und zu qualmen und zu schwelen, und der Schneider fing obendrein noch an, den Riesen zu belästigen: »He, Sie, Mann«, sagte er, »das ist doch wohl die Höhe! Qualmen hier herum, stinken aus der Tasche, da werde ich mich beschweren, jawohl!«

Der Riese, der doch ein Riese war und stark, war aber auch etwas einfältig und dachte: »Wer sich so aufführt, der kann wohl mehr, als Sauerkraut essen«, und wäre froh gewesen, den Schneider los zu sein.

Da kam der Kontrolleur. Als der Schneider keine Fahrkarte hatte, warf der Kontrolleur ihn hinaus. Da freute sich der Riese und schaute aus dem Fenster, wie er zu Fuß hinter der Straßenbahn herlaufen mußte, der freche Schneider.

Hans im Glück

Es war einmal so ein glücklicher Hansl, der lachte sein Leben lang und freute sich, was immer ihm auch geschah. Schon bald, nachdem er geboren war, fiel er aus dem Bett. Doch seine Mutter lachte und sprach: »Was für ein Glück, mein lieber Hansl, denn das Bett hätte so hoch sein können wie der Schrank. Dann wärest du viel tiefer gefallen und hättest dir die Hand gebrochen. Ach, was bist du doch für ein glücklicher Hansl!«

Und das merkte sich der Hansl sein Leben lang. Mutters Wort vergißt man nicht.

Als er größer war, konnte es geschehen, daß ihm jemand einen Stein an den Kopf warf. Dann war er froh, daß der Stein nicht größer war. Immer war Hansl lustig, pfiff ein Lied, freute sich, daß die Sonne schien, aber auch, weil es regnete, und auch, wenn es schneite.

Als er alt genug war, von zu Hause wegzugehen und sich eine Arbeit zu suchen, war er kaum aus der Tür hinaus, da überfuhr ihn ein Motorrad: Bein gebrochen, Hose zerrissen, Krankenhaus. Da freute sich der Hansl und sagte: »Wie gut, daß meine Sonntagshose im Koffer war, sonst wäre sie auch zerrissen worden. Aber meine alte Hose war sowieso schon alt.«

Das Bein heilte. Er ging wieder los und fand einen Meister, bei dem er sieben Jahre arbeitete.

Einmal geschah es, daß er bei großer Kälte Bäume im Wald fällen mußte. In der Frühstückspause schlief er ein und erfror beinahe. Der Förster fand ihn, und der Hansl war schon halb tot. Aber wie freute sich der Hansl. Er sagte: »Wie gut, daß Sie mich geweckt haben, ich hätte ja erfrieren können bei dieser Kälte.«

Als die sieben Jahre um waren, sagte der Meister: »Wie die Arbeit, so der Lohn. Ich war immer *ganz* mit dir zufrieden, also gebe ich dir eine *Gans*.« Gab ihm für sieben Jahre also eine Gans.

Wie freute sich da der Hansl und dachte: »Eine Gans ist ja wunderbar! Die tausche ich gegen ein kleines Schwein und lasse es wachsen. Das tausche ich gegen ein Kalb und lasse es wachsen. Die Kuh tausche ich gegen ein kleines Pferd, und das lasse ich wachsen. Das Pferd wird ein Rennpferd, und ich tausche es gegen einen Klumpen Gold, und ich bin reich. Oder ich esse die Gans auf, denn Gänsebraten ist meine Leibspeise. Obendrein lasse ich mir die Hosentasche mit Gänsefedern füttern, das wärmt im Winter. Da kann ich mich wirklich freuen.«

Er machte sich auf den Weg nach Hause zu seiner Mutter. Unterwegs hörte er die Vögel pfeifen, die Sonne schien, da setzte er sich unter einen Baum, und die Gans lief ihm weg.

Er lief ihr ein kleines Stück nach, ging dann wieder zurück an seinen Baum und dachte: »Was ist schon eine Gans? Wär's ein Pferd gewesen! Freuen kann ich mich, daß es kein Pferd war, sonst hätte ich mich geärgert.« Er freute sich und schlief noch ein Stündchen, dann ging er weiter.

Zu Hause war es schön, und seiner Mutter ging es gut. Da freute sich der Hansl, setzte sich in den Garten, ruhte sich aus, aber nach drei Tagen kam Krieg, und er mußte zu den Soldaten. »Wie gut, Mutter«, sagte er, »daß der Krieg nicht schon vor drei Tagen anfing. Da hätte ich gar nicht so lange dableiben können.«

Und dann schossen sie ihm im Krieg ein Bein weg. Aber eines blieb ihm noch. Zwei Beine weg ist schlimmer! Dann hätte er nicht mehr laufen können. Da war der Hansl aber froh darüber. Und als der Krieg verloren war, sagte er: »Freuen können wir uns, Mutter, daß wir nicht gewonnen haben. Dann hätte unser König sich stark gefühlt und hätte bald wieder einen neuen Krieg angefangen.«

Dann wollte der Hansl heiraten und bekam so eine fröhliche, aber nicht sehr fleißige Liesl zur Frau. Am liebsten lag sie auf dem Sofa und ließ den Hansl das Essen kochen, die Stube fegen und die Wäsche waschen. Doch sang sie den ganzen Tag und war fröhlich, und weil sie auch noch schön sang, war der Hansl des sehr zufrieden. Er sagte: »Was für ein Glück für mich, so eine lustige Frau zu haben. Um wieviel schlimmer wäre es gewesen, hätte ich einen Ziegenbock in der Stube. Er würde die Möbel beschädigen, wäre zu nichts nütze, und obendrein könnte er nicht singen. Was für ein glücklicher Hansl ich doch bin.«

Aber dann ging die Liesl leider davon.

Da war ein schöner Mann, der mit Strumpfbändern handelte und Kämme verkaufte. Der aber zwei Beine hatte und nicht nur eines wie der Hansl. Und fünf Jahre jünger war. Und ihr drei bunte Kämme geschenkt hatte. Der nahm sie mit nach Italien, seiner Heimat.

Wohl weinte Hansl einen Tag, aber dann sagte er: »Nicht schlimm, denn jetzt brauche ich nur noch für einen zu kochen. Die Stube lasse ich ungefegt, und keiner kann mich mehr verlassen. Ich kaufe mir einen Vogel, der singt auch.«

Was er auch tat.

Freilich flog ihm auch der Vogel davon. Nicht schlimm, denn jetzt hörte der Hansl den Vögeln im Garten zu, das war genauso schön.

Das Leben ging vorbei, der Hansl war immer glücklich, was ihm auch geschah. Dann kam die Zeit zu sterben. Er sagte: »Schön war das Leben gewesen. Ich habe lange gelebt und immer Glück gehabt. Es hat nicht allzuviel geregnet, im ganzen gerechnet, das Gemüse, das ich brauchte, wuchs im Garten. Und mir war noch ein Bein übriggeblieben. Ach, was für ein glückliches Leben!«

Das dachte er, und so war er gewesen. Der Hansl. Und keiner konnt's ihm nehmen.

Der Fundevogel

Eine Frau war im Wald eingeschlafen, da kam ein Bussard von oben und raubte ihr Kind. Er nahm es mit in sein Nest und zog es auf wie seine eigenen Kinder. Er lehrte es fliegen wie ein Bussard. Er lehrte es sehen wie ein Bussard und lehrte es, ein König zu sein wie ein Bussard. Und bald war's so, daß der Junge auch aussah wie ein Bussard.

Freilich konnte er nicht ganz so gut fliegen wie sein Vater. Konnte auch nicht ganz so gut sehen wie sein Vater, und so geschah es einmal, daß ein Förster, der im Wald auf der Jagd war, ihn fing. Er nahm ihn mit nach Haus, und weil er aussah wie ein Vogel und der Förster ihn ja gefunden hatte, nannte er ihn den »Fundevogel«.

Der Förster aber hatte eine Tochter. Die beiden wuchsen zusammen auf, wurden zusammen größer, und bald konnte einer ohne den anderen nicht mehr leben. Das Mädchen teilte sein Essen mit dem Fundevogel und lehrte ihn sprechen: »Verläßt du mich nicht, verlaß ich dich auch nicht.«

»Verläßt du mich nicht, verlaß ich dich auch nicht«, sagte der Fundevogel.

Nun zeigte sich bald, daß der Fundevogel unter den Federn ein schöner Junge war. Aber weil die Mutter des Mädchens es nicht wissen durfte, sprachen sie nur miteinander, wenn niemand es hörte.

»Verläßt du mich nicht, verlaß ich dich auch nicht.«

»Verläßt du mich nicht, verlaß ich dich auch nicht.«

Die Mutter des Mädchens konnte den Fundevogel nämlich nicht leiden. Jeden Tag gab sie ihm etwas weniger zu fressen und schimpfte, wenn sie sah, daß ihre Tochter ihr Essen mit dem Vogel teilte. Und wenn es niemand sah, haute die Mutter dem Fundevogel eins von hinten an den Kopf. Darüber ärgerte sich der Fundevogel, und heimlich, wenn niemand es sah, lehrte er das schöne Mädchen fliegen. Freilich lernte sie es nie so gut, wie ihr Fundevogel es konnte, aber von Tag zu Tag ging's etwas besser. Es verging die Zeit. Das Mädchen wurde immer schöner, und der Fundevogel wurde immer stärker.

»Verläßt du mich nicht, verlaß ich dich auch nicht«, sagte das Mädchen.

Und der Fundevogel sagte: »Verläßt du mich nicht, verlaß ich dich auch nicht.«

Und dann eines Tages, in aller Frühe, flogen der Fundevogel und das Mädchen davon, bauten sich ein Nest auf einem hohen Baum und lebten dort glücklich wie im Paradies.

IRING FETSCHER

GEB. 1922

Die Geiß und die sieben Wölflein

Es war einmal eine glückliche und zufriedene Wolfsfamilie. Vater Wolf, Mutter Wolf und sieben kleine Wolfskinder, die als Siebenlinge zur Welt gekommen waren und noch nicht allein in den Wald gehen durften.

Eines Tages, als Vater Wolf schon auf Arbeit gegangen war, sagte Mutter Wolf zu ihren Kindern: »Kinder, ich muß heute zum Bettenhaus ›Moos und Flechte‹ gehen, um für euch neue Betten zu kaufen, denn die alten sind ganz durchgelegen und nicht mehr bequem, von anderen Mängeln ganz zu schweigen. Seid schön brav und geht nicht aus der Höhle, während ich weg bin, man weiß nie, wer durch den Wald kommt: Jäger, Polizisten, Soldaten oder andere bewaffnete Leute, die es mit jungen Wölfen nicht gut meinen. Gegen Mittag werde ich wiederkommen und allen, die brav gewesen sind, etwas Schönes mitbringen.«

»Ja, ja, natürlich, natürlich«, antworteten die sieben kleinen Wölflein ungeduldig, denn sie wollten, daß die Mutter endlich gehen sollte, damit sie ungestört toben und Moosschlachten veranstalten konnten. Sobald die Mutter Wolf gegangen war, begannen die kleinen Wölflein ausgelassen zu spielen. Als aber vielleicht eine Stunde vergangen war, scharrte es am Höhleneingang, und eine Stimme rief:

»Kommt heraus, ihr lieben Kinderchen, eure Mama ist wieder da und hat jedem etwas Feines mitgebracht, kommt nur schnell, damit ihr es an der hellen Sonne auch gut sehen könnt.« Aber, während sie dies sagte, klang die Stimme so scheppernd und meckernd, daß die Wölflein laut riefen:

»Nein, wir kommen nicht heraus, du bist nicht unsere Mama, du bist die alte Meckerziege, unsere Mama hat eine tiefe, schöne Stimme!« Da ärgerte sich die böse Geiß und überlegte, wie sie es anstellen sollte, daß ihre Stimme so tief und wohltönend würde wie die von Mama Wolf.

In ihrer Ratlosigkeit ging sie – wie das viele Tiere im Wald tun – zu einem alten Uhu, der überall als das weiseste Tier bekannt war. »Lieber Uhu«, sagte die Geiß, »wie kann ich es nur anstellen, daß meine Stimme so tief und wohltönend wird wie die einer Wolfsmutter?«

Der alte Uhu legte den Kopf auf die Seite und dachte einen Augenblick nach, dann sagte er: »Am besten wird es sein, wenn du bei mir Gesangsunterricht nimmst, aber ich kann's nicht umsonst machen.«

»Das laß nur meine Sorge sein«, meinte die Geiß, »du kannst von mir einen Liter feinster, vollfetter Ziegenmilch haben, aus der man echten Ziegenkäse machen kann.«

»Ein Liter ist nicht genug«, meinte der alte Uhu, »aber für zwei will ich's wohl machen.«

»Nun gut«, meinte die Geiß, »wenn du dir unbedingt den Magen mit soviel Käse verderben willst, sollen es auch zwei Liter sein«, und sie begannen die Gesangsstunde.

Der alte Uhu aber war ein so guter Lehrer und die Geiß wegen ihres Interesses an der Täuschung der Wolfskinder eine so aufmerksame Schülerin, daß sie in einer halben Stunde eine schöne, tiefe Baßstimme bekam, mit der sie in jedem Kirchenchor hätte auftreten können.

Nachdem sie den Uhu bezahlt hatte, ging sie zurück zu der Höhle der kleinen Wölfe. Abermals rief sie: »Kommt heraus, ihr lieben Kinderchen, eure Mama ist wieder da und hat jedem etwas Feines mitgebracht, kommt nur schnell, damit ihr es an der hellen Sonne auch gut sehen könnt.«

Und diesmal klang die Stimme so tief und schön, daß die kleinen Wölflein vollkommen getäuscht wurden und blinzelnden Auges hinausliefen in die strahlende Vormittagssonne. Kaum aber waren sie draußen, da wurden sie auch schon von der bösen Geiß auf die Hörner genommen und hoch hinauf in einen Tannenbaum geschleudert, an dessen Zweigen sie sich ängstlich festhielten, denn Wölfe können, wie ihr wißt, nicht klettern.

Der Ausgang der Wolfshöhle war so klein, daß immer nur ein Wölflein auf einmal hinauskonnte, und da die anderen nachdrängten, konnten die vordersten auch nicht mehr zurück, als sie erkannt hatten, wer draußen stand. Nur das letzte und schwächste Wölflein, hinter dem niemand mehr drängte, konnte sich noch rechtzeitig in Sicherheit bringen, ehe die Geiß es gesehen hatte. Die Geiß aber, die immer schlecht im Rechnen gewesen war, glaubte schon, alle sieben Wölflein in die Tannenäste geschleudert zu haben, und zog tiefbefriedigt ab.

Wenn ihr mich fragen würdet, warum die Geiß überhaupt so böse auf die kleinen Wölfe war, so könnte ich nur sagen, daß sie den Wölfen das freie, ungezwungene Waldleben mißgönnte und – genau wie ihre Besitzer, deren

Haltung sie mit der Zeit angenommen hatte – allem, was von der bürgerlichen Lebensweise abwich, mit neidischem Haß begegnete. Genauer genommen war es also gar nicht ihr eigener Haß, sondern der Haß der kleinbürgerlichen Ziegenbesitzer, der sich in ihr äußerte. Man hatte ihr diesen Haß auf alles Freie in jahrelanger Stallzucht eingeprügelt, und nun ließ sie ihn natürlich an den Schwächsten – den Wolfs- und anderen Kindern – aus.

Als Mama Wolf endlich, bepackt mit schönem, tiefen Betten-Moos, nach Hause kam, rief sie ihre Kleinen, aber nur ein einziges Wölflein kam aus der Höhle und erzählte ihr, was vorgefallen war. Bald hörte sie auch von den Tannenzweigen über sich das sechsstimmige Weinen der kleinen Wölfe, die schon ganz schwach waren vom langen Festhalten und riefen: »Bitte, bitte, liebe Mama, hol uns herunter!« Aber natürlich konnte Mama Wolf auch nicht klettern, und genausowenig Papa Wolf, der ohnehin nicht vor Abend zurückerwartet wurde.

Da ging Mama Wolf in die Nachbarhöhle, in der ein alter Kletterbär schlief, weckte ihn und bat um Hilfe. Der alte Kletterbär wurde mitten aus seinen schönsten Honigträumen gerissen, aber da er ein gutmütiger und obendrein vegetarisch lebender Bursche war, machte er sich sofort auf und holte die sechs kleinen Wölfe im Nu vom Baum herunter. War das eine Freude. Vor lauter Aufregung vergaß Mama Wolf sogar, mit ihren Kindern zu schimpfen.

Als aber am Abend Papa Wolf nach Hause kam und von dem Vorfall hörte, wurde er sehr zornig und sagte böse knurrend: »Na warte, der Geiß werde ich's heimzahlen!« Vergeblich suchte Mama Wolf ihn zu beruhigen. Am nächsten Morgen zog Papa Wolf zum Ziegenstall und zahlte Mama Geiß mit gleicher Münze heim. Hier beginnt die Geschichte vom »Wolf und den sieben jungen Geißlein«, die ihr alle kennt.

MICHAEL ENDE

GEB. 1929

Das Märchen vom Zauberspiegel

Erzählst du mir ein Märchen?« bat Momo leise.
»Gut«, sagte Gigi, »von wem soll es handeln?«
»Von Momo und Girolamo am liebsten«, antwortete Momo.

Gigi überlegte ein wenig und fragte dann: »Und wie soll es heißen?«

»Vielleicht – das Märchen vom Zauberspiegel?«

Gigi nickte nachdenklich. »Das hört sich gut an. Wir wollen sehen, wie es geht.« Er legte Momo einen Arm um die Schulter und fing an: »Es war einmal eine schöne Prinzessin mit Namen Momo, die ging in Samt und Seide und wohnte hoch über der Welt auf einem schneebedeckten Berggipfel in einem Schloß aus buntem Glas.

Sie hatte alles, was man sich nur wünschen kann, sie aß nur die feinsten Speisen und trank nur den süßesten Wein. Sie schlief auf seidenen Kissen und saß auf Stühlen aus Elfenbein. Sie hatte alles – aber sie war ganz allein.

Alles um sie herum, ihre Dienerschaft, ihre Kammerfrauen, ihre Hunde und Katzen und Vögel und sogar ihre Blumen, alles das waren nur Spiegelbilder.

Prinzessin Momo hatte nämlich einen Zauberspiegel, der war groß und rund und aus feinstem Silber. Den schickte sie jeden Tag und jede Nacht in die Welt hinaus. Und der große Spiegel schwebte dahin über Länder und Meere, über Städte und Felder. Die Leute, die ihn sahen, wunderten sich kein bißchen darüber, sie sagten einfach: ›Das ist der Mond.‹

Und jedesmal, wenn der Zauberspiegel zurückkam, dann schüttete er vor der Prinzessin alle Spiegelbilder aus, die er auf seiner Reise aufgefangen hatte. Es waren schöne und häßliche, interessante und langweilige, wie es eben gerade kam. Die Prinzessin suchte sich diejenigen aus, die ihr gefielen, und die anderen warf sie einfach in einen Bach. Und viel schneller, als du denken kannst, huschten die freigelassenen Spiegelbilder zurück durch die Gewässer der Erde zu ihren Eigentümern. Daher kommt es, daß einem das eigene Spiegelbild entgegenblickt, sooft man sich über einen Brunnen oder eine Pfütze beugt.

Nun habe ich noch vergessen zu sagen, daß Prinzessin Momo unsterblich war. Sie hatte nämlich noch nie sich selbst in dem Zauberspiegel gesehen. Denn wer sein eigenes Spiegelbild darin erblickte, der wurde davon sterblich. Das wußte Prinzessin Momo sehr wohl, und deshalb tat sie es nicht.

So lebte sie also mit all ihren vielen Spiegelbildern, spielte mit ihnen und war soweit ganz zufrieden.

Eines Tages geschah es jedoch, daß der Zauberspiegel ihr ein Bild mitbrachte, das ihr mehr bedeutete als alle anderen. Es war das Spiegelbild eines jungen Prinzen. Als sie es erblickt hatte, bekam sie so große Sehnsucht nach ihm, daß sie unbedingt zu ihm wollte. Aber wie sollte sie das anfangen? Sie wußte ja weder, wo er wohnte, noch wer er war, und sie kannte noch nicht einmal seinen Namen. Da sie sich keinen anderen Rat wußte, beschloß sie, nun doch in den Zauberspiegel zu blicken. Denn sie dachte: Vielleicht kann der Spiegel mein Bild zu dem Prinzen bringen. Vielleicht blickt der gerade zufällig in die Höhe, wenn der Spiegel am Himmel dahinschwebt, und dann sieht er mein Bild. Vielleicht folgt er dem Spiegel auf seinem Weg und findet mich hier.

Nun schaute sie also lange in den Zauberspiegel und schickte ihn mit ihrem Bild über die Welt. Aber dadurch war sie nun natürlich sterblich geworden.

Du wirst gleich hören, wie es ihr weiter erging, jetzt muß ich dir aber zuerst von dem Prinzen erzählen.

Dieser Prinz hieß Girolamo und herrschte über ein großes Reich, das er sich selbst erschaffen hatte. Und wo war dieses Reich? Es war nicht im Gestern und es war nicht im Heute, sondern es lag immer einen Tag in der Zukunft. Und darum hieß es das Morgen-Land. Und alle Leute, die dort wohnten, liebten und bewunderten den Prinzen. Eines Tages nun sagten die Minister zu dem Prinzen des Morgen-Landes: ›Majestät, Ihr müßt heiraten, denn das gehört sich so.‹

Prinz Girolamo hatte nichts dagegen einzuwenden, und so wurden die schönsten jungen Damen des Morgen-Landes in den Palast gebracht, damit er sich eine aussuchen konnte. Sie alle hatten sich so schön gemacht, wie sie nur konnten, denn jede wollte ihn natürlich haben.

Unter den Mädchen hatte sich aber auch eine böse Fee in den Palast geschlichen, die hatte kein rotes, warmes Blut in den Adern, sondern grünes und kaltes. Das sah man ihr freilich nicht an, denn sie hatte sich außerordentlich kunstvoll geschminkt.

Als nun der Prinz des Morgen-Landes in den großen goldenen Thronsaal trat, um seine Wahl zu treffen, da flüsterte sie rasch einen Zauberspruch, und nun sah der arme Girolamo nur noch sie und sonst keine. Und sie kam ihm so wunderschön vor, daß er sie auf der Stelle fragte, ob sie seine Frau werden wolle.

›Gern‹, zischelte die böse Fee, ›aber ich habe eine Bedingung.‹

›Ich werde sie erfüllen‹, versetzte Prinz Girolamo unbedacht.

›Gut‹, antwortete die böse Fee und lächelte so süß, daß dem unglückseligen Prinzen ganz schwindelig wurde, ›du darfst ein Jahr lang nicht zu dem schwebenden Silberspiegel hinaufschauen. Tust du es aber doch, so mußt du auf der Stelle alles vergessen, was dein ist. Du mußt vergessen, wer du in Wirklichkeit bist, und du mußt ins Heute-Land, wo niemand dich kennt, und dort mußt du als ein armer unbekannter Schlucker leben. Bist du damit einverstanden?‹

›Wenn es nur das ist!‹ rief Prinz Girolamo, ›die Bedingung ist leicht!‹ Was war nun inzwischen mit Prinzessin Momo geschehen?

Sie hatte gewartet und gewartet, aber der Prinz war nicht gekommen. Da beschloß sie, selbst in die Welt hinauszugehen und ihn zu suchen. Sie gab allen Spiegelbildern, die um sie waren, ihre Freiheit wieder. Dann ging sie ganz allein auf ihren zarten Pantöffelchen aus ihrem Schloß aus buntem Glas durch die schneebedeckten Berge in die Welt hinunter. Sie lief durch aller Herren Länder, bis sie in das Heute-Land kam. Da waren ihre Pantöffelchen durchgelaufen, und sie mußte barfuß gehen. Aber der Zauberspiegel mit ihrem Bild darin schwebte weiter hoch über der Welt dahin.

Eines Nachts saß Prinz Girolamo auf dem Dach seines goldenen Palastes und spielte mit der Fee, die grünes, kaltes Blut hatte. Da fiel plötzlich ein winziges Tröpfchen auf des Prinzen Hand.

›Es beginnt zu regnen‹, sagte die Fee mit dem grünen Blut.

›Nein‹, antwortete der Prinz, ›das kann nicht sein, denn es ist keine Wolke am Himmel.‹

Und er blickte hinauf und schaute mitten in den großen, silbernen Zauberspiegel, der dort oben schwebte. Da sah er das Bild der Prinzessin Momo und bemerkte, daß sie weinte und daß eine ihrer Tränen auf seine Hand gefallen war. Und im gleichen Augenblick erkannte er, daß die Fee ihn getäuscht hatte, daß sie nicht wirklich schön war und nur grünes, kaltes Blut in ihren Adern hatte. Prinzessin Momo war es, die er in Wirklichkeit liebte.

›Nun hast du dein Versprechen gebrochen‹, sagte die grüne Fee, und ihr Gesicht verzerrte sich, daß es dem einer Schlange glich, ›und nun mußt du mir bezahlen!‹ Mit ihren grünen langen Fingern griff sie Prinz Girolamo, der wie erstarrt sitzen bleiben mußte, in die Brust und machte einen Knoten in sein Herz. Und im gleichen Augenblick vergaß er, daß er der Prinz des Morgen-Landes war. Er ging aus seinem Schloß und seinem Reich wie ein Dieb in der Nacht. Und er wanderte weit über die Welt, bis er ins Heute-Land kam, dort lebte er fortan als ein armer, unbekannter Taugenichts und nannte sich nur noch Gigi. Das einzige, was er mitgenommen hatte, war das Bild aus dem Zauberspiegel. Der war von da an leer.

Inzwischen waren auch Prinzessin Momos Kleider aus Samt und Seide ganz zerrissen. Sie trug jetzt eine alte, viel zu große Männerjacke und einen Rock aus bunten Flicken. Und sie wohnte in einer alten Ruine. Hier begegneten sich die beiden eines schönen Tages. Aber Prinzessin Momo erkannte den Prinzen aus dem Morgen-Land nicht, denn er war ja nun ein armer Schlucker. Und auch Gigi erkannte die Prinzessin nicht, denn wie eine Prinzessin sah sie eigentlich nicht mehr aus. Aber in ihrem gemeinsamen Unglück freundeten sich die beiden miteinander an und trösteten sich gegenseitig.

Eines Abends, als wieder der silberne Zauberspiegel, der nun leer war, am Himmel dahinschwebte, holte Gigi das Spiegelbild hervor und zeigte es Momo. Es war schon sehr zerknittert und verwischt, aber die Prinzessin erkannte doch sofort, daß es ihr eigenes Bild war, das sie damals ausgeschickt hatte. Und nun erkannte sie auch unter der Maske des armen Schluckers Gigi den Prinzen Girolamo, den sie immer gesucht hatte und für den sie sterblich geworden war. Und sie erzählte ihm alles.

Aber Gigi schüttelte traurig den Kopf und sagte: ›Ich kann nichts von dem verstehen, was du sagst, denn in meinem Herzen ist ein Knoten, und deshalb kann ich mich an nichts erinnern.‹

Da griff Prinzessin Momo in seine Brust und löste ganz leicht den Knoten seines Herzens auf. Und nun wußte Prinz Girolamo plötzlich wieder, wer er war und wo er hingehörte. Er nahm die Prinzessin bei der Hand und ging mit ihr weit fort – in die Ferne, wo das Morgen-Land liegt.«

Nachdem Gigi geendet hatte, schwiegen sie beide ein Weilchen, dann fragte Momo: »Und sind sie später Mann und Frau geworden?«

»Ich glaube schon«, sagte Gigi, »– später.«

»Und sind sie inzwischen gestorben?«

»Nein«, sagte Gigi bestimmt, »das weiß ich zufällig genau. Der Zauberspiegel machte einen nur sterblich, wenn man allein hineinblickte. Schaute man aber zu zweit hinein, dann wurde man wieder unsterblich. Und das haben die beiden getan.«

NICOLAS BORN

1937–1979

Die Bremer Stadtmusikanten

Er war alt und schusselig geworden, der Esel. Du Idiot, schrie der Müller. Er mußte dem Esel alles zweimal sagen, zuerst einmal, dann Prügel, dann das zweite Mal. Der Esel fühlte sich als Mann, der sein Gedächtnis verloren hat. Die Säcke auf seinem Rücken wurden schwerer, je älter er wurde. So ist das mit den Säcken, meinte er, sie werden immer schwerer. Säcke werden einfach immer schwerer.

Mein Fell ist ganz stumpf und schäbig, dachte der Esel bei sich. Und der Müller war ein Lümmel. Mein Fell ist schäbig geworden wie bei einem alten Stadtmusikanten.

Ja, der Esel hatte viel um die Ohren. Die Eselsohren flatterten im Wind der Windmühlenflügel. Die Knochen summten von den Schlägen. Der Esel dachte bei sich: Soll ich hierbleiben, bis dieser Lümmel von einem Müller mich mit dem Knüppel totschlägt? Oh, das Ziehen im Kopf. Ich denke zuviel.

Als er lange genug daran gedacht hatte zu fliehen, floh er. Kein Hund winselte, keine Katze klagte, kein Hahn krähte ihm nach.

Nun bin ich ganz allein auf der Welt, dachte er wieder bei sich, wohin nur? Nun, warum nicht nach Bremen? Die Bremer, haben sie nicht alles, was das Herz begehrt, und lassen sie nicht hier und da etwas abfallen, Abfall? Ich gehe hin und werde Stadtmusikant.

Gläsernes Klappern der Eselshufe. Kein Verkehr, nur manchmal ein eiliger Fußgänger mit einem langen Brot unterm Arm. Eine Frau sprach zu ihren Kindern: »Seht da, ein Esel!« Er ließ sich nichts anmerken auf dem Weg nach Bremen. Keine Augen für die Schönheiten auf der Straße. Er war alt und schusselig. Er sah an sich herunter und dachte, wieder bei sich: Na, Alter, wie schmeckt die Freiheit?

Aus dem Straßengraben hörte er Jaulen und Wehklagen, es war ein Hund. Völlig heruntergekommen bat er um Hilfe. Der Esel war mißtrauisch. »Woher soll ich wissen«, fragte er, »ob du mich in jüngeren Jahren nicht gebissen hättest?«

»Potztausend, Gevatter«, klagte der Hund, »die Jugend ist dahin, und das Alter ist windig. Heut' zeigen mir selbst die Hasen die Zähne, weil ich nur einen noch habe.«

»Dann bist du ja ein ganz armes Schwein«, sagte der Esel. »Sag an, was ist dir widerfahren?«

»Früher«, begann der Hund seine Geschichte, »war ich ein stattlicher Hofhund. Mein Herr war zufrieden mit mir. Es heißt zwar, daß Hunde umso weniger beißen, je lauter sie bellen. Aber ich war Klasse. Ich bellte laut und biß auch laut. Das wurde mir schlecht gedankt im Alter. Ich habe Gnadenbrot beantragt. Gnadenbrot ist mir zweimal abgelehnt worden. Da habe ich mich aufgemacht nach Bremen.«

»Den Rest der Geschichte kannst du dir sparen«, sagte der Esel, »natürlich willst du dort Stadtmusikant werden.«

»Woher weißt du das?« fragte der Hund.

»Auch ich«, sprach der Esel, »bin einer inneren Stimme gefolgt und befinde mich auf dem Weg nach Bremen. Auch ich bin aus, äh, Altersgründen weggelaufen. Mein Chef war ein Knüppel von einem Lümmel und schlug mich immer mit seinem Müller.«

»Hohhoh«, staunte der Hund und dachte bei sich, dieser Esel ist schon ziemlich alt und schusselig. Und der Esel dachte bei sich: Warum sagt dieser steinalte Hund immer *Abendrot* wenn er *Gnadenbrot* meint?

»Wir müssen uns beeilen«, sagte der Hund.

»Ich weiß«, sagte der Esel, »die Katze wartet.« Der Hund klopfte ihm anerkennend auf die Schulter.

Die Katze klagte auch. Krallen und Zähne stumpf, die Sache mit den Mäusen aus und vorbei. Keine Ehre wird der Katze im Alter zuteil. Die anderen kannten das. »Pfui«, sagte die Katze, »das hat man zu erwarten, wenn man an die tausend, was sage ich, rund tausend Mäuse gefangen hat.«

Dann befreiten sie noch den Hahn aus seiner mehr als unangenehmen Lage. Das Stichwort »Bremen« schien ihn daran zu erinnern, daß er einmal ein Vogel war. Die letzten Tage hatte er in beklagenswertem Zustand verbracht, mit geschwollenem Kamm und einem Bein schon in der Suppe. Wenn schon, seine Haltung war ungebrochen, nur über sein Gesicht, ganz klein geworden im Alter, huschte ein gequältes Lächeln.

Die Katze hatte daran gedacht, ein Altersheim zu gründen, aber der Esel riet ab: »Ein Altersheim gründet man in jungen Jahren oder nie mehr.«

Einstimmig sangen sie eine menschlich anmutende Sonate.

So schritten sie munter fürbaß in einen dunklen Wald hinein, wo sie übernachten wollten. Sie träumten einen Tierfilm voller Musik und leicht nervöser Quadrillen. Da krähte der Hahn vom Baumwipfel herunter: »Land! Land!« Er war auch schon ziemlich schusselig. »Licht! Licht!« verbesserte er sich. Einige seiner Vorfahren waren zur See gefahren.

Sie erhoben sich und gingen auf das Licht zu. Es kam aus einem feinen, stämmigen Blockhaus. Durch das Fenster sahen sie eine Horde wilder Gestalten an einem Tisch sitzen, der voll war von gebratenem Schlachtvieh. Das waren zweifellos Räuber, ein gefährlicher, rasierklingenscharfer Klub. Einer von ihnen, ein verwegener Saufaus, stimmte gerade statt eines Tischgebets des längeren und weiteren ein Saufliedchen an. Wildschweinschinken, Fasan und so weiter, Kaninchen, Täubchen, Schlehenkompott und so weiter. Aller geklauter Kram aus ersten Häusern.

Der Esel legte seine Vorderhufe auf die Fensterbank. Der Hund stellte sich auf seinen Nacken. Die Katze nicht faul, ahnte auch, wie es weiterging, und obendrauf der Hahn, der wirklich ein zäher Brocken war.

Diese Musik ging den Räubern unter die Haut. Der Esel schrie wie ein Esel, der Hund bellte wie ein Hund, die Katze miaute wie eine Katze und der Hahn schäumte vor Lust und Zorn. So groß war das Entsetzen der hartgesottenen Räuber, daß sie Reißaus nahmen. Das fiel ihnen nicht leicht; denn hier waren die Schätze aufgehäuft, die sie in aller Gemütlichkeit zusammengeraubt hatten.

Die vier alten Leutchen machten sich mit Heißhunger über die Sachen her. Nur der Hahn aß wie ein Spatz. Dann legten sie sich zur Ruh, der Esel auf den Mist, der Hund an die Tür, die Katze neben den Ofen, und der Hahn schlief stehend auf dem Dachfirst.

Die Räuber schickten einen Späher aus, der nachsehen sollte, ob die Luft wieder rein war. Der Abgeschickte fand alles ruhig, aber als er ein Streichholz anrieb, sprang ihm die Katze ins Gesicht. Als der Räuber erschrocken durch die Tür ins Freie wollte, biß ihn der Hund ins Bein und dachte bei sich: Das ist die Strafe dafür, daß du keine Hunde beschäftigst. Der Räuber floh am Misthaufen vorbei und erhielt einen trockenen Hieb vom Hinterfuß des Esels, der bei sich dachte: Nimm das, damit du die Bremer Stadtmusikanten kennenlernst. Vom Dach herunter schallte dem Räuber ein strenges Kikeriki nach. Es war der Hahn, der bei sich dachte: Ruhe gibst du keine, bevor du unsereinen nicht auf der Gabel hast.

Der Räuber kehrte zerschunden zu den anderen zurück und sprach: »In dem Haus sitzt eine greuliche Hexe, die hat mich zerkratzt, und an der Tür steht ein Mann mit Messer, der hat mich ins Bein gestochen, und am Misthaufen steht eine schwarze Maschine, die hat mich geboxt, und auf dem Dach sitzt der Richter, der ruft: Bringt mir den Strolch!«

Da hatten die Räuber Nasen und Hosen voll, und vor Angst blieben sie Tage, Wochen, Jahre im Wald versteckt. Sie hofften noch immer, eines Tages in das Räuberhaus zurückzukehren, in dem die Musikanten in Saus und Braus lebten. Manchmal hallte der Wald wider von einer äußerst feinen, aber wilden Musik, und mit der Zeit wurden die Räuber zu Musikfreunden. Vom Zuhören neigten sich ihre Ohren, und bald fingen sie selber an zu musizieren. Es zierte sie nicht schlecht. Unter klingendem Spiel raubten sie fortan vornehme Reisende aus. Die Bremer Stadtmusikanten, die übrigens Bremen nie erreicht haben, bekamen immer einen netten Batzen von der Beute ab.

HERBERT HECKMANN

GEB. 1930

Hans im Glück

Schon seine Geburt verlief glücklich. Er kam in einer Straßenbahn zur Welt. Aber nicht nur der Ort war ungewöhnlich. Eine alte Jungfer, die vor den Angelegenheiten der Fortpflanzung eine religiöse Scheu hatte, half ihm beim Einstieg in die Welt und fiel erst später in Ohnmacht. Zeitungen berichteten darüber. Hans war ein pausbäckiges Kind und machte seinen Eltern nur Freude. Seine Tanten nannten ihn zum Fressen schön. Eine Herstellungsfirma von Babynahrung war von seinem vor Gesundheit strotzenden Gesicht derart entzückt, daß sie es in der Werbung einsetzte. Hans lachte auf allen Litfaßsäulen. Jede Mutter hätte ihn gern als Sohn gehabt. Er war ein Ernährungsvorbild. Für sein sattes Lächeln sicherte ihm die Herstellungsfirma von Babynahrung die Finanzierung seines Studiums zu. Es bestand kein Zweifel, daß er ein kluges Kind werden würde.

Er entwickelte sich aufs prächtigste, und sein Vater hielt alle bedeutsamen Momente dieser Entwicklung mit der Kamera fest. Hans lernte dabei, sein Lächeln im richtigen Augenblick einzusetzen, seine Geistesgaben jedoch kamen, da er so gut wie keine Widerstände zu überwinden hatte, weniger zur Entfaltung. Doch schadete ihm das nicht im geringsten. Nie verließ ihn das Glück, überschätzt zu werden. Seine Lehrer hielten große Stücke auf ihn. Er sah einfach nach Zukunft aus, sagte viel lieber JA als NEIN und besaß eine Stimme, die alles bedeutungsvoller machte, was er hervorbrachte, und seine Augen leuchteten unentwegt. Er tat nichts aus Berechnung. Er war ganz einfach so.

Seine Eltern, die es nicht sehr weit im Leben gebracht hatten, wußten vor Stolz nicht, was sie noch alles anstellen sollten. Sie hielten ihn in Ermangelung besseren Wissens für ein Wunderkind, und Hans selbst, der vor lauter Glück sich keine Gedanken machen mußte, ließ sich verwöhnen.

Die Schule verließ er mit einem bemerkenswerten Zeugnis, ohne sich jedoch für ein bestimmtes Fach begeistert zu haben. Sein Ausdruck war gefällig. Er zählte zu den Menschen, die ohne Skrupel jeden angefangenen Satz vollenden können. Da er beim besten Willen nicht wußte, welcher Neigung er folgen sollte – denn er hatte keine und vertraute mehr den Umständen als irgendwelchen Plänen oder Absichten –, ließ er sich von der Herstellungsfirma von Babynahrung, die nicht zuletzt durch seine Hilfe zu Erfolg gekommen war, zum Studium der Betriebswissenschaft bewegen. Der Direktor, der ihm feierlich den Scheck überreichte, sagte: »Sie haben dasselbe Lächeln noch, das sie damals hatten.«

Wie auch immer: die Babynahrung war ihm gut bekommen. Mehr noch als sein Studium brachte ihm ein Mädchen Glück, das sich in ihn verliebte. Sie war, wie sich nebenbei herausstellte, die einzige Tochter eines Fabrikanten. Hans wußte sofort, was er seinem Schicksal schuldig war, und drängte auf eine Heirat. Sein Schwiegervater, der viel von einer schnellen Entschlußkraft hielt, fand sofort Gefallen an ihm und übertrug ihm wichtige Aufgaben. Hans kamen die Erwartungen zugute, die andere Menschen in ihn setzten.

Er enttäuschte seinen Schwiegervater nicht und gab ihm das Gefühl, auf das richtige Pferd gesetzt zu haben. So etwas schmeichelt.

Seine Eltern sah er nur noch selten, was diese jedoch nicht daran hinderte, ihn weiter zu vergöttern. Als sie in der Zeitung lasen, daß er nach dem Tode seines Schwiegervaters jetzt die Fabrik leitete, weinten sie vor Rührung. Sie wußten, daß sie sich in ihrem Leben nicht umsonst geplagt hatten.

»Er hat es geschafft!« sagte der Vater, der außer seinem Sohn nie einen anderen Ehrgeiz hatte. Immer wieder suchte er Bestätigung in alten Fotoalben und fand sie.

Mit fast traumwandlerischer Sicherheit ging Hans an seine neuen Aufgaben. Er kaufte die Konkurrenz auf, gründete eine Bank und zeugte einen Sohn. Er wurde Präsident eines Sportvereins – beim Turnen hatte er schon immer eine gute Figur gemacht –, erhielt einen Orden für seine Verdienste in der Wirtschaft, machte Stiftungen, ging in die Politik und weihte Brücken und Schulen ein. Er redete nur noch in Hauptsätzen und machte jedes Jahr zweimal Urlaub, einmal mit seiner Frau, die die Kunst liebte, und einmal mit seiner Geliebten, die alles andere liebte.

Da er nicht übertrieb, weder Genuß noch Arbeit, blieb er gesund. Er sah immer noch aus wie damals, als er die günstigen Wirkungen einer Babynahrung auf einem Bärenfell demonstrierte: pausbäckig, ohne fett zu sein, ein Kind, bei dem alles gut anschlug. Er glaubte an das Gute in der Welt, soweit es ihm selbst gut tat. Er gab sich optimistisch, war aber in Wirklichkeit nur verwöhnt, liebte das Positive, weil es ihn am wenigsten beunruhigte. Man nannte ihn ›Hans im Glück‹, wogegen er mit der Bemerkung protestierte, daß Glück das Schicksal des Tüchtigen sei. Er war von den Vorstellungen sehr angetan, die er von sich hatte, und liebte das Jugendliche im Allgemeinen. Er trat forsch auf und tat alles mit Elan. Er gewöhnte sich derart an seine Glückssträhne, die noch nicht einmal durch Zahnschmerzen getrübt wurde, daß er allen Ernstes glaubte, auserwählt zu sein. Er machte aus seinem Erfolg eine Religion und verlangte, daß auch andere daran glaubten.

Es ist sehr schwer an ihn heranzukommen, und was man über ihn erfährt, sind meist nur Sprachregelungen seiner Mitarbeiter. Sie behaupten zum Beispiel, daß er einmal sagte, *die schönsten Märchen schreibt das Leben.*

ILSE AICHINGER

GEB. 1921

Der Wolf und die sieben jungen Geißlein

Ich bin der Wolf. Ich kam auf der alten Fährte. Ich traf ein paar Kinder am Dorfeingang. Sie riefen: »Der Bösewicht, der Bösewicht!« Als ich lachte, erschraken sie und rannten davon. Ich kam auf der alten Fährte. Ich wußte nicht, daß quer durch die alten Fährten die Dörfer gehen. Und die Geißlein.

Ich bin das dritte Geißlein, ich war schwach bei der Geburt. Meine Mutter hat mich länger gesäugt als die andern. Ich lag immer beim Ofen. Im Ofen verbarg ich mich auch. Und im Ofen fand mich der Wolf. Das ist nicht weit hergeholt und ist doch weit her. Weshalb hätte er sonst gezögert, ehe er mich verschlang?

Ich bin das fünfte Geißlein, ich ging in den Schrank. Ich war das klügste Geißlein, aber diesmal war ich zu klug. Ich wußte, wie unser Schrank auf spanisch heißt. Daß, was als Versteck erdacht ist, kein Versteck sein kann, wußte ich nicht.

Ich bin das erste Geißlein, der Liebling meiner Mutter, ich ging unter den Tisch. Aber das Tischtuch hing nicht weit genug herunter, um mich zu verbergen. Reicht gerade die Liebe für die Lieblinge am wenigsten aus?

Ich bin der Müller. Ich dachte wohl, der Wolf will einen betrügen. Aber ich dachte auch, der Wolf tut mir leid. Was tut ein Müller, wenn ihm der Wolf leid tut? Er macht ihm weiße Pfoten. Weniger kann er nicht.

Ich bin das zweite Geißlein, ich bin unwichtig. Auf eins kommt zwei und auf zwei kommt drei, das weiß man. Ich lachte, als der Wolf kam. Ich sprang gleich ins Bett, da war ich leicht zu finden. Auf eins kann auch drei kommen, dachte ich. Jetzt erfahren sie es.

Ich bin der Krämer im Dorf, ich verkaufe alles. Kreide ist noch lange nicht das Ausgefallenste. Und Kreide an Wölfe auch nicht. Da gibt es ganz andere Sachen.

Ich bin das sechste Geißlein, ich fand nur mehr Platz unter der Waschschüssel. Da lernte ich meine geschwinden Geschwister kennen. Ich bin jetzt zornig genug. Und zornig genug zu sein, war immer mein Wunsch. Immer.

Ich bin der Brunnen. Keine Falle für Wölfe. Ich werde leicht verwechselt.

Ich bin das vierte Geißlein. Die vierten erfinden meistens. Bei uns war es auch nicht anders. Ich langweilte mich und erfand die Geschichte mit dem

Wolf. Als er kam, lief ich in die Küche, um sie zu Ende zu erfinden. Dort verschlang er mich.

Ich bin die Mutter von den sieben. Ich bin älter als sie, aber nicht viel älter. Ich bin in meinem Jammer und in meinem Glück. Mehr schreiben sie mir nicht zu.

Ich bin das siebente Geißlein. Ich steckte im Uhrenkasten. Als mich meine Mutter fand, war sie schwarz vom Suchen. Wie der Wolf.

Ich bin der erste Wackerstein. Ich kam nicht zur Welt. Die sechs anderen auch nicht.

PETER HACKS

GEB. 1928

Ein Märchen für Claudias Puppe

– Ist es nicht zu traurig? sagt Claudia; meine Puppe kann wieder überhaupt nicht einschlafen.
– Ein wahrer Jammer. Ich wollte, ich könnte etwas dagegen tun.
– Sie können, sagt Claudia mit großer Bestimmtheit.
– Ich? Was denn nur?
– Also erzählen Sie doch schon los, sagt Claudia.

Es war ein kleines Schulmädchen. Ihr Vater war Grobschmied in dem Dorf Dümde.
– Ein Schulmädchen? fragt Claudia.
– Ja, sicher.
– Ich denke, sie war eine Prinzessin.
– Aber es geht nicht. Ihr Vater war doch der Grobschmied.
– Es muß gehen, sagt Claudia. Meine Puppe zieht Prinzessinnen allen anderen Berufen vor.
– Na gut. Aber um die Schule kommt sie nicht herum.
– Auf keine Weise? fragt Claudia.
– Auf keine Weise.

Die Prinzessin wachte auf, stieg aus dem Bett, wusch und kämmte sich und zog sich an. Sie trank ein Glas Milch und schmierte sich zwei Brote; denn ihre Mama schlief noch. Dann nahm sie ihre Mappe und ging zur Eisenbahn, um, wie alle Tage, zur Schule zu fahren.

– Sie fuhr mit der Eisenbahn?
– Ja, nach Luckenwalde.
– Ich würde annehmen, sagt Claudia, daß sie auf dem Rücken einer Schwalbe flog.
– Warum muß sie denn nun schon wieder fliegen?
– Es geht schneller, sagt Claudia.

Als sie, wie alle Tage, um fünf Minuten vor acht Uhr auf dem Schulplatz gelandet war, wunderte sich die Prinzessin sehr. Es war nämlich gar kein Tag wie alle Tage. Es war Sonntag. Die Prinzessin hatte das vergessen. Sie stand ganz alleine in der leeren Gegend, und sie fragte sich, wo nur die anderen Kinder geblieben seien. »Ob sie alle auf einmal Halsweh bekommen haben?« sagte sie zu sich selber.
– Hatten sie wirklich Halsweh? fragt Claudia.
– Natürlich nicht.
– Woher wissen Sie das?
– Verstehst du nicht: Es war einfach Sonntag.
– Man kann auch sonntags Halsweh bekommen, sagt Claudia. Leider.

Sie ergriff die Klinke der großen Schultür, aber fand die Tür verschlossen. Sie war ganz verzweifelt. Daran, daß Sonntag war, dachte sie schlechterdings nicht.
– Weshalb heißt eigentlich der Sonntag Sonntag? fragt Claudia.
– Weshalb?
– Ja, es muß doch einen Grund geben.
– Vermutlich, weil da die Sonne scheint.
– Und warum heißt der Montag Montag?
– Da scheint der Mond.
– Und wer scheint am Dienstag? fragt Claudia. Vielleicht der Diens?
– Jedenfalls ist Mittwoch die Mitte der Woche.
– Einverstanden, sagt Claudia.
– Und am Donnerstag donnert es.
– Und am Schneitag schneit es, wie? sagt Claudia ärgerlich. Ich bitte Sie wirklich, sich nicht über meine Puppe lustig zu machen, bloß weil das arme Ding kleiner ist als wir beide.

Da hörte die Prinzessin ein Hämmern und Klopfen, das irgendwoher aus dem Inneren der Schule zu dringen schien. Sie ging um das Schulhaus herum. Und als sie um eine Ecke bog, entdeckte sie eine Leiter, die an ein Fensterbrett gelehnt stand. Weil sie eine sehr mutige Prinzessin war, stieg sie die Leiter

hinauf und blickte in das Fenster. Und da sah sie einen Mann, der sich mit einem Werkzeug an der Zentralheizung zu schaffen machte.
– Aha, sagt Claudia. Der Prinz.
– Das glaube ich nun doch nicht. Er ist wirklich nicht mehr der Jüngste, und er hat einen billigen Anzug am Leibe und Ölflecken an dem Anzug.
– Verstehe, sagt Claudia. Ein Schweinehirt.

Die Prinzessin hielt den Mann für einen Einbrecher, denn ganz offenkundig war er nicht auf die richtige Weise ins Haus gelangt. »Was machen Sie denn hier?« sagte sie daher. Tatsächlich bekam der Mann einen roten Kopf und sagte: »Es ist mir aber unangenehm, liebes Fräulein, daß Sie mich hier erwischen. Ich bitte Sie sehr herzlich, es niemandem weiterzuerzählen; es wäre zu peinlich, wenn alles herauskäme.« – »Schön«, sagte die Prinzessin gutmütig, »aber sehen Sie zu, daß Sie schnell wegkommen.« – »Ich kann ja nicht«, sagte der Mann. »Ich muß ja noch ein Klassenzimmer weißen und das Dach reparieren.«
– Wie geht denn das zu? fragt Claudia.

»Wie geht denn das zu?« fragte die Prinzessin.
– Wer jetzt fragt, bin ich, sagt Claudia. Bevor Sie all das merkwürdige Zeug meiner armen Puppe erzählen, will ich wissen, was für Dummheiten Sie sich da wieder ausgedacht haben.
– Ich habe mir gar nichts ausgedacht. Es war genau, wie ich sage.
– Wie?
– Also, es kam so. Der Mann...
– Der Schweinehirt...
– Er war Handwerker in einer Fabrik. Der Fabrikdirektor hatte dem Schuldirektor versprochen, daß die Fabrik der Schule immer helfen würde, wenn in dem Schulgebäude etwas zu tun sei. Und er hatte den Handwerker mit dem Versprechen zu der Schule geschickt, und der hatte bei einer schönen Feier die Patenschaft übernommen.
– Was ist ein Pate? fragt Claudia.
– Ein Pate ist, wer verspricht, kleine Kinder zu beschützen.
– Das war ein netter Fabrikdirektor, stellt Claudia fest.
– Schon. Nur war ihm dummerweise unterlaufen, daß er sein Versprechen vollkommen vergessen hatte; ein Fabrikdirektor hat ja an so viele verschiedene Sachen zu denken. Der Pate aber, der Handwerker, schämte sich im Herzen für seine wortbrüchige Fabrik. Und damit niemand merken sollte, daß sie sich nicht um die Schule kümmerte, hatte er sich seither an allen Sonnabenden und Sonntagen in die Schule eingeschlichen und heimlich alles geflickt, was während der Woche entzweigegangen war.

– Das ist eine sehr häßliche Geschichte, sagt Claudia.
– Gefällt sie dir nicht?
– Schließlich soll sie meiner Puppe gefallen. Es war wirklich ein Glück, daß ich mich vorher vergewissert habe.
Und sie verkündet:
Was jetzt folgt, erzähle ich.

Es war einmal ein mächtiger Zauberer, und als in dem Dorf Dümde eine Prinzessin geboren war, wurde er von ihrem Vater, dem Grobschmied, zum Paten geladen. Weil er aber nicht selbst kommen konnte ...
– Warum konnte er nicht selbst kommen?
– Er hätte den Zylinder aufsetzen müssen, sagt Claudia.
– Na und?
– Das tut immerhin ziemlich weh, behauptet Claudia.
– Wieso?
– Weil, erklärt Claudia geduldig, alle Zauberer Kaninchen im Zylinder haben. Würden Sie sich etwa wohl fühlen mit einer Masse Kaninchen auf dem Kopf? Die kratzen, sage ich Ihnen. Die ganze Wahrheit zu sagen, hatte der Zauberer schon fast kein Haar mehr am Schädel und statt dessen lauter blutige Schrammen.
– Ja, das sehe ich ein.

Der Zauberer schickte seinen Schweinehirten mit einem Brief, worin er versprach, die Prinzessin gegen alle Unglücksfälle und Gefahren zu beschützen. Aber als dann ein Jahr später die Prinzessin von einer Biene gestochen wurde, kam heraus, daß der alte böse Lügenzauberer gar nicht daran dachte, für sein Patenkind zu sorgen. Aber der gute Schweinehirt, der den Brief überbracht hatte, hat seit ... Ist die Prinzessin schon alt?
– Sehr.
Also seit dreizehn Jahren hat der gute Schweinehirt alle Felsen aufgefangen, alle wilden Bären getötet und überhaupt jeden Feind vertrieben, der der Prinzessin ein Leid zufügen wollte.
– Das ist keine schlechte Geschichte.
– Sehen Sie.
– Aber meine Geschichte ist wahr.
– Meine Geschichte ist ein Märchen, sagt Claudia, und ich finde sie wahr genug.
Dann fügt sie hinzu:
So wahr wie Ihre schon lange.
Und dann:

Ebenso wahr, aber sehr viel schöner.
Und nachdem sie das alles vorgebracht hat, fragt sie:
Was für einen Schluß hat Ihre Geschichte?
– Nun, das Schulmädchen bedankt sich sehr nett bei dem Paten und fährt mit dem nächsten Zug wieder nach Hause.
– Das soll ein Schluß sein? fragt Claudia höhnisch.
– Hast du einen besseren?
– Das will ich hoffen, sagt Claudia.

An dem Tag, an dem die Prinzessin entdeckte, daß es der Schweinehirt und nicht der Zauberer war, der ihr ihr Leben lang Gutes getan hatte, küßte sie den Schweinehirten auf den Mund und heiratete ihn.
– Und dann?
– Dann, sagt Claudia, höre ich so auf:

Und da sie nun einmal geboren sind, werden sie sicher noch eine schöne Weile leben.

PETER HÄRTLING

GEB. 1933

Fundevogel

Es war einmal ein Krieg, einer von den Kriegen, die lange dauern und rasch vergessen werden, einer von den Kriegen, an denen niemand Schuld zu sein begehrt, und es war einmal ein Land, das seinen Namen an den Krieg und an die Sieger abgegeben hatte, ein Land, das so arm geworden war, daß es sich schämte, ein Land zu sein, und es war einmal ein Kind in diesem Krieg, in diesem Land, das hatte niemanden mehr als eine Astgabel inmitten der Wüstenei: dort hatte es das Märchen hinterlassen, damit es Fundevogel sei. Das Kind war winzig, hatte Hunger, schrie, besaß keinen Namen, denn so weit sind wir im Märchen noch nicht, besaß keine Eltern und kein Haus. Da viele im Krieg schreien und das Geschrei groß ist, das der Schuldigen wie der Unschuldigen, wurde das Kind lange nicht gehört. Aus ihm schrien der Hunger und das Alleinsein, es merkte gar nicht, daß es schrie; es schrie, um nicht mehr hungrig und nicht mehr allein zu sein. Ein alter Mann, den der

Krieg übriggelassen hatte, und der auch da war, damit wir im Märchen bleiben können, denn alte Männer werden im allgemeinen vom Krieg gefressen, der alte Mann – ob rot, ob gelb, ob weiß, ob schwarz – hörte das Kind, stieg mühsam auf den Baum und nahm es mit in sein kleines, vom Winde ausgepustetes Zimmer. Das bewohnte er mit seiner noch älteren Schwester und einem dürren, winzigen Mädchen, das er gefunden hatte wie den Buben, den er von nun an, damit wir im Märchen bleiben, Fundevogel rief. Der Bub bekam Brei, bekam Wasser, verlor den Hunger und die Angst und mochte das Mädchen, das, wie er, nicht nur Hunger und Angst verloren hatte. Die Frau aber, verdrossen über die unnützen Mitesser, die spielenden, lustigen Fundevögel, hatte vor, sobald sich der Alte von der Wohnung entfernen würde, den Buben fortzujagen. Das sagte sie dem Mädchen. Da beide mit der Angst vertraut waren, fürchteten sie sich nicht, sondern nahmen sich vor, in der Nacht miteinander wegzugehen. Damit wir im Märchen bleiben, sagte sie den schönen Satz: »Verläßt du mich nicht, so verlasse ich dich auch nicht«, worauf der Fundevogel erwidern mußte: »Nun und nimmermehr.« Sie kannten das Land, das kein Land mehr war, das brachlag und auf Menschen wartete, gingen weg und ließen die alte Frau allein. Die entdeckte bald die Flucht und fragte sich, was sie dem Alten sagen sollte, würde er zurückkehren. Sie eilte aus dem Haus, hielt drei Soldaten an, denn immer sind Soldaten auf der Straße, in diesem Krieg, in diesem Land, und bat sie, nach den Kindern zu suchen, sie zurückzubringen. Von weitem sahen Fundevogel und Fundevögelchen die Soldaten, sie sprangen über Stacheldraht und Gräben, riefen, fuchtelten mit Gewehren. Da sagte Fundevogel: »Wir werden wie der Baum.« Und sie wurden Bäume, wie sie es bei den Soldaten gesehen hatten, sie steckten Äste und Zweige in Kleider und Haar und sagten sich von neuem die schönen Sätze: »Verläßt du mich nicht, so verlasse ich dich auch nicht.« – »Nun und nimmermehr.«

Die Soldaten irrten umher, stocherten mit den Gewehrläufen im Gebüsch und stellten fest, daß keine Kinder zu finden seien. Als sie dies der alten Frau sagten, zürnte sie ihnen sehr: Sie hätten die kleinen Bäumchen am Wegrand beachten, sie ausreißen und ihr für den Garten mitbringen sollen. Ein zweites Mal zogen die Soldaten los. Die Kinder sahen sie wieder kommen und der Fundevogel sagte zum Fundevögelchen: »So werde ich ein Grab und du der Hügel darauf.« Sie legten sich in ein flaches Erdloch, buddelten Erde über sich und waren in diesem Märchen, in dem es Tausende von Erdlöchern gibt und Tausende von flachen Erdhügeln, nicht mehr zu sehen. Die Soldaten fanden niemanden und kehrten murrend, auch weil sie keinen Schnaps hatten, zur Alten zurück. Sie hätten nichts gesehen als einen frischen flachen Erdhügel und deren gäbe es viele. Die alte Frau geriet in große Wut, schalt sie

Dummköpfe und sagte, sie hätten den Hügel aufgraben und den Inhalt mitbringen sollen, und schickte sie abermals aus. Die Soldaten flehten um Schnaps, um ein Stück Brot dazu, doch die alte Frau war hart und trieb sie vor sich her, sie werde mitkommen und ebenfalls Ausschau halten.

Es war einmal ein Krieg, es war einmal ein Land, das seinen Namen vergessen hatte. In dem namenlosen Land gibt es, weil es das Märchen so will, Fundevogel und Fundevögelchen. Sie sehen die Soldaten und die alte Frau kommen, sie sehen, wie der Himmel hell wird von Feuer, sie hören, was sie immer gehört haben, Granaten krachen und Raketen heulen, und sie werfen sich, weil sie es gelernt haben, auf die Erde, Fundevogel und Fundevögelchen, in einem Krieg, der einmal war. Die alte Frau wurde von einer Kugel getroffen, kam um, die Soldaten liefen davon, und Fundevogel und Fundevögelchen sagten sich die schönen Sätze, die nur im Märchen am Ende wiederholt werden. Sie nahmen sich an der Hand, versprachen, beieinander zu bleiben und den alten Mann zu suchen, ihn zu pflegen und zu nähren, und beschlossen, um dem Märchen zu entrinnen, Menschen zu werden.

MAX BOLLIGER

GEB. 1929

Der grüne Fuchs

Der kleine grüne Fuchs wohnte am Waldrand auf einem Hügel. Wenn er vor seiner Höhle saß, sah er in der Nähe einen Bauernhof und in der Ferne die Türme der Stadt. Er hörte die Vögel singen, die Kühe muhen, die Mähmaschinen knattern und das Läuten der Kirchenglocken. Er kannte den Tag und die Nacht, die Sonne, den Mond und die Sterne. Er kannte die Jahreszeiten, den Frühling, den Sommer, den Herbst und den Winter.

Seit der Jäger die Mutter totgeschossen hatte, war der kleine grüne Fuchs einsam. Er fand niemand, der mit ihm die Höhle teilen wollte, den Tag und die Nacht, den Frühling, den Sommer, den Herbst und den Winter.

»Nein!« sagten die roten Füchse. »Mit dir wollen wir nichts zu tun haben.«

Eines Tages jagte der kleine grüne Fuchs vor dem Bauernhof ein weißes Hühnchen. »Du gefällst mir«, sagte er, packte das Hühnchen und schleppte es nach Hause. »Willst du mit mir die Höhle teilen, den Tag und die Nacht, den Frühling, den Sommer, den Herbst und den Winter?« fragte er.

»Nein!« schrie das weiße Hühnchen, drückte sich in eine Ecke und zitterte vor Angst. Da wurde der kleine grüne Fuchs böse und aß es auf.

Bald darauf jagte der kleine grüne Fuchs im Rübenacker ein braunes Häschen und schleppte es nach Hause. »Willst du mit mir die Höhle teilen, den Tag und die Nacht, den Frühling, den Sommer, den Herbst und den Winter?« fragte er.

»Nein!« schrie das braune Häschen, drückte sich in eine Ecke und zitterte vor Angst. Da wurde der kleine grüne Fuchs böse und aß es auf.

Dann jagte der kleine grüne Fuchs am Fuß einer Tanne ein rotes Eichhörnchen. »Du gefällst mir«, sagte er, packte das Eichhörnchen und schleppte es nach Hause. »Willst du mit mir die Höhle teilen, den Tag und die Nacht, den Frühling, den Sommer, den Herbst und den Winter?« fragte er.

»Nein!« schrie das rote Eichhörnchen, drückte sich in eine Ecke und zitterte vor Angst. Da wurde der kleine grüne Fuchs böse und aß es auf.

Sie haben alle Angst vor mir, dachte der kleine grüne Fuchs. Er schlich durch den Wald. Er lief über Äcker und Wiesen und stand in der Dunkelheit allein vor dem Bauernhof. Er war traurig. Und da entdeckte der kleine grüne Fuchs am Gartenzaun eine Rose. »Du gefällst mir«, sagte er, brach die Rose und trug sie nach Hause. »Willst du mit mir die Höhle teilen, den Tag und die Nacht, den Frühling, den Sommer, den Herbst und den Winter?« fragte er.

»Ja«, sagte die Rose und erfüllte die Höhle mit ihrem köstlichen Duft. Aber am Tag darauf war die Rose verwelkt und ihre Blätter lagen auf der Erde. Da wurde der kleine grüne Fuchs böse, nahm die Blume und warf sie in einen Abgrund. Aber als er in die Höhle zurückkam, da war die Rose noch immer da. Der köstliche Duft, den sie ihm geschenkt hatte, war bei ihm geblieben.

Der kleine grüne Fuchs staunte. Er setzte sich vor seine Höhle. Er sah in der Nähe einen Bauernhof und in der Ferne die Türme der Stadt. Er hörte die Vögel singen, die Kühe muhen, die Mähmaschinen knattern und das Läuten der Kirchenglocken. Er war nicht mehr so einsam wie früher. In seiner Erinnerung lebte die Rose, er kannte ihr Geheimnis und er wußte, eines Tages würde ein kleiner grüner Fuchs des Wegs kommen, die Höhle mit ihm teilen, den Tag und die Nacht, den Frühling, den Sommer, den Herbst und den Winter. Wenn er nur Geduld hatte zu warten.

GÜNTER KUNERT

GEB. 1929

Neues Märchen vom alten Flaschengeist

Lauter alte Flaschen, weiter nichts in der Kellerecke. Da konnte Sebastian noch soviel rumkramen und suchen, vergessenes Spielzeug vielleicht, genau wußte er es selber nicht: Er fand nichts Brauchbares. Aus Langerweile zog er die locker aufgesteckten Korken aus den Flaschen. Einer, ein besonders dicker, ging schwer heraus. Sebastian befeuchtete den Korken mit der Zunge und rieb ihn am Flaschenhals, was er bei Erwachsenen, wenn sie betrunken waren, gesehen hatte und was ein mark- und beindurchdringendes Quietschen hervorrief. Plötzlich stand jemand vor ihm.

Sebastian erschrak bis in die Kniekehlen, die so weich wurden wie Schokolade auf der Zentralheizung. Und weil Sebastian ein etwas schlechtes Gewissen hatte (irgend etwas hatte man ja immer angerichtet), stammelte er unlogisch: »Ich habe nichts getan und will es auch nie wieder tun!«

Der überraschend Aufgetauchte jedoch verneigte sich vor Sebastian und sprach: »Du bist mein Herr und Meister, und ich werde alle deine Wünsche erfüllen, du brauchst sie nur zu nennen!«

Das verblüffte Sebastian, und er rief: »Machen Sie doch mal Licht hier, ich kann Sie ja gar nicht richtig sehen!«

Kaum hatte er das gesagt, da flammten ringsum vielfarbige Kristalle auf, funkelten und blinkten, daß es nur so gleißte und flimmerte. Der Fremde vor ihm war eine graue Gestalt, hatte auch graue Haare, einen grauen Bart, sogar graue Haut. Er verbeugte sich erneut: »Ich bin ein Flaschengeist. Du hast sicher schon von mir und meinesgleichen gehört. Jemand hat mich aus Versehen hier mit meiner Behausung abgestellt. Wenn man mit dem Korken an ihr reibt, komme ich heraus und führe aus, was man mir aufträgt. Also, mein lieber Sebastian, fang an!«

So was vernimmt man natürlich gerne, nicht nur als kleiner Junge, auch als Erwachsener wäre man über solche Begegnung mehr als froh.

Sebastian zweifelte aber noch insgeheim und wollte den Grauen auf die Probe stellen: »Also, dann – ich wünsche mir...«, vor lauter Eifer fiel ihm nichts ein, »ich wünsche mir... ein neues Fahrrad! Fertig!«

Kaum war die letzte Silbe verhallt, stand es schon vor ihm und klingelte einladend von selber.

Das machte Sebastian Mut: »Und du schaffst alles?«

Der Graue nickte.

Da holte Sebastian tief Luft und sagte: »Und jetzt ein Auto, das von alleine fährt und überallhin, wohin ich will!«

Und schon saß er in den hellgelben Lederpolstern eines *fantastischen* Autos, das statt des Lenkrades ein Mikrofon besaß, auf das der Graue, der neben Sebastian hockte, hinwies: »Du brauchst nur das Ziel auszusprechen!«

»Nach Amerika und durch den Urwald!« rief Sebastian. Und sofort rollte der Wagen leise und sanft zwischen Riesenbäumen hindurch, von denen Lianen herabhingen, aber auch bedrohlich sich windende Schlangen. Affen schaukelten an Ästen, Papageien flatterten vor der Windschutzscheibe und kreischten, doch davon drang in den Wagen kein Laut.

Sebastian war begeistert: »Ich will eine Burg mit Rittern ganz für mich allein. Und eine Schokoladenfabrik, die nur für mich Schokolade macht. Und eine neue elektrische Eisenbahn ...«

Der Wagen schwenkte ab und fuhr über eine Zugbrücke in den Burghof, wo gepanzerte Ritter standen, Standarten schwenkten und »Hurrah, Sebastian!« brüllten, als Sebastian ausstieg. Ein Ritter in versilberter Rüstung trat vor ihn hin, zeigte mit gezücktem Schwert auf einen Lastwagen in der Hofecke und brummte: »Die erste Lieferung ist soeben eingetroffen, gnädiger Herr!« Auf dem Lastwagen las man in leuchtender Schrift SEBASTIANS SCHOKOLADE IST DIE BESTE!, und zwei Ritter waren dabei, kistenweise »Mokka Nuß«, »Sahne Erdbeer« und »Milch Marzipan« in den hohen Turm zu tragen.

Der Silberritter aber meinte: »Im Wappensaal ist die neue Eisenbahn aufgebaut. Es wurden sechshundertdreißig Meter Schienen verlegt für zwanzig Eilzüge und vierzehn Güterzüge. Bitte mir zu folgen!«

Er legte die Hand grüßend an den blinkenden Helm und schritt vor Sebastian her.

»So lasse ich mir das Leben gefallen!« dachte Sebastian. »Unter solchen Umständen kann man ganz gut auf seine Eltern verzichten. Auch auf seine Freunde. Wenn man welche benötigt, läßt man sie sich einfach vom Flaschengeist besorgen!«

Im Wappensaal fraß Sebastian Schokolade, bis ihm schlecht wurde, und spielte mit der Eisenbahn, bis es ihn langweilte.

»Was soll ich jetzt machen?« fragte er den Grauen, der sich schweigend in seiner Nähe aufhielt und nun mit den Achseln zuckte.

»Das mußt du selber wissen! Das Wünschen kann ich dir nicht abnehmen!«

Aber Sebastian fiel nichts mehr ein.

»Ich will mich ausruhen ...«

Der Graue reichte ihm die fast undurchsichtige Flasche aus dunkelgrauem Glas und den dicken Korken.

»Wenn du mich wieder brauchst, weißt du ja, wie du mich rufen kannst!«

Wie ein Luftzug war er in der Flasche verschwunden. Sebastian verkorkte sie. Durch ein Spalier von Pagen und Mägden schritt er zu seinem Schlafzimmer, stellte die Flasche auf den Nachttisch und sank auf die weiche Steppdecke, auf der mit Goldfäden der Name SEBASTIAN eingestickt war.

Als er wieder erwachte, bemerkte er vor seinem Bett einige Ritter und den Fahrer von seinem Schokoladen-Lastwagen.

»Verzeiht, Herr!« sprach der silberne Ritter ehrfürchtig, doch der Lastwagenfahrer unterbrach ihn einfach: »Quatsch – Herr! Sag mal, du Lümmel«, – und damit meinte er eindeutig Sebastian – »wann willst du die Schokolade bezahlen, die du gefressen hast? Und die andere unten im Auto?«

Er hielt Sebastian eine Rechnung hin, und Sebastian starrte ihn wütend an, griff zur Flasche auf dem Nachttisch und griff ins Leere: keine Flasche mehr da!

Sogleich begann ein aufgeregtes Suchen und Kramen, und der Silberritter rang die Hände und jammerte. Womit sollten die Pagen und Mägde entlohnt werden, wenn Sebastian nicht endlich einen Sack voller Taler auf den Tisch legte? Auch die Ritter warteten auf ihr Ritter-Gehalt.

Sebastian hielt sich die Ohren zu, um nicht noch nervöser zu werden, als er ohnehin war. Nachdem die ganze Burg durchsucht worden war, erfuhr er von einer der Mägde, die während seines Schlafes das Zimmer betreten hatte, um seine Kleidungsstücke zu ordnen und auszubürsten, sie habe eine alte leere Flasche auf seinem Nachttisch gefunden und selbstverständlich weggeworfen. Schließlich gehörte das alte unnütze Ding nicht dorthin!

Sebastian bekam plötzlich Bauchschmerzen und fragte ganz leise, wo die Flasche jetzt wäre. Das Mädchen zeigte von einem Turmfenster in einen tiefen felsigen Abgrund.

»Mein guter, lieber, bester Flaschengeist, komm doch sofort wieder!« flehte Sebastian stumm, was natürlich überhaupt nichts nutzte. Auf Hilferufe, und seien sie noch so eindringlich, kam der Geist nicht. Nur auf Korkenreiben an seiner Unterkunft. Und die war hin.

Krampfhaft überlegte Sebastian, was er bloß in dieser ausweglosen Situation unternehmen könnte, und er versuchte mit gleichgültiger Miene und fester Stimme eine Anordnung zu treffen: »Ritter und Lieferanten warten im Wappensaal. Ich werde eben mal rasch in meinen Schatzkeller gehen und etwas Gold heraufholen ...«

Er hoffte inständig, daß seine Burg überhaupt einen Schatzkeller hatte. Da keiner widersprach, schien das der Fall zu sein. Alle beruhigten sich etwas. Ritter, Fahrer, Pagen und Mägde schoben sich aus dem Schlafzimmer und bewegten sich leise murrend zum Wappensaal. Sebastian raste inzwischen so schnell wie möglich die Wendeltreppe hinunter, immer links herum, dabei wurde ihm ganz eigenartig im Kopf. Vor einer mächtigen Eisentür hielt er inne, drückte die schwere Klinke herunter und stemmte sich mit dem ganzen Körpergewicht gegen die genieteten Platten, um keuchend und pustend in ein düsteres, unheimliches Gewölbe zu gelangen. Sein Plan war, durch einen Geheimgang nach draußen zu fliehen. Jede Burg hatte so was. Die hier besaß bestimmt auch einen, er mußte ihn nur finden. Er schaute sich suchend um. Auf einmal erklangen über ihm Stimmen. Die Ritter folgten ihm jetzt, weil ihnen wahrscheinlich dieselbe Idee gekommen war. Sebastian war, als hätte er eine Stimme sagen hören: »Foltern und vierteilen, den Betrüger!« Und seine Bauchschmerzen wurden immer schlimmer, da das klirrende, polternde Stampfen der heruntersteigenden Ritter ständig näher kam.

Sebastian riß eine kleine Holztür auf und lief in einen anderen Kellerraum, und als er hier erneut nach dem Geheimgang Ausschau hielt, erkannte er den Keller seiner Eltern.

Mein Gott, war das eine freudige Überraschung! Sebastian atmete auf, noch dazu, wo keine Verfolger mehr zu hören waren. Es war ganz still rings um ihn. Sofort machte er sich über die leeren Flaschen her, bis er die dunkelgraue mit dem dicken Korken gefunden hatte. Dann umwickelte er den Flaschenhals mit seinem Taschentuch und schlug die Flasche gegen die Wand, daß das Glas nur so umherspritzte.

Wie Mütter eben immer im unrechten Moment auftauchen, erschien unerwartet Sebastians Mutter und machte ihm die allerheftigsten Vorwürfe, wieso er hier unten leere Flaschen zerschlage (obwohl es ja nur *eine* gewesen war). Aber er konnte ihr den Grund dafür nicht erklären, weil sie das bloß für eine ganz faule Ausrede gehalten hätte: Daß er andere davor bewahren wollte, durch die Erfüllung aller Wünsche in solche Verzweiflung zu geraten, wie es ihm selber geschehen war. Denn die Erfüllung ergibt häufig das Gegenteil von dem, was man sich davon versprochen hat.

Daher sagte Sebastian bloß kleinlaut: »Ich will es auch nie wiedertun ...«

Und das meinte er ganz ehrlich.

BARBARA FRISCHMUTH

GEB. 1941

Grizzly Dickbauch und die Ka-, die Tee-, die Kory-Fee

Es hatte seit so vielen Tagen geregnet, daß es keine richtigen Pfützen mehr gab, sondern kleine Bäche, die zu beiden Seiten der Straße einherrannen.

Grizzly Dickbauch wollte spazierengehen, aber seine Mutter meinte: Da werde ich naß, denn ich habe meinen Schirm schon wieder irgendwo stehen lassen.

Grizzly Dickbauch saß am Fensterbrett und schaute dem Wind zu, wie er dem Wasser eine Gänsehaut machte. Seine Mutter saß am Boden und las in einem Buch, das sie manchmal zum Lachen brachte.

Es war aussichtslos.

Aber als dem Regen für kurze Zeit das Wasser ausging und es nur ganz sanft herniedernieselte, ging Grizzly Dickbauch hinaus und kam bald darauf mit seinen und seiner Mutter Regensachen zurück. Komm, sagte er, ich bin jetzt ein Regenschirm. Da legte seine Mutter das Buch weg, stieg in ihre Stiefel und zog ihren Regenmantel an. Dasselbe tat Grizzly Dickbauch, und schon waren sie im Treppenhaus.

Wohin gehen wir eigentlich? fragte Grizzly Dickbauchs Mutter, als sie schon eine Weile durchs Regenwasser dahinschlurften.

Komm nur, sagte Grizzly Dickbauch, ich bin jetzt ein Traktor, und du bist mein Anhänger, der voll mit Gras ist. Und schon tuckerte er durch den aufgeweichten Boden des Straßenrandes, während seine Mutter sich an einem Zipfel seines Wetterflecks festhielt.

Sie hinterließen eine tiefe Fahrspur im Lehm. Es war zu befürchten, daß der Traktor in dem tiefen Boden steckenbleiben könnte, und so sagte Grizzly Dickbauch: Ich bin jetzt wieder ich, und wir machen einen Besuch. Es waren unzählige Schnecken unterwegs, die die Nässe zu ausgedehnten Wanderungen ermuntert hatte. Grizzly Dickbauch hob einige von ihnen auf und trug sie ein Stück. Dann setzte er sie wieder hin und sagte jeweils: Die gewinnt jetzt. Ich wette, die anderen ärgern sich sehr.

Als sie zu dem Haus von Frau Nuffl kamen, läutete Grizzly Dickbauch an der Tür, aber nichts rührte sich. Seine Mutter, die die Mutter von Frau Nuffl kannte, reckte den Kopf und rief zu einem halboffenen Kippfenster hinauf: Helga? Aber auch daraufhin rührte sich nichts. Und Grizzly Dickbauch machte ein enttäuschtes Gesicht, denn er hätte Frau Nuffl gerne gesehen, wußte er doch noch gar nicht, was sie alles zum Geburtstag bekommen hatte.

Sei nicht traurig, sagte seine Mutter, die Gedanken lesen konnte. Wir gehen jetzt in den Wald, und Besuch machen wir auch.

Sie kamen an einer sumpfigen Wiese vorbei, und mit einmal wurde der Regen wieder stärker. Jetzt werde ich doch naß, sagte Grizzly Dickbauchs Mutter, zumindest an den Haaren.

Nein, sagte Grizzly Dickbauch, du wirst nicht naß, denn ich bring dir eins von den ganz großen Blättern, die auf dieser Wiese wachsen. Daraus kannst du dir einen Hut machen. Und das tat Grizzly Dickbauch auch. Und weil ihm der Hut an seiner Mutter so gut gefiel, nahm er seine Kapuze ab und setzte sich ebenfalls ein Blatt auf den Kopf. So kamen sie in den Wald, wo es so gut roch und der Boden zwischen den Wurzeln ganz schwarz war. Sie waren noch nicht lange gegangen, da sahen sie etwas zwischen zwei Bäumen hindurchwackeln.

Grizzly Dickbauch ergriff die Hand seiner Mutter und sagte: Gib acht, daß es dich nicht beißt. Und dabei schob sich der Wettermantel seiner Mutter so weit vor sein Gesicht, daß er das Ding, das da wackelte, gar nicht mehr sehen konnte.

Oh, sagte Grizzly Dickbauchs Mutter, das ist nur das BACARDIL, es gehört meinen drei Freundinnen, die wir im Wald besuchen wollen. Es wackelt, weil es wieder Bacardi getrunken hat. Aber gebissen hat es bis jetzt noch niemanden.

Grizzly Dickbauch schob den Wettermantel seiner Mutter etwas zur Seite, um das BACARDIL besser sehen zu können.

Hier gibt's doch gar keine Krokodile, sagte Grizzly Dickbauch zu seiner Mutter.

Es ist ja auch kein Krokodil. Es sieht nur so aus. Zumindest was seinen langen Schwanz und sein großes Maul anbelangt.

Es trägt einen Wetterfleck und Trachtenstrümpfe, meinte Grizzly Dickbauch, genau wie ich, und er wäre beinah zu dem BACARDIL hingelaufen. Da aber fing es an, vor sich hinzulallen und wackelte so sehr, daß es umfiel, sich so gut es ging einrollte, und sogleich zu schnarchen begann.

Das kommt davon, wenn man das Zaubern erst erlernen muß, sagte Grizzly Dickbauchs Mutter, als sie an dem schlafenden BACARDIL vorübergegangen waren. Und Grizzly Dickbauch mußte sich sehr wundern, denn er hatte gar nicht gewußt, daß es im Wald jemanden gab, der zaubern konnte.

Noch konnten sie das BACARDIL von weitem schnarchen hören, als sie einem noch viel absonderlicheren Wesen begegneten.

Pst, machte Grizzly Dickbauchs Mutter und hielt ihn an seiner baumelnden Kapuze fest, während sie hinter einen von kleinen Fichten und Moos bewachsenen Felsbrocken zeigte, der abseits des Weges lag.

Grizzly Dickbauch schaute dem Finger seiner Mutter nach und erblickte einen Schatten, aus dem er nicht so recht klug wurde.

Der KROKODELCH, flüsterte sie und fügte dann hinzu, das arme Wesen, es kann sich so schwer für etwas entscheiden.

Er hat ein Geweih, sagte Grizzly Dickbauch leise, und eine Haut wie die Handtasche von meiner Großmutter.

Es war nicht sicher, ob der KROKODELCH sie gesehen hatte, jedenfalls zog er sich immer mehr in den Schatten des Felsbrockens zurück, fraß ein paar Blätter und sperrte dann sein riesiges Maul auf, so daß ein Vogel bequem darin herumspazieren und in den Zähnen stochern konnte.

Geboren aus verschiedenen Wünschen, sagte Grizzly Dickbauchs Mutter, während sie weitergingen, ist nur was Besonderes aus ihm geworden. Zum Glück ist er nicht gefährlich.

Es hatte schon seit einiger Zeit wieder zu regnen aufgehört, doch tröpfelte es noch von den Bäumen herunter. Erst jetzt, als sie auf einen Weg, der in eine Lichtung führte, kamen, konnten sie ihre großen Blätterhüte wieder absetzen. Sie schüttelten ihre Haare so lange zurecht, bis so etwas wie eine Frisur daraus geworden war. Grizzly Dickbauch wusch sich sogar die Hände in einem kleinen Bach, der aus dem Wald kommend ihren Weg kreuzte, und schneuzte sich in sein frisches Taschentuch.

Mitten auf der Lichtung aber stand ein Haus. Es war ein sehr hübsches Haus, mit grünen Fensterläden, einem Balkon und einem hölzernen Dach, das wie eine Mütze aussah. Vor den Fenstern standen Pelargonien, und vor dem Haus wuchsen Sonnenblumen und Phlox, an der Hauswand aber stand ein Spalierbaum, von dem kleine grüne Äpfel hingen.

Auf dem Balkon saßen drei Damen, die, sobald sie Grizzly Dickbauch und seine Mutter erblickt hatten, freundlich herüberwinkten und sie zur Jause einluden. Links sitzt die Ka-Fee, rechts die Tee-Fee und in der Mitte die Kory-Fee, flüsterte seine Mutter Grizzly Dickbauch ins Ohr. Merk dir ihre Namen, sie haben es nicht gern, wenn man sie verwechselt.

Sind sie wirkliche Feen? fragte Grizzly Dickbauch, und seine Mutter nickte lächelnd mit dem Kopf. Du wirst es schon bemerken, wenn auch erst mit der Zeit. Sieh dich gut in ihrem Haus um, es gibt viele interessante Dinge, die es sonst nirgends gibt.

Inzwischen waren die beiden immer näher an das Haus herangekommen und standen nun vor der Eingangstür.

Kommt nur herauf, es ist offen, rief die Tee-Fee und beugte sich über das Geländer des Balkons. Grizzly Dickbauch fand, daß die Tee-Fee beinah wie seine Tante Ida aussah, nur daß sie älter war. Und die Kory-Fee erinnerte ihn an seine Tante Zora. Am seltsamsten aber ging es ihm mit der Ka-Fee, die ihm vorkam wie seine Mutter, wenn sie seine Großmutter wäre.

Die Gedanken an all diese Ähnlichkeiten beschäftigten Grizzly Dickbauch so sehr, daß er ganz vergessen hatte, sich die Stiefel abzuputzen und es erst bemerkte, als der Fußabstreifer unter ihm sich wölbte und mit seinen Borsten an Grizzly Dickbauchs Stiefeln herumkratzte.

Das fängt ja gut an, dachte Grizzly Dickbauch, und sah dem automatischen Fußabstreifer mit großem Interesse zu. Auch seine Mutter, die bereits einen Schritt weitergegangen war, sah der Reinigungsarbeit mit Freude zu und meinte: Eine gute und nützliche Erfindung, ich wollte, wir hätten sie auch.

Das Treppenhaus hing voll mit Bildern, die mit feinstem Pinsel und buntesten Farben gemalt waren und Grizzly Dickbauch so gut gefielen, daß er versuchte, sie mit den Händen zu erreichen, worauf die Bilder sich vorsichtig, so als wollten sie ihn damit nicht beleidigen, anhoben, und das gerade nur so hoch, daß er sie um Haaresbreite nicht erreichen konnte.

Seine Mutter nahm ihn an der Hand, beugte sich zu seinem Ohr und wisperte: Die hat alle die Tee-Fee gemalt. Vergiß nicht, ihr zu sagen, daß sie dir gefallen, wenn die Rede darauf kommt. Sie gefallen dir doch?

Oh, ja sehr, sagte Grizzly Dickbauch. Ich hätte nur gerne gewußt, wie ihre Farbe sich anfühlt. Sie sind sehr empfindlich, sagte Grizzly Dickbauchs Mutter, und lassen sich nur schwer ausbessern. In diesem Augenblick waren sie oben angelangt, und Grizzly Dickbauchs Mutter konnte sich gerade noch rechtzeitig bücken, um nicht mit dem Kopf gegen einen von der Decke hängenden Blumentopf zu stoßen, der wie nach einer eigens für ihn komponierten Musik hin und her schwebte.

Hängende Kräutergärten, sagte Grizzly Dickbauchs Mutter, die ein Blatt von der Pflanze gezupft, es zwischen den Fingern zerrieben und daran gerochen hatte. Das kann nur der Kory-Fee eingefallen sein, und der hängende Topf wiegte sich bestätigend nach seiner unhörbaren Musik.

Plötzlich sprangen die Knöpfe von Grizzly Dickbauchs Regenmantel auf und aus der Garderobenwand langte ein Haken nach der Aufhängeschlaufe, so daß Grizzly Dickbauch nur einen Schritt weitermachen mußte, und schon hing sein Wetterfleck. Auch seiner Mutter ging es so. Sie lachte ihm ermunternd zu und sagte: Siehst du, wie praktisch alles im Hause meiner Freundinnen eingerichtet ist? Dann nahm sie ihn an der Hand und trat mit ihm durch eine offene Tür in ein helles Zimmer, das mit Fleckerlteppichen ausgelegt war. Man konnte auf den Balkon hinaussehen, wo die drei Damen sich angeregt unterhielten. Auf einem kleinen Tischchen stand eine alte Schreibmaschine, und schon konnte Grizzly Dickbauchs Mutter nicht widerstehen: Sie tippte mit dem Finger auf eine Taste, und siehe da...!

Schau nur, schau, rief Grizzly Dickbauch in hellem Entzücken, sie schreibt von selbst! Und wirklich, so als hätte seine Mutter einen Mechanismus ausgelöst, tippte die Maschine wie von unsichtbarer Hand berührt, weiter. Halt! rief Grizzly Dickbauchs Mutter, die Zeit gehört mir. Und sie legte ihre Hand auf die Tastatur, so daß der Maschine gar nichts anderes übrigblieb, als stehenzubleiben.

Kommt nur weiter, kommt nur weiter, ertönten die Stimmen der Damen vom Balkon draußen. Grizzly Dickbauch nahm seine Mutter an der Hand, und sie gingen beide auf den Balkon hinaus, wo man schon Plätze für sie bereit hielt. Grizzly Dickbauch wurde ganz seltsam zumute, als er sah, wie seine Mutter der Ka-Fee die Hand gab, wie die beiden einander wissend und doch prüfend anschauten, während die Tee-Fee und die Kory-Fee seine Mutter jeweils umarmten und dabei mit Rufen des Entzückens auf ihn deuteten, wobei mehrmals die Worte: Du liebe Zeit, kannst du dich noch erinnern?... fielen.

Hier auf dem Balkon schien es die ganze Zeit über schönes Wetter gegeben zu haben. Alles war trocken, die Butter lag in kleinen Röllchen auf dem Teller, und in der Marmelade verfingen sich die Sonnenstrahlen. Erst jetzt bemerkte Grizzly Dickbauch das seltsame Tier, das inmitten des Tisches auf einem Honigspender saß und von einem zum anderen äugte. Plötzlich flog es auf, nahm ein Stück Kuchen in den Schnabel, legte es auf Grizzly Dickbauchs Teller, und schon war auch seine Tasse mit Tee gefüllt, während aus der Tasse seiner Mutter der Kaffee dampfte, den die Ka-Fee ihr in hohem Strahl eingegossen hatte.

Ist das eure letzte Erfindung? fragte Grizzly Dickbauchs Mutter, indem sie auf das Tier zeigte, das schon wieder auf dem Honigspender Platz genommen hatte.

Du meinst das BIENUHN? sagte lachend die Kory-Fee. Das allerdings. Nach all dem Pfusch ist uns endlich etwas gelungen. Sieh nur, die vorteilhafte Ausstattung in einheitlichen Farben und einem leicht waschbaren Federkleid.

Außerdem erhält es sich selbst, sagte die Tee-Fee, wir brauchen uns um nichts zu kümmern. Auch kann es singen, fügte die Ka-Fee hinzu, und selbst mit angenehmen Düften versorgt es uns.

Das BIENUHN hatte verschämt den Kopf unter die Flügel gesteckt, so als wisse es genau, daß von ihm und all seinen guten Eigenschaften die Rede war.

Grizzly Dickbauch, der es die ganze Zeit über nicht aus den Augen gelassen hatte, fand, daß es von Zeit zu Zeit seine Gestalt ein wenig änderte. Einmal glich es mehr einer Biene, einmal mehr einem Huhn, aber keinem von beiden ganz. (Es war eher so, als ginge einmal das Huhn in eine Biene, dann wieder die Biene in ein Huhn über.)

Die drei Damen plauderten munter mit seiner Mutter dahin, und Grizzly Dickbauch empfand es immer mehr als eine Art Singsang, ohne daß er auf die Worte geachtet hätte. Das BIENUHN in seinem Übereifer pickte von Zeit zu Zeit die Brösel weg, die trotz der kleinen Blumenteller aufs Tischtuch fielen. Grizzly Dickbauch versuchte sogar, es zu überlisten, indem er die Hand vorhielt, während er ein kleines Stück Kuchen zerkrümelte. Da aber kannte er das BIENUHN schlecht. Ehe er sich's versah, hatte es mit einem Stups seine Hand weggeschoben, und schon pickte es die Brösel auf, so schnell, daß Grizzly-Dickbauch gar nicht dazu kam, sich bei dem BIENUHN zu entschuldigen.

Inzwischen waren, wie Grizzly Dickbauch durch die Stäbe des Balkons erspähen konnte, auch das BACARDIL und der KROKODELCH angekommen und gingen jeweils links und rechts vom Haus in ihre kleinen Hütten, wo sie alles Nötige vorfinden würden, wie die Kory-Fee ihnen lauthals zurief.

Noch ein Stück Kuchen? wurde Grizzly Dickbauch gefragt, der schon drei Stück Guglhupf gegessen hatte. Und das BIENUHN saß auf der Lauer, um ihm sofort eines zu bringen, falls er auch nur mit dem Kopf nicken sollte.

Nein, danke, sagte er. Und dann stieß er seine Mutter so lange ans Bein, bis sie aus ihrem Gespräch auftauchte und ihn fragend ansah.

Gibt's denn hier keinen Vater? fragte Grizzly Dickbauch, und seine Mutter schien erst gar nicht zu verstehen, worauf er hinauswollte.

Einen Vater? fragte sie, wieso?

Ich meine, einen Mann, setzte Grizzly Dickbauch hinzu, mit dem ich jetzt hinausgehen und im Garten draußen spielen könnte.

Da fing Grizzly Dickbauchs Mutter zu lachen an. Ihr seht es, sagte sie, an ihre Freundinnen gewandt, so holt er mich immer wieder zurück.

Sei froh, sagte die Kory-Fee.

Sei froh, sagten auch die Ka-Fee und die Tee-Fee, wie aus einem Mund.

Also, dann komm, sagte Grizzly Dickbauchs Mutter. Wir gehen durch den Wald und dann nach Hause, nachsehen, ob es dort einen Vater gibt, mit dem du hinausgehen und im Garten draußen spielen könntest.

Aus Freude darüber gab Grizzly Dickbauch allen drei Damen höflich die Hand und schlüpfte draußen so schnell in seinen Wetterfleck, daß die letzten, noch nicht aufgesogenen Regentropfen nur so davonspritzen.

Als er mit seiner Mutter wieder durch den Wald ging, fragte er sie: Von wo hole ich dich immer wieder zurück?

Seine Mutter blieb einen Augenblick stehen, dann sagte sie: Wer weiß, vielleicht aus meinen Träumen, vielleicht aber aus der Zukunft, in der ich älter und älter werde.

Wir können ja wieder einmal zu deinen Freundinnen gehen, sagte Grizzly Dickbauch, während er an einem herunterhängenden Ast zog, der wie ein Duschhahn reagierte und einen Schwall von Tropfen auf sie beide herunterregnete. Ich möchte auch gerne zaubern lernen.

Wenn es wieder einen Nachmittag wie diesen gibt, sagte seine Mutter, und wenn wir den Weg wiederfinden, können wir wieder zu den Feen gehen. Aber du hast ja gesehen, was bei der Zauberei herauskommt, wenn man sie erst lernen muß.

PETER RÜHMKORF

GEB. 1929

Blaubarts letzte Reise

Wie des Teufels Tintenfaß stand es hoffärtig gegen den Abendhimmel, das aus groben Basaltblöcken aufgeführte Chateaumauve-sur-Mer, in dem der Blaubart mit seinem uralten Mütterchen wohnte. Daß der Bart des finsteren Mannes schon vom ersten Frühlingsflaum an diesen unverkennbaren Stich ins fliederbeerfarben-kobaltene besessen habe, ist freilich nichts als eine dumme Barbierslegende. Wirklich rührte die weltabweisende Farbe vom jahrelangen Studieren in lichtlosen Bibliotheksräumen her und hatte über den langen Weg mit dem Herzenswunsch einer Mutter zu tun, die lieber einen frommen Kirchenmann als einen wilden Heiducken und Schlagetot zum Sohne wollte. Nun hängen die lieben Mütter oft länger an den Schürzenbändern der Kinder als denen gut tut, und auch des Blaubarts Mutter hatte ihren Sohn so fest in ihr Herz geschlossen, daß sie ihn um nichts auf der

Welt in fremde Hände hätte geben mögen, schon gar nicht in die Fänge eines fremden Frauenzimmers. Als der Blaubart noch ein richtiger Milchbart war, aber doch schon den Häschen auf dem Felde und den Mägden auf den Melkschemeln nachzustellen begann, wußte ihm die besorgte Mama die Ohren so nachhaltig langzuziehen, daß die Lust an den schönen Fräuleins sich unauflöslich mit der Furcht vor Nasenstübern und Kopfnüssen verband, ja daß jeder Gedanke an ein verrutschtes Miederlätzchen und die ihm zugrunde liegenden Pfirsichballen alsobald die heiligste Sündenangst heraufbeschwor.

Das schleppte sich eine Weile so hin. Der Jüngling, dessen wetterfester Vater früh das Zeitliche gesegnet hatte, wurde bei einigen bibelkundigen und in der unbefleckten Empfängnis bewanderten Herren in die Lehre gegeben, die auftragsgemäß an ihm herumerzogen, der eine eher mit scheelen Blicken auf die sieben Todsünden und die ewige Höllenpein, der andere mehr mit handfesten Rutenhieben, aber wie sehr sich der in die Enge regierte Zögling auch giftete, so wenig wagte er es doch, sich dem gegen ihn in Gang gesetzten Erziehungsfeldzug zu entwinden. »Wenn *das* das Mütterchen wüßte«, hieß es oft schon bei einer geringen Verfehlung, »das Herz im Leibe würde ihr zerspringen!« Oder man malte ihm gar die unauslöschlichen Tränen Ihrer Majestät Mariae Himmelskönigin mit so lebensechten Perlmuttfarben, daß die Verfolgerschatten des schlechten Gewissens sich noch an seine harmlosesten Begierden hefteten, er bekam schon den Schlucken, wenn er morgens in eine frische Laugensemmel biß. Wie es mit den menschlichen Leidenschaften aber einmal so geht und schon die kleinen Kinder sich vor Wut verfärben können, wenn ihnen ein Wunsch verweigert wird, schossen die aus der Bahn gebrachten Triebe dem jungen Bengel Tropf-um-Tropfen in den Bart, bis es schließlich zu jener wunderlichen Farbe kam, die dem Mann den Namen und seiner Geschichte ihren Titel gab.

Und er war ja auch wirklich von keiner Seite her zu übersehen, der das spitzige Kinn majestätisch verlängernde Tintenquast. Er verlieh einer elfenbeinbleichen Erscheinung die Würde oder Strenge eines Inquisitors – so jedenfalls meinte die Mutter, die den Sohn bereits in der Rolle des obersten Hexenrichters sah –, und sie ging ihm mit aller erdenklichen Fürsorge um den Bart und nannte ihn »mein liebes Tinterle« oder auch »unsern kleinen Himmelspinsel« und »mein Ultramarienkind«, bis der Blaubart sich schließlich selbst für eine unwiderstehliche Kratzbürste hielt. Nur die Mädchen und Damen bei Hofe schüttelten sich bei seinem Anblick wie vor einer Geistererscheinung, und der Gedanke, daß er etwa um ihre Hand anhalten könne, ließ ihnen augenblicklich das Blut in den Adern gefrieren. So etwas Herrisches und Linkisches hatte die Welt noch nicht gesehen! Mit seinem kannegroßen

Tintenfaß in der einen Hand und einer frisch geschärften Gänsefeder in der anderen, hastete der junge Herr Blaubart wie ein päpstlicher Bußgeldeintreiber durch die Gänge und Säle des Schlosses, und wehe dem Küferburschen oder dem Küchenjungen, die er etwa im verfänglichen Beieinander mit dem Gänseliesel oder mit der Aufwischfrau fand, oh, da stach er aber sofort mit der unerbittlichen Feder zu! Nach einem einzigen Jahr seiner Herrschaft war bereits das halbe Personal mit häßlich dunkelvioletten Kritzern tätowiert, was die Gezeichneten für alle Zeiten als unbotsame Bedienstete auf Chateaumauve auswies und sie wie gebrandmarktes Vieh an die Stätte ihrer Leiden kettete. Was den Edeldamen des Hofes ein unbeschreibliches Grauen einflößte, sah sich aus ein paar Meilen Entfernung und aus den Augenwinkeln begehrlicher Adelsfamilien freilich nur noch halb so gräsig an. Im Gegenteil: »Wer eine so fromme Frau zur Mutter hat und ein so gottgefälliges Regiment führt«, konnte man sagen hören, »der kann doch kein bloßer Gumpelmann sein«, was zur Folge hatte, daß Chateaumauve außerhalb seiner Grenzen bald für eine erobernswürdige Feste galt.

Die Mutter, die sehr wohl sah, daß der väterliche Haudegen allenthalben durchschlug – wenn auch auf ungesunde Art – und Chateaumauve nicht bis ans Ende ihrer Tage zu halten war, beschloß im stillen, dem Schicksal ein paar Schritte entgegenzugehen. So wandte sie sich gegen den in den höheren Hochzeitskünsten noch unerfahrenen Sohn und sprach zu ihm: »Da wir in die Jahre gekommen sind, wo wir ans Heiraten denken müssen, laß uns beizeiten an die Zurüstung einer Probierkammer denken, denn wer am Ende die Hosen anhat, läßt sich nicht durch den Brautrock erkennen.« Der Blaubart, der den Gedanken an ein belebtes Ehebett schon lange heimlich mit sich herumgetragen hatte, obwohl er ihn eher mit Ingrimm als mit Zärtlichkeit verfolgte, erblaute sogleich bis in die äußersten Nackenborsten. »Ja, laß es uns klug anfangen, damit es uns nicht wie dem stolzen Hauptmann Potiphar geht oder dem großmächtigen Feldherrn Holofernes oder dem unbesiegbaren Herkules«, und dann malte sie ihrem Sohn in allen Einzelheiten aus, welche Helden und Heilige schon durch die Ränkespiele eines schlauen Weibs zu Schaden gekommen wären. – »Aber wie kann ein Mann von schlichtem Wesen und geradem Sinn ihren garstigen Schlingen entkommen, wenn sie sie mit soviel Bedacht auslegen?« – »Indem wir sie an den Spinneweben ihrer Neugier in die Falle ziehen.« – »Ei, da werden sie sich wohl schön hüten, sich in ihr eigenes Garn verlocken zu lassen.« – »Nicht wenn wir den richtigen Leim draufgeben, lieber Sohn, denn so wahr die Menschenmutter Eva dem Rat der Schlange nicht widerstehen konnte, wird noch die klügste ihrer Töchter sich von ihrer unbezähmbaren Ausspählust verleiten lassen.« – So bereitete die Mutter des Blaubart mit aller Umsicht dessen Hochzeit vor und empfahl ihm ein unfehlbares Mittel, das sie »Das dreizehnte Zimmer« nannte.

Gedacht – getan – und ehe noch ein Jahr vergangen war, war aus dem sperrigen Hagestolz ein nach der neuesten venezianischen Mode gekleideter Hochzeiter geworden mit geschlitzten und golden hinterfütterten Pluderhosen und einem ellenlangen Biberschwanz am Brabanter Ausgehhut, da schien denn der Tintenbausch an seinem Kinn gerade das Tüpfelchen auf dem i. Kaum daß er aber um die Hand einer reifen bretonischen Jungfrau angehalten und ehe er noch das erste Beilager an ihr vollzogen hatte, gab der Blaubart auch schon vor, auf Inspektionsfahrt zu müssen und händigte der ihm Angetrauten neben einhundertzwanzig hochherrschaftlich klimpernden Zimmerschlüsseln den einen unscheinbaren aus, der zu dem besagten Probierstübchen führte. – »So hüte mir denn die Schlüssel zu meinen einhundertzwanzig Kammern und Sälen sehr wohl, vor dem dreizehnten Zimmerchen aber hüte dich selber!« – »Sehr wohl, mein Herr Gemahl, ganz wie Ihr befehlt, mein lieber Herr Blaubart«, und ihre Blicke glitten neugierig tastend über die mächtigen Schlüsselbünde hin. – »So wahr dir dein Leben lieb ist und ein Wort deines Gatten dir so viel wie ein Befehl.« – »So wahr das Gesetz auf Chateaumauve in deine feste Hand gegeben ist« – aber ihre Gedanken weilten bereits in verborgen-verbotenen Tiefen, und der sich lässig verneigende Blaubart sah voller Freude, daß der kleine Nothelfer seinen Weg zu ihrem Auge schon gefunden hatte. Dann war er auf einmal aus der Tür, aus dem Saal, aus dem Haus – kein Mensch konnte sagen, wie er so schnell die Kehre genommen –, aber als er nach einigen Tagen wieder an das Schloßtor pochte, meldete ihm eine zeternde Dienerschaft, daß die neue Herrin unauffindbar verschwunden sei. »So wird sie der kleinen Versuchung wohl nicht widerstanden haben«, murmelte er gedankenverloren vor sich hin, und seine Frau Mama setzte noch einen siebendeutigen Vers darauf: »Die alte Wahrheit zeigt sich neu: Verläßlich ist das Weib, die Neugier bleibt ihr treu.«

Da es auch bei der zweiten und dritten Ehe nicht sehr viel länger dauerte, bis die Neue sich in Nichts auflöste, begann es sich im Lande herumzusprechen, daß dem Blaubart die Frauen wegstarben, man mußte schon sagen »Nun sag bloß!« Trotzdem fanden sich, wo der Herr auf Chateaumauve erst einmal ins Heiraten gekommen war, immer noch genügend heruntergekommene Adelshäuser, die gern die eine oder andere Tochter in dieser Höhle vermählt gesehen hätten. Bis dem mehrfachen Witwer eines besonders veilchenblauen Tages eine besonders malerisch dagegengesetzte Apfelblüte zuwehte, das Fräulein Anna von Calvados, die hatte ein schwebendes Wesen und einen Stich ins Lockere, den der Blaubart nicht auf der Rechnung hatte. Als er nämlich zum soundsovielten Male mit seinen einhundertzwanzig

Schlüsseln klingelte und sein probates Sprüchlein aufsagte, antwortete sie nicht einfach wie ihre unseligen Vorgängerinnen »Zu Befehl, mein Gemahl« und »Ganz wie Ihr wünscht, mein Herr und Gebieter«, sondern sie ließ sich die Sperrhaken mit ihren abenteuerlich gezähnten Bärten alle im einzelnen vorführen, bis die Reihe schließlich an den kleinen verkrumpelten kam, da möge der Blaubart sich aber ein bißchen näher erklären. Je unverschämter das Ännchen ihn freilich mit ihren Fragen bedrängte, umso tiefer verkroch sich der Herr Gemahl in seinem Bickbeerbart. Dann klappte er auf einmal unvermittelt mit den Eisenschuhen, knickte zu einem mechanischen Diener zusammen, hauchte einen leblosen Kuß über ihren apfelblütenfarbenen Handrücken hin, und ehe das wißbegierige Ännchen sich dessen versah, war der eiserne Kerl auch schon die Treppe heruntergerasselt. »Alter Geheimniskrämer!« dachte sie, »meint wohl, wir wären aus Dummsdorf und hätten noch nie ein Märchenbuch gelesen.« Weil sie aber ein echtes Gewächs des Landes Calvados war und das Tiefgrübeln nicht erfunden hatte, machte sie sich sogleich mit Sachverstand und Sinnenlust an die Arbeit.

Ja, und das war nun allerdings märchenhaft! Aus Kammern und Kellern, aus Kisten und Kästen und Truhen, aus Schachteln und Tüten quoll ihr entgegen, was ein sammelwütiges Geschlecht an Hausrat und Unrat zusammengekerschelt hatte, aquitanische Liederhandschriften und alemannische Bierzipfel, glasgeblasene Wellensittiche und Flamingos aus Murano und hölzerne Backmodel aus dem gefräßigen Flandern, zierliche Brüsseler Spitzen voller Fliegenschiß und Mottenstaub und getrocknetes Lübecker Marzipan, ausgestopfte Schlangen und Gürteltiere von jenseits des großen Meeres und ostereierbunte Bilderbögen aus Neuruppin und Epinal, es war eine Lust, so zu wühlen, und als eine Woche herum war, hatte sie noch nicht einmal ein Zehntel der einhundertzwanzig bis an die Decke vollgestopften Zimmer durch. »Ei, da woll'n wir doch einmal sehen, wer von uns zweibeiden die besseren Nerven hat«, dachte sie mit der angemessenen Biestigkeit, denn das war ja nun weltweit bekannt, daß die Rätsel sich krümmten in Erwartung ihrer Entdecker und die Geheimnisse an ihrer eigenen Neugier zu zerplatzen drohten.

In seinem Dreizehnten Zimmer indessen, in seiner Schlachterstube, seinem Hochzeitsloch lauerte zähneknirschend und sinnlos die Feder schärfend der Blaubart. Die zahlreichen Kerzen waren bereits bis auf eine letzte winzige niedergebrannt. Das Fleisch war verzehrt und der Käse auseinandergelaufen. Das Brot vertrocknet, der Rotwein sauer geworden. So lange hatte der ungeduldige Mann wohl noch niemals auf ein angetrautes Weib gewartet, und er lauschte mit brettsteifen Ohren gegen die Tür, wenn das Ännchen lustig auf dem Flur herumramenterte, und er sackte in sich zusammen wie ein ertrinkender Docht, wenn sich ihre kecken Klapperlatschen wieder entfernten. Dabei gingen ihm seine mehreren Ehen fadenziehend durch den Kopf, angefangen bei seiner etwas zu kurz geratenen ersten bis zu dieser nun schon viel zu langen letzten, und die Lider wurden ihm schwer. Oh, die hochgeschaffene und ihres augenanziehenden Wesens eitel bewußte Chantal, wie herrscherlich war sie doch schon in der ersten halben Stunde herangerauscht und wie im ganzen kläglich mitten in der Fahrt erstarrt, als sie nach einem Hüftstoß gegen die sperrige Tür auf einmal *ihn* erblickte! Oder die tief taillierte Conchita, oh, du meine spanische Fliege, mein wandelndes Stundenglas, das sich im Augenblick des sehnsuchtsvoll erwarteten Entsetzens um eine unsichtbare Achse drehte und ihm, dem unbeweglich Hockenden, wie eine abgelaufene Aufziehpuppe in die Arme fiel. Oder auch Du-nur-Du-Geneviève, mit dem Ziegengeruch der Dordogne am Hals und dem scheppernden Glockenstimmchen, wie lebendig klang ihm noch heute ihr Armesünderläuten im Ohr, denn das war ja der süßeste Sinn seiner Inquisitionen, daß die Unschuld sich schuldig bekennen mußte, ob sie wollte oder nicht und sich nach allerlei Hinundhergewese schließlich selbst das Urteil sprechen. Bis auf die laufende Woche, den heutigen Tag, die sämig verrinnende Stunde, wo nur die Bilder der Erinnerung ihm seinen trüben Kopf ein wenig lichteten.

Eine Katze hat gemeinhin mehr Erfahrung im Umgang mit Mäusen als eine Maus mit den Katzen – sie macht die Bekanntschaft nur einmal. Mit solchen und ähnlichen Wahrheiten hatte sich das Ännchen rechtzeitig eingedeckt, ehe sie aus dem lichtgrünen Calvados in das blaubasaltene Chateaumauve übersiedelte, und sie war auch eisern entschlossen, sich an diese Sprüche zu halten. Andererseits, wer war hier die Katze und wer war die Maus, wo die Lockspeise und was eine Leimrute, und weil sie nicht auf den Kopf gefallen war, sagte sie sich ganz verständig: Den Speck zu dem Spiel kann ich auch auslegen. Nachdem sie mithin das Schlüsselchen auffällig vor dem Dreizehnten Zimmer placiert und sich heimlich in einer gegenüberliegenden Besenkammer eingeschlossen hatte, ließ sie sich in aller Seelenruhe neben dem Türspalt nieder, der Dinge harrend, die da kommen würden. Wie groß war jedoch ihr Erstaunen und wie unwiderstehlich zog es sie dem Schlüsselloch zu, als sie statt eines eisern stampfenden Schrittes einen seltsam schleichenden und schlurchenden vernahm, und kaum daß sie noch ihr Auge mit dem Auslug zur Deckung gebracht, hatte des Blaubarts Mütterchen sich nach dem Köder gebückt.

Der Blaubart, der längst nicht mehr wußte, wie Tag und Nacht zusammenhingen, schreckte auf aus verwunschenen Kinderträumen. Andächtig in einen grünrotgelben Christbaumapfel vertieft, den er liebreich mit Mandelsplitterchen spickte, hätte er um ein Haar die kurze Sekunde der Wahrheit verschlafen, aber wie gern er das leuchtende Bild auch festgehalten hätte, das Gestocher im Schloß zog seine Sinne augenblicklich wieder in die Gegenwart zurück. So war sie denn doch noch gekommen, wirklich, richtiggehend da. So hatte das Warten ein Ende und der Haken zu seinem Fischchen gefunden. Etwas wie Dankbarkeit begann für einen Augenblick in seiner menschenleeren Seele aufzusteigen, und als er rechts und links nach Tintenfaß und Feder griff, war es, als breite eine unbekannte Macht in ihm die Flügel aus. Ja, das war Heimkehr, Wiedersehen, Weite, Luft in seine Grabesenge, Auf- und Ausatmen zugleich. Zum ersten Mal in seinem tintentraurigen Leben wurde ihm ganz richtig marineblau zumut, und er seufzte gegen die quietschenden Angeln hin: »O du, mein lustiges Luder, mein freches Üz!« – da tat die Tür sich auf einmal all seine schönen Träume auseinanderkrächzend auf, und mit dem viel zu vielen Licht fuhr ihm zugleich ein Schatten über die Seele, eine kleine schwarze Ungestalt an die Brust, er konnte gerade noch abwehrend seinen Federkiel dagegenstemmen – so – so – und so! – und während das Phantom lautlos in sich zusammenfiel, entwich ein unendlich dünnes, stahlsaitenscharfes »ffffffrrrrrrei – fffffffrrrrrrrei« seinen spaltweit geöffneten Lippen.

Trompeten und lustige Hörner, Trommeln, Pfeifen, Zymbeln, alles durcheinander, dann aber ganz deutlich die Erkennungsmelodie der Grafschaft Calvados, und mit dreihundert rappelvollen Obstkisten und die hundert Gallonen vom feinsten Apfelwein drängte sich eine kunterbunte Menge in den Schloßhof. Das waren des Ännchens lebenslustige Brüder, die unbedingt Winzerfest feiern und ihre Schwester zur Äppelwoikönigin küren wollten. Das war ein ziemlich verlotterter Haufen, der offensichtlich schon beim heimatlichen Rauscher aufgebrochen und allmählich beim guten Cidre angelangt war, gierig darauf erpicht, den weltberühmten Heiratskünstler kennenzulernen und ihm eine rauschende Ovation darzubringen. »Blaubart – Blaubart, komm heraus, sonst versaufen wir dein Haus«, scholl es ausgelassen über den engen Hof und die finsteren Wände hoch, aber als der Zitierte schließlich zittrig aus der Türe trat – die Hände vorgestreckt für die Ketten, den Nacken niedergebeugt wie für den Richtblock –, erkannte ihn hierzuland kein Mensch mehr und auch das Ännchen nicht, das ihn sich noch gar nicht richtig angesehen hatte: so abendhimmelbleich war auf einmal sein Bart, so dämmerungsfahl sein Gesicht, so heringsfarben sein Haar, und vielleicht, wenn man ihn selbst nach dem Blaubart gefragt hätte, hätte er auch nur Grau in Grau mit seinen Achseln gezuckt.

RAFIK SCHAMI

GEB. 1946

Wie die Mohnblume eine neue Welt entdeckte

Es war einmal eine kleine Mohnblume, die mit vielen anderen Blumen zusammenlebte, weißen, gelben, violetten und roten. Sie lebten unter einem großen braunen Stein und spielten glücklich miteinander. Gemeinsam freuten sie sich, wenn ein Schmetterling oder eine Biene sie besuchten.

Eines Abends hörte die Mohnblume einer Großmutter zu, die ihren Enkeln eine Geschichte erzählte. Als die Großmutter, eine Margerite, deren Blätter schon ein wenig welk geworden waren, die Geschichte beendet hatte, fügte sie noch nachdenklich hinzu: »Und so seht ihr, meine Lieben, daß klein sein auch sein Gutes hat, man sollte dankbar dafür sein.«

Die Mohnblume aber wollte wissen: »Warum?«

Die Enkel lachten, und ein kleines Gänseblümchen lispelte spitz: »Es ist nun mal besser, aber du hast ja nicht richtig zugehört.«

Die Mohnblume war traurig, weil sie wirklich die Geschichte genau verfolgt, sie aber trotzdem nicht verstanden hatte. Deshalb fragte sie am nächsten Tag die Margerite: »Großmutter, du sagst immer ›die Welt, die Welt‹, was ist die Welt?«

»Ach Kind, du hast immer Fragen! Unsere Welt ist der Himmel, die feuchte Erde und ein großer brauner Stein, hinter dem die Welt zu Ende ist.«

»Aber ich höre doch oft Klänge, Singen und Lachen. Auch wenn es dunkel ist, und sie kommen von der anderen Seite des Steines«, sagte die Mohnblume sehnsüchtig.

»Armes Kind«, antwortete die Margerite und streichelte den Kopf der neugierigen Mohnblume. »Hinter dem Stein ist das Nichts. Du hörst auch nichts, sondern bildest es dir nur ein.«

Die Mohnblume seufzte, weil sie sich eine andere Antwort gewünscht hatte. Sie dachte den ganzen Nachmittag nach und beschloß, in der Nacht wach zu bleiben. Als es dunkel wurde und die anderen Blumen mit einem schönen Lächeln ihre Blüten schlossen, lauschte sie und hörte wieder die Klänge von der anderen Seite des dunklen Steins. Die Melodie berührte die Seele der kleinen Blume so tief, daß sie sich bis zur Morgendämmerung munter hin und her wiegte.

Es wurde hell, und die Blumen öffneten ihre Kelche.

»Ich kann es einfach nicht glauben, daß die Welt nur aus dieser feuchten

Erde und diesem Himmel besteht und daß sie am Stein endet«, sagte die Mohnblume zu ihrer Freundin, der Butterblume.

»Willst du nun spielen oder nicht?« wollte diese wissen.

»Ich habe oft Singen und viele andere Laute in der Nacht gehört. Sie kommen von der anderen Seite des Steins«, versuchte die Mohnblume zu erklären.

»Jetzt mach aber mal halblang!« befahl der Löwenzahn. »Du verbreitest hier nur Unruhe mit deinem dummen Gerede.«

»Die spinnt wohl«, flüsterte die Glockenblume.

»Bleibt doch nur eine Nacht wach, und ihr werdet es auch hören«, schrie die Mohnblume, den Tränen nahe.

»In der Nacht wachbleiben? Um am Tage verschlafen zu sein wie du?« Die Butterblume drehte sich empört zu den anderen. »Nun, wollt ihr weiterspielen oder nicht?« fragte sie.

»Ja..., ja, doch«, riefen die anderen und wandten sich von der Mohnblume ab, die ratlos und allein dastand.

»Ich muß es versuchen«, sagte sie sich und schaute zu dem braunen Stein hinauf. Ihre Augen leuchteten entschlossen. Langsam begann sie, auf den braunen Stein zu klettern, und ihre Freundinnen starrten ihr hinterher.

»Sie hat den Verstand verloren!«

»Sie stürzt noch ab!« raunten sie sich leise zu.

Die Mohnblume aber kletterte unbeirrt weiter den rauhen Stein hinauf. Plötzlich donnerte ein höhnisches Lachen aus der Tiefe des Steines.

»Ich bin der Größte... Ha, ha, ha... Du wirst zurückkehren, denn du reibst dich nur wund an meiner Panzerhaut.«

Die Mohnblume zitterte vor Angst. Ihre Hände begannen bereits zu schmerzen.

»Komm bitte zurück«, rief ihr eine Blume nach.

Und die tiefe Stimme des braunen Steins dröhnte wieder wie ein Echo: »Es hat keinen Sinn, du wirst doch scheitern.«

»Nie im Leben«, ächzte die Mohnblume und kletterte entschlossen weiter.

Nach einigen Stunden sahen die Wiesenblumen nur noch ihren schmalen Körper, der sich fest an den Stein klammerte, ihren Kopf konnten sie nicht mehr sehen. Die Stimme des braunen Steines schallte nicht mehr so laut und verächtlich, eher war es ein tiefes Brummen.

»Was hast du davon, viele Blumen haben es vergeblich versucht. Du hast bis jetzt großen Mut bewiesen. Kehre zurück, die anderen werden jetzt mehr Respekt vor dir haben.«

Und leise drangen Stimmen zur Mohnblume hinauf.

»Vielleicht ist sie doch schon tot.«

»Sie ist schon verloren.«

»Vielleicht spinnt sie doch nicht.«

Die Mohnblume sah den Gipfel des Steines vor sich.

»Nur noch ein bißchen«, machte sie sich ein wenig Mut.

»Ich bewundere dich«, flüsterte der Stein. »Kehre zurück, und ich werde dir helfen, die Königin aller Blumen zu werden. Du bist die mutigste aller Blumen, laß uns doch Freunde werden!«

Doch die Mohnblume rief ganz außer Atem: »Um nichts in der Welt gehe ich zurück!«

Plötzlich sah sie zum ersten Mal die Welt hinter dem braunen Stein. Eine goldene Sonne, viele Blumen, kleine bunte Vögel, einen Fluß mit glitzerndem, klarem Wasser, in dem sich die Blumen, die Sonne, die Bäume und die Gräser spiegelten.

»Die Welt ist so groß«, rief die Mohnblume begeistert und atmete tief, als eine leichte Brise ihr müdes Gesicht streifte. Sie drehte ihren Kopf und sah die weiten Felder, die bis zu den Bergen reichten, und den Wald mit seinen riesigen Bäumen. »Ein Winzling bist du in dieser Welt«, sagte sie verächtlich zum braunen Stein.

Nun hörte sie auch, daß sie sich die Klänge hinter dem braunen Stein nicht eingebildet hatte. Es war das plätschernde Wasser des Flusses, der Wind, der mit den Zweigen der Trauerweide spielte, und der Gesang der bunten Vögel, es war dieses Lied der Natur, das sie so tief in der Seele berührt hatte. Die Mohnblume schaute erstaunt die Sonne an und verliebte sich sofort in sie.

»Willst du mit mir spielen?« rief sie ihr zu.

Die Sonne lachte ihre neue Freundin an. »Ja, gerne«, sagte sie und reichte ihr zwei glitzernde Strahlen.

Die Mohnblume griff danach und spielte den ganzen Tag mit der schönen Sonne, bis diese müde wurde und hinter den Bergen schlafen ging.

Am nächsten Tag spielte die Mohnblume mit den Vögeln und den Schmetterlingen und schlief bei Sonnenuntergang erschöpft ein. Mitten im Schlaf spürte sie ein leichtes Streicheln. Sie öffnete die Augen und sah, wie alles um sie herum in silbernes Licht getaucht war.

»Und wer bist du?« fragte sie den lächelnden Vollmond.

»Ich bin der Mond. Meine Mutter, die Sonne, hat mir von dir erzählt.«

»Willst du mit mir spielen?« fragte sie.

»Ich kann nicht gut spielen, aber wenn du, wenn du magst, kann ich dir Geschichten erzählen«, antwortete der Vollmond schüchtern.

»Oh, ja!« rief die Mohnblume begeistert und erschreckte einen in ihrer Nähe schlafenden Spatzen, der aber nach einem müden »Ein wenig leiser, wenn ich bitten darf«, sofort wieder in Schlaf fiel. Der Mond erzählte der roten Blume viele Geschichten und streichelte mit seiner silbernen Hand ihren Kopf, bis sie einschlief.

Als sie aufwachte, lachte die Sonne vergnügt, denn sie stand schon sehr hoch am Himmel.

»Na! Hat dir mein Sohn den Schlaf geraubt?«

»Oh, nein! Er erzählte sehr schön«, antwortete die Mohnblume und gähnte.

»Nun komm, wir spielen noch ein paar Stunden!« ermunterte die Sonne ihre Freundin.

»Ich möchte schon gerne, aber wenn meine Freunde heraufklettern und mitspielen könnten, wäre es noch schöner. Laß mich nach ihnen rufen«, bat diese.

»Ja, das wird bestimmt lustig, beeile dich«, stimmte ihr die Sonne zu, und die Blume begann, ihre Eltern und Freunde zu rufen. Immer wieder schrie sie ihre Namen und lauschte auf eine Antwort, aber sie hörte nichts.

Eines Tages ging der Wind spazieren. Er sah die Mohnblume fröhlich tanzen. Verärgert fragte er:

»Was machst du hier? Du gehörst nach unten, an den Fuß des braunen Steins.«

Die Mohnblume reckte ihren Kopf. »Warum, wer sagt denn das?«

Der Wind zürnte: »Das ist nun mal so! Und du störst mich hier. Immer wenn ich über diesen Stein gleiten will, kratzt du mich.«

»Dann geh doch einen anderen Weg, bald kommen meine Geschwister, und sie kratzen dich noch mehr«, erwiderte die Mohnblume und rief wieder nach ihren Freunden.

Der Wind wurde plötzlich freundlich und raunte: »Schau, warum können wir nicht Freunde werden? Laß deine Freunde da unten und krieche, wohin du willst. Schau dir den Efeu an, der ist vernünftig. Er paßt sich allen Dingen an, nie kratzt er mich, wenn ich über die Steine streiche. Er ruft auch nie nach seinen Freunden.«

»Aha, weil er seine Freunde im Stich läßt, magst du ihn. Er liegt ja auch immer flach auf der Nase. Nein, weißt du, ich glaube, wir werden keine Freunde.«

»Du wirst für deine Sturheit noch zahlen!« Der Wind zog sich verbittert zurück.

Am nächsten Tag erwachte die Mohnblume aus einem schrecklichen Traum. Sie suchte die Sonne überall am Himmel, aber diese war nirgends zu finden. Weit und breit war kein Vogel zu sehen, und der Fluß spiegelte nur das Grau des dunklen Himmels.

Eine eisige Kälte fuhr ihr in die Glieder, über die Ebene fegte ein gewaltiger Sturm, der Bäume und Blumen mit sich riß. Als er den Fluß erreichte und die Mohnblume mit seinen kräftigen Krallen packte, schrie diese vor Angst. Sie schlug heftig auf seine Klauen und taumelte im Kampf. Die Welt kreiste vor ihren Augen, und sie sah die vielen Blumen und Blätter, die durch die Luft wirbelten. Wütend verbiß sie sich in der Klaue des Sturmes, der sie erbarmungslos beutelte.

Zerschunden lag die Mohnblume auf der Erde neben dem braunen Stein, der wieder schallend zu lachen begann. Die Wiesenblumen rannten zu ihr. Einige lachten höhnisch, andere weinten. Der Löwenzahn drängte sich durch die Versammelten und sagte gehässig: »Das hast du davon!«

Doch die Mohnblume lächelte. »Hört nicht auf ihn«, flüsterte sie. »Die Sonne ist so schön, eine ganze bunte Welt wartet auf euch... Dieser braune Stein ist mickrig klein... Ich habe es euch doch zugerufen! Habt ihr mich nicht gehört?«

»Oh doch«, schluchzte die Butterblume.

»Und sie sagten zu mir, ich bilde es mir nur ein«, jammerte die Glockenblume.

»... Dieser Stein ist nichts im Vergleich zur Welt, und die Geschichten des Mondes sind die schönsten, die ich je gehört habe. Mit seiner Hand kann er die Dunkelheit hinwegfegen und die Welt in einen silbernen Glanz tauchen... Habt... keine Angst... Die Sonne wartet auf euch...«, stieß die Mohnblume mit letzter Kraft hervor.

Die kleinen Blumen verabschiedeten sich von der sterbenden Mohnblume, und eine nach der anderen begann, auf den braunen Stein zu klettern. Manche wurden weggefegt, doch die anderen gaben nicht auf und kämpften verbissen weiter.

Und seit diesem Tag leben keine Blumen mehr unter den Steinen, sondern klettern so lange, bis sie mit den Strahlen der Sonne spielen und die Geschichten des Mondes hören können.

JÜRG SCHUBIGER

GEB. 1936

Wie man eine Hilfe findet

Ein Mädchen brauchte unbedingt eine Hilfe, denn es hatte keine und war ja noch klein. Aber woher nehmen und nicht stehlen? Das kleine Mädchen hätte die Hilfe sogar gestohlen, wenn es nur gewußt hätte, wo. Eines Tages ging es in den Wald zum wilden Wolf. Es sagte: »Lieber wilder Wolf, ich brauche eine Hilfe, denn ich bin noch sehr klein.«

»Wozu brauchst du die Hilfe, kleines Mädchen?« fragte der wilde Wolf.

»Die kann man immer brauchen«, sagte das kleine Mädchen, »zum Beispiel, wenn der Wald brennt.«

»Daran habe ich nie gedacht«, sagte der wilde Wolf. »Leider besitze ich auch keine Hilfe, aber der starke Stier sieht mir ganz so aus wie einer, der eine hat.«

Sie gingen also zusammen zum starken Stier. Dort sprach der wilde Wolf: »Lieber starker Stier, das kleine Mädchen braucht eine Hilfe. Hast du eine?« Und der starke Stier fragte: »Wozu braucht das kleine Mädchen so etwas?«

»Das kann man immer brauchen«, antwortete der wilde Wolf, »zum Beispiel, wenn der Wald brennt.«

Und das kleine Mädchen fügte hinzu: »Und wenn der Fluß über die Ufer tritt.«

»Ihr habt recht, wilder Wolf und kleines Mädchen«, sagte der starke Stier. »Ich habe zwar auch keine Hilfe, aber ich helfe euch gern beim Suchen. Wenn es eine Hilfe gibt, dann muß sie bei der großen Frau zu finden sein.«

Sie gingen also zu dritt zur großen Frau, die oben auf dem Berg wohnte. »Liebe große Frau«, sprach da der starke Stier, »das kleine Mädchen sucht eine Hilfe. Hast du eine?«

»Braucht das kleine Mädchen die Hilfe, weil es noch klein ist, starker Stier?« fragte die große Frau.

»Ja, deswegen«, sagte der starke Stier, »aber auch überhaupt, zum Beispiel, wenn der Wald brennt und wenn der Fluß über die Ufer tritt. »Und das kleine Mädchen ergänzte: »Und wenn mir jemand stirbt, den ich gern habe.«

»Das stimmt, starker Stier, wilder Wolf und kleines Mädchen«, sagte die große Frau, »man braucht eine Hilfe. Aber auch ich habe keine, nicht eine einzige.«

Ein Gewitter kam jetzt auf den Berg zu, auf dem sie standen. Es blitzte hell und donnerte laut. »Wenn jetzt ein Blitz den Wald anzünden würde, wilder Wolf, starker Stier und große Frau«, sagte das kleine Mädchen, »oder wenn es regnete, bis der Fluß über die Ufer tritt«, fügte es hinzu, »oder wenn im Feuer oder im Wasser jemand umkäme, den wir gern haben«, sagte es auch noch, »was würden wir tun?«

Das kleine Mädchen, der wilde Wolf, der starke Stier und die große Frau fürchteten sich. »Hilfe!« riefen sie. Dann standen sie ganz nahe zusammen, während der Regen rauschend vom Himmel fiel. Sie blieben so, bis das lange Gewitter vorbei war.

Viel später kam dann die Sonne wieder. Der wilde Wolf schüttelte sich, die große Frau fing an zu tanzen, und das kleine Mädchen zog die nassen Kleider aus und hängte sie dem starken Stier an die Hörner, damit sie trocknen konnten. Sie blieben noch eine Weile beisammen auf dem Berg, das kleine Mädchen, der wilde Wolf, der starke Stier und die große Frau. Alle vier dampften in der Wärme der Sonne. Bevor sie Abschied nahmen, fragte der starke Stier: »Wann treffen wir uns wieder?«

»Und wo?« fragte der wilde Wolf.

»In einem Monat um die gleiche Zeit, hier, an dieser Stelle«, schlug die große Frau vor. Und das kleine Mädchen sagte: »In einem Monat oder in einer Woche, wenn jemand von uns schon dann eine Hilfe braucht.«

CHRISTINE NÖSTLINGER

GEB. 1936

Die Zwillingsbrüder

Es werden einmal zwei wunderschöne Zwillingsbrüder sein. Arme und Beine werden sie haben und dazu noch Flügel. Flügel mit dunkelblauen Federn. Menschenhaare werden sie haben, blond und glänzend wie pures Gold. Und einen prächtigen Vogelschnabel. Vom Hals bis zu den Zehen wird ihr Leib mit dunkelblauen Federchen bedeckt sein. Sie werden laufen und schwimmen und fliegen können, und dieses Land hier wird ihnen gehören. Im Sommer werden sie im Wasserschloß wohnen, im Winter in der Felsgrotte. Sie werden einander sehr, sehr liebhaben und tagaus, tagein nur glücklich sein. Bis zu ihrem dreißigsten Geburtstag werden sie gar nicht wissen, daß es auch Leid und Kummer auf dieser Welt gibt. Doch an ihrem dreißigsten Geburtstag werden viele, viele Menschen aus dem Nachbarland über die Grenze kommen. Ganz gewöhnliche Menschen – ohne Schnäbel, ohne Flügel, ohne Federn. Daß ihnen ihr eigenes Land zu klein geworden ist, werden sie sagen. Und daß ab jetzt auch dieses Land ihnen gehört! Und daß sie jeden töten werden, der dagegen aufbegehren will! Und die armen Zwillinge werden dagegen machtlos sein, weil zwei gegen so viele gar nichts ausrichten können.

Die ganz gewöhnlichen Menschen werden Häuser bauen und Straßen und Brücken, Gärten werden sie anlegen, sogar zwei richtige Städte werden entstehen. Eine am rechten Flußufer und eine am linken Flußufer. Und die ganz gewöhnlichen Menschen werden die Zwillinge auslachen! Was sind denn das für komische Wesen, werden sie fragen. Nicht Mensch, nicht Vogel, werden sie sagen. Das muß ein Irrtum der Natur sein, der solche Mißgeburten hervorgebracht hat! Sie werden Jagd auf die Zwillinge machen. Mit großen Netzen werden sie ausziehen, um sie zu fangen. Den einen werden sie aus dem Fluß fischen, den anderen werden sie von einer Baumkrone herunterholen. Den einen werden sie in die Stadt am rechten Flußufer bringen, den anderen in die Stadt am linken Flußufer. Auf den Hauptplätzen der Städte werden sie hölzerne Käfige errichten. Da hinein werden sie die Zwillinge sperren. »Für unsere Kinder«, werden sie sagen. »Der Anblick dieser Naturirrtümer ist sehr lehrreich!«

Doch gleich in der ersten Nacht, noch vor Mitternacht, werden die Zwillinge die hölzernen Käfigstangen zerpeckt haben. Für so starke Schnäbel wie die ihren wird das eine Kleinigkeit sein! In stockfinsterer Nacht werden sie dann herumirren und nach dem geliebten Bruder suchen. Und sie werden sich sagen: So wie ich ausschaue, bin ich am Morgen auf den ersten Blick erkannt und wieder eingesperrt. Und dann wird der Käfig aus Eisen sein, und Eisenstäbe kann mein Schnabel nicht durchpecken! Und dann werden sie denken: Aber wenn ich mir die Flügel ausreiße und die Federn auch, kann mich niemand mehr so schnell erkennen! Also werden sie sich ans schmerzhafte Werk machen, und bei Sonnenaufgang werden sie gerupft und nackend sein, nur noch zwei kleine blutige Stellen am Rücken werden davon zeugen, daß da einmal Flügel gewesen sind. Und die langen Goldhaare werden sie sich auch kurz beißen. Bloß gegen ihre Schnäbel werden sie nichts tun können. Doch wenn man den Kopf gesenkt und im Schatten hält, läßt sich ein Vogelschnabel und eine große Menschennase kaum auseinanderhalten.

Dann wird der Bruder in der Stadt am rechten Flußufer einen Betrunkenen finden, der vor einer Wirtshaustür schläft. Dem wird er Rock, Hose, Hemd und Schuhe ausziehen und sich das Zeug selbst anziehen.

Der Bruder in der Stadt am linken Flußufer wird nicht soviel Glück haben.

Der wird in ein Haus einbrechen müssen, um sich Kleider aus einem Schrank zu holen.

Und dann wird der Morgen da sein, die Zwillinge werden durch die Straßen der Städte gehen, niemand wird sie erkennen. Tagelang werden sie verzweifelt nach einander suchen! Schließlich werden sie die Städte verlassen, um den Bruder anderswo im Land zu finden. Auf der Brücke, die vom rechten Flußufer zum linken führt, werden sie einander treffen. Der Bruder, der aus der Stadt am rechten Flußufer kommt, wird unter der Brücke sitzen und sich ein wenig ausruhen. Und der Bruder, der aus der Stadt am linken Flußufer kommt, wird auf der Brücke stehenbleiben und sich über das Brückengeländer beugen, um ins Wasser zu schauen. Er wird seinen Bruder sehen und sogar guten Tag zu ihm sagen. Aber weil er nicht wissen wird, daß sich auch sein geliebter Bruder die Federn gerupft, die Flügel ausgerissen und die Haare abgebissen hat, wird er ihn nicht erkennen. Und der, der unter der Brücke sitzt, wird ebenfalls nach einem goldhaarigen, prächtig gefiederten Flügelwesen ausschauen und darum der elenden Jammergestalt auf der Brücke bloß guten Tag zumurmeln. Und dann werden sie sich wieder auf die Suche machen, Tag um Tag, Jahr um Jahr. Alt und gebrechlich werden sie werden, hundertmal werden sie noch einander begegnen, ohne einander zu erkennen. Und wenn sie nicht irgendwann einmal sterben werden, dann werden sie ewig herumirren und einander suchen. Viele, viele, bittere Tränen werden sie umeinander weinen, und überall dort, wo eine ihrer Tränen hinfällt, wird im Nu eine winzige dunkelblaue Blume wachsen, eine mit feinen Goldäderchen auf den Blättern. Und die Menschen werden diese Blumen *Brudertreu* nennen, ohne zu wissen, wie recht sie damit haben.

FRANZ HOHLER

GEB. 1943

Die alte Frau

Eine alte Frau lebte ganz allein und war immer traurig.

Sie hatte keine Kinder, und alle Menschen, die sie gern gehabt hatte, waren gestorben.

Den ganzen Tag saß sie am Fenster ihres Zimmers und schaute hinaus.

»Ach«, dachte sie oft, »wenn ich doch ein Vogel wäre und fliegen könnte.«

Eines Tages, als sie das Fenster geöffnet hatte und die Sonnenstrahlen hereinschienen und sie draußen die Vögel zwitschern hörte, dachte sie wieder: »Ach, wenn ich doch ein Vogel wäre und fliegen könnte«, und auf einmal war sie nicht mehr eine alte Frau, sondern eine schöne weiße Möwe, die sich von ihrem Fenstersims in die Luft erhob. Sie flog über die ganze Stadt, machte einen langen Bogen über den See, setzte sich auf viele Kirchturmspitzen und Brückengeländer und schnappte fröhlich krähend nach Brotstücklein, die ihr von Großmüttern und deren Enkeln am Seeufer zugeworfen wurden, bis sie am Abend wieder nach Hause flatterte, zu ihrem Fenster hinein auf den Stuhl hüpfte und dort die alte Frau wurde, die sie am Morgen gewesen war.

»Das war aber schön«, dachte sie, und am nächsten Morgen öffnete sie wieder das Fenster und schwang sich vom Sims als Möwe davon, und so machte sie es fortan jeden Tag, bis sie einmal so hoch und so weit fortflog, daß sie nicht mehr zurückkam.

ANHANG

WORTERKLÄRUNGEN

ab: vor
Abd'ankten: Entlassenen
Ätti: Vater
ätzen: nähren
ävel: Übel
äverleep: überlief
affektieren: erkünsteln, sich zieren
afgehaut: abgemäht
afschlagen: abgemacht
aftäuben: abwarten
Agraffe: Spange
Air: Ansehen
Akkord: Übereinkunft, Vertrag
all'unisono: gemeinsam, im Chor
Amlant: biegsamer Asbest
anachronistisch: zeitwidrig
anteh: anzieh
Anken: Butter
Antistrophe: Gegenstrophe
antrecken: anziehen
Appartement: Unterhaltung
Arftknief: Erbsenmesser
att: aß
ausbeugen: ausbiegen
ausecken: bis in die Ecken erforschen
avert: aver dat = über das
Azur (Mehrzahl *Azure*): Himmelblau

Babbeschlecke: Topf schlecken
baben: oben
Bagage: Gepäck
Bajazzo: Possenreißer
Ball paré: festlicher Ball
Barg: Berg
baz: besser
Bedenten: Bediente
bedräft: betrübt
beenken: Beinchen
Behemot: Riesentier
Beiständer: Beistand
belesen: auslesen, aussuchen
Beryll: durchsichtiger Edelstein
Beschuldigung: Begleichung der Schuld, Vergeltung
betoale: bezahlen
Bickel: Spitzhacke
Billet: Fahrkarte
bineen: beieinander
Blaut: Blut
Bleß: weißer Stirnfleck, Tier mit weißem Stirnfleck
blessieren: verwunden
blödig: blutig
boaw: oben
Böhn: Boden
Born: Brunnen, Quell
börn: tragen
börten: hoben, trugen
Brahne: Saum, Waldrand
Brost: Brust
bruk: brauchen
Buhle: Geliebte
Bülgen: Welle, Woge
Büttner: Böttcher, Faßbinder
buten: draußen

Capriole: übermütiger Einfall, Streich
Centifolie: »hundertblättrige« Rosenart
Charakter: eingeprägtes Schriftzeichen
Cherub: Engel, Wächter des Paradieses
Chrysolith: Mineral
Chrysopras: Halbedelstein
consensus omnium: Übereinstimmung aller
Contrafet: Konterfei, Bildnis
Courage: Mut

dämisch: dumm, bewußtlos
dalscheest: runterläufst
darf: braucht, hat nötig
d' Dir: die Tür
demant: Diamant
dert: dort
diärde: dritte
diavolo caraitro: »Zum Teufel!«
Diek: Deich
diine: dienen
Dirne: Mädchen
Diskurs: Verhandlung, Gespräch
doa: da
Doaler: Taler

Dölle: Quaste, Troddel
Dörpel: Türschwelle
donn: da, danach
Dook: Tuch
Dote: Pate, *dotin:* Patin
Druoppen: Tropfen
Dublonen: Goldmünzen
duert: dauert
Dwark: Zwerg

edder: oder
ei: in
eitel: nichtig
englisch: engelhaft
ek: ich
Equilibrist: Gleichgewichtsartist
Equipage: Luxuskutsche
Eremitage: Einsiedelei
erkiest: erwählt
erledigen: von der Schuld ledig (los) sprechen
Erpelmännchen: Entenmännchen
Exequiem: Totenmesse

Falbe: gelbliches Pferd
Famulus: Diener, assistierender Student
fatten: faßten
Federspiel: Falke
Fete: Fest
Fixstern: (scheinbar) feststehender Stern
Flor: Blüte, Blumenfülle
flüchtig: beweglich, leicht
flünk: Flügel
Fluh: jäh abstürzende Felswand
Fohr: Forelle
Fortüne: Glück
fräten: fressen
Fräubichen: kleines Fräulein
Frauen: die himmlische Güte seiner Frauen (alter Genitiv) = seiner Frau
Fretsche: Kröte
Freund Hein: Tod
frie: heiraten
froacht: fragt
frugal: kärglich
Führ: Feuer
für: vor, gegen
Fuhr: Furche
Fuhrkratten: zweirädriger Karren
furt: sofort

gangen: gegangen
Garn: Garten
Garten Eden: Paradies
geel: gelb
geer: Gier
geert: gärt
gerrt: gegerrt, Part. Perf. von *gerren* (hessisch) = laut weinen
Gehänge: Eingeweide des Wildes
Gehenk: Waffengurt
gekofft: gekauft
gemachsam: ruhig, gemächlich
Gentleman: Mann von Lebensart und Charakter
Geräusch: Eingeweide des Wildes
gerochen: alte Form für: *gerächt*
geschmäte: geschmissen
giebben: gegeben
Giekeindiewelt: Gieke in die Welt, von *kieken:* gucken
Girichheet: Gier, Unersättlichkeit
Gitzeni: Zicklein
gliek: gleich
glosten: glänzen
goah: geh!
Gobelin: Wandteppich
Gören: Kinder
Gogeli: Scherz; Narr
golde: goldene
gongen: gingen
Gothel, Göttel: Patin
gresig: gräßlich
grien: weine
Gros de Naples: Seidenstoff aus Neapel
gschlumpert: unansehnlich, häßlich
gy: ihr

Hafen: Topf, Nachtgeschirr
hären: hatten
Halter: Hirte; Späher, Aufseher
Hambutte: Hagebutte
Hausehrn: Fußboden, Tenne
Haxn: Bein
he: er
Herold: Ausrufer
heterogen: verschiedenartig
Hewe: Spreu
hey: haben
hickeln: hinken

hiede: heute
hoche: hohe
Hochzeitskarmen: Hochzeitslied
Hollerstaude: Holunderstaude
Holzer: Holzfäller
Holzspeller: Holzhacker
Honne: Hühner
Honoratioren: angesehene Bürger
hope: Haufen, *to hope*, zusammen
hoschen: anklopfen, Einlaß begehren
Hucke: Buckel
hypochondrisch: schwermütig, trübsinnig

ierst: erst
Inkognito: Verheimlichung des Namens
interpellieren: unterbrechen
isabellfarben: graugelb

Jaspis: Halbedelstein
Jenner: der Teufel
jomäre: jammern
Juchhanlasaft: Wacholdersaft
jümmer: immer

kämpeln: kämmen
Käskessi: Käsekessel
Kapaun: verschnittener Masthahn
Kapitulieren: einen Vertrag vereinbaren
Kartenaufschlägerin: Kartenlegerin
Kauken: Kuchen
kavwelt: kräuselte
Keekwind: frischer Wind
kei: kein
Keuler: Keiler
kihrt: kehrt
kladderst: kletterst
klei: kleine
Kloset: kleiner Raum, Privatgemach
Klüeppel: Knüppel
kneipen: kneifen
Knoken: Knochen
Kötze: Kiepe
Komputation: Berechnung
Krammetsvogel: Wacholderdrossel
Kruke: Gefäß aus Steingut
Küchleni: kleine Kuchen
Küher: Melker, Rinderpfleger
kulant: entgegenkommend

läse: lesen
lamentieren: klagen
lat. Exerzitien: lateinische Schulübungen
Lauene: Lawinen
Laupen: laufen
Lebzelten: Lebkuchen
leddig: leer
leep: lief
Leu: Löwe
liaft: gelaufen
Lied: Leute
lieke: gleich, ähnlich
lifken: Leibchen; weibl. Brust
Litt: Leute
lissen tu mi: = engl. listen to me – hört mir zu!
loat: *laß*
Löweneckerchen: Lerche
Logeli: Behälter, Fäßchen
lope: laufen
lue oder *lug:* guck!
lug: Sieh!
Luna: Mond
lupfen: heben
Lust büßen: Lust befriedigen
lusterk: gierig nach einer Speise

Maand: Mond
Mähl: Mühle
Mäs: Maß
Magazin: Vorratsbehälter
Magus: Magier
malträtieren: mißhandeln, quälen
Mammon: (abschätzig für) Geld, Reichtum
Mandelett: Cape, Umhang
Marabout: Asket, Einsiedler
meßnatt: schmutzig naß, sehr naß
Metamorphose: Gestaltänderung
moak: mach!
Mohnbabe: Mohnschnitte
Moloch: alles verschlingende Macht
morje: morgen
motst: muß
mück: Mücken
Müetti: Mutter
Mukübichen: kleine (Muh-)Kuh
mutterseelig allein: ganz allein

nahsein: nachsehen
Narreteiding: Narrenposse, Narrheit
Nawersch: Nachbarsfrau
Negligé: Morgenrock
niäme: niemand
nidsch: neidisch, gierig
nödig: nötig
Noot: Not
nou: nun gut!
nuscht: nichts

Oem: Oheim
ombrieren: schattieren
ontrusam: ungeduldig
oppe: auf der

Padde: Kröte
Pamuffel: Duckmäuser, Halunke
partout: unbedingt
passn: aufpassen, Ausschau halten
Peerd: Pferd
pelzen: pelzig
Pennig: Pfennig
Phaeton: leichter Kutschwagen
philantropistisch: menschenfreundlich
Piärd: Pferd
Plafond: Decke eines Raumes
Platen: Schürze
poar: paar
Podagra: Gicht
Posche: Tasche
Postament: Basis, Sockel
Prärogative: Vorrecht
Präsent: Geschenk

rahbrackt: sich abmüht
Raindl: Topf
Raseerer: Rasierer, Friseur
Rauhwerk: Pelzwerk
rauren: innerlich bewegt werden
Redundanz: Überreichlichkeit, Überfluß
reet: riß
Reisige: Bewaffnete
rendroage: reintragen
resolvieren: entschließen
Reverenz: Verbeugung
Riägen: Regen
Rockelor: Herrenreisemantel
rögst: rührst
Rotonde: Rundbau
rook: roch
rufte: rief
Rumor: Lärm

sachten: ruhig
säll: gesund
Schabracke: Satteldecke
Schäferschüppe: Schäferschaufel, Schäferhaken
Schärt: Schlüssel
Schaube: weitärmeliges Überkleid
Schecke: geflecktes Pferd
scheesen: laufen, eilen
Schimpf: Scherz
Schissel: Schüssel
schlecht: schlicht, einfach; schlimm, böse
schliaf: schlüpfe
Schlüfte: Schluchten
Schlunk: Schluck
Schmelz: Glasur, Email
Schmer: Fett, Bauchspeck
schmiet: schmeiß! wirf!
schnett: schneidet
Schö: Schuhe
Schoot: Schoß
Schortfell: Schurzfell
Schranze: Höfling
schriewe: schreiben
Schuck: Schuh
schüppeln: rollend bewegen, wälzen
schullt: gesollt, sollen
Schwäher: Schwiegervater, Schwager
Schwand: Abhang
sech: sagte
sed: sagte
seek: such!
sehne: sehen
seyd: gesagt
siacht: sieht
siadat: siedend
Siegrist: Küster
Signalement: Zeichen
sla en di: schlage in dich, geh in dich
Smett: Schmied
socht: suchte
soebentig: siebzig
spekulativ: einfallsreich, erfinderisch, grüblerisch

spintisieren: vor sich hin phantasieren
Spleen: verschrobener Einfall, Langeweile
splendid: glänzend
splinternackend: splitternackt
Spoon: Span
Spratzeln: spritzen (mit knatterndem Geräusch)
Spycher: Vorratsraum (neben dem Bauernhaus)
süll: Schwelle
suhr: sauer
Stafel: Alpweide mit Hütten
sted, stede: Statt, Stelle
Stoppen: wohl = Steppen
Streck: Sensenstein zum Schärfen
Stripen: Streifen
strub: struppig, zerzaust, arg, schlimm
süft: seufzte
Suite: veraltet für: lustiger Streich
sturb: starb
syst: bist

ta: da
Taburett: Hocker
täuwt: wartet
Thürschemann: Tor; Wichtelmann; Riese
Tiet: Zeit
Töffelein: Pantöffelchen
Topas: Edelstein
toriten: zerreißen
Toupet: Haarersatz
Traktament: Bewirtung
traktieren: behandeln, bewirten
translunarisch: jenseits des Mondes liegend
treck: zieh
trohlen: herunterfallen, -kullern
trück: zurück
tüffel: Pantoffel
Tüüg: Zeug

überziehen: zu Fall bringen
überzwerg: quer
umklaftern: mit Armen umschließen
unecket: glatt, sauber
ungeschmälzt: nicht mit Fett gekocht
uschöme: herauskommen
utkickt: ausguckt
utsuht: aussieht

Venediger: Glasmacher
veramort: liebessüchtig
verbrechen: zerbrechen
verbutten: zusammenschrumpfen, verdummen
vergroaw: vergrabe
Verkosten: Geschmacksprobe machen
verlochen: verscharren
verpallisidieren: mit Schutzwall umgeben
verputz dich: hau ab, entferne dich!
vertein: vierzehn
vigelet: violett
Vinca: Immergrün
vollkömmlich: völlig
vordreeten: verdrießen
vordrot: verdroß

Wäs: Wiese
wanen: wohnen
Warken: Werken, Geschäftigkeit
warkstede: Werkstatt
warscht: wirst
wecker: wer von beiden
wedder: wieder
weder: als
weil: dieweil, als
weit: weiß
well: wer
Welle: walzenförmiges Reisigbündel
Wetterfleck: Regenmantel
Weymouth: Weymouthkiefern
wietten: gewußt
wir: war
Wispel: Getreidemaß (= 14 hl)
woans: wie
Woj: Weier
wore: werden
wüst: wild, unflätig
wussen: wuchsen

zacken: zuckten
Zephir: (Süd-)westwind
zerpeckt: zerpickt
Ziger: feste, geronnene Milch
Zinnemamen: Zimt
zurogeln: auf etwas zuwackeln
zween: alte männliche Form von *zwei*

ERKLÄRUNGEN ZU BEGRIFFEN UND NAMEN

Achleitner: Friedrich A. geb. 1930. Mitglied der Wiener (Dichter-)Gruppe.

Admet: König von Pherai in Thessalien, Gemahl der Alkestis.

Adonis: nach der griechischen Sage ein schöner Jüngling, in den sich Aphrodite verliebte.

ägyptische Finsternis: nach 2. Mose 10, 22: »Da ward eine dicke Finsternis in ganz Ägyptenland drei Tage.«

Aeskulap: ursprünglich eine heilige, heilkräftige Schlange, dann: Gott der Ärzte.

Afficheur: Zettel- und Plakatekleber.

Aga: hoher mohammedanischer Titel.

Albers: Hans A. (1892–1960) Bühnen- und Filmschauspieler. Spielte vorwiegend Abenteurer- und Seemannsrollen.

Albert der Bär: Sohn Ottos von Askanien, erster Markgraf von Brandenburg (1100–1170).

Alexander: König der Makedonen, herrschte von 336–323 v. Chr.; eroberte das persische Großreich.

ΑΝΑΓΚΗ: Notwendigkeit, Zwang, Schicksal, auch die Schicksalsgöttin.

Apollo: Gott der Weissagung, Heilkunde und Dichtkunst, Schützer des Ackerbaus und der Viehzucht. Seit dem 5. Jhd. v. Chr. auch: Sonnengott.

Arabeske: Ornament, Muster mit verschlungenen Linien.

Ariadne: Gattin des Dionysos/Bacchus.

Arkanist: Vertreter einer Geheimwissenschaft.

Atlantis: im Altertum Name einer sagenhaften, im Atlantik untergegangenen Insel.

Aurora: die Morgenröte und die Göttin, die sie heraufführt.

Bacchus: Gott des Weines

Barège: durchsichtiges Seidengewebe

Bataille: Charles B. (1897–1962), französischer Schriftsteller und Essayist.

Baudelaire: Charles B. (1821–1867), Lyriker von starker europäischer Wirkung. Hauptwerk: ›Les Fleurs du Mal‹ (die Blumen des Bösen) 1857

Beghine: mhd. bêgine = Mitglied einer halbklösterlichen Frauenvereinigung.

Berger: Dr. (gest. 1795) verfaßte eine gerade vor dem Erscheinen der Musäus-Märchen vieldiskutierte Theorie der Vor-Eiszeit.

Bickbeerbart: (*Bickbeere* norddeutsch für Heidelbeere) Bart von der Farbe der Heidelbeere

Böcklin: Arnold B. (1827–1901), Schweizer Maler naturmythologischer Gestalten und Landschaften.

Büsching: Anton B. (1724–1793), einflußreichster Geograph seiner Zeit.

Byssus: im Altertum ein kostbares zartes Leinen- oder Seidengewebe.

Caligula: Römischer Kaiser von 37–41 n. Chr. Herrschte mit krankhafter Grausamkeit.

Cäsar: Gaiius Julius C. (100–44 v. Chr.), größter Feldherr und Staatsmann Roms.

Celapino: Sigismund wurde von Sultan Bajesit Jilderim geschlagen. Der Beiname *Celapino* ist geschichtlich unbekannt.

Chatelaine: aus Metallgliedern zusammengesetzter Frauengürtel; verzierte Uhrkette.

Chemisett: heller Einsatz an Damenkleidern.

Chlebnikow: Welemir C. (1885–1922), begründete mit Majakowski den russischen Futurismus. Vertreter einer ›trans-rationalen‹, von Grammatik und Logik freien poetischen Sprache.

Cidre: »Zider«, Obstwein, im besonderen Apfelwein.

Credat Judaeus apella: nach Horaz, Sat. 1, 5, 100. »Das glaube der Jude Apella, aber nicht ich.« *Apella* ist ein nur hier genannter unbekannter Jude.

Cyrus: Begründer des altpersischen Großreiches. Herrschte von 539–528 v. Chr. Soll im Kampf mit einem Skythenvolk umgekommen sein.

Delphinat: Dauphiné = historische Landschaft in den französischen Alpen vom Rhoneknie im Norden bis zur italienischen Grenze.

Delta: fächerförmiges Mündungsgebiet eines Flusses.

Diana: als Jagdgöttin der griechischen Artemis gleichgestellt, auch Mondgöttin.

Dirne: früher, im überhaupt nicht abfälligen Sinne, für jedes Mädchen, besonders vom Land, in dienender Stellung.

dorisch: vom altgriechischen Stamm der Dorer, eine bestimmte Säulenart mit ausgeprägtem Kapitell.

Ekliptik: scheinbar von der Sonne in einem Jahr durchlaufene Bahn.

Elementargeister: nach dem Glauben des Mittelalters die Geister, die die vier Elemente bewohnen: im Feuer die Salamander; im Wasser die Undinen; in der Luft die Sylphen; in der Erde die Gnomen.

Elysium: Aufenthalt der Seligen.

Endymion: in der griechischen Sage Geliebter der Selene, die ihn in Schlaf versenkte, um ihn ungestört küssen zu können. Dargestellt meist als Jäger oder Hirt.

Entebbe: Stadt und Flugplatz in Uganda.

Entente: Einigung, Bündnis (bes. das franz.-engl. Bündnis in der Zeit nach 1904).

Etymologiam: per E.: = durch Ableitung aus der Grundbedeutung des Wortes.

Eva: die erste, mit Adam im Paradies lebende Frau.

Fischpredigt: nach der Legende predigte der heilige Antonius den Fischen, da die Menschen ihn nicht hören wollten.

Freud: Sigmund F. (1856–1939), Begründer der Psychoanalyse als Heilverfahren und Seelenkunde.

Friedmann: Milton F., geb. 1912, Hauptvertreter der sog. Chicagoer wirtschaftswissenschaftlichen Schule. Zeitweise Berater des amerikanischen Präsidenten. 1976 Nobelpreis.

Gellert: Christian Fürchtegott G. (1715–1769), berühmter Fabeldichter seiner Zeit. Aufklärerischer Erzieher in Geschmack und Herzensbildung.

Genius: s. Mémoirs.

George: Stefan G. (1868–1933), Mittelpunkt eines hermetisch-elitären Dichterkreises. Verfasser formstrenger Lyrik wie z. B. des Gedichtzyklus' ›Jahr der Seele‹.

Goebbels: Josef G. (1897–1945), nationalsozialistischer Politiker, wurde 1933 Reichsminister für Volksaufklärung.

Gotha: Verzeichnis der Adeligen.

Grummet: Heu des zweiten Schnittes.

Gründling: Karpfenfisch (wird bis zu 15 cm lang).

Güldenstern: Gestalt aus Shakespeares »Hamlet«.

Hades: Sohn des Kronos, Bruder des Zeus; ihm fiel nach dem Titanenkampf bei der Teilung der Welt die Unterwelt zu.

Hamerling: Robert H. (1830–1889), epigonaler klassizistischer und romantisierender österreichischer Epiker und Dramatiker.

Hasenclever: Walter H. (1890–1940), expressionistischer Lyriker und Dramatiker. Leidenschaftlicher Pazifist.

Hawelka: Café in Wien.

Hegel: Georg Friedrich Wilhelm H. (1770–1831), bestimmte das Absolute als Geist, dessen Selbstbewegung die Entwicklung und Wiederaufhebung alles Seienden ist.

Helena: In der griechischen Sage die Tochter des Zeus und der Leda, Gemahlin des Menelaos, Urbild der Schönheit.

Hé, nom de Dieu: (wörtl. »Beim Namen

Gottes«) als Fluch etwa: »Zum Teufel«. Hé, bon dieu: »Ach, guter Gott«. Etwa unser: »Herrje«.

Heiducken: ungarische Söldner, Bediente.

Herkules: Inbild unwiderstehlicher physischer Kraft, endete auf dem Scheiterhaufen des Öta nach schrecklichsten Schmerzen, die ihm seine Frau Deïatira bereitete durch das fleischzerfressende Gewand des Nessos, das sie ihm als Liebeszauber geschickt hatte.

Himten: Getreidemaß, etwa 30 Liter.

Hippogryphen: geflügelte Fabeltiere mit Pferdeleib und Greifkopf.

Höchstenzollern: komische Steigerung von Hohenzollern (= letztes deutsches Kaiserhaus.)

Hohenrot: wahrscheinlich Hohenrode im Achertal (Schwarzwald)

Hölle: Raum unter dem Tisch des Schneiders.

Hollaender: Friedrich H. (geb. 1896), Komponist vieler Filmmusiken, emigrierte 1933 in die Vereinigten Staaten.

Holofernes: Name eines biblischen Feldherrn, der von Judith, einer Frau aus einer von ihm belagerten Stadt, nach einer gemeinsamen Liebesnacht erschlagen wurde.

Homer: der älteste griechische Dichter. Nach einhelliger antiker Auffassung Verfasser der beiden Epen ›Ilias‹ und ›Odyssee‹.

I. G. Farben: 1925 durch Fusion der größten und wichtigsten deutschen Chemiewerke gebildeter Monopol-Konzern, der 1945 beschlagnahmt und entflochten wurde.

Isis: altägyptische Göttin, Sinnbild der Naturkraft.

Jupiter: der höchste römische Gott, der »Vater« der Götter.

Kapuziner: Angehöriger des Kapuzinermönchordens.

Karfunkel: Granat oder Rubin oder auch nur: fabelhafter, feuerroter, wie Gold glänzender und im Dunkeln leuchtender Stein.

Kartäuser: beschaulicher Eremitenorden. Kartäusermahlzeit = Fastenmahl ohne Fleisch.

Katakombe: altchristliche unterirdische Begräbnisstätte.

Kerr: Alfred K. (1867–1948), einflußreicher Literaturkritiker Berlins in der Zeit vom Naturalismus bis zu seiner Emigration 1933.

Kreuzberg: Stadtteil von Berlin.

Laertes: Gestalt aus Shakespeares »Hamlet«.

Lamech: Vater Noahs, Stammvater der Hirten, Musikanten und Schmiede.

Lautréamont: Comte de L. (1847–1870), hinterließ als Dichter Fragmente einer lyrischen Prosa, die in ihrer gewaltsamen Phantastik wesentlichen Einfluß nahm auf die Surrealisten.

Leistikow: Walter L. (1865–1908), Maler impressionistischer Stimmungsbilder der märkischen Seenlandschaft.

Madras: feinfädiger gitterartiger Stoff mit eingewebter Musterung.

Mahomet: Mohammed, Stifter der islamischen Religion, lebte von 570–632.

Memoirs des Grafen von G.: Die »Mémoires de la vie du Comte de Gramont« von Antoine Comte de Hamilton (1646?–1719), der auch Erzählungen in der Art orientalischer Märchen verfaßte.

Meunier: Constantin M. (1831–1905), belgischer Bildhauer und Maler. Hauptthema der monumental-realistischen bildhauerischen Werke ist der arbeitende Mensch.

Minerva: die nach Indien übernommene griechische Göttin Athene, Göttin der Weisheit, Beschützerin des Handwerks.

Mittwoch: Da der Mittwoch nicht schon äußerlich wie die anderen Wochentage als Tag gekennzeichnet war, entstand die Meinung, daß er kein voller Tag sei, weder Tag noch Nacht, eben nur die Mitte der Woche.

Mrozek: Slawomir, geb. 1930; in seinen Erzählungen und Dramen geht es vor allem um das Verhältnis von Macht und Freiheit. In Grotesken und Farcen entlarvt er die Absurdität des Totalitarismus und die Anpassung der Gesellschaft an den Terror.

Myrte: immergrüner Baum des Mittelmeergebietes.

Nabuchodonosor: Königsname zweier babylonischer Herrscher, von denen Nabuchodonoser II. (605–562 v. Chr.) der bedeutendste ist.

Nanking: glattes Gewebe aus rötlichgelber chinesischer Baumwolle.

Nero: Römischer Kaiser (54–68 n. Chr.). Unter seiner Herrschaft begannen die blutigen Christenverfolgungen.

Neuntöter: Singvogel aus der Familie der Würger, der seine Beute, die er nicht sofort verzehrt, zum Vorrat auf Dornen aufspießt.

Niccolini: Prinzipal einer Kindertruppe, der in der zweiten Hälfte des 17. Jahrhunderts in Deutschland gastierte.

Nimrod: im alten Testament ein großer Städtebauer und Jäger.

Ninus: sagenhafter Begründer des großen Assyrischen Reiches.

Ophelia: Gestalt aus Shakespeares ›Hamlet‹.

Orlik: Emil O. (1870–1932), Maler, Graphiker und Kunstgewerbler. Arbeitete vornehmlich auf dem Gebiet des Farbholzschnitts.

Passauer Kunst: handgefertigter Amulettzettel (seit dem 17. Jhd.), den Landsknechte und Soldaten zum Schutz gegen Kugeln, Hieb und Stich bei sich trugen.

Patchen: Kenneth P. (geb. 1911), knüpft in seinen religiös-symbolischen Dichtungen an die englischen »metaphysical poets« des 17. Jahrhunderts an.

Pathmus: die abgelegene Ägäis-Insel Patmos, auf der Johannes der Evangelist die Geheime Offenbarung geschrieben haben soll.

Phantasus: der Name des Freundes in Heyses Märchen greift auf den Titel einer Tieck'schen Märchensammlung zurück.

Pinthus: Kurt P. (geb. 1886), Literatur-, Theater- und Filmkritiker in Berlin. Herausgeber der wichtigsten expressionistischen Lyrik-Anthologie (Menschheitsdämmerung, 1920). Emigrierte 1933 in die USA.

Polonius: Gestalt aus Shakespeares »Hamlet«.

Potiphar: ein in der Bibel erwähnter ägyptischer Beamter, dessen Frau den Joseph zu verführen sucht, als dies herauskommt jedoch den Gatten mit lügnerischen Worten zu täuschen weiß.

Prasem: lauchgrüne Abart des Quarzes.

Proteus: in der griechischen Sage ein weissagender Meergreis mit der Gabe, sich in alle Gestalten zu verwandeln.

Quatember: = Quatemberfasten, bestimmte von der katholischen Kirche vorgeschriebene Fastentage.

Queneau: Raymond Qu. (geb. 1903), vom Surrealismus beeinflußter französischer Dichter.

Rauscher: (wegen des Geräusches) stark gärender Most.

Ringelrennen: Rittersport, bei dem im schnellen Vorbeireiten eine Lanze durch einen Ring gestochen bzw. geworfen werden muß.

Reznicek: Ferdinand Freiherr von R. (1868–1909), Maler und Zeichner von Darstellungen aus der Münchner Gesellschaft.

Schacht: Hjalmar Sch. (1877–1970), Reichsbankpräsident von 1924–1930 und, nach dreijähriger Unterbrechung, von 1933–1939.

Schermtanne: Tanne, die beim Abholzen eines Waldes stehen gelassen wird.

Schleicher: Kurt von Sch. (1882–1934), General und Politiker mit großem Einfluß im Deutschland der Jahre um 1930.

Schumpeter: Joseph Alois Sch. (1883–1950), Sozialwissenschaftler, Theoretiker der ›wirtschaftlichen Entwicklung‹.

Seelverkäufer: holländische Werber für den Schiffs- und Kolonialdienst.

Sesostris: Name von ägyptischen Königen der 12. und 13. Dynastie.

Shandy: »Tristam Sh.« Unvollendeter Roman in neun Bänden von Laurence Sterne (1713–1768).

Skanderbeg: der albanische Fürst und Nationalheld Georg Kastriota, gen. Skanderbeg (ca. 1405–1468), wurde dadurch berühmt, daß es dem türkischen Belagerer Sultan Murad II. nicht gelang, die von ihm verteidigte Bergfestung einzunehmen.

Sic transit gloria mundi: lat. = So vergeht der Ruhm der Welt.

Sigismundus: (geb. 1368), deutscher Kaiser von 1410–1437.

Söller: aus lat. solarium (eigentl. »von der Sonne beschienene Dachterrasse«) erhöhter, offener Platz eines Hauses.

Solarplexus: Sonnengeflecht, Zentrum des sympathischen Nervensystems im Oberbauch.

Souzeraine: Pastetenart.

Speik: duftreiche Pflanzen wie Arten von Baldrian, Lavendel, Nelkenwurz, Garbe u. a.

Sphinx: in der ägyptischen Kunst Mischgestalt mit dem Körper eines Löwen und dem Kopf eines Königs als sinnbildliche Darstellung des Herrschers.

Stufe: besonders schönes Stück Gestein oder Erz.

Sybillinisches: nach der Sybille, einer Zukunftdeuterin, = dunkel Raunendes.

ΣΥΝΘΕΛΕΙΝ: Mitwollen, Begriff der Philosophie Epiktets. Im ›Schlemihl‹ heißt es: »mitwirkende... Räder, Mitwollen mit dem Schicksal, der Notwendigkeit.«

Tamerlanesk: Adj. zu Tamerlan, einem grausamen Eroberer aus türkisiertem mongolischen Häuptlingsgeschlecht.

ΘΕΛΕΙΝ: Wollen, s. auch ΣΥΝΘΕΛΕΙΝ

Thoma: Hans Th. (1839–1924), Maler von Familienbildnissen, oft aus dem bürgerlichen Milieu, sowie von Landschaften aus dem Schwarzwald und vom Oberrhein.

Tilden: William T. (1893–1953), bekannter Tennisspieler. Wimbledon-Sieger.

Uhland: Ludwig U. (1787–1862), Dichter, Germanist und Politiker. Vertreter des spätromantischen schwäbischen Dichterkreises.

Utz: Arthur-Fridolin U. (geb. 1908), Sozialphilosoph, kath. Soziallehrer.

Völkerbund: 1920 geschaffene Staatenvereinigung mit Sitz in Genf und mit den Aufgaben der Friedenssicherung und internationalen Zusammenarbeit.

Vokabularium: Wörterverzeichnis; Wortschatz einer Sprache.

Vonnegut: Kurt V. (geb. 1922), verfaßte und verfaßt Romane und Erzählungen (z. T. Science-Fiction) mit ausgesprochen pazifistischen, humanitären Tendenzen.

Wachstaffet: gewachster und daher wasserabstoßender Taft.

Walpurgisnacht: Nacht vor dem 1. Mai, dem Tag der heiligen Walpurga. Nach altem Volksglauben die Nacht der Hexen und des Liebeszaubers.

Walratlichter: Walrat, Wachsgemisch, das aus der Stirnbeinhöhle des Pottwals gewonnen wird.

Weberinnen: die Parzen, Schicksalsgöttinnen, die den Lebensanteil bestimmen.

Wechselbalg: untergeschobenes oder mißgestaltetes Kind.

Widerchrist: Antichrist, Gegner der Christen.

Wetschwuth: Wedgwood-Porzellan, nach dem englischen Keramiker Josiah W. (1730–1795).

Wode: Wotan, der höchste germanische Gott.

Zille: Heinrich Z. (1858–1929), Zeichner humoristischer und satirisch-anklagender Darstellungen des Berliner proletarischen Milieus.

Zornebock: wohl der alte Wendengott *Cernebok*.

Zoroaster: Reformator der altiranischen Religion. Vertreter eines scharfen Dualismus von Licht und Finsternis, Gut und Böse.

Zyklop: »Rundäugiger«; einäugiger Riese der griechischen Sage.

ALPHABETISCHES VERZEICHNIS DER VERFASSER BZW. SAMMLER

ALPHABETISCHES VERZEICHNIS DER MÄRCHENTITEL